Jennifer Donnelly
Die Teerose

Jennifer Donnelly

Die Teerose

Roman

Aus dem Amerikanischen
von Angelika Felenda

Kabel

Die amerikanische Originalausgabe
erschien 2002 unter dem Titel »The Tea Rose«
bei St. Martins's Press in New York.

Für Douglas,
meinen Jungen mit den blauen Augen

ISBN 3-8225-0617-6
2. Auflage 2003

Gesetzt aus der Garamond
Satz: EDV-Fotosatz Huber/Verlagsservice G. Pfeifer, Germering
Druck und Bindung: Friedrich Pustet, Regensburg
Printed in Germany

www.kabel-verlag.de

Tief in ihren Wurzeln bewahren alle Blumen das Licht.

THEODORE ROETHKE

Prolog

London, August 1888

Polly Nichols, eine Hure aus Whitechapel, war dem Gin zutiefst dankbar. Gin half ihr. Er kurierte sie. Er nahm ihr den Hunger und vertrieb die Kälte aus den Knochen. Er stillte den Schmerz in ihren verfaulten Zähnen und betäubte das Brennen beim Pinkeln. Er verschaffte ihr angenehmere Gefühle, als je ein Mann es vermocht hatte. Er beruhigte und tröstete sie.

Betrunken schwankte sie durch eine dunkle Gasse, führte die Flasche zum Mund und trank sie leer. Der Alkohol brannte wie Feuer. Sie hustete, die Flasche entglitt ihr, und sie fluchte, als sie zerbrach.

In der Ferne schlug die Kirchturmuhr von Christ Church zwei. Der volle Klang wurde vom dichter werdenden Nebel gedämpft. Polly steckte die Hand in die Manteltasche und spielte mit den Münzen. Vor zwei Stunden hatte sie ohne einen Penny in der Küche einer schäbigen Absteige in der Thrawl Street gesessen. Der Knecht des Hauswirts hatte sie dort entdeckt, die vier Pence von ihr gefordert und sie rausgeworfen, als sie nicht zahlen konnte. Fluchend und keifend hatte sie ihm aufgetragen, ein Bett für sie freizuhalten, er würde das Schlafgeld schon kriegen, sie habe es längst verdient und inzwischen schon dreimal versoffen.

»Und jetzt hab ich's auch, du Mistkerl«, murmelte sie. »Hab ich's nich gesagt? Ich hab deine verdammten vier Pence und obendrein noch einen ordentlichen Rausch.«

Das Geld und den Gin hatte sie in der Hose eines Betrunkenen gefunden, der allein die Whitecapel Road hinunterwankte. Er mußte allerdings ein bißchen überredet werden, denn mit zweiundvierzig war ihr Gesicht kein großes Kapital mehr. Zwei Vorderzähne fehlten ihr bereits, ihre kleine Nase war platt gedrückt wie bei einem Boxer, aber ihr Busen war noch immer fest, so daß ihn ein kurzer Blick darauf überzeugt hatte. Vorher bestand sie allerdings auf einem Zug aus seiner Flasche, weil sie wußte, daß der Alkohol ihre Geruchsnerven betäuben und seinen Gestank nach Bier und Zwiebeln überdecken würde. Als sie trank, knöpfte sie ihr Mieder auf, und während er sie begrapschte, ließ sie die Flasche in ihre eigene Tasche gleiten. Er war ungeschickt und langsam, und sie war froh, als er sich endlich zurückzog und davontaumelte.

Mein Gott, es gibt nichts Besseres als Gin, dachte sie jetzt und lächelte, als sie sich an den Glücksfall erinnerte. Eine Flasche in den Händen zu halten, die Lippen an den Rand zu drücken und die beißende, scharfe Flüssigkeit durch die Kehle rinnen zu lassen. Es gab nichts Besseres. Und die Flasche war fast voll gewesen. Nicht bloß ein lächerlicher Schluck für drei Groschen. Ihr Lächeln erlosch, als sie den Drang nach mehr verspürte. Sie hatte den ganzen Tag getrunken und kannte den Katzenjammer, der sie erwartete, wenn der Fusel zur Neige ging. Das Würgen, das Zittern und, am schlimmsten von allem, die Dinge, die sie sah – schwarze krabbelnde Wesen, die sie aus den Wandritzen der Absteige angrinsten.

Polly leckte über ihre rechte Handfläche und fuhr sich damit übers Haar. Ihre Hände glitten zu ihrem Mieder hinab, und sie machte mit ihren fahrigen Fingern einen Knoten in die schmutzigen Schnüre. Dann knöpfte sie ihre Bluse zu, torkelte aus der Gasse hinaus die Bucks Row hinunter und sang mit lallender Stimme:

»Keiner bewahrt dich vor Pech und Leid
Glück ist dir hold oder neid
Lob dem, der gibt sich zufrieden
Mit dem Wechsel von Glück und Leid hienieden ...«

An der Ecke von Bucks Row und Brady Street blieb sie plötzlich stehen. Alles verschwamm ihr vor Augen. Ein surrendes Geräusch, leise und nah, wie der Flügelschlag eines Insekts, fuhr durch ihren Kopf.

»Ich brauch was zu trinken«, stöhnte sie. Sie hob die Hände. Sie zitterten. Sie schlug den Mantelkragen hoch und begann, schneller zu gehen, in dem verzweifelten Verlangen, wieder an Gin zu kommen. Ihr Kopf kippte nach vorn, so daß sie den Mann nicht bemerkte, der ein paar Meter vor ihr stand und wartete, bis sie fast bei ihm war. »Verdammt!« rief sie. »Wo zum Teufel, bist'n du so plötzlich hergekommen?«

Der Mann sah sie an. »Willst du?« fragte er.

»Nein, Meister, ich will nich. Ich bin ziemlich fertig. Gute Nacht.«

Sie schickte sich an weiterzugehen, aber er packte ihren Arm. Sie drehte sich zu ihm um, ihr freier Arm hob sich, um zuzuschlagen, als ihr Blick auf den Shilling fiel, den er zwischen Daumen und Zeigefinger hielt.

»Na schön, das ist was andres«, sagte sie. Sein Shilling und die vier Pence, die sie bereits hatte, würden reichen, um heute abend, aber auch morgen und übermorgen Gin und Schlafplatz zu bezahlen. Obwohl sie sich hundeelend fühlte, konnte sie das Angebot nicht ausschlagen.

Schweigend gingen Polly und ihr Freier an baufälligen Gebäuden und hohen Lagerhäusern vorbei den Weg zurück, den sie gekommen war. Der Mann schritt kräftig aus, so daß sie Mühe hatte, ihm nachzukommen. Als sie ihn musterte, stellte sie fest, daß er ausgesprochen teuer angezogen war. Vermutlich hatte er auch eine hübsche Uhr bei sich. Jedenfalls müßte sie im richtigen Moment seine Taschen durchwühlen. Am Ende der Bucks Row, vor dem Eingang zu einem Pferdestall, blieb er plötzlich stehen.

»Nicht hier«, protestierte sie und rümpfte die Nase. »Bei dem Schmied ... ein bißchen weiter unten ...«

»Das geht schon«, antwortete er und drückte sie gegen zwei verrostete, mit einer Kette gesicherte Blechplatten, die als Stalltor dienten.

Sein Gesicht leuchtete unheimlich hell in der zunehmenden Dunkelheit, und seine wächserne Bleiche stand in grellem Gegensatz zu seinen kalten, schwarzen Augen. Ihr wurde schlecht, als sie ihn ansah. O Gott, betete sie insgeheim, hoffentlich muß ich mich nicht übergeben. Nicht hier. Nicht jetzt. Nicht so kurz vor einem ganzen Shilling. Sie zwang sich, tief Luft zu holen, und unterdrückte den Brechreiz. Während sie dies tat, atmete sie seinen Duft ein – Makassaröl, süß, und etwas anderes ... was war das? Tee. Es war Tee, um Himmels willen.

»Also los jetzt«, sagte sie. Sie hob ihre Röcke und fixierte ihn mit einem matt erwartungsvollen Blick.

Die Augen des Mannes glitzerten jetzt dunkel wie glänzende schwarze Ölteiche. »Du dreckige Hure«, sagte er.

»Keine Sauereien heut, Süßer. Ich bin ein bißchen in Eile. Soll ich dir helfen?« Sie streckte die Hand aus. Er schlug sie weg.

»Hast du wirklich gedacht, du könntest dich vor mir verstekken?«

»Hör zu, willst du jetzt ...«, begann Polly. Sie beendete ihren Satz nicht mehr. Ohne Vorwarnung packte sie der Mann an der Gurgel und drückte sie gegen das Tor.

»Laß los!« rief sie und holte gegen ihn aus. »Laß mich gehen!«

Er packte sie noch fester. »Du hast uns verlassen«, sagte er mit vor Haß brennenden Augen. »Hast uns wegen der Ratten verlassen.«

»Bitte!« keuchte sie »Bitte tu mir nicht weh. Ich weiß nichts von Ratten, das schwör ich ... ich ...«

»Lügnerin.«

Polly hatte das Messer nicht kommen sehen. Sie hatte keine Zeit zu schreien, als es in ihren Bauch eindrang und rumgedreht wurde. Als er es wieder herauszog, stieß sie ein leises Stöhnen aus. Verständnislos, den Mund zu einem großen O geformt, starrte sie mit aufgerissenen Augen auf die Klinge. Langsam und vorsichtig betastete sie mit den Fingern die Wunde. Sie waren leuchtend rot, als sie die Hand zurückzog.

Sie hob den Blick, stieß einen wilden, entsetzten Laut aus und sah dem Wahnsinn ins Gesicht. Der Mann hob sein Messer und schlitzte ihre Kehle auf. Sie sackte zusammen, Dunkelheit umgab sie, hüllte sie ein, und sie versank in einem dichten, erstickenden Nebel, der tiefer war als die Themse und schwärzer als die Londoner Nacht, die sich auf ihre Seele senkte.

Erster Teil

1

Der Duft der frisch gerösteten indischen Teeblätter war betäubend. Er drang aus Oliver's Wharf herüber, einem sechsstöckigen Lagerhaus am Nordufer der Themse, und zog die Old Stairs hinab, eine Steintreppe in Wapping, die von der gewundenen, mit Kopfstein gepflasterten High Street zum Fluß hinunterführte. Der Duft des Tees überlagerte alle anderen Gerüche der Docks – den säuerlichen Gestank des schlammigen Ufers, den salzigen Geruch des Flusses, die intensiven Düfte von Zimt, Pfeffer und Muskat aus den Gewürzlagern.

Fiona Finnegan schloß die Augen und atmete tief ein. »Assam«, sagte sie zu sich selbst. »Für einen Darjeeling ist der Geruch zu stark, für einen Dooars zu intensiv.«

Mr. Minton, der Vorarbeiter bei Burton's, sagte, sie habe ein Näschen für Tee. Es machte ihm Spaß, sie zu testen und ihr eine Handvoll Blätter unter die Nase zu halten, die sie dann benennen mußte. Sie täuschte sich nie.

Ein Näschen für Tee? Vielleicht. Die Hände dafür ganz sicher, dachte sie und öffnete die Augen, um ihre abgearbeiteten, vom Teestaub schwarzen Hände anzusehen. Der Staub setzte sich überall fest. Im Haar, in den Ohren, im Innern ihres Kragens. Seufzend rieb sie mit dem Rocksaum den Schmutz weg. Zum erstenmal seit halb sieben heute morgen, seit sie die Küche ihrer Mutter verlassen und auf die dunklen Straßen von Whitechapel hinausgegangen war, konnte sie sich setzen.

Um Viertel vor sieben kam sie in der Teefabrik an. Mr. Minton hatte sie an der Tür erwartet und ihr aufgetragen, die Halbpfunddosen für die anderen Verpackungsarbeiterinnen herzurichten, die um sieben mit der Arbeit begannen. Diejenigen, die mit der Mischung beauftragt waren und in den oberen Stockwerken arbeiteten, hatten am Tag zuvor zwei Tonnen Earl Grey vorbereitet, der bis zum Mittag verpackt werden mußte. Fünfundfünfzig Mädchen hatten fünf

Stunden Zeit, um achttausend Dosen zu füllen. Das hieß etwa zwei Minuten Arbeitszeit für eine Dose. Nur Mr. Minton fand, daß zwei Minuten zu lang waren, weshalb er hinter den Mädchen stehenblieb – sie überwachte, drangsalierte und antrieb. Nur um ein paar Sekunden bei der Füllung einer Teedose herauszuschinden.

An den Samstagen wurde nur halbtags gearbeitet, aber gerade diese kamen ihr endlos vor, weil Mr. Minton dann die Mädchen ganz besonders antrieb. Das war nicht seine Schuld, wie Fiona wußte, er befolgte nur die Anweisungen von Mr. Burton persönlich. Wahrscheinlich war ihr Arbeitgeber sauer, weil er seinen Angestellten einen halben Tag freigeben mußte, und dafür ließ er sie büßen. An den Samstagen bekamen sie keine Pause und mußten fünf volle Stunden stehen. Wenn sie Glück hatte, wurden ihre Beine taub, wenn nicht, taten sie allmählich immer heftiger weh, ein Schmerz, der in den Fußgelenken begann und langsam den Rücken hinaufzog. Aber noch schlimmer als das Stehen war die zermürbende, eintönige Arbeit selbst: ein Schild auf eine Dose kleben, den Tee abwiegen, ihn einfüllen, die Dose versiegeln und in eine Kiste stellen, dann alles wieder von neuem. Die Monotonie war eine Tortur für einen wachen Geist wie den ihren, und es gab Tage wie den heutigen, an denen sie dachte, sie würde wahnsinnig werden und nie davon loskommen, Tage, an denen sie sich fragte, ob all ihre großen Pläne, ihre Opfer, je zum Ziel führen würden.

Sie zog die Haarnadeln aus dem schweren Knoten an ihrem Hinterkopf und schüttelte das Haar auf. Dann löste sie die Schnürsenkel an ihren Stiefeln, streifte sie ab, zog die Strümpfe aus und streckte die langen Beine. Sie schmerzten immer noch von dem schier endlosen Stehen. Auch der Spaziergang zum Fluß hatte nichts geholfen. Sie konnte förmlich hören, wie ihre Mutter schimpfte: »Wenn du ein bißchen Verstand hättest, Kind, nur ein ganz kleines bißchen, würdest du gleich heimkommen und dich ausruhen, statt zum Fluß runterzurennen.«

Nicht zum Fluß gehen? dachte sie und bewunderte die silbrige Themse, die in der Augustsonne glänzte. Wer könnte dem widerstehen? Muntere kleine Wellen schlugen ungeduldig gegen die Stufen der Old Stairs und spritzten sie naß. Sie beobachtete, wie sie langsam auf sie zusprangen, und stellte sich vor, daß der Fluß ihre Zehen berühren, über ihre Fußgelenke schwappen, sie in seinen verlockenden Strom hineinziehen und mit sich forttragen würde. Ach, wenn sie doch fortkönnte.

Während sie übers Wasser blickte, spürte Fiona, wie ihre Müdigkeit abklang und eine plötzliche Frische an ihre Stelle trat. Der Fluß belebte sie. Die Leute sagten, daß die City, das Handels- und Regierungszentrum im Westen von Wapping, das Herz von London sei. Wenn das stimmte, dann war dieser Fluß sein Lebenssaft. Und Fionas Herz machte einen Freudensprung angesichts seiner Schönheit.

Alles, was auf der Welt interessant und aufregend war, lag direkt vor ihr. Voller Staunen beobachtete sie die Schiffe, die den Fluß überquerten und mit Gütern aus den entferntesten Teilen des Empire beladen waren. Heute nachmittag herrschte dichter Verkehr auf der Themse. Stakkähne und Barkassen durchpflügten das Wasser und transportierten Männer von und zu Schiffen, die in der Mitte des Stroms ankerten. Ein mächtiger Dampfer drängte kleinere Fahrzeuge aus dem Weg. Ein zerbeulter Trawler, der vom Kabeljaufang in den eisigen Wassern der Nordsee zurückkehrte, fuhr flußaufwärts nach Billingsgate. Lastkähne kämpften um Durchfahrtsrecht, fuhren flußauf- und flußabwärts, löschten Fracht – eine Tonne Muskatnüsse hier, Säcke mit Kaffee dort. Fässer mit Melasse. Wolle, Wein und Whiskey. Tabakbündel und Kisten mit Tee.

Und überall, auf den vorspringenden Docks, mit ihren Kapitänen konferierend oder zwischen Kisten und Kästen und hoch aufgetürmten Paletten hin und her gehend, waren Händler – energische, herrische Männer, die aus der City herbeieilten, um sofort, nachdem ihre Schiffe angekommen waren, ihre Waren zu begutachten. Sie kamen in Kutschen, trugen Spazierstöcke und ließen mit feinen, weißen Händen goldene Uhren aufspringen. Sie trugen Zylinder und Gehröcke und wurden von Schreibern begleitet, die sich an ihre Fersen hefteten, Rechnungsbücher schleppten und mit gerunzelter Stirn alles überprüften und notierten. Diese Männer waren Alchimisten. Sie bekamen rohe Güter, die sie in Gold verwandelten. Und Fiona sehnte sich danach, zu ihnen zu gehören.

Es war ihr gleichgültig, daß Mädchen eigentlich nichts mit Geschäften zu tun hatten – vor allem Mädchen aus den Docks nicht, wie ihre Mutter sie immer wieder erinnerte. Mädchen aus den Docks lernten kochen, nähen und den Haushalt führen, damit sie Ehemänner fanden, die zumindest so gut für sie sorgten, wie ihre

Väter es getan hatten. »Albernheiten« nannte ihre Mutter ihre Ideen und riet ihr, mehr Zeit darauf zu verwenden, ihre Kochkünste zu verbessern, und weniger Zeit am Fluß zu verbringen. Ihr Vater jedoch hielt ihre Träume nicht für närrisch. »Man muß einen Traum haben, Fee«, sagte er. »An dem Tag, an dem du zu träumen aufhörst, kannst du dich gleich einsargen lassen, dann bist du so gut wie tot.«

Versunken in den Zauber des Flusses, hörte Fiona die Schritte nicht, die sich oben den Old Stairs näherten. Sie merkte nicht, daß ein junger Mann dort stand und sie lächelnd eine Weile beobachtete, bevor er leise »Ha-llo!« rief.

Fiona drehte sich um. Ihr Gesicht leuchtete auf, als sie ihn sah, und für ein paar Sekunden verschwand die resolute Entschlossenheit in ihrem Ausdruck – eine Entschlossenheit, die Nachbarsfrauen zu Tratschereien und der Feststellung veranlaßte, daß ein strenges Gesicht auf einen starken Willen schließen lasse. Und ein starker Wille bedeutete Schwierigkeiten. Sie würde nie einen Mann bekommen, sagten sie. Junge Männer schätzten das nicht bei Mädchen.

Doch diesen jungen Mann schien das nicht zu stören. Genausowenig wie ihn das glänzende schwarze Haar störte, das sich um ihr Gesicht ringelte und über den Rücken hinabfiel. Oder die blitzenden saphirblauen Augen.

»Du bist früh dran, Joe«, sagte sie lächelnd.

»Ja«, antwortete er und setzte sich neben sie. »Vater und ich sind in Spitalfields früh fertig geworden. Der Gemüsemann hat eine schlimme Erkältung, also hat er nicht lang rumgefeilscht. Ich hab die nächsten zwei Stunden ganz für mich. »Da«, fügte er hinzu und reichte ihr eine Blume. »Die hab ich auf dem Weg hier rüber gefunden.«

»Eine Rose!« rief sie aus. »Danke!« Rosen waren eine Kostbarkeit. Es kam nicht oft vor, daß er es sich leisten konnte, ihr eine zu schenken. Sie hielt die dunkelroten Blütenblätter an die Wange und steckte die Blume dann hinters Ohr. »Also, wie hoch ist die Wochenabrechnung? Wieviel haben wir?« fragte sie.

»Zwölf Pfund, einen Shilling, sechs Pence.«

»Leg das dazu«, sagte sie und zog eine Münze aus der Tasche, »dann haben wir zwölf und zwei.«

»Kannst du das entbehren? Ohne wieder das Abendessen ausfallen zu lassen, um Geld zu sparen?«

»Nein.«

»Ich mein's ernst, Fee. Ich werd böse, wenn du ...«

»Ich hab nein gesagt!« beharrte sie brüsk und wechselte das Thema. »Bald haben wir fünfzehn Pfund, dann zwanzig und dann fünfundzwanzig. Wir schaffen es wirklich, nicht?«

»Na klar. Bei der Geschwindigkeit dauert es noch ein Jahr, und wir haben unsere fünfundzwanzig beisammen. Genug für drei Monate Miete und Ware, um anzufangen.«

»Ein ganzes Jahr«, wiederholte Fiona. »Das hört sich wie eine Ewigkeit an.«

»Das geht schnell vorbei, Schatz«, antwortete Joe und drückte ihre Hand. »Nur der Anfang ist schwer. Sechs Monate, nachdem wir unseren ersten Laden aufgemacht haben, haben wir so viel Geld, daß wir den nächsten aufmachen können. Und dann den nächsten, bis wir eine Kette haben. Wenn wir das Geld so spielend zusammenbringen, schaffen wir's.«

»Wir werden reich sein!« sagte sie und strahlte erneut.

Joe lachte. »Nicht gleich. Aber eines Tages schon. Das versprech ich dir, Fee.«

Fiona zog die Knie an die Brust und lächelte. Ein Jahr war schließlich nicht so lang, sagte sie sich. Vor allem, wenn man bedachte, wie lange sie schon über ihren Laden redeten. Schon seit Ewigkeiten, seit sie Kinder waren. Und vor zwei Jahren hatten sie angefangen zu sparen, Geld in eine alte Kakaodose zu stecken, die Joe unter seinem Bett aufbewahrte. Alles wurde in diese Dose gesteckt – der Lohn, Münzen, die sie zu Weihnachten oder zum Geburtstag bekamen, Geld für kleine Hilfsdienste, sogar die paar Groschen, die sie auf der Straße gefunden hatten. Stück für Stück hatten sich die Münzen angehäuft, und jetzt besaßen sie zwölf Pfund und zwei Shilling – ein Vermögen.

Im Lauf der Jahre hatten sie und Joe sich ihren Laden ausgemalt, ihn in ihrer Phantasie verschönert und verbessert, bis das Bild so reale Gestalt annahm, daß sie nur die Augen zu schließen brauchte, um den Tee in den Kisten zu riechen. Sie konnte die glatte Eichentheke unter ihren Händen spüren und die kleine Messingglocke über der Tür klingeln hören. Es wäre ein heller, lichter Ort, kein schäbiges, dunkles Loch. Ein wirklich schönes Geschäft mit so geschmackvoll dekorierten Schaufenstern, daß die Leute einfach nicht daran vorbeigehen könnten. »Die Hauptsache ist die Präsentation, Fee«, sagte Joe immer. »Die zieht die Kunden in den Laden.«

Der Laden wäre ein Erfolg, das wußte sie. Was das Verkaufen anging, kannte sich Joe als Sohn eines Gemüsehändlers aus. Er war auf einem Gemüsekarren aufgewachsen und hatte die ersten Jahre seines Lebens in einem Korb zwischen Rüben und Kartoffeln verbracht. Noch bevor er seinen Namen sagen konnte, konnte er schon rufen: »Kauft meine gute Pe-tersi-lie!« Mit seinem Wissen und vereinten Kräften konnte gar nichts schiefgehen.

Unser Laden, ganz allein unser, dachte Fiona und sah Joe an, der aufs Wasser hinausblickte. Ihr Blick liebkoste sein Gesicht, erfreute sich an jeder Einzelheit – der kräftigen Kinnlinie, den sandfarbenen Stoppeln, die seine Wangen bedeckten, der winzigen Narbe über seinem Auge. Sie kannte jeden Zug an ihm. Es gab keine Zeit, da Joe Bristow nicht ein Teil ihres Lebens gewesen wäre, und es würde auch künftig keine geben. Sie und Joe waren in der gleichen schäbigen Straße aufgewachsen, als Nachbarskinder. Von klein auf hatten sie miteinander gespielt, hatten zusammen Whitechapel unsicher gemacht und waren gemeinsam durch dick und dünn gegangen.

Sie hatten als Kinder ihre Pennys und Süßigkeiten geteilt, und jetzt teilten sie ihre Träume. Bald würden sie ihr Leben teilen. Sie würden heiraten, sie und Joe. Nicht gleich. Sie war erst siebzehn, und ihr Vater würde sagen, sie sei zu jung. Aber nächstes Jahr wäre sie achtzehn und Joe zwanzig, und sie hätten Geld gespart und beste Aussichten.

Fiona stand auf und sprang von den Stufen auf die Steine hinunter. Ihr ganzer Körper bebte vor Aufregung. Sie schlenderte zum Flußufer, nahm eine Handvoll Steine und warf sie übers Wasser. Danach drehte sie sich zu Joe um, der noch immer auf den Stufen saß und ihr zusah.

»Eines Tages sind wir so groß wie die hier«, rief sie und breitete die Arme aus. »Größer als White's oder Sainsbury's. Und größer als Harrods.« Sie stand ein paar Sekunden still und sah auf die Lagerhäuser auf beiden Seiten und auf die Kais auf der anderen Flußseite. Auf den ersten Blick wirkte sie so zart und zerbrechlich, ein schmächtiges Mädchen, das am Flußufer stand mit dem Rocksaum im Schlamm. Aber wer sie näher ansah, so wie Joe es tat, entdeckte in jedem ihrer Züge, in jeder Geste ihren glühenden Ehrgeiz.

»Wir werden so groß sein«, fuhr sie fort, »daß jeder Händler am Fluß alles dransetzen wird, uns seine Waren zu verkaufen. Wir werden zehn Läden in London haben ... nein, zwanzig ... und noch mehr im ganzen Land. In Leeds und Liverpool. In Brighton, in Bristol und Birmingham und ...« Sie hielt inne, weil sie plötzlich Joes Blick bemerkte und verlegen wurde. »Warum siehst du mich so an?«

»Weil du so ein verrücktes Mädchen bist.«

»Das bin ich nicht!«

»Doch. Du bist das verrückteste Huhn, das ich je gesehen hab. Du hast mehr Mumm als die meisten Kerle.« Joe lehnte sich auf die Ellbogen zurück und musterte sie bewundernd. »Vielleicht bist du gar kein Mädchen, sondern in Wirklichkeit ein verkleideter Junge.«

Fiona grinste. »Vielleicht bin ich das. Vielleicht solltest du hier runterkommen und nachsehen.«

Joe stand auf, und Fiona, vom Schalk gepackt, drehte sich um und rannte den Strand hinunter. Ein dumpfes Knirschen hinter ihr verriet ihr, daß er heruntergesprungen war und sie verfolgte. Sie quiekte vor Vergnügen, als er ihren Arm packte.

»Jedenfalls rennst du wie ein Mädchen.« Er zog sie an sich und tat so, als würde er ihr Gesicht inspizieren. »Und ich schätze, daß du hübsch genug bist, um ein Mädchen zu sein ...«

»Du *schätzt?«*

»Hm, aber ich könnte mich täuschen. Besser, ich überzeug mich ...«

Fiona spürte seine Finger, die über ihre Wange strichen. Ganz sacht hob er ihr Kinn, küßte ihre Lippen und öffnete sie mit seiner Zunge. Sie schloß die Augen und gab sich dem Kuß hin. Sie wußte, daß sie dies nicht durfte, nicht bevor sie verheiratet waren. Pater Deegan würde sie zur Buße mit unzähligen Ave Marias verdonnern, und wenn ihr Vater davon erführe, würde er ihr bei lebendigem Leib das Fell abziehen. Aber, ach, wie herrlich sich seine Lippen anfühlten, und seine Zunge war wie Samt, und seine von der Nachmittagssonne warme Haut duftete so süß. Bevor sie wußte, was sie tat, stand sie auf den Zehenspitzen, schlang die Arme um seinen Hals und erwiderte seinen Kuß. Nichts fühlte sich so gut an wie ihren Körper an den seinen zu schmiegen und seine starken Armen um sich zu spüren.

Pfiffe und Gegröle unterbrachen ihre Umarmung. Ein Lastkahn segelte an ihnen vorbei. Seine Mannschaft hatte sie entdeckt.

Mit glutrotem Gesicht zog Fiona Joe in das Labyrinth aufgeschichteter Warenkisten, wo sie warteten, bis der Lastkahn vorbeigefahren war. Eine Kirchturmuhr schlug die Stunde. Es war spät geworden. Sie wußte, sie sollte heimgehen und ihrer Mutter beim Abendessen helfen. Und Joe mußte auf den Markt. Nach einem letzten Kuß gingen sie zu den Old Stairs zurück. Sie eilte die Treppe hinauf, zog ihre Strümpfe und Schuhe wieder an und verhedderte sich dabei in ihrem Rock.

Als sie sich zum Gehen anschickte, warf sie einen letzten Blick auf den Fluß zurück. Es würde eine Woche dauern, bevor sie wieder zurückkommen konnte – eine Woche, in der sie im Dunkeln aufstehen, sich mühsam zu Burton's und wieder nach Hause schleppen mußte, wo immer allerlei Arbeiten auf sie warteten. Aber das machte nichts, nichts machte etwas aus. Eines Tages würde sie alles hinter sich lassen. Weiße Schaumkronen erhoben sich von weiter draußen und kräuselten sich auf der Wasseroberfläche. Wellen tanzten. Bildete sie sich das nur ein, oder hüpfte der Fluß vor Freude für sie, für sie beide?

Und warum auch nicht? fragte sie sich lächelnd. Sie und Joe hatten einander. Sie hatten zwölf Pfund, zwei Shilling und einen Traum. Was scherte sie Burton's oder die trostlosen Straßen von Whitechapel? In einem Jahr würde die Welt ihnen gehören. Alles war möglich.

»Paddy? Paddy, wie spät hast du's?« fragte Kate Finnegan ihren Mann.

»Hm?« antwortete er, den Kopf in die Zeitung vergraben.

»Wie spät ist es, Paddy?« fragte sie, ungeduldig in einer gelben Schüssel rührend.

»Kate, Liebes, du hast mich doch gerade erst gefragt«, antwortete er seufzend und griff in seine Tasche. Er zog eine zerbeulte silberne Uhr heraus. »Es ist genau zwei Uhr.«

Stirnrunzelnd klopfte Kate den Schneebesen am Rand der Schüssel ab, löste cremefarbene Klümpchen von den Drähten und warf ihn dann ins Spülbecken. Dann nahm sie eine Gabel und stach in eines der Lammkoteletts, die auf dem Herd brutzelten. Ein wenig

Saft trat aus dem Kotelett, der sich in Dampf auflöste, als er auf das heiße Metall der Bratpfanne traf. Sie spießte die Koteletts auf, legte sie auf eine Platte und stellte sie neben einen Topf mit Zwiebelsoße ins Wärmefach. Dann nahm sie ein paar Würstchen, schnitt sie auf und gab sie in die Pfanne. Als sie zu braten begannen, setzte sie sich ihrem Mann gegenüber an den Tisch.

»Paddy«, sagte sie und klopfte mit der Handfläche leicht auf den Tisch. »Paddy.«

Über die Zeitung hinweg sah er in die großen grünen Augen seiner Frau. »Ja, Kate. Was ist Kate?«

»Du solltest sie wirklich holen gehen. Sie können nicht einfach eintrudeln, wann sie wollen, und dich mit dem Essen warten lassen. Und ich steh hier und weiß nicht, wann ich die Würstchen auftragen kann.«

»Sie kommen jede Minute. Fang doch schon an. Wenn ihr Essen dann kalt ist, sind sie selbst schuld.«

»Es ist nicht nur wegen dem Essen«, gestand sie. »Ich mag's nicht, wenn sie draußen rumtrödeln, wo doch die Sache mit diesen Morden noch immer nicht vorbei ist.«

»Ach, du glaubst doch nicht, daß der Mörder von Whitechapel bei hellem Tageslicht rumläuft? Und einem kräftigen Burschen wie Charlie nachstellt? Gott steh ihm bei, wenn er's tut, dann schreit der Mörder um Hilfe. Ganz zu schweigen von Fiona. Erinner dich, was mit dem Schläger Sid Malone passiert ist, als er versucht hat, sie in eine Gasse zu zerren. Sie hat ihm eins auf die Nase gegeben, daß sie gebrochen war. Und er ist zweimal so groß wie sie.«

»Ja, aber ...«

»Da, Kate, da ist ein Artikel über Ben Tillet, den Gewerkschaftsmann, der die Männer in den Lagerhäusern organisiert. Hör dir das an ...«

Kate sah ihren Mann vorwurfsvoll an. Sie hätte ihm sagen können, daß Feuer auf dem Dach sei, und hätte die gleiche Antwort bekommen. Was immer auch in der Zeitung stand, sie wollte es nicht wissen. Gespräche über Gewerkschaften bedrückten sie, Gespräche über Streiks machten ihr angst. Mit einem Mann, vier Kindern und einem Untermieter, die es zu füttern galt, schaffte sie es kaum, die Woche zu überstehen. Wenn zum Streik aufgerufen wurde, müßten sie hungern. Und als wäre das nicht schon Sorge genug, lief jetzt auch noch ein Mörder frei herum. Whitechapel war schon immer eine gefährliche Gegend gewesen, eine gewalttätige Mischung aus Cockneys, Iren, Polen, Russen, Chinesen und einem Haufen anderer. Niemand war reich, die meisten mußten schwer arbeiten. Viele tranken. Es gab viel Kriminalität, aber zumeist nur Diebstähle. Gangster brachten sich manchmal gegenseitig um, oder ein Mann wurde bei einer Schlägerei getötet, aber niemand tat so etwas wie Frauen aufschlitzen.

Während Paddy weiterlas, stand sie auf und wendete die Würstchen, die in einer dicken Soße aus Fleischsaft und Fett schwammen. Als sie anfing, die Kartoffeln zu zerstampfen, hörte sie die Haustür aufspringen und die leichten schnellen Schritte ihrer Tochter in der Diele.

»Hallo, Ma. Hallo, Pa«, sagte Fiona fröhlich und legte ihren Wochenlohn abzüglich Sixpence in eine alte Teedose auf dem Kaminsims.

»Hallo, Schatz«, antwortete Kate und sah von den Kartoffeln auf, um sie zu begrüßen.

Paddy murmelte einen Gruß hinter seiner Zeitung.

Fiona nahm eine Schürze vom Haken neben der Hintertür und warf einen Blick zu ihrer kleinen Schwester hinein, die in einem Korb neben dem Herd schlief, dann beugte sie sich zu ihrem vierjährigen Bruder Seamus hinunter, der auf einem Teppich mit Wäscheklammern Soldaten spielte, und gab ihm einen Kuß.

»Komm, gib mir auch einen, Seamie.«

Der kleine Junge mit dem dichten Schopf roter Haare drückte schalkhaft die Lippen an ihre Wange und gab ihr einen lauten, feuchten Schmatz.

»O Seamie!« rief sie und wischte sich die Wange ab. »Das war aber nicht sehr nett! Wer hat dir denn das beigebracht?«

»Charlie!«

»Das kann ich mir vorstellen. Was gibt's zu tun, Ma?«

»Du kannst das Brot aufschneiden. Dann deckst du den Tisch, machst den Tee und bringst deinem Vater sein Bier.«

Fiona machte sich an die Arbeit. »Was gibt's Neues, Pa?«

Paddy ließ die Zeitung sinken. »Die Gewerkschaft. Die Mitgliederzahlen steigen von Tag zu Tag. Es dauert nicht mehr lange, dann sind die Burschen aus Wapping auch dabei. Denk an meine Worte, vor Jahresende haben wir Streik. Die Gewerkschaften werden die Arbeiterklasse retten.«

»Und wie werden sie das anstellen? Indem sie uns pro Stunde einen Extrapenny geben, damit wir langsam statt gleich auf der Stelle verhungern?«

»Laß es gut sein, Fiona ...«, warnte Kate.

»Eine schöne Einstellung ist das. Füttert dich dieser Joe Bristow mit solchen Ideen? Die Straßenhändler sind doch alle gleich. Denken nur an sich. Scheren sich einen Dreck um den Rest ihrer Klasse.«

»Joe braucht mich nicht mit Ideen zu füttern, ich hab genügend eigene. Und ich bin nicht gegen die Gewerkschaft. Ich will bloß meinen eigenen Weg gehen. Wer darauf wartet, daß Dock- und Fabrikbesitzer auf einen Haufen zerlumpter Gewerkschafter reagieren, kann lange warten.«

Paddy schüttelte den Kopf. »Du solltest eintreten, Beitrag zahlen, einen Teil deines Lohns fürs allgemeine Wohl beisteuern. Andernfalls bist du genau wie sie.«

»Also, ich bin durchaus keine von denen, Pa!« erwiderte Fiona erregt. »Ich steh auf und geh jeden Tag zur Arbeit, genau wie du. Ich glaub, daß die Arbeiter ein besseres Leben haben sollten. Sicher. Ich hab bloß keine Lust, auf meinem Hintern sitzen zu bleiben und zu warten, bis Ben Tillet alles richtet.«

»Fiona, was ist denn das für eine Ausdrucksweise«, sagte Kate tadelnd und sah nach dem Essen.

»Glaubst du wirklich, Pa, daß William Burton seiner Belegschaft erlaubt, der Gewerkschaft beizutreten?« fuhr sie aufgebracht fort. »Du arbeitest doch für ihn, du kennst ihn so gut wie ich. Er ist zäh wie Leder. Er will seinen Profit für sich behalten, nicht teilen.«

»Was du nicht verstehst, Mädchen, ist, daß man irgendwo anfangen muß«, antwortete Paddy erregt und richtete sich auf seinem Stuhl auf. »Du gehst zu Versammlungen, verbreitest die Ideen, bringst alle Arbeiter von Burton's dazu, die Gewerkschaft zu unterstützen – die Männer in den Docks, die Mädchen in den Fabriken –, dann hat er keine andere Wahl, als sich zu fügen. Vor dem großen Sieg kommen die kleinen. Wie bei den Mädchen in der Zündholzfabrik von Bryant & May's, die sich gegen die unmenschlichen

Arbeitsbedingungen und gegen die Abzüge fürs Schwatzen und Austreten aufgelehnt haben. Nach nur drei Wochen Arbeitseinstellung haben sie gewonnen. Eine Gruppe hilfloser Mädchen! In der Masse liegt die Kraft, Fiona, denk an meine Worte. Die Gewerkschaften werden die Dockarbeiter und die ganze Arbeiterklasse retten.«

»Das soll mir recht sein«, antwortete sie. »Aber laß mich damit zufrieden.«

Paddy schlug mit der Faust auf den Tisch, und seine Frau und Tochter zuckten zusammen. »Das reicht!« polterte er los. »Ich laß in meinem Haus keine Reden gegen meine eigene Klasse zu.« Mit funkelnden Augen nahm er seine Zeitung wieder hoch und glättete die Knitterfalten.

Fiona kochte vor Wut, wußte aber, daß sie den Mund nicht mehr aufmachen durfte.

»Wann begreifst du's endlich?« fragte Kate sie.

Sie zuckte die Achseln, als wäre nichts geschehen, und begann, das Besteck aufzulegen, aber Kate ließ sich nicht täuschen. Fiona war wütend, aber sie sollte inzwischen wissen, daß sie ihre Ansichten für sich behalten sollte. Paddy sagte immer, er ermutige seine Kinder zu selbständigem Denken, aber wie alle Väter war es ihm lieber, wenn sie so dachten wie er.

Kate ließ den Blick zwischen ihrem Mann und ihrer Tochter hin- und herschweifen. Gütiger Gott, dachte sie, sie sind sich so ähnlich. Das gleiche rabenschwarze Haar, die gleichen blauen Augen, das gleiche trotzige Kinn. Und beide haben ihre Hirngespinste – das ist das Irische an ihnen. Sie sind Träumer. Er träumt immer vom Sankt-Nimmerleins-Tag, an dem Kapitalisten ihre Untaten bereuen. Und dieses Mädchen macht Pläne für einen eigenen Laden. Sie hat keine Ahnung, wie schwer es sein wird, das in die Tat umzusetzen. Aber sie läßt sich nichts sagen. So war es schon immer mit ihr. Sie wollte schon immer hoch hinaus.

Kate machte sich Sorgen um ihre älteste Tochter. Fionas Sturheit, ihre Zielstrebigkeit waren so stark, so eindeutig, daß es sie beängstigte. Plötzlich überkam sie ein heftiges Gefühl, sie beschützen zu wollen. Wie viele Mädchen aus den Docks wollten wie sie einen Laden eröffnen? fragte sie sich. Was, wenn sie es schaffte, ihn aufzumachen, und dann scheiterte? Es würde ihr das Herz brechen. Und dann wäre sie ihr ganzes restliches Leben verbittert über etwas, was sie sich nie hätte wünschen dürfen.

Wie oft schon hatte Kate diese Sorgen ihrem Mann anvertraut, aber Paddy war stolz war auf den glühenden Ehrgeiz seiner Tochter und wandte ein, daß Selbstbewußtsein und Schwung etwas Gutes seien bei einem Mädchen. Ob das wohl stimmte? Sie wußte es besser. Selbstbewußtsein und Schwung waren dafür verantwortlich, daß Mädchen ihre Stellen verloren oder von ihren Ehemännern verprügelt wurden. Wozu sollten Selbstbewußtsein und Schwung dienen, wenn die ganze Welt nur darauf wartete, sie einem auszutreiben? Sie seufzte tief auf – das lange, geräuschvolle Seufzen einer Mutter. Die Antwort auf diese Fragen müßte warten. Das Essen war fertig.

»Fiona, wo ist dein Bruder?« fragte sie.

»Unten beim Gaswerk Koks suchen, den er Mrs. McCallum verkaufen will, hat er gesagt. Für Kohle zahlt sie nichts.«

Vor dem Haus war ein Knirschen zu hören. Die Tür ging auf, und ein kleiner Leiterwagen tauchte auf. Charlie war mit seinem Holzkarren im Schlepptau heimgekehrt.

Der Kopf des kleinen Seamie schnellte hoch. »Der Mörder von Whitechapel«, rief er fröhlich.

Kate runzelte die Stirn. Ihr gefiel der gräßliche neue Name für ihren Sohn nicht.

»Jawohl, kleiner Mann«, erwiderte eine schaurige Stimme aus der Diele. »Es ist der Mörder von Whitechapel, der Herr der Nacht, der nach unartigen Kindern Ausschau hält.«

Die Stimme ging in ein böses Lachen über, und Seamie, vor Angst und Entzücken kreischend, erhob sich auf seine stämmigen Beinchen und suchte nach einem Versteck.

»Komm her, Schatz!« flüsterte Fiona und lief zu dem Schaukelstuhl vor dem Kamin. Sie setzte sich und breitete die Röcke aus. Seamie kroch darunter, vergaß aber, seine Beine einzuziehen. Immer noch böse lachend, kam Charlie in die Küche gestapft. Als er die kleinen Stiefelchen unter den Röcken seiner Schwester hervorstehen sah, mußte er sich zusammennehmen, um nicht laut loszuprusten und das Spiel zu verderben.

»Haben *Sie* irgendwelche unartigen kleinen Jungen gesehen, Missus?« fragte Charlie seine Mutter.

»Hör auf«, sagte Kate tadelnd. »Erschreck deinen Bruder nicht so.«

»Ach, dem macht das Spaß«, flüsterte Charlie und bedeutete ihr, still zu sein. »O Siamieeee«, rief er lockend, »komm raus, komm raus!« Er öffnete die Schranktür. »Da ist er nicht.« Er sah unter das Spülbecken. »Da ist er auch nicht.« Dann ging er zu seiner Schwester hinüber. »Hast *du* einen kleinen Jungen gesehen?«

»Nur den, der gerade vor mir steht«, antwortete Fiona und glättete ihre Röcke.

»Wirklich? Dann sind das deine Füße, die hier rausstehen. Ziemlich klein für ein so großes Mädchen, wie du es bist. Laß mich doch mal nachsehen ... aha!«

Charlie packte Seamie an den Fesseln und zog ihn heraus. Seamie kreischte, und Charlie begann, ihn gnadenlos zu kitzeln.

»Nicht so wild, Charlie«, sagte Kate tadelnd. »Laß ihn erst mal wieder zu Atem kommen.«

Charlie hielt inne, und Seamie versetzte ihm einen Stoß ans Bein, damit er weitermachte. Als er wirklich keine Luft mehr bekam, hörte Charlie auf und gab ihm einen liebevollen Klaps auf den Kopf. Seamie lag mit ausgestreckten Armen und Beinen auf dem Boden und sah mit hingebungsvoller Bewunderung zu seinem Bruder hinauf. Charlie war der Mittelpunkt seines Universums, sein Held. Er betete ihn an, folgte ihm auf Schritt und Tritt und bestand sogar darauf, genauso angezogen zu sein wie er. Bis hin zu dem Stück Stoff, das er sich von seiner Mutter um den Hals binden ließ, um Charlies Halsbinde nachzuahmen – ein knallrotes Tuch, das alle flotten jungen Burschen trugen. Die beiden Jungen glichen sich fast aufs Haar und schlugen mit ihrem roten Schopf, den grünen Augen und den Sommersprossen ihrer Mutter nach.

Charlie hängte seine Jacke auf, nahm dann eine Handvoll Münzen aus seiner Tasche und warf sie in die Teedose. »Ein bißchen mehr als sonst, Ma. Ich hab diese Woche ein paar Überstunden gemacht.«

»Danke, Schatz, ich kann es gebrauchen. Ich hab versucht, ein bißchen was auf die Seite zu tun, um deinem Vater eine Jacke zu kaufen. Bei Malphlins's gibt's ein paar schöne gebrauchte. Seine alte hab ich so oft ausgebessert, daß sie bloß noch aus Flicken besteht.«

Er setzte sich an den Tisch, nahm eine dicke Scheibe Brot und begann, sie gierig hinunterzuschlingen. Paddy warf einen Blick über seine Zeitung, sah ihm zu und gab ihm einen Klaps auf den Kopf. »Wart auf deine Mutter und deine Schwester. Und nimm die Mütze ab, wenn du ißt.«

»Fiona, setz bitte Seamie auf seinen Platz«, sagte Kate. »Wo ist Roddy? Schläft er immer noch? Gewöhnlich treibt ihn der Essensgeruch raus. Charlie, ruf ihn runter.«

Charlie stand vom Tisch auf und ging zum Treppenhaus. »Onkel Roddy! Essen ist fertig!« Keine Antwort. Er lief die Stiege hinauf.

Fiona wusch Seamies Hände und setzte ihn an den Tisch. Sie band ihm ein Lätzchen um den Hals und gab ihm ein Stück Brot, um ihn ruhig zu halten. Dann ging sie zum Küchenschrank, nahm sechs Teller heraus und trug sie zum Herd. Auf drei Teller gab sie Schnitzel und Kartoffelbrei mit Soße. Kate zog die Kasserolle aus dem Backofen und verteilte den Inhalt sowie den Rest der Kartoffeln und Soße auf den übrigen Tellern.

»Würstchen im Teigmantel!« krähte Seamie mit Blick auf den knusprigen Teig und zählte hungrig die Wurststücke, die aus dem Überzug spitzten.

Weder Kate noch Fiona dachten je darüber nach, ob es gerecht war, daß die Männer Schnitzel bekamen, sie selbst aber weitestgehend fleischlose Kost. Männer waren die Ernährer und brauchten Fleisch, um bei Kräften zu bleiben. Frauen und Kinder bekamen am Wochenende ein bißchen Speck oder Würstchen, wenn der Wochenlohn dafür reichte. Die Tatsache, daß Kate an einer Mangel arbeitete und den ganzen Tag nasse Wäsche durchließ oder daß Fiona stundenlang und ohne Pause auf den Beinen stand und Tee verpackte, zählte nicht. Paddys und Charlies Verdienst bildete den Löwenanteil ihres Einkommens. Davon bezahlten sie die Miete, kauften Kleider und das meiste des Essens. Von Kates und Fionas Verdienst wurden Kohle und Haushaltsartikel gekauft wie Schuhcreme, Lampenöl und Streichhölzer. Wenn Paddy oder Charlie krank wurden oder die Arbeit versäumten, mußten alle darunter leiden. So war es in allen Häusern im Osten von London – die Männer bekamen das Fleisch und die Frauen, was übrigblieb.

Kate hörte wieder Charlies polternde Schritte auf der Treppe.

»Er ist nicht da, Ma«, sagte er, als er zum Tisch zurückkam. »Sieht auch nicht aus, als hätte er hier geschlafen.«

»Das ist komisch«, sagte Paddy.

»Und da steht sein Essen und wird kalt«, jammerte Kate. »Fiona, gib's mir rüber, ich stell's wieder ins Backrohr. Wo ist er denn? War er denn heute morgen nicht da, Paddy?«

»Nein, aber gewöhnlich kommt er nicht heim, bevor ich fortgeh, also hätte ich ihn ohnehin nicht getroffen.«

»Ich hoffe nur, daß es ihm gutgeht. Daß ihm nichts passiert ist.«

»Ich schätze, dann hätten wir inzwischen was gehört«, antwortete Paddy. »Vielleicht ist jemand von der nächsten Schicht krank geworden, und er ist eingesprungen. Du kennst doch Roddy, er kommt schon wieder.«

Roddy O'Meara, der Untermieter der Finnegans, war kein Verwandter der Familie, dennoch nannten die Kinder ihn Onkel. Er war mit Paddy und Paddys jüngerem Bruder Michael in Dublin aufgewachsen und zuerst mit ihnen nach Liverpool und dann nach London gezogen, wo er mit Paddy blieb, während Michael nach New York weiterfuhr. Er kannte die Finnegan-Kinder schon ihr ganzes Leben lang – hatte sie auf den Knien geschaukelt, sie vor üblen Burschen und bösen Hunden beschützt und ihnen abends vor dem Kamin Geistergeschichten erzählt. Er stand ihnen näher als ihr wirklicher Onkel, den sie nie gesehen hatten, und sie vergötterten ihn.

Kate seihte den Tee ab und setzte sich. Paddy sprach das Dankgebet, und die Familie begann zu essen. Sie ließ den Blick über ihre Kinder schweifen und lächelte. Wenn sie aßen, waren sie still. Jetzt herrschte vielleicht tatsächlich ein paar Minuten lang Ruhe. Charlie futterte mit wilder Hast. Er bekam nie genug. Er war nicht groß gewachsen, aber kräftig für seine sechzehn Jahre, breitschultrig und genauso zäh und raufiustig wie die Bullterrier, die sich einige in der Nachbarschaft hielten.

»Gibt's noch Kartoffeln, Ma?« fragte er.

»Auf dem Herd.«

Er stand auf und häufte sich nochmals Kartoffeln auf seinen Teller. Genau in dem Moment ging die Vordertür auf.

»Roddy, bist du das?« rief Kate. »Charlie, hol den Teller von deinem Onkel ...« Sie brach ab, als Roddy in der Tür erschien. Fiona, Paddy und sogar Seamie hörten zu essen auf und sahen ihn an.

»Mein Gott!« rief Paddy aus. »Was ist denn mir dir passiert?«

Roddy O'Meara antwortete nicht. Sein Gesicht war aschfahl. Er hielt seinen Polizeihelm in der Hand, und seine Jacke stand offen, auf deren Vorderseite ein dunkelroter Fleck zu sehen war.

»Roddy, mein Junge ... sag doch was!« begann Paddy.

»Wieder ein Mord«, antwortete Roddy schließlich. »In der Bucks Row. Eine Frau namens Polly Nichols.«

»Mein Gott«, seufzte Paddy. Kate stöhnte auf. Fiona und Charlie starrten ihn mit aufgerissenen Augen an.

»Sie war noch warm. Ihr könnt euch nicht vorstellen, was er getan hat. Das Blut – es war überall. Überall. Ein Mann hat die Leiche kurz vor Sonnenaufgang auf dem Weg zur Arbeit gefunden. Ich hab ihn gesehen, wie er schreiend die Straße runtergerannt kam. Er hat die ganze Gegend aufgeweckt. Ich bin mit ihm zurückgegangen, und da lag sie. Mit durchschnittener Kehle. Und aufgeschlitzt wie ein Tier im Schlachthaus. Ich hab mich gleich übergeben müssen. In der Zwischenzeit ist es heller geworden, und Leute sind zusammengelaufen. Ich hab den Mann zum Revier runtergeschickt, um Hilfe zu holen, und bis die kam, hatte ich's fast mit einem Aufstand zu tun.« Roddy hielt inne und strich sich mit der Hand über das erschöpfte Gesicht. »Ich durfte die Leiche nicht bewegen, bis die Detectives, die den Fall bearbeiten, eingetroffen waren. Und der Polizeiarzt. Als sie fertig waren, hatten wir eine ganze Mannschaft draußen, um die Leute zurückzuhalten. So wütend waren die. Wieder eine Frau ermordet. Dieser Bursche spielt Katz und Maus mit uns.«

»Das behaupten die Zeitungen«, sagte Paddy. »Und wie selbstgerecht sie sind. Ewig schwadronieren sie, daß der Schmutz und das Elend der Armen einen Satan herangezüchtet hat. Diese Schmierfinken haben sich doch nie zuvor für den Osten von London interessiert. Es braucht einen frei rumlaufenden Irren, um die Oberklasse dazu zu bringen, von Whitechapel überhaupt Notiz zu nehmen. Und jetzt schwafeln sie davon, einen Zaun aufzustellen, um den Mann hier einzusperren, damit er nicht in den Westen rübermarschieren und die feinen Leute belästigen kann.«

»Das passiert nicht«, erwiderte Roddy. »Der Bursche geht nach einem festen Muster vor. Er sucht sich immer den gleichen Frauentyp aus – betrunken und abgewrackt. Er bleibt in Whitechapel, das er kennt wie seine Westentasche. Er taucht auf wie ein Gespenst. Ein brutaler Mord passiert, und niemand hat was gesehen oder gehört.« Er schwieg eine Weile, dann fuhr er fort: »Ich werd ihren Anblick nie vergessen.«

»Roddy, mein Lieber«, sagte Kate anteilnehmend, »iß was. Du brauchst ein bißchen was im Magen.«

»Ich glaub nicht, daß ich was runterbringe. Ich hab überhaupt keinen Appetit.«

»Mann, das ist schrecklich«, sagte Fiona erschauernd. »Die Bucks Row ist gar nicht weit weg von hier. Es läuft einem kalt über den Rücken, wenn man darüber nachdenkt.«

Charlie schnaubte. »Wieso machst du dir denn Sorgen? Er hat's nur auf Dirnen abgesehen.«

»Sei still, Charlie«, sagte Kate gereizt. Reden über Blut und Eingeweide bei Tisch. Jetzt auch noch über Dirnen.

»Mein Gott, bin ich müde«, sagte Roddy. »Ich hab das Gefühl, ich könnte eine Woche schlafen, aber ich muß zur gerichtlichen Untersuchung heut abend.«

»Geh rauf und ruh dich aus«, sagte Paddy.

»Ja, das tu ich, glaub ich. Hebst du mir mein Essen auf, Kate?«

Kate versprach es. Roddy streifte seine Hosenträger und sein Unterhemd ab, wusch sich schnell und ging dann nach oben.

»Armer Onkel Roddy«, sagte Fiona. »Was für ein Schock das für ihn gewesen sein muß. Wahrscheinlich braucht er Jahre, um darüber wegzukommen.«

Ich hoffe, sie fassen ihn, bevor er noch jemanden umbringt, dachte Kate. Sie sah durch die Diele zur Eingangstür. Genau jetzt ist er dort draußen. Vielleicht schläft er oder ißt in einem Pub wie jeder andere. Vielleicht arbeitet er in den Docks. Vielleicht wohnt er bloß zwei Straßen entfernt. Vielleicht geht er nachts an unserem Haus vorbei. Obwohl ihr vom Kochen warm war, begann sie plötzlich zu frösteln.

»Ich frage mich, ob der Mörder ...«, begann Charlie.

»Um Himmels willen, Schluß jetzt!« zischte sie. »Iß dein Essen auf, das ich für dich gekocht hab.«

»Kate, was ist denn los?« fragte Paddy. »Du bist ja kreidebleich.«

»Nichts. Ich wünschte bloß ... dieses Monster würde verschwinden. Wenn sie ihn doch schon gefaßt hätten.«

»Mach dir keine Sorgen, Schatz. Kein Mörder stellt dir oder irgend jemandem aus unserer Familie nach«, sagte Paddy beruhigend und nahm die Hand seiner Frau. »Nicht solange ich hier bin.«

Kate zwang sich zu einem Lächeln. Wir sind sicher, sagte sie sich, wir alle. In einem festen Haus mit starken Schlössern. Sie wußte, daß sie stark waren, weil Paddy sie überprüft hatte. Ihre Kinder schliefen ruhig in der Nacht, weil ihr Vater im oberen Stockwerk war, und Roddy auch. Kein Unhold käme herein, um irgendeinem von ihnen etwas Böses anzutun. Aber dennoch hatte Fiona recht. Es jagte einem einen kalten Schauder über den Rücken. Das Blut gefror einem, wenn man daran dachte.

»Äpfel! Schöne Äpfel! Die schönsten von London! Vier für einen Penny!«

»Muscheln, frische Muscheln!«

»Schöne Heringe? Frisch aus dem Wasser! Noch springlebendig!«

Jeden Samstagabend war es das gleiche: Noch bevor sie am Markt angekommen waren, konnten sie von weitem die Rufe der Händler hören. Sie ertönten von Ständen und Obstkarren, schallten über Dächer und durch Gassen.

»Die beste Petersilie, meine Damen! Kaufen Sie meine herrliche Petersilie!«

»Orangen, zwei Stück ein Penny! Groß und saftig!«

Doch über den vertrauten Geräuschen des Markts erhob sich nun noch etwas anderes: ein unheimlicher Ruf, bei dem die abendlichen Marktbesucher ihre Schritte beschleunigten, um rasch an den häuslichen Herd zu kommen und die Türen hinter sich zu verriegeln. »Wieder ein schrecklicher Mord«, rief ein zerlumpter Zeitungsjunge. »Nur im *Clarion!* Das Allerneueste! Bilder vom Tatort, überall Blut! Die neuesten Nachrichten im *Clarion!*«

Als sie in die Brick Lane einbogen, nahm Fionas Erregung zu. Sie waren am Markt angelangt, der sich hell erleuchtet vor ihnen ausbreitete – überall erklangen Lachen, Geschrei und die auffordernden Rufe der Händler –, ein großes, sich ständig wandelndes Gebilde, in das sie eintauchen und mit ihm verschmelzen konnte. Sie zupfte ihre Mutter am Arm.

»Laß gut sein, Fiona. Ich geh schon, so schnell ich kann«, sagte Kate und warf einen Blick auf ihre Einkaufsliste.

Cockney-Stimmen, aufdringlich und derb, fuhren mit ihrem Geschrei fort. Händler stolzierten herum wie Kampfhähne und ermunterten die Kunden, ihre Waren zu begutachten, oder forderten ihre Konkurrenten heraus, ihre Preise zu senken.

Fiona sah die Auslage des Fischhändlers mit den Tabletts voller Wellhornschnecken, winzigen Muscheln, fetten Heringen und Kübeln voller Austern, von denen einige aufgebrochen waren und glänzend in den Schalenhälften lagen. Daneben befand sich ein Fleischstand, mit rotem und weißem Kreppapier verziert, in dessen Auslage fein säuberlich dicke Schnitzel, Würste und gräßliche, tropfende Schweinsköpfe aufgereiht waren.

Es gab eine Menge Gemüsehändler – die Ehrgeizigeren mit Karren, auf denen kunstvoll aufgeschichtete Obstpyramiden lagen: glänzende Äpfel, duftende Birnen, leuchtende Orangen und Zitronen, Pflaumen und Trauben. Und davor Körbe voller Blumenkohl, Rotkohl, Rüben, Zwiebeln und Kartoffeln.

Flackernde Gaslichter, Naphtalinflammen und in Rüben gesteckte Kerzenstummel beleuchteten die Szene. Und die Gerüche! Fiona blieb stehen, schloß die Augen und atmete tief ein. Ein salziger Meeresgeruch – in Essig eingelegte Muscheln. Ein Hauch von Gewürzen – mit Zimt und Zucker bestäubte Apfelringe. Gebratene Würste, Pellkartoffeln, warme Ingwernüsse. Ihr Magen knurrte.

Sie öffnete die Augen. Ihre Mutter bahnte sich den Weg zu einem Fleischstand. Als sie beobachtete, wie sie sich durch die Menschenmenge drängte, hatte Fiona den Eindruck, das gesamte East End sei hier versammelt – vertraute Gesichter und fremde. Ernst dreinblikkende fromme Juden auf dem Weg zum Gebet, Seeleute, die in Aspik eingelegten Aal oder heiße Erbsensuppe kauften, alle Arten von Arbeitern, in frischen Hemden und glatt rasiert, die vor den Eingängen der Pubs herumstanden, einige mit zappelnden Terriern unterm Arm.

Und überall zahllose Frauen jeden Alters und Aussehens, die sich drängelten, feilschten und kauften. Einige wurden von ihren Ehemännern begleitet, die Körbe trugen und Pfeife rauchten. Andere hatten quengelnde Kinder auf dem Arm, die um Kuchen, Bonbons oder warme Muffins bettelten.

Fiona sah sich nach ihrer Mutter um und entdeckte sie beim

Metzger. »Darf's Roastbeef sein für morgen, Mrs. Finnegan?« hörte sie den Mann fragen, als sie herantrat.

»Diese Woche nicht, Mr. Morrison. Mein Erbonkel ist noch nicht gestorben. Aber ich brauch ein Bruststück. So um die drei Pfund. Fünf Pence das Pfund, mehr ist nicht drin.«

»Hmm ...« Der Mann preßte die Lippen zusammen und runzelte die Stirn. »Meine Stücke sind heute eher größer ... aber ich sag Ihnen, was ich tun könnte, meine Liebe ...« – er machte eine dramatische Pause und beugte sich nach vorn – »... ich könnte Ihnen ein Stück mit fünf Pfund zu einem sehr günstigen Preis anbieten.«

»Das ist mir sicher zu teuer.«

»Ach wo«, antwortete er und senkte verschwörerisch die Stimme. »Versteh'n Sie, je größer das Stück, um so weniger verlang ich pro Pfund. Das ist Mengenrabatt. Sie zahlen mehr für das Stück, weil es größer ist, aber eigentlich zahlen Sie weniger ...«

Während ihre Mutter und der Metzger miteinander feilschten, hielt Fiona nach Joe Ausschau. Sie entdeckte ihn fünf Karren weiter unten, wo er seine Waren verkaufte. Obwohl der Abend nicht mehr warm war, stand sein Kragen offen, seine Ärmel waren aufgekrempelt, und seine Wangen glühten. Seit etwa einem Jahr ließ Mr. Bristow Joe beim Verkauf mithelfen, anstatt ihn hinter dem Stand zu beschäftigen. Eine weise Entscheidung, denn er war ein Naturtalent. Jede Woche setzte er allein für dreihundert Pfund Waren um – mehr als ein Verkäufer in irgendeinem vornehmen West-End-Laden im Monat. Und das schaffte er, ohne einen klingenden Geschäftsnamen im Rücken, ohne hübsche Schaufenster, Reklametafeln oder Anzeigen. Dazu brauchte er nichts als sein Talent.

Fiona durchfuhr ein prickelnder Schauder, als sie ihn bei der Arbeit beobachtete, während er einen Kunden nach dem anderen aus der Menge anlockte, mit einer Frau Augenkontakt aufnahm, sie einwickelte, dabei ständig lachte und scherzte – den Redefluß nicht abreißen und das Interesse nicht absinken ließ. Niemand beherrschte das Spiel so gut wie Joe. Er wußte, wie man die Vorlauten unterhielt und mit ihnen schäkerte, welchen Tonfall er für die Mißtrauischen anschlagen mußte und wie man Kränkung und Erstaunen heuchelte, wenn jemand die Nase über seine Waren rümpfte, worauf er ihn aufforderte, irgendwo in London einen besseren Bund Karotten, schönere Zwiebeln zu finden. Mit dem Geschick eines

Schauspielers schnitt er eine Orange auf und ließ den Saft in hohem Bogen auf die Pflastersteine spritzen. Fiona bemerkte, daß dies die Aufmerksamkeit von Passanten in zehn Metern Entfernung erregte. Dann öffnete er eine Tüte aus Zeitungspapier und gab »Nicht zwei, nicht drei, sondern vier große und schöne Orangen, alle für zwei Pence!« hinein, machte sie zu und überreichte sie mit einer schwungvollen Gebärde.

Seine schönen himmelblauen Augen und sein Lächeln waren dem Geschäft bestimmt auch nicht abträglich, dachte Fiona. Ebensowenig der dichte Schopf dunkelblonder Locken, der unter seiner Mütze hervorquoll. Ein warmer Schauder lief ihr über den Rücken, und ihre Wangen färbten sich rosig. Sie wußte, daß sie ihre Gedanken rein halten sollte, wie die Nonnen es sie gelehrt hatten, aber das wurde immer schwieriger. An seinem offenen Kragen, unterhalb seines roten Halstuchs, kam ein Stückchen nackter Haut zum Vorschein. Sie stellte sich vor, ihn dort zu berühren, ihre Lippen darauf zu drücken. Seine Haut wäre so warm und würde so gut riechen. Sie liebte es, wie er roch – nach all dem frischen Grünzeug, mit dem er den ganzen Tag zu tun hatte. Nach seinem Pferd. Nach der Ostlondoner Luft, die mit Kohlenrauch und dem Duft des Flusses getränkt war.

Einmal hatte er sie unter ihrer Bluse angefaßt. Im Dunkeln, hinter der Black-Eagle-Brauerei. Er hatte ihre Lippen, ihren Hals, ihren Nacken geküßt, bevor er ihre Bluse öffnete, dann ihr Mieder und seine Hand hineingleiten ließ. Sie glaubte, sie würde vergehen von seiner Berührung, von ihrem eigenen Begehren. Sie hatte sich entzogen, nicht aus Scham oder Sittsamkeit, sondern aus Angst, mehr zu wollen und nicht zu wissen, wohin dieses Begehren führen würde. Sie wußte, daß es Dinge gab, die Männer und Frauen zusammen taten, Dinge, die vor der Ehe nicht erlaubt waren.

Niemand hatte ihr je von diesen Dingen erzählt – das wenige, das sie wußte, hatte sie auf der Straße aufgeschnappt. Sie hatte Männer in der Nachbarschaft über das Decken ihrer Hunde reden hören, die groben Scherze junger Männer und, gemeinsam mit ihren Freundinnen, die Gespräche ihrer Schwestern und Mütter belauscht. Einige berichteten mit Märtyrermiene, daß sie mit einem Mann im Bett gewesen seien, andere kicherten und lachten und behaupteten, nicht genug davon kriegen zu können.

Plötzlich wurde sie von Joe entdeckt, der sie strahlend anlächelte. Sie errötete und war sich sicher, daß er wußte, woran sie gerade dachte.

»Komm mit, Fee«, rief ihre Mutter. »Ich muß noch das Gemüse besorgen ...« Kate überquerte die Straße zum Stand der Bristows, und Fiona folgte ihr.

»Hallo, meine Liebe!« rief Joes Mutter ihrer Mutter zu. Rose Bristow und Kate Finnegan waren in derselben trübseligen Seitenstraße der Tilley Street in Whitechapel aufgewachsen und wohnten jetzt in der Montague Street nur ein Haus voneinander entfernt. Von den Geschichten, die ihre Ma ihr erzählt hatte, wußte Fiona, daß sie als Mädchen unzertrennlich gewesen waren, ständig miteinander getuschelt und gekichert hatten. Selbst jetzt noch, als verheiratete Frauen, fielen sie schnell in ihr Backfischverhalten zurück.

»Ich dachte schon, der Mörder hätte dich vielleicht erwischt«, sagte Rose zu Kate. Sie war eine kleine, füllige Frau mit dem gleichen offenen Lächeln und den gleichen fröhlichen blauen Augen wie ihr Sohn. »Scheint, daß er die Woche Überstunden macht. Hallo, Fiona.«

»Hallo, Mrs. Bristow«, antwortete Fiona, ohne den Blick von Joe abzuwenden.

»Ach, Rose!« sagte Kate. »Mach keine Scherze darüber! Es ist furchtbar! Ich bete zu Gott, sie würden ihn fassen. Ich bin schon unruhig, wenn ich bloß auf den Markt rausgeh. Aber man muß ja was essen, nicht wahr? Ich brauch drei Pfund Kartoffeln und zwei Pfund Erbsen. Wie teuer sind deine Äpfel, meine Liebe?«

Joe reichte den Brokkoli, den er gerade in der Hand hielt, seinem Vater. Er kam zu Fiona herüber, nahm seine Mütze ab und wischte sich mit dem Ärmel über die Stirn. »Mensch, heut abend ist vielleicht was los, Fee. Ich kann die Ware gar nicht schnell genug ranschaffen! Uns geh'n die Äpfel aus, bevor wir zumachen. Ich hab Vater gesagt, wir sollten mehr nehmen ...«

»... aber er hat nicht auf dich gehört«, beendete Fiona seinen Satz und drückte ihm liebevoll die Hand. Das war eine altbekannte Klage. Joe drängte seinen Vater ständig, das Geschäft zu vergrößern, aber Mr. Bristow weigerte sich stets. Sie wußte, wie sehr es Joe ärgerte, daß sein Vater nie auf ihn hörte. »Zwölf und zwei ...«, sagte sie und benutzte ihren Geheimcode – die gegenwärtige Geldsumme in ihrer Kakaodose –, um ihn aufzumuntern, »... denk einfach daran.«

»Das werd ich«, antwortete er und lächelte sie an. »Aber nach heut abend wird's mehr sein. Ich muß noch ein bißchen Zaster aus den Leuten rausleiern. Sie lassen einen kaum Luft schnappen.« Er sah zu seinem Vater und seinem jüngeren Bruder Jimmy hinüber, die von Kundschaft umlagert waren. »Ich muß zurück. Ich seh dich morgen nach dem Abendessen. Wirst du dasein?«

»Ich weiß nicht«, antwortete Fiona hochnäsig. »Hängt ganz davon ab, ob meine andern Verehrer auftauchen.«

Joe verdrehte die Augen. »Ah ja. Zum Beispiel der Katzenfleischhändler«, sagte er und meinte den knorrigen alten Mann zwei Stände weiter unten, der Abfälle als Tierfutter verkaufte. »Oder war's der Lumpensammler?«

»Der Lumpensammler ist mir jedenfalls lieber als ein nichtsnutziger Händler«, antwortete Fiona und versetzte Joes Stiefelspitze einen Stoß mit dem Fuß.

»Ich würd den Händler nehmen«, warf eine zirpende Mädchenstimme ein.

Fiona drehte sich um und unterdrückte ein Stöhnen. Es war Millie Peterson. Die verzogene, arrogante, von sich eingenommene Millie. So blond, so drall, so strahlend und auch noch so verdammt hübsch. Dieses kleine Miststück. Millies Vater Tommy war einer der größten Handelsherrn in London, mit Geschäften im East End und Covent Garden. Ein Selfmademan, der mit einem Verkaufskarren angefangen und es mit harter Arbeit und ein bißchen Glück bis zur Spitze geschafft hatte. Nach Aussage anderer Geschäftsleute gab es niemand Schlaueren als ihn. Geschäftstüchtig wie er war, verbrachte er die meiste Zeit auf den Straßen und bezog so sein Wissen aus erster Hand von seinen Abnehmern und deren Kunden.

Tommy war in Whitechapel aufgewachsen. Als frischgebackener Ehemann wohnte er in der Chicksand Street, nur eine Straße weit von der Montague Street entfernt. Als Kind hatte Milie mit Fiona und Joe und all den anderen Kindern in der Nachbarschaft gespielt. Doch sobald er etwas Geld verdient hatte, zog Peterson mit seiner Familie in eine bessere Gegend – ins vornehmere Pimlico. Kurz nach ihrem Umzug wurde Tommys Frau mit ihrem zweiten Kind schwanger. Sie starb im Kindbett und mit ihr das Neugeborene.

Tommy war am Boden zerstört. Millie war alles, was ihm geblieben war, und wurde zum Mittelpunkt seines Lebens. Er überschüttete sie mit Liebe und Geschenken und versuchte, ihr die verlorene Mutter zu ersetzen. Was immer Millie wollte, bekam sie. Und seit sie ein kleines Mädchen war, wollte Millie Joe. Und obwohl Joe ihre Gefühle nicht erwiderte, ließ Millie nicht locker, entschlossen, eines Tages zu kriegen, was sie sich in den Kopf gesetzt hatte. Und das tat sie gewöhnlich auch.

Fiona Finnegan und Millie Peterson konnten sich nicht ausstehen, und wenn sie gekonnt hätte, hätte Fiona ihr schon gezeigt, wo's langging. Aber sie stand am Stand der Bristows, und die Bristows kauften die meisten ihrer Waren bei Millies Vater, und gute Preise zu bekommen, hing zum größten Teil von guten Beziehungen ab. Sie wußte, daß sie sich benehmen und den Mund halten mußte. Zumindest mußte sie das versuchen.

»Hallo, Joe«, flötete Millie und schenkte ihm ihr süßestes Lächeln. »Hallo, Fiona«, setzte sie mit einem knappen Nicken hinzu. »Wohnst du immer noch in der Montague Street?«

»Nein, Millie«, antwortete Fiona mit ungerührter Miene. »Wir sind ins West End umgezogen. Ein hübsches kleines Haus namens Buckingham-Palast. Ein langer Fußweg jeden Morgen zu den Docks für mich und Pa, aber die Gegend ist doch um so vieles angenehmer.«

Millies Lächeln gefror. »Machst du dich lustig über mich?«

»Wie kommst du auf ...«

»Na, Millie«, unterbrach Joe Fiona und warf ihr schnell einen Blick zu, »was bringt dich denn zu uns rüber?«

»Ich mach bloß einen Spaziergang mit meinem Vater. Er will sich hier umschauen, nachsehen, bei wem die Geschäfte gut gehen und bei wem nicht. Du kennst ihn ja, immer die Augen offen für eine günstige Chance.«

Bloß einen Spaziergang, meine Güte, dachte Fiona sauer. Und dafür so aufgetakelt?

Alle Augen richteten sich auf Millie, einschließlich Joes. Sie sah umwerfend aus in dem moosgrünen Rock und der dazu passenden Jacke, die sehr eng geschnitten war, um ihre schmale Taille und den vollen Busen zu unterstreichen. Keine Frau in Whitechapel besaß ein solches Kleid, ganz zu schweigen davon, daß sie es auf dem

Markt getragen hätte. Auf ihren goldenen Locken saß ein passender Hut. Perlohrringe und Seidenrüschen um den Hals ergänzten die Aufmachung, und ihre zierlichen Hände steckten in elfenbeinfarbenen Handschuhen aus Ziegenleder.

Bei ihrem Anblick wurde sich Fiona ihres schäbigen Wollrocks, ihrer weißen Baumwollbluse und des grauen Strickschals um ihre Schultern bewußt. Sofort unterdrückte sie ihren Neid, weil sie nicht zulassen wollte, daß sie sich Personen wie Millie Peterson unterlegen fühlte.

»Ist er auf der Suche nach neuen Kunden?« fragte Joe, und seine Blicke wie die eines Dutzend anderer strichen von ihrem Gesicht auf ihren Busen hinab.

»Nach ein paar. Aber er ist nicht nur wegen der Kunden hier. Er geht gern auf den Markt, um neue Talente zu entdecken. Er hält immer Ausschau nach vielverspechenden jungen Männern. Ich bin sicher, daß er von dir angetan wäre«, antwortete sie und legte die Hand auf seinen Unterarm.

Fiona durchfuhr ein Stich der Eifersucht. Zum Teufel mit guten Beziehungen. Millie Peterson hatte gerade die Grenze überschritten. »Ist dir schlecht, Millie?«

»Schlecht?« fragte Millie und sah sie an, als wäre sie Abfall. »Nein, mir geht's gut.«

»Wirklich? Du siehst aus, als würdest du gleich umsinken, wie du dich auf Joe stützt. Joe, warum holst du Millie keine Kiste, auf die sie sich setzen kann?«

»Das ist nicht nötig«, zischte Millie. Sie nahm die Hand von Joes Arm.

»Wenn du meinst. Ich möchte nicht, daß du ohnmächtig wirst. Vielleicht ist deine Jacke zu eng.«

»Also, du dumme Kuh!« rief Millie aus, und ihre Wangen wurden rot.

»Besser eine Kuh als ein Mistvieh.«

»Aber meine Damen, das ist doch kein Benehmen. Wir können uns doch keine Rauferei dem Markt leisten«, scherzte Joe und versuchte, die beiden Mädchen zu besänftigen, die sich ansahen wie zwei Katzen, die mit gesträubtem Fell aufeinander losgehen wollen.

»Nein, das können wir nicht«, antwortete Millie schnippisch. »Das ist Gossenverhalten. Für Gossenkinder.«

»Paß auf, wen du ein Gossenkind nennst. Du stammst aus der gleichen Gosse, Millie«, erwiderte Fiona leise und schneidend. »Vielleicht hast *du* das vergessen, aber sonst niemand.«

Millie spürte, daß sie geschlagen war, und wechselte das Thema. »Ich sollte gehen. Offensichtlich bin ich hier nicht erwünscht.«

»Komm, Millie«, sagte Joe verlegen. »Fiona meint's nicht so.«

»Doch.«

»Ist schon gut«, antwortete Millie gedrückt und richtete ihre haselnußbraunen Augen auf Joe. »Ich muß ohnehin meinen Vater finden. Bis zum nächsten Mal. Hoffentlich in besserer Gesellschaft. Bis dann.«

»Bis dann, Millie«, sagte Joe. »Grüß deinen Vater von mir.«

Sobald Millie außer Hörweite war, wandte sich Joe an Fiona. »War das nötig? Hast du unbedingt Tommy Petersons Tochter beleidigen müssen?«

»Sie hat's nicht anders haben wollen. Sie meint, sie kann dich mit dem Geld ihres Alten kaufen. Wie einen Sack Orangen.«

»Das ist lächerlich, und das weißt du.«

Fiona stampfte mit dem Fuß auf.

»Du solltest lernen, dich zusammenzureißen. Willst du dich so aufführen, wenn wir unseren Laden haben? Deine blödsinnige Eifersucht übers Geschäft stellen?«

Joes Worte trafen Fiona ins Mark. Er hatte recht. Sie hatte sich albern benommen.

»Joe! Hilfst du uns?« rief Mr. Bristow.

»Gleich, Vater!« rief Joe zurück. »Ich muß gehen, Fee. Sieh zu, daß du deine Einkäufe ohne weiteren Stunk über die Bühne kriegst, ja? Und sei nicht so eifersüchtig.«

»Wer ist eifersüchtig? Ich bin nicht eifersüchtig ... sie ist einfach unerträglich, das ist alles.«

»Du bist eifersüchtig, und du hast keinen Grund dazu«, antwortete er und kehrte zu seinem Stand zurück.

»Das bin ich nicht!« rief Fiona trotzig. Sie sah zu, wie Joe wieder seinen Platz vor dem Wagen einnahm. »Eifersüchtig«, schnaubte sie. »Warum sollte ich eifersüchtig sein? Sie hat bloß schöne Klamotten, Schmuck, einen großen Busen, ein hübsches Gesicht und einen Haufen Geld.«

Warum sollte Joe wohl in sie verliebt sein, wenn sie so viel weniger zu bieten hatte als Millie? Millie mit ihrem wichtigen, einflußreichen Vater und seinem vielen Geld könnte ihm auf der Stelle einen Laden kaufen. Zehn Läden. Vermutlich würde er jetzt alles platzen lassen – ihre Pläne, ihren Laden, alles – und sich mit Millie zusammentun. Vor allem jetzt, nachdem sie sich so schlecht benommen und ihn wütend gemacht hatte. Na schön, sollte er doch. Sie würde nicht zulassen, daß er sie fallenließ wie eine heiße Kartoffel. Sie würde es ihm heimzahlen. Sie würde sagen, daß sie Jimmy Shea, den Sohn des Wirts, lieber mochte. Tränen brannten ihr in den Augen, als ihre Mutter hinter ihr auftauchte.

»War das Millie Peterson, die ich gerade gesehen hab?« fragte Kate und sah ihrer Tochter ins Gesicht.

»Ja«, antwortete Fiona bedrückt.

»Gütiger Himmel, die geizt aber nicht mit ihren Reizen! Ein affektiertes junges Ding.«

Fionas Miene hellte sich ein wenig auf. »Findest du, Ma?«

»Aber sicher. Jetzt komm, laß uns schnell machen, ich will heim kommen ...« Die Stimme ihrer Mutter brach ab, als sie zu einem anderen Stand weiterging, und Fiona hörte Joes Stimme, die sich über den allgemeinen Lärm erhob, als er wieder seine Verkaufssprüche zu klopfen begann. Er klang lebhafter als je zuvor. Sie drehte sich zu ihm um.

Er lächelte sie an, und obwohl sie im Dunkeln stand, hatte Fiona das Gefühl, die Sonne sei aufgegangen. »Für diesen herrlichen Kohlkopf ...«, sagte er, »... für ein Exemplar dieser Güte, verlange ich gewöhnlich drei Pence, aber heute geb ich ihn kostenlos ab! Kostenlos an das hübscheste Mädchen auf dem Markt. Und da steht sie!« Er warf ihr den Kohlkopf zu. Sie fing ihn auf. »Ach, meine Damen«, seufzte er und schüttelte den Kopf. »Was kann ich Ihnen sagen? Sie hat meinen Kohl und mein Herz gestohlen, aber wenn sie mich nicht will, nehm ich dich an ihrer Stelle, mein Schatz«, fuhr er fort und blinzelte einer Kundin zu, die mindestens siebzig Jahre alt und zahnlos war.

»Ich nehm dich auch, Bürschchen!« rief die alte Frau zurück. »Aber behalt deinen Kohl, ich hätt lieber 'ne Gurke!« Die Frauen an Bristows Stand quietschten vor Vergnügen, und Joes Eltern kamen kaum mit dem Einpacken der Ware nach.

Das hübscheste Mädchen auf dem Markt! Fiona strahlte. Wie dumm sie doch gewesen war, auf Millie eifersüchtig zu sein. Joe gehörte ihr, ihr ganz allein. Sie winkte ihm zum Abschied zu und rannte los, um ihre Mutter einzuholen. Sie war wieder glücklich und selbstsicher. Ihre Gefühle waren hochgekocht, hatten sich dann aber beruhigt wie aufgewühltes Wasser, und jetzt war alles vergessen.

Fionas Glück wäre sicher ein Dämpfer aufgesetzt worden, wenn sie nur ein paar Sekunden länger am Stand der Bristows verweilt hätte. Denn gerade, als sie ging, um ihrer Mutter zu folgen, tauchte Millie wieder auf, mit ihrem Vater im Schlepptau. Sie zupfte ihn am Ärmel und deutete auf Joe, als zeige sie auf etwas in einem Schaufenster, das sie haben wollte. Aber Tommy Petersons Aufmerksamkeit mußte gar nicht erst auf Joe gelenkt werden. Sein scharfes Auge hatte sich bereits auf ihn geheftet und wohlwollend festgestellt, wie schnell er seine Ware umsetzte. Zum erstenmal an diesem Abend lächelte Tommy. Wie recht seine Tochter doch hatte, hier war tatsächlich ein vielversprechender junger Mann.

2

Fünf elende Pence für einen ganzen Tag harte Knochenarbeit, Jungs«, sagte Paddy Finnegan und knallte sein Glas auf die Theke. »Keine bezahlten Überstunden. Und jetzt hält dieser Mistkerl unseren Extraverdienst zurück.«

»Der verdammte Burton hat kein Recht dazu«, sagte Shane Patterson, ein Arbeitskollege von Paddy. »Curran hat gesagt, wir müßten das Schiff bis fünf Uhr abends ausgeladen haben, um unseren Bonus zu kriegen. Wir waren um vier fertig. Dann sagt er, es gibt kein Geld!«

»Das kann er nicht machen«, meldete sich Matt Williams, ein anderer Kollege, zu Wort.

»Aber das hat er getan«, erwiderte Paddy und erinnerte sich an die Wut, die Schreie und Flüche, als der Vorarbeiter erklärte, daß der Bonus, der für das schnelle Entladen der Fracht zugesagt worden war, nicht ausbezahlt würde.

Die Tür des Pubs ging auf. Alle Blicke richteten sich darauf. Das Lion war ein gefährlicher Ort heute abend. Ben Tillet, der Gewerkschaftsvertreter, hielt eine Rede, und jeder Mann in der Gegend setzte seinen Job aufs Spiel, wenn er hierherkam. Der Neuankömmling war Davey O'Neill, ein weiterer Dockarbeiter von Oliver's. Paddy war überrascht, ihn zu sehen. Davey hatte klar zum Ausdruck gebracht, daß er mit der Gewerkschaft nichts zu tun haben wollte. Er war noch ein junger Mann und hatte bereits drei kleine Kinder. Er mußte zusehen, wie er sie ernährte, und hatte Angst, seine Arbeit zu verlieren.

»He, Davey, Junge!« rief Paddy und winkte ihn zu sich.

Davey, ein schlanker Mann mit semmelblondem Haar und ängstlichem Blick, begrüßte alle.

»Ein Glas für mich, Maggie, und eines für meinen Kumpel«, rief Paddy dem Barmädchen zu. Dabei stieß er versehentlich den Mann zu seiner Rechten an und kippte sein Glas um. Er entschuldigte sich und bot ihm an, ein neues Bier zu bestellen, aber der schüttelte den Kopf. »Macht nichts«, sagte er.

Die Gläser mit dem Bier wurden gebracht, und das Barmädchen nahm die auf der Theke aufgestapelten Münzen. Davey protestierte, aber Paddy winkte ab. »Was bringt dich her?« fragte er. »Ich dachte, du wolltest dich fernhalten?«

»Das wollt ich auch, bis heute. Bis Curran uns betrogen hat«, antwortete Davey. »Ich dacht mir, ich komm vorbei und hör mir an, was Tillet zu sagen hat. Ich will nicht beitreten, bloß zuhören. Ich weiß nicht, wem ich glauben soll. Die Gewerkschaft sagt, sie will sechs Pence die Stunde für uns rausschlagen, aber Burton sagt, er schmeißt uns raus, wenn wir beitreten. Wenn ich meinen Job verlier, bin ich erledigt. Lizzie, meine Jüngste, ist wieder krank. Schwach auf der Lunge. Ich kann mir die Medizin nicht leisten. Meine Frau tut, was sie kann, sie macht Breiumschläge, aber das hilft nicht, und das arme Würmchen schreit ...« Davey brach ab, aber seine Kiefer mahlten weiter.

»Du brauchst mir nichts zu erklären, Junge. Wir sitzen alle im gleichen Boot«, sagte Paddy.

»Ganz recht«, warf Matt ein. »In dem mit dem Leck. Du hast Curran in der Mittagspause gehört.«

Paddy erinnerte sich an die Warnung, die er ihnen am Mittag mit auf den Weg gegeben hatte. »Denkt an eure Familien, Männer. Denkt an die Risiken, die ihr eingeht«, hatte er gesagt.

»Genau an die denken wir«, hatte er zurückgebrüllt. »Wir kommen auf keinen grünen Zweig, wenn wir nicht hart bleiben. Wir wissen, daß Burton mit Banken verhandelt, Curran. Er braucht Geld, um seinen Teehandel auszubauen. Du kannst ihm sagen, daß wir Burton Tea sind, und wenn er Verbesserungen machen will, kann er bei unseren Löhnen anfangen.«

»Männer, Männer«, hatte Curran gesagt. »Burton läßt sich von Leuten wie euch nicht am Zeug flicken. Gebt diese Sache mit der Gewerkschaft auf. Ihr werdet nie gewinnen.«

»Ich hab ihn gehört, Davey«, sagte Paddy jetzt. »Alles bloßes Gewäsch. Er will unbedingt die Firma vergrößern. Ein Kumpel unten von den Tee-Auktionen hat mir gesagt, daß er eine ganze Plantage in Indien kaufen will. Dafür will er Burton Tea an die Börse bringen, um das bezahlen zu können. Glaubt mir, wenn einer Angst hat, dann er. Angst, daß wir uns der Gewerkschaft anschließen und ihm ein paar Pennys mehr abpressen, also droht er, uns rauszuwerfen. Aber denkt doch mal nach ... was wäre, wenn wir alle beitreten würden? Alle Jungs am Kai, alle Männer aus Wapping? Dann könnte er uns nicht rauswerfen. Wie sollte er Ersatz für uns finden? Alle Männer wären in der Gewerkschaft, versteht ihr, und kein Gewerkschafter würde den Job annehmen. Deshalb müssen wir beitreten.«

»Ich weiß nicht«, sagte Davey. »Zuhören ist eines, beitreten was anderes.«

»Na schön«, erwiderte Paddy und sah nacheinander seine Kollegen an. »So machen wir's. Wir hören uns den Mann an. Er ist Dockarbeiter. Er weiß, wo uns der Schuh drückt. Wenn uns nicht gefällt, was er zu sagen hat, schadet's auch nichts. Wenn doch, hat er vier neue Mitglieder.«

Alle waren einverstanden. Shane sagte, er wolle sich nach einem Tisch umsehen, Matt und Davey folgten ihm. Paddy bestellte noch ein Glas. Als ihm das Barmädchen nachschenkte, sah er auf seine Taschenuhr. Halb acht. Die Versammlung hätte vor einer halben Stunde beginnen sollen. Wo blieb Tillet bloß? Er sah sich im Pub um, entdeckte aber niemanden, der dem Gewerkschaftsführer geglichen hätte. Andererseits kannte er ihn nur von Bildern in den Zeitungen, und auf diesen Zeichnungen hätte man sich selbst nicht erkannt.

»Ich denke, du hast deine Kumpel überzeugt, beizutreten«, sagte der Mann zu seiner Rechten, den er kurz zuvor angerempelt hatte. Paddy drehte sich um. Es war ein junger Mann, schlank und glatt rasiert, mit ernstem Gesichtsausdruck. Er trug die grobe Kluft eines Dockarbeiters. »Bist du der Anführer?«

Paddy lachte. »Der Anführer? Das ist keiner hier. Das ist ein Teil des Problems. Die Arbeiterschaft sollte organisiert sein. Hier in Wapping ist sie's nicht.«

»Ihr solltet euch organisieren. Ich hab zufällig alles mit angehört. Du bist ein guter Redner. Überzeugend. Offensichtlich glaubst du an die Gewerkschaft.«

»Ja, das stimmt. Bist du aus der Gegend?

»Ursprünglich aus dem Süden. Aus Bristol.«

»Na, wenn du in Wapping arbeiten würdest, würdest du wissen, was die Gewerkschaft für uns bedeutet. Sie ist unsere einzige Chance, an ordentliche Löhne und gerechte Behandlung zu kommen. Schau dir den alten Mann dort an«, sagte er und deutete in die Ecke. »Er hat sein ganzes Leben lang Schiffe entladen, und dann ist ihm eine Kiste auf den Kopf gefallen. Hat ihm die Schädeldecke eingehauen. Seitdem ist er verrückt. Der Vorarbeiter hat ihn rausgeschmissen, als wär er ein Stück Dreck. Siehst du den am Kamin? Hat sich den Rücken an der Morocco Wharf ruiniert und nicht mehr arbeiten können. Hat fünf Kinder. Er hat keinen Penny Rente gekriegt. Die Kinder waren so hungrig, daß seine Frau schließlich ins Arbeitshaus mit ihnen gezogen ist ...« Von seinen Gefühlen übermannt, schwieg Paddy einen Moment, aber seine Augen glühten vor Zorn. »Sie lassen uns schwer schuften. Zehn bis zwölf Stunden am Tag, bei jedem Wetter. Kein Tier würden sie so schinden, die Menschen aber schon. Und was bleibt uns am Ende? Rein gar nichts, zum Teufel.«

»Und die anderen? Denken sie wie du? Haben sie den Mumm, den Kampf aufzunehmen?«

Paddy richtete sich drohend auf. »Sie haben den Mumm, Kumpel, eine ganze Menge davon. Sie sind nur lange so geknechtet worden, daß es eine Weile dauern könnte, bis sie ihn wiederfinden. Wenn du diese Männer sehen könntest, was sie aushalten ...« Seine Stimme brach ab. »Ja, sie haben den Mumm«, fügte er leise hinzu.

»Und ...?«

»Du stellst aber eine Menge Fragen«, unterbrach er ihn, plötzlich mißtrauisch geworden. Die Dockbesitzer zahlten gutes Geld für Informationen über die Gewerkschaft. »Wie heißt du eigentlich?«

»Tillet. Benjamin Tillet«, antwortete der Mann und streckte die Hand aus. »Und du?«

Paddy sah ihn mit großen Augen an. »O Gott«, stieß er hervor. »Doch nicht *der* Ben Tillet?«

»Wahrscheinlich schon.«

»Du meinst, ich hab die ganze Zeit hier gestanden und dir was vorgepredigt? Tut mir leid, Kumpel.«

Tillet lachte herzlich. »Leid? Warum denn? Die Gewerkschaft ist mein Lieblingsthema. Es gefällt mir, dir zuzuhören. Du hast eine Menge zu sagen, und das machst du gut. Ich weiß noch immer nicht, wie du heißt.«

»Finnegan. Paddy Finnegan.«

»Hör zu, Paddy«, sagte Tillet. »Ich muß diese Versammlung eröffnen, aber was du gesagt hast, war richtig, wir sind hier unten nicht organisiert. Wir brauchen lokale Führer. Männer, die ihre Kollegen anfeuern können, die ihnen Mut machen, wenn es schwierig wird. Was meinst du?«

»Wer? Ich?«

»Ja.«

»Ich ... ich weiß nicht. Ich hab nie irgendwen angeführt. Ich wüßte gar nicht, wie man das macht.«

»Doch, du könntest das. Bestimmt«, erwiderte Tillet. Er trank sein Glas aus und stellte es auf die Theke zurück. »Vorher, als deine Kollegen unsicher waren, hast du sie gebeten, darüber nachzudenken. Jetzt bitte ich dich darum. Einverstanden?«

»Ja«, antwortete Paddy verblüfft.

»Gut. Wir sehen uns später.« Er ging durch die Menge davon.

Paddy war platt. Er fühlte sich zwar geschmeichelt und geehrt, daß Tillet ihn bat, die Männer anzuführen, aber das war eines, die Sache wirklich in die Hand zu nehmen, etwas ganz anderes. Konnte er das denn? Wollte er es überhaupt?

»Kameraden ...« Es war Tillet. Er redete sich warm, indem er allen von dem zurückbehaltenen Bonus bei Oliver's berichtete, dann ging er zu der drohenden Lohnkürzung im Teegroßhandelshaus an der Cutler Street über. Eindringlich listete er die Armut und das Elend der Dockarbeiter auf und drosch dann auf diejenigen ein, die dafür verantwortlich waren. Es war mucksmäuschenstill. Die Männer hielten ihre Gläser in der Hand oder stellten sie ab. Der anfangs ruhig sprechende Mann hatte sich in einen Aufwiegler verwandelt.

Während Tillet gegen den Feind wetterte, dachte Paddy wieder an seine Bitte. Was sollte er machen? Er sah in die Gesichter der Dockarbeiter, harte Mienen, von den Spuren geprägt, die das schwere Leben in ihnen hinterlassen hatte. Gewöhnlich tilgte das Bier die Sorgen aus diesen Gesichtern. Glas um Glas. Es ließ den brüllenden Vorarbeiter, die traurigen Augen der Ehefrau, die unterernährten Kinder und die quälende Gewißheit vergessen, daß man, egal, wie hart man auch arbeitete, doch immer nur Dockarbeiter blieb und nie genügend Kohle im Herd und nie genügend Fleisch auf dem Tisch hatte. Aber heute abend wurden diese Gesichter von etwas anderem erhellt – von Hoffnung. Tillet führte ihnen die Möglichkeit des Siegs vor Augen.

Paddy dachte an seine Familie. Jetzt hatte er die Chance, an vorderster Front für sie zu kämpfen. Für mehr Geld, aber auch für etwas Größeres. Für einen Wandel, eine Stimme. Die hatten die Dockarbeiter noch nie gehabt. Wenn er Tillets Bitte ablehnte, wie konnte er dann in dem Bewußtsein weiterleben, für seine Kinder nicht das Beste getan zu haben?

Plötzlich brachen die Männer in Beifallsrufe aus und applaudierten. Paddy sah Tillet an, dessen zündende Rede die Zuhörer mitriß, und seine Begeisterung spiegelte sich auf ihren Gesichtern wider. Jetzt hatte er keine Zweifel mehr. Wenn Tillet ihn um seine Antwort bat, wüßte er, was er zu sagen hatte.

»Ergib dich jetzt, Jack Duggan, weil einer
gegen drei nichts ausrichten kann,
Ergib dich in der Königin Namen, denn du bist
Ein plündernder Mann …«

Fiona schreckte aus dem Schlaf auf, als der Gesang einsetzte. Er ertönte hinter dem Haus. Sie öffnete die Augen. Das Zimmer war dunkel. Charlie und Seamie schliefen fest, sie konnte ihr regelmäßiges Atmen hören. Es ist mitten in der Nacht, dachte sie benommen. Warum sang ihr Vater im Hinterhof?

Sie setzte sich auf, tastete nach der Lampe und den Streichhölzern. Ungeschickt zündete sie ein Streichholz an. Die Lampe warf nur ein schwaches Licht in den kleinen Raum, der während des Tages als Wohnzimmer und in der Nacht für sie, Charlie und Seamie als Schlafraum diente. Sie zog den provisorischen Vorhang zurück – ein altes Laken über einem Stück Draht –, der sie von ihren Brüdern trennte, und eilte in die Küche.

»Jack zog seine zwei Pistolen und hielt sie stolz ins Licht ...«

Die Hintertür quietschte laut in den Angeln, und dann folgte das große Finale:

»Ich werde kämpfen, doch ergeben wird ich mich nicht!»

»Pa!« zischte sie und trat in den dunklen Hof hinaus. »Du weckst das ganze Haus auf mit deinem Geschrei. Komm rein!«

»Gleich, mein Schatz«, brüllte Paddy zurück.

»Pa! Scht!« Fiona trat wieder in die Küche, stellte die Lampe auf den Tisch und füllte den Wasserkessel. Dann stocherte sie die Glut im Kamin auf.

Paddy kam herein und lächelte dümmlich. »Wie's scheint, bin ich ziemlich beduselt, Fee.«

»Das seh ich. Komm her und setz dich. Ich hab den Kessel aufgesetzt. Möchtest du ein Stück Toast dazu? Du solltest was in den Magen kriegen.»

»Ja, das wär fein.« Paddy ließ sich am Kamin nieder, streckte die Beine aus und schloß die Augen.

Fiona nahm einen Laib Brot aus dem Küchenschrank, schnitt eine dicke Scheibe ab und steckte sie auf eine Toastgabel. »Hier, Pa«, sagte sie und stieß ihren vor sich hin dösenden Vater an. »Paß auf, daß sie nicht verbrennt.«

Das Wasser kochte, und sie machte Tee. Dann zog sie einen Stuhl vom Tisch zum Kamin. Vater und Tochter saßen schweigend nebeneinander, Fiona wärmte sich die Füße an der Kaminumrandung, und Paddy wendete seinen Toast über der Glut.

»Na, mein Mädchen«, begann Paddy, seinen Toast kauend. »Soll ich dir meine Neuigkeit erzählen?«

»Was für eine Neuigkeit?«

»Heut abend trinkst du mit keiner gewöhnlichen alten Dockratte deinen Tee.«

»Ach nein? Mit wem dann?«

»Mit dem frischgebackenen Gewerkschaftsführer der Teearbeiter von Wapping.«

Fiona sah ihn mit aufgerissenen Augen an. »Du machst Witze, Pa!«

»Bestimmt nicht.«

»Seit wann?«

Paddy wischte sich mit dem Handrücken den Mund ab. »Seit heut abend. Ich hab vor der Versammlung im Pub eine Weile mit Ben Tillet geredet. Ihm die Ohren vollgequatscht, aber offensichtlich hat ihm gefallen, was ich gesagt hab, weil er mich gebeten hat, die Leitung der Ortsabteilung zu übernehmen.«

Fionas Augen glänzten. »Das ist eine Wucht«, sagte sie. »Mein Pa ein Führer! Ich platze vor Stolz!« Sie begann zu kichern. »Wenn ich das Ma erzähl, fällt sie in Ohnmacht. Pater Deegan sagt, die Gewerkschafter sind ein Haufen gottloser Sozialisten. Du hast jetzt praktisch Hörner auf und einen spitzen Schwanz. Sie wird ihren Rosenkranz zweimal beten müssen.«

Paddy lachte. »Das kann ich mir vorstellen, daß Deegan das sagt. William Burton hat ihm gerade hundert Pfund für die Reparatur des Kirchendachs geschenkt.«

»Was mußt du jetzt tun?«

»So viele Männer wie möglich dazu kriegen, daß sie beitreten. Regelmäßige Versammlungen abhalten und Beiträge einsammeln. Und mit Tillet und den anderen Führern zu Versammlungen gehen.« Er hielt inne, um einen Schluck Tee zu trinken. »Vielleicht kann ich sogar meine eigene Tochter dazu kriegen, in die Gewerkschaft einzutreten.«

»Ach, Pa«, seufzte Fiona. »Fang nicht wieder damit an. Du weißt doch, daß ich jeden Penny für meinen Laden sparen muß. Da bleibt nichts übrig für Beiträge.«

»Du könntest ja erst mal nur zu Versammlungen gehen. Du müßtest gar nichts abgeben ...«

»Pa«, unterbrach sie ihn, entschlossen, seine Werbung für die Gewerkschaft im Keim zu ersticken, bevor alles wieder in einen Streit mündete. »Ich werd nicht für immer Fabrikarbeiterin bleiben.

Erinnerst du dich, als wir klein waren – ich und Charlie? ›Man muß einen Traum haben‹, hast du uns immer gesagt. ›An dem Tag, an dem ihr zu träumen aufhört, könnt ihr euch gleich einsargen lassen, dann seid ihr so gut wie tot.‹ Dein Traum ist die Gewerkschaft, und sie bedeutet dir viel. Aber mein Traum ist, einen Laden zu haben, und der bedeutet alles für mich. Also, geh du deinen Weg und ich den meinen ... in Ordnung?«

Paddy sah seine Tochter lange an, dann legte er seine Hand auf die ihre. »In Ordnung, du eigensinniges Gör. Ist noch Tee in der Kanne?«

»Ja«, antwortete Fiona, goß ihrem Vater nach und war erleichtert, daß die Diskussion nicht fortgesetzt wurde. »Ah! Wir haben einen Brief von Onkel Michael bekommen!« sagte sie aufgeregt. »Tante Molly erwartet ein Kind! Er schreibt, der Laden läuft gut. Möchtest du ihn lesen?«

»Ich les ihn am Morgen, Fee. Im Moment seh ich nicht gut genug dafür.«

»New York hört sich toll an«, sagte Fiona und dachte an ihren Onkel in Amerika, an seine Frau und ihren hübschen kleinen Laden. Letztes Jahr hatte er ihnen ein Bild geschickt, wie sie beide davorstanden. M. FINNEGAN – LEBENSMITTEL stand darauf. Die Vorstellung, daß ihr Onkel einen Laden besaß, erweckte den Ehrgeiz in ihr, ebenfalls einen solchen Laden ihr eigen zu nennen. Vielleicht lag es ihr im Blut. »Meinst du, ich sollte ihm schreiben und mich erkundigen, wie man einen Laden führt?« fragte sie.

»Na sicher. Er wär geschmeichelt. Wahrscheinlich schreibt er dir einen zwanzigseitigen Brief zurück. Michael redet doch so gern.«

»Ich spar ein paar Pennys für Papier und Briefmarken ...«, antwortete Fiona gähnend, während ihre Stimme abbrach. Ein paar Minuten zuvor hatte die Dringlichkeit, ihren Vater ins Haus zu kriegen, bevor er die ganze Straße aufweckte, sie hellwach werden lassen. Aber jetzt, am Kamin sitzend und von innen und außen gewärmt, wurde sie wieder müde. Wenn sie nicht bald ins Bett zurückging, wäre sie erschöpft, wenn ihre Mutter sie und die anderen zur Arbeit weckte.

Ihre Ma ging jeden Morgen zur Messe, und Seamie und Eileen begleiteten sie. Ihr Pa ging nie. Er machte aus seiner Abneigung gegen die Kirche keinen Hehl. Nicht einmal zur Taufe seiner Kinder war er mitgegangen, das mußte Onkel Roddy übernehmen. Sie fragte sich, wie ihre Mutter es geschafft hatte, ihn zur Hochzeit in die Kirche zu kriegen.

»Pa?« fragte Fiona schläfrig und wickelte sich eine Haarsträhne um den Finger.

»Hm?« murmelte Paddy, den Mund voller Toast.

»Warum gehst du nie in die Kirche mit uns?«

Paddy schluckte. Er starrte in die Glut. »Das ist eine schwierige Frage. Wahrscheinlich weil mir die Vorstellung nicht gefällt, von ein paar alten Männern in langen Kleidern gesagt zu kriegen, was ich zu tun hab oder wie ich's zu tun hab, aber da steckt noch mehr dahinter. Dinge, die ich weder dir noch deinem Bruder je erzählt hab.«

Fiona sah ihren Vater überrascht und gleichzeitig ein wenig ängstlich an.

»Du weißt, daß dein Onkel Michael und ich als Jungen in Dublin gewohnt haben. Und daß wir von der Schwester meiner Mutter, meiner Tante Evie, aufgezogen wurden.«

Sie nickte. Sie wußte, daß ihr Vater als Kind seine Eltern verloren hatte. Seine Mutter war im Kindbett gestorben und sein Vater kurz darauf. »Weshalb?« hatte sie einmal gefragt. »Aus Kummer«, hatte er geantwortet. Er sprach nie viel von seinen Eltern. Sie dachte immer, er sei zu klein gewesen, um sich an sie zu erinnern.

»Also«, fuhr er fort, »bevor Michael und ich nach Dublin kamen, lebten wir mit unserer Mutter und unserem Vater auf einer kleinen Farm in Skiberreen. An der Küste der Grafschaft Cork.«

Fiona hörte gespannt zu. Sie hatte ihre Großeltern mütterlicherseits gekannt, bevor sie gestorben waren, aber von den Eltern ihres Vaters wußte sie nichts.

»Meine Eltern haben 1850 geheiratet«, fuhr er fort und trank einen Schluck Tee, »ein Jahr nach der letzten schlimmen Hungersnot. Mein Vater wollte früher heiraten, konnte aber deswegen nicht. Es war so schlimm damals ... na, du hast viele Geschichten darüber gehört, Fiona, aber damals hat ein Mann kaum genug Essen auftreiben können, um selbst was in den Magen zu kriegen, ganz zu schweigen davon, eine Familie zu ernähren. Die beiden hatten eine schwere Zeit, beide hatten ihre Familie verloren. Mein Vater hat oft gesagt, das einzige, was ihn am Leben gehalten hat, war die Hoffnung, meine Mutter zu heiraten.«

Paddy stellte seinen Becher ab, stützte die Ellbogen auf die Knie und lehnte sich nach vorn. Ein kleines trauriges Lächeln spielte um seine Mundwinkel und seine Augen. »Er war verrückt nach ihr, verstehst du? Hat sie angebetet. Sie kannten sich schon seit Kindertagen.

Sie haben beide gearbeitet, meine Mutter und mein Vater. Sie wußten beide, was Hunger hieß, und wollten ganz sichergehen, daß er sie nie plagen würde. Ich war ihr erstes Kind. Dann kam Michael. Ich war vier, als er auf die Welt kam. Als ich sechs war, war meine Mutter wieder schwanger. Es ging ihr schlecht, die ganze Schwangerschaft hindurch. Daran kann ich mich erinnern, obwohl ich erst ein kleiner Junge war.«

Während Paddy über seine Kindheit sprach, begann sich sein Gesicht zu verändern. Die Erinnerungen an die Vergangenheit ließen sein bittersüßes Lächeln verschwinden, seine Augen wurden dunkel und traurig, und die feinen Linien, die seine Wangen und Stirn durchzogen, wirkten plötzlich tiefer.

»Als ihre Zeit gekommen war, ging mein Vater los, um die Hebamme zu holen. Mich ließ er zurück, um mich um meine Mutter und meinen Bruder zu kümmern. Meiner Mutter ging es schlecht, nachdem er fort war. Sie krallte sich an die Bettkanten und gab sich größte Mühe, nicht laut aufzuschreien. Ich versuchte, ihr zu helfen, rannte raus, machte die Taschentücher von meinem Vater an der Pumpe naß und drückte sie ihr auf die Stirn.

Als die Hebamme endlich ankam, warf sie einen Blick auf meine Mutter und sagte meinem Vater, er solle den Priester holen. Er wollte sie nicht allein lassen. Wollte sich keinen Zentimeter von ihr fortrühren, bis die Frau ihn anschrie: ›Geh'n Sie los, Mann!‹ Gehen Sie, um Himmels willen! Sie braucht einen Priester!«

Er brauchte nicht weit zu gehen und kam kurz darauf mit Pater McMahon zurück. Das war ein großer Mann, so steif wie ein Stock. Michael und ich saßen am Küchentisch. Die Hebamme hatte uns aus dem Schlafzimmer gescheucht. Mein Vater und der Priester gingen hinein, aber sie scheuchte auch meinen Vater hinaus. Er kam in die Küche und setzte sich vors Feuer, rührte sich nicht und starrte bloß in die Flammen.«

Genau wie du, dachte Fiona, und hatte großes Mitleid mit ihrem Vater, der mit hängenden Schultern, die großen, starken Hände vor sich gefaltet, dasaß.

»Ich saß am nächsten zur Schlafzimmertür und hab sie hören können. Die Hebamme, Mrs. Reilly war ihr Name, und den Priester. Sie sagte ihm, daß meine Mutter stark blutete, daß sie schwach war, und daß man sich entscheiden müßte.

›Retten Sie das Kind‹, sagte der Priester.

›Aber, Pater‹, hörte ich sie sagen, ›sie hat noch zwei andere, um die sie sich kümmern muß, und einen Ehemann, Sie wollen doch sicher nicht ...‹

›Sie haben mich gehört, Mrs. Reilly‹, antwortete er. ›Das Baby ist nicht getauft. Sie gefährden seine unsterbliche Seele und Ihre eigene, wenn Sie warten.‹«

Also hat Mrs. Reilly das Baby aus ihr rausgeholt. Gott weiß, wie. Es hat kaum einen Laut von sich gegeben, das arme Ding. Ein paar Minuten später hab ich brennende Kerzen gerochen und den Priester auf lateinisch beten hören. Mein Vater hat es auch gehört. Er rannte ins Schlafzimmer. Ich lief hinter ihm her und sah, wie er den Priester wegschob, meine Mutter in die Arme nahm, sie wiegte wie ein Kind und ihr leise vorsang und ihr zuflüsterte, während sie starb...« Paddys Stimme brach ab, er schluckte schwer. Das Baby wurde Sean Joseph getauft, nach meinem Vater. Der Priester hat ihm den Namen gegeben. Eine Stunde später war es ebenfalls tot.

Mein Vater ist lange bei meiner Mutter geblieben. Es dämmerte schon, als er sie endlich losließ. Der Priester war bereits zu den Nachbarn gegangen, den McGuires, um Abendessen zu kriegen und Mrs. McGuire zu bitten, sich um uns zu kümmern. Mrs. Reilly hat das Baby aufgebahrt. Mein Vater hat seine Arbeitsjacke angezogen und mir aufgetragen, mich um meinen Bruder zu kümmern. Er war unheimlich ruhig. Wenn er getobt und die Möbel zerschlagen hätte, hätte er vielleicht etwas von seinem Schmerz rauslassen können. Aber das konnte er nicht. Ich hab seine Augen gesehen. Sie waren tot. Es war kein Funken mehr in ihnen, keine Hoffnung.«

Paddy hielt inne und fuhr dann fort: »Zu Mrs. Reilly hat er gesagt, daß er nach den Tieren sehen will. Er ist nie mehr zurückgekommen. Als es dunkel wurde, ging sie in den Stall. Die Tiere waren gefüttert und getränkt worden, aber er war nicht da. Sie lief übers Feld und holte Pater McMahon und Mr. McGuire, damit sie ihn suchen gingen. Am nächsten Morgen hat man ihn gefunden. Am Fuß einer Klippe, wo er und meine Ma vor ihrer Hochzeit immer spazierengegangen sind. Sein Rückgrat war gebrochen, die Wellen leckten an seinem zerschmetterten Kopf.«

Paddy nahm mit blicklosen Augen den Becher und trank wieder einen Schluck.

Der Tee muß inzwischen kalt sein, dachte Fiona. Ich sollte ihn aufwärmen für ihn. Ihm frischen Toast machen. Sie tat weder das eine noch das andere.

»Der Priester hat meine Tante aus Dublin holen lassen, und wir sind bei den McGuires geblieben, bis sie zwei Tage später gekommen ist. Die Beerdigung für meine Mutter und das Baby war am gleichen Tag, an dem sie ankam. Ich kann mich noch genau daran erinnern. Ich hab die ganze Sache durchgestanden, den offenen Sarg, die Messe, hab zugesehen, wie sie meine Mutter in die Erde hinunterließen und meinen kleinen Bruder in einer winzigen Holzkiste neben ihr. Ich hab keine Träne im Kirchhof vergossen. Ich hab gedacht«, sagte er plötzlich auflachend, »ich hab gedacht, vielleicht können sie mich sehen, und ich wollte nicht weinen, damit sie stolz auf mich sein konnten.

Am nächsten Tag hat der Priester die Beerdigung für meinen Vater gehalten, falls man das so bezeichnen kann. Ich hab zugesehen, wie man ihn auf dem Stück Erde voller Brennesseln begraben hat, auf das er hinuntergesprungen war. Und dann, o Gott, sind meine Tränen geflossen, und ich hab weinend dagestanden und mich gefragt, warum er nicht neben meiner Mutter begraben wurde, wo er hingehörte. Zusammen mit Sean Joseph. Ich hab's nicht verstanden. Niemand hat mir gesagt, daß der Priester verboten hatte, einen Selbstmörder im Kirchhof zu begraben. Ich hab an nichts anderes denken können, als daß mein Vater ganz allein dort draußen war, mit niemandem zusammen als dem Wellenschlag. So kalt ... so einsam ... ohne meine Mutter neben ihm ...« Tränen quollen aus Paddys gequälten Augen und rannen über seine Wangen hinab. Er senkte den Kopf und weinte.

»O Pa ...«, rief Fiona und drängte ihre eigenen Tränen zurück. Sie kniete sich neben ihm nieder und legte den Kopf auf seine Schulter. »Wein nicht, Pa«, flüsterte sie, »wein doch nicht ...«

»Der verdammte Priester hatte kein Recht, das zu tun«, sagte er heiser. »Ihr gemeinsames Leben war heilig, heiliger als alles in der elenden Kirche von diesem elenden Mistkerl.«

Fiona tat das Herz weh vor Mitgefühl für diesen kleinen Jungen, der ihr Vater war. Sie hatte ihn nie weinen sehen, nicht so. Ihm waren die Tränen gekommen während der langen und schweren Wehen ihrer Mutter bei Eileen und Seamie. Und während der zwei Fehlgeburten, die sie vor Seamie hatte. Jetzt wußte sie, warum. Und warum er nie in den Pub ging, während ihre Mutter niederkam, so wie es die anderen Väter taten.

Paddy hob den Kopf. Er wischte sich mit dem Handrücken die Augen ab und sagte: »Tut mir leid, Fee. Das kommt sicher vom Bier.«

»Ist schon gut, Pa«, erwiderte Fiona, erleichtert darüber, daß er nicht mehr weinte. Sie setzte sich wieder.

»Verstehst du, Fiona, das ist der Grund, warum ich nicht in die Kirche geh.«

Fiona nickte und nahm alles aufmerksam in sich auf, was ihr Vater gesagt hatte.

»Deine Mutter will so was natürlich nicht hören«, fuhr Paddy fort und sah seine Älteste ruhig an. »Vielleicht ist es besser, wenn du das alles für dich behältst. Die Kirche bedeutet ihr sehr viel.«

»Ja, Pa.« Sie würde es ganz sicher für sich behalten. Ihre Mutter war sehr fromm, verpaßte nie die Messe und betete jeden Morgen und jeden Abend den Rosenkranz. Sie glaubte, daß Priester über jeden Zweifel erhaben waren, daß sie das Wort Gottes verkündeten und dem Herrn nahestanden. Fiona hatte dies genausowenig angezweifelt, wie sie an der Existenz des Himmels oder Gottes gezweifelt hätte.

»Pa ...«, begann sie zögernd. Ein beängstigender Gedanke war ihr gekommen.

»Ja, Fee?«

»Auch wenn du die Priester und die Kirche nicht magst, du glaubst doch an Gott, oder?«

Paddy dachte eine Weile nach und sagte dann: »Weißt du, was ich glaube, Mädchen? Ich glaub, daß drei Pfund Fleisch einen guten Eintopf ergeben.« Er schmunzelte über ihre verwirrte Miene. »Ich glaub auch, daß es Zeit für dich ist, ins Bett zu gehen, Schatz. Sonst schläfst du morgen bei der Arbeit ein. Also geh jetzt, ich räum das Teegeschirr weg.«

Fiona wollte nicht ins Bett gehen, sondern bei ihrem Vater bleiben und ihn fragen, was er mit den drei Pfund Fleisch gemeint hatte. Aber er nahm bereits die Teekanne und sah zu müde aus, um noch weiterreden zu können. Sie gab ihm einen Gutenachtkuß und kehrte ins Bett zurück.

3

Dichter Nebel umhüllte die Gaslampen der High Street und dämpfte ihr Licht, als Davey O'Neill Thomas Curran ins Lagerhaus von Oliver's folgte. Es war gefährlich, in einer Nacht wie dieser durch die Docks zu gehen. Ein falscher Schritt, und man fiel in den Fluß, ohne daß einen jemand hörte, aber das Risiko nahm er in Kauf. Der Vorarbeiter hatte einen Job für ihn, eine kleine Nebenbeschäftigung. Gestohlene Waren transportieren vermutlich. Mit derlei Dingen wollte er zwar nichts zu tun haben, aber er hatte keine Wahl. Lizzie war krank, und er brauchte das Geld.

Curran schloß die Seitentür hinter sich und tastete nach einer Lampe. Ihr Schein erleuchtete einen Weg durch die Stapel der Teekisten bis zu den Türen, die zum Wasser hinausgingen. Wieder draußen, sah Davey, daß der Nebel die ganze Themse bedeckte und auch über den meisten Docks lag. Er fragte sich, wie jemand in dieser Dunkelheit Oliver's überhaupt finden sollte, ganz zu schweigen davon, mit einem Boot anzulegen und es zu entladen. Er blieb einen Moment stehen und wartete, daß Curran ihm sagte, was zu tun sei, aber Curran sagte kein Wort. Er zündete sich bloß eine Zigarette an und lehnte sich an die Tür. Davey sah ihn an und stellte fest, daß er nicht zurückgehen konnte, falls er dies gewollt hätte – nicht wenn der Mann die Tür auf diese Weise blockierte. Bei dem Gedanken wurde ihm unbehaglich.

»Kommt denn sonst niemand mehr, Mr. Curran?« fragte er.

Curran schüttelte den Kopf.

»Soll ich ein paar Haken holen? Ein Tau?«

»Nein.«

Davey lächelte unsicher. »Was soll ich dann tun?«

»Ein paar Fragen beantworten, Mr. O'Neill«, sagte eine Stimme hinter ihm.

Davey fuhr herum, aber es war niemand da. Die Stimme schien aus dem Nebel selbst zu kommen. Er wartete, lauschte auf das Geräusch von Schritten, hörte aber nichts als das Schwappen des Wassers, das gegen die Pfosten schlug.

Ängstlich inzwischen, drehte er sich wieder zu Curran um. »Mr. Curran, Sir ... was geht hier vor ... ich ...«

»Davey, ich möchte dir deinen Arbeitgeber vorstellen«, sagte Curran und machte mit dem Kopf ein Zeichen nach rechts.

Davey hob den Blick und sah eine Gestalt aus dem Nebel auftauchen – einen Mann mittlerer Größe, kräftig gebaut. Sein schwarzes Haar war aus der Stirn gekämmt, er hatte dichte Brauen und schwarze Raubtieraugen. Davey schätzte ihn auf Mitte Vierzig. Seine Kleider verliehen ihm das Aussehen eines Gentlemans – er trug einen schwarzen Kaschmirmantel über einem grauen Wollanzug, und an seiner Weste baumelte eine schwere goldene Uhr –, aber der Mann selbst hatte nichts von einem Gentleman an sich. Seine Haltung und sein Gesichtsausdruck kündeten von einer versteckten Brutalität, einer kaum beherrschten, unterschwelligen Gewalttätigkeit.

Davey nahm seine Mütze ab und knitterte sie zwischen den Händen, um nicht zu zittern. »Wie ... wie geht's, Mr. Burton, Sir?«

»Hören Sie auf das, was Mr. Curran Ihnen sagt, Mr. O'Neill?«

Davey ließ ängstlich den Blick zwischen Burton und Curran hin- und herschweifen. »Ich verstehe nicht, Sir ...«

Burton ging mit auf dem Rücken gefalteten Händen von den beiden Männern weg in Richtung des Kairands. »Oder tun Sie, was Ben Tillet Ihnen sagt?«

Davey spürte einen Stich in der Magengegend. »Mr. B-Burton, Sir«, stammelte er mit fast unhörbarer Stimme. »Bitte, werfen Sie mich nicht raus. Ich bin bloß bei einer Versammlung gewesen. Ich-ich geh zu keiner andern. Nie mehr. Bitte, Sir, ich brauch den Job.«

Burton drehte sich zu ihm um. Aus seinem Gesicht konnte Davey nichts ablesen. Es war absolut ausdruckslos. »Was sagt Ihnen Tillet denn, Mr. O'Neill? Zu streiken? Und was will diese

Gewerkschaft?« Er spuckte das Wort förmlich aus. »Mich fertigmachen? Soll mein Tee auf den Schiffen verrotten?«

»Nein, Sir ...«

Burton begann, ihn langsam zu umkreisen. »Das denke ich aber schon. Ich glaube, Tillet möchte mich vernichten. Mein Geschäft ruinieren. Hab ich recht?«

»Nein, Sir«, antwortete Davey.

»Also, was *will* die Gewerkschaft dann?«

Davey, der inzwischen schwitzte, sah Burton an, dann das Dock und murmelte schließlich eine Antwort.

»Ich hab Sie nicht gehört«, sagte Burton und beugte sich so nahe an Davey heran, daß der seinen Zorn buchstäblich riechen konnte.

»M-mehr Geld, Sir, kürzere Arbeitszeiten.«

In den Jahren, die folgen sollten – den bitteren, elenden, niederschmetternden Jahren –, versuchte Davey, sich zu erinnern, *wie* der Mann die Tat begangen hatte. Wie er sein Messer so schnell aus der Tasche gezogen und es so geschickt eingesetzt hatte. Doch im Moment spürte er nur eine sengende Hitze an seiner Schläfe und eine Nässe auf seinem Hals.

Und dann sah er es ... sein Ohr ..., das auf dem Kai lag.

Schmerz und Schock ließen ihn auf die Knie fallen. Er legte die Hand an die Wunde, Blut rann durch seine Finger über seine Gelenke, und seine Hand bestätigte ihm, was sein Verstand sich zu glauben weigerte – daß da, wo sein linkes Ohr gewesen war, nichts mehr war, rein gar nichts.

Burton hob das bleiche Stück Fleisch auf und warf es über den Kai. Mit einem kleinen, zarten Plumpsen fiel es ins Wasser. Überzeugt, daß er Frau und Kinder nie wiedersehen würde, begann Davey zu schluchzen. Er hielt inne, als er die dünne kalte Spitze des Messers an seinem anderen Ohr spürte. Mit blankem Entsetzen sah er zu Burton auf.

»Nein ...«, krächzte er. »Bitte ...«

»Muß ich mir von einem Gewerkschaftsschnösel sagen lassen, wie ich mein Geschäft führen soll?«

Er versuchte, den Kopf zu schütteln, aber das Messer hinderte ihn.

»Muß ich mir von Erpressern und Dieben Befehle geben lassen?«

»N-nein ... bitte schneiden Sie nicht ...«

»Ich will dir mal was sagen, junger Freund. Ich hab hart gearbeitet, um Burton Tea zu dem zu machen, was es ist, und ich werde alles und jeden aus dem Weg räumen, der mir in die Quere kommt. Verstanden?«

»Ja.«

»Wer war sonst noch bei der Versammlung? Ich will jeden einzelnen Namen.«

Davey schluckte schwer. Er sagte nichts.

Curran mischte sich ein. »Sag's ihm, Mann!« drängte er. »Sei kein Narr. Was gehen sie dich an, Davey? Sie sind nicht hier, um dir zu helfen.«

Davey schloß die Augen. Nein, nur das nicht. Nicht das. Er wollte reden, er wollte sein Leben retten, aber er konnte seine Kumpel nicht verraten. Wenn er es täte, würde Burton mit ihnen das gleiche machen wie mit ihm. Er biß die Zähne zusammen und wartete, daß das Messer nach oben fuhr, auf den Schmerz, aber er kam nicht. Er öffnete die Augen. Burton war von ihm weggegangen. Er hielt das Messer nicht mehr in der Hand. Als er sah, daß Davey ihn anblickte, nickte er Curran zu. Davey zuckte zurück, weil er dachte, er signalisierte dem Mann, ihn fertigzumachen, aber Curran reichte ihm nur einen Umschlag.

»Mach ihn auf«, sagte Burton.

Er tat es. Im Innern befand sich eine Zehnpfundnote.

»Sollte genügen, um Elizabeths Arztrechnungen zu bezahlen, oder?«

»Woher ... woher wissen Sie ...?«

»Es gehört zu meinen Aufgaben, Bescheid zu wissen. Ich weiß, daß du mit einem hübschen Mädchen namens Sarah verheiratet bist. Du hast einen Sohn, Tom, der vier Jahre alt ist. Eine dreijährige Tochter namens Mary. Elizabeth ist gerade erst ein Jahr alt. Eine nette Familie. Ein Mann sollte auf seine Familie achten. Aufpassen, daß ihr nichts passiert.«

Davey erstarrte. Heftiger als Schmerz, als Zorn und Furcht, spürte er jetzt einen grenzenlosen Haß in sich aufsteigen. Er wußte, daß er ihm ins Gesicht geschrieben stand, aber das war ihm egal. Er saß in der Falle. Wenn er Burton nicht gab, was er wollte, würde seine Familie den Preis dafür bezahlen. Er selbst hätte sich geopfert, aber sie würde er nicht opfern. Und das wußte der Mann. »Shane Patterson ...«, begann er, »Matt Williams ... Robbie Lawrence ... John Poole ...«

Als er mit der Aufzählung der Namen fertig war, sagte Burton: »Wer ist der Anführer?«

Davey zögerte. »Niemand. Es ist noch niemand bestimmt worden ... sie haben noch ...«

»Wer ist der Anführer, Mr. O'Neill?«

»Patrick Finnegan.«

»Sehr gut. Besuchen Sie weiterhin die Versammlungen und halten Sie Mr. Curran auf dem laufenden. Wenn Sie das tun, sehn Sie meine Anerkennung in Ihrer Lohntüte. Wenn nicht oder wenn Sie dumm genug sind, irgend jemandem zu erzählen, was hier heute nacht passiert ist, wird Ihre Frau sich wünschen, Sie hätten's nicht getan. Gute Nacht, Mr. O'Neill. Zeit für Sie, heimzugehen und sich zu pflegen. Sie haben eine ganze Menge Blut verloren. Wenn jemand fragt, was mit Ihrem Ohr passiert ist, sagen Sie, daß Sie überfallen wurden. Weil der Dieb nichts bei Ihnen fand, hat er Sie verletzt. Bei dem Nebel haben Sie nicht gesehen, in welche Richtung er davongelaufen ist.«

Davey erhob sich benommen. Er zog sein Taschentuch heraus und drückte es an den Kopf. Als er über den Kai taumelte, konnte er Burton noch reden hören.

»Der Anführer ... Finnegan. Wer ist das?«

»Ein eingebildetes Großmaul. Aber ein guter Arbeiter. Ich werd ihn mir vorknöpfen.»

»Ich möchte, daß an ihm ein Exempel statuiert wird.«

»Was ist das, Sir?«

»Ich möchte, daß er einen Denkzettel kriegt. Das werde ich Sheehan machen lassen. Sie werden von ihm hören.«

Paddy ... mein Gott ... was hab ich getan? schluchzte Davey, krank vor Scham. Er taumelte aus den Dockanlagen in die nebelverhangene Straße hinaus. Ihm war schwindelig, und er fühlte sich schwach. Er stolperte über einen Pflasterstein und rutschte aus, schaffte es aber, sich an einem Laternenpfahl aufzurichten. Das Herz hämmerte in seiner Brust. Er legte seine blutverschmierte Hand darauf und stieß einen gequälten Schrei aus. Jetzt war er ein Verräter, ein Judas. Unter seiner Haut, unter seinen Rippen, hatte er kein Herz mehr, sondern ein fauliges, zuckendes Ding, schwarz, gebrochen und stinkend.

4

Fionas Hände zitterten, als sie die Teeblätter, die sie gerade abgewogen hatte, in eine Dose schüttete. Sie wußte, daß sie nicht aufsehen durfte. Wenn er sie dabei erwischte, würde sie rausgeworfen werden. Das war sicher der Grund, weshalb er hier war – um jemanden rauszuwerfen. Warum sonst würde William Burton zu einem Überraschungsbesuch vorbeikommen? Um ihnen eine Lohnerhöhung zu geben? Sie hörte seine langsamen, gemessenen Schritte, als er vorbeiging, und spürte seinen Blick auf ihren Händen, als sie die Dose schloß und versiegelte. Er hatte das Ende des Tischs erreicht, drehte um und kam auf der anderen Seite wieder herauf. In der Mitte der Reihe blieb er stehen. Ihr sank das Herz. Sie brauchte gar nicht aufzusehen, um zu wissen, wo er stand – hinter Amy Caldwell. Geh weiter, drängte sie ihn insgeheim. Laß sie in Ruhe.

Amy war fünfzehn und linkisch. Sie hatte ungeschickte Hände, manchmal kippte sie ihre Waagschale um und verschüttete den Inhalt, oder sie klebte ein Schild schief auf. Alle Mädchen sprangen für sie ein, jede tat ein bißchen mehr, als sie hätte tun müssen, um Amys Langsamkeit auszugleichen. Es war üblich, sich untereinander zu helfen.

Fiona wog weiter Tee ab und betete, daß Amy kein Mißgeschick passierte. Dann hörte sie es – das Geräusch einer heruntergefallenen Waagschale. Schnell hob sie den Blick. Amy hatte ihren Tee über den ganzen Tisch verschüttet. Und statt ihn aufzusammeln, stand sie mit bebendem Kinn hilflos da.

»Feg ihn auf, Liebes«, flüsterte Fiona ihr zu. »So ist's gut. Mach weiter ...«

Amy nickte, fegte den Tee zusammen, und Burton ging weiter, um jemand anderen zu terrorisieren. Fiona sah ihm nach, sie war außer sich vor Zorn. Amys Mißgeschick war allein seine Schuld. Es wäre nicht passiert, wenn er nicht so lange dagestanden und das arme Ding nervös gemacht hätte.

William Burton war einer der reichsten und erfolgreichsten Teehändler in ganz England. Er hatte sich aus dem Nichts hochgearbeitet und war zum Konkurrenten der angesehensten Firmen der Branche – Twining, Brooke, Fortnum & Mason und Tetley – aufgestiegen. Fiona kannte seine Geschichte, wie jedermann. Er war in Camden Town aufgewachsen, als einziges Kind einer verarmten, inzwischen verstorbenen Näherin, deren Mann, ein Matrose, auf See umgekommen war. Im Alter von acht Jahren verließ er die Schule, um in einem Teeladen zu arbeiten, und durch Fleiß und harte Arbeit gelang es ihm im Alter von achtzehn Jahren, den Laden zu kaufen und zur Grundlage dessen zu machen, was heute Burton Tea war. Er hatte nie geheiratet und besaß keine Familie.

Fiona bewunderte seine Entschlossenheit, die ihm zu seinem Erfolg verholfen hatte, den Mann selbst aber verachtete sie. Sie konnte nicht verstehen, wie jemand, der selbst die bitterste Armut erlitten hatte, kein Mitgefühl für die Menschen empfand, die er hinter sich gelassen hatte.

Burton beendete seine Runde und rief nach Mr. Minton. Fiona hörte sie miteinander reden. Noch ein anderer Mann stand bei ihnen. Sie konnte seine Stimme hören. Sie riskierte einen Blick und sah Burton auf verschiedene Mädchen deuten, während Minton nickte und der dritte Mann, der elegant und vornehm gekleidet, aber sehr dick war, auf seine Uhr sah. Dann meldete sich Minton umständlich und wichtigtuerisch zu Wort: »Hört mal her, Mädchen. Mr. Burton hat mich gerade informiert, daß verschiedene Projekte und Unternehmungen, mit denen wir vor kurzem begonnen haben, die Notwendigkeit drastischer ökonomischer Maßnahmen erfordern ...«

Fünfzig besorgte Gesichter richteten sich auf den Vorarbeiter. Sie verstanden nicht, was das Kauderwelsch bedeuten sollte, wußten aber, daß es nichts Gutes verhieß.

»... was bedeutet, daß ich einige von euch gehen lassen muß«, fuhr er fort, was ein allgemeines Aufstöhnen zur Folge hatte. »Wessen Name genannt wird, geht bitte in mein Büro, um seinen Lohn abzuholen. Violet Simms, Gemma Smith, Patsy Gordon,

Amy Caldwell ...« Fünfzehn Namen wurden aufgerufen. Minton, der Fionas Blick auffing, hatte wenigstens den Anstand, beschämt auszusehen, er hielt inne und fügte dann »Fiona Finnegan ...« hinzu.

O Gott, nein. Was sollte sie ihrer Ma sagen? Ihre Familie brauchte ihren Lohn.

»... bekommt sechs Pence Strafabzug für Schwatzen. Wenn es weiteres Reden oder irgendwelchen Lärm gibt, werden alle Übeltäterinnen bestraft. Macht euch jetzt wieder an die Arbeit.«

Fiona sah ihn verwundert an, erleichtert, daß sie nicht entlassen worden, aber wütend, weil sie bestraft worden war, nur weil sie versucht hatte, Amy zu helfen. Um sie herum hörte sie unterdrücktes Schluchzen und leise schlurfende Schritte, als die fünfzehn Mädchen ihre Sachen packten. Sie schloß die Augen. Kleine Lichtpunkte, winzig und hell, tanzten hinter ihren Lidern. Heftiger Zorn wallte in ihr auf, den sie zu unterdrücken versuchte.

Sie holte tief Luft, öffnete die Augen und nahm ihre Teeschaufel. Aber sie schaffte es nicht, den Blick von ihren bleichen, zitternden Arbeitskolleginnen zu wenden, die sich vor Mintons Büro anstellten. Sie wußte, daß Vi Simms die einzige Stütze ihrer kranken Mutter war. Gem hatte acht jüngere Geschwister und einen Vater, der seinen Lohn vertrank. Und Amy ... sie war eine Waise, die gemeinsam mit ihrer Schwester in einem winzigen Zimmer lebte. Wo um alles in der Welt sollte sie eine neue Stelle finden? Ihr Anblick, wie sie verwirrt mit der schäbigen Haube auf dem Kopf und dem abgewetzten Schal um die Schultern dastand, brachte das Faß zum Überlaufen bei ihr. Sie knallte die Teeschaufel auf den Tisch. Wenn Burton sie schon wegen Schwatzens bestrafte, dann sollte er auch was zu hören kriegen.

Sie marschierte zu Mintons Büro, direkt an allen Mädchen vorbei, die um ihren Lohn anstanden. Für einen angeblich ausgefuchsten Geschäftsmann ist William Burton verdammt kurzsichtig, dachte sie. Er hatte ihnen beim Verpacken zugesehen – kapierte er denn nicht, wie verdammt umständlich der ganze Vorgang war? Offensichtlich hatte er keine Ahnung von diesem Teil seiner Firma. Er glaubte, diese Mädchen entlassen zu müssen, um Geld zu sparen, aber wenn er ihre Arbeitskraft besser einsetzte, konnte er Geld verdienen. Das hatte sie Mr. Minton immer und immer wieder zu erklären versucht, aber er hatte nie zugehört. Vielleicht würde er das jetzt tun.

»Entschuldige«, sagte sie und quetschte sich an dem Mädchen vorbei, das in der Tür stand.

Mr. Minton saß an seinem Scheibtisch und teilte Shillinge und Pence aus. »Was gibt's?« fragte er unwirsch, ohne aufzusehen. Burton und sein Begleiter, die gerade in eine Akte vertieft waren, sahen auf.

Fiona schluckte und zuckte unter ihrem Blick zusammen. Ihr Zorn hatte sie hergetrieben, aber jetzt packte sie die Angst. Ihr wurde klar, daß sie möglicherweise ihren Rausschmiß riskierte. »Entschuldigen Sie, Mr. Minton«, begann sie und bemühte sich, mit fester Stimme zu sprechen. »Aber diese Mädchen zu entlassen heißt am falschen Fleck sparen.«

Jetzt hatte sie Mintons Aufmerksamkeit. Er sah sie eine Weile fassungslos an, bevor er Worte fand. »Das tut mir schrecklich leid, Mr. Burton, Sir ...«, stammelte er und stand auf, um sie hinauszubefördern.

»Einen Augenblick«, antwortete Burton und klappte den Aktendeckel zu. »Ich möchte gern wissen, warum eine von meinen Packerinnen glaubt, mein Geschäft besser zu verstehen als ich.«

»Ich kenne meinen Teil der Arbeit, Sir. Ich verrichte sie jeden Tag«, sagte Fiona und zwang sich, in Burtons kalte schwarze Augen zu blicken, dann in die des anderen Mannes, die eine verblüffend schöne Schattierung ins Türkise zeigten und in vollkommenem Gegensatz zu seinem harten, habgierigen Gesicht standen. »Wenn sie die Mädchen behalten und ein paar Änderungen im Arbeitsablauf vornehmen würden, könnte mehr Tee schneller verpackt werden. Ich weiß, daß das möglich wäre.«

»Sprich weiter.«

Sie holte tief Luft. »Also ... jedes Mädchen stellt seine eigene Verpackung her, richtig? Wenn es sich um eine Kiste handelt, muß sie sie zusammenkleben, wenn es eine Dose ist, muß sie ein Schild draufkleben. Dann füllt sie den Behälter mit Tee, versiegelt ihn und stempelt den Preis auf. Das Problem ist, daß wir unseren Arbeitsplatz verlassen müssen, um Nachschub zu holen. Das dauert zu lange. Und manchmal kommt Tee in den Klebepinsel. Das ist Materialvergeudung. Also sollten Sie einige Mädchen nehmen – sagen wir zwanzig von den fünfundfünfzig –, die die Verpackung herstellen. Weitere fünfzehn sollten den Tee einfüllen, zehn sollten ihn versiegeln und stempeln, die letzten zehn könnten den notwendigen Nachschub zu den Tischen bringen. Jedes Mädchen würde mehr leisten können, verstehen Sie? Dadurch würde der Ausstoß vergrößert und die Kosten für das Verpacken gesenkt. Da bin ich mir sicher. Könnten wir's nicht wenigstens versuchen, Sir?«

Burton setzte sich schweigend nieder. Zuerst sah er sie an, dann starrte er in die Luft und dachte über ihren Vorschlag nach.

Fiona deutete dies als hoffnungsvolles Zeichen. Er hatte nicht nein gesagt und hatte sie auch nicht entlassen. Zumindest noch nicht. Sie wußte, daß die Mädchen sie gehört hatten. Sie spürte ihre Blicke im Rücken, ihre verzweifelte Hoffnung. Ihr Vorschlag war sinnvoll, das wußte sie. O bitte, bitte, laß ihn das einsehen, betete sie.

»Das ist eine gute Idee«, sagte er schließlich, und Fiona spürte, wie ihr Herz einen Freudensprung machte. »Mr. Minton«, fuhr er fort, »wenn Sie hier fertig sind, möchte ich, daß Sie ihn mit den verbleibenden Mädchen umsetzen.«

»Aber, Mr. Burton«, sagte sie mit versagender Stimme, »ich ... ich dachte, sie könnten bleiben ...«

»Warum? Du hat mir gerade gezeigt, wie man mit vierzig Mädchen die Arbeit von hundert macht. Warum sollte ich fünfundfünfzig bezahlen?« Er lächelte seinen Begleiter an. »Höhere Produktivität bei niedrigeren Kosten. Das sollte die Bank doch freuen, Randolph.«

Der dicke Mann schmunzelte. »Durchaus«, antwortete er und griff nach einer anderen Akte.

Fiona fühlte sich, als hätte sie eine Ohrfeige bekommen. Sie drehte sich um und verließ gedemütigt Mintons Büro. Sie kam sich wie ein Idiot vor. Statt ihren Freundinnen den Job zu erhalten, hatte sie bestätigt, daß sie nicht gebraucht wurden. Sie war zu Burton gegangen und hatte ihm gezeigt, wie man mit weniger Arbeitskraft mehr Leistung herausschinden konnte. Und wenn er hier fertig war, würde er zu seinen anderen Fabriken in Bethnal Green und Limehouse gehen, ihre Vorschläge umsetzen und auch dort die Mädchen entlassen. Würde sie je lernen, ihr Temperament zu zügeln, ihren Mund zu halten?

Als sie mit schamrotem Gesicht an den Mädchen vorbeiging, spürte sie, daß jemand ihre Hand ergriff. Dünne zerbrechliche Finger faßten sie an. Es war Amy. »Danke, Fee«, flüsterte sie. »Daß du's versucht hast, meine ich. Das war sehr mutig von dir. Ich wünschte, ich wär so mutig wie du.«

»Ach was, ich bin blöd, nicht mutig«, antwortete Fiona traurig.

Amy küßte sie auf die Wange und Violet ebenso. Dann riet ihr Gem, schnell an die Arbeit zurückzugehen, bevor sie ebenfalls rausgeworfen wurde.

Der abendliche Sonnenschein, der Joes Rücken wärmte, schien den schmutzigen Straßen und engen Gassen von Whitechapel, durch die er mit Fiona schlenderte, weitaus weniger wohlzutun. Die grellen Strahlen beleuchteten verfallene Häuser und Läden, enthüllten bröckelnde Dächer, rissige Mauern und stinkende Rinnsteine, die besser hinter Nebel und Regen verborgen geblieben wären. Die Worte seines Vaters fielen ihm ein: »Nichts läßt diesen Ort so gräßlich aussehen wie die Sonne. Sie ist wie Rouge auf den Wangen einer alten Hure und macht alles nur noch schlimmer.«

Er wünschte, er könnte ihr etwas Schöneres bieten. Er wünschte, er könnte sie in ein elegantes Lokal einladen, in eins der Pubs mit roten Samttapeten und geschliffenen Glasscheiben. Aber er hatte sehr wenig Geld, und das einzige, was er zu bieten hatte, war ein Spaziergang die Commercial Street hinunter, um die Schaufenster anzusehen und vielleicht für einen Penny Chips oder Ingwernüsse zu erstehen.

Er beobachtete sie, als sie in die Auslage eines Juweliers sah, bemerkte ihre angespannten Kiefer und wußte, daß sie sich immer noch wegen Burton Vorwürfe machte, wegen der Mädchen, die entlassen worden waren. Gleich nach dem Abendessen war er zu ihr gegangen, und sie hatte ihm beim Gehen davon erzählt.

»Du hast doch nicht wirklich geglaubt, daß du damit durchkommst?« fragte er sie jetzt.

Traurig wandte sie sich zu ihm um. »Das ist es ja, Joe, das hab ich geglaubt.«

Joe lächelte und schüttelte den Kopf. »Ich hab ein Mädchen, das wirklich Courage hat.«

Fiona lachte, und er freute sich über ihr Lachen. Einige Zeit zuvor hatte sie vor Wut und Sorge bittere Tränen vergossen. Er hielt es nicht aus, sie weinen zu sehen. Es gab ihm das Gefühl, nutzlos und schwach zu sein. Er legte den Arm um sie, zog sie an sich und küßte sie auf den Kopf. »Zwölf und sechs«, flüsterte er ihr zu, als sie weitergingen. »Zum Teufel mit William Burton.«

»Zwölf und *sechs?«* fragte sie aufgeregt.

»Ja. Die Geschäfte sind gut gelaufen diese Woche. Ich hab ein bißchen was dazugelegt.«

»Wie läuft's mit deinem Vater?«

Joe zuckte die Achseln. Er hatte keine Lust, darauf einzugehen, aber sie drängte ihn, und schließlich gab er zu, daß sie heute einen schlimmen Streit gehabt hatten.

»Schon wieder? Worum ging's denn diesmal?«

»Um einen zweiten Wagen. Ich möcht einen anschaffen, er nicht.«

»Warum nicht?«

»Weißt du, es ist so«, begann er aufgebracht, »wir kommen mit einem Wagen ganz gut aus, aber es könnte besser sein. Die Nachfrage ist da. Letzten Samstag – du hast's ja gesehen – sind wir mit dem Verkaufen gar nicht mehr nachgekommen. Uns ist tatsächlich die Ware ausgegangen – *ausgegangen,* Fee –, so viele Leute wollten einkaufen! Wir hätten noch eine Kiste Äpfel, Feigen, Kartoffeln und Brokkoli umsetzen können, aber von einem leeren Wagen kannst du ja nichts verkaufen. Seit zwei Monaten lieg ich ihm wegen einem zweiten Wagen in den Ohren, damit man die Waren aufteilen könnte – Obst auf dem einen, Gemüse auf dem anderen. Aber er will nichts davon hören.«

»Warum nicht? Das wär doch vernünftig.«

»Er sagt, wir kommen auch so gut aus. Wir verdienen unseren Lebensunterhalt, und es besteht kein Anlaß, ein Risiko einzugehen. ›Man soll sein Glück nicht herausfordern‹, sagt er immer. Mein Gott, er ist so furchtbar lahm. Er sieht die Möglichkeiten einfach nicht. Ich möcht nicht bloß meinen Lebensunterhalt verdienen. Ich möcht Profit sehen und das Geschäft vergrößern.«

»Vergiß doch deinen Vater«, sagte Fiona. »Noch ein Jahr, und er sitzt dir nicht mehr im Nacken. Dann sind wir selbständig und haben mit unserem Laden den größten Erfolg, den die Welt je gesehen hat. Aber jetzt mußt du dich einfach damit abfinden. Dir bleibt nichts anderes übrig.«

»Du hast recht«, antwortete er bedrückt. Aber er fragte sich, ob er sich tatsächlich damit abfinden konnte. Die Spannungen wurden immer größer. Er wollte Fiona nichts davon erzählen – sie hatte heute schon genügend Aufregung hinter sich –, aber er und sein Vater standen kurz vor dem endgültigen Bruch.

Er erzählte ihr auch nicht, daß direkt nach ihrem Streit, als sein Vater ins Pub gegangen und ihn sich selbst überlassen hatte, Tommy Peterson aufgetaucht war. Er hatte ihm Komplimente über den Wagen und seine Geschäftstüchtigkeit gemacht und ihn eingeladen, am nächsten Tag in sein Büro in Spitalfields zu kommen. Joe war sicher, daß er ihm einen zweiten Wagen vorschlagen und ihnen bei größerer Abnahme bessere Bedingungen anbieten wollte. Was sollte er dem Mann sagen? Sein Vater würde es ihm nicht erlauben. Er würde wie ein ausgemachter Idiot dastehen.

Joe und Fiona gingen schweigend weiter, und der Abend wurde kühler. Der Sommer war bald vorbei, der Herbst stand vor der Tür, und Kälte und Regen würden ihre abendlichen Spaziergänge einschränken.

Joe fragte sich, wie er Geld auftreiben könnte, damit sie ihren Laden früher eröffnen und früher heiraten könnten, als Fiona plötzlich sagte: »Laß uns eine Abkürzung nehmen.«

»Was?«

Sie grinste ihn schelmisch an. »Eine Abkürzung. Da.« Sie deutete auf eine schmale Gasse, die zwischen einem Pub und dem Laden eines Kohlenhändlers durchführte. »Ich bin sicher, sie biegt wieder auf die Montague ein.«

Er zog eine Augenbraue hoch.

»Ich will bloß schneller heimkommen«, fügte sie unschuldig hinzu und zog ihn hinter sich her.

Als sie in die Gasse traten, schoß etwas zwischen den aufgestapelten Bierfässern hervor. Fiona kreischte auf und trat mit den Füßen.

»Das ist doch bloß 'ne Katze«, sagte Joe. »Eine ... ähm ... sehr kleine Sorte.«

Kichernd drängte sie ihn gegen eine Wand und küßte ihn. Normalerweise war sie nicht so kühn. Gewöhnlich küßte er sie zuerst, aber er fand, daß gar nichts dagegen einzuwenden sei. Tatsächlich gefiel es ihm recht gut. »Geht's darum?« fragte er. »Versuchst du, mich zu verführen?«

»Wenn's dir nicht gefällt, kannst du ja gehen«, antwortete sie und küßte ihn erneut. »Du kannst jederzeit abhauen, wenn du willst.« Noch ein Kuß. »Du brauchst's bloß zu sagen.«

Joe überlegte. »Vielleicht ist es gar nicht so schlecht«, sagte er und schlang die Arme um sie. Er erwiderte ihren Kuß, lang und leidenschaftlich. Er konnte ihre Wärme durch die Bluse spüren. Vorsichtig tastete seine Hand nach ihrem Busen, und er erwartete, daß sie ihn zurückhielt, aber das geschah nicht. Als er ihren Herzschlag spürte, so stark und dennoch so verletzlich, fühlte er sich vollkommen überwältigt. Sie war seine Seelenverwandte und gehörte zu ihm, wie sein Fleisch und seine Knochen zu ihm gehörten. Sie war bei ihm, in ihm, begleitete ihn überallhin, wohin er auch ging. Sie war alles, was er sich vom Leben erträumte, das Maß seiner Träume.

Hungrig nach ihrem Körper, zog er ihr Bluse und Mieder aus dem Rock und ließ die Hand daruntergleiten. Ihre Brüste lagen schwer und weich in seiner Hand, und er knetete sanft ihr Fleisch. Sie stöhnte leise auf, ein Laut, der fast schmerzhafte Begierde in ihm wachrief. Er wollte sie. Brauchte sie. Hier. Jetzt. Er wollte ihren Rock lüpfen und in sie dringen, hier, an der Wand. Seine Begierde war so groß, daß er sich nicht beherrschen konnte. Ihr weicher Körper, ihr Duft und ihr Geschmack machten ihn wahnsinnig. Dennoch tat er es nicht. Ihr erstes Mal sollte nicht so sein, schnell und grob in einer schmutzigen Gasse. Aber es mußte etwas geschehen, und zwar bald, bevor der Schmerz in seinem Glied in Todesqual überging.

Er nahm ihre Hand und führte sie. Sie tastete sich über seine Hose, dann nach drinnen. Er zeigte ihr, wie sie ihre Hand bewegen mußte, und sie tat es, rieb ihn dort und streichelte ihn, bis sein Atem kurz und stoßweise kam, er laut an ihrem Nacken aufstöhnte und sein ganzer Körper vor köstlicher Erleichterung erschauerte. Dann lehnte er sich mit geschlossenen Augen und bebender Brust an die Wand.

»Joe«, hörte er sie besorgt flüstern. »Ist alles in Ordnung?«

Er schmunzelte. »O ja, Fee. Mir ging's nie besser.«

»Bist du sicher? Ich ... ich glaube, du blutest.«

»Mann! Du hast ihn mir abgerissen!«

»Verdammter Mist!« kreischte sie.

Er konnte sich nicht helfen und mußte lachen. »Scht, ich nehm dich doch bloß auf den Arm.« Er wischte sich mit einem Taschentuch ab und warf es dann weg. »Das kann ich nicht von meiner Mutter waschen lassen.«

»Nein?«

»Ach, Fiona, du hast wohl überhaupt keine Ahnung, was?«

»Du weißt auch nicht viel mehr«, erwiderte sie eingeschnappt.

»Jedenfalls mehr als du«, sagte er und beugte sich vor, um ihren Hals zu küssen. »Ich weiß, wie ich es anstellen muß, daß du dich genauso gut fühlst, wie ich mich jetzt fühle.«

»Dann hat es sich also gut angefühlt?«

»Mhm.«

»Wie denn?«

Er hob ihren Rock hoch und spielte ein paar Sekunden an ihrem Höschen herum, bevor er die Hand hineingleiten ließ. Er streichelte die Innenseiten ihrer Schenkel und war erstaunt, daß Haut sich so seidig anfühlen konnte, dann fanden seine Finger den weichen, samtigen Spalt dazwischen. Er spürte, wie sie erstarrte. Sie sah ihn mit großen fragenden Augen an. Er hörte ihren Atem schneller gehen, hörte sich selbst, wie er in der Dunkelheit auf sie einflüsterte ... und er hörte die Kirchenglocken, die zwei Straßen weiter die volle Stunde schlugen.

»O nein ... ach, verdammt!« rief sie und entzog sich ihm. »Ich hab die Zeit vergessen! Es ist schon neun. Meine Mutter bringt mich um. Sie denkt, ich sei ermordet worden. Komm rasch, Joe!«

Schnell ordneten sie ihre Kleider im Dunkeln, sie knöpfte die Bluse zu, und er steckte sich das Hemd in die Hose. Warum mußte es immer so sein? fragte er sich. Warum gab es bloß immer hastige Küsse in einer Gasse oder unten am Fluß im Schlamm?

Fiona jammerte laut und fragte, wie sie ihr Zuspätkommen erklären könnte. Sie rannten zur Montague Street zurück. »Beruhig dich, Fee, du bist zurück, bevor jemand was merkt«, sagte er und gab ihr auf der Treppe einen kurzen Kuß.

»Das hoffe ich. Wenigstens ist mein Vater nicht daheim.« Sie wandte sich zum Gehen, aber bevor sie das tat, sah sie noch ein letztes Mal zu ihm zurück. Er wartete noch, wartete, daß sie im Haus und die Tür hinter ihr geschlossen war, bevor er ging.

»Zwölf und sechs«, sagte sie.

Er lächelte sie an. »Ja, meine Liebste. Zwölf und sechs.«

5

Kate Finnegan sah auf den riesigen Wäschestapel vor sich und stöhnte. Laken, Tischdecken, Geschirrtücher, Blusen, flauschige Nachthemden, Mieder, Unterröcke – sie bräuchte das Geschick eines Schauermanns, um alles in dem Korb zu verstauen. Und welche Mühe, das Ganze auf der Schulter den langen Weg nach Hause zu schleppen.

»Lillie, sag deiner gnädigen Frau, daß sie für so eine Ladung das Doppelte zahlen muß«, rief sie aus Mrs. Branstons Küche.

Lillie, die Magd von Mrs. Branston, eine schlaksige, rothaarige Irin, steckte den Kopf herein. »Ich sag's ihr, Mrs. Finnegan, aber hoffentlich kriegen Sie's auch. Sie wissen ja, was für ein Geizkragen sie ist. Trinken Sie eine Tasse Tee, bevor Sie gehen?«

»Das hört sich gut an, aber ich möchte keine Umstände machen.«

»Ach, woher denn«, antwortete Lillie fröhlich. »Die gnädige Frau ist in die Oxford Street zum Einkaufen gegangen. Die kommt eine Ewigkeit nicht zurück.«

»Dann stell den Kessel auf, Mädchen.«

Als sie mit dem Verstauen fertig war, setzte sich Kate an den Küchentisch. Lillie machte Tee, brachte die Kanne und einen Teller Plätzchen, und sie tratschten ausgiebig – Kate über ihre Kinder und Lillie über ihren Verehrer Matt, einen jungen Mann, der in den Commercial Docks arbeitete.

»Kriegt ihr euch denn viel zu seh'n?« fragte Kate. »Wenn du den ganzen Tag hier bist und er auf der anderen Seite vom Fluß?«

»Ach doch, Mrs. Finnegan. Der folgt mir wie ein Schatten in letzter Zeit, seitdem die Sache mit den Morden passiert is. In der Früh bringt er mich auf dem Weg zu den Docks her, und am Abend holt er mich wieder ab. Und ehrlich gesagt, bin ich froh drum. Ich bin bei Dunkelheit nicht mehr gern allein unterwegs.«

»Das kann ich dir nicht verdenken. Eigentlich müßt man doch denken, daß diese Frauen zuviel Angst hätten, ihre Runden zu drehen? Aber Paddy sagt, er sieht sie immer noch draußen.«

»Was bleibt ihnen anderes übrig? Wenn sie's nicht tun, müssen sie hungern.«

»Pater Deegan hat am Sonntag über die Morde gepredigt«, sagte Kate. »Daß der Sündenlohn den Tod bedeutet und das alles. Ich möcht ja nichts sagen gegen ihn, er ist schließlich der Pfarrer, aber diese Frauen tun mir leid. Wirklich. Manchmal seh ich sie, wie sie betrunken rumschreien und fluchen und völlig fertig sind. Ich kann mir nicht vorstellen, daß sich auch nur eine von ihnen ihr Schicksal ausgesucht hat. Ich glaub, es sind der Suff und die schlechten Zeiten, die sie so weit gebracht haben.«

»Sie sollten hören, was Mrs. Branston dazu sagt«, antwortete Lillie ärgerlich. »Handlanger des Satans nennt sie die armen hingemeuchelten Frauen und findet, daß sie ihr Schicksal verdient haben, weil sie Huren waren. Sie hat gut reden in ihrem gemütlichen warmen Haus und mit ihrem Haufen Geld.« Lillie hielt inne, um sich mit einem Schluck Tee zu beruhigen. »Na ja, hat ja keinen Wert, sich über die gnädige Frau aufzuregen. Wie meine Oma immer gesagt hat: Moral ist für die, die sich's leisten können. Und überhaupt machen mir die Morde keine Sorgen, Mrs. Finnegan, sondern das, was in den Docks unten vor sich geht.«

»Wem sagst du das.«

»Sie machen's schon richtig, das weiß ich. Aber wenn's zum Streik kommt, müssen Matt und ich vielleicht noch lange warten, bis wir heiraten können«, sagte Lillie bedrückt. »Vielleicht noch mal ein Jahr.«

Kate tätschelte ihre Hand. »So lang bestimmt nicht, Liebes, mach dir keine Sorgen. Und selbst wenn's ein bißchen länger dauert, als du gedacht hast, dein Matt ist ein guter Junge. Er ist's wert zu warten.«

Während sie Lillie beruhigte, hörten sich Kates Worte gelassener an, als sie sich fühlte. Paddy glaubte, daß ein Streik unvermeidlich war, es stellte sich nur die Frage, wann er stattfand. Erst letzte Woche hatte sie sich mit Papier und Bleistift hingesetzt und auszurechnen versucht, wie lange sie durchhalten könnten, wenn er nicht mehr zur Arbeit in den Docks ging. Ein paar Tage. Höchstens eine Woche.

Gewöhnlich bekam er sechsundzwanzig Shilling die Woche für etwa sechzig Stunden Ladearbeit. Ein bißchen mehr, wenn viel los war am Kai, weniger, wenn nicht. Oft verdiente er nebenbei noch ein paar Shilling, wenn er die Schicht von einem Nachtwächter übernahm oder beim Wiegen des Tees half – für die Sortierer die Kisten ablud und die Teeblätter zusammenrechte –, womit er auf ungefähr neunundzwanzig Shilling kam. Zwei behielt er für Bier, Tabak und Zeitungen, einen für die Gewerkschaft, und den Rest gab er Kate, deren Aufgabe darin bestand, möglichst lange damit auszukommen.

Sie unterstützte die Familie, indem sie Wäsche zum Waschen annahm, was ihr nach Abzug von Seife und Stärke vier Shilling die Woche einbrachte, und indem sie Roddy ein Zimmer vermietete und sein Essen kochte – wofür er fünf Shilling die Woche bezahlte. Dazu kam Charlies Lohn von etwa elf Shilling und Fionas sieben, abzüglich dessen, was sie einbehielten – Charlie für Bier und Zigaretten, Fiona für ihren Laden –, so daß ihr etwa zwölf blieben.

In den wöchentlichen Ausgaben waren die achtzehn Shilling Miete enthalten. Das Haus war sehr teuer – viele Familien mieteten nur ein Stockwerk für acht oder zehn Shilling, aber es war ein warmes, trockenes Haus ohne Ungeziefer, und Kate war überzeugt, daß man am falschen Ende sparte, wenn man sich eng zusammenpferchte, denn was man an Miete einsparte, gab man für Ärzte und verlorene Arbeitsstunden wieder aus. Dann mußte Kohle gekauft werden – im Moment für einen Shilling die Woche, aber die würde im Winter auf zwei steigen, und Lampenöl – noch einmal sechs Pence.

Also blieben etwa ein Pfund und acht oder neun Pence, womit sie nicht kochen konnte, was sie wollte, selbst wenn sie alles dafür ausgeben hätte. Doch sie beschränkte sich auf zwanzig Shilling die Woche, um davon Fleisch, Fisch, Kartoffeln, Obst, Gemüse, Mehl, Brot, Porridge, Talg, Milch, Eier, Tee, Zucker, Butter, Marmelade und Sirup zu kaufen, woraus sie täglich drei Mahlzeiten für sechs Personen kochte – das Baby nicht mitgerechnet. Ein Shilling wurde für die Bestattungsversicherung beiseite gelegt und ein weiterer für Kleider – in eine Sparbüchse, in die sie jede Woche einen Shilling steckte, falls eines Tages der Mantel oder die Stiefel eines Familienmitglieds kaputtgingen, und zwei weitere für die Streikkasse. Damit hatte sie vor zwei Monaten begonnen und legte jetzt jede Woche die Münzen hinzu, selbst wenn sie beim Essen knausern mußte, um sie zusammenzubekommen. Damit blieben etwa vier Shilling, um alles andere abzudecken: Arztrechnungen, Schuhwichse, Zwieback, Halspastillen, Streichhölzer, Nadeln und Flicken, Kragen, Seife, Tonikum, Briefmarken und Wundpflaster. Oft waren am Samstag nur ein paar Pennys übrig.

Sie und Paddy hatten schwer geschuftet, um ihren jetzigen Lebensstandard zu erreichen. Er hatte es in den Docks inzwischen zu einer privilegierten Stellung gebracht und war ein Mann mit fester Anstellung geworden. Er war nicht mehr Gelegenheitsarbeiter wie damals, als sie heirateten, als er jeden Morgen bei Tagesanbruch an den Fluß hinunterging, wo die Leute ausgesucht wurden und der Vorarbeiter die Stärksten herauspickte und ihnen drei Pence die Stunde bezahlte. Außerdem arbeiteten jetzt auch Fiona und Charlie, und ihr Lohn war eine große Hilfe. Sie waren zwar arm, aber sie gehörten zu den angesehenen Arbeitern, und das war ein großer Unterschied. Kate mußte sich kein Essen erbetteln. Ihre Kinder waren sauber, ihre Kleider ordentlich, und ihre Stiefel waren immer geflickt.

Der beständige Kampf, mit den Rechnungen Schritt zu halten, bedrückte sie manchmal, aber die Alternative war undenkbar. Wirkliche Armut. Die von der niederschmetternden, ausweglosen Art, wo die Möbel auf die Straße geworfen wurden, wenn man die Miete nicht bezahlen konnte, wo man Läuse bekam, weil man in schmutzigen Absteigen hausen mußte. Wo die Kinder in Lumpen gingen und der Ehemann fortblieb, weil er den Anblick der mageren, hungrigen Kinder nicht ertragen konnte. Kate hatte diese Dinge bei Familien in ihrer Straße gesehen, wenn der Mann seine Arbeit verlor oder krank wurde. Familien wie die ihre, ohne nennenswerte Ersparnisse, mit nur ein paar Münzen in einer Büchse. Armut war ein Abgrund, in den man leichter fiel, als daß man sich wieder daraus hervorarbeitete, und davon wollte sie ihre Familie so weit wie möglich fernhalten. Sie hatte furchtbare Angst, daß der Streik sie an den Rand dieses Elends bringen könnte.

»Ich weiß, was wir machen, Mrs. Finnegan«, sagte Lillie kichernd. »Ich hab in der Zeitung gelesen, daß es eine Belohnung gibt für denjenigen, der den Whitechapel-Mörder fängt. Eine Menge Geld – um die hundert Pfund. Wir zwei könnten ihn doch stellen.«

Auch Kate lachte. »O ja, Lillie, wir zwei wären ein feines Paar! Wir würden nachts durch die Gassen streifen, ich mit einem Besen und du mit einer Milchkanne, die eine verängstigter als die andere.«

Die beiden redeten noch eine Weile, dann trank Kate ihre Tasse aus, dankte ihrer Freundin und sagte, sie müsse los. Lillie hielt ihr die Küchentür auf. Sie mußte um ein Tor und dann durch eine schmale Gasse entlang des Hauses zur Straße gehen. Jedesmal schürfte sie sich die Handknöchel an der Backsteinmauer auf. Sie wünschte, sie hätte durchs Haus gehen und den Vordereingang benutzen können, aber das könnte eine Nachbarin sehen und Mrs. Branston erzählen. Dies war ein Bürgerhaus in einer guten Gegend, und daß sie die Vordertür benutzen könnte, war undenkbar.

»Bis bald, Mrs. Finnegan.«

»Bis bald, Lillie. Denk dran, daß du die Tür abschließt«, rief Kate hinter dem großen Wäschekorb auf ihrer Schulter hervor.

6

Der Herbst steht vor der Tür, dachte Fiona, und zog ihren Schal fester um die Schultern. Die Anzeichen waren unübersehbar – fallende Blätter, kürzere Tage und die Rufe des Kohlenmanns von seinem Wagen. Es war ein grauer Septembersonntag, und die feuchte Luft war eisig geworden. ZEIT DES TODES, verkündeten die Schlagzeilen der Zeitungen. WHITECHAPELMÖRDER NOCH IMMER AUF FREIEM FUSS.

Sie saß auf der Haustreppe, während Seamie neben ihr spielte, und fragte sich, wie jemand mit einem Fremden in eine Gasse gehen konnte, während ein Mörder frei herumlief. »Der Teufel ist ein bezaubernder Mann«, sagte ihre Mutter. Das mußte er wohl sein, dachte Fiona, wenn er eine Frau dazu kriegen wollte, mit ihm allein im Dunkeln einen Spaziergang durch den Nebel zu machen.

In ihrer Straße und in ganz Whitechapel konnten die Menschen nicht glauben, daß jemand solche Taten begehen und dann einfach verschwinden konnte. Die Polizisten standen da wie begossene Pudel und wurden von Parlament und Presse kritisiert. Das lastete schwer auf Onkel Roddy. Er hatte den Anblick der Leiche von Polly Nichols noch immer nicht überwunden. Noch immer litt er unter Alpträumen.

Der Mörder war ein regelrechtes Monster, und die Presse hatte ihn zudem zu einem Symbol für das gemacht, was in der Gesellschaft nicht in Ordnung war: für die Gewalt und Gesetzlosigkeit in der Arbeiterklasse und für die Lasterhaftigkeit der Oberklasse. Für die Reichen war der Mörder ein Mitglied der verderbten Unterklasse, ein rasendes Untier. Die Armen hielten ihn für einen Vertreter der gehobenen Stände, für einen Gentleman, der sein widerwärtiges Vergnügen daran fand, Prostituierte wie Freiwild zu jagen. Für die Katholiken war er ein Protestant, für die Protestanten ein Katholik. Für die Einwanderer, die im East End wohnten, war er ein verrückter Engländer, vollgesoffen und gefährlich. Für die Einheimischen ein schmutziger, gottloser Ausländer.

Fiona hatte keine Vorstellung von dem Mörder. Es interessierte sie nicht, wie er aussah. Das war ihr egal. Sie wollte bloß, daß er gefangen wurde, damit sie abends mit Joe wieder spazierengehen konnte, ohne daß ihre Mutter dachte, sie läge tot in einer Gasse, wenn sie ein paar Minuten zu spät nach Hause kam.

Das geräuschvolle Einstürzen von Bauklötzchen neben ihr ließ sie zusammenzucken.

»Verflucht!« schrie Seamie.

»Hat dir Charlie das beigebracht?« fragte sie.

Er nickte stolz.

»Laß das bloß unseren Pa nicht hören, Kleiner.«

»Wo ist Charlie?« fragte Seamie und sah zu ihr auf.

»In der Brauerei unten.«

»Wenn er doch schon daheim wär. Er hat gesagt, er bringt mir Lakritz mit.«

»Er kommt bald heim, Schatz.« Fiona hatte ein bißchen Gewissensbisse, weil sie schwindelte. Charlie war nicht in der Brauerei, sondern im Swan, einem Pub am Fluß, wo er einem Kerl eine Tracht Prügel verabreichte, aber das konnte sie Seamie kaum sagen. Er war zu klein, um ein Geheimnis zu bewahren, und könnte alles ihrer Ma erzählen. Charlie kämpfte um Geld. Das hatte Fiona von Joe erfahren, der es von einem Freund wußte, der auf ihn gewettet und gewonnen hatte. Das erklärte auch die Veilchen an seinen Augen, mit denen er neuerdings nach Hause kam und die er immer mit »kleinen Raufereien« abtat.

Sie durfte eigentlich nicht wissen, daß ihr Bruder boxte, also konnte sie ihn auch nicht fragen, was er mit seinen Gewinnen vorhatte, aber sie hatte einen Verdacht: Onkel Michael in Amerika. Sie hatte gesehen, wie seine Augen aufleuchteten, als ihre Mutter neulich einen Brief aufmachte und vorlas, wie sein Onkel seinen Laden in New York schilderte. Sie hatte auch gesehen, wie er später den Brief am Küchentisch nochmals las. Er sah nicht einmal auf, als sie vorbeiging, sondern sagte nur: »Ich geh fort, Fee.«

»Das kannst du nicht. Ma würd sich die Augen ausweinen«, antwortete sie. »Außerdem hast du kein Geld für die Überfahrt.«

Er ging nicht darauf ein. »Ich wette, Onkel Michael könnte jemand brauchen, so gut, wie sein Laden läuft. Wo Tante Molly jetzt das Baby bekommt und alles. Warum nicht seinen Neffen? Ich bleib nicht hier und racker mich mein Leben lang für einen Scheißlohn in der Brauerei ab.«

»Du kannst für mich und Joe in unserem Laden arbeiten», antwortete sie.

Er verdrehte die Augen.

»Da brauchst du gar keine Grimassen zu ziehen! Du wirst schon sehen, wir kriegen unseren Laden.«

»Ich möchte es selbst schaffen. Ich geh nach New York.«

Fiona hatte die Unterhaltung vergessen, bis sie erfuhr, daß er boxte. Dem kleinen Gauner war es Ernst. Amerika, dachte sie, wo die Straßen mit Gold gepflastert sind. Wenn er es dorthin schaffte, wäre er in kürzester Zeit ein feiner Pinkel. Sie würde versuchen, sich für ihn zu freuen, wenn es soweit war, aber sie haßte den Gedanken, ihren Bruder fortgehen zu sehen. Sie liebte ihn von Herzen, obwohl er immer Schwierigkeiten machte, und Leute, die nach Amerika gingen, kamen so gut wie nie mehr zurück. Erinnerungen und gelegentliche Briefe wären alles, was sie noch von ihm hätten, wenn er fort war.

Sie würde ihn vermissen, obwohl sie seinen Wunsch wegzugehen nur allzugut verstehen konnte. Genau wie sie ertrug er es nicht, sich eine Zukunft vorzustellen, die nur aus Knochenarbeit bestand. Warum sollte das ihr Los sein? Und Charlies? Weil sie arm waren? Es war kein Verbrechen, arm zu sein – Christus selbst war ein armer Arbeiter gewesen, wie ihr Pa immer sagte. Pater Deegan meinte ebenfalls, Armut sei keine Sünde, aber er erwartete, daß man sie demütig ertrug. Wenn man arm war, hatte der Herr einen dafür bestimmt, und seinem Willen sollte man sich fügen. Nicht höher hinauswollen und das alles.

Sie sah die Montague Street mit den schäbigen, rußgeschwärzten Häusern hinunter, mit den überfüllten Wohnungen, den dünnen Wänden und den zugigen Fenstern. Sie kannte das Leben von fast allen Bewohnern. Nummer fünf – die McDonoughs: Neun ewig hungrige Kinder. Nummer sieben – die Smiths: Er war ein Spieler, sie immer im Pfandhaus, und die Kinder waren außer Rand und Band. Nummer neun – die Phillips: Sie hatten zu kämpfen, waren aber achtbare Leute. Mrs. Phillips, die nie lächelte, putzte ständig die Haustreppe.

War das der Platz, an den sie gehörte? Sie hatte jedenfalls nicht darum gebeten. Sollte ihn doch jemand anderer einnehmen. Sie würde sich einen besseren suchen, gemeinsam mit Joe.

Joe. Ein Lächeln huschte über ihr Gesicht, als sie daran dachte, was sie neulich in der Gasse getan hatten. Ein warmes und prickelndes Gefühl durchfuhr sie, wenn sie daran dachte, und das tat sie unablässig. Sie war zur Kirche gegangen und wollte es Pater Deegan beichten, aber auf dem Weg dorthin entschied sie, daß es ihn einen Dreck anging, weil es keine Sünde war. Er würde sagen, daß sie gefehlt hatten, aber sie wußte, daß das nicht stimmte. Nicht mit Joe.

Was ist bloß in mich gefahren? dachte sie. Im einen Moment war sie davon überzeugt, daß sie so etwas nicht tun, nicht einmal daran denken durfte, im nächsten stellte sie sich vor, wie sie allein mit Joe war – wie er sie küßte, wie seine Hände auf ihr lagen und sie an Stellen berührten, wo er sie eigentlich nicht hätte berühren dürfen. Hatten sie kurz vor dem letzten Schritt haltgemacht? Und worum handelte es sich dabei überhaupt? Sie hatte eine vage Vorstellung, worum es dabei ging. Der Mann stieß angeblich heftig zu, hatte sie gehört, aber warum? Weil es nicht reinpaßte? Und wenn es nicht reinpaßte, hieß das, daß es weh tat? Sie wünschte, es gäbe jemanden, der ihr das sagen könnte. Ihre Freundinnen wußten darüber nicht mehr als sie selbst, und sie würde lieber sterben, als Charlie zu fragen.

Sie spürte, wie sich Seamie an sie kuschelte. Er blinzelte und gähnte. Es war Zeit für sein Schläfchen. Sie nahm seine Klötzchen, trug ihn ins Haus und legte ihn im Wohnzimmer ins Bett. Noch bevor sie ihm die Stiefel ausgezogen hatte, war er schon eingeschlafen. Leise schlich sie sich aus dem Zimmer und zog die Tür zu. Charlie war fort, Roddy im Pub, und Eileen schlief oben im Schlafzimmer der Eltern. Selbst ihre Mutter und ihr Vater machten ein Nickerchen, wie jeden Sonntag – die Art von Nickerchen, das Charlie und sie lieber nicht störten.

Zumindest während der nächsten Stunde war sie frei. Sie konnte sich eine Tasse Tee machen und lesen. Sie konnte zur Commercial Street spazieren und die Schaufenster ansehen oder Freundinnen besuchen gehen. Gerade als sie in der Diele stand und überlegte, was sie tun sollte, klopfte es an der Tür. Sie öffnete.

»Hallo, gnä' Frau«, sagte der junge Bursche auf der Treppe. »Brauchen Sie Obst oder Gemüse heute? Rüben, Zwiebeln? Ein bißchen Endiviensalat?«

»Sei still, du Dummkopf, du weckst bloß meinen Bruder und die anderen im Haus auf«, erwiderte Fiona und freute sich, Joe zu sehen. »Du bist heute früh fertig. Läuft das Geschäft schlecht heut morgen?«

»Geschäft? Ähm, nein, nicht direkt ... ähm ... ich hab bloß bald Schluß gemacht, das ist alles. Ich hab früh Schluß gemacht und mir gedacht, ich könnt einen Spaziergang an den Fluß runter machen«, sagte er und lächelte strahlend.

Zu strahlend, fand sie. Und er machte nie früh Schluß oder spazierte zum Fluß hinunter, wenn er nach einem ganzen Wochenende voller Arbeit erledigt vom Verkaufen war. Da steckte etwas anderes dahinter.

»Los, komm mit«, sagte er und zog sie vorsichtig am Arm.

Schweigend schritt er schnell aus. Fiona war sich sicher, daß ihn etwas beschäftigte. Hatte er sich wieder mit seinem Vater gestritten? Sie war neugierig, es zu erfahren, aber aus ihm war nichts herauszukriegen, wenn er nicht wollte.

An den Docks war es still, als sie bei den Old Stairs ankamen. Auch auf dem Fluß war es ruhig. Es herrschte Ebbe. Nur ein paar

Lastkähne und Fährboote dümpelten auf dem Wasser. Entlang der Kais waren die Tore geschlossen, die Kräne standen still. Der Fluß, wie ganz London, bemühte sich, den Tag des Herrn einzuhalten.

Auf der Hälfte der Treppe ließen sie sich nieder. Joe beugte sich vor, stützte die Ellbogen auf die Knie und schwieg. Fiona sah ihn von der Seite an, richtete dann den Blick aufs Wasser und wartete, daß er zu reden begann. Sie holte tief Luft und roch Tee. Immer Tee. In Kisten verpackt bei Oliver's Wharf oder in kleinen Häufchen auf dem Boden. Sie stellte sich vor, wie der braune Staub durch die Dielenbretter drang und durch die Ritzen in den Toren wehte. Sie schloß die Augen und atmete wieder ein. Süß und leicht, Darjeeling.

Nach einer Weile sagte Joe: »Wie ich hör, macht sich Charlie unten im Swan einen Namen.«

Sie wußte, daß er nicht zum Fluß gegangen war, um über Charlie zu reden. Das war bloß seine Art, nicht gleich auf das Thema zu kommen, das ihn beschäftigte. »Ich hoffe bloß, unsere Ma findet das nicht raus«, antwortete sie. »Sie würde ihn an den Ohren rausziehen.«

»Was macht er mit seinem Gewinn?«

»Ich glaub, er spart für eine Überfahrt nach Amerika. Er möchte für den Bruder von unserem Pa in New York arbeiten ...«

»Fiona ...«, unterbrach sie Joe und ergriff ihre Hand.

»Ja?«

»Ich hab dich gebeten mitzukommen, weil ich dir sagen will, daß ich ...« Er zögerte. »Es besteht die Chance, daß ich ... da gibt's eine Arbeit, verstehst du ...« Er hielt wieder inne und scharrte mit den Füßen an der Stufe unter ihm. Er sah auf das schwappende Wasser, holte tief Luft und platzte dann heraus: »Es ist nichts Gutes. Dir wird nicht gefallen, was ich zu sagen hab, egal, wie ich's wende: Tommy Peterson hat mir eine Stelle angeboten, und ich hab zugesagt.«

»Du hast was?« fragte sie verblüfft.

»Ich hab den Job angenommen.« Er redete schnell weiter. »Die Bezahlung ist gut, Fee, viel mehr, als ich auf dem Markt bei meinem Vater verdiene ...«

»Du hast eine Stelle bei Tommy Peterson angenommen? Bei Millies Vater?«

»Ja, aber ...«

»Also wird's nichts mit unserem Laden?« fragte sie zornig und entzog ihm ihre Hand. »Willst du mir das sagen?»

»Nein, nein, das will ich dir nicht sagen. Ach Mist, Fiona! Ich hab gewußt, daß du's mir schwerer machst als nötig. Also sei still und hör mir zu.«

Sie starrte auf den Fluß hinaus und weigerte sich, ihn anzusehen. Da hatte Millie Peterson die Finger im Spiel, das war klar. Joe faßte sie am Kinn und drehte ihr Gesicht zu sich. Sie schlug seine Hand weg.

»Ich würd so ziemlich das gleiche machen wie jetzt auch – Waren verkaufen«, erklärte er. »Tommy hat mich am Wagen von meinem Vater arbeiten sehen, und meine Art hat ihm gefallen. Bloß daß ich an andere Kunden verkaufen würd, nicht auf der Straße ...«

Fiona sah ihn starr an und erwiderte nichts.

»... und ich könnt eine Menge über den Großhandel lernen – wie man mit den Erzeugern verhandelt. Mit den Farmern in Jersey und Kent. Mit den Franzosen. Ich könnt sehen, wie Einkauf und Verkauf auf dem größten Markt von London ablaufen, und ...«

»Wo? In Spitalfields?« unterbrach ihn Fiona und meinte den nahe gelegenen Markt.

»Na ja, das ist das andere, was ich dir sagen muß. Ich wär nicht bei Peterson in Spitalfields beschäftigt. Er möchte mich in Covent Garden haben.«

»Also gehst du aus der Montague Street weg«, sagte sie niedergeschlagen.

»Das geht nicht anders, Fee. Wir fangen früh um vier an. Ich müßt um zwei aus Whitechapel fort, um rechtzeitig dort zu sein. Und mit den Erntetransporten, die jetzt alle Stunde ankommen, arbeiten wir bis tief in die Nacht rein. Da muß ich sehen, wann ich überhaupt zum Schlafen komme.«

»Wo?«

»In einem Zimmer, das Peterson in seinem Lager am Markt hat. Über den Büros.«

»Komplett mit Bett, Waschtisch und Tochter.«

»Das teil ich mir mit seinem *Neffen,* einem Burschen in meinem Alter. Es kostet mich keinen Penny.«

Fiona antwortete nicht, sondern starrte wieder auf den Fluß hinaus.

»Der Job könnte mir weiterhelfen, Fee. Warum bist du denn so dagegen?«

Warum wohl? fragte sich Fiona und hielt den Blick auf einen Lastkahn gerichtet. Weil du mein ganzes Leben lang nicht aus der Montague Street weggewesen bist, weil mein Herz jedesmal einen Freudensprung macht, wenn ich dich sehe, weil dein Gesicht, dein Lächeln, deine Stimme dem Ort die Trübsal nehmen, weil unsere Träume mir Hoffnung geben und alles erträglich machen. Deshalb.

Sie schluckte schwer und versuchte, die Tränen zurückzuhalten. »Es kommt halt so plötzlich. Du nimmst eine neue Stelle an und ziehst weg. Dann bist du nicht mehr gleich unten an der Straße auf dem Markt. Wer sitzt dann hier am Samstag nach der Arbeit mit mir ... und ...« Ihre Stimme versagte.

»Fiona, sieh mich an«, sagte Joe und wischte ihr eine Träne von der Wange. Sie wandte sich ihm zu, blickte ihm aber nicht in die Augen. »Ich hab den Job nicht aus einer Laune raus angenommen. Peterson hat ihn mir vor zwei Tagen angeboten, und seitdem hab ich ständig hin und her überlegt und mich gefragt, was das Beste wär. Nicht für mich, für *uns.* Und das ist der Job. Ich kann nicht hierbleiben, Fee. Ich streit mich ständig mit meinem Vater herum. Und ich kann mich nicht selbständig machen. Ich wär ein Konkurrent und würd meiner eigenen Familie den Verdienst wegschnappen. Bei Peterson's verdien ich das Doppelte wie bei meinem Vater. Ich könnt' viel mehr Geld für unseren Laden beiseite legen als je zuvor. Und ich würd' Sachen lernen, die wir brauchen können, wenn wir unser Geschäft aufmachen.« Er drückte ihre Hand. »Verstehst du denn nicht, wie uns das helfen könnte?«

Fiona nickte, sie verstand es. Trotz ihres anfänglichen Zorns begriff sie, daß er recht hatte – es war der richtige Schritt, auch wenn er schwerfiel. Alles, was ihnen half, schneller zu ihrem Laden zu kommen, war richtig. Dennoch war sie traurig. Der Plan mochte ja durchaus vernünftig sein, aber er brach ihr das Herz.

»Wann gehst du fort?«

»Morgen.«

»Mist.«

»Schau nicht so traurig, Schatz«, sagte er und versuchte, sie aufzuheitern. Es ist ja nicht für immer, und ich komm so bald ich kann zurück. Und dann bring ich dir was mit, ja?«

»Dich selbst. Das ist alles, was ich will. Und versprich, daß du nicht auf Millie reinfällst. Ich bin sicher, daß sie Gründe findet, um ab und an in Covent Garden aufzutauchen, um dich herumzuscharwenzeln und dir schöne Augen zu machen«, sagte sie.

»Sei nicht albern.«

Sie hüpfte die Steinstufen hinab und ging flußabwärts in Richtung Orient Wharf. Sie beugte sich hinunter, um eine Handvoll Steine aufzuheben, die sie übers Wasser springen lassen wollte, hielt aber plötzlich inne. Sie war egoistisch gewesen, hatte nur an sich selbst gedacht. Sie sollte ihn unterstützen, es würde nicht leicht für ihn werden. Die Arbeit in Covent Garden wäre zwar neu und aufregend, aber auch hart. So wie sie Tommy Peterson kannte, müßte er rund um die Uhr schuften.

Joe folgte ihr und begann ebenfalls, Steine übers Wasser hüpfen zu lassen. Nachdem er eine Handvoll geworfen hatte, bückte er sich erneut. Ein Stein, der tief im Flußschlamm steckte, löste sich mit laut schmatzendem Geräusch. In dem Bruchteil einer Sekunde, bevor sich das schlammige Loch wieder mit Wasser füllte, sah er etwas Blaues glitzern. Er ließ den Stein fallen, griff in den feuchten Schlamm, und seine Finger ertasteten einen kleinen, harten Klumpen. Er zog ihn heraus.

»Schau, Fee«, sagte er, als er ihn abwusch. Fiona sah hinab. Er hielt einen glatten ovalen Stein in der Hand, flach an der Unterseite, gewölbt an der oberen. Eine lange Kerbe verlief von der Oberkante bis zur Mitte, wo sie sich in zwei Linien gabelte, die zu den Seiten ausschwangen. Der Stein war indigoblau und knapp drei Zentimeter lang. Als er trocknete, war seine Oberfläche matt, weil Sand und Wasser ihn beständig abgeschliffen hatten.

»Was für ein hübsches Blau«, sagte Fiona.

»Ich weiß nicht, wo das herstammt. Vielleicht der Boden einer alten Medizinflasche«, sagte er und runzelte die Stirn, als er den Stein zwischen Daumen und Zeigefinger drehte. Dann nahm er Fionas Hand, legte ihn hinein und schloß ihre Finger darum. »Da. Ein Juwel aus dem Fluß für dich. Mehr besitz ich im Moment nicht, aber eines Tages hab ich was Besseres für dich, das versprech ich.«

Fiona öffnete die Hand, betrachtete eingehend ihren Schatz und freute sich darüber. Sie würde ihn immer bei sich tragen, nachdem

Joe fort war. Wenn sie sich einsam fühlte, konnte sie die Hand in die Tasche stecken, und er wäre da und würde sie an ihn erinnern.

»Fiona ...«

»Hmm?« antwortete sie, gefesselt von dem Stein.

»Ich liebe dich.«

Sie sah ihn verblüfft an. Das hatte er noch nie gesagt. Noch nie hatten sie sich gestanden, was sie füreinander empfanden. In ihren Kreisen trug man das Herz nicht auf der Zunge, wenn es um Gefühle ging. Er liebte sie. Das hatte sie immer gewußt und nie bezweifelt, dennoch, diese Worte aus seinem Mund zu hören ...

»Ich liebe dich«, wiederholte er, diesmal fast grimmig. »Also paß auf dich auf, wenn ich's schon nicht kann. Keine Abkürzungen auf dem Heimweg von Burton's. Keine dunklen Gassen. Du kannst auf der Cannon Street bleiben und dann schnell den Highway überqueren. Keine Besuche am Fluß, außer du triffst dich mit deinem Vater. Und du achtest darauf, daß du bei Dunkelheit im Haus bist, solange dieser Unhold noch frei rumläuft.«

Plötzlich war ihre Traurigkeit unerträglich geworden. Erneut standen Tränen in ihren Augen. Er ging bloß ans andere Ende von London, ins West End, und doch könnte er geradesogut nach China fahren. Sie konnte nicht dorthin, weil sie kein Geld für den Bus hatte. Sie wagte nicht, sich vorzustellen, wie die künftigen Tage aussehen würden. Die Tage ohne ihn, die sich trübselig und grau dahinschleppen würden, ohne daß sie einen Blick von ihm erhaschte, wenn er morgens den Karren zum Markt schob oder abends auf der Treppe saß.

»Joe«, sagte sie ruhig.

»Was?«

Sie nahm sein Gesicht in ihre Hände und küßte ihn. »Ich liebe dich auch.«

»Natürlich tust du das«, brummte er gerührt. »Bei einem gutaussehenden Burschen wie mir ist's ja anders auch gar nicht möglich.«

Als sie ihn ansah, überkam Fiona plötzlich eine heftige Angst, ihn zu verlieren. Sie hatte das Gefühl, als würde er ihr entrissen. Sie küßte ihn noch einmal, leidenschaftlicher als je zuvor, und ihre Hände verkrallten sich in seinem Hemd. Sie spürte eine heftige Begierde nach ihm, wollte ihn an sich ziehen und nie mehr freigeben, ihm ihr Brandmal aufdrücken, ihn als ihr Eigentum kennzeichnen. Das waren gefährliche Gefühle, und sie wußte, wohin sie führen würden, aber das war ihr egal. Er würde gehen, er müßte fort. Aber sie würde sicherstellen, daß er einen Teil von ihr mit sich nahm und daß sie einen Teil von ihm hierbehielt.

Von dem Ort, an dem sie standen, war es nur ein kurzes Stück bis zu den schützenden Schatten des Kais. Sie nahm seine Hand und zog ihn unter die Pfosten, die das überstehende Dock stützten. Es war dunkel und still hier unten, nur das Geräusch der leise schwappenden Wellen war zu hören. Hier konnte sie niemand sehen, weder Seeleute noch die Besatzung von Lastkähnen, die pfeifen und johlen könnten.

Erneut zog sie ihn an sich, küßte seine Lippen, seinen Nacken und seinen Hals. Als er seine Hand von ihrer Taille zu ihren Brüsten gleiten ließ, legte sie ihre eigene darüber und drückte sie fest an sich. Die mädchenhaften Ängste waren verschwunden. Sie hatte sich immer nach seinen Lippen, seiner Berührung gesehnt, aber sich auch davor gefürchtet. Jetzt schien es, als verfolge ihr Körper, wild und drängend, seine eigenen Ziele. Das Pochen ihres Herzens und die schmerzende Hitze, die aus der Mitte ihres Leibs aufgestiegen war und nun in sämtliche Adern drang, löschten alle warnenden Stimmen in ihrem Kopf aus. Sie konnte ihn nicht nahe genug bei sich haben, sie küßte ihn, berührte ihn, spürte seine Hände auf sich, die diese neue, unbekannte Sehnsucht nicht stillten, sondern sie nur noch stärker werden ließen. Ihr war unerträglich heiß, sie bekam kaum Luft und dachte, sie würde sterben, wenn er diese schmerzende Leere in ihr nicht füllte.

Sie riß ihm die Jacke von den Schultern, er warf sie ab, und sie fiel zu Boden. Ihre Finger tasteten nach den Knöpfen seines Hemds und öffneten schnell einen Knopf nach dem anderen. Sie ließ ihre Hände hineingleiten und streichelte seine Brust und seinen Rücken. Ihre Lippen strichen über seine nackte Haut, und sie sog seinen Duft ein. Es war, als wollten ihre Sinne jeden Zentimeter an ihm erkunden und sich seinen Geruch und seinen Geschmack einprägen. Und dennoch war es immer noch nicht genug.

Sie knöpfte ihre Bluse auf, öffnete ihr Mieder, und ihre Finger zupften an den Bändern. Der weiße Baumwollstoff teilte sich, fiel zu Boden und enthüllte sie bis zur Taille. Sie blickte ihn an und sah das Begehren in seinen Augen, doch sie konnte nicht ahnen, wie tief, wie stark dieses Begehren war. Joe hatte sie sein Leben lang fast jeden Tag gesehen, er kannte all ihre Launen, jeden Gesichtsausdruck und jede Geste, aber so hatte er sie noch nie gesehen – mit offenem Haar, das über ihre Schultern fiel und sich rabenschwarz gegen die elfenbeinweiße Haut abzeichnete. Die nackten, runden und reifen Brüste. Und ihre Augen, die so tief und dunkelblau schimmerten wie das Meer.

»Mein Gott, Mädchen, bist du schön«, flüsterte er.

Vorsichtig, unendlich zart, umschloß er mit den Händen ihre Brüste und küßte sie, dann die Stelle dazwischen und schließlich die über ihrem Herzen. Dann bückte er sich, nahm ihre Kleider und reichte sie ihr zurück.

»Warum?« fragte sie betroffen. »Willst du mich nicht?«

Er lachte heiser. »Ich dich nicht wollen?« Er nahm ihre Hand und drückte sie zwischen seine Beine. »Fühlt sich das an, als ob ich dich nicht wollte?«

Fiona zog die Hand zurück und wurde rot.

»Ich will dich mehr als alles, was ich mir je im Leben gewünscht hab, Fiona. Noch vor einer Sekunde hätt ich dich fast gleich hier auf dem Boden genommen. Und nur Gott weiß, woher ich die Kraft nehme, aufzuhören.«

»Warum denn? Ich will nicht, daß du aufhörst.«

»Aber was wär, wenn was passieren würde? Ich wär in Covent Garden und du hier mit einem dicken Bauch. Dein Vater würde uns totschlagen.«

Fiona biß sich auf die Lippen. Es nützte nichts, wenn sie ihm sagte, daß sie ihn so heftig begehrte und bereit gewesen wäre, alle Bedenken zu vergessen.

»Natürlich würd ich dich auf der Stelle heiraten, Fee. Das weißt du, aber was sollten wir im Moment mit einem Baby anfangen? Das können wir uns nicht leisten. Wir müssen uns an unseren Plan halten – sparen, dann der Laden und dann heiraten wir. Und wenn die Kinder kommen, haben wir genug Geld, ihnen zu geben, was sie brauchen. Stimmt's?«

»Richtig«, antwortete sie ruhig. Sie zog ihr Mieder und dann die Bluse wieder an. Dann flocht sie ihr Haar zu einem ordentlichen Zopf und versuchte, eine ruhige, gefaßte Miene aufzusetzen. Ihr Verstand pflichtete Joe bei, ihr Körper aber nicht. Ihr war heiß, unbehaglich, und sie fühlte sich zutiefst unbefriedigt. Ihr Körper sehnte sich noch immer nach Erfüllung, auch wenn ihr der Verstand davon abriet.

»Na komm«, sagte er und bot ihr seine Hand. Er zog sie an sich, und so blieben sie lange stehen, bevor er sie unter dem Kai herausführte. Sie gingen zu den Old Stairs zurück, stiegen hinauf und blieben kurz an ihrem oberen Ende stehen, während er einen letzten Blick über die Kähne, die Kais und den Fluß warf. Es würde eine Weile dauern, bis er dies alles wieder zu sehen bekäme.

Als sie nach Hause spazierten, konnte Joe, wie immer, nicht widerstehen, sie zu necken. Grinsend sah er sie beständig an. Und als sie sich schließlich zu ihm umdrehte und wissen wollte, was los sei, lachte er und schüttelte den Kopf. »Ich hab ja keine Ahnung gehabt«, sagte er.

»Was hast du nicht gewußt?«

»Ich hab nicht gewußt, daß mein scheues kleines Reh, das Mädchen, das früher nicht mal hinter die Brauereimauer gehen wollte, in Wirklichkeit ein wildes Raubtier ist.«

»Ach, Joe!« rief sie errötend. »Wag's nicht, dich über mich lustig zu machen!«

»Ich find's großartig. Wirklich. Und hoffentlich bist du an unserem Hochzeitstag genauso wild, sonst nehm ich dich nicht und geb dich deinem Vater zurück. Ich geb dich zurück wie eine Steige verfaulter Äpfel.«

»Sei still, ja? Sonst hört dich noch jemand!«

Eine Reihe älterer Männer und Frauen gingen auf dem Gehsteig an ihnen vorbei. Joe nahm ihretwegen einen geschäftsmäßigen Tonfall an. »Nun ja, selbst wenn ich den Handel heute nicht zum Abschluß bringen konnte, hab ich zumindest die Ware genauer begutachten können. Und die ist hervorragend, mein Mädchen.«

Auf dem Weg von Wapping nach Hause brachte er sie so sehr zum Lachen, daß sie fast vergaß, daß er weggehen würde. Doch als sie in die Montague Street einbogen, fiel es ihr wieder ein. Morgen ist er fort, dachte sie. Wenn sie von der Arbeit zurückkam, würde er weg sein.

Als ob er spürte, was sie fühlte, nahm er ihre Hand und sagte: »Vergiß nicht, was ich dir gesagt habe. Es ist nicht für immer. Ich komm dich bald besuchen.«

Sie nickte.

»Paß auf dich auf«, fügte er hinzu und küßte sie zum Abschied.

»Du auch«, murmelte sie und sah ihm nach, wie er die Straße hinunterging und sich von ihr entfernte.

Roddy O'Meara brach stöhnend zusammen. Der Magen drehte sich ihm um, und er würgte die Zwiebel-Hackfleisch-Pastete heraus, die er zum Abendessen gegessen hatte. Er lehnte sich gegen die löchrige Backsteinwand im Hof der Hanbury Street Nummer neunundzwanzig und zwang sich, tief durchzuatmen, um den anhaltenden Ekel zu unterdrücken. Als er sich über die feuchte Stirn strich, bemerkte er, daß ihm der Helm vom Kopf gefallen war.

»Mein Gott, hoffentlich hab ich den nicht vollgekotzt.«

Er spuckte kräftig aus, fand seinen Helm, musterte ihn, setzte ihn wieder auf den Kopf und zog den Gurt unterm Kinn fest. Dann zwang er sich, zu der Leiche zurückzugehen. Er durfte sich von seinem schwachen Magen nicht abhalten lassen, seine Arbeit zu tun.

»Besser?« fragte ihn George Phillips, der Polizeiarzt.

Roddy nickte und nahm die Sturmlaterne, die er neben der Leiche abgestellt hatte.

»Gut so«, sagte Dr. Phillips und ging neben der Leiche in die Hocke. »Leuchten Sie hier rüber.«

Er richtete den Strahl auf den Kopf der Frau. Während der Arzt sich Notizen machte, mit dem leitenden Beamten Fragen und Kommentare austauschte, strichen die Blicke von Inspektor Joseph Chandler und verschiedener Kriminalbeamter über den toten Körper. Die vor ein paar Stunden noch lebendige Frau lag da wie ein ausgeweidetes Tier: auf den Rücken gedreht, die Beine obszön gespreizt, der Unterleib aufgerissen. Der Mörder hatte die glänzenden Eingeweide neben sie gelegt, ihre Schenkel aufgeschlitzt und das Fleisch dazwischen aufgehackt. Ein Schnitt klaffte an ihrem Hals wie ein granatfarbenes Band, und das geronnene Blut glänzte dunkel im Lampenschein.

»Gütiger Himmel«, sagte einer der Kriminalbeamten. »Wartet nur, bis die Zeitungen Wind davon kriegen, und alle ihre Eingeweide liegen noch hier herum.«

»Es darf keine Presse hierher. Absolut niemand«, bellte Chandler und sah von der Leiche auf. »Davidson«, sagte er zu dem Detective.

»Nehmen Sie ein Dutzend Leute und stellen Sie sie vor dem Gebäude auf. Keiner kommt hierher, außer er hat mit der Untersuchung zu tun.«

Es war das bislang scheußlichste Verbrechen. Trotz all der Extrapatrouillen, nachdem Polly Nichols vor neun Tagen in der Bucks Row gefunden worden war, hatte der Mörder eine weitere Prostituierte zerstückelt.

Roddy hatte schon eine Menge Tote gesehen. Frauen, die von ihren Männern totgeschlagen worden waren, Kinder, die an Vernachlässigung und Hunger gestorben waren. Opfer von Bränden und Unfällen. Aber nichts war hiermit zu vergleichen. Dies war Haß – abgründig, irrsinnig, schwindelerregend. Wer immer diese Frau und die anderen umgebracht hatte, haßte sie mit einer unvorstellbaren Wut.

Jetzt hatte sich ein weiteres Bild von den Untaten des Mörders in sein Gedächtnis eingegraben, aber diesmal würde er nicht zulassen, daß es ihn nachts nicht schlafen ließ, diesmal würde er sein Entsetzen und seinen Zorn auf seine Arbeit verlagern. Sie würden den Mann fangen. Es war nur eine Frage der Zeit. Und wenn sie ihn hätten, würde er für seine Untaten am Galgen büßen. Selbst jetzt, als Dr. Phillips die Leiche untersuchte, durchkämmten Scharen von Polizisten und Kriminalbeamten die Gegend, suchten nach Hinweisen, klopften an Türen und befragten Anwohner, ob sie etwas gesehen und gehört hatten.

»Hier rüber«, sagte Dr. Phillips und ging vom Kopf der Frau zu ihrem Unterleib.

Roddy folgte und stieg über eine Blutlache. Er leuchtete mit der Lampe in die Bauchhöhle. Wieder krampfte sich sein Magen zusammen. Der süße, metallische Geruch ihres Bluts und der Gestank der menschlichen Organe und ihres Inhalts waren überwältigend.

»Der Hals wurde von links nach rechts durchschnitten. Sie ist erst seit einer halben Stunde tot, es ist noch keine Leichenstarre eingetreten«, erklärte Phillips dem Inspektor und machte weitere Notizen, während er sprach. »Die Verstümmelung am Unterleib ist schlimmer als das letzte Mal. Es sieht aus, als ...«

Über ihren Köpfen wurde mit Gewalt ein klemmendes Fenster aufgerissen. Dr. Phillips sah auf, Roddy und die anderen folgten seinem Blick. Aus fast allen Fenstern der oberen Stockwerke des Hauses, das den winzigen Hof umgab, wurden Köpfe herausgestreckt, und Leute deuteten mit Fingern.

»Bitte schließen Sie die Fenster!« rief der Arzt. »Das ist kein Anblick für anständige Leute!«

Einige der Köpfe zogen sich zurück, die meisten ließen sich nicht beirren.

»Habt ihr nicht gehört? Schließt die Fenster, oder ihr kriegt eine Klage wegen Behinderung polizeilicher Arbeit!« brüllte Chandler.

»Das können Sie nicht tun, Meister!« antwortete jemand beleidigt. »Ich hab dem alten Kauz, der wo hier wohnt, zwei Pence für den Ausguck gezahlt.«

»Gütiger Gott«, stöhnte Phillips und wandte sich mit finsterem Blick wieder der Leiche zu. »Na los, laß uns hier fertig machen und sie dann zudecken. Damit sie nichts mehr zu glotzen haben, die verdammten Leichengaffer.«

Er beendete seine Untersuchung und entließ Roddy, der sich den anderen Polizisten vor dem Gebäude anschloß. Während der Inspektor und seine Beamten das Gebiet um die Leiche nach weiteren Hinweisen absuchten, sahen sich Roddy und seine Kollegen mit einer aufgebrachten Menge konfrontiert.

Eine Frau, die einen Männermantel über dem Nachthemd trug, funkelte ihn mit einer Mischung aus Angst und Zorn an. »Constable!« rief sie und machte ein paar Schritte auf ihn zu. »Das war er, ja? Der Whitechapel-Mörder. Er hat wieder zugeschlagen, nicht? Warum fangt ihr Bullen ihn nicht?«

Roddy hielt sich an seine Richtlinien und gab keine Antwort. Er richtete den Blick auf das Haus auf der anderen Straßenseite.

»Ihr tut rein gar nichts!« schrie die Frau mit schriller Stimme. »Weil's alles arme Frauen sind, stimmt's? Keiner schert sich um uns. Aber wartet nur, bis er ins West End geht und die feinen Damen dort bedroht. Dann fangt ihr ihn!«

»Ganz recht«, rief ein Mann, »euch Bullentrottel würde ein Tripper im Puff entwischen.«

Weitere Spötteleien und lauteres Gejohle ertönten aus der Menge, die ständig lauter und bedrohlicher wurde. Inspektor Chandler bahnte sich einen Weg durch seine Leute, um die Quelle des Lärms auszumachen. Er warf einen Blick auf die Menge, dann wandte er sich an seine Beamten und erklärte, daß der Leichenwagen gleich eintreffen werde. »Sobald die Leiche abtransportiert ist, zerstreut sich der Pöbel«, sagte er.

»Wie viele wird er noch umbringen?« kreischte eine Frau. »Wie viele?«

Nach einem finsteren Blick auf die Menge, drehte sich Chandler um und ging wieder zu seinen Beamten zurück. Doch noch bevor er fort war, ertönte eine neue Stimme.

»Ja, Inspektor, wie viele noch?«

Roddy sah, wie sich Chandlers Gesicht zu einer Grimasse verzog.

»Wie viele noch, Sir? Die Öffentlichkeit hat ein Recht, das zu erfahren!«

Roddys Blick schoß zu dem Fragenden hinüber. Er kannte die Stimme, den energischen, frischen, fast fröhlichen Tonfall. Sie gehörte einem drahtigen Mann mit zerknittertem Gesicht namens Bobby Devlin, der schnell auf Chandler zuging.

»Ich hab nichts für Sie«, brummte der Inspektor.

»War ihre Kehle durchschnitten?«

»Kein Kommentar.«

»Der Körper aufgeschlitzt?«

»Ich hab gesagt, kein Kommentar!« zischte Chandler und gab seinen Leuten dann Befehl strammzustehen, bevor er zu Phillips zurückkehrte.

Ohne sich einschüchtern zu lassen, trat der Reporter vor den Polizeikordon. »Was meint ihr? Scheint, unser Junge hat sich wieder eine geschnappt, was? Und die Polizei war wie üblich nirgends zu sehen. Hab gehört, es ist gerade erst passiert. Sie könnte noch leben, wenn ihr ein bißchen schneller gewesen wärt. Wieder mal zu langsam geschaltet ...«

Devlins Sticheleien zeigten Wirkung. Ein junger Constable, der sich beleidigt fühlte, biß an. »Wir war'n nicht zu langsam! Sie ist gleich an der Schnittwunde am Hals verblutet. Sie ...«

Devlin hakte nach. »Welche Uhrzeit? Wer hat sie gefunden?«

Ein schneller Stoß in die Rippen erinnerte den jungen Polizisten daran, den Mund zu halten, und er ließ den Reporter, der mit dem Notizblock in der Hand dastand, sein Glück anderswo versuchen.

Roddy seufzte. Er war nervös und unruhig. Er wollte nicht hier rumstehen. Er wollte losgehen und Leute befragen. Er mußte sich bewegen, aktiv sein, das war die einzige Möglichkeit, die Erinnerung an den quälenden Anblick loszuwerden – ihren zerstückelten Leib, die gespreizten Beine, die kleine rote Blume, die an ihrer Jacke steckte. Ob er wohl schlafen könnte, wenn diese Nacht vorbei war? Er schloß die Augen und stellte fest, daß die Bilder hinter seinen geschlossenen Lidern anhielten und daß Devlins drängende, unnachgiebige Stimme in seinem Kopf nachhallte: »Wie viele wird er sich noch schnappen? Wie viele noch?«

7

Fließendes heißes Wasser. Abflüsse, die nicht verstopft waren. Es war kaum zu glauben. Einfach herrlich! Joe tauchte sein Rasiermesser in ein Becken mit warmem Seifenwasser und staunte erneut über die Wunder moderner Annehmlichkeiten. Ein Waschbecken. Eine Badewanne. Ein Spülklosett. Alles im Haus! Er sah sich im Badezimmerspiegel an, blies die Backen auf und rasierte sich die blonden Stoppeln ab.

Als Peterson ihm sagte, er würde in einem Zimmer über den Büros der Firma wohnen, hatte er ein dunkles, zugiges Loch erwartet mit einem kalten Abort im Hinterhof. Er hätte sich nicht mehr irren können. Das Zimmer – im obersten Stockwerk eines Backsteingebäudes – war als Lagerraum und dann als Schlafraum für die Bauern vom Land genutzt worden. Als sein Neffe aus Brighton heraufkam, um für ihn zu arbeiten, hatte Peterson es zu einem bequemen Junggesellenquartier umbauen lassen. Es war spärlich möbliert, aber hell und sauber. Die Wände waren in einem warmen Cremeton gestrichen. Es gab einen gußeisernen Ofen, um den Raum zu heizen und Essen oder Teewasser warm zu machen, einen alten geflochtenen Teppich und zwei alte Ledersessel, die vom Dachboden aus Petersons Haus stammten. Jeder der jungen Männer hatte ein Bett, einen eigenen Schrank und eine Obstkiste, die als Nachttisch diente, sowie eine Öllampe.

Bis jetzt hat sich Tommy als anständig erwiesen, dachte Joe. Die Bezahlung war gut und die Unterbringung erstklassig. Aber Peterson hatte ihm noch mehr gegeben als nur ein Zimmer und guten Lohn, nämlich etwas, was er noch höher schätzte: Er hörte ihm zu. Der Mann steckte bis über beide Ohren in Arbeit – er lenkte einen ganzen Stab von Arbeitern, Einkäufern, Verkäufern, Trägern und Fahrern und nahm sich dennoch die Zeit, sich die Vorschläge seiner Angestellten anzuhören, angefangen vom untersten Träger bis hin zum Chefeinkäufer. Als Joe vorschlug, daß die Erbsenschälerinnen mehr leisten könnten, wenn ein Junge sie mit Nachschub versorgte, statt ihn selbst zu holen, wurde ein Junge eingestellt. Der Ausstoß wurde vergrößert, und das Experiment trug ihm ein Lob und einen anerkennenden Klaps auf den Rücken ein. Als er feststellte, daß die Köche der großen Hotels und Restaurants – eine mäkelige und ungeduldige Truppe – dazu tendierten, von einem Verkäufer zum anderen zu gehen, um hier Äpfel, dort Brokkoli zu kaufen, schlug er vor, ihnen Tee anzubieten. Tommy willigte ein, und die Köche, die am Morgen für ein heißes Getränk dankbar waren, blieben stehen und kauften bei ihnen.

Sowohl mit dem Zimmer wie mit dem Verdienst war er sehr zufrieden, aber die Ermutigungen, die er von Tommy erhielt, machten ihn am glücklichsten. Sein Vater hatte sich nie für seine Ideen interessiert und jeden Vorschlag abgeschmettert. Jetzt wurden seine Ideen bestätigt, sogar gelobt.

In der ersten freien Minute, die er hatte, schrieb er an Fiona und schilderte sein neues Leben. »Heiße Bäder, wann immer ich will, ein Bett ganz für mich allein und ein warmes Zimmer mit Kübeln voller Kohle«, schrieb er. »All das haben wir und noch viel mehr.« Er beschrieb ihr seine Arbeit, den Mitbewohner, die Bauern aus Devon und Cornwall und die ungeheure Geschäftigkeit in Covent Garden. Er schrieb vier Seiten voll, um ihr all das zu erzählen, und eine fünfte, um ihr mitzuteilen, daß er in vierzehn Tagen ein ganzes Wochenende frei habe – Tommy gab nur einmal im Monat ein ganzes Wochenende frei – und sie in die Regent Street und Bond Street zum Schaufensteransehen führen wolle. Aber das sei nur der Anfang. Er könne auch mehr Geld beiseite legen, ganz wie er gesagt habe. Sie bekämen ihren Laden früher als gedacht, und wenn sie reich wären, würden sie sich ein hübsches Haus mit einem modernen Badezimmer kaufen. Er schloß den Brief mit der Hoffnung, daß sie ihn vermisse, denn er vermisse sie sehr.

Was stimmte. Sie fehlte ihm schrecklich. Er hatte Heimweh nach seinem Zuhause und seiner Familie, aber hauptsächlich nach ihr. Jeden Tag drängte es ihn, ihr von all dem Neuen zu erzählen. Er lernte so viele neue Leute kennen, machte so viele neue Erfahrungen. Er wünschte, er könnte sich abends mit ihr unterhalten, alles mit ihr teilen und hören, was sie dazu meinte. Er vermißte den Klang ihrer Stimme und ihre begeisterten Augen. Jede Nacht bevor er einschlief, dachte er an sie und stellte sich ihr hübsches Gesicht und ihr Lächeln vor. Doch vor allem dachte er an die Art, wie sie ihn unten beim Fluß angesehen hatte, unter dem Kai, als sie sich ihm hingeben wollte. Einerseits wußte er, daß er das Richtige getan hatte, andererseits hielt er sich für einen ausgemachten Narren. Welcher junge Mann wies schon ein schönes, halbnacktes Mädchen zurück? Eines war gewiß: Das nächste Mal, wenn sie allein waren und sie ihre Bluse auszog, würde er sie nicht mehr in ihrer Leidenschaft stoppen. Seit er in Covent Garden war, hatte er dank seines Mitbewohners ein paar Dinge gelernt, die nichts mit dem Geschäft zu tun hatten.

Joes Gedanken an Fiona wurden von dem Regen unterbrochen, der gegen das Badezimmerfenster trommelte. Es war ein scheußlicher Tag. Eigentlich hatte er mit Harry, der vor dem Ofen döste, spazierengehen wollen, aber bei diesem Mistwetter gingen sie nirgendwohin. Heute, am Sonntag, war ihr einziger freier Tag, und es wäre schön, die Beine auszustrecken und vielleicht irgendwo ein Bier zu trinken. Aber zu Hause zu bleiben und die Zeitung zu lesen wäre auch schön. Schließlich waren sie beide ziemlich erschöpft. Peterson war ein anspruchsvoller Chef und ließ sie erbarmungslos schuften – vor allem am Samstag, wenn er übriggebliebene Waren loswerden wollte. Joe war am Abend immer heiser, und die Knochen taten ihm weh. Weder er noch Harry waren vor Mittag aufgestanden, sie hatten weder die Kirchenglocken, den Zeitungsjungen noch den Muffinverkäufer gehört, der unter ihrem Fenster seine Waren anbot.

Joe trocknete sich das Gesicht ab. Sein Magen knurrte. Er fragte sich, ob Harry trotz des schlechten Wetters bereit war, Essen zu besorgen. Gerade als er ihn fragen wollte, hörte er ein lautes Klopfen an der unteren Tür. Er streifte sein Hemd über, zog die Hosenträger hoch und trat aus dem Badezimmer. Harry saß in seinem Sessel und blinzelte.

»Wer ist das?« fragte ihn Joe.

»Keine Ahnung«, antwortete er gähnend. »Sieh doch nach, du bist am nächsten dran.«

Joe öffnete die Tür zum Treppenhaus und lief die Stufen hinab. »Harry, laß mich rein, ich bin schon halb ertrunken!« rief eine Frau. Er riß die Tür auf und stand einer bis auf die Haut durchnäßten Millie Petersen gegenüber. »Joe, mein Lieber!« rief sie aus und reichte ihm einen Weidenkorb. »Nimm das bitte. Da ist noch mehr. Harris wird dir helfen.« Lächelnd rauschte sie an ihm vorbei und lief die Treppe hinauf. Joe und der Kutscher holten den zweiten Korb aus dem Wagen. Er dankte dem Mann und schleppte die beiden Körbe die Treppe hinauf.

»Du verrücktes Huhn!« hörte er Harry rufen. »Du kommst uns besuchen!«

»Richtig. Ich wollte dich überraschen, Harry, und hab ein Picknick mitgebracht. Eigentlich hab ich gehofft, wir könnten in den Park gehen, aber jetzt müssen wir's eben drinnen veranstalten.«

Schnaufend stellte Joe Millies Körbe ab, schloß die Tür zum Teppenhaus und lachte, als Harry sie begeistert in die Höhe hob und herumschwang.

»Harry, laß mich runter! Du erdrückst mich ja!«

Doch er wirbelte sie herum, bis sie zu kreischen begann und bat, damit aufzuhören. Als er sie schließlich wieder auf den Boden ließ, war ihnen so schwindelig, daß sie beide taumelten und in Lachen ausbrachen.

»Huch, Harry Eaton, du kannst was erleben, sobald ich wieder gerade stehen kann.«

»Warum? Es hat dir doch immer gefallen, wenn ich dich rumgewirbelt habe.«

»Damals war ich fünf, du Dummkopf!«

»Schön, dich zu sehen, Millie«, sagte Harry und blickte sie voll aufrichtiger Zuneigung an. »Hier ist es immer so langweilig, nur mit uns beiden. Du bist ein Sonnenstrahl an diesem trübseligen Ort.«

»Langweilig? Trübselig? Vielen Dank, Kumpel«, sagte Joe.

»Tut mir leid, Junge, du bist ein großartiger Zimmergenosse, aber meine Cousine ist weitaus hübscher.«

Millie war tatsächlich wie ein Sonnenstrahl im Raum. Sie hatte ihren nassen Umhang abgelegt und trug einen gelben Karorock mit einer Jacke, die am Kragen und an den Manschetten mit elfenbeinfarbener Spitze besetzt war. Die leuchtende Farbe brachte vorteilhaft ihre haselnußfarbenen Augen und das honigblonde Haar zur Geltung. Kleine Topasohrringe hingen an ihren Ohrläppchen, und um ihr Handgelenk trug sie ein dazu passendes geschmackvolles Armband. Ihr Haar war zu einem dicken Knoten gebunden, der mit Schildpattkämmen festgehalten wurde. Sie sah umwerfend aus, daran bestand kein Zweifel. Weil er dachte, daß Millie und Harry gemeinsam essen wollten, beschloß er, sich aus dem Staub zu machen. Er ging zu seinem Schrank, um seine Jacke zu holen.

»Wo gehst du hin?« fragte Millie, von ihrem Korb aufsehend.

»Ich mach einen Spaziergang.«

»An einem solchen Tag? Im Regen? Das tust du nicht. Da holst du dir den Tod. Blieb hier und iß mit uns. Ich hab gehofft ... gedacht, daß du wahrscheinlich hier bist, und hab deshalb ganze Wagenladungen Essen mitgebracht. Du wirst mich doch nicht enttäuschen, nachdem ich den weiten Weg gemacht habe, oder?« Sie wandte sich an ihren Cousin. »Harry, sag, daß er bleiben soll.«

»Ich fürchte, du mußt, Alter. Millie hat ihre Wünsche klar geäußert, und wir beide werden keine Ruhe haben, wenn du dich widersetzt.«

Joe begriff, daß es unhöflich wäre, wegzugehen. Millie hatte angefangen, alle möglichen Dinge auszupacken, und er hatte tatsächlich großen Hunger. »Na ja, wenn ihr glaubt, daß ich nicht störe ...«

»Überhaupt nicht«, antwortete sie. »Hier, nimm das Tuch und breit es vor dem Ofen aus. Harry, kannst du noch ein bißchen nachlegen?«

Unter Anleitung von Millie hatten Joe und Harry schnell das Essen angerichtet. Harry schüttete Kohle in den Ofen und stocherte das Feuer auf, bis es hell brannte. Er ließ die Ofentür offen, damit das Zimmer wärmer wurde. Joe breitete ein Tischtuch über den Teppich und öffnete eine Flasche Ingwerbier. Millie stellte all die Köstlichkeiten auf das Tuch, bat ihre Gefährten Platz zu nehmen, reichte ihnen Servietten und Besteck und servierte ihnen dann das Mittagessen.

»Mann, Millie, du hast ja genügend Essen, um eine ganze Kompanie satt zu machen«, rief Joe aus.

»Eine Kompanie namens Harry«, antwortete sie und schnitt eine Schweinefleischpastete an. Das ist die Schuld meiner Tante Martha – Harrys Mutter. Sie hat mir geschrieben und mich gebeten, dafür zu sorgen, daß ihr Liebling genügend zu futtern kriegt, und mir eine Liste seiner Lieblingsgerichte geschickt.«

»Aber sie wollte nicht, daß ich alle auf einmal esse! Nicht mal ich könnte diese Berge vertilgen«, sagte Harry.

Abgesehen von der großen Schweinefleischpastete gab es panierte Eier, Würstchen im Teigmantel, Fleischplätzchen, gebratenes Hühnchen, kaltes Lamm, Salzheringe, dunkles Brot, Stilton- und Cheddarkäse, Ingwerbrot und Zitronenplätzchen. Joe und Harry waren hungrig, und sobald Millie ihnen ihre Teller gereicht hatte, gaben sie sich genüßlich den Gaumenfreuden hin.

»Das ist herrlich, Millie, danke«, sagte Joe.

»Ja«, pflichtete ihm Harry kauend bei. »Verdammt viel besser als der Fraß aus der Garküche.«

Während Joe und Harry aßen, erkundigte sich Millie nach ihrer Arbeit und erzählte lustige Geschichten aus ihrer und Harrys Kindheit, die alle zum Lachen brachten. Joe erfuhr, daß Harrys Mutter die einzige Schwester von Millies verstorbener Mutter und daß Harry nur sechs Monate älter als sie war. Daß die beiden seit ihrer Kindheit Spielkameraden waren, sich aber in den letzten Jahren weniger gesehen hatten, weil Harrys Familie nach Brighton gezogen war.

Joe sah von Millie zu Harry – beide hatten blondes Haar und fröhliche Gesichter. Sie ähnelten sich sehr. Wie Millie war Harry ein heller Typ, allerdings groß und muskulös. Er interessierte sich für Sport, Pferde und hübsche Mädchen, weniger fürs Geschäft, hatte er Joe gestanden und ihn schwören lassen, nichts davon seinem Onkel zu erzählen. Harry wollte Entdecker werden. Er wollte nach Indien und Afrika gehen, was er im Dezember, wenn er zwanzig würde, auch in die Tat umsetzen wollte.

Sobald Joe seinen Teller leer gegessen hatte, lud ihm Millie eine neue Portion auf. Er trank einen Schluck Ingwerbier, lehnte sich in einen der Sessel zurück und entschloß sich, den Nachschlag ein bißchen langsamer zu essen. Eine angenehme Mattigkeit überkam ihn, während der Nachmittag verstrich. Das Essen, das lodernde Feuer und Millies lebhafte Gesellschaft hatten die Düsternis des Tages und sein Heimweh vertrieben. Ihm war warm, er hatte gut gegessen und fühlte sich zufrieden. Noch nie hatte er einen solchen Tag erlebt, ohne Arbeit und Sorgen, mit nichts anderem zu tun, als mit zwei Freunden vor einem Feuer zu sitzen. Gemeinsam mit Millie und Harry hatte er das Gefühl, als würde nichts auf der Welt ihn belasten.

Er sah die fröhlich plaudernde Millie an und fragte sich, ob sie Sorgen hatte, ob sie jemals welche gehabt hatte. Obwohl ihr Blick auf Harry gerichtet war, saß sie so nahe bei ihm, daß er ihr Parfüm riechen konnte. Flieder. Ihre Wangen schimmerten rosig, das blonde Haar leuchtete im Feuerschein. Er schloß die Augen und dachte an Fiona und wie sehr sie all die Köstlichkeiten genießen würde – das Ingwerbier, den Stiltonkäse, die Zitronenplätzchen. Er wünschte, sie wäre hier. Er konnte ihr schreiben und ihr von allem berichten. Nein, lieber nicht, dachte er. Die Tatsache, daß er einen ganzen Nachmittag mit Millie verbracht hatte, würde nicht gut ankommen. Selbst wenn er erklärte, daß Millie nur ihren Cousin besucht habe, was natürlich stimmte, würde Fiona eifersüchtig reagieren. Sie verstand nicht, daß Millie einfach nur ein nettes, liebes Mädchen war. Er würde es für sich behalten.

Joe spürte ein leichtes Zupfen an seinem Bein, hörte Millie und Harry kichern, und stellte fest, daß sie über ihn lachten.

»Na, Bristow, halten wir dich vom Schlaf ab?« fragte Harry.

Joe öffnete die Augen und lächelte. »Überhaupt nicht«, antwortete er und streckte sich. »Ich ruh bloß meine Augen aus.«

»Wie spät ist es, Harry?« fragte Millie.

»Kurz nach fünf.«

»Ich muß mich auf den Weg machen«, sagte sie und begann, die Reste einzuwickeln. »Ich hab Harris gesagt, er soll mich um fünf abholen. Wahrscheinlich wartet er schon.«

Harry ergriff ihre Hand. »Nein, tut mir leid, aber du darfst nicht gehen. Du mußt für immer bei uns bleiben.«

»Das würde sich wohl kaum schicken, oder? Laß mich los, Harry. Ich muß einpacken...« Sie kicherte und versuchte, sich seinem Griff zu entwinden.

»Nur wenn du versprichst, bald wiederzukommen. Bald. Versprich das, Millie.«

»Also gut, aber nur, wenn Joe auch damit einverstanden ist.«

»Natürlich bin ich einverstanden, Millie«, sagte Joe errötend. »Es war nett, dich hier zu haben.« Und das meinte er auch so, denn in Millies Gesellschaft war der Nachmittag wie im Nu verflogen.

Sie lächelte ihn an und fuhr mit dem Einpacken fort. Harry und Joe halfen ihr. »Das nehm ich nicht wieder mit heim«, sagte sie. »Stellt es einfach auf den Treppenabsatz, da ist es kühl und wird sich halten.«

»Toll! Wir sind für Tage versorgt«, antwortete Harry.

»Ich laß auch den anderen Korb hier. Da sind gute Wolldecken drin. Es wird langsam kühl, und Papa denkt nicht dran, wer erfrieren könnte, außer es handelt sich um seine Äpfel und Orangen.«

Nachdem sie das Picknick weggeräumt und das Tischtuch zusammengefaltet hatten, half Harry Millie ihren Umhang umzulegen, setzte ihr die Kapuze auf und band sie unter ihrem Kinn fest.

»Paß auf dem Heimweg auf«, sagte er. »Wir bringen dich runter.«

Harry ging voran, Millie und Joe folgten. Draußen hatte es zu regnen aufgehört, aber es war dunkel und nieselte. Die Gaslaternen flackerten, ihre Flammen spiegelten sich auf den glatten Pflastersteinen wider, und an Millies Kutsche brannten auf beiden Seiten Laternen.

»Guten Abend, Harris«, sagte Harry zu dem Kutscher.

»N'Abend, Sir«, antwortete Harris und hob den Finger an den Hut.

Harry öffnete die Kutschentür. »Leb wohl, verrückte Millie. Ich wünschte, du müßtest nicht fort.«

»Ich komm wieder. An einem schöneren Tag. Dann gehen wir alle zum Teetrinken oder machen einen Spaziergang im Park.« Sie stellte sich auf die Zehenspitzen und gab Harry einen Kuß auf die Wange, dann drehte sie sich zu Joe um und gab ihm ebenfalls einen schnellen Kuß. Wieder roch er ihr Parfüm, als sie sich an ihn lehnte. Er spürte, wie ihre Lippen über seine Wange strichen und ihre Hand, die seinen Arm drückte. Dann half ihr Harry in die Kutsche, klopfte an die Seite, und sie war fort.

Harry und Joe sahen der Kutsche ein paar Minuten nach, bis sie außer Sichtweite war, dann gingen sie wieder ins Haus zurück. Ihr Zimmer wirkte jetzt grau und leer.

»Sie ist schon was Besonderes, nicht wahr?«

»O ja«, sagte Joe. »Das stimmt. Das Zimmer kommt einem leer vor ohne sie.«

»Sie ist ein tolles Mädchen«, fuhr Harry fort und setzte sich vors Feuer. Ich schwör dir, wer sie einmal kriegt, hat das große Los gezogen. Ein hübsches Gesicht, ein reicher Vater und obendrein noch ein Paar herrliche Titten.«

»Das ist mir nicht aufgefallen«, antwortete Joe. Er nahm den Kohlenkübel und legte nach.

Harry grinste höhnisch. »Natürlich nicht.« Er streckte die Beine aus, klopfte sich auf den Bauch und seufzte zufrieden. »Ein Mann könnte es schlechter treffen, als Millie zur Ehefrau zu kriegen. Wenn sie nicht meine Cousine wäre, würde ich sie selbst heiraten.«

Plötzlich wurde es Joe unbehaglich, denn Harrys Tonfall war ernst geworden. »Vielleicht solltest du das tatsächlich tun, mein Alter. Eine andere nimmt dich ohnehin nicht.«

Harry zog eine Grimasse. »Leider täuschst du dich da. Da gibt's nämlich die schreckliche Caroline Thornton.«

»Wen?« Joe schloß die Ofentür und setzte sich auf die andere Seite des Ofens.

»Das Mädchen, das meine liebe Mutter für mich ausgesucht hat. In Brighton. Sie hat Knopfaugen, ist flachbrüstig und hat Zähne wie ein Drahtverhau, ist aber stinkreich. Und bis über beide Ohren verliebt in mich.«

Joe lachte. »Scheint ja ein wahrer Engel zu sein.«

Harry schnaubte. »Eher ein Teufel. Aber sie wird mich nicht in ihre Klauen kriegen. Nein, Sir. Ich sag dir was, Joe, ich geh zur Auslandsarmee. Schwör, daß du meinem Onkel nichts verrätst ...«

»Das hab ich schon geschworen.«

»Schwör's noch mal.«

»Ich schwöre«, sagte Joe und verdrehte die Augen.

»Noch vor Jahresende bin ich fort. Fort von London, von Brighton und Miss Caroline Thornton. Und von den Äpfeln und Orangen. Mir liegt das Geschäft nicht. Es ist mir schnurzegal, und das wird auch immer so bleiben.«

»Vielleicht solltest du doch mit deinem Onkel reden«, schlug Joe vor. »Möglicherweise versteht er dich.«

»Nie. Onkel Tommy würde mich umbringen, wenn er's herausfände, aber dazu wird er keine Gelegenheit haben. Dann bin ich schon auf einem Dampfer in den Osten.« Harry schwieg einen Moment und starrte ins Feuer. »Ich soll der Sohn für ihn sein, den er nie hatte ... der Sohn, den er verloren hat ... aber das bin ich nicht.«

»Das kann er doch nicht von dir verlangen, Harry, du hast dein eigenes Leben. Er wird darüber hinwegkommen. Er muß sich eben jemand anderen suchen, oder?«

Harry nickte langsam, dann wandte er sich lächelnd zu Joe um. »Vielleicht hat er den schon gefunden.«

8

Nichts in London konnte mit dem imposanten Anblick, der schwindelerregenden Vielfalt und dem Treiben in der Lebensmittelabteilung von Harrods an einem Samstagmorgen konkurrieren. Es war ein regelrechter Freßtempel, wo elegante Damen Torten und Plätzchen aussuchten, herrische Haushälterinnen den unglücklichen Dienern in ihrem Schlepptau Paket um Paket aufluden, flinke Verkäuferinnen in Windeseile die Waren verpackten und mit Schürzen bewehrte Ladenjungen hin und her rannten, um die Regale wieder aufzufüllen.

Fiona fand den Anblick märchenhaft. Während sie den einen Gang hinauf- und den anderen hinabging, mußte sie sich an Joes Arm festhalten, um nicht das Gleichgewicht zu verlieren, so verwirrend empfand sie alles. »Sieh nur«, sagte sie und deutete auf kunstvoll aufgeschichtete Fische, die auf einem Berg aus zerstoßenem Eis lagen. Dahinter hingen Hasen, Fasane, Gänse, Enten und Rebhühner an stählernen Haken. Zu ihrer Linken befand sich die Fleischtheke. Hier gab's keine Hälse und Rippenstücke, hier lag das Fleisch des reichen Mannes – zarte Filets, rote Schinken, dicke Schnitzel. Sie schlenderten am Gewürzstand vorbei, an Flaschen mit edlem Portwein und Madeira, in die Gemüseabteilung, wo Joe stolz auf die rosigen Bramley- und die goldenen Boskopäpfel deutete, die von Peterson in Covent Garden stammten.

Ihr letzter Anlaufpunkt war die Patisserie-Abteilung, wo Fiona vor einer Hochzeitstorte stehenblieb. Kaskaden roter Zuckerrosen, so perfekt geformt, daß sie wie echt aussahen, schmückten die mit Zuckerguß überzogenen Seiten. Eine Karte am Sockel informierte die Neugierigen, daß es sich um die Replik der Torte für die Hochzeit der New Yorkerin Lilian Price Hammersley mit George Charles Spencer-Churchill, dem achten Herzog von Marlborough, handele. Die Zuckerrosen, wurde erklärt, seien nach einer neuen Sorte aus den Vereinigten Staaten namens American Beauty modelliert worden.

»Genauso eine werden wir auch haben«, sagte Joe. »Nur mit Whitechapel-Schönheiten darauf.«

»Whitechapel-Schönheiten? Nie davon gehört.«

»Auch als Gänseblümchen bekannt.«

»Liefert Harrods nach Whitechapel?« fragte Fiona kichernd.

»Das wär eine Schau, was?« antwortete Joe und lachte ebenfalls. »Wenn der Lieferwagen von Harrods nach Whitechapel fahren müßte? Wahrscheinlich wüßten sie nicht mal, daß das in London liegt.«

Sie bogen sich vor Lachen, als sie aus dem Laden gingen und sich vorstellten, wie der grüne Harrods-Lieferwagen mit dem stocksteifen, weißbehandschuhten Fahrer über die holperigen Straßen an den Docks rumpelte und von Straßenbengeln und streunenden Hunden verfolgt wurde.

»Wo gehen wir jetzt hin?« fragte Fiona mit leuchtenden Augen.

»Am Hyde Park vorbei zur Bond und Regent Street, und dann gibt's eine Überraschung. Komm mit.«

Alles war eine Überraschung, seit Joe am Morgen in der Montague Street aufgetaucht war und an ihre Tür geklopft hatte. Sie war hingeeilt, um zu öffnen, denn sie wußte, daß es Joe war, weil er ihr vierzehn Tage zuvor geschrieben hatte, daß er sie zu einem Ausflug abholen werde.

Sie hatte ihre Mutter gefragt, aber die hatte gesagt: »Frag deinen Vater«, der hatte ein bißchen gebrummt, aber schließlich seine Erlaubnis gegeben. Dann flehte sie Mr. Minton an, ihr den halben Tag freizugeben. Er ließ sie schmoren, stimmte aber schließlich zu – mit einem Lohnabzug natürlich.

Anfangs war sie so aufgeregt, daß sie es gar nicht erwarten konnte, bis der Tag endlich kam. Aber bald stellte sie fest, daß sie nichts

Hübsches anzuziehen hatte und den besseren ihrer zwei Röcke und eine einfache Baumwollbluse tragen müßte. Ihre Mutter bemerkte ihre plötzliche Niedergeschlagenheit und erriet, was los war. Als Expertin, wenn es darum ging, aus nichts etwas zu machen, gelang es ihr bald, das Problem zu beheben. Sie führte Fiona in ihr Schlafzimmer und wühlte in einer Truhe, bis sie gefunden hatte, wonach sie suchte: Eine marineblau-weiß gestreifte Jacke mit Schößchen, die sie am Tag ihrer Hochzeit getragen hatte. Jetzt war sie ihr zu klein – nach vier Kindern war sie fülliger geworden –, aber Fiona paßte sie wie angegossen und unterstrich ihre schlanke Figur. Von ihrer Freundin Bridget hatte sich Fiona eine kleine Emaille-Brosche geborgt, und Onkel Roddys Freundin Grace hatte ihr eine hübsche bestickte Tasche geliehen.

Von ihrem Vater und Onkel Roddy stammte das Tüpfelchen auf dem i: ein marineblauer, breitrandiger Hut mit zwei roten Stoffrosen. Am Freitag abend war sie spät von der Arbeit nach Hause gekommen und hatte ihn vor ihrem Platz auf dem Tisch gefunden. Ihr Pa hielt das Gesicht hinter der Zeitung versteckt, und ihr Onkel Roddy schenkte sich ein Glas Bier ein. Charlie und Seamie saßen ebenfalls am Tisch, Kate stand am Herd. Mit aufgerissenen Augen sah Fiona von dem Hut zu ihrer Mutter.

»Von deinem Vater«, sagte ihre Mutter. »Und von Onkel Roddy.«

Sie setzte den Hut auf. Er war gebraucht, und auf der Seite, wo der Putz fehlte, war der Samt ein bißchen durchgescheuert, aber nicht so schlimm, daß die Rosen den Makel nicht verborgen hätten. Sie wußte, daß ihre Mutter sie ausgesucht und daß ihr Vater und Roddy sie bezahlt hatten. Sie versuchte, sich zu bedanken, aber die Kehle war ihr wie zugeschnürt, und Tränen glänzten in ihren Augen.

»Gefallen sie dir, Mädchen?« fragte Roddy besorgt.

»O ja, Onkel Roddy!« antwortete sie, als sie schließlich wieder sprechen konnte. »Sie sind wundervoll! Vielen, vielen Dank. Danke, Pa!«

Roddy lächelte: »Ich hab die Blumen selbst gepflückt«, sagte er.

Paddy schnaubte.

Fiona umarmte Roddy, dann zwängte sie sich zwischen die Zeitung und ihren Vater und umarmte ihn ebenfalls. »Das hättest du nicht tun sollen, Pa. Danke.«

»Ist doch nur 'ne Kleinigkeit«, brummte er. Du sollst Spaß haben morgen. Und sag Bristow, er soll auf dich aufpassen, sonst kriegt er's mit mir zu tun.«

Noch immer den Hut in der Hand haltend, strich Fiona über den weichen, samtigen Rand. Gerade als sie dachte, sie würde losheulen, zog Charlie ein Paar marineblaue Ziegenlederhandschuhe heraus, und sie konnte nicht mehr an sich halten.

»Ach, sei nicht albern«, sagte er verlegen. »Die sind nichts Besonderes. Hab sie aus zweiter Hand gekauft. Ich wollt einfach nicht, daß du wie eine Stadtstreicherin aussiehst.«

Später am Abend badete Fiona, und Kate wusch ihr das Haar. Dann bügelte sie ihren Rock, ihre Bluse und ihre Jacke, während ihre Mutter die Rosen an den Hut nähte. Sie dachte, sie würde kein Auge zutun, schlief aber doch und war früh auf den Beinen. Sie wusch sich das Gesicht, kämmte sich das Haar und steckte es mit Hilfe ihrer Mutter auf. Dann zog sie sich an, probierte den Hut auf, nahm ihn wieder ab und probierte ihn noch einmal auf, während ihre Mutter ständig protestierte, daß sie ihre Frisur zerstören würde, wenn sie nicht damit aufhörte. Schließlich war sie fertig.

»Ach, sieh sie dir an, Paddy«, sagte Kate gerührt, als sie ihr die geborgte Brosche ans Revers steckte. »Unsere Älteste ist ganz erwachsen. Und genauso hübsch wie eine Frühlingsrose.«

Charlie saß am Tisch, schlang sein Frühstück hinunter und verschluckte sich. Paddy knöpfte sein Arbeitshemd zu und sah seine Tochter lächelnd an. »Ja, sie ist ein hübsches Mädchen. Ganz die Mutter.«

Fiona warf noch einen schnellen Blick in den kleinen Spiegel über dem Kaminsims und war tief zufrieden. Ihre Mutter hatte ihr Haar schön frisiert, und die Jacke sah frisch und elegant aus.

Sie hatte nicht lange Zeit, um sich zu bewundern, denn es klopfte an der Tür, und sie lief durch die Diele, um Joe zu öffnen. Er machte Augen, als er sie sah, und wollte nicht aufhören, sie zu küssen. »Du siehst umwerfend aus«, flüsterte er. »Hübscher denn je.« Fiona war überglücklich, ihn zu sehen, denn seit seinem Fortgehen waren Wochen vergangen. Er sah verändert aus – sein Haar war länger, und er hatte abgenommen. Sie konnte es nicht erwarten, ihn für sich allein zu haben, aber zuerst mußte er sich mit ihren Eltern unterhalten. Er kam in die Küche, trank eine Tasse Tee und erzählte von seinem neuen Job.

Als ihr Vater anfing, über die Vorteile der Gewerkschaft zu predigen, entschied Fiona, daß es an der Zeit war zu gehen. Sie machten sich in Richtung Commercial Street auf, wo sie den Bus in die City nehmen wollten. Aber zuerst machte Joe einen kleinen Umweg. Am Ende der Montague Street zog er sie in eine Gasse und küßte sie lange und inbrünstig. »Verdammt, aber ich hab dich vermißt«, sagte er, trat zurück und sah sie eine Weile an. Und bevor sie ihm sagen konnte, daß sie ihn auch vermißt hatte, zog er sie an sich und küßte sie erneut. Schließlich nahm er ihre Hand und sagte: »Komm weiter, hör auf, mich so zu quälen. Wir müssen den Bus erwischen.«

Auf dem Weg zur Bushaltestelle erzählte er ihr mehr von Covent Garden, über die Köche aus dem Claridge's, dem Café Royal und den St.-James-Herrenclubs, die über alles die Nase rümpften, über die Träger, die ihre Körbe auf dem Kopf transportierten, und die lauten und unflätigen Händlerinnen, die ihren Lebensunterhalt mit dem Schälen von Walnüssen und Erbsen verdienten. Dann kam der von Pferden gezogene Bus. Joe half Fiona hinauf, bezahlte den Fahrpreis, und sie stiegen aufs Oberdeck. Es war ein schöner Septembertag, nicht zu kühl, und von dort oben aus konnten sie ganz London sehen.

Fiona, die noch nie in einem Bus gesessen hatte, war außer sich vor Aufregung. »Bist du sicher, daß es nicht zu teuer ist?« flüsterte sie besorgt. »Bist du sicher, daß du dir das leisten kannst?« Joe beruhigte sie. Der Bus brachte sie in die City, in das Geschäftszentrum Londons, und er deutete auf die Kontore von verschiedenen Handelsfirmen. Fasziniert von dem vielen Neuen, was sie sah, umklammerte sie seine Hand. Ein Gebäude, größer als die umstehenden, fesselte ihre Aufmerksamkeit. »Das ist Burton's«, sagte er. »Die Renovierung hat Unsummen gekostet, wurde mir gesagt. Ich glaub nicht, daß dein Vater damit rechnen kann, daß die Gewerkschaft in nächster Zeit viel aus dem Kerl rausholt.«

Jetzt gingen sie die Brompton Road hinunter, und Fiona konnte den Blick nicht abwenden von Joe. Er redete wieder über Peterson's, blieb aber plötzlich stehen, als er bemerkte, daß sie ihn lächelnd ansah und offensichtlich überhaupt nicht hörte, was er sagte.

»Was?«

»Nichts.«

»Sag's mir.«

»Ich seh dich eben gern an, das ist alles. Und jetzt bist du da – der gleiche, aber anders, und erzählst begeistert von neuen Dingen und neuen Leuten.«

»Ach, laß das. Du machst mich verlegen. Wenn ich begeistert bin, dann unseretwegen. Wegen unserem Laden. Ich lern so viel, Fee, so viel mehr, als ich gelernt hätte, wenn ich bei meinem Vater geblieben wär, und ich verdien auch gutes Geld. Du erinnerst dich doch noch an unsere Kakaodose?«

»Ja. Ich hab Geld dafür.«

»Warte, bis du siehst, wieviel schon drin ist.«

»Wieviel?«

»Du wirst schon sehen.«

»Sag's mir!«

»Nein.«

»Warum nicht?«

»Weil ich schließlich einen Vorwand brauch, dich in mein Zimmer zu locken«, sagte er verlegen lächelnd. »Irgendeine Möglichkeit, dich in meinen Bau zu kriegen.«

»Also kann ich deinen Zimmergenossen kennenlernen? Harry?« fragte Fiona, ihn bewußt mißverstehend.

»Er ist den ganzen Tag weg.«

»Wirklich. So ein Zufall.«

»Ja, wirklich.«

»Warum soll ich dann in dein Zimmer mitkommen?« fragte sie mit gespielter Naivität und versuchte, nicht zu kichern.

»Weil es saubergemacht werden muß und ich mir keine Putzfrau leisten kann.«

»Du Armer!«

Fiona und Joe blieben am Hyde Park stehen, um die vornehmen Leute beim Ausritt zu beobachten. Als sie Knightsbridge hinter sich gelassen hatten, warfen sie einen schnellen Blick auf den Buckingham-Palast – Fiona wollte sehen, wo die Königin wohnte –, dann gingen sie zum Picadilly hinauf in Richtung Bond Street.

Sie sahen in die Schaufenster von Garrad's, dem Juwelier der königlichen Familie, von Mappin & Webb, dem Silber- und Goldschmied, und von Liberty's, wo alle schicken Leute einkauften. Sie gingen an Stoffläden mit Ballen voller Seide, Damast und Samt vorbei und an Schuhläden mit Stiefeln aus weichstem Ziegenleder. Fiona staunte über die Farben – rot, rosa, blaßblau. Sie kannte nur braune und schwarze Stiefel. Es gab Auslagen voller Spitze und Putzwerk, seidene Blumen für Hüte, Taschentücher, Spitzenhandschuhe und perlenbestickte Taschen. Es gab Läden für Seife und Parfüm, Buchläden, Floristen mit Gewächshausblumen und Läden, die Kuchen, Plätzchen und Bonbons in aufwendig gestalteten Schachteln verkauften.

Fiona suchte nach etwas, das sie ihrer Familie mitbringen konnte, hatte aber nur einen Shilling zum Ausgeben. Sie hätte gern ein Spitzentaschentuch für ihre Ma gekauft, aber dann bliebe nichts mehr übrig, um ihrem Vater, ihren Brüdern und Onkel Roddy etwas mitzubringen. Und wenn sie die extravaganten Zigaretten kaufte, die sie für ihren Vater ausgesucht hatte, was würde dann für ihre Mutter bleiben? Mit Joes Hilfe entschied sie sich für eine originelle Dose mit Sahnetoffees. Davon hatten alle etwas, außer dem Baby, aber das war sowieso zu klein, um sich darüber zu freuen.

In den Geschäften prägten sie sich genauestens ein, was sie künftig wissen mußten. Im Delikatessenladen merkten sie sich, wie die Äpfel aufgeschichtet waren, wie jeder einzelne in blaues Seidenpapier gewickelt war. Sie lasen die Anzeigen an Gebäuden und Bussen. Sie überlegten, was die geschmackvollste Art war, Süßigkeiten zu verpacken – eine weiße Schachtel mit einem rosafarbenen Seidenband oder eine blaue mit einem cremefarbenen.

Und gerade, als Fiona glaubte, sie habe die schönsten Dinge der ganzen Stadt gesehen und der Tag hielte keine weiteren Überraschungen bereit, waren sie vor Fortnum & Mason angekommen. Ein Mann in Uniform hielt ihnen die Tür auf. Joe bedeutete ihr einzutreten.

»Was? Hier rein?« flüsterte sie unsicher.

»Ja, geh rein, mach schon.«

»Aber, Joe, es ist doch so schrecklich vornehm ...«

Der Mann in Uniform räusperte sich.

»Geh weiter, Fee, bitte. Du versperrst die Tür.« Er stieß sie ein bißchen an, um sie zum Weitergehen zu bewegen.

»Stinkvornehm, was?« flüsterte sie und sah zu der hohen gewölbten Decke hinauf, auf die Glasvitrinen und die wundervoll gekachelten Böden. »Was machen wir hier drin?«

»Wir trinken Tee. Ich lad dich ein. Das ist meine Überraschung. Komm weiter.«

Joe führte sie an den ausgefallensten Auslagen vorbei in den hinteren Teeraum. Die Bedienung ließ sie auf zwei gepolsterten Stühlen an einem niedrigen Tisch Platz nehmen, und Fiona war so begeistert von der Schönheit des Raums und der Leute darin, daß sie ganz vergaß, sich über die Preise Gedanken zu machen. Der Teeraum war wie eine Erleuchtung für sie. Sie hatte keine Ahnung gehabt, daß es solche Dinge überhaupt gab – eine so schöne, perfekte Welt, wo die Leute nichts anderes zu tun hatten, als Tee zu trinken und Plätzchen zu knabbern. Sie sah sich mit glänzenden Augen um, nahm alles in sich auf: den in blassem Rosa und Grün gehaltenen Raum, die schneeweißen Tischdecken mit echten Rosen darauf, die attraktiven Männer und die schick gekleideten Frauen, die leise Musik des Pianos, die Gesprächsfetzen, das kokette Gelächter. Und das Schönste von allem: Joe, der ihr direkt gegenüber saß. Dieser Tag war wie ein Traum, und sie wünschte, sie könnte in dieser schönen Welt bleiben und müßte nicht wieder ohne ihn nach Whitechapel zurück. Aber daran wollte sie jetzt nicht denken, es würde alles verderben. Es war noch nicht Montag. Sie hatte ihn noch für den Rest des Tages, und morgen würde er nach Whitechapel kommen, um bei seiner Familie zu übernachten.

Es war fast halb fünf, als sie, gesättigt von all den Sandwiches, Keksen und Kuchen, Fortnum's verließen. Es dämmerte, und die Luft war kühl geworden. Sie gingen ein kleines Stück und nahmen dann einen Bus. Fiona lehnte den Kopf an Joes Schulter und schloß die Augen. Kurz darauf kamen sie in Covent Garden an. Seine Wohnung befand sich nur zwei Ecken von der Haltestelle entfernt. Er brauchte einen Moment, bis er die Tür aufgeschlossen hatte. Sobald sie drinnen waren, zündete er die Gaslampen an und machte Feuer im Ofen. Während das Zimmer warm wurde, inspizierte sie die Wohnung.

»Das gehört alles dir?« fragte sie beim Herumgehen.

»Ja, mir und Harry. Jeder hat sein eigenes Bett. Zuerst hab ich mich gar nicht dran gewöhnen können. Zu bequem, zuviel Platz.

Kein kleiner Bruder, der die ganze Nacht die Beine nach einem ausschlägt.«

»Und du hast ein Klo? Gleich hier drinnen?«

Joe lachte. »Ja. Sieh's dir an. Das reinste Wunder.«

Als sie zurückkam, ließ er sie vor dem Ofen Platz nehmen – die Ofentür stand weit offen, und im Innern brannte ein helles Feuer. Ihr Blick schweifte über den Kaminsims, auf dem eine Menge männlicher Utensilien aufgereiht waren. Rasiermesser, Klappmesser, eine Whiskeyflasche, auf der H.E. eingraviert war, und ein hübscher Seidenbeutel.

»Ist das dein Beutel oder der von Harry?« fragte sie neckend.

»Was?« fragte Joe, ihrem Blick folgend. »Oh. Der ... ähm ... der gehört wahrscheinlich Millie.«

»Millie! Millie Peterson?«

»Ja«, antwortete er und stocherte mit dem Schürhaken die Kohlen auf.

»Was macht Millies Beutel hier?« fragte sie ärgerlich.

»Na ja ... sie kommt Harry besuchen ...«

»Wie oft?«

»Ich weiß es nicht! Letzten Sonntag. Ein paarmal während der Woche. Und wie's aussieht, war sie heute auch da.«

»Ich verstehe.«

»Was verstehst du?« fragte er, noch immer im Feuer stochernd.

»Sie kommt nicht Harry besuchen, sondern *dich.*«

»O Fiona«, seufzte er. »Fang nicht wieder damit an.«

Fiona war wütend. Millie Peterson, diese hinterhältige Person, kam jedes Wochenende hierher und sah Joe auch während der Woche, wohingegen sie ihn vierzehn Tage nicht zu Gesicht bekam.

»Was machst du, wenn sie zu Besuch kommt?«

»Weiß nicht. Nichts Besonderes.«

Sie zog eine Augenbraue hoch.

»Na schön, wir unterhalten uns, wir alle, oder machen einen Spaziergang. Fiona, schau mich nicht so an. Millie ist ein nettes, harmloses Mädchen. Mir ist langweilig immer so allein. Und wenn ich ein paar Stunden mit Millie und Harry verbring, lenkt mich das ein bißchen ab. Das ist alles. Harry ist ein guter Kumpel, und Millie ist seine Cousine. Sie kommt *ihn* besuchen. Also, hör jetzt bitte auf damit und verdirb uns nicht den schönen Tag.«

»Warum hast du mir nicht erzählt, daß sie hierherkommt?« fragte Fiona vorwurfsvoll.

»Weil ich schon gewußt hab, daß du wieder an die Decke gehst. Hab ich Millie in die Stadt ausgeführt? Ist es Millie, die jetzt bei mir sitzt?«

»Nein«, gab sie zu und begriff, daß sie sich wieder einmal albern aufführte, daß ihre Eifersucht wieder die Oberhand über sie gewann. Joe konnte nichts dafür, wenn Millie in die Wohnung kam, aber er begriff es einfach nicht: Millie würde ihre Seele verpfänden, um ihn zu kriegen. Aber sie würde sich deswegen nicht mit ihm streiten. Nicht heute, denn heute war ein besonderer Tag. Doch wenn sie sich entschlossen hatte, sich zurückhalten, hieß das nicht, daß sie die Augen vor Millies hinterhältigen Plänen verschloß. Dieser Beutel sprach Bände. Sie war genauso unbeirrbar hinter Joe her wie immer.

Eine Weile saßen sie still da und starrten ins Feuer – Fiona auf dem Sessel, Joe auf dem Boden neben ihr. Sie strich ihm besänftigend durchs Haar und spielte mit seinen Locken. Er lehnte sich an ihre Beine und schloß die Augen. »Hat dir unser Tag heute gefallen?« fragte er.

»Gefallen? Es war der schönste Tag, den ich je erlebt habe – wie ein Traum! Ich glaub, ich hab das Ganze noch gar nicht ganz begriffen und kann's nicht erwarten, Ma davon zu erzählen. Es ist London, die gleiche Stadt, in der ich auch lebe, aber eine ganz andere Welt. Harrods und all die Geschäfte, Tee bei Fortnum's, es hat mir den Atem geraubt. So viele Überraschungen!«

»Also, da gibt's noch eine«, sagte Joe und stand auf.

Fiona sah zu, wie er zu seinem Bett ging, die Matratze anhob und eine alte Kakaodose herausholte. »Unsere Dose!« rief sie aus und richtete sich auf. »Laß sehen! Wieviel haben wir jetzt? Hier, ich hab einen Shilling, den ich dazugeben kann.«

Joe ließ sich wieder neben ihr nieder, glättete ihren Rock über den Knien und leerte den Inhalt der Büchse in ihren Schoß. Er lächelte, als sie aufgeregt das Geld zu zählen begann. »Wie ein hungriges Eichhörnchen vor einem Häufchen Nüsse ...«

»Scht, Joe! Zwölf Pfund, zwölf Shilling, vier Pence ... zwölf fünfzehn ... zwölf achtzehn ... neunzehn ...«, zählte sie. Sie sah erstaunt zu ihm auf. »Dreizehn Pfund?«

»Mach weiter, da ist noch mehr ...«

»Dreizehn sechs ... vierzehn zehn ... fünfzehn ... Mein Gott, wir haben fünfzehn Pfund«, rief sie aus.

»Wo kommt denn das alles her, wir hatten doch nur zwölf Pfund und sechs, als du weggegangen bist!«

»Peterson bezahlt mir sechzehn Shilling die Woche, Fiona. Das gleiche, was er seinem Neffen zahlt«, sagte Joe. »Und wenn ich eine Auslieferung an ein Hotel oder ein Restaurant mach, gibt's manchmal Trinkgeld. Mein Zimmer kostet nichts. Und ich geb nur wenig für Essen, Zeitung und gelegentlich ein Glas Bier aus. Das ist alles. Der Rest kommt in die Büchse.«

»Joe, das ist so viel mehr, als wir gedacht haben, daß wir in der kurzen Zeit zusammenbringen werden ... du hast so viel gespart ... vielleicht können wir unseren Laden schon früher aufmachen«, stieß sie atemlos hervor. Sie redete so schnell, war so fasziniert von dem Gedanken an ihren Laden, daß sie nicht sah, wie er ein kleines Stück Seidenpapier aus der Westenjacke zog, und spürte kaum, daß er ihre Hand nahm und ihr einen schmalen Goldring an den Finger steckte.

»Bloß eine letzte kleine Überraschung«, sagte er leise.

Sie sah den Ring an und rang nach Luft. »Ist der für mich?« flüsterte sie.

»Er ist nicht für deine Mutter.«

»Ach, Joe!« Sie schlang die Arme um seinen Hals und küßte ihn. »Er ist wunderschön. Das Schönste, was ich je besessen hab. Was ist das für ein Stein?»

»Ein Saphir. Wie deine Augen. Erinnerst du dich an den blauen Stein, den wir am Fluß gefunden haben? Ich hab dir gesagt, daß ich dir was Schöneres schenken würde. Er ist aus zweiter Hand, aber wart nur, eines Tages kriegst du einen nagelneuen von einem vornehmen Juwelier, mit einem Stein so groß wie ein Shilling.«

»Der wär mir auch nicht lieber als dieser hier.« Es war ein ganz dünner Goldreif mit einem winzigen Saphir, gerade ein Splitter. Aber für Fiona war er atemberaubend.

Joe sagte nichts, als er ihre Hand nahm und den Ring begutachtete. Nach einer Weile räusperte er sich. »Du hast recht, was unsere Ersparnisse anbelangt. Sie wachsen schneller, weil ich jetzt mehr Geld verdien, und wie's aussieht, können wir unseren Laden früher aufmachen, als wir gedacht haben. Deshalb ...«, fuhr er fort und sah ihr in die Augen, » ... möchte ich, daß wir jetzt ein Paar sind – ganz offiziell.«

Fiona strahlte übers ganze Gesicht. »Du willst um meine Hand anhalten? Du meinst, ich muß es meinem Pa sagen? Wirklich?«

»Ja, wirklich!« antwortete Joe und lächelte über ihre Reaktion. »Wenn du mich haben willst, du dummes Mädchen.«

»Und ich muß meinen ganzen anderen Verehrern sagen, daß sie keine Chance mehr haben?«

»O ja«, sagte er und verdrehte die Augen. »Ich bin sicher, daß ihnen allen das Herz brechen wird.«

»Das hast du schon lange geplant, gib's zu!« sagte sie, noch immer unfähig, den Blick von dem Ring abzuwenden. »Das hast du den ganzen Tag gewußt, und ich hab keine Ahnung gehabt.«

Er nickte selbstzufrieden.

»Na ja, ich bin mir ja noch nicht ganz sicher«, sagte sie neckisch, entschlossen, ihn nicht ganz die Oberhand gewinnen zu lassen. »Warum willst du um mich anhalten?«

»Was meinst du mit *warum?«*

»Sag's mir einfach.«

»Weil du mir leid tust. Ein reizloses Wesen wie du findet eben keinen anderen.«

»Das ist nicht der Grund, Joe.«

»Nein?«

»Nein, es ist, weil ...«

» ... mich dein Pa dafür bezahlt hat.«

Fiona begann zu kichern. »Es ist, weil du mich liebst, also sag's auch.«

Joe tat empört. »Woher weißt du das?«

»Von dir. Weißt du's nicht mehr? Beim Fluß unten? Du hast gesagt, daß du mich liebst.«

»Das hab ich nie gesagt.«

»Doch. Du liebst mich, das weiß ich. Also sag's mir noch einmal, und vielleicht sag ich dann ja ...«

Joe richtete sich auf, zog sie an sich und küßte sie.

Fiona machte sich von ihm los. »Sag's, Joe«, beharrte sie.

Er küßte sie erneut.

»Sag's ...«

Er brachte sie mit weiteren Küssen zum Schweigen, bis sie schließlich aufgab. Es fühlte sich wundervoll an, so bei ihm zu sein, in einem warmen Zimmer, nur sie ganz allein. Sie wollte ihn berühren, ihn festhalten und den ganzen Tag nicht mehr loslassen. Niemand konnte sie jetzt sehen – keine Eltern, keiner mischte sich ein. Befreit von allen Zwängen, erwiderte sie leidenschaftlich seine Liebkosungen. Sie streichelte ihn, seine Schultern, seine Brust, und verlangte nach ihm. Sie spürte seine Hände auf ihren Brüsten. Sie strichen zu ihrem Hals hinauf und öffneten die Knöpfe ihrer Jacke. Als er ihr die Jacke über die Arme streifte, sah sie ihn lange an und sagte: »Wenn ich mein Mieder auszieh, gibst du's mir dann zurück? Wie damals am Fluß?«

»Bestimmt nicht.«

Sie löste die Bänder, und Joe streifte es ihr über die Schultern herab. »Jetzt du«, sagte sie und verschränkte die Arme über den Brüsten.

Im Nu hatte Joe seine Weste und sein Hemd ausgezogen. Als sie ihn ansah, überkam Fiona ein tiefes Verlangen. Konnte man einen Mann als schön bezeichnen? fragte sie sich. Denn er war mehr als gutaussehend – er war schön. Angefangen von seiner Kinnlinie über die Biegung seiner Schultern bis hin zu den sanftgewölbten Bauchmuskeln.

»Was schaust du denn so?« fragte er verlegen

»Ich schau dich an.« Sie legte die Hand auf seine Brust, fasziniert, daß der Flaum dort dunkler war als sein Haar. Genauso unter seinen Armen und tiefer, unter seinem Nabel. Der Anblick seiner nackten Haut erregte sie, und sie spürte, wie ein heißes Verlangen aus ihrer Leibesmitte aufstieg und immer intensiver wurde. Sie küßte die Mulde an seinem Hals und die kleine Einkerbung in der Mitte seiner Brust. Sie drückte das Ohr an ihn und lauschte seinem Herzschlag. Als sie ihn dort küßte, hörte sie ihn leise aufstöhnen und spürte, wie seine Hände ihre Taille fester umschlangen.

Und dann waren wieder seine Lippen auf ihr, hart und drängend. Er küßte ihren Mund, ihren Hals, strich die Strähnen ihres langen schwarzen Haars beiseite und vergrub das Gesicht an ihren Brüsten. Mit halbgeschlossenen Augen betete sie insgeheim zu Gott, daß er diesmal nicht wieder aufhörte. Dann unterdrückte sie ein Kichern, denn Gott war wohl kaum die Person, die man in einem solchen

Moment um Beistand anflehte. Sie wußte, was sie wollte – Joes Berührung, seine Küsse. Sie wollte, daß er mit ihr schlief. Er hob den Kopf, und sie seufzte, weil er seine Lippen von ihr abwandte.

»Fee, ich will dich ... ich will mit dir schlafen ...«

Sie nickte, trunken vor Glück, begierig nach seinen Küssen.

»Ich weiß eine Möglichkeit ... dann wird nichts passieren ...»

Er hob sie aus dem Sessel und trug sie zu seinem Bett. Sie beobachtete, wie er mit dem Rücken zu ihr seinen Gürtel öffnete, seine Hose und seine Unterhose fallen ließ. Dann drehte er sich um, und plötzlich krampfte sich ihr vor Angst der Magen zusammen. Mein Gott, dachte sie. Wie groß das ist!

Er begann, sie auszuziehen. Geschickt und schnell hatte er ihr im Nu den Rock, die Stiefel und die Strümpfe ausgezogen, während sie den Blick von dem Objekt ihres Interesses nicht abwenden konnte. Sie hatte noch nie ein männliches Glied gesehen und nicht gedacht, daß es so groß wäre ... und so weit hervorstehen würde. Als er an ihrem Höschen zog, fühlte sie sich wie ein Alkoholiker, dem der Gin ausgeht. Das brennende Verlangen, das sie noch kurz zuvor empfunden hatte, war verschwunden, jetzt spürte sie nur noch Nervosität. Sie würden miteinander schlafen, sich nicht nur berühren und küssen, und sie hatte nur ganz vage Vorstellungen, was dabei passierte.

Als sie nackt war, legte sich Joe neben sie und zog sie an sich. Sie konnte sein Glied an ihrem Schenkel spüren. Er war so still, aber sie spürte ein heftiges Drängen, das von ihm ausging, und wünschte, er würde mit ihr sprechen. War er auch nervös? Den Eindruck machte er nicht. Noch kurz zuvor hatte sie sich so wohl gefühlt, vielleicht geschähe das wieder, wenn sie sich entspannen könnte.

Sie spürte seine Küsse auf ihrem Hals, spürte, wie er ihren Rükken streichelte, ihren Po und dann ihre Schenkel. Seine Hand war zwischen ihren Beinen, vorsichtig öffnete er sie ... und dann spürte sie etwas anderes, das sich gegen sie drückte, und ihr ganzer Körper spannte sich an.

»Fee, was ist los?«

Sie wandte sich ab und gab keine Antwort.

»Was ist denn los? Willst du nicht? Das ist schon gut, wir müssen nicht ...«

»Nein, ich ... ich brauch ein bißchen Zeit ... es ist bloß ...«

»Was denn, Schatz?«

»Na ... das, Joe!« platzte sie heraus und deutete zwischen seine Beine. »Es ist so riesig! Wo soll das denn hin?«

Joe sah an sich hinab und brach in schallendes Gelächter aus. Er rollte sich auf den Rücken und wollte sich gar nicht mehr einkriegen, bis ihm Tränen in die Augen traten.

»Was ist denn so verdammt komisch?« fragte sie und setzte sich auf.

Als er wieder Luft bekam, antwortete er: »Ich weiß nicht, wo das hin soll. Ich hab gehofft, du wüßtest das.«

»Keine Ahnung«, antwortete sie und kicherte erleichtert. Als ihr Lachen nachließ, nahm er sie in die Arme und versicherte ihr erneut, daß sie nichts zu tun brauche, was sie nicht wolle. Sie könnten jetzt sofort damit aufhören, sich anziehen, und alles wäre gut, aber sie erklärte ihm, daß sie durchaus wolle, worauf er sie auf den Mund küßte und erleichtert aufseufzte, weil er sie so heftig begehrte und nicht glaubte, daß sein Glied je wieder von allein schrumpfen würde.

Nach ein paar Fehlversuchen schafften sie es. Fiona spürte einen Moment lang einen stechenden Schmerz, aber er küßte sie und erklärte ihr, daß alles in Ordnung sei, und sie entspannte sich, und dann fühlte sie keinen Schmerz mehr, und er war in ihr. Es fühlte sich gut an, ihn so nahe bei sich zu haben, ihn zu besitzen. Sie spürte, wie er sich in ihr bewegte, hörte ihn ihren Namen flüstern, und ihre Lust begann wieder aufzuflackern. Doch dann, nach nur ein paar Sekunden, wie ihr schien, war alles vorbei. Er stöhnte und zog sich aus ihr zurück. Dann ließ er sich mit geschlossenen Augen und schwer atmend auf den Rücken fallen. Irgendwas war geschehen mit ihm – sie spürte es warm und naß auf ihrem Bauch. War das alles?

»War das gut so?« fragte sie flüsternd.

Joe öffnete die Augen und sah sie an. Er lächelte. »Mehr als gut. Ich hab's ja kaum mehr rechtzeitig geschafft. Mir ist ganz schwindelig.«

Fiona lächelte, erfreut, daß er zufrieden war. Sie hoffte, er würde sie wieder küssen, wenn er wieder bei Atem war. Ihr war unangenehm heiß, und sie fühlte sich unbehaglich. Doch er stieg kurz darauf aus dem Bett, zog seine Hose an und holte ein Taschentuch heraus. Damit wischte er die Nässe auf ihrem Bauch ab, faltete es zusammen und steckte es ihr zwischen die Beine.

»Bloß ein bißchen«, sagte er und sah das Taschentuch an.

»Ein bißchen was?«

»Blut.«

»*Blut?* Um Himmels willen, Joe!«

»Das ist nicht schlimm, Fee. Das passiert beim ersten Mal immer«, sagte er altklug.

»Ach, wirklich? Seit wann kennst du dich damit so gut aus?«

»Was die Burschen halt so erzählen. Die Jungs geben ziemlich an.« Er zwinkerte ihr zu und kam nicht ins Bett zurück. »Ich hab ein bißchen was mitgekriegt, seit ich hier arbeite, und zwar nicht bloß über Kohlköpfe.«

Er nahm sie wieder in die Arme, küßte sie auf den Mund, die Ohren, den Hals und ihre rosigen Brustwarzen, und als er spürte, daß sie schwer und heiß zu atmen begann, bewegte sich sein Kopf weiter nach unten.

Sie setzte sich auf und streckte schnell die Hände aus, um sich zu bedecken. »Nicht, Joe«, flüsterte sie.

Langsam nahm er ihre Hände weg und küßte die Innenflächen. »Laß mich, Fee. Es wird dir gefallen.«

Sie protestierte und versuchte, ihre Hände frei zu bekommen, aber er hielt sie fest. Er küßte sie an der Stelle, wo sie es nicht wollte, und streichelte sie dann mit der Zunge. Und allmählich gingen ihre Einwände in sanftes Stöhnen über, als seine Zunge sie erforschte, sie liebkoste und ihr zeigte, wozu dieser Teil ihres Körpers diente. Sie sank ins Bett zurück, hilflos den heißen feuchten Schaudern ausgeliefert, die sie überfielen, dem süßen Zittern, das aus ihrem Innersten zu kommen schien. Und jetzt war sie es, die seine Hand festhielt, seinen Namen rief und sich ihm entgegenwarf, bis ihr Verlangen den Höhepunkt erreichte und Wogen der Lust ihren Körper ergriffen.

Keuchend, die Augen noch immer geschlossen, spürte Fiona Joes Mund auf Bauch, Brust und Hals, als er sich zu ihrem Mund hinaufarbeitete. Er stützte sich auf und küßte sie immer wieder, bis sie die Augen öffnete und ihn anlächelte.

»Ich liebe dich, Fee«, sagte er und sah sie zärtlich an. »Das hab ich immer getan und werde es immer tun.«

»Ich liebe dich auch, Joe«, murmelte Fiona. »Immer ...«

Sie schloß die Augen. Also so ist das; jetzt wußte sie's. Kein Wunder, daß alle soviel Aufhebens davon machten. Sie fühlte sich so gut, so warm und schläfrig und so glücklich.

Sie spürte, wie ihr Joe ein paar Haarsträhnen aus dem Gesicht strich. »Schlaf ein paar Minuten, Schatz. Dann müssen wir los. Ich hab deinem Vater versprochen, dich gegen acht heimzubringen, und es ist schon spät.«

»Mmm-hmm«, murmelte sie und kuschelte sich in sein Kissen. Sie hörte ihn herumkramen, ihre Kleider aus den seinen entwirren und spürte, wie er sich auf die Bettkante setzte und seine Socken anzog. Sie hörte ihn auf und ab gehen und aufräumen, dann hielt er abrupt inne, blieb ein paar Sekunden stehen und lief zu einem der Fenster, die auf die Straße hinausgingen.

»O mein Gott!« rief er aus und sah hinaus. »Fee, steh auf. Schnell. Da kommt Harry, mein Mitbewohner.«

Fiona richtete sich benommen auf und blinzelte. Sie hörte Gelächter von der Straße heraufdringen, eine männliche und eine weibliche Stimme. »Ich dachte, er wollte den ganzen Tag fortbleiben«, sagte sie.

»Aber jetzt ist er zurück«, antwortete Joe und drängte sie, aufzustehen. »Hier, nimm deine Sachen und geh ins Bad«, befahl er und legte ihr ihre Kleider in den Arm. »Du kannst dich dort anziehen. Dann kriegt er nichts mit. Es sieht aus, als seist du bloß beim Pinkeln gewesen.«

Splitternackt taumelte Fiona in die Toilette. Kurz vor der Tür blieb sie stehen. »Joe! Mein Mieder ... es ist nicht dabei ...«

Joe schlug hastig das Bett zurück, aber das Mieder war nirgendwo zu sehen. Er schlug die Matratze zurück, auch nichts. Dann lief er zum Stuhl hinüber, es lag auf dem Boden. Er knüllte es zusammen und warf es ihr zu, als sie unten die Tür aufgehen hörten. Sie fing es auf, und er schoß erneut durch den Raum, um die Bettdekken glattzuziehen. Als Harry und Millie eintraten, war die Tür zur Toilette geschlossen, und Joe saß lesend vor dem Feuer.

»Hallo, alter Junge!« rief Harry aus.

»Hallo, Joe«, flötete Millie freundlich lächelnd.

»Ich hab nicht erwartet, dich hier anzutreffen«, fuhr Harry fort. »Ich dachte, du wärst mit einer Freundin unterwegs ...«

»Einer was?« warf Millie ein.

»Einer Freundin«, wiederholte Harry. Millie starrte ihren Cousin an und sagte nichts. Harry, der offensichtlich glaubte, sie habe ihn nicht verstanden, fügte hinzu: »Eine Senorita. Eine Demoiselle. Ein Mädchen.«

»Ich hab dich schon verstanden«, antwortete Millie und sah ihren Cousin scharf an. Ihr freundliches Lächeln war verschwunden und ihr fröhliches Geplauder verstummt. »Du hast von einem Freund gesprochen, Harry. Du hast gesagt, Joe sei mit einem Freund unterwegs.«

Eine peinliche Stille trat ein. Harry trat von einem Fuß auf den anderen. Joe gab vor, in seine Zeitung vertieft zu sein.

»Nun«, antwortete Harry und zuckte die Achseln. »Das war er auch.«

»Aber du hast mir gesagt ...«

»Was spielt das schon für eine Rolle, Millie?« antwortete Harry, aber sein Tonfall und sein Ausdruck bedeuteten ihr, daß sie nervte.

Daraufhin riß sie sich zusammen. Der ärgerliche Tonfall und die wütende Miene verschwanden so schnell, wie sie gekommen waren, und sie lächelte wieder. »Na schön«, sagte sie fröhlich und rieb sich die Hände. »Der Abend ist kühl geworden. Was mich anbelangt, könnte ich eine Tasse Tee vertragen. Noch jemand?«

»Ja, ich auch«, sagte Harry. Joe lehnte ab und erklärte, daß er schon genügend getrunken habe, um ein Schiff zu versenken.

»Ach, wirklich?« fragte Millie und machte sich besitzergreifend mit der Teekanne zu schaffen. »Warum? Was hast du denn getan, daß du soviel Tee trinken mußtest?«

Joe erzählte Millie und Harry von seinem Tag, was er gesehen hatte und wo er gewesen war. Niemand von den dreien hörte, wie die Badezimmertür aufging, niemand bemerkte, daß Fiona in der Tür stand. Sie kleidete sich fertig an und beobachtete, wie Millie um Joe herumschwirrte. Sie biß die Zähne zusammen. Millie Peterson ist ein hinterhältiges Biest, dachte sie, das nicht wußte, wann es aufhören mußte. Nun, das würde sie ihr schon beibringen. Keine Szenen, kein Geschrei, nichts, was ein schlechtes Licht auf Joe werfen würde. Es gab andere Möglichkeiten. Sie löste die Brosche von ihrem Revers und steckte sie in ihre Rocktasche.

Als Joe mit seiner Schilderung fertig war, fragte Millie: »Und welche Glückliche hatte die Ehre, dich zu begleiten?«

»Ich«, sagte Fiona.

Harry sprang auf. »Donnerwetter!« rief er aus. »Verzeihen Sie meine schlechten Manieren, ich wußte nicht, daß Sie da sind. Joe hat uns nichts gesagt, andererseits haben wir ihm auch keine Chance dazu gegeben, nicht? Harry Eaton, schön, Sie kennenzulernen. Bitte nehmen Sie Platz. Das ist meine Cousine Millie Peterson.«

»Freut mich, Harry Eaton. Ich bin Fiona Finnegan, und Millie kenne ich bereits.«

»Wirklich? Ist das nicht reizend?« rief Harry aus. Er wandte sich zu Millie und erblaßte. Ihr Mund lächelte, aber ihre Augen ... der Zorn darin war glühend genug, um jeden erbleichen zu lassen.

»Freut mich«, sagte Millie.

»Setzen Sie sich und trinken Sie eine Tasse Tee mit uns.«

»Danke« antwortete Fiona, »aber ich kann nicht. Es ist schon spät, und wir – Joe und ich – müssen nach Whitechapel zurück. Wir werden erwartet.«

Fiona und Harry plauderten weiter, während Joe seine Jacke und seine Mütze nahm. Millie starrte Fiona schweigend an. Als Joe fertig war, verabschiedeten sie sich und gingen zur Tür. Als Joe sie öffnete, drehte sich Fiona um und rief: »O nein! Meine Brosche! Sie ist weg, ich hab sie verloren!«

»Hast du sie noch gehabt, als wir hier ankamen« fragte er.

»Da bin ich mir sicher. Sie muß mir hier irgendwo abhanden gekommen sein.«

»Wo haben Sie denn gesessen?« fragte Harry. »Vielleicht ist sie hier.«

Millie rührte sich nicht. »Wie sieht sie denn aus?« fragte sie durchtrieben. »Sind Rubine darauf oder Smaragde?«

»Sie ist aus Messing«, antwortete Fiona.

»Wie passend.«

Während Harry auf Knien den Boden und Joe die Toilette absuchte, entging Fiona nicht, daß Millie sie beobachtete. Sie ging zu Joes Bett hinüber, schlug das Kissen zurück und rief: »Ah, da ist sie ja!«

Auf dem Weg durchs Zimmer steckte sie sich dic Brosche lächelnd wieder an. Mit eisigem Blick erwiderte Millie: »Ich frage mich, wie sie da hingekommen ist?«

Fiona zwinkerte ihr zu. »Ich nicht«, antwortete sie.

Harry bürstete sich ab, und Joe kehrte aus der Toilette zurück, beide hatten nichts von dem Schlagabtausch mitbekommen.

»Wo war sie denn?« fragte Joe.

»Och, gleich da drüben beim ... verdammt. Ist es schon so spät?« rief sie aus, auf die Wanduhr sehend. »Wir sollten uns lieber beeilen, Joe. Mein Vater bringt uns um.«

Als sie draußen waren, klopfte Joe Fiona auf den Rücken und sagte: »Ich bin wirklich stolz auf dich, Fiona. Du warst höflich zu Millie und hast dich nicht mit ihr gestritten. Wie eine Lady hast du dich benommen.«

Eher wie eine Hafenschlampe, dachte Fiona, lächelte aber süß.

»Ich hoffe, du siehst jetzt ein, wie albern du gewesen bist. Millie weiß, wo ihre Grenzen sind.«

Jetzt schon, dachte Fiona.

Als sie auf die Hauptstraße kamen, hörten sie das laute Klappern von Pferdehufen. »Komm, da ist der Bus. Wir können es noch vor acht nach Whitechapel schaffen, und dein Vater zieht mir nicht bei lebendigem Leib das Fell ab.«

»Nein, aber mir, wenn er rausfindet, daß ich mir von einem hergelaufenen Händler den Hof machen lasse.«

»Nein, das wird er nicht, sondern er wird stolz auf dich sein. Du hast einen guten Fang gemacht«, sagte er und lief schneller, denn der Bus hielt nur ein paar Minuten an der Haltestelle.

»Ich hab was?« fragte sie atemlos.

Er grinste sie an. »Du hast ein gutes Geschäft gemacht ... eine Pflaume gegen die lebenslange Lieferung von Äpfeln und Orangen.«

Fiona wurde feuerrot. Sie erreichten die Rückseite des Busses, gerade als der Kutscher mit den Zügeln knallte. Joe half ihr hinauf, dann sprang er selbst auf. Lachend und schnaufend hasteten sie den Gang entlang und ernteten mißbilligende Blicke einer verknöcherten Matrone, dann nahmen sie ihre Plätze ein, als die Pferde den Weg nach Osten einschlugen, in Richtung Fluß und Whitechapel.

Gefolgt von ihrer Zofe Olive rannte Millie die geschwungene Treppe der häuslichen Eingangshalle hinauf. Sie stürmte durch die Schlafzimmertür, nahm eine kristallene Parfümflasche von der

Ankleidekommode und schmiß sie an die Wand. Sie zersprang in tausend Scherben und verbreitete den Geruch von Fliederwasser.

»Aber Miss«, rief Olive entsetzt.

»Kümmer dich nicht darum!« zischte Millie. »Hilf mir, die Stiefel auszuziehen.« Sie setzte sich auf ihr Bett. Olive kniete sich mit einem Stiefelknecht neben sie. »Ich *wußte* es, Olive. Schon als ich in die Wohnung kam und sah, wie sauber alles war, wußte ich, daß sie ihn besucht hat. Und ich hatte recht. Harry hat mich zum Lunch eingeladen – draußen in Richmond. ›Wir nehmen den Zug‹, hat er gesagt. ›Ich würd gern einen Ausflug aufs Land machen.‹ Dieser elende Heimlichtuer.«

»Aber das hört sich doch nach einer netten Einladung an, Miss«, sagte Olive und zog einen Stiefel aus.

»Ach, darum ging's doch nicht. Er wollte mich bloß aus der Wohnung haben, damit Joe mit seiner kleinen Schlampe allein sein konnte.«

»Aber wenn Sie in Richmond waren, Miss, woher wissen Sie dann, daß sie in der Wohnung war?«

»Bevor wir losgingen, als sich Harry umdrehte, hab ich meinen Beutel auf den Kaminsims gelegt. Nach dem Lunch hab ich gesagt, ich hätte ihn verloren, und hab so getan, als würde mich das furchtbar aufregen. Wir gingen zu dem Restaurant zurück, und als er dort nicht war, sagte er, er müsse entweder im Zug oder in der Wohnung liegengeblieben sein. Wir haben am Bahnhof nachgefragt, aber natürlich hatte ihn niemand abgegeben, also mußte er mich in die Wohnung zurückbringen. Und als wir dort ankamen ...«, Millie kniff die Augen zusammen, »... war *sie* da. Sie haben miteinander *geschlafen*, Olive.«

»Nicht möglich!« flüsterte Olive mit aufgerissenen Augen.

»Doch. Dessen bin ich mir sicher«, fuhr Millie fort. Sie schnupperte in die Luft und verzog das Gesicht. »Gott, wie das stinkt. Wisch es bitte auf. Und mach das Fenster auf. Ich ersticke fast.«

Olive schenkte ihr einen Blick, der ausdrückte, daß sie sich schließlich nicht vierteilen könne.

Millie ließ sich auf ihr Bett sinken und stöhnte frustriert auf. Nachdem Joe und Fiona gegangen waren, hatte sie schweigend dagesessen, Joes Bett angestarrt und sich vorgestellt, wie sich die beiden in den Armen hielten. Nochmals kochte die Wut in ihr hoch.

»Ich weiß nicht, warum er sie vorzieht, Olive«, stieß sie hervor. »Ich weiß es wirklich nicht.«

»Vielleicht haben Sie ihm nicht die richtigen Zeichen gegeben, Miss.«

»Ich hab ihm jedes Zeichen gegeben, das ich mir vorstellen kann. Er muß ja blind sein.«

»Wenn Sie mich fragen«, antwortete Olive und sammelte die Scherben auf, »ist er nicht der Typ, der blind ist.«

Millie setzte sich auf. »Was meinst du damit?«

»Nun ... er arbeitet für Ihren Vater, stimmt's?«

»Na und?«

»Es *gehört* sich doch nicht, Miss, der Tochter seines Arbeitgebers nachzustellen. Versuchen Sie's mal aus diesem Blickwinkel zu sehen. Wahrscheinlich denkt er, Ihr Vater wäre böse und hätte ohnehin jemand Besseren für Sie bestimmt.«

Millie sah Olive verblüfft an. Sie hatte recht. Es lag nicht daran, daß Joe kein Interesse an ihr hatte, natürlich nicht, sondern daß er glaubte, nicht gut genug für sie zu sein! Sie war eine Erbin, sie konnte jeden haben, also warum sollte sie sich einen bettelarmen Händler aussuchen? Jetzt war alles klar. Joe bewunderte ihren Vater, er sah zu ihm auf, und nur aus Respekt für ihn schenkte er ihr keine Beachtung. Wie konnte sie bloß so dumm gewesen sein!

»Olive, du kluges Mädchen! Das ist es!« Ihre Eitelkeit gewann die Oberhand. Sie brauchte Zeit mit Joe und eine günstige Gelegenheit. Er hielt sie für unberührbar? Nun, dann würde sie ihm zeigen, wie berührbar sie war. Genau! Männer hatten starke Begierden, die sich nicht leicht kontrollieren ließen. Sie schafften es einfach nicht. Das hatte ihr ihre Tante erklärt, als sie zum erstenmal ihre Tage bekam und sie sich unterhalten hatten. »Ich muß kühner sein, Olive«, sagte sie und sah sich im Spiegel an. »Ihm zeigen, daß ich zu haben bin.« Sie biß sich auf die Lippe. »Wenn ich ihn bloß mal allein erwischen könnte, ohne Harry und Papa in der Nähe.«

»Wie wär's mit der Guy-Fawkes-Nacht, Miss?«

Jeden Herbst gab ihr Vater eine große Guy-Fawkes-Party für seine Angestellten und Kunden. Bis dahin waren es nur noch etwa eineinhalb Monate. Wie immer gäbe es ein großes Feuer und Berge von Essen und Trinken. Joe würde auch zu der Party kommen, das müßte er. Und im Dunkeln, inmitten all des ausgelassenen Treibens und der Feuerwerke, würde sie ihn allein erwischen. Sie würde ihn fragen, ob er Lust hätte, das Haus anzusehen oder so was in der Art. Zu dem Zeitpunkt hätte er schon eine Menge getrunken und wäre nicht mehr schüchtern. Manche Männer brauchten einen Schubs. Den würde sie ihm geben.

Die Guy-Fawkes-Nacht wurde von allen, die für Tommy Peterson arbeiteten, sehnsüchtig erwartet. Es war der Abend, an dem jeder einen Bonus bekam. Die meisten Firmen machten das an Weihnachten, aber er war vor den Feiertagen zu sehr eingespannt, um Zeit dafür zu haben. Es war auch der Abend, an dem die Beförderungen ausgesprochen wurden, und Joe stand auf der Liste, obwohl er erst vor kurzem eingestellt worden war. Das wußte Millie von den Unterhaltungen beim Abendessen. Ihr Vater sprach ständig von Joes Talent und Ehrgeiz. Er hatte festgestellt, daß das Geschäft in Covent Garden aufgrund seiner Fähigkeiten bereits Gewinn abwarf. Millie vermutete, daß er viel von sich selbst in Joe sah. Von Harry war das nicht zu sagen. Er war schon seit drei Monaten in der Firma, und der Arme hatte noch immer keine großen Fortschritte gemacht. Sie wußte, daß er nicht mit dem Herzen dabei war, und allmählich begann das auch ihrem Vater zu dämmern. Er hatte große Hoffnungen auf Harry gesetzt, aber die wurden jetzt auf Joe übertragen. Obwohl sie nie mit ihrem Vater darüber gesprochen hatte, wußte sie, daß er entzückt wäre, wenn er eines Tages um sie anhalten würde. Joe war ganz schnell der Sohn geworden, den ihr Vater sich immer gewünscht hatte.

»Olive, ist mein Kleid für die Party schon angekommen?«

»Ja, Miss, es ist in Ihrem Schrank. Es ist sehr hübsch.«

Millie bat sie, es zu holen. Mit gerunzelter Stirn inspizierte sie es. Es war aus königsblauem Taft mit Puffärmeln und weitem Rock. Es war tatsächlich hübsch, aber nur hübsch reichte nicht. Sie brauchte etwas Umwerfendes. Sie würde zu ihrer Schneiderin gehen, sie würde nach Knightsbridge fahren und etwas wirklich Atemberaubendes finden. Das wäre teuer, aber mit etwas Glück würde die Rechnung erst kommen, wenn ihr Vater vor Wonne über ihre Verlobung zu sehr aus dem Häuschen war, um mit ihr zu schimpfen.

»Wischst du immer noch das Parfüm auf? Geh runter und sag Harris, daß ich gleich morgen früh die Kutsche brauche. Ich geh einkaufen.«

»Einkaufen? Was denn, Miss?«

»Nun, zum einen einen neuen Parfümflakon«, antwortete sie. »Und ein Kleid. Ein ganz besonderes Kleid.«

»Noch ein Kleid? Für welche Gelegenheit denn, Miss?«

»Mit etwas Glück, Olive, für meine Verlobung.«

9

Fiona stand am Wohnzimmerfenster und hörte das Rascheln des Laubs, das der Wind durch die Straße fegte. Sie zog die Vorhänge vor und erschauerte bei dem Gedanken an die einsame Gestalt, die in der Nacht ihr Unwesen trieb.

Der Whitechapel-Mörder hatte inzwischen einen neuen Namen. Er hatte einen Brief an die Polizei geschrieben und in den Blutbädern geschwelgt, die er angerichtet hatte. Er war in allen Zeitungen veröffentlicht worden. Er habe Blut von seinen Opfern zurückbehalten, behauptete er, aber das habe sich nur schwer in eine Flasche füllen lassen, deshalb benutze er rote Tinte. Unterschrieben war der Brief mit: »Beste Grüße, Jack the Ripper.«

Verdammtes Monster, dachte Fiona. Sie durfte nach Einbruch der Dunkelheit nicht mehr mit ihren Freundinnen auf der Haustreppe sitzen und nicht mehr allein zum Fluß hinuntergehen. Die Abende wurden jetzt im Haus verbracht, was ihr gar nicht behagte. Sie kniete sich neben dem Sofa nieder und zog eine Zigarrenkiste darunter hervor, in der ein paar Blatt Papier und zwei Umschläge lagen, die sie gekauft hatte, um an Joe und an ihren Onkel Michael zu schreiben. Im Kamin brannte ein Feuer. Ihre ganze Familie war zu Hause, außer ihrem Vater, der arbeitete.

Curran, der Vorarbeiter bei Oliver's, hatte ihn gebeten, für den Nachtwächter einzuspringen, der an Grippe erkrankt war. Fiona vermißte ihren Vater an seinem üblichen Platz vor dem Feuer, aber sie hatte ihn am Morgen gesehen. Sie hatte ihn heimkommen hören, hatte seine Schritte auf dem Kopfsteinpflaster gehört, sein Pfeifen, was ihr ein Gefühl der Geborgenheit gab.

Sie holte Feder und Tintenfaß aus dem Schrank und setzte sich an den Tisch. Ihre Mutter stopfte im Schaukelstuhl. Charlie saß auf dem Stuhl seines Vaters und las ein Buch über Amerika, das er sich von Mr. Dolan geliehen hatte, der nebenan wohnte. Normalerweise wäre er mit den anderen jungen Burschen unterwegs gewesen, aber nachdem sein Vater und Onkel Roddy nicht zu Hause waren, blieb er daheim, um seiner Mutter Gesellschaft zu leisten und darauf zu achten, daß Jack nicht durch den Schornstein gekrochen kam, um sie alle umzubringen. Seamie spielte mit seinen Soldaten. Eileen lag in ihrem Korb.

Fiona dachte einen Moment nach, was sie Joe schreiben könnte. Seit sie ihn zum letzten Mal gesehen hatte, war in der Montague Street nicht viel passiert. Die größte Neuigkeit war, daß sie beide nun offiziell ein Paar waren. Lächelnd erinnerte sie sich an jenen Abend. Ihre Mutter hatte feuchte Augen bekommen und sich gefreut, daß Fiona einen so guten, fleißigen Ehemann bekäme, und war glücklich, daß sie den Mann heiraten würde, den sie seit ihren Kindertagen von Herzen liebte. Mehr könne sich eine Mutter nicht wünschen, hatte sie gesagt. Wenn alle ihre Kinder es so gut träfen, könnte sie sich glücklich preisen.

Bei ihrem Vater jedoch war es anders gewesen. Als sie hereingestürzt kam, um ihren Ring zu zeigen und die Neuigkeit zu verkünden, hatte er mit verdrossener Miene in seinem Stuhl gesessen und nichts gesagt. Nachdem Joe fort war, meinte er, daß siebzehn viel zu jung sei, um zu heiraten. Hoffentlich habe sie sich auf eine lange Verlobungszeit eingerichtet, denn seiner Meinung nach sollte sich ein Mädchen frühestens mit neunzehn verehelichen. Ihre Mutter hatte den Finger an die Lippen gelegt, um ihr zu bedeuten, sich nicht mit ihm zu streiten. Später, als er im Pub war, versicherte sie ihr, daß er sich schon noch umstimmen ließe, aber jetzt einfach noch nicht bereit sei, sein Mädchen zu verlieren. »Gib ihm ein bißchen Zeit, sich an den Gedanken zu gewöhnen«, sagte sie. Und ausnahmsweise folgte Fiona dem Rat ihrer Mutter. Sie hatte nicht widersprochen, wohl wissend, daß er sonst plötzlich dreißig für das richtige Heiratsalter gehalten hätte. Am nächsten Tag lud er Joe zu einem Glas Bier ein. Sie wußte nicht, was dabei besprochen wurde, aber er war bestens gelaunt, als er nach Hause kam. Am folgenden Tag änderte er neunzehn in achtzehn ab.

War das die Art, wie man Männer behandelte? fragte sie sich. Nicken, zustimmen, immer sagen, was sie hören wollten, um dann schließlich doch zu tun, was man wollte? Genauso behandelte ihre Mutter ihren Pa. Sie begann zu schreiben und Joe die Meinungsänderung ihres Vaters mitzuteilen.

»An wen schreibst du, Fee?« fragte Charlie.

»Zuerst an Joe und dann an Onkel Michael.«

»Laß mich eine Seite an Onkel Michael beifügen, wenn du fertig bist, ja?«

»Mhm«, antwortete sie, beugte sich übers Papier und achtete darauf, keine Kleckse zu machen.

»Ich wünschte, euer Onkel und eure Tante würden hier wohnen«, sagte Kate seufzend. »Vor allem jetzt, wo sie ein Kind erwarten. Euer Onkel ist ein reizender Mann. Ein bißchen wild, soweit ich mich erinnere. Aber inzwischen hat er sich vielleicht beruhigt ...«

Ihre Worte wurden durch heftiges Klopfen an der Tür unterbrochen.

»Verdammt!« rief Charlie aus und sprang auf.

»Missus! Missus!« rief eine männliche Stimme. »Machen Sie auf!«

»Bleib sitzen, Ma«, sagte Charlie und ging in die Diele hinaus. Kurz darauf kam er mit einem Polizisten im Schlepptau in die Küche zurück.

»Mrs. Finnegan?« sagte der Polizist außer Atem. »Ich bin Constable Collins ...«

»Ja?« antwortete Kate und stand auf.

»Können Sie schnell kommen, Ma'am ... es geht um Ihren Mann ...«

»Mein Gott! Was ist mit ihm?«

»Er hatte einen Unfall unten bei den Docks. Man hat ihn ins Spital gebracht. Können Sie gleich mitkommen?«

»Was ist passiert?« rief Fiona. Ihre Feder fiel auf den Tisch und verspritzte Tinte über ihren Brief. Ein häßlicher Klecks blieb auf der Seite zurück.

»Er ist gefallen, Miss. Aus einer Luke ...«, antwortete der Polizist.

Sie hielt seinem Blick stand und wartete, daß er den Satz beendete. Oliver's war ein großes Gebäude, sechs Stockwerke hoch. Es konnte der erste Stock gewesen sein. O Gott, bitte, betete sie, laß es den ersten Stock gewesen sein.

Der Constable sah zur Seite. »Aus dem fünften Stock.«

»Neiiin«, schrie Kate und bedeckte das Gesicht mit den Händen. Fiona lief zu ihrer Mutter und fing sie auf, bevor sie auf den Boden stürzte.

Der Polizist sah Charlie an. »Bitte, Junge ... es ist nicht viel Zeit ...«

Charlie fing sich schnell wieder. »Ma ... Ma!« rief er. »Leg deinen Schal um. Fee, pack Eileen ein. Komm her, Seamie ...« Während er Seamie die Stiefel anzog, schlang Fiona den Schal um ihre Mutter. Sie nahm Eileen auf den Arm, wickelte sie in eine Decke, blies die Lampen aus und löschte das Feuer. Collins führte Kate hinaus. Charlie lief zu den Bristows. Kurz darauf war Mr. Bristow in seinem Stall am Ende der Straße und spannte sein Pferd ein.

Der Lärm lockte mehrere Nachbarn aus ihren Häusern. Anne Dolan kam über die Straße gelaufen. »Fiona, was ist los? Was ist passiert?« fragte sie.

»Mein Vater hat einen Unfall gehabt. Wir müssen ... wir müssen ins Spital ...«

»Hier«, sagte Mrs. Dolan und griff in ihre Rocktasche. »Da ist Geld für eine Droschke.«

»Danke, Mrs. Dolan, aber Mr. Bristow fährt uns mit seinem Wagen.«

Vom Ende der Straße hörten sie Hufgeklapper, und dann stand Peter Bristow vor ihrer Tür. Rose Bristow war herausgekommen und versuchte, Kate zu trösten. »Steig neben Peter rauf, Liebes, beeil dich«, drängte sie. »Ich komm gleich nach. Sobald ich jemand für die Kinder gefunden hab. Es wird schon wieder. Dein Paddy ist ein zäher Kerl.«

Collins half Kate hinauf, dann stieg er mit Fiona, Charlie und den Kleinen hinten auf.

»Hü-ah!« rief Mr. Bristow und schnellte mit den Zügeln. Der Wagen rollte an. Während sie durch die dunklen Straßen fuhren, wiegte Fiona die weinende Eileen im Arm und sah Charlie an, der den ängstlichen Seamie auf dem Schoß hielt. Sie wagte nicht, ihre Gedanken laut auszusprechen, aus Angst, ihre Mutter noch mehr aufzuregen, aber in ihren Augen konnte ihr Bruder lesen, wie groß ihre Sorge war. Sie hörte Mr. Bristow das Pferd antreiben, hörte ihn mit Kate reden, und dann vernahm sie Verkehrsgeräusche und sah mehr Straßenlampen und wußte, daß sie in der Nähe der Whitechapel Road waren. Ihre Gedanken rasten. Wie konnte ihr Vater gefallen sein? Er kannte Oliver's wie seine Westentasche. Nur Narren oder Betrunkene stürzten hin. Vielleicht ist er auf einem Stapel Säkke oder Seilen gelandet, auf irgendwas, was seinen Sturz gemildert hat. Inbrünstig begann sie, wieder zu beten, zu Jesus, der Jungfrau Maria, dem heiligen Franziskus, zu jedem Heiligen, der ihr einfiel, damit er ihrem Pa half.

Schließlich hielt der Wagen vor dem Spital an. Charlie war schon abgesprungen, bevor er zum Stehen kam. Collins hob Seamie herunter, Fiona sprang mit Eileen im Arm herab. Im nächsten Moment war Kate schon die Stufen hinaufgelaufen. Mr. Bristow rief, daß er nachkäme, sobald er den Wagen gesichert habe. Drinnen wurden sie von einer der beiden Schwestern am Empfang angehalten und gefragt, wen sie besuchen wollten.

»Paddy Finnegan. Meinen Mann. Er hat einen Unfall gehabt ...« Ihre Stimme brach ab.

»Finnegan ...«, wiederholte die Schwester und glitt mit dem Finger eine Spalte in ihrem Buch hinunter. »Der aus den Docks?«

»Ja«, antwortete Charlie.

»Erster Stock. Oben an der Treppe nach links. Da ist schon jemand oben. Ein Polizist. Er sagt, er sei Ihr Untermieter.«

Kate nickte und ging zur Treppe.

»Einen Moment«, sagte die Schwester förmlich. »Sie können da nicht raufgehen mit all den Kindern. Es ist ein Krankenzimmer ...«

»Schwester Agatha!« meldete sich eine tadelnde Stimme. »Lassen Sie Mrs. Finnegan nur gehen. Gehen Sie nur, meine Liebe. Beeilen Sie sich!«

Kate lief zur Treppe. Fiona folgte ihr, nicht ganz so schnell wegen des Babys auf ihrem Arm. Sie war näher am Schwesternzimmer, als diese glaubten, so daß sie noch hörte, wie diese sagten: »... manchmal müssen wir aus Mitleid eine Ausnahme von den Regeln machen, Schwester Agatha ... es ist das letzte Mal, daß diese Kinder Gelegenheit haben, ihren Vater zu sehen ...«

»O nein ... nein!« schluchzte Fiona, und ihr Weinen hallte von der gewölbten Decke der Eingangshalle zurück. Sie reichte Eileen an Constable Collins weiter und rannte ihrer Mutter nach. Gemeinsam stießen sie Tür des Krankenzimmers auf, wo ein entsetzlicher Anblick sie erwartete.

Paddy lag in einem Bett am vorderen Ende eines langen offenen Raums. Seine Augen waren geschlossen. Er murmelte vor sich hin und warf den Kopf von einer Seite zur anderen. Sein Atem ging flach und mühsam, und sein Gesicht, aus dem alle Farbe gewichen war, war mit Schweiß überströmt. Als sie näher kamen, wurde er von einem Schmerzanfall gepackt. Er wand sich und flehte darum, daß es aufhören möge. Fiona sah, daß seine Arme bis auf die Knochen wund gescheuert waren und daß dort, wo sein rechtes Bein hätte sein sollen, absolut nichts mehr war.

Roddy saß in seiner blauen Uniform neben seinem Bett. Er drehte sich um, als er sie kommen hörte. Sein Gesicht war naß von Tränen. »O Kate ...«, sagte er.

Kate taumelte auf das Bett zu. »Paddy?« flüsterte sie. »Paddy, kannst du mich hören?«

Er öffnete die Augen und sah sie an, erkannte sie aber nicht. Wieder wurde er von Schmerzen gepackt, und diesmal schrie er und bäumte sich auf.

Verzweifelt legte Fiona die Hände über die Ohren. »Helft meinem Vater«, stöhnte sie. »So helft ihm doch.« Eileen schrie verängstigt in den Armen des Constables. Seamie vergrub den Kopf zwischen Charlies Beinen. Sekunden später tauchten zwei Schwestern und ein Arzt am Bett ihres Vaters auf. Während die Schwestern ihn hielten, verabreichte ihm der Arzt eine Morphiumspritze in den Arm. Nach kurzer Zeit, die wie eine Ewigkeit erschien, ließ der Schmerzanfall nach.

»Mrs. Finnegan?« fragte der Arzt, ein großer, grauhaariger Mann.

»Ja ...«

»Ich fürchte, ich muß Ihnen sagen ... daß Ihr Mann nicht mehr lange leben wird. Bei dem Sturz wurden seine Beine zerschmettert. Wir waren gezwungen, das rechte sofort zu amputieren, sonst wäre er verblutet. Seine rechte Hüfte und vier seiner Rippen sind gebrochen.« Er hielt inne. »Außerdem hat er innere Blutungen. Wir versuchen, ihn schmerzfrei zu halten, aber er hält nicht mehr viel länger durch ... es tut mir leid.«

Kate bedeckte mit beiden Händen das Gesicht und schluchzte. Fiona trat zu ihrem Vater und nahm seine Hand. Sie war vor Schock wie benommen. Sie konnte es einfach nicht begreifen. Hatte sie sich nicht gerade erst von ihm verabschiedet, als er zur Arbeit ging? Jetzt lag er mit zerschmettertem Körper in einem Krankenhausbett. Das kann doch nicht sein, dachte sie und starrte auf seine Hand, die sich gegen die ihre so groß ausnahm. Das ist doch nicht möglich ...

»Fee ...«

»Pa! Was ist?«

Er schluckte. »Wasser.«

Sie nahm schnell einen Krug vom Nachttisch eines anderen Patienten. »Ma! Ma!« rief sie und goß etwas Wasser ein. Mit einer Hand stützte sie den Kopf ihres Vaters und hielt ihm mit der anderen das Glas an die Lippen.

Kate war sofort an ihrer Seite. »Paddy?« sagte sie und versuchte, unter Tränen zu lächeln. »O Gott, Paddy ...«

»Kate ...«, stieß er krächzend und vor Anstrengung schnaufend hervor. »Setz mich auf.« Der fremde, glasige Ausdruck in seinen Augen war verschwunden, er erkannte seine Familie.

Ganz langsam und vorsichtig richteten Kate und Fiona ihn auf, hielten inne, wenn er aufschrie und stopften ihm das Kissen in den Rücken. Sein Atem ging in erschreckend kurzen Stößen, und er schloß ein paar Sekunden die Augen, bis die Stiche in seiner Brust nachließen. Dann nahm er seine letzten Kräfte zusammen und rief seine Familie zu sich.

Er deutete auf Eileen. Constable Collins reichte sie Kate, die sie vorsichtig aufs Bett setzte. Er hielt sie fest in seinem verletzten Arm, küßte sie auf Kopf und Stirn und gab sie dann Kate zurück. Seamie, der erleichtert war, die Stimme seines Vaters zu hören, lief zu ihm hin. Fiona packte ihn am Arm und erklärte ihm mit zitternder Stimme, vorsichtig zu sein.

»Warum?« fragte er vorwurfsvoll und riß sich los.

»Weil Pa schlimm verletzt ist.«

»Wo?«

»Am Bein, Seamie.«

Seamie sah auf den Unterleib seines Vaters. Er biß sich auf die Oberlippe, sah Fiona an und sagte: »Aber das Bein von Pa ist weg.«

Verlegen und noch immer unter Schock stehend, antwortet Fiona dennoch liebevoll: »Ein Bein ist weg, Seamie, aber das andere tut ihm weh.«

Seamie nickte und schlich sich leise zu seinem Vater. Er küßte ihn aufs Knie und berührte ihn mit seinen kleinen Fingerchen. »Schon besser, Pa?« fragte er.

»Ja, Seamie«, flüsterte Paddy und griff nach seinem Sohn. Er drückte den Jungen an sich, küßte ihn auf die Wange und ließ ihn wieder los.

Als nächstes verlangte er nach Charlie und erklärte ihm, daß er jetzt der Mann im Haus sei und auf seine Mutter und seine Geschwister aufpassen müsse.

»Nein, Pa, du erholst dich wieder ...«

Paddy bedeutete ihm zu schweigen und bat ihn dann, aus seiner Weste, die am Fußende des Bettes über einem Stuhl hing, seine Uhr zu holen. Charlie gehorchte. Paddy erklärte ihm, daß sie einst seinem Großvater gehört habe und jetzt ihm gehöre. »Du bist ein guter Junge, Charlie. Paß auf sie auf. Gib acht auf sie.«

Charlie nickte und wandte sich mit bebender Brust vom Bett ab.

Paddy richtete den Blick auf Fiona, die immer noch am Bett stand, und nahm ihre Hand. Weinend sah sie auf die verschlungenen Hände hinab.

»Fee ...«

Sie schaute ihrem Vater ins Gesicht. Sein Blick hielt den ihren fest. »Versprich mir«, sagte er erregt, »daß du an deinem Traum festhältst, ganz egal, was es kostet. Du schaffst es. Macht euren Laden auf, du und Joe, und kümmert euch nicht um die Leute, die euch sagen, ihr schafft das nicht ... versprich mir das ...«

»Ich versprech's, Pa«, antwortete Fiona und schluckte die Tränen hinunter.

»Gutes Mädchen. Ich werd über dich wachen. Ich hab dich lieb, Fiona.«

»Ich dich auch, Pa.«

Dann wandte er sich Roddy zu, der seine Hand nahm. Die beiden Männer sahen sich schweigend an, sie brauchten keine Worte. Paddy ließ ihn wieder los, und Roddy trat leise beiseite. Paddys Atem ging wieder schwer. Er lag ruhig da und sagte eine Weile nichts, sondern starrte Kate nur an. Sie weinte und schaffte es nicht, den Blick zu ihm zu heben.

Als er wieder sprechen konnte, berührten seine Finger ihr Gesicht. »Wein nicht, Schatz«, sagte er zärtlich. »Erinnerst du dich an den Tag in der Kirche vor vielen Jahren? Du warst noch ein Mädchen. So hübsch. Du warst das schönste Mädchen, das ich je gesehen hab.«

Kate lächelte unter Tränen. »Und seitdem wünschst du dir, du hättest mich nie zu Gesicht gekommen. Ich hab dich davon abgehalten, in der Welt rumzuziehen. Nach Amerika zu gehen. Hab dich hier in London festgehalten.«

»Du hast mein Herz gestohlen. Und nicht ein Mal hab ich's zurückhaben wollen. Nur Glück hab ich gekannt, und das war dein Verdienst. Ich hab dich geliebt seit dem Tag in St. Patrick, und das wird immer so bleiben.« Kate senkte den Kopf und weinte.

Erneut begann Paddy zu husten, und in seinem Mundwinkel tauchte ein Tropfen Blut auf, der über sein Kinn rann. Fiona wischte es mit dem Zipfel seines Lakens ab.

»Kate«, sagte er jetzt flüsternd. »Hör zu ... im Futter von meinem alten Koffer sind zwei Pfund. Die Arbeiter von Oliver's werden Geld sammeln, sei nicht zu stolz und nimm es.« Kate nickte und kämpfte wieder mit den Tränen. »Schreib Michael und ...« Er konnte nicht weitersprechen vor Schmerzen. Er ergriff ihre Hand. »... schreib ihm, was passiert ist. Er wird dir Geld schicken. Und paß auf, daß ich nicht mit meinem Ehering begraben werd. Er ist in der kleinen Schale auf dem Kaminsims. Bring ihn ins Pfandhaus.«

»Nein.«

»Doch, es ist bloß ein Ring ...«, sagte er eindringlich.

Kate versprach es, und er sank in sein Kissen zurück. Sie zog ihr Taschentuch heraus und wischte sich die Augen ab, dann sah sie ihren Mann wieder an. Seine Brust war still, sein Gesicht friedlich. Er war tot.

10

Fiona, Schatz ... iß doch ein bißchen«, bat Rose Bristow. »Ein wenig Eintopf, ein Sandwich?«

Fiona saß an ihrem Küchentisch und lächelte matt. »Ich kann nicht, Mrs. Bristow.«

»Aber, Kind, du mußt doch was essen. Die Kleider hängen ja bloß noch an dir runter. Bloß einen Bissen? Na komm, Mädchen. Sonst ist Joe böse mit mir, wenn er dich sieht. Du bist ja nur noch Haut und Knochen.«

Nur um ihr eine Freude zu machen, gab Fiona nach und willigte ein, daß Rose ihr einen Teller Eintopf zurechtmachte. Sie hatte keinen Hunger und konnte sich nicht vorstellen, jemals wieder Appetit zu haben. Die Küche war voller Essen. Nachbarn hatten Fleischpasteten, Würstchen im Teigmantel, Eintopf, kaltes Fleisch, Kartoffeln, gekochten Kohl und Sodabrot für ihre Familie gebracht, damit sie genügend für sich und die Trauergäste hatten, die während der drei Tage Totenwache und zur Beerdigung gekommen waren. Unter Roses wachsamem Blick nahm sie eine Gabel Eintopf, kaute und schluckte.

»So ist's recht, Mädchen. Du ißt das auf, und ich seh nach deiner Mutter. Joe wird bald hiersein. Ich hab den Brief vor zwei Tagen abgeschickt. Mach dir keine Sorgen, Liebes, er wird kommen.«

Mrs. Bristow ging ins Wohnzimmer zu den anderen Trauergästen, die mit Fiona und ihrer Familie vom Kirchhof zurückgekommen waren. Fiona legte die Gabel weg und bedeckte das Gesicht mit den Händen. Immer wieder sah sie die Beerdigung ihres Vaters vor sich. Die lange Prozession zum Friedhof, den Sarg, der in die Erde hinabgelassen wurde, ihre Mutter, die fast zusammenbrach, als der Priester eine Handvoll Erde daraufwarf.

Seine letzte Nacht hatte ihr Pa unter ihrem Dach verbracht, und jetzt war er fort, in kalter Erde begraben.

Was würde aus ihnen werden? Aus ihrer Ma ... die zwei Tage lang nicht mehr ansprechbar gewesen war und sich geweigert hatte, Eileen zu stillen. Mrs. Farrell, eine Nachbarin, die selbst ein Neugeborenes hatte, war eingesprungen. Kate hatte im Bett gelegen, geschluchzt und außer sich vor Kummer nach ihrem Mann gerufen. Am Abend des zweiten Tages war sie mit kreidebleichem Gesicht, eingefallenen Augen und mattem, wirrem Haar nach unten gekommen, um am Sarg ihres Mannes in die schaurige Totenklage einzustimmen, die die Iren für ihre Verstorbenen abhalten. Es war beängstigend, das mit anzuhören, die Laute einer menschlichen Seele, die ihre Qual zum Himmel hinaufschreit.

Danach hatte sie Rose erlaubt, sie zu baden, ihr warme Kompressen an die geschwollenen Brüste zu drücken und ihr Haar zu kämmen. Immer noch benommen, hatte sie nach ihren Kindern gefragt und darauf bestanden, daß Eileen zu ihr gebracht wurde. Sie hatte mit Roddy die Beerdigungsfeierlichkeiten besprochen, dann war sie wieder ins Bett gegangen und schlief zum erstenmal seit Tagen.

Charlie bemühte sich nach Kräften, stark zu sein und seiner Familie beizustehen. Seamie reagierte wie alle Vierjährigen. Es gab Momente, da war er ängstlich und verwirrt und rief nach seinem Vater, dann saß er wieder vor dem Kamin, beschäftigte sich mit seinen Spielsachen und schien alles vergessen zu haben. Fiona hatte großes Mitleid mit ihm und Eileen, denn sie würden ihren Vater nie wirklich kennenlernen.

Jemand berührte sie sacht an der Schulter und riß sie aus ihren Gedanken. »Fiona, könntest du den Kessel aufsetzen?« fragte Mrs. Bristow. »Ben Tillet ist mit seinen Leuten hier. Sie könnten eine Tasse Tee vertragen.«

»Ja«, antwortete sie und erhob sich.

Rose verschwand wieder, und Fiona machte Tee, erleichtert, eine Aufgabe zu haben, die sie ablenkte. Als sie die Kanne ins Wohnzimmer trug, sah sie, daß immer noch viele Trauergäste im Haus waren, die ihrem Vater die letzte Ehre erweisen wollten. Sie zwang sich, mit Nachbarn und Freunden zu reden. Fiona hörte höflich zu und versuchte, ihre Unruhe zu verbergen, während Mrs. MacCallum ihr von den Wohltaten erzählte, die Paddy ihr erwiesen hatte.

Während die alte Frau weiterredete, schnappte sie eine andere Unterhaltung auf. Zwei Männer, Mr. Dolan und Mr. Farrell, Nachbarn und Dockarbeiter, standen in einer Ecke und redeten über ihren Vater.

»Fünfzehn Jahre in den Docks und nicht einmal ausgeglitten«, sagte Mr. Dolan. »Nicht einmal den kleinen Finger gebrochen. Und dann fällt er aus einer Ladeluke. Das ist doch wirklich sehr merkwürdig, Alf.«

»Ich hab gehört, die Bullen haben Schmieröl auf der Plattform gefunden«, sagte Alfred Farrell. »Sie glauben, es sei von einer Winde getropft, und er sei darauf ausgerutscht.«

»Blödsinn! Hast du schon mal gehört, daß jemand in den Docks so achtlos mit Schmieröl umgeht? Das gibt's einfach nicht. Es ist doch genauso wie mit den Eheringen – keiner trägt einen, weil's zu gefährlich ist. Man bleibt hängen, und schon ist ein Finger ab. Das gleiche gilt für Öl. Verschüttet einer was, wird's gleich weggewischt und Sand drübergeschüttet. Das weiß doch jeder bei Oliver's.«

Fiona blieb wie angewurzelt stehen. Sie hatten recht, dachte sie, es ergab keinen Sinn. Sie kannte die Arbeit ihres Vaters gut genug, um zu wissen, daß ein Dockarbeiter nicht leichtsinnig mit Schmieröl umging, genausowenig wie er eine Kiste Muskatnüsse auf eine Teekiste stapelte, um zu vermeiden, daß die Blätter den Geruch annahmen. Sie hatte Roddy über die polizeiliche Untersuchung reden hören, daß die Polizei die Tür der Ladeluke unverriegelt und eine große Ölpfütze auf dem Boden vorgefunden habe. Der Vorarbeiter, Thomas Curran, sagte, er nehme an, daß seine Männer die Luke nicht verriegelt hätten. Es sei eine windige Nacht gewesen, und ihr Vater habe wahrscheinlich gehört, wie sie gegen die Wand schlug. Vermutlich sei er raufgegangen, um sie zu schließen, und habe in der Dunkelheit, nur mit der Laterne in der Hand, das Öl nicht bemerkt. Curran behauptete, er habe einem seiner Männer – Davey O'Neill – während des Tages aufgetragen, die Winden zu schmieren. Vielleicht habe der etwas verschüttet. Es sei eine Tragödie, meinte Mr. Curran. Die Kollegen würden sammeln, und er sei sich sicher, daß Mr. Burton eine Möglichkeit fände, die Familie zu entschädigen. Der Untersuchungsbeamte gab sich mit seiner Erklärung zufrieden und kam zu dem Ergebnis, daß es ein Unfall gewesen sei.

Fiona hatte all dies gehört, war aber durch den Tod ihres Vaters so geschockt, daß sie es kaum registrieren konnte. Ihr Pa war aus einer Ladeluke gefallen. Die Einzelheiten hatten sie nicht interessiert, er war tot. Aber jetzt, da sie ein wenig klarer denken konnte ...

»Entschuldigen Sie mich, Mrs. MacCallum«, sagte sie abrupt. Sie ließ die Frau weiterreden und kehrte in die Küche zurück. Sie mußte einen Moment allein sein, um nachzudenken.

Sie setzte sich in den Stuhl ihres Vaters. Es war sonnenklar: Jemand hatte Öl auf den Boden geschüttet, damit er ausrutschte. Warum hatte das niemand bemerkt? Es tat fast weh nachzudenken, so wirr fühlte sich ihr Kopf an, aber sie wollte ihre Gedanken aufschreiben, um die Dinge klar sehen zu können. Dann würde sie Onkel Roddy davon erzählen, und er würde einen leitenden Beamten dazu bringen, eine neue Untersuchung anzustrengen. Es lag auf der Hand, was passiert war, es war ganz offenkundig ... es war ... lächerlich.

Warum sollte jemand meinem Pa schaden wollen, fragte sie sich.

Noch dazu einer seiner Arbeitskollegen? War sie verrückt geworden? Ganz offensichtlich. Sie konnte nicht mehr klar denken. Sie suchte nach einem Grund für den Tod ihres Vaters und klammerte sich an einen Strohhalm.

Sie beugte sich vor, die Ellbogen auf den Knien und den Kopf auf die Hände gestützt. Noch immer konnte sie nicht akzeptieren, was passiert war, noch immer erwartete sie, daß ihr Vater nach der Arbeit durch die Tür treten würde, sich hinsetzte, seine Zeitung las und der ganze Alptraum vergessen wäre. Als sie ein Kind war, war er das Zentrum ihres Universums gewesen, und sie hatte angenommen, er wäre immer da – um für sie zu sorgen und sie vor der Welt und ihren Gefahren zu beschützen. Jetzt hatten sie keinen Vater mehr. Ihre Mutter hatte keinen Ehemann mehr. Er war fort. Wer würde für sie sorgen? Wie sollten sie leben?

Wie während der vergangenen drei Tage überkam sie erneut der Schmerz. Sie brach in Tränen aus und bemerkte nicht, daß Joe in die Küche gekommen war.

»Fee?« sagte er sanft und kniete sich neben sie.

Sie hob den Kopf. »O Joe«, flüsterte sie. In ihren Augen stand so viel Leid, daß auch ihm die Tränen kamen. Er nahm sie in den Arm und hielt sie fest, während sie weinte, wiegte sie sanft und streichelte ihr übers Haar, als sie zu schluchzen begann.

Als sie nicht mehr weinen konnte, nahm er ihr Gesicht zwischen die Hände und wischte ihr mit den Daumen die Tränen ab. »Mein armes Mädchen«, sagte er.

»Warum, Joe? Warum mein Pa?« fragte sie mit tränenerstickter Stimme.

»Ich weiß es nicht, Fiona. Ich wünschte, ich hätte eine Antwort für dich.«

Fiona blickte ihn an und sah, daß er müde und abgekämpft aussah. »Peterson läßt dich wohl hart arbeiten?«

»Ja. Die Erntewagen kommen gerade an. Wir laden sie rund um die Uhr ab. Sonst wär ich schon früher gekommen. Gestern früh hab ich den Brief von meiner Mutter bekommen, aber ich hab nicht weggehen können, sonst hätte man mich rausgeschmissen. Tommy Peterson schert sich nicht um die Beerdigungen anderer Leute. Ich hab kein Auge zugetan, seit ich es erfahren hab. Es tut mir leid, Fee. Wenn ich nur früher hätte kommen können.«

Fiona nickte, sie verstand. Jetzt war er ja da.

»Wann mußt du zurück?«

»Heut abend. Nicht gleich, aber später. Harry ist für mich eingesprungen, aber morgen früh kriegen wir eine weitere Lieferung.«

Sie war enttäuscht. Sie hatte gehofft, er könnte bleiben. Mein Gott, wie sehr sie sich wünschte, er wäre noch im Haus seiner Eltern statt am anderen Ende von London. Sie brauchte ihn jetzt so sehr – um mit ihm zu reden, getröstet zu werden. Auch in den nächsten Tagen würde sie ihn brauchen. Aber er wäre nicht da.

Als hätte er ihre Gedanken erraten, legte er ihr einen Shilling in die Hand. »Hier. Für Papier und Briefmarken. Du kannst mir schreiben. Jeden Abend. Wenn du es nicht mehr aushältst, schreib mir einfach einen Brief, und dann ist es so, als wenn wir uns unterhalten würden, in Ordnung?«

»Ja, gut.«

»Ich hab noch Zeit für einen Spaziergang«, sagte er und stand auf. »Laß uns hier rausgehen. Das ganze Geflüster und die ewige Heulerei tun dir nicht gut. Wir gehen zum Fluß runter und seh'n uns die Schiffe an. Wir haben noch eine Stunde, bis es dunkel wird.«

Fiona stand auf und nahm ihren Schal vom Haken an der Hintertür. Er hatte recht, es wäre gut, aus dem Haus zu kommen. Sie hatte das merkwürdige Gefühl, daß ihr Pa unten am Wasser war, gegenwärtig in allen Dingen, die er liebte – den grauen Wellen, den schnell dahinziehenden Wolken, den kreischenden Möwen, dem kühnen Bug eines Schiffes hinaus auf dem Weg ins Meer. In diesem Haus der Qual war er nicht, er war dort unten beim Fluß – dessen war sie sich sicher. Und als Joe ihre Hand nahm und sie aus dem Haus führte, beruhigte sie diese Gewißheit und gab ihr ein wenig Frieden.

11

Kate überprüfte die Hausnummer auf dem Zettel in ihrer Hand: Steward Street fünfundsechzig. Das war auch die Nummer an der Tür. Warum öffnete niemand? Sie klopfte noch einmal.

»Einen Moment bitte!« rief eine Stimme von drinnen. »Hab's schon gehört.«

Die Tür wurde aufgerissen, und sie stand einer dicken Frau mit zerzaustem Haar gegenüber, die allem Anschein nach geschlafen hatte und nicht erfreut war, geweckt zu werden.

»Sind Sie Mrs. Colman?«

»Ja.«

»Ich bin Mrs. Finnegan. Ich bin wegen dem Zimmer hier.«

»Kommen Sie rein«, antwortete die Frau und führte sie in eine dunkle Diele, in der es nach Kohl stank. »Das Zimmer ist oben. Im obersten Stockwerk. Die Tür ist offen. Es ist ein schönes Zimmer, Mrs. Flanagan«, sagte die Frau. Ihre Zähne waren schwarz. Sie roch nach Whiskey.

»Finnegan.«

»Flanagan, Finnegan, das ist mir egal. Gehen Sie nur rauf.«

»Danke, Mrs. Colman«, erwiderte Kate und stieg die Treppe hinauf. Das Geländer wackelte unter ihrer Hand, als sie zum ersten Absatz hinaufstieg. Die Treppe zitterte und knarzte. Durch eine offene Tür sah sie eine junge Frau, die an einer Brotrinde nagte, während sie ihr Baby stillte, durch eine andere einen Mann, der ausgestreckt auf einem Bett lag und schnarchte.

Sie ging zum zweiten Absatz hinauf. Eine der drei Türen stand weit offen. Sie ging hinein. Etwas knirschte unter ihren Füßen. Vermutlich ein Stück Putz, dachte sie. Das Zimmer war dunkel, denn vor dem einzigen Fenster waren die Läden vorgezogen. Sie schlug sie zurück und schrie auf.

Der ganze Raum wimmelte von schwarzen Käfern. Das helle Licht scheuend, rasten sie wie wild über Boden und Decke. Sie liefen über die schmutzige Tapete, die in Fetzen herunterhing, sie schossen in den Kamin und schwärmten über eine fleckige Matratze. Wie der Blitz war Kate wieder unten und riß die Vordertür auf.

»Gefällt Ihnen das Zimmer?« rief Mrs.Colman und watschelte ihr hinterher.

»Da wimmelt ja alles!«

»Och, die Viecher tun Ihnen nichts. Ich sag Ihnen was, Sie können's billig haben. Mit Küchenbenutzung.« Sie beugte sich nahe an Kate heran. »Und das Zimmer hat noch einen Vorteil. Wenn Sie mal in der Klemme sind, können Sie sich ein paar Extramäuse verdienen, ohne aus dem Haus zu müssen.« Sie lächelte sie schmierig an. »Mr. Daniels, zweiter Absatz, zahlt gut, wie's heißt.«

Kate riß die Tür auf und lief hinaus. Von den Käfern, dem Schmutz und dem Gestank im Haus war ihr übel geworden. Dieses ordinäre Weibstück, dachte sie wütend, hatte ihr auch noch schmutzige Angebote gemacht. Wenn Paddy sie gehört hätte, hätte er ihr die verfaulten Zähne eingeschlagen.

Paddy. Beim Gedanken an ihn kamen ihr die Tränen. Sie nahm ihr Taschentuch heraus und tupfte sich die Augen ab. Jetzt zu weinen, konnte sie sich leisten. Sie mußte ein Zimmer finden, denn sie hatte fast kein Geld mehr und konnte die Miete in der Montague Street nicht mehr bezahlen.

Allein der Verlust von Paddys Lohn war hart genug gewesen, aber gleich nach seinem Tod flatterte eine hohe Krankenhausrechnung ins Haus, dazu die Kosten für den Sarg und den Leichenwagen, die Friedhofstelle und den Grabstein. Sie hatte die zwei Pfund gefunden, die Paddy versteckt hatte, und wie er prophezeit hatte, hatten die Arbeiter von Oliver's drei weitere für sie gesammelt, dazu kamen ein Pfund von der Gewerkschaft und die Sterbeversicherung. Fiona und Charlie gaben ihr alles, was sie verdienten, und sie hatte angefangen, wieder Wäsche zu waschen, aber es reichte nicht.

Sie hatte gehofft, Burton Tea würde ihr nach dem Tod ihres Mannes zehn oder zwanzig Pfund Entschädigung bezahlen. Doch als sie nach fast zwei Wochen nichts gehört hatte, nahm sie all ihren Mut zusammen und ging zum Firmenbüro. Sie wartete drei Stunden, bevor sie zu einem jungen Buchhalter vorgelassen wurde, der ihr mitteilte, daß sie am nächsten Tag wiederkommen solle, um mit einem älteren Buchhalter zu sprechen. Als sie zurückkehrte, mußte sie erneut warten. Ein anderer Angestellter gab ihr Papiere, die sie ausfüllen mußte. Sie wollte sie mit nach Hause nehmen, damit Roddy einen Blick darauf werfen konnte, aber der Buchhalter sagte, das sei nicht möglich, also füllte sie sie aus und erfuhr, daß sie in einem Monat wieder herkommen könne, um sich nach ihrem Antrag zu erkundigen.

»Einen Monat! Sir, ich brauch das Geld jetzt«, protestierte sie.

Der Buchhalter, ein streng aussehender Mann mit Backenbart, erklärte ihr, daß sie mit Unterzeichnung der Papiere zugestimmt habe, sich dem Vergütungsverfahren der Firma zu unterwerfen.

Wenn sie sich nicht an diese Vorschriften halte, würde ihr Anspruch verfallen. Sie hatte keine Wahl und mußte warten.

Doch wenn sie an ihre Kinder dachte, wurde sie von Sorgen über die Zukunft gepeinigt. Wie sollte sie die Familie durchbringen? Sie konnte ein paar Möbelstücke verkaufen, wenn sie umzogen – das könnte ein paar Shilling einbringen. Wenn es nötig war, würde sie Paddys Ehering versetzen, aber nur, wenn es wirklich nötig war. Sie konnte ihre Wäschemangel und ihre Kupfersachen verkaufen. Dafür wäre kein Platz, wenn sie alle in einem Zimmer wohnten. Ohne sie könnte sie keine Wäsche annehmen, was einen weiteren Einkommensverlust bedeutete, aber vielleicht konnte sie Heimarbeit machen oder in den Häusern ihrer Kunden waschen. Aber wer würde dann auf Seamie und Eileen aufpassen?

Ich schaff es einfach nicht, dachte sie, ich schaff es nicht. Zwei Tage hab ich bei Burton Tea verbracht und nichts erreichen können. Gestern und heut hab ich nach einem Zimmer gesucht und nichts gefunden. Entweder ist es zu teuer, zu klein oder zu schäbig. Wieder kamen ihr die Tränen. Diesmal Tränen der Verzweiflung, und sie konnte nichts tun, um sie aufzuhalten.

»Komm, Bristow, geh mit mir und den Jungs aus. Es wird lustig«, sagte Harry Eaton und rückte sich vor dem Spiegel die Krawatte zurecht.

»Nein, danke Kumpel. Ich bin todmüde«, antwortete Joe mit geschlossenen Augen, ein Gähnen unterdrückend.

»Ach, Blödsinn! Du bist nicht müde. Ich kenne den Grund.«

Joe öffnete die Augen. »Und der wäre?«

»Es ist wegen deiner hübschen kleinen Freundin. Fiona. Es würde ihr nicht gefallen. Aber sag ihr, daß dein Schwanz kein Seifenstück ist. Er wird nicht weniger, wenn er ab und an mal ein bißchen naß wird.«

Joe lachte. Es war Harrys übliche Samstagabendroutine. Gleichgültig wie müde er auch war, er raffte sich auf, um leichte Mädchen aufzureißen ... und machte sich lustig über ihn, weil er das nicht tat.

»Stell dir vor, Mann«, fuhr er fort. »Eine hübsche Dirne mit großem Busen, blond oder brünett, wie es dir gefällt, und alles für drei Shilling. Ich kenn eine Rothaarige, die alle möglichen Tricks drauf hat. Die kann die Farbe von einer Fahnenstange lutschen ...«

»Reiß dich bitte zusammen.«

Aber Harry hatte keine Lust, sich zusammenzureißen. Er war nur allzugern bereit, für Sex zu bezahlen, und in London gab es keinen Mangel an Frauen, die ihm zu Willen waren. Nach Harrys Vorstellung gab es zwei Typen von Frauen: diejenigen, die einem Spaß verschafften, und diejenigen, die man heiraten mußte – und er bevorzugte die ersteren.

Joe hatte seine Gründe, nicht mitzukommen – in erster Linie Fiona, aber er hatte auch keine Lust, sich in einem Bordell am Haymarket einen Tripper zu holen. Manchen Morgen hatte er Harry in der Toilette stöhnen hören, wenn ihm sein bestes Stück so weh tat, daß er kaum pinkeln konnte.

»Na schön, ich bin weg. Wart nicht auf mich. Und Joe ...«

»Was?«

»Hast du in letzter Zeit deine Augen untersuchen lassen?«

»Nein.«

»Das solltest du, mein Junge. »Zu viel davon ...«, Harry grinste dreckig und machte eine obszöne Geste, »... führt zu Blindheit.«

»Danke. Jetzt hau ab und laß mich in Frieden.«

Pfeifend ging Harry die Treppe hinunter.

Mir tut das Mädchen leid, das ihn heute nacht kriegt, dachte Joe, er wird sie ganz schön rannehmen. Wieder gähnte er. Er sollte ins Bett gehen, war aber zu müde, um aufzustehen. Die Ofentür stand offen, und das Feuer wärmte seine Füße. Er fühlte sich satt und warm ... und hatte Schuldgefühle.

Er und Harry hatten morgens um vier mit der Arbeit begonnen. Die Erntesaison ging zu Ende, aber noch immer kamen ständig neue Wagenladungen an. Die Bauern wollten unbedingt ihre letzten Waren loswerden. Seit Ewigkeiten hatte er keinen freien Tag mehr gehabt. Er hätte darauf bestehen können, aber das wäre nicht klug gewesen. Nicht jetzt. Peterson machte ständig Andeutungen über Beförderungen. Martin Wilson, der Mann, der die Preise für Gemüse aushandelte, ging weg. Joe hätte nicht im Traum daran gedacht, Martins Stelle einzunehmen, weil er glaubte, erst zu kurz in der Firma zu sein, um schon befördert zu werden, aber die Anzeichen waren unmißverständlich. Peterson nutzte jede Gelegenheit, um seine Arbeit zu loben. Und heute hatte er ihn Martins Arbeit übernehmen lassen, weil dieser drinnen gebraucht wurde. Er hatte bemerkt, daß Tommy und Martin ihn beobachteten. Bei Arbeitsschluß hatte sich Tommy gar nicht mehr eingekriegt über zwei Abschlüsse, bei denen er zuviel bezahlt, aber vier, bei denen er einen sehr guten Preis herausgeschlagen hatte, wie er beglückt bemerkte, und er hatte seine Arbeit »alles in allem erstklassig« genannt. Joe war fast geplatzt vor Stolz. Petersons Lob war ihm sehr wichtig geworden.

Er und Harry hatten erst spät Schluß gemacht, kurz nach sieben. Tommy war noch in der Halle gewesen, mit Millie. Er hatte die beiden jungen Männer zum Abendessen eingeladen. Joe sank das Herz. Er wollte nach Whitechapel fahren, um nach Fiona zu sehen. Er hatte sie seit zwei Wochen nicht mehr besucht und machte sich Sorgen um sie, aber er konnte Petersons Einladung nicht ablehnen. Tommy befahl ihnen, sich umzuziehen und ihn bei Sardini's, einem nahe gelegenen italienischen Lokal zu treffen. Joe geriet in Panik: Er war noch nie in einem Restaurant gewesen. Er sagte zu Harry, daß er lieber nicht hingehen wolle, weil er nur seine Arbeitskluft zum Anziehen hätte. Harry gab ihm ein Jackett, das ihm zu klein geworden war, und lieh ihm ein Hemd und eine Krawatte. Von seinen beiden Hosen zog er die bessere an.

Bei Sardini's war es dunkel, es brannten nur Kerzen, die in Weinflaschen steckten, also würde niemand bemerken, daß seine Hose nicht zu dem Jackett paßte. Tommy bestellte für alle. Mit der Suppe und der Vorspeise kam Joe wunderbar zurecht, wußte aber nicht, was er machen sollte, als die Pasta gebracht wurde. Millie, Tommy und Harry lachten, als sie zusahen, wie er mit den Nudeln kämpfte, dann zeigte ihm Millie, wie er sie um die Gabel wickeln mußte. Sie streute Parmesan über seine Spaghetti und wischte ihm die Tomatensoße vom Kinn. Wie üblich plauderte sie munter dahin und erzählte, welche Fortschritte die Vorbereitungen ihres Vaters zu der Guy-Fawkes-Party machten. Als sie gegessen hatten, spazierten sie gemeinsam nach Covent Garden zurück, wo sich Millie und Tommy verabschiedeten.

Joe hatte außerordentlichen Spaß gehabt, aber jetzt fühlte er sich miserabel. Er hätte heute abend bei Fiona in Whitechapel sein sollen. Bei Fiona, die bleich und abgemagert war und um ihren Vater trauerte. Er war ein absoluter Schuft. Sie brauchte ihn, und was machte er? Er tafelte bei Sardini's. Er erinnerte sich, wie er am

Abend nach der Beerdigung ihres Vaters mit ihr vom Fluß zurückgegangen war, wie sie sich an ihn geklammert hatte, als er fortmußte. Es brach ihm das Herz. Er ertrug es nicht, sie allein zu lassen, wenn sie ihn so sehr brauchte. Aber was konnte er machen? Ein oder zwei Tage war er versucht gewesen, seine Stelle aufzugeben und zur Montague Street zurückzukehren, um bei ihr zu sein. Aber was hätten sie davon? Er wäre wieder bei seinem Vater und würde sich Pennys für ihre Sparbüchse abknapsen, während er jetzt Pfundnoten hineinlegte. Und Mr. Wilsons Job – falls er ihn bekam – brachte noch mehr Geld. War es nicht wichtiger hierzubleiben? Fiona würde mit und ohne ihn trauern. Seine Gegenwart wäre ein Trost, würde sie aber nicht von ihrem Schmerz befreien.

Er zog sich aus und ging ins Bett. Bilder von Fiona tauchten vor seinem inneren Auge auf, als er wegdöste. Eines Tages hätten sie das Geld für ihren Laden, dann würde er bei Peterson's aufhören, und sie wären für immer vereint. Sie würden heiraten, und die Zeit der Trennung und der Nöte wäre vorbei. Eines Tages. Schon bald.

12

Fiona sah auf die Räucherheringe, die am Wagen des Fischhändlers aufgereiht waren. Sie war allein auf den Markt gegangen, weil ihre Mutter starken Husten hatte und Fiona nicht wollte, daß sie sich der feuchten Oktoberluft aussetzte. Doch die Rufe der Händler nahm sie kaum wahr, und auch für die leckeren Auslagen zeigte sie kein Interesse. Zu sehr war sie damit beschäftigt, mit nur sechs Pence Essen für vier Leute zu kaufen.

Fiona war überzeugt, daß der Husten ihrer Mutter von den feuchten Mauern ihres neuen Zimmers in Adams Court herrührte. Es lag neben der einzigen Pumpe in der Gasse, die ständig leckte und die Pflastersteine glitschig und die Mauern in der Umgebung naß und kalt werden ließ.

Adams Court war eine kurze, dunkle Sackgasse, die durch einen engen Backsteindurchgang von der Varden Street erreicht wurde.

Die geduckten Häuser entlang der kopfsteingepflasterten Gasse hatten jeweils vier Zimmer, sie wohnten im Vorderraum von Nummer zwölf. Ihre Mutter hatte sie zur Besichtigung mitgenommen, bevor sie einzogen. Sie hatte von ihrer Freundin Lillie davon erfahren, denn Lillies Verlobter hatte vor ihrer Hochzeit hier gewohnt. Es gab kein Abwaschbecken und keinen Schrank. Sie mußten ihre Kleider an Nägeln aufhängen. Das Zimmer maß etwa vier mal fünf Meter. Die meisten ihrer Möbel hatten sie ohnehin verkaufen müssen. Fiona haßte das Zimmer, aber als ihre Mutter sie ängstlich und gleichzeitig hoffnungsvoll fragte, was sie davon hielt, meinte sie, würde es schon gehen, wenn sie sich erst einmal daran gewöhnt hätten.

Ihre alten Freunde und Nachbarn hatten sich nach Kräften bemüht, sie in der Montague Street unterzubringen, in Häusern, die schon bis zum Dach überfüllt waren. Aber ihre Mutter wollte ihre Gutherzigkeit nicht ausnutzen. Auch Roddy hatte versucht zu helfen. Fiona sollte nichts davon erfahren, tat es aber doch. Eines Nachts, als sie noch in der alten Wohnung wohnten, war er spät von seiner Schicht zurückgekommen, und Kate hatte ihm Tee gemacht. Die Tür zum Wohnzimmer stand offen, und sie hörte die beiden über die Schwierigkeiten ihrer Mutter bei Burton Tea reden. Und dann hatte Roddy ihre Ma plötzlich gebeten, ihn zu heiraten.

»Ich weiß, daß du mich nicht liebst, Kate«, hatte er gesagt. »Das erwarte ich auch nicht von dir. Nicht nach Paddy. Ich weiß, wie es mit euch beiden war. Darum geht's mir auch nicht. Es ist nur ... na ja ... ich könnte für die Kinder sorgen. Ich würde in meinem Zimmer bleiben und du in deinem, und wir könnten weiterleben, wie wir's immer getan haben. Du müßtest nicht ausziehen.«

Und dann hörte Fiona, wie ihre Mutter zu weinen begann, und Roddys besorgte Stimme: »Ach Gott, es tut mir leid. Ich wollte dich nicht zum Weinen bringen. Ich wollte doch nur helfen. Gütiger Himmel, ich bin ein Esel ...«

»Nein, Roddy, du bist kein Esel«, sagte ihre Mutter. »Du bist ein guter Mann, und jede Frau wäre froh, dich zu kriegen. Ich wein doch nur, weil ich gerührt bin. Es gib nicht viele auf der Welt, die ihr eigenes Glück für das Wohl anderer opfern würden. Aber du kannst dir nicht die Familie eines anderen aufbürden. Du solltest mit Grace eine eigene gründen. Du bist doch bis über beide Ohren in sie verliebt, das weiß doch jeder, also heirate das Mädchen. Wir kommen schon zurecht.«

Würden sie das? Fiona war sich nicht so sicher. Ständig quälte sie eine innere Stimme, die ihr immer und immer wieder sagte, daß sie zuwenig Geld hatten. Mit ihrem und Charlies Lohn konnten sie kaum die Miete bestreiten, und der Rest reichte bloß noch für Essen.

Immer wenn sie die Hoffnung verließ, griff sie in die Tasche und befühlte den blauen Stein, den Joe ihr gegeben hatte. Sie drückte ihn fest, stellte sich sein Gesicht vor und erinnerte sich an ihren Laden, ihre Träume und das Leben, das sie eines Tages gemeinsam führen würden. Schon bald. Das Geld in ihrer Büchse wurde mehr. Jedesmal wenn er schrieb, war der Betrag höher. In seinem letzten Brief hatte er geschrieben, wenn weiterhin alles so gut liefe, könnten sie über kurz oder lang heiraten. Sie war so glücklich gewesen, aber ihr Glücksgefühl schwand, als sie sich klarmachte, daß sie keineswegs so bald heiraten könnte. Ihre Familie brauchte ihren Lohn. Ihre Mutter wartete immer noch auf die Entschädigung von Burton Tea, die möglicherweise bis zu zwanzig Pfund ausmachen konnte, und damit könnte sie sich eine bessere Wohnung leisten und sich und den Kleinen eine sicherere Grundlage schaffen. Fiona wußte, daß sie nicht daran denken konnte wegzugehen, bevor das Geld kam.

Als sie am Fleischstand vorbeiging, wünschte sie, sie könnte ein schönes Stück Rindfleisch für ihre Mutter kaufen, das sie mit Kartoffeln und Soße zubereiten könnte, aber ihr Budget reichte kaum für Reste, und selbst wenn, hätte sie nichts kochen können. Es gab keinen Herd im Zimmer, nur einen Kamin mit einem schmalen Rost, auf den gerade ein Topf paßte. Sie vermißte die nahrhaften Mahlzeiten, die ihre Mutter immer zubereitet hatte. Statt einem warmen Essen bekam sie jetzt manchmal nur eine Tasse Tee.

Das heutige Abendessen würde mager ausfallen. Sie und Seamie würden Kartoffeln mit Brot und Margarine essen. Butter war zu teuer. Charlie und ihre Ma bekämen das gleiche, allerdings mit Bückling – Charlie, um für die Brauerei bei Kräften zu bleiben, und Kate, weil sie aufgepäppelt werden mußte. Der Husten zehrte sie aus. Sie hustete manchmal so stark, daß ihr Gesicht rot anlief und sie kaum mehr Luft bekam. Vielleicht hatte Charlie morgen ein paar Pennys übrig. Wenn ja, konnte sie ein bißchen billiges Lammfleisch für einen Eintopf kaufen. Damit käme ihre Mutter vielleicht wieder auf die Beine.

Zum Schluß erstand sie einen Laib Brot und ein Viertelpfund Margarine, dann machte sie sich auf den Heimweg. Nebelschwaden legten sich über die orangefarbenen Flammen der Gaslaternen, die ein unheimliches Licht auf die Straßen warfen. Wie ein lebendiges Wesen bewegte sich der Nebel, sank nieder und wirbelte um die Marktstände, verschluckte die Geräusche und verdeckte die Sicht.

Der Nebel ließ sie erschauern. Wenn man durch ihn hindurchging, glaubte man, in ein kaltes, nasses Laken gehüllt zu sein. Ihre Einkäufe waren schwer, sie hatte Hunger, und ihre Beine schmerzten vom langen Stehen während des Tages. Seit sie Mr. Burton erklärt hatte, wie mit weniger Mädchen mehr Arbeit zu erledigen sei, ließ sie Mr. Minton – der sich übergangen fühlte – besonders hart arbeiten und verlangte von ihr, abends die Teeschaufeln zu waschen, die Tische abzuwischen und den Boden zu kehren. Sie war erschöpft, wollte nach Hause und entschied sich plötzlich für eine Abkürzung.

Sie bog von der High Street ab und ging durch die nebelverhangene Barrow Street, eine schäbige Gasse mit verfallenen kleinen Mietshäusern ohne Türen und Fenster. Hier gab es keine Gaslaternen mehr, alle waren zerschlagen. Es war dunkel und still in der Gasse, und nach zwanzig Metern kam Fiona der Gedanke, daß es vielleicht doch keine so gute Idee war, die Abkürzung zu nehmen. Sie erinnerte sich, wie sehr sie sich gefürchtet hatte, als der schreckliche Sid Malone sie angefallen hatte. Was, wenn er sie auf dem Markt gesehen hatte und ihr gefolgt war? Und dann gab es auch noch Jack the Ripper, der vor drei Wochen in einer Nacht zwei weitere Frauen ermordet hatte – Elizabeth Stride in der Berner Street und Catherine Eddowes am Mitre Square. Man redete von nichts anderem mehr. Fiona hatte der Neuigkeit keine große Aufmerksamkeit geschenkt – sie hatte um ihren Vater getrauert –, aber jetzt fiel ihr alles wieder ein. Weder die Berner Street noch der Mitre Square waren besonders weit von der Barrow Street entfernt. Jack war noch nicht verhaftet worden. Er konnte überall sein. Niemand würde sie hören, wenn sie schrie und ... ach, hör auf damit, tadelte sie sich. Sei nicht albern. Auf dem Weg bist du in zehn statt in zwanzig Minuten zu Hause.

Sie zwang sich, sich auf andere Dinge zu konzentrieren. Sie dachte an ihre neuen Nachbarn. Da gab es Frances Sawyer auf der einen Seite, die Charlie zufolge eine Prostituierte war, und Mr. Hanson auf der anderen. Mr. Grabscher, wie Fiona ihn nannte. Er war schrecklich: Mit lüsternen Blicken und den Hände zwischen den Beinen versuchte er, sie und die anderen Frauen durch die Ritzen in der Toilette zu beobachten. Zumindest waren die Leute, mit denen sie sich das Haus teilten, anständig.

Es war schwer, so eng mit fremden Menschen zusammenzuwohnen. Sie mußten eine bessere Wohnung finden, aber dafür brauchten sie mehr Geld. Da sie nicht einfach dasitzen und auf den Scheck von Burton Tea warten wollte, hatte sich Fiona nach Wochenendarbeit in den umliegenden Geschäften umgesehen. Sie hatte noch kein Glück gehabt, aber ein paar Ladeninhaber hatten sich ihren Namen notiert. Ihre Mutter hatte angefangen, Heimarbeit zu machen, und fertigte seidene Weihnachtssterne für Christbaumschmuck. Auch Charlie half mit. Manchmal, wenn sie dachte, sie hätten nur Geld für Brot und Margarine, kam er mit ein paar Shilling daher – seinem Preisgeld –, und sie konnten sich Buletten oder Fisch und Chips leisten.

Tief in Gedanken versunken, hörte Fiona etwa auf halbem Weg die Barrow Street hinunter plötzlich Schritte hinter sich. Das hat nichts zu sagen, redete sie sich schnell ein, bloß ein anderes Mädchen, das wie sie vom Markt nach Hause ging. Aber eine innere Stimme sagte ihr, daß die Schritte für ein Mädchen zu schwer waren. Na schön, dachte sie, es klingt nicht so, als wären sie schon sehr nahe. Doch erneut flüsterte die innere Stimme, daß das am Nebel liegen konnte. Er dämpfte die Geräusche und ließ sie weiter entfernt erscheinen, als sie tatsächlich waren. Fiona drückte ihre Einkäufe an sich und ging schneller. Das gleiche taten die Schritte hinter ihr. Wer immer hinter ihr war, verfolgte sie. Sie begann zu rennen.

Durch den Nebel konnte sie das Ende der Gasse nicht erkennen, aber sie wußte, daß es nicht fern war. Dort wird jemand sein, sagte sie sich, jemand wird mir helfen. Inzwischen rannte sie die Gasse hinunter, aber die Person hinter ihr kam immer näher. Die Schritte wurden lauter, und plötzlich wußte sie, daß sie es nicht schaffen würde. Von Todesangst gepackt, drehte sie sich um. »Wer ist da?« rief sie.

»Scht, hab keine Angst«, antwortete eine Männerstimme. »Ich tu dir nichts. Mein Name ist O'Neill. Davey O'Neill. Ich muß mit dir reden.«

»Ich ... ich kenn Sie nicht. B-Bleiben Sie mir vom Leib«, stammelte sie. Sie versuchte, wieder zu laufen, aber er hielt sie fest. Sie ließ ihre Einkäufe fallen und versuchte zu schreien, aber er hielt ihr den Mund zu.

»Nicht!« zischte er. »Ich hab doch gesagt, ich muß mit dir reden.«

Sie sah in seine Augen. Sein Blick war verzweifelt. Er war verrückt. Er war der Ripper. Ganz sicher. Und er würde sie auf der Stelle umbringen. Entsetzt stöhnte sie auf und kniff die Augen zusammen, weil sie sein scheußliches Messer nicht sehen wollte.

»Ich laß dich los, aber renn nicht weg«, sagte er. Sie nickte. Er ließ sie los, und sie öffnete die Augen. »Tut mir leid, daß ich dich erschreckt hab«, fuhr er fort. »Ich hab auf dem Markt mit dir reden wollen, mich aber nicht getraut. Man weiß ja nie, wer einen beobachtet.«

Wieder nickte sie und versuchte, ruhig zu bleiben. Versuchte, ihn ruhig zu halten. Sie hörte kaum, was er sagte, es ergab keinen Sinn. Er war offensichtlich ein Verrückter, aber auch Verrückte konnten gefährlich sein. Sie durfte ihn nicht reizen.

Der Mann sah in ihr erschrockenes, verständnisloses Gesicht. »Kennst du mich nicht? Ich bin Davey O'Neill ... erinnerst du dich nicht?«

Plötzlich dämmerte ihr, daß sie ihn kannte, oder besser gesagt, seinen Namen gehört hatte. Bei der polizeilichen Untersuchung. Er war derjenige, der das Öl verschüttet hatte, auf dem ihr Vater ausgerutscht war.

»D-doch. Aber ...«

»Sie haben mich für Paddys Unfall verantwortlich gemacht, aber ich war's nicht. Ich hab die Winden geschmiert, wie Curran es mir aufgetragen hat, aber ich hab nichts verschüttet. Ich hab alle Gewinde abgewischt, damit nichts runtertropft, wie ich's immer mach. Als ich fertig war, war nirgendwo Öl. Das schwör ich!«

»Aber wenn Sie's nicht waren ... wie ...?«

»Ich hab einfach jemandem sagen müssen, daß es nicht meine Schuld gewesen ist. Manche wollen gar nicht mehr mit mir reden.

Du bist Paddys Tochter, dir hab ich's sagen müssen.« Er sah sich um. »Jetzt muß ich fort.«

»Warten Sie!« Sie packte ihn am Ärmel. »Was wollen Sie damit sagen? Wenn Sie das Öl nicht verschüttet haben, wie ist dann dorthin gekommen? Ich versteh nicht ...«

O'Neill riß sich los. »Mehr kann ich nicht sagen. Ich muß los.«

»Nein, warten Sie! Bitte!«

»Ich kann nicht!« Er wirkte wie ein gehetztes Wild. Er schickte sich zum Gehen an, drehte sich dann aber noch einmal um und sagte: »Du arbeitest unten in der Teefabrik, stimmt's?«

»Ja ...«

»Halt dich von den Gewerkschaften fern, verstanden?« Seine Stimme war leise und rauh. »Die Abteilung von Wapping ist aufgeschmissen ohne deinen Vater, aber Tillet will Ersatz finden. Außerdem hört man, daß die Mädchen in den Teefabriken auch organisiert werden sollen. Du hältst dich da raus! Versprich's mir ...«

»Was haben denn die Gewerkschaften damit zu tun?«

»Versprich's mir!«

»Also gut, ja! Aber sagen Sie mir wenigstens, warum!«

Ohne ein weiteres Wort verschwand er im Nebel. Fiona wollte ihm nachlaufen, aber sie brachte ihre zitternden Beine nicht dazu, sich in Bewegung zu setzen. Wie sehr er sie erschreckt hatte! Sie mußte sich beruhigen, damit ihre Mutter nichts bemerkte. Sie war vollkommen durcheinander und wußte nicht, was sie von O'Neill und den verrückten Dingen halten sollte, die er gesagt hatte. Offensichtlich hatte er den Verstand verloren.

Aber vielleicht sagte er tatsächlich die Wahrheit. Und wenn das zutraf, warum war ihr Vater dann ausgerutscht? Die Frage flößte ihr ein unbehagliches Gefühl ein. Das gleiche hatte sie sich schon einmal gefragt, als nach der Beerdigung Mr. Farrell und Mr. Dolan sagten, wie seltsam sie es fänden, daß ihr Vater, der in den Docks nie einen Unfall gehabt hatte, zu Tode gestürzt sei. Sie hatte diese Unterhaltung – und ihre eigenen wüsten Spekulationen – als lächerlich abgetan, aber waren sie das wirklich?

Behauptete Davey O'Neill, daß er das Öl nicht verschüttet habe – oder daß es überhaupt kein Öl gegeben habe? Letzteres konnte nicht zutreffen, denn die Polizisten, die den Unfall untersuchten, hatten welches gefunden. Onkel Roddy hatte den Bericht selbst durchgesehen und gesagt, er sei in Ordnung. Was hatte O'Neill noch gesagt? »Manche wollen gar nicht mehr mit mir reden ...« Fiona spürte, wie Ärger ihre Angst verdrängte. Jetzt war klar, was vor sich ging – es gab Dockarbeiter, die auf O'Neill sauer waren. Sie machten ihn für den Tod ihres Vaters verantwortlich. Sie zeigten ihm die kalte Schulter, vielleicht hatte er sogar Schwierigkeiten, Arbeit zu finden. Und er wollte, daß sie Partei für ihn ergriff. Sie sollte den Leuten sagen, daß es nicht seine Schuld gewesen sei. Dieser selbstsüchtige Mistkerl! Ihr Vater war tot, ihre Familie kämpfte ums Überleben, und ihm ging's nur darum, bei seinen Kollegen wieder in gutem Ansehen zu stehen. Als hätte sie keine anderen Sorgen als Davey O'Neills Pechsträhne. Dieser erbärmliche Kerl! Ihr nachzuschleichen und von Gewerkschaften zu schwafeln. Ihr zu raten, sich keiner anzuschließen. Als hätte sie Geld, um es für Beiträge auszugeben!

Mit zitternder Hand wischte sie über ihre Stirn und strich ein paar Haarsträhnen zurück. Immer noch wütend, wünschte sie, sie könnte jemandem erzählen, was passiert war. Charlie würde wissen, was von O'Neill zu halten war, aber er wäre außer sich, wenn er erführe, daß sie die Abkürzung genommen hatte, und sie hatte keine Lust, sich ausschimpfen zu lassen. Sie würde keinem etwas davon erzählen, sondern die ganze Sache einfach vergessen. Sie hob ihre Einkäufe auf und ging weiter. Als sie das Ende der Straße erreichte, verfluchte sie O'Neill immer noch und schwor sich, ihm gehörig die Meinung zu sagen, falls sie das Pech haben sollte, ihm je wieder zu begegnen.

13

Eine Schar zerlumpter Gassenjungen stocherte in dem weichen Schlamm unterhalb der Old Stairs herum und förderte Kupferstücke, alte Flaschen und Kohlebrocken zutage. Fiona beobachtete sie, wie sie den Streifen durchsuchten, den die Ebbe freigelegt hatte, ihre Taschen füllten und davonrannten, um ihre Schätze dem Altwarenhändler zu verkaufen.

Sie saß mit Joe an ihrem Lieblingsplatz. Diesen Teil des Flusses kannte sie wie ihre Rocktasche. Alles war ihr vertraut hier – die schaumigen Wellen, Butler's Wharf auf der anderen Seite des Wassers, der intensive Geruch nach Tee. Alles war ihr zutiefst vertraut, dennoch war alles anders.

Sie wurde das Gefühl nicht los, daß sich Joe irgendwie verändert hatte. Sie konnte nicht sagen, warum, er wirkte einfach anders. Er trug ein neues Jackett aus schönem moosgrünem Tweed, das ihm Harry geschenkt hatte. Er hatte auch ein frisches weißes Hemd und eine neue Wollhose an, die er sich für eine Reise nach Cornwall mit Tommy Peterson gekauft hatte. Darin sah er nicht mehr wie ein abgerissener Straßenhändler aus, sondern wie ein selbstsicherer junger Mann auf dem Weg nach oben.

Fiona trug ihren marineblauen Rock, eine weiße Bluse und ihren grauen Schal. Es war ein stürmischer Herbstsonntag, und sie war froh, eine Ausrede zu haben, den Schal umzulegen, weil er einen schlecht geflickten Ärmel verbarg. Sie schämte sich wegen ihres schäbigen Aufzugs und war sich Joes besserer Kleidung bewußt. Sie fühlte sich befangen, ein Gefühl, das sie in seiner Gegenwart noch nie empfunden hatte.

Joe wirkte freudig erregt, er war zufrieden mit seiner Arbeit, mit Peterson und mit sich selbst. Wozu er allen Grund hatte, dachte sie. Er war gerade mal zwei Monate dort und sollte bereits befördert werden. Endlos erging er sich über Peterson – Tommy hier, Tommy da – und wollte kein Ende mehr finden. Mit strahlendem Gesicht erzählte er von der Möglichkeit, die Stelle als Einkäufer zu bekommen. Er berichtete von der Reise nach Cornwall, wo er in einem eleganten Hotel übernachtet hatte, und benutzte all die Handelsausdrücke, die sie nicht verstand. Sie versuchte, sich für ihn zu freuen, seine Begeisterung zu teilen, aber alles schien sich nur um ihn zu drehen.

»... und in unserer Büchse sind jetzt achtzehn Pfund und sechs Pence, stell dir vor«, sagte er und riß sie aus ihren Gedanken.

Fiona sah ihn betrübt an. »Ich hab kein Geld dafür. Vielleicht nächste Woche ...«

»Mach dir keine Sorgen. Ich leg genug für uns beide rein.«

Sie runzelte die Stirn. Es ging ja nicht darum, daß er für sie beide genügend beiseite legte. Es war doch *ihr* gemeinsamer Traum! *Ihr* gemeinsamer Laden. Sie wollte auch etwas beisteuern. Wenn sie es schafften, dann genauso wegen ihrer Anstrengungen und Opfer wie wegen der seinen. Verstand er das denn nicht?

Er nahm ihre Hand und rieb sie zwischen den seinen. »Mein Gott, Schatz, deine Hand ist so rauh«, sagte er und sah sie an. »Wir kaufen dir eine Creme dafür.«

»Ich hab welche, danke«, antwortete sie kurz und entzog ihm die Hand.

Sie steckte sie in ihre Rocktasche. Es stimmte nicht, sie hatte keine Creme. Aber von ihm wollte sie auch keine. Sie fühlte sich verletzt, als hätte er sie kritisiert. Ihre Hände waren immer rauh gewesen. Genau wie die aller anderen. Zumindest derer, die arbeiteten. Damen, die was Besseres waren, hatten weiche Hände, aber nicht Teepackerinnen wie sie. Millies Hände waren sicher weich, dachte sie bitter.

»Fee, was ist denn los?« fragte Joe, der ihren trotzigen Gesichtsausdruck bemerkte.

Mein Gott, sie war gemein. Er versuchte bloß, nett zu sein, für sie zu sorgen. Er hatte ihre Familie mit einem großen Korb Obst und Gemüse überrascht und so getan, als wäre es bloß ein Mitbringsel, obwohl er wußte, daß es für sie ums Überleben ging. Für ihre Mutter hatte er Bonbons gekauft und einen bemalten Holzsoldaten für Seamie, der bei seinem Anblick übers ganze Gesicht gestrahlt hatte. Für sie hatte er sechs rote Rosen mitgebracht. Er war so lieb zu ihr gewesen, aber warum reagierte sie dennoch gereizt und abweisend?

»Es ist nichts«, log sie und zwang sich zu einem Lächeln, entschlossen, ihren düsteren Gedanken nicht nachzugeben und den ersten Nachmittag zu verderben, den sie seit Ewigkeiten gemeinsam verbrachten.

»Ich erzähl zuviel von meiner Arbeit. Wahrscheinlich langweile ich dich. Tut mir leid, Fee.« Er legte seinen Arm um sie, zog sie an sich und küßte sie.

In seinen Armen verschwanden ihre Ängste. Sie hatte das Gefühl, alles sei wieder wie früher. Nur sie beide ... die sich liebten, sich gegenseitig gehörten, ohne Gedanken an Peterson's. Ohne Sorgen um ihre Mutter, ihr enges Zuhause und ihre Geldnot.

»Ich wünschte, wie hätten mehr Zeit füreinander, Fee. Es ist schrecklich, dich nie zu sehen.«

»Na, wenigstens bist du jetzt da«, sagte sie fröhlich. »Und zu Guy Fawkes kommst du auch. Das ist nicht mehr lang hin – bloß noch vierzehn Tage.« Sie freute sich wahnsinnig auf den Feiertag und wurde ganz aufgeregt, wenn sie bloß davon redete. »Wir gehen alle zum Freudenfeuer in die Montague Street zurück. Ich kann mir einfach nicht vorstellen, an Guy Fawkes nicht dort zu sein.« Sie drückte seine Hand. »Kriegst du den ganzen Tag frei oder bloß den Abend?«

Er wandte sich ab.

»Joe?«

»Ich werd nicht kommen können, Fiona.«

»Nicht kommen?« rief sie enttäuscht aus. »Aber warum nicht? Du willst mir doch nicht sagen, daß dich Peterson am Abend von Guy Fawkes arbeiten läßt!«

»Nein, nicht wirklich. Tommy macht ein großes Fest, und ich muß hin.«

»Warum? Kannst du nicht einfach nein, danke sagen und heimkommen?«

»Nein, das kann ich nicht. Es ist eine große Party für alle Angestellten. Es ist der Abend, an dem Tommy den Bonus ausgibt und die Beförderungen verkündet. Es wär ein Schlag ins Gesicht, wenn ich nicht hingehen würde, Fiona. Bitte sei nicht böse, ich kann's nicht ändern.«

Aber sie war böse, sie konnte nicht anders. Zudem traurig und enttäuscht. Der Abend von Guy Fawkes war ein großes Ereignis in der Montague Street, schon immer gewesen. Alle Kinder bastelten ihre Puppen, alle Nachbarn kamen heraus, um das Freudenfeuer anzusehen und die Knallfrösche loszulassen. Verliebte Paare hielten im Feuerschein Händchen, und sie hatte gehofft, mit Joe dasselbe zu tun. Es war etwas, worauf sie sich gefreut hatte, ein bißchen Spaß, an den man sich klammern konnte, und jetzt hatte sie wieder nichts.

»Wird Millie dort sein?«

»Ich glaub schon. Es findet in ihrem Haus statt.«

Sie schwieg einen Moment und fragte dann: »Bist du verknallt in sie?«

»Was?«

»Bist du's?«

»Nein! Zum Teufel, Fiona. Fängst du schon wieder damit an?«

»Tut mir leid, ich hab mich getäuscht«, sagte sie eisig. »Tommy ist derjenige, in den du verliebt bist, nicht in Millie, stimmt's? So ist es. Mit ihm verbringst du schließlich deine ganze Zeit.«

Joe explodierte. »Was soll ich deiner Meinung nach denn tun, Fiona?« brüllte er. »Soll ich kündigen?« Er ließ ihr keine Zeit zu antworten. »Das hab ich mir überlegt, weil ich wieder bei dir sein wollte. Aber ich hab's nicht getan, weil ich das Richtige für uns beide tun will. Ich will die Beförderung kriegen, damit ich mehr Geld verdienen kann. Damit wir unseren Laden aufmachen können. Damit ich für dich sorgen kann.«

»Ich hab dich nicht gebeten, für mich zu sorgen«, schrie sie ihn an. »Ich bitte dich bloß, ab und zu hierzusein ...« Sie spürte, wie ihre Mundwinkel zu zittern begannen. Sie würde nicht weinen, zum Teufel, dazu war sie zu wütend. »Ich hab's nicht leicht gehabt nach dem Tod von meinem Vater und allem. Wenn du bloß manchmal hier wärst ... bloß zum Reden.«

»Fee, du weißt, daß ich bei dir wär, wenn ich könnte. Das *weißt* du. Es wird nicht immer so sein. Hab nur noch ein bißchen Geduld. Ich komm mir blöd vor, aber ich kann's nicht ändern. Ich kann nicht auf zwei Hochzeiten gleichzeitig tanzen. Flöß mir doch nicht noch mehr Schuldgefühle ein, als ich ohnehin schon hab.«

Fiona wollte ihm gerade widersprechen, aber seine Worte brachten sie zum Schweigen. Schuldgefühle. Sie machte ihm Schuldgefühle. Sie spürte einen Stich im Magen und war beschämt. Sie schloß die Augen und sah ihn gemeinsam mit Harry und Millie. Sie schlenderten unbeschwert lachend herum, redeten über Tommy, machten Scherze, sahen im Vorbeigehen in die hell erleuchteten Schaufenster, gingen Tee trinken. Warum um alles in der Welt sollte er hierher zurückkommen wollen, in dieses schäbige Viertel, wenn er bei ihnen sein konnte? Warum sollte er bei ihr sein und ihre Sorgen und Ängste anhören, wenn er Millies Lachen lauschen konnte? Mit Mädchen wie ihr konnte sie nicht konkurrieren. Sie sah wie eine Bettlerin aus in ihren abgetragenen Kleidern. Dazu ihr alter Schal, ihre rauhen Hände – wahrscheinlich stellte er hundert nachteilige Vergleiche an, dachte sie und wand sich innerlich. Sie konnte ihm noch nicht mal sechs Pence für ihre gemeinsame Spardose geben. Jetzt sah sie es deutlich: Er führte ein aufregendes neues Leben mit interessanten Leuten und neuen Erfahrungen. Er bewegte sich weg von ihr und wollte nicht belastet werden. Sie war ein Klotz am Bein. Das hatte er zwar nicht gesagt, aber das war auch nicht nötig. Doch sie war zu stolz, um jemandem zur Last zu fallen. Sie blinzelte ein paarmal und stand dann auf.

»Wo gehst du hin?«

»Heim.«

»Du bist immer noch sauer auf mich.«

»Nein, das stimmt nicht«, antwortete sie ruhig, um nicht erneut die Fassung zu verlieren und laut zu werden. Millie kreischte vermutlich nie. »Du hast recht, du solltest zu Peterson's gehen. Es ist bloß ... ich hab genug vom Fluß und will zurück.«

Er stand mit ihr auf.

»Ich geh allein, danke.«

»Sei nicht albern, es ist ein langer Weg. Wenn du unbedingt heim willst, begleite ich dich.«

Fiona drehte sich zu ihm um. »Ich hab nein gesagt! Laß mich allein! Geh in dein verdammtes Covent Garden zurück! Ich will mir nicht anhören, daß meine Hände rauh sind, daß ich geduldig sein soll und daß du den Guy-Fawkes-Tag mit Millie Peterson verbringst!«

»Ich verbring' ihn nicht mit Millie! Ich geh bloß zu einer Party! Was hast du denn bloß? Ich kann's dir nicht recht machen, egal, was ich tu!« stieß Joe wütend hervor. »Du sagst, du möchtest mich mehr um dich haben, aber jetzt bin ich da, und du willst heim. Warum bist du bloß so verdammt launisch?«

»Völlig grundlos, Joe. Ich hab meinen Pa verloren, mein Zuhause, und jetzt verlier ich auch noch meinen Liebsten. Alles ist einfach ganz prima!«

»Fiona, das tut mir leid, wirklich. Aber du verlierst mich nicht, ich versuch doch, alles besser zu machen. Was zum Teufel willst du denn von mir?«

»Ich will meinen Joe zurück«, sagte sie. Dann lief sie die Treppe hinauf und verschwand aus seinem Blickfeld. Sie ging über die High Street, an Docks und Lagerhäusern vorbei in Richtung Gravel Lane und Whitechapel. Sie verstand die Welt nicht mehr. Nichts paßte zusammen. Joe sagte, er arbeite hart für sie beide, für ihren Laden. Das sollte sie trösten, aber das tat es nicht.

Wenn er wirklich für ihren Laden arbeitete, warum war er dann so sehr auf die Beförderung aus? Hatte er nicht gesagt, sie hätten achtzehn Pfund und sechs Pence? Das waren doch schon fast die fünfundzwanzig, die sie brauchten. Er brauchte die Einkäuferstelle nicht, sondern nur noch die Lohneinkünfte von ein paar weiteren Monaten. Dann konnte er kündigen, und sie konnten ihren Laden aufmachen. Warum war er so hinter der Stelle her?

Nach einer halben Meile die Gravel Lane hinauf begann sie schneller zu laufen. Atemlos und schwach auf den Beinen versuchte sie, der Stimme in ihrem Kopf zu entfliehen: *Weil er den Laden nicht mehr will. Und weil er dich nicht mehr will.*

Vor Dutzenden streng abschätzender Blicke zog Charlie Finnegan sein Hemd aus und warf es über einen Stuhl. Er drückte die Ellbogen nach hinten, um seine Schultern zu lockern und die Brust zu dehnen. Die Blicke strichen über seine straffen Muskeln und registrierten seine kräftigen Arme und die starken Hände. Ein anerkennendes Murmeln ging durch die Menge. Die Wetten schnellten hoch, Einsätze wurde geändert, Münzen wanderten von Hand zu Hand.

Gelassen blickte sich Charlie im Raum um. Ihm gefiel, was er sah. Es war sein erster Kampf im Taj Mahal – einem alten Musiksaal, der erst vor kurzem in eine Sporthalle umgewandelt worden war. Der Besitzer, Denny Quinn, hatte das Gebäude ausgeweidet, die Bühne und die Sitze herausgerissen, aber die schönen Gaskandelaber, die Wandleuchten und die Blumentapete an ihrem Ort belassen. Das Ergebnis war ein großer, gut beleuchteter Raum, der sich ausgezeichnet für Hunde-, Hahnen- und Boxkämpfe eignete.

Ihm gefiel auch das Publikum – hauptsächlich Arbeiter, aber auch ein paar feine Pinkel. Mitten unter ihnen entdeckte er Thomas »Bowler« Sheehan. Bowler, der seinen Beinamen seinem schwarzen Hut verdankte, war der berüchtigtste Kriminelle von ganz Ostlondon. Es gab kein Bordell, keinen Spielsalon und keine Kampfarena, an der er nicht beteiligt gewesen wäre. Kaibesitzer bezahlten ihn, um ihr Eigentum zu »beschützen«. Pubbesitzer bezahlten ihn, damit ihre Fenster heil blieben. Und diejenigen, die so dumm waren, ihm kein Stück von ihrem Kuchen abzugeben, tauchten, mit dem Gesicht nach unten in der Themse treibend, wieder auf.

Sheehans Anwesenheit war der Beweis für die Menge des Geldes in der Halle. Er verschwendete seine Abende nicht mit Schmalspurveranstaltungen. Charlie freute sich, daß das Interesse an seiner Person so groß war. Er wußte, daß die Jungs, die Quinn mochte – Boxer, die regelmäßig bei ihm auftraten –, zusätzlich zum Preisgeld einen Anteil der abendlichen Einnahmen bekamen. Deshalb ließ Quinn die unbekannten Boxer zu einem Probekampf antreten, bevor er sie aufnahm. Charlie war entschlossen, einen guten Eindruck zu machen.

Eine Glocke ertönte. Unter Johlen und Pfiffen traten er und Sid in die Mitte des Raums. Sie streckten dem Schiedsrichter die Hände hin, der sie nach oben drehte, um sicherzustellen, daß sie nichts darin verbargen, dann schickte er sie in ihre jeweilige Ecke an den entgegengesetzten Seiten des Kampfrings.

Charlie taxierte seinen Gegner. Er kannte ihn. Sein Name war Sid Malone. Er arbeitete in der Brauerei mit ihm. Sid wohnte auf der anderen Seite des Flusses in Lambeth. Er war kein geborener Londoner. Laut Billy Hewson, ihrem Vorarbeiter, war er nach dem Tod seiner Mutter vom Land in die Stadt gezogen. Er hatte keine Familie und keine Freunde. Er war ein Schläger, der immer Streit suchte, doch Charlie hatte nie Schwierigkeiten mit ihm gehabt. Zumindest nicht bis zu dem Tag vor ein paar Monaten, an dem Sid plötzlich Gefallen an Fiona gefunden hatte. Er lud sie in ein Pub ein, und als sie ablehnte, hatte er versucht, sie in eine Gasse zu ziehen. Mit einem einzigen, gut plazierten Schlag hatte sie ihm die Nase gebrochen, was Malone nie verwunden hatte. Er wollte seine Ehre wiederherstellen, und dafür fiel ihm nichts Besseres ein, als ihren Bruder zu Brei zu schlagen. Er war ungefähr von derselben Größe und im gleichen Alter wie Charlie und hatte ebenfalls rotes Haar, war aber nicht so kräftig gebaut. Charlie kannte seinen Stil und glaubte, es mit ihm aufnehmen zu können, aber jeder Boxer, einschließlich Sid, war besser, wenn er zornig war.

Einige Boxer mußten sich in ihre Aggression förmlich hineinsteigern. Sie brauchten einen Grund – eine alte Rechnung, die zu begleichen war, eine paar Jubelrufe der Menge. Charlie brauchte bloß den Behälter zu öffnen, in dem seine Wut verschlossen war. Er war immer ein guter Kämpfer gewesen, aber in den Wochen nach dem Tod seines Vaters war er noch besser geworden.

Kämpfen reinigte ihn. Von seinem Zorn, seinen Schuldgefühlen, seiner Hoffnungslosigkeit. Wenn er kämpfte, vergaß er seine sorgenvolle Schwester und seine blasse, müde Mutter. Er vergaß die traurigen Augen seines kleinen Bruders, der ihn stumm tadelte, weil er so wenig zu Hause war. Er vergaß New York und das Leben, das er sich dort aufbauen wollte. Er ging vollkommen darin auf, seinen Gegner zu umkreisen, ihm auszuweichen, das Geräusch seiner bloßen Fäuste zu hören, die gegen das Kinn eines anderen krachten, und den scharfen, stechenden Schmerz zu spüren.

Der Schiedsrichter trat in die Mitte des Rings und hob den Arm. Die Luft knisterte vor Spannung. Charlie spürte, wie sich die Härchen auf seinen Armen aufstellten. Die Menge rückte näher, Stimmen feuerten ihn an. Eine Glocke ertönte, und der Kampf begann. Sid war wie eine Marionette. Verletzter Stolz und Zorn trieben ihn an und ließen ihn harte, wütende Schläge austeilen. Charlie zog sich in die Deckung zurück und schaffte es problemlos, Sids Schläge zu parieren. Aus dieser Position konnte er ihn beobachten, seine Kräfte sparen und genau entscheiden, wann er den Mistkerl k.o. schlagen würde.

»Komm her, du Feigling«, zischte Sid. »Zeig's mir.«

Die Zuschauer waren nicht zufrieden, sie wollten mehr Aggression und buhten und schüttelten die Köpfe. Charlie achtete nicht darauf. Er hätte ein Dutzend Schläge landen können, um seinem Gegner die Lippe zu spalten oder ihm ein geschwollenes Auge zu verpassen, aber er wollte ihnen etwas liefern, woran sie sich noch lange erinnern würden. Deshalb hielt er sich zurück und reizte die Menge, indem er die Sache hinauszog wie ein geübter Liebhaber, der die Lust durch Verzögerung steigert. Sid landete einen Schlag unter Charlies linkem Auge, und seine Haut platzte auf. Charlies Kopf schnellte zurück. Blut strömte aus der Wunde, die Menge johlte. Charlie schüttelte den Kopf, und Blut spritzte durch die Luft. Er war froh, daß die Wunde unter seinem Auge lag und das Blut ihn nicht behinderte. Sein Gegner trat ihm nun selbstbewußt entgegen. Charlie beobachtete die Position seiner Fäuste. Er hatte die Deckung geöffnet.

Sid landete ein paar weitere harmlose Treffer, die Charlie einsteckte, während er ihn weiterhin wie ein Habicht beobachtete. Jedesmal wenn Sid zu einer Rechten ausholte, ließ er die Linke fallen. Er war außer Atem und schlug in einem bestimmten Takt, um Kraft zu sparen. Charlie behielt seine Fäuste dicht am Gesicht. Er durfte sich von Sid keinen weiteren Schlag aufs Auge verpassen lassen. Er holte tief Luft, achtete auf seine Standfestigkeit und beobachtete weiterhin Sids Schlagrhythmus. Rechte, Rechte, Rechte. Die linke Faust fiel nach unten, wenn die rechte vorstieß, dann ging sie wieder nach oben, und es folgte eine kurze Pause. Dann ein anderes Muster. Rechts, links, rechts. Noch einmal. Dann kamen wieder die Rechten. Sein Arm fiel herab und Pause. Er wartete. Sid schlug erneut mit seiner Rechten, seine Linke fiel herab, und Charlie versetzte ihm einen mächtigen Schlag direkt an die Schläfe.

Wie ein Sack Kartoffeln fiel Sid zu Boden. Er stöhnte einmal auf, seine Lider flatterten kurz, und er war k.o. Es folgten ein paar Sekunden verblüffte Stille, während der Schiedsrichter bis zehn zählte, dann lief er zu Charlie hinüber, riß seinen Arm hoch und erklärte ihn zum Sieger. Die Menge brach in Jubelrufe aus, und viele riefen, daß sie so etwas noch nie gesehen hätten. Männer, die Charlie noch kurz zuvor ausgebuht hatten, lobten jetzt seine Zurückhaltung und sein Timing.

Sid wurde zu einem Tisch getragen, wo seine Begleiter sich um ihn kümmerten. Charlie spuckte das Blut aus, das ihm in den Mund gelaufen war. Schnell brachten ihm bewundernde Zuschauer einen Stuhl, ein Glas Bier, saubere Handtücher und Wasser. Er wischte sich das Gesicht ab. Ein fülliger Mann in Weste und Hemdsärmeln, der eine abgeschabte schwarze Tasche bei sich hatte, stellte sich als Dr. Wallace, Denny Quinns Arzt, vor und kümmerte sich um seine Wunde. Er reinigte sie mit Wasser und Seife, dann betupfte er sie mit Whiskey, was Charlie zusammenzucken ließ. Als er eine Nadel und Faden herauszog, fragte Charlie, was zum Teufel er vorhabe.

»Es ist eine tiefe Wunde«, sagte Wallace. »Wenn wir sie nicht gleich nähen, heilt sie ewig nicht und platzt beim nächsten Kampf sofort wieder auf.«

Charlie nickte und riß sich zusammen, als Wallace die Nadel durch seine Haut stieß.

»Sitz still, Junge. Du willst doch für die Mädels dein hübsches Gesicht behalten.« Er machte noch ein paar Stiche, fünf im ganzen, dann verknotete er den Faden. »Hübschen Schlag hast du dem Burschen versetzt. Hab ich noch nicht oft gesehen, und ich seh 'ne Menge. Das Nähen geht aufs Haus. Und da kommt ein Teller mit Schnitzeln, eine Aufmerksamkeit von Mr. Quinn.« Wallace machte mit dem Kopf ein Zeichen in Richtung von Sid, der ausgestreckt auf einem Tisch lag. »Ich sollte lieber mal nachsehen, ob ich das schlafende Dornröschen aufwecken kann. Die Wunde muß saubergehalten werden.«

Charlie dankte ihm, dann stürzte er sein Bier hinunter. Sobald das Glas leer war, wurde ein neues gebracht. Er stürzte sich auf den Teller mit Schweineschnitzeln, seit Tagen hatte er nichts als Brot und Margarine zu essen bekommen. Ein Mann brachte sein Hemd, das er anzog, aber nicht zuknöpfte, weil ihm zu heiß war. Männer, die Geld gewonnen hatten, traten zu ihm und sprachen ihm ihre Anerkennung aus.

»Während des Kampfs wurden zweimal die Einsätze geändert«, sagte einer und zauste ihm durchs Haar. »Aber ich hab weiterhin auf dich gesetzt und einen Batzen gewonnen! Du hast das Zeug zu einer großen Karriere, Junge.«

Der Mann war so glücklich, daß er Charlie zwei Shilling von seinem Gewinn abgab. Lächelnd steckte er das Geld ein. Der Kampf war genau so ausgegangen, wie er gehofft hatte – er hatte Eindruck gemacht. Er lehnte sich auf seinem Stuhl zurück und schloß die Augen. Die Aufregung des Kampfes war vorbei, und er war müde. Er atmete tief ein und zog die stickige Luft ein. Wie alle Räumlichkeiten dieser Art stank das Taj Mahal nach Männern und ihren Betätigungen – nach Bier auf dem Dielenboden, nach Schweiß, Rauch, fettigen Schnitzeln und ... Parfüm. Parfüm? Charlie öffnete die Augen, um zu sehen, woher es kam.

Vor ihm stand eine hübsche Rotblonde. Sie trug ein enggeschnürtes pinkfarbenes Korsett, einen bauschigen weißen Unterrock und nicht viel mehr. Ihre langen Locken waren zu einem lokkeren Knoten aufgebunden, ein paar Strähnen hingen lose herab. Sie hatte warme braune Augen, Sommersprossen und ein süßes Lächeln. Charlie konnte den Blick nicht abwenden von ihren nackten Armen und dem mit Sommersprossen übersäten Dekolleté. Noch nie hatte er so viel Frau gesehen.

»Mr. Quinn meinte, Sie möchten vielleicht ein bißchen Gesellschaft«, sagte das Mädchen lächelnd. »Ich bin Lucy.«

Charlie brachte kein Wort heraus. Mein Gott war sie hübsch. Er konnte durch ihr Korsett hindurchsehen.

»Soll ich weggehen?« fragte sie stirnrunzelnd. »Möchten Sie eine andere?«

Er fand seine Stimme wieder. »Nein! Nein, ganz und gar nicht. Setzen Sie sich doch. Entschuldigen Sie mein Benehmen, ich bin ein bißchen müde. Der Kampf macht einen ziemlich fertig.« Aber Charlie stellte plötzlich fest, daß er überhaupt nicht müde war.

»Ich hab den Kampf nicht gesehen. Denny will nicht, daß wir unten sind, bevor alles vorbei ist. Er meint, wir lenken alle ab und bringen das Wettgeschäft durcheinander. Aber ich hab gehört, Sie seien toll gewesen!«

Also war Lucy eines von Dennys Mädchen. Ihm fiel nicht ein, was er sagen könnte, aber er mußte etwas sagen. Er wollte unbedingt, daß sie bei ihm blieb, damit er sie ansehen und sich mit ihr unterhalten konnte. Damit all die andern Männer sie mit ihm sehen konnten. Also begann er von dem Kampf zu erzählen, von Sid Malone und wie seine Schwester Sid die Nase gebrochen hatte. Er brachte Lucy zum Lachen, und sie ging nicht weg. Statt dessen beugte sie sich ein wenig näher, und er sah noch ein bißchen mehr von ihrem Ausschnitt.

Charlie spürte eine Hand auf seinem Rücken und sah auf. Die Hand gehörte einem schlaksigen Mann in einem eleganten Jackett. Es war Quinn. Er schob seinen Stuhl zurück, um aufzustehen, aber Quinn befahl ihm, sitzen zu bleiben.

»Das war gute Arbeit, Junge«, sagte er. »Hätt ich nicht erwartet. Hat die Wetten hochgetrieben. Das gefällt mir. Ich möchte dich bei mir aufnehmen. Laß das Auge abheilen, dann verhelf ich dir zu einem guten Start, in Ordnung?«

»Ja, Sir. Danke, Mr. Quinn.«

»Meine Bedingungen sind günstig«, fuhr Quinn fort, und seine wachen Augen strichen durch den Raum, während er sprach. »Eine feste Prämie plus ein Anteil der abendlichen Einnahmen. Hör zu, Charlie. Du bist gut, und andere werden dich auch haben wollen, aber ich will, daß du nur für mich arbeitest, und ich werde dafür sorgen, daß es sich für dich lohnt.« Er zog ein Bündel Noten aus der Tasche, nahm einen Fünfer heraus und gab ihn Charlie. Charlie wollte ihm danken, aber er hob abwehrend die Hände. »Wenn du nicht zu erledigt bist, gehen auch die Dienste unserer hübschen Lucy aufs Haus. Sie wird dir ein schönes heißes Bad herrichten, nicht, Süße? Und wenn du nett zu ihr bist, wird sie wahrscheinlich auch noch ein paar andere Dinge für dich tun.«

Bevor ein puterrot angelaufener Charlie antworten konnte, war Quinn schon fort und ging durch die Menge davon. Er hatte eines seiner Mädchen allein entdeckt. »Besorg dir einen Kerl, und marsch nach oben«, hörte Charlie ihn brüllen. »Was glaubst du denn, daß das ist? 'ne Kirchenversammlung?«

Lucy legte den Arm um Charlie und zog ihn an sich. Sein Herz hämmerte. »Er muß dich wirklich haben wollen, Charlie. Es kommt nicht oft vor, daß Denny Quinn freiwillig fünf Mäuse rausrückt.«

Charlie konnte sein Glück nicht fassen. Er hatte nichts anderes gewollt, als daß Quinn ihn aufnahm, und jetzt hatte er fünf Pfund und zwei Shilling und die Aussicht auf mehr. Und Lucy. Er hatte Lucy. Sie würden nach oben gehen, er konnte ihr das Korsett ausziehen und sie ansehen. Und sie küssen. Er konnte ihr den Unterrock ausziehen, sich neben sie legen und ...

Er war nervös. Trotz all der Prahlereien zwischen den Burschen in der Montague Street, wie viele Vierpennyhuren sie schon gehabt hätten, hatte er nie mehr getan, als Bridget, die Freundin seiner Schwester, zu küssen und ihre kleinen Brüste zu betasten. Er leerte sein Glas. Es war das dritte. Noch vier weitere, und er wäre vielleicht bereit für die anstehenden Dinge.

»Komm mit«, flüsterte Lucy und nahm ihn bei der Hand. Sie führte ihn nach oben in einen schmalen Gang mit Türen auf beiden Seiten. Vor einer blieb sie stehen, zog ihn an sich, küßte ihn, strich ihm durchs Haar, dann bis zu seinem Hintern hinab, den sie drückte und knetete wie ein Stück Teig.

»Möchtest du dein Bad jetzt oder später?« fragte sie flüsternd, während sich ihre Hände zu seiner Vorderseite bewegten.

»Was für ein Bad?« krächzte er und dachte an Denny Quinn, die Fünfpfundnote in seiner Tasche und an alles mögliche, um sich davon abzulenken, was sie mit ihren Händen anstellte. Denn falls ihm dies nicht gelang, würde er es nicht bis in ihr Bett schaffen. Zu seiner Erleichterung hörte sie auf und suchte in ihrem Korsett nach dem Zimmerschlüssel. Kichernd sperrte sie auf und zog ihn hinein.

Und in Lucys dickem Federbett, in ihren weichen, sommersprossigen Armen lernte Charlie Finnegan eine ganz und gar neue Art des Vergessens.

14

Bei einem Frühstück aus Toast und Tee las Fiona mit glücksstrahlendem Gesicht den Brief zum fünftenmal.

Liebe Fiona,
Hier sind zwei Shilling. Komm am Sonntag morgen nach Covent Garden. Nimm den Vierer-Bus von der Commercial Street, wo wir eingestiegen sind, als ich dich zu mir brachte. Steig in der Russell Street aus, wo ich dich abhole. Ich hab nur den halben Tag frei – um eins muß ich mit Tommy nach Jersey fahren, aber wenn du um neun hier bist, haben wir den ganzen Morgen für uns. Es tut mir leid wegen neulich und wegen des Guy-Fawkes-Tags. Ich weiß, daß du gerade eine schwere Zeit durchmachst. Ich vermisse dich und hoffe, daß es dir gutgeht.
Alles Liebe. Joe

Der Brief war gestern nachmittag angekommen. Eigentlich war es eher ein Päckchen – eine kleine Schachtel, in braunes Papier gepackt und verschnürt, die den Brief und zwei Shilling enthielt, jeder in Seidenpapier eingewickelt, damit nichts klapperte und den Postboten aufmerksam machte.

Fiona schwebte im siebten Himmel. Sechs Tage nach ihrem schrecklichen Streit hatte sie nichts von ihm gehört und gesehen und bereits an das Schlimmste gedacht. Vielleicht hatte sie ihn für immer vertrieben. Warum hatte sie mit ihm gestritten, wo sie ohnehin so wenig Zeit zusammen verbrachten? Es war alles ihre Schuld, er hatte nichts getan, als von seiner Arbeit zu erzählen. Sie hatte sich erneut von ihrer Eifersucht übermannen lassen. Doch sie wollte die Dinge unbedingt wieder ins Lot bringen, konnte aber nicht zu ihm fahren. Nicht einmal schreiben konnte sie ihm, weil sie nicht genug Geld für Papier hatte. Aber jetzt hatte er ihr geschrieben, und sie war aufgeregt und voller Hoffnung. Sie würde ihn sehen. Sie würden reden, und alles käme wieder in Ordnung. Sie brauchte ihn, brauchte die Sicherheit, von ihm geliebt zu werden.

Er hatte recht, sie *machte* schwere Zeiten durch. Grauenvolle tatsächlich. Jeder Tag schien ein neues Problem zu bringen, das gelöst werden mußte: Seamie mußte Handschuhe haben und einen Pullover, Charlie eine Jacke. Es war kalt geworden, und sie brauchten mehr Kohle. Die kleine Fabrik, die ihre Mutter mit Heimarbeit versorgte, hatte pleite gemacht. Sie hatte sich überall umgesehen – in Pubs, Läden und Küchen –, um einen zusätzlichen Job zu finden, aber niemand stellte sie ein.

Und das Schlimmste von allem war, daß sich Eileen mit dem Husten ihrer Mutter angesteckt hatte. Letzte Nacht war es ihr schlechtgegangen, sie keuchte, bis sie kaum mehr Luft bekam und Blut spuckte. Sie hatten sie schnell zum Arzt gebracht, aber er war sich nicht sicher, worum es sich handelte. Sie sollten sie beobachten, um zu sehen, ob die verschriebene Medizin anschlug oder nicht. Fiona hatte daraufhin Hoffnung geschöpft, aber ihre Ma war seltsam still gewesen. Als sie wieder zu Hause waren, hatte sie sich ans Feuer gesetzt und geweint. Fiona, die die Tränen ihrer Mutter mehr ängstigten als das Husten das Babys, fragte, was los sei.

»Es ist meine Schuld. Eileen hat sich bei mir angesteckt, und jetzt hat sie die Schwindsucht. Der Arzt wollte nichts sagen, aber ich weiß es.«

»Nein, das stimmt nicht«, antwortete Fiona entschieden, als könnten allein ihre Worte die schreckliche Krankheit abwehren. »Der Doktor hat gesagt, daß sie bloß einen rauhen Hals oder eine Entzündung hat. Er hat gesagt, wir sollen beobachten, ob die Medizin hilft, und in einer Woche wiederkommen. Genau das hat er gesagt, und er kennt sich schließlich besser aus als du.«

Ihre Mutter hatte sich die Augen abgewischt und genickt, aber nicht überzeugt ausgesehen. Seitdem hatte sie Eileen nicht mehr aus den Augen gelassen, kaum geschlafen und war immer abwesender und niedergeschlagener geworden. Und sie hatte abgenommen, wie alle in der Familie, weil das Geld fürs Essen nicht reichte. Tagelang hatten sie sich von Brot und Tee ernährt, bis Charlie letzte Nacht mit einer Fünfpfundnote und einer Platzwunde unterm Auge nach Hause kam. Er habe eine Arbeit als Möbelpacker, behauptete er. Die Arztrechnungen, die Kosten für Eileens Medizin, drei Wochen rückständige Miete und ein Einkauf auf dem Markt hatten das meiste des unverhofften Geldsegens aufgezehrt, aber jetzt war endlich etwas Gutes passiert. Joe hatte geschrieben, und sie würde ihn in ein paar Stunden sehen. Alle Mühsal war erträglich, solange sie sich an seine Liebe und ihren gemeinsamen Traum klammern konnte.

Als sie ihren Schal um die Schultern legte und sich zu erinnern versuchte, wie lange der Bus bis Covent Garden brauchte, tauchte das Gesicht eines Jungen im Fenster auf.

Er klopfte an die Scheibe. »Wohnen hier die Finnegans?« rief er.

»Ja. Wer bist du?«

»Mr. Jackson vom Bull schickt mich. Ich soll Fiona Finnegan ausrichten, daß sie wegen dem Job vorbeikommen soll. Aber gleich, wenn sie ihn noch haben will, hat er gesagt.«

»Was ... jetzt sofort?«

»Das hat er gesagt.« Der Blick des Jungen wanderte zu dem Brotlaib auf dem Tisch.

Fiona schnitt eine Scheibe ab, strich etwas Margarine darauf und reichte sie ihm. Gierig schlang er das Brot hinunter und lief davon, auf der Suche nach einem anderen Botengang.

»Hallo, Ma«, sagte sie und beugte sich über das Bett, um ihre Mutter zum Abschied zu küssen. Sie schlief nicht, sondern lag nur mit geschlossenen Augen auf der Seite.

»Hallo, Schatz.«

Fiona seufzte. Früher hätte ihre Mutter sie mit Fragen über den neuen Job gelöchert – vor allem bei einer Arbeit in einem Pub –, bevor sie sie nur aus der Tür gelassen hätte. Jetzt war sie zu müde, um sich zu kümmern. Sie hatte Charlie nicht mal nach seiner Verletzung gefragt und nicht bemerkt, daß Seamies Wortschatz inzwischen die Ausdrücke »verdammt« und »Mistkerl« enthielt. Wir müssen hier raus, dachte Fiona. Das Leben in Adams Court war hart und niederschmetternd. Es veränderte sie, richtete sie zugrunde.

Sie schloß die Tür hinter sich und machte sich auf den Weg zum Bull. Wenn sie sich beeilte, konnte sie zu dem Pub gehen, mit Mr. Jackson sprechen und trotzdem noch vor neun in Covent Garden eintreffen. Als sie vor ein paar Tagen mit ihm gesprochen hatte, hatte er keine freie Stelle gehabt. Jemand mußte ausgefallen sein. Gerade heute! dachte sie. Aber es war nicht zu ändern, und Joe hätte sicher Verständnis, wenn sie ein wenig zu spät kam. Wenn sie den Job bekam, hätte sie ein paar zusätzliche Shilling in der Tasche und könnte während der Woche vielleicht ein bißchen Fleisch zum Essen besorgen oder eine Flasche Tonikum für ihre Mutter. Vielleicht passierten ja zwei Glücksfälle hintereinander. Ein bißchen Glück für sie war längst überfällig.

Beim Pub angekommen, klopfte sie an die Tür, und kurz darauf ließ sie ein kräftiger Mann mit rotem Gesicht und großem Walroßschnäuzer eintreten.

»Du bist aber schnell da«, sagte Ralph Jackson. »Ich hab doch grad erst den Jungen losgeschickt, um dich holen zu lassen.«

»Ja, Sir«, antwortete Fiona lächelnd, in der Hoffnung, einen guten Eindruck zu machen. »Ich wollt Sie nicht warten lassen.« Tatsächlich wollte sie Joe nicht warten lassen, aber das brauchte Mr. Jackson ja nicht zu wissen.

»Gut, das gefällt mir bei meinen Angestellten. Also, glaubst du, daß du das schaffst? Es ist keine leichte Arbeit. Und auch keine angenehme. Es braucht viel Kraft in den Knochen, eine Kneipe sauberzukriegen.«

»O ja, Mr. Jackson. Ich schaff das schon. Ich werd eine erstklassige Arbeit für Sie machen.« Ich werde die Fenster putzen, bis sie blitzen und den Boden scheuern, bis er glänzt, dachte sie. Ich werde die Gläser und die Bar polieren und selbst deinen großen haarigen Arsch küssen. Aber gib mir den verdammten Job!

»Es sind drei Abende die Woche und Samstagnachmittag und Sonntagmorgen. Der Lohn ist zweieinhalb Pence die Stunde und eine Mahlzeit mit einem Getränk nach freier Wahl, wenn du fertig bist.«

»Ja, Sir.«

Mr. Jackson nagte an seiner Unterlippe und sah Fiona von oben bis unten an, als begutachte er einen Ackergaul. »Also gut dann. Schrubber und Eimer sind hinter der Tür. Die Bar muß auch poliert werden, aber du mußt zuerst die schmutzigen Gläser wegräumen.«

Fiona sah ihn verständnislos an. »Sie meinen, jetzt gleich?«

»Na klar, jetzt gleich. Paßt dir das nicht? Ich hab doch gesagt, die Arbeitszeit ist einschließlich Sonntagmorgen, und heut ist Sonntag.«

Sie würde Joe nicht sehen. Er wartete auf sie. Er hatte ihr das

Fahrgeld geschickt. Sie wollten reden, er würde sie festhalten, und alles würde wieder gut werden. Sie stellte sich vor, wie er an der Bushaltestelle stand und nach ihr Ausschau hielt, wenn die Fahrgäste ausstiegen, sie aber nicht finden würde. Schließlich würde er aufgeben und nach Hause gehen.

»Es ist nur ... ich wollt grade ... ich hab nicht gedacht, daß die Arbeit jetzt gleich anfängt ...«, stammelte Fiona.

»Hör zu, Mädchen. Ich brauch 'ne Putzfrau«, erwiderte Mr. Jackson ungeduldig. »Die letzte war schwanger und hat das Balg zu früh gekriegt. Mein Pub muß geputzt werden. Mir ist egal, wer das tut. Wenn du den Job nicht willst, geb ich ihn 'ner anderen.«

»Nein, nein, ich will den Job«, antwortete sie hastig und zwang sich zu einem Lächeln. »Ich bin dankbar, daß Sie an mich gedacht haben, und fang gleich an.«

Sobald er fort war, ließ Fiona die Maske des höflichen Lächelns fallen. Tränen rannen ihr über die Wangen, sie konnte sie nicht zurückhalten. Sie hatte sich so darauf gefreut, Joe zu sehen und sich mit ihm zu versöhnen. Jetzt schien wieder alles hoffnungslos zu sein. Warum mußte sie die Stelle gerade jetzt kriegen? Gerade an diesem Tag? Es gab keine Möglichkeit, ihn zu benachrichtigen, daß sie nicht kommen konnte. Er würde umsonst auf sie warten.

Aber sie hatte keine Wahl. Sie füllte den Holzbottich mit Seifenlauge und war dankbar, daß sie allein im Pub war und Mr. Jackson in seinem Büro zu tun hatte. Dann krempelte sie die Ärmel hoch, knotete ihren Rock zusammen und ging auf die Knie. Sie tauchte die Bürste ins Wasser, begann zu schrubben, und ihre Tränen vermischten sich mit der Seifenlauge auf dem schmutzigen, mit Bier verschmierten Boden.

15

Ein Glas Punsch, Sir?«

»Nein, nein, danke«, antwortete Joe schnell. Ihm war bereits ziemlich schwindelig. »Ich nehm eine Limonade.«

»Sehr wohl, Sir«, antwortete der Kellner und drehte sich steif auf dem Absatz um, um sie zu holen.

Joe hatte genug vom Punsch. Er war an harte Getränke nicht gewöhnt, und von den zwei Gläsern, die er bereits getrunken hatte, war er schon beschwipst. Er wollte einen klaren Kopf behalten. Tommy hatte ihn den ganzen Abend herumgeführt und einem feinen Pinkel nach dem anderen vorgestellt. Er hatte die Chefeinkäufer für Fortnum's und Harrods kennengelernt, einige Köche und Küchenchefs der größeren Hotels, Gastronome und unzählige Gattinnen, Söhne und Töchter, und er brauchte all seine Konzentration, um ihre Namen zu behalten.

Die Party war lustig und ausgelassen, ganz und gar nicht so steif, wie er erwartet hatte. Alle Gäste waren bester Stimmung und schienen wirklich Spaß zu haben. Aber wie sollte es auch anders sein? Alles war außergewöhnlich – die unglaubliche Menge an Essen, die Getränke, die Musik, das blumengeschmückte Haus, der mit Fackeln und Kerzen beleuchtete Garten. Es war ein umwerfender Anblick, und er wünschte, Fiona wäre hier, um ihn mit ihm zu genießen. Fiona. Das Herz tat ihm weh beim Gedanken an sie.

Warum war alles zwischen ihnen so verdammt schwierig geworden? Er hatte sich eine gute Arbeit an Land gezogen in der Hoffnung, ihren Laden früher als geplant eröffnen zu können. Damit sie zusammensein könnten. Und jetzt lebten sie sich auseinander.

Er hatte ihr vor einer Woche Geld geschickt, damit sie nach Covent Garden kommen konnte, aber sie war nicht gekommen – ohne jede Erklärung. Sie hätte ihm wenigstens schreiben und den Grund nennen können. Offensichtlich war sie immer noch böse auf ihn. Vielleicht haßte sie ihn und wollte ihn überhaupt nicht mehr sehen. Vielleicht hatte sie jemand anderen gefunden.

Das letzte Mal, als er sie gesehen hatte – an dem Tag, als sie sich gestritten hatten –, war sie so abweisend gewesen, daß er nicht einmal mit ihr reden konnte. Und dann hatte er Dummkopf auch noch gesagt, daß sie ihm Schuldgefühle einflöße. Das hätte er nicht sagen sollen – sie war sehr stolz, und seine Worte hatten sie verletzt –, aber er fühlte sich tatsächlich schuldig.

Er fühlte sich zu Recht schuldig, weil er sie bei den Old Stairs verletzt hatte. Aber da war noch ein tieferes, größeres Schuldgefühl – eines, gegen das er ankämpfte. Es kam daher, weil er sie nach dem

Tod ihres Vaters allein gelassen hatte und weil er nicht für sie sorgen konnte. Er wollte sie retten, aber wie? Sie konnte ihre Familie nicht verlassen, wie sie ihm erklärte. Und er konnte nicht für alle aufkommen. Wenn er das täte, kämen sie nie zu ihrem Laden.

War er egoistisch, weil er sich diese Last nicht aufbürden wollte? Er war noch nicht bereit, die Verantwortung eines Familienvaters zu tragen, aber genau das tat er. Er sorgte sich jede Minute um Fiona: Ging sie zu spät am Abend zu Fuß nach Hause? Hatte sie genug zu essen? Hatte ihre Familie genug Geld? Er brachte ihnen Essen mit, wenn er sie besuchte, und steckte vier Shilling in ihre Geldbüchse, wenn keiner hinsah. Er wußte, daß das nicht reichte, aber er hatte keine Ahnung, was er sonst tun sollte.

Er war jung, auf dem Weg nach oben. Sein Chef mochte ihn, respektierte ihn sogar. Er hatte keine Lust auf all die Sorgen. Er wollte, wenigstens für kurze Zeit, die Freiheit eines jungen Mannes genießen, der seine Arbeit machte, lernte und es in seinem Beruf zu etwas brachte. Er wollte von jemandem wie Tommy hören, daß er klug und talentiert war, und sich in diesem Lob baden. Nur eine Zeitlang. Aber allein der Wunsch danach flößte ihm Schuldgefühle ein. Mein Gott, es war alles zuviel. Eine riesige, erdrückende Last, die er nicht abwerfen konnte, sosehr er sich auch das Gehirn zermarterte.

Der Kellner kam zurück. Joe nahm sein Glas und ging vom Wohnzimmer auf den Balkon hinaus, um etwas Luft zu schnappen. Die Novembernacht war kühl und klar. Von seinem Aussichtspunkt aus konnte er das Freudenfeuer in Tommys riesigem Hinterhof flackern sehen. Das Lachen eines Mädchens erregte seine Aufmerksamkeit. Er kannte dieses Lachen. Es war Millie. Sie war ein Mädchen, das keine Sorgen kannte und nie kennen würde. Sie war immer lustig, immer fröhlich. Er suchte mit den Augen die Gruppen von Leuten ab, die um das Feuer standen, und fand sie. Sie war schwer zu übersehen, denn sie trug ein umwerfendes Kleid. Er hatte keine Ahnung, was Kleider anbelangte, aber daß es teuer war, erkannte selbst er. Es war aus glänzender mitternachtsblauer Seide, tief ausgeschnitten und eng anliegend. Aber das Verwirrendste daran war das aufgestickte Feuerwerksmotiv. Tausend und abertausend winzige irisierende Glasperlchen waren auf den Rock genäht und bildeten einen großen bunten Feuerregen, der von ein paar kleineren umgeben war. Es sah aus wie ein wirkliches Feuerwerk, das am Nachthimmel explodierte. Das Kleid war das Thema des Abends und Millie der Mittelpunkt der Aufmerksamkeit.

Sie stand neben ihrem Vater und einem Burschen, der im Verkaufslager von Spitalfields für ihn arbeitete. Offensichtlich hatte der Kerl etwas Lustiges gesagt, denn Millie und ihr Vater brachen in schallendes Gelächter aus. Als er sie beobachtete, durchfuhr Joe plötzlich ein Stich der Eifersucht, der Besitzgier. Aber im Hinblick auf wen? Auf Tommy? Auf Millie? Tommy hatte die Hand auf den Rücken des Burschen gelegt, und Joe gefiel das nicht. Ist der genauso gut wie ich? fragte er sich. Besser? Mit Blick auf Millie, die neben ihrem Vater stand, wußte er, daß ganz gleich wer sie bekam, auch den Familienbetrieb bekäme. Offiziell hieß es, daß Harry die Firma übernehmen würde, aber Joe wußte es besser. Harry hatte eine Fahrkarte nach Indien gekauft und würde nächsten Monat abreisen. Wenn dieser Bursche dort Millies Herz eroberte und sie heiratete, würde er Petersons Sohn werden. Und wenn schon, sagte sich Joe, als er zusah, wie Peterson die Gruppe verließ und in Richtung Haus ging. Warum interessierte ihn das plötzlich? Er war bloß hier, bis er sich selbständig machen konnte. Er wandte sich ab und nahm sich eine der geräucherten Austern auf Toast, die ein Kellner auf einem Tablett vorbeitrug.

»Da bist du ja, Bristow! Ich hab überall nach dir gesucht!«

Es war Tommy. Er legte die Hände auf die Balkonbrüstung und lächelte. »Tolle Party, was?« sagte er und sah auf seine Gäste hinab. Ein Kellner eilte herbei und fragte, was er bringen dürfe. »Scotch. Einen doppelten. Und das gleiche für meinen jungen Freund hier.«

O Gott, dachte Joe. Er war jetzt schon halb betrunken. Er müßte einen Teil davon ausspucken, wenn Tommy nicht hinsah, sonst könnte er sich nicht mehr auf den Beinen halten. Der Kellner kam kurz darauf zurück und reichte ihm ein Glas. Er nahm einen Schluck und zuckte zusammen. Der Whiskey hatte es in sich.

»Ich hab Neuigkeiten«, sagte Peterson und leckte sich den Scotch von den Lippen. »Gerade als ich heut aus dem Kontor ging, hab ich eine Anfrage vom Buckingham-Palast bekommen. Kannst du dir das vorstellen, Joe? Ich wag es nicht einmal zu hoffen«, sagte er und machte eine wegwerfende Handbewegung, aber er konnte das Leuchten in seinen Augen nicht verbergen. »Wenn sie mit unserer Ware zufrieden sind, wenn wir den Auftrag bekommen, könnte bald ein königliches Wappen auf dem Peterson-Firmenschild prangen. In meinen kühnsten Träumen hätte ich mir das nicht vorzustellen gewagt. Wär das nicht was?«

»Aber wirklich«, antwortete Joe, genauso aufgeregt wie sein Boß – das Recht, ein königliches Wappen zu führen und aller Welt zu verkünden, daß »die Königin hier einkauft«. Er stellte sich bereits Möglichkeiten vor, wie man den Palast überzeugen konnte, bei ihnen einzukaufen. »Wir könnten ihnen auf unserem guten Wagen, dem, der gerade erst gestrichen worden ist, eine Auswahl unserer besten Waren schicken. Billy Nevins könnte ihn in Uniform kutschieren. Er sieht gut aus, ist sauber und ordentlich. Bevor sie uns dazu auffordern, mein ich. Wir bringen ihnen die Ware hin, damit sie nicht zu uns kommen müssen.«

»Gute Idee ...«, antwortete Peterson und winkte dem Kellner. Er leerte sein Glas, war bereit für ein nächstes, und sah Joe an, der seines erst halb ausgetrunken hatte. »Wie steht's?«

Joe kippte den Rest seines Whiskeys hinunter und hielt sein Glas hin. »Wir sollten ihnen einen lächerlich günstigen Preis anbieten, weit runtergehen ...«, fuhr er fort, als der Kellner ihm einen neuen Drink reichte. »... ganz egal, ob wir damit unsere Unkosten decken. Oder sogar draufzahlen. Das zusätzliche Geschäft, das wir mit dem Wappen machen, wird den Verlust mit dem Palast mehr als aufwiegen ...« Er sah, daß Peterson die Stirn runzelte, und fragte sich, ob er zu weit gegangen war. Schließlich war es Petersons Profit, der geschmälert wurde. »Wenn Sie damit einverstanden sind, Sir.«

»Natürlich bin ich einverstanden«, antwortete Tommy. »Ich frag mich bloß, warum niemand meiner älteren Mitarbeiter auf solche Gedanken kommt. Wahrscheinlich braucht's einen jungen Menschen, der vorschlägt, Geld zu investieren, um später Profit zu machen. Laß uns morgen früh noch mal über deine Ideen reden. Eigentlich bin ich hergekommen, um dir das zu geben ...« Er griff in seine Tasche, zog einen Umschlag heraus und reichte ihn Joe. »... und weil ich der erste sein wollte, der dir zu deinem neuen Posten als Chefeinkäufer gratuliert.«

Joe war wie vom Schlag gerührt. Er hatte auf die Beförderung gehofft, geglaubt, eine Chance zu haben, aber nie angenommen, die Stelle auch wirklich zu bekommen. Jetzt hatte er sie. Er war Petersons Chefeinkäufer. Ein strahlendes Lächeln breitete sich auf seinem Gesicht aus. »Danke, Mr. Peterson, Sir. Ich ... ich weiß nicht, was ich sagen soll.«

»Du mußt nichts sagen, Junge. Du hast es verdient.« Er hob sein Glas. »Auf deine Zukunft bei Peterson's. Du bist ein heller junger Mann. Immer auf den Vorteil des Geschäfts bedacht, das gefällt mir.«

Joe stieß mit Tommy an und nahm noch einen Schluck. Tommy, ein bißchen gerührt, legte den Arm um ihn und begann, die Geschichte von den Anfängen seines Geschäfts zu erzählen. Joe lächelte und nickte und schien ganz fasziniert zu sein, obwohl er kaum zuhörte.

Er konnte sein Glück einfach nicht fassen. Vor kurzem konnte er seinen Vater noch nicht einmal davon überzeugen, einen zweiten Wagen zu mieten und auf einem Obst und auf dem anderen Gemüse anzubieten. Jetzt war er Chefeinkäufer beim größten Obst- und Gemüsehändler Londons. Er hatte das Talent und den Willen, in dieser Welt nach oben zu kommen. Das würde er beweisen. Er war der Chef. Nun, nicht *der* Chef, dachte er, wir wollen ja nicht übertreiben, aber *ein* Chef zumindest. Und er war erst neunzehn. Er würde mehr Lohn bekommen, und ein hübscher Bonus, dessen war er sich sicher, steckte bereits in seiner Hosentasche. Er nahm noch einen Schluck Whiskey, der schon viel sanfter seine Kehle hinabrann. Er kam sich vor, als hätte er den Hauptgewinn gezogen. Alles war einfach wundervoll. Die Party, das Essen, der Whiskey. Einfach verdammt toll!

»Ach, Papa, du langweilst doch den armen Joe nicht etwa mit deinen alten Geschichten?«

Millie hatte sich zu ihnen gesellt. Peterson legte den anderen Arm um seine Tochter. »Bestimmt nicht«, antwortete er leicht schwankend. »Joe hört sich gern Geschichten übers Geschäft an«, sagte er leicht lallend. »Stimmt's, Junge?«

»Ganz richtig, Sir«, sagte Joe, ebenfalls ein wenig lallend.

Millie sah von ihrem Vater zu Joe und kicherte. Er fragte sich, ob sie betrunken wirkten. So fühlte er sich jedenfalls.

»Nun, ich aber nicht«, sagte sie und warf den Kopf zurück. »Es wird viel zuviel übers Geschäft geredet. Reden wir lieber über Freudenfeuer. Und über Guy Fawkes. Wie zum Beispiel denjenigen, den deine treuen Angestellten gerade im Hof rumtragen, Papa. Denjenigen, der ganz so aussieht wie du.«

Sie lachte wieder. Alberne Millie, dachte Joe. Immer lachend, immer blitzende Augen und diese großen, runden Brüste, die fast aus den Nähten platzten. Ein schönes, kicherndes Mädchen.

»Na, das woll'n wir uns doch mal ansehen«, sagte Tommy und tat so, als wäre er beleidigt. Er stellte seinen Whiskey ab und rückte seine Krawatte zurecht. »Denen werden wir's zeigen. Und du, junger Mann ...«, fügte er auf Joe deutend hinzu, » ... du redest heute abend nicht mehr über Obst und Gemüse. Millie hat recht. Junge Leute sollten sich auf einer Party vergnügen und nicht übers Geschäft reden.« Er hob die Hände und scheuchte sie vom Balkon ins Haus zurück. »Millie, führ Joe herum. Besorg ihm was zu essen und zu trinken.«

»Ja, Papa«, antwortete sie. Sobald er über die Balkonstufen in den Garten verschwunden war, wandte sie sich zu Joe um und sagte: »Ich hoffe, er stolpert nicht und bricht sich den Hals. Er ist blau wie eine Haubitze.« Dann hängte sie sich bei ihm ein und führte ihn aus dem Wohnzimmer. »Komm mit, ich zeig dir das Haus.«

Joe ließ sich fortziehen. Er hätte sich auch kaum wehren können. Nicht nur Tommy war blau. Er mußte sich zusammenreißen. Hoffentlich hatte Millie nicht bemerkt, in welchem Zustand er war. Er wollte nicht, daß sie ihrem Vater erzählte, wie sturzbesoffen er war.

Leute sahen sie an und lächelten ihnen zu, als sie von Raum zu Raum gingen. Joe erwiderte ihr Lächeln, er genoß die Aufmerksamkeit. Sie müssen mitbekommen haben, daß ich der neue Chefeinkäufer bin, dachte er benommen. Frauen flüsterten und nickten anerkennend. Harry winkte aus der Ecke. Alle waren so nett. Das Haus war schön. Millie war schön. Er stieß mit dem Zeh an eine Teppichkante und wäre fast gestolpert, was sie wieder zum Kichern brachte. Warum gehorchten ihm seine Füße nicht? Wieder tauchte ein Glas Scotch vor ihm auf, das sie ihm in die Hand drückte. Er nahm einen kleinen Schluck, nur aus Höflichkeit.

Millie zeigte ihm das Empfangszimmer, das sie à la japonnaise einrichten wollte, was immer das auch hieß. Sie zeigte ihm das Arbeitszimmer ihres Vaters mit dem riesigen Mahagonischreibtisch, den dicken Teppichen und den schweren Vorhängen, und sie zeigte ihm die Küche, in der ein ganzes Aufgebot an Köchen und

Kellnern beschäftigt war. Und dann führte sie ihn die Treppe hinauf. Auf der Hälfte der Stufen wußte er, daß er in Schwierigkeiten war. Ihm war schwindelig geworden.

Millie bemerkte sein Unbehagen. Zu seiner Erleichterung war sie nicht böse. »Du Armer«, sagte sie. »Mach dir keine Sorgen. Wir suchen dir einen Platz, wo du dich ausruhen kannst, bis dir wieder besser ist.«

Sie gingen an vielen Türen vorbei, aber sie zeigte ihm keine Zimmer mehr, sondern führte ihn einen Gang entlang zu einem Raum am Ende. Ihm war furchtbar schlecht. Er schwankte wie ein Matrose an Bord eines schlingernden Schiffs. Millie öffnete die Tür zu dem letzten Zimmer und führte ihn hinein. Da stand ein Bett, weich und einladend, er ließ sich darauf nieder und erwartete, daß sie ihn nun sich selbst überlassen würde. Statt dessen setzte sie sich neben ihn und begann, ihm seine Jacke auszuziehen. Er protestierte, erklärte ihr, daß er schon zurechtkäme, daß er nur einen Moment ausruhen wolle, aber sie gebot ihm zu schweigen und sagte, daß er es so viel bequemer habe. Sie zog ihm die Jacke aus, löste seine Krawatte, schob ihn aufs Bett zurück und sagte, daß er still liegen und die Augen schließen solle, und das alles mit ihrer süßen, sanften Stimme.

Er tat, wie ihm befohlen wurde. Tief atmend, versuchte er, das Kreiseln in seinem Kopf abzustellen. Langsam, ganz langsam ließ es nach. Er fühlte sich noch immer sternhagelvoll, fast so, als befände er sich außerhalb seines Körpers, aber wenigstens war ihm nicht mehr so schwindelig. Verschwommen nahm er wahr, daß Millie durch den Raum ging. Er hörte das Rascheln ihrer Röcke und öffnete die Augen. Es war dunkel. Sie mußte die Lampe zurückgedreht haben. Er richtete den Blick auf einen Stapel Kissen zu seiner Linken. Sie waren mit Spitze und Stickereien verziert und rochen nach Flieder. Millie roch immer nach Flieder. Er schloß die Augen wieder. Es mußte ihr Schlafzimmer sein, registrierte er mit Unbehagen. Er hätte sich nicht hierherführen lassen sollen. Aber es war so angenehm, hier zu liegen, und so schwer aufzustehen.

»Millie?«

»Was ist?«

»Ich geh wieder runter. Deinem Vater würde das nicht gefallen.«

»Wie soll er denn davon erfahren?« fragte sie. Ihre Stimme war jetzt näher. »Ich werd's ihm nicht erzählen.« Sie setzte sich neben ihn aufs Bett. Der Fliederduft war jetzt stärker. Joe spürte, daß etwas über seine Lippen strich. Er riß die Augen auf. Es war Millie, die ihn küßte. Sie hob den Kopf, lächelte ihn an, und er stellte fest, daß sie ihr Kleid nicht mehr anhatte, sondern nur noch Mieder und Unterrock trug. Während er sie anstarrte, begann sie, ihr Oberteil aufzuknöpfen und sich immer mehr zu entblößen. Er konnte den Blick nicht von ihr wenden. Ihre Brüste waren herrlich prall, und die kleinen rosafarbenen Brustwarzen richteten sich auf in der Kühle des Raums. Die plötzliche Lust in seinen Lenden ließ ihn aufstöhnen. Sie streifte das Mieder von den Schultern, nahm seine Hand und drückte sie an sich. Dann beugte sie sich hinunter, küßte ihn wieder und strich mit der Zunge über seine Lippen.

Mach das nicht, sagte er sich. Tu's nicht. Er schob sie weg und versuchte, sich schwankend aufzurichten. Sie lächelte ihn an, ihre Augen glitzerten wie die einer Katze, die eine Maus freigelassen hat, um sie vor dem tödlichen Biß noch ein letztes Mal laufen zu sehen. »Ich gehöre dir, Joe«, flüsterte sie. »Ich will dich. Und ich weiß, daß du mich auch willst. Das hab ich von Anfang an in deinen Augen gesehen. Du kannst mich haben. Du kannst haben, was du willst ...«

Er mußte fort. Jetzt. In diesem Moment. Aber er begehrte sie. Er wollte so sehr mit ihr schlafen, daß er kaum atmen konnte. Es war einfacher nachzugeben, oder? Hier, in der Welt der Reichen, war alles viel einfacher. Ansonsten war alles schwer. Hier, in Petersons Haus, wo die Dienstboten Essen und Unmengen Whiskey brachten, war es leicht. Es war leicht in Millies großem Bett mit ihren süßen Lippen und ihren großen, köstlichen Brüsten. Es war in Ordnung. Er konnte sie haben. Er konnte alles haben. Hatte sie das nicht gesagt?

Millie stand auf, öffnete ihren Unterrock und ließ ihn zu Boden gleiten. Sie war jetzt vollkommen nackt. In der Dunkelheit konnte er die Biegung ihrer schmalen Taille erkennen, ihre Schenkel, das Büschel blonden Haars dazwischen. Sie preßte sich an ihn, küßte ihn wieder, glitt mit der Hand zwischen seine Beine und knöpfte seine Hose auf. Seine Hände tasteten nach ihren Brüsten. Er mußte sie haben. Jetzt. Er drückte sie aufs Bett, öffnete ihre Beine und drang grob in sie ein. Und dann war er in ihr und stieß immer und immer wieder in diese samtige Weichheit. Sie gehörte ihm. Der Job gehörte ihm. Peterson's gehörte ihm. Alles gehörte ihm. Dann kam er heftig und schnell und biß sie dabei in die Schulter.

Als es vorbei war, blieb er schwer atmend liegen. Erneut vernebelte ihm der Whiskey das Hirn. Wo war er? Er war sich nicht ganz sicher. Ach ja, er war bei Fiona, natürlich. In ihrem gemeinsamen großen Haus. In ihrem Bett. Sie hatten ihren Laden, Dutzende von Läden. Sie waren reich, und alles war schön. Er fühlte sich ruhig und zufrieden mit dem Kopf an Fees weichem Hals.

Aber etwas stimmte nicht. Ihm war so schwindelig, so schlecht. Da war wieder dieser Duft – dieser unangenehme, erstickende Duft. Flieder. Er hob den Kopf und sah mit glasigen Augen die Frau neben sich an. Das ist nicht Fiona, schrie es in ihm. Mein Gott, was hab ich getan? Er rollte sich von ihr weg und versuchte aufzustehen. Er spürte, daß er sich heftig übergeben mußte. Mit einer Hand hielt er sich die Hose, mit der anderen schloß er die Tür auf und rannte hinaus.

Millie blieb auf dem Bett liegen und massierte den Biß auf ihrer Schulter. Zwischen ihren Beinen spürte sie Nässe. Zum Glück hatte sie den Bettüberwurf zuvor mit einem alten Laken bedeckt. Sie zog die Knie an, stellte die Füße auf und hob die Hüften, genauso wie sie es in dem Buch von ihrer verheirateten Freundin Sarah gelesen hatte. Mit geschlossenen Augen genoß sie seinen Geschmack auf ihrer Zunge und lächelte.

16

»Möchtest du welche, Fee? Sie sind gut und salzig«, sagte Charlie und hielt seiner Schwester eine Tüte Chips hin. Komm, nimm doch einen ...«

»Nein, danke.«

Etwas stimmte nicht. Sie hatte nichts gesagt, aber er konnte es ihr ansehen. Etwas machte sie traurig. Er hatte gehofft, ein sonntagnachmittäglicher Spaziergang zum Fluß würde sie aufmuntern, aber alles, was sie sonst aufheiterte – Lieder, die der Wind herübertrieb, Möwen, die sich um Chips stritten –, schien seine Wirkung zu verfehlen. Sie sah sogar noch bedrückter aus als vor ihrem Spaziergang.

Er folgte ihrem Blick über das schaumgekrönte Wasser. Ein paar Schleppkähne kreuzten den Fluß. Zwei Schiffe in dreckigen Fluten, dachte er. Sosehr er sich auch bemühte, er verstand nicht, was sie an diesem elenden Fluß fand. Er aß seine Chips auf und sah sich dann nach Seamie um. Er jagte Möwen drüben bei Oliver's Wharf. »He! Du! Geh nicht so nah ans Wasser«, rief er. Seamie beachtete ihn nicht. Er folgte einem Vogel in die Wellen, machte seine Stiefel naß und lachte. Charlie fluchte. Er brachte nicht einmal einen Vierjährigen dazu, zu gehorchen.

Es war nicht leicht, der Mann in der Familie zu sein. Den ganzen Tag arbeitete er in der Brauerei, kämpfte wie ein Tiger im Taj Mahal und verdiente trotzdem nicht genügend Geld, um alle Rechnungen zu bezahlen. Und obwohl er jeden Penny brauchte, den er verdienen konnte, hielt ihn die Arbeit zu oft von zu Hause fern. Heute nachmittag beim Essen hatte er seit Tagen zum erstenmal wieder mit seiner Mutter gesprochen, sie wirklich angesehen, als sie ihm Tee eingoß, und war entsetzt gewesen, wie bleich sie war. Und dann hatte er seine Schwester betrachtet, die ständig mit den Tränen zu kämpfen schien. Sein Bruder schmollte und war quengelig, weil er nicht rauskonnte. Selbst das Baby weinte.

Wie hatte sein Vater es gemacht, fragte er sich. Wie hatte er es geschafft, sie alle zu ernähren und zu kleiden? Wie hatte er es geschafft, ihnen das Gefühl zu geben, versorgt und in Sicherheit zu sein? Und alles vom Lohn eines Dockarbeiters? Er hatte seinem Vater versprochen, sich um sie zu kümmern, und er tat sein Bestes, aber sosehr er sich auch anstrengte, es gelang ihm nicht. Wenn er doch nur ein paar Pfund beiseite legen könnte, dann würde er mit seiner Familie in ein anständiges Zimmer ziehen, vielleicht sogar ein ganzes Stockwerk in einem besseren Haus mieten. Denny Quinn hatte ihm kürzlich die Möglichkeit geboten, ein paar Shilling extra zu verdienen. Ein Mann schulde ihm eine beträchtliche Geldsumme, hatte er gesagt. Er wollte, daß Charlie und Sid Malone sie für ihn eintrieben. Charlie hatte abgelehnt. Er hatte keine Lust, mitten in der Nacht an die Tür eines Fremden zu klopfen und ihn wegen irgendwelcher Spielschulden bewußtlos zu schlagen. Aber das war, bevor seine Mutter so bleich aussah. Bevor das Baby krank wurde. Jetzt fragte er sich, ob es falsch gewesen war abzulehnen.

Fiona seufzte und riß ihn aus seinen Gedanken. Als er sie ansah, beschloß er, einen anderen Weg einzuschlagen. Wenn er sie dazu bringen könnte, über irgendein Thema zu reden – ganz egal worüber –, bekäme er vielleicht heraus, was sie bedrückte.

»Wie läuft's im Bull?« fragte er.

»Gut.«

»Schwere Arbeit, was?«

»Ja.«

Es folgte ein langes Schweigen. Er versuchte es noch einmal. »Gestern hab ich Onkel Roddy gesehen.«

»Wirklich?«

»Wir haben über die Morde geredet. Er hat gesagt, der letzte – der an Kelly aus der Dorset Street – war der schlimmste. Man hat nicht mal mehr erkannt, daß es eine Frau war.«

»Wirklich?«

»Ja. Und daß es bislang noch keine Hoffnung gibt, den Kerl zu fangen.«

»Hm.«

Nun, das hatte nicht funktioniert. Es half wohl nichts, und er mußte den direkten Weg einschlagen. Er mußte quasseln und gefühlvoll werden wie ein Mädchen. Was er haßte.

»Also, Fiona ... was ist los?«

Sie sah ihn nicht an. »Nichts.«

»Hör zu, da ist doch was. Du bist nicht mehr die alte. Du würdest es doch Pa sagen, wenn er noch hier wär, also erzähl's jetzt mir. Ich bin der Mann im Haus, das weißt du doch? Er hat mir die Verantwortung übergeben.«

Fiona lachte ihn aus, was ihm nicht gefiel. Und dann begann sie zu weinen, was noch schlimmer war. Irritiert gab er ihr sein Taschentuch, legte dann verlegen den Arm um sie und hoffte, daß keiner seiner Kumpel ihn sah.

»Es ist aus zwischen uns ... zwischen mir und Joe«, schluchzte sie.

»Hat er Schluß gemacht?«

»Nein, aber das wird er. Dessen bin ich mir sicher.«

Sie erzählte ihm von Joes Brief. »Es ist eine Ewigkeit her, daß er ihn geschickt hat«, fuhr sie fort. »Ich möchte ihn sehen, aber jedesmal, wenn ich zwei Pennys gespart hab, passiert irgendwas, wir brauchen Essen, und sie sind weg. Ich weiß, daß er sich nicht mehr für mich interessiert ... sonst würde er kommen ...« Sie drückte das Taschentuch ans Gesicht, als sie von neuem Schluchzen geschüttelt wurde.

»Ach, Fiona, ist das alles?« fragte er erleichtert. Er hatte schon befürchtet, daß sie tatsächlich in der Tinte saß. »Joe mag dich. Das hat er immer getan. Fahr doch einfach zu ihm und regle alles.«

»Charlie, ich hab das Geld nicht. Hast du nicht gehört, was ich gesagt hab?«

»Ich geb dir das Geld. Ich hab da einen kleinen Nebenjob ... eine Möglichkeit, ein paar Kröten extra zu verdienen. Ich kann dir nicht sagen, was es ist, aber ...«

»Ach, ich weiß schon Bescheid.«

Er sah sie überrascht an. »Was weißt du?«

Sie berührte die Narbe unter seinem Auge. »Ich weiß, woher du das hast.«

»Das hab ich mir geholt, als ich ein Faß hochgehoben hab. Es ist abgerutscht und hat mich im Gesicht getroffen.«

Fiona lächelte spöttisch. Sie schob seinen Kragen weg und sah auf den Knutschfleck an seinem Hals. »Ist das auch von einem Bierfaß?«

Zornig schlug er ihre Hand weg. »Also gut, ich boxe. Aber sag Ma nichts davon. Ich hab nächsten Samstag einen Kampf. Wenn ich gewinne, kriegst du das Geld für den Bus nach Covent Garden.«

»O Charlie ... wirklich?«

»Ja.«

Sie umarmte ihn fest. »Danke ... o danke!«

»Das reicht, Fee«, sagte er und befreite sich aus ihrer Umarmung.

Sie schneuzte sich in sein Taschentuch und reichte es ihm zurück.

»Ähm ... ist schon gut. Du kannst es behalten«, sagte er.

»Wo ist Seamie?« fragte sie, plötzlich besorgt.

Er machte mit dem Kopf ein Zeichen in Richtung Flußufer. »Fast beim Limehouse unten, der kleine Schlingel. Wir wollen ihn holen. Und dann trinken wir ein Glas im Black Dog.«

»Mit welchem Geld?«

Er lächelte sie überlegen an. »Im Gegensatz zu dir braucht eine Person, die so gut aussieht wie ich, kein Geld. Das Barmädchen ist verknallt in mich. Sie gibt uns ein paar Drinks umsonst.«

»Ist das dieselbe, die dir den Knutschfleck verpaßt hat? Ist sie ein Mädchen oder ein Vampir?«

»Nein, das war eine andere Freundin.«

»Du solltest auf dich aufpassen, Charlie.«

Er verdrehte die Augen. Zu diesem Thema brauchte er keine Vorhaltungen von seiner Schwester.

»Ich mein's ernst! Es hätte uns gerade noch gefehlt, daß irgendein Mädchen mit einem rothaarigen Balg im Arm vor unserer Tür auftaucht.«

Er schüttelte den Kopf. »Das wird nie passieren.«

»Weil du ...« Sie errötete ein wenig, »...weil du aufpaßt, ja?«

Charlie schnaubte. »Ja, weil ich ihr keinesfalls sag, wo ich wohn!«

»Dreh dich um«, befahl Ada Parker, Millies Schneiderin, den Mund voller Nadeln.

Millie gehorchte, und Ada steckte die letzten Zentimeter des mauvefarbenen Satinrocks fest. Als sie fertig war, lehnte sie sich zurück, um ihre Arbeit zu begutachten und runzelte die Stirn.

»Was stimmt denn nicht?« fragte Millie.

»Ich weiß nicht. Der Rock um deine Taille ist lose. Ich versteh das nicht. Bei der letzten Anprobe hat alles gepaßt. Ich *weiß,* daß ich alles richtig zugeschnitten habe. Ich kenne deine Maße auswendig.«

Sie hakte den Rock auf, und Millie stieg heraus. Dann zog sie ein Maßband aus der Tasche und schlang es um ihre Taille. »Da haben wir die Lösung«, sagte sie und klopfte ihr auf den Bauch. »Du hast abgenommen! Was ist denn los? Ißt du nicht?«

»Nichts ist los, Ada. Ich hab ein bißchen weniger Appetit, das ist alles.«

»Du solltest zum Arzt gehen. Du willst doch nicht zu mager werden und deine schöne Figur ruinieren. Wie willst du dann einen Mann finden?«

Millie lächelte. »Ich hab schon einen gefunden. Ich erwarte jeden Tag seinen Heiratsantrag.«

»Das ist ja herrlich! Glückwunsch, mein Liebling«, sagte Ada und umarmte sie. Dann drohte sie mit dem Finger. »Aber du wirst ihn nicht behalten, wenn du noch mehr abnimmst!«

Millie faltete die Hände über dem Bauch. »Oh, ich glaube schon«, antwortete sie. »Ach, Ada, laß mich deine Taftstoffe sehen, bevor ich gehe. Vielleicht einen elfenbeinfarbenen. Oder einen cremefarbenen. Weiß steht mir nicht. Überhaupt nicht.«

17

Fiona wischte den letzten Rest Soße auf ihrem Teller mit einer Brotrinde auf und spülte alles mit einem Schluck Leichtbier hinunter.

»Das hat dir geschmeckt, was?« fragte Ralph Jackson.

»Es war köstlich. Mrs. Jackson macht eine wundervolle Rindfleischpastete.«

»Wem sagst du das!« rief er aus und klopfte sich auf seinen imposanten Bauch. »Freut mich, daß es dir geschmeckt hat, Mädchen. Dir könnte ein bißchen Fleisch auf den Rippen nicht schaden.«

Fiona lächelte. Für Mr. Jackson konnte jede Frau unter zweihundert Pfund ein bißchen mehr vertragen. Sie wusch ihren Teller ab, nahm ihren Schal und verabschiedete sich. Draußen war es kalt, aber das Essen hatte ihren ganzen Körper aufgewärmt. Es war Samstag, kurz nach sechs, und sie machte sich munteren Schritts auf den Heimweg. Ihre Laune hatte sich gebessert, sie war voller Hoffnung. Wenn Charlie heute abend gewann, und dafür hatte sie inständig gebetet, wäre sie morgen nachmittag auf dem Weg nach Covent Garden, gleich nachdem sie im Pub fertig war. Es gefiel ihr nicht, daß die Busfahrt mit seinen Wunden und blauen Flecken bezahlt werden mußte, aber es gab keinen anderen Weg. Sie würde ihn irgendwie dafür entschädigen. Sobald sie und Joe ihren Laden hätten, würde sie anfangen, für seine Überfahrt nach New York zu sparen.

Sie war nur ein paar Meter den Gehsteig hinuntergegangen, als jemand ihren Namen rief. Sie drehte sich um. Es war Joe. Er stand etwa zehn Meter hinter ihr. Er sah sie an und wandte dann den Blick wieder ab. Bei seinem Anblick quoll ihr Herz vor Liebe und Glück fast über. Joe, ihr Joe! Er war hier, o Gott sei Dank, er war hier! Er haßte sie nicht, er war gekommen, um sie zu sehen. Er liebte sie immer noch. Ja, wirklich. Strahlend lief sie auf ihn zu. Doch als sie näher kam, wurden ihre Schritte langsamer. Ihr Lächeln verblaßte. Etwas stimmte nicht. Er sah dünn und hager aus, war unrasiert.

»Joe?« Er hob den Blick, und der Ausdruck, den sie in seinen Augen sah, machte ihr angst. »Was ist los? Was ist passiert?«

»Komm mit, Fee. Komm mit zum Fluß«, sagte er mit so matter, schleppender Stimme, daß sie sie kaum mehr wiedererkannte. Er wandte sich in Richtung Themse und begann loszugehen.

Sie packte ihn am Arm. »Was ist denn los? Warum bist du hier und nicht bei der Arbeit?«

Er konnte sie weder ansehen noch ihre Frage beantworten. »Komm, laß uns einen kleinen Spaziergang machen«, sagte er, und sie hatte keine Wahl, als ihm zu folgen.

Als sie zu den Old Stairs kamen, setzten sie sich an ihren gewohnten Platz etwa auf der Hälfte der Stufen. Joe nahm ihre Hand und drückte sie so fest, daß es weh tat. Er versuchte zu sprechen, brachte aber nichts heraus. Dann senkte er den Kopf und weinte. Fiona fühlte so mit, daß sie selbst kaum sprechen konnte. Sie hatte ihn nur einmal weinen sehen, und zwar beim Tod seiner Großmutter. Ging es darum? War jemand gestorben?

»Liebster, was ist denn?« fragte sie mit zitternder Stimme und schlang die Arme um ihn. »Was ist passiert? Geht's um deine Mutter? Ist dein Vater gesund?«

Er sah sie durch Tränen an. »Fiona ... ich hab was Schlimmes getan ...«

»Was? Was hast du getan? So schlimm kann's doch nicht sein? Was immer es ist, ich helf dir. Wir kriegen das schon wieder hin.« Sie versuchte zu lächeln. »Du hast doch niemanden umgebracht, oder?«

»Ich hab Millie Peterson geschwängert, und jetzt muß ich sie heiraten.«

Später erinnerte sich Fiona, daß in den Sekunden nach seinen Worten vollkommene Stille herrschte. Sie hörte weder seine Stimme noch den Fluß, noch den Verkehr auf dem Fluß oder die Geräusche aus dem nahe gelegenen Pub. Es war, als hätten seine Worte ihre Ohren versiegelt, ihr nicht erlaubt, weiter zuzuhören. Die Arme um die Knie geschlungen, saß sie aufrecht da und wiegte sich leicht. Ohne etwas zu hören. Ein Teil von ihr wußte, daß Joe gerade etwas gesagt hatte, etwa Schlimmes, aber wenn sie nicht daran dachte, wäre alles gut. Sie wußte, daß er immer noch sprach, aber sie hörte nicht zu, denn wenn sie das täte, würde er ihr erzählen ... würde er sagen, daß er ... und Millie ... daß sie ...

Ein leiser Schrei entrang sich ihrer Kehle, ein animalischer Laut tiefen, erdrückenden Schmerzes. Sie fiel nach vorn, als hätte ihr jemand in die Magengrube geschlagen. Jetzt hörte sie, wie er ihren Namen rief, spürte, wie er die Arme um sie schlang und sie an sich zog. Er hatte mit Millie Peterson geschlafen. Was sie beide zusammen getan hatten, weil sie sich liebten, hatte er mit ihr getan. Noch Sekunden zuvor weigerte sich ihr Kopf, es zu begreifen, jetzt quälte er sie mit Bildern – seine Lippen auf den ihren, seine Hände auf ihr. Sie stieß ihn weg, taumelte zum Wasserrand und übergab sich.

Als ihr Magen sich beruhigt hatte, tauchte sie ihren Rocksaum ins Wasser und wischte sich das Gesicht ab. Sie versuchte, sich aufzurichten und zur Treppe zurückzugehen, aber plötzlich fiel ihr der Rest seiner Wort ein. Millie war schwanger. Er würde sie heiraten. Ihr Ehemann sein. Mit ihr zu Bett gehen und mit ihr aufstehen. Den Rest seines Lebens mit ihr verbringen. Wie Glas, das auf harten Steinboden fällt, zersprang ihr Herz in tausend Stücke. Sie bedeckte das Gesicht mit den Händen und sank zu Boden.

Joe sprang von den Stufen herunter, hob sie auf und hielt sie fest. »Es tut mir leid, Fiona. Es tut mir so leid. Vergib mir. Bitte, vergib mir ...«, stieß er hervor. Sie machte sich von ihm los und schlug mit Händen und Füßen auf ihn ein. Dann taumelte sie zurück. Eine mörderische Wut hatte sie gepackt. »Du Schwein!« schrie sie. »Die ganze Zeit hast du mir gesagt, ich sei eifersüchtig, obwohl ich keinen Grund dazu hätte! Wie's aussieht, hab ich einen verdammt guten Grund dafür gehabt! Wie lang geht das schon, Joe? Wie oft hast du mit ihr geschlafen?«

»Einmal. Ich war betrunken.«

»Bloß einmal? Und du warst betrunken ... dann ist ja alles in bester Ordnung, oder? Das entschuldigt ja alles ...« Ihre Stimme überschlug sich, und sie mußte schlucken, bevor sie fortfahren konnte. »Und hast du sie geküßt, wie du mich geküßt hast? Auf die Lippen? Die Brust? Zwischen die Beine?«

»Fiona, hör auf. Bitte. Es war nicht so.«

Sie trat vor ihn, ihr ganzer Körper zitterte vor Wut. Sie wollte ihm ins Gesicht schlagen, ihn treten, irgendwas tun, damit er nur einen Bruchteil des Schmerzes fühlte, den sie empfand. Statt dessen brach sie in Tränen aus. »Warum hast du das getan? Warum, Joe, warum?« wimmerte sie herzzerreißend.

»Ich weiß es nicht, Fiona«, rief er. »Ich zermartere mir das Hirn, aber ich weiß es einfach nicht.« Dann brach es aus ihm hervor, und er erzählte ihr alles. Wie er auf der Party war, sie vermißte und Angst hatte, sie könnte ihn hassen. Von der Beförderung, die er sich so inbrünstig gewünscht hatte, und daß er sich wie ein König fühlte, als er sie bekam. Wie er zuviel getrunken hatte, Millie ihn durchs Haus führte, wie ihm schwindelig wurde und sie in ihrem Zimmer landeten. Und wie entsetzlich schlecht ihm wurde, als er begriff, was er getan hatte, wie er sich immer wieder übergeben mußte. »Ich war so betrunken ... und hatte das Gefühl, ich hätte alles erreicht, was ich mir je gewünscht hab ... all die Aufmerksamkeit, das Geld, wie leicht alles war, aber das stimmte nicht. Alles, was ich will, steht hier vor mir. Ich hab gedacht, ich hätte dich verloren, Fiona. Ewig hab ich an der Bushaltestelle auf dich gewartet, aber du bist nicht gekommen. Ich hab gedacht, es sei aus, du würdest mich hassen. Warum bist du nicht gekommen?«

»Ich hab's versucht«, antwortete sie matt. »Ich war schon auf dem Weg, da hat Mr. Jackson vom Pub nach mir geschickt. Ich hab mich dort um eine Arbeit beworben, und er hat gesagt, ich könnt sie haben, müßt aber gleich anfangen. Ich wollte dir schreiben, aber wir haben das Geld gebraucht, das du geschickt hast, um für Eileen Medizin zu kaufen. Es tut mir leid«, sagte sie. Wieder flossen ihr Tränen übers Gesicht. »Wenn ich nur gefahren wär.« Schluchzen schüttelte ihren ganzen Körper. Sie konnte nicht weitersprechen. Als sie schließlich wieder ein Wort herausbekam, fragte sie: »Liebst ... du sie?«

»Nein! Mein Gott, nein!« rief er. »Ich liebe dich, Fiona. Ich hab einen Fehler gemacht, einen dummen, furchtbaren Fehler, und ich würd alles tun, um ihn ungeschehen zu machen. Alles! Ich liebe dich, Fee. Ich möcht bei dir sein, ich möcht, daß alles wieder so ist, wie's vorher war. Ich steh das einfach nicht durch ... ich kann's nicht ... o Gott ...« Er wandte sich ab, und seine Worte gingen in Weinen unter.

Aber das wirst du, dachte Fiona. Das mußt du. Ein Kind ist unterwegs. Dein Kind. Sie sah ihm zu, wie er hemmungslos heulte, und in dem Mahlstrom von Gefühlen aus Sorge, Wut und Angst tauchte ein neues Gefühl auf: Mitleid. Sie wollte es abwehren, wollte ihn hassen, denn wenn sie ihn haßte, konnte sie ihn verlassen. Aber das war nicht möglich. Instinktiv streckte sich ihre Hand aus und streichelte seinen Rücken. Er spürte es, drehte sich zu ihr um und zog sie an sich. Er schlang die Arme um sie und vergrub sein Gesicht an ihrem Hals. Sie erschauerte bis auf den Grund ihrer Seele. »Weißt du, was du getan hast?« flüsterte sie. »Weißt du, was du weggeworfen hast? Unsere Träume. Unser Leben, das vergangene und das zukünftige. Alles, was wir waren und was wir uns erhofft haben. Die Liebe, die wir füreinander hatten ...«

»Nein, Fee«, sagte Joe und nahm ihr Gesicht zwischen seine Hände. »Sag das nicht. Bitte sag nicht, daß du mich nicht mehr liebst. Ich hab kein Recht dazu, ich weiß, aber bitte, hab mich immer noch lieb.«

Fiona sah den Mann an, den sie ihr ganzes Leben lang geliebt hatte, den Mann, den sie mehr brauchte als irgend etwas oder irgend jemand anderen. »Ja, ich liebe dich, Joe«, sagte sie. »Ich liebe dich, und du wirst Millie Peterson heiraten.«

Die Sonne ging unter über London, der Himmel wurde dunkel, die Luft kühlte sich ab, und Joe und Fiona blieben am Flußufer stehen und hielten sich fest, als wollten sie sich nie mehr loslassen. Fiona wußte, daß es das letzte Mal war. Wenn sie vom Fluß weggingen, wäre alles vorbei. Sie wußte, daß sie ihn nie mehr spüren, nie mehr seinen Geruch einatmen würde. Nie mehr würde sie mit ihm auf den Old Stairs sitzen, nie mehr hören, wie er ihren Namen rief, nie mehr seine blitzenden blauen Augen sehen, die sich beim Lachen zusammenkniffen. Sie würden nie ihren Laden bekommen, kein gemeinsames Heim, keine Kinder. Ihre Träume waren für immer verflogen, zerstört. Mit einem Schlag hatte sie ihren besten Freund verloren, ihre Hoffnung, ihre Liebe, ihr ganzes Leben.

Sie ertrug es nicht. Es tat zu weh. Ohne Joe war ihr Leben nicht mehr lebenswert, bedeutete ihr nichts mehr. Mit plötzlicher Klarheit wußte sie, was sie tun würde. Sie würde ihm sagen, daß er fortgehen sollte, und dann würde sie in die Themse gehen und sich von ihren Fluten verschlucken lassen. Es wäre ein schneller Tod. Es war schon fast Dezember, und das Wasser war kalt. Sie wollte diesen furchtbaren, rasenden Schmerz beenden.

»Wann ist deine ... Hochzeit?« fragte sie und konnte nicht fassen, daß diese Worte aus ihrem Mund kamen.

»Heute in einer Woche.«

So bald. Mein Gott, so bald, dachte sie. »Du mußt mir was geben«, sagte sie.

»Alles, was du willst.«

»Ich brauch das Geld. Meinen Anteil von den Ersparnissen.«

»Du kannst alles haben. Ich bring's dir vorbei.«

»Gib's meiner Ma, wenn ich nicht ... da bin.« Sie sah ihn ein letztes Mal an, dann richtete sich ihr Blick auf den Fluß. »Geh jetzt. Bitte.«

»Schick mich nicht weg, Fiona. Laß mich dich festhalten, solang ich's noch kann«, flehte er.

»Geh bitte, Joe. Ich flehe dich an.«

Schluchzend stand er da und sah sie an. Dann war er fort, und sie war allein. Selbstmord ist eine Sünde, flüsterte eine Stimme in ihrem Innern, aber sie beachtete sie nicht. Sie dachte an ihren Großvater, den Vater ihres Vaters, der nach dem Tod seiner Frau von einer Klippe gesprungen war. Die Leute sagten, daß die Zeit alle Wunden heile. Vielleicht hatten diese Leute nie jemanden geliebt. Das Leid ihres Großvaters hätte die Zeit nicht geheilt, davon war sie überzeugt. Und bei ihr wäre es genauso.

Sie ging zum Wasserrand und warf einen letzten Blick auf den Fluß, den sie so liebte, auf die Kais, die Kähne und die Sterne, die am Londoner Nachthimmel aufgingen. Als sie bis zu den Fesseln im Wasser stand, hörte sie jemand von der Treppe rufen.

»Da bist du ja, du dummes Ding!«

Sie fuhr herum. Es war Charlie. Wütend stand er oben auf den Stufen. »Wo zum Teufel bist du gewesen?« rief er und kam herunter. »Seit sieben Uhr such ich dich, und jetzt ist es schon neun. Hast du den Verstand verloren? Ma ist außer sich vor Sorge. Wir dachten schon, du seist ermordet worden. Der Ripper hätt dich gekriegt. Deinetwegen hab ich meinen Kampf im Taj Mahal verpaßt. Quinn wird mich umbringen ...« Er blieb stehen, sah ihr bleiches Gesicht, ihre verschwollenen Augen und das zerzauste Haar. »Was ist passiert?« Sein wütender Gesichtsausdruck verwandelte sich in eine

Miene tiefster Besorgnis. »Dich hat doch kein Kerl belästigt, Fee?« Er faßte sie an den Schultern. »Dich hat doch niemand angefaßt? Hat Sid Malone …«

Fiona schüttelte den Kopf.

»Was ist denn dann los?«

»Ach, Charlie«, rief sie aus und stürzte in die Arme ihres Bruders. »Ich hab meinen Joe verloren.«

18

In einem schönen dunkelgrauen Anzug stand Joe am Altar. Er blickte in Richtung der Kirchentür und erwartete seine Braut. Harry Eaton stand an seiner Seite.

»Alles in Ordnung, alter Junge?« flüsterte Harry, besorgt über die wächserne Blässe seiner Freundes.

Er nickte, obwohl nichts in Ordnung war. Er fühlte sich wie erstarrt, als befände er sich in einem Alptraum und könnte weder schreien noch davonlaufen. Er saß in der Falle. Sein Vater hatte ihm nicht beigebracht, sich vor seiner Verantwortung zu drücken. Er war erwachsen und mußte sich ihr stellen. Er hatte einen fatalen, dummen Fehler gemacht und mußte nun für den Rest seines Lebens dafür büßen. Sein ganzes verdammtes Leben lang. Was für ein grauenvoll hoher Preis. Hysterisches Lachen kam in ihm auf, und er mußte sich auf die Lippen beißen, um es nicht herauszulassen.

»Du wirst mir doch nicht ohnmächtig werden?« fragte Hary besorgt.

Er schüttelte den Kopf.

»Nimm's leicht. Es ist ja kein Todesurteil. Du kannst trotzdem noch deinen Spaß haben.«

Joe lächelte wehmütig. Harry nahm an, er teile seine Angst vor der Monogamie. Ach, Harry, dachte er, wenn's doch nur so einfach wäre. Er wußte, daß er mit seiner neuen Position bei Peterson's und dem Geld, das Tommy für sie ausgesetzt hatte, genügend Frauen haben könnte. Aber das zählte nicht. Die Frau, die er wollte, konnte er nicht haben.

Er blickte auf die Reihen der Gesichter vor ihm. Er sah seine Eltern, seinen Bruder Jimmy, seine Schwestern Ellen und Cathy, alle in neuen Kleidern, die er für sie gekauft hatte. Sein Vater hatte die Lippen zusammengepreßt, seine Mutter begann immer wieder zu weinen, genauso wie sie es getan hatte, seitdem er ihr die Neuigkeit verkündet hatte. Er sah Leute, die er von der Arbeit kannte, wichtige Kunden von Tommy, Freunde und Verwandte von Millie. Für Tommys Maßstäbe eine kleine Versammlung, nur etwa hundert Gäste. Aber es war eine überstürzte Hochzeit, und die Zeit hatte nicht gereicht, etwas Größeres zu organisieren.

Zuerst war Tommy wütend gewesen, als er von Millies Schwangerschaft erfuhr, aber dann hatte er sich beruhigt, als Joe ihm sagte, daß er seine Tochter heiraten wolle. Millie behauptete später, alles sei nur heiße Luft gewesen. Er sei glücklich, Joe als Schwiegersohn zu bekommen, wollte aber nach außen hin den zornigen Vater spielen.

Ihre Schwangerschaft wurde ein offenes Geheimnis. Niemand war besonders schockiert, alle freuten sich für das hübsche Paar und daß Tommys Tochter und sein Protegé heirateten. Bald gäbe es einen Enkel mit demselben Verkaufstalent im Blut. Es sei eine großartige Verbindung, fanden die Leute.

Plötzlich hörte Joe Orgelmusik. Die Gäste erhoben sich und sahen zur Eingangstür. Er folgte ihrem Blick. Ein Mädchen, das Blumen streute, kam herein, gefolgt von Millies Brautjungfer, danach Millie selbst am Arm ihres Vaters. In seinen Augen blitzte keine Freude auf, als er sie sah, nur Angst. Genausogut hätte er zusehen können, wie sein Henker auf ihn zukam. Sie trug ein elfenbeinfarbenes Taftkleid mit bauschigen Ärmeln, eine lange Schleppe, einen dichten Schleier und hielt einen riesigen Strauß weißer Lilien im Arm. Er fand, daß sie in ihrer weißen Hülle wie ein Gespenst aussah.

Während der Zeremonie war er kaum bei Bewußtsein. Er sagte sein Gelöbnis, sie tauschten die Ringe, er küßte seine Angetraute auf die Wange und führte sie dann den Gang hinunter, um als Mr. und Mrs. Joseph Bristow die Glückwünsche der Gäste entgegenzunehmen. Ab und zu gelang ihm ein gequältes Lächeln. Alles war unwirklich, noch immer bewegte er sich durch einen Alptraum.

Sicher würde er gleich aufwachen, sich schwitzend in seinen Laken hin und her werfen und erleichtert feststellen, daß alles vorbei war.

Aber so kam es nicht. Gemeinsam mit Millie fuhr er in einer Kutsche zum Empfang im Claridge's. Er durchlitt mehrere Tänze mit ihr, hob bei Trinksprüchen sein Glas, verzehrte sein Essen, küßte sie mechanisch und lächelte Leute an, die er nicht kannte. Einmal entwischte er für ein paar Minuten, um mit Harry auf einem Balkon ein Glas zu leeren. Harry sagte ihm, daß er in einer Woche abreisen würde. Er versuchte, sich für seinen Freund zu freuen, wußte aber, daß er ihn vermissen würde. Und er beneidete ihn.

Schließlich war es an der Zeit zu gehen. Unter anzüglichen Scherzen und lärmigem Gelächter wurden Joe und Millie in die prächtige Suite geführt, die Tommy für sie gemietet hatte. Dort sollten sie die Nacht verbringen, bevor sie am nächsten Morgen zu zweimonatigen Flitterwochen nach Paris abreisten. Millie wollte für drei Monate fort, aber Tommy sagte, er brauche Joe im Geschäft, und Joe stimmte ihm bereitwillig zu. Er hatte keine Ahnung, wie er die zwei Monate mit Millie überstehen sollte, zwei Stunden erschienen ihm schon unerträglich.

Sobald sie in der Suite waren, verschwand sie, um sich umzuziehen. Joe warf sein Jackett ab, löste die Krawatte und schenkte sich ein Glas Whiskey ein. Durch die Fenstertüren trat er auf den Balkon hinaus und sah über London hinweg, nach Osten. Wo sie war.

In einem zarten Negligé kam Millie zurück. »Komm ins Bett«, flüsterte sie und legte die Arme um ihn.

Er erstarrte. »Ich find's schön hier draußen.«

»Stimmt was nicht?« fragte sie und suchte seinen Blick.

»Nein. Ich bin nur müde. Es war ein langer Tag.«

»Ich kann dich aufmuntern«, erwiderte sie und drückte sich an ihn.

Joe schloß die Augen, damit sie die Verachtung darin nicht sah. »Ich brauch ein bißchen Luft, Millie. Warum gehst du nicht rein und legst dich hin? Du mußt doch auch müde sein. Ich komm gleich nach.«

»Versprochen?«

»Ja.«

Die erste Nacht in einem Leben voller Lügen. Mein Gott, wie sollte er das durchhalten? Was würde er sagen, wenn die Ausrede, daß er Luft brauche, nicht mehr zog? Daß er ihren Anblick nicht ertrug? Daß ihre Stimme, ihr Lächeln, einfach alles an ihr, ihn krank machte? Daß er sie nicht liebte und nie lieben würde? Er sah in sein Glas, aber auch darin war keine Antwort zu finden. Er sagte sich, daß es seine Schuld war, daß sie ein Kind bekam. Bald würde sie die Mutter seines Kindes sein, er durfte nicht grausam zu ihr sein. Wenn er doch alles ungeschehen machen könnte, wenn er die Zeit doch einfach zu dieser Nacht zurückdrehen und sich aus ihrem Zimmer stehlen könnte, bevor etwas geschah.

Dies hätte die Hochzeitsnacht mit Fiona sein sollen. Seine Seele schrie förmlich nach ihr. Die Heirat, die Tatsache, daß Millie jetzt seine Frau war, änderte nichts daran. In seinem Herzen gehörte Fiona noch immer zu ihm und er zu ihr, auch wenn er nie mehr in das Gesicht sehen würde, das er liebte. Nie mehr sehen würde, wie ihre Augen aufleuchteten, nie mehr ihre aufgeregte Stimme hören würde, sie nie mehr berühren, sie nie mehr voller Leidenschaft lieben würde. Was würde aus ihr werden? Er kannte die Antwort. Mit der Zeit würde sie über ihn hinwegkommen und einen anderen Mann finden. Und der würde dann ihr Lächeln sehen, seine Tage mit ihr teilen, im Dunkeln nach ihr tasten. Bei dem Gedanken wurde ihm übel.

Er mußte hier raus, fort aus diesem Zimmer, fort von Millie. Das Hotel hatte eine Bar. Er würde sich heute nacht sinnlos betrinken und ebenso jede weitere Nacht seiner verdammten Flitterwochen. Bald wäre sie zu dick, um noch nach ihm zu verlangen. Und wenn das Baby da wäre, würden ihm andere Ausreden einfallen. Er würde für Tommy unterwegs sein und vierundzwanzig Stunden am Tag arbeiten. Er wußte, daß er sie nie mehr berühren konnte. Er ging nach drinnen und schloß die Balkontür. Dann griff er nach seiner Jacke, rückte die Krawatte zurecht und steckte den Zimmerschlüssel ein.

»Joe?« hörte er sie schlaftrunken aus dem Schlafzimmer rufen. Als Antwort ließ er nur die Tür zuknallen.

Eileens Atemzüge klangen mühsam und rasselnd. Kate hörte genau hin und wartete auf den Moment, da sie in einen Hustenanfall übergingen, aber das geschah nicht. Vielleicht schläft das arme kleine Ding doch durch, hoffte sie. Jetzt war es zehn Uhr, und wenn Eileen noch eine halbe Stunde ruhig blieb, würde sie sich auch hinlegen. Sie saß in ihrem Schaukelstuhl, trank immer wieder einen Schluck Tee und behielt das Baby im Auge. Die letzten paar Monate war es ihr nicht gutgegangen. Sie hatte dunkle Ringe unter den Augen, und in ihrem Gesicht hatten sich Falten eingegraben. Wochenlang hatten sie die Sorgen um die kleine Tochter zermartert, und jetzt kamen weitere Sorgen hinzu. Sie sah zum Bett hinüber. Fiona hatte sich in den Schlaf geweint. Eine Woche war nun vergangen, seit Charlie sie vom Fluß zurückgebracht hatte, und es war noch keine Besserung bei ihr eingetreten. Trotz aller Versuche, ihr Fieber herunterzubringen, sank es nicht. Sie war leichenblaß und weigerte sich zu essen. Kate schaffte es nur, ihr ein bißchen Brühe einzuflößen.

Das Fieber machte Kate Sorgen, aber noch mehr sorgte sie sich um Fionas seelischen Zustand. Sie wehrte sich nicht gegen ihre Krankheit, zeigte nicht die geringste Anstrengung, dagegen anzukämpfen. Ihr strahlendes, fröhliches Mädchen war zu einer Fremden mit erloschenen Augen geworden. Es brach ihr das Herz, das mit anzusehen. Immer hatte sie sich über ihre hochfliegenden Pläne, ihren Entschluß, einen Laden aufzumachen, Sorgen gemacht. Jetzt hätte sie alles darum gegeben, ihre Tochter von einem Laden reden zu hören, von irgend etwas, wenn nur ein wenig von ihrer alten Begeisterung wieder zum Vorschein käme.

Kate hatte all die Krankheiten ihrer Kinder mitgemacht, aber nie hatte sie etwas wie Fionas Leiden gesehen. Es gab keinen Grund für ihr Fieber, sie hatte keinen Husten, mit ihrer Brust war alles in Ordnung. Sie hatte keine Magenschmerzen, erbrach sich nicht. Ihre Stiefel und Strümpfe waren tropfnaß gewesen, als Charlie sie heimbrachte, aber Kate glaubte nicht, daß das Fieber von einer Erkältung herrührte. Kein Arzt würde ihr zustimmen, aber sie war überzeugt, daß es von einem gebrochenen Herzen kam.

Als sie herausfand, was geschehen war, hätte sie Joe am liebsten den Hals umgedreht. Schließlich hatten Sorge und Angst ihrem Ärger Platz gemacht. Hauptsächlich um ihre Tochter, aber auch um Joe. Rose Bristow war vorbeigekommen und hatte ihnen fast zwanzig Pfund von ihrem Sohn überbracht. Das Geld, das Fionas Traum hätte finanzieren sollen. Jetzt würde es für Arztrechnungen, Medizin und eine neue Wohnung verwendet werden. Fiona bestand darauf, daß die Familie es nahm. Kate hatte sich geweigert, sie gebeten, nicht aufzugeben, aber sie war eisern geblieben.

Bei Fionas Anblick brach Rose in Tränen aus. Sie wollte nicht, daß ihr Sohn Millie heiratete, weil sie wußte, wie sehr er Fiona liebte. »Der dumme, dumme Kerl«, sagte sie bitter. »Er hat sein Leben ruiniert. Du bist besser dran als er, Fiona. Du kannst immer noch jemand finden, den du liebst, und irgendwann wirst du das auch. Er nie.«

Kate lehnte den Kopf an die hohe Stuhllehne und schloß die Augen. Sie hörte leises Singen durch die Wand dringen. Frances mußte zu Hause sein, dachte sie. Die Wände zwischen den Häusern waren so dünn, daß sie oft ihr Singen und das Klappern von Töpfen hören konnte oder, schlimmer noch, die Geräusche, wenn sie einen zahlenden Herrn bei sich hatte. Dennoch war sie froh zu wissen, daß Frances zu Hause war. Charlie war in letzter Zeit nicht viel daheim, und Lucy Brady lag im Entbindungsheim, um ihr Baby zur Welt zu bringen. Es war ihr angenehm, jemanden in der Nähe zu wissen, den sie rufen konnte, um bei Seamie und Fiona zu bleiben, falls sie für Eileen den Arzt holen mußte.

Sie gähnte. Mein Gott bin ich müde, dachte sie. Ich geh jetzt ins Bett. Statt dessen nickte sie ein. Ein paar Stunden später wachte sie auf, weil sie dachte, sie hätte jemand schreien hören, dann döste sie wieder ein, überzeugt, nur geträumt zu haben. Ein paar Minuten später schreckte sie hoch. Das Baby atmete schwer, sein Gesicht war rot. Kate nahm Eileen hoch und versuchte, sie zu beruhigen, versuchte, nicht in Panik zu verfallen. Sie beschloß, den Arzt gleich zu holen, bevor das schwere Atmen in Keuchen überging. Schnell legte sie das Baby in den Korb zurück und griff nach ihrem Schal.

»Was ist, Ma? Was ist los?« fragte Fiona verschlafen.

»Es ist wegen Eileen. Ich hol den Doktor.«

»Ich hol ihn«, antwortete sie. Sie stand auf und hielt sich mit einer Hand am Bett fest, um nicht umzukippen.

»Leg dich wieder hin. Sofort. Ich hol Frances, damit sie bei dir bleibt.«

Kate nahm den Korb mit dem Baby und lief zu Francis. Sie klopfte an die Tür. Keine Antwort. In heller Aufregung spähte sie durch das schmutzige kleine Fenster daneben und rieb mit dem Ärmel die Scheibe sauber. Im Schein des schwachen Kaminfeuers sah sie Frances auf dem Bett liegen und einen Mann, der sich mit hochgekrempelten Ärmeln über sie beugte. Sie hatte einen Kunden, der allem Anschein nach sein Geschäft gerade beendet hatte. Kate war zu verzweifelt, um darauf Rücksicht zu nehmen. Sie stellte den Korb ab, klopfte ans Fenster und rief mit lauter Stimme nach ihrer Freundin. Frances rührte sich nicht, aber der Mann richtete sich auf. Er hat mich gehört, dachte sie. Gott sei Dank!

Langsam, wie in Trance, bewegte sich der Mann zur Tür, und Kates Erleichterung verwandelte sich in Entsetzen, als sie sah, daß er ein Messer in der Hand hielt. Die Klinge schimmerte dunkel und feucht. Die gleiche Substanz, die auf dem Messer war, bedeckte seine Hände, seine Hemdbrust und lief in kleinen Rinnsalen über seine Wange.

»Es ist Blut«, flüsterte sie. »O mein Gott, es ist Blut!«

Mit einem Aufschrei taumelte sie vom Fenster zurück, verfing sich mit dem Absatz in ihrem Rocksaum und stürzte zu Boden. Die Tür wurde aufgerissen, und der Mann ging auf sie los. Sie hielt die Hände hoch, um sich zu schützen, aber das half ihr nichts. In dem Moment, bevor sein Messer zwischen ihre Rippen drang, sah sie in seine wahnsinnigen, unmenschlichen Augen und wußte, wer er war: Es war Jack the Ripper.

19

Fiona starrte auf die rohen Holztafeln, die aus dem schneebedeckten Boden ragten. Die linke, die ihres Vaters, war bereits verwittert, die ihrer Mutter und des Babys begannen sich gerade dunkel zu färben. Und daneben gab es ein ganz frisches Grab, auf dem das Holzkreuz noch hell und unverwittert war. Das ihres Bruders Charlie.

Vor drei Tagen hatte ihr Roddy die Nachricht überbracht. Die Flußpolizei hatte eine Leiche aus der Themse gefischt – den Körper eines jungen Mannes von etwa sechzehn Jahren. Er war ins Leichenschauhaus gegangen, um ihn zu identifizieren – eine Aufgabe, die, wie er sagte, aufgrund der Zeit, die er im Wasser gelegen hatte, fast unmöglich war. Das Gesicht war nicht mehr zu erkennen, nur ein Büschel rotes Haar war noch übrig. Die Durchsuchung der Kleider des Leichnams bestätigte die Identität. In einer der Taschen befand sich eine verbeulte silberne Uhr mit der Inschrift: Sean Joseph Finnegan, Cork, 1850. Der Name ihres Großvaters. Die Uhr ihres Bruders. Sie wußte sofort, was es bedeutete, als Roddy sie in ihre Hand legte.

Sie schloß die Augen, tiefe Verzweiflung überkam sie, und sie wünschte sich, neben ihnen in der Erde zu liegen. Tag für die Tag die erstickende Trauer und die Sehnsucht nach ihrer Familie – und nach Joe – waren unerträglich. Auch wenn sie sich wegen Seamie zusammenriß, gab es noch oft Momente, in denen sie daran dachte, sich selbst zu töten, weil der Schmerz nie nachließ.

Um sich zu trösten, versuchte sie, sich das Gesicht ihrer Mutter vorzustellen, wie sie es im Gedächtnis behalten wollte – lächelnd und lachend. Aber sie schaffte es nicht. Diese Bilder waren verschwunden. Alles, was vor ihrem inneren Auge auftauchte, war das Bild ihrer Mutter, die auf der Straße lag und verblutete. Fiona hatte ihre Schreie gehört und war aus dem Zimmer gestürzt. Sie ließ sich neben ihr auf die Knie fallen, preßte die Hände auf die Wunde und schrie um Hilfe. Leute kamen, taten, was sie konnten, aber Jacks Messer hatte ihre Mutter ins Herz getroffen. Dann war alles sehr schnell gegangen. Mit zitternden Händen hatte ihre Mutter ihr Gesicht berührt und Blut auf ihre Wange geschmiert, dann war ihr Körper schlaff geworden und ihr Blick stumpf und leer.

Fiona wollte sich nicht mehr an diese Nacht erinnern, aber die Bilder spulten sich immer und immer wieder vor ihrem inneren Auge ab. Immer wieder sah sie ihre Mutter auf der Straße liegen, hörte das Baby weinen und Seamie auf dem Arm eines Polizisten schreien.

Und Charlie ... ständig sah sie ihn vor sich, wie er schreiend und Leute beiseite stoßend nach Adams Court hereinrannte. Sie sah seine verständislose Miene, als er auf ihre Mutter hinabblickte. Sie hatte ihn gerufen, und er hatte sich umgedreht, aber sein Blick war wirr, und er schien sie nicht zu erkennen. Er hatte ihre Mutter von der Straße aufgehoben und sie stöhnend und weinend an sich gedrückt. Er weigerte sich, sie herzugeben und schlug drei Polizisten zurück, bevor sie ihn schließlich überwältigten. Als sie ihn losließen, versuchte er, ihren Leib aus dem Leichenwagen zu ziehen. »Hör auf!« hatte Fiona ihn angeschrien. »Hör bitte auf!« Aber er gab nicht nach. Er warf sich gegen den Wagen, als er abfuhr, und dann lief er davon. Aus Adams Court in die Nacht hinaus. Niemand wußte, wohin er gegangen war. Roddy suchte Tage, schließlich Wochen nach ihm. Und dann wurde seine Leiche gefunden. Er hatte kein Geld bei sich, und sein Schädel war eingeschlagen. Roddy vermutete, daß Charlie durch eine gefährliche Straße gegangen und das Opfer von Dieben geworden war – totgeschlagen, ausgeraubt und in den Fluß gestoßen. Fiona war dankbar, daß sie seine Uhr übersehen hatten, dankbar, daß sie ein Erinnerungsstück an ihren Bruder hatte.

Bis zu dem Tag, an dem Charlies Leiche gefunden wurde, hatte sich Fiona an die Hoffnung geklammert, daß er noch lebte. Ihre Trauer um ihn war grenzenlos. Sie vermißte seine großspurige Art, sein Grinsen und seine albernen Scherze. Sie vermißte seine Kraft und betete zu Gott, er wäre hier, um ihr eine Stütze zu sein. Jetzt gab es nur noch Seamie und sie. Die kleine Eileen hatte ihre Mutter nur um fünf Tage überlebt.

Fiona war sich sicher, daß auch Seamie und sie es nicht geschafft hätten, wäre da nicht Onkel Roddy gewesen. Er hatte sie nach dem Mord bei sich aufgenommen, die Behörden angelogen und behauptet, ein Blutsverwandter zu sein – der Cousin ihrer Mutter –, so daß sie unter seine Obhut gestellt wurden. Fiona war nicht in der Lage gewesen, sich um Seamie und Eileen zu kümmern, und er befürchtete, die Behörden würden sie alle in ein Arbeitshaus stecken.

Er hatte ihnen ein Heim gegeben, sorgte für sie und tat sein Bestes, um ihre Not zu lindern. An Tagen, wenn Fiona selbst das Aufstehen schwerfiel, nahm er ihre Hand und sagte: »Immer einen Schritt nach dem anderen, Mädchen, nur so geht's.« Und so war ihr Dasein nun: Wie betäubt schleppte sie sich herum, ohne sagen zu können, ob sie leben oder sterben wollte.

Fast während ihrer ganzen siebzehn Lebensjahre war Fiona ein fröhlicher Mensch gewesen. Trotz all der Mühen hatte es immer etwas gegeben, worauf sie sich freuen konnte – die Abende am Feuer mit ihrer Familie, die Spaziergänge mit Joe, die gemeinsame Zukunft. Aber jetzt war die Liebe ihres Lebens und mit ihr die Hoffnung, die sie auf ihre Zukunft gesetzt hatte, verschwunden. Jetzt lebte sie in einer Art Unterwelt, nahe der Hölle – unfähig, ihr Leben aufzugeben, weil ihr kleiner Bruder auf sie angewiesen war, aber nicht in der Lage, es in die Hand zu nehmen, weil die entsetzlichen Verluste sie niederdrückten.

Ein eisiger Wind fegte über den Friedhof und schüttelte die kahlen Bäume. Der Herbst hatte dem Winter Platz gemacht. Weihnachten und Neujahr waren gekommen und vergangen, doch sie hatte nichts davon wahrgenommen. Es war bereits Mitte Januar 1889. Die Zeitungen waren voll von einer neuen Geschichte – Jack the Ripper sei tot, hieß es. Er habe Selbstmord begangen. Ende Dezember sei ein Leichnam aus dem Fluß gefischt worden, bei dem es sich um Montague Druitt, einen jungen Londoner Anwalt, handle. Druitt stamme aus einer Familie mit geistigen Störungen, und Leute, die ihn näher kannten, behaupteten, Zeichen des Wahnsinns an ihm bemerkt zu haben. Er habe eine Nachricht hinterlassen, die besage, es sei besser für ihn zu sterben. Seine Vermieterin habe ausgesagt, er führe einen seltsamen Lebenswandel, sei nachts öfter nicht zu Hause gewesen und erst in den frühen Morgenstunden heimgekommen. Die Presse spekulierte, daß sich Druitt, nach den Morden in Adams Court von Schrecken und Reue geplagt, ertränkt habe.

Sein Tod schenkte Fiona keinerlei Genugtuung. Sie wünschte nur, er hätte sich das Leben genommen, bevor er ihre Mutter ermordet hatte.

Der Winterwind brachte Schnee mit sich. Sie stand auf. Es war frostig geworden. Aufgrund einer Tauperiode war es möglich gewesen, ihren Bruder zu beerdigen. Er war so voller Mutwillen und Schalk gewesen und lag nun in harter Erde begraben – wenn sie daran dachte, stiegen ihr wieder Tränen in die Augen. Verzweifelt versuchte sie zum hundertstenmal am Tag nach einem Grund zu suchen, warum ihr die Familie, Joe und alles, was sie besessen hatte, entrissen worden war. Aber sie fand keinen. Sie verließ den Friedhof und ging zu Roddys Wohnung zurück – eine traurige blasse Gestalt, die sich gegen den kalten Winterhimmel abzeichnete.

20

In den ersten Monaten des Jahres 1889 schoß Seamus Finnegan unglaublich in die Höhe, er wurde lang und schlaksig und verlor seinen Babyspeck. Im Dezember wurde er fünf und wuchs schnell aus den Kinderschuhen heraus. Er besaß die erstaunliche Widerstandskraft früher Jugend, die ihm gemeinsam mit Fionas liebevoller Fürsorge half, den Verlust seiner Mutter, seines geliebten Bruders und seiner kleinen Schwester zu überwinden. Als aufgewecktes, sensibles Kind war er fast immer fröhlich und seiner Schwester ergeben, deren Stimmungsschwankungen er genau registrierte. Wenn er spürte, daß sie sich in ihr Schneckenhaus zurückzog, machte er so lange Faxen, bis sie wieder lächelte, und wenn sie nicht mehr lächeln konnte, kletterte er auf ihren Schoß und legte seine Arme um sie, bis sie sich besser fühlte.

Fiona hing nicht weniger an ihm. Er war alles, was sie noch hatte, sie ließ ihn ungern aus den Augen und gab ihn allenfalls in die Obhut von Roddy oder seiner Verlobten Grace Emmett. Sein sommersprossiges Gesicht und seine liebe Kinderstimme waren ihr einziger Trost.

Jetzt sah sie ihn gerade an, als sie seinen Tee für ihn bereitete. Er saß am Tisch, hielt die Gabel in der Hand und wartete ungeduldig auf sein Essen. Sie stellte es vor ihn hin, und er machte sich gierig darüber her. Es reicht nicht für ein Kind im Wachstum, dachte sie. Er sollte Milch, Fleisch und frisches Gemüse kriegen. Doch mehr konnte Roddy nicht für sie tun. Er fütterte sie beide durch, und sein Gehalt reichte gerade dafür aus. Erst vor kurzem hatte er Seamie einen warmen Pullover gekauft, um ihn vor dem kalten Märzwetter zu schützen, und letzte Woche, zu ihrem achtzehnten Geburtstag, hatte er ihr einen neuen Schal geschenkt.

Fiona war ihm dankbar für alles, aber sie fühlte sich auch schuldig. Sie sah, welche Blicke er und Grace austauschten. Sie wußte, daß die beiden längst verheiratet wären und unter dem gleichen Dach lebten, wenn sie und Seamie nicht wären. Seit November wohnten sie jetzt hier. In den letzten Wochen hatte sie ein wenig zugenommen und ihre hohlen Wangen verloren. Inzwischen konnte sie die Einkäufe machen und das Putzen und Waschen übernehmen. Es war an der Zeit, daß sie wieder arbeiten ging und ein Zimmer für sich und Seamie fand. Roddy konnte sie nicht ewig aushalten.

Doch allein die Vorstellung, eine eigene Wohnung zu suchen, drückte sie nieder. Sie hatte kein Geld. Der Rest von Joes zwanzig Pfund war für Särge und Beerdigungen draufgegangen. Der Vermieter hatte den Inhalt ihrer Wohnung verkauft – die wenigen Möbel, das Geschirr, die Kleider ihrer Mutter, sogar die marineblauen Handschuhe, die Charlie ihr gekauft hatte, und den Erlös behalten anstelle der Miete, die sie ihm schuldete. Roddy war es gelungen, bei dem Verkauf ein Stück zu retten – eine Zigarrenkiste mit den Eheringen ihrer Eltern, mit Fotos und Dokumenten. Ihre Arbeit hatte sie auch verloren. Auf der Straße hatte sie zufällig eine Kollegin von Burton Tea getroffen und erfahren, daß ihre Stelle neu besetzt worden war. Ralph Jackson hatte jemand anderen gefunden. Sie konnte sich auf Arbeitssuche begeben, aber es konnte Wochen dauern, bis sie etwas fand, und dann würde es noch einen Monat dauern, bevor sie genügend Geld gespart hatte, um ein Zimmer zu mieten.

Sie hatte auf Hilfe von ihrem Onkel Michael gehofft. Ihre Mutter hatte ihm nach dem Tod ihres Vater geschrieben, aber keine Antwort erhalten. Vielleicht war der Brief nicht angekommen. Schon innerhalb Londons ging Post verloren und zwischen London und New York erst recht. Sie hatte sich vorgenommen, es noch einmal zu versuchen.

Ein Ruf von unten riß sie aus ihren Gedanken. Es war Mrs. Norman, die Vermieterin. Sie ging auf den Treppenabsatz hinaus. Mrs. Norman stand unten an der Treppe und hielt einen Brief in der Hand. »Für dich, Liebes. Ist gerade gekommen«, sagte sie und wedelte ungeduldig mit dem Umschlag.

Fiona nahm den Brief an sich, dankte ihr und enttäuschte sie dann, indem sie in Roddys Wohnung zurückkehrte, um ihn in Ruhe zu lesen. Er war von Burton Tea und an ihre Mutter adressiert. Die durchgestrichenen Anschriften zeigten, daß er von der Montague Street zum Adams Court und jetzt hierhergeschickt worden war. Sie öffnete ihn. In umständlichen Worten wurde Mrs. Patrick Finnegan informiert, daß ihre Eingabe um Entschädigung an die Firma Burton Tea abgelehnt worden sei, weil der Tod ihres Gatten auf die Unachtsamkeit seines Kollegen David O'Neill zurückzuführen sei und nicht auf die Firma selbst, weshalb keine Zahlung erfolge. Für weitere Angaben möge sie sich an Mr. J. Dawson, den Personalchef, wenden.

Fiona faltete den Brief zusammen und steckte ihn wieder in den Umschlag. Sie wußte nicht mehr, was bei den Besuchen ihrer Mutter in der Firma besprochen worden war. Sie versuchte, sich zu erinnern, um wieviel sie gebeten hatte. Um zehn Pfund? Um zwanzig? Das war doch keine Summe für eine Firma wie Burton Tea. Daß William Burton der Familie eines Mitarbeiters, der auf seinem Gelände verunglückt war, nicht einmal ein paar Pfund zugestand, war eine Ungerechtigkeit. Wut flackerte in ihr auf, wurde aber sofort wieder erstickt. Ungerecht oder nicht, sagte sie sich, ich kann nichts dagegen machen. Resigniert legte sie den Brief in die Zigarrenkiste und setzte sich zum Tee nieder.

Sie beobachtete ihren Bruder, wie er mit einer Brotrinde den letzten Rest seines Fischs auftunkte. Seamie und ich, dachte sie, wären ohne William Burton und seine verdammte Firma gar nicht hier. Pa würde noch leben, wir alle würden in der Montague Street wohnen. Was Burton heute wohl gegessen hat? Vielleicht Roastbeef, ein leckeres Schnitzel? Ich wette, keinen verdammten Hering für einen Penny.

Wie Glut, die durch Blasen angefacht wurde, spürte sie die Wut in sich aufflackern. Langsam, kaum daß sie es bemerkte, ging ihre Resignation in flammenden Zorn über. Das Geld hätte ihnen helfen können, aus Adams Court wegzuziehen, hätte ihnen zu gutem Essen und warmen Kleidern verhelfen können. Es hätte ihr helfen können, als sie nicht einmal die paar Pennys hatte, um Papier für den Brief an Joe zu kaufen. Und es konnte ihr und Seamie jetzt helfen, um aus Roddys Wohnung auszuziehen. Einen neuen Anfang zu machen. Dieser Ausbeuter, schäumte sie. Zum erstenmal seit langer Zeit war sie wieder wütend, und sie genoß es. Endlich einmal eine Abwechslung zu der Trauer. Der Zorn gab ihr Kraft und brachte ein wenig von ihrer alten Entschlossenheit zurück.

»Trink deinen Tee aus, Seamie«, sagte sie plötzlich und stand auf. Er sah sie verwundert an.

»Komm, iß auf. Du machst einen kleinen Besuch bei deiner Tante Grace.«

Seamie gehorchte seiner Schwester und stopfte den Rest seines Brots in den Mund. Sie zog ihn an und brachte ihn zu Grace, der sie erklärte, daß sie etwas zu erledigen habe, etwa ein oder zwei Stunden fortmüsse, und ob es ihr etwas ausmache, in der Zwischenzeit auf Seamie aufzupassen. Überrascht über Fionas plötzliche Lebhaftigkeit, lehnte Grace natürlich nicht ab. Und dann machte sie sich auf den Weg in die City. Sie war sich nicht ganz sicher, wo die Mincing Lane war, aber sie würde sich durchfragen. Es war schon spät am Tag, fast halb sechs, und Burton war vielleicht schon weg, vielleicht aber auch nicht.

Das Geld gehört uns, dachte sie, als sie mit festem Schritt und wehendem Rock durch die dunklen Straßen schritt. Mir und Seamie. Wenn William Burton glaubt, daß das Leben von unserem Pa nicht mal zehn Pfund wert ist, dann soll er was zu hören kriegen.

Nach über einer halben Stunde Fußmarsch und einigen falschen Abzweigungen fand Fiona die Mincing Lane Nummer zwanzig, die Niederlassung von Burton Tea. Die Büros waren in einem imposanten Kalksteingebäude untergebracht, das von einem Eisenzaun umgeben war. Im Innern befand sich eine kleine Glaskabine, wo der Portier gerade eine Tasse Tee trank und sich an einer Schweinepastete gütlich tat.

»Wir haben geschlossen, Miss«, sagte er. »Haben Sie das Schild nicht gesehen? Besuchsverkehr von neun bis sechs.«

»Ich muß zu Mr. Burton, Sir«, sagte Fiona mit erhobenem Kinn. »Es ist dringend.«

»Sind Sie angemeldet?«

»Nein, aber ...«

»Wie ist Ihr Name?«

»Fiona Finnegan.«

»Weshalb wollen Sie den Chef sprechen?«

»Wegen einer Forderung, die meine Mutter eingegeben hat«, antwortete sie und zog den Umschlag aus ihrer Rocktasche. »Ich hab hier einen Brief, der besagt, sie sei null ... und nichtig. Hier ... sehen Sie? Aber das ist nicht gerecht, Sir. Mein Vater ist im Lagerhaus von Mr. Burton verunglückt. Das muß ein Fehler sein.«

Der Portier seufzte, als wäre ihm derlei nicht unbekannt. »Sie müssen zu Mr. Dawson gehen. Kommen Sie morgen wieder, und sein Sekretär gibt Ihnen einen Termin.«

»Aber Sir, das hilft mir nicht weiter. Wenn ich kurz zu Mr. Burton könnte ...«

»Hör zu, Kleine, nicht mal die Mutter vom Chef könnte einfach so zu ihm reinspazieren. Er ist sehr beschäftigt. Also, sei ein braves Mädchen und mach's, wie ich es dir gesagt hab. Komm morgen wieder.« Er wandte sich wieder seiner Schweinepastete zu.

Fiona setzte zu einer Antwort an, ließ es dann aber doch sein. Es nützte nichts, sich mit diesem Mann anzulegen. Er würde sie nicht hineinlassen. Sie ging die Treppe hinunter. Vor dem Tor drehte sie sich um, warf ihm einen letzten vorwurfsvollen Blick zu und sah, daß er sich von seinem Stuhl erhob. Er verließ seinen Arbeitsplatz und ging den Gang hinunter.

Er geht auf die Toilette, dachte sie. Sie stand am Tor und nagte an der Unterlippe. Sie hatte keine Lust, den Sekretär aufzusuchen, sie wollte zu Burton persönlich. Sie brauchte dieses Geld. Plötzlich lief sie die Treppe hinauf und rannte am Schalter des Portiers vorbei die Stufen zum ersten Stock hinauf. Der Gang war dunkel. Sie drückte die Glastür auf, die davon abging, und fand sich in einem noch dunkleren Flur wieder. Ihre Schritte hallten auf dem glänzenden Boden. Türen mit Milchglasscheiben säumten beide Seiten des Flurs. Alle sahen gleich aus. Sie drehte an einem Türknopf, er war verschlossen. Hier konnte Burtons Arbeitszimmer nicht sein, es war nicht prächtig genug.

Sie stieg in den zweiten Stock. Hier sah es vielversprechender aus. Auf der linken Seite des Flurs befanden sich vier Holztüren mit Namensschildern aus Messing darauf, alle geschlossen. Auf der rechten Seite lag eine massive zweiflügelige Tür. Sie stand offen. Auf Zehenspitzen schlich sie heran und spähte hinein. Sie sah einen riesigen Raum mit einem großen Schreibtisch in der Mitte. Hinter dem Schreibtisch waren deckenhohe Aktenschränke. Drei der

Aktenschränke waren offen, dahinter befand sich ein in die Wand eingelassener Safe. Auf dem Schreibtisch verbreitete eine Messinglampe mit grünem Glasschirm ein spärliches Licht, das jedoch genügte, um die mit Banderolen versehenen Geldbündel darauf zu beleuchten. Fiona hielt den Atem an, noch nie hatte sie soviel Geld gesehen. Burton würde ihr sicher ihre zehn Pfund nicht versagen.

Rechts von dem Schreibtisch befand sich eine andere Tür. Sie stand halb offen. Dort war jemand, es brannte Licht. Zögernd machte sie einen Schritt vorwärts und fragte sich, ob sie wahnsinnig geworden war. Sie betrat verbotenes Terrain. Wenn er jetzt herauskam und sie sah, würde er glauben, sie wollte sein Geld stehlen, und sie festnehmen lassen. Bei einem weiteren Blick auf die Geldbündel verlor sie fast die Nerven.

Gerade als sie an dem Schreibisch vorbeiging, hörte sie Stimmen aus dem anderen Raum. Burton war nicht allein. Sollte sie trotzdem anklopfen? Sie hörte die Männer lachen, hörte, wie sie ihre Unterhaltung wiederaufnahmen und wie einer der Männer einen Namen nannte, den sie kannte: Davey O'Neill. Neugierig trat sie näher.

»O'Neill? Der spurt. Liefert mir Namen. Genau wie ich's ihm befohlen hab.«

»Gut, Bowler. Freut mich zu hören. Der Kerl ist Gold wert. Da sind noch mal fünf Pfund für ihn. Was hat er dir über Tillet erzählt?«

Bowler. Bowler Sheehan. Fiona gefror das Blut in den Adern. Ihre Neugier wegen Davey O'Neill war vergessen, genauso wie ihr Wunsch, um zehn Pfund zu bitten. Sie mußte hier raus. Sofort. Sheehan war ein übler Bursche. Ein sehr übler. Was machte er hier? Gewiß kein Geld für wohltätige Zwecke sammeln. Sie hatte einen großen Fehler gemacht, sich in Burtons Büro zu schleichen, und wenn man sie erwischte, würde sie teuer dafür bezahlen. Sehr teuer. Sie trat einen Schritt zurück, dann noch einen. Leise, leise, sagte sie sich. Und schön langsam, ohne Hast. Sie behielt die Tür zu dem inneren Büro im Auge und hörte sie immer noch sprechen.

»Tillet probiert wieder, sie zu versammeln, aber er hat bloß ein paar zusammengekriegt. Ein armseliges Häufchen höchstens.«

»Ja, aber wie ich ihn kenne, gibt er nicht auf, bis er wieder eine funktionstüchtige Gewerkschaft beisammenhat. Wenn wir ihn bloß ähnlich loskriegen könnten, wie wir diesen Mistkerl Finnegan losgeworden sind.«

Fiona erstarrte.

»Ja, das war gute Arbeit, was?« antwortete Sheehan schmunzelnd. »Erste Klasse! Bin selber da raufgekrochen und hab eigenhändig die Schmiere verteilt. Hab die Luke aufgemacht und ein paarmal dagegengeschlagen, dann hab ich mich hinter einer Teekiste versteckt und zugesehen, wie der Herr Gewerkschaftsführer ausgerutscht und fünf Stockwerke nach unten gefallen ist. Und O'Neill hat man's angehängt!« Er lachte laut auf.

Fiona biß sich auf die Lippen, um nicht aufzuschreien. Gesprächsfetzen fielen ihr ein, und eine schwindelerregende Folge von Bildern zog an ihr vorbei. Die Beerdigung ihres Vaters. Mr. Farrell und Mr. Dolan, die sagten, wie seltsam es war, daß Paddy gestürzt sei, wo er doch immer so achtsam gewesen war. Die Tatsache, daß der Unfall kurz nach der Übernahme der örtlichen Gewerkschaftsführung ihres Vaters passiert war und daß Davey O'Neill ihr in die Barrow Street gefolgt war.

Sie atmete in kurzen Stößen. Sie wollte es nicht begreifen. Ihr Pa war ermordet worden, weil Burton nicht wollte, daß seine Arbeiter der Gewerkschaft beitraten. Bowler Sheehan hatte ihn umgebracht, der jetzt nur ein paar Meter von ihr entfernt dasaß und sich darüber totlachte. Verwirrt, ohne zu wissen, wo sie sich eigentlich befand, machte sie einen unvorsichtigen Schritt nach hinten. Mit einem lauten Knall stieß sie gegen den Schreibtisch, verlor das Gleichgewicht, taumelte und richtete sich wieder auf. Ihre Hand berührte einen Stapel Geldscheine.

Das Gespräch im Innern des Büros verstummte.

»Fred, sind Sie das?« Die Tür wurde aufgerissen, und William Burton tauchte auf. Er riß die Augen auf, als er Fiona sah. Sein Blick wanderte zum Schreibtisch seines Sekretärs, wo ihre Hand auf seinem Geld lag. »Was machst du hier? Wer hat dich reingelassen?«

Fiona antwortete nicht, ihre Finger schlossen sich um die Geldscheine. Mit einem Schlag war ihre Angst wie weggeblasen, und rasender Zorn packte sie. Sie warf Burton das Geldbündel entgegen. Er ging auf sie zu, und sie ergriff die Schreibtischlampe. Sie fiel zu Boden, zersprang in tausend Stücke, und Öl lief aus. »Du Dreckskerl, du Mörder!« schrie sie. »Du hast ihn umgebracht! Du hast meinen Vater umgebracht!« Sie schleuderte einen Ablagekasten auf ihn, der ihn an der Brust traf, dann warf sie ein Tintenfaß und ein weiteres Geldbündel nach ihm.

»Sheehan!« brüllte er. »Kommen Sie hier raus!«

Bei der Nennung dieses Namens machte sie einen Satz. Mit einem Schlag war ihre Angst zurückgekommen. Sie rannte aus dem Büro, schlug die Tür hinter sich zu, lief den Gang und die Treppe hinunter und hielt in der einen Hand ein Bündel Geldscheine, die sie nicht weggeworfen hatte, mit der anderen raffte sie ihre Röcke. Kaum im ersten Stock angelangt, hörte sie schwere Schritte hinter sich.

»Halten Sie sie auf, Fred!« rief Burton die Treppe hinunter. »Halten Sie das Mädchen auf!«

Sie war gerade am oberen Ende der letzten Stufen angelangt, als die Schritte sie einzuholen begannen. Es war Sheehan, das wußte sie, ohne sich umzudrehen. In halsbrecherischem Tempo stürzte sie die Treppe hinunter, rannte um ihr Leben. Die Kabine des Portiers kam in Sicht. Wenn er Burton hörte, würde er herausspringen, ihr den Weg versperren, und sie hätte kaum eine Chance, an ihm vorbeizukommen. Sie sprang die letzten Stufen hinab, bereit für die Konfrontation, aber er war nicht an seinem Platz. Sie schoß durch die Eingangstür, die Treppe hinunter und auf das Tor zu. Sheehan folgte ihr im Abstand von nur ein paar Metern. Erst jetzt sah sie den Portier. Er stand am Tor und fummelte mit dem Rücken zu ihr am Schloß herum. Sheehan rief ihm etwas zu. Er drehte sich um, ein Ölkännchen in der Hand. »Was zum Teufel...«, begann er. Fiona nahm noch einmal alle Kraft zusammen und raste an ihm vorbei durchs Tor hinaus, bevor er begriff, was vor sich ging. Als sie draußen war, griff sie nach einer der Eisenstangen, warf das Tor zu, und das Schloß schnappte ein. Das war ihre Rettung.

Sie lief die Mincing Lane hinunter. Hinter ihr hörte sie, wie Sheehan den Portier anschrie, das verdammte Tor aufzumachen. Sie wagte einen Blick zurück. Der Mann fummelte mit dem Schlüssel herum und ließ ihn fallen. Außer sich trat Bowler mit den Füßen zuerst nach ihm, dann nach dem Tor. Neben ihm stand Burton und sah zu, wie sie weglief. Einen Moment lang trafen sich ihre Blicke, und sie wußte, wenn die beiden Männer sie zu fassen kriegten, würde er, nicht Sheehan, sie zu Tode prügeln.

Sie rannte in die Tower Street, wo sie einen Bus in Richtung Osten abfahren sah, auf den sie aufsprang. Sie duckte sich auf einen Sitz, rang nach Luft und sah aus dem Fenster. Sie konnten direkt hinter ihr sein, denn sicher hatten sie gesehen, wie sie aus der Mincing Lane abbog. Vielleicht hatten sie sie in den Bus steigen sehen. Was, wenn sie eine Droschke nahmen und ihr folgten? Angst packte sie. Sie war zu deutlich zu sehen. Der Bus fuhr langsam den Tower Hill hinab. Als er anhielt, um Fahrgäste aufzunehmen, sprang sie ab.

Sie rannte auf die nördliche Seite der Straße und versteckte sich im Eingang eines Pubs, von wo aus sie den Verkehr beobachtete. Er war spärlich um diese Zeit – es war fast sieben –, und ihr entging keines der Fahrzeuge. Sie sah einen nach Westen gehenden Bus, zwei vierrädrige Droschken, einen Pferdewagen und drei zweirädrige Kutschen. Und dann, keine drei Minuten, nachdem sie sich versteckt hatte, eine schwarze glänzende Privatkutsche, die schnell in Richtung Osten fuhr. Rasch trat sie in den dunklen Eingang zurück und beobachtete, wie einer der Fahrgäste dem Kutscher etwas zurief. Es war Sheehan. Die Kutsche nahm Geschwindigkeit auf, bog in die East Smithfield Street und auf den Highway ein und folgte der Route des Busses, in dem sie gesessen hatte. Sie schloß die Augen, lehnte sich an die Wand und begann zu zittern.

»Alles in Ordnung, Miss?«

Sie riß die Augen auf und sah in das Gesicht eines triefäugigen alten Mannes, der gerade das Pub verließ.

»Wenn Sie auf einen Drink aus sind, und, wenn Sie mir erlauben, Sie sehen ganz so aus, als könnten Sie einen vertragen, dann gehen Sie durch den Schankraum in den Damensalon.«

Ein Drink. Ja, das war eine gute Idee. Sie hatte sich noch nie einen Drink in einem Pub bestellt, aber jetzt schien ein guter Zeitpunkt zu sein, um damit anzufangen. Sie konnte sich ein paar Minuten setzen, versuchen, ihre zitternden Beine wieder unter Kontrolle zu bringen, und sich überlegen, was sie als nächstes tun sollte.

Sie ging hinein, durchquerte den dichtbesetzten, verräucherten Schankraum und bewegte sich auf die Tür mit der Aufschrift DAMEN zu. Dahinter fand sie sich allein in einem schmuddeligen, mit Gaslicht beleuchteten Raum wieder, in dem es ein paar Holztische, samtbezogene Stühle und Spiegel gab. Von den Wänden löste sich die Tapete. Der Wirt eilte ihr nach, nahm ihre Bestellung auf und verschwand wieder. Nachdem sie sich gesetzt und ihr Haar geordnet hatte, kam er mit einem Glas Bier zurück. Sie griff in ihre Tasche, um ein paar Münzen herauszuholen, und spürte das Rascheln von Papiergeld. Was war das? fragte sie sich und sah nach. Als sie die Geldscheine entdeckte, setzte ihr Herz ein paar Schläge aus. Schnell fischte sie einen halben Shilling heraus und reichte ihn dem Wirt, der ihr herausgab.

Erneut sah sie in ihre Tasche. Wie zum Teufel kamen die Geldscheine da hinein? Sie rief sich die Szene in Burtons Büro wieder in Erinnerung. Sie hatte mit Sachen geworfen, mit allem, was ihr in die Hände kam. Sie mußte Geld in der Hand gehabt haben, als er nach Sheehan rief, und es in die Tasche gestopft haben, als sie davonrannte. Sie zog das Bündel heraus. Es war ein Bündel Zwanzigpfundnoten. Nachdem sie sie abgezählt hatte, steckte sie sie wieder in die Tasche. Sie besaß fünfhundert Pfund von Burtons Geld.

Sie hob das Glas an den Mund, leerte es mit einem Zug und leckte sich dann den Schaum von den Lippen. Dann sah sie ihr Spiegelbild an, nickte sich zu und sagte: »Du bist tot.«

»Mein Gott, Kind, wo bist du gewesen? Ich hab mich zu Tode geängstigt«, sagte Grace.

Kurz nach acht war Fiona erhitzt und außer Atem vor ihrer Tür angekommen.

»Tut mir leid, Grace. Ich war bei Burton Tea, wo ich die Wiedergutmachung für den Tod von meinem Vater abholen wollte. Sie haben mich Ewigkeiten warten lassen! Ich bin den ganzen Weg heimgerannt, weil ich dich nicht so lange warten lassen wollte«, antwortete sie und zwang sich zu einem Lächeln.

»Und da war noch jemand? Die müssen ja schrecklich lang arbeiten bei Burton's.«

»Ja, das stimmt. Der Mann ist ein Sklaventreiber.« Sie sah ihren Bruder am Tisch sitzen, der von einem Buch mit Kinderreimen aufblickte. »Komm, Seamie, Schatz, wir müssen gehen.« Sie knöpfte seine Jacke zu und dankte Grace. Vielleicht würden sie sich nie wiedersehen. Die Kehle schnürte sich ihr zu. Grace und Roddy waren die einzigen Menschen auf der Welt, die sie hatte, und morgen würden sie ebenfalls aus ihrem Leben verschwunden sein. »Danke, Grace«, sagte sie noch einmal.

Grace lachte. »Sei nicht albern, wofür denn? Er ist ein Engel.«

»Ich mein nicht bloß für heut abend. Ich mein für alles, was du für uns getan hast.«

»Ach komm«, antwortete sie verlegen. »Ich hab doch nichts getan.«

»Doch, das hast du, und ich werd's dir nie vergessen«, erwiderte Fiona und umarmte sie fest.

Als sie zur Lion Street kam, wo Roddy wohnte, sah sie sich um, ob niemand auf der Straße herumlungerte. Dann eilte sie ins Haus und lief die Treppe hinauf. Sie sperrte die Wohnung auf, schob Seamie vor sich hinein, schloß ab und klemmte einen Stuhl unter die Klinke. Sie begann zu packen. Es blieb nicht mehr viel Zeit. Sheehan suchte bereits nach ihr. Er und Burton hatten sich mit Hilfe des Portiers, dem sie ihren Namen genannt hatte, alles zusammengereimt. Sie wußten, wer sie war, warum sie hergekommen war und was sie gehört hatte. Vielleicht brauchte er einen Tag, um sie zu finden, aber das Risiko wollte sie nicht eingehen. Sie mußten Whitechapel verlassen. Noch heute nacht.

Sie hatte keine Ahnung, wohin sie gehen sollte, aber sie beschloß, einen Zug zu nehmen. Irgendeinen. Es war egal, wohin sie fuhren, solange sie nur weit genug von London fortkamen. Wenn sie wochenlang nicht mehr gesehen würde, würde Burton vielleicht aufgeben, glauben, sie sei untergetaucht, und sie vergessen.

Sie hatte keinen Koffer, also holte sie unter der Küchenspüle einen alten Mehlsack heraus und steckte Seamies Kleider hinein. Was sollte sie sonst noch mitnehmen? Sie nahm die Zigarrenkiste ihres Vaters vom Kaminsims und leerte den Inhalt auf den Tisch. Sie würde die Geburtsurkunden einpacken, die rote Haarlocke, die man Charlie als Baby abgeschnitten hatte und das Hochzeitsbild ihrer Eltern ... mit der jungen Frau, die so hübsch und lebenslustig darauf aussah. Gott sei Dank würde ihre Mutter nie erfahren, daß der gutaussehende Mann an ihrer Seite ermordet worden war. Wenigstens war ihr das erspart geblieben.

Plötzlich überkam sie ein Zittern, sie schloß die Augen und lehnte sich an den Tisch. Obwohl ihr Denken funktionierte, stand sie noch immer unter Schock. Sie hatte es mit eigenen Ohren gehört und konnte es dennoch nicht fassen. Ihr Pa ... war ermordet worden. Weil William Burton seinen Dockarbeitern anstelle von fünf

Pence in der Stunde keine sechs zahlen wollte. Wieder kochte Wut in ihr hoch. Ich *werde* nicht weglaufen, dachte sie aufgebracht. Ich werde hierbleiben und zur Polizei gehen. Sie wird mir helfen. Bestimmt. Sie wird mich anhören ... und ich werde sagen, was Burton getan hat, und die Polizei wird ...

... mir ins Gesicht lachen. Wie absurd sich das anhören würde, wenn sie William Burton beschuldigte, ihren Vater ermordet zu haben. Niemals würde die Polizei einen Mann wie ihn aufgrund ihrer Beschuldigung belästigen, und selbst wenn sie es tat, würde er es nie zugeben. Er würde ihnen sagen, daß sie in sein Büro eingebrochen war, Gegenstände von ihm zerbrochen und sein Geld gestohlen hatte. Er würde behaupten, er habe sie auf frischer Tat ertappt und habe Zeugen dafür. Und sie käme ins Gefängnis. Seamie würde allein zurückbleiben. Roddy und Grace müßten ihn aufziehen. Es war aussichtslos! Burton hatte ihren Vater ermordet, und sie konnte nichts gegen ihn tun. Es gäbe nicht nur keine Gerechtigkeit, was seinen Tod anbelangte, auch sie selbst würde sicherlich bei einem Unfall umkommen, wenn sie London nicht verließ. Heiße Tränen liefen über ihre Wangen und fielen auf das Bild ihrer Eltern.

»Was ist denn los, Fee?« fragte Seamie.

Sie hatte nicht bemerkt, daß er sie beobachtete. »Ist schon gut, Seamie, Schatz«, antwortete sie und wischte sich die Augen ab.

»Gehen wir irgendwo hin?« fragte er und sah auf den Sack.

»Ja, wir machen eine Reise, wir beide.«

Er bekam große Augen. »Eine Reise? Wohin?«

Sie wußte es nicht. »Wohin? Ah ... das ist ... ähm ... eine Überraschung. Wir fahren mit dem Zug, das wird ein Riesenspaß.«

Während Seamie Zuggeräusche machte, fuhr Fiona fort, den Inhalt der Zigarrenkiste auszusortieren. Die Eheringe ihrer Eltern ... die würde sie mitnehmen. Das Klappmesser ihres Vaters ebenfalls. Mietquittungen ... die konnten weggeworfen werden. Am Boden der Kiste fand sie einen Stapel Briefe von ihrem Onkel Michael.

Sie nahm einen heraus. Der Absender lautete: »M. Finnegan, 164 Eighth Avenue, New York City, New York, USA.« Sie hatte sich getäuscht. Vollkommen getäuscht. Roddy und Grace waren nicht die einzigen Menschen, die sie hatte. Sie hatte einen Onkel in New York. Michael Finnegan würde sie aufnehmen. Er würde ihnen helfen, bis sie auf eigenen Füßen standen, und sie würde es ihm vergüten, indem sie in seinem Laden arbeitete. »New York«, flüsterte sie, als würde der Ort Gestalt annehmen, wenn sie seinen Namen aussprach. Es war so weit weg. Auf der anderen Seite des Atlantiks. Dort wären sie sicher.

Die Entscheidung war sofort gefällt. Sie würden den Zug nach Southampton nehmen und dann ein Schiff nach Amerika. Mit Burtons Geld könnten sie die Überfahrt bezahlen. Schnell holte sie einen anderen Mehlsack hervor und schnitt ein Stück heraus. Sie knöpfte ihre Bluse auf, öffnete ihr Mieder und nähte drei Seiten des Stoffstücks an, um eine Tasche zu machen. Dann nahm sie die Geldscheine aus ihrem Rock und steckte sie hinein, nur einen behielt sie zurück. Sie wollte zur Commercial Road gehen, wo sie eine Droschke zum Bahnhof nehmen konnten, aber vorher wollte sie bei einem Leihhaus haltmachen, um sich eine Reisetasche zu besorgen. Sie konnte nicht mit einem Mehlsack nach New York reisen.

»Gehen wir jetzt, Fee?« fragte Seamie, der inzwischen ganz aufgeregt war.

»Noch eine Minute. Ich muß nur Onkel Roddy noch eine Nachricht schreiben.«

»Warum?«

»Um ihm von unserer Reise zu erzählen«, antwortete sie. Um ihm Lebewohl zu sagen, dachte sie. »Sei ein guter Junge und zieh deine Jacke an.«

Fiona suchte nach einem Blatt Papier und überlegte, was sie schreiben sollte. Sie hätte Roddy gern die Wahrheit gesagt, wollte aber nicht, daß er sich Sorgen machte, und vor allem wollte sie ihn keiner Gefahr aussetzen. Sheehan würde sicher in seiner Wohnung auftauchen, wenn er erfuhr, daß sie hier gelebt hatte. Sie bezweifelte, ob er dumm genug war, sich mit einem Polizisten anzulegen, aber er würde einbrechen, in der Hoffnung, etwas über ihren Aufenthaltsort herauszufinden. Sie fand einen Stift und begann zu schreiben.

Lieber Onkel Roddy,

ich habe mein Geld von Burton Tea bekommen. Es ist mehr, als ich dachte, und ich werde es benutzen, um mit Seamie irgendwo ein neues Leben zu beginnen. Bitte mach Dir keine

Sorgen um uns, wir schaffen es schon. Es tut mir leid, daß ich so plötzlich weggehe, aber so ist es leichter für mich. In letzter Zeit gab es zu viele schmerzliche Abschiede für mich, und ich möchte noch heute nacht fort, bevor ich den Mut verliere. Danke, daß Du für uns gesorgt hast. Ohne Dich hätten wir es nicht geschafft. Du bist wie ein Vater zu uns gewesen, und wir werden Dich mehr vermissen, als ich sagen kann. Ich schreibe Dir, wenn ich kann.

Alles Liebe,
Fiona und Seamie

Keine Namen, keine Adresse. Sie legte den Zettel auf den Tisch und fühlte sich schrecklich, einfach so wegzulaufen, aber es war nicht zu ändern. Roddy könnte ihr nicht helfen, wenn Sheehan sie fand. Sie warf einen letzten Blick auf die Wohnung, nahm ihren Bruder und den Sack, öffnete die Tür, schloß hinter sich ab und schob den Schlüssel unter der Tür durch.

Gerade als sie die Treppe hinuntergehen wollte, hörte sie, wie die Vordertür aufging. Schwere Schritte ertönten im Gang, und sie vernahm Männerstimmen. Drei. Sie spürte, wie sie am Rock gezupft wurde. »Fee ...«, begann Seamie. Sie hielt ihm den Mund zu und befahl ihm, still zu sein. Die Stimmen waren leise, die Worte undeutlich zu verstehen, aber einer der Männer trat näher an die Treppe, und jetzt verstand sie ihn ganz deutlich. »Da wohnt der Bulle«, sagte der Mann. »Sie muß auch dasein.«

Es war Sheehan.

Verzweifelt suchte sie in ihrer Tasche nach dem Schlüssel zu Roddys Wohnung. Sie mußte hineingehen, Seamie verstecken. Wo war der verdammte Schlüssel? Sie drehte ihre Tasche um, dann fiel ihr ein, daß sie ihn unter der Tür durchgeschoben hatte. Weit weg, damit niemand ihn erreichen konnte. Verzweifelt und voller Angst klopfte sie, so leise sie konnte, an der Tür der Nachbarin. »Mrs. Ferris«, rief sie leise. »Mrs. Ferris ... sind Sie da? Bitte, Mrs. Ferris ...« Keine Antwort. Sie versuchte es an einer anderen Tür. »Mrs. Dean? Danny? Seid ihr da?« Niemand antwortete. Entweder waren sie nicht zu Hause, oder sie hörten sie nicht.

Erneut lauschte sie am Treppengeländer. Gesprächsfetzen drangen nach oben. »... im zweiten Stock ... ihr müßt aufpassen ... nicht hier ... zuviel Lärm.« Plötzlich waren Schritte auf der Treppe zu vernehmen. Im Nu wären sie auf dem ersten Absatz, und dann wären es nur noch ein paar Stufen bis zum zweiten. Ihre Angst schlug in Panik um. Sie nahm Seamie auf den Arm, eilte zum dritten Absatz hinauf und hoffte, daß das Geräusch ihrer eigenen Schritte im Gepolter der Männer unterging. Sie hörte, wie sie vor Roddys Tür stehenblieben, dann ertönte ein leises Scharren.

»Na los, mach schon«, sagte Sheehan. »Meine Großmutter kann ein Schloß schneller knacken als du.«

Als sie die Tür aufgehen und die Männer hineingehen hörte, eilte sie die letzten Stufen treppauf. Wenn sie aufs Dach hinauskäme, könnte sie sich zum Nachbargebäude hinübertasten und sich hinter den Kaminen verstecken, bis Sheehan fort war. Sie erreichte den Absatz, der mit Gerümpel vollgestopft war, mit Kisten, Eimern und alten Rupfensäcken. Eine verschimmelte alte Matratze voller Löcher lehnte an der Wand. Sie versuchte, die Tür zu öffnen, doch sie war verschlossen. »Komm schon, komm schon ...«, flehte sie, am Türknopf drehend, aber sie gab nicht nach. Sie saßen in der Falle. Wenn Sheehan hier oben nachsah, waren sie verloren.

Sie suchte in dem Mehlsack nach dem Klappmesser ihres Vaters und ließ es mit zitternden Fingern aufschnappen. Dann sah sie ihren Bruder an, der verängstigt und mit weit aufgerissenen Augen neben der Matratze stand. Sie hielt den Finger an den Mund, er tat dasselbe, und sie beugte sich übers Geländer, um zu lauschen. Es war nichts zu hören, sie mußten noch immer in der Wohnung sein. Sie beugte sich noch weiter hinunter, um besser hören zu können, als Seamie plötzlich einen lauten Schrei ausstieß.

Nur ein paar Zentimeter von seinem Bein entfernt schlüpfte eine riesige braune Ratte aus einem Loch in der Matratze. Sie schnupperte an ihm und entblößte die Zähne. Fiona rannte hinüber und stieß mit dem Messer nach dem Tier. Es schnappte nach ihr. Sie schlug mit dem Fuß gegen die Matratze, und es verschwand. Schnell stopfte sie einen Lappen in das Loch, dann ging sie wieder zum Geländer zurück. Die Männer kamen gerade aus der Wohnung.

»Vielleicht weiß O'Meara mehr, als sie auf den Zettel geschrieben hat, Bowler, aber du mußt ihn in die Mangel nehmen, wenn du's rausfinden willst«, hörte sie einen von ihnen sagen. »Der wird sicher nicht freiwillig damit rausrücken.«

»Ich leg mich mit keinem Bullen an«, antwortete Sheehan. »Die sind wie Wespen. Wenn du nach einem schlägst, geht der ganze verdammte Schwarm auf dich los.«

Es folgte Gemurmel – Fiona konnte nichts verstehen –, dann hörte sie Sheehan sagen, die Männer sollten das Dach kontrollieren.

»O Gott«, keuchte sie, »o nein.« Sie mußten sich verstecken. Schnell! Aber wo? Es gab bloß die Matratze. Sie griff nach dem Mehlsack und stopfte ihn in die Lücke hinter dem Treppenabsatz, dann griff sie nach ihrem Bruder. »Komm, Seamie«, flüsterte sie, aber er wollte nicht. Er trat zurück und schüttelte den Kopf. Sie konnte bereits die Schritte auf der Treppe hören. »Es ist gut, Schatz, alles ist gut ... die Ratte ist fort. *Bitte,* Seamie ... komm schon!« Angstvoll wandte er sich zu den Schritten um, dann schoß er auf sie zu. Sie schob ihn hinter die Matratze und zwängte sich neben ihn. Im Dunkeln tastete sie nach ihm und flüsterte »Scht ...«. Der Rattengestank war unerträglich. Hier gibt's mehr als eine, dachte sie, wahrscheinlich Dutzende. Im selben Moment beulte sich der Drilichüberzug aus und berührte ihr Bein. Sie biß sich auf die Lippen, um nicht aufzuschreien.

»Seht ihr jemanden?« hörte sie Sheehan von unten rufen.

»Nein!« Der Kerl war jetzt auf dem Absatz. Sie hörte, wie er den Türknopf drehte. »Die Tür ist verschlossen«, rief er zurück. »Bloß altes Gerümpel hier oben.«

»Sieh dich genau um, Reg.«

Der Mann schlug mit den Füßen gegen Sachen und fluchte. Er kam näher. Angst schnürte Fiona die Kehle zu, sie konnte kaum atmen. Dicke Schweißtropfen liefen ihr über die Haut. Sie hielt das Messer fester, entschlossen, Seamie zu verteidigen. Bitte, bitte komm nicht näher, betete sie stumm. Geh weg, geh einfach weg ...

Etwas strich an ihrem Fuß vorbei. Sie grub die Fingernägel in die Hand. Dann spürte sie, wie ein dicker, schmieriger Körper über ihre Fessel strich, und sie verlor die Beherrschung. Sie stieß das Messer hinein. Ein entsetzlicher quiekender Schrei ertönte. Immer wieder stach sie auf die Ratte ein. Ihre Schreie alarmierten die anderen. Plötzlich wimmelte alles von warmen, sich windenden Leibern.

Der Mann schrie auf und trampelte herum. »Mist! Haut ab! Verdammte Drecksviecher ... O Gott!«

»Reg ... was ist los?« Weitere Schritte ertönten auf der Treppe.

»Verdammte Ratten! Da ist ein ganzes Nest davon!«

Fiona hörte die anderen lachen und Reg die Treppe hinunterlaufen. Dann vernahm sie ein scharrendes Geräusch und einen lauten Schlag, als würde jemand gegen eine Wand geworfen.

»Das ist verdammt noch mal nicht lustig, Stan! Eine ist mein Hosenbein raufgeschlüpft. So groß wie eine Katze!«

»Maul halten! Ihr beide. Habt ihr da oben irgendwas von ihr gesehen?«

»Da oben ist niemand. Schau doch selber nach, wenn du's nicht glaubst.«

Bowler stieß einen Schwall Flüche aus. »Sie kann noch nicht weit gekommen sein«, sagte er. »Reg, du nimmst die Whitechapel Road. Stan, du die Commercial Road. Ich nehm Stepney. Wir treffen uns im Blind Beggar. Das diebische Miststück! Wenn ich die erwisch, schlag ich ihr den verdammten Schädel ein.«

Fiona hörte sie gehen. Sie wartete, bis die Haustür zuschlug, dann kroch sie hinter der Matratze hervor und stampfte mit den Füßen auf. Seamie weinte und zitterte. Sie nahm ihn in die Arme und lobte ihn, wie tapfer er gewesen sei.

»Wer war das, Fee?« fragte er.

»Sehr böse Männer.«

»Warum sind sie hinter uns her?«

Sie konnte ihm die Wahrheit nicht sagen. »Sie wollten unser Geld stehlen«, erklärte sie.

»Können wir trotzdem unsere Zugfahrt noch machen?«

»Natürlich können wir das. Wir machen uns gleich auf den Weg.«

»Werden sie uns wieder verfolgen?«

»Nein. Nie mehr. Das werde ich nicht zulassen.« Sie griff nach dem Mehlsack, nahm die Hand ihres Bruders und ging die Treppe hinunter.

Der Gedanke, daß William Burton einen Sprung in der Schüssel hatte, war Bowler Sheehan früher schon einmal gekommen. Als der Mann jetzt wahnsinnig vor Zorn in seinem Arbeitszimmer auf und ab ging, kam er ihm wieder. Vor einer halben Stunde war er in Burtons Haus angekommen, um ihm zu sagen, daß Fiona Finnegan aus Whitechapel entkommen war. Er dachte, Burton wäre erleichtert, aber das war nicht der Fall. Er war wütend, völlig außer sich vor

Zorn, und beschimpfte Sheehan, weil er sie nicht geschnappt hatte, bis ihm die Adern am Hals anschwollen, Speichel von seinen Lippen sprühte und seine eisigen schwarzen Augen glühten.

Mit dem Schreien hatte er inzwischen aufgehört, aber er ging noch immer auf und ab. »Sie ist gefährlich«, sagte er. »Das kann ich nicht durchgehen lassen. Gerade bin ich mit der Albion-Bank in Verhandlungen getreten, um Burton Tea in eine Aktiengesellschaft umzuwandeln. Sie sind argwöhnisch wegen all dem Gerede über einen Dockarbeiterstreik. Und eine Mordanklage gegen mich würde ihnen auch nicht gefallen. Sie kann mir schaden, Bowler. Sie weiß, was ich mit ihrem Vater gemacht habe.«

»Es spielt doch überhaupt keine Rolle, was sie weiß«, antwortete Sheehan und säuberte sich mit einer Messerklinge die Nägel. »Selbst wenn sie's der Polizei erzählt, glaubt ihr keiner, weil sie keinen Beweis hat. Die Bullen wäre der *letzte* Ort, wo sie hingehen würde. Sie muß sich viel mehr Sorgen machen als Sie. Sie hat einen Haufen Geld gestohlen, und dafür gibt es Zeugen.«

Burton wollte sich nicht beruhigen lassen. Endlos faselte er weiter, was für eine hinterhältige und gemeine Person sie sei, wie dadurch sein Gang an die Börse vereitelt würde und daß er das Geld der Anleger brauche, um seine Expansion zu finanzieren.

Sheehan ließ sein Messer zuschnappen und fragte sich, warum sich Kerle wie Burton mit ihren Anlagen und Aktien den Erwerb von Geld so verdammt kompliziert machten. Es war doch viel leichter, es einfach zu *nehmen.* Ihm reichte es für heute abend. Es war spät. Er brauchte eine gute Mahlzeit und ein Glas Whiskey. Wozu sollte er hier rumsitzen und sich das Gewäsch dieses Blödmanns anhören?

»Was soll ich denn tun? An jede verdammte Tür in London klopfen?«

Burton blieb stehen. Er richtete den Blick seiner unergründlichen schwarzen Augen auf ihn. Und Bowler, ein rücksichtsloser Kerl, der einen Menschen mit bloßen Händen erwürgte, wenn es sein mußte, war überrascht, daß ihm ein eisiger Schauder über den Rücken lief.

»Was ich möchte«, antwortete er, »ist, daß du das Mädchen so schnell wie möglich findest und sie dann loswirst, wie ich dir bereits gesagt habe.«

»Ich hab's Ihnen doch gesagt. Ich hab's versucht ...«

Burton schlug mit der Faust auf den Schreibtisch. »Dann streng dich mehr an!«

Sheehan stand auf und ging hinaus. Draußen spuckte er angewidert aus. Wenn Burton nicht so gut bezahlen würde, hätte er sich schon lange von ihm abgesetzt. Der Kerl machte mehr Schwierigkeiten, als er einbrachte.

21

Der gleiche Alptraum kehrte immer wieder. Der dunkle Mann holte sie ein. Er hatte sie in eine Gasse gejagt, die vor einer Backsteinmauer endete. Es gab kein Entrinnen. Sie warf sich gegen die Wand und versuchte hinaufzuklettern. Die Schritte wurden lauter, eine Hand faßte sie an der Schulter, und ...

»Noch eine halbe Stunde bis Southampton, Miss.«

Fiona schreckte hoch. Der Schaffner rüttelte sie wach.

»Tut mir leid, wenn ich Sie erschreckt habe, aber wir kommen bald an.«

»D-danke«, stotterte sie. Sie holte tief Luft und versuchte, sich zu beruhigen. Der schreckliche Traum war stets so real, so entsetzlich real. Sie sah zu Seamie hinüber. Er schlief. Gleich nachdem sie um sieben Uhr früh eingestiegen waren, war er eingedöst. Sobald der Schaffner ihre Fahrkarten kontrolliert hatte, war auch sie, erschöpft von der Nervenprobe, eingenickt. Seit sie vor fast zehn Stunden Roddys Wohnung verlassen hatten, waren sie auf den Beinen gewesen. Als erstes hatten sie bei dem Leihhaus haltgemacht, um sich eine Reisetasche zu kaufen. Als sie eine Zwanzigpfundnote herauszog, um zu bezahlen, war auch der blaue Stein auf den Ladentisch gefallen, den Joe ihr geschenkt hatte. Der Pfandleiher hatte ihn angesehen und gefragt, ob er zum Verkauf stünde. Fiona fragte sich, warum sie ihn behalten hatte. Joe war fort, warum sollte sie sich an das schmerzliche Erinnerungsstück klammern?

»Wieviel?« fragte sie.

»Ein Pfund sechs Shilling.«

Sie war überrascht über die Höhe des Betrags, antwortete aber nicht gleich, sondern überlegte, ob sie sich davon trennen sollte. Der Pfandleiher glaubte, sie sei mit dem Preis nicht zufrieden.

»Also gut, zwei Pfund und die Reisetasche dazu, das ist mein letztes Angebot.«

Sie sah den Mann verständnislos an. Zwei Pfund für einen Stein und die Tasche noch dazu? Er mußte den Verstand verloren haben. Schnell nahm sie das Angebot an, bevor er es sich anders überlegte.

»Haben Sie noch mehr davon?« fragte er, als er den Stein einsteckte.

»Nein, aber das hab ich noch.« Sie streifte Joes Ring vom Finger und reichte in ihm.

»Der ist nicht viel wert. Ich geb Ihnen drei Shilling dafür.«

»Gut«, sagte sie und freute sich, zwei Pfund, drei Shilling und eine Reisetasche reicher zu sein.

Sie packte ihre Habseligkeiten ein und machte sich auf den Weg zur Commercial Road. Sie war sehr nervös. Bei jedem Schritt erwartete sie, Sheehans Stimme zu hören und eine grobe Hand auf der Schulter zu spüren. Sie fühlte sich erst sicherer, als sie schließlich in einer Droschke saßen. Der Kutscher brachte sie zur Waterloo Station, wo sie zum Fahrkartenschalter gingen. Zu ihrem größten Bedauern hatten sie den letzten Zug um zwanzig Minuten verpaßt. Sie kaufte zwei Fahrkarten für den Frühzug und anschließend für sich und Seamie heißen Tee und dicke Specksandwiches. Im Wartesaal für Frauen verbrachten sie die Nacht. Weit weg von den Fenstern. Nur für den Fall.

Als sich Fiona jetzt auf ihrem Sitz streckte, versuchte sie, sich vorzustellen, was als nächstes anstand. Sie mußten den Weg vom Bahnhof zur Anlegestelle der Passagierschiffe finden. Eine Droschke wäre wohl das beste. Das würde Geld kosten, andererseits garantieren, daß sie sich nicht verirrten. Seamie wachte ein paar Minuten vor Southampton auf, und sie hatte gerade noch genügend Zeit, ihm Stiefel und Jacke anzuziehen, bevor der Zug in den Bahnhof einfuhr. Sobald sie ausgestiegen waren, mußte er auf die Toilette.

»Du mußt noch einen Moment aushalten«, erklärte sie ihm. »Ich weiß nicht, wo das Klo ist.«

Als sie den Bahnsteig hinuntergingen, sah sie eine Reklametafel von Burton Tea und erschauderte. Sie hatte keine Ahnung, wie weit William Burtons Einfluß reichte. Je schneller sie und Seamie auf einem Schiff waren, um so besser.

Schließlich entdeckte sie die Damentoilette, und sie schob ihren Bruder hinein. Wieder draußen auf dem Bahnsteig folgte sie den Schildern zu den Droschken. Instinktiv sah sie sich um, ob Sheehan nicht irgendwo stand, aber der Bahnsteig war leer bis auf einen Mann mit so schwerem Gepäck, daß er kaum gehen konnte. Er taumelte unter der Last seiner Koffer und sah den Stapel Zeitungen nicht, die im Weg lagen.

»Vorsicht!« rief Fiona.

Zu spät. Er stolperte, stürzte hin, und seine Koffer fielen zu Boden. Sie lief auf ihn zu. »Um Himmels willen!« rief sie, griff ihm unter die Arme und half ihm hoch. »Alles in Ordnung? Das war ein schlimmer Sturz.«

»D-Das glaub ich auch«, antwortete er und rappelte sich auf. Er befühlte seine Glieder. »Nichts gebrochen, wie es scheint. Ach, diese Träger, keiner da, wenn man einen braucht.« Er lächelte sie an und wischte sich das Haar aus den Augen. »Nicholas Soames«, stellte er sich vor und streckte die Hand aus. »Vielen Dank.«

Fiona wollte gerade seine Hand ergreifen, als sie bemerkte, daß sie blutete. »Sie sind verletzt!« sagte sie.

»Ach je. Ich kann kein Blut sehen. Besonders mein eigenes nicht. Es macht mich ... ganz ... schwindelig ...«

»Nein! Bitte nicht! Ich könnte Sie nicht hochheben, wenn Sie ohnmächtig werden!«

Sie führte ihn zu einer Bank. Er setzte sich und legte den Kopf zwischen die Knie. »Tut mir schrecklich leid.«

»Scht. Bleiben Sie einfach ruhig sitzen, bis Ihnen wieder besser ist. Ich kümmere mich um Ihre Koffer.«

»Sehr freundlich von Ihnen«, murmelte er.

Fiona ging auf den Bahnsteig zurück, um den Schaden zu begutachten. Eine Hutschachtel war weggerollt, die sie von Seamie holen ließ. Ein Koffer war intakt geblieben, die anderen beiden waren aufgesprungen, und die Kleider quollen heraus. Eine große Mappe klaffte auf und gab den Blick auf zwei Gemälde frei. Sie waren leuchtend bunt, wie von Kinderhand gemalt. Es würde einige Mühe kosten, alles wieder einzupacken. Sie seufzte ungeduldig auf, weil sie keine Lust hatte, sich mit der Habe eines Fremden aufzuhalten. Sie wollte aufs Schiff, aber sie konnte den Mann nicht einfach sich selbst überlassen. Er brauchte Hilfe. Also begann sie, seine Sachen aufzusammeln.

»Sind die Bilder unbeschädigt?« fragte er, den Kopf hebend. »Ist ihnen nichts passiert?«

»Sie sind in Ordnung«, antwortete sie. »Nichts beschädigt, soweit ich sehen kann.«

»Gott sei Dank. Sie sind mein Kapital. Ich will sie verkaufen.«

»Was?« fragte sie ärgerlich und versuchte, all die Klamotten wieder in den Koffer zu stopfen.

»Ich werde sie in New York verkaufen.«

»Ach ja?« sagte sie und schloß den Koffer. Sie hatte keine Ahnung, was Mr. Nicholas Soames vorhatte. Er plappert vor sich hin, dachte sie. Mußte wohl nicht ganz bei Sinnen sein. Niemand konnte solche Bilder verkaufen. Sie sahen aus, als hätte Seamie sie gemalt. Sobald sie einen Koffer geschlossen hatte, kroch sie zum nächsten und legte säuberlich seine Kleider wieder hinein. Seamie kam zurück und zog die Hutschachtel hinter sich her.

»Danke, mein Lieber«, sagte Nicholas und machte auf der Bank neben sich Platz für ihn.

Fiona brachte die Koffer zu ihm hinüber. »Geht's Ihnen wieder besser?« fragte sie in der Hoffnung, endlich fortzukommen.

»Viel besser, danke. Sie waren sehr freundlich. Ich will Sie nicht aufhalten, ich komm jetzt schon zurecht.«

»Aber wie wollen Sie diese Koffer tragen?« fragte sie besorgt.

»Ach, sicher taucht bald ein Gepäckträger auf. Wahrscheinlich haben alle viel zu tun mit den Reisenden, die auf das Schiff nach New York wollen.«

»Sie wissen nicht zufällig, wie man zu dem Schiff kommt, oder?«

»Nicht genau, aber ich will selbst zu den Docks. Zum Dock der White-Star-Linie. Sie auch? Würden Sie sich eine Droschke mit mir teilen?«

»Ja«, antwortete sie schnell, erleichtert, den Weg nicht allein finden zu müssen.

»Also gut. Gehen wir?« Fiona nickte, und gemeinsam machten sie sich auf den Weg den Bahnsteig hinunter. Nicholas schleppte jetzt nur noch drei seiner Koffer, Fiona trug seine Mappe, und Seamie bildete das Schlußlicht mit der Hutschachtel.

In der Kutsche hatten Fiona, Nicholas und Seamie Gelegenheit, sich richtig vorzustellen, und Fiona war in der Lage, ihren seltsamen neuen Gefährten genauer unter die Lupe zu nehmen.

Nicholas Soames war groß und kantig und wirkte sehr jungenhaft. Sie schätzte, daß er nicht viel älter war als sie selbst – höchstens Anfang Zwanzig. Er hatte glattes blondes Haar, das er sich beständig aus der Stirn strich. Seine Züge waren wie gemeißelt, seine Nase vollkommen gerade. Er hatte ein nettes Lächeln, aber seine Augen waren das auffälligste Merkmal an ihm. Sie waren türkisblau und wurden von langen, gebogenen Wimpern umrahmt, um die ihn manche Frau beneidet hätte. Aus der Art, wie er sprach, und aufgrund seiner eleganten Kleider und Lederkoffer schätzte sie, daß er ein Gentleman war. Er erklärte ihnen, daß er nach New York wolle, und Fiona erwiderte, sie ebenfalls.

»Fahren Sie erster Klasse?« fragte er. Sie schüttelte den Kopf und fand, daß Nicholas Soames sehr höflich war. Es war doch sonnenklar, daß sie mit ihren ärmlichen Kleidern und der abgenutzten Stofftasche im Zwischendeck reisten.

»Ich schon. Ich mußte eine schrecklich teure Kabine nehmen. Als ich gebucht habe, gab es keine Einzelkabinen mehr, und ich mußte eine Zweierkabine nehmen.«

Fiona war plötzlich besorgt. Was bedeutete »buchen«? fragte sie sich. Mußte man sich vorher irgendwo melden, um auf ein Schiff zu kommen? Damit hatte sie nicht gerechnet. Sie dachte, es sei genauso wie beim Zug. Man kaufte eine Fahrkarte und stieg ein. Wenn das nun nicht stimmte? »Muß man ... buchen ... wenn man auf ein Schiff will?« fragte sie und fürchtete sich vor der Antwort.

»O ja, sicher. Es ist eine schrecklich komplizierte Prozedur, um auf ein Schiff nach Amerika zu kommen. Eine Menge Leute müssen untergebracht werden. Aber das wissen Sie ja sicher, sonst würden Sie nicht zu dem heutigen Schiff fahren, nicht wahr?« Ihr verblüffter Ausdruck sagte ihm, daß sie keine Ahnung hatte. »Hm ... nun ja«, begann er, »vielleicht sind noch Plätze frei. Man kann ja nie wissen. Vielleicht mußte jemand stornieren. Gehen Sie, gleich nachdem wir angekommen sind, zum Ticketschalter, und fragen

Sie nach, ob noch etwas frei ist. Ich paß solange auf Master Seamie auf.«

»Würden Sie das tun?«

»Das ist doch das mindeste, was ich tun kann.«

Die Fahrt in der Droschke dauerte nicht lange. Nicholas bezahlte den Kutscher, nachdem er sich am Bahnhof nach dem Preis erkundigt hatte, und Fiona gab ihm die Hälfte des Fahrpreises. Gemeinsam gingen sie am Kai der White-Star-Linie zum Fahrkartenschalter. Dort herrschte ein unglaubliches Chaos. Hunderte von Leuten drängten sich mit Überseekoffern, Kisten und schweren Koffern vorbei.

»Erste Klasse!« rief ein Mann in Uniform. »Erste Klasse bitte an Bord. Hier entlang, bitte.«

Nicholas führte Fiona zu der Reihe der Anstehenden und setzte sich dann, um mit Seamie zu warten.

»Ja?« bellte der Angestellte.

»Ja, bitte ... zweimal nach New York.«

»Ich kann dich nicht hören, Kleine!«

Sie räusperte sich. »Kann ich bitte zwei Karten fürs Zwischendeck haben? Für das heutige Schiff?«

»Das heutige Schiff ist seit zwei Wochen ausverkauft. Das für nächste Woche ist auch ausgebucht. Wir verkaufen Tickets für das in zwei Wochen, für die *Republic.*«

»In zwei Wochen?« Sie geriet in Panik. Sie konnten keine zwei Wochen warten. Das würde heißen, sie müßten zwei Wochen in einem Hotel in Southampton bleiben. Das würde Unsummen kosten. Sie wollte jetzt fort, heute. Sie dachte wieder an William Burton und den Ausdruck in seinen Augen. Hatten sie die Suche nach ihr aufgegeben? Was, wenn Sheehan herausfand, wohin sie gegangen war? War Burton wütend genug, um sie aufspüren zu lassen? Der Gedanke flößte ihr entsetzliche Angst ein.

»Also, in zwei Wochen, Zwischendeck, ja?«

»Ich kann nicht so lang warten. Sind Sie sicher, daß auf dem heutigen Schiff nichts mehr frei ist?«

»Das hab ich doch gesagt, oder? Wenn Sie keine der nächsten verfügbaren Passagen wollen, treten Sie bitte zur Seite. Sie halten die Leute auf.«

Das war's dann. Sie und Seamie kämen nicht auf das Schiff. Sie saßen in Southampton fest. Sie kannte die Stadt nicht und hatte keine Ahnung, wie sie eine billige, anständige Unterkunft finden sollte. Sie hatte eine Menge Geld, aber sie wußte, daß sie vorsichtig damit umgehen mußte. Sie konnte die Fahrkarten nach New York damit bezahlen, es würde ihnen über den Anfang hinweghelfen, und sie mußte darauf achten, daß es für eine Weile reichte.

Sie ging zu Nicholas hinüber, um Seamie und ihre Habseligkeiten zu holen. Sie war müde und verwirrt und hatte keine Ahnung, wohin sie gehen oder was sie als nächstes tun sollte. Vielleicht fand sie ein billige Teestube, trank eine Tasse und ruhte sich eine Minute aus. Dann konnte sie sich überlegen, wie es weitergehen sollte.

»Wie ist es gelaufen?« fragte Nicholas hoffnungsvoll.

Sie schüttelte den Kopf. »Nichts mehr frei. Wir fahren in zwei Wochen.«

»Das ist wirklich großes Pech. Tut mir sehr leid, das zu hören. Werden Sie in Southampton zurechtkommen? Haben Sie einen Platz, wo Sie bleiben können?«

»Ja, das haben wir«, antwortete sie, weil sie keine weiteren Scherereien machen wollte. »Danke, daß Sie auf Seamie aufgepaßt haben, Mr. Soames. Und viel Glück für Sie in New York.«

»Ihnen auch, Miss Finnegan.«

Beunruhigt über den Ausdruck im Gesicht des Mädchens, beobachtete Nicholas Soames, wie seine neue Bekannte davonging. Es war nicht nur Enttäuschung oder Frustration, es war Angst. Sie sah zutiefst verängstigt aus. Er sollte ihr irgendwie helfen. Der kleine Junge war müde. Vielleicht konnte er ... nein, das würde nicht funktionieren, es war eine lange Reise, und sie waren Fremde. Wer wußte schon, wie sie sich benehmen würden?

Ach, zum Teufel. Er hatte eine Schwäche für Heimatlose. Vielleicht würde er seine Tat bereuen, vielleicht auch nicht. Ganz sicher jedenfalls würde er sich miserabel fühlen, wenn er den beiden nicht half. Sie sahen aus, als hätten sie niemanden, und es war schwer allein in der Welt. Das wußte er selbst gut genug.

»Miss Finnegan!« rief er. »Miss Finnegan!« Sie konnte ihn nicht hören, sie war zu weit weg. »Verdammte Koffer«, stöhnte er, hob sie auf und lief ihr stolpernd nach. »Miss Finnegan!« rief er wieder, diesmal näher hinter ihr.

Fiona drehte sich um. »Mr. Soames, was gibt's? Ist Ihnen wieder schwindelig?«

»Nein, mir geht's gut«, antwortete er und stellte sein Gepäck ab. »Hören Sie zu, halten Sie mich nicht für dreist oder unanständig. Ich möchte Ihnen nichts Unschickliches vorschlagen ...«

Fiona sah ihn verwundert an.

»... aber, wie ich Ihnen gesagt habe, ich habe eine Doppelkabine an Bord dieses Schiffes, und ich brauche nicht soviel Platz. Wenn Sie sich als meine Frau ausgeben würden ... wenn wir vorgeben würden, eine Familie zu sein, würden sie uns gemeinsam reinlassen. Sie könnten die Kabine mit mir teilen. Ich habe zwei Einzelbetten, und sicher gibt's irgendwo noch ein Kinderbett. Ich verspreche Ihnen, Sie wären vollkommen sicher in meiner Gesellschaft.»

Erleichterung zeichnete sich auf ihrem Gesicht ab. Sie zögerte nicht. »O Mr. Soames, ich danke Ihnen! Vielen, vielen Dank! Wir hätten keine zwei Wochen warten können. Wir werden mucksmäuschenstill sein, Sie werden nicht einmal merken, daß wir da sind. Wir zahlen auch unseren Anteil. Wieviel ist es?«

Nicholas sah zu, wie sie in ihr Mieder griff und ein Bündel Zwanzigpfundnoten herauszog. Sie schien eine sehr arme Person mit sehr viel Geld zu sein. O Gott, dachte er entsetzt, ist sie eine Diebin?

Sie zog einen Geldschein heraus. »Ich möchte mehr als die Hälfte bezahlen«, sagte sie, »weil Seamie und ich zwei Personen sind.« Ihr Gesicht war voller Dankbarkeit und Erleichterung, so ehrlich und offen, daß er sich für seinen vorherigen Verdacht schämte. Sie war keine Diebin. Sie war ein Mädchen aus dem Londoner East End. Ungeschliffen, aber anständig. Vielleicht hatte sie das Geld gespart.

»Stecken Sie das weg«, antwortete er. »Das regeln wir später. Jetzt hören Sie zu, wir machen es so ... ich hole unsere Bordpässe. Wenn sie mir nur einen geben, behaupte ich, sie hätten einen Fehler gemacht, ich hätte für eine Familie gebucht, deshalb hätte ich ja auch eine Doppelkabine genommen. Sie gehen darauf ein, dessen bin ich mir sicher.« Er runzelte die Stirn.

»Was ist?« fragte Fiona besorgt.

»Wir müssen das Problem unserer nicht vorhandenen Eheringe irgendwie lösen. Wenn sie glauben, wir wollten Geld sparen, indem wir alle in eine Kabine gehen, könnten sie vielleicht nach weiteren

Anzeichen Ausschau halten, daß wir nicht verheiratet sind. Also ziehen Sie sich erst mal Ihre Handschuhe an.«

»Ich hab keine Handschuhe, aber ich hab die hier.« Sie kramte eine Weile in ihrer Tasche und förderte dann zwei schmale Goldringe zutage. »Sie gehörten meinen Eltern.«

»Großartig!« rief er aus und steckte sich den größeren an. »Jetzt legen wir sie sicher rein. Vergessen Sie nur nicht, daß Sie Mrs. Soames sind und daß ich Seamies Vater bin.« Er ging die Bordpässe holen. Ein paar Minuten später kam er triumphierend zurück. »Ich hab sie«, sagte er. »Ich behalte sie wohl besser bei mir. Das würde das Oberhaupt einer Familie doch tun, finden Sie nicht auch?«

Sie nickte.

»Wenn das kein Spaß ist!« rief er aus und freute sich wie ein Kind, dem ein Streich gelungen ist. »Wir haben sie wirklich reingelegt. Wie ich gehört habe, ist die erste Klasse hervorragend bei dieser Linie. Die Kabinen sollen sehr komfortabel sein und das Essen exzellent.«

»Ist das sehr teuer, Mr. Soames, die Dinner und das alles?« fragte Fiona.

»Ich heiße Nicholas. Und nein, es ist nicht teuer, mit dem Ticket ist alles abgegolten. Wußten Sie das nicht?«

»Nein, das wußte ich nicht. Alles schon bezahlt? Das ist wundervoll!« antwortete sie lächelnd.

»Wir werden eine Menge Spaß haben«, fuhr er aufgeregt fort. »Es gibt Musik und Tanz. Man kann spielen. Und es werden eine Menge Leute dasein, mit denen man sich unterhalten kann. Man sieht und wird gesehen.«

Fionas Lächeln verblaßte. »Mr. Soames ... Nicholas ... Sie waren sehr freundlich zu uns, aber ich glaube nicht, daß wir da mitmachen können. Ich denke nicht, daß Sie mit uns gesehen werden wollen.«

»Was? Warum denn nicht?«

Sie deutete auf ihre Kleider. »In der ersten Klasse ist es elegant, nicht wahr? Und wir haben keine schönen Kleider. Deswegen.«

»Wirklich?« fragte er ungläubig. Er hatte nie jemanden kennengelernt, der aufrichtig behaupten konnte, er besäße nur das, was er auf dem Leib trug. Mit gerunzelter Stirn sah er sie von oben bis unten an. Sie hatte recht. Das wäre ein Problem. Sie müßten neue Kleider bekommen. »Wissen Sie, ich bin mir sicher, wir könnten zu einem Geschäft gehen und rechtzeitig wieder zurück sein«, antwortete er.

»Glauben Sie?«

»Wenn wir uns beeilen. Die erste Klasse hat noch eine Stunde, um an Bord zu gehen, und dann bekommt die zweite Klasse eine Stunde und dann das Zwischendeck. Wir könnten es ja versuchen.«

Als sie sich anstellten, um ihr Gepäck aufzugeben, fragte Nicholas: »Haben Sie denn nur diese Jacke? Wie wollen Sie sich warm halten? Sie brauchen einen richtigen Mantel, Seamie ebenfalls, und gute warme Handschuhe und Schals. Wir haben erst März, wissen Sie. An Bord wird ein frischer Wind wehen.« Während sich die Träger mit ihrem Gepäck abmühten, begann er mit Hilfe seiner Finger aufzuzählen: »Sie sollten zwei oder drei Röcke haben und ein paar Hemdblusen. Einen Mantel, ein oder zwei Abendkleider und ein paar Hüte, einverstanden?«

Er sah Fiona an. Sie nickte. »Wie Sie meinen«, antwortete sie.

Ihr vertrauensvoller Gesichtsausdruck – eine Mischung aus Hoffnung und Unsicherheit – rührte ihn. Er bot ihr seinen Arm an. »Also gut. Kommen Sie, Mrs. Soames. Wir haben nicht den ganzen Tag Zeit.«

Fiona stand achtern auf dem Erster-Klasse-Deck der *Britannic* und umklammerte die Reeling. Es war bitter kalt, aber sie spürte den Wind kaum, der an ihren Kleidern zerrte und ihr Haar zerzauste. Ungläubig sah sie auf ihre Hände, die in Lederhandschuhen steckten, und auf ihren neuen Rock und ihre Stiefel.

Im Lauf der zwei Stunden in dem Kaufhaus hatte Nicholas sie zumindest äußerlich von einer Londoner Dockratte in eine richtige junge Dame verwandelt. Sie besaß jetzt einen neuen Wollmantel, gute Lederstiefel, drei Wollröcke, vier Blusen, zwei Hüte und einen Ledergürtel. Ganz zu schweigen von neuen Nachthemden, Unterwäsche, Strümpfen, Schildpattkämmen und einer zweiten großen Stofftasche, um alles aufzunehmen.

Er hatte alles ausgesucht, Kleider zusammengestellt, entschieden, welcher Hut zu welchem Mantel paßte. Fiona hatte sich mit allem abgefunden, schließlich wußte er, was man auf einer Reise trug, sie nicht. Als er fertig war, suchte er eine Ausstattung aus, die sie für den Gang an Bord anziehen sollte, und schlug vor, ihre alten Sachen einpacken zu lassen. Sie schlüpfte in die Umkleidekabine und zog ihren neuen kaffeebraunen Rock mit dem weichen Ledergürtel, die beige-cremefarben gestreifte Bluse und die neuen tabakfarbenen Stiefel an. Ein marineblauer, bis zum Boden reichender Mantel und ein breitrandiger Hut vervollständigten ihre Garderobe. Als sie in den Spiegel sah, blickte eine Fremde auf sie zurück. Eine große, schlanke, elegant gekleidete Frau. Sie berührte das Spiegelglas, und ihre Finger trafen sich mit denen der Fremden. Bin das wirklich ich? fragte sie sich.

Vor zwei Tagen hatte sie noch nicht genug Geld gehabt, um sich ein Zimmer in Whitechapel zu mieten. Jetzt reiste sie erster Klasse nach New York, teilte sich eine Kabine mit einem weichen Bett und einer modernen Toilette, einen Raum, der luxuriöser war als alles, was sie sich je erträumt hatte. Vor einer Stunde hatte sie in ihrer Kabine Tee und Plätzchen eingenommen. Um acht gab es Abendessen, anschließend ein Konzert. Noch gestern konnte sie für Seamies Abendessen nur einen Hering beschaffen, heute abend würde sich ihr kleiner Bruder, der gerade in seinem Kinderbett ein Nickerchen machte, in eine neue Flanelljacke mit passender Hose kleiden und anschließend Delikatessen schnabulieren. Alles kam ihr vollkommen unwirklich vor, als bewege sie sich durch einen Traum.

Alles hatte sich verändert. Ihr altes Leben hatte sich verflüchtigt, war buchstäblich über Nacht weggefegt worden, und sie stand auf der Schwelle zu einem neuen. Sie sah anders aus und fühlte sich anders. Genauso wie Nicholas sie äußerlich verändert hatte, hatten Schmerz, Verlust und Bitterkeit ihr Inneres verwandelt und Veränderungen herbeigeführt, die sie zwar spürte, aber kaum fassen konnte.

Das ausgelassene Mädchen, das am Fluß saß und von der Zukunft mit ihrem Liebsten träumte, war verschwunden. An seine Stelle war eine nüchterne junge Frau getreten, die Trauer und Enttäuschung hart gemacht hatten. Eine Frau, die nicht mehr an Liebelei, Küsse und einen kleinen Laden in Whitechapel dachte. Eine Frau, die keine Träume mehr in sich trug, sondern nur noch Alpträume.

Als sie an Deck stand, fielen ihr William Burtons Worte wieder ein. »... wenn wir Tillet doch bloß loswerden könnten, wie wir diesen Finnegan losgeworden sind.« Bowler Sheehans Antwort und sein dreckiges Lachen. »... das war gute Arbeit, was ... hab die Schmiere selber verteilt ... und zugesehen, wie der Herr Gewerkschaftsführer ausgerutscht und fünf Stockwerke tief gefallen ist ...«

Fiona wollte schreien, um diese Stimmen nicht mehr zu hören. Aber sie wußte, daß sie sie ihr Leben lang nicht vergessen würde. Die Wahrheit war ihr ins Herz eingebrannt. An allem, was ihr und ihren Lieben passiert war, war William Burton schuld. Es gäbe keine Gerechtigkeit, weder jetzt noch in Zukunft, denn sie könnte nie beweisen, was er getan hatte. Aber Rache würde es geben. In New York würde sie es irgendwie schaffen, etwas aus sich zu machen. Arme Leute wurden reich in Amerika. Waren dort die Straßen nicht mit Gold gepflastert? Sie würde sehen, wie die Leute zu Geld kamen, und sie würde herausfinden, wie auch sie zu welchem kam.

»Es ist noch nicht vorbei, Burton«, flüsterte sie dem Ozean zu, dessen Wasser im Zwielicht dunkel schimmerte. »Es hat erst angefangen.«

Am Horizont verschwand England aus ihrer Sicht. Ihr Heimatland. Der Boden, in dem ihre Familie beerdigt lag. Die Straßen, durch die sie mit Joe gegangen war. Alles fort. Jetzt sah sie nur noch Wasser. Der Ozean bedrückte sie. Sie konnte nicht zum anderen Ufer sehen wie bei der Themse. Sie fühlte sich unendlich einsam und hatte Angst vor dem, was kommen würde. Sie schloß die Augen und sehnte sich nach jemandem, auf den sie sich stützen könnte.

»Bedrückt Sie etwas, mein Kind?« fragte eine Stimme neben ihr. Erschrocken wandte sie sich um. Ein freundlich aussehender Mann in einem schwarzen Talar, ein Priester, stand neben ihr. »Sie haben gebetet? Das ist gut. Es erleichtert die Seele. Dem Allmächtigen können Sie all Ihre Sorgen anvertrauen, und er wird Sie hören. Gottes Fürsorge ist immerdar.«

Wirklich, dachte sie und unterdrückte ein bitteres Lachen. Bis jetzt hat er lausige Arbeit geleistet.

»Kommen Sie, lassen Sie uns gemeinsam beten. Mit seiner Hilfe erleichtern Sie Ihre Bürde«, sagte der Priester und reichte ihr einen Rosenkranz.

Sie schüttelte den Kopf. »Nein danke, Vater.«

Der Priester sah sie verblüfft an. »Aber Sie glauben doch an die Kraft des Allmächtigen, die Ihnen in der Stunde der Not hilft? Sie glauben doch ...«

Woran glauben? fragte sie sich. Einst hatte sie von ganzem Herzen an die Kraft der Liebe geglaubt, an die Beständigkeit von Heim und Familie, an die Erfüllung ihrer Träume und daß ihre Gebete erhört werden würden.

Jetzt glaubte sie nur an eines – an das Geld, das in ihr Mieder eingenäht war. Diese Pfundnoten hatten ihr Leben gerettet – nicht Joe, nicht Gott, nicht ihre armen toten Eltern, nicht die Gewerkschaft und auch nicht die Gebete, die Rosenkränze und die Kerzen.

Fiona dachte an ihren Vater und an die Unterhaltung, die sie einst vor dem Kamin geführt hatten. Seitdem schienen Jahre vergangen zu sein. Damals hatten seine Worte sie verwirrt, und in den Monaten nach seinem Tod hatte sie oft darüber nachgedacht, ohne sie ganz zu verstehen. Doch jetzt war ihr die Bedeutung vollkommen klar.

»Woran ich glaube, Vater«, sagte sie und reichte ihm den Rosenkranz zurück, »ist, daß drei Pfund Fleisch einen sehr guten Eintopf ergeben.«

Zweiter Teil

22

New York, März 1889

»Ja, geht's jetzt endlich weiter? Jetzt fahr schon, du lahmer Esel, du verdammter!« rief der Droschkenkutscher. Vor ihm zukkelte gemächlich ein mit Ziegeln beladener Wagen dahin. Scharf zog er die Zügel an und zwang das Pferd, abrupt nach links auszuscheren. Die Räder der Kutsche streiften den Gehsteig, als sie den Wagen überholte, und Fiona und Seamie wurden unsanft auf ihrem Sitz herumgeschleudert.

Sie waren erst zwei Straßen von der Anlegestelle entfernt, aber was sie inzwischen von der Stadt und ihren Einwohnern gesehen hatten, bestätigte die Aussagen, die sie auf der *Britannic* gehört hatten – New York war entsetzlich laut, und alles ging furchtbar schnell. Die Menschen um sie herum bewegten sich genauso hastig und rücksichtslos wie die Fahrzeuge. Männer flitzten über Kreuzungen und schlängelten sich zwischen entgegenkommenden Kutschen durch. Einer mit einem Bowler auf dem Kopf las im Gehen Zeitung und blätterte, ohne innezuhalten, die Seiten um, während er um eine Ecke bog. Ein anderer hing an einem Lastkarren und verzehrte dabei ein Sandwich. Eine Frau in engem Rock und Kostümjacke eilte mit zurückgeworfenen Schultern, hochgerecktem Kinn und wippendem Federschmuck auf dem Hut zielstrebig die Straße entlang.

Als die Kutsche die Tenth Avenue hinauffuhr und Fiona und Seamie die großen Lagerhöfe und Fabriken erblickten, staunten sie über die hektische Aktivität, die dort herrschte. Pferdegespanne zogen riesige Papierrollen zu den Druckereien oder Baumwoll- und Wollballen zu den Spinnereien. Männer luden frisch gewebte Teppiche, Weinkisten und Geschirrschränke ab, und aus Lagerhausluken wurden Klaviere zum Transport auf Wagen gehievt. Sie hörten, wie sich die Arbeiter mit lauten Stimmen Anweisungen zuriefen.

Sie sahen frisch gewaschene Wäsche, die in der kalten Luft dampfte, erspähten Frauen mit roten Gesichtern, die an offenen Türen Laken auswrangen. Sie rochen den Duft von gerade geröstetem Kaffee und frischen Backwaren, aber auch die weniger verführerischen Ausdünstungen der Seifenfabriken und Schlachthäuser.

New York war anders als London, das spürte Fiona. Es war jung, noch ganz am Anfang. Eine neue Stadt, wo jede Straße und jedes Gebäude von Schnelligkeit und Modernität kündete. Sie erinnerte sich an Nicks Reaktion, als das Schiff angelegt hatte, und wie er, fasziniert vom Anblick der Stadt, die Passagiere der ersten Klasse aufgehalten hatte, als er auf der Gangway stehenblieb.

»New York!« hatte er ausgerufen. »Schau dir *das* an, Fee! Die Stadt des Handels und der Industrie. Die Stadt der Zukunft. Sieh dir die Häuser an! Die kühne Architektur, die Wolkenkratzer. Es sind verwirklichte Kunstideale. Tempel des Ehrgeizes. Lobgesänge auf Macht und Fortschritt!«

Jetzt mußte sie darüber lächeln. Das war ganz Nick. Über Kunstideale zu schwafeln, während sie und tausend andere von dem verdammten Schiff steigen wollten.

Seamie saß auf der Sitzkante, drehte sich zu ihr um und sagte: »Werden sie uns mögen, Fee? Tante Mollie und Onkel Michael?«

»Natürlich, Schatz«, antwortete sie und wünschte, sie wäre sich wirklich so sicher, wie sie sich anhörte. Eine leise Stimme in ihrem Innern erinnerte sie daran, daß die beiden keine Ahnung hatten, daß sie und Seamie bald auf ihrer Schwelle auftauchen würden. Was, wenn sie euch *nicht* mögen? fragte die Stimme.

Sie gebot ihr zu schweigen. Natürlich würden sie sich freuen. Michael war der Bruder ihres Vaters. Sie waren Verwandte, und er würde sie entsprechend behandeln. Vielleicht wäre er am Anfang ein bißchen überrascht – wer wäre das nicht? Aber man würde sie willkommen heißen und große Stücke auf sie halten. Sie hatte einen marineblauen Rock und eine weiße Bluse angezogen, und Seamie trug die Tweedjacke und die kurze Hose, die sie in Southampton gekauft hatten, um einen guten Eindruck zu machen. Sie sagte sich, welches Glück sie hatten, eine Familie zu haben, zu der sie gehen konnten, im Gegensatz zu Nick, der keine hatte.

Wie sie auf der Reise erfahren hatte, hatte sich Nick mit seinem Vater entzweit und war deshalb aus London fortgegangen. Seinem

Vater gehörte eine Bank, und er erwartete, daß sein Sohn sie eines Tages übernehmen würde, aber Nick hatte andere Pläne. Er begeisterte sich für alles, was er als neue Kunst bezeichnete – die Arbeit einer Gruppe von Malern, die in Paris lebte. Dort hatte er einige Zeit als Kunsthändler gearbeitet, und jetzt wollte er in New York seine eigene Galerie aufmachen. Er würde ausschließlich diese neuen Maler vertreten. Impressionisten nannte er sie. Er hatte ihr das halbe Dutzend Leinwände gezeigt, die er bei sich hatte. Zuerst fand sie die Bilder sehr seltsam. Sie sahen nicht aus wie die Gemälde, die sie in Schaufenstern von Läden und Pubs gesehen hatte – Bilder von Kindern und Hunden, verliebten Paaren oder Jagdszenen. Aber je mehr er ihr über die gedanklichen Hintergründe dieser Bilder und über die Maler selbst erzählte, um so besser gefielen sie ihr.

Nick hatte eines der Bilder – ein kleines Stilleben aus weißen Rosen, Äpfeln, Brot und Wein – auf den Nachttisch zwischen ihren Betten gestellt, damit er es immer ansehen konnte. Es war mit »H. Besson« signiert, und Fiona fühlte sich seltsam davon angezogen. Es erinnerte sie an Joe. Wie sehr sie ihn doch vermißte, wie sehr sie sich nach ihm sehnte. Sie fragte sich, wie ein einfaches kleines Bild solche Gefühle auslösen konnte. Nick behauptete, weil der Maler es mit seinem Herzen gemalt habe.

Obwohl sie erst eine halbe Stunde getrennt waren, vermißte Fiona Nick bereits, und zwar ganz entsetzlich. Heute war Donnerstag. Sie hatten abgemacht, sich am folgenden Donnerstag in seinem Hotel zu treffen. Das war schon in einer Woche, aber es kam ihr wie eine Ewigkeit vor. Sie vermißte seine Begeisterung und seinen Optimimus, seinen unbezähmbaren Hang zum Abenteuer, seine komische, unpraktische Art. Sie erinnerte sich an ihr erstes gemeinsames Abendessen. Als sie den Speisesaal betraten, wurde sie von Panik gepackt, weil sie keine Ahnung hatte, wie sie sich verhalten und was sie sagen sollte. Wie würde sie als seine Frau durchgehen, als eine Frau seines Standes?

»Es ist ganz einfach«, erklärte er ihr. »Sei immer grob zum Personal. Setz gegenüber allem Neuem eine hochmütige Miene auf. Und hör nie auf, über deine Hunde zu reden.«

Sie hätte sich ein paar *praktische* Ratschläge gewünscht – etwa, welches Glas für Wasser und welches für Wein war. Das erste Essen war ein Desaster. Die Fülle an Besteck, Kristall und Porzellan hatte sie verwirrt. Nach einiger Zeit bekam sie heraus, welches der Suppenlöffel war, doch Seamie trank seine Consommé direkt aus der Tasse. Er setzte sie ab, verzog das Gesicht und sagte: »Dieser Tee ist scheußlich!« Sie ließ ihn die Suppentasse abstellen, den Löffel nehmen und Stücke von dem Brot abbrechen und mit Butter bestreichen – genau wie Nick –, anstatt das ganze Brötchen zu beschmieren. Viel mehr brachte sie ihm nicht bei. Er war störrisch und widerspenstig und verstand nicht, warum er seine Schwester plötzlich Mutter und einen Fremden Vater nennen sollte. Er mochte keinen Hummer und weigerte sich, seine Wachtel zu essen, weil der Kopf noch dran war.

Um Konversation zu treiben, hatte Nick sie nach ihrer Familie gefragt. Während sie versuchte, eine Antwort auf die schwierige Frage zu formulieren, sprang Seamie in die Bresche. »Unsere Ma ist tot«, sagte er schlicht. »Sie wurde von einem Mann erstochen, der Jack heißt. Unser Pa ist auch tot. Er ist in den Docks runtergefallen. Sie haben sein Bein abgeschnitten. Charlie und Eileen sind auch tot. Böse Männer haben uns gejagt. Sie wollten unser Geld. Wir waren hinter einer Matratze. Da waren Ratten drin. Ich hab Angst gehabt. Ich mag keine Ratten.«

Als er fertig war, stand Nick der Mund offen. Nach ein paar Sekunden peinlichen Schweigens fragte er, ob das wahr sei. Sie bejahte. Auf ihren Teller starrend, erklärte sie, was ihrer Familie passiert war, die Probleme mit Burton ließ sie jedoch weg. Seamie wußte davon nichts. Niemand wußte davon, und so sollte es auch bleiben. Als sie fertig war, hob sie den Blick und erwartete, Abscheu aus Nicks feinen, aristokratischen Zügen zu lesen. Statt dessen sah sie Tränen in seinen Augen.

Während der fast drei Wochen, die sie eine Kabine geteilt, gemeinsam die Mahlzeiten eingenommen und ihre Zeit verbracht hatten, war sie diesem reizenden, unglaublich gutherzigen Mann sehr nahe gekommen. Sie wußte immer noch nicht ganz, wie das möglich war. Vielleicht, weil sie beide allein auf der Welt waren. Sie hatte ihre Familie verloren und war gezwungen, ihre Heimat zu verlassen, und ihm ging es – auf seine Weise – genauso. Nie hätte sie erwartet, daß sie gute Freunde würden, weil ihr jeweiliger Hintergrund so verschieden, der Klassenunterschied so groß war. Aber das war, bevor sie, zusammengedrängt in ihrer Kabine, stürmische

Nächte verbracht hatten, Tee tranken, während das Schiff schlingerte und stampfte, und sich ihre Hoffnungen und Träume erzählt hatten. Das war, bevor er sie und ihren Bruder immer und immer wieder den Satz üben ließ: »Hallo, Harold, ich höre, Havanna ist höllisch heiß«, bis sie ihren Cockney-Akzent ablegten. Bevor sie ihm Ingwertee brachte und ihm aus seinen Büchern von Byron und den Brownings vorlas, während er an seinen seltsamen Erschöpfungszuständen litt. Bevor er sich auf ihre Bettkante setzte und sie beruhigte, nachdem sie schreiend aus einem Alptraum erwacht war. Bevor sie das Foto entdeckt hatte, das sie sicherlich nicht sehen sollte.

Eines Morgens, nachdem Nick zu seinem üblichen Spaziergang über Deck aufgebrochen war, sah Fiona, daß er seine Taschenuhr auf dem Nachttisch zurückgelassen hatte. Sie war aus Gold, schön gearbeitet und zweifellos wertvoll. Sie wollte sie wegstecken, um sie in Sicherheit zu bringen, als ein kleines Foto herausfiel. Sie hob es auf und sah, daß darauf ein hübscher, dunkelhaariger Mann abgebildet war. Sein Gesicht drückte große Zuneigung für die Person aus, die das Foto aufgenommen hatte. Sie begriff sofort, daß der Fotograf Nick und daß dieser Mann sein Geliebter war.

Wer sonst? Schließlich hob man die Fotos von Freunden nicht in Uhrengehäusen auf, und gleichzeitig erklärte es auch, warum Nick nie von seiner Liebsten sprach, obwohl sie ihm doch von Joe erzählt hatte. Und daß er nie Interesse an ihr oder einer anderen Frau auf dem Schiff zeigte. Davor hatte sie sich gefürchtet, als sie in die Kabine zogen. Sie war so begierig gewesen, auf das Schiff zu kommen, daß sie mit keinem Gedanken daran gedacht hatte, er könnte von anderen Motiven geleitet werden, als ihnen zu helfen. Als sie dann in jener ersten Nacht unter ihrer Decke lag und Angst davor hatte, in Gegenwart des fremden Mannes einzuschlafen, der nur ein kurzes Stück von ihr entfernt lag, hatte sie sich gefragt, was sie tun würde, wenn er sie belästigte. Beim Kapitän konnte sie sich kaum beschweren – schließlich galten sie als Ehepaar. Aber er hatte ihr nie Anlaß zu Sorge gegeben. Sie hatte das Foto des hübschen Mannes noch eine Weile angestarrt, sich gefragt, wie er wohl war, ob er je nach Amerika käme und was die beiden Männer überhaupt zusammen machten. Sie hatte nie einen Mann kennengelernt, der andere Männer liebte. Dann tadelte sie ihre eigene Neugier und legte die Uhr weg.

Die Droschke hielt mit einem Ruck an, Fiona wurde gegen die Tür geworfen und vergaß alles über Nick und die Reise. Erneut hörten sie Flüche und Schreie, als der Kutscher sich über die Kreuzung von Eighth Avenue und Fourteenth Street kämpfte und auf seinen schlecht gefederten Rädern über Furchen und Schlaglöcher rumpelte. Fiona sah, daß an die Stelle der Fabriken Wohnhäuser und Geschäfte getreten waren. Die Droschke nahm wieder Fahrt auf und hielt dann vier Straßen weiter vor einem breiten, dreistöckigen Backsteinhaus auf der östlichen Seite der Avenue zwischen Eighteenth und Nineteenth Street an.

Mit vor Aufregung zitternden Händen stieg Fiona aus und hob dann Seamie und ihr Gepäck herunter. Sie bezahlte, die Kutsche rollte davon und wirbelte Straßenstaub auf. In der einen Hand hielt sie ihre Reisetaschen, an der anderen Seamie, und sah zu Nummer hundertvierundsechzig hinauf.

Es sah nicht aus, wie sie es erwartet hatte.

Das Schild über dem Laden besagte: M. FINNEGAN – LEBENSMITTEL und zeigte die Öffnungszeiten an, aber der Laden war geschlossen. Die Tür war mit einem Vorhängeschloß versperrt, das große Schaufenster mit Staub bedeckt. Ein paar Waren im Innern waren mit toten Fliegen und Mäusedreck bedeckt, die Verpackungen von der Sonne ausgebleicht und zerknittert.

Rechts unten am Fenster befand sich ein Schild, auf dem stand:

Von der First-Merchants-Bank zur öffentlichen
Versteigerung ausgeschrieben:
Eighth Avenue: 25 Fuß breites dreistöckiges Gebäude
auf 100 Fuß breitem Grundstück
Ladenlokal mit Wohnung
Datum der Auktion: Samstag, 14. April 1889
Für nähere Informationen wenden Sie sich bitte an
Mr. Joseph Brennan, Grundstücksmakler
21 Water Street, New York

Verständnislos starrte Fiona auf das Schild. Sie stellte die Taschen ab und spähte durch das Fenster. Sie sah eine zusammengeknüllte weiße Schürze auf dem Ladentisch, eine große Uhr an der Wand dahinter, die die falsche Zeit anzeigte, eine Registrierkasse, Gaslampen und Regale, in denen noch Waren standen. Was war passiert? fragte sie sich besorgt. Wo sind sie?

»Komm Fee. Wir gehen zu Onkel Michael.«

»Gleich, Seamie.«

Sie trat einen Schritt zurück und sah zum oberen Stockwerk hinauf. Es wirkte unbewohnt. Sie versuchte, die Tür zum oberen Stockwerk zu öffnen, sie war verschlossen. Dann bat sie ihren Bruder zu warten und klopfte bei der Nummer hundertsechsundsechzig an, aber auch dieses Haus war leer. Aufgrund der Kleiderpuppen, der Stoffballen und der herumliegenden Garnrollen schloß sie, daß es sich um eine Schneiderei handeln mußte. Sie versuchte es bei der Hundertzweiundsechzig, wo sie über einen Stapel leerer Eimer und alter Besen klettern mußte. Wieder keine Antwort. Sie biß sich auf die Unterlippe und war schon drauf und dran, in Panik zu verfallen, als auf dem Gehsteig ein Junge vorbeikam.

»Entschuldige ...«, sagte sie. »Kennst du Michael Finnegan? Weißt du, wo er ist?«

Die Hände in den Taschen vergraben, antwortete er: »In Whelan's Bierstube, höchstwahrscheinlich.«

»Wie bitte?«

»Whelans. Eine Straße nach Norden.« Er ging weiter.

»Warte bitte! Wohnt er nicht mehr hier?«

»Hier schläft er, Miss, aber wohnen tut er bei Whelan's.»

Er setzte ein spöttisches Lächeln auf und machte eine Geste, als würde er eine Flasche leeren. Fionas verständnisloser Gesichtsausdruck sagte ihm, daß sie nicht begriffen hatte. Der Junge verdrehte die Augen. »Muß ich's Ihnen buchstabieren? Er säuft. Verbringt die Tage in der Kneipe und torkelt dann hierher zurück. Mein Vater macht das gleiche, aber nur samstags. Mr. Finnegan ist ständig dort.«

»Das kann doch nicht sein«, sagte Fiona. Ihr Onkel war kein Trinker, sondern ein hart arbeitender Ladenbesitzer. Sie besaß Fotos, Briefe, die das bewiesen. »Weißt du, warum der Laden geschlossen ist?«

Ein durchdringender Pfiff ertönte vom Ende der Straße. »Komme!« rief der Junge. Ungeduldig, zu seinen Freunden zu kommen, wandte er sich zu Fiona zurück. »Hat die Rechnungen nicht bezahlt. Ist verrückt geworden, als seine Frau gestorben ist.«

»Gestorben!« wiederholte sie entsetzt. »Molly Finnegan ist *tot?*«

»Ja, an der Cholera. Letzten Herbst. Hat viele Leute erwischt. Ich muß los«, fügte er hinzu und machte sich davon. »Whelan's Bierstube. Auf der Twentieth Street«, rief er über die Schulter.

Er ließ Fiona auf dem Gehsteig zurück, die sich die Hände an die Wangen preßte und versuchte, dieses neuerliche Unglück zu begreifen. Das kann doch nicht wahr sein, sagte sie sich. Das gibt's doch nicht. Der Junge mußte sich getäuscht haben. Sie mußte Michael finden. Er würde ihr alles erklären, und dann würden sie über das alberne Mißverständnis lachen. »Komm mit, Seamie«, sagte sie und nahm ihr Gepäck.

»Wohin gehen wir jetzt, Fee?« fragte er quengelnd. »Ich bin müde. Ich will was zu trinken.«

Fiona bemühte sich, zuversichtlich und selbstsicher zu klingen, damit ihr Bruder die Sorge in ihrer Stimme nicht bemerkte. »Wir suchen Onkel Michael, Seamie. Er ist gerade nicht zu Hause. Wir müssen sehen, wo er ist. Er wird sich sicher sehr freuen, wenn er uns sieht. Dann trinken und essen wir was, in Ordnung?«

»Ja, gut«, antwortete er und nahm ihre Hand.

Whelan's Bierstube wirkte nicht wie ein Lokal, das anständige, arbeitende Männer aufsuchten, um ein wohlverdientes Glas Bier zu trinken. Es war schäbig und heruntergekommen, die Art von Kaschemme, in die Obdachlose gehen, wenn sie vier Cents für einen Schluck Gin oder Whiskey zusammengebettelt haben. Fiona holte tief Luft, dann stieß sie die Tür auf und trat ein. Zumindest war es still im Innern. Drei Männer spielten Billard, zwei saßen zusammengesunken an der Bar.

»Damen trinken im Hinterzimmer«, sagte der Wirt und wischte mit einem schmutzigen Lappen ein Glas ab.

»Ich will keinen Drink«, antwortete sie. »Ich suche nach meinem Onkel. Michael Finnegan.«

»He, Michael!« brüllte er. »Da ist jemand für dich!«

»Sag ihnen, sie sollen abhauen«, antwortete eine Gestalt am Ende der Bar, ohne sich umzudrehen.

»Bleib hier«, befahl Fiona Seamie und ließ ihn an der Tür warten. Sie kannte sich mit aggressiven Trunkenbolden aus und wollte ihren Bruder nehmen und schnell verschwinden, falls es schwierig wurde.

Langsam ging sie auf den Mann zu. Er trug eine abgeschabte Tweedjacke mit Löchern am Ellbogen. Sein dunkles Haar war lang und ungepflegt.

»Entschuldigen Sie, sind Sie Michael Finnegan?«

Der Mann drehte sich um. Der Atem stockte ihr. Er war das absolute Ebenbild ihres Vaters. Das gleiche Kinn, die gleichen Wangenknochen, die gleichen verblüffend blauen Augen. Er war ein paar Jahre jünger als ihr Pa, nicht ganz so breitschultrig und trug keinen Bart. Sein Gesicht war weicher, nicht wettergegerbt von den Jahren in den Docks, aber es war ihr so vertraut wie ihr eigenes.

»Ich hab doch gesagt, daß ...«, brummte er und entschuldigte sich, als er sah, daß eine Frau vor ihm stand. »Tut mir leid, Mädchen, hab gedacht, du seist einer der Geier, die Geld von mir wollen. Ich wollt nicht ...« Er brach ab. Mit zusammengekniffenen Augen starrte er sie an. »Kenne ich dich?«

»Ich bin deine Nichte Fiona.«

Es schwieg ein paar Sekunden. »Meine Nichte?« fragte er schließlich. »Paddys Mädchen?«

Fiona nickte und deutete auf Seamie. »Das ist mein Bruder Seamus.«

»Meine Nichte«, wiederholte er ungläubig, und ein Lächeln breitete sich auf seinem Gesicht aus. »Laß mich dich anschauen! Mein Gott, wenn du nicht ganz das Ebenbild von meinem Bruder bist! Genau wie er! Meine Nichte!« Er taumelte von seinem Barhocker, hielt sie in den Armen und nahm ihr mit seinem Whiskeygestank fast den Atem.

»Kann ich Ihnen was bringen, Miss?« fragte der Barmann, als Michael sie wieder losließ.

»Nein, danke. Ich ...«

»Tim!« bellte Michael. »Bring meiner Nichte Fiona einen Drink!«

»Fiona ...«

»Hier, setz dich«, drängte er, gab ihr seinen Hocker und zog einen anderen heran. Sie lehnte ab. »Nein, setz dich«, beharrte er und drückte sie auf den Hocker. »Setz dich und sag mir, wie du hierhergekommen bist. Tim! Ein Glas von deinem besten Whiskey!«

»Ein Sodawasser tut's auch«, erwiderte sie schnell.

»Und für den Kleinen auch was«, fügte er hinzu und winkte Seamie heran. »Komm her, Seamus, Junge, komm, setz dich neben deinen Onkel Michael.« Er holte einen weiteren Hocker, und Seamie kletterte unsicher und mit großen Augen hinauf. »Gib dem Jungen auch einen Whiskey, Tim.« Er versuchte, sich zu setzen, verfehlte den Hocker und landete auf dem Boden. Fiona sprang auf, um ihm aufzuhelfen.

»Was machst du hier? Bist du zu Besuch gekommen?« fragte er und klopfte sich ab.

»Nicht nur zu Besuch«, antwortete sie und half ihm, sich zu setzen. »Wir bleiben für immer in New York. Wir sind ausgewandert.«

»Bloß ihr zwei? Wo ist Paddy? Ist er nicht bei euch? Und Kate?«

Fiona fürchtete sich, ihm die Wahrheit zu sagen. Der Mann hatte seine Frau verloren, und wie es aussah, kam er nicht gut damit zurecht. »Onkel Michael ...«, begann sie und hielt inne, um Seamie eines der Sodawasser zu reichen, die der Barmann gebracht hatte, »... unser Vater ist tot. Er ist in den Docks aus einer Luke gestürzt.« Michael antwortete nicht, sondern schluckte nur schwer. »Meine Mutter ist auch tot. Ermordet.«

»*Ermordet?*« rief er aus. »Wann? Wie?«

Fiona erzählte ihm von Jack the Ripper. Dann berichtete sie ihm von Charlie, dem Baby und wie sie und Seamie dank der Fürsorge von Roddy O'Meara überlebt hatten.

»Ich kann's nicht glauben. Alle tot«, sagte er wie betäubt. »Mein Bruder ... so viele Jahre sind vergangen, aber ich hab immer geglaubt, ich würd ihn wiedersehen.« Mit gequältem Blick sah er Fiona an. »Hat er ... leiden müssen?«

Sie dachte an die letzten Momente ihres Vaters, wie er mit gebrochenen Gliedern in dem Krankenhausbett lag. Sie erinnerte sich, wie Burton und Sheehan lachten, als sie über seinen Tod sprachen. Michael mußte nicht erfahren, daß sein Bruder ermordet worden war, damit die Löhne der Arbeiter nicht um ein paar Pennys stiegen. Wenigstens das konnte sie ihm ersparen. »Es war ein schlimmer Unfall. Er hat danach nicht mehr lang gelebt«, sagte sie.

Er nickte und bestellte noch ein Glas Whiskey. Der Wirt stellte es ihm hin, und er goß es hinunter wie Wasser.

»Onkel Michael«, begann Fiona. »Seamie und ich waren gerade bei deinem Haus. Was ist passiert? Mit Molly und dem Baby. Und dem Laden?«

»Noch eine Runde, Timothy. Doppelte.«

Noch ein Glas, obwohl er gerade erst eines geleert hatte. Er war bereits betrunken. Fiona beobachtete, wie er ungeduldig auf die Theke trommelte und auf den Drink wartete. Er lechzte geradezu danach. Der Junge auf der Straße hatte recht gehabt, er war ein Trinker. Das Glas kam. Sie sah zu, wie er es ebenfalls in einem Zug hinunterstürzte. Sein Blick wurde abwesend und fahrig.

»Tante Molly ...«, drängte sie.

»Sie ist tot. Cholera.«

»Oh, das tut mir leid.«

»Sie war schwach nach dem Baby. Vielleicht hätt sie's geschafft, wenn sie kräftiger gewesen wäre.«

»Das Baby ist auf die Welt gekommen?«

»Ja. Zwei Wochen nach dem Ausbruch.«

»Was ist passiert? Ist es ... ist es ...?«

»Sie lebt.«

»Lebt? Wo ist die Kleine?« fragte Fiona besorgt. »Sie ist doch nicht etwa in der Wohnung?« Den Gedanken an das kleine Baby allein in der dunklen, leeren Wohnung ertrug sie nicht.

»Nein, sie ist bei Mary ... einer Freundin ...« Er seufzte tief auf, das Sprechen fiel ihm immer schwerer. »... eine Freundin von Molly ... hat sie nach der Beerdigung zu sich genommen.« Er hob den Finger, um dem Wirt ein Zeichen zu geben.

Mein Gott, nicht noch ein Drink, dachte Fiona. Er kann jetzt schon kaum mehr sprechen.

»Wo wohnt Mary?« fragt sie. »Wo ist das Baby?«

»Bei mir ... zu Hause ... bei Mary ...«

Er begann, wirres Zeug zu reden, also mußte sie schnell die Antworten aus ihm rauskriegen, bevor er überhaupt nicht mehr ansprechbar war. »Onkel Michael, das Geschäft wird versteigert, stimmt das? Kann die Versteigerung gestoppt werden? Wieviel schuldest du?«

»Ich hasse den verdammten Laden!« schrie er und schlug mit der Faust auf die Theke. Verängstigt rutschte Seamie von seinem Hokker und versteckte sich hinter seiner Schwester. »Keinen Fuß setz ich da mehr rein! Die verdammte Bank kann ihn haben! Es war unser Laden, meiner und Mollys. Sie hat ihn schön gemacht, ihn zum Laufen gebracht.« Er hielt inne, um aus einem weiteren Glas, das der Barmann vor ihn hingestellt hatte, zu trinken. Seine Augen glänzten jetzt vor Tränen. »Meine Molly!« rief er gequält. Wenn ich doch nur mit ihr gestorben wär. Ich schaff's nicht ohne sie ... ich ... kann's nicht ...« Mit zitternden Händen griff er wieder nach seinem Glas.

»Der Laden, Michael«, beharrte Fiona. »Wieviel Geld – schuldest du?«

»Dreihundert Dollar. An die Bank. Noch mal hundert oder so an meine Händler ... ich hab's nicht ... hab bloß noch ein paar Dollar, verstehst du?« Er steckte die Hand in die Tasche, zog zwei Scheine heraus und ließ dabei ein paar Münzen fallen. »Verdammter Mist ...«, murmelte er, als das Kleingeld über den schmutzigen Boden rollte.

Fiona stützte sich auf die Bar und legte den Kopf in die Hände; er tat unglaublich weh. Das hatte sie nicht erwartet. Ganz und gar nicht. Sie hatte sich einen herzlichen Empfang vorgestellt. Umarmungen ihrer Tante, Sandwiches und Tee und ein dickes fröhliches Baby zum Knuddeln. An so etwas hatte sie nicht gedacht. Kurz darauf stand sie auf. Sie mußte aus dieser Kaschemme raus. Nach New York zu kommen war ein Fehler gewesen. Hier gab es keine Familie, die ihr half. Sie war allein.

Michael sah sie erschrocken an. »Nein«, flehte er und hielt ihre Hand fest. »Du gehst doch nicht? Geh nicht weg!«

»Wir sind müde«, antwortete sie und riß ihre Hand weg. »Seamie ist hungrig. Wir brauchen eine Wohnung, wo wir bleiben können.«

»Meine Wohnung ... dort könnt ihr bleiben ... bitte, ich hab doch niemanden«, stammelte er, inzwischen gefühlsduselig. Der Alkohol ließ ihn im einen Moment wütend, im nächsten weinerlich werden. »Es ist ein bißchen unordentlich, aber ich mach sauber.«

Fiona lachte bitter. Eine Wohnung saubermachen? Er hatte es nicht einmal geschafft, seine Münzen aufzuheben.

Wieder nahm er ihre Hand. »Bitte!« flehte er.

Gegen ihren Willen sah sie ihrem Onkel in die Augen. Das Elend, das sie dort sah, war so abgrundtief, daß ihr das Nein in der Kehle erstarb. Es wurde allmählich spät, bald würde die Dämmerung hereinbrechen. Sie hatte keine Ahnung, wo sie nach einer anderen Bleibe suchen sollte. »Also gut. Wir bleiben«, antwortete sie. »Wenigstens für heut nacht.«

Michael suchte in seiner Tasche und reichte ihr einen Schlüssel. »Geh voraus, ich komm gleich nach«, sagte er. »Ich mach sauber ...«, er rülpste, »...bis alles blitzt. Tim, gib uns noch einen ...«

Wieder in der Eighth Avenue schloß Fiona die Tür auf, schob Seamie vor sich hinein und ging in den ersten Stock hinauf. Als sie in die Wohnung traten, schlug ihnen der Gestank von saurer Milch und verfaulten Lebensmitteln entgegen. In der Diele war es dunkel, und sie konnten fast nichts sehen. Fiona befahl Seamie stehenzubleiben, dann ging sie, sich an der Wand entlangtastend, den Gang hinunter, bis sie zur Küche kam. Ein zerschlissener Spitzenvorhang hing vor dem Fenster. Sie zog an der Sonnenblende dahinter, die zu ihrem Schrecken laut hochschnellte. Sie hörte Mäuse weghuschen und stampfte laut auf, um auch die letzten von ihnen zu vertreiben. Sonnenlicht fiel in das Zimmer, dessen Strahlen die aufgewirbelten Staubflocken und das schlimmste, unglaublichste Chaos beleuchteten, das sie je gesehen hatte.

Schmutzige Teller stapelten sich im Abwasch und auf Tisch und Boden. Ungeziefer wimmelte in den verkrusteten Überresten, die ihnen die Mäuse übriggelassen hatten. Gläser enthielten altes Bier und verschimmelten Kaffee. An manchen Stellen knirschte der Fußboden, an anderen war er glitschig. Beim Anblick des Waschbeckens wurde ihr schlecht. Sie öffnete das Fenster und ließ frische Luft herein.

»Fee?« rief Seamie aus der Diele.

»Bleib stehen«, antwortete sie und ging von der Küche ins Wohnzimmer. Auch dort öffnete sie Fenster, und das einströmende Licht beleuchtete ein ähnliches Chaos. Überall lagen leere Whiskeyflaschen und schmutzige Kleider verstreut. Auf dem Boden stapelte sich Post. Fiona hob einen versiegelten Umschlag auf. Er stammte von der First-Merchants-Bank und trug die Aufschrift DRINGEND. Dann hob sie einen zusammengefalteten Zettel auf, der von einem Metzger stammte und um sofortige Bezahlung ausstehender Rechnungen bat. Ein ungeöffneter Umschlag mit vielen Briefmarken darauf stach ihr ins Auge. Es war der Brief, den ihre Mutter nach dem Tod ihres Vaters abgeschickt hatte.

Es war still im Wohnzimmer. Nur das monotone Ticken der Uhr auf dem Kaminsims war zu hören. Aber Fiona nahm es nicht wahr, weil ihr noch immer der Schock des Empfangs in den Knochen saß. Tausend Probleme stürzten auf sie ein. Ihre Tante war tot, ihr Onkel ein gebrochener Trinker. Ihre kleine Cousine hielt sich irgendwo in dieser Stadt auf, aber wo? Der Laden war geschlossen. Die Stelle, auf die sie gehofft hatte, existierte nicht. Das Haus würde versteigert werden. Wohin würden sie dann gehen? Was würden sie tun? Wie würde sie eine Bleibe finden? Eine Arbeit?

Sie ging durch die Wohnung, überall herrschte das gleiche Chaos. Das Badezimmer war abscheulich. In Michaels Schlafzimmer lagen weitere leere Flasche verstreut. Zerknitterte Laken hingen vom Bett auf den Boden. An einem Kissen lehnte eine gerahmte Fotografie. Fiona nahm sie in die Hand. Eine hübsche Frau mit fröhlichen Augen lächelte sie an.

»Feeeee!« rief Seamie verzweifelt. »Komm! Ich hab Angst!«

»Ich komm schon, Seamie!« rief sie zurück und lief zu ihm hin.

»Mir gefällt's hier nicht. Ich möchte heim«, quengelte er.

Fiona sah, wie verwirrt und erschöpft er war. Sie durfte ihm nicht zeigen, wie niedergeschlagen sie sich selbst fühlte, sie mußte stark sein. »Sei still, Liebling. Es wird alles gut, du wirst schon sehen. Wir besorgen uns was zu essen, und ich räum ein bißchen auf, dann sieht alles viel besser aus.«

»Ist das Tante Molly?« fragte er und deutete auf das Foto, das sie immer noch in der Hand hielt.

»Ja, Schatz.«

»Sie ist tot, nicht wahr, Fee? Das hat Onkel Michael doch gesagt.«

»Ja, das stimmt.« Fiona wollte das Thema wechseln. »Komm, Seamie, wir suchen einen Laden und kaufen uns Brot und Schinken für Sandwiches. Du magst doch ein Schinkensandwich, oder?« Sie griff nach seiner Hand, aber er schlug sie weg.

»Tot! Tot! Tot!« rief er zornig aus. »Genau wie Ma und Pa und Charlie und Eileen! Alle sind tot! Ich mag tot nicht! Vater ist auch tot, stimmt's? Stimmt das, Fee?«

»Nein, Seamie«, antwortete Fiona sanft und ging vor ihm in die Hocke. »Nick ist nicht tot. Er ist in einem Hotel. Das weißt du doch. In einer Woche gehen wir ihn besuchen.«

»Nein, das tun wir nicht. Er ist tot«, beharrte Seamie und trat mit dem Fuß gegen eine der Reisetaschen.

»Ist er nicht. Jetzt hör auf damit.«

»Er ist tot. Und du wirst auch sterben! Und dann bin ich ganz allein!«

Seamies Augen füllten sich mit Tränen, und sein Gesicht verzog sich. Der Anblick riß Fiona das Herz entzwei. Der arme kleine Kerl, dachte sie. Er hat seine ganze Familie verloren, sein Heim, seine Freunde, alles. Sie zog ihn an sich. »Nick ist nicht tot, Liebling. Und ich werde auch nicht sterben. Noch lange, lange nicht. Ich werde bei dir bleiben, für dich sorgen und auf dich achten, in Ordnung?«

Schniefend lehnte er sich an ihre Schulter. »Versprochen, Fee?«

»Versprochen.« Sie ließ ihn los und bekreuzigte sich.

»Auf Ehr und Seligkeit ...«

Schließlich wischte er sich mit dem Handrücken die Augen ab.

Fiona seufzte. Sie zog ein Taschentuch heraus und putzte ihm die Nase. Wenn doch ihre Ma nur da wäre. Sie wüßte, wie sie seine Ängste vertreiben könnte. Sie wußte immer, was sie sagen mußte, wenn Fiona Angst hatte. Fiona wußte nicht, wie man sich als Mutter verhielt. Sie wußte nicht einmal, wo sie Abendessen kaufen und wo sie in diesem Durcheinander schlafen sollten. Sie wußte nicht, was der nächste Tag bringen würde, wo sie nach einem Zimmer suchen und womit sie Geld verdienen sollte. Und vor allem wußte sie nicht, warum sie in diese vermaledeite Stadt gekommen war. Sie wünschte, sie hätte es darauf ankommen lassen und wäre in England geblieben. Sie hätten nach Leeds, nach Liverpool oder weit in den Norden nach Schottland gehen können. Oder nach Westen, nach Devon oder Cornwall. In irgendeinem häßlichen Bergarbeiterort oder in irgendeinem verschlafenen Provinznest wären sie besser dran gewesen. Solange sie bloß irgendwo in England wären statt hier.

23

Nicholas Soames zuckte zusammen, als der Arzt das Stethoskop auf seine nackte Brust setzte. »Also wirklich! Wo bewahren Sie das Ding denn auf? In einem Eiskübel?«

Der Arzt, ein ernster, korpulenter Deutscher, verzog keine Miene. »Atmen, bitte« befahl er. »Einatmen, ausatmen, einatmen und ausatmen ...«

»Ja, schon gut. Ich weiß, wie das geht. Hab's schließlich schon zweiundzwanzig Jahre geübt«, sagte Nick murrend. Er holte tief Luft und stieß sie wieder aus. Es gefiel ihm nicht in Dr. Werner Eckhardts Untersuchungsraum mit dem scheußlichen Karbolgeruch und den bedrohlichen Instrumenten, aber er hatte keine Wahl. Der Erschöpfungszustand war an Land noch schlimmer geworden. Fiona wollte mehr als einmal den Schiffsarzt kommen lassen, aber er hatte immer abgelehnt. Er *durfte* es nicht zulassen, sonst hätte man ihn möglicherweise nach London zurückgeschickt.

Gleich nach seiner Ankunft im Hotel hatte er an Eckhardt geschrieben, der ihm als einer der besten seines Fachs bekannt war, und ihn um einen Termin gebeten. Der Arzt hatte ihm geantwortet, daß jemand abgesagt habe und er ihn gleich dazwischenschieben könnte.

Während Nick weiterhin tief atmete, führte Dr. Eckhardt das Stethoskop von seiner Brust auf den Rücken und hörte ihn sorgfältig ab. Dann richtete er sich auf, nahm das Instrument von den Ohren und sagte: »Es liegt an Ihrem Herzen. Dort gibt es Schädigungen, die als Zischen des Bluts hörbar sind.«

Konnte man von einem Deutschen etwas anderes erwarten? Keinerlei Beschönigung, um den Schlag abzumildern, dachte Nick. Kein liebevolles Schulterklopfen, sondern gleich mit der Tür ins Haus. Die Schlagfertigkeit, mit der er sich sonst gegen die Welt und ihre Unbill schützte, ließ ihn im Stich, und er dachte: O Gott. Es ist mein Herz. Mein *Herz.*

»Ihre Krankheit schreitet fort, Mr. Soames. Wenn Sie das Fortschreiten verlangsamen wollen, müssen Sie besser auf sich achten. Sie brauchen Ruhe. Eine angemessene Ernährung. Und keinerlei Anstrengung.«

Er nickte wie betäubt. Jetzt sein Herz. Was kam als nächstes? Seine Lungen? Sein Gehirn? Er stellte sich vor, wie die Krankheit immer mehr von ihm auffraß, bis er schließlich nur noch Blumen pflücken und Kinderreime singen konnte. Das würde er nicht zulassen. Lieber würde er sich vorher aufhängen.

Während der Arzt weiterredete, wünschte er sich plötzlich, Fiona wäre hier. Sie war so liebevoll, so treu, so gut. Sie würde seine Hand nehmen und ihm sagen, daß alles gut werden würde, genau wie sie es auf dem Schiff getan hatte. Oder nicht? Selbst ein Herz wie das ihre hatte seine Grenzen. Wenn sie herausfand, was wirklich mit ihm los war, würde er sie sicher verlieren, seine liebste Fee, seine einzige Freundin. Genauso wie er alle anderen verloren hatte.

»Hören Sie mir zu, Mr. Soames?« fragte Eckhardt und sah ihn eindringlich an. »Das ist kein Witz. Es ist lebenswichtig, daß Sie genügend Schlaf bekommen. Zehn Stunden in der Nacht und tagsüber einen kleinen Mittagsschlaf.«

»Hören Sie, Dr. Eckardt, ich werde mir mehr Ruhe gönnen, aber ich kann kein Invalide werden. Ich muß eine Galerie aufmachen, und das kann ich nicht vom Lehnstuhl aus tun. Wie steht's mit einer Quecksilberkur?«

Eckhardt machte eine wegwerfende Handbewegung. »Nutzlos. Sie schwärzt die Zähne, läßt Sie sabbern.«

»Wie reizend. Was haben Sie sonst noch auf Lager?«

»Ein Tonikum, das ich selbst entwickelt habe. Macht den Körper robuster, widerstandsfähiger.«

»Dann versuchen wir das«, antwortete Nick. Als er sich anzog, goß Eckhardt eine dunkle Lösung in ein Glasfläschchen, stöpselte sie zu und erklärte ihm die Dosierung. In einem Monat solle er wiederkommen, dann entschuldigte er sich, weil er zu einem anderen Patienten mußte. Nick band seine Krawatte zu einem lockeren Windsorknoten und sah sich dabei in einem Wandspiegel an. Zumindest sah er äußerlich noch gesund aus, dachte er. Vielleicht ein bißchen blaß, mehr nicht. Eckhardt übertrieb, wie alle Ärzte. So hielten sie ihre Patienten bei der Stange. Er zog seine Jacke an, steckte das Fläschchen ein und bat die Empfangsdame, die Rechnung an seine Hoteladresse zu schicken.

Draußen war ein herrlicher Märzmorgen angebrochen. Nick machte eine gute Figur in seinem grauen dreiteiligen Anzug, wozu er Krawatte, Schuhe und Mantel in Braun statt in Schwarz trug, was eher kühn war. In der Hoffnung, eine Droschke zu finden, ging er, die Hände in den Taschen vergraben, die Park Avenue hinunter. Sein Gang war federnd und seltsam anmutig. Die frische Luft brachte Farbe in sein blasses Gesicht mit den hohen Wangenknochen und den türkisblauen Augen. Er zog viele bewundernde Blikke auf sich, die er nicht bemerkte, weil er vollkommen in Gedanken versunken war.

Schließlich hielt er eine Droschke an und wies den Kutscher an, ihn zum Gramercy Park zu bringen. Auf dem Weg dorthin fuhr die Kutsche an einer Kunstgalerie in der Fourtieth Street vorbei. Mit der weißen, mit Gold eingefaßten Markise, den glänzenden Messingtüren und den Bronzeurnen daneben sah sie äußerst vornehm aus. Als er darauf starrte, trat Entschlossenheit in seinen Gesichtsausdruck. Er würde seine Galerie bekommen, und auch sie würde vornehm sein. Er würde seiner Krankheit nicht erlauben, ihn schachmatt zu setzen. Er war aus härterem Holz geschnitzt, und das würde er beweisen. Eckhardt. Sich selbst. Aber vor allem seinem Vater, der ihn als Abscheulichkeit bezeichnet und ihm geraten hatte, bald zu sterben, um der Familie weitere Schande zu ersparen. Gegen seinen Willen erstand das Bild dieses Mannes vor seinem geistigen Auge. Würdevoll, steif, ernst. Unbeschreiblich reich. Mächtig. Monströs.

Er erschauderte und versuchte, das Bild zu verscheuchen, aber er sah seinen Vater wieder vor sich, so wie er in der Nacht ausgesehen hatte, als er von Nicks Krankheit erfuhr – und ihn mit wutverzerrtem Gesicht gegen die Wand stieß. Danach lag er, nach Luft schnappend, am Boden und sah auf die schwarzen Schuhspitzen seines Vaters, der vor ihm auf und ab ging. Die Schuhe stammten von Lobb's und waren auf Hochglanz poliert. Die Hose, die von Poole's stammte, hatte scharfe Bügelfalten. Aussehen bedeutete alles für diesen Mann.

Nick schob die Erinnerung beiseite und sah auf seine Uhr. Um elf sollte er sich mit einem Makler treffen, um Räume für eine Galerie zu besichtigen. Aus Versehen öffnete er die Rückseite der Uhr. Ein kleines, sauber zugeschnittenes Foto fiel ihm in den Schoß. Sein Herz verkrampfte sich, als er den lächelnden jungen Mann ansah. Auf der Wand neben ihm standen die Worte »Chat Noir«. Wie gut erinnerte er sich an den Ort. Fast konnte er den Absinth schmecken und die nächtliche Luft riechen – die Mischung aus Zigarettenrauch, Parfüm, Knoblauch und Ölfarbe. Er konnte seine Freunde sehen – ihre Gesichter, ihre schäbigen Kleider und schmutzigen Hände. Er drückte die Hand auf sein Herz und spürte sein Klopfen.

Schädigungen? Wenn der grauenvolle Verlust, den er letzten Herbst erlitten hatte, es nicht getötet hatte, was konnten dann ein paar kaputte Stellen ausmachen? Noch immer starrte er das Foto an, und plötzlich war er nicht mehr in New York, sondern wieder in Paris. Henri saß ihm in seiner geliebten weinroten Jacke in einem Café gegenüber. Es war nicht März, sondern Mai, die Nacht ihres Kennenlernens. Er war wieder dort, auf dem Montmartre ...

»... Zweihundertfünfzig Francs für dieses ... dieses *Plakat?«* rief Paul Gauguin mit lallender Stimme. »Es sieht aus, als wär's von einem Laternenpfahl, von einer Reklametafel!«

»Lieber ein Plakat als eine Kinderzeichnung ... wie deine Bretons!« grölte Henri Toulouse-Lautrec zurück, kreischendes Gelächter vom Rest der Gesellschaft erntend.

Kurz zuvor hatte Nick ein Gemälde von Lautrec erstanden, ein farbenprächtiges Porträt von Louise Weber, einer Varietésängerin, bekannt als La Goulue. Sein Arbeitgeber, der berühmte Kunsthändler Paul Durand-Ruel, zögerte, Lautrec auszustellen, aber Nick bedrängte ihn, und er hatte sich einverstanden erklärt, ein paar Bilder zu zeigen. Nick war nur mit einer kleinen Kommission an dem Verkauf beteiligt, aber er hatte etwas anderes davongetragen – einen Sieg für die neue Kunst.

Es war nicht einfach, die neue Generation zu verkaufen. Einen Manet, Renoir oder eine Morisot an den Mann zu bringen – diejenigen, mit denen alles angefangen hatte – war schwer genug. Aber Nick glaubte daran. 1874, als diese Künstler erstmals ausgestellt wurden, konnte nichts verkauft werden. Ein Kritiker, der sich auf den Titel von Monets Bild *Impression, Sonnenaufgang* bezog, hatte sie alle als Impressionisten, reine Schmierer abgetan. Sie rebellierten gegen die von der Gesellschaft anerkannte Kunst – Historien- und Genremalerei – und wollten das Reale, nicht das Ideale darstellen. Die Näherin, die sich über ihre Arbeit beugte, war ihrer Meinung nach genauso darstellungswürdig wie ein Kaiser oder ein Gott. Ihre Technik war locker und ungekünstelt und zielte mehr auf die Erzeugung von Emotionen ab. Die Öffentlichkeit hatte sie abgelehnt, aber Nick bewunderte sie. Der Realismus, mit dem sie das Leben porträtierten, entsprach seinem Bedürfnis nach ein wenig Ehrlichkeit in seinem eigenen Leben.

In Cambridge hatte er Wirtschaft studiert, weil sein Vater ihn dazu zwang – damit er die Familienbank gut gerüstet übernehmen konnte –, aber seine Freizeit hatte er damit verbracht, sich der Kunst zu widmen. Das erste Mal, als er in der National Galerie Arbeiten der Impressionisten gesehen hatte, war er neunzehn Jahre alt, arbeitete den Sommer über in der väterlichen Albion-Bank und haßte jede Sekunde davon. Nachdem er das Museum verlassen hatte, hielt er eine Droschke an und sagte dem Kutscher, er solle ihn eine Stunde in der Stadt herumfahren, damit er ungestört weinen konnte. Als er an diesem Abend nach Hause kam, wußte er, daß er weder bei Albion bleiben noch nach Cambridge zurückkehren konnte. Er würde seinem Vater trotzen und nach Paris gehen. Er haßte sein Leben – den lähmenden Alltag, die Familienessen, wo ihn sein Vater mit Finanzfragen löcherte und ihn dann ausschalt, weil er keine Antworten geben konnte, die unerträglichen Partys, wo ihm die Freundinnen seiner Mutter ihre Töchter aufdrängten, weil er als einziger Sohn als gute Partie galt. Sein ganzes Leben war ein Schwindel. Wer er wirklich war, wurde nicht akzeptiert. Doch in den Bildern von Monet, Pissarro, Degas erkannte er die Welt, wie sie tatsächlich war, nicht wie manche sie erscheinen lassen wollten, und diese Sichtweise hatte er sich bereitwillig zu eigen gemacht.

Nick trank noch einen Schluck Wein, während Gauguin und Lautrec einander hänselten. Er hatte riesigen Spaß. Die Stimmung war bestens, geradezu überschwenglich. Inmitten eines großen Gejohles traf La Goulue ein. Nick sah sich um und entdeckte Paul Signac und Georges Seurat, die in eine heftige Diskussion verstrickt waren. Émile Bernard nickte einem gutaussehenden jungen Mann mit langem braunem Haar zu, ein Maler, den Nick nicht kannte, in den jedoch die Bedienung verliebt war. Einige Kollegen aus der Galerie waren gekommen. Es war ein wundervolles Fest, eine wundervolle Nacht – und dann schlug das Unheil zu.

Nick hatte sich mit gedünsteten Muscheln vollgestopft und tunkte die Brühe mit dicken Brotrinden auf. Gerade hatte er an Gauguin vorbei nach dem Rest des Brotlaibs gegriffen, als von irgendwoher ein großer, verfaulter Kohlkopf geflogen kam und ihn am Kopf traf. Schockiert und sprachlos saß er da und wischte sich die Kohlreste aus dem Gesicht. Alles schrie auf, und Gäste der Party wurden losgeschickt, um den Missetäter zu stellen. Der Mann wurde gefunden und zum Ort des Verbrechens zurückgeführt. Es stellte sich heraus, daß es sich um einen Postbeamten handele, den Gauguins Gemälde erbost hatten. Der Unhold weigerte sich nicht nur, sich zu entschuldigen, er beschimpfte Nick sogar noch, weil er ihn mit seinem dicken Schädel daran gehindert habe, sein Ziel zu treffen.

Der Gestank war unerträglich. Nick stand auf und erklärte, er müsse nach Hause, um sich umzuziehen, als einer der Gäste – der junge Mann, in den die Bedienung verliebt war – anbot, ihn zu seiner Wohnung zu bringen, wo er sich waschen und ein frisches Hemd ausleihen könne.

»Mein Name ist Henri ... Henri Besson«, sagte er. »Ich wohne gleich in der Nähe, nur eine Straße entfernt.«

»Also, dann gehen wir«, sagte Nick.

Sie liefen die fünf Treppen zu Henris winzigem Zimmer hinauf, und Nick zog sich bereits auf dem Weg sein Hemd aus. Oben angekommen, beugte er sich über ein winziges, mit Farbe bekleckstes Becken und goß sich einen Krug Wasser über den Kopf. Henri gab ihm Seife und Handtuch und, nachdem er sich umgezogen hatte, ein Glas Rotwein. Nick war in solcher Eile gewesen, daß er sich in Henris Zimmer gar nicht umgesehen hatte. Als er es nachholte, nachdem er wieder gesäubert war, hingen zu seinem Erstaunen überall die leuchtendsten, farbdurchglühtesten Bilder, die er je gesehen hatte. Ein junges tanzendes Mädchen, dessen elfenbeinzarte Wangen auf subtile Weise erröteten. Eine Wäscherin, die Röcke über die fleischigen Knie hochgebunden. Blutbeschmierte Träger aus den Hallen. Und dann sah er das Bild, das ihn einfach umwarf – ein Porträt von zwei Männern beim Frühstück. Einer saß am Tisch mit Toast und einer Zeitung vor sich, der andere trank Kaffee an einem Fenster. Sie waren angekleidet, sahen sich nicht einmal an, aber eine vertraute Haltung wies sie als Liebende aus. Das Bild war gleichzeitig unschuldig und erregend. Nick schluckte. »Zum Teufel, Henri ... hast du das schon ausgestellt?«

Henri kam herüber, um zu sehen, was er anschaute, und schüttelte den Kopf. »Unsere Freunde malen die Wahrheit, Nicholas, und werden mit Kohlköpfen beworfen.« Er lachte. »Oder besser gesagt, ihre Agenten trifft es.« Sein Lächeln verschwand, als er mit den Fingern die Leinwand berührte. »Sie enthüllen uns vor uns selbst, und die Menschen können es nicht ertragen. Würdest du die Wahrheit meines Lebens akzeptieren?«

Sie waren nicht zu den anderen zurückgekehrt. Sie leerten eine Flasche, öffneten dann eine andere, redeten bis spät in die Nacht über ihre Malerfreunde, die Schriftsteller Zola, Rimbaud und Wilde, die Komponisten Mahler und Debussy und über sich selbst. Und als am nächsten Morgen die Sonnenstrahlen über den schlafenden Henri strichen, lag Nick wach, sah ihn an und wagte kaum zu atmen wegen der beglückenden Erfüllung, die er verspürte ...

Ein Polizist klopfte laut an die Droschke und riß ihn aus seinen Gedanken. »Da vorn ist ein Wagen umgestürzt«, rief er dem Kutscher zu. »Da kommt niemand durch. Biegen Sie in die Fifth Street ab.«

Nick sah auf das Foto hinab, das noch immer in seiner Hand lag. Die Jacke, die Henri trug, brachte ihn zum Lächeln. Er steckte das Foto wieder in das Uhrengehäuse. Henri hatte gedacht, er sei zu gut, zu großzügig zu ihm gewesen. Das war nicht so. Henris Gaben – Liebe, Lachen, Mut – hatten soviel mehr bedeutet. Er war derjenige gewesen, der ihn ermuntert hatte, seinem Vater die Stirn zu bieten, ein eigenes Leben zu führen und eine eigene Galerie zu eröffnen. Das hatte einiges erfordert, einige Auseinandersetzungen, einschließlich einer ziemlich lautstarken Szene im Louvre. Nick hatte abgewinkt mit der Begründung, es seinem Vater schuldig zu sein, ins Bankgeschäft einzusteigen.

Ich bin sein einziger Sohn. Unsere Vorfahren haben die Albion-Bank vor zweihundert Jahren gegründet. Sechs Generationen haben die Bank geführt, von mir wird erwartet, die siebte zu sein.«

»Aber du haßt das Bankgeschäft, Nicholas!« rief Henri. »Du hast noch nicht mal deine Konten im Griff ... du bringst nicht mal deine Einnahmen zur Bank. Das muß ich tun ...«

»Ich weiß, ich weiß ...«

»Und könntest du Paris wegen einer *Bank* verlassen? Dein hiesiges Leben? Deine Arbeit? Könntest du mich verlassen?«

»Aber das ist ja das ganze verdammte Problem, Henri. Ich kann dich nicht verlassen.«

Nick hatte sich in derselben Nacht, in der er Henri kennengelernt hatte, in ihn verliebt, und Henri erwiderte seine Gefühle. Er hatte bereits sexuelle Erfahrungen gesammelt – heimliche Fummeleien, die ihn mit dem Gefühl, beschmutzt und beschämt zu sein, zurückgelassen hatten, aber er hatte sich nie verliebt. Jetzt hatte er es. Welches Wunder! Plötzlich war die banalste Handlung von Zauber erfüllt. Ein Huhn zu kaufen war eine unbeschreibliche Freude, weil er es Henri bringen, der es mit Kräutern und Wein zubereiten würde. Auf dem Markt weiße Rosen zu finden war die größte Errungenschaft des Tages – ganz zu schweigen von den sechs Bildern, die er verkauft hatte –, weil sie Henris Lieblingsblumen waren. Und an einem Samstag zu Tasset & Lhote zu gehen und die besten Farben und Pinsel zu kaufen – Dinge, die sich Henri nie hätte leisten können – und sie still neben seine Staffelei zu stellen, erfüllte ihn mit unaussprechlichem Vergnügen. Innerhalb eines Monats hatten sie eine gemeinsame Wohnung genommen, worauf ein Jahr vollkommenen Glücks folgte. Nick wurde zweimal befördert. Durand-Ruel behauptete, er habe bei einem so jungen Menschen nie einen so sicheren Instinkt gesehen. Und jeden Abend konnte er zu Henri nach Hause gehen. Um mit ihm zu reden, zu lachen und den Tag Revue passieren zu lassen.

Aber es gab eine dunkle Wolke am Horizont – seinen Vater. Er war wütend gewesen, als Nick nach Paris ging. Anfangs hatte er ihn in Ruhe gelassen, in der Hoffnung, sein Interesse an Kunst sei nur eine vorübergehende Laune. Aber jetzt wollte er, daß er wieder zurückkam. Er werde einundzwanzig, hatte er geschrieben, und es sei an der Zeit, Verantwortung zu übernehmen. Sein Vater wollte die Bank vergrößern, in ganz England und Europa Niederlassungen eröffnen. Die Geschäftswelt ändere sich, sagte er. Er wolle Albion an die Börse bringen, und sein Sohn müsse ihm bei dem Aufbau helfen.

Als Nick sich weigerte zurückzukommen, stellte er seine Zahlungen an ihn ein. Als das nichts fruchtete, drohte er mit Enterbung. Wenn das passierte, entging ihm ein ungeheures Vermögen: Millionen Pfund in Bargeld, Treuhandvermögen und Investitionen. Ein Stadthaus in London, ein Landgut in Oxfordshire, Besitztümer in Devon und Cornwall, ein Sitz im Oberhaus. Er hatte seinem Vater einen Vorschlag gemacht: Wenn er ihm ein wenig mehr Zeit gönnte, nur diesen Sommer noch, würde er im September zu einer Aussprache nach London kommen. Er war einverstanden gewesen. Jetzt war Anfang Juli. Er und Henri würden in zwei Tagen nach Arles fahren, und in der kommenden Woche würde er versuchen herauszufinden, was er tun sollte.

Ein eisiger Wind fegte durchs Droschkenfenster herein. Noch immer tief in Gedanken versunken, merkte Nick nichts davon. Er und Henri hatten in Arles ein wundervolles altes Haus gemietet. Sie machten Wanderungen, schliefen nachts wie die Murmeltiere, wachten ausgeruht auf und schworen sich, nie mehr ins laute, schmutzige Paris zurückzukehren. Während des Tages malte Henri, Nick korrespondierte mit Künstlern oder Kunden oder las. Manchmal gingen sie in die Stadt, um in einem Café zu Abend zu essen, aber meistens kochte Henri. An dem Abend, an dem er ihm seine Entscheidung mitteilte, hatte Henri ihm eine Zwiebeltarte gemacht. Nick war nicht in der Lage gewesen, einen Bissen hinunterzubringen ...

Am Nachmittag, während Henri malte, war er zur Post gegangen und hatte seinen Entschluß seinem Vater brieflich mitgeteilt. Dann hatte er sich in der Nähe auf eine Bank gesetzt und gewartet, bis die Post schloß und der Postmeister mit dem Sack Briefe für den Zug nach Paris herauskam, und er wußte, daß er seinen Brief nicht zurückholen konnte. Als er nach Hause kam, zog Henri gerade die Tarte aus dem Ofen. Er versuchte, mit ihm zu reden, aber Henri hatte ihm das Besteck in die Hand gedrückt und ihn gebeten, den Tisch zu decken.

Während Henri von seinem Tag erzählte, nahm Nick einen Schluck Wein und sah ihn lange an.

Henri bemerkte, daß er sein Essen nicht anrührte.

»Warum ißt du nichts? Schmeckt dir die Tarte nicht?«

Er antwortete nicht. Er fühlte sich wie zugeschnürt, als wäre alle Luft aus ihm herausgepreßt worden.

»Nicholas, was ist los?«

»Henri, ich ...« Er brachte die Worte nicht heraus. »O Gott«, seufzte er.

»Sag mir, was los ist! Bist du krank?«

Er sah Henri an und griff nach seiner Hand. »Ich ... ich hab heute an meinen Vater geschrieben ...« Er sah, wie Henri erbleichte, und fügte schnell hinzu: »... ich hab ihm geschrieben, ich würde ... nicht nach Hause kommen.«

Henri kniete sich neben Nicks Stuhl nieder und berührte seine Wange. Nick zog ihn an sich, bis er spürte, daß er schluchzte.

»Henri, warum weinst du denn?« fragte er. »Ich dachte, du wärst glücklich ...«

»Ich bin glücklich, du Dummkopf. Meinetwegen glücklich. Ich weine um deinetwegen ... wegen allem, was du verloren hast. Dein Zuhause, deine Familie ... so viel.«

»Sei still, ist schon gut. Du bist jetzt mein Zuhause. Und meine Familie.«

In dieser Nacht hatten sie noch mehr Tränen vergossen, aber auch gelacht. Nick wußte, daß ihn seine Entscheidung noch eine Weile bedrücken würde. Aber es war die richtige Entscheidung.

Mitte August kehrten sie nach Paris zurück. Nick stürzte sich wieder in seine Arbeit, entschlossen, seinen Künstlerfreunden das Geld und die Anerkennung zukommen zu lassen, die ein Verkauf einbrachte. Auch Henris Arbeit begann sich zu verkaufen. Zwei Bilder bei Durand-Ruel, drei bei Roupil. Im September, als Nick immer noch nichts von zu Hause gehört hatte, glaubte er, sein Vater habe seine Drohung wahr gemacht und wünsche keinen weiteren Kontakt mit ihm. Das schmerzte ihn zutiefst, aber er konnte es ertragen. Er hatte bei Henri eine beständige Liebe gefunden, und das brauchte er am meisten. Damals glaubte er, ihr Glück würde für immer dauern ...

Die Droschke blieb mit einem Ruck auf der Ostseite des Irving Place stehen, und Nick wurde endgültig aus seinen Erinnerungen gerissen. Er stieg aus und bezahlte den Kutscher. Vornehm, dachte er, als er sich in der Gegend umsah. Alter Besitz. Er lächelte und fragte sich, wie alt Besitz in New York wohl sein konnte. Eine Generation? Zwei? Es war ihm egal, ob alt oder neu, solange die New Yorker seine Bilder kauften.

Und das würden sie. Durand-Ruel war 1886 mit dreihundert impressionistischen Gemälden nach New York gekommen, und die Reaktion war überwältigend gewesen. Hier gab es eine Menge reicher Leute mit genügend Geschmack und Bildung, um die neue Kunst zu schätzen. Und er hätte ihnen eine Menge zu verkaufen. Bevor er nach Amerika abgefahren war, hatte er mehrere tausend Pfund an die Galerie geschickt – fast sein ganzes Geld –, gemeinsam mit einem Telegramm, das seine früheren Kollegen informierte, was er haben wollte, und mit der Bitte, die Gemälde an ein Lagerhaus in New York zu schicken. Sie würden in einer Woche ankommen. Und wenn sie da waren, wäre es, als würde er in die Gesichter von alten Freunden sehen. Jedes Bild enthielt einen Teil des Lebens und der Seele des Künstlers. Auch ein Teil seines Lebens steckte darin. Seines und Henris. Wenn er Erfolg hatte, wenn er Märkte für die neuen Maler fand, sie mit Einkommen versorgte, damit sie weitermalen konnten, dann entstünde aus all seinen Leiden doch noch etwas Gutes.

Immer noch lächelnd, machte er sich auf den Weg zu dem Makler. Eckhardt kann sich seine Düsternis und Weltuntergangsstimmungen an den Hut hängen, dachte er. Er hatte nicht vor, in nächster Zeit abzutreten. Weder heute noch morgen. Er hatte wichtige Arbeit zu erledigen, und die wollte er in Angriff nehmen.

24

Onkel Michael?« rief Fiona an der Schlafzimmertür ihres Onkels. »Onkel Michael, hörst du mich? Du mußt jetzt aufstehen.« Keine Antwort. Er lag auf dem Rücken, in Laken verheddert auf seinem Bett. Seine Hemdhose war schmutzig, in den Socken waren Löcher.

»Vielleicht ist er tot«, gab Seamie zu bedenken.

»Fang nicht wieder damit an, Seamie. Er ist *nicht* tot. Tote schnarchen nicht.«

Wieder rief sie den Namen ihres Onkels. Als er immer noch nicht antwortete, schüttelte sie ihn. Er schnarchte weiter. Vorsichtig schlug sie ihm auf die Wange, dann packte sie einen Arm und zog ihn hoch. Er fiel wieder zurück. Angewidert gab sie ihm einen Klaps und ging dann ins Badezimmer.

Im Lauf ihrer ersten, schlaflosen Nacht in New York war Fiona zu der Überzeugung gelangt, daß Michael seinen Laden nicht verlieren durfte, weil sowohl sein als auch ihr Lebensunterhalt davon abhing. Gestern, nachdem sich Seamie zu einem Nickerchen hingelegt hatte, war sie einkaufen gegangen. Sie mußte sieben Straßen weit gehen, bevor sie einen anständigen Laden fand. Der Inhaber war von der gesprächigen Sorte, fragte sie, wer sie war, und erzählte dann, daß er ihren Onkel kannte und wußte, wie schwer er gearbeitet hatte, um das Haus zu kaufen. »Er hat gut verdient mit seinem Geschäft. Das könnte er wieder, wenn er mit dem Saufen aufhören würde«, fügte er hinzu.

Nachdem sie zurückgekommen war, krempelte sie die Ärmel hoch, band den Rock zusammen und machte sich ans Putzen. Unter all dem Unrat trat schließlich eine geräumige, gutgeschnittene Wohnung zutage. Abgesehen von Michaels Schlafzimmer waren da ein zweites Schlafzimmer, in dem sie die Nacht verbracht hatte, und ein Kinderzimmer, das Seamie bewohnte. Es gab ein echtes Badezimmer mit Spülklosett, Porzellanwaschbecken und Badewanne. Außerdem ein Wohnzimmer und eine Küche mit einem neuen Herd, Doppelabwaschbecken und einem großen runden Eichentisch. Beim Putzen und Abstauben entdeckte sie viele hübsche Kleinigkeiten. Eine grüne Glasvase mit der Aufschrift »Souvenir aus Coney Island«, ein paar Kerzenhalter aus Preßglas neben einer Schmuckschatulle, die mit Muscheln verziert war. Gerahmte Blumenbilder. Im Wohnzimmer stand eine mit blauem Samt bezogene Sitzgruppe, und auf dem Boden lag ein Wollteppich in dunklen und hellen Grüntönen. Nichts davon war erste Qualität, aber alles war sorgfältig ausgesucht und kündete vom soliden Wohlstand eines einfachen Ladenbesitzers.

Offensichtlich hatte ihr Onkel ausreichend verdient, und das konnte er wieder. Sie selbst würde nicht wieder in einer Teefabrik arbeiten oder für ein Trinkgeld Lokale putzen, sie würde, ganz wie vorgehabt, für ihn arbeiten. Sie würde das Geschäft erlernen, und dann würde sie mit Burtons Geld ihren eigenen Laden aufmachen. Bis jetzt hatte sie von den fünfhundert Pfund erst vierzig ausgegeben. Fünfzig Pfund hatte sie auf dem Schiff gewechselt, und die hatten ihr zweihundert amerikanische Dollar eingebracht. Die verbleibenden vierhundertzehn Pfund würden ihr über zweitausend Dollar einbringen. Es war ein Vermögen, aber zugleich ihre und Seamis Zukunft, und das mußte sie bewahren. Aus Erfahrung wußte sie, daß Fabriklöhne kaum mehr einbrachten als die Miete für ein schäbiges Zimmer und karge Mahlzeiten. Wenn sie nicht aufpaßte, würde sie das Geld zuschießen, und schließlich bliebe nichts mehr davon übrig. Und am Ende bliebe sie genauso arm wie in Whitechapel. Aber sie war entschlossen, nie mehr arm zu sein. Sie würde reich werden. Sie hatte sich geschworen, William Burton und Bowler Sheehan nicht zu vergessen, und obwohl sie keine Ahnung hatte, wie sie ihre Rache ausführen sollte, wußte sie, daß sie dafür Geld brauchen würde – eine Menge Geld. Sie würde auf- und nicht absteigen in der Welt, und dieses schnarchende Wrack im Zimmer nebenan würde ihr dabei helfen.

Im Badezimmer nahm sie ein Glas vom Waschbecken und füllte es mit kaltem Wasser. Wieder im Schlafzimmer ihres Onkels, goß sie es über seinem Kopf aus.

Er schnappte nach Luft, prustete und setzte sich auf. Verständnislos sah er sie an. »Wer zum Teufel bist du? Und warum willst du mich ertränken?«

Ungläubig starrte sie ihn an. »Erinnerst du dich nicht? Ich bin deine Nichte, und das da ist dein Neffe. Fiona und Seamie. Wir haben uns gestern bei Whelan's unterhalten. Du hast gesagt, wir könnten hierbleiben.«

»Ich hab gedacht, das hätt ich geträumt«, antwortete er und hob seine Hose vom Boden auf.

»Dann denk noch mal nach«, erwiderte sie ärgerlich. »Das hast du nicht geträumt. Genausowenig wie du geträumt hast, daß die Wohnung sauber, das Bett gemacht ist und in der Küche ein Schweineschnitzel auf einem Teller liegt. Wer, glaubst du wohl, hat das gebraten? Die Heinzelmännchen?«

Michael drückte die Hände an die Ohren und verzog das Gesicht. »Mein Kopf tut weh. Red nicht soviel.«

Fiona wurde wütend. »Ich *werde* reden, und du wirst mir zuhören. Du mußt mit dem Trinken aufhören, Onkel Michael. Es tut mir leid, daß Tante Molly gestorben ist, ich weiß, daß das schwer für dich war, aber du wirst deinen Laden verlieren.«

»Den hab ich schon verloren«, antwortete er. »Ich hab zweihundert Dollar Schulden. Geld, das ich nicht hab.« Daraufhin öffnete er die oberste Schublade seines Sekretärs.

»Aber ich.«

Er lachte. »Soviel hast du nicht«, erwiderte er und kramte in der Schublade herum.

»Doch, ich hab eine ... Entschädigung. Vom Arbeitgeber meines Vaters. Für seinen Unfall. Ich leih dir, was du brauchst. Du kannst die Bank und alle deine Gläubiger ablösen.«

»Ah!« sagte Michael, als er gefunden hatte, wonach er suchte. Er zog eine Flasche heraus und nahm einen großen Schluck.

»Nein, hör auf damit!« rief Fiona aus. »Onkel Michael, bitte! Hör zu ...«

»Nein, du hörst mir zu«, sagt er, und sie schrak zusammen angesichts seiner plötzlichen Heftigkeit. »Ich will dein Geld nicht. Ich will deine Hilfe nicht. Ich will bloß in Ruhe gelassen werden.« Er nahm noch einen Schluck Whiskey, warf sich ein Hemd über und ging hinaus.

Fiona eilte ihm nach, Seamie im Schlepptau. »Aber ist dir der Laden denn egal?« fragte sie. »Bist du dir selbst egal? Dein Baby? Sind wir dir egal?«

Michael schnaubte. »Warum sollst du mir nicht egal sein, Mädchen? Ich kenn dich ja noch nicht mal.«

Fiona zuckte zurück, als wäre sie geschlagen worden. Du Mistkerl, dachte sie. Wenn es andersherum wäre, wenn seine Kinder zu ihren Eltern gekommen wären, hätte ihr Pa sie nicht so schäbig behandelt.

»Du wirst in der Gosse landen«, sagte sie, und ihre Wut flammte auf wie die Zündkapsel an einer Ladung Dynamit. »Ein Stadtstreicher, der kein Zuhause mehr hat. Du wirst auf der Straße schlafen, dich aus Abfallkübeln ernähren. Bloß weil du dich nicht zusammenreißen willst. Glaubst du, andere Leute hätten keine Verluste erlitten? Glaubst du, du bist der einzige? Ich bin fast wahnsinnig geworden, als ich meine Eltern verloren hab, aber ich hab's durchgestanden. Seamie genauso. Ehrlich gesagt hat dieser Fünfjährige mehr ... mehr Mumm, als du hast!«

Das saß. »Du gibst nicht auf, was?« sagte er und griff in seine Tasche. Fiona zuckte zurück, als er etwas nach ihr warf. Es landete mit einem Knall vor ihren Füßen. »Da!« schrie er. »Nimm ihn! Nimm den verdammten Laden! Er gehört dir. Aber laß mich in Ruhe, du Hexe!«

Er ging hinaus und schlug die Tür hinter sich zu. Fiona spürte, wie ihr die Tränen in die Augen stiegen. Sie senkte den Blick, damit Seamie sie nicht sah. Und dann entdeckte sie etwas Silbernes, das sich glänzend von den dunklen Bodendielen abhob. Es war der Schlüssel. Michaels Worte klangen in ihren Ohren nach. *Nimm ihn. Er gehört dir.* Sie beugte sich hinunter, berührte ihn, zog aber dann schnell die Hand wieder zurück.

Was dachte sie sich bloß? War sie verrückt? Man mußte eine Menge wissen, um einen Laden zu führen – wie man die richtige Menge Ware bestellte, wie man den Bestand hielt und einen Bankauszug las. Davon hatte sie keine Ahnung, nur Joe wußte das. Aber Joe ist nicht da, sagte ihr eine innere Stimme. Jene Stimme, die sie immer auf Dinge hinwies, die sie lieber nicht hören wollte. Er ist in London, fuhr sie fort, mit Millie Peterson. Und du bist in New York, ohne Arbeit, in einem Haus, das dir unter dem Hintern weg verkauft wird, wenn du nicht aufhörst herumzujammern und etwas dagegen unternimmst.

Sie streckte die Hand aus und griff nach dem Schlüssel. Im selben Moment hörte sie Schritte auf der Treppe, dann ein zaghaftes Klopfen. Quietschend sprang die Tür auf. »Hallo? Michael?« rief eine Stimme. »Bist du da?«

Sie hob den Schlüssel auf, steckte ihn ein und stand auf.

»Hallo?« Eine Frau steckte den Kopf durch die Tür. »Michael? Oh!« rief sie verblüfft aus. »Mein Gott! Sie haben mich erschreckt.« Sie trat ein und drückte ihre rote, aufgedunsene Hand an die Brust. Sie war klein, kräftig gebaut, mit dichtem kastanienbraunem Haar, das zu einem Knoten gebunden war, und einem freundlichen runden Gesicht mit großen braunen Augen. Ihre Ärmel waren hochgekrempelt und ihre Arme mit Seifenlauge bespritzt. »Ich bin Mary Munro, Michaels Mieterin. Ich wohne oben«, sagte sie.

»Ich bin Fiona Finnegan, und das ist mein Bruder Seamie. Wir sind Michaels Nichte und Neffe. Tut mir leid, daß ich Sie erschreckt hab, das wollte ich nicht.«

Mary sah die Tränenspuren auf Fionas Gesicht. »Ich hab Schreie gehört. Deshalb bin ich runtergekommen«, sagte sie mit weichem schottischem Akzent. Offensichtlich hat er Ihnen einen schönen Empfang bereitet.«

Fiona rang sich ein schwaches Lächeln ab. »Nicht ganz der Empfang, den wir uns erwartet haben.«

Mary schüttelte den Kopf. »Kommen Sie mit nach oben. Sie sehen aus, als könnten Sie eine Tasse Tee vertragen.« Sie plauderte fröhlich weiter, als sie sie in den zweiten Stock hinaufführte. Fiona erfuhr, daß sie vor zehn Jahren aus Schottland ausgewandert war und seit drei Jahren mit ihrem Sohn und Schwiegervater hier wohnte. Ihr Mann war tot. Er war bei einem Zugunglück im Frachthof ums Leben gekommen. An der Tür wurden sie von einem großen, vierzehnjährigen Jungen begrüßt, den Mary als ihren Sohn vorstellte.

»Nimm das hübsche Geschirr, Ian, und stell Wasser auf«, sagte sie, nachdem sie sie aufgefordert hatte, am Küchentisch Platz zu nehmen. »Ich spül noch schnell die Wäsche aus und häng sie auf, dann trinken wir eine schöne Tasse Tee.«

Marys Küche roch nach köstlichen Dingen – nach Brot, Zimt und Speck. Das Abwaschbecken glänzte. Die Herdplatte war frisch geschwärzt. Der Linoleumboden hatte an verschiedenen Stellen Risse, blinkte aber frisch gewachst. Weiße Leinenvorhänge hingen an den Fenstern. Alles war schlicht, aber makellos sauber und erinnerte Fiona an die Küche ihrer Mutter, was sie als tröstlich empfand.

»Möchten Sie einen Blick auf Ihre Cousine werfen?« fragte Mary und wand Windeln aus.

»Das Baby? Ist es hier?«

»Ja. Es ist im Wohnzimmer. Ein hübsches Ding. Ich hab es seit der Beerdigung bei mir.«

»Ach, ich bin so froh, daß es der Kleinen gutgeht«, sagte Fiona. »Michael hat mir gesagt, sie sei bei einer Freundin, aber er hat mir nicht gesagt, wo. Nicht mal ihren Namen hat er mir genannt.«

Mary schüttelte den Kopf. »Der weiß ja seinen eigenen Namen nicht mehr. Eleanor heißt sie, nach Mollys Mutter. Wir nennen sie Nell. Gehen Sie nur, und schauen Sie sie an. Ich brauch nicht mehr lang.«

Fiona ging ins Wohnzimmer und sah eine geballte kleine Faust, die in einem Wäschekorb herumfuchtelte, und hörte eine fröhlich plappernde Stimme. Sie sah hinein. Das kleine Mädchen sah richtig süß aus. Es hatte das schwarze Haar und die blauen Augen seines Vaters und das hübsche runde Gesicht seiner Mutter. Als Fiona seine Händchen nahm und ein paar liebe Worte murmelte, wurde sie mit einem breiten, zahnlosen Lächeln belohnt. Sie hob das Baby aus dem Korb und nahm es mit in die Küche.

»Fertig!« sagte Mary, nachdem sie die letzte von Nells Windeln vors Fenster gehängt hatte. Sie lächelte, als sie Fiona und Nell zusammen sah. »Sie ist wirklich eine kleine Prinzessin. Sagen Sie, Fiona, sind Sie etwa Patrick Finnegans Tochter? Aus London?«

»Ja, das bin ich.«

»Das hab ich mir gedacht. Der Akzent hat Sie verraten. Molly hat mir von Michaels Bruder erzählt. Ich glaube, sie hatte sich Hoffnungen gemacht, Ihren Bruder nach New York locken zu können – Charlie heißt er, nicht? –, um im Geschäft zu arbeiten.«

»Das hätte ihm gefallen.«

»Hätte? Ist er nicht mit Ihnen gekommen?«

»Nein. Er ist vor sieben Monaten gestorben.«

»Das tut mir leid«, sagte Mary und stellte die Teekanne ab, die sie gerade in die Hand genommen hatte. »Wie schrecklich für Sie und Ihre Eltern, ihn in so jungen Jahren zu verlieren.«

»Die haben wir schon verloren, bevor Charlie gestorben ist», antwortete Fiona. Mary ließ die Teekanne stehen und setzte sich, und Fiona erzählte ihr eine Kurzfassung dessen, was ihr und Seamie im Lauf der letzten Monate widerfahren war.

»Gütiger Gott, Fiona, nach all dem sind Sie nach Amerika gefahren und finden Ihren Onkel in diesem Zustand vor. Was für ein Schock das für Sie gewesen sein muß.«

»Ja. Ich bin mir nicht sicher, ob ich ihn schon überwunden hab«, antwortete sie mit einem Anflug von Bitterkeit. »Aus allem, was meine Eltern mir erzählt haben und was ich aus seinen Briefen von ihm wußte, hab ich ihn für einen guten Menschen gehalten. Ich hätte nie gedacht, daß er so lieblos ist.«

Mary schüttelte den Kopf. »Nein, das ist er nicht. Das dürfen Sie nicht denken. Zumindest ... war er's nicht. Er war der netteste Mensch, den man sich denken kann. Immer ein Lächeln auf den Lippen, immer hilfsbereit. Es ist der Alkohol, der ihn so verändert hat. Bevor Molly starb, hat er nie getrunken. Vielleicht mal ein oder zwei Gläser in seinem Stammlokal, aber er war kein Säufer. Er war ein guter Mann, ein guter Ehemann. Sehr fleißig. Er hat seine Wohnung renoviert und wollte auch meine herrichten. Und er wollte das Geschäft vergrößern. Er hatte so viele Pläne. Wenn Molly ihn jetzt sehen könnte, wäre sie entsetzt. Ich weiß nicht, was ich tun soll. Ich hab's mit guten und mit harten Worten probiert. Ich hab ihm Nell weggenommen. Aber nichts hilft. Bald wird er auf der Straße stehen. Und was dann? Molly war meine beste Freundin. Nell liebe ich wie mein eigenes Kind. Was soll ich ihr sagen, wenn sie groß ist? Daß ihr eigener Vater sie aufgegeben hat?« Sie brach ab. »Ach, mein

Gott, ich ...« Sie wischte sich die Augen ab »Tut mir leid. Ich kann nicht mit ansehen, was er sich antut. Es ist der Kummer. Das weiß ich. Er hat nie geweint, Fiona. Nicht einmal. Frißt alles in sich hinein. Trinkt und grölt herum, obwohl er eigentlich weinen müßte.«

Mary schenkte den Tee ein und schnitt dicke Scheiben Ingwerbrot ab. Fiona probierte davon. Es war gut, und sie machte Mary Komplimente dafür. Dann probierte sie den Tee. Er war scheußlich. Genauso schlecht wie der Tee, den sie gestern gekauft hatte. Der Ladeninhaber hatte ihn als »delikat« bezeichnet. »Spülwasser« wäre zutreffender gewesen. Er war drittklassig, ein schwarzer chinesischer Tee, genauso flach und geschmacklos wie eine alte Strohmatte. Stuart Bryce, der Mann, mit dem sie und Nick sich auf dem Schiff angefreundet hatten, ein Tee- und Kaffeeimporteur, der in New York ein Büro für seine Firma eröffnete, hatte sie vor amerikanischem Tee gewarnt. Sie nahm sich vor, indischen Tee für sich aufzutreiben. Wie alle Londoner fand Fiona die Mißgeschicke des Lebens leichter zu ertragen, wenn sie eine gute Tasse starken Tee in der Hand hielt.

Mary rührte Zucker in ihre Tasse und sagte dann: »Ich weiß nicht, ob Sie das wissen, aber er wird sein Geschäft verlieren. Das ist schlecht für ihn und für uns auch. Die neuen Besitzer lassen uns vielleicht nicht hierbleiben. Ich weiß nicht, wohin wir gehen sollen. Michael hat nicht viel von uns verlangt. Und ich weiß nicht, wo wir eine Wohnung mit einem Hinterhof für Alec und seine Pflanzen finden sollen. Das ist mein Schwiegervater. Er ist Gärtner. Er findet keine richtige Arbeit mehr, dafür ist er zu alt, aber er verdient hier und da noch ein paar Dollar.« Ein bedrückter Ausdruck trat in ihre Augen.

»Deswegen haben wir uns gerade angebrüllt«, sagte Fiona, die immer noch unter ihrem Streit mit Michael litt. »Ich habe gehofft, bei ihm arbeiten zu können. Eines Tages will ich meinen eigenen Laden aufmachen, und ich dachte, er könnte mir beibringen, was ich wissen muß.«

»Wenn ich nur das Geld hätte«, sagte Mary, »dann würde ich die verdammte Bank selbst auszahlen. Aber wer hat schon ein Vermögen ... Hunderte von Dollars ...«

»Es würde nichts helfen«, sagte Fiona und starrte in ihre Tasse. »Ich hab's schon probiert. Ich hab ein bißchen Geld und angeboten, seine Schulden zu bezahlen, aber er hat abgelehnt.« Sie rührte das Gebräu um und fügte langsam hinzu: »Aber er hat mir seinen Schlüssel gegeben. Und mir gesagt, ich könne den Laden haben.«

Darauf folgte ein kurzes Schweigen. »Er hat Ihnen den Schlüssel gegeben?«

Fiona sah auf. Marys Augen wirkten nicht mehr bedrückt. Sie beugte sich vor, rutschte auf die Stuhlkante und sah sie aufgeregt an.

»Na ja, so könnte man sagen. Er hat ihn mir hingeworfen.«

»Mein Gott, Mädchen! Sie haben den Schlüssel und das Geld ... Sie können den Laden wieder aufmachen!«

Seit ihr Onkel aus dem Haus gestürmt war, hatte Fiona genau dasselbe gedacht. Jetzt sprach Mary ihre Gedanken aus. »Glauben Sie wirklich, daß ich das könnte?« fragte sie leise.

Mary beugte sich über den Tisch und nahm Fionas Hände. »Ja sicher! Sie haben doch gerade gesagt, daß Sie einen Laden möchten? Nehmen Sie den Ihres Onkels!«

»Aber ich hab keine Ahnung, wie man ein Geschäft führt, Mary. Was ist, wenn ich damit auf die Nase falle?« Im einen Moment faszinierte sie der Gedanke, im nächsten machte ihr die Vorstellung angst.

»Das werden Sie nicht, Fiona. Das weiß ich einfach. Ich sehe doch, daß Sie eine tüchtige junge Frau sind. Was Sie nicht wissen, lernen Sie schon. Michael wußte auch nicht alles, als er angefangen hat. Er mußte auch dazulernen.«

Der ganze Plan war reiner Wahnsinn – und es war ein großes Risiko, das sie mit ihrem Geld einging. Aber seit dem Moment, als sie den Schlüssel berührt hatte, wollte sie es probieren. Und wenn es funktionierte? Wenn es sogar verdammt gut funktionierte? Sie wäre in der Lage, den Laden zu retten, Mary und ihre Familie hierzubehalten, ihren Onkel vor der Gosse und sich selbst vor einer Arbeit in der Fabrik zu bewahren.

»Ich ... ich glaube, ich gehe zur Bank und rede mit dem, der hierfür zuständig ist«, sagte sie zögernd. »Ich hab noch nie einen Fuß in eine Bank gesetzt. Ich weiß gar nicht, was ich den Leuten sagen soll. Und selbst wenn ich es täte, hören sie mich vielleicht gar nicht an.«

»Ich wette, daß sie das werden. Bei einer Versteigerung müssen sie einen Verlust hinnehmen. Sie würden nie ihr ganzes Geld zurückkriegen. Ich bin sicher, es wäre ihnen lieber, wenn sie die

Hypothekenzinsen weiter bekämen. Und wir würden tun, was wir können, nicht wahr, Ian?« Ian nickte heftig. »Wir helfen Ihnen, den Laden sauberzuhalten, ich kümmere mich um Seamie und wasche Ihre Vorhänge. Wir wollen unsere Wohnung nicht verlieren, stimmt's Ian?« Ian schüttelte den Kopf. Sie hörten die Eingangstür aufgehen. »Oh, das wird Alec sein«, sagte Mary. »Er wird Ihnen auch helfen. Er könnte Blumenkästen für die Schaufenster bepflanzen. Molly hat sie immer genommen. Sie wollte immer rechtzeitig zum Frühlingsanfang welche haben. Ach, sagen Sie ja, Fiona! Probieren Sie's!«

Fiona lächelte. »In Ordnung, Mary, ich mach's!«

Mary sprang auf, umarmte sie und versicherte ihr immer wieder, daß sie nicht Schiffbruch erleiden, sondern Erfolg haben würde. Als sie sich wieder setzte, kam ein Mann von etwa sechzig Jahren in die Küche. Seine Kleider waren abgetragen, aber sauber, gebügelt und sorgfältig ausgebessert. Unter seiner Kappe kam graues Haar hervor, er hatte einen grauen Bart und sanfte, graugrüne Augen.

»Ich hab mir eine Fischmahlzeit mitgebracht«, verkündete er zufrieden in so starkem schottischem Akzent, daß Fiona ihn kaum verstand. »Erste Klasse.«

»Vater«, sagte Mary tadelnd, »verpeste uns die Wohnung nicht, wenn wir Gäste haben.«

Mary stellte ihrem Schwiegervater Fiona und Seamie vor und erzählte ihm von ihren Plänen. Er versprach, Fiona schöne Blumenkästen voller Hyazinthen, Narzissen, Tulpen und Stiefmütterchen zu bepflanzen. Dann sagte er, daß er sich um seine Blumenbeete kümmern müsse, und bat seinen Enkel, ihm zu helfen.

»Ich komm schon, Großvater«, antwortete Ian und stopfte sich den letzten Bissen seines Ingwerbrots in den Mund. Unter den traurigen Blicken von Seamie nahm er seinem Großvater die Kübel ab.

»Möchtest du mithelfen, Kleiner?« fragte Mary. »Ich bin sicher, sie könnten noch jemanden brauchen.« Seamie nickte begeistert. »Also dann, fort mit euch.«

Fiona lächelte ihren Bruder an, der mit einem Kübel in der Hand Alec und Ian aus der Wohnung folgte. Es würde ihm guttun, draußen zu sein, anstatt ständig darüber nachzudenken, wer gestorben war. Sie half Mary, das Teegeschirr wegzuräumen, und sie entschieden, daß es am besten wäre, gleich mit der Reinigung des Ladens anzufangen.

Während Mary aus ihrem Besenschrank Seife, Lappen und Bürsten holte, trat Fiona ans Fenster, um nach ihrem Bruder zu sehen. Von der Küche aus konnte man den Hinterhof überblicken, und sie sah, wie er mit einer Hacke in einem Schubkarren Erde und Dünger mischte. Er stellte sich ungeschickt an mit dem großen Gerät, aber Alec schien das nicht zu stören. Sie hörte, wie der alte Mann ihn ermutigte und ihm erklärte, daß er sich leichter tue, wenn er den Griff weiter unten anfasse.

Eine leichte Brise wehte herein. Am Montag wäre der erste April, und nach der Brise zu urteilen, war der Frühling nicht mehr fern. Sie war froh. Warmes Wetter hieße, daß sie nicht viel Geld für Heizung ausgeben müßte. Ihr wurde etwas flau in der Magengegend, wenn sie an den Laden dachte, erinnerte sich aber, daß sie den Verlust ihrer Familie überstanden hatte, Mördern entkommen war und sich und ihren Bruder in Sicherheit gebracht hatte. Da würde sie doch wohl auch einen lächerlichen Lebensmittelladen in den Griff kriegen.

»Da wären wir«, sagte Mary, nahm ihr das Baby ab, reichte ihr einen Mop, einen Eimer und ein Stück Seife. »Ich leg nur noch Nell in den Korb, dann gehen wir runter.«

Als Fiona den Ladenschlüssel im Schloß umdrehte, sagte Mary: »Na, sehen Sie. Gerade mal einen Tag in New York, und schon haben Sie einen Laden. Sagen Sie bloß nicht, daß an den Sprüchen von Amerika als dem gelobten Land nichts dran ist.«

Das Schloß ging auf, Fiona drehte den Türknopf, und die Tür sprang auf. Ein fürchterlicher Gestank schlug ihr entgegen. Sie würgte und hielt sich einen von Marys Lappen vor die Nase. Als sich ihre Augen an die Dunkelheit im Laden gewöhnt hatten, entdeckte sie die Quelle des Gestanks – eine Fleischtheke. Ihr Inhalt schien sich zu bewegen. Maden, stellte sie fest. Tausende davon. Dick, weiß und ekelhaft. Sie schluckte schwer und versuchte, das Ingwerbrot bei sich zu behalten, das sie gerade gegessen hatte.

»Das erinnert mich an einen Spruch, den mein Vater von einem chinesischen Seemann gehört hat«, sagte sie, überwältigt von dem Unrat vor ihr.

»Und wie lautete der?« fragte Mary mit tränenden Augen und einem Taschentuch vor der Nase.

»Sei vorsichtig, was du dir wünschst, der Wunsch könnte in Erfüllung gehen.«

25

Scht, Nell, ja so ist's brav ...«, beruhigte Mary das schreiende Baby. Es half nichts. Das Kind brüllte ohrenbetäubend weiter.

»Fee? Kann ich Geld für ein paar Doughnuts haben? Gibst du mir einen Nickel?«

»Nein, Seamie, du kriegst keine Doughnuts zum Mittagessen.«

»Es heißt Lunch, Fee. Ian sagt, es heißt Lunch hier. Ich möchte einen Nickel.«

»Nein.«

»Charlie hat mir immer einen Nickel gegeben.«

»Charlie hat dir nie einen Nickel gegeben. In London gab's keine Nickel.«

»Also gut, dann einen Penny. Kann ich einen Penny haben? Fünf Pennys?«

Aus dem Keller ertönte lautes Krachen, dann Schreie. »Ach, Mist, Ian! Schau, was du getan hast! Jetzt bin ich ganz voll ...«

»*Deine* Schuld, Robbie! Ich hab dir gesagt, du sollst an deinem Ende festhalten!«

Fiona ließ den Lappen fallen, mit dem sie die Kasse geputzt hatte, und lief zur Tür. »Ian! Robbie! Alles in Ordnung?« rief sie, Nells Geschrei übertönend.

Ian stand auf der Hälfte der Treppe und hielt einen Teil einer Holzkiste in der Hand. Unterhalb von ihm stand sein Freund Robbie, mit braunem Matsch bespritzt, und hielt den anderen Teil.

»Wir wollten die schlechten Äpfel raufbringen, und die Kiste ist auseinandergebrochen«, sagte er.

Fiona spürte ein Zupfen an ihrem Rock. »Fee, ich will einen *Nickel!*«

Mary rief, daß Nell, die inzwischen wie eine Sirene heulte, naß sein müsse und daß sie sie nach oben bringe. Fiona sagte den Jungen, sie sollten ebenfalls nach oben gehen und sich waschen. Mit schmutzigen Händen griff sie in die Tasche und zog zwei Vierteldollarstücke heraus. »Geh und kauf Mittagessen ... ich meine *Lunch* ... für alle, wenn du fertig bist, Ian«, sagte sie. »Und nimm bitte Seamie mit.«

Als sie fort waren und es ruhig im Laden war, setzte sich Fiona auf einen Hocker hinter der Theke und lehnte sich an die Wand. Sie schwitzte, fühlte sich schmutzig, müde und niedergeschlagen. Der Optimismus, der sie am Freitag an Marys Küchentisch beflügelt hatte, war verflogen, und sie hatte das sichere Gefühl, ihre Kräfte überschätzt zu haben. Gemeinsam mit Mary, Ian und Robbie putzte sie nun ununterbrochen seit Tagen, aber immer noch lag ein Berg Arbeit vor ihr. Sie hatte gedacht, Michaels Wohnung sei verkommen, doch sie war nichts im Vergleich mit dem Laden.

Ungeziefer und Vernachlässigung hatten ein Werk der Zerstörung angerichtet. Als sie den grauenvollen Gestank des verfaulten Fleischs beseitigt hatten, entdeckte Mary ein Rattennest in einer Teekiste. Einige hatten Fässer mit Essiggurken angefressen, die auf den Boden ausliefen, oder Zigarrenkisten angenagt, um an den Tabak zu kommen. Im Mehl steckten Getreidekäfer, und auf den Honig- und Sirupkrügen lagen tote Fliegen. Obst und Gemüse lag verwelkt in den Körben.

Allein zwei Tage hatten sie gebraucht, um die verrotteten Waren hinauszuschaffen. Die Fleischtheke mußte weggeworfen werden, sie war ruiniert. Mary, Ian und Robbie hatten wie Ackergäule geschuftet. Sie wollte ihnen Geld geben, aber Mary weigerte sich, etwas zu nehmen. Dennoch hatte Fiona es geschafft, den Jungs einen Dollar zuzustecken, wenn sie nicht hersah. Auch Alec legte sich ins Zeug und zimmerte im Hinterhof Blumenkästen. Sogar Seamie beteiligte sich und staubte alles ab, was sich in seiner Reichweite befand. Nur Michael war nirgendwo zu sehen. Er hatte keinen Finger gerührt, um zu helfen. Nicht einmal, als sie ihn am Morgen bei Whelan's aufsuchte, um ihn wegen der Registrierkasse zu fragen.

»Ich krieg die Schublade nicht auf, Onkel Michael«, sagte sie aufgebracht, ärgerlich, weil er schon wieder sturzbetrunken war. »Gibt's einen Schlüssel dazu?«

»Ja.«

»Kann ich ihn haben?«

»Nein. Es ist nicht deine Kasse. Es ist nicht dein Laden«, brüllte er zurück, so betrunken, daß er sich an der Bar festhalten mußte, um nicht von seinem Hocker zu kippen.

»Aber du hast gesagt, ich soll ihn nehmen.«

»Hab's mir anders überlegt. Ich will nicht, daß er aufgemacht wird.«

»Du Mistkerl! Gib mir verdammt noch mal den Schlüssel!« rief sie außer sich.

»Gib mir zuerst einen Dollar«, antwortete er.

»Was?«

»Gib mir einen Dollar, dann kriegst du den Schlüssel.«

»Ich glaub's nicht. Du willst mir den Schlüssel *verkaufen*? Schämst du dich nicht?«

»An Scham mangelt's mir nicht, mein Mädchen. An Bargeld bin ich knapp.«

Fiona schäumte. Sie wollte nicht, daß noch mehr Geld von Michael in die Kasse von Whelans Bierstube floß, aber sie brauchte den Schlüssel. Sie zog einen Schein aus der Tasche und wechselte ihn gegen den Schlüssel ein. »Ein Dollar«, sagte sie. »Das ist alles, was du kriegst, also sieh zu, daß er eine Weile reicht.«

Sie sah ihren Onkel wütend an, drehte sich auf dem Absatz um und ging zur Tür. Mit der Hand schon auf der Klinke drehte sie sich noch einmal um, sah Michael an und sagte: »Sie ist hübsch, weißt du.« Er starrte sie verständnislos an. »Deine Tochter. Nell. Sie hat deine blauen Augen und dein schwarzes Haar, ansonsten ist sie ganz Molly.«

Ein schmerzlicher Ausdruck strich über sein Gesicht, als er den Namen seiner Frau hörte. »Nell wird sie genannt?» fragte er. Er bestellte ein weiteres Glas.

»Blöder Kerl«, murmelte sie jetzt und begann wieder zu putzen. Sie brauchte seine Hilfe so dringend. Mit dem Putzen kam sie zurecht, so schwer es auch sein mochte. Aber die Gespräche mit der Bank und den Gläubigern erforderten Kenntnisse, die sie nicht besaß. Zwei von Michaels Lieferanten – der Müller und der Fischhändler – hatten bereits Besuche abgestattet. Sie hatten den Laden geöffnet gesehen und waren gekommen, um ihr Geld einzutreiben.

Sie hatte es ihnen gegeben, in der Hoffnung, sich lieb Kind zu machen, in der Hoffnung, sie würden den Kredit ihres Onkels erneuern, aber sie weigerten sich. Wie würde sie neue Lieferanten finden? Und falls sie welche fand, woher sollte sie wissen, ob sie nicht zu hohe Preise forderten? Sie wußte noch nicht einmal, wieviel die Waren kosteten. Oder was Amerikaner aßen. Woher sollte sie wissen, welche Mengen sie bestellen mußte? Verkaufte ein Laden dieser Größe einen Vierzigpfundsack Porridge in der Woche oder nur ein paar Tüten? Wieviel Milch sollte sie für einen Tag bestellen? Wie viele Schnitzel und Würste? Es würde nicht funktionieren. Sie hatte zu wenig Ahnung. Sie würde es nicht einmal mit der Bank schaffen. Gestern, am Montag, war sie hingegangen, um mit dem Direktor am Ende der Woche einen Termin auszumachen. Er würde merken, daß sie keine Ahnung von Geschäftsführung hatte, und sie gleich rauswerfen.

Instinktiv griff sie in die Tasche nach dem blauen Stein, den Joe ihr geschenkt hatte, wie immer, wenn sie bedrückt war oder Angst hatte, aber er war weg. Natürlich war er das, weil sie ihn versetzt hatte. Ein Gefühl der Leere, des Verlusts überkam sie. Sie sehnte sich nach ihm, brauchte ihn so sehr. Wenn er doch bloß hier wäre. Er würde wissen, was zu tun war. Es wäre nicht so schwer, wenn sie zusammen wären. Wenn sie sich aufgeregt hatte, küßte er sie, bis sie wieder lachte. Es tat so weh, an ihn zu denken. Es war, als berührten ihre Finger eine große häßliche Wunde, um festzustellen, ob sie noch schmerzte, und um dann vor Qual zurückzuzucken. Warum konnte sie ihn nicht einfach vergessen, wie er sie in jener Nacht vergessen hatte?

Die Wanduhr schlug Mittag. In London wäre es fünf Uhr, dachte sie. Teezeit am Dienstag. Er würde aus seinem Büro nach Hause gehen, wo immer das auch sein mochte. Sie fragte sich, wie sein Leben jetzt wohl aussah. Wohnte er in einer Luxusvilla? Trug er maßgeschneiderte Anzüge und fuhr in einer Kutsche herum? War er jetzt ein wichtiger Mann bei Peterson's? War er glücklich? Es zerriß ihr das Herz, wenn sie sich vorstellte, daß Millie ihm jeden Tag in die Augen blicken, sein Lächeln sehen, ihn berühren würde. Und sie? Sie würde ihn nie mehr zu Gesicht kriegen. Vielleicht saß er zu Hause und aß eine warme Mahlzeit, vielleicht war er in einem vornehmen Restaurant oder ...

Wo immer er auch sein mochte, dieser Schuft steht nicht, von oben bis unten mit Putzmittel und Essigsoße beschmiert, in einem verkommenen Laden, sagte ihre innere Stimme ärgerlich. Fiona versuchte, sich von der inneren Stimme anstecken zu lassen. Es war besser, wütend als traurig zu sein. Es war einfacher. Sie versuchte, sich einzureden, daß es ihr egal war, wo er war und was er tat, weil sie ihn haßte. Aber das stimmte nicht. Sie liebte ihn. Immer noch. Trotz allem. Und sie wünschte sich nichts mehr auf der Welt, als daß er durch die Tür träte, sie in die Arme nähme und ihr sagte, daß alles ein schrecklicher Irrtum gewesen sei.

Darauf bestand herzlich wenig Aussicht, dachte sie. Entschlossen wischte sie die Gedanken an Joe beiseite. Es gab Arbeit zu erledigen, und sie hatte keine Zeit, herumzustehen und sich zu bemitleiden. Die Wände mußten gestrichen werden. Sie hatte keine Ahnung, wo sie Farbe kaufen konnte, aber sie erinnerte sich, vor einem Nachbarhaus Farbkübel gesehen zu haben, als sie hier ankam. Wer immer dort wohnte, hatte gerade sein Haus frisch gestrichen. Vielleicht wußte er oder sie, wohin sie sich wenden sollte. Als sie nach draußen trat, hielt eine Kutsche an. Die Tür ging auf, und ein großer blonder Mann mit einem Picknickkorb in der Hand sprang heraus.

»Nicholas!« rief sie erfreut aus. »Was um alles in der Welt machst du hier?«

»Ich hab dich vermißt! Ich weiß, daß wir uns am Donnerstag treffen wollten, aber ich konnte es nicht abwarten.«

Fiona war entzückt, ihn zu sehen. Allein sein Lächeln machte ihr gute Laune. »Du siehst gut aus«, sagte sie. Was stimmte – er war attraktiv und schick gekleidet, wie immer. Wenn auch ein bißchen zu blaß vielleicht.

»Und du siehst aus wie eine dreckige kleine Lumpensammlerin!« antwortete er und wischte ihr Putzmittel vom Kinn. »Was machst du da, um Himmels willen?« Er sah sie von oben bis unten an, registrierte die hochgekrempelten Ärmel und die aufgebundenen Röcke. Dann sah er auf den Berg an Unrat im Rinnstein, den leeren Laden und das Versteigerungsschild, das noch im Fenster stand, und runzelte die Stirn. »Hm, läuft wohl nicht ganz so wie geplant, altes Haus?«

»Nicht ganz«, antwortete sie und lächelte über den seltsamen Kosenamen.

»Was ist passiert?«

Sie seufzte. »Na ja ... meine Tante ist tot und mein Onkel ein Trinker, der seit Monaten nicht mehr gearbeitet hat. Die Bank hat seinen Laden gepfändet und will ihn versteigern lassen. Ich hab einen Termin beim Bankdirektor, um zu sehen, ob ich ihn übernehmen kann. Ich hab bereits zuviel von meinem eigenen Geld reingesteckt, um die Gläubiger auszuzahlen. Vielleicht für nichts. Möglicherweise wirft mich die Bank raus.«

»Ich verstehe.«

»Wie läuft's bei dir?«

»Hervorragend!« sagte er strahlend. »Ich finde nirgends eine Wohnung, und ich finde keine Räume für meine Galerie. Alles ist zu klein, zu schäbig oder zu teuer. Und vor einer Stunde habe ich ein Telegramm bekommen, daß alle Gemälde, die ich gekauft habe – mein ganzes Vermögen – in Le Havre auf ein falsches Schiff verladen und nach Johannesburg geschickt wurden. Nach Afrika! Es dauert Ewigkeiten, bevor sie wieder hier sind. Mein Hotel ist laut. Das Essen ist schrecklich. Und der Tee ist unsäglich. Ich verstehe die Menschen in dieser verdammten Stadt nicht. Sie sprechen kein Englisch. Zudem sind sie entsetzlich unhöflich.«

Fiona grinste ihn an. »Ich hasse New York«, sagte sie.

»Ich auch. Ich verabscheue diese blöde Stadt«, antwortete er, ebenfalls grinsend.

»Aber als wir vom Schiff gestiegen sind, hast du gesagt ...«

»Vergiß, was ich damals gesagt habe. Da war ich im Delirium.« Er legte den Arm um ihre Schultern.

»Ach, Nick«, seufzte sie und lehnte den Kopf an ihn. »Was für ein Schlamassel.«

»Das kannst du laut sagen.«

Sie sah zu ihm auf. »Was sollen wir tun?«

»Uns einen Schampus genehmigen, aber sofort. Das ist das einzige, was dagegen hilft.«

Fiona nahm seinen Korb, stellte ihn in den Laden und erklärte ihm, daß sie nach nebenan gehen müsse, um herauszufinden, wo man Farbe kaufen konnte. Er sagte, er würde sie begleiten. Als sie vor der Tür standen, hörten sie einen lauten Wortwechsel – eine männliche Stimme mit amerikanischem und eine weibliche mit italienischem Akzent. Es klang, als stritten sie. Fiona wollte gerade anklopfen, zog aber die Hand wieder zurück, doch sie war gesehen worden, und ein paar Sekunden später kam ein gutgelaunter junger Mann mit Paisleyhosenträgern und passender Krawatte heraus und bat sie hinein.

»Kommen Sie rein, kommen Sie rein! Ich bin Nate. Nate Feldman. Und das ist meine Frau Maddalena.« Eine Frau mit ungewöhnlich dunklen Augen und dichtem schwarzem Haar, die an einem Zeichentisch saß, nickte ihnen zu. Sie trug eine farbverschmierte Bluse und einen schiefergrauen Rock.

Fiona stellte sich und Nick vor und sagte dann: »Ich dachte, Sie könnten uns vielleicht sagen, wo man Farbe kaufen kann. Wandfarbe. Ich richte den Laden nebenan her, und vor ein paar Tagen hab ich Farbkübel draußen gesehen ... ich hoffe, wir haben Sie nicht gestört ...«

»Ach, Sie haben uns schreien hören?« fragte Nate. »Keine Sorge, das ist nur die Art, wie wir arbeiten. Wir brüllen und schreien, dann werden die Messer gewetzt, und wer am Schluß aufrecht stehen bleibt, hat gewonnen.« Er sah die irritierten Mienen von Fiona und Nick und sagte: »Ich mach Scherze, ihr beiden! Das war ein Scherz, verstehen Sie ... ha, ha, ha? Aber was halten Sie von meiner Idee ...?« Mit den Händen zeichnete er die Umrisse eines Plakats in der Luft. »Man sieht einen Wagen, darüber die Worte HUDSONS AELTZER, und den Kutscher, der sich aus dem Bock nach unten beugt und zu Ihnen, den Kunden, sagt: ›Bei Magenproblemen, probieren Sie unsere Tablette, die kriegen Sie als Doublette!‹ Sehen Sie, da ist das Bild, zeig's, Maddie ... sehen Sie? Wie finden Sie's?«

»O ja, das paßt gut«, sagte Nick. »Die Illustration ist hervorragend gelungen, finde ich.«

»Und der Text? Gefällt Ihnen ...?«

»Nate, um Himmels willen. Biet ihnen doch einen Platz an!« sagte Maddalena tadelnd.

»Entschuldigen Sie! Bitte ... nehmen Sie Platz«, sagte er und deutete auf ein Sofa voller Drucke und Plakate. Fiona hob ein Plakat hoch und legte es zur Seite.

»Entschuldigen Sie das Durcheinander«, sagte Nate. »Das ist unser Büro und gleichzeitig unsere Wohnung. Wir haben uns erst vor kurzem selbständig gemacht und die Werbeagentur eröffnet. Es ist noch das reinste Chaos.«

»Das ist einfach toll, Mr. Feldman«, schwärmte Fiona von dem Plakat, das sie gerade in der Hand hielt.

»Nate, bitte.«

»Nate«, wiederholte sie. »Was für ein herrliches Bild!« Auf dem Plakat stand WHEATONS KEKS-ZOO – EIN ABENTEUER IN JEDER SCHACHTEL! Das Bild zeigte Kinder in einem Spielzimmer, die gerade eine Schachtel aufgemacht hatten. Die Kekse waren in Form von Zebras, Tigern und Giraffen herausgesprungen und hüpften mit den Kindern auf dem Rücken im Zimmer herum. Fiona ahnte, daß Seamie gierig nach einer solchen Schachtel wäre, sobald er das Plakat gesehen hatte. »Mit einer solchen Reklame wie dieser müssen Wheaton-Kekse ja weggehen wie warme Semmeln«, sagte sie.

»Hm ... nun ja«, sagte Nate kleinlaut, »das hier hat sich noch nicht verkauft.«

»Keines der Plakate ist bis jetzt verkauft worden«, fügte Maddie hinzu und kam hinter dem Tisch vor. »Wir haben erst vor einer Woche eröffnet. Wir sind noch zu neu, um schon Kunden zu haben.«

»Alles hier ist auf gut Glück gemacht worden«, erklärte Nate. »Wir haben uns an ein paar Firmen gewendet und angeboten, das erste Plakat unentgeltlich zu liefern. Wenn wir damit Kunden anlocken, bezahlen sie uns für das folgende.«

»Hört sich nach einem ziemlich schwierigen Start an«, meinte Nick.

»Das stimmt. Aber wir kriegen bald richtige Aufträge«, antwortete Nate optimistisch. Wir haben eine Menge Kontakte. Ich von Pettingill, das ist die Firma, in der ich gearbeitet habe, und Maddie von J. Walter Thompson. Wir müssen uns nur erst mal beweisen, nicht, Mad?«

Maddie nickte, lächelte und sah ihren Mann an, und Fiona bemerkte, daß die beiden einen aufmunternden Blick austauschten, in dem allerdings eine gewisse Sorge erkennbar war. Nate wandte sich wieder an seine Gäste. »Ich hab heute wirklich meine Manieren vergessen. Kann ich Ihnen etwas zu trinken anbieten, einen kleinen Lunch?« fragte er.

»Ach! Nate, *caro,* ich ... ich hab heute noch nicht eingekauft«, warf Maddie verlegen ein. Sie wandte sich an Fiona. Ihre Wangen waren hochrot. »Wir waren so beschäftigt, wissen Sie, daß ich ganz vergessen habe ...«

Fiona war sofort klar, daß Maddie und Nate pleite waren. »Ach, lassen Sie nur gut sein. Wir können ohnehin nicht bleiben«, sagte sie hastig. »Wir ... ich ... da ist der Laden und ...«

Gewandt wie immer, kam ihr Nick zu Hilfe. »Aber ich bitte Sie, wir lassen uns doch nicht von Ihnen einladen, wenn ich gerade mit einem riesigen Freßkorb und zwei Flaschen Veuve Clicquot vor Fionas Tür aufgetaucht bin. Möchten Sie statt dessen nicht mit uns einen Happen essen? Ich bestehe darauf. Wirklich. Ich hab viel zuviel eingekauft und kann doch nicht alles verderben lassen. Nicht bei all den hungernden Kindern in ... ähm« – er machte eine vage Handbewegung – »Wo immer die hungernden Kindern heutzutage auch sein mögen.«

Fiona drängte sie einzuwilligen. Zurück im Laden öffnete Nick seinen Korb und holte Kaviar, Hummersalat, Hühnchen in Aspik, Räucherlachs, Brot, Obst und Petits fours heraus. Der Korb enthielt auch Porzellanteller, Silberbesteck und Kristallgläser für vier, aber das Essen reichte für zweimal soviel Leute. Sie benutzten die Ladentheke als Tisch und unterhielten sich beim Essen. Nate und Maddie wollten alles über Fiona und Nick wissen und welche Pläne sie hatten. Dann führte Nate Fiona in die neue Wissenschaft der Werbung ein, erklärte ihre Wirkung und Wichtigkeit und die Notwendigkeit, den Firmennamen im Bewußtsein der Öffentlichkeit zu verankern. Und daß sie Werbung machen müsse, wenn der Laden eröffnet sei. Sie versicherte ihm, daß sie seine erste zahlende Kundschaft sein würde, und Nick wollte die zweite sein.

Während sie aßen, kamen die Jungen mit einer großen Tüte Doughnuts zurück, die Fiona ihnen abnahm, bis sie etwas Richtiges gegessen hatten. Ian lief nach oben, um mehr Teller zu holen. Seamie umarmte Nick und sagte ihm, wie froh er sei, daß er nicht tot war. »Frag nicht«, sagte Fiona, als sie Nicks entsetzte Miene sah. Seamie nannte ihn Vater, und Fiona mußte Nate und Maddie erklären, welche Bewandtnis es damit hatte. Mary kam herunter, nachdem sie Nell gefüttert und hingelegt hatte, und wurde Nick vorgestellt, der ihr ein Glas Champagner reichte. Alec kam mit einem fertigen Blumenkasten aus dem Garten herein und wunderte sich, wie gut der Laden aussah.

»Danke, Alec«, sagte Fiona besorgt und reichte ihm einen Teller. »Ich hoffe, ich mache nicht bloß für den nächsten Besitzer sauber.«

Mary zerstreute ihre Bedenken, und Maddie, die mit dem Essen fertig war, sah sich die Wände an und meinte, ein sanftes Beige würde hübscher aussehen als das harte Weiß, das jetzt darauf war. Sie nannte Fiona die Adresse eines Farbengeschäfts und den Namen der Farbe, die sie im Auge hatte, und Ian und Robbie erklärten sich bereit, sie zu holen. Sie sagte, die Wände müßten vor dem Streichen abgewaschen werden, und nahm einen Eimer mit Seifenwasser, krempelte die Ärmel hoch und begann gleich damit. Fiona wollte es ihr ausreden, aber sie zuckte die Achseln und meinte, wenn sie es nicht täte, müßte sie mit ihrem Mann weiterarbeiten, und da wäre es ihr, ehrlich gesagt, lieber, die Wände abzuwaschen. Nate tat so, als wäre er eingeschnappt, griff sich einen Lappen und fing an, die Türklinke zu polieren. Nick griff sich begeistert, wenn auch ungeschickt, einen Mop und begann herumzuwischen, schaffte es aber nur, den Schmutz auf dem Boden zu verteilen.

Als sie ihn auslachten, spürte Fiona, daß die Last auf ihren schwachen Schultern ein wenig leichter wurde, und zum erstenmal seit sie in New York angekommen waren, fühlte sie sich glücklich, wirklich glücklich. Vielleicht war alles nicht so gekommen, wie sie es sich erhofft hatte, vielleicht hatte sie keinen Onkel, der ihr half, aber sie hatte die wundervollen Munros, vor allem Mary, die ihr soviel Mut machte. Und daß ihr lieber Nick hier war und ihre neuen Freunde – die alle ihren eigenen Träumen nachjagten –, munterte sie auf, beflügelte sie, und sie faßte neuen Mut. Wenn Maddie und Nate alles für ihr Geschäft riskierten, wenn Nick den Versuch machte, eine Galerie zu eröffnen, dann konnte sie es doch auch wagen, diesen Laden aufzumachen.

26

»Guten Tag, Mr. Ellis, ich bin Fiona Finnegan ...«

Zu kleinlaut, dachte Fiona, als sie nervös im Vorzimmer des Bankdirektors auf und ab ging und ihre Schritte auf dem Marmorboden hallten. Wohin sie auch sah, überall war kalter, glänzender

Marmor, am Boden, an der Decke, nur an den Wänden nicht. Die waren mit Bildern von alten holländischen Kaufleuten bedeckt. Eine Gruppe entlud ein Schiff, eine andere eröffnete einen Laden, eine dritte kaufte mit Arm- und Halsbändern den Indianern Manhattan ab. Sie versuchte es noch einmal. »Ich bin Fiona Finnegan. Guten Tag, Mr. Ellis ...« Immer noch nicht gut. »Mr. Ellis, nehme ich an. Ich bin Fiona Finnegan. Guten Tag ...«

»Wollen Sie sich nicht setzen, Miss Finnegan?« fragte Mr. Ellis' Sekretärin, eine Miss A.S. Miles, wie ihr Namenschild besagte. »Es kann noch einen Moment dauern.«

Fiona zuckte zusammen. »Nein. Nein, danke«, antwortete sie und lächelte sie unsicher an. »Ich stehe lieber.« Ihre Hände waren kalt, und ihre Kehle fühlte sich wie zugeschnürt an.

Sie trug ihre besten Kleider – einen schokoladenfarbenen Rock und eine Bluse mit Nadelstreifen – und hoffte, sie würden ihr Selbstvertrauen geben. Das täten gute Kleider, behauptete Nick. Darüber hatte sie den langen marineblauen Mantel mit einem seidenen Halstuch an. Ihre Frisur entsprach in etwa dem Stil, den Nick eines Nachmittags auf dem Schiff für sie erfunden hatte, als er sich langweilte. Der Knoten war nicht perfekt – sie war zu aufgeregt gewesen, um sich besondere Umstände zu machen –, aber es würde schon gehen.

Während der vergangenen Woche hatte sie fast dreihundert Dollar in den Laden ihres Onkels gesteckt. Ein Teil war für eine neue Kühltheke und neue Regale draufgegangen. Ein anderer, um die restlichen Gläubiger abzulösen. Sie hoffte, daß die Bezahlung seiner Schulden die First-Merchants-Bank beeindrucken und zeigen würde, wie seriös und tüchtig sie war.

Sie starrte aus dem Fenster auf die belebte Durchgangsstraße namens Wall Street, als sie Miss Miles sagen hörte: »Miss Finnegan? Mr. Ellis empfängt Sie jetzt.«

Ihr Magen krampfte sich zusammen. Sie trat in Franklin Ellis' Büro, einen Raum mit dunkler Wandvertäfelung, Landschaftsbildern vom Hudson River und schweren Mahagonimöbeln. Er stand an seinem Aktenschrank und kehrte ihr den Rücken zu, aber die Art, wie er den Zeigefinger abspreizte, während er ein Dokument las, vermittelte ihr den Eindruck eines ernsten, humorlosen Mannes.

Wenn doch bloß Michael hier wäre, dachte sie eingeschüchtert. Wenn sie das doch nicht allein durchstehen müßte. Gestern abend hatte sie ihn gefragt, ob er mitkäme – ihn angefleht –, aber er hatte abgelehnt. Auch wenn er keinen Fuß in den Laden setzte, könnte er doch mit ihr zur Bank gehen. Was wußte sie denn von diesen Dingen? Nichts! Sie wußte nur – weil sie in seinen Geschäftsbüchern nachgesehen hatte –, daß das Haus ihres Onkels fünfzehntausend Dollar gekostet hatte. Vor vier Jahren hatte er dreitausend davon abgelöst und für den Rest eine dreißigjährige Hypothek zu sechs Prozent übernommen. Pro Monat mußte er zweiundsiebzig Dollar abbezahlen. Im November hatte er die Zahlungen eingestellt und schuldete der Bank jetzt dreihundertsechzig Dollar plus fünfundzwanzig Dollar Überziehungszinsen. Wenn Ellis sie nach Profit und Prozenten fragte, wenn er wissen wollte, wie hoch die Hypothek im Verhältnis zu ihrem erwarteten Einkommen oder wie hoch ihre Betriebsausgaben waren, wäre sie aufgeschmissen. Ich werde alles vermasseln, sagte sie sich. Er wird mich gar nicht anhören, mich überhaupt nicht ernst nehmen. Er ...

Franklin Ellis drehte sich um. Fiona lächelte, streckte die Hand aus und sagte: »Guten Tag, Mr. Fiona. Ich bin Finnegan Ellis.« Ach, verdammter Mist! dachte sie. »Nein, ich ... ich meine ... ich bin ...«

»Nehmen Sie Platz, Miss Finnegan«, antwortete Ellis knapp und deutete auf einen Stuhl vor seinem Schreibtisch. Ihre ausgestreckte Hand ignorierte er. »Soweit ich weiß, sind Sie hier, um über das Anwesen Eighth Avenue Nummer einhundertvierundsechzig zu reden.«

»Ja, Sir«, antwortete sie und versuchte, sich zu fassen. »Ich hab genügend Bargeld, um die dreihundertfünfundachtzig Dollar zu bezahlen, die mein Onkel schuldet. Und ich möchte, daß Sie in Erwägung ziehen, mich die Führung des Geschäfts übernehmen zu lassen.«

Mit Mühe beruhigte sie sich, konzentrierte sich und begann, ihr Anliegen vorzutragen. Sie öffnete die kleine Ledermappe, die sie sich von Maddie geliehen hatte, nahm die Quittungen der Lieferanten ihres Onkels heraus und zeigte, daß alle seine Außenstände bezahlt waren. Als nächstes erklärte sie ihre Pläne bezüglich einer maßvollen Werbung: eine halbe Seite in der Lokalzeitung an drei folgenden Sonntagen – weil die Annoncen in der Sonntagszeitung billiger waren als am Samstag. Sie zeigte ihm die Anzeige – eine ansprechende Tuschezeichnung des Ladens von Maddie und Nate, auf der die hervorragenden Waren und der ausgezeichnete Service herausgehoben wurden. Die Zeichnung würde zwei Zielen dienen: einmal als Anzeige, zum anderen als Flugblatt mit einem Gutschein für ein Dreiviertelpfund Tee bei einem Einkauf von mindestens einem Dollar.

Während sie ihre Pläne für den Laden erläuterte, vergaß Fiona ihre Nervosität. Sie sah nicht, daß Ellis' Blick auf seine Uhr und über ihren Busen wanderte. Sie wußte nicht, daß er ihr gar nicht zuhörte, sondern über seine Dinnerpläne nachdachte. Sie deutete auch den Ausdruck auf seinem Gesicht nicht richtig. Sie sah Interesse, wo nur milde Amüsiertheit vorhanden war – wie jemand, der den Kunststücken eines Hundes zusah, der Antworten bellte.

Da sie glaubte, seine Aufmerksamkeit zu besitzen, wurde Fiona kühner. Sie redete von den Verbesserungen, die sie gemacht hatte: die neue Farbe, die Blumenkästen, die hübschen Spitzenvorhänge. Sie erzählte ihm alles über ihre Ideen, das Angebot zu verbessern, indem sie selbstgebackenen Kuchen, höherwertige Qualitätswaren und frische Blumen anbieten wollte. Sie habe sogar einen Lieferdienst geplant, weil sie sich gedacht habe, wenn sie den Nachbarsfrauen ohne Aufgeld ein bißchen Zeit erspare, würden sie ausschließlich bei Finnegan's einkaufen.

»Verstehen Sie, Mr. Ellis«, schloß sie begeistert mit hochroten Wangen, »ich glaube, ich kann den Laden meines Onkels profitabel führen und jeden Monat in voller Höhe die geforderten Zahlungen aufbringen.«

Ellis nickte. »Wie alt sind Sie, sagten Sie, Miss Finnegan?«

»Ich hab nichts gesagt, aber ich bin achtzehn.«

»Und haben Sie schon einmal einen Laden geführt?«

»Also ... ich ... nicht wirklich, nein, Sir, das habe ich nicht.«

»Ich schätze Ihre Bemühungen für Ihren Onkel, Miss Finnegan, aber ich fürchte, Sie sind ein bißchen zu jung und unerfahren, um die Verantwortung für ein Geschäft zu übernehmen. Ich bin sicher, Sie werden verstehen, daß ich die Interessen der Bank zu berücksichtigen habe, und angesichts der gegenwärtigen Umstände erscheint mir die Versteigerung immer noch als die sicherste Art des Vorgehens.«

»Verzeihen Sie, Sir, aber das ergibt keinen Sinn«, widersprach sie. »Bei der Versteigerung werden Sie Geld *verlieren.* Ich biete Ihnen an, die rückständigen Zahlungen zu übernehmen und die Hypothek weiterhin abzubezahlen. Das sind sechs Prozent Profit. Sie nehmen doch sicher lieber Geld ein, als es in den Wind zu schreiben ...«

»Unser Gespräch ist beendet, Miss Finnegan. Guten Tag«, erwiderte Ellis eisig, keineswegs erfreut, sich sein Geschäft von einem achtzehnjährigen Mädchen erklären lassen zu müssen.

»Aber, Mr. Ellis ...«

»Guten Tag, Miss Finnegan.«

Fiona nahm ihre Papiere und steckte sie in die Mappe zurück. Würdevoll wie eine Königin erhob sie sich, streckte wieder die Hand aus und wartete diesmal, bis Ellis sie ergriff. Dann verließ sie das Büro und hoffte, sie würde nicht zu weinen anfangen, bevor sie draußen war.

Sie war am Boden zerstört. All die Arbeit der letzten Woche war umsonst gewesen. Und das Geld, das sie ausgegeben hatte! Mein Gott, sie hätte es genausogut aus dem Fenster werfen können. Wie konnte sie so dumm sein und glauben, ein Bankdirektor würde ihr tatsächlich zuhören? Sie fürchtete sich davor, nach Hause zu gehen. Mary würde auf sie warten und hoffen, daß alles gutgegangen war. Was sollte sie ihr sagen? Sie zählte auf sie. Sie alle. Und wenn sie die schlechte Nachricht überbracht hatte, konnte sie damit anfangen, wovor sie am meisten Angst hatte – eine Wohnung und eine Arbeit zu suchen. Dann konnte sie zusehen, wie das Haus verkauft und ihr Onkel obdachlos wurde, wie er auf der Straße stand, ein verstörter, vor sich hin murmelnder besoffener Stadtstreicher.

Sie ließ das Schloß der Mappe zuschnappen. Ihr Kopf war gesenkt, und sie nahm den elegant gekleideten Mann nicht wahr, der mit übereinandergeschlagenen Beinen in einem Ledersessel vor Ellis' Tür saß. Er war groß, um die Vierzig, sah außerordentlich gut aus und betrachtete sie voller Interesse und Anerkennung. Er drückte seine Zigarre aus, erhob sich und ging auf sie zu.

»Ellis hat Sie abgewiesen?«

Fiona hatte immer noch Mühe, ihre Tränen zurückzuhalten, und nickte nur schnell.

»Er ist wirklich eine echte Niete. Nehmen Sie Platz.«

»Wie bitte?«

»Setzen Sie sich. Ich habe das Gespräch mit angehört. Ihre Ideen sind gut. Sie sind auf dem richtigen Weg zur Differenzierung.«

»Zu was?«

»Differenzierung.« Er lächelte. »Gefällt Ihnen das Wort? Ich hab es selbst geprägt. Es bedeutet, sich von den anderen abzusetzen. Dinge anzubieten, die die anderen nicht anbieten. Ich werde sehen, was ich tun kann.«

Er verschwand in Ellis' Büro und knallte die Tür hinter sich zu. Wie angewurzelt blieb Fiona stehen, bis Miss Miles sie bat, Platz zu nehmen.

»Wer ist das?« fragte Fiona.

»William McClane«, antwortete sie ehrfürchtig.

»Wer?«

»McClane? Von McClane Silber und McClane Holz und McClane Tiefbau. Einer der reichsten Männer New Yorks«, erwiderte sie in einem Ton, der Fiona bedeutete, sie müsse wohl eine ziemliche Hinterwäldlerin sein, wenn sie das nicht wußte. »Sein erstes Vermögen hat er mit Silber gemacht«, fuhr sie mit gedämpfter Stimme fort. »Dann ist er ins Holzgeschäft eingestiegen. Jetzt arbeitet er an Plänen für die erste Untergrundbahn in New York. Gerüchten zufolge steigt er auch ins Elektrizitäts- und Telefongeschäft ein.«

Fiona hatte nur vage Vorstellungen, was ein Telefon war, und überhaupt keine, worum es sich bei Elektrizität handelte, aber sie nickte, als wüßte sie Bescheid.

»Ihm gehört auch die First-Merchants-Bank. Und« – sie beugte sich näher zu Fiona heran – »er ist Witwer. Seine Frau ist vor zwei Jahren gestorben. Alle Damen der Gesellschaft in der Stadt sind hinter ihm her.«

Mr. Ellis' Tür ging wieder auf und beendete ihre Unterhaltung. Mr. McClane kam heraus.

»Sie haben Ihren Laden«, informierte er Fiona energisch. »Besprechen Sie die Details mit Ellis. Und geben Sie ein bißchen mehr für die Werbung aus. Nehmen Sie eine ganze Seite, wenn's Ihnen möglich ist, und zwar am Samstag, nicht am Sonntag, selbst wenn es mehr kostet. Das ist der Tag, an dem die meisten Männer in Ihrer Gegend ihren Lohn kriegen. Sie möchten doch, daß sich Ihr

Name in die Köpfe der Leute einprägt, wenn Geld da ist, nicht wenn's weg ist.«

Bevor Fiona ein Wort herausbekam, tippte er sich an den Hut und ging hinaus. Sie blieb stehen, starrte ihm nach und flüsterte: »Danke.«

27

Die großen Reihenhäuser auf der Albemarle Street im vornehmen Pimlico waren tiptop in Schuß, alle Fensterläden und Türen glänzten im gleichen Schwarz, die Messingbriefkästen waren auf Hochglanz poliert, und in den Terrakotta- und Keramikschalen blühten Blumen. Vor jedem Haus stand eine schwarze Gaslampe, die jetzt, an einem Aprilabend um neun, hell erstrahlte.

Die Häuser kündeten von einer soliden Gleichförmigkeit, die vielleicht ein wenig phantasielos, aber über jeden Tadel erhaben und von ihren Bewohnern angestrebt war: Emporkömmlinge der Mittelklasse, die sich genauso vornehm und respektabel geben wollten wie ihre alteingesessenen Nachbarn mit altem Geld in Belgravia und Knightsbridge. Es gab nichts Aufdringliches, nichts Ungehöriges und Unschickliches. Es lag kein Abfall auf der Straße, es gab keine Stadtstreicher und keine streunenden Hunde. Es war so still wie auf einem Friedhof, so erstickend wie in einem Sarg, und Joe Bristow haßte schon den bloßen Anblick.

Er sehnte sich nach der Farbe und der Lebendigkeit der Montague Street. Wenn er abends nach Hause kam, vermißte er das aufgeregte Geschrei seiner Geschwister, die spöttischen Witze seiner Kumpel, die Fußballspiele auf den groben Pflastersteinen. Vor allem vermißte er es, zu Nummer acht hinaufzugehen, zu dem schwarzhaarigen Mädchen, das auf der Haustreppe saß, mit ihrem Bruder spielte und den Nähkorb neben sich unbeachtet stehen ließ. Er vermißte es, ihren Namen zu rufen, zu beobachten, wie sie den Kopf hob und sich ein strahlendes Lächeln auf ihrem Gesicht ausbreitete. Für ihn.

Seine Kutsche, eine schwarze Kalesche, die von einem edlen Braunen gezogen wurde, beides Hochzeitsgeschenke seines Schwiegervaters, hielt vor der Einfahrt des Hauses an. Seine Schritte beschleunigten sich nicht, als er auf die Tür zuging, und das Herz wurde ihm nicht warm vor Freude, seine Frau zu sehen. Er hoffte nur, sie schliefe schon, ebenso die Dienstboten, an deren Gegenwart er sich nicht gewöhnen konnte. Der Anblick seiner Haushälterin, die aufgeregt oben an der Treppe auf und ab ging, zeigte ihm, daß es nicht so war.

»O Mr. Bristow! Gott sei Dank, daß Sie endlich zu Hause sind, Sir!« rief sie.

»Was ist denn, Mrs. Parrish? Was machen Sie denn hier draußen? Wo ist Mathison?«

»In der Vorratskammer, Sir, um nach einem zweiten Schlüssel für Ihr Arbeitszimmer zu suchen.«

»Warum ...«

Das Bersten von Glas schnitt Joe das Wort ab.

»Es ist Mrs. Bristow, Sir. Sie hat sich in Ihr Arbeitszimmer eingeschlossen und will nicht rauskommen«, stieß Mrs. Parrish atemlos hervor. »Ich dachte, sie sei im Bett. Ich bin gerade in mein Zimmer raufgegangen, als ich einen Knall hörte. Ich bin wieder runtergerannt ... Ich ... ich weiß nicht, was los ist ... sie ist ... wahnsinnig geworden! Sie hat Ihre Papiere rumgeworfen und Sachen zerschmissen. Ich hab sie nicht aufhalten können. Ich hab's versucht, aber sie hat mich rausgedrängt. O bitte, Sir, gehen Sie zu ihr rauf. Beeilen Sie sich, bevor dem Baby was passiert!«

Joe raste in den ersten Stock hinauf. Millie ging es schlecht, seitdem sie vor über zwei Monaten aus den Flitterwochen zurückgekehrt waren. Ihre Schwangerschaft nahm einen schwierigen Verlauf. Letzten Monat hatte sie zu bluten begonnen und das Baby beinahe verloren. Der Arzt hatte angeordnet, im Bett zu bleiben.

Während er in seiner Tasche nach dem Schlüssel suchte, hörte er Schluchzen aus dem Zimmer dringen und eine Reihe dumpfer Geräusche, als wäre ein Stapel Bücher umgefallen. Er sperrte auf und sah, daß sein ganzes Arbeitszimmer verwüstet war. Überall lagen Papiere herum, ein Bücherregal war umgestürzt, die Scheiben seines Sekretärs waren eingeschlagen. Inmitten des Zerstörungswerks stand Millie mit tränenüberströmtem Gesicht und offenem

Haar, unter ihrem Nachthemd wölbte sich ihr Bauch nach vorn. Sie hielt ein Bündel Papiere in der Hand. Er erkannte sie. Es waren die Berichte eines Privatdetektivs, den er angeheuert hatte, um Fiona zu finden.

»Geh wieder ins Bett, Millie. Du weißt doch, daß du nicht auf sein sollst.«

»Ich konnte nicht schlafen«, sagte sie unter Tränen, »also bin ich aufgestanden, um nachzusehen, ob du zu Hause bist. Dann hab ich das hier auf deinem Schreibtisch gefunden. Du suchst nach ihr, nicht wahr? Sie ist umgezogen ... oder aus London weggezogen, und du versuchst, sie zu finden.«

Joe antwortete ihr nicht. Sie hatte die Papiere nicht auf seinem Schreibtisch gefunden, weil sie in seinem Sekretär eingeschlossen waren. Er hielt es nicht für ratsam, jetzt darüber zu diskutieren, denn er wußte nur zu gut, wie es war, wenn sie wütend wurde. »Komm, Millie, du weißt doch, was der Arzt ...«

»Antworte mir, verdammt noch mal!« schrie sie und warf die Papiere nach ihm.

»Ich werde jetzt nicht darüber sprechen«, erwiderte er entschieden. »Du bist zu aufgeregt. Du mußt dich beruhigen, sonst schadest du dem Baby.«

»Du schläfst mit ihr, stimmt's? Das mußt du ja wohl, weil du mit mir nicht schläfst. Nicht einmal in fünf Monaten! Ständig erzählst du mir, du müßtest soviel arbeiten und kämst deswegen jeden Abend so spät nach Hause, aber das stimmt nicht! Es ist dieses drekkige Flittchen!« Sie warf sich gegen Joe und schlug mit den Fäusten auf ihn ein. »Damit ist jetzt Schluß!« schrie sie. »Du hörst auf, sie zu treffen!«

Joe packte sie an den Handgelenken. »Das reicht!« rief er.

Sie wand und drehte sich, versuchte, sich aus seiner Umklammerung zu befreien, und verfluchte ihn. Dann hielt sie plötzlich inne und stand ganz still.

»Was ist?« fragte er.

Mit großen erschrockenen Augen sah sie ihn an. Ihre Hände strichen über ihren Bauch. Ein Stöhnen kam aus ihrer Kehle, und sie sank zusammen. Joe legte den Arm um sie. Er versuchte, sie aufzurichten, aber es ging nicht. Sie stieß mehrere Schreie aus und grub ihre Fingernägel in seinen Arm.

»Scht, ist ja gut«, versuchte er, sie zu beruhigen. »Hol einfach tief Luft, ja, so ist's gut. Es ist nur ein Krampf. Der Arzt hat gesagt, du könntest Krämpfe kriegen, aber du solltest dir deswegen keine Sorgen machen.«

Doch es war kein Krampf. Als sie versuchte, einen Schritt vorwärts zu machen und sich aufzurichten, sah er rote Tropfen auf den Teppich fallen.

»Millie, hör zu«, sagte er und versuchte ruhig zu bleiben. »Ich geh den Doktor holen. Er wird nach dir sehen, und alles wird gut. Wir bringen dich jetzt ins Bett, in Ordnung?«

Sie nickte und schickte sich an, zur Tür zu gehen. Erneut von einem Schmerzanfall gepackt, sank sie zusammen. Jetzt entdeckte sie die roten Flecken auf den Spitzen ihrer weißen Pantoffeln. »O nein!« rief sie aus. »O Gott ... bitte, nein ...« Innerhalb von Sekunden hatten sich ihre Ausrufe in schrille Schreie verwandelt.

Joe hob sie hoch und trug sie aus dem Arbeitszimmer. Auf dem Gang stand eine entsetzte Mrs. Parrish mit einer Kerze in der Hand. »Holen Sie Dr. Lyons«, bellte er sie an. »Schnell!«

Joe saß auf der Holzbank vor Millies Krankenhauszimmer und hielt sich den Kopf. Die ganze Nacht lauschte er ihren Schreien – ihren verzweifelten Schreien –, bis sie endlich aufhörten, als draußen die Morgendämmerung anbrach.

Dr. Lyons war jetzt bei ihr, außerdem zwei Schwestern und ihr Vater. Sie wollte ihn nicht bei sich haben, was er ihr nicht verdenken konnte. Es war alles seine Schuld. Er hätte gestern früher heimkommen, ihr Blumen mitbringen und mit ihr zu Abend essen sollen. Das sollte ein Ehemann tun. Er hätte nicht mit ihr streiten sollen. Und er hätte nie nach Fiona suchen dürfen.

Am Morgen nach ihrer Hochzeitsnacht – als er aus der Hotelsuite geflohen und sich sinnlos betrunken hatte – war er mit einem schrecklichen Kater neben einer schluchzenden Ehefrau aufgewacht und hatte gewußt, daß er so nicht leben konnte. Er liebte Millie nicht und brachte es nicht über sich, mit ihr zu schlafen, aber zumindest konnte er sich liebevoll und aufmerksam verhalten. Am Nachmittag waren sie nach Frankreich abgereist, und er hatte die endlosen Flitterwochen ertragen – Millies Gesicht, ihre Stimme, ihr gedankenloses Geschnatter und ihr ständiges Flehen um Zärtlichkeiten. Tagsüber war er höflich und aufmerksam, begleitete sie in Geschäfte, Museen, Cafés und Theater – wo immer sie hinwollte. Aber nachts zog er sich in ein eigenes Zimmer zurück, auf das er in jedem Hotel bestand, um Ruhe und Frieden zu haben und darüber zu trauern, was er getan und damit verloren hatte.

Anfangs ärgerte sie sich nur über die mangelnde Aufmerksamkeit, mit der Zeit aber wurde sie wütend. Seine Ablehnung verletzte ihre Eitelkeit. Sie wollte ihn und war es nicht gewöhnt, abgewiesen zu werden. Eine Woche nach ihrer Abreise hatten sie die erste von vielen schrecklichen Streitigkeiten, im Hotel Crillon in Paris, im Gang vor ihrem Zimmer. Nach einem Abendessen im Café de la Paix zogen sie sich für die Nacht zurück. Millie wollte, daß er das Zimmer mit ihr teilte. Er weigerte sich. Sie beschuldigte ihn, kalt zu ihr zu sein. Sie tobte und weinte und sagte, daß verheiratete Paare nicht so miteinander umgingen. Er ließ ihre Tiraden stumm über sich ergehen und behielt seine Gefühle für sich, weil er sie nicht verletzen wollte. Sie tobte weiter und erinnerte ihn, daß er in jener Nacht nicht so kalt zu ihr gewesen sei, und wollte wissen, warum er sich geändert habe.

»Damals hast du dich gern von mir küssen lassen«, sagte sie vorwurfsvoll. »Du hast es gar nicht erwarten können, mich anzufassen. Du hast gesagt, daß du mich begehrst, Joe. Du hast mir gesagt, daß du mich liebst.«

»Ich hab dir nie gesagt, daß ich dich liebe, Millie«, antwortete er ruhig. »Wir beide wissen das.«

Als sie schließlich nach Hause zurückkehrten, bestand ihre Beziehung nur noch aus Streitereien. Fast jeden Morgen ging Joe bei Tagesanbruch fort und kam erst nach Einbruch der Dunkelheit zurück, um ihr aus dem Weg zu gehen und sich ausschließlich der Arbeit zu widmen. Der Buckingham-Palast hatte Peterson's ein königliches Wappen verliehen, das Geschäft wuchs und hatte sein Volumen inzwischen nahezu verdoppelt. Tommy war begeistert. Er war über Joe genauso froh, wie Millie wütend auf ihn war. Aber Joe fand nur Ablenkung in seiner Arbeit, keinen Trost.

Seine Mutter schrieb ihm mehrmals, nachdem er zurückgekehrt war. Er solle sie besuchen, sie müsse mit ihm sprechen. Es gäbe Dinge, die sie ihm mitteilen wolle. Aber er ging nicht hin. Er wollte seine Familie nicht besuchen, sie würden nur sehen, wie elend er sich fühlte. Er konnte den Gedanken nicht ertragen, in die Montague Street zurückzukehren, Fionas Haus und die Orte zu sehen, an denen sie spazierengegangen waren. Orte, an denen sie über ihre Träume, ihre Zukunft gesprochen hatten. Orte, wo er sie umarmt und geküßt hatte. Ein paarmal kam seine Mutter in sein Haus oder sein Büro, aber er war jedesmal unterwegs.

Er wollte nichts anderes als Fiona sehen. Sie nur sehen. Ihr wieder in die Augen blicken. Sich selbst darin sehen und wissen, daß sie ihn immer noch liebte. Hören, wie sie seinen Namen sagte. Aber er wußte, daß er kein Recht dazu hatte, außerdem hatte er es ihr versprochen, und lange Zeit war er in der Lage, sein Versprechen zu halten. Bis eines Abends im März seine Sehnsucht nach ihr überwältigend wurde und er nach Whitechapel zurückging. Das Herz tat ihm weh, wenn er sich jetzt daran erinnerte. Wenn er nur gewußt hätte, was passiert war, wenn er nur gewußt hätte, was sie durchmachen mußte. Er erinnerte sich so deutlich daran, an den entsetzlichen Schock ...

»Joe, Junge, bist du immer noch da? Es ist vier Uhr!« sagte Tommy Peterson. »Ich dachte, ich hätte dir gesagt, früher heimzugehen. Ein bißchen Zeit mit deiner Frau zu verbringen.«

»Ich wollte nur diese Abrechnungen fertig machen ...«, begann er.

»Die können warten. Geh heim und genieß deinen Abend. Das ist ein Befehl.«

Joe zwang sich zu lächeln und dankte Tommy. Sobald sein Schwiegervater fort war, verschwand das Lächeln. Nach Hause gehen war das letzte, was er wollte. Letzte Nacht war er spät heimgekommen und hatte Millie im Speisezimmer vor Tellern mit kaltem, vertrocknetem Essen angetroffen. Eigentlich hätte er mit ihr zu Abend essen sollen. Er hatte es versprochen und dann vergessen. Sie packte einen Teller mit Lachs und bewarf ihn damit. Wer wußte, was sie heute abend tun würde?

Er legte seine Papiere weg und rief nach seiner Kutsche. Als er nach Westen fuhr, stellte er sich den langen Abend vor, der vor ihm lag. Er fiel in seinen Sitz zurück und drückte die Handballen auf die Augen. Er fühlte sich wie ein Gefangener. Er konnte nicht in die Albemarle Street fahren, Millie nicht gegenübertreten. Er stöhnte und wünschte, er könnte schreien, bis er heiser war. Er wünschte, er könnte die Kutsche kurz und klein schlagen, davonlaufen und in den Straßen von London untertauchen. Er öffnete die Augen, löste die Krawatte und machte den Hemdkragen auf. Es war stickig in der Kutsche, er konnte kaum atmen. Er mußte aussteigen, brauchte frische Luft. Er brauchte Fiona.

Noch bevor er es sich anders überlegen konnte, rief er dem Kutscher zu anzuhalten. »Ich steig hier aus. Nehmen Sie meine Sachen mit nach Hause und sagen Sie Mrs. Bristow, daß es spät wird.«

»Sehr wohl, Sir.«

Er hielt eine Droschke an und gab dem Kutscher die Adresse von Burton's in Whitechapel. Wenn er Glück hätte, käme er vor Arbeitsschluß an und könnte sie abpassen, wenn sie herauskam. Sie wäre wütend auf ihn – darauf machte er sich gefaßt –, aber vielleicht, vielleicht würde sie mit ihm reden.

Kurz vor sechs kam er vor der Fabrik an. Er wartete vor den Toren und ging nervös auf und ab. Schließlich ertönte das Signal, die Türen gingen auf, und die Mädchen strömten heraus, aber sie war nicht darunter. Er wartete, bis das letzte Mädchen herausgekommen war und noch ein wenig länger, falls sie noch kehrte oder ihre Sachen zusammenpackte. Aber dann kam der Vorarbeiter heraus, schloß hinter sich ab, und es hatte keinen Zweck, länger zu warten.

Ein unbehagliches Gefühl beschlich ihn, aber er sagte sich, daß es eine Erklärung dafür geben mußte. Er würde es bei Jackson's versuchen. Vielleicht hatte sie bei Burton's gekündigt, um nur noch im Pub zu arbeiten. Aber dort war sie auch nicht. Und weder der Barmann noch das Mädchen, das die Tische abwischte, hatten je von ihr gehört. Das Mädchen erklärte ihm, die Jacksons seien im Moment nicht da, weil sie Mrs. Jacksons kranke Mutter besuchten, kämen aber in etwa einer Stunde wieder zurück. Er könne warten, wenn er wolle. Er wollte nicht.

Jetzt fühlte er sich noch unbehaglicher. Er wußte, daß Fiona am Tag seiner Hochzeit krank gewesen war. Ein Fieber, hatte seine Mutter ihm gesagt. Was, wenn sie sich nicht erholt hatte? Wenn sie krank war und nicht arbeiten konnte? Von Panik ergriffen, begann er, in Richtung Adams Court zu rennen. Mrs. Finnegan wäre böse auf ihn, und Charlie würde ihm einen Tritt in den Hintern versetzen. Vielleicht ließen sie ihn gar nicht zu ihr. Aber egal. Sie würden ihm sagen, ob es ihr gutging. Er mußte sich versichern, daß es ihr gutging. Sie hat das Geld, unsere Ersparnisse, sagte er sich. Das war genug, um ihre Familie durchzubringen. O bitte, laß es ihr gutgehen, betete er. Er eilte durch den Torbogen, der von der Dorset Street zum Adams Court führte, dann die schmale Gasse entlang und wollte gerade an die Tür von Nummer zwölf klopfen, als die Tür aufging, eine erstaunte junge Frau mit einem Baby auf dem Arm herauskam und fragte, was er wolle.

»Ich möchte zu den Finnegans«, stieß er atemlos hervor. »Zu Fiona. Ist sie zu Hause?«

Die Frau sah ihn an, als hätte er den Verstand verloren. »Die Finnegans?«

»Ja. Können Sie Fiona für mich holen, Missus?«

»Wer sind Sie?«

»Mein Name ist Joe Bristow. Ich bin Fionas ... ich bin ein Freund von ihr.«

»Ich weiß nicht, wie ich's Ihnen sagen soll, aber die Finnegans ... sie wohnen nicht mehr hier.«

Joe bekam Angst. »Wohin sind sie gegangen? Ist was passiert? Es ist was passiert, nicht wahr? Geht's Fiona gut?«

»Kommen Sie lieber rein.«

»Nein, sagen Sie mir, was passiert ist!« rief er, die Augen vor Angst weit aufgerissen.

»Es ist besser, wenn Sie reinkommen«, sagte die Frau. »Bitte.« Sie packte ihn am Ärmel und zog ihn durch den kurzen Flur in ein Zimmer an dessen Ende. Sie bat ihn, auf dem einzigen Stuhl im Raum Platz zu nehmen, und setzte sich mit dem Baby auf dem Schoß aufs Bett. »Ich bin Lucy Brady«, begann sie, »ich war Kates Nachbarin, bevor ...« Sie schüttelte den Kopf. »Ich verstehe nicht, wie Sie davon nichts gehört oder gelesen haben. Es war in allen Zeitungen.«

»Was soll ich gehört haben? Sagen Sie's mir, Mrs. Brady, bitte.«

Lucy schluckte. »Es ist ein Mord passiert. Es war der Ripper«, antwortete sie. Er hat eine Frau in Nummer zehn umgebracht, Frances Sawyer. Es war spätnachts, aber die Polizei nimmt an, daß Kate ihn gesehen hat. Sie war auf dem Weg zum Arzt, ihr Baby war krank. Und der Ripper hat sie ... auch umgebracht. O Gott, es tut mir so leid, daß ich Ihnen das sagen muß.«

Joe begann, am ganzen Körper zu zittern. Er spürte eine namenlose Angst in sich. Eine Angst, die ihm das Blut gefrieren ließ. »Hat er ... Fiona ...«

»Sie hat ihre Mutter gefunden.« Lucy schloß die Augen. »Das arme Mädchen, die Nacht werde ich nie vergessen, nicht solange ich lebe.«

»Wo ist sie jetzt?« fragte er ein wenig erleichtert.

»Als letztes hab ich gehört, daß sie bei einem Freund der Familie lebt. Er ist Polizist.«

»Roddy. Roddy O'Meara.«

»Ja, das kann sein. Er hat für sie und ihren kleinen Bruder gesorgt.«

»Was ist mit Charlie und dem Baby?«

»Beide tot. Das Baby gleich nach der Mutter und der Junge kurz darauf. Er ist von einem Kampf zurückgekommen, hat seine Mutter gesehen und ist weggelaufen. Man hat ihn aus dem Fluß gefischt.«

Joe bedeckte das Gesicht mit den Händen. »Mein Gott«, flüsterte er. »Was hab ich ihr angetan. Hab sie hier in diesem Loch zurückgelassen. Hab sie diesem ...«

»Was haben Sie, Mr. Bristow?« fragte Lucy.

Joe hörte sie nicht. Wie betäubt, kaum fähig zu atmen, stand er auf. »Ich muß sie finden ...«, sagte er. Er machte einen Schritt auf die Tür zu, ihm wurde schwindelig, seine Beine gaben nach, und er stürzte hin.

»Sie haben Besuch, Mr. O'Meara. Ein junger Mann. Er wartet oben auf Sie.«

Joe saß oberhalb des Treppenabsatzes von Roddys Wohnung und hörte ihn und seine Vermieterin unten im Gang miteinander reden. Dann ertönten Roddys schwere Schritte auf den Stufen, und er kam herauf. Er trug seine Polizistenuniform und eine Tüte mit Lebensmitteln. Seit Joe ihn zum letztenmal gesehen hatte, schien er gealtert zu sein. Der Verlust von Paddy und der übrigen Familie mußte ihm schwer zugesetzt haben. Joe wußte, daß sie mehr als nur Freunde waren. Sie waren seine Familie. Die einzige, die er hatte. Trauer, Schuldgefühle und Reue, seine ständigen Begleiter inzwischen, stiegen in ihm auf. Seit er am Tag zuvor Lucy Brady aufgesucht hatte, hatte er weder geschlafen noch gegessen. Es war alles seine Schuld.

»Hallo, Roddy.«

»n' Abend«, antwortete Roddy. Sein Gesichtsausdruck sagte Joe, daß er nicht erfreut war, ihn zu sehen. »Du siehst beschissen aus, Junge, ehrlich gesagt«, begann er. »Kriegst du bei deiner Frau nichts zu essen?« Er öffnete die Tür zu seiner Wohnung, ließ ihn eintreten und bot ihm einen Platz an, aber Joe blieb stehen.

»Roddy, ich ... ich muß Fiona sehen. Ist sie da?«

»Nein«, erwiderte Roddy, zog seine Jacke aus und hängte sie über einen Stuhl.

»Weißt du, wo sie ist?«

»Nein.«

Joe glaubte ihm nicht. »Ach komm, Roddy.

»Ich hab doch gesagt, daß ich nicht weiß, wo sie ist.«

»Du weißt es nicht? Du hast doch für sie gesorgt, dich um sie gekümmert.«

Roddy drehte sich um und sah ihn zornig an. »Ja, das hab ich getan. Und das ist mehr, als ich von einigen anderen sagen kann!«

Joe blickte zu Boden. »Hör zu, Roddy ... ich weiß, ich war gemein zu ihr. Das brauchst du mir nicht zu sagen. Ich möcht bloß wissen, ob's ihr gutgeht. Ich möcht sie bloß sehen. Sag mir, wo sie ist. Bitte.«

»Ich sag dir die Wahrheit, Junge. Ich weiß nicht, wo sie ist.«

Joe wollte weiter in ihn dringen, als er sah, daß Roddys Ausdruck nicht zornig, sondern besorgt wirkte. Irgend etwas stimmte nicht.

»Was ist?« fragte er. »Was ist los?«

»Das würd ich selbst gern wissen.« Roddy setzte sich an den Tisch und goß sich ein Glas Bier aus einem Krug ein. »Ich muß sagen, Junge, daß ich ziemlich enttäuscht von dir bin.« Er schob Joe den Krug hin, aber der lehnte kopfschüttelnd ab. »Nun setz dich doch endlich.« Joe tat, wie ihm befohlen wurde, und Roddy fuhr fort. »Fiona war hier. Sie und Seamie.«

Joe nickte. »Ich war gestern bei Lucy Brady. Sie hat mir erzählt, was passiert ist.«

»Sie hat bei mir gewohnt, nachdem ihre Mutter umgebracht worden ist. Es hat eine Weile gedauert, bis sie wieder auf den Beinen war, aber nach ein paar Wochen hatte sie's geschafft. Sie wollte sich nach Arbeit und einem eigenen Zimmer umsehen, und dann bin ich eines Abends heimgekommen und auf dem Tisch lag ein Zettel, daß sie fortgegangen sei. Einfach so. Daß sie Geld von Burton's bekommen habe – die Entschädigung für Paddys tödlichen Unfall – und daß sie gleich fortwolle, ohne langes Abschiedsgetue. Sie hat nicht geschrieben, wohin sie will.«

»Das hört sich gar nicht nach ihr an. Warum sollte sie nicht wollen, daß du weißt, wohin sie geht?«

»Zuerst hab ich gedacht, sie ist mit dir durchgebrannt und wollte sich nicht von mir aufhalten lassen. Aber jetzt sitzt du hier, und damit hat sich die Vermutung als falsch erwiesen.«

»Was glaubst du jetzt?«

Roddy nahm einen Schluck Bier und setzte sein Glas wieder ab. »Keine Ahnung. Nichts ergibt einen Sinn, verdammt.«

»Roddy, sie ist irgendwo ganz allein«, sagte Joe eindringlich. Wir müssen sie finden.«

»Ich hab's versucht! Ich hab alle Leute von meinem Revier auf sie angesetzt. Ich hab an praktisch jedem Bahnhof in der Stadt eine Beschreibung von ihr und Seamie hinterlassen, aber ich hab nichts gehört. Kein Mensch hat sie gesehen.«

»Wie wär's mit einem Privatdetektiv?«

»Daran hab ich auch gedacht, aber ich hab kein Geld dafür.«

»Aber ich. Nenn mir eine Adresse. Ich heuer gleich heute abend noch einen an. Sie muß in London sein. Sicher hat sie keinen Zug genommen, sie wüßte ja gar nicht, wohin. Sie ist noch nicht mal Bus gefahren, bevor ich sie nach Covent Garden mitgenommen hab. Sie kann nicht weit gekommen sein.«

Roddy schrieb einen Namen und eine Adresse auf einen Zettel, reichte ihn Joe und trug ihm auf, dem Mann zu sagen, Constable O'Meara habe ihn geschickt. Sobald er etwas höre, solle er sofort zu ihm kommen. Er brachte Joe zur Tür, und obwohl er ihm nicht die Hand gab, wünschte er ihm Glück. Und einen Moment lang glaubte Joe, außer Zorn und Sorge noch etwas anderes in Roddys braunen Augen zu entdecken. Trauer. Um ihn.

Um zehn Uhr nachts war es an den Straßenständen auf dem Markt von Covent Garden unheimlich still. Die runden Weidenkörbe, in denen die Träger die Waren transportierten, waren hoch aufgetürmt, und ein paar leere Karren standen herum. Hier und dort lagen abgebrochene Blumen oder zertretenes Obst auf den Straßen, und es roch stark nach verfaultem Gemüse. Joe, der gerade nach einem späten Abendessen mit einem Kunden zu seinem Büro zurückspazierte, wunderte sich wieder einmal, daß ein Ort, der am Morgen so laut war, so still und verlassen sein konnte.

»Joe. Joe Bristow«, rief plötzlich eine Stimme aus der Dunkelheit.

Joe blieb stehen. Er hatte niemanden gesehen, als er auf den Platz hinaustrat.

»Hier drüben.«

Er drehte sich um und sah einen Mann an einer der Eisensäulen lehnen. Die Gestalt kam aus dem Dunkel auf ihn zu. Joe erkannte sie. Es war Stan Christie, ein junger Mann aus Whitechapel. Als kleine Jungen waren sie in derselben Klasse gewesen, bis ihr Lehrer Stan eines Tages mit Stockhieben bestrafte und Stan, im zarten Alter von zwölf Jahren, dem Mann den Stock entriß und ihn damit bewußtlos schlug.

»Wie steht's so?« fragte Stan, auf ihn zuschlendernd.

»Ziemlich weit weg von deinem Revier heut nacht, oder?«

»Stimmt. Ich hab den ganzen weiten Weg gemacht, bloß um dich zu treffen.«

»Wie rührend, Kumpel. Ich wußte gar nicht, daß dir so viel an mir liegt.«

Stan hatte die Hände auf dem Rücken gefaltet wie ein Professor oder ein Priester. Da er beides nicht war, nahm Joe an, daß er etwas zu verbergen hatte. Einen Knüppel, ein Messer, eine Feuerwaffe. Bei Stan konnte man nie wissen.

»Ich zieh Erkundigungen ein für den Chef«, sagte er. Seine rechte Hand kam nach vorn. Er legte den Finger an einen Nasenflügel und sah Joe mit verschwörerischem Blick an.

»Ach ja? Und um welchen Chef könnte es sich da handeln? Den Premierminister? Den Prinzen von Wales?«

»Paß auf, was du sagst, Mann. Mr. Sheehan läßt sich nicht verscheißern.«

Sheehan. Bowler Sheehan. Mein Gott. Er hatte keine Ahnung, daß Stan für ihn arbeitete.

»Was will Sheehan von mir?« fragte er, um einen gelassenen Tonfall bemüht.

»Er will wissen, wo die kleine Finnegan ist. Ist ja bekannt, daß du mit ihr gegangen bist, bevor du die Tochter von Peterson geschwängert hast, also hab ich gedacht, du weißt es vielleicht.«

»Was geht ihn Fiona an?« fragte Joe ärgerlich, und seine ganze Beklemmung war verflogen. Ihm gefiel Sheehans Interesse an Fiona nicht. Kein bißchen. Stan war inzwischen näher gekommen, und Joe wünschte, er hätte sein Klappmesser bei sich. Oder die Brechstange, die er bei Obstkisten benutzte. Oder ein Rasiermesser oder einen Schlüsselbund, den er über die Finger ziehen könnte. Mein Gott, er wäre um einen Korkenzieher froh gewesen.

»Mr. Sheehan stellt die Fragen, Joe. Er beantwortet sie nicht.«

»Ach ja? Also hier ist die Antwort: Sag ihm, er kann sich zum Teufel scheren mit seinem großen schwarzen Bowler-Hut. Wie wär's damit?«

Stan schmunzelte, und eine Sekunde später schwang er den Totschläger, den er hinter seinem Rücken versteckt hatte. Joe hatte das erwartet und wich dem Schlag aus. Der Schläger verfehlte seinen Kopf und traf ihn an der Schulter. Vor Schmerz fluchend, rammte Joe seinen Schädel in Stans Gesicht und hörte mit Befriedigung das scheußliche Knacken, als dessen Nasenbein brach. Stan schrie laut auf. Er griff sich an die Nase und öffnete damit seine Deckung. Joe versetzte ihm einen heftigen Schlag in die Niere. Stan ließ den Totschläger fallen. Joe hob ihn auf, schob ihn unter sein Kinn und drückte fest zu.

»Eine Bewegung, und du bist im Jenseits, das schwör ich dir ...«

»Schon gut, schon gut ...«, keuchte er und hielt die blutverschmierten Hände hoch.

»Was will Sheehan von Fiona?«

Stan antwortete nicht. Joe drückte fester zu. Stans Hände griffen zu dem Totschläger hinauf, dann sank er auf die Knie. Er rang nach Luft. Joe ließ den Druck nach. Das war ein Fehler, Stan hatte nur geblufft. Er packte Joes Arme und warf ihn über den Kopf. Joe landete hart auf dem Pflaster und stieß sich den Kopf an. Einen Moment lang sah er nur Sternchen, dann versuchte er aufzustehen, was ihm nicht gelang. Jetzt stand Stan über ihm und drohte, ihm den Schädel einzuschlagen, wenn er ihm nicht sagte, wo Fiona war. Joe lag auf der Seite und hielt noch immer den Totschläger in der Hand. Er wußte, daß er etwa zwei Sekunden Zeit hatte, davon

Gebrauch zu machen, andernfalls würde man ihn am nächsten Morgen mit zermalmtem Kopf finden. Mit lautem Gebrüll richtete er sich auf und schlug auf Stans Kniescheibe, der einen markerschütternden Schrei ausstieß. Stan hatte genug. Mit dem Versprechen, Joe umzubringen, wenn er ihn das nächste Mal träfe, humpelte er davon.

Joe rappelte sich auf. Er wollte ihm nach, aber seine Beine versagten ihm den Dienst. Sein Kopf hämmerte, und als er ihn berührte, bemerkte er, daß er eine Beule von der Größe eines Gänseeis hatte. Er mußte Roddy berichten, was passiert war. Das waren schlechte Neuigkeiten. Wenn Stan ihn allein deshalb zusammenschlagen wollte, weil er glaubte, er wüßte über Fionas Aufenthaltsort Bescheid, was würde er dann erst tun, wenn er sie in die Finger bekam? Wie um alles in der Welt war sie Sheehan ins Gehege gekommen? Und warum? Er mußte auch Henry Benjamin, den Privatdetektiv, aufsuchen, um ihm zu sagen, daß er die Suche beschleunigen mußte. Vor zwei Tagen hatte er ihn getroffen, und Benjamin meinte, es sei unwahrscheinlich, daß Fiona weit gekommen sei. Er war überzeugt, sie in ein oder zwei Wochen finden zu können. Das war zu lang. Sie mußte morgen gefunden werden. Fiona war schlau und zäh, aber Bowler Sheehan war ein äußerst brutaler Kerl.

»Es ist wirklich schwer«, sagte Millie, »ein gutes Kindermädchen zu finden. Ich hab mir bereits zehn angesehen, aber keiner von ihnen würde ich eine Katze anvertrauen, geschweige denn ein Baby. Man kann gar nicht vorsichtig genug sein. Die letzte Bewerberin hat mir gefallen, aber Mrs. Parrish hat gesehen, wie sie Kekse in die Tasche steckte, als sie aus dem Zimmer ging. Sie wußte nicht, daß sie beobachtet wurde. Ein Kindermädchen, das klaut, kann man nicht brauchen. Wer weiß, was sie anstellt, wenn man ihr den Rücken zukehrt. Sally Ennis hat gesagt, sie hat ihr Kindermädchen erwischt, wie sie Gin in die Babymilch getan hat. Kannst du dir das vorstellen?«

Joe sah von dem Bankauszug auf, den er gerade las. »Nein, das kann ich nicht«, antwortete er und tat sein Bestes, um Interesse zu heucheln.

»Ich weiß nicht, was ich tun soll«, fuhr sie aufgeregt fort und legte ihre Näharbeit beiseite. »Die Agentur hat versprochen, weitere

Bewerberinnen vorbeizuschicken, aber was soll ich machen, wenn ich keine rechtzeitig finde? Wenn das Baby kommt und ich kein Kindermädchen habe?«

»Millie, du findest schon jemanden. Du hast noch genügend Zeit. Deine Tante kommt doch, und sie wird dir auch helfen. Sie findet jemanden für dich, wenn nötig. Mach dir keine Sorgen. Du mußt vor allem das Taufkleid fertig kriegen. Das Baby kann doch nicht in Windeln getauft werden, oder?« Joe versuchte, aufmunternd zu klingen. Er wußte, was sie wirklich beschäftigte, und wollte nicht, daß sie darauf wieder zurückkam.

»Du hast recht«, antwortete sie. Sie lächelte tapfer, was er erleichtert zur Kenntnis nahm. Dann plapperte sie weiter über das Taufkleid und über andere Kleidungsstücke, die sie für das Baby machte. Er tat sein Bestes, ihr zuzuhören und zu antworten, aber es war schwer. Letzten Abend hatte er sich erneut mit Benjamin getroffen. Der Mann war in das Pub gekommen, wo Joe auf ihn wartete. »Erkennen Sie das?« fragte er und drückte ihm etwas in die Hand. Es war der blaue Stein vom Fluß, den er Fiona geschenkt hatte.

Benjamin sagte, er habe ihn aus einem Pfandhaus in der Nähe von Roddys Wohnung. Der Pfandleiher erinnerte sich nicht nur an ein Mädchen, auf das Fionas Beschreibung paßte, er erinnerte sich auch, daß sie den Stein gegen Bargeld und eine Reisetasche eingetauscht hatte und daß ein kleiner Junge bei ihr war. Sie habe auch einen Goldring mit einem winzigen Saphir versetzt, aber den habe er bereits verkauft. Benjamin mußte fünf Pfund bezahlen, um den Stein zu bekommen. Der Pfandleiher wußte, was er hatte – einen antiken Skarabäus, der vermutlich aus dem Ring eines römischen Feldherrn gefallen war, als er mit seiner Flotte die Themse hinauffuhr.

Joe hatte Benjamin die Auslagen für den Stein ersetzt. Er hielt ihn in der Hand und war sich sicher, daß Fiona nicht mehr in London und für immer fortgegangen war. Aber wohin? Auch Benjamin glaubte, daß sie die Stadt verlassen hatte. Das machte es ungemein schwierig, sie zu finden. Sie hatte keine Familie, keine Freunde außerhalb von London, was hieß, daß es keinen einzigen wahrscheinlichen Anlaufpunkt für sie gab. Sie konnte überall sein. Benjamin ermutigte ihn, die Hoffnung nicht aufzugeben. Er war sich sicher, daß es außer dem Pfandleiher noch jemanden gab, der gesehen hatte, wie sie aus Whitechapel fortging. Er würde mit den Droschkenfahrern auf der Commercial Road reden und herausfinden, ob sich einer an sie erinnerte und, wenn sie Glück hatten, wohin er sie gefahren hatte.

Joe wußte, daß Benjamin sein Bestes geben würde, aber das Warten brachte ihn um. Die Vorstellung, daß die Person, die er am meisten liebte, sich an niemanden wenden konnte und vielleicht in schrecklichen Schwierigkeiten war, beschäftigte ihn Tag und Nacht.

Er sah Millie an, die, auf spitzenbesetzte Kissen gestützt, an der weißen Seide des Taufkleids herumstichelte, und spürte erneut, welch absurde Wendung sein Leben genommen hatte. Das alles hätte nicht passieren dürfen. Er sollte eigentlich nicht in diesem Haus, nicht mit dieser Frau verheiratet sein, sondern in Whitechapel bei Fiona. Sie hätten gerade ihren ersten Laden eröffnet und würden jede Minute arbeiten, um ihm zum Erfolg zu verhelfen. Es wäre schwer, ein ständiger Kampf, aber es wäre alles, was er sich je erträumt hatte. Abends mit ihr am Tisch zu sitzen und die Ereignisse des Tages mit ihr zu besprechen. Mit ihr im gleichen Bett zu schlafen und sie im Dunkeln langsam und zärtlich zu lieben. Zu hören, wie jemand sie Mrs. Bristow nannte. Ihr gemeinsames Kind auf den Knien zu schaukeln und seiner und ihrer Mutter zuzuhören, die sich stritten, welcher Seite der Familie das Kind mehr nachschlug.

»Joe, mein Lieber? Was gefällt dir besser? Annabelle oder Lucy?«

Millies Stimme riß ihn aus seinen Tagträumen. »Was, Millie? Tut mir leid, ich hab übers Geschäft nachgedacht.«

»Ich hab dich gefragt, welcher Mädchennamen dir besser gefällt. Wenn's ein Junge wird, möchte ich ihn Thomas nennen, nach meinem Vater. Thomas Bristow. Ich finde, das klingt gut. Ich bin *sicher,* daß es ein Junge wird. Das hab ich im Gefühl. Ich ...« Millie hielt inne und drückte die Hände auf den Bauch.

Joe sprang auf, und der Aktenordner fiel ihm vom Schoß. »Millie, was ist? Stimmt was nicht? Soll ich den Arzt holen?« fragte er aufgeregt.

Sie sah ihn an. »Nein ...«, antwortete sie langsam und sah ihn verwundert und freudig lächelnd an. »Mir geht's gut. Das Baby hat gerade gestrampelt. Fühl doch, Joe. Ich hab's gespürt.« Sie griff nach seiner Hand und drückte sie auf ihren Bauch. Er spürte nichts. Sie sah ihn an, aber ihr Blick war nach innen gerichtet. »Da«, flüsterte sie aufgeregt. »Hast du's gespürt?« Er hatte immer noch nichts gespürt. Sie preßte seine Hand fester auf ihren Bauch, und plötzlich fühlte er es. Ein winziger Ellbogen, ein Knie oder vielleicht eine Ferse. Eine kleine ungestüme Bewegung. Das Baby – sein Baby – wurde mit einemmal zu einer Wirklichkeit.

Er wurde von starken Gefühlen gepackt – väterlichen Gefühlen, aber auch von unendlicher Verzweiflung. Mit schrecklicher Gewißheit wurde ihm bewußt, daß er dieses Kind lieben würde, dennoch wünschte er sich, es wäre nie in sein Leben getreten. Seine Zukunft – als Vater dieses Kindes, als Millies Ehemann – trat ihm vor Augen. Tränen stiegen in ihm auf, Tränen der Liebe und der Trauer um dieses Kind, das zwar das seine war, aber nicht ihm und Fiona gehörte, um sein hoffnungslos leeres Leben. Er versuchte, die Tränen zu unterdrücken. Er hörte Millie, das Knistern ihres seidenen Nachthemds, als sie sich ihm zuwandte.

»Scht«, flüsterte sie und küßte ihn. »Es ist alles gut. Du wirst das Baby lieben, Joe. Bestimmt. Und das Baby wird dich lieben. Das tut es jetzt schon. Und wenn es da ist, wirst du vielleicht auch mich lieben. Und dann werden wir eine Familie sein, und alles wird gut.«

»Mr. Bristow?«

Die Stimme des Arztes holte Joe aus der Vergangenheit in die Gegenwart zurück. Er sah auf. »Wie geht's ihr?« fragte er.

»Sie hat es sehr schwer gehabt, aber ihr fehlt nichts.«

Erleichterung überkam ihn. »Und das Baby?«

»Ich fürchte, es ist eine Totgeburt. Wir konnten die Wehen nicht stoppen. Es ist eine Gnade, daß er auf diese Weise gestorben ist.«

»Es war ein Junge«, sagte Joe tonlos.

Der Arzt nickte und legte die Hand auf Joes Schulter. »Er wurde zu früh geboren, um außerhalb des Mutterleibs überleben zu können. Er hätte nur gelitten. Sie wird noch andere Kinder bekommen. Nach einiger Zeit.«

»Soll ich zu ihr reingehen?« fragte Joe und wollte aufstehen.

Dr. Lyons drückte ihn auf seinen Sitz zurück. »Nein, nein«, antwortete er schnell. »Das ist keine gute Idee. Noch nicht. Mr. Peterson wird gleich rauskommen. Er wird Ihnen Bescheid sagen.« Der

Arzt ging, um zu frühstücken, und sagte, er werde in etwa einer Stunde wieder nach Millie sehen.

Joe sackte auf die Bank zurück und fühlte sich zu leer, um zu weinen. Das Baby war tot geboren worden. Wie alles in seinem Leben, wie seine Träume, seine Hoffnungen. Wie alles, was er sein wollte – gut, liebevoll, aufrecht. Ein liebender Ehemann und Vater. Seit er den Stoß des kleinen Wesens gespürt hatte, hoffte er, es in seinen Armen halten, es lieben und für es sorgen zu können. Seine kleinen, suchenden Bewegungen waren ihm wie ein Versprechen erschienen, daß aus all dem Elend etwas Gutes erwachsen würde. Aber jetzt war das Baby tot. Seinetwegen.

Die Tür von Millies Zimmer öffnete sich, und sein Schwiegervater trat heraus.

Joe stand auf und sah ihn an. »Will sie mich sehen?« fragte er.

Tommy blieb bewegungslos mit geballten Fäusten stehen, auf seinem Gesicht ein Ausdruck kalter Wut. »Der einzige Grund, weshalb ich dich nicht gleich auf der Stelle umbringe, ist Millie«, sagte er schließlich. »Sie hat mir alles erzählt. Wie es zwischen euch war. Von dem Mädchen. Fiona. Ich weiß nicht, ob sie das eigentlich wollte. Sie war nicht ganz bei sich vor Schmerzen und Chloroform. Sie hat mir von der Guy-Fawkes-Nacht erzählt ... und ihrem Anteil dabei. Nicht leicht, sich das anzuhören.« Er sah zu Boden, seine Kiefer mahlten, dann richtete er den Blick wieder auf Joe. »Ich will dich aus dem Haus haben. Aus unserem Leben. Nimm, was dir gehört, und geh. Es wird eine Scheidung geben, wegen Ehebruchs. Durch dich. Wenn du widersprichst, werde ich ...«

»Das werde ich nicht«, antwortete Joe. Scheidung, dachte er. Er wäre wieder frei. Sollte er sich darüber freuen? Das tat er nicht. Er empfand Mitleid und Scham. Niemand ließ sich scheiden. Das war eine häßliche, skandalöse Sache, und die Tatsache, daß Tommy sie gefordert hatte, zeigte nur, wie sehr er ihn verachtete. Der Mann, dessen Anerkennung ihm einst alles bedeutet hatte. Joe nahm seine Jacke. Er sah zur Tür. »Ich möchte ihr sagen, daß es mir leid tut«, sagte er.

Tommy schüttelte den Kopf. »Laß sie in Ruhe.«

Als Joe den Korridor hinunterging, rief Tommy ihm nach: »Warum? Warum, du dummer Kerl? Du hast es doch geschafft gehabt. Du hast alles gehabt – alles, was du dir je wünschen konntest.«

Joe drehte sich um und sah ihn mit traurigem, bitterem Lächeln an. »Alles, Tommy, und doch nichts.«

28

Und dann noch zwei Lammkoteletts ... die großen da, ja ... ein Pfund Perlzwiebeln, ein Bund Petersilie und ein halbes Pfund ungesalzene Butter. Sie haben doch auch Porridge, nicht?«

»Natürlich, Mrs. Owens«, sagte Fiona und eilte ihrer Kundin nach, die sich durch den vollen Laden drängte. »Seamie, Schatz, bring noch Äpfel rauf«, rief sie ihrem Bruder zu. Er leerte gerade die Zitronen in einen Behälter und rannte in den Keller zurück.

Jemand nahm sie am Ellbogen. »Ich möchte was von Ihrem Tee, meine Liebe. Ich habe den Coupon von einem Reklamezettel ... das Viertelpfund? Er geht Ihnen doch nicht aus?« Es war Julie Reynolds, die gegenüber wohnte.

»Miss! Miss!« rief eine andere Stimme. »Ich möchte was von dem Madeirakuchen, bevor er aus ist!«

»Bin gleich bei Ihnen, Ma'am!« antwortete Fiona. Sie wandte sich wieder Mrs. Reynolds zu. »Keine Sorge, Mrs. Reynolds. Ich hab noch zwei Kisten im Keller. Wenn Sie noch eine Minute warten können.«

Ein ungeduldiges Klopfen war zu hören. »Junger Mann, ich möchte Mehl, bitte!« Eine ältere Frau klopfte mit dem Knauf ihres Stocks auf die Ladentheke.

»Sofort, meine Liebe«, antwortete Nick und drängte sich zu Fiona durch. Er wog ein Pfund Äpfel ab, während sie Perlzwiebeln aus einem Korb holte. Sie tauschten schnell ein flüchtiges Lächeln aus. »Mein Gott, der Laden brummt ja! Ich hab ein Bündel Coupons von deinen Reklamezetteln in der Tasche und noch eine Menge mehr in der Kasse. Wir müssen gleich noch eine Teekiste aus dem Keller holen. Wie viele Anzeigen hast du denn aufgegeben?«

»Nur die in der kleinen Stadtteilzeitung!«

»Das ganze Geschäft wegen dieser kleinen Anzeige? Nate hat recht. Werbung lohnt sich wirklich!«

Er schoß davon, um der Kundin die Äpfel zu bringen, und Fiona dankte Gott, daß er da war, um ihr zu helfen. Ohne ihn wäre sie verloren gewesen. Er war so charmant und plauderte so reizend. Die Damen liebten ihn, und ihm gefiel es, den Ladenbesitzer zu spielen. Es war ein neues Spiel, ein Jux, und Nick, ein großes Kind, genoß es.

Sie wog und verpackte die Lammkoteletts, die Butter und die Perlzwiebeln, steckte sie zu dem Porridge in die Tüte und legte ein Bund Petersilie darauf. »Haben Sie unsere Ingwerplätzchen schon probiert?« fragte sie Mrs. Owens und reichte ihr eins. »Sie sind sehr gut. Seamie ist ganz wild darauf«, fügte sie hinzu, da sie von Mary wußte, daß Mrs. Owens ihren fünf Kindern eine liebevolle Mutter war und vielleicht noch ein bißchen mehr einkaufte.

»Die sind hausgemacht, nicht wahr?« fragte die Frau und kostete davon.

»Erst heute morgen. Mary Munro hat sie gebacken. Von ihr stammen alle Backwaren hier.«

»Oh, ich kenne Mary! Sie ist eine hervorragende Bäckerin. Geben Sie mir ein halbes Dutzend. Da werden sich meine Kinder freuen. Ich brauch auch noch einen Viertelliter Milch und zwei Pfund Mehl. Und vergessen Sie meinen Tee nicht, Fiona! Hier ist mein Coupon. Ist er denn gut? Ich will keine Ausschußware.«

»Das ist exzellenter Tee, Mrs. Owens. Spitzenqualität«, sagte sie mit einem bedeutungsvollen Nicken. »Orange Pekoe, erste Pflükkung.« Das hatte sie von Joe gelernt. Laß ab und zu einen Fachausdruck fallen, der von intimer Kenntnis des Produkts zeugt und dem Kunden das Gefühl gibt, jetzt auch Bescheid zu wissen.

»Das hab ich auf der Kiste gelesen. Was heißt das?«

»Es ist die Sortenbezeichnung. Sie sagt Ihnen, daß Sie schöne große Blätter mit vielen Sprossen haben. Es heißt, daß alles von der Spitze des Buschs gepflückt wurde und nicht von den alten harten Blättern an den Zweigen stammt.« Sie senkte die Stimme. »Es gibt natürlich Leute, die den Unterschied nicht kennen«, fuhr sie fort und ließ den Blick durch den Laden schweifen, »aber diejenigen, die ihn kennen, bestehen auf der besseren Qualität.«

Mrs. Owens nickte komplizenhaft. »Geben Sie mir ein Viertelpfund, Mädchen. Mein Gott, es ist lange her, daß ich guten Tee bekommen hab – Jahre!«

Fiona lächelte über Mrs. Owens' Begeisterung. Ihr selbst ging es nicht anders. Wenn sie etwas auf der Welt nicht ausstehen konnte, dann schlechten Tee. Unzufrieden mit dem Angebot des Lieferanten ihres Onkels, bestellte sie bei ihm nicht nach, sondern fuhr in die South Street hinunter, zu Millard's, der Importfirma ihres Freundes Stuart, den sie auf dem Schiff kennengelernt hatte, und ließ sich dort eine Mischung aus indischem Tee zusammenstellen. Sie sagte ihm, was sie wollte, und Stuart bereitete aus den Blättern drei verschiedener Assuan-Sorten eine vollmundige, frische Mischung mit einem klaren, leicht malzigen Geschmack. Er freute sich darüber, weil er Schwierigkeiten hatte, seinen indischen Tee abzusetzen. Seine amerikanischen Kunden kauften nur, was sie kannten, und zwar chinesischen Tee. Sein indischer Tee war besser, aber er konnte sie nicht umstimmen. Fiona jedoch wollte nur diesen in ihrem Angebot. Sie erkannte seine Qualität sofort, und sie wußte, daß ihre Kunden dazu ebenfalls in der Lage wären. Dank Mary hatte sie viele von ihnen schon vor der Geschäftseröffnung kennengelernt. Junge Arbeiterinnen, Frauen von Dock- und Fabrikarbeitern – fast ausschließlich Einwanderer –, die guten Tee schätzten. Es war der einzige kleine Luxus, den sie sich gönnten.

Fiona wog Mrs. Owens' Tee ab und stellte die Tüte mit dem Rest ihrer Einkäufe auf den Ladentisch. Dann wickelte sie die Ingwerplätzchen ein, wog zwei Pfund Mehl ab und schöpfte die Milch aus einem Molkereikübel in den kleinen Krug, den Mrs. Owens ihr reichte. »Wäre das alles?« fragte sie und begann, die Einkäufe zusammenzurechnen.

Die Frau warf einen sehnsüchtigen Blick ins Schaufenster. »Ach, diese neuen Kartoffeln sehen so gut aus. Geben Sie mir zwei Pfund davon und ein Bund Spargel dazu. Den mag Mr. Owens so gern. Ich denke, das wär's im Moment. Wahrscheinlich kann ich gar nicht alles schleppen, was ich eingekauft habe!«

»Hätten Sie es gern geliefert?«

»Geliefert? Liefert Finnegan's jetzt?«

»Ja, Ma'am. Am Samstag und während der Woche am Nachmittag, wenn meine Lieferkräfte aus der Schule kommen.«

»Was kostet das?«

»Für *Sie* nichts, Mrs. Owens.« Niemand mußte dafür bezahlen, aber das brauchte ja nicht erwähnt zu werden.

»Also gut, schön!« sagte die Frau geschmeichelt. »Und geben Sie mir noch ein Bund von diesen hübschen Narzissen. Die nehm ich gleich mit, weil ich ja sonst nichts tragen muß. Und die Jungs sollen auf meinen Milchkrug aufpassen!«

Mrs. Owens bezahlte und ging. Sofort wandte sich Fiona ihrer nächsten Kundin zu. »Also, Mrs. Reynolds, danke für Ihre Geduld. Was hätten Sie denn gern?« Und nachdem Mrs. Reynolds bedient war, gab es immer noch eine lange Schlange von Frauen, um die sie sich kümmern mußte. Fiona wurde ständig in Trab gehalten, aber sie war begeistert. Die Leute kauften! Sie kauften Milch, Brot und Mehl – in Mengen –, aber auch die teureren Artikel: frische Blumensträuße, Marys Plätzchen und das frische Frühlingsgemüse aus der Auslage.

Wegen des Schaufensters hatte sich Fiona endlos den Kopf zerbrochen. Bis zur letzten Minute hatte sie gewartet und war erst am Morgen damit fertig geworden. Noch nie hatte sie ein Schaufenster dekoriert und wußte nicht, wo sie beginnen sollte, aber sie wußte, daß es auffallend und attraktiv sein sollte, um die Passanten anzuziehen. Als die ersten Sonnenstrahlen auf die Straße fielen, begann sie, in Panik zu geraten. Dann erinnerte sie sich plötzlich an Joes Rat: »Es ist alles eine Frage der Präsentation, Fee. Das verlockt die Kunden zum Kaufen.« Ihr Blick fiel auf eine Kiste Spargel – den sie eigentlich gar nicht hatte kaufen wollen, weil er so teuer war –, aber der Gemüsehändler überzeugte sie, als er sagte, daß sich die Leute nach dem langen Winter nach frischem Gemüse sehnten und viel dafür ausgeben würden. Und ihr Blick schweifte über die zarten neuen Kartoffeln ... die goldenen Brotlaibe, die der Bäckerjunge lieferte ... die Narzissen, die Alec gezogen hatte ... und die braunen, gesprenkelten Enteneier in dem Korb, an dem noch Heu klebte ... und dann hatte sie eine Idee.

Sie lief nach oben und nahm ein weißes Tischtuch aus Mollys Wäscheschrank. Aus dem Wohnzimmer holte sie eine grüne Vase und aus der Küche eine blauweiß gesprenkelte Emailleschüssel. Aus dem Keller kehrte sie mit einer leeren Obstkiste, einer großen runden Plätzchendose und ein paar Körben zurück, kletterte ins Schaufenster und machte sich an die Arbeit. Als sie fertig war, ging sie nach draußen und sah sich das Ergebnis an.

Was sie geschaffen hatte, war ein perfektes Bild des Frühlings. Ihr kleines Arrangement kündete von den warmen, fruchtbaren Tagen, die bevorstanden. Es war herzerfrischend und fröhlich und erfreute die Passanten, die von Wintergemüse und alten Kartoffeln genug hatten.

Das Schaufenster verkörperte für Fiona die erste und wichtigste Handelsregel, die sie von Joe, von den Märkten und Auslagen in Whitechapel gelernt und sofort begriffen hatte: Erzeuge einen Wunsch in den Menschen, und sie werden kaufen.

Eine Frau, die ins Fenster gesehen hatte, kam herein, gefolgt von einem atemlosen Ian. Fiona deutete auf Mrs. Owens' Einkäufe und gab ihm die Adresse. Schnell packte er die Ware in eine Kiste und lief los. Danach kam Robbie herein, und sie gab ihm Mrs. Reynolds Waren zur Auslieferung. Ärgerlich dachte sie, welche Hilfe ihr Onkel sein könnte, wenn er mitarbeiten würde anstatt sich bei Whelan's zu betrinken. Gestern hatte sie ihn gezwungen herunterzukommen, um die klemmende Kassenschublade zu reparieren und ihr zu zeigen, wie man die Markise ausrollte. Das hatte sie einen weiteren Dollar gekostet. Und während er im Laden war, hatte er viele ihrer Einkäufe kritisiert.

Einige Lieferanten hätten ihr das Doppelte von dem verkauft, was er für eine Woche bestellt hätte, und ihre Unerfahrenheit ausgenutzt. Er schlug ein Ei auf, stieß den Finger in den Dotter und erklärte ihr, daß es nicht frisch sei. Dann steckte er die Hand ins Mehlfaß, ließ es durch die Finger rieseln und fand Mehlwürmer darin. Er entdeckte drei Kisten Tee von Millard's, meinte, daß sie viel zuviel gekauft habe und daß er verderben würde, bevor sie ihn an den Mann gebracht hätte. Er untersuchte die Kiemen eines Fischs und erklärte ihr, daß er verdorben sei. Wütend erwiderte sie, daß nichts davon geschehen wäre, wenn er ihr beim Einkauf geholfen hätte. Murrend schob er die Tee- und Kaffeebehälter, das Semmelmehl, den Hafer und einige andere Waren, die oft gekauft wurden, näher an die Ladentheke und zog die Gläser mit Kakao, Muskat und Zimtstangen aus der Sonne, dann befahl er ihr, die Streichhölzer von der Kühltheke zu nehmen, damit sie keine Feuchtigkeit zogen.

Einen kurzen Moment lang war er der kompetente Ladenbesitzer, aber gerade als sie dachte, er würde bleiben und ihr helfen, ging er wieder fort, weil ihn der Ort traurig stimmte. Auf dem Weg hinaus machte er ihre kleinen Verschönerungsversuche herunter – die Spitzengardinen, die Glasteller für Marys Backwaren, die Blumenkästen und das GEÖFFNET-Schild, das Maddie für sie gemalt hatte. Es sei eine Arbeitergegend, sagte er. Die Leute seien an günstigen Preisen und nicht an Tand interessiert.

Er täuschte sich, davon war Fiona überzeugt. Die arbeitende Klasse liebte Schönheit genausosehr wie die Reichen. Vielleicht noch mehr, weil es davon in ihrem Leben so wenig gab. Aber seine Worte hatten sie verunsichert, und Nick, der gekommen war, um ihr beim Herrichten des Ladens zu helfen, mußte ihr erschüttertes Selbstvertrauen wieder aufrichten. Er erklärte ihr, daß ihre Fehlgriffe nur Anfängerpech waren und ihr noch genügend Zeit blieb, um sie wieder auszubügeln. Talent und Tüchtigkeit zählten am meisten, und davon habe sie genug. Er hatte ihr Gesicht zwischen seine Hände genommen und ihr befohlen, zum Fischhändler zu gehen und ihm zu sagen, daß er sich seinen alten Kabeljau an den Hut stecken könne. Das hatte sie getan und war mit herrlich frischem Fisch heimgekommen. Dann ließ sie von dem Müller das Mehl austauschen und vom Eierhändler neue Eier bringen.

Als sie die letzten Ingwerplätzchen für eine Kundin einpackte – dabei war es noch nicht mal zehn Uhr! –, erkannte Fiona, daß sie es geschafft hatte: Sie hatte den Laden wiedereröffnet. Sie hatte Kunden – Dutzende davon! So viele, daß ihr ständig Waren ausgingen. Sie würde das Lager auffüllen müssen – und zwar schnell. »Von einem leeren Wagen läßt sich nicht verkaufen«, sagte Joe immer. Sie war erleichtert, daß alles so gutgegangen war, aber noch mehr als das: Sie war glücklich. Und stolz. Der Tee, die Backwaren, das hübsche Schaufenster – all das war ihre Idee gewesen, und es hatte funktioniert. Es war ein umwerfendes Gefühl, Erfolg zu haben. Ein ganz neues Gefühl für sie – teils Glück, teils Stolz –, und sie genoß es. Mit einem Anflug schmerzlichen Bedauerns erinnerte sie sich, wie sie mit Joe auf den Old Stairs gesessen hatte und er ihr von seinen Erfolgen bei Peterson's erzählte und was sie ihm bedeuteten. Sie war zu eifersüchtig gewesen, zu ängstlich, um zuzuhören. Wenn sie doch nur zugehört hätte, wenn sie doch nur versucht hätte, ihn zu verstehen, statt mit ihm zu streiten. Wenn, wenn ...

Als sie die Tür für eine Kundin aufhielt, sah sie einen Lieferwagen vor dem Laden halten. Der Fahrer kam an die Tür, fragte nach ihrem Namen und überreichte ihr eine Schachtel.

»Was ist das?« fragte sie.

»Bei ihm weiß man nie«, antwortete er, lief zu seinem Wagen und schnalzte mit den Zügeln.

Fiona sah die Schachtel an. Es war ein glänzend blaues Rechteck, etwa dreißig auf fünfunddreißig Zentimeter mit einem an Scharnieren befestigten Deckel, der mit irisierenden Glasstücken besetzt war. Sie drehte sie um. Auf der Bodenseite waren die Worte »Tiffany Studios« eingraviert. Verwundert machte sie sie auf und war überrascht, eine Zeitung darin zu finden – eine Ausgabe der *New York World.* Auf der Titelseite stand »Schlagen Sie Seite fünf auf«. Und als sie das tat, entdeckte sie, daß ihre Anzeige, diejenige, die Nate und Maddie für sie gemacht hatte, diejenige, die sie im *Chelsea Crier* geschaltet hatte, die ganze Seite einnahm. Sie war verblüfft. Wie war das möglich? Sie hatte diese Anzeige nicht aufgegeben. Das konnte sie sich gar nicht leisten. Die *World* war eine große Zeitung, die in der ganzen Stadt verkauft wurde, kein kleines Lokalblättchen. Vielleicht waren deswegen so viele Leute gekommen.

Aus den Seiten stand eine kleine weiße Karte heraus und fiel zu Boden. Sie hob sie auf. Mit großer, männlicher Schrift war darauf geschrieben:

Meine liebe Miss Finnegan,
Ich hoffe, dieses kleine Geschenk trägt zu
Ihrem Erfolg bei.

Beste Wünsche
William R. McClane

William McClane fragte sich, ob er verrückt geworden war. Er kam zu spät zu einem Abendessen bei Delmonico's, was er sich nicht leisten konnte. Es handelte sich um ein privates Abendessen, zu dem der Bürgermeister eingeladen hatte. Viele der führenden Finanziers der Stadt wären anwesend, und es wäre das perfekte Forum, um seine Pläne für eine Untergrundbahn vorzutragen und Interesse und Begeisterung bei genau den Leuten zu wecken, deren Unterstützung für das Projekt unabdingbar war.

Und was machte er? Er saß auf der gottverlassenen West Side vor einem kleinen Lebensmittelladen in seiner Kutsche und hoffte, einen Blick vom Gesicht der jungen Frau zu erhaschen, die er nicht mehr vergessen konnte, seit er sie vor einer Woche in seiner Bank gesehen hatte. Ein Gesicht voller Widersprüche – gleichzeitig ängstlich und entschlossen, offen, stark und doch verletzbar. Das faszinierendste Gesicht, das er je gesehen hatte.

Auf dem Weg zum Abendessen, als er die Fifth Avenue hinauffuhr, ließ er seinen Kutscher plötzlich nach links abbiegen. Martin zog die Augenbrauen hoch bei der Adresse, die er ihm nannte. »Sind Sie sicher, Sir?« fragte er. Als Will dies bejahte, schüttelte Martin den Kopf, als wollte er sagen, er verstehe ihn nicht mehr. Will wußte, was er meinte, er verstand sich ja selbst nicht. Er wußte nicht, warum er das Geld seiner Bank für ein Mädchen mit guten Ideen, aber keinerlei Erfahrung riskierte. Oder warum er seine Sekretärin vier Tage lang losschickte, um an den Zeitungskiosken nach einer Ausgabe des *Chelsea Crier* zu suchen, die Fionas Anzeige enthielt, damit er sie in die *World* setzen konnte.

Er wußte nicht, warum er hundertmal am Tag an ein Mädchen dachte, das er nicht einmal kannte. Oder warum er sich, trotz seines ausgefüllten Lebens – sowohl geschäftlich als auch familiär –, plötzlich so unendlich einsam fühlte.

Mit seinen fünfundvierzig Jahren kannte sich William McClane eigentlich ganz gut. Er wußte über seine Motive Bescheid, kannte seine Ziele. Er war ein gewitzter, rational denkender Mann, der seine Intelligenz und seinen brillanten Geschäftssinn eingesetzt hatte, um aus kleinen Anfängen ein riesiges Vermögen zu schaffen. Er war ein äußerst disziplinierter Mensch und stolz darauf, sich nur von Tatsachen und Logik statt von Gefühlen und Phantastereien leiten zu lassen.

Also was um alles in der Welt machte er hier? Heimlich auf der Lauer wie ein alter Schwerenöter?

Auf dem Weg hierher hatte er sich eingeredet, er achte nur auf sein Geschäft, kümmere sich um seine Investitionen, wolle nur sichergehen, daß Miss Finnegan den richtigen Anfang machte. Schließlich war ein Laden keine einfache Sache für eine junge Frau. Doch als die Minuten verstrichen, der Zeiger seiner Uhr immer näher an sieben rückte und sie immer noch nicht auftauchen wollte, zwang ihn das unbehagliche Gefühl, das ihn überkommen hatte, zuzugeben, daß sein Besuch nichts mit seinen Bankgeschäften, sondern nur mit dem verzweifelten Blick in ihren Augen zu tun hatte, nachdem sie von Ellis abgewiesen worden war, mit der rührend tapferen Art, mit der sie den Kopf hochhielt und die Tränen unterdrückte, als er sie ansprach, und der aufrichtigen Erleichterung in ihrem Gesicht, als er ihr sagte, sie könne den Laden übernehmen.

Er mußte herausfinden, ob es ihr gutging. Daß alles gut für sie lief, denn andernfalls wollte er derjenige sein, der alles ins Lot brachte. Sie hatte Gefühle in ihm ausgelöst, Beschützerinstinkte, aber auch tiefere, unbekanntere. Gefühle, die er nicht verstand und nicht benennen konnte.

Er sah auf seine Uhr. Es war genau sieben, er sollte sich wirklich auf den Weg machen. Nicht nur, daß er zu spät zu Delmonico's kam, er erregte auch Aufmerksamkeit. Sein in England gefertigter Brougham kostete leicht das Doppelte der umliegenden Häuser, und die Leute blieben stehen und starrten den Wagen an. Und zu seinem Entsetzen auch ihn, der Abendkleidung trug. Bei Delmonico's oder vor der Oper hätte niemand zweimal hingesehen, aber hier, in dieser Arbeitergegend, machte er sich zum Spektakel. Und das war etwas, was ein Mann seiner Herkunft und Manieren nicht tat.

Gerade wollte er Martin das Zeichen zum Weiterfahren geben, als die Ladentür aufging und eine junge Frau in langer weißer Schürze heraustrat. Sein Herz machte einen Freudensprung bei Fionas Anblick. Sie steckte das Ende einer langen Stange in eine Metallöse über der Tür und begann, die Markise einzurollen. Und bevor er wußte, was er tat, war er schon ausgestiegen und überquerte die Straße. Als er auf den Gehsteig trat, ging erneut die Ladentür auf, und ein junger Mann kam heraus. Er nahm ihr die Stange ab, rollte die Markise ganz auf, dann hob er sie plötzlich hoch, wirbelte sie herum, und beide lachten aus vollem Hals. Als er sie wieder abstellte, küßte er sie auf die Wange.

Will blieb unvermittelt stehen. Der Mann war natürlich ihr Ehemann. Aus irgendeinem Grund hatte er gedacht, sie sei nicht verheiratet. Sie war ihm so allein vorgekommen damals in der Bank, als hätte sie niemanden, der sich für sie einsetzte, niemanden, der sie unterstützte. Als er die beiden beobachtete, wunderte er sich über ihre Begeisterung, ihre Ausgelassenheit. Sie mußten einen guten Tag gehabt, Geld eingenommen haben. Daß ein paar Dollar jemanden so glücklich machen konnten, erstaunte ihn. Anna, seine verstorbene Frau, hatte ihn nie so umarmt, nicht einmal, als er seine erste Million verdient hatte. Plötzlich wünschte er sich, er säße wieder in seiner Kutsche. Er fühlte sich wie ein Eindringling, kam sich fehl am Platz vor und war zu seiner Verwunderung schmerzlich enttäuscht. Er wandte sich zum Gehen, hoffte, daß ihn niemand gesehen hatte, aber im selben Moment entdeckte ihn Fiona. Ihr bereits vor Freude strahlendes Gesicht leuchtete noch mehr auf.

»Mr. McClane! Sieh nur, Nick, das ist Mr. McClane, der Mann, von dem ich dir erzählt hab. Der Mann aus der Bank. Ach, Mr. McClane, Sie können sich nicht vorstellen, was für einen Tag wir hatten! Es waren so viele Kunden da! Unglaubliche Massen! Wir sind ausverkauft! Wir haben nichts mehr, absolut nichts mehr! Und alles haben wir Ihnen zu verdanken!«

Und dann eilte sie auf ihn zu und umarmte ihn so fest, daß er fast keine Luft mehr bekam. Er war so überrascht und so entzückt, daß er kein Wort herausbekam. Seine Hände berührten ihren Rücken, und er spürte die Hitze ihres Körpers durch ihre Bluse. Ihr Haar kitzelte sein Gesicht, und ihre Wange fühlte sich wie Seide an. Sie roch nach Butter, Tee und Äpfeln und nach einer warmen, reizend verschwitzten jungen Frau.

Doch plötzlich, als besänne sie sich wieder, riß sie sich los, trat verlegen einen Schritt zurück, und sein ganzer Körper spürte schmerzlich den Verlust ihrer Berührung. »Sie haben so viel für uns getan! Zuerst haben Sie mir den Laden gegeben und dann die Anzeige!« sagte sie. »Wie haben Sie die denn in die *World* gekriegt? Hab ich eine Kopie bei Mr. Ellis gelassen?« Sie wartete seine Antwort nicht ab, sondern redete atemlos weiter, was ihm eine Erklärung ersparte. »Sie wissen nicht, was das für uns bedeutet ... für meine Familie.« Sie lächelte noch immer, aber er sah, wie ihre Augen feucht wurden. »Wir müssen nicht ausziehen, ich muß mir keine Arbeit suchen, die Munros können bleiben und ... o nein! Sehen Sie nur, was ich getan hab!« Will folgte ihrem entsetzten Blick auf sein Jackett und sah, daß es mit Mehl bestäubt war. »Tut mir leid! Ich hol schnell ein Tuch!« Sie verschwand in den Laden und ließ ihn mit ihrem Gefährten zurück.

»Sie ist schon ein verrücktes Huhn, nicht wahr?« sagte Nick und sah ihr lachend nach. Dann streckte er die Hand aus. »Ich bin Nicholas Soames, ein Freund von Fiona. Ich freue mich, Sie kennenzulernen.«

Nur ein Freund? Will strahlte und schüttelte ihm die Hand. »Die Freude ist ganz auf meiner Seite, Sir.«

Fiona kam wieder heraus, machte sich an seiner Jacke zu schaffen und rieb das Mehl nur noch tiefer hinein, bis er ihr versicherte, daß alles gut sei und sich durch Ausschütteln beheben ließe. Insgeheim war er froh, daß Charlie Delmonico für Stammkunden Jacketts und Hosen bereithielt, falls sich jemand bekleckerte. Als sie aufgab und den Lappen in die Schürzentasche steckte, drehte Nick die Gaslampen ab, verschloß die Ladentür und reichte ihr den Schlüssel.

»Ich geh nach oben und seh nach, ob Mary beim Abendessen Hilfe braucht, Fee. Was soll ich damit machen?« Er zeigte ihr die Schachtel von Tiffany, die Will am Morgen geschickt hatte.

»Laß uns noch mal einen Blick hineinwerfen!« sagte sie aufgeregt. Nick öffnete sie. Die Schachtel war voller Noten und Münzen. Sie blickten auf das Geld, dann sahen sie sich an und brachen in Lachen aus wie zwei Kinder angesichts einer Bonbonbüchse. Will konnte sich nicht erinnern, jemals soviel Spaß beim Geldverdienen gehabt zu haben. Vielleicht sollte er seine Minen, seine Sägewerke und Untergrundbahnen aufgeben und es mit Ladengeschäften versuchen.

»Versteck es irgendwo, Nick. Stell sie unter mein Bett. Das ist die Rate für die Hypothek nächsten Monat. Wenn Michael sie findet, trinkt er jedes Wirtshaus in der Stadt leer.« Sie sah Will an. »Mein Onkel hat ein ziemliches Alkoholproblem. Ich bin sicher, Mr. Ellis hat Ihnen das gesagt.«

Will nickte. Ellis hatte dies in ausgesuchten Worten getan. Er war ein bißchen verblüfft über Fionas direkte Art. In seinen Kreisen sprach niemand offen über derlei Dinge. Die gab es natürlich – Trinken, Spielen und Schlimmeres. Aber die Regel lautete, was man nicht weiß, macht einen nicht heiß.

»Freut mich, Ihre Bekanntschaft gemacht zu haben, Mr. McClane«, sagte Nick und ging hinein.

»Ganz meinerseits, Mr. Soames.«

»Wollen Sie mit uns essen, Mr. McClane? Es würde mich freuen. Uns alle. Es soll eine kleine Feier werden. Heute morgen war ich noch so besorgt, ich dachte, niemand würde kommen. Ach, kommen Sie doch mit! Nick hat Champagner mitgebracht.«

»Nennen Sie mich bitte Will. Ich würde sehr gern mitkommen, aber ich muß gleich zu einem Geschäftsessen.«

Fiona nickte. Sie sah zu Boden, dann hob sie den Blick wieder, ihr hübsches Lächeln war verschwunden. »Wahrscheinlich etwas ganz Besonderes. Sie müssen mir verzeihen, gewöhnlich plaudere ich nicht so drauflos, aber ich bin so aufgeregt. Ich weiß nicht, wie ich heute nacht ein Auge zutun soll.«

Will begriff, sie glaubte, er lehne ihren Vorschlag ab, weil ihm ihre aufgedrehte Art nicht gefiel. Nichts konnte falscher sein. »Miss Finnegan, Sie haben nicht ... bitte glauben Sie nicht ... es freut mich, daß Sie wegen Ihres Ladens so aufgeregt sind. Ich bin genauso. Wenn ich die Gelegenheit dazu bekomme, rede ich Ihnen die Ohren voll über meine Untergrundbahn. Hören Sie, ich habe noch ein bißchen Zeit, bevor ich zu meinem Termin muß. Mir hilft ein Spaziergang, wenn ich aufgedreht bin. Sollen wir ein paar Schritte gehen?«

»Sehr gern! Mary braucht noch eine Weile, bis sie das Essen fertig hat, vor allem wenn Nick sich ständig einmischt. Aber ich halte Sie doch nicht auf, oder?«

Er machte eine verneinende Geste. »Ganz und gar nicht. Ich hab noch eine Menge Zeit.« Was nicht stimmte. Er würde sich entsetzlich verspäten, aber das war ihm vollkommen egal.

Sie lächelte wieder – ein strahlendes aufrichtiges und vollkommen entwaffnendes Lächeln, das er ausgelöst hatte, und das machte ihn glücklich. Sie nahm ihre Schürze ab und legte sie auf die Hausschwelle. »Ich bin bereit«, sagte sie. »Gehen wir.«

»Warten Sie«, sagte er und zog ein Taschentuch aus seiner Tasche. Vorsichtig rieb er ihre Wange damit ab. »Zimt«, sagte er. »Ein langer Streifen. Als gingen Sie auf Kriegszug.« Sie lachte. Ihre Haut war seidig wie ein Rosenblatt. Er rieb weiter, obwohl von dem Zimt schon nichts mehr zu sehen war, dann hörte er auf, damit sie nicht dachte, er wollte sie nur berühren. Was stimmte.

Sie gingen los, und sie sagte, wenn sie ihn Will nennen solle, dann müsse er sie Fiona nennen. Er erklärte sich einverstanden und unterdrückte ein Lächeln über ihr Aussehen. Haarsträhnen hatten sich aus ihrem Knoten gelöst, und ihre Kleider waren schmuddelig und zerknittert. Aber ihr Gesicht war sanft gerötet, und ihre herrlichen kobaltblauen Augen strahlten. Will hielt sie für die schönste Frau, die er je gesehen hatte.

Als sie in die Eighteenth Street einbogen, fragte er sie nach dem Laden, was ihre Kunden gekauft hatten und woher sie ihre Ideen hatte. Ihre Antworten waren klug und verständig. Und dann stellte sie ihm Fragen. Quetschte ihn geradezu aus. Wie reiche New Yorker ihr Vermögen gemacht hatten. Was sie machten. Was sie verkauften.

»Nun, Carnegie machte sein Vermögen mit Stahl«, begann er. »Die Rockefellers mit Öl, Morgan mit Eisenbahnen und Banken und ... aber warum wollen Sie das alles wissen, Fiona?«

»Weil ich reich werden will. Ich will Millionärin werden, Will.«

»Wirklich?« fragte er und lächelte, weil wieder ein Tabu, wieder eine gesellschaftliche Regel gebrochen und achtlos über den Haufen geworfen wurde. Offensichtlich wußte sie nicht, daß Frauen eigentlich nicht über Geld sprachen. Zumindest die Frauen seiner Kreise nicht. Er hatte den Eindruck, daß sie sich einen Dreck darum scheren würde, wenn sie es wüßte.

»Ja, das will ich. Wie kann ich das anstellen? Wie haben Sie's gemacht?«

Wieder ein Tabubruch. Stell keine intimen Fragen über die Finanzen eines Freundes, hatte man ihm beigebracht. Aber er empfand ihre Direktheit als erfrischend und ihre Bitte um Rat als schmeichelhaft, weshalb er nicht zögerte, ihr zu antworten. »Mit einem kleinen Familienvermögen als Grundlage, mit Waldland, das ich in Colorado erbte, und mit dem weisen Entschluß, dort mehr Land zu kaufen, weil es viel Silber enthielt.«

Sie runzelte die Stirn. »Ich besitze nichts dergleichen«, sagte sie. »Aber ich hab mir überlegt – wenn der Laden gut läuft, könnte ich noch ein Darlehen aufnehmen und einen zweiten aufmachen. Vielleicht zehn oder fünfzehn Straßen nördlich vom jetzigen ...«

»In Hell's Kitchen? Das glaube ich nicht.«

»Na schön, dann eben südlich. Oder ein paar Straßen weiter östlich. Vielleicht am Union Square. Ich bin dort gewesen, da ist viel los. Und dann könnte ich noch einen aufmachen, und bald hätte ich eine eigene Kette ...«

Will sah sie lange an. »Glauben Sie nicht, es wäre klug, eine Weile zu gehen, bevor Sie zu rennen anfangen? Sie haben erst einen Tag eröffnet. Es war ein guter Tag, aber Sie müssen noch ein paar Dinge lernen, bevor Sie den zweiten Laden eröffnen.«

»Als da wäre?«

»Zum Beispiel mit welchen Kunden Sie es zu tun haben. Wenn Sie in Hell's Kitchen einen Laden aufmachen, wird Ihnen innerhalb von zehn Sekunden das Schaufenster eingeworfen, und Sie werden ausgeraubt. Das ist eine schwierige Gegend. Aber Sie haben recht, am Union Square ist eine Menge los, allerdings kaufen dort wohlhabende Kunden ein, die nach Luxusgütern Ausschau halten, nicht nach Lebensmitteln. Nehmen Sie sich einen Rat zu Herzen, den mir mein Vater gab, als ich anfing, Fiona: Beschäftige dich mit den Dingen, mit denen du dich auskennst. Im Moment kennen Sie sich in den verschiedenen Gegenden der Stadt noch nicht genügend aus, um irgendwo größere Investitionen zu tätigen. Überstürzen Sie nichts. Fangen Sie klein an.«

»Wie denn? Womit?«

Will dachte kurz nach. »Sie haben gesagt, Ihre Kuchen und Plätzchen verkaufen sich gut, richtig?«

Fiona nickte.

»Sie wissen jetzt, daß sich süßes Backwerk gut verkauft, also probieren Sie es mit salzigem. Fleischpasteten ... Hühnerpasteten ... so etwas. Es ist ein Risiko – vielleicht gehen die Waren nicht –, aber ein kalkuliertes. Die Auswahl bringt's. Versuchen Sie es mit einem Angebot guter Süßwaren. Wenn die Leute Plätzchen kaufen, stehen die Chancen gut, daß sie auch Schokolade kaufen. Was noch? Der Spargel ist ausverkauft, ja? Gestern abend hatte ich bei Rector's köstlichen gedünsteten Salat. Nur die Sprossen. Vielleicht kaufen Leute, die frisches Gemüse mögen, auch so etwas. Vielleicht auch nicht, aber Sie sollten alle Möglichkeiten ausprobieren. Jedes Bedürfnis ergründen. Seien Sie die erste, die ihren Kunden bietet, was sie wollen, auch wenn sie noch gar keine Ahnung davon haben.«

Über ihnen ging ein Fenster auf. Eine Frau lehnte die dicken Unterarme auf den Sims und rief mit starkem irischem Akzent: »Sean! Jimmy! Wo zum Teufel seid ihr, ihr Racker? Eure Schweineschnitzel werden kalt! Kommt rein, oder es gibt was auf die Ohren!«

»Schweineschnitzel, Will«, sagte Fiona gequält und machte eine Geste zum Fenster hinauf. »Das ist es, was meine Kunden wollen. Kann ich damit reich werden, wenn ich die verkaufe?«

Will lachte. »Vielleicht nicht. Zumindest nicht gleich. Aber Sie werden dazulernen. Sie werden herausfinden, was sich verkauft und was nicht. Und auf diesem Wissen werden Sie aufbauen. Sie werden *schlau* werden, Fiona. Und das ist der erste Schritt zum Reichtum.«

»Wirklich?«

»Ja. Ich hätte meine Silberminen nicht gekauft, wenn ich nicht wegen meiner Interessen im Holzgeschäft schon in der Gegend gewesen wäre. Ich würde nicht versuchen, der Stadt meine Pläne für eine Untergrundbahn anzubieten, wenn ich nicht aufgrund meiner Minen große Erfahrung im Tiefbau hätte. Glauben Sie mir. Beschäftigen Sie sich damit, womit Sie sich auskennen.«

Plaudernd gingen sie weiter, vergaßen die Zeit, und nicht einmal entstand eine peinliche Stille, keine Sekunde, in dem einem von ihnen der Stoff ausgegangen wäre. Will war vollkommen bezaubert von Fiona. Noch nie hatte er jemanden wie sie getroffen – eine so leidenschaftliche, so direkte und aufrichtige Frau, so vollkommen und ohne Fehl. Sie faszinierte und entzückte ihn, und er wollte mehr über sie erfahren. Er fragte sie nach ihrer Familie, und als sie ihm erzählte, was passiert war, blieb er mitten auf dem Gehsteig der Eighteenth Street, zwischen Fifth Avenue und Broadway, stehen und konnte nicht fassen, was sie ausgestanden hatte. Es erklärte alles über sie, beantwortete alle seine Fragen. Warum sie hier war. Warum sie sich so sehr bemühte, ihrem Laden zum Erfolg zu verhelfen, warum sie so entschlossen war, reich zu werden. Er bewunderte ihren Mut, ihre Stärke, aber er hatte auch großes Mitgefühl mit ihr. Ohne zu überlegen, nahm er ihre Hand und bat sie, zu ihm zu kommen, wenn sie irgend etwas brauchte – Hilfe, Rat, was auch immer. Das hatte er nicht tun wollen, es war eine unüberlegte Geste, aber er war einer plötzlichen Regung gefolgt. Sie drückte ihm schlicht die Hand, dankte ihm und meinte, das würde sie tun.

Als sie den Union Square erreichten, rief Fiona aus, sie müsse zurück, weil ihr Abendessen inzwischen sicher fertig sei. Doch bevor sie das tat, entdeckte sie einc Blumenverkäuferin – ein mageres, schmutziges Mädchen von nicht mehr als zwölf Jahren, das seine Waren feilbot. Das Mädchen hatte dunkelrote Rosen. Fiona sah sie sehnsüchtig an und sagte plötzlich, sie würde welche nehmen, auch wenn sie teuer seien. Als Belohnung für den guten Eröffnungstag. Er wollte sie für sie kaufen, aber das ließ sie nicht zu. Er bemerkte, daß sie dem kleinen Mädchen mehr gab als den verlangten Preis. Sie liebe Rosen, erklärte sie ihm und gab ihm eine für sein Knopfloch.

Als sie schließlich wieder beim Laden angekommen waren, hing ein kleiner rothaariger Junge – ihr Bruder, erfuhr er – aus dem Fenster. Er rief ihr zu, sich zu beeilen. Alle seien schon am Verhungern, fügte er hinzu. Will küßte ihre Hand, hielt sie länger fest als angemessen und verabschiedete sich schließlich. Als seine Kutsche abfuhr, drehte er sich um und sah, wie sie mit den Rosen auf dem Gehsteig stand und ihm nachblickte. Und noch nie hatte es ihm so leid getan, zu einem Essen mit einer Flasche Chateau Lafite und einem siebengängigen Mahl gehen zu müssen.

29

Stan Christie und Reg Smith waren nur ein paar Meter hinter Roddy O'Meara. Er konnte sie nicht sehen, hörte aber ihre Schritte und daß einer einen Knüppel gegen die Handfläche schlug.

»Los, Bowler, gib ihnen ihr Stichwort«, sagte Roddy und setzte sich an Sheehans Tisch. »Bloß um sicherzugehen, daß sie bei dir sind, bevor ich dir was tun kann.«

Sheehan lehnte sich auf seinem Stuhl zurück. Er polkte mit der Zunge einen Speiserest aus den Zähnen, dann nickte er kurz. Reg und Stan setzten sich wieder auf ihre Plätze an der Bar des Taj Mahal. Bowler schob seinen Teller, auf dem noch ein großes Stück saftiges Steak lag, zurück und funkelte Roddy wütend an. »Was wollen Sie?«

»Dein Mann an der Bar hatte neulich nacht einen Zusammenstoß mit jemandem namens Joe Bristow.«

»Sie machen Scherze, ja? Sie wollen mir doch nicht sagen, daß Sie hier sind, weil sich zwei Burschen gerauft haben?«

»Ich bin wegen einem Mädchen hier. Fiona Finnegan. Bristow sagte, dein Gorilla wollte wissen, wo sie sich aufhält. Warum?«

»Ich weiß nicht, wovon Sie reden, Constable«, antwortete Bowler gekränkt. »Und überhaupt find ich's unverschämt, hier reinzukommen, mir das Abendessen zu verderben und mich irgendwelcher Verbrechen zu bezichtigen ...«

Roddy seufzte, während Bowler seine Phrasen drosch, Unwissenheit, Unschuld und Betroffenheit heuchelte – das übliche. Nachdem er Dampf abgelassen hatte, sagte Roddy: »Wenn du es so willst, Bowler, in Ordnung. Du weißt, ich hatte immer die Devise, leben und leben lassen. Wenn ein Krimineller wie du einem anderen Kriminellen wie Denny Quinn Geld abnimmt, schert mich das nicht. Solange du keine ehrlichen arbeitenden Leute belästigst, ist mir das scheißegal. Aber ich warne dich, laß dir ja nichts anderes einfallen. Sag mir, was ich wissen will, oder ich heiz dir gehörig ein. Wenn du am Morgen aus dem Haus gehst, bin ich da. Wenn du in ein Pub, ein Bordell, zu einem Hunde-, einem Hahnen- oder Rattenkampf gehst, bin ich hinter dir. Wenn du nur versuchst ...«

»Schon gut! Schon gut!« sagte Bowler. »Mein Gott, was für ein Mist, daß der Ripper mit seinen Morden aufgehört hat. Mir hat's besser gefallen, als ihr alle blindwütig dem Jack nachgerannt seid, statt mir die Luft zu verpesten.«

»Was ist mit Fiona?« fragte Roddy.

Bowler nahm einen Schluck Bier und sagte: »Ihre Miss Finnegan hat einem meiner Geschäftspartner fünfhundert Pfund gestohlen. Er will sie zurückhaben. Er will keine Schwierigkeiten, ich soll sie bloß finden und die Kohle zurückbringen.«

»Und um wen handelt es sich bei deinem Geschäftspartner, Bowler?«

»Das kann ich Ihnen nicht sagen. Er ist ein feiner Pinkel und will nicht, daß die Sache publik wird.«

Roddy nickte. »Also gut«, sagte er und stand auf, »dann auf die harte Art. Wenn du genug von deinen Lügenmärchen hast, gib mir Bescheid.«

»Ach, verdammt, O'Meara, was soll ich denn machen! Sie wollen die Wahrheit, ich sag sie Ihnen. Und dann glauben Sie mir nicht!«

»Bowler, du wüßtest nicht, was Wahrheit ist, wenn sie dich niederdrücken und auf dir rumtrampeln würde. Ich kenne das Mädchen mein Leben lang. Hab es mit aufgezogen. Und daß sie fünfhundert Pfund gestohlen haben soll, ist genaùso wahrscheinlich, wie du wegen guter Taten zum Ritter geschlagen wirst. Wir sehen uns.«

An der Tür drehte er sich noch einmal um und sagte: »Wo immer sie auch ist, Bowler, ihr sollte lieber nichts passieren. Wenn doch, stehst du auf meiner Abschußliste.«

»Na großartig! Ich weiß genausowenig, wo sie ist, wie Sie! Was wollen Sie mir denn sonst noch anhängen? Die Unruhen am Trafalgar Square? Den Hundertjährigen Krieg?«

Vor dem Taj Mahal nahm Roddy seine Mütze ab und strich sich durchs Haar. Er war frustriert und besorgt. Die Sorgen ließen ihn nicht los. Über Fionas Aufenthaltsort wußte er jetzt nicht mehr als vor dem Gespräch mit Sheehan. Aber diesem Idioten würde er's heimzahlen, daß er ihm Märchen erzählt und seine Zeit gestohlen hatte. Heute hatte er nach seinen Regeln gespielt, aber das nächste Mal, wenn er ihn besuchte, würde er sie bestimmen. Ihn fröstelte im kalten Wind, der vom Fluß heraufblies.

Er hoffte, Fiona und Seamie hatten es warm, wo immer sie auch sein mochten. Er klappte den Kragen hoch, steckte die Hände in die Taschen und machte sich auf den Heimweg.

30

Fiona senkte den Kopf und weinte.

Sie stand am Eingang des Friedhofs, wo ihre Mutter, ihr Vater, ihr Bruder und ihre Schwester lagen. Das Tor war verschlossen. Sie versuchte hineinzukommen, rüttelte an den Stäben, bis die Scharniere quietschten und ihre Finger wund waren, aber es nützte nichts. Sie wollte bei ihrer Familie sitzen, sie wollte ihnen von ihren Sorgen erzählen und wissen, daß sie ihr zuhörten, auch wenn sie nicht antworten konnten. Sie hob das Vorhängeschloß an und ließ es gegen die Tür knallen, immer und immer wieder, während sie die Tränen niederkämpfte.

Eine Stimme rief ihren Namen, eine Stimme mit irischem Akzent. »Fiona, Mädchen ...«

Sie ließ das Schloß los, es krachte gegen das Tor. Ihr Vater stand auf der anderen Seite, nur ein paar Zentimeter von ihr entfernt. »Pa!« rief sie und wollte ihren Augen nicht trauen. »O Pa ...« Sie streckte die Hände durch die Stäbe. Er faßte sie und drückte sie an die Wange.

»Pa, wo bist du gewesen? Ich hab dich so vermißt.« Jetzt weinte sie. »Kommst du jetzt heim und bringst Ma und Charlie und das Baby mit ...«

Er schüttelte den Kopf. »Ich kann nicht, Schatz. Du weißt, daß ich das nicht kann.«

»Aber warum nicht? Ich brauch dich, Pa.« Sie zog ihn an der Hand. »Bitte ...«

»Nimm das, Fiona«, sagte er, und sie spürte, daß er ihr etwas in die Hand legte. »Du mußt benutzen, was du kennst.«

Sie sah hinab auf das, was er ihr gegeben hatte. Es war eine winzige Pflanze. Nicht größer als ein paar Zentimeter. Ein schlanker, fragiler Stengel mit ein paar glänzenden Blättern daran. Verwirrt sah sie zu ihm auf. »Was ist das?«

»Was du kennst.«

»Was ich kenne? Pa, das ergibt doch keinen Sinn ... Ich hab noch nie eine solche Pflanze gesehen ...«

Er ließ ihre Hand los und trat einen Schritt zurück.

»Wo gehst du hin? Pa, warte!« Mit der einen Hand drückte sie die kleine Pflanze an die Brust, mit der anderen griff sie nach ihrem Vater. »Nein, geh nicht. Bitte, geh nicht weg. Komm zurück ...«

»Pfleg sie gut, und sie wird wachsen, Mädchen. So groß, wie du's dir nicht vorstellen kannst.« Mit einem bittersüßen Lächeln auf dem Gesicht winkte er ihr zu, dann ging er weg und verschwand im Dunkel des Friedhofs.

»Nein!« schluchzte sie. »Komm zurück! Bitte, bitte, komm zurück!« Mit aller Kraft rüttelte sie an dem Tor, aber es gab nicht nach. Sie lehnte sich dagegen und überließ sich ihrem Schmerz.

Während sie weinte, hörte sie den Klang von Pferdehufen. Als sie aufblickte, sah sie eine Kutsche heranfahren. Sie war elegant und schwarz und auf Hochglanz poliert. Flammen flackerten in den Laternen zu beiden Seiten. Zwei Hengste, beide so dunkel wie die

Nacht, zogen sie. Blaue Funken stoben von ihren Hufen, als sie über das Pflaster jagten. Es sah aus, als machte der Teufel persönlich eine mitternächtliche Ausfahrt. Was sie als nächstes sah, überzeugte sie, daß es so war.

Frances Sawyer, oder was von ihr übrig war, hielt die Zügel. Sie hatte kein Gesicht mehr. Jack hatte es ihr abgeschnitten. Ihr Schädel schimmerte weiß im Gaslicht, an dem rohen Knochen klebte Blut. Ihr zerrissenes Kleid hing an ihrem verstümmelten Körper. Ihre Rippen bewegten sich wie ein Akkordeon, und ihre fleischlosen Knochen arbeiteten, als sie die Pferde abrupt zum Stillstand brachte. Sie drehte den Kopf, die Wundränder ihres durchschnittenen Halses trafen schmatzend aufeinander, und sie starrte sie aus leeren Augenhöhlen an. »Er ist da«, sagte sie mit gurgelnder Stimme.

Gegen das Tor gedrückt, unfähig, sich zu rühren oder zu schreien, zwang sich Fiona, von der Kutscherin zu dem Fahrgast zu sehen. Das Fenster war offen, aber sie erkannte nur eine Silhouette – einen Zylinder, Hände, die auf einem Spazierstock ruhten. Dennoch wußte sie, wer es war. Jack. Der schwarze Mann. Seine Finger krampften sich ums Fensterbrett. Die Tür sprang auf, und eine Flut von Teeblättern ergoß sich auf den Boden. Er stieg aus, berührte in einer Art höhnischem Gruß den Rand seines Huts, grinste und enthüllte spitze, blutverklebte Zähne. Es war nicht Jack. Es war William Burton. Er hielt ein Messer in der Hand.

Mit erhobener Hand holte er gegen sie aus. Das Messer machte ein lautes, schmatzendes Geräusch, als es bis zum Griff in ihre Brust eindrang. Sie schrie auf vor Schmerz. Er zog es heraus, leckte die rote Flüssigkeit ab, die herabtropfte, und sagte: »Ein Assam. Ganz eindeutig. Zu stark für einen Darjeeling. Zu reichhaltig für einen Dooars.« Wieder hob er das Messer, aber ihre Lähmung war vorbei. Wie wahnsinnig schlug sie auf ihn ein.

»Hör auf, Fiona!« rief er und hielt sie zurück. »Mein Gott!«

»Ich bring dich um!« schrie sie und zerkratzte sein Gesicht.

»Au! Du kleines ... das tut weh!« Er packte sie an den Handgelenken und schüttelte sie. »Wach auf, du dummes Ding! Ich bin's, Michael!«

Fiona öffnete die Augen. Ein ärgerliches, schlaftrunkenes Gesicht starrte sie an. Das ihres Onkels. Nicht Burtons. Mit pochendem Herzen sah sie sich um. Sie saß in einem Sessel in Michaels Wohnzimmer. Zu ihren Füßen lagen das Rechnungsbuch des Ladens und eine Ausgabe der Londoner *Times*. Sie war aber in New York, nicht in London. Und sie war in Sicherheit, sagte sie sich. Dennoch mußte sie auf ihre Brust hinabsehen, um sich zu überzeugen, daß dort kein Messer steckte.

»Onkel Michael ... tut mir leid ... ich hab geträumt ...«, stammelte sie.

Er ließ sie los. »Was zum Teufel hast du denn?« fragte er. »Endloses Geschrei ... du hast mich zu Tode erschreckt. Ich hab gedacht, jemand bringt dich um.«

»Ich auch.«

»Was machst du überhaupt hier? Warum liegst du nicht im Bett?«

»Ich hab die Bücher durchgesehen. Vom Laden. Wahrscheinlich bin ich eingeschlafen.»

Er nickte. »Na schön ... wenn's dir nur jetzt wieder gutgeht«, antwortete er mürrisch.

»Ja, sicher«, antwortete sie, aber plötzlich wurde sie von einem heftigen Zittern gepackt. Mein Gott, was für ein Alptraum, dachte sie. Der schlimmste, den ich je gehabt hab. Sie legte die Hände aufs Gesicht und stöhnte auf bei der Erinnerung an Jack und Burton. Die beiden waren in ihrem Alptraum zu einer Person verschmolzen, zur Verkörperung ihres größten Schreckens.

Sie beugte sich hinunter, um ihre Papiere aufzuheben, und war entschlossen, den Traum beiseite zu schieben. Als sie nach der *Times* griff, die aufgeschlagen am Boden lag, blieb ihr Blick an dem Artikel hängen, den sie gelesen hatte. »Lukrativer Börsengang für Teehändler«, besagte die Überschrift, und darunter stand: »Die ehrgeizigen Expansionsabsichten von Burton Tea.«

Das hatte den Traum ausgelöst. Wie so oft hatte sie auch heute eine Ausgabe der *Times* gekauft, in der Hoffnung auf Neuigkeiten über die Dockarbeiter-Gewerkschaft, war aber auf den Artikel über Burton gestoßen. Obwohl sie nicht ganz verstand, was die Börse eigentlich war oder wie sie funktionierte, erinnerte sie sich, daß ihr Vater übcr den Börsengang gesprochen und ihn als einen der Gründe angeführt hatte, warum Burton niemals einer Anhebung der Löhne für seine Arbeiter zustimmen würde. Sie wußte, daß der

Börsengang einen großen Triumph für ihn bedeutete, und tatsächlich hieß es in dem Artikel, daß das Interesse an den Aktien seine Erwartungen übertroffen habe. Das Geld wolle Burton zur Modernisierung seiner Londoner Niederlassung und zum Kauf einer eigenen Teeplantage in Indien nutzen – Schritte, die ihm erlauben würden, den Tee effizienter zu löschen und zu verpacken. Die Kontrolle über die Firma verbliebe dabei in seinen Händen, da er einundfünfzig Prozent von den ausgegebenen Aktien zurückbehalten habe.

Zu wissen, daß William Burtons Unternehmen blühte, während ihr Vater, ihre ganze Familie in kalter Erde lag, traf Fiona so tief und schmerzlich wie das Messer in dem Alptraum. Bevor sie den Artikel gelesen hatte, war sie die Rechnungsbücher durchgegangen und hatte zu ihrer Freude festgestellt, daß die Einnahmen höher waren, als sie gedacht hatte, hoch genug, um damit anzufangen, sich das Geld zurückzunehmen, das sie zur Deckung der Schulden ihres Onkels ausgelegt hatte. Dieses Wissen hatte ihr ein wundervolles Gefühl der Sicherheit gegeben. Aber jetzt, nach dem Alptraum, erschienen ihr die Einkünfte des Ladens unbedeutend. Lachhaft sogar. Sie waren nichts im Vergleich zu Burtons Reichtum.

Als die *Britannic* England verlassen hatte, hatte sie Burton Rache geschworen. Leere Worte, dachte sie. Jetzt war Anfang Mai, sie war seit über einem Monat in New York und hatte immer noch keine Idee, wie sie diese Rache ausführen wollte. Oder finanzieren konnte. Sie wußte, daß sie eine Menge Geld bräuchte, um jemand so Mächtigen wie Burton zu treffen. Aber bis jetzt hatte sie nicht die leiseste Ahnung, wie sie zu diesem Geld kommen könnte. Will hatte gemeint, sie sollte auf dem aufbauen, womit sie sich auskannte. Doch nichts, womit sie sich auskannte, würde sie reich machen. Hafer, Plätzchen und Äpfel waren kein Silber oder Öl. Sie mußte etwas finden, eine Sache, womit sie ihr Vermögen machen konnte ... aber was?

Michael kam mit einer Tasse Tee ins Wohnzimmer zurück. »Da, trink das«, sagte er. Diese Geste überraschte Fiona. Bislang hatte er keinerlei Anteilnahme gezeigt, aber sie nahm dankbar an. Er blieb eine Weile bei ihr sitzen, gähnte und rieb sich das Gesicht. Als sie ihn ansah, war sie erneut verblüfft über seine Ähnlichkeit mit ihrem

Vater. Wieder tauchte flüchtig und verschwommen ein Bild vor ihrem geistigen Auge auf – ihr Vater, wie er in dem Alptraum ausgesehen hatte. Er wollte ihr etwas geben, versuchte, ihr etwas zu sagen, aber ihr fiel nicht mehr ein, was. Und dann sagte Michael, er gehe wieder ins Bett und hoffe, der schwarze Mann komme nicht noch einmal, und so schnell das Bild aufgetaucht war, verschwand es auch wieder. Er riet ihr, sich ebenfalls hinzulegen.

»Ich glaube nicht, daß ich schlafen kann, selbst wenn ich's versuche, Onkel Michael«, sagte sie und stand auf. Sie wußte, wenn sie ins Bett ginge, würde sie nur wach bleiben und wieder an ihren Alptraum denken. Arbeit war das einzige Gegenmittel für ihre Ängste, das einzige, worin sie sich verlieren konnte. Sie griff nach ihrer Schürze, die über der Stuhllehne hing, und band sie sich um.

»Es ist Mitternacht«, sagte Michael. »Was zum Teufel hast du vor?«

»Ich geh nach unten. Um den neuen Tag anzufangen.«

»Wart wenigstens bis Sonnenaufgang. Du solltest nicht allein da unten sein.«

Fiona schenkte ihm ein müdes Lächeln. Allein? Mit all den Geistern und Erinnerungen? »Das bin ich nicht, Onkel Michael«, sagte sie. »Der schwarze Mann leistet mir Gesellschaft. Und alle seine Freunde.«

Oft wenn er nachts nicht schlafen konnte, wanderte Nicholas Soames durch die Straßen von Manhattan. Dort, in der Dunkelheit kam ein Gefühl des Friedens über ihn. Ein Gefühl, daß das Monster zur Ruhe kam. In diesen Momenten schien ihm die Stadt ganz allein zu gehören. Die Gehsteige waren leer, die Rolläden der Geschäfte heruntergelassen, nur die Pubs und Restaurants waren noch erleuchtet. Dann konnte er stehenbleiben und sich Dinge ansehen, wenn er wollte. Es gab niemand, der ihn drängte, niemand, der ungeduldig murrte, wenn er ein interessantes Gebäude betrachtete oder in einen hübschen Hof spähte.

Heute nacht war er eine ziemliche Strecke gegangen, den ganzen Weg von seinem Hotel auf der Fifth Avenue, Ecke Twentythird Street, am Washington Square vorbei zur Blecker Street. Es war spät, kurz nach Mitternacht, und, schließlich müde geworden, beschloß er, zum Broadway zu schlendern und eine Droschke zu nehmen.

Gerade als er die Blecker Street überqueren wollte, sah er sie. Zwei Männer. Sie gingen nebeneinander. Sie hielten sich weder an der Hand, noch berührten sie sich, dennoch wußte er Bescheid. Wegen der Art, wie der eine dem anderen den Kopf zuneigte. Wegen ihres entspannten Lachens.

Er beobachtete, wie einer der beiden die Tür eines Wirtshauses öffnete und beide nach drinnen verschwanden. Wie erstarrt blieb er stehen. Zwei weitere Männer gingen hinein. Dann einer allein. Dann vier. Als er sich endlich genügend gefaßt hatte, um die Straße zu überqueren, sah er ein kleines Schild neben dem Eingang. THE SLIDE stand darauf. Eine Hand tauchte vor ihm auf. Finger schlossen sich um die Klinke. »Gehen Sie rein?« fragte ein Mann mit lockigem blondem Haar.

»Ich? Nein ... ich ... danke. Nein.«

»Wie Sie wollen«, antwortete er.

Kurz bevor sich die Tür schloß, hörte er Lachen, roch den Duft von Zigaretten und Wein. Er biß sich auf die Lippen. Er wollte reingehen, einen Abend mit seinesgleichen verbringen. Mit einem gutaussehenden Mann eine Flasche Rotwein trinken. Die Maske fallen lassen. Nur für eine Weile.

Er griff nach der Klinke, zog aber die Hand wieder zurück. Es war zu gefährlich. Er durfte nicht sein, was er war. Hatte er das inzwischen nicht gelernt? Nach all dem Schmerz und Leid, das er über sich, seine Familie und Henri gebracht hatte? Er ging von der Tür weg und zog sich in den Schatten einer großen, schützenden Ulme zurück.

Geh zurück, sagte er sich. Mach kehrt. Jetzt. Es war zu riskant. Was wäre, wenn ihn jemand sah? Jemand, den er kannte? Er warf einen letzten Blick auf das Slide und sah einen Mann darauf zugehen. Er war groß und schön, mit langem dunklem Haar, das ihm in dichten Wellen auf die Schultern fiel. Aus der Ferne sah er wie Henri aus. Der Mann blieb stehen, warf einen kurzen Blick auf Nick, schüttelte den Kopf und lachte. »Willst du dich die ganze Nacht unter dem Baum verstecken, du Angsthase?« fragte er. Er lachte immer noch, als er die Tür hinter sich schloß.

Nick starrte auf die Tür. Er fuhr sich mit der Hand durchs Haar.

Alles, was er sich auf der Welt wünschte, war jetzt hinter der Tür. Geselligkeit, Lachen, Wärme, Verständnis. Seine Sehnsucht war überwältigend. Ich geh bloß für eine kleine Weile rein, sagte er sich. Nur eine Stunde. Nur auf ein oder zwei Drinks. Vielleicht unterhalte ich mich ein bißchen. Das ist doch ganz harmlos. Nur einen Drink, dann geh ich wieder. Nur dieses eine Mal.

31

»Wie wär's mit noch ein bißchen Pastete, Seamie, Schatz?« fragte Mary und stand vom Tisch auf.

Seamie nickte begierig und hielt ihr seinen Teller hin.

»So ein Vielfraß«, sagte Fiona.

»Ach, Unsinn. Er hat bloß einen gesunden Appetit. Wie es bei einem Junge, der im Wachstum ist, sein soll.«

»Ich nehm auch noch was, Mama«, sagte Ian und stand auf, um seiner Mutter zu helfen.

»Ich auch«, sagte Fiona.

»Fiona, das ist dein drittes Stück!« meinte Mary lachend. »Wer ist denn hier der Vielfraß?«

Fiona kicherte schuldbewußt und reichte Ian ihren Teller. Mary kochte wundervoll. Ihre Pastetenkruste war goldbraun und knusprig, die Fleischstücke in der sämigen Soße herrlich zart. Ihr Kartoffelbrei war locker und ihre Erbsen knackig.

Mary füllte die Teller erneut. Sie hatte viel gekocht, worüber Fiona froh war, denn sie war völlig ausgehungert. Wieder hatte sie einen arbeitsreichen Samstag hinter sich und war den ganzen Tag auf den Beinen gewesen. Sie aßen in Michaels Küche, weil sie geräumiger war als die in Marys Wohnung und einen großen Tisch besaß, an dem alle Platz hatten. Was das Kochen anging, hatte Fiona nicht viel Talent und auch wenig Interesse, aber es war ihr wichtig, daß Seamie gute, warme Mahlzeiten bekam. Sie und Mary hatten vor einigen Wochen eine Vereinbarung getroffen: Sie würde die Nahrungsmittel fürs Abendessen stellen, und Mary würde es zubereiten. Das war ein

Abkommen, das beiden entgegenkam. Fiona genoß die Mahlzeiten mit den Munros, die so etwas wie eine Familie für sie geworden waren. Sie und Seamie waren ein Teil ihres Lebens und umgekehrt, und zwar auf eine Weise, wie ihr Onkel – der immer noch seine meiste Zeit bei Whelan's verbrachte – es nicht war.

»Sind jetzt alle versorgt?« fragte Mary, als sie die Teller auf den Tisch stellte und sich wieder setzte.

»Ja, alles bestens«, antwortete Fiona.

»Bis Mittwoch hab ich deine Blumenkästen neu bepflanzt, mein Mädchen«, sagte Alec.

»Wirklich?« fragte sie erfreut. »Alle?«

»Ja, die neuen Pflanzen sind soweit. Ich muß bloß die alten rausnehmen und ein bißchen Erde aufschütten, bevor ich sie einsetzen kann. Sie werden hübsch.«

Gerade als Seamie ihr die Namen der Pflanzen aufzählte, die er und Alec heute eingetopft hatten, hörte sie die Tür aufgehen, gefolgt von schweren schlurfenden Schritten im Gang. Es war Michael. Fiona spürte Unmut in sich aufsteigen, weil sie sich sicher war, daß er Geld von ihr wollte. Gewöhnlich kam er nicht so früh von Whelan's zurück.

Mary warf Fiona einen Blick zu. »Glaubst du, er kommt zu uns rein?« flüsterte sie.

»Da müßtest du zur Pastete schon Whiskey servieren«, antwortete Fiona verächtlich. Inzwischen hatte sie alle Hoffnung aufgegeben, daß ihr Onkel je mit dem Trinken aufhören würde.

»Wie lang ist es her, daß er was Ordentliches gegessen hat? Er sollte eine richtige Mahlzeit zu sich nehmen.«

»Ich weiß, Mary. Ich versuch's ja. Immer stell ich ihm einen Teller mit Resten hin. Manchmal ißt er sie, manchmal nicht.«

»Du solltest ihn bitten hereinzukommen.«

»Er hört nicht auf mich. Probier du's.«

»Na schön, ich werde ihn fragen.«

»In diesem Jahrhundert oder im nächsten?« brummte Alec.

»Unterhaltet euch normal weiter«, sagte Mary. »Wenn er denkt, wir reden über ihn, kommt er nicht rein.«

»Was wir ja tun«, erwiderte Alec.

Fiona begann, die Unterhaltung wiederaufzunehmen, als wäre nichts Ungewöhnliches passiert.

»Michael?« rief Mary leichthin. »Bist du das?«

Nach ein paar Sekunden Stille war ein brummiges »Ja« zu hören.

»Bist du hungrig? Ich hab eine Steak-Zwiebelpastete gemacht. Es ist noch eine Menge übrig.«

Fiona nickte zustimmend. Mary machte ihre Sache gut. Sie versuchte, ein argwöhnisches, verwundetes Tier anzulocken, das wahrscheinlich eher mit eingezogenem Schwanz davonlief, als die ausgestreckte Hand zu lecken.

Wieder Schweigen. Dann: »Steak und Zwiebel?«

»Ja, komm her, iß einen Bissen.«

Fiona riß vor Staunen die Augen auf, als sie ihren Onkel in Richtung Küche gehen hörte. Er stand in der Tür, hielt die Mütze in der Hand, und sie bemühte sich, sich nichts anmerken zu lassen. Bei seinem Anblick spürte sie gleichzeitig Sorge und Ärger in sich aufsteigen. Er war so mager wie ein streunender Hund, mindestens dreißig Pfund leichter als auf dem Foto, das Molly ihnen geschickt hatte, doch sein Gesicht war so aufgeschwemmt wie das eines Ertrunkenen. Sein Haar war lang und struppig, seine Kleider schmutzig, er war nicht rasiert und roch wie eine Pinte.

»Hallo, Michael«, sagte Mary lächelnd. »Möchtest du eine Tasse Tee zu deiner Pastete?«

»Ja«, antwortete er ruhig. »Gern.«

»Also, dann setz dich. Hier, zwischen mich und Fiona. Ian, rück ein bißchen.«

»Ist schon gut«, antwortete er. »Ich eß im anderen Zimmer.«

»Sei nicht albern. Du kannst doch keinen Teller und die Teetasse auf den Knien balancieren. Setz dich.«

Michael setzte sich, ohne einen der anderen anzusehen. Mary stellte einen gefüllten Teller vor ihn und legte Besteck und Serviette daneben. Fiona goß ihm Tee ein.

»Danke«, sagte er. Mit zitternden Händen hob er die Tasse und trank. »Das ist guter Tee«, fügte er hinzu.

»Das ist der neue, den ich bei Millard's gekauft hab«, sagte Fiona. »Er kommt aus Indien.«

Michael nickte. Er sah Fiona an, hob leicht das Kinn und sagte: »Ich trinke Tee zum Abendessen, keinen Whiskey. Egal, was andere darüber denken mögen.«

Du hast verdammt gute Ohren, dachte Fiona. »Gut für dich«, antwortete sie. »Whiskey verdirbt den Geschmack am Essen, und Marys Pastete ist köstlich. Ich hab nie eine bessere gegessen.«

»Ach komm«, erwiderte Mary lachend und gab sich bescheiden.

»Das stimmt, Mama«, warf Ian ein. »Gibt's noch Kartoffelbrei?«

»Hier, bitte.«

»Kannst du mir auch die Soße rüberreichen?«

Sie spielten ein Spiel, gaben sich harmlos und versuchten, Michael nicht zu beachten. Ian stellte die Sauciere ab und bat um die Erbsen. Alec bat um eine weitere Tasse Tee. Seamie rülpste, und Fiona befahl ihm, sich zu entschuldigen. Es war, als folgten sie einem einstudierten Ritul, als hätten sie die letzten zwanzig Jahre jeden Abend zusammen gegessen. Es gab keine Vorhaltungen, kein Anflehen, keinen Tadel. Damit hatten sowohl Mary als auch Fiona Schiffbruch erlitten. Nur Akzeptanz, ein gutes Essen, Gesellschaft und Unterhaltung. Mit gesenktem Kopf und entsetzlich befangen, machte Michael den Eindruck, als wäre das mehr, als er zu hoffen gewagt hatte.

Um ihn in die Unterhaltung einzubeziehen, stellte ihm Fiona eine Frage. »Ich dachte, es wäre eine gute Idee, Schutzgitter an den Fenstern anzubringen, Onkel Michael. Weißt du, wo man die kriegt? Ich finde, wir sollten sie in beiden Wohnungen einbauen lassen.«

»Schutzgitter? Wofür?«

»Für Nell. Sie fängt bald zu laufen an, und man kann nicht vorsichtig genug sein.«

Als würde sie auf ein Stichwort reagieren, krähte Nell aus ihrem Korb, der unter dem Küchenfenster stand. Michael erstarrte und legte seine Gabel weg.

O Gott, dachte Fiona, gleich nimmt er Reißaus. Schnell stand sie auf, in der Hoffnung, dies zu verhindern. »Da ist unser Mädchen!« sagte sie fröhlich und hob ihre Cousine heraus. »Sie muß gerade aufgewacht sein. Wie sie überhaupt bei dem Lärm schlafen kann, ist mir ein Rätsel.« Sie setzte sich mit dem Baby auf dem Schoß wieder an den Tisch. »Kann sie etwas von dem Kartoffelbrei haben?« fragte sie Mary.

»Sicher. Und ein bißchen Brot mit Soße. Paß nur auf, daß sie nichts von den Zwiebeln erwischt. Die mag sie nicht.«

Alec fragte Mary, ob sie die Kartoffelschalen für seinen Kompost aufgehoben habe. Ian und Seamie zogen Grimassen. Fiona fütterte Nell mit Kartoffelbrei. Und Michael saß wie erstarrt da und sah sein Kind an.

»Kann ich sie mal halten?« fragte er plötzlich mit kaum hörbarer Stimme.

Fiona reichte ihm das Baby. Er schob seinen Stuhl zurück und nahm seine Tochter. Fiona sah die Bewegung auf seinem Gesicht und wußte, daß er an Molly dachte. Lauf nicht weg, betete sie insgeheim. Bleib bei ihr.

»Eleanor Grace«, sagte er mit zitternder Stimme. »Was für ein hübsches Mädchen bist du doch.«

Nell saß auf dem Schoß ihres Vaters, die riesigen blauen Augen auf sein Gesicht gerichtet. An ihrer Stirn pochte eine Ader. »Bah, bah, dah!« erklärte sie schließlich.

Michael sah ungläubig auf. »Sie hat Pa gesagt« rief er aus. »Sie hat Pa gesagt! Sie kennt mich!«

»Ja, das hat sie. Sie kennt dich«, sagte Fiona, wohl wissend, daß Nell zu allem bah und dah sagte.

»Dah! Dah!« krähte das Baby und hüpfte auf seinem Schoß.

Gutes Mädchen, Nell, weiter so, feuerte Fiona sie insgeheim an. Sie warf Mary einen Blick zu, die vor Freude ganz außer sich war. Mit zitternder Hand berührte Michael die Wange seiner Tochter. Nell packte seinen Daumen und lutschte daran.

»Ganz ihre Mutter«, sagte Michael. »Ganz wie meine Molly.« Und dann legte er die Hand übers Gesicht und begann zu weinen. Dicke Tränen liefen über seine Backen und fielen auf Nells Kleid, Schluchzen erschütterte seinen Körper. Der Schmerz strömte aus ihm heraus wie Sommerregen über eine ausgetrocknete Landschaft und fegte alle Schutzwälle weg, die er aufgerichtet hatte, um ihn zurückzuhalten, schwemmte Zorn und Verbitterung fort.

»Gütiger Himmel, was für ein Getue wegen eines Kinds«, murmelte Alec.

Mary warf ihrem Schwiegervater einen scharfen Blick zu. »Ist schon gut, Michael«, beruhigte sie ihn. »Wein dich nur aus. Das war höchste Zeit. Es ist keine Schande, eine Frau wie Molly zu beweinen. Laß es nur raus. Das tut dir gut.«

»Ich wünschte, sie wär hier, Mary«, sagte er mit erstickter Stimme. »Ich wünschte, sie könnte Nell sehen.«

Mary nickte. Sie nahm seine Hand und drückte sie. »Sie ist hier, Michael. Und sie kann Nell sehen.«

32

Hast du die Hintertür überprüft?« fragte Ed Akers, als Joe die Läden herunterließ und seinen Stand verschloß.

»Ja.«

»Und die Pfirsiche? Sind sie hoch oben, wo die Mäuse nicht an sie rankommen?«

»Ja. Die Kirschen auch. Ich hab mich um alles gekümmert, Ed.«

»Guter Junge«, sagte Ed und klopfte Joe auf den Rücken. »Hier, da hast du was extra.« Joe dankte ihm. »Nicht der Rede wert. Der Stand läuft besser denn je. Du könntest am Strand Sand verkaufen. Also, das wär's dann. Bin den ganzen Tag meiner Alten und ihrem Haufen Teufel aus dem Weg gegangen, aber irgendwann muß ich wohl heim, oder?«

Joe lächelte. »Das läßt sich wahrscheinlich nicht vermeiden«, antwortete er. Ed war um die Vierzig und hatte zwölf Kinder. Es gefiel ihm, sich über seine Frau und seine Kinder zu beklagen – Mrs. Akers und ihre Plagen, wie er sie nannte. Welchen Radau sie machten, welchen Mordslärm sie veranstalteten, was für eine Plage sie waren, daß sie sein ganzes Geld verbrauchten, aber jeden Abend, wenn er heimging, hatte er ein Päckchen mit Kirschen, Stachelbeeren oder zerbrochenen Plätzchen unterm Arm, die er billig beim Bäckerstand bekommen hatte. Seine Klagen waren nur gespielt, aber Joe gab vor, ernsthaft darauf einzugehen.

»Ja, da hilft nichts«, antwortete er, und Ed nickte. Joe wartete, daß er ging, aber Ed trödelte herum. Er rüttelte an dem Vorhängeschloß, sah in den Nachthimmel hinauf und sagte einen klaren, warmen Junisonntag voraus, dann fügte er verlegen hinzu: »Hör zu, es geht mich ja nichts an, aber warum nimmst du nicht was von dem Geld, das ich dir gegeben hab, und gehst ins Pub runter? Vergnügst dich ein bißchen? Du solltest nicht soviel allein sein, ein junger Bursche wie du.«

»Vielleicht ein andermal. Heut abend bin ich völlig erledigt«, antwortete Joe. »Ich geh Baxter füttern, striegel ihn gut und leg mich bald hin.«

Es seufzte. »Na, wie du willst.«

»Gute Nacht, Ed. Bis Montag.«

»Gute Nacht, Junge.«

Joe ging nach Westen. Drei Straßen weiter befand sich eine Reihe von Ställen, in denen einige der Standbesitzer ihre Pferde und Wagen unterbrachten. Einer gehörte Ed, und er erlaubte Joe, im Heuschober zu schlafen. Ed war froh, daß er dort war und auf alles ein Auge hielt, und Joe war froh, daß er nicht für einen Schlafplatz in einer Herberge voller Ungeziefer zahlen mußte.

Seit er vor sechs Wochen Millies Haus verlassen hatte, lebte er so, aß kaum und verrichtete Tagelöhnerarbeiten in Covent Garden. Eines Tages war er hungrig und schwach vor einem Pub gestolpert und hingefallen. Ein freundlicher Mensch hatte ihm aufgeholfen. Zu seinem Erstaunen war es Matt Byrne, ein junger Mann aus der Montague Street, der jetzt in Covent Garden arbeitete. Matt erkannte ihn und fragte ihn, was mit ihm geschehen sei. Bei einem Essen im Pub, wozu Matt ihn unbedingt einladen wollte, erzählte ihm Joe, daß seine Ehe vorbei und er wieder allein sei. Er habe Schwierigkeiten, eine Arbeit zu finden, weil Tommy Peterson die Parole ausgegeben habe, ihn nicht einzustellen. Vor Wut schnaubend, erklärte Matt, er solle seinen Freund Ed Akers aufsuchen, der eine Hilfe brauche. Ed habe sein eigenes Geschäft, sagte er. Peterson gehöre nicht alles in Covent Garden. Noch nicht.

Sein neuer Job war nichts Großartiges – nur Verkaufen und die Waren an Händler und kleine Läden ausliefern – ein ziemlicher Abstieg, verglichen mit seiner früheren Position bei Peterson's, aber besser, als hungern zu müssen, und er war dankbar dafür. Von einem Altwarenhändler kaufte er zwei Decken und machte sich ein Bett im Heuschober. Sein Essen besorgte er sich in Garküchen, und einmal in der Woche badete er in einem öffentlichen Bad. Es war ein hartes Leben, aber es gefiel ihm. Es gab ihm die Mittel, sich zu erhalten und nachts allein zu sein, und er sehnte sich nach Einsamkeit.

Eine Schar lauter, ausgelassener Fabrikmädchen in Samstagabendaufmachung ging an ihm vorbei. Eines lächelte ihn an. Er sah weg.

Hinter ihnen schlenderte Hand in Hand ein junges Paar einher. Er beschleunigte seine Schritte. Joe war nicht ehrlich gewesen zu Ed. Er war nicht müde, sondern ertrug einfach keine Menschen mehr um sich. Es quälte ihn, glücklich verliebte Paare zu sehen, das Lachen der Fabrikmädchen zu hören. Einst war er wie sie gewesen – fröhlich, hoffnungsvoll, neugierig, was der Tag bringen mochte. Inzwischen verletzte er jeden, den er berührte. Alles, was er anrührte, zerstörte er.

Er trat in eine Garküche und kaufte sich Würstchen im Teigmantel. Das Lokal war nicht mehr als ein Loch in der Mauer, aber es gab zwei schäbige Tische, und das Mädchen hinter der Theke, eine hübsche Brünette mit freundlichem Lächeln, lud ihn ein, sein Essen im Sitzen zu verzehren, statt wie sonst gleich wieder hinauszurennen. Kurz angebunden, lehnte er ab und wollte nur in seinen Stall zurück, wo außer ihm keine Seele war – außer Baxter und einem alten schwarzen Kater, der sich gern neben ihm einrollte, wenn er schlief.

Draußen schien kein Mond, nur die Sterne waren zu sehen, und er brauchte eine Weile, bis er seinen Schlüssel ins Schloß stecken konnte. Drinnen tastete er nach der Laterne, die, wie er wußte, links neben der Tür hing, die Streichhölzer lagen dicht daneben. »Hallo, Baxter!« rief er. »Wo bist du, mein Junge?«

Baxter, ein kastanienbrauner Wallach, wieherte in seiner Box. Joe hängte die Laterne an einen Holzpfahl und ging hinüber, um das Pferd am Ohr zu kraulen. Baxter schnupperte an Joes Jackentasche.

»Keine Würstchen für dich, alter Junge. Sie behaupten, es sei Schweinefleisch, aber ich hab da meine Zweifel. Könnte einer von deiner Sorte drin sein, und ich will dich nicht zum Kannibalen machen. Das ist ein Kapitalverbrechen, Bax. Man würde dich aufhängen, und was würden wir dann machen? Da, nimm die stattdessen.« Er zog zwei Karotten heraus und gab sie dem Pferd. Dann führte er das Tier aus seiner Box und ließ es frei herumlaufen. Es mußte nicht angebunden werden. Baxter war ein Gentleman.

Während das Pferd ihn mit großen schwarzen Augen anblinzelte, striegelte Joe es mit festen rhythmischen Streichen vom Hals über den Rücken zu den Schenkeln. Als sein Fell glänzte, kämmte er mit den Fingern seine Mähne. Baxter hätte die Karotten und das Striegeln nicht nötig gehabt, aber Joe sagte sich, das Pferd brauche die Pflege, um bei Laune und gefügig zu bleiben. Tatsächlich jedoch war er es, der die allabendliche Routine benötigte. Er mußte sich um ein lebendiges Wesen kümmern, etwas pflegen, um die schmerzliche Leere in sich auszufüllen, um seine Gedanken von all dem Leid abzulenken, das er verursacht hatte.

Von einem Pub in der Nähe drangen Lachen und Singen herüber. Er fühlte sich entsetzlich einsam und vollkommen isoliert. Das Bewußtsein, daß ein kurzer Gang ihn in einen hellen Tanzsaal voller ausgelassener Leute bringen würde, verstärkte sein Einsamkeitsgefühl nur noch. Er konnte nicht mehr lachen. Was er getan hatte, bedrückte ihn zu sehr. Die Reue zermarterte ihn.

Einmal, als er etwa zehn Jahre alt war, mußten zwei seiner Freunde eines Samstagabends früher von einem Fußballspiel weggehen, weil sie zur Beichte mußten. Er fragte, was das sei, und sie erklärten ihm, sie müßten einem Priester ihre Sünden gestehen, sie bereuen, und dann kämen sie in den Himmel. Joe wollte mit ihnen gehen. Auch er wollte in den Himmel kommen, aber sie sagten, das sei nicht möglich. Das könnten nur Katholiken, und er war Methodist. Aufgeregt war er nach Hause gelaufen. Seine Großmutter Wilton, die ihn und seine Geschwister hütete, während seine Eltern auf dem Markt arbeiteten, fragte, was los sei.

»Ich muß in die Hölle für meine Sünden, weil ich Gott nicht sagen kann, daß sie mir leid tun«, stieß er hervor.

»Wer hat das gesagt?«

»Terry Fallon und Mickey Grogan.«

»Hör nicht auf sie. Das ist bloß fauler Zauber. Die Papisten können ihre Marien anbeten, bis sie schwarz werden. Das hilft ihnen auch nichts. Wir werden nicht für unsere Sünden bestraft, Junge. Wir sind durch sie bestraft.«

Das tat ihm gut, aber hauptsächlich fühlte er sich besser, weil sie ihn umarmte und ihm ein Plätzchen gab. Damals war er noch zu klein, um ihre Worte zu verstehen, aber jetzt wußte er, was sie meinte. Früher, als er mit Fiona zusammen war und sie all ihre Träume und Hoffnungen hatten, war der Himmel für ihn auf Erden. Jetzt kannte er nur Verzweiflung. Seine Großmutter hatte recht. Gott mußte ihn nicht bestrafen, er hatte sich seine eigene Hölle geschaffen. Durch seine Taten.

Traurig drehte er sich auf den Rücken und legte die Hände hinter den Kopf. Von seinem Schlafplatz aus konnte er durchs Dachfenster in den dunklen, sternenübersäten Himmel sehen. Ein Stern blitzte heller als die anderen. Er erinnerte sich, wie er diesen Stern ansah – vor vielen Jahren, wie es schien – und ihm sagte, daß er Fiona liebte. Daß sie bald zusammensein würden. Er fragte sich, wo auf der großen weiten Welt sie war. Der Privatdetektiv, den er angeheuert hatte, hatte sie nicht gefunden, und Roddy hatte ebenfalls kein Glück gehabt. Joe betete, daß sie in Sicherheit war, wo immer sie auch sein mochte. Er fragte sich, ob sie je an ihn dachte, ihn vermißte. Wie lächerlich solche Fragen waren. Nach dem, was er ihr angetan hatte. Sicherlich haßte sie ihn, wie Millie ihn haßte, wie Tommy ihn haßte. Wie er sich selbst haßte.

33

»Du solltest es sehen, Fee! Es ist absolut perfekt! Das Fenster geht über die ganze Vorderseite. Der Raum ist geradezu von Licht *erfüllt.* Und er ist riesig. Hab ich dir das schon gesagt? Ich kann leicht dreißig Bilder an die Wände hängen und in der Mitte des Raums noch mal zehn auf Staffeleien stellen. Ich laß den Boden abziehen, dann die Wände streichen und dann ...«

Viel zu aufgeregt, um still zu stehen, ging Nick im Laden auf und ab, während er redete. Gerade hatte er ein Geschäftslokal am Gramercy Park gemietet, das er in eine Galerie umwandeln wollte, und die Wohnung darüber, in die er einziehen würde. Es war ein gepflegtes dreistöckiges Gebäude mit einem weiteren Mieter über ihm und der Vermieterin mit ihren zwei Söhnen im obersten Geschoß. Er hatte der Frau eine Kaution und die erste Monatsmiete gegeben, dann war er in die Eighth Avenue geeilt, um Fiona davon zu berichten.

Sie putzte gerade die Ladentheke, als er hereingestürmt kam. Sie erschrak über sein Aussehen – er war noch dünner geworden und totenbleich –, aber er gab ihr keine Gelegenheit, ihn nach seinem Befinden zu fragen.

»... und die Decke ist so hoch, Fiona. Vier Meter! Ach, es wird die schönste Galerie in ganz New York!« Er beugte sich über die Theke und drückte ihr einen Kuß auf die Lippen.

»Paß auf!« tadelte sie ihn lachend. »Du beschmierst dir dein ganzes Jackett mit Wachs.«

»Du siehst es dir an, nicht wahr, Fee?«

»Natürlich. Sobald du willst. Nick, fühlst du dich ...«

Er schnitt ihr das Wort ab. »Kannst du heute abend kommen?« Er hob die Hände wie ein Verkehrspolizist. »Nein, heute abend noch nicht. Nicht bevor alles fertig ist und die Bilder dort sind«, er hustete und bedeckte dabei den Mund, »ich laß sie aufhängen, und wenn alles schön ist ...« Er hustete erneut, diesmal heftiger. Dann griff er nach seinem Taschentuch und wandte sich ab, bis der quälende Krampf nachließ. Als er sich wieder zu ihr umdrehte, tränten seine Augen, und sie lächelte nicht mehr.

»Du bist nicht zum Arzt gegangen, wie du versprochen hast, stimmt's?« fragte sie.

»Doch.«

Sie verschränkte die Arme. »Wirklich? Was hat er gemeint?«

»Er sagte ... ähm ... es sei ...ähm ... irgendeine ... Sache mit der Brust.«

»Irgendeine Sache mit der Brust. Also, das hört sich ganz nach einem Arzt an, du kleiner Lügner ...«

»Ich war dort, Fiona! Ich schwör's! Bei Dr. Werner Eckhardt auf der Park Avenue. Er hat mir eine Medizin gegeben, die nehm ich jetzt und fühl mich schon viel besser, wirklich.«

»Aber du siehst gar nicht gut aus«, fuhr Fiona ein bißchen sanfter fort und runzelte die Stirn vor Sorge. »Du bist schrecklich dünn und blaß und hast dunkle Ringe unter den Augen. Ißt du denn ordentlich, Nick?« Dann strich sie mit dem Finger an der Innenseite seines Kragens entlang. »Du schwimmst ja in deinen Kleidern. Und jetzt hustest du auch noch. Ich mach mir wirklich Sorgen um dich.«

Nick stöhnte auf. »Ach, jetzt übertreib doch nicht! Mir geht's gut, wirklich. Ich bin ein bißchen müde, das geb ich zu, aber nur wegen der Galerie. Ich hab mich schrecklich abgemüht, geeignete Räumlichkeiten zu finden, und mußte mir pro Tag mindestens zehn oder zwölf Ladenlokale ansehen. Und jetzt hab ich's gefunden. Hab ich dir gesagt, wie toll die Gegend ist? Über dem Schaufenster hängt sogar eine Glyzinie. Und hab ich dir gesagt, wie groß das Fenster ist? Wie riesig?«

»Mindestens dreimal. Du willst bloß das Thema wechseln.«

»Tatsächlich?«

»Versprich mir, daß du ordentlich ißt, Nick. Nicht bloß Champagner und diese scheußlichen Fischeier.«

»Na schön, ich versprech's. Jetzt erzähl mir, was es bei dir Neues gibt, Fee. Ich plappere drauflos und frag nicht mal, wie's dir ergangen ist.«

Es gab nicht viel zu erzählen. Sie hatte die Woche über im Laden viel zu tun gehabt. Michael hielt sich immer noch von Whelan's fern, und sie und Mary glaubten bereits, er werde nie wieder hingehen. Er beteiligte sich an der Arbeit im Laden und redete davon, Marys Küche zu renovieren. Für Seamie hatte sie neue Kleider gekauft, weil er schon wieder gewachsen war, und Nell bekam Zähne.

»Mhm«, sagte Nick ungeduldig, als sie fertig war. »Was sonst?«

»Was meinst du damit?«

Er lächelte sie durchtrieben an. »Hat dir William McClane wieder einen Besuch abgestattet?«

Fiona errötete. »Natürlich nicht.«

»Ich kann's noch immer nicht glauben. Kaum ein paar Monate in New York, und schon hast du dir einen Millionär geangelt.«

»Würdest du bitte aufhören? Wir haben zusammen einen Spaziergang gemacht, das ist alles. Ich bin sicher, ich sehe ihn nie wieder.«

»Er ist unermeßlich reich, weißt du. Ich erinnere mich, daß mein Vater ihn erwähnt hat. Ich glaube, sie haben ein- oder zweimal zusammen gegessen. Ich hab gesehen, wie er dich angesehen hat. Ich bin sicher, daß er ein Auge auf dich geworfen hat.«

»Mach dich nicht lächerlich. Ich bin halb so alt wie er, verfüge aber weder über Reichtum, noch komme ich aus den richtigen Kreisen.«

»Fiona, du bist eine schöne, faszinierende junge Frau. Welcher Mann wäre nicht hinter dir her? Gib zu ... er gefällt dir auch. Du kannst's mir ruhig sagen.«

Fiona sah ihn von der Seite an. »Ein bißchen vielleicht«, gestand sie. »Er ist ein wunderbarer Mann, charmant und reizend. Und unglaublich klug. Er weiß alles. Außerdem ist er ein Gentleman, aber ...«

»Aber was? Wie kann es nach dieser Aufzählung noch ein ‘aber’ geben?«

Fiona zuckte die Achseln.

»Fee?«

Sie runzelte die Stirn und wischte mit ihrem Lappen über einen unsichtbaren Fleck.

»Ah, ich glaube, ich weiß es. Es ist dieser Bursche aus London, von dem du mir erzählt hast. Joe heißt er, nicht wahr?«

Sie rieb noch intensiver.

»Immer noch?«

Sie legte den Lappen weg. »Immer noch«, gab sie zu. »Es ist albern, ich weiß. Ich versuche, ihn zu vergessen, aber ich kann's nicht.« Sie hob den Blick. »Einmal hab ich gehört, wie ein Dockarbeiter, der seine Hand bei einem Unfall verloren hatte, meinem Vater erzählt hat, daß er seine Hand immer noch spüren würde. Er sagte, bei feuchter Luft täten ihm die Gelenke weh, und bei Hitze jucke ihm die Haut. Genauso geht es mir mit Joe. Er ist fort, aber dennoch ist er's nicht. Er ist immer noch in mir. Ich sehe ihn, höre ihn. Insgeheim rede ich immer noch mit ihm. Wann hören diese Gefühle endlich auf, Nick?«

»Wenn du dich wieder verliebst.«

»Aber was, wenn nicht?«

»Natürlich wirst du das. Du bist einfach noch nicht über ihn hinweg. Ich kann dir nur raten, mehr Zeit mit McClane zu verbringen. Ein Astor oder Vanderbilt würde auch einen netten Liebhaber abgeben. Das ist genau das, was du brauchst, Fee. Einen netten New Yorker Millionär. Der läßt dich deinen Gemüsehändler vergessen. Worüber hast du dich mit McClane auf dem Spaziergang eigentlich unterhalten? Das hast du mir noch nicht erzählt.«

»Über den Laden. Und Untergrundbahnen.«

Nick verzog das Gesicht. »Wie romantisch.

»Er versucht, mir zu helfen, Nick. Ich hab ihm gesagt, daß ich Millionärin werden will und daß ich das Richtige finden muß, um reich zu werden.«

»Und was hat er gesagt? Hat er dir das Geheimnis verraten, das hinter seinen Millionen steckt?«

»Er hat gesagt, ich soll geduldig sein, rauskriegen, was sich verkauft, und mir Möglichkeiten überlegen, mein Geschäft auszubauen. Und wenn ich das täte, würde sich schon was ergeben. Ich soll mit kleinen Dingen anfangen, dann zu größeren übergehen, wie fertiges Essen anbieten oder vielleicht einen zweiten Laden eröffnen. Er hatte eine komische Ausdrucksweise, er hat gesagt: ›Beschäftigen Sie sich mit den Dingen, mit denen Sie sich auskennen.‹«

»Hat's funktioniert? Hast du schon ein Vermögen gemacht?«

Fiona runzelte die Stirn. »Nein. Wir verkaufen allerdings mehr als zuvor. Marys kleine Snacks gehen jeden Tag weg, und jetzt fangen wir mit fertigen Salaten an. Wir müssen uns tatsächlich eine neue Kühltruhe anschaffen, um alles unterzubringen. Aber ich bin noch keine Millionärin. Nicht mal annähernd.«

»Mach dir keine Sorgen, Fee«, sagte Nick und tätschelte ihre Hand. »Ich will dir sagen, wie du Millionärin wirst.«

»Wie?«

»Heirate einen.«

Sie schlug nach ihm, aber er duckte sich weg. »Ich heirate keinen. Nie. Männer machen viel zuviel Schwierigkeiten.«

»Ich nicht.«

»Vor allem du.«

Die Ladentür ging auf. Mit gerunzelter Stirn kam Michael herein. Er hielt ein Blatt Papier in der Hand.

»Wenn man von Schwierigkeiten spricht ...«, murmelte Fiona.

»Fiona, diese Rechnung kann nicht stimmen«, sagte er.

»Welche Rechnung und warum nicht?«

»Die von dem Teelieferanten. Millard's. Was haben sie dir letztes Mal berechnet?«

»Es gibt kein letztes Mal. Das ist die erste Rechnung. Was stimmt nicht damit?«

»Da heißt es, wir hätten neunzehn Kisten von ihnen bezogen, seit der Laden wieder aufgemacht hat.«

»Das kann schon sein. Ich kann die Lieferscheine durchgehen und es überprüfen, aber ich bin mir sicher, daß Stuart uns nicht übers Ohr haut.«

»Das ist der indische Tee?« fragte Michael und legte die Rechnung auf die Ladentheke.

»Ja.«

Er schüttelte den Kopf. »Das gibt's doch nicht. Ich hab Glück gehabt, wenn ich eine Kiste von dem Zeug losgeworden bin.«

»In der Woche?«

»Im Monat.«

Fiona sah auf die Rechnung und fuhr mit dem Finger die Zahlenreihe entlang. In zwei Monaten waren neunzehn Kisten an Finnegan's geliefert worden. Es waren nur noch zwei übrig. Das bedeutete, daß sie in der Woche mehr als zwei Kisten verkauft hatte, ihr Onkel gerade mal eine im Monat. Sie rechnete noch einmal nach und stellte fest, daß die Anzahl der verkauften Kisten plus der beiden im Keller mit der Rechnungssumme übereinstimmte.

Und dann sah sie es.

Am unteren Rand der Rechnung war der Name »R.T. Millard« aufgeprägt, darunter eine Zeichnung von drei verschiedenen Pflanzen, bei denen es sich um einen Kaffeebusch, einen Kakabaum und ... eine Teepflanze handelte.

Fiona starrte auf die Teepflanze, den schlanken Stengel mit den lanzenförmigen Blättchen, und sie spürte eine Prickeln im Nacken. Sie hörte ihren Onkel nicht mehr, obwohl er immer noch redete. Sie erkannte die Pflanze. Sie hatte schon einmal eine gesehen. In einem Alptraum. Ihr Vater hatte sie ihr gereicht, durch das Gitter eines Friedhoftors. »Was ist das, Pa?« hatte sie gefragt. Jetzt hallte seine Antwort in ihrem Kopf wider. »Was du kennst.«

Es war immer vor ihrer Nase gewesen. Natürlich! Tee! »Beschäftigen Sie sich mit den Dingen, mit denen Sie sich auskennen«, hatte Will gesagt. Mein Gott, wenn es etwas gab, womit sie sich auskannte, dann mit Tee! Sie konnte einen Keemun von einem Sichuan unterscheiden, einen Dooars von einem Assam, allein am Geruch. Sie hatte gesehen, daß sich ihr indischer Tee verkaufte, aber nicht bemerkt, wie gut er wegging. Diese kleine, zarte Pflanze war genau das Ding, nach dem sie suchte. Sie wäre *ihr* Öl ... ihr Stahl ... ihr Holz. Ihr Vermögen!

»Fiona, Mädchen? Hast du mich gehört?« fragte Michael und schnippte mit den Fingern vor ihrem Gesicht.

Sie hatte nichts gehört. Ein inneres Beben hatte sie ergriffen, gewann Macht über sie, und ihr Herz begann zu pochen. Ihre neue Geschäftsidee überwältigte sie geradezu – eine exklusive Mischung, Großhandelspreise, eine größere Auswahl von Teesorten im Laden, vielleicht eine Teestube. Ein wundervoller, zauberhafter Ort wie bei Fortnum & Mason's.

»Ich sagte, wir müssen nachbestellen. Es sind nur noch zwei Kisten da. Wenn es so weitergeht, haben wir am Mittwoch nichts mehr. Ich schätze, wir brauchen mindestens acht, um über den Monat zu kommen«, sagte Michael.

»Nein.«

»Nein? Warum nicht?«

»Weil wir mehr als ein Dutzend bestellen. Wir kaufen den ganzen Vorrat von Millard's indischem Tee auf, und sie müssen uns versprechen, niemandem die Mischung zu verraten. Niemand sonst darf sie haben!«

Michael sah zuerst Fiona, dann Nick an, als wüßte er, worauf seine verrückte Nichte abzielte, aber Nick zuckte nur die Achseln. »Warum sollten wir das tun?« fragte Michael. »Das ist doch Wahnsinn! Kein Ladeninhaber kauft mehr, als er verkaufen kann.«

Fiona fiel ihm ins Wort. »Wir sind keine Ladeninhaber mehr.«

»Nein?« sagte Michael und zog die Augenbrauen hoch. »Was sind wir dann?«

»Teehändler.«

»Das übliche, Mr. McClane?«

»Ja, Henry. Sind Mr. Carnegie und Mr. Frick schon angekommen?«

»Ich hab sie nicht gesehen, Sir. Hier, bitte.«

»Danke, Henry.«

»Auf Ihr Wohl, Sir.«

Will nahm einen kräftigen Schluck von seinem Scotch, dann suchte er den Union Club nach seinen Gästen ab. Andrew Carnegie und Henry Frick, Partner beim größten Stahlkonzern des Landes, dinierten heute abend mit ihm, um seine Pläne für die Untergrundbahn mit ihm zu besprechen. Sie waren interessiert, ihm Stahl zu liefern, und er wollte sie als Investoren gewinnen. Ihre Unterstützung und die Unterstützung der führenden Industriellen war im Moment wichtiger denn je, denn es war ein Hindernis aufgetaucht – eines, das all seine sorgfältigen Planungen und politischen Aktivitäten zunichte zu machen drohte.

Die Tür des Barraums ging auf. Will drehte sich um und hoffte, zumindest einer seiner Gäste tauchte auf, statt dessen sah er eine zierliche Brünette in einem blaukarierten Kostüm. In der einen

Hand hielt sie einen Stift und einen Block, in der anderen ihre Tasche. Ihr flinker Blick traf den seinen, und sie kam auf ihn zu.

»Hallo, Will«, sagte sie.

Er lächelte sie an. »Ich freue mich, Nellie. Was trinken Sie?«

»Scotch, mit Eis. Schnell, wenn's geht«, sagte sie und sah den Barmann an. »Ich schätze, ich hab fünf, vielleicht zehn Minuten, bevor der alte Drache mich erwischt.»

Der Barmann zögerte. »Mr. McClane ... ich darf nicht, Sir. Die Regeln besagen ...«

»Ich weiß, was die Regeln besagen. *Ich* würde sagen, geben Sie Miss Bly einen Scotch mit Eis. Sofort.« Will erhob die Stimme nicht, das war nicht nötig.

»Sofort, Sir.«

Will reichte Nellie ihren Drink. Sie stürzte die Hälfte mit einem Schluck hinunter, wischte sich mit dem Handrücken die Lippen ab und kam gleich aufs Thema. »Ich höre, daß August Belmont seinen Hut in den Ring geworfen hat. Meine Quelle im Rathaus behauptet, er habe eigene Pläne für die Untergrundbahn.«

»Warum fragen Sie ihn nicht selbst? Er sitzt mit John Rockefeller in der Ecke. Und macht meinen Plan runter, dessen bin ich mir sicher.«

»Weil er ein Heimlichtuer ist und mir nie was sagt. Ach, kommen Sie, Will. Mein Artikel muß bis neun fertig sein.«

Will leerte sein Glas und bestellte ein neues. »Es stimmt«, sagte er. »Er hat ein eigenes Team von Ingenieuren. Sie haben eine ganz andere Strecke ausgearbeitet als ich und die Pläne vor zwei Tagen dem Bürgermeister überreicht. Sie behaupten, ihr Plan sei wirtschaftlicher.«

Nellie stellte ihr Glas ab und begann zu schreiben. »Stimmt das?«

»Auf dem Papier schon. In Wirklichkeit würde ihr Plan der Stadt teurer kommen. Wesentlich.«

»Warum?« Eilig schrieb sie mit.

»Belmonts Route durchschneidet an einigen Stellen sumpfiges Gelände, an anderen reinen Schiefer. An manchen Punkten hat er Linien eingezeichnet, die direkt durch unterirdische Flüsse gehen. Seine Routen sind direkter als meine – so verkauft er dem Bürgermeister seine größere Wirtschaftlichkeit –, aber aufgrund der natürlichen Hindernisse würde der Bau mehr Zeit, mehr Arbeitsstunden und mehr Material verschlingen. Ein solches Vorhaben würde die Stadt nicht nur bankrott gehen lassen, die fehlerhafte Technik würde zudem die Sicherheit der Straßen und Bauten in Manhattan gefährden – ganz zu schweigen von der Sicherheit der Bürger – reicht das?»

»Perfekt«, sagte sie. »Danke, Will, Sie sind ein Schatz.« Sie, schloß ihren Notizblock und leerte ihr Glas. Will bestellte ihr ein neues. Sie sah ihn eindringlich an, als er es ihr reichte.

»Geht's Ihnen gut? Sie sehen ein bißchen spitz aus.«

»Mir? Mir geht's prima.«

»Sind Sie sicher?«

Er nickte und zuckte unter ihrem Blick ein wenig zusammen. Er mochte Nellie – sehr gern sogar –, aber er vergaß nie ihre Profession. Einem Reporter geschäftliche Informationen zu geben war eine gute Sache, wenn man es richtig anstellte, persönliche Informationen jedoch konnten überaus gefährlich sein. Er bemerkte, daß sie ihn immer noch ansah und eine Antwort erwartete. Er beschloß, sich mit Müdigkeit herauszureden, und hoffte, sie würde es durchgehen lassen. »Vielleicht liegt's an der Arbeit«, sagte er. »Die letzten Tage waren ein bißchen anstrengend.«

»Das kauf ich Ihnen nicht ab. Wettstreit ist doch Ihr Lebenselixier. Da stimmt doch was nicht. Sind Sie krank?«

Will seufzte genervt. »Alles ist in Ordnung! Mir geht's gut, ich ...«

Sie hob das Glas an die Lippen und hielt plötzlich inne. »Es ist eine Frau, nicht wahr?«

»Hat Ihnen je jemand gesagt, daß Sie verdammt naseweis sind, Nellie?«

»Alle. Wer ist sie?«

»Niemand! Es gibt keine Frau! Es ist die Untergrundbahn. Klar?«

Nellie zog eine Augenbraue hoch und beendete damit das Thema. Will war erleichtert, obwohl er sich ärgerte, daß er sich gestattet hatte, so offen seine Gefühle zu zeigen. Inzwischen dachte er ständig an Fiona, und sosehr er sich auch bemühte, konnte er sich über seine Empfindungen für sie nicht klarwerden. Er wollte William Whitney, einem seiner ältesten Freunde, von ihr erzählen, aber

Whitney meinte nur, warum er so ein Theater mache. »Kauf dem Mädel irgendeinen Schnickschnack und nimm sie mit ins Bett«, hatte er geraten.

Er hatte sich überlegt, seiner Schwester Lydia davon zu erzählen, aber er glaubte nicht, daß ihre Reaktion günstig ausfiele. Ständig versuchte sie, ihn für eine ihrer Freundinnen zu interessieren, eine Witwe aus Saratoga. Schließlich fiel seine Wahl auf seinen jüngeren Bruder Robert. Vor einer Woche hatten sie hier zusammen etwas getrunken, am Abend seiner Abreise nach Alaska, wo er nach Gold schürfte. Robert war sechunddreißig und nie verheiratet gewesen. Seine Verlobte Elizabeth war an Tuberkulose gestorben, als sie beide vierundzwanzig waren. Sie hatten sich sehr geliebt. Ihr Tod hatte ihm das Herz gebrochen, und er war nie darüber hinweggekommen.

»Wozu die ganze Qual, Will?« hatte Robert gefragt. »Geh ins Bett mit ihr und Schluß damit.«

»Du hörst dich an wie Whitney. Es ist nicht so«, hatte Will geantwortet.

»Wir sprechen also von einer potentiellen Ehefrau? Verzeih mir. Ich dachte, du meinst eine Geliebte.«

»Wir sprechen von einer Frau. Der schönsten, klügsten, seltsamsten Frau, der ich je begegnet bin«, sagte Will.

»Weiß sie über deine Gefühle Bescheid?«

»Vielleicht. Ich weiß es nicht. Ich hab sie ihr nicht gestanden.«

»Warum nicht? Wie lange ist jetzt her, daß Anna gestorben ist? Zwei Jahre? Deine Trauerzeit ist vorbei. Du kannst wieder heiraten, wenn du willst. Was hindert dich?«

»Komplikationen, Robert. Sie ist nicht ... wir haben nicht denselben Hintergrund.«

»Ah«, sagte Robert und nahm einen tiefen Schluck.

»Sie hat einen Laden. Ich glaube nicht, daß meine Kinder sie akzeptieren würden. Ich weiß nicht, was ihre Familie von mir halten würde. Und natürlich bin ich ziemlich viel älter als sie.«

»Das ist tatsächlich eine kniffelige Situation, mein Lieber«, antwortete Robert. Er schwieg einen Moment und fragte dann: »Liebst du sie?«

»Ich kann nicht aufhören, an sie zu denken. Ich habe nie jemanden getroffen, mit dem ich so gut reden konnte ...«

»Will ... *liebst* du sie?«

Er sah ihn verwirrt an. »Ich weiß es nicht.«

»Du *weißt* es nicht? Will, du hast doch schon geliebt, oder? Ich meine Anna, natürlich ... und verschiedene ... nun, du hast doch schon geliebt, oder?«

Will sah in sein Glas. »Nein. Nein, noch nie.« Er schluckte verlegen. »Ist es so? Ist es dieses Gefühl ... von Sehnsucht? Es ist schrecklich.«

Robert lachte erstaunt auf. »Ja, so ist es«, sagte er und winkte dem Kellner. »Ich bestell dir noch ein Glas. Vielleicht gleich eine ganze Flasche. Du siehst aus, als könntest du's brauchen.« Er schüttelte den Kopf. »Hast du dich nie gefragt, was dir fehlt?«

»Nein. Ich hab nicht daran geglaubt. Ich dachte, es sei eine Erfindung von Romanschriftstellerinnen.« Er zuckte hilflos die Achseln. »Mißversteh mich nicht, Robert, ich empfand etwas für Anna. Sie war eine wundervolle Mutter, eine Gefährtin, eine anmutige Person. Aber es war nicht so wie jetzt.«

»Mein Gott, Will, das haut mich wirklich um. Du bist zum erstenmal verliebt.« Er lachte. »Da betritt ein alter Schwerenöter tatsächlich noch Neuland.«

Will verzog das Gesicht. »Mußtest du *alter Schwerenöter* sagen?«

Robert machte eine wegwerfende Geste. »Warum überläßt du die Entscheidung nicht ihr? Wenn du's wert bist, findet sie sich mit den Schwierigkeiten ab.«

»*Wenn* ich's wert bin.«

»Ja. Wenn. Und wenn sie nur halb die Frau ist, als die du sie beschreibst, ist sie der Aufgabe mehr als gewachsen. Die Familie wird sich schon daran gewöhnen.« Er lächelte. »Ich hab's schon geschluckt. Und deine Kinder kannst du ja enterben, wenn sie sich weigern.«

Plötzlich wedelte eine Hand vor seinem Gesicht herum. »Will? Will, hören Sie überhaupt zu?«

»Tut mir leid, Nellie.«

»Gütiger Himmel, Sie hat's aber erwischt«, sagte sie. »Sie können sagen, was Sie wollen, aber jemand hat Ihr Herz erobert.« Sie beugte sich näher zu ihm. »Das stimmt doch, oder?«

Während Will lachte, stürmte Cameron Eames, ein junger Richter und der Freund von Wills ältestem Sohn, Will junior, durch die Tür. »n'Abend, Mr. McClane«, sagte er.

»Hallo, Cameron«, antwortete Will.

»Wie ich sehe, haben Sie einen Gast. Ich wußte gar nicht, daß Damen im Club Zutritt haben. Ach, *Sie* sind's, Nellie.«

»Sehr komisch, Eames. He, haben Sie kürzlich wieder irgendwelche Kinder hinter Gitter gebracht? Ich hab ein paar Jungs in der Nähe Stockball spielen sehen. Sie wissen ja, was man sagt – Stockball ist der erste Schritt zum Raubüberfall. Man kann nicht vorsichtig genug sein. Sie sollten lieber die Polizei rufen. Vielleicht gleich die Armee, wenn Sie schon mal dabei sind.«

Zwei Gentlemen, die in der Nähe standen, schmunzelten. Will bemerkte es und Cameron auch. Er wurde rot. »Das war ein hysterischer Artikel. Von einer hysterischen Reporterin, die sich mehr von ihren Gefühlen als ihrem Verstand leiten läßt«, antwortete er.

»Der Junge war zehn Jahre alt, Eames.«

»Er war ein Krimineller.«

»Er hatte Hunger.«

Aufgebracht wandte sich Eames an Will und sagte: »Wenn Will junior eintrifft, würden Sie ihm bitte sagen, daß ich im Speisesaal bin, Mr. McClane?«

»Natürlich, Cameron.«

»Genießen Sie Ihr Essen, Sir.« Er stolzierte davon.

»Das war nicht klug, Nellie. Jetzt sagt er dem Chef Bescheid und läßt Sie rauswerfen.«

»Dessen bin ich mir sicher. Warum sollte es in seinem Club anders zugehen als in seinem Gerichtssaal? Da wirft er mich ständig raus, dieser blasierte Idiot«, antwortete sie. »Tut mir leid. Ich weiß, daß er Will juniors Freund ist.«

Will zuckte die Achseln. »Trotzdem ist er ein blasierter Idiot.« Er spürte eine Hand auf seiner Schulter. »Hallo, Vater. Nellie«, sagte eine Stimme. Will drehte sich um und lächelte einen kräftig gebauten weizenblonden fünfundzwanzigjährigen Mann an, der neben ihm stand – sein ältester Sohn. Als Will ihn begrüßte und sich wie immer freute, eines seiner Kinder zu sehen, war er einen Moment lang erstaunt, wie sehr er seiner verstorbenen Mutter glich. Je älter er wurde, um so mehr erinnerte er ihn an Anna und ihre holländischen Vorfahren, deren hellen Teint, das helle Haar und die nüchtern sachliche Art er geerbt hatte.

»Ich bin mit Cameron verabredet. Hast du ihn gesehen?« fragte Will junior. Cameron und Will junior waren gemeinsam in Hyde Park am Hudson aufgewachsen, hatten gemeinsam in Princeton studiert und waren den gleichen Clubs und Verbindungen beigetreten. Beide waren inzwischen verheiratet, lebten mit ihren Familien im Hudson Valley und besaßen Appartements in der Stadt, wo sie die Woche über wohnten.

»Er ist im Speisesaal«, antwortete Will.

»Gut«, sagte Will junior. Er wandte sich an Nellie. »Wieder hinter einem Sensationsartikel her?«

»Ich nehme das als Kompliment.«

»Mit solchen Geschichten könnten Sie die Karriere eines Mannes ruinieren.«

»Das schafft Cameron ganz allein. Dazu braucht er meine Hilfe nicht.«

Seit Cameron Eames im letzten Januar zum Richter an einem der Strafgerichte der Stadt bestellt worden war, hatte er mit einer vielbeachteten Kampagne zur Säuberung New Yorks begonnen. Im Gegensatz zu dem überschwenglichen Lob, das er in den meisten Zeitungen dafür bekam, hatte Nellie, eine Reporterin der *World*, einen Artikel über einen kleinen polnischen Jungen aus der Lower East Side geschrieben, den Cameron in die Tombs, das Gefängnis von Manhattan, geschickt hatte, weil er einen Laib Brot gestohlen hatte. Obwohl der Diebstahl seine erste Verfehlung war, wurde er mit einer Gruppe Gewohnheitsverbrecher eingesperrt. Am nächsten Morgen fanden die Wachen den Jungen unter einer Matratze im hinteren Teil der Zelle. Er war angegriffen – eine höfliche Bezeichnung für Vergewaltigung – und erstickt worden. Will drehte sich der Magen um, als er den Artikel las. Er fragte sich, wie Cameron so dumm sein konnte.

»Cameron stand vor einer moralischen Entscheidung, und er hat sie getroffen«, verteidigte Will junior seinen Freund.

Nellie lachte. »Ach bitte, McClane. Je mehr sogenannte Kriminelle er einsperrt, desto mehr Presse kriegt er. Das wissen wir doch beide. Cameron wird nicht von Moral, sondern von Ehrgeiz angetrieben.«

»Na schön, Nellie, Cam ist ehrgeizig. Das sind Sie und ich auch. Daran ist doch nichts Falsches«, erwiderte Will junior aufgebracht. »Er möchte der jüngste Richter sein, der je an den Obersten Gerichtshof berufen wurde. Das wird er schaffen, trotz Ihrer Versuche, ihn anzuschwärzen. Seine Kampagne ist ein Erfolg. Er bringt in einem Jahr mehr Kriminelle hinter Gitter als sein Vorgänger in den letzten drei.«

Will sah seinen Sohn lange an. »Alles Kleinkriminelle, wie ich höre. Cameron müßte das Problem an der Wurzel packen, wenn er was ändern wollte, Sohn – die Spielhallenbesitzer, die Bordellbesitzerinnen, die Gangsterbosse. Und die Polizisten, die Bestechungsgelder von ihnen annehmen.«

Will junior schnaubte. »Ich sagte, Cameron ist ehrgeizig, Vater, nicht verrückt. Wichtig ist doch, daß er das Gesindel einsperrt und damit die Straßen für uns alle sicherer macht.«

»Ein weiser Richter kennt den Unterschied zwischen Raub, um sich zu bereichern, und Mundraub.«

»Du bist zu weichherzig, Vater«, antwortete Will junior ärgerlich, der sich nicht gern mit feinen Unterschieden aufhielt, sondern immer zu Schwarzweißzeichnungen neigte. »Stehlen ist Stehlen. Die Einwanderer überrennen die Stadt. Man muß ihnen beibringen, daß ihre Verachtung für das Gesetz hier nicht toleriert wird.«

»Leicht gesagt, wenn Sie nie Hunger gelitten haben«, antwortete Nellie.

»Und wie steht's mit dem Bäcker, dem das Brot gestohlen wurde? Was ist mit ihm? Hat er keine Familie zu ernähren?« fragte Will junior mit erhobener Stimme.

»Um Himmels willen! Es war ein Laib Brot und nicht seine Ladenkasse ...«

Will hielt sich zurück, während Will junior und Nellie ihre Debatte weiterführten. Er liebte seinen Sohn, aber er fand, daß er – wie viele seiner Generation – rücksichtslos dem Geld nachjagte und kein Mitleid mit den weniger Begünstigten hatte. Schon oft hatte er ihn daran erinnert, daß sowohl die McClanes wie die Van der Leydens, die Familie seiner Mutter, auch einmal Einwanderer gewesen waren. Genau wie die Mitglieder aller reichen Familien der Stadt. Aber Wills Vorhaltungen machten keinen Eindruck auf seinen Sohn. Er war Amerikaner. Und diejenigen, die in Castle Garden vom Schiff stiegen, nicht. Sie waren Italiener, Chinesen, Polen – die Nationalität spielte keine Rolle. Sie waren faul, dumm und schmutzig. Ihre große Anzahl ruinierte das Land. Diese Intoleranz hatte der Junge nicht von seinen Eltern gelernt. Und sie war das einzige, was Will an ihm nicht mochte.

Als er Will junior betrachtete, der jetzt vor Nellie gestikulierte, fragte er sich, was er von Fiona halten würde. Er wußte die Antwort: Er wäre entsetzt, wenn er wüßte, daß sein Vater sich mit einer Frau traf, die für ihren Lebensunterhalt arbeitete, die zu der Einwandererklasse gehörte, die er verachtete.

»Nein, Nellie! Sie haben unrecht!« rief er mit zu schriller Stimme aus, wie sein Vater fand. Will wollte ihn gerade zurechtweisen, als sie von einem lauten, aufdringlichen »Hallo, ihr Lieben!« unterbrochen wurden. Will unterdrückte ein Seufzen. Der kam ihm gerade recht. Es war Peter Hylton, der Verfasser von »Peters Klatschecke«, einer Kolumne in der *World,* einem neuen Phänomen in allen Zeitungen, das als Gesellschaftsnachrichten bekannt war. Sie hatten zum Ziel, die Leser mit den Affären und Vergnügungen der reichen New Yorker zu unterhalten, und Peters Klatschecke war die beliebteste Seite in der Zeitung geworden, die keinen unwesentlichen Anteil daran hatte, die ohnehin hohe Auflage noch weiter zu steigern. Niemand gab zu, dies zu lesen, aber alle taten es. Wenn in seiner Kolumne ein Theaterstück gelobt wurde, rissen sich die Leute um Karten. Wenn er ein Lokal heruntermachte, schloß es innerhalb einer Woche.

Will hielt die Kolumne für einen grauenvollen und unverantwortlichen Mißbrauch der Presse. Hylton mißachtete die einfachsten Anstandsregeln. Er dachte sich nichts dabei, zu schreiben, daß ein bestimmter Kohlebaron in Begleitung einer Dame, die nicht seine Gattin war, in der Oper gesehen worden sei. Oder daß der Verkauf eines Hauses an der Fifth Avenue auf die Verluste seines Besitzers auf der Rennbahn zurückzuführen seien. Vor kurzem hatten die Zeitungen begonnen, Fotos zu drucken, und oft ließ Hylton seine Fotografen mit ihren infernalischen Blitzlichtern vor Restaurants und Theatern Stellung beziehen. Mehr als einmal war Will davon geblendet worden. Er mochte den Mann nicht, und Will junior verachtete ihn. Vor drei Jahren, als Will junior seinen ersten Anlauf für einen Sitz im Kongreß genommen hatte, hatte Hylton über seine Begeisterung für Chorus-Tänzerinnen geschrieben. Damals war er noch nicht verheiratet, aber solche Neigungen kamen in der Öffentlichkeit schlecht an. Er verlor die Wahl. Er hatte Hylton verklagt, den Prozeß aber verloren. Hylton habe ihn beschrieben, aber niemals seinen Namen genannt. Als er von Will juniors Anwalt in die Zange genommen wurde, leugnete er, ihn gemeint zu haben, sondern einen anderen jungen Geschäftsmann aus einer prominenten Familie. Will junior mußte die Sache auf sich beruhen lassen.

»Hylton!« zischte sein Sohn jetzt. »Was zum Teufel machen Sie hier?«

»Ich gehe zum Essen, mein lieber Junge. Ich bin jetzt Mitglied. Wußten Sie das nicht? Bin gerade aufgenommen worden.«

»Dann werde ich austreten! Ich unterstütze doch keinen Club, der Schmierfinken wie Ihnen und ihr den Zutritt erlaubt«, sagte er, mit dem Daumen in Nellies Richtung deutend.

»Ich bin der Schmierfink«, sagte Nellie pikiert. »Peter verdient den Titel nicht.«

Will junior ignorierte sie. »Ihr beide glaubt, eure Nasen in anderer Leute Angelegenheiten stecken und alles ausposaunen zu können, was? Alles ist in Ordnung, solange ihr nur Futter für euer verdammtes Schmierblatt kriegt!«

Peter, ein kleiner, dicker Mann, der gern leuchtende Farben und Goldschmuck trug, schreckte zurück und hielt sich die Stummelfinger an die Brust wie ein Eichhörnchen. »Du lieber Gott! Hoffentlich geht's im Speisesaal ein bißchen zivilisierter zu«, sagte er und ging davon.

Nellie sah ihn in den Speisesaal verschwinden – einen Raum, dessen Besucher zusammengenommen mehr Geld aufbrachten als das Bruttosozialprodukt vieler Länder und deren Macht und Einfluß sich auf die Politik im In- und Ausland auswirkte. Der Neid in Nellies Augen war unübersehbar. »Wieso wird Hylton in diesen Club aufgenommen und ich nicht?« fragte sie Will.

»Weil er, ob Sie es glauben oder nicht, aus einer angesehenen Familie stammt, und außerdem ein Mann ist.«

»Das wäre zu hinterfragen«, schäumte Will junior.

»Er hat Frau und Kinder. Sie leben in New Jersey«, warf Nellie ein.

»Das kann ich ihnen nicht verdenken«, antwortete Will junior. »Ißt du mit uns, Vater?«

»Ich fürchte, ich kann nicht. Ich erwarte Gäste. Carnegie und Frick.«

»Ich würde gern wissen, wie es gelaufen ist. Gleich morgen früh komme ich in deinem Büro vorbei. Wiedersehen, Vater.« Zu Nellie gewandt, sagte er eisig: »Miss Bly.«

Als er wegging, kam wütend der Oberkellner auf sie zu. »Miss Bly, ich hab Ihnen schon hundertmal gesagt, daß Damen im Union Club keinen Zutritt haben«, sagte er und nahm sie am Ellbogen.

Sie riß sich los, leerte ihr Glas und stellte es auf die Bar zurück. »Danke für den Scotch, Will. Sieht aus, als würde mich der Leichenfresser aus diesem Mausoleum werfen.«

»Miss Bly, ich bestehe darauf, daß Sie die Räumlichkeiten sofort verlassen!«

»Schon gut, kriegen Sie sich wieder ein. Ich weiß, wann ich unwillkommen bin.«

»Kaum, Nellie«, sagte Will lächelnd. Er beobachtete, wie sie ging, nicht ohne dabei ständig auf den unglücklichen Oberkellner einzuhacken. Als sie fort war, sah er sich im Union Club um. Mausoleum! So war ihm sein Club noch nie vorgekommen, aber Nellie traf den Nagel auf den Kopf. Zwei ältere Männer schlurften in Dinnerjacketts vorbei und schrien sich an, weil sie schwerhörig waren. Werde ich auch hier sein, wenn ich siebzig bin? fragte er sich. Hier rumstolpern, mein Essen mümmeln und herumspuken wie ein altes Gespenst?

Er betrachtete die anderen Männer um sich herum – Freunde und Kollegen –, wie sie sich um die Bar drängten oder in den Speiseraum gingen. Sie verbrachten ihre Abend hier, nicht zu Hause. Weil es dafür keinen Grund gab. In ihren Ehen gab es keine Liebe und keine Leidenschaft, in ihren Betten keine Wärme. Er kannte das, bei ihm war es nicht anders gewesen. Ihr Herz gehörte dem Geschäft, nicht ihren Frauen. Deshalb waren sie alle so verdammt reich.

Falls er diese Art von Verbindung wollte, konnte er sie leicht haben. Seine Schwester und die Freundinnen seiner verstorbenen Frau hatten sich aufs Arrangieren von Ehen verlegt. Wenn er sich ihren Vorstellungen beugte, wäre er wieder mit einer Frau verheiratet, wie es seine eigene gewesen war – sozial angesehen, altes Vermögen, gut erzogen –, und würde die gleiche langweilige, unbefriedigende Ehe führen, die er hinter sich hatte. Seine neue Frau wäre ihm sozial gleichgestellt. Eine Partnerin. Bestenfalls eine Freundin. Sie würde, wie Anna, seine sexuellen Ansprüche klaglos ertragen, aber nie einen Anflug von Begierde oder Lust zeigen, weil sich das nicht gehörte. Geschlechtliche Liebe war unanständig und vulgär und nur zum Zeugen von Kindern da.

Wenn er eine Affäre mit einer Frau wollte, die Spaß am Sex hatte, müßte er eine Geliebte nehmen, wie er es in der Vergangenheit oftmals getan hatte. Er und seine Frau würden getrennte Leben führen, hätten getrennte Schlafzimmer.

Aber, bei Gott, wenn Fiona sein wäre, gäbe es keine getrennten Schlafzimmer. Er würde jede Nacht mit ihr schlafen, dann neben ihr einschlafen und ihren süßen Duft einatmen. Am Morgen würde er sie wach küssen und beobachten, wie wieder Leben in diese wundervollen Augen kam, er würde zusehen, wie auf ihrem Gesicht ein strahlendes Lächeln erschiene, nur für ihn. Wie das wohl wäre, fragte er sich. Das Leben mit einer Frau zu verbringen, die man leidenschaftlich liebte? Das hatte er nie erlebt. Er war jetzt fünfundvierzig Jahre alt und hatte nie erlebt, wie es sich anfühlte, verliebt zu sein. Aber jetzt wußte er es. Nichts und niemand hatte je sein Herz so berührt, wie sie es tat.

Wieder ging die Tür auf, und Will sah, daß Carnegie und Frick eintraten, und der Ausdruck auf ihren langen Gesichtern war ernüchternd genug, um selbst Cupido die Romantik auszutreiben. Plötzlich hatte er keine Lust mehr, über Untergrundbahnen zu reden.

Vor einer Woche hatte er genau hier seinen Bruder gefragt: »Robert, würdest du es noch einmal tun?«

»Was denn?«

»Elizabeth bitten, dich zu heiraten. Obwohl ... ich meine, trotz allem, was geschehen ist?«

»Obwohl sie gestorben ist?« fragte Robert ruhig. »Obwohl mich meine Liebe zu ihr gegen alle anderen Frauen immun gemacht hat? Ja, das würde ich. Ohne zu zögern.« Dann hatte er sich vorgebeugt und die Hand auf die seine gelegt – eine seltene Geste zwischen ihnen beiden. »Du hast dich dein ganzes Leben lang nur von deinem Verstand leiten lassen. Es ist Zeit, deinem Herzen zu folgen. Das steht dir zu. Zumindest einmal in deinem Leben. Das steht jedem zu.«

34

Die Hände in die Hüften gestützt, sah Fiona auf den Berg Holzkisten, der auf dem Gehsteig aufgestapelt war. Ein Ausfahrer reichte ihr ein Stück Papier. Sie las es und unterschrieb. Dann schloß sie die Augen und atmete tief ein. Sie konnte ihn sogar durch das bleibeschichtete Holz riechen: Tee. Warm, intensiv, betörend. Nichts war mit diesem Duft vergleichbar.

»Du bist wahnsinnig, weißt du das?« sagte Michael, der plötzlich hinter dem Wagen von Millard's auftauchte. »Das sind fünfzig Kisten Tee, verdammt! *Fünfzig!* Wo zum Teufel willst du die unterbringen?«

»In der Nummer sechsundsechzig. Gleich nebenan. Da ist es sauber und trocken, ohne irgendwelche Gerüche, weil nur ein Stoffladen drin war, kein Stall oder dergleichen. Das *weißt* du doch. Ich hab dir doch gesagt, daß Mr. Simmons mir einen guten Preis gemacht hat«, fügte sie ungeduldig hinzu.

»Ich hab gedacht, das sei bloß Gerede gewesen! Ich hatte ja keine Ahnung, daß du es ernst meinst.«

»Könntest du den Männern vielleicht helfen, den Tee reinzutragen, statt hier rumzustehen?«

»Ich möcht bloß wissen, wer das alles bezahlen soll?«

»Wir. Millard's hat uns neunzig statt dreißig Tage Frist eingeräumt. Das ist genug Zeit.«

Michael schüttelte den Kopf. »Wohl kaum! Warum hast du überhaupt fünfzig Kisten auf einmal kaufen müssen?«

»Weil ich den gesamten Vorrat an indischem Tee haben wollte. Damit niemand sonst ihn kriegt. Das hab ich dir doch schon gesagt. Du hörst mir nie zu.«

»In zwei Monaten sitzen wir auf der Ware und schulden Millard's Hunderte von Dollars ...«

Fiona schnitt ihm das Wort ab. »Nein, das werden wir nicht! Mit dem Laden, meiner Teestube und den Großhandelsverkäufen ...«

»Welcher Teestube?«

»Die ich eröffnen werde. Ich bin schon auf der Suche nach einem geeigneten Lokal.«

»Und was für Großhandelsverkäufe?«

»Macy's. Crawford's. Child's Restaurants ...«

»Die haben bei dir bestellt?«

»Noch nicht.« Michael verdrehte die Augen. »Aber sie werden!« beharrte sie. »Nächste Woche habe ich Termine mit ihren Einkäufern. Ich *weiß*, daß sie meinen Tee kaufen werden, sobald sie ihn probiert haben. Ich brauch nur noch einen Namen dafür. Und eine Verpackung, die ich ihnen präsentieren kann. Wenn du mir bei den Kisten helfen und mich zu Nate und Maddie gehen lassen würdest ...«

»Lauter verrückte Hirngespinste«, brummte Michael und zog ein Paar Arbeitshandschuhe aus seiner Tasche. »Die hat dir wohl dieser William McClane in den Kopf gesetzt? Als nächstes kaufst du eine ganze verdammte Teeplantage.«

Fiona ignorierte seine Bemerkung. Sie wünschte, er hätte Will nicht erwähnt. Sie hatte seine Gesellschaft so sehr genossen und war betrübt, daß er nicht mehr vorbeigekommen war, aber gleichzeitig tadelte sie sich, weil sie sich Hoffnungen machte. Wie konnte sie sich einbilden, jemand wie er könnte sich für sie interessieren? Sie war ja nicht einmal einem Straßenhändler aus Whitechapel gut genug gewesen. Der Verlust von Joe hatte ihr nicht nur das Herz gebrochen, sondern auch ihr Selbstvertrauen erschüttert, ihr das Gefühl vermittelt, unattraktiv und wertlos zu sein. Gefühle, die Wills offensichtliches Desinteresse nur bestätigten.

Michael war es schließlich müde, ihr Predigten zu halten, er nahm sich einen Schubkarren und ging zu den Teekisten hinüber. Fiona kehrte in den Laden zurück, wo ihre Freunde auf sie warteten. Nate kaute an einem Bleistift und runzelte die Brauen, während er die Zeichnung begutachtete, die Maddie auf dem Ladentisch ausgebreitet hatte.

Fiona warf einen Blick darauf. »Maddie!« rief sie aus. »Das ist ja wundervoll!«

»Gefällt es dir?« fragte Maddie und errötete vor Freude.

»Ich bin begeistert!«

»Da bin ich aber froh. Ich war mir unsicher wegen des Hintergrunds, deshalb wollte ich Nick um seine Meinung fragen. Er hat ein Auge für so was. Er kommt doch bald, oder? Zum Abendessen, hast du gesagt?«

»Ja, das stimmt«, antwortete sie und blickte auf die Uhr. Sie runzelte die Stirn, als sie sah, daß es schon halb sieben war. »Er sollte eigentlich schon dasein. Was ihn wohl aufgehalten hat?« Sie war besorgt. Bei ihrer letzten Begegnung hatte er nicht gut ausgesehen. Sie solle kein Aufhebens darum machen, hatte er gesagt. Sie sorgte sich zuviel, das stimmte, aber sie konnte nicht anders. Dazu hatte sie schon zu viele Menschen verloren.

»Vielleicht liegt es an den Malern«, sagte Maddie. »Er wollte diese Wochen seine Wände streichen lassen. Erinnerst du dich? Vielleicht halten sie ihn auf.«

»Du hat recht. Das hat er gesagt. Wahrscheinlich kommt er jeden Moment.« Erleichtert wandte sich Fiona wieder der Zeichnung ihrer Freundin zu.

Maddie hatte ein bezauberndes Bild eines indischen Umzugs geschaffen. Juwelengeschmückte Maharadschas auf weißen Elefanten führten ihn an, gefolgt von Frauen in Saris, die mit Teeblätter gefüllte Körbe trugen, und um sie herum hüpften Kinder mit Papageien und Äffchen. Der Maharadscha hielt ein Banner hoch. Das Feld darin war frei geblieben.

»Kommt da was rein?« fragte Fiona.

»Der Name des Tees«, sagte Nate. »Wir brauchen einen Namen. Wir müssen einen Markennamen kreieren.«

»Einen Markennamen?«

»Ja. Genauso wie die Leute Ivory sagen, wenn sie ein Stück Seife haben wollen, sollen sie den Markennamen benutzen, wenn sie Tee kaufen wollen. Wir müssen sie überzeugen, daß dein Tee besser ist als das Zeug in der Kiste bei ihrem Lebensmittelhändler.«

»Wie sollen wir das machen?«

»Indem wir uns was einfallen lassen. Hier, nimm Papier und Bleistift. Mad, da ist einer für dich. Wir fangen damit an, alle guten Eigenschaften deines Tees aufzuschreiben, und finden dann heraus, ob etwas dabei ist, was einen guten Namen oder einen eingängigen Slogan ergibt.«

Die drei begannen zu schreiben, warfen sich Wörter und Bezeichnungen zu.

»Frisch ... malzig ...

»Goldbraun ... intensiv ... ausgeprägt ...«, sagte Maddie.

»Erfrischend ... belebend ...«, warf Nate ein.

Eine Weile fuhren sie damit fort und riefen sich alles mögliche zu, was geeignet sein konnte, bis sie drei Seiten mit Wörtern gefüllt, aber immer noch nichts gefunden hatten, was ihnen gefiel. Ungeduldig klopfte Nate mit dem Bleistift auf den Ladentisch. Sein Blick strich über Maddies Blatt, und dann sah er zu Fionas Notizen hinüber.

»He!« sagte er. »Was hast du da geschrieben, Fee?«

»Nichts, bloße Kritzeleien.«

»Nein, das ist gut. Sogar großartig! Sieh nur, Maddie.«

In die untere linke Ecke hatte sie »Tasty Tea« geschrieben, um den vollen Geschmack des Qualitätstees zu unterstreichen, und dann zu »TasTea« zusammengezogen.

»Ich glaub, da haben wir was«, rief er aufgeregt aus. »Das ist es! 'TasTea – Qualitätstee...«

» ... eine Rarität, eine äußerst erfrischende Spezialität!« rief Fiona.

»Ja! Ja! Perfekt! Kriegst du das alles in die Fahne hinein, Mad?«

»*Si, si,* ich hab genügend Platz«, antwortete Maddie.

»Also, Fiona, da hast du deine Anzeige! Du kannst sie in Zeitungen setzen, auf Plakate und Busse drucken lassen und natürlich für deine Verpackung benutzen.«

»Ich danke euch beiden. Es ist ja so aufregend!« rief Fiona aus und drückte Nats Arm. »Stellt euch vor, meine eigene Teemarke. Mein Gott, hoffentlich verkauft er sich! Das muß er. Ich hab fünftausend Pfund davon draußen vor der Tür und einen Onkel, der mich andernfalls stranguliert.«

»Natürlich wird er sich verkaufen«, antwortete Nate. »Mit einer Agentur wie Brandolini Feldman im Rücken kann gar nichts schiefgehen. Und außerdem«, fügte er verschwörerisch hinzu, »eine Marke ist ja erst der Anfang, nur die Spitze des Eisbergs. Es gibt ja schließlich noch andere Teemischungen, oder?«

»Natürlich. Dutzende verschiedener Sorten.«

»Also, stell dir vor, eine Riesenmenge verschiedener Teesorten, die alle unter ›TasTea‹ firmieren. Stell dir die kleine Teestube vor, die sich zu einem eleganten Lokal mausern wird! Stell dir Teestuben in ganz New York und Brooklyn, in Boston und Philadelphia vor ...«

»... die ganz Ostküste rauf und runter, im ganzen Land!« rief Fiona aus.

»Und du hast Großhandelsverträge mit Hotels«, sagte Nate.

»Und mit Kaufhäusern«, rief Fiona.

»Und mit Eisenbahn- und Schiffahrtsgesellschaften«, fügte Maddie hinzu.

»Und ihr beide macht nichts als Werbung für Tastea, Kampagnen und Verpackungen ...

»Es wird ein Riesenerfolg«, sagte Maddie strahlend. »Für uns alle!«

Lachend ergriff Fiona die Hände ihrer Freundin und begann, mit ihr durch den Laden zu tanzen und sie herumzuwirbeln, bis ihnen so schwindelig war, daß Nate sie festhalten mußte. Die drei waren so ausgelassen, daß sie den Jungen nicht bemerkten, der mit seiner Mütze in der Hand in der Tür stand. Er blieb eine Weile stehen, beobachtete sie ängstlich und zupfte Nate schließlich an der Jacke.

»Entschuldigen Sie, Sir«, sagte er.

»Tut mir leid, Junge«, antwortete Nate. »Ich hab dich nicht gesehen. Was kann ich für dich tun?«

»Wohnt hier Fiona Finnegan?«

»Ja, das bin ich«, sagte Fiona und beugte sich, nach Atem ringend, über die Ladentheke.

»Sie müssen mit mir kommen, Miss. Schnell«, sagte er und wandte sich wieder zur Tür.

»Warte einen Moment«, sagte Fiona. »Vielleicht sagst du mir erst mal, wer du bist.«

»Ich bin Stevie Mackie. Meine Ma hat gesagt, ich soll Sie holen. Sie sagt, unser Untermieter, Mr. Soames, stirbt.«

In der Sixteenth Street angekommen, nahm Fiona zwei Stufen auf einmal. Alle Gedanken an Tee und Teestuben waren wie weggeblasen. Jetzt beherrschte sie nur noch ein Gedanke, die Angst, ihren besten Freund zu verlieren.

In der Droschke, die sie genommen hatte, erzählte ihr Stevie, daß seine Mutter erst heute nachmittag von Nicks Krankheit erfahren habe. Die Miete sei überfällig gewesen, und deswegen sei sie zu ihm hinuntergegangen. Da niemand auf ihr Klopfen antwortete, habe sie selbst aufgeschlossen und ihn sehr krank im Bett vorgefunden.

»Was hat er denn, Stevie?« fragte Fiona und fürchtete sich vor der Antwort.

»Ich weiß es nicht. Meine Ma hat's mir nicht gesagt. Sie hat mich nicht in seine Wohnung gehen lassen. Sie hat furchtbare Angst vor der Cholera. Auf seinem Nachttisch hat sie ein Notizbuch mit Ihrer Adresse und der Adresse seines Arztes gefunden. Dann hat sie mich zu Ihnen und meinen Bruder zu dem Arzt geschickt.«

Ich hätte nicht auf ihn hören sollen, dachte Fiona, als sie die letzten Stufen hinaufeilte. Ihm ging's nicht gut. Das wußte ich. Ich hätte seinen albernen Ausflüchten keinen Glauben schenken sollen. Vor seiner Tür angelangt, drehte sie den Türknopf. Die Tür war verschlossen. »Der Schlüssel, Stevie«, sagte sie mit zitternder Stimme. »Wo ist der Schlüssel?«

»Ma!« rief er die Treppe hinauf. »Ma, ich hab Miss Finnegan mitgebracht. Sie braucht den Schlüssel.«

Fiona hörte Schritte auf dem Treppenabsatz über sich, dann kam eine etwa vierzigjährige, grobknochige Frau in einem verblichenen Baumwollkleid die Stufen herunter.

»Haben Sie den Schlüssel?« fragte Fiona ungeduldig.

»Sind Sie Miss Finnegan?«

»Ja.«

»Ich bin Mrs. Mackie ...«

»Ich brauch den Schlüssel«, erwiderte Fiona mit leicht erhobener Stimme.

»Ja, ja, natürlich«, antwortete Mrs. Mackie verwirrt. Sie griff in die eine, dann in die andere Tasche. »Er hat nach Ihnen gerufen. Ich weiß nicht, wie lange es ihm schon so schlechtgeht. Ein paar Tage, denke ich ...«

»Den Schlüssel!« rief Fiona.

»Hier«, sagte sie, und Fiona entriß ihn ihr. »Es geht ihm sehr schlecht, Miss«, fuhr Mrs. Mackie aufgeregt fort. »An Ihrer Stelle würde ich nicht reingehen. Das ist kein Anblick für eine junge Dame. Wer weiß, was er hat.«

Fiona öffnete die Tür, lief hinein und ließ Mrs. Mackie im Treppenhaus zurück. In der Wohnung war es dunkel, die Vorhänge waren geschlossen, aber sie kannte den Weg. Sie war schon einmal hiergewesen. »Nick?« rief sie und lief durch Diele, Flur, an der Küche vorbei, durch ein Wohnzimmer, einen weiteren Gang und am Badezimmer entlang zu seinem Schlafzimmer. »Nick?« rief sie wieder, bekam aber immer noch keine Antwort. »Bitte, Gott, laß es ihm gutgehen«, flüsterte sie. »Bitte.«

Ein entsetzlicher Gestank schlug ihr entgegen, als sie seine Schlafzimmertür öffnete – ein Geruch nach Schweiß und Krankheit und nach etwas anderem, etwas Untergründigem, Dunklem, aber zutiefst Vertrautem: der Geruch von Verzweiflung. »Nick?« flüsterte sie und lief auf ihn zu. »Ich bin's, Fiona.«

Er lag auf einem großen Himmelbett aus Ebenholz und trug nur seine Hose, die von Urin durchnäßt war. Er lag ganz still und wirkte so weiß wie die schweißgetränkten Laken unter ihm. Anstelle des schönen Mannes, den sie in Southampton kennengelernt hatte, sah sie ein blutleeres Gespenst vor sich. Sie drückte die Handflächen an seine Wangen und stellte erleichtert fest, daß sie feucht, aber warm waren. Sie strich die nasse Haarlocke aus seiner Stirn und küßte ihn. »Nick, ich bin's, Fiona. Kannst du mich hören? Antworte mir, Nick, bitte, antworte mir.«

Seine Augenlider zuckten. »Fee«, krächzte er, »geh weg.« Seine Lippen waren aufgesprungen, sein Mund trocken. Sie lief ins Badezimmer, holte ein Glas Wasser, hob seinen Kopf und hielt es an seine Lippen. Er griff danach und trank mit gierigen Schlucken. Dann hustete er und erbrach einen großen Teil davon. Fiona drehte ihn auf die Seite, damit er nicht erstickte, dann half sie ihm, in langsamen Schlucken zu trinken. »Vorsichtig«, sagte sie. »Es ist genug da. Mach ganz langsam ... ja, so ist's gut.«

Nachdem er ausgetrunken hatte, legte sie seinen Kopf sanft aufs Kissen zurück.

»Bitte geh, Fiona«, flüsterte er. »Ich will dich nicht hierhaben ... ich kann selbst für mich sorgen.« Er begann zu zittern, und seine Hände tasteten ziellos nach seiner Decke. Fiona hob die Überdecke auf, die er aus dem Bett gestoßen hatte, und deckte ihn zu.

»Ja, das sehe ich. Und das hast du auch ganz wundervoll gemacht«, sagte sie. Seine Zähne begannen zu klappern. Sie legte sich zu ihm ins Bett, schlang die Arme um ihn und versuchte, ihn zu wärmen. »Ich schwöre dir, Nick, sobald es dir bessergeht, bring ich dich um deswegen.«

»Mir wird's nicht mehr bessergehen.«

»Doch, das wird es! Sag mir, was dir fehlt!«

Er schüttelte den Kopf. Sie wollte gerade nachhaken, als ein lautes, dröhnendes »Hallo« aus dem Gang erklang.

»Hier drinnen!« rief sie zurück.

Ein kahler Mann mit silbernem Bart und Brille betrat den Raum. »Dr. Werner Eckhardt«, sagte er. »Entschuldigen Sie bitte.« Damit schob er Fiona beiseite und begann, Nick zu untersuchen.

Fiona beobachtete, wie er Nick in die Augen sah, seinen Nacken massierte und seine Brust abhörte. »Wozu ist das?« fragte sie, als er eine Spritze herauszog.

»Um seinen Herzschlag zu beruhigen« antwortete. »Wie lange ist er schon in diesem Zustand?«

»Ich ... ich weiß es nicht. Ich hab ihn letzten Sonntag gesehen. Heute ist Samstag ...«

»Ich hab ihm prophezeit, daß das passieren würde«, sagte der Arzt verärgert. »Ich hab ihm Ruhe und eine entsprechende Ernährung verordnet.« Er zog eine zweite Spritze heraus. »Gegen die Austrocknung«, fuhr er fort. »Ich brauche eine Schüssel heißes Wasser und Seife. Und Waschlappen und Handtücher. Er wird sich wund gelegen haben, und die Wunden müssen gereinigt werden, bevor sie sich entzünden.«

Fiona brachte alles, was der Arzt verlangt hatte, dann half sie Dr. Eckhardt trotz Nicks schwacher Einwände, ihm die Kleider auszuziehen, ihn zu waschen, die schmutzige Bettwäsche zu wechseln und ihm einen sauberen Pyjama überzuziehen. Sie hatte einen starken Magen und schreckte nicht zurück angesichts der offenen Wunden an Schenkeln und Rücken, aber der Anblick seiner hervorstehenden Hüftknochen, der ausgemergelten Beine und der eingefallenen Brust brachte sie fast zum Weinen. Schon auf dem Schiff hatte sie gewußt, daß es ihm nicht gutging. Die ganze Zeit war etwas nicht in Ordnung gewesen mit ihm. Warum, ach, warum nur hatte sie nicht eindringlicher nachgefragt?

»Ja, so ist's besser. Wir lassen ihn jetzt ein paar Minuten ruhen, bis die Medikamente wirken. Wir unterhalten uns draußen. Kommen Sie.«

Sobald sie außer Nicks Hörweite waren, packte Fiona den Arm des Arztes. »Schafft er's? Er stirbt doch nicht, oder?«

»Sind Sie eine Verwandte von Mr. Soames?« fragte Eckhardt.

»Ja. Ich ... ich bin seine Cousine«, log sie. »Er stirbt doch nicht?« fragte sie unter Tränen.

Der Arzt schüttelte den Kopf. »Nein, aber er ist sehr krank. Er schafft es jetzt noch einmal, aber wenn er nicht anfängt, auf sich zu achten, geht's bergab mit ihm. Rapide. Was die Behandlung anbelangt ...«

»Bitte, Dr. Eckhardt«, sagte Fiona zutiefst erschrocken und verwirrt. »Was fehlt ihm? Was hat er?«

Eckhardt sah sie überrascht über die Ränder seiner Brillengläser hinweg an. »Na, Syphilis natürlich. Verzeihen Sie, ich dachte, das wüßten Sie.«

»Miss Finnegan, Sie bringen ihn sofort von hier weg!« schrie Mrs. Mackie. »Es ist widerlich! Eine Schande! Jemanden wie ihn will ich nicht länger unter meinem Dach haben!«

Fiona saß auf Nicks Sofa. »Mrs. Mackie«, erwiderte sie und versuchte, ihre Stimme ruhig und ihren Zorn unter Kontrolle zu halten. »Ich glaube nicht, daß er im Moment transportfähig ist.«

»Entweder Sie schaffen ihn raus, oder ich mache das. Ich werf seine Sachen auf die Straße!«

Fiona holte tief Luft und überlegte verzweifelt, was sie mit ihrem kranken Freund, seiner Wohnung und seiner Habe anstellen sollte. Sie wollte ihn nicht transportieren, dafür ging es ihm zu schlecht, aber sie hatte keine Wahl. Mrs. Mackie hatte vom Nebenzimmer aus alles belauscht, was sie und der Arzt besprochen hatten.

Fiona beobachtete die Frau, die weitertobte. Unbändiger Zorn stieg in ihr auf. Diese Frau war hier hereingekommen, um die Miete zu holen. Sie hatte gesehen, in welchem Zustand sich Nick befand, und war dennoch in ihre Wohnung zurückgegangen und hatte ihn hier liegenlassen – in seinem eigenen Urin, vor Kälte zitternd. Nicht einmal ein Glas Wasser hatte sie ihm gegeben. Und jetzt warf sie ihn raus. Fiona spürte, wie sich ihre Hände zu Fäusten ballten. In diesem Moment hätte sie nichts lieber getan, als Mrs. Mackie einen Schlag in ihr selbstgefälliges Gesicht zu versetzen. Aber sie brauchte ihre Hilfe.

»Hören Sie, Mrs. Mackie«, sagte sie schließlich. »Ich nehme Mr. Soames jetzt gleich mit, aber bitte erlauben Sie mir, seine Sachen die nächsten zwei Wochen hierzulassen. Wir bezahlen Ihnen eine Extramonatsmiete für die Umstände.«

Mrs. Mackie schürzte die Lippen und überlegte. »Und ich behalte außerdem die Kaution«, erwiderte sie nach einer Weile. »Die ganze.«

Erleichtert willigte Fiona ein. Nicks Gemälde, die irrtümlich nach Johannesburg statt nach New York geschickt worden waren, waren inzwischen eingetroffen und standen, in Kisten verpackt, unten. Sie durfte nicht zulassen, daß diese Megäre sie auf die Straße warf. Sie hatte keine Ahnung, wo sie sie unterbringen würde, aber darum würde sie sich später kümmern. Im Moment galt ihre ganze Sorge Nick.

Als sie wieder in sein Schlafzimmer zurückging, saß er, gegen die Kissen gelehnt, im Bett. Seine Augen waren geschlossen, aber sein Atem hörte sich regelmäßiger an, und seine Haut wirkte nicht mehr ganz so wächsern. Trotzdem sah er immer noch entsetzlich zerbrechlich aus, und sie fragte sich, wie sie ihn anziehen und in eine Droschke verfrachten sollte.

»Er hat's dir gesagt«, stieß er hervor.

»Ja.«

Er wandte das Gesicht ab. »Ich nehme an, daß du jetzt gehst. Was ich vollkommen verstehe.«

Seine Worte brachten bei ihr das Faß zum Überlaufen – aus Wut über Mrs. Mackie, über Dr. Eckhardt und seine beiläufige Art, über Nicks Krankheit zu sprechen, aus Wut über Nick, der sich so herunterkommen lassen hatte. »Du dummer, dummer Mensch!« schrie sie. »Glaubst du das wirklich? Glaubst du, ich verlasse dich, bloß weil du krank bist? Hab ich deswegen einen Gott, an den ich noch nicht mal glaube, angefleht, dich zu retten? Um dich einfach im Stich zu lassen?«

Nicholas erwiderte nichts.

»Antworte mir, Nick! Warum hast du mich angelogen?«

»Das mußte ich.«

»Doch nicht mich!«

»Ich ... ich dachte, ich würde dich verlieren, Fiona. Um Himmels willen, ich hab *Syphilis!*«

»Und wenn's die Pest wär. Du lügst mich nicht noch einmal an! Ich wußte, daß etwas nicht stimmt mit dir, aber du hast gesagt, es wär nichts! Du hättest sterben können!«

»Bitte, sei nicht so böse auf mich«, sagte er ruhig.

Fiona bemerkte, daß sie einen todkranken Mann anschrie. Sie ging auf die andere Seite des Betts, damit sie sein Gesicht sehen konnte. »Ich bin nicht böse auf dich. Aber jetzt keine Schwindeleien mehr, in Ordnung? Wir stehen das gemeinsam durch. Du kommst mit mir nach Hause und wirst wieder gesund.«

Nick schüttelte den Kopf. »Ich will dir nicht zur Last fallen.«

»Du bist keine Last«, antwortete sie und setzte sich auf sein Bett. »Du kannst in meinem Zimmer schlafen. Mary und ich wechseln uns bei der Pflege ab und ...«

»Fiona, ich muß dir etwas sagen. Es gibt Dinge, die du nicht über mich weißt. Ich habe diese Krankheit von ... keiner Frau.«

Sie nickte, aber Nick ließ nicht locker und versuchte, ihr umständlich seine sexuellen Neigungen zu erklären, bis sie ihn unterbrach.

»Nicholas ... ich weiß. Ich hab das Foto gesehen. Es fiel heraus, als ich einmal deine Uhr weglegen wollte. Er sah so glücklich aus, der Mann auf dem Bild. Ich dachte, daß du es aufgenommen hast und daß er dein Liebster sein muß.«

»Das war er«, sagte Nick traurig.

»War er? Wo ist er jetzt?« fragte sie.

Nick schloß ein paar Sekunden die Augen. Als er sie wieder öffnete, standen sie voller Tränen. »In Paris. Auf dem Friedhof Père-Lachaise. Er starb letzten Herbst.«

»Ach, Nick, das tut mir so leid. Was ist denn passiert?«

Während der nächsten Stunde erzählte ihr Nick alles über Henri. Er erzählte ihr, wie sie sich kennengelernt und wieviel Henri ihm bedeutet hatte. So viel, daß er seiner Familie den Rücken kehrte, um mit ihm in Paris zu leben. Er sei so glücklich gewesen und habe seine Entscheidung nie bereut, aber eines Abends im September sei ihm sein Glück entrissen worden.

Er und Henri seien an der Seine entlangspaziert, erzählte er. Henri habe sich nicht wohl gefühlt. Nick habe ihm die Stirn befühlt und dann tröstend den Arm um ihn gelegt. Normalerweise habe er Henri in der Öffentlichkeit nicht berührt – das sei zu gefährlich gewesen –, aber besorgt, wie er war, habe er darauf nicht geachtet. Die Geste wurde von einer Gruppe junger Flegel beobachtet, die hinter ihnen gingen, sie angriffen und in den Fluß warfen. Henri ging unter, aber Nick schaffte es, ihn herauszuziehen. »Er war bei Bewußtsein, als ich ihn ans Ufer brachte«, sagte er. »Als schließlich Hilfe eintraf, fiel er ins Koma.«

Er selbst war nur leicht verletzt worden, ein paar Kratzer und Blutergüsse, ein blaues Auge, nichts Ernstes. Henri jedoch hatte einen Schädelbruch erlitten. Er erlangte das Bewußtsein nicht wieder und starb zwei Tage später.

»Ich war am Boden zerstört«, sagte Nick. »Ich konnte weder essen noch schlafen. Über einen Monat bin ich nicht zur Arbeit erschienen und verlor meine Stelle.«

Das Krankenhaus informierte Henris Eltern – ein biederes Bürgerpaar, das außerhalb von Paris lebte. Sie waren mit dem Künstlerberuf ihres Sohnes nicht einverstanden gewesen, ebensowenig mit seinem Umgang, und verweigerten all seinen Freunden die Teilnahme am Begräbnis.

»Ich trauerte allein«, sagte Nick. »Ich dachte, ich würde wahnsinnig vor Schmerz. Ich konnte den Anblick unserer Wohnung, der Straßen, durch die wir gegangen waren, der Cafés, in denen wir gegessen hatten, nicht ertragen.«

Zwei Wochen später erhielt er einen Brief von seiner Mutter, die ihn anflehte, es sich doch noch einmal zu überlegen und nach Hause zu kommen. Ihre Bitten trafen ihn in einem schwachen Moment. Er war verzweifelt und sehnte sich nach dem Trost seiner Familie, und obwohl er wußte, daß er ihr nie von Henri erzählen durfte, entschloß er sich zurückzugehen. Ihn hielt nichts mehr in Paris.

Seine Mutter und seine Schwestern freuten sich, ihn wiederzusehen, aber sein Vater reagierte voller Ablehnung und machte ihm ständig Vorwürfe, seine Pflichten vernachlässigt zu haben. Nick tat sein Bestes, ihm entgegenzukommen. Er nahm seine Arbeit auf, schuftete hart, überwachte die Eröffnung neuer Bankfilialen, übernahm sogar die anstrengende Vorbereitungsarbeit bei der Gründung einer Reihe von Aktiengesellschaften, die die Albion-Bank an die Börse brachte, und brütete über Kontenblättern und Rechnungsbüchern. Er besuchte Fabriken, Dockanlagen, Minen und Mühlen – aber nichts, was er tat, war gut genug. Er wurde depressiv, begann zu trinken und dachte sogar an Selbstmord. Jeden Abend ging er aus, nur um seinem Vater nicht begegnen zu müssen. Verbittert und verzweifelt nach Ablenkung suchend, ließ er sich mit einer Gruppe junger reicher Taugenichtse ein, die größtenteils seine sexuellen Neigungen teilten. Eines Nachts landeten sie betrunken in einem Männerbordell in der Cleveland Street, und er schlief mit einem der Strichjungen. Für ihn war es ein menschlicher Kontakt, eine Möglichkeit, sich zu vergessen. Am nächsten Morgen bedauerte er es, tat es aber immer wieder. Er fuhr mit dem Trinken fort und wachte oftmals auf, ohne zu wissen, wo er die Nacht verbracht oder wie er nach Hause gekommen war.

Seine Gesundheit begann zu leiden. Er fühlte sich schwach und antriebslos. Seiner Mutter entging dies nicht, und sie schickte ihn zu Dr. Hadley, dem Hausarzt der Familie. Er nahm an, der Arzt würde seinen Fall diskret behandeln, aber er täuschte sich. Dr. Hadley diagnostizierte Syphilis und informierte umgehend seinen Vater, der ihn blutig schlug. Er warf ihn gegen die Wand seines Arbeitszimmers, bezeichnete ihn als Abscheulichkeit und verfluchte Gott, ihm einen solchen Sohn geschenkt zu haben. Er befahl ihm, sein Haus zu verlassen, und stellte ihn vor die Wahl, entweder nach Amerika zu gehen und dort still sein Ende abzuwarten – dann würde er ihn großzügig unterstützen – oder in London zu bleiben und ohne einen Penny auf der Straße zu sterben.

»Ich lag auf dem Boden, Fee, und versuchte, zu Atem zu kommen. Mein Vater verließ das Arbeitszimmer, kam aber plötzlich wieder zurück, beugte sich über mich und sagte, er wisse, was ich sei. Er wisse über Paris und Arles Bescheid, auch über Henri. Mir gefror das Blut. Er wußte, wie das Haus aussah, in dem ich lebte, und er kannte die Namen der Cafés, die ich besuchte. ›Wenn du das alles weißt, dann weißt du auch von Henris Tod, nicht wahr?‹ sagte ich. Und als ich das sagte, wurde ich von grenzenlosem Haß gepackt. Ich hatte immer gewußt, daß er ein Unmensch war, aber die Vorstellung, daß er von meinem Verlust wußte und nichts gesagt hatte! Und dann, Fiona, lächelte er und sagte: ›Davon gewußt? Nicholas, ich habe dafür bezahlt.‹«

Fiona weinte, als er mit seiner Geschichte fertig war. Das Herz tat ihr weh vor Mitleid. Daß ein Vater seinem Kind so etwas antun konnte, war ihr unbegreiflich. Den Liebhaber seines Sohnes ermorden zu lassen. Sein eigen Fleisch und Blut auf die Straße hinauszujagen wie einen Hund.

Nick wischte sich die Augen ab. Die kleine Besserung, die nach Dr. Eckhardts Besuch eingetreten war, nahm wieder ab. Fiona bemerkte, daß sie ihn zu sich nach Hause bringen mußte, bevor er sich noch schlechter fühlte.

Während sie nach sauberen Kleidern für ihn suchte, sagte er: »Wenigstens wird es jetzt nicht mehr lange dauern, bis ich wieder bei Henri bin.«

»Sprich nicht so«, tadelte sie ihn streng. »Henri wird noch eine Weile warten müssen. Jetzt stehst du unter meiner Aufsicht. Und dir wird's wieder bessergehen. Dafür werde ich sorgen.«

35

Die Zahlen steigen«, sagte Davey O'Neill. »Jede Woche kommen Dutzende neuer Mitglieder dazu. Sie haben keine Angst. Sie sind verdammt wütend und lassen sich nicht mehr einschüchtern. Vor Jahresende kommt es zum Streik. Meiner Schätzung nach spätestens im Herbst.«

O'Neill beobachtete, wie sich William Burtons Gesicht verdüsterte. Er sah, wie seine Hand in seine Tasche glitt und seine Finger sich um etwas schlossen.

»Vorsicht, Chef. Wenn Sie ihm das andere auch noch abschneiden, müssen wir uns einen anderen suchen, der die Lauscher aufstellt«, sagte Bowler Sheehan kichernd.

Davey zuckte nicht zusammen. Er rührte sich nicht. Das war besser so. Burton erinnerte ihn an ein wildes Tier – einen Wolf oder einen Schakal –, an ein Tier, das auf der Lauer liegt und erst zu jagen beginnt, wenn das Opfer wegläuft. Burton hatte ihm ein Ohr abgeschnitten, hier am Oliver's Kai, und Davey hatte keine Lust, noch einmal sein Messer zu spüren, obwohl der physische Schmerz, so schlimm er auch gewesen war, nur kurz angehalten hatte. Der andere Schmerz jedoch, der innere, trieb ihn zum Wahnsinn. Ein Schmerz, bei dem er sich jedesmal am liebsten umgebracht hätte, wenn er in einer Gewerkschaftsversammlung saß und sich Namen, Daten und Pläne merken mußte. Oder wenn er einem seiner Arbeitskollegen zuhörte, der sich wunderte, warum die Fabrikbesitzer und Vorarbeiter ständig über alle Schritte der Gewerkschaften informiert waren. Er hätte sich aufgehängt, wären da nicht seine Frau und seine Kinder gewesen. Sie wären verloren ohne ihn. Und Burtons Geld gab ihnen zum erstenmal Sicherheit im Leben. Jetzt konnte er sich für Lizzie einen Arzt und richtige Medizin leisten, und wenn er sah, wie ihre Wangen wieder Farbe bekamen und ihre spindeldürren Glieder kräftiger wurden, war das das einzige, was ihm Freude brachte.

Sarah, seine Frau, hatte weder die Geschichte angezweifelt, die er ihr wegen seines Ohrs erzählt hatte, noch den plötzlichen Geldsegen hinterfragt, sondern nahm einfach nur kommentarlos und dankbar die Summe entgegen, die er ihr jede Woche gab. Jetzt gab es für jeden Fleisch zum Abendessen. Es gab warme Wollunterwäsche und neue Stiefel für die Kinder. Sie hatte um eine neue Jacke und einen neuen Rock für sich gebeten, aber er hatte abgelehnt. Und sie wollte ein paar Straßen weiter in ein besseres Haus ziehen, was er ebenfalls abgelehnt hatte. Als sie dagegen aufbegehrte, erklärte er ihr, daß sie sich nach ihm richten müsse, er habe gute Gründe für sein Verhalten.

Aber eines Tages hatte sie genug von seiner Knauserigkeit und kaufte sich einen neuen Hut – einen hübschen Strohhut mit roten Kirschen darauf. Stolz war sie damit heimgekommen, und er hatte ihn ihr vom Kopf gerissen und ins Feuer geworfen.

Die Leute in den Docks waren nicht dämlich. Wenn eine Frau plötzlich einen neuen Hut ausführte, wenn Kinder neue Kleider hatten, wurde das bemerkt und darüber gesprochen. Obwohl sich Tillet und die anderen Gewerkschaftsführer ausdrücklich gegen Gewalt ausgesprochen hatten, wußte Davey, daß es an der Basis Leute gab, die ihm bei lebendigem Leib die Haut abziehen würden, wenn sie herausbekämen, daß er spionierte.

Sarah hatte seitdem nichts mehr für sich gekauft. Aber sie lächelte auch nicht mehr. Sie wandte sich von ihm ab, wenn er ins Bett kam, und wenn sie ihn ansah, waren ihren Augen kalt. Einmal hörte er, wie sie zu ihrer Mutter sagte, daß das Geld ihrer Meinung nach aus Diebstählen stamme. Ach, Sarah, dachte er, wenn es doch nur so wäre!

Burton zog die Hand aus der Tasche und knackte mit den Fingerknöcheln. »Wie sind die genauen Zahlen? Wieviel haben sie in ihrer Streikkasse?«

»Das ist schwer zu sagen«, erwiderte Davey in der Hoffnung, blüffen zu können.

»Dann strengen Sie sich an, Mr. O'Neill. Oder mein Kollege hier marschiert in Ihre Wohnung und dreht Ihrer Kleinen den Hals um, als wär's ein Katzenjunges.«

Erneut angewidert von seiner vollkommenen Hilflosigkeit, redete Davey. »In der Gewerkschaft der Teearbeiter sind ungefähr achthundert Mitglieder«, sagte er.

»Und wie steht's mit dem Geld?«

»Nicht der Rede wert.«

Sheehan lachte auf und fragte Burton, worum er sich dann überhaupt Sorgen mache. Aber dann erklärte ihnen Davey, daß die Gewerkschaft der Schauerleute nahezu fünftausend Mitglieder und dreitausend Pfund in ihren Tresoren habe. Und sie hatten ihre Unterstützung zugesagt. Wenn die Dockarbeiter die Arbeit niederlegten, würden die Schauerleute das gleiche tun. Ebenso die Leichterschiffer und Fährleute. Burton zog daraufhin eine Augenbraue hoch, aber Sheehan machte eine wegwerfende Handbewegung.

»Je mehr, desto besser. Dann hungern eben alle«, sagte er. »Mit dreitausend Pfund lassen sich nicht alle Arbeiter am Fluß durchfüttern. Jedenfalls nicht für lange. Selbst wenn sie einen Streik ausrufen, kommen sie in zwei oder drei Tagen wieder angekrochen. Sobald's kein Geld für Bier mehr gibt.«

»Ich hoffe, Sie haben recht, Mr. Sheehan«, erwiderte Burton ruhig. Seine ruhige, leise Stimme machte Davey nervös. »Ich kann mir keinen Streik leisten. Nicht jetzt. Meine Kapitaldecke ist zu dünn.«

»Das passiert auch nicht«, sagte Sheehan. »Sie sorgen sich ganz umsonst, Chef. Genauso wie bei der kleinen Finnegan. Ich hab Ihnen doch gesagt, daß sie verschwindet, und so ist's auch geschehen. Wahrscheinlich ist sie längst tot.«

Burton griff in seine Brusttasche und reichte Davey einen Umschlag. Einen Moment lang trafen sich ihre Blicke, als er ihn annahm, und Davey sah, daß Burtons Augen so kalt und undurchdringlich waren wie die eines Hais. Es stand kein Haß darin, was ihn hätte beruhigen sollen, aber das tat es nicht. Lieber hätte er Zorn darin gesehen als das, was er jetzt sah – eine schwarze gähnende Leere. Grenzenlos und angsteinflößend.

»Da sind Flußratten unter uns. Ich kann sie rennen hören«, sagte Burton.

Davey hörte nichts. »Wie bitte ... Sir?«

»Ratten fressen alles, wenn sie hungrig sind. Sogar menschliches Fleisch. Wußten Sie das nicht?«

»N-nein, Sir. Das hab ich nicht gewußt.«

»Gehen Sie heim, O'Neill. Gehen Sie heim und halten Sie die Flußratten fern«, sagte er, dann wandte er sich um und ging zum Ende des Kais.

36

Halt sie nur noch einen Moment in die Höhe, mein Lieber, bis ich dir das angezogen habe. Nur noch einen Moment ... so ist's recht«, sagte Mary und zog Nick eine frische Pyjamajacke über, dann bettete sie ihn wieder auf seine Kissen zurück. »Das war sehr gut. Letzte Woche hast du das noch nicht gekonnt, da mußte ich deine Arme noch hochhalten.«

»In einer Woche mache ich einen Hundertmeterlauf«, sagte Nick lächelnd. »Du wirst schon sehen.«

»Das bezweifle ich zwar, aber du machst tatsächlich Fortschritte. Du hast wieder Farbe und mehr Kraft bekommen. Wenn wir es bloß schaffen würden, auf diese Knochen ein bißchen mehr Fleisch zu kriegen. Also gut, jetzt das Unterteil.«

Mary zog ihm eine frische Hose an und deckte ihn zu. Er versuchte, ihr zu danken, aber sie ging nicht darauf ein. Dann verließ sie das Zimmer und kam mit dem Baby auf dem Arm zurück. »Ich muß Abendessen machen«, sagte sie. »Kann ich Nell eine Weile bei dir lassen? Schaffst du das?«

Nick bejahte, und sie legte ihm das Kind in die Armbeuge, gab ihm einen Zwieback für die Kleine und verschwand summend in die Küche. Während das Baby seinen Zwieback kaute, kam Seamie ins Zimmer gestürzt, kletterte aufs Bett und wollte eine Geschichte hören.

»Wo bist du denn gewesen? Du bist ja schwarz wie ein Kaminfeger!« fragte Nick.

»Ich hab Schnecken gefangen. Sie fressen die Blumen.«

»Hast du dafür eine Grube gegraben? Sieh dir deine Ohren an!«

»Ach, da bist du ja!« rief Michael und kam ins Zimmer. »Komm, Zeit für ein Bad.«

»Neiiin«, kreischte Seamie, als hätte sein Onkel gedroht, in auf die Guillotine zu schleppen.

»Mary hat gesagt, daß du's dringend nötig hast.«

Seamie sah hilfesuchend zu Nick auf. Der schüttelte bedauernd den Kopf. »Ich fürchte, da hilft nichts, alter Junge.«

Es klopfte.

»*Signora!*« rief Nick begeistert aus, als er Maddie in der Tür stehen sah. »*Ciao mia bella!*«

»*Ciao bello.* Hast du einen Moment Zeit? Ich möchte dir die Zeichnung für Fionas Teeverpackung zeigen. Sie ist fast fertig, aber am Hintergrund muß noch was gemacht werden, glaube ich. Siehst du den Kniff für die Verschlußklappe? Wie findest du das Ganze?«

»Hallo, Maddie, wie geht's mit der Verpackung voran?« fragte Fiona, die gerade mit einem Teetablett hereinkam. »Hallo, Nick, wie geht's dir?« Bevor die beiden antworten konnten, redete sie schon weiter: »Probier doch mal den Tee für mich. Sag mir, ob er dir schmeckt. Michael hat eine große Tüte Zimtstangen auf dem Tee stehenlassen. Zuerst hab ich gedacht, er sei ruiniert, aber jetzt finde ich, daß er möglicherweise ein ganz neues Produkt erfunden hat – aromatisierten Tee! Stell dir vor, wir könnten das gleiche mit Vanillestangen machen. Und mit Nelken. Vielleicht auch mit getrockneten Orangenschalen.«

»Ich finde, er schmeckt ausgezeichnet«, sagte Nick.

»Herrlich!« pflichtete ihm Maddie bei, die ebenfalls einen Schluck nahm.

Es klingelte an der Haustür. »Komme!« hörten sie Mary rufen. Fiona setzte sich ans Fußende von Nicks Bett, streifte die Stiefel ab und zog die Beine an. Während sie über weitere Geschmacksrichtungen diskutierten, steckte Nate den Kopf herein.

»Wie geht's dem Patienten?« fragte er fröhlich.

»Sehr gut«, antwortete Nick.

»Auf dem Rückweg von einem Kunden bin ich an einem Zeitungsstand vorbeigekommen und hab dir eine Zeitung mitgebracht. Hallo, Fee, hallo, Mad.« Er beugte sich hinunter und küßte seine Frau. »Was riecht denn hier so gut?«

Aufgeregt erzählte ihm Fiona von ihrer neuesten Idee. Nate war begeistert und begann sofort, mit Maddie Namen dafür zu erfinden. Seamie kam in frischen Kleidern und einem Bilderbuch in der Hand hereingelaufen und kletterte auf den Schoß seiner Schwester. Wieder klingelte es an der Tür. Michael ging am Zimmer vorbei und brummte, seine Wohnung sei inzwischen ein Bahnhof geworden.

Alle plauderten und tranken Tee, als plötzlich Dr. Eckhardt mit seiner schwarzen Tasche in der Tür erschien. Er warf einen Blick durchs Zimmer und sagte: »Wenn ich mich recht erinnere, habe ich absolute Ruhe verordnet.«

Alle sahen sich schuldbewußt an.

»Komm, Seamie, wir müssen jetzt gehen«, sagte Fiona und hob ihn von ihrem Schoß.

»Warum? Ich will eine Geschichte hören!«

»Später. Der Doktor muß Nick untersuchen, damit er gesund wird.«

Als Dr. Eckhardt mit der Untersuchung fertig war, erklärte er Nick, daß sein Zustand besser sei als erwartet.

»Das sind gute Neuigkeiten«, sagte Nick glücklich. »Worauf ist das zurückzuführen? Auf die Medikamente?«

Eckhardt zuckte die Achseln. »Das bezweifle ich. Lachen, Trost, gute Pflege ... sind wirkungsvollere Mittel, als ich sie zu bieten habe. Aber sie müssen weiterhin Bettruhe halten. Sie dürfen ein paarmal pro Tag in der Wohnung herumgehen, dazu rate ich sogar, aber nicht mehr als das. Wenn Sie Lust auf richtiges Essen haben, dann greifen Sie nur zu. Was alles andere anbelangt« – er machte mit dem Kopf ein Zeichen in Richtung Tür – »scheinen die Spezialisten nebenan ihre Sache sehr gut zu machen. Ihre Familie, nehme ich an?«

»Nein ...« Nick hielt inne. Er dachte an seinen Vater, der ihn gegen die Wand geschleudert hatte, an seine Mutter und seine Schwestern, die ihm in all den Wochen, die er hier war, nie geschrieben hatten. Er dachte an Mary, die ihn so liebevoll pflegte, an Seamie und Michael, an Ian und Alec. Und er dachte an die Person, die ihm die liebste von allen war, Fiona. Dann lächelte er übers ganze Gesicht und sagte: »Ja, Dr. Eckhardt. Meine Familie.«

37

Um Himmels willen, Mary! Wo sind die denn alle her?« fragte Fiona und sah auf die Unmenge roter Rosen, die auf den Tischen, den Fensterbänken, dem Kaminsims, dem Sekretär und in Kübeln auf dem Boden stand.

»Ich weiß es nicht! Sie sind vor einer Stunde gekommen. Ich wollte dir Bescheid sagen, aber du warst so beschäftigt, also hab ich sie raufbringen lassen und ins Wasser gestellt. Es müssen an die zweihundert sein. Ach, fast hätte ich's vergessen! Da ist eine Karte ...«

Fiona sah auf den Namen auf dem Umschlag. »Sie sind für ... *Michael?*« sagte sie verwundert. »Wer hat ihm all die Rosen geschickt?« Sie war eingeschnappt und ein bißchen eifersüchtig. Nie hatte ihr jemand zweihundert Rosen geschickt.

»Treibhausblumen«, sagte Alec verächtlich, als er die Blüten untersuchte.

Seamie hielt einen langen Stengel wie einen Zauberstab, kitzelte Nells Nase mit den Blütenblättern und brachte sie zum Lachen.

»Fiona?« rief Michael aus dem Gang.

»Hier drinnen«, rief sie zurück.

»Hast du den Ladenschlüssel? Ich kann ihn nicht finden ... du lieber Gott! Wo sind denn die ganzen Rosen her? Hat dein Pferd das Derby gewonnen?«

»Nein. Gibt's da etwas, das du uns sagen möchtest?«

»Euch sagen?«

»Hier.« Sie reichte ihm die Karte. »Sie sind für dich.«

»Was?« Er schnappte sich die Karte, sah seinen Namen auf dem Umschlag und riß ihn auf. »Das hätt ich mir denken können«, sagte er verächtlich. »Ein reicher Pinkel mit zuviel Geld. Muß Tausende von Rosen schicken, wenn's ein Strauß Tulpen auch getan hätt.«

»Wer hat sie geschickt?« fragte Fiona.

»Was ist ein Pinkel?« fragte Seamie.

»Ach, laß gut sein, Seamie. Onkel Michael, von wem sind sie?«

»William McClane.«

Fiona zog die Augenbrauen in die Höhe. »Wirklich? Ich hatte keine Ahnung, daß es so steht zwischen euch.«

»Sehr komisch, Fiona, aber er hat sie nicht mir, sondern dir geschickt ...«

Fiona riß die Augen auf.

»... die Karte ist für mich. Er möchte dich am Samstag zu Delmonico's ausführen, wofür er um meine Erlaubnis bittet. Er schreibt, die Blumen seien nur ein schwacher Ausdruck seiner Hochachtung, und ...«

»Ach, gib schon her!« sagte sie und griff nach der Karte.

»Was steht denn drin? Was schreibt er?« fragte Mary aufgeregt und hängte sich bei Fiona ein.

Fiona las laut vor.

Sehr geehrter Mr. Finnegan,
Mit Ihrer Einwilligung würde ich Ihre Nichte gern am Samstag abend zum Abendessen bei Delmonico's einladen. Ich würde sie um sieben Uhr abholen. Der Tisch wäre um acht bestellt. Gegen Mitternacht würde ich sie wieder nach Hause bringen. Seien Sie so freundlich, Ihre Nichte zu bitten, diese Rosen als schwachen Ausdruck meiner Hochachtung anzunehmen. Ich erwarte Ihre Antwort.
Hochachtungsvoll

William Robertson McClane

Sie drückte die Karte an die Brust.

»Ach, Fiona, wie aufregend!« kreischte Mary. »William McClane, kein Geringerer!«

Er wollte sie wiedersehen. Und sie wollte ihn sehen. Und die Vorstellung, daß er an sie gedacht, zu einem Floristen gegangen, rote Rosen ausgesucht – wenn auch viel zu viele – und sie ihr geschickt hatte, weil er wußte, daß sie Rosen mochte, machte sie unbeschreiblich glücklich. Es war so schön, daß ihr jemand – ein *Mann* – eine Freude machen wollte.

»Delmonico's ist ein elegantes Lokal, nicht wahr, Mary?« sagte sie mit leuchtenden Augen. »Was soll ich anziehen?«

»Wir kaufen dir etwas, Fiona. Nachmittags, wenn es im Laden ruhig ist und du dich freimachen kannst, lasse ich Nell bei Alec, und wir gehen in die Sixth Avenue und suchen ein Kleid für dich aus.«

Sichtlich genervt über ihre Begeisterung, funkelte Michael Mary böse an. »Was ist denn so aufregend an Will McClane?« fragte er. »Ich hab ihn gesehen. So großartig ist er auch wieder nicht. Er ist in der falschen Kirche und in der falschen Partei. Er ist nämlich Republikaner«, fügte er finster hinzu, als informiere er sie, daß Will ein Massenmörder sei. »Und außerdem hab ich noch gar nicht zugestimmt.«

»Wag nicht mal dran zu denken, daß du nein sagen könntest«, warnte ihn Fiona.

»Wie kann ich ja sagen? Ich kann doch nicht die Anstandsdame spielen bei jemandem, der zehn Jahre älter ist als ich.«

»Anstandsdame? Ich brauche keine Anstandsdame, Onkel Michael. Ich bin achtzehn Jahre alt!«

»Und er ist über vierzig und verdammt viel zu reich! Meine Nichte streunt nicht nachts in der Stadt herum am Arm eines ...«

»Was ist los?« fragte Nick verschlafen. Er war aus seinem Zimmer gekommen und schloß den Gürtel seines seidenen Morgenmantels. »Ich hab Stimmen gehört und gedacht, ich träume.« Verständnislos sah er auf das Meer an Rosen. »Mein Gott, was sollen denn all die Blumen! Ist jemand gestorben?« fragte er beunruhigt. Er legte die Hand aufs Herz und prüfte, ob es noch schlug. »Gütiger Himmel! Hoffentlich nicht ich!«

38

Verdammt, Baxter, hör mit dem Lärm auf«, murmelte Joe. Er zog die Decke über den Kopf und grub sich tiefer ins Heu. Das Klopfen hielt an und hinderte ihn, wieder einzuschlafen. Er stöhnte laut auf. Er wollte nicht wach werden. Wachsein bedeutete die Rückkehr aller Dämonen, die der Schlaf gebannt hatte. Er versuchte, das Geräusch zu überhören, sich wieder in den Schlaf zu flüchten, aber es hörte nicht auf. »Baxter!« rief er. »Gib Ruhe!«

Das Klopfen verstummte. Joe spitzte die Ohren und hoffte, daß es vorbei war, aber dann fing es wieder an, noch heftiger als zuvor, und er bemerkte, daß es nicht das Pferd war. Baxter stampfte auf, wenn er etwas wollte.

»Joe! Joe Bristow! Bist du da? Mach die Tür auf! Los!«

Joe setzte sich auf. Er kannte die Stimme. Schnell stand er auf, zog sich an, lief die Stufen vom Heuboden hinunter und riß die Tür auf.

»Mama.«

»Also kennst du mich noch?« sagte Rose Bristow aufgebracht. Ihr Gesicht war gerötet, und ihr Strohhut saß schief auf dem Kopf. Sie trug einen großen, schwer aussehenden Korb.

»Woher weißt du, daß ich hier bin?«

»Meg Byrnes Matt hat mir erzählt, daß er dich gesehen hat«, antwortete sie, und ihre Augen funkelten vor Zorn. »Und daß er dir geholfen hat, eine Arbeit zu finden. Er hat mir auch gesagt, daß du von zu Hause fort bist. Daß Millie ihr Baby verloren hat und daß du dich scheiden läßt. Unwichtige Dinge eben, aber es wäre nett gewesen, wenn du uns Bescheid gesagt hättest. Zum Teufel, Junge, ich hab mir Sorgen um dich gemacht! Hab nicht gewußt, was mit dir passiert ist. Und wüßt es immer noch nicht, wenn Matt nicht gewesen wär. Eine Schande, daß ich alles von ihm erfahren muß und nicht mal weiß, wie's dem eigenen Sohn geht!«

»Tut mir leid, Mama. Ich wollte dir keine Sorgen machen.«

»Ich soll mir keine Sorgen machen? Was soll ich denn sonst tun, wenn ich nichts von dir hör, dich nicht zu Gesicht krieg und noch nicht mal weiß, wo du wohnst ...«

Joe sah zu Boden. Jetzt konnte er auch seine Mutter auf die Liste der Menschen setzen, die er verletzt und enttäuscht hatte.

»Was machst du überhaupt hier? Was ist denn passiert?«

Joe erzählte ihr alles. Angefangen von der schrecklichen Hochzeitsnacht über seine Entdeckung, was Fiona widerfahren war, bis hin zu Millies Fehlgeburt.

Rose seufzte, als er geendet hatte, und auf ihrem Gesicht zeichneten sich gleichzeitig Abscheu, Zorn und Mitgefühl ab. »Du hast wirklich ein großartiges Schlamassel angerichtet, das muß ich sagen.«

Er nickte bedrückt.

»Komm mit, du solltest jetzt bei deiner Familie sein.«

»Ich kann nicht, Mama. Nach allem, was ich angerichtet hab, will ich bloß noch allein sein. Ich kann niemand um mich haben. Ich tu allen nur weh, ich hab Fionas und Millies Leben ruiniert und mein eigenes Kind getötet.« Er bedeckte das Gesicht mit den Händen und versuchte, die Tränen zurückzuhalten. Er fühlte sich so schuldig für das, was er getan hatte – so grauenvoll schuldig und so unendlich traurig.

Rose streichelte den Kopf ihres Sohns. »Hör mir zu, Joe. Mich schert's einen Dreck, was Millie passiert ist. Sie ist ein eigensüchtiges, intrigantes Stück. Das war sie und wird sie immer bleiben. Sie hat dir nachgestellt, dich in ihr Bett gezerrt und bekommen, was sie wollte. Du bist nicht unschuldig daran, Gott bewahre, aber sie wird einen anderen Ehemann finden und wieder Kinder kriegen. Um sie brauchst du dich nicht zu sorgen, und vielleicht lernt sie, sich nicht mehr zu nehmen, was ihr nicht gehört. Was das Baby anbelangt, ist es sicher besser, daß es wieder bei Gott ist. Es gibt nichts Schlimmeres für ein Kind, als bei Eltern aufzuwachsen, die sich nicht lieben. Das arme kleine Ding hat die Lage erkannt, die Kälte gespürt und sich entschlossen, wieder umzukehren, das ist alles.«

Joe schloß die Augen und weinte. Er hatte sich so bemüht, sich vor seiner Mutter zu beherrschen, aber er schaffte es nicht, und die Tränen strömten aus ihm heraus wie Blut aus einer tiefen Wunde. Er wußte, daß Fiona ihn haßte. Millie haßte ihn. Tommy haßte ihn. Und er selbst haßte sich. Er hatte erwartet, daß auch seine Mutter ihn hassen würde, aber das tat sie nicht, und ihre Worte, ihre Güte waren wie eine Erlösung für ihn.

Rose wischte seine Tränen ab, und ihre Berührung beruhigte ihn wie damals, als er ein Kind war. »Du bezahlst für deine Fehler, Junge. Und du wirst es weiterhin tun. Du hast deine Liebste und ein Kind verloren. Das ist ein hoher Preis. Verdammt hoch. Aber du mußt dich wieder hochrappeln. Du darfst dich nicht unterkriegen lassen. Das werd ich nicht zulassen. Du bist aus anderem Holz geschnitzt. Jeder macht Fehler, und alle müssen mit dem leben, was sie angerichtet haben. Da bist du keine Ausnahme.«

Joe nickte und schneuzte sich.

»Da, schau, was ich dir mitgebracht hab.« Sie griff in den Korb, zog eine Nierenpastete heraus, eine Schüssel Kartoffelbrei, einen Krug mit Soße, Teller und Besteck.

Joe rang sich ein Lächeln ab. Das war ganz seine Mama – was immer ihn auch bedrückte, konnte ihrer Meinung nach mit Pastete und Kartoffelbrei behoben werden. Dafür liebte er sie.

»Na los, hol uns was zu trinken. Hast du nicht gesagt, es gibt eine Garküche in der Nähe?«

»Ja.«

Er nahm zwei angeschlagene Krüge vom Fenstersims und ging Tee holen. Als er zurückkam, hatte Rose seinen Teller gefüllt. Gierig nach gutem Essen, stürzte er sich darauf.

»Das schmeckt dir wohl, was?« fragte sie lächelnd.

Er erwiderte ihr Lächeln. »Und wie.«

39

Fiona stieg aus William McClanes Kutsche und sah zur imposanten Fassade von Delmonico's hinauf. Vor ihnen ging ein Paar die Treppe hinauf und trat durch die Tür und in das dunkel vertäfelte Foyer. Der Mann wirkte distinguiert in seinem makellosen Dinnerjackett, die Frau elegant in ihrem burgunderfarbenen Seidenkleid und dem schwarzen Kopfputz im Haar.

Das ist Wills Welt dort drinnen, nicht meine, dachte sie. Unglaublich reiche Leute, die wissen, wie man sich benimmt, wie man die Namen der französischen Weine ausspricht und welche Gabel zum Fisch gehört. Nick hatte ihr auf dem Schiff ein paar Dinge beigebracht, aber sie hatte alles wieder vergessen. Warum brauchte man überhaupt so viele Gabeln, dachte sie gereizt. Sie spürte, wie ihr Selbstvertrauen bröckelte, und einen Moment lang wünschte sie sich nichts mehr, als wieder in die Kutsche zu steigen. Dann nahm Will ihren und Marys Arm und sagte: »Sie beide sehen heute abend so umwerfend aus, daß mich jeder Mann im Lokal beneiden wird.« Dann beugte er sich näher und flüsterte: »Und das sage ich – der feine Pinkel mit viel zuviel Geld.«

Fiona und Mary brachen in Lachen aus, Will stimmte ein, während er sie die Treppe hinaufführte, und Fiona lachte so herzlich, daß sie ihre Nervosität vergessen hatte, als sie die Tür erreichten.

»Ach, Will, tut mir leid. Er ist unmöglich. Das unartigste Kind in ganz New York«, stieß sie hervor, als sie drinnen waren.

»Sie sprechen von Ihrem Onkel, nehme ich an.«

»Nein!« kicherte sie. »Nun ... ja. Von ihm auch. Aber ich meinte Seamie.«

»Das war wirklich sehr komisch«, sagte Mary. »Hast du Michaels Gesicht gesehen, als Seamie das sagte? Ich dachte, ihn trifft der Schlag.«

»Nein, ich hab mich nämlich gerade gefragt, ob es illegal ist, Kinder an den Zirkus zu verkaufen«, antwortete Fiona.

Wills Empfang in Fionas Heim war von dem Moment an, als er durch die Tür trat, ein einziges Desaster gewesen. Er hatte einem mürrischen Michael die Hand geschüttelt, dann Mary und Alec, den er wegen seines Akzents kaum verstand, dann Nick, der in seinem roten Morgenmantel mit einem Paisleyschal um die Schultern wie ein Pascha auf dem Sofa saß, und schließlich Seamie – der seine Hand ergriffen, sie kräftig geschüttelt und gefragt hatte: »Bist du der feine Pinkel mit viel zuviel Geld?«

Der beschämte Michael befahl ihm, sich zu entschuldigen, worauf Seamie ihn trotzig daran erinnerte, daß er dies schließlich zuerst gesagt habe. In der Hoffnung, die Situation retten zu können, führte Mary alle ins Wohnzimmer und bat Michael, Drinks zu servieren. Ian, dem ein Glas Sherry erlaubt worden war, nahm einen zu großen Schluck und wäre fast erstickt. Alec wurde beschwipst und erzählte einen abgedroschenen Witz. Schließlich lenkte Nick, wie immer ihr Retter, das Gespräch auf die Untergrundbahn, und alle beteiligten sich daran. Michael, der in seinen Anfangsjahren als Kanalarbeiter gearbeitet hatte, interessierte sich für die technischen Aspekte. Mary erkundigte sich nach der Sicherheit des Systems. Ian wollte wissen, wie schnell die Züge fahren würden. Und dann sah Fiona auf die Uhr und rief aus, daß es schon fast acht sei und sie gehen müßten. Glücklicherweise hatte sie ihren Onkel überzeugen können, Mary als Anstandsdame mitzunehmen und nicht ihn.

Kaum waren sie im Restaurant, wurden sie von Leuten umringt. Ein Mann nahm Wills Mantel und Hut, ein anderer Fionas Umhang. Gäste blieben stehen, um mit Will zu plaudern. Er schien alle zu kennen. Innerhalb weniger Minuten hatten Fiona und Mary den Bürgermeister, die Sängerin Adelina Patti, Mark Twain, William Vanderbilt, den Architekten Stanford White und Victoria Woodhull, die skandalöse Verteidigerin der freien Liebe, kennengelernt. Delmonico's war ein Schmelztiegel, wo soziale Herkunft nichts bedeutete. Ob man sein Geld vor zweihundert Jahren oder vor zwei Tagen verdient hatte, war gleichgültig. Egal ob Politiker, Schauspieler, Showgirl oder Aristokrat – solange man sein Essen bezahlen konnte, war man willkommen. Fiona fragte sich schon, ob ganz New York in diesem Restaurant versammelt war, als Will plötzlich sagte: »Sie wissen doch hoffentlich, wie man knickst, meine Damen?«

»Knickst? Warum? Ist die Königin hier?« fragte Fiona scherzend.

»Nein, aber ihr Sohn.«

Sekunden später verneigte er sich kurz und ergriff die Hand eines stattlichen, kahl werdenden Mannes mit blassen, vorquellenden Augen und grauem Spitzbart. Während Fiona wartete, daß sie vorgestellt wurde, realisierte sie plötzlich, daß sie Albert Edward, den Prinzen von Wales, anstarrte, den Erben des englischen Throns. Mary und sie sahen sich aufgeregt an. Mary gelang ein passabler Knicks, und Fiona bemühte sich, es ihr gleichzutun. Ihr Knicks war weder anmutig noch elegant, aber der Prinz schien das nicht zu bemerken. Er nahm ihre Hand, küßte sie und sagte, es tue ihm leid, daß er bereits gespeist habe, sonst hätte er sie an seinen Tisch gebeten. Dann wandte er sich Fiona zu und sagte, er habe einen Londoner Akzent bei ihr vernommen und frage sich, warum eine so hübsche englische Rose verpflanzt worden sei. Fiona antwortete, daß sie nach New York gekommen sei, um ihr Glück zu machen und einen Teehandel aufzubauen.

»Tatsächlich?« fragte der Prinz. »Wie ungewöhnlich! Aber junge Frauen beschäftigen sich heutzutage mit allen möglichen Dingen, nicht wahr? Ich hoffe, Sie bringen den Yankees ein bißchen was über Tee bei. Was man diesbezüglich hierzulande vorgesetzt bekommt, finde ich einfach entsetzlich.«

»Nur weil Sie meinen Tee noch nicht probiert haben, Sir. Ich schicke Ihnen morgen welchen. Zusammen mit einem Korb Blaubeertörtchen, selbstgemachter Himbeermarmelade, Sahne und Obsttorte, die Mrs. Munro backt, damit Sie einen ordentlichen Nachmittagstee kriegen und nicht das, was hier als solcher durchgeht.«

Obwohl es Fiona nicht bewußt war, waren ihre Worte unglaublich kühn gewesen. Händler drängten dem zukünftigen Monarchen nicht ihre Waren auf. Aber sie hatte keine Ahnung, daß derlei Regeln existierten, geschweige denn, daß sie sie verletzt hatte. Sie war bloß freundlich. Und der Prinz, der nicht viel auf Zeremoniell gab, wenn ein hübsches Gesicht beteiligt war, war bezaubert.

»Das würde mich sehr freuen, Miss Finnegan«, antwortete er. »Ich wohne im Fifth-Avenue-Hotel.«

»Also abgemacht.«

Der Prinz verabschiedete sich und klopfte Will auf die Schulter. »Halten Sie ein Auge auf sie, alter Junge«, riet er ihm. »Von der können Sie was lernen.«

Nachdem der Prinz gegangen war, schüttelte Will den Kopf. »Sie sind unglaublich«, sagte er lachend.

»Wirklich? Warum?«

»Ich wette, wenn ich im Lexikon das Wort ›Händler‹ nachschlagen würde, würde ich auf Ihr Bild treffen.«

»Nein, ich glaube, es ist unter ›Frech wie Oskar‹ zu finden«, warf Mary ein.

Fiona schob das Kinn vor. »Der Prinz brauchte einen anständigen Tee. Das war das wenigste, was ich tun konnte.»

»Ich hoffe, Sie habe genügend Vorrat«, sagte Will. »Wenn es die Runde macht, daß der Prinz von Wales TasTea trinkt, werden Sie mit Bestellungen überschwemmt. Und das meine ich wortwörtlich.«

»Wie soll das denn rauskommen? Nur Sie und Mary haben es gehört.«

»Mindestens zwei Reporter – die ich vom Sehen kenne –, vielleicht aber noch mehr, haben unsere Unterhaltung mit angehört. Der eine ist Peter Hylton – das größte Klatschmaul der Stadt. Ich rate Ihnen nur, vorbereitet zu sein, das ist alles.«

»Ihr Tisch ist bereit, Mr. McClane, wenn Sie Platz nehmen wollen«, sagte der Oberkellner.

Will bedeutete Fiona und Mary voranzugehen. Sobald sie im Speisesaal waren, versuchte Fiona, den Blick starr auf den Rücken des Kellners gerichtet zu halten, um nicht vor Staunen in die Runde zu starren, aber sie schaffte es nicht. Der Raum nahm sie mit seiner Pracht gefangen, sobald sie ihn betreten hatte. Er war mit Kristallüstern, karmesinfarbenen Tapeten und voluminösen Seidenvorhängen dekoriert und wurde von Gaslampen erleuchtet, deren Licht von riesigen vergoldeten Spiegeln zurückgeworfen wurde und silberne Gabeln, kristallene Weingläser und Diamanten aufblitzen ließ. Das angenehm summende Geräusch von Konversation und Lachen schlug ihr entgegen, unterbrochen vom Klappern der Bestecke und zart klirrenden Gläsern.

Sie spürte Blicke auf sich – bewundernde männliche, abschätzige weibliche – und war sich sicher, daß ihre Frisur nicht korrekt, ihr Kleid unpassend war. Bescheiden und ihrer Schönheit unbewußt, konnte sie das Interesse nur als Kritik verstehen. Sie hatte das Gefühl, es mit diesen Leuten in ihren teuren Kleidern nicht aufnehmen zu können, genauso wie sie es mit Millie Peterson nicht hatte aufnehmen können. Verstohlen warf sie Blicke auf die Frauen um sie herum, Frauen in Satin und Taft gehüllt, der gerüscht, plissiert, mit Perlen besetzt, bestickt, gerafft und gefältelt war. Riesige Edelsteine baumelten an zarten Ohrläppchen, und Perlenschnüre ergossen sich über alabasterne Dekolletés, die von feinsten französischen Korsagen aus Batist und Fischbein geformt wurden.

Ihre eigene Aufmachung war aufgrund von Nicks Beharren einfach und schlicht. Sie trug ein Kleid aus elfenbeinfarbenem Georgette mit kurzen Ärmeln und amethystfarbener Schärpe, auf dessen Rock eine Kaskade purpurfarbenen Flieders gestickt war. Der fließende Stoff umspielte schmeichelhaft ihren Körper und ließ sie biegsam und zart erscheinen im Gegensatz zu vielen Frauen im Raum, die eindeutig ausgestopft wirkten.

Sie trug kein Korsett, das hatte sie nie getan. Mary zwang sie, in der Wäscheabteilung von Macy's eines anzuprobieren, nachdem sie ihr Kleid gekauft hatte, aber es drückte und zwickte und nahm ihr den Atem. Ein gutes Leibchen und eine Unterhose aus Baumwolle hatten ihr bis jetzt gute Dienste geleistet und würden es auch weiterhin tun. Außerdem sollte ihr Busen an der Stelle bleiben, an die er hingehörte, und nicht bis unters Kinn hochgepreßt werden.

Ihr einziger Schmuck bestand aus einem Paar Perlohrringe, die sie in der Schatulle ihrer verstorbenen Tante gefunden hatte. Sie trug keine Federn und Diamantspangen im Haar, nur ein paar matt rosafarbene Rosen, die Alec von seinen Sträuchern gepflückt hatte. Als sie mit federndem Schritt und strahlendem, offenem Gesicht durch den Raum ging, drehten sich alle nach ihr um.

Fionas Interesse an dem Raum wurde bald durch den Oberkellner abgelenkt. Der Mann hatte fast den ganzen Saal durchquert und schien noch immer nicht die Absicht zu haben, sie an einen Tisch zu führen. Verwirrt drehte sie sich zu Will um.

»Ich hab ein Séparée bestellt«, erklärte er. »Hier sitzt man wie auf dem Präsentierteller. Ich hoffe, Sie haben nichts dagegen.« Sie gingen bis zum Ende des Raums, dann eine Treppe hinauf, und der Kellner führte sie bis zu einer Doppeltür, die er öffnete. »Nach Ihnen«, sagte Will und legte die Hand auf ihren Rücken.

Fiona blieb die Luft weg, als sie den Raum betrat. »O Will«, flüsterte sie, als sie sich umsah.

»Mein Gott!« rief Mary aus, zu verblüfft, um durch die Tür zu treten.

Will zuckte die Achseln und versuchte, sich nonchalant zu geben, war aber dennoch sichtlich erfreut über Fionas Reaktion. »Sie sagten mir doch, daß Sie Rosen mögen«, antwortete er.

Der Raum war ein einziges Blütenmeer. Überall Rosen – in Girlanden und Vasen. Pfingstrosen und Hortensien verbargen den Kamin, hohe Farne füllten die Ecken. Selbst der Boden war mit weichem grünem Gras belegt. Der Tisch in der Mitte des Raums war mit weißem Leinen gedeckt und ebenfalls mit Rosen dekoriert, und auch um die Arme zweier hoher silberner Kerzenständer waren Rosen gewunden. Zwei Fenstertüren an der anderen Seite des Raums ließen die warme Sommerluft und das Mondlicht hereinströmen. Fiona konnte kaum glauben, was sie sah, und sich nicht vorstellen, wie jemand dies zustande gebracht haben konnte. Ein Gefühl des Unwirklichen überkam sie, so daß ihr schwindelte. Sie war aus ihrer Welt herausgetreten – wo Leute mit den Händen arbeiteten, Bier tranken und Würste aßen – und in Wills Welt eingedrungen, wo man aus einer Laune heraus ein Restaurant in einen Garten verwandelte. Für eine Nacht. Es war wie ein Traum, wie das Werk von Feen. Aber das stimmte nicht. Will hatte das veranlaßt.

Sie wandte sich ab, beugte sich über einen Strauß Moosrosen und atmete ihren Duft ein, um ihre Bewegung zu verbergen. Joe hatte ihr eine Rose geschenkt. Auf den Old Stairs. Eine einzige Rose. Sie hatte ihm ihr Herz geschenkt, ihre Träume, ihr Leben. Dies alles hatte ihm nichts bedeutet, und er hatte alles zerstört. Will hatte sie so gut wie nichts geschenkt – ein bißchen Unterhaltung, Lachen, eine angenehme Stunde. Und er hatte es ihr so vergolten. Nur weil sie Rosen mochte.

»Gefällt es Ihnen, Fiona?« fragte er leise.

Mit einem strahlenden Lächeln drehte sie sich zu ihm um. »Gefallen? Will, es ist wundervoll! Ich ... ich weiß gar nicht, was ich sagen soll. So was Schönes hab ich noch nie gesehen.«

»Wenn Sie mich für einen Moment entschuldigen«, sagte Mary taktvoll und wandte sich zur Tür.

Will wartete, bis sie den Raum verlassen hatte, dann reichte er Fiona eine Rose. Er stand ganz nahe bei ihr, und bevor sie wußte, wie ihr geschah, nahm er sie in die Arme und küßte sie. Und das Gefühl seiner Lippen, sanft, aber drängend, löschte alle Gedanken an Joe aus, vertrieb alle Trauer, alle Sehnsucht. Gerade als sie anfing, seinen Kuß zu erwidern, sagte eine Stimme an der Tür: »Champagner vor dem Dinner, Sir? Ah! Verzeihen Sie bitte.«

Will ließ sie los. Verlegen trat sie von ihm weg und glättete ihren Rock. »Eine Flasche Heidsieck bitte«, antwortete er.

»Sehr wohl, Sir.«

Der Kellner ging. Gerade als Will sie wieder an sich ziehen wollte, hörten sie Marys Schritte.

»Gütiger Himmel! Ich komme mir vor, als wäre ich wieder sechzehn«, brummte er.

Nachdem Mary zurückgekehrt war, brachte der Kellner den Champagner, und sie setzten sich. Genau wie an jenem ersten Abend, als sie zusammen spazierengegangen waren, fühlte sich Fiona von Will kein bißchen eingeschüchtert, sondern empfand ihn als angenehmen Gesprächspartner. Mary war reizend und fröhlich, und alle drei kamen prächtig miteinander aus. Sie plauderten während des ganzen Dinners, das mit Austern begann, gefolgt von Schildkrötensuppe, Stubenküken in Trüffelcremesoße mit Duchesse-Kartöffelchen und grünen Bohnen, danach Newburg-Hummer und schließlich ein *chaud-froid,* das Dessert, für das Delmonico's berühmt war.

Und während des langen, ausgiebigen Mahls überkam Fiona ein ganz neues, wundervolles Gefühl, das sie noch nie verspürt hatte – das Gefühl, umsorgt und vor der Welt und all ihren Sorgen beschützt zu werden. Sie sah Will an, der ihr gerade Ratschläge für ihren Teeladen gab, und dachte, wie gut er doch aussah. Er war der bestaussehende, eleganteste Mann, den sie je gesehen hatte. Sie ließ den Blick über ihn streifen, über das dichte braune Haar, den lächelnden Mund, das kräftige Kinn. Sogar seine Körperhaltung war schön, aufrecht mit geraden Schultern. Sein Kragen war schneeweiß und gestärkt, seine Krawatte erstklassig gebunden. Sein schwarzes Dinnerjackett paßte wie angegossen. Sie dachte an ihren Vater in seiner geflickten Joppe aus zweiter Hand. Und an Charlies Jacke, wo die Ellbogen durchgescheuert waren, und an die von Joe mit den blauen Einsprengseln, die zu seinen Augen paßten ...

Immer wieder Joe, verdammt. Sie hatte sich geschworen, nicht mehr an ihn zu denken, und jetzt drängte er sich wie ein ungebetener Gast ständig dazwischen. Ganz so, als säße er mit am Tisch, würde alles beobachten, zuhören und höhnisch lächeln. Sie sah ihn förmlich vor sich, wie er sich zu ihr beugte und sie hinterhältig fragte, ob Wills Kuß genausogut geschmeckt habe wie der seine.

»Ich halte eine Teestube für eine ausgezeichnete Idee, Fiona«, sagte Will und riß sie aus ihren Gedanken. »Mit Ihren eigenen Teemischungen und Marys Backtalent bin ich sicher, daß sie ein Erfolg wird. Haben Sie sich schon einen Ort überlegt?«

»Ja. Ich hab mich am Union Square umgesehen, aber dort sind die Mieten zu hoch, am Madison Sqaure genauso ...«

Will nickte, während sie sprach, er hörte zu, stellte Fragen, ermunterte sie. Sie sah die Wärme in seinen Augen, die Fältchen in den Augenwinkeln, wenn er lächelte. Sie entschied, daß braune Augen viel hübscher waren als blaue. Auch Wills Mund war sehr angenehm. Wegen des Kellners hatte sie allerdings kaum Zeit gehabt, seinen Kuß zu genießen. Aber vielleicht bekam sie noch einmal Gelegenheit dazu. Der Abend war schließlich noch jung.

Ich werde dir zeigen, was sich gut anfühlt, Joe Bristow, schwor sie sich insgeheim. Du wirst schon sehen.

»Der Park ist schön im Mondlicht, nicht wahr? Ich bin noch nie so spät abends hier gewesen«, sagte Fiona.

»Nicht annähernd so schön wie du«, antwortete Will und drückte ihre Hand.

Nach dem Essen hatte er einen Spaziergang vorgeschlagen, und sie schlenderten entlang der Bethesda Terrace in Richtung See. Mary hatte sich entschuldigt mit der Ausrede, zu müde zu sein und lieber in der Kutsche sitzen zu bleiben. Sie habe ja den Kutscher als Gesellschaft, falls es ihr langweilig werden sollte, erklärte sie.

»Danke, Will, für alles«, sagte Fiona. »Für den Garten, das Abendessen ... daß du meinen anmaßenden Onkel ertragen hast. Ich hatte einen wundervollen Abend.«

»Das freut mich, Fiona. Ich auch. Ich würde dich gern wiedersehen. Bald.«

»Ich dich auch.«

Will zog eine goldene Uhr aus der Tasche und versuchte, in der Dunkelheit das Zifferblatt zu lesen. »Ich denke, wir sollten umkehren. Es ist fast halb zwölf.«

»Noch nicht«, sagte Fiona. Sie sah sich um und überzeugte sich, daß keine Leute in der Nähe waren. Dann nahm sie Wills Hand, führte ihn in den Schutz einiger Ahornbäume, zog ihn an sich und küßte ihn. Er machte sich los und sah sie überrascht an.

»Ich dachte schon, ich wäre im Restaurant zu übereilt gewesen«, sagte er. »Ich dachte, vielleicht willst du nicht, daß ich dich ...«

»Küß mich, Will. Ich will, daß du es tust«, flüsterte sie. Und genauso war es. Sie sehnte sich nach ihm. Sie wollte seine Lippen auf den ihren, seine Hände auf ihrem Leib spüren. Sie wollte, daß seine Wärme, sein Geruch und seine Berührungen alle Küsse und alle Beteuerungen von Joe Bristow auslöschten. Sie wollte ihre Sinne, ihre Gedanken mit ihm füllen, damit kein Platz mehr wäre für Joe.

Will schloß sie in die Arme, preßte sie an sich und küßte sie. Und jetzt war sie an der Reihe, überrascht zu sein. Hier hatte sie es mit einem Mann zu tun, wie sie feststellte, nicht mit einem Jungen. Sie spürte die Wärme, die von seinen kräftigen Händen, von seiner breiten Brust ausgingen. Er küßte ihre Wange, ihr Ohr, ihren Hals. Er umschloß ihre Brüste und küßte sie. Es fühlte sich so gut an, daß sie die Augen schloß und seufzte. Alles wird gut, dachte sie. Ich werde Joe vergessen. Bestimmt. Und dann nahm er plötzlich ihr Gesicht zwischen die Hände und küßte sie auf die Stirn. Verwundert öffnete sie die Augen. Er trat ein paar Schritte zurück.

»Entweder bringe ich dich jetzt heim, Miss Finnegan, oder ich bring dich überhaupt nicht mehr heim. Und dann jagt mich dein Onkel mit einer Flinte.«

Fiona kicherte, errötete und verstand, was er meinte. Sie glättete sich das Haar und bot ihm verschmitzt den Arm. Er schüttelte den Kopf.

»Was ist los?« fragte sie.

»Ich brauche einen Moment«, antwortete er verlegen und zupfte an seiner Hose.

Fiona sah auf seinen Hosenschlitz. Selbst im Dunkeln konnte sie erkennen, daß der Stoff dort ausgebeult wirkte. Sie kicherte.

»Also wirklich, Fiona. Ich wünschte, du würdest nicht lachen«, sagte er gespielt eingeschnappt. »Das ist eine ziemlich demütigende Lage für einen fünfundvierzigjährigen Mann von einigem Stand und Reputation.« Dann sah er an sich hinab und pfiff anerkennend. »Mein Gott! So einen Ständer hab ich nicht mehr gehabt, seit ich ein Schuljunge war.«

»Will!«

»Was denn? Du bist schuld!«

Laut lachend überschüttete ihn Fiona mit Küssen. Er protestierte und erklärte ihr, wenn sie nicht aufhörte, würden sie erst am Morgen nach Hause kommen. Sie fühlte sich glücklich, zuversichtlich und erregt. Sie war dabei, sich in Will zu verlieben. Dessen war sie sich sicher. Sie konnte sich nicht erinnern, wie sich Verliebtsein anfühlte, denn in Joe war sie einfach immer verliebt gewesen, aber so mußte es wohl sein.

Als sie Arm in Arm mit Will zur Kutsche zurückging, sagte sie sich, daß sie jemand anderen gefunden hatte, genau wie Rose Bristow es prophezeit hatte. Einen liebevollen, klugen, witzigen und wunderbaren Mann. Einen, der Gärten für sie baute, obwohl sie nicht reich war und keinen Vater im Handelsgeschäft hatte. Einen, der sie Joe vergessen ließe. Der war jetzt an den Rand ihres Bewußtseins gerückt wie ein Gespenst, das in einem dunklen Wald lauerte, und sie war sich sicher, daß sie ihn vollkommen vergessen würde. Er würde aus ihrem Leben, ihren Gedanken und ihrer Erinnerung verschwinden. Für immer.

40

Fiona sah auf den Zettel mit der Adresse in ihrer Hand und verglich sie mit der Hausnummer des Backsteingebäudes vor ihr: Nassau Street Nummer einundzwanzig. Hurst, Brady und Gifford, Börsenmakler. Während des Essens bei Delmonico's hatte Will darauf bestanden, daß sie sich bei seinen Maklern in die Geheimnisse des Börsengeschäfts einweihen ließ.

»Was ist der Unterschied zwischen den Reichen und den Armen?« hatte er sie gefragt.

»Daß die Reichen eine Menge Geld haben«, hatte sie geantwortet.

»Nein, meine Liebe. Die Reichen haben begriffen, daß sich aus Geld noch mehr Geld machen läßt. Nimm einen Teil deines Geldes, investiere es klug, und eh du dich's versiehst, hast du die Summe beisammen, die du für deine Teestube brauchst.«

Und heute, drei Wochen nach dem Essen, konnte sie ein bißchen mehr Geld investieren als zum Zeitpunkt des Gesprächs, denn Wills Voraussage war eingetroffen. Die Zeitungen hatten von ihrer Kurzaudienz beim Prinzen von Wales Wind bekommen, und Peter Hylton schrieb, daß der künftige König von England seinen Tee statt von den elegantesten Geschäften der Stadt von einer kleinen Teehändlerin aus Chelsea bezog. Genau wie der schicke William McClane.

Will schnaubte vor Wut, daß sein Name in einer Klatschkolumne auftauchte, noch dazu auf so anzügliche Weise, aber Fiona blieb keine Zeit, sich beleidigt zu fühlen. Die Kunden rannten ihr sofort das Haus ein. Elegante junge Leute fuhren in Kutschen vor und fanden es furchtbar aufregend, sich auf die heruntergekommene West Side zu wagen. Dienstmädchen und Haushälterinnen kauften für ihre Herrschaft ein, und es gab Nachfragen von Restaurants, Hotels und Warenhäusern. In heller Aufregung lief Fiona zu ihrer Druckerei, um mehr Verpackungen, und dann zu Stuart, um mehr Tee zu bestellen. Sie mußte zwei Mädchen für den Verkauf und eines zum Abfüllen von TasTea einstellen. Oft half Fiona dabei mit und fragte sich kopfschüttelnd, warum sie es so weit gebracht hatte, wenn sie schließlich doch wieder Tee abfüllen mußte.

Eigentlich wollte Will sie heute nachmittag begleiten, war aber in einer Sitzung aufgehalten worden. Er hatte ihr seine Kutsche geschickt und ließ ihr ausrichten, daß sie ohne ihn hingehen müsse. Fiona hatte heute eigentlich gar keine Zeit dafür, doch als er gestern abend vorbeigekommen war und gesehen hatte, wie sie die Dollars, die nicht mehr in die Geldkassette paßten, in einen Krug stopfte, ließ er keine Ausflüchte gelten. »Morgen bei meinen Börsenmaklern. Keine Widerrede«, hatte er befohlen.

Sie ging die Treppe hinauf, öffnete die Tür und glaubte, in die Hölle gekommen zu sein. Am Ende des großen Kontors befand sich ein langer Holztisch, und ein Mann, mit dem Rücken zu ihr gekehrt, stand auf einem Stuhl und brüllte. Hinter dem Tisch war eine Holzbrüstung angebracht, die den Empfangsbereich von den Schreibtischen der Angestellten trennte. Hemdsärmelige Männer in Westen saßen dort, wischten sich den Schweiß vom Gesicht, tauchten eifrig ihre Federn in Tintenfässer und schrieben fieberhaft. Makler eilten hin und her und riefen den Schreibern Zahlen zu. Ihr Geschrei, der Lärm der Telegraphen und der Lochstreifenmaschinen war ohrenbetäubend. Sie hörte Ausdrücke, die eher in eine Hafenkaschemme als in ein Büro gepaßt hätten.

»Barnes!« rief ein Mann aus dem hinteren Teil des Raums. »Hobson ist in der Leitung. Er will dir den Kopf abreißen, weil du ihm zum Kauf von Sullivan geraten hast. Angeblich hast du ihn ruiniert.«

»Ach ja? Konnt ich wissen, daß das passiert? Sag ihm, er soll sich zum Teufel scheren!«

Fiona ging zu der Holzbrüstung, die ihr wie ein Zaun vorkam, und die Männer dahinter wie Kampfstiere, die zum Schutz der Leute eingepfercht worden waren. Sie näherte sich dem Mann auf dem Stuhl. »Entschuldigen Sie«, begann sie.

Er beachtete sie nicht, sondern hörte einem atemlosen jungen Burschen zu, der inmitten einer Gruppe von Männern stand. »Ich war gerade in der Börse unten«, sagte er. »Das reinste Chaos! Die Leute schreien und toben. Ich hab drei Raufereien gesehen ...«

»Wie steht's mit den Gebrüdern Sullivan?« fragte jemand.

»Einer ist im Krankenhaus. Eine Herzattacke. Der andere ist tot. Hat sich erschossen.«

Die Nachricht löste Empörung und Entsetzen aus.

Fiona versuchte es noch einmal. »Entschuldigen Sie, kann ich Mr. Hurst sprechen?« Keine Reaktion. Sie war drauf und dran zu verzweifeln, weil sie kein Gehör fand, als sie spürte, wie sich eine Hand auf ihren Rücken legte. »Will!« rief sie aus, erleichtert, ihn zu sehen. »Ich dachte, du hättest keine Zeit.«

»Ich hab's geschafft, mich loszueisen. Aber nicht für lange. Heute jagt bei mir ein Termin den anderen. Ich weiß nicht mehr, wo mir der Kopf steht.« Bei einem weiteren Kraftausdruck, der durch den Raum schallte, zuckte er zusammen. »Was zum Teufel ist denn hier los? Wo ist Hurst?«

»Ich weiß es nicht. Ich hab versucht, auf mich aufmerksam zu machen, aber ohne Erfolg.«

»Mr. Martin«, brüllte Will den Mann auf dem Stuhl an. Er drehte sich um. »Hier ist eine Dame. Ich erwarte, daß Sie sich entsprechend benehmen.«

»Tut mir leid, Mr. McClane. Hab Sie nicht gesehen, Miss.« Er drehte sich wieder um, steckte die Finger in den Mund und ließ einen durchdringenden Pfiff erschallen.

Er hatte sie nicht gesehen. Aber da war auch Will noch nicht an ihrer Seite gewesen.

»Eine Dame ist im Haus, meine Herren!« rief Mr. Martin. Die Schreiber und Händler reckten die Hälse, sahen Fiona und Will, und der Lärmpegel wurde sofort beträchtlich niedriger. Mr. Martin nahm seinen Telefonhörer ab und informierte Mr. Hurst, daß Mr. McClane ihn sprechen wolle. Kurz darauf kam ein rundlicher kleiner Mann mit ausgestreckter Hand die Treppe zum oberen Stockwerk heruntergelaufen. Er begrüßte sie und rief dem Bürojungen zu, für Mr. McClane und seinen Gast Erfrischungen zu bringen.

Fiona hatte sich inzwischen daran gewöhnt, daß sich vor Will die Fluten teilten. In den drei Wochen, die er sie besuchte, hatte er sie mit Seamie zu einem Picknick an den Strand von New Jersey mitgenommen, sie zu Rector's zum Dinner und in die Oper eingeladen.

Ihr Onkel hatte ihr erlaubt, ohne Begleitung einer Anstandsdame zu dem Picknick zu gehen – offensichtlich dachte er, daß Seamie ausreichte –, aber er bestand darauf, daß Nick, der inzwischen wieder auf den Beinen war, sie in die Oper begleitete. Ihm war zu Ohren gekommen, daß in den Privatlogen ungehörige Dinge vorfielen. Und Mary mußte sie zu Rector's begleiten, denn er hatte gehört, daß es ein vornehmes Hummerlokal sei. Wo immer sie hingingen, überschlugen sich die Menschen geradezu, um Will zu gefallen. Fiona mußte lernen, sich bedienen zu lassen, wenn sie mit ihm unterwegs war, dem Kellner keine Teller zu reichen, keine Dekkel abzunehmen und keinen Wein einzugießen. Als sie jetzt sah, wie Peter Hurst um ihn herumscharwenzelte, stellte sie erneut fest, was für ein mächtiger Mann er war.

»Peter, was soll die ganze Aufregung hier?« fragte er.

»Eine Übernahme.«

»Wessen Firma?«

»Eine Reederei in Brooklyn. Gebrüder Sullivan. Drei der Hauptaktionäre haben Aktien aufgekauft, wie es scheint. Heute haben sie sich zusammengeschlossen und den Familienbetrieb übernommen. Niemand hat das kommen sehen. Es ist ein gnadenloses Geschäft.«

»Das können sie tun?« fragte Fiona, als sie den beiden Männern in Hursts Büro folgte. »Jemand kann einfach einem anderen die Firma wegnehmen?«

»Ich fürchte schon«, antwortete Hurst. »Es ist kein sehr ehrenwertes Vorgehen, aber vollkommen legal ...« Er wurde vom Klingeln des Telefons unterbrochen. Er entschuldigte sich, nahm ab und reichte dann den Hörer an Will weiter. »Es ist für Sie.«

»Was ist los, Jeanne? Gleich jetzt?« Er seufzte. »Also gut, sagen Sie ihm, ich komme.« Er reichte den Hörer zurück. »Tut mir leid«, sagte er zu Fiona. »Ich muß los. Der Bürgermeister. Die Untergrundbahn. Der übliche Unsinn. Ich nehme eine Droschke und laß dir die Kutsche.«

»Sie ist in ausgezeichneten Händen bei uns, Mr. McClane«, versicherte Hurst.

»Gut. Ich seh dich heute abend, Liebling.« Will stand auf und wandte sich zum Gehen.

Fiona begleitete ihn auf den Gang hinaus. »Will, du siehst müde aus. Geht's dir gut?«

»Mir geht's gut, es ist nur dieser Mistkerl von Bürgermeister. Ich möchte die Sache endlich unter Dach und Fach bringen.« Er lächelte. »Natürlich so, wie ich sie haben will.«

»Du kriegst den Auftrag. Davon bin ich überzeugt.«

Er küßte sie auf die Wange, wünschte, er hätte ihre Zuversicht, und ging.

Fiona kehrte in Hursts Büro zurück und hörte zu, wie er ihr die Grundbegriffe des Börsengeschäfts erklärte. Obwohl es nicht schwierig zu begreifen war, sprach er langsam, als rede er mit einer Schwachsinnigen. Ihre Gedanken schweiften ab, während er ihr zum zweitenmal den Unterschied zwischen Aktien, Obligationen und Termingeschäften erklärte. Sie mußte immer noch an die Aufregung unten denken, an die beiden Männer, die ihre Firma verloren, und an die Akienbesitzer, die sie ihnen abgenommen hatten. Das alles nagte an ihr. Da war noch etwas, etwas, das sie nicht verstand.

»Einen Moment, Mr. Hurst«, unterbrach sie ihn. »Was die Sullivans angeht ... Sie haben gesagt, sie hätten es nicht vorausgesehen. Haben sie denn nicht bemerkt, was auf sie zukam?«

»Nein. Aber ich nehme an, sie haben auch nichts dergleichen vermutet. Das kommt selten vor.«

»Aber es *kommt* vor ...«, sagte sie mehr zu sich als zu Hurst. Jetzt trat ihr das Bild klarer vor Augen: Investition war ein finanzielles Handwerkszeug, eine Möglichkeit, Geld zu verdienen. Aber es konnte auch eine Waffe sein. Kauf genügend Anteile einer Firma, und eines Tages gehört sie dir.

»O ja«, sagte Hurst. »Eigentümer werden unvorsichtig. Zu vertrauensselig. Oder zu arrogant. Sie halten sich für unverwundbar.« Er lächelte teilnahmsvoll. »Ich sehe, das alles hat sie aufgewühlt, Miss Finnegan. Was für eine schreckliche Einführung in den Markt. Bitte lassen Sie sich nicht beunruhigen. Der Hauptteil der Transaktionen, die wir durchführen, sind ganz sicher. Wenden wir uns angenehmeren Themen zu.«

Aber Fiona war nicht beunruhigt. Oder besorgt. Ganz im Gegenteil. Soeben hatte sich ihr eine neue Möglichkeit eröffnet, die Grundzüge eines Plans.

Hurst schwafelte weiter, erklärte ihr, wie Kaufen und Verkaufen abgewickelt wurde, welche Gebühren und Kommissionen anfielen. Er erklärte ihr den neu geschaffenen Dow Jones Index im *Wall*

Street Journal, und sie ließ ihn weiter fachsimpeln. Ihre Gedanken rasten, wenn sie an die Möglichkeiten ihres Plans dachte – des Plans, der ihr so lange gefehlt hatte.

»Also«, sagte er schließlich und faßte seine Lektion zusammen, »Sie können die Entwicklung Ihrer Aktien ganz leicht durch einen Blick in die Zeitung verfolgen. Einmal angenommen, Sie hätten gestern fünftausend Aktien der McClane Untergrundbahn zu fünfzehn Dollar gekauft. Bei Handelsschluß stand sie heute auf sechzehn fünfundzwanzig.» Er nahm einen Bleistift. »Also, das macht ...«

»... ein Dollar fünfundzwanzig pro Aktie mal fünftausend macht sechstausendzweihundertfünfzig Dollar. Mein Gott, Mr. Hurst, Mr. McClane hat absolut recht. Das ist tatsächlich eine prima Art, Geld zu machen!«

Hurst sah sie verständnislos an. »Ja, durchaus. Also, wenn ich noch etwas für Sie tun kann ...«

»Das können Sie«, antwortete sie und rutschte auf die Stuhlkante. »Ich möchte ein paar Aktien von Burton Tea kaufen. Eine englische Firma.«

Hurst runzelte die Stirn. »Halten Sie das für eine kluge Entscheidung, Miss Finnegan? Ein so überstürzter Kauf? Mr. McClane hat mir zu verstehen gegeben, der Markt sei Ihnen noch ganz neu.«

»Das war er mir, aber dank Ihrer exzellenten Unterweisung hat sich das geändert. Also, wie steht's mit Burton-Aktien?«

»Einen Augenblick, ich muß den Preis nachsehen.«

Hurst verschwand in den Gang hinaus. Fiona nahm ein Aktienzertifikat von seinem Schreibtisch. Es lautete auf zehntausend Anteile an Carnegie-Stahl. Es war nur Papier, dennoch ein Teil einer Firma. Bald würde sie einen Teil von Burtons Firma in der Hand halten. Nur einen winzigen Teil, aber den würde sie vergrößern – selbst wenn sie zwanzig Jahre dafür brauchte. Und wenn er groß genug war, würde sie ihn ruinieren.

»Da wären wir, Miss Finnegan«, sagte Hurst und ging zu seinem Schreibtisch zurück. Er sah sie an und hielt inne. »Geht es Ihnen gut? Sie wirken erhitzt. Ist es zu warm hier drinnen? Ich kann noch ein Fenster öffnen.«

Fiona versicherte ihm, daß es ihr gutging. Er erklärte ihr, daß Burton Tea im Moment bei etwa zwanzig Dollar pro Aktie stehe. Sie bat ihn um zehn Aktien. Es war eine Menge Geld und nur ein kleiner Anfang, aber immerhin ein Anfang. Er schob ihr Papiere über den Tisch. Ihre Hände zitterten, als sie sie ausfüllte. Sie konnte seinen Blick auf sich spüren. Ob er es wohl sehen konnte? fragte sie sich. Ob er die Wut in ihr sehen konnte? Das Leid? All die bösen, häßlichen Dinge, die Burton dort angerichtet hatte? Nachdem sie fertig war, reichte sie ihm die Papiere zurück und sah ihm dabei einen Moment in die Augen. Er machte den Eindruck, als hätte er etwas entdeckt, das ihm lieber verborgen geblieben wäre.

Fiona dankte ihm für seine Hilfe und erklärte ihm, daß er jeden Freitag weitere Aktien von Burton Tea für sie erwerben solle.

»Jeden Freitag? Sie müssen ja großes Vertrauen in dieses Papier haben. Kennen Sie den Vorstandsvorsitzenden?«

Fiona nickte. »Nur zu gut, Mr. Hurst. Nur allzu gut.«

41

Es wird ein Junge, das weiß ich einfach«, sagte Wills Schwiegertochter Isabelle.

»Woher willst du das denn wissen?« fragte Emily, seine Tochter, und sah von ihrer Stickerei auf.

»Er ist unruhig, strampelt ständig, gibt nie Ruhe.«

»Wie soll er denn heißen?« fragte Edmund, Wills jüngster Sohn.

»William Robertson McClane III.«, antwortete Will junior, Isabelles Mann, und schlug einen Golfball in eine umgelegte Vase.

»Wie originell«, meinte Edmund schnippisch. Er saß in einem Lehnstuhl und ließ ein Bein über die Lehne baumeln. Er war während der Sommerferien aus Princeton zurückgekommen und arbeitete mit Will junior in der Stadt an dem U-Bahnprojekt. »Ich hab einen besseren Namen, Izzie!«

»Was?«

»Edmund!«

Sein Bruder warf einen Golfball nach ihm, verfehlte ihn und traf einen Beistelltisch.

»Jungs ...«, sagte Will abwesend und brachte alle zum Lachen.

»Er glaubt, wir seien immer noch fünf«, warf James, der Zweitälteste ein.

»Wenn ihr Golfbälle durchs Haus werft, dann hab ich auch recht«, antwortete Will und sah aus dem großen sonnigen Salon auf die sanften Hügel seines Anwesens hinaus, auf die Pferde in der Ferne und den Hudson River dahinter. Er hätte einen Spaziergang gemacht, wenn er sich nach dem üppigen Essen nicht so faul gefühlt hätte. Vielleicht ein wenig später mit einem seiner Söhne oder mit Richard, seinem Schwiegersohn. Isabelle war in den letzten Wochen ihrer Schwangerschaft. Wie es sich für eine Frau ihres Zustands gehörte, ging sie nicht mehr aus und sah nur noch ihre Familie und ihre Freundinnen.

Will blickte auf seine Familie, und großer väterlicher Stolz überkam ihn. Emily hatte ihm geschrieben und ihn gebeten, übers Wochenende nach Hyde Park zu kommen. Sie wolle ihn sehen, er sei so lange nicht mehr bei ihnen gewesen. Wahrscheinlich glaubte sie, er fühle sich einsam ohne ihre Mutter. Er freute sich über ihre Aufmerksamkeit, wäre aber lieber in der Stadt bei Fiona geblieben. Er wollte nach Saratoga oder Newport mit ihr fahren, an irgendeinen Ort, wo sie ein langes geruhsames Sommerwochenende verbringen konnten – selbst wenn es bedeutet hätte, daß er auch Mary oder Seamie hätte einladen müssen. Aber dann traf Emilys Brief ein, und Fiona fand, daß er seine Familie besuchen sollte. Sie war so beschäftigt mit ihrer Teestube, daß sie kein ganzes Wochenende fortkonnte. Und außerdem hatte sie Seamie versprochen, mit ihm am Samstag abend nach Coney Island zu fahren. Die Munros führen hin und Nick und Michael auch. Falls er seine Meinung hinsichtlich Hyde Park noch ändere und Hot Dogs essen, Ringe werfen und die bärtige Dame sehen wolle, sei er willkommen, sich ihnen anzuschließen, hatte sie gesagt.

Will erschauerte beim bloßen Gedanken daran. Es gab Zeiten, da wurde er an die große Verschiedenheit ihrer Herkunft erinnert, eine Verschiedenheit, die ihn manchmal befangen machte, wenn er in ihrer Umgebung war, die sie aber nie zu verunsichern schien, wenn sie in seiner Welt war. Sie bewegte sich überall mit Anmut und bezauberte jeden, den sie traf.

Er hatte begonnen, sie ganz vorsichtig in die Gesellschaft einzuführen, und sie hatte ihre Sache sehr gut gemacht. Zwei Abende zuvor hatte er sie und Nick zu einer Party ins Metropolitan-Kunstmuseum eingeladen, die zu Ehren des berühmten Landschaftsmalers Albert Bierstadt gegeben wurde. Sie hatte wunderschön ausgesehen. Sie trug ein grünes Kleid und Ohrringe, die wie Diamanten aussahen, aber nur Simili waren und von ihrer Freundin Maddie stammten. Das Kleid wirkte schlicht, fast klassisch griechisch. Ihm fiel auf, daß sie die einfachsten Dinge zu größter Geltung bringen konnte.

Sie hatte ihm erzählt, daß Nick ihr beim Aussuchen des Kleids geholfen habe. Er war ein bißchen eifersüchtig auf den Jungen, obwohl er das Gefühl zu unterdrücken versuchte. Einmal hatte er sie gefragt, ob er mit Nick im Wettstreit stehe, und sie war zu seiner Überraschung in schallendes Gelächter ausgebrochen. Wenn überhaupt, hatte sie geantwortet, dann stehe *sie* mit Nick im Wettstreit. Was seltsam klang, aber bei Nick kannte man sich nicht aus. Er wirkte nicht weibisch. Da gab es zwar sein Interesse an Kunst und einen Hang zu exzentrischer Kleidung – Londoner Westen, weiße Leinenanzüge, bunte Krawatten –, was Will jedoch auf seine Nationalität zurückführte. Schließlich war er Engländer, und das erklärte eine Menge. Fiona und Nick standen sich sehr nah, sie waren sogar unzertrennlich, und die Zärtlichkeit zwischen den beiden zeigte ihm, daß er keine Chance bei ihr gehabt hätte, wenn der junge Soames auf Frauen gestanden hätte. Um ihr zu gefallen, hatte er Nick in Kauf genommen und förderte seine Karriere. Auf der Bierstadt-Party hatte er ihn William Whitney, Anthony Drexel und J.P. Morgan vorgestellt, allesamt Kunstsammler.

Und er hatte Fiona mit Caroline Astor bekannt gemacht, der absoluten Königin der New Yorker Gesellschaft. Die meisten Frauen hätten vor Angst gezittert. Nicht so Fiona. Sie hatte nur gelächelt, Carolines Hand geschüttelt und »Umwerfende Party, nicht wahr?« gesagt. Caroline war schroff und eisig gewesen, hatte sich dann aber doch die Frage nicht verkneifen können, wo sie das hübsche Kleid gekauft habe. »Paris?« fragte sie. »London?«

»Nein, Macy's«, hatte Fiona geantwortet.

Caroline hatte die Augen aufgerissen und dann herzlich gelacht. So wirkte Fiona eben auf Leute. Sie war vollkommen unprätentiös. Sie bezauberte frostige Gesellschaftsdamen und starre Geschäftsleute allein durch ihre echte, unerschrockene Art. Sie verwirrte sogar Morgan, den reichsten Mann des Landes, als Will sie ihm vorstellte, indem sie seinem strengen Blick standhielt, lächelte und ihm die Hand schüttelte wie ein Mann. Später hatte sich Morgan bei Will scherzhaft beklagt, daß sie kein bißchen eingeschüchtert von ihm gewesen sei, obwohl sie doch den Anstand hätte haben sollen, ein bißchen Ehrfurcht vor ihm zu zeigen.

Will hatte sich über beide Ohren in sie verliebt und wünschte sich nichts mehr, als ihr dies zu gestehen. Einmal hätte er es auf dem Heimweg von einem Essen fast getan, aber eine gewisse Abwehr gespürt, als er das Thema anschnitt. Er nahm an, daß sie möglicherweise seine Aufrichtigkeit bezweifelte. Vielleicht befürchtete sie – genau wie er es getan hatte – daß es zwischen ihnen nicht gutgehen könne, und wollte sich nicht das Herz brechen lassen. Er hatte das Gefühl, daß dies schon jemand getan hatte. Sie war leidenschaftlich in ihrer Liebe – das spürte er an der Art ihrer Berührungen, wie sie ihn küßte –, aber er spürte auch einen gewissen Argwohn. Er würde sie bald seiner Familie vorstellen und ihr damit zeigen, daß er es ernst meinte. Das würde er auch wegen seiner Kinder tun. Irgendwann würden er und Fiona in einem Restaurant Will junior oder James begegnen, oder jemand würde erwähnen, sie mit ihm gesehen zu haben. Glücklicherweise las niemand von ihnen Peters Klatschecke. Hylton schien an Fiona einen Narren gefressen zu haben. Fast jede Woche wurde sie in seiner Kolumne erwähnt. Er beschrieb, was sie trug, daß sie entweder am Arm des eleganten jungen Engländers Nick Soames oder Wills erscheine und daß sich alle fragten, wer bei ihr wohl das Rennen machen würde. Offensichtlich waren ihm sowohl Nicks sexuelle Orientierung als auch seine Rolle als Anstandswauwau entgangen.

»Vater?« fragte Will junior. »Ich hab dir eine Frage gestellt. Hast du mich verstanden?«

»Nein, tut mir leid, ich war ganz woanders.« Er bemerkte, daß Emily ihn ansah und dann den Blick wieder auf ihre Stickerei senkte.

»Ich fragte, ob die technischen Berichte über die Brooklyn-Linie schon eingetroffen sind.«

»Noch nicht. Ich erwarte sie morgen.«

Wieder trat Schweigen ein. James unternahm noch einen weiteren Versuch mit dem Golfschläger. Edmund warf einen Golfball in die Luft. Emily zog die Nadel durch den Stramin. Wills Augen ruhten auf den Händen seiner Tochter. Sie waren zart und weiß. Im Gegensatz zu Fionas, die immer nach Arbeit aussahen. Neulich bei Rector's hatte er einen Kratzer auf ihrem Handrücken bemerkt, als sie nach dem Weinglas griff. Der Anblick – diese kleine Hand einer Kämpferin – hatte ihn zutiefst gerührt. Fionas Hände waren nicht so fein wie Emilys, aber für ihn waren sie schön.

James hustete. Will sah auf und spürte ganz deutlich eine Spannung im Raum. Er sah, wie Will junior Emily zunickte, wie sie plötzlich aufstand und Isabelle bat, sie auf einen Spaziergang zu begleiten. Isabelle erhob sich mit Hilfe ihres Gatten und folgte Emily schwerfällig. Will blieb mit seinen drei Söhnen und seinem Schwiegersohn zurück. Edmund jonglierte inzwischen mit drei Golfbällen und schien die gespannte Atmosphäre nicht wahrzunehmen. Richard hielt sich im Hintergrund. Will junior und James standen am Kamin und spielten nicht mehr mit dem Golfschläger herum. Irgend etwas ging hier vor. Sie hatten ihn aus einem bestimmten Grund hier heraus gebeten. Er sah Will junior und James mit einem Blick an, der sie zusammenzucken ließ, dann sagte er: »Also, was gibt's?«

»Was soll sein?« fragte Edmund und fing die Bälle auf.

»Vater ...«, begann Will junior, »... wir wollten mit dir reden.«

»In New York ging das nicht?«

»Nein, es ist zu persönlich«, antwortete sein ältester Sohn. Er trat von einem Bein aufs andere und fühlte sich ganz offensichtlich unwohl.

»Wir haben Dinge gehört«, fuhr James fort. »Man hat dich mit einer jungen Frau gesehen.«

»Das geht uns nichts an«, fuhr Will junior fort, »aber es gibt ziemliches Gerede. Wir finden es einfach ... nicht richtig, eine Mätresse so öffentlich auszuführen.«

Will lächelte über das Schicklichkeitsgefühl seines Sohnes. »Die Frau, über die du sprichst, ist nicht meine Mätresse. Ihr Name ist Fiona Finnegan. Ich bemühe mich um sie. Auf sehr schickliche Weise, wenn ich das hinzufügen darf. Es tut mir leid, ich hätte mir denken können, daß ihr davon erfahrt. Ich hätte euch schon früher davon erzählen sollen.«

»Du bemühst dich um sie!« wiederholte Will junior mit entsetztem Ausdruck im Gesicht. »Mit der Absicht, sie zu heiraten?«

Will zuckte die Achseln und wurde ärgerlich über die Art der Befragung. »Dafür ist es noch ein bißchen zu früh, aber wenn du mich schon fragst, ja ... die Möglichkeit besteht.«

»Vater!« rief Edmund ehrlich erfreut aus. »Das ist großartig! Wie ist sie? Ist sie hübsch?«

Will lachte. »Ja, sehr.«

Will junior sagte nichts. Er starrte seinen Vater nur ungläubig an.

»Ich habe ihre Familie kennengelernt«, fuhr Will fort. »Zu gegebener Zeit werde ich sie euch allen vorstellen.«

»Vater, wir ... du kannst doch nicht ... das geht doch nicht«, sagte James kühl.

»Ich habe gehört, sie ist noch nicht mal zwanzig. Und eine *Ladenbesitzerin*«, fügte Will junior hinzu, das Wort geradezu ausspuckend, als hinterlasse es einen schlechten Geschmack im Mund. »Bist du verrückt geworden?«

»Wie bitte?« erwiderte Will, verletzt von der Frage und dem Ton seines Sohns.

»Sie gehört nicht zu unseren Kreisen«, sagte James. »Und allein der Altersunterschied ...«

»Ich bin fünfundvierzig, nicht fünfundachtzig, danke«, zischte er.

Will junior ging durch den Raum und wandte seinem Vater sichtlich erregt den Rücken zu. »Stell dir vor, wie das auf unsere Investoren wirkt. Wir können uns im Moment keinen Skandal erlauben, keinerlei böses Blut. Nicht solange Belmont im Spiel ist. Nicht bei allem, was hier auf dem Spiel steht.«

»Ein Skandal?« wiederholte Will und sah seinen Sohn an, als wäre er verrückt geworden. »Mach dich nicht lächerlich.«

»Das ist nicht lächerlich!« antwortete Will junior mit erhobener Stimme. »Begreifst du denn nicht ...?«

»Ich weiß, was dein wirklicher Einwand ist«, sagte Will und schnitt ihm das Wort ab. »Warum rückst du nicht raus damit? Es liegt doch daran, daß sie aus der Arbeiterklasse und aus Irland stammt, stimmt's?«

»Mein Einwand besteht darin, daß diese ... diese *Affäre* alles zerstört, wofür wir gearbeitet haben.«

»Will, laß Vater in Ruhe«, kam Edmund seinem Vater zu Hilfe. »Er weiß, was er tut. Er darf doch mit einem Mädchen ausgehen, wenn er Lust dazu hat.«

»*Ausgehen?* Edmund, halt bitte den Mund!« schrie Will junior. »Du weißt nicht, wovon du redest. Was glaubst du denn, womit wir's hier zu tun haben? Mit einer Collegefeier? Hier geht's ums Geschäft, das wirkliche Leben, nicht um die Uni. Wir dürfen uns nicht kompromittieren.«

»Sohn, das reicht jetzt!« sagte Will scharf. Er ließ ein paar Sekunden verstreichen, um Will junior Gelegenheit zu geben, sich wieder zu fassen, dann fuhr er in versöhnlicherem Tonfall fort: »Warte, bis du sie kennenlernst. Du wirst sehen, was für ein wundervoller Mensch sie ist, und deine Meinung ändern.«

»Ich habe nicht die Absicht, sie kennenzulernen. Weder jetzt noch in Zukunft«, antwortete Will junior zornig. Er stürmte aus dem Raum, und James und Richard folgten ihm.

Edmund blieb. »Mach dir nichts draus, Vater«, sagte er ruhig.

Will seufzte tief auf. Während des Streits war er aufgestanden, jetzt setzte er sich wieder. »Vielleicht ist es noch zu früh nach dem Tod eurer Mutter.«

»Ach bitte, Vater. Es ist zwei Jahre her, daß Mutter gestorben ist. Sein Problem ist, daß er sich für die Kongreßwahlen aufstellen lassen will. Er hat Angst, daß deine Romanze mit einer jüngeren Frau seine konservativen Wähler verschrecken könnte.«

»Das ist nicht nett von dir, Edmund. Will junior ist ehrgeizig, aber nicht so gefühllos.«

Edmund zuckte die Achseln. »Wenn du meinst. Meiner Ansicht nach ist er total gefühllos.«

»Vielleicht macht er sich wirklich Sorgen wegen des U-Bahnprojekts. Er hat sich voll eingesetzt und großartige Arbeit geleistet. Vielleicht ist er wirklich besorgt wegen der Konkurrenz. Wenn wir doch nur den Vertrag unter Dach und Fach bringen könnten«, sagte Will. »Dann könnte ich ihm beweisen, daß er unrecht hat. Wenn alle Verträge unterzeichnet wären, könnte er keine Einwände mehr vorbringen, hätte nichts mehr, woran er sich stören könnte.«

»Was macht's schon aus, wenn er Einwände hat, Vater? Laß ihn doch. Was kann er denn tun? Dir deine Bezüge streichen?«

Will schenkte seinem Sohn ein mattes Lächeln. »Nein«, antwortete er, »aber er kann Szenen machen wie gerade eben. Dafür bedeutet ihr mir alle zuviel. Ich will keinen von euch wütend oder unglücklich sehen. Ich muß meine Anstrengungen hinsichtlich des Projekts eben verdoppeln. Sobald wir den Vertrag in der Tasche haben, wird er sich wieder beruhigen, Edmund. Das weiß ich.«

42

Beim Anblick des Hauses in der Montague Street spürte Joe einen Stich im Herzen. Er stand davor und wünschte sich, die Tür ginge auf und sie stünde vor ihm, lächelnd, mit blitzenden blauen Augen, wie an dem Tag, als er sie ins West End eingeladen hatte. Letztes Jahr um diese Zeit lebte er noch in dieser Straße, saß nachts mit seinen Kumpels auf den Hausstufen und träumte von einem Laden und einem Leben mit Fiona. Nur ein Jahr war das her, aber es kam ihm wie eine Ewigkeit vor.

Er wandte sich ab und ging zu Nummer vier, wo er anklopfte. Sein Vater öffnete ihm. »Sieh an, sieh an, der verlorene Sohn kehrt zurück«, sagte er.

»Schön, dich zu sehen, Vater.«

Peter Bristow warf einen Blick auf den rosafarbenen Nelkenstrauß, den sein Sohn in der Hand hielt, und runzelte die Stirn. »Hättest wenigstens Rosen bringen können. Sie hat sich zu Tode gegrämt deinetwegen. Hat nicht gewußt, wo du steckst. Die Nachbarn haben getuschelt, die Jungs auf dem Markt, angeblich hat dich Peterson rausgeschmissen. All das Geflenne und Gerede, das ich mir deinetwegen hab anhören müssen ...«

»Tut mir leid, Vater. Es tut mir leid. In Ordnung?«

Peter schüttelte den Kopf. »Na schön, komm rein. Ich hab schließlich keine Lust, auf der Haustreppe zu Mittag zu essen.«

Joe verdrehte die Augen, folgte seinem Vater nach drinnen und war froh, nicht wieder nach Hause gezogen zu sein. Er wurde stürmisch von seinem sechzehnjährigen Bruder Jimmy begrüßt, von der dreizehnjährigen Ellen, die größer und hübscher war, als er sie in Erinnerung hatte, und von der achtjährigen Cathy, die Zöpfchen und Schürze trug. Dann küßte er seine Mutter, die eine riesige

Lammkeule aus dem Backrohr zog. Fast hätte er sie getadelt, als er das sah – Lamm war schließlich furchtbar teuer –, aber sie war so stolz, so erfreut, daß es so gut geworden war, daß er lieber schwieg. Sie sah die Nelken in seiner Hand, machte ein riesiges Theater darum und ließ sie von Ellen in eine Vase stellen. Joe trug den Lammbraten zum Tisch, während sich seine Schwestern um die Kartoffeln und den Rosenkohl kümmerten. Betretenes Schweigen trat ein, als sie sich setzten, bis Cathy sagte: »Mama hat gesagt, daß Millie das Baby verloren hat, Joe. Wie hat sie's denn verloren? Ist es ausgebüchst? Hat sie's schon wiedergefunden?«

»Sei still, Cathy!« schimpfte Ellen.

Joe hielt beim Aufschneiden des Lamms inne. »Das Baby ist nicht verlorengegangen, Schatz«, antwortete er ruhig. »Es ist im Himmel.«

»Aber warum? Warum ist es dort?«

»Still! Iß jetzt und laß es gut sein«, bellte ihr Vater. »Kein Wort mehr über Millie, über Babys oder sonstwas dergleichen.«

»Ich hab eine neue Geschäftsidee«, sagte Joe.

»Was denn?« fragte Rose aufgeregt.

»Sobald ich genug gespart hab, besorg ich mir einen Wagen, lad ihn mit den besten Waren voll und geh in den besseren Vierteln von Tür zu Tür. In Mayfair vielleicht. Wenn ich genug Geld verdient hab, kauf ich ein Pferd und einen Anhänger, damit ich weiter weg fahren kann. Nach Knightsbridge zum Beispiel, und dann stell ich noch einen Mann ein für die Mayfair-Route. Und auf diese Art vergrößer ich mein Geschäft, bis ich den größten Teil vom West End abgedeckt hab.« Er war ein bißchen in Fahrt gekommen. Ein wenig von seinem alten Feuer flammte wieder auf. »Auf diese Weise kriegen die Köchinnen und Haushälterinnen täglich die besten Waren frei Haus geliefert. Sie können in aller Ruhe aussuchen, müssen nicht selber einkaufen gehen und sich nicht mit dem verwelkten Zeug zufriedengeben, das ihnen der Laden an der Ecke bietet, versteht ihr? Ich denke, ich nenne es Montague's – Wo sich Qualität mit Bequemlichkeit paart. Nach der Straße hier. Was haltet ihr davon?«

»Ich finde, es ist eine großartige Idee«, sagte Rose.

»Ich würde für dich arbeiten«, sagte Jimmy. »Ich könnte dir am Morgen helfen und wär rechtzeitig zurück, um am Nachmittag Vater zu unterstützen.«

»Ich finde, das ist die dümmste Idee, die ich je gehört hab«, sagte sein Vater. »Wie willst du denn die Köchinnen dazu bringen, bei dir zu kaufen? Sie haben doch schon ihre Geschäfte ...«

»Peter ...«, begann Rose. Er hörte nicht auf sie.

»... und woher willst du wissen, was du anbieten sollst? Und wieviel davon? Das eine wird dir ausgehen, und von dem anderen hast du zuviel. Bleib lieber bei der Arbeit, die du hast, und sei dankbar dafür.«

»Meinst du nicht auch, daß ich mich verbessern könnte?« fragte Joe, entmutigt von der ständigen Kritik seines Vaters und seiner Weigerung, sich auf neue Ideen einzulassen.

»Zieh lieber den Schwanz ein und bring dich nicht wieder in Schwierigkeiten«, sagte Peter.

Joe knüllte seine Serviette zusammen. »Ich weiß nicht, warum ich überhaupt hergekommen bin«, sagte er und stand auf. »Tut mir leid, Mama. Danke fürs Essen.«

»Setz dich!« stieß Rose erregt hervor. »Du gehst nirgendwohin, sondern ißt, was ich für dich gekocht hab.«

Zornig wandte sie sich an ihren Mann, und Joe sah, daß sein Vater, der gute achtzig Pfund schwerer und ein ganzes Stück größer war als seine Mutter, zusammenzuckte. »Und du, Peter, tätest gut daran, dich einmal hinter deinen Sohn zu stellen, statt ihn für dumm zu halten, wenn er mit einer neuen Idee ankommt. Einer *guten* Idee! Wenn er ein bißchen mehr Unterstützung bekommen hätte, wäre er vielleicht nie nach Covent Garden gegangen und hätte sich nie mit Tommy Peterson und seiner verdammten Tochter eingelassen!«

Die ganze Familie schwieg. Zögernd begannen alle wieder zu essen. Ellen legte weiteres Fleisch auf. Cathy aß ohne zu murren ihren Rosenkohl, obwohl sie ihn haßte. Joe goß sich Soße über seine Kartoffeln. Peter säbelte an seinem Lamm herum und sagte dann widerwillig, daß er vielleicht einen Wagen wisse, der zum Verkauf stand. Vielleicht wäre es möglich, daß er eine Kaution stellte, und Joe könnte die Abzahlung von seinem Wochenlohn leisten. Rose tätschelte die Hand ihres Mannes und warf ihrem Ältesten einen aufmunternden Blick zu.

Der Rest des Essens verlief ohne weitere Zwischenfälle. Danach setzte sich Peter mit Zeitung und Pfeife in seinen Stuhl vor den

Kamin und döste ein. Jimmy ging zu seinen Freunden hinaus, und Cathy half ihrer Mutter beim Abwasch. Rose fragte Joe, ob er Lust hätte, einen Spaziergang mit ihr zu machen, bevor er wieder nach Covent Garden ging. Er willigte ein.

Als sie die Montague Street hinuntergingen, drehte er sich immer wieder zu Fionas Haus um, was seiner Mutter nicht entging. »Dort leben jetzt zwei Familien. Eine unten, die andere oben. Mein Gott, wie ich sie vermisse. Kate war wie eine Schwester für mich«, sagte sie.

Joe nickte. Er vermißte die Finnegans auch. So sehr, daß es weh tat. »Glaubst du, daß sie mir je vergeben wird, Mama?« fragte er. »Nicht, daß sie mich je wieder lieben würde, das wäre sicher zuviel verlangt. Aber vielleicht kann sie mir vergeben.«

»Ich weiß nicht, ob dir Fiona vergeben kann. Das kann ich nicht sagen. Aber ich weiß, wie sehr sie dich geliebt hat und wie sehr du sie geliebt hast. Und du solltest nicht durchs Leben gehen, ohne zumindest versucht zu haben, herauszufinden, ob sie es tut.«

»Das möchte ich ja, Mama. Wenn ich sie doch nur finden könnte.«

Rose runzelte die Stirn. »Du hast nichts herausfinden können? Nicht mal mit diesem Detektiv?«

»Nur daß sie in einem Pfandhaus in der Nähe von Roddys Wohnung ein paar Sachen versetzt hat. Das ist alles.«

»Fiona ist ein tüchtiges Mädchen, ich bin sicher, daß es ihr gutgeht. Und ich bin sicher, daß sie ihre Gründe hatte, auf diese Art wegzugehen, trotzdem ist es seltsam.«

Joe sagte, das beunruhige ihn auch. Er erzählte seiner Mutter von seiner Begegnung mit Stan Christie.

»Ach, Joe, das gefällt mir gar nicht. Was um alles in der Welt will Bowler Sheehan von Fiona?«

»Laut Roddy behauptet Sheehan, sie habe Geld gestohlen, und er will es zurückhaben.«

»Was? Das gibt's doch nicht. Fiona würde doch nie stehlen. Und es ist gar nicht ihre Art, Roddy nicht zu erzählen, wohin sie geht. Gerade ihm! Er war doch wie ein Vater zu ihr. Jedenfalls besser als ihr Onkel, der nicht mal geschrieben oder Geld geschickt hat, als Paddy gestorben ist.«

Joe blieb stehen und faßte seine Mutter an der Schulter. »Ihr Onkel ...«, sagte er langsam.

»Ja. Er lebt in New York, wo er einen Laden hat, glaub ich. Ich erinnere mich, daß Kate mir erzählt hat, daß Charlie zu ihm fahren und bei ihm arbeiten wollte.«

»Mama, das ist es!« rief er aus. »Da ist sie, ganz sicher sogar! Wohin hätte sie sonst gehen sollen? Vor allem mit Seamie. Weißt du seinen Namen? Seine Adresse?«

»Nein. Er heißt natürlich Finnegan. Seinen Vornamen weiß ich nicht. Aber Roddy. Vielleicht kennt er auch die Adresse.«

»Mama, ich werd hinfahren«, sagte Joe aufgeregt. »Nach New York. Da ist sie, das weiß ich einfach. Sobald ich das Geld zusammenhab. Da brauch ich schon einiges, schätz ich. Für die Überfahrt und für ein Zimmer und Essen, während ich nach ihr suche. Wenn ich auf eigene Rechnung arbeite, kann ich mehr verdienen als bei Ed.«

»Laß uns zurückgehen und Vater nach dem Wagen fragen, von dem er gesprochen hat. Ich hab ein bißchen Geld beiseite gelegt und könnte zu der Kaution was beisteuern.«

Joe küßte sie. »Danke, Mama. Laß uns zuerst zu Roddy gehen und rausfinden, ob er die Adresse hat, bevor wir heimgehen. Wenn ja, könnte ich ihr gleich schreiben.«

»Also gut, gehen wir«, antwortete Rose. Sie schlug die falsche Richtung ein.

»Nein, hier entlang«, sagte Joe und zog sie am Arm. »Komm, Mama, mach schnell!«

43

Fiona blätterte die Seiten des in Leder gebundenen Buches durch, das sie in der Hand hielt.

»Was hast du da?« fragte Will.

»Die *Gesammelten Gedichte* von Alfred Lord Tennyson.«

Er sah sie an. »Eine Erstausgabe. Sehr selten. In Venedig gedruckt«, fuhr er fort und wischte den Staub von einer Weinflasche. »Magst du Tennyson?«

»Vielleicht, wenn ich ihn in der Schule nicht hätte auswendig lernen müssen«, antwortete sie. Sie schloß die Augen, drückte das Buch an die Brust und rezitierte »Crossing the Bar« von Anfang bis Ende.

»Sehr schön!« sagte Will und stellte die Flasche ab, um zu applaudieren.

Fiona errötete bei seinem Lob und stellte das Buch auf ein Eichenregal zurück, das mindestens sechs Meter hoch war. Dutzende solcher Regale säumten die Wände in Wills riesiger Bibliothek. Leitern, die in Gestänge gehängt waren, erlaubten den Zugang zu den oberen Regalen. Die Bibliothek war zweimal so groß wie Michaels gesamte Wohnung, aber nur ein Raum in seinem Herrenhaus, das einen ganzen Straßenblock einnahm – die Ecke von Fifth Avenue und Sixtysecond Street. Es war ihr erster Besuch in Wills Haus. Er hatte sie zum Dinner zu Delmonico's eingeladen, gemeinsam mit Nick. Nach dem Essen waren sie nach Norden und Nick in den Süden hinuntergefahren, wo er einen befreundeten Maler treffen wollte. Vor Mitternacht würden sie sich alle wieder bei Delmonico's treffen, dann in die Eighth Avenue fahren, und Michael würde nichts mitkriegen. Das hatten sie schon zweimal gemacht, ohne daß er etwas merkte, und nur auf diese Weise schaffte sie es, mit Will allein zu sein. Beim ersten Mal hatten sie einen Spaziergang durch den Park gemacht, beim zweiten Mal eine Kutschfahrt. Endlich konnten sie miteinander reden, ohne daß eine dritte Person zuhörte, und außerdem ein paar heimliche Küsse austauschen.

Als sie vor einer Stunde ankamen, hatte er sie gleich durch sein Haus geführt. Es hatte riesige Ausmaße und war mit den teuersten Möbeln eingerichtet. Es gab ein Empfangszimmer, zwei Salons, drei Wohnzimmer, ein Speisezimmer, endlose Flure, ein Spielzimmer, mehrere Arbeitszimmer, eine Galerie, einen Wintergarten, riesige Küchenräume, einen Ballsaal für dreihundert Gäste, mehrere Räume, die gar keinem Zweck zu dienen schienen, und Wills riesige Bibliothek neben verschiedenen Schlafzimmern, Badezimmern und Unterkünften für die Dienerschaft. Fiona hielt es eher für einen Palast als für ein Haus, und bei dem Versuch, alles aufzunehmen – den geschnitzten Marmor, die Vergoldung, die bemalten Paneele, die Wandteppiche, die seidenen Vorhänge, die Kristallüster, die Gemälde und Skulpturen –, wäre sie ein paarmal fast gestolpert. Sie war so überwältigt, daß sie froh war, endlich in der sparsamer dekorierten Bibliothek angekommen zu sein, wo es nur die Regale, zwei Ledersofas und eine Sitzgruppe vor dem Kamin gab. Trotz des Sommers war die Nacht kalt, und der Butler hatte ein Feuer für sie gemacht. Der Schein der Flammen und das Licht mehrerer Kandelaber erhellten den Raum.

»Will ...«, begann sie und drehte sich langsam, um die Tausende von Bänden anzusehen. »Wie viele Bücher hast du eigentlich?«

Er dachte eine Weile nach, während er sich mit einem Korkenzieher abmühte. »So an die hunderttausend sicher.«

»Mein Gott!« flüsterte sie und ging an einer Wand entlang, während ihre Schritte auf dem polierten Steinboden hallten. Sie hörte das leise Ploppen eines Korkens.

»Ah! Endlich. Magst du Margaux, Fiona? Das ist ein Neunundsechziger. Älter, als du es bist.«

Fiona zuckte mit den Achseln. »Ich weiß nicht. Hab nie einen getrunken. Ich habe überhaupt noch nie Wein getrunken, bevor du mich zu Delmonico's eingeladen hast. Nur Champagner. Das war das einzige, was Nick auf dem Schiff getrunken hat, also hab ich mich ihm angeschlossen.«

Will sah sie verständnislos an. »Wirklich? Was hast du denn in London getrunken?«

»Tee.«

»Ich meine zum Lunch. Und zum Dinner.«

Fiona griff sich ans Kinn. »Hmm ... zum Lunch. Und zum Dinner. Laß mich nachdenken. Ah ja, ich erinnere mich ... Tee. Da gab's Tee. Und dann wieder Tee. Meistens einen ziemlich mittelmäßigen Assam vom Laden an der Ecke, aber manchmal einen *göttlichen«* – sie klapperte mit den Wimpern bei dem Wort – »Darjeeling, wenn in den Docks eine Kiste kaputtgegangen war und mein Vater und seine Kumpel ihn stibitzen konnten, bevor es der Vorarbeiter bemerkte.«

Will sah sie lange an. »Nimmst du mich hoch?«

Sie grinste. »Was glaubst du denn, was wir beim Lohn eines Dockarbeiters getrunken haben?«

»Wie hoch war der denn?«

»Etwas über zwanzig Shilling. Etwa fünf Dollar.«

Will verzog das Gesicht. »Wahrscheinlich keinen Wein. Aber jetzt tust du's. Komm und probier den hier.«

Er hatte sich auf ein Sofa niedergelassen, und Fiona setzte sich neben ihn. Es gefiel ihr in seiner Bibliothek. Sie fühlte sich sicher und ihm nahe. Bei ihm fühlte sie sich immer sicher, egal, wohin sie gingen. Sicher und behütet. Das war ein gutes Gefühl. Wenn auch nicht so gut wie die atemlos drängende Sehnsucht des Verliebtseins. Dieses Gefühl hatte sie verlassen, gleichgültig, wie sehr sie es auch herbeiwünschte. Aber es würde wiederkommen. Nach einiger Zeit. Ganz sicher. Es war noch zu früh. Schließlich kannte sie Will kaum. Sie kannte ihn noch nicht lange genug, um ihn zu lieben. Sie begann erst, sich zu verlieben. Und das war etwas ganz anderes.

Er goß zwei Gläser Wein ein. Sie griff nach einem, aber er zog es ihr weg.

»Nicht so schnell. Zuerst eine Lektion, bevor du den besten Wein trinkst, den die Welt zu bieten hat.«

»Muß ich ihn ausspucken? Auf dem Schiff gab es eine Weinverkostung. Ich hab die Leute dabei beobachtet. Sie haben ihn im Mund herumgewirbelt und dann in einen Kübel gespuckt. Ich schätze, er hat ihnen nicht allzugut geschmeckt.«

»Wenn du den ausspuckst, mein Mädchen, knüpf ich dich auf.«

»Dann ist er also gut?«

»Sehr gut. Mach die Augen zu.«

Sie gehorchte. »Und was mach ich jetzt?«

»Sei still. Nur ganz kurz. Ja?«

Fiona kicherte.

»Du mußt zuerst dieses herrliche Bouquet einatmen«, sagte Will und hielt ihr das Glas unter die Nase. »Ganz tief.« Wieder gehorchte sie. Sie spürte ihn nahe bei sich, seine Wärme, das Vibrieren seiner Stimme. »Was riechst du?«

»Ah ... Trauben?«

»Was noch?«

Sie atmete wieder ein. »Brombeeren, glaube ich. Und ... Pfeffer? Und noch ein bißchen was anderes ... ah ja – Vanille!« Sie öffnete die Augen.

»Sehr gut. Du hast eine gute Nase. Ich bin beeindruckt.«

Er reichte ihr das schwere Glas aus Bleikristall. Sie nahm einen Schluck, und es fühlte sich an wie Samt. Beim nächsten Schluck spürte sie die Wärme, die sich in ihrem Körper ausbreitete. Will saß sehr nahe bei ihr. Sie entdeckte kleine kupferfarbene Flecken in seinen braunen Augen, eine Sommersprosse auf seiner Oberlippe, einen Anflug von Grau in seinem Haar. Er roch nach gestärkter Wäsche und sauberer Haut. Sein Duft war wundervoll, viel schöner als alter Wein. Das Blut schoß ihr in die Wangen und ließ sie strahlen. Einen Moment hielt sie seinen Blick fest, überzeugt, daß er sie gleich küssen würde, und wünschte sich, er täte es. Und er tat es.

»Und du hast einen guten Mund«, sagte er, nahm ihr das Glas ab und stellte es auf den Tisch. Er küßte ihren Nacken und die Stelle hinterm Ohr, was sie erschauern ließ. Er streichelte ihre Brüste, sacht, aber fest, und sie stöhnte auf. Seine Berührungen waren selbstbewußt und sicher, und erneut wurde sie daran erinnert, daß er kein Junge mehr war. Er hatte schon eine Ehefrau und, wenn man ihrem Onkel Glauben schenken durfte, verschiedene Geliebte gehabt. Er wußte, was er tat. Als sie spürte, wie er ihr die Knöpfe auf dem Rücken öffnete und die Träger ihres Mieders über die Schultern streifte, wußte sie, warum er sie hierhergebracht hatte, warum sie in sein Haus statt in den Park gegangen waren.

»Will, nicht ...«, sagte sie atemlos.

Aber er hörte nicht auf. Im Schein der flackernden Kerzen, die warmes Licht über die Bücherregale, den Wein, das Ledersofa und ihre Haut warfen, streichelte er ihre bloßen Brüste, küßte ihre Lippen, und seine Finger tasteten unter ihre Röcke. Er war geschickt. Er wußte genau, wie und wo er sie berühren mußte. Seine Berührungen ließen sie schwach werden, zwischen ihren Beinen spürte sie ein Ziehen, und sie hatte das Gefühl, ihm die Kleider abstreifen und ihn an sich ziehen zu wollen. Berauscht von seiner Begierde, wollte sie ihn nicht länger zurückhalten. Sie wollte die Hitze seiner Haut an sich fühlen, ihn in sich spüren.

Er küßte sie erneut und sagte: »Komm ins Bett mit mir, Fiona. Ich will dich ... ich will mit dir schlafen.«

Sie erstarrte. Sekunden zuvor war Feuer in ihren Adern gewesen, jetzt nur noch Eis. Sie riß sich aus seiner Umarmung los. »Nein, Will«, sagte sie entschieden. »Ich will nicht ... ich ... ich kann nicht.«

Will lehnte sich an die Sofalehne zurück und schloß die Augen. »Was ist? Was ist los?« fragte er.

»Ich ... ich könnte schwanger werden.«

Er öffnete die Augen und sah sie an. »Es gibt Mittel, weißt du. Ich würde Vorkehrungen treffen.«

»Ach ... es ist nicht nur das ... ich kann nicht ...«

»Schon gut, Fiona«, antwortete er und nahm ihre Hand. »Du bist noch nicht bereit. Du mußt nichts erklären. Ich verstehe schon. Ich hab dich zu sehr gedrängt.«

»Nein, Will«, begann sie, »ich will dich ja auch ...«

»Scht«, sagte er, verschloß ihr den Mund mit einem Kuß und zog ihr Mieder zusammen. »Aber deck das wieder zu. Das ist mehr als ein Mann ertragen kann.«

Fiona knöpfte ihr Kleid zu. Ihre Wangen brannten, aber nicht aus Schamhaftigkeit.

Sie hatte Will und sich selbst belogen, ihn glauben lassen, daß sie sich aus Angst vor Schwangerschaft verweigerte, obwohl sie den wahren Grund kannte. Seine Worte – *ich will dich ... ich will mit dir schlafen* – waren Joes Worte gewesen an jenem Nachmittag, als er auf dem schmalen Bett in Covent Garden mit ihr geschlafen und ihr gesagt hatte, daß er sie liebe und immer lieben würde. Sobald Will sie ausgesprochen hatte, wurde sie von Erinnerungen überschwemmt: wie Joe sie angesehen hatte, als er den Inhalt der Sparbüchse in ihren Schoß kippte, wie er ihr den kleinen Saphirring schenkte, wie er sie in seine Arme schloß. Sie erinnerte sich an seine Berührung, wie sie eins geworden waren – ein Körper, ein Herz und eine Seele.

Diese Bilder quälten sie. Sie wollte mit Will zusammensein, nur an ihn denken, in ihn verliebt sein. Sie wollte nach vorne blicken, Joe hinter sich lassen. Doch sosehr sie sich auch bemühte, es gelang ihr nicht. Immer wieder kam sein Bild zurück. Entweder hörte sie eine Stimme oder blickte in Augen, die sie an ihn erinnerten, oder sie entdeckte einen jungen Mann mit dem gleichen forschen Schritt, und plötzlich war er wieder bei ihr – in ihren Gedanken, in ihrem Herzen.

»Fiona?« fragte Will leise. »Sind das Tränen?«

Verlegen wischte sie sich über die Wangen. Sie hatte nicht bemerkt, daß sie weinte.

Er zog sein Taschentuch heraus und tupfte ihr die Augen ab. »Ich hab dich verwirrt, tut mir leid. Ich hätte nicht so fordernd sein sollen. Ich bin ein Trottel. Wirklich. Wein doch nicht, Liebling. Es bricht mir das Herz.« Er zog sie an sich und flüsterte: »Ich werde dich nie ausnutzen. Niemals. Ich hab mich bloß überwältigen lassen. Meine Gefühle für dich sind so stark.« Er ließ sie los, sah ihr in die Augen und fügte hinzu: »Ich bin nicht gut in solchen Dingen, Fiona. Ich kann stundenlang über Geschäftszeug reden, wie du inzwischen sicher weißt, aber in Herzensangelegenheiten kenne ich mich nicht aus. Das war schon immer so.« Er hielt einen Moment inne und fuhr dann fort: »Ich hab dir das noch nie gesagt ...«

Ihre Hände verkrampften sich. Nein, Will, dachte sie. Nicht jetzt. Bitte, bitte, nicht jetzt.

»... ich wollte dir das schon lange sagen, aber ich ... ich war wahrscheinlich zu feige dazu. Für den Fall, daß du meine Gefühle nicht erwiderst. Ich ... ich liebe dich, Fiona.«

Warum hatte er das gesagt? Warum jetzt? Warum nicht an einem so wunderschönen Abend, nachdem sie Arm in Arm vom Dinner zurückspaziert waren, gelacht hatten und alle Gedanken an Joe meilenweit entfernt waren. Solche Abende hatte es schon öfter gegeben, sie hatten ihr Hoffnung gemacht und sie glauben lassen, daß sie ihn vergessen könnte.

Liebevoll und zart küßte Will ihre Lippen. Er sah ihr in die Augen und wartete auf ihre Antwort.

Sie müßte ihm sagen, daß es nicht funktionieren konnte, daß sie einen anderen liebte, und zwar für immer. Daß sie versucht hatte, ihn zu vergessen, was ihr aber nicht gelungen war. Daß sie sich haßte für diese Liebe.

Statt dessen sagte sie: »O Will ... ich ... liebe dich auch.«

44

Ich hätte das nicht zulassen dürfen. Du solltest noch nicht so viel herumlaufen«, sagte Fiona besorgt.

»Ach, übertreib doch nicht! Mir geht's gut«, erwiderte Nick gereizt. »Als wäre ich ein zartes Pflänzchen, das beim geringsten Luftzug umknickt. Ich war schon draußen, wie du weißt. Bei Partys und Abendessen. Ich bin kein Invalide mehr!«

»Das nicht, aber du hast schlechte Laune.«

»Tut mir leid«, sagte er und versuchte, eine zerknirschte Miene aufzusetzen. »Aber mir geht's wirklich gut.«

»Ehrlich?«

»Ganz ehrlich. Ich fühle mich gut. Ich bin nur sauer wegen all dem Mist, den man uns gezeigt hat.«

Etwa zehn Meter vor ihnen, an der Ecke von Irving Place und Eighteenth Street, drehte sich der Makler um und fragte: »Alles in Ordnung, Mr. Soames? Sie machen doch nicht schlapp? Ich bin sicher, daß Ihnen das nächste Objekt gefallen wird. Es ist ein Juwel.«

»Ja, sicher. Wieder so ein Rattenloch«, murmelte Nick. Er suchte verzweifelt nach neuen Räumen für seine Galerie. Seit seinem Zusammenbruch waren zwei Monate vergangen, und er wollte unbedingt wieder arbeiten.

»Von dem vielen Gehen bin ich durstig geworden und würde mich gern einen Moment setzen und etwas trinken«, sagte er. »Es müßte doch irgendwo eine Teestube geben. Hast du dich hier schon mal umgesehen?«

»Nein, aber das sollte ich. Obwohl ich nicht glaube, daß ich heute mehr Glück hab als du. Es gibt einfach nichts. Alles ist entweder zu klein oder zu teuer.«

Nicholas nickte. »Ich glaube nicht, daß ich noch mal so was finde, wie ich es hatte. Es war perfekt. Weiß Will vielleicht etwas?«

»Nein, ich hab ihn gefragt.«

»Wie geht's dem umwerfenden Mr. McClane?«

»Sehr gut. Ich ... ich hab mich in ihn verliebt.«

Verblüfft blieb Nick wie angewurzelt stehen.

»So schnell? Bist du sicher?«

»Ganz sicher«, antwortete sie strahlend.

Es kam alles sehr plötzlich, fand er.

»Erinnerst du dich, daß du mir gesagt hast, ich würde mich wieder verlieben? Und Joe vergessen? Das ist geschehen. Ich hab dir nicht geglaubt, aber du hattest recht.«

Er sah sie mit einem zweifelnden Lächeln an. »Das ist toll«, begann er. »Er ist ein sehr ...«

»Er ist ein wundervoller Mann«, fiel sie ihm ins Wort. »Er ist klug, warmherzig und liebevoll. Und er liebt mich. Das hat er mir gesagt.«

Wen willst du überzeugen, altes Haus? Mich oder dich? fragte sich Nick. Sie wandte den Blick ab, und ihr Gesicht wirkte verschlossen.

»Hast du seine Familie schon kennengelernt?«

»Nein, noch nicht. Sie scheinen es ihm nicht leichtzumachen im Moment. Offensichtlich gefällt es Wills ältestem Sohn nicht, daß er sich mit mir trifft. Ich schätze, ich hab nicht den richtigen Stammbaum.«

»Ach, wirklich? Und für wen hält sich der kleine Angeber?« fragte Nick ärgerlich. »Er könnte von Glück sagen, jemanden wie dich in seiner Familie zu haben. Diese blöden Amerikaner mit ihren lächerlichen gesellschaftlichen Ambitionen! Zwei Generationen, die mit Holz Geld gemacht haben, und schon halten sie sich für Aristokraten.«

Fiona lächelte über seine Schmeichelei. »Und was bist du dann, du feiner Pinkel?« neckte sie ihn. »Der Herzog von Strengdorf? Der Kronprinz von Grillhausen?«

»So was in der Richtung«, antwortete er, plötzlich verlegen. Die spaßhaften Namen hatten trotzdem etwas Vertrautes an sich. Es war lange her, daß ihn jemand mit seinem richtigen Titel angesprochen hatte, und er zweifelte, ob das je wieder geschehen würde. Ihm sollte es recht sein. Seine Herkunft hatte ihm nichts als Kummer eingetragen. Als er England verließ, hatte er ihn für immer abgelegt.

»Sieh nur, Prinz Nörgelbrei, da ist das Haus wieder.«

»Hm?« fragte er, froh über den Wechsel des Themas.

»Das baufällige Haus. Wir sind zweimal daran vorbeigekommen. Wie kann jemand ein Haus einfach verfallen lassen?« Sie ging darauf zu und sah es an. Nick blickte ebenfalls darauf und fragte sich, was sie so interessant daran fand. Es war nichts als eine Ruine, obwohl im Vorgarten ein hübscher Rosenbusch stand und über der Tür eine rotblühende Kletterpflanze rankte.

»Mr. Soames?« rief der Makler.

»Komm, Fee«, sagte Nick. »Man ruft uns. Wir müssen uns wieder Räume ansehen, die zu dunkel, zu klein und zu schäbig sind.«

Der Makler zeigte ihnen vier weitere Objekte, wovon ihnen keines gefiel, dann verabschiedete er sich und versprach, Bescheid zu geben, sobald er neue Angebote hätte.

»Sollen wir einen Happen essen gehen, Fee?« fragte Nick, der glaubte, sie stünde neben ihm. Was aber nicht zutraf. Sie stand ein

Stück weit von ihm entfernt – wieder vor dem baufälligen Haus. Die Hände auf den Eisenzaun gelegt, der den Vorgarten vom Gehsteig trennte, starrte sie abwesend zu den hohen, mit Brettern vernagelten Fenstern hinauf.

»Was siehst du dir denn da an?« fragte er.

»Das Haus muß früher mal herrlich gewesen sein.«

»Aber jetzt nicht mehr. Komm, bevor der Giebel runterfällt und uns beide erschlägt.«

Aber sie ließ sich nicht fortlocken. »Jemand muß es einmal geliebt haben. Die Rosen sind nicht von allein gewachsen, und sieh dir diesen ...« Sie beugte sich über den Zaun und berührte einen großen blauen Rittersporn. »Jemand hat es einfach aufgegeben, Nick. Wie ist das nur möglich?«

Nick seufzte ungeduldig. Er wollte fort. Er war müde und hungrig und hatte zudem das unbehagliche Gefühl, beobachtet zu werden. Obwohl er sich einzureden versuchte, daß er sich täuschte, sah er zwei Häuser weiter unten einen Mann den Gehsteig kehren, der sie argwöhnisch anstarrte.

»He! Was machen Sie da? Hier wird nicht rumgelungert!» rief er.

»Wir lungern nicht rum«, antwortete Fiona und ging ein paar Schritte auf ihn zu. »Wir bewundern das Haus.«

»Ich nicht«, murmelte Nick.

»Wissen Sie, warum es mit Brettern vernagelt ist?« fragte sie den Mann.

»Na klar weiß ich das. Ich bin der Hausmeister.«

Fiona stellte sich vor. Nick blieb nichts übrig, als ihr zu folgen. Der Hausmeister nannte seinen Namen – Fred Wilcox – und erklärte ihnen, daß er sich im Auftrag einer älteren Dame namens Esperanza Nicholson um das Anwesen kümmere.

»Warum hat sie es aufgegeben?«

»Warum interessiert Sie das?« fragte Wilcox.

»Weil ich es traurig finde, daß es zerfällt.«

»Das ist traurig«, erwiderte Wilcox ein wenig zugänglicher. »Vor etwa fünfzig Jahren bekam es Miss Nicholson von ihrem Vater zur Hochzeit geschenkt. Sie wollte mit ihrem Mann dort leben, nachdem sie von der Hochzeitsreise zurückgekehrt waren. Es wurde renoviert und eingerichtet, alles vom Feinsten, müssen Sie wissen, kein Ramsch. Aber einen Tag vor der Hochzeit hat ihr Verlobter sie verlassen. Das hat sie zerstört. Sie hat weiterhin mit ihrem Vater zusammengelebt, der inzwischen verstorben ist, und wohnt jetzt immer noch in seinem Haus. Dieses Haus hat sie vernageln und verfallen lassen. Bis heute weigert sie sich, es zu vermieten oder zu verkaufen.«

»Als würde sie das Haus dafür bestrafen, was passiert ist«, sagte Fiona. »Gibt es denn eine Möglichkeit, es anzusehen, Mr. Wilcox? Könnten wir reingehen?«

»Nein, das geht nicht«, antwortete Wilcox und schüttelte den Kopf. »Ihnen könnte was passieren dort drinnen.«

Nick sehnte sich nach einer Tasse Tee. Er war niedergeschlagen, weil er keine Räumlichkeiten für seine Galerie gefunden hatte, und wollte den Gramercy Park und den ganzen vergeudeten Nachmittag vergessen. Doch er wußte genau, daß er Fiona die Hausbesichtigung nicht ausreden durfte. Wenn sie sich einmal etwas in den Kopf gesetzt hatte, ließ sie sich von niemandem zurückhalten. Er griff in seine Tasche, zog einen Dollar heraus und reichte ihn Wilcox in der Hoffnung, die Sache zu beschleunigen. Er lag richtig damit.

»Also gut, hier ist der Schlüssel für den Garteneingang«, sagte der Hausmeister. »Wenn Ihnen irgendwas zustößt, geht mich das nichts an. Zum Reingehen schieben Sie ein loses Brett zur Seite, in Ordnung?«

»In Ordnung«, sagte Nick und drehte sich um, um Fiona zu folgen, die bereits durch das Gartentor ging. Durch Wildblumen und Unkraut bahnte er sich den Weg zur Tür, die sie mühsam zu öffnen versuchte. »Beim geringsten Anzeichen von Ratten bin ich weg«, sagte er.

»Hier, hilf mir mit dem Schlüssel. Das Schloß ist zu verrostet, glaube ich.«

Nick nahm all seine Kraft zusammen. »Er steckt fest. Warte ... jetzt geht's.«

In ihrer Eile hineinzukommen drängte ihn Fiona beiseite. Kleine vermoderte Holzstücke und Metallspäne fielen ihr auf den Kopf, die Nick lachend wegwischte. Die innere Tür war in die Diele gekippt, weil die Angeln durchgerostet waren. Vorsichtig stiegen sie darüber hinweg.

»Wirklich toll hier, Fiona!« sagte Nick sarkastisch und sah sich um. Von der Decke war fast nichts mehr übrig, und an den Stellen, wo der Putz abgefallen war, kam das Lattenwerk zum Vorschein. Die Tapete hing in Fetzen herunter, auf dem Boden lag, in tausend Stücke zersprungen, ein Kronleuchter, und Schimmel schwärzte die einst weißen Laken über den Möbeln. »Komm, laß uns gehen.«

Aber Fiona wollte nicht weg. Durch eine klemmende Tür ging sie vom ersten Raum in den nächsten. Er folgte ihr, ohne ihre Begeisterung für das verrottete Haus zu teilen. Plötzlich brach er mit dem Fuß durch ein Dielenbrett und zog ihn fluchend wieder heraus.

»Nick! Ist das nicht herrlich?« rief sie aus dem anderen Raum.

»Vielleicht für Termiten«, antwortete er und stolperte durch die Tür.

Sie beugte sich hinunter, um die Schnitzereien am Kaminsims anzusehen, und schrie plötzlich erschreckt auf, als eine Schar streunender Katzen hinter dem Gitter hervorschoß. Sie huschten an ihr vorbei zum hinteren Teil des Hauses, wo sie durch eine fehlende Fensterscheibe ins Freie sprangen. Neugierig folgte ihnen Fiona. »Ich glaube, da draußen gibt's einen Hof«, sagte sie. »Komm, laß uns nachsehen.«

Gemeinsam schafften sie es, die klemmende Tür einen Spalt zu öffnen. Fiona zwängte sich hindurch, und sobald sie draußen war, hörte er sie aufstöhnen. »O Nick! Beeil dich! Schau dir das an!«

Er zwängte sich ebenfalls durch die Tür und fragte sich, was es dort so Besonderes geben könnte. Dann sah er sie. Hunderte und Aberhunderte von Rosen. Der ganze Hinterhof war voll davon. Im Sonnenschein prangend, überwucherten sie die Mauern, rankten sich über die Wege und eine verrostete Eisenbank. Er erkannte die Sorte auf Anhieb. Sein Vater hatte auf seinem Gut in Oxfordshire eine Menge solcher Hecken gehabt. Es waren Teerosen. Er erinnerte sich, wie der Gärtner ihm erzählte, daß die ersten Exemplare vor über hundert Jahren von einem Engländer aus China herausgeschmuggelt worden waren, der von den üppigen Blüten und ihrem betäubenden Duft hingerissen war. Sie seien nicht leicht zu züchten, vor allem sei es schwierig, sie ein zweites Mal zum Blühen zu bringen, aber wenn dies gelänge, blühten sie mitten im Sommer!

»Riech doch, Nick. Sie duften wie Tee!« sagte Fiona. »Sieh dir die an ... hast du jemals ein solches Rosa gesehen? Und die blaßgelbe ...« Sie lief von Strauch zu Strauch und hielt die Nase in die Blüten.

Nick schnupperte an einer Rose, schloß die Augen und sog den Duft ein. Einen Moment lang fühlte er sich nach Oxford zurückversetzt. Als er die Augen wieder öffnete, eilte Fiona auf ihn zu. Sie steckte ihm eine Rose hinters Ohr, schlang die Arme um ihn und drückte ihn an sich.

»Meine Güte, altes Haus, ich hab gar nicht gewußt, daß Rosen eine derartige Wirkung auf dich ausüben!«

»Doch, das tun sie«, sagte sie und ergriff seine Hand. Genauso wie schöne alte Häuser am Gramercy Park. Und Tee. O Nick, das ist es! Begreifst du denn nicht? Das Haus wird deine Galerie ... und meine Teestube!«

45

Dürfte ich sie vielleicht fünf Minuten sprechen?« bat Fiona. »Ich verspreche, sie nicht länger aufzuhalten.«

»Miss Nicholson empfängt keinen Besuch.«

»Aber ich möchte nur wegen ihres Hauses am Gramercy Park mit ihr sprechen ...«

»Dann setzen Sie sich mit ihrem Anwalt, Mr. Raymond Guilfoyle, in Verbindung, Lexington Avenue achtundvierzig.« Miss Nicholsons Butler schickte sich an, die Tür zu schließen, aber Fiona stellte den Fuß dazwischen.

»Das habe ich bereits getan. Er hat mir erklärt, sie wolle das Objekt nicht vermieten.«

»Dann wurde Ihnen ja bereits Auskunft gegeben.«

»Aber ...«

»Nehmen Sie bitte Ihren Fuß weg, Miss Finnegan. Guten Tag.«

Als die Tür zufiel, hörte Fiona eine Frau mit schriller, unwirscher Stimme rufen: »Harris, wer ist da? Was gibt's?«

»Ungebetener Besuch, Madam.« Die Tür fiel ins Schloß, und Fiona blieb auf Miss Nicholsons Schwelle stehen. Das war's dann, dachte sie niedergeschlagen. Sowohl Wilcox als auch Guilfoyle hatten ihr erklärt, daß Miss Nicholson das Haus nicht vermiete, aber dummerweise hatte sie angenommen, bei der Frau vorgelassen zu werden und sie vom Gegenteil überzeugen zu können. Sie hatte große Hoffnungen darauf gesetzt, aber die waren jetzt zerstört.

Eine Brise erfaßte ihren Hut. Sie nahm die Hutnadel und befestigte ihn wieder. »Verdammt!« fluchte sie. Seit sie das Haus vor über einer Woche zum erstenmal gesehen hatte, wollte sie es unbedingt haben – sie hatte an nichts anderes mehr denken können. Es war eine Ruine, aber wenn es ein bißchen renoviert würde, wäre es wundervoll. Wilcox hatte behauptet, die Installationen seien in Ordnung. Sie seien erneuert worden, als Miss Nicholsons Vater das Haus gekauft habe, und er lasse regelmäßig das Wasser laufen, um die Rohre freizuhalten. Das Mauerwerk müßte ausgebessert und das Dach repariert werden. Man müßte die Wände, die Böden und die Holztreppen herrichten, auch die Küche war veraltet, aber im großen und ganzen war das Haus intakt. Obwohl sich Miss Nicholson nicht darum scherte, was damit geschah, gab Wilcox zu, wie sehr ihn der Verfall schmerze und daß er versuche, es wenigstens vor dem vollständigen Verfall zu bewahren.

Sie und Nick hatten sich ausgemalt, wie sie es aufteilen würden. Sie würde das Erdgeschoß mit dem Hof und den ersten Stock nehmen, er die beiden oberen Stockwerke – den zweiten Stock für seine Galerie, den dritten als Wohnung. Sie würden sich die Miete teilen und die First-Merchants-Bank um einen Kredit bitten, um die Renovierung zu bezahlen. Zwar hätten sie ihren Plan lieber ohne geborgtes Geld realisiert, aber es ging eben nicht anders. Im Moment hatten sie beide kein flüssiges Kapital.

Fiona hatte viel Geld in TasTea gesteckt. Allein im letzten Monat hatte sie zwei Verkäuferinnen eingestellt, einen Wagen und Pferde angeschafft und einen Kutscher dafür angeheuert. Und die Entwicklung und Werbung für ihre neuen aromatisierten Tees hatten ein kleines Vermögen verschlungen. Wochenlang hatten sie und Stuart experimentiert – Mischungen getestet und wieder verworfen –, bevor ihnen eine Mischung gelungen war, die intensiv genug war, um dem gewünschten Geschmack zu entsprechen, aber nicht zu intensiv, um den ursprünglichen Geschmack völlig zu überdecken.

Sie hatte auch viel Geld in Burton-Aktien investiert. Die Londoner Dockarbeiter hatten schließlich die Arbeit niedergelegt. Nach monatelangem Kampf um bessere Löhne und einen Achtstundentag hatte die Gewerkschaft zum Streik aufgerufen, nachdem einer Gruppe von Männern die Zusatzprämie verweigert worden war. Die Arbeiter hatten sich zusammengeschlossen – Facharbeiter, Hilfsarbeiter und Schauerleute – und alle Tätigkeiten eingestellt. Davon waren sämtliche Betriebe am Fluß betroffen. Der Preis der Burton-Aktie war fast auf die Hälfte ihres Ausgabewerts gefallen, und Fiona verwendete jeden Dollar ihres Profits, um so viele wie möglich zu kaufen. Außerdem hatte sie der Gewerkschaft anonym fünfhundert Dollar überwiesen. Michael war außer sich gewesen, als er erfuhr, wieviel sie gespendet hatte, aber das war ihr egal. Es geschah in Erinnerung an ihren Vater, ihre Mutter, Charlie und Eileen, und wenn sie so viel gehabt hätte, hätte sie eine Million gegeben.

Auch Nick war knapp bei Kasse. Er wartete auf die ersten Zinsen seines Anlagekapitals in London, die künftig vierteljährlich ausbezahlt werden sollten, aber sie waren noch nicht eingetroffen. Nick glaubte, daß sein Vater sie zurückhielt, zweifellos in der Hoffnung, er würde sterben, was der Bank die Überweisungsgebühren erspart hätte. Obwohl er zweitausend Pfund aus London mitgebracht hatte, war das meiste bereits ausgegeben – für den Einfuhrzoll auf seine Gemälde, für die Renovierung der Räume bei Mrs. Mackie und für Bilder junger Künstler, die er in New York kennengelernt hatte, darunter Childe Hassam, William Merritt Chase und Frank Benson. Er besaß nur noch dreihundert Dollar.

Nick war im Umgang mit Geld ein hoffnungsloser Fall, fand Fiona. Inzwischen war es fast August, sie lebten schon fast ein halbes Jahr in New York, und er hatte noch immer kein Bankkonto eröffnet. Als sie ihn in die Wohnung ihres Onkels brachte, hatte sie entdeckt, daß er sein Bargeld in einem Paar brauner Schuhe aufbewahrte – Scheine im rechten, Münzen im linken. Er erklärte ihr, daß er Banken hasse und sich weigere, eine zu betreten. Sie sagte ihm, daß sie bei der First-Merchants-Bank ein Konto für ihn eröffnen werde. Was er denn machen wolle, wenn er ein Bild verkauft habe? Den Scheck des Kunden in einen Schuh stopfen und darauf hoffen, daß er sich wundersamerweise in Bargeld verwandle?

Nick ging mit Geld um wie ein Kind, das in dem Glauben lebt, das Geld vermehre sich von selbst. Sparen war ein Fremdwort für ihn. Eine Woche nach Ankunft in der Wohnung ihres Onkels hatte er Ian eine bestimmte Summe gegeben mit der Bitte, ihm einige

Dinge zu besorgen. Ian, der seine Handschrift nicht entziffern konnte, hatte Fiona gebeten, ihm die Liste vorzulesen. Worauf sie Nick ins Gewissen geredet hatte, sich ein bißchen einzuschränken, bis die Anweisung aus London eingetroffen war, doch er konnte nicht verstehen, daß man es auch nur einen Tag ohne Kaviar und französischen Champagner aushalten konnte. Schwach und krank wie er war, hatte er sich in seinem Bett aufgesetzt und trotzig erklärt, er sei ein Mann und kein Barbar, und wenn er auf alles verzichten müsse, würde er es vorziehen zu sterben.

Als sie sich zum Gehen anschickte, versuchte Fiona, sich mit der Ablehnung abzufinden. Sie und Nick müßten sich eben weitere Objekte anschauen. Aber immer wieder sah sie die gediegenen schmiedeeisernen Balkongitter vor sich, die hohen Fenster, die soviel Licht einließen, die herrlichen vergoldeten Spiegel und die Rosen ... ach, die Rosen! Sie sah es geradezu vor sich, wie im ganzen Hof Damen in weißen Kleidern und mit breitrandigen Hüten Tee tranken. Eine Teestube in diesem Haus wäre ein voller Erfolg, das wußte sie. Das könnte gar nicht schiefgehen.

Aber daraus wird nichts, dachte sie. Seufzend beschloß sie, lieber zu gehen, bevor der Butler die Polizei rief – was ihm sicher ein Vergnügen wäre. Als sie die Treppe halb hinuntergestiegen war, ging die Tür erneut auf. Sie drehte sich um. »Ich geh ja schon«, sagte sie. »Kein Grund, böse zu werden.«

»Miss Nicholson möchte Sie sehen«, sagte der Butler.

»Was?« fragte sie verwirrt. »Warum?«

»Ich diskutiere die Angelegenheiten meiner Herrschaft nicht auf der Türschwelle«, erwiderte er frostig.

Sie ging die Treppe wieder hinauf.

Der Butler schloß die Tür hinter ihr und führte sie in eine dunkle Diele, die in fahlem Burgunderrot tapeziert war. »Folgen Sie mir«, befahl er ihr. Er führte sie durch einen langen Gang, der mit Porträts streng wirkender Männer und Frauen bestückt war, und durch eine schwere Flügeltür in ein Empfangszimmer, das genauso düster war wie die Diele. »Miss Finnegan ist hier, Madam«, sagte er und schloß die Türen hinter sich.

Die Vorhänge waren geschlossen, und Fiona brauchte eine Weile, bis sich ihre Augen an die Dunkelheit gewöhnt hatten. Dann sah sie die Frau, die am anderen Ende des Raums auf einer Sitzbank mit gerader Lehne saß. Eine juwelengeschmückte, mit blauen Adern durchgezogene Hand ruhte auf einem Ebenholzstock. Die andere streichelte einen Spaniel in ihrem Schoß. Sie trug ein starres, schwarzes Seidenkleid mit einer weißen Seidenrüsche am Hals. Fiona hatte eine tatterige alte Frau erwartet, aber der Blick aus den grauen Augen, mit dem sie sie abschätzend ansah, war durchdringend und der Ausdruck in dem faltigen Gesicht, das von silbrigem, zu einem makellosen Knoten geschlungenem Haar umrahmt war, unbestechlich.

»Guten Tag, Miss Nicholson«, begann Fiona nervös. »Ich bin Fiona ...«

»Ich weiß, wer Sie sind. Sie haben eine Frage bezüglich meines Besitzes?« sagte sie und deutete mit ihrem Stock auf einen Stuhl.

»Ja, Madam«, antwortete Fiona und setzte sich. »Ich würde das Haus gern mieten. Ich möchte in den beiden unteren Stockwerken eine Teestube eröffnen – ich habe einen Teehandel, verstehen Sie –, und mein Freund möchte die oberen Stockwerke mieten. Er möchte eine Kunstgalerie eröffnen.« Detailliert erklärte sie ihre und Nicks Pläne.

Die Frau runzelte die Stirn. »Mein Haus ist in einem schrecklichem Zustand. Können Sie kein anderes finden?«

»Ich hab mich umgesehen, aber keines gesehen, das so wundervoll ist wie das Ihre. Es ist eine Schande, ein so schönes Haus einfach verkommen zu lassen, Miss Nicholson. Es ist zwar verwahrlost, aber im Grund solide. Und die Rosen ... ach, die sollten Sie sehen! Hunderte und Aberhunderte von Blüten. In Elfenbein, Rosa und Gelb. Sie wären eine Sensation. Niemand in New York hätte eine Teestube mit Teerosen im Hof. Ich weiß einfach, daß die Leute in Scharen zu mir kommen würden.»

Das Gesicht der Frau entspannte sich bei der Erwähnung der Rosen. »Hab sie mir aus England schicken lassen«, sagte sie. »Vor fünfzig Jahren. Hab sie selbst gepflanzt. Der Gärtner meines Vaters wollte es tun, aber ich hab ihn nicht gelassen.«

Fiona faßte gerade ein wenig Mut, glaubte gerade, ein wenig näher an ihrem Ziel zu sein, als Miss Nicholson die Augen zusammenkniff und fragte: »Woher wissen Sie von den Rosen?«

Fiona blickte zu Boden und antwortete kleinlaut: »Ich bin reingegangen.«

»Ohne Erlaubnis?«

»Ja«, gab sie zu. »Da war ein loses Brett und ...«

»Wilcox«, sagte Miss Nicholson verächtlich. »Das lose Brett muß ihm einiges eingetragen haben. Es vergeht keine Woche, ohne daß mir irgendein Narr das Haus abluchsen will. Gewöhnlich für einen Pappenstiel. Über wieviel Geld verfügen Sie, Miss Finnegan?«

»Über nicht sehr viel, fürchte ich. Nur ein paar tausend Dollar. Ich hab gerade ein Vermögen in mein Geschäft gesteckt. Ich will eine neue Teesorte auf den Markt bringen, aromatisierten Tee, und das kostet. Aber es läuft gut«, fügte sie schnell hinzu. »Und der Profit aus der ursprünglichen Sorte ist ebenfalls hoch. Ich weiß einfach, daß ich mit der Teestube ein Vermögen verdienen könnte, Miss Nicholson. Die Köchin dafür hab ich schon, ich brauch bloß noch Bedienungspersonal. Nachdem alle Renovierungsarbeiten getan wären, natürlich. Die würde ich aus eigener Tasche bezahlen, aber ich habe gehofft, daß bei der Miete der Zustand des Gebäudes berücksichtigt würde ...«

Während sie weiterredete, bemerkte Fiona, daß Miss Nicholson interessiert zuhörte. Sie hat mich noch nicht rausgeschmissen, dachte sie. Vielleicht kann ich sie überzeugen. Vielleicht gibt sie mir eine Chance. Aber bevor sie geendet hatte, schnitt ihr Miss Nicholson das Wort ab, erklärte ihr, daß sie das Gebäude nicht vermieten wolle, und wünschte ihr einen guten Tag.

Fiona war zutiefst enttäuscht und verärgert. Sie hatte das Gefühl, die Frau habe mit ihr gespielt, ihr erlaubt, Hoffnung zu schöpfen, nur um sie dann wieder zu vernichten. Steif stand sie auf, zog eine Visitenkarte aus ihrer Tasche und legte sie auf den Marmortisch. »Wenn Sie es sich anders überlegen sollten, können Sie mich unter dieser Adresse erreichen«, sagte sie und zwang sich zu einem Lächeln. »Danke für die Zeit, die Sie mir geschenkt haben.« Sie hatte keine Ahnung, ob die Frau sie gehört hatte. Ihr Blick war auf ein Bild über dem Kamin gerichtet.

Fiona ging zur Tür, aber bevor sie sie erreicht hatte, fragte Miss Nicholson plötzlich: »Warum verwenden Sie so viel Mühe auf ein Geschäft, Miss Finnegan? Warum heiraten Sie nicht? Eine so schöne Frau wie Sie muß doch eine Menge Verehrer haben? Haben Sie keinen Liebsten?«

»Doch.«

»Warum heiraten Sie ihn nicht?«

Sie blickte Fiona in die Augen. Es war, als könnte sie in ihr Innerstes sehen.

»Das geht nicht. Er hat eine andere geheiratet«, fügte sie schnell hinzu, beschämt, einer Fremden dies einzugestehen. Noch dazu einer verbitterten alten Frau. »Tut mir leid, daß ich Sie gestört habe, Miss Nicholson. Guten Tag.«

»Guten Tag«, antwortete die alte Frau mit einem nachdenklichen Ausdruck im Gesicht.

»Was für eine naseweise Person!« schäumte Fiona, als sie den Gehsteig entlangging. »Sich in meine privaten Angelegenheiten einzumischen. Mich über Will auszufragen und warum ich ihn nicht geheiratet habe. Das geht sie einen feuchten Dreck an ...«

Dann blieb sie plötzlich abrupt stehen und stellte fest, daß sie nicht an Will gedacht hatte, als sie Miss Nicholsons Frage beantwortete, sondern an Joe.

46

Das einzige Fenster in Kevin Burdicks Büro war mit Ruß verschmiert, die Wände waren früher vielleicht einmal weiß gewesen, aber inzwischen von Zigarettenrauch vergilbt. Es war ein ruhiger, heißer Sommertag, und die Luft im Raum stank nach Bratfett und Schweiß.

»Ich möchte, daß Sie ihr Geld anbieten, Mr. Burdick«, sagte William McClane junior. »Fünftausend ... zehn ... egal was es kostet. Aber bringen Sie sie dazu, meinen Vater fallenzulassen.«

Burdick, ein Privatdetektiv, schüttelte den Kopf. »Kein guter Plan. Was, wenn sie nicht anbeißt und statt dessen direkt zu Ihrem Vater läuft? Er wird nicht lange brauchen, um herauszufinden, wer hinter der Sache steckt.«

»Haben Sie eine bessere Idee?«

»Die habe ich«, antwortete er. Sein Stuhl knarzte laut, als er sich zurücklehnte. »Besser wäre es, wenn ich gegen diese ... Miss Finnegan etwas in der Hand hätte. Irgendwas Kompromittierendes. Damit gehen Sie unter dem Vorwand der Besorgnis zu Ihrem Vater. Dann beendet er die Sache, ist dankbar, daß Sie ihn informiert haben, und niemand erfährt von Ihrer tatsächlichen Verwicklung in das Ganze.«

Will junior lächelte. Der Mann hatte recht, sein Vorschlag war viel sicherer als der Versuch, dem Mädchen Geld anzubieten.

Burdick verschränkte die Hände hinterm Kopf und entblößte große Schweißflecken unter den Armen. »Dafür brauche ich natürlich etwas Zeit. Und die Hälfte meines Honorars im voraus.«

»Das ist kein Problem«, antwortete Will junior und griff in seine Brusttasche. Während er seine Brieftasche herauszog, sah er eine Fliege über Burdicks Lunch kriechen – ein übelriechendes Cornedbeef-Sandwich mit welken Salatblättern. Ihm drehte sich fast der Magen um.

»Wie läuft die Sache mit dem U-Bahnbau?«

»Der Bürgermeister hat noch nicht entschieden. Unser Plan ist eindeutig der bessere, aber haben Sie schon mal gehört, daß die Stadtväter die bessere Wahl treffen? Man kann nur raten, wie es ausgeht.« Er schob das Geld über den Schreibtisch. Burdick zählte es nach und steckte es ein.

»Glauben Sie wirklich, daß die Beziehung Ihres Vater zu dieser Frau Ihre Chancen verringert?«

Will junior schnaubte. »Natürlich nicht. Das sag ich ihm bloß.«

»Warum machen Sie ihm dann sein Techtelmechtel kaputt? Warum interessiert es Sie, mit wem er ins Bett geht? Irgendwann gibt er sie sowieso auf, oder? Sie stammt doch nicht aus seinen Kreisen, und er wird sie ohnehin nicht heiraten.«

»Das ist ja das Problem, Mr. Burdick. Vielleicht eben doch. Ganz offensichtlich hat er den Verstand verloren.«

Burdick nickte. »Ich verstehe. Sie wollen keine Stiefgeschwister.«

»Genau. Sie ist jung und wird Kinder kriegen. Möglicherweise eine ganze Menge. Sie ist schließlich Irin. Und sie wird meinen Vater überleben, und er hinterläßt ihr und ihren Bälgern sein ganzes Geld, und ich seh keinen Penny. Das darf auf keinen Fall passieren. Kongreßabgeordnete machen nicht soviel Geld wie Industrielle.«

Will junior hatte jetzt schon hohe Ausgaben – das Haus in Hyde Park, das Apartment in der Stadt, das Personal, die größer werdende Familie, Isabelles unstillbares Verlangen nach neuen Kleidern, sein eigenes Verlangen nach hübschen Schauspielerinnen. Und alles würde nur noch schlimmer werden.

»Ich brauche das Vermögen meines Vaters, um ins Weiße Haus zu kommen, Mr. Burdick. Ich werde nicht zusehen, wie ein geldgieriges Flittchen die Hand darauf legt«, sagte er und stand auf, um zu gehen.

»Das wird sie nicht«, versicherte ihm Burdick.

»Ich hoffe, Sie behalten recht.«

Burdick rülpste. »Vertrauen Sie mir.«

Fiona war so aufgeregt, daß sie gleichsam über den Gehsteig tanzte.

»Komm! Beeil dich doch!« drängte sie ihren Onkel und zog ihn am Arm. »Nick, Alec, ihr schiebt von hinten, und ich zieh von vorn. Vielleicht kommt er dann in Gang.«

»Laßt mich! Ich geh schon so schnell ich kann«, sagte Michael und schüttelte seine Nichte ab. »Du führst dich ja auf wie eine Verrückte.«

»Ich werde es ›Tea Rose‹ nennen, nach den Teerosen. Wart nur, bis du sie gesehen hast! Jetzt vergiß nicht, was ich dir gesagt hab, Onkel Michael. Du brauchst ein bißchen Phantasie ...«

»Mein Gott, ich hab schon verstanden! Beruhig dich, Fiona!«

Aber sie konnte sich nicht beruhigen. Vor zwei Tagen war Raymond Guilfoyle, Esperanza Nicholsons Anwalt, in den Laden getreten und hatte ihr Leben verändert. Ihr Herz begann zu rasen bei seinem Anblick, weil sie hoffte, er komme, um ihr zu sagen, daß sie das Haus mieten könne. Statt dessen erklärte er ihr, daß seine Klientin das Haus verkaufen wolle. Für zweitausend Dollar, einen Bruchteil seines wirklichen Werts.

»Wie bitte?« fragte sie.

»Ich bin genauso überrascht wie Sie, Miss Finnegan. Und ich gestehe, daß ich ihr dringend davon abgeraten habe. Das Haus ist zehnmal soviel wert, selbst im jetzigen Zustand, aber Miss Nicholson wollte weder auf mich noch auf jemand anderen hören.«

Er übergab ihr einen Vertrag zur Unterschrift und riet ihr, ihn von einem Anwalt prüfen zu lassen.

Sofort war Fiona zur First-Merchants-Bank gegangen, um ein Darlehen aufzunehmen, das den Kaufpreis und die Renovierungsarbeiten abdecken würde, aber Franklin Ellis erklärte ihr, daß er ihr dies nicht geben könne. »Es ist absolut unüblich, einer ledigen Frau eine so hohe Summe zu gewähren, Miss Finnegan«, sagte er und fügte hinzu, falls ihr Onkel bereit wäre, zu bürgen und seinen Laden als Sicherheit zu geben, würde er es sich noch einmal überlegen.

Fiona bebte vor Zorn. Sie hatte es diesem Mann doch bewiesen. Sie hatte den Laden ihres Onkels gerettet, verdiente mehr, als er es je getan hatte, und war dabei, einen eigenen Teehandel aufzubauen. Wozu brauchte er die Unterschrift eines anderen? Einen Moment lang war sie versucht gewesen, sich an Will zu wenden, aber er war auf Geschäftsreise, und wahrscheinlich hatte Ellis genau dies von ihr erwartet. Sie hatte Ellis' Stolz verletzt, als Will ihn damals ihretwegen übergangen hatte. Jetzt hatte er die Chance, ihren Stolz zu verletzen. Aber das ließe sie nicht zu. Sie konnte sich selbst behaupten. Michael würde für das Darlehen bürgen. Sie mußte ihm bloß zuvor das Haus zeigen.

Schließlich bogen sie um die Ecke, und das Haus kam in Sicht. Irving Place Nummer zweiunddreißig.

»Da ist es!« sagte Nick begeistert. »Das große. Gleich auf der anderen Straßenseite.«

Michael starrte hinüber. »Du lieber Himmel«, sagte er schließlich. »*Das* ist es?« Er klang entsetzt, was Fiona, die absolut verliebt war in das Haus, nicht bemerkte.

»Ist es nicht wundervoll?« fragte sie. »Laß uns reingehen. Sei vorsichtig, Alec, du könntest stolpern.«

»Es sieht aus, als hätte jemand eine Bombe reingeschmissen«, brummte Michael, als er in die Diele trat. »Ich dachte, für zweitausend ein Haus am Gramercy Park zu kriegen, wär ein Schnäppchen, aber jetzt bin ich mir nicht mehr sicher, ob Miss Nicholson nicht das bessere Geschäft gemacht hat.«

Mürrisch inspizierte er die Räume. Alec ging in den Hof, um die Rosen anzusehen, Nick nach oben, um seine Zimmer auszumessen.

»Wem willst du hier Tee servieren, Mädchen?« fragte Michael und wischte den Staub von einem Sims. »Den Toten? Sie wären die einzigen, die das Dekor zu schätzen wüßten.«

Fiona funkelte ihn wütend an. »Du hast einfach kein bißchen Phantasie. Stell dir die Wände in einem zarten Cremeton vor, dazu weiche Polstermöbel und Tische, gedeckt mit Porzellan und Silber.«

Michael wirkte immer noch skeptisch.

»Na komm«, sagte sie und führte ihn in den Garten, wo Alec die Rosen begutachtete. »Stell dir vor, du kommst im Juni in den voll blühenden Garten, auf den Tischen liegen weiße Spitzentischtücher mit schönem Geschirr und köstlichen Törtchen darauf, und hübsche Damen mit Sommerhüten ...«

Michael sah auf die Rosen, aber auch auf die bröckelnden Ziegelmauern, die verrostete Sonnenuhr und das wuchernde Unkraut auf den Wegen. »Wer soll das alles herrichten?« fragte er.

»Alec. Mit zwei oder drei Gehilfen.«

»Und die Renovierung? Dafür brauchst du mehr als zwei oder drei Gehilfen.«

»Das weiß ich«, erwiderte sie ungeduldig. »Ich hab bereits einen Schreiner, einen Maurer und einen Maler an der Hand. Die bringen die nötigen Leute mit.«

»Und du willst jeden Tag hier runterkommen und ein Dutzend Handwerker beaufsichtigen? Vielleicht sogar selbst mit anpacken?«

»Ich *werde* jeden Tag herkommen, aber nicht selbst Hand anlegen, Onkel Michael. Ich dachte, Frank Pryor, der Schreiner, wäre ein guter Bauleiter«, sagte sie mühsam beherrscht. Warum machte ihr Onkel immer solche Schwierigkeiten? Warum unterstützte er ihre Pläne nie? Warum mußte sie sich ständig mit ihm streiten?

»Und die Kosten? Die viertausend Dollar, die du dir leihen willst, sollen den Kaufpreis und die Renovierung abdecken, richtig? Und was ist mit dem Silberzeug und dem Porzellan, der Tischwäsche und den Tabletts, den Löhnen für die Bedienungen und alles andere?«

»Dafür kann ich mein eigenes Geld einsetzen. Was der Laden und TasTea abwirft. Und Nick wird mir auch helfen.«

»Womit denn? Mit seinem hübschen Gesicht? Er ist pleite, Mädchen! Das hat er mir selbst gesagt.«

»Das Geld von der Bank seines Vaters trifft bald ein. Sein Vermögen beläuft sich auf über hunderttausend Pfund, und er kriegt mindestens zweitausend Pfund jedes Vierteljahr. Das ist nur noch eine Frage von ein oder zwei Wochen. Er bezahlt mir Miete für die beiden oberen Stockwerke und steuert zu den Renovierungskosten bei. Was die Einrichtung anbelangt, so muß ich sie nicht neu kaufen, hat Nick gesagt. Ich kann Porzellan und Silberzeug billig bei

Auktionen und in Gebrauchtwarenläden erstehen. Er bringt mich hin.«

Michael machte ein finsteres Gesicht. »Das ist doch Zeit- und Geldvergeudung«, sagte er. »Einer der reichsten Männer in New York ist hinter dir her, und du denkst an nichts anderes, als mit Tee zu hausieren. Was ist denn los mit dir? McClane wird dich bald heiraten, und dann ist das hier alles für die Katz. Du solltest dir lieber überlegen, wie du einen Ring an den Finger kriegst, und dich nicht mit dem Schutthaufen hier abgeben!«

Fionas Augen sprühten vor Zorn. »Nur zu deiner Information: Will hat mich nicht gebeten, ihn zu heiraten«, antwortete sie wütend. »Auch kein anderer. Ich muß selbst für mich sorgen, hab einen Bruder aufzuziehen, und keiner außer mir selbst zahlt meine Rechnungen.«

Michael machte eine wegwerfende Handbewegung. »Warum läßt du das Haus nicht herrichten und vermietest Wohnungen? Das wäre ein anständiges Einkommen, ohne den ganzen Ärger mit einer Teestube.«

»Nein!« schrie Fiona. »Hast du mir denn nicht zugehört, du sturer Bock? Eine Teestube hilft mir, meinen Teehandel aufzubauen. Ich hab dir doch schon alles erklärt!«

Inzwischen brüllten sich beide an. Michael sagte, er werde wegen eines so närrischen Plans seinen Laden nicht riskieren. Fiona antwortete, daß er ohne sie schon längst keinen Laden mehr hätte. Worauf er erwiderte, daß sie ihm das nicht ewig vorhalten könne, und ins Haus zurückging. Sie folgte ihm und ließ nicht locker. Sie wollte dieses Haus, brauchte es, und nun, da es ihr fast schon gehörte, wollte er es ihr wieder wegnehmen. Alec, der den Streit mit angehört hatte, stand, seine Pfeife paffend, hinter ihnen. Er winkte Michael heran.

»Alec, kann das nicht warten?« fragte er genervt.

»Nein.«

Michael folgte ihm in den Garten. Fiona blieb an der Tür stehen und wartete nur auf ihre Chance, ihren Onkel wieder zu bearbeiten, sobald Alec mit ihm fertig war.

»Was ist denn?« fragte Michael ungeduldig.

Der alte Gärtner nahm die Pfeife aus dem Mund und deutete auf die Rosenbüsche. »Das sind Teerosen«, sagte er.

»Na und?« erwiderte Michael.

»So kräftig und stark und wie ein Mädchen aus dem Hochland«, fuhr Alec fort und berührte einen Stiel. »Das ist selten bei Teerosen. So kräftig sind sie normalerweise so weit im Norden nicht. Teerosen mögen wärmeres Klima. Aber sieh sie dir an, zwischen Unkraut und Katzendreck wachsen sie in den Himmel hinauf. Als wollten sie's uns zeigen.«

Alec ließ den Stiel los und sah Michael an. »Komische Dinger, die Rosen. Da denkt man, sie seien zart und zerbrechlich. Aber manche sind ganz zähe Luder. Sie wachsen trotz schlechtem Boden und schlechtem Wetter und lassen sich von nichts aufhalten. Du schneidest sie zurück, und sie kommen doppelt so kräftig wieder. Manche Rosen sind richtige Kämpfernaturen. Solche Rosen sollte man unterstützen, finde ich.«

Alec schlurfte davon. Michael stand vor den Büschen und wußte nicht, ob er den alten Schotten verfluchen oder segnen sollte. Kurz darauf ging er wieder zum Haus zurück. Mit einem halb ängstlichen, halb zuversichtlichen Ausdruck im Gesicht stand Fiona noch immer an der Tür. Er sah sie an, schüttelte den Kopf und sagte: »Komm, wir gehen zur Bank.«

47

»Pfirsiche! Schöne englische Pfirsiche. Kein französischer Ramsch. Süße Dorset-Pfirsiche! Kauft, Leute, kauft!«

Joes Stimme tönte klar und kräftig durch die Bruton Street im eleganten Mayfair. Es war fast Mittag, die Sonne stand hoch, und das Thermometer reichte über dreißig Grad, eine Gluthitze für London. Er triefte vor Schweiß, sein Hemd klebte ihm am Rücken, und das Tuch um seinen Hals war durchtränkt. Schon vor Morgengrauen war er von Covent Garden aufgebrochen, und inzwischen schmerzten ihn die Glieder vom Schieben des Karrens. Er war erschöpft, aber glücklich.

In seiner Tasche steckten sieben Pfund, zwei davon reiner Profit. Und unter einem losen Brett in Baxters Stall hatte er noch zwei weitere Pfund versteckt. Obwohl er die Stelle bei Ed Akers aufgegeben hatte, erlaubte ihm Ed, weiterhin auf dem Heuboden zu schlafen, solange er Baxter fütterte und striegelte. Joe war froh darüber, denn er brauchte kein Zimmer zu bezahlen. Er wollte keinen Penny ausgeben, wenn nicht unbedingt notwendig, sondern alles für die Überfahrt nach New York sparen. Er rechnete sich aus, daß er etwa sechs Pfund für die Fahrkarte brauchte, weitere sechs zum Leben nach seiner Ankunft und noch einmal sechs für zwei Rückfahrtpassagen.

Achtzehn Pfund waren eine Menge Geld, aber er müßte Essen und Unterkunft bezahlen, während er nach Fiona suchte, und er hatte keine Ahnung, wie lange das dauern würde. Vielleicht nur ein paar Tage, vielleicht Wochen. Und wenn er sie fand und wenn sie ihn wundersamerweise nicht zum Teufel schickte, sondern vielleicht noch einen Funken Liebe für ihn übrig hatte, konnte er sie möglicherweise davon überzeugen, ihm eine zweite Chance zu geben und mit ihm nach Hause zu fahren. Also wollte er genügend Geld bei sich haben, um ihre und Seamies Rückfahrt zu bezahlen.

»Hallo! Joe! Joe Bristow, hierher!«

Joe drehte sich in die Richtung, aus der die Stimme gekommen war. Es war Emma Hurley von Nummer zwanzig, ein vierzehnjähriges Küchenmädchen aus Devon, die alles in London für ein großes Abenteuer hielt. In einem grauen Kleid, weißer Schürze, weißem Kragen und Manschetten stand sie am Dienstboteneingang. Joe lächelte ihr entgegen, als er seinen Wagen hinüberschob. Er mochte Emma. Sie hatte rosige Wangen und war immer zu einem Schabernack aufgelegt. Er kannte sie erst seit zwei Wochen und wußte bereits alles, was in Nummer zwanzig vor sich ging. Seine Lordschaft war ein Schatz, ihre Ladyschaft gemein, die Köchin und der Butler stritten ständig, und der neue Diener war sehr attraktiv. Emma tratschte mit jedem über alles – auch über ihn. Sie hatte ihren Freundinnen, den Küchen- und Kindermädchen der Nachbarschaft, von ihm erzählt, und die erzählten es den Köchinnen weiter, und er hatte inzwischen ein Dutzend neuer Kunden allein in der Bruton Street.

»Das neue Mädchen hat gerade das Blumenkohlgratin der Köchin verdorben«, erzählte sie kichernd. »Total verkohlt! Die Köchin hat ihr eine Ohrfeige gegeben. So ein Geschrei hast du noch nie gehört,

Joe. Gib uns zwei Köpfe, bitte. Und ein Bund Petersilie. Oh, und ein paar Pfirsiche. Fünf Pfund, bitte. Ihre Ladyschaft hat uns gerade informiert, daß sie heute abend Pfirsicheis zum Nachtisch will. Schön, daß sie uns das jetzt sagt, nicht? Es wär ein Wunder, wenn es bis dahin noch gefriert. Die Köchin war außer sich wegen dem Blumenkohl. Sie dachte, sie müßte uns zu den Läden runterschicken. Aber ich hab ihr gesagt, daß du jeden Moment auftauchen würdest. Du hast dem armen Mädel das Leben gerettet!«

Joe packte Emmas Waren ein, und nachdem sie bezahlt hatte, schenkte er ihr eine große Tüte Erdbeeren. »Die sind für dich, Em. Sag der Köchin nichts davon«, riet er ihr grinsend. »Ich dachte, du könntest sie mit einem gewissen Hausdiener teilen.«

»Mit ihm bin ich fertig, Joe. Hab ihn beim Schmusen mit dem Stubenmädchen erwischt. Ich teil sie mit Sarah, dem neuen Mädchen. Die Köchin hat sie zur Strafe den Küchenboden schrubben lassen. Sie braucht eine Aufmunterung heute abend, wenn sie den noch erlebt.«

»Emma! Wo bleibst du denn? Beeil dich!« rief eine schrille Stimme von drinnen.

»Ich geh jetzt lieber. Du auch, Joe. Elsie von Nummer zweiundzwanzig winkt dir. Bis morgen dann. Und danke für die Beeren!«

Joe schob seinen Wagen weiter und blieb noch siebenmal in der Bruton Street stehen, bevor er zum Berkeley Square abbog. Das Obst und Gemüse auf seinem roten Wagen mit der Aufschrift MONTAGUE'S – WO SICH QUALITÄT MIT BEQUEMLICHKEIT PAART war beträchtlich weniger geworden. Er sorgte sich, daß er keine Ware mehr hatte, bevor seine Runde beendet war. Das Geschäft lief gut heute morgen.

Sein Plan ging allmählich auf. Am Anfang war er entmutigt gewesen, weil es nicht gleich einschlug. Es dauerte eine Weile, bis die Köchinnen und Mägde verstanden, daß er kein Botenjunge eines Ladens war, sondern Waren verkaufte. Was ihnen den Gang zu den Geschäften ersparte.

Jetzt wurde er in vielen Häusern schon erwartet und erntete ungeduldige Blicke oder unwirsche Bemerkungen, wenn er zu spät kam. Seine Preise waren ein bißchen höher als in den umliegenden Geschäften, weil er nur erste Qualität bot, aber niemand seiner Kunden beklagte sich. Sie wußten gute Ware zu schätzen.

Der Wagen kam ihm schwerer vor, als er seine Tour fortsetzte, aber das machte ihm nichts aus. Zum erstenmal seit langer Zeit hatte er wieder Hoffnung geschöpft, und diese Hoffnung gab ihm Kraft. Er hatte das Gefühl, als könnte er seinen Karren durch ganz Mayfair, durch ganz London, ja durchs ganze Land bis nach Schottland hinaufschieben, wenn er damit Fiona zurückgewinnen könnte.

»Erdbeeren, süße Erdbeeren!« rief er. »Für Pudding, für Kuchen. Sehen Sie selbst, meine Damen, zögern Sie nicht!«

Ihm gehörten vier Pfund. Mit etwas Glück, und wenn das Geschäft weiterhin so gutging, hätte er die achtzehn bald beisammen, die er für New York brauchte. Dort würde er Fiona finden. Er würde mit ihr reden und sie zwingen, ihm zuzuhören. Sie würde verstehen, wie unendlich leid ihm tat, was er getan hatte. Er würde ihr sagen, daß er den Rest seines Lebens verwenden würde, um es wiedergutzumachen, wenn sie ihn nur ließe. Er würde ihr sagen, wie sehr er sie liebte, und irgendwie würde er es schaffen, daß auch sie ihn wieder liebte. Sie war das einzige, was er wollte auf der Welt, das einzige, was ihm wichtig war. Einmal hatte er das vergessen und sie verloren. Vielleicht hatte er eine Chance, sie zurückzugewinnen – eine Chance, die er nicht verdiente, aber mit beiden Händen ergreifen würde, falls sie sich ihm bot.

48

»Martin!« rief Will von den Stufen des Rathauses seinem Kutscher zu. »Zu meinem Büro! So schnell du kannst! Du kriegst zehn Dollar, wenn du mich rechtzeitig hinbringst!«

Er sprang in seine Kutsche und schloß die Tür. Martin knallte mit der Peitsche. Es blieben ihm zehn Minuten, um dreißig Straßen hinunterzufahren. Sobald er angefahren war, ließ sich Will in seinen Sitz fallen und stieß einen Freudenschrei aus. Er hatte es geschafft! Er hatte den Auftrag zum Bau der ersten Untergrundbahn der Stadt.

Nach Jahren der Planung und Monaten des Versuchs zu beweisen, daß sein Plan besser war als der von August Belmont, hatte er den

Bürgermeister endlich überzeugt. Gerade kam er aus einer Sitzung mit dem Stadtoberhaupt und dessen Beratern, um alles unter Dach und Fach zu bringen. Der unterzeichnete Vertrag steckte in seiner Brusttasche. In weniger als einem Monat sollten die Grabungsarbeiten beginnen. Nach all der Zeit, der Mühe und dem Geld, die er für sein Projekt verwendet hatte, konnte er endlich loslegen.

Er konnte es nicht erwarten, seinen Söhnen die Mitteilung zu machen. Sie wären außer sich vor Freude, vor allem Will junior. Er hatte so hart dafür gearbeitet. Will stellte sich seinen Gesichtsausdruck vor, seine Jubelrufe, wenn er die Neuigkeit hörte. Und gleich danach würde er es Fiona erzählen. Seit Tagen hatte er sie nicht mehr gesehen, genauer gesagt, seit zwei Wochen. Der Abschluß des Vertrags hatte ihn vollkommen in Beschlag genommen. Und sie war mit ihrem Hauskauf beschäftigt gewesen – diesem Gebäude unten am Irving Place –, so daß sie auch keine freie Minute hatte. Aber heute abend würde er sie sehen und zum Essen ausführen, ganz egal, was sie dagegen einzuwenden hätte. Heute abend würden sie feiern. Nur sie beide. Hoffentlich wäre Nick als Anstandswauwau verfügbar. Ihn bekam man leichter los als Mary. Er konnte es nicht erwarten, bei ihr zu sein, ihr gegenüberzusitzen, in ihre saphirblauen Augen zu blicken und sie später in die Arme zu nehmen, auch wenn er sie nicht mit ins Bett nehmen durfte.

Er lehnte sich zurück, schloß die Augen und erinnerte sich an den Abend in seinem Haus, als er mit ihr schlafen wollte. Das ging ihm nicht mehr aus dem Kopf. Wenn er an ihre weichen Lippen, ihre nackte Haut und ihren herrlichen Körper dachte, bebte er vor Begierde. Allein wenn er sich vorstellte, wie sie ihn angesehen hatte, halb nackt und mit offenem Haar, wurde ihm schwindelig. Er begehrte sie, wie er noch nie eine Frau begehrt hatte. Aber er hatte sie zu sehr bedrängt, ihr angst gemacht. Was für ein Hornochse er doch war. Sie so gefühllos zu begrapschen, sie zu fragen, ob sie mit ihm schlafen wolle, bevor er ihr gesagt hatte, was er für sie empfand, bevor er ihr seine Liebe gestanden hatte. Sie war keine seiner Mätressen, keine weltläufige, erfahrene Frau, die sich auf eine Affäre einließ, sondern ein achtzehnjähriges Mädchen, unerfahren und unsicher. Bestimmt auch seiner nicht sicher.

Daß auch sie ihn begehrt hatte, bedrückte ihn am meisten. Das spürte er an der Art, wie sie ihn küßte, sich an ihn schmiegte. Er hatte ihre Begierde entfacht und dann mit seiner Grobheit alles zerstört.

Mein Gott! Mit wie vielen Frauen hatte er geschlafen, ohne sie zu lieben? Jetzt liebte er eine, und sie würde nicht mit ihm schlafen, nachdem er sich so benommen hatte. Wahrscheinlich nicht, bevor er sie heiratete. Und das würde noch eine Weile dauern, weil er sie erst seiner Familie vorstellen mußte. Weil er immer noch warten mußte, bis Will junior sich an den Gedanken gewöhnt hatte, daß er einer Frau aus der Unterklasse den Hof machte. Der Junge war übervorsichtig, befürchtete einen Skandal, befürchtete die Auswirkungen auf den U-Bahnvertrag ...

... den U-Bahnvertrag.

Will lehnte sich aufrecht in seinem Sitz zurück.

Der Vertrag gehörte jetzt ihm. Er hatte nicht nur Belmont bewiesen, daß er unrecht hatte, sondern auch seinem Sohn. Will juniors Einwände gegen Fiona waren absolut haltlos. Ihre Beziehung hatte keinen Skandal provoziert und weder den Bürgermeister noch potentielle Investoren abgehalten. Sobald er seinem Sohn den Vertrag überreichte, würde er das sicher einsehen, seinen Widerstand aufgeben und einwilligen, Fiona kennenzulernen. Es hatte fünfundvierzig Jahre gedauert, bis er jemanden fand, den er liebte. Wer wußte schon, wieviel Zeit ihm noch blieb auf der Welt? Er hatte die Ansprüche seiner Familie befriedigt und mit dem U-Bahnbau seinen Söhnen die Mittel für größeres Einkommen und Prestige bereitgestellt, jetzt war es an der Zeit, an seine eigenen Wünsche zu denken.

Er klopfte an das Fenster, das ihn vom Kutscher trennte.

»Ja, Sir? Was ist?« fragte Martin und drehte das Fenster herunter.

»Ich muß noch einmal anhalten, bevor wir zu meinem Büro fahren«, sagte Will. Martin runzelte die Stirn. »Du kriegst deine zehn Dollar, Martin, keine Sorge! Bring mich zum Union Square!«

»Wohin, Sir?«

»Zum Union Square!«

»Zu welcher Adresse, Sir?«

»Zu Tiffany's, Martin. Und mach schnell!«

»Peter Hylton hält uns für ein Paar«, sagte Nick von der Leiter herunter zu Fiona. Er probierte verschiedene Farben an einer Wand der Teestube aus. »Ich hab heute seine Kolumne gelesen. Er hat geschrieben, wir seien Geschäftspartner, daß du planen würdest, eine Teestube zu eröffnen und ich eine Galerie, und daß wir bald auch ein Liebespaar wären. Ich hoffe, Will ist eifersüchtig. Hältst du das für möglich? Dann könnten wir uns deinetwegen duellieren, Fee! Pistolen im Morgengrauen. Wäre das nicht aufregend?«

»Peter Hylton ist ein Esel und du auch«, erwiderte Fiona und hob einen silbernen Weinkühler aus einer Kiste. Ihre Ärmel waren hochgekrempelt und ihr Rock zusammengebunden. Die Füße taten ihr weh vom vielen Stehen, und sie hatte Schuhe und Strümpfe ausgezogen. Der Weinkühler war schwer und reich mit Blumen und Tieren verziert, als Henkel dienten zwei Bacchus-Köpfe. »Was macht denn der hier?« fragte sie Nick und stellte ihn auf den Boden. »Ich dachte, wir wollten ihn nicht kaufen.«

»Doch, wir *wollten* ihn kaufen.«

»Wir? Wohl eher du? Das soll eine Teestube werden, Nick. Ich hab keine Verwendung dafür.«

»Aber stell dir vor, wie er auf der vergoldeten Anrichte steht, die wir gefunden haben. Auf Hochglanz poliert und im Sommer mit frischen Erdbeeren gefüllt. Oder zu Weihnachten mit glasierten Trauben und Granatäpfeln. Er wird umwerfend aussehen, Fee. Und außerdem ist er nicht aus Amerika, sondern aus England, achtzehntes Jahrhundert, und doppelt soviel wert, wie wir bezahlt haben.«

Fiona seufzte, stellte den Weinkühler beiseite und fuhr mit dem Auspacken fort. Die Einkäufe, die sie in einem Antiquitätenladen auf der East Side getätigt hatten, waren heute eingetroffen. Sie nahm ein silbernes Vorlegebesteck aus der Kiste, das Nick unbedingt hatte kaufen wollen. Es stammte aus dem Nachlaß eines Herrenhausbesitzers auf der Madison Avenue. Während Nick in dem Laden Porzellan und Leinen aufgestapelt hatte, hatte sie das Silberzeug durchgesehen. Sie hatte drei unvollständige Garnituren aus massivem Sterlingsilber und eine ganze versilberte Garnitur gefunden, weshalb sie sich für letztere entschied. Die war zwar nicht so schön wie die aus Sterlingsilber, aber wenigstens paßte alles zusammen. »Sei doch nicht so spießig«, hatte Nick sie getadelt. »Zusammenpassendes Silber ist was für Oberkellner und Neureiche. Nimm das Sterling.«

Im Lauf der vergangenen Wochen, während das Haus renoviert wurde, hatten Fiona und Nick Antiquitätengeschäfte und Läden durchstöbert, die Ware aus zweiter Hand anboten, um sich nach einer brauchbaren Einrichtung umzusehen. Sie hatten wunderschöne Möbel gefunden – für Nick zwei Ebenholztische, passende Stühle und mit Damast bezogene Sofas, auf denen sich die Galeriebesucher ausruhen konnten. Und für sie eine vergoldete Anrichte im Louis-quinze-Stil für Kuchen und Backwaren, Stühle mit Petitpoint-Stickerei, Queen-Ann-Teetische, schmiedeeiserne Möbel für den Garten, Porzellan aus Limoges, Tischwäsche und vier fast neue seidene Vorhangschals in einem herrlichen Grünton – alles zu einem Bruchteil des Preises, den sie für neue Ware hätte bezahlen müssen.

Die Arbeiten im Haus gingen zügig voran, wenn auch nicht ohne die üblichen unvorhersehbaren Katastrophen wie verrostete Abflußrohre, ein undichtes Dach und von Termiten zerfressene Balken. Schnell war ihr Bankkredit verbraucht, und sie machte sich Sorgen. Die Beaufsichtigung der Arbeiter – damit tatsächlich ihre Wünsche ausgeführt wurden – zerrte an ihren Nerven. Und das Hin und Her zwischen Eighth Avenue und Irving Place erschöpfte sie. Aber dennoch war sie unbeschreiblich glücklich. Jeden Abend fiel sie ins Bett und wachte jeden Morgen aufgeregt auf, wenn sie an ihre Teestube dachte und wie schön sie werden würde. Und wenn sie durch die Räume wanderte, um zu sehen, was inzwischen geschehen war, hüpfte ihr Herz vor Stolz und Freude. Das Tea Rose war ihr Werk. Sie hatte die Idee gehabt, sie ausgeführt, und bald würde sie sehen, wie sie Früchte trug. Im Gegensatz zu dem Laden gehörte es ihr, ihr ganz allein.

»Was hältst du von dieser Farbe, Fee?« rief Nick von der Leiter herunter. Ein paar Stunden zuvor waren sie zu dem Maler gegangen, und Nick ließ sich für ihre und seine Räume Farben mischen. Ein sanftes Weiß für seine Galerie und ein frisches Frühlingsgrün für die Zierleisten.

Sie sah auf die Farben an der Wand und wählte die hellste. »Die gefällt mir auch am besten«, sagte er. Sie sah ihn an und entdeckte dunkle Ringe um seine Augen. Es war schon fast neun. Sie hatten über zwölf Sunden gearbeitet.

»Komm runter. Du gehst jetzt ins Bett.«

»Aber ich bin noch nicht fertig«, protestierte er.

»Du bist müde, das seh ich dir an. Ich will nicht, daß du dich überanstrengst, Nick. Ich mein's ernst. Du weißt, was letztes Mal passiert ist.«

»Aber ich fühl mich gut ...«

»Nicholas Soames, du kannst keine Galerie aufmachen, wenn du tot bist«, sagte sie streng.

»Und was ist mit dir? Du brauchst auch Ruhe«, sagte er.

»Ich mach nicht mehr lang, nur noch ein bißchen Auspacken, dann geh ich auch heim.«

Nick küßte sie zum Abschied und ging dann in seine Wohnung hinauf. Fiona streckte ihre müden, steif gewordenen Glieder. Als sie mit dem Auspacken weitermachen wollte, sah sie, daß sich im Garten etwas bewegte. Es waren die Rosen. Durch die neuen Fenster, die sie hatte einsetzen lassen, konnte sie sehen, wie sie sich in der Abendbrise wiegten. Magisch von ihnen angezogen, ging sie hinaus. Während sie durch den Garten ging, stellte sie sich vor, daß sie zum Gruß die Köpfe neigten.

Der Nachthimmel war mit Sternen bedeckt, die Luft kühl, und das Gras fühlte sich weich an unter ihren bloßen Füßen. Angezogen vom Duft einer Rose, roch sie an der blaßgelben Blüte und genoß das Gefühl der Blütenblätter an ihrer Wange, als sie auf dem Kiesweg hinter sich Schritte hörte. Sie drehte sich nicht um. Sie wußte, wer es war.

»Ich hab dir doch gesagt, daß du ins Bett gehen sollst. Was machst du jetzt wieder hier unten?«

»Das ist aber keine sehr freundliche Begrüßung.«

Fiona fuhr herum. »Will!« rief sie aus. Sie hatte ihn seit Tagen nicht mehr gesehen.

»Nick hat mich hereingelassen. Ich hab geklingelt. Ach, siehst du aus!« rief er lachend aus und suchte nach einer sauberen Stelle, auf die er sie küssen konnte. »Du bist völlig verdreckt! Dabei wollte ich dich zum Dinner ausführen. Um zu feiern. Aber so läßt man dich bei Delmonico's nicht rein. Wahrscheinlich nicht mal in eine Kneipe in der Bowery. Was um Himmels willen hast du denn angestellt?«

»Den ganzen Tag hier im Staub gearbeitet. Und Nick hat mich gerade mit Farbe beschmiert. Was feiern wir denn?«

Will grinste. »Wir haben den Vertrag bekommen!«

Fiona stieß einen Freudenschrei aus. Sie wußte, wie schwer er gearbeitet hatte und was der Auftrag für ihn bedeutete. »O Will, meinen Glückwunsch! Ich freu mich so für dich.« Trotz ihrer Einwände, daß er sich schmutzig machen könnte, hob er sie hoch und wirbelte sie herum. Als er sie wieder absetzte, führte sie ihn zu einer schmiedeeisernen Bank, die sie gekauft hatte. »Erzähl mir alles, ich möchte alles wissen!«

Er beschrieb ihr die beiden letzten Wochen, die Arbeit, die Sitzungen, die Streitereien und seine Überzeugungskünste. Den heutigen Tag, wie herrlich es war, als der Bürgermeister ihm endlich sagte, daß er den Auftrag bekommen hatte. Wie beglückt seine Söhne waren, als er ihnen die Neuigkeit überbrachte, daß sein ältester Sohn darauf bestanden hatte, im Union Club darauf anzustoßen, daß sie hinterher alle ziemlich beschwipst waren, daß ihm jetzt noch leicht schwindelig sei, daß sich Will junior für sein schlechtes Benehmen entschuldigt und vorgeschlagen habe, Fiona aufs Land mitzunehmen, damit sie die ganze Familie kennenlernen könne.

Fiona war überrascht und freute sich über seinen Meinungswechsel, der bedeutete, daß er ihre Beziehung schließlich doch billigte. Sie wußte, daß seine Weigerung, sie kennenzulernen, seinen Vater sehr gekränkt hatte. Auch sie hatte sich nicht sonderlich wohl dabei gefühlt.

»Fahr nächstes Wochenende mit aufs Land«, sagte Will. »Bring Nick und Mary mit und eine ganze Abordnung Polizisten, um dich zu bewachen, wenn das deinen Onkel glücklich macht.«

»Das würde ich ja gern, Will, aber die Maler sollen am Samstag anfangen. Vielleicht das Wochenende darauf?«

»Nein, dieses Wochenende. Darauf bestehe ich.« Er nahm ihre Hand und wischte mit seinem Taschentuch die Farbe darauf ab. »Du schuftest zuviel, Fiona. Das will ich nicht. Jetzt nicht mehr. Ich will nicht, daß du noch jemals so viel arbeiten mußt. Ich möchte für dich sorgen, dich verwöhnen und dir jede Last abnehmen.«

Fiona sah ihn an, als wäre er verrückt geworden. »Will, um Himmels willen, wovon redest du?«

Doch anstatt ihr zu antworten, nahm er sie in die Arme und küßte sie so leidenschaftlich, daß es ihr den Atem nahm. »Ich hab dich so vermißt. Nie wieder möchte ich so lange von dir getrennt sein.«

»Das wirst du nicht, Will«, sagte sie und fragte sich, ob der Alkohol ihn so verändert hatte. »Du hast jetzt deinen Vertrag, und meine

Teestube ist bald fertig. Wenn sie einmal eröffnet ist, werde ich nicht mehr bis in die Nacht hinein arbeiten. Dann sind meine Abende wieder frei und ...«

»Ich will mehr als nur deine Abende, Fiona. Ich möchte dich am Morgen in unserem Bett wach küssen. Ich möchte alle Mahlzeiten mit dir einnehmen. Ich möchte am Ende des Tages zu dir heimkommen, dein hübsches Lächeln und unsere Kinder auf mich zulaufen sehen.«

Er griff in die Tasche und zog eine kleine Schatulle heraus. Und obwohl die Nacht warm war, begann Fiona plötzlich zu frösteln. Er öffnete sie, nahm einen herrlichen Diamantring heraus, steckte ihn ihr an den Finger und sagte: »Fiona, willst du mich heiraten?«

»Gütiger Himmel!« rief Michael aus. »Der ist ja so groß wie ein Taubenei!«

»Übertreib doch nicht so«, sagte Fiona.

Er nahm den riesigen geschliffenen Diamanten aus der Schatulle und zeigte ihn Mary. »Er ist wundervoll, Fiona! Warum läßt du ihn in der Schatulle und trägst ihn nicht?« fragte sie.

»Ach nein. Noch nicht. Ich hab noch nicht ja gesagt.«

Michael sah sie entgeistert an. »Du hast abgelehnt?«

»Nein ...«

»Was hast du *dann* getan?«

»Ich hab gesagt, daß ich Zeit zum Nachdenken brauche.«

»Worüber?«

»Ob ich den Rest meines Lebens als Mrs. William McClane verbringen will«, antwortete sie gereizt. »Es geht um die Wahl meines Ehemanns, nicht um einen neuen Mantel. Es geht um eine Ehe, verstehst du. Um einen Schwur, eine Verpflichtung. Ich möchte sicher sein. Ich möchte überzeugt sein, daß er der Richtige ist.«

»Und wenn er's nicht ist, wer ist es dann? Der König von Siam? Also wenn du Will McClane nicht heiratest, dann heirate ich ihn. Du würdest das Leben einer Prinzessin führen!«

»Michael, hüte deine Zunge!« schimpfte Mary. »Das ist ein schwieriger Entschluß. Fiona hat recht, wenn sie sich Zeit läßt. Es ist die wichtigste Entscheidung, die sie je treffen wird.«

»Aber er ist doch ein anständiger Mann und verrückt nach ihr! Was will sie denn noch?«

Fiona seufzte. Warum schliefen sie denn nicht? Sie dachte, alle wären schon im Bett, als sie heimkam, aber Michael und Mary tranken im Wohnzimmer Sherry und sahen ihr gleich an, daß etwas geschehen war. Eigentlich hatte sie Wills Antrag für sich behalten wollen, um in Ruhe darüber nachzudenken, aber die beiden hatten sie bedrängt, und sie hatte ihnen gestanden, was geschehen war. Michael legte den Ring in die Schatulle zurück und gab sie ihr zurück.

»Mein Rat ist, daß du diesen Ring ansteckst und ja zu ihm sagst, bevor er sich's anders überlegt«, sagte er. »Bevor er rauskriegt, wie stur und störrisch du bist.«

»Vielen Dank.«

»Ich mach mir bloß Sorgen um dich. Was soll ich meinem Bruder sagen, wenn ich ihn im Himmel treff?«

»Wie kommst du darauf, daß du da reinkommst?«

Michael ignorierte die Spitze. »Er reißt mir den Kopf ab. ›Michael‹, wird er zu mir sagen, ›warum hast du nicht auf sie aufgepaßt? Warum hast du zugelassen, daß sie ihr Leben mit Teestuben vergeudet?‹«

»Ich vergeude mein Leben nicht! Ich liebe das Tea Rose, genauso wie TasTea und den Laden.«

»Ach, Mädchen, das ist doch keine Frauenarbeit. Frauen sollten Kinder kriegen und ein Heim schaffen. Das macht ein Mädchen glücklich und liebenswert und nicht eigensinnig und zickig, wie du's bist. Du hast's jetzt geschafft. Wenn du McClane verlierst, findest du so schnell keinen anderen.«

»Ich geh ins Bett«, erklärte Fiona aufgebracht.

Mary holte sie im Gang ein. »Kümmer dich nicht um ihn«, sagte sie liebevoll. »Er will dich bloß gut versorgt wissen, das ist alles. Geh danach, was dein Herz dir sagt, das ist das einzige, was zählt.« Sie gab ihr einen mütterlichen Kuß und sagte, sie solle jetzt schlafen gehen. Plötzlich vermißte Fiona ihre Mutter sehr. Ma hätte sie beruhigt und ihr die richtigen Dinge geraten. Wie war das möglich gewesen? Woher wußte sie, was richtig war?

Mary war schon fast weg, als Fiona ihr nachrief.

»Was ist, Schatz?«

»Hat dir dein Herz das Richtige gesagt, als dein Mann dich gebeten hat, ihn zu heiraten?«

Mary lächelte. »Es hat mir gesagt, daß seinetwegen die Sonne auf- und untergeht, daß die Vögel nur für ihn singen und daß ich ohne ihn nicht leben kann. Weißt du, wie sich das anfühlt?«

»Ja«, antwortete Fiona, »das weiß ich.«

In ihrem Schlafzimmer legte sie die Schatulle auf ihren Sekretär, zündete die Lampe an und zog die Jalousie herunter. Sie war müde und sehnte sich nach Schlaf. Nachdem sie sich ausgezogen hatte, fiel ihr Blick wieder auf die Schmuckschachtel. Sie öffnete sie und streifte den Ring über den Finger. Der Diamant funkelte wie Sternenlicht. Er war perfekt, absolut makellos, und wirkte an ihrer rissigen Hand mit den großen roten Knöcheln fehl am Platz, so daß sie ihn wieder abnahm und zurück in die Schatulle steckte.

Als sie das Zimmer durchquerte, um ihr Nachthemd zu holen, sah sie sich im Spiegel. Sie blieb stehen, öffnete ihr langes schwarzes Haar und ließ es über die Schultern fallen. Will hatte ihr gesagt, daß sie schön sei. Bin ich das wirklich? fragte sie sich.

Sie sah sich abschätzend an und versuchte, herauszufinden, was ihn dazu brachte, sie küssen und mit ihr schlafen zu wollen. Sie legte die Hände um ihre Taille, umschloß ihre Brüste und schob sie hoch. Dann ließ sie ihr Höschen fallen, öffnete ihr Mieder und betrachtete scheu ihren nackten Körper. Ihre Haut war glatt und strahlte im zarten Glanz der Jugend. Ihre Glieder waren kräftig und schlank. Sie strich über ihren flachen Bauch und versuchte, ihn sich rund vorzustellen. Will hatte gesagt, daß er Kinder von ihr wollte. Sofort. Nächsten Frühling wäre sie neunzehn. Viele Mädchen ihres Alters waren verheiratet, einige davon schon Mütter geworden. Wenn sie ihn heiratete, würde sie das auch bald sein. Es wäre schön, einen Mann zu haben. Und ein winziges Baby auf dem Arm.

Sie schloß die Augen und stellte sich vor, mit Will im Bett zu liegen, sie stellte sich sein Gesicht vor und versuchte, seine liebkosenden Hände auf ihrem Körper zu spüren. Aber die braunen Augen, die sie sich vorzustellen versuchte, waren himmelblau. Das Haar, zerzaust und zu lang, war blond. Die Lippen, die ihren Namen flüsterten, gehörten nicht Will. »Ich liebe dich, Fee«, sagten sie. »Für immer.« Er war derjenige, für den die Sonne auf- und unterging, für den die Vögel sangen. Ohne den sie nicht leben konnte.

»Nein«, flüsterte sie. »Geh weg. Bitte geh weg.«

Es war Wochen her, daß sie an ihn gedacht hatte, sich erlaubt hatte, sein Gesicht vor sich zu sehen, seine Stimme zu hören. Jetzt versuchte sie, diese Bilder zu verscheuchen, aber sie hatte sie zu lange unterdrückt und wurde plötzlich von tausend ungewollten Erinnerungen an Joe überflutet. Es war fast so, als wäre er hier im Zimmer bei ihr, als könnte sie die Hand ausstrecken und ihn berühren. Aber sie wußte, wenn sie die Augen öffnete, wäre alles verschwunden, und sie wäre wieder allein. Tränen quollen unter ihren dunklen Wimpern hervor, und sie stieß vor Qual einen leisen Schrei aus.

Dann zwang sie sich, an Will zu denken, an all seine wunderbaren Eigenschaften, und versuchte, sich zu überzeugen, daß sie jetzt ihn liebte, nicht Joe. Aber es gelang ihr nicht. Ihr Herz hatte schon vor langem seine Wahl getroffen und schmerzte nun, gebrochen, leer und kalt, wie ein Stein in ihrer Brust.

Sie öffnete die Augen, sah wieder in den Spiegel und erblickte ein tränenüberströmtes, von Trauer und Zorn gezeichnetes Gesicht. Sie sah einen Körper, der jetzt glatt, aber eines Tages verschrumpelt wäre. Sie sah eine junge Frau, die eines Tages alt wäre – steif, gebrechlich und einsam. Und sie wußte, daß sie, wenn sie Joe nicht auf der Stelle aus ihrem Herzen verbannte, wenn sie Wills Liebe nicht annahm, genauso enden würde wie Miss Nicholson: mit einem in Trauer vergeudeten Leben um etwas, das nie existiert hatte.

Hastig zog sie sich wieder an, nahm den Ring aus der Schublade und streifte ihn über. Einen Moment blieb sie an der Schlafzimmertür stehen und lauschte. Es war nichts zu hören. Mary war nach oben gegangen, Michael lag im Bett. Sie griff nach ihrer Tasche, ging leise aus dem Zimmer und aus dem Haus, entschlossen, ihre Vergangenheit für immer zu begraben und sich der Zukunft zu stellen.

»Sie können dort keinen Tunnel graben, das hab ich Ihnen doch schon erklärt, Hugh«, sagte Will. Er stand in dem Wohnzimmer neben seinem Schlafzimmer und umklammerte den Hörer seines großen schwarzen Telefons, als wollte er es erwürgen. »Wie wollen Sie denn sprengen? Sie würden die Grand Central Station in den East River jagen! Wir wenden unsere Methode an: graben ein Stück auf, verlegen die Gleise, machen dann wieder zu ... wie bitte? Ich kann Sie nicht verstehen ... bleiben Sie dran ...«

Will knallte den Hörer auf den Schreibtisch und schwor, daß die neu gegründete Telefongesellschaft McClane-Communications American Bell bald gehörig einheizen würde. Als die Leitung wieder frei war, setzte er sein Gespräch mit dem Bürgermeister fort und fragte sich, ob der Mann Samstag nachts nicht Besseres zu tun hatte, als sich mit dem Bau der U-Bahn zu beschäftigen. Er selbst war im Morgenmantel und hatte sich gerade mit einem Glas Wein und einem Buch zurückziehen wollen, als das Telefon klingelte.

Jetzt war er in eine Diskussion über den U-Bahnbau verwickelt, obwohl er nichts anderes tun wollte, als sich hinzulegen und sich seiner gekränkten Eitelkeit hinzugeben. Vor ein paar Stunden hatte er Fiona gebeten, ihn zu heiraten, und er hatte gehofft, sie würde in seine Arme fallen und ja sagen. Statt dessen hatte sie um Zeit zum Nachdenken gebeten. Sie hatte ihn geküßt und gesagt, daß sie sich geehrt fühle und daß sie ihn liebe, was er ihr glaubte. Doch als er sie umarmte, spürte er eine Steifheit und Zurückhaltung, die ihm sehr vertraut war, und sie wich zurück, wie immer, wenn er ihr zu nahe kam.

»Können Sie mich jetzt verstehen? Gut. Brisant? Ja, natürlich. Ein ganzes Schienennetz unter der Stadt zu verlegen ist immer brisant.«

Das plötzliche Auftauchen seines Butlers verwirrte ihn. Er dachte, der Mann sei schon zu Bett gegangen. »Da ist Besuch für Sie, Sir«, flüsterte er.

»Wer ist es?« fragte Will leise. Zuerst der Anruf des Bürgermeisters, dann Besuch. Um diese Zeit? Was dachten die Leute sich eigentlich?

»Miss Finnegan, Sir.«

Will gab dem Butler ein Zeichen zu bleiben. Manchmal war die schlechte Verbindung ein Segen. »Hugh?« rief er. »Hugh, ich versteh Sie nicht mehr ... Was? Ich kann Sie nicht hören ...« Er knallte den Hörer auf. »Wenn es noch mal klingelt, gehen Sie nicht ran«, sagte er und eilte durch die Tür und die Treppe hinunter in die Eingangshalle. Dort stand Fiona. Sie wirkte aufgelöst, ihr Haar war offen, Schweiß stand ihr im Gesicht.

»Was ist los?« fragte er beunruhigt. »Ist etwas passiert? Du bist ja ganz außer Atem!«

»Ich ... ich bin gerannt«, sagte sie keuchend.

»Gerannt? Von wo?«

»Von zu Hause.«

»Du bist *was?* Den ganzen Weg von der Eighth Avenue? Bist du verrückt? Um diese Zeit sind eine Menge zwielichtiger Gestalten unterwegs. Dir hätte was passieren können!«

»Schimpf nicht mit mir, Will. Es gab keine Droschke. Ich mußte kommen ... ich ...« Sie war so sehr außer Atem, daß sie den Satz nicht beenden konnte. »O Will ...«, stieß sie hervor. Sie nahm seinen Kopf, zog ihn an sich und küßte ihn. »... ich wollte dir sagen, daß ich einwillige! Ja, ich will dich heiraten!«

Will war so überrascht von der plötzlichen Wendung, daß er nur stammelte: »Fiona, ich ... ich weiß nicht, was ich sagen soll. Ich bin entzückt ... aber bist du dir sicher? Du wolltest dir doch Zeit lassen.«

»Nein. Ich hab mich entschlossen. Ich möchte deine Frau werden. Wenn du mich noch willst.«

»Natürlich will ich das. Mehr als alles auf der Welt.« Er drückte sie an sich, gerührt, daß sie den ganzen Weg gerannt war, um ihm zu sagen, daß sie die seine werden wollte. Als sie ihn um Zeit gebeten hatte, war er überzeugt gewesen, daß sie dies nur wollte, um sich zu überlegen, wie sie sich höflich verabschieden konnte. Jetzt war sie hier, in seinen Armen, um seinen innigsten Wunsch wahr werden zu lassen.

»Komm, setz dich«, sagte er, beschämt, daß seine Stimme plötzlich ein wenig heiser klang. »Du keuchst ja wie ein Rennpferd. Möchtest du ein Glas Wein? Ich hab gerade eine Flasche aufgemacht. Sie steht in meinem Schlafzimmer. Setz dich ins Arbeitszimmer, ich hol sie. Oder möchtest du lieber etwas Kaltes?«

»Ich würde gern ein Bad nehmen«, antwortete sie, ohne auf Wills Vorschlag einzugehen, im Arbeitszimmer zu warten. Sie folgte ihm nach oben.

»Ein *Bad?*« Er sah sie an und fragte sich, ob ihr das Rennen den Geist verwirrt hatte. »Ich dachte, ich geb dir was zu trinken und bring dich dann heim. Es ist schon ziemlich spät.«

»Ich geh nicht heim«, erwiderte sie ruhig. »Ich bleib heute nacht hier. Bei dir.«

Will stellte die Weinflasche, die er gerade in die Hand genommen hatte, abrupt ab. »Ich verstehe«, sagte er. »Bist du dir wirklich ganz sicher?«

»Ja.« Sie ging zu ihm und küßte ihn erneut. Liebevoll, leidenschaftlich. Dann knöpfte sie ihre Bluse auf und ließ sie von ihren Schultern hinabgleiten, danach streifte sie Rock und Stiefel ab und stand in ihrer Unterwäsche vor ihm. Ihr schweißnasses Mieder klebte an ihrer Haut. Durch den Stoff konnte er ihre Brüste und die dunklen Brustwarzen sehen. Er wollte sie ins Bett tragen und mit ihr schlafen. Sofort. Ohne Zeit zu verschwenden, sich selbst zu entkleiden. Aber das würde er nicht tun. Er würde sich Zeit lassen. Irgendwie würde er es schaffen, sich zu beherrschen, und sie nicht gleich auf der Stelle nehmen.

»Will, ich bin meilenweit gerannt und total verschwitzt. Könnte ich ein Bad nehmen? Gibt es in deinem Palast vielleicht Badewannen? Oder muß ich den Waschzuber holen und Wasser aufsetzen?«

»Natürlich nicht«, antwortete er lachend. »Hier rein.«

Er führte sie durch sein Schlafzimmer, das sehr nüchtern wirkte, in sein riesiges Badezimmer, das ganz aus weißem Carrara-Marmor bestand, mit einem orientalischen Teppich am Boden, zwei Waschbecken, riesigen Spiegeln an der Wand und einer Wanne in der Mitte.

Er drehte das Wasser auf und suchte dann in den Schränken nach einem Badezusatz. Außer Zitronen- und Lorbeerduft hatte er nur Sandelholz. Nichts Liebliches, Blumiges. Also mußte es Sandelholz sein. Davon goß er etwas ins Wasser, bis es schäumte, holte dann Handtücher und ließ sie allein. Nach ein paar Minuten klopfte er an die Tür. »Kommst du zurecht? Brauchst du noch etwas?«

»Mir geht's gut. Ich fühle mich nur ein bißchen einsam.«

»Möchtest du Gesellschaft? Ich schau auch nicht.«

Fiona lachte. »Du würdest ohnehin nichts sehen bei dem Schaum. Ich komme mir vor wie in einem Baisertörtchen. Wieviel Badeöl hast du denn reingegossen?«

»Wahrscheinlich zuviel«, antwortete er kleinlaut und trat ein. »Tut mir leid, das macht normalerweise der Butler. Hier, möchtest du einen Schluck Wein?« Er zog sich einen Stuhl an die Wanne und reichte ihr sein Glas.

Sie nahm einen Schluck, schloß die Augen und seufzte vor Wohlbehagen. Will nahm einen Waschlappen und wusch ihr Hals und Schultern damit. »Das fühlt sich gut an«, sagte sie.

Sie nahm noch einen Schluck Wein und sagte dann: »Ich komme

mir vor wie in einem Schloß, Will. Wie eine Prinzessin. Geschützt vor der Welt und allen Leuten.«

»Bei mir bist du immer in Sicherheit, Fiona. Niemand wird dir je etwas antun. Das schwöre ich.« Er beugte sich vor und küßte ihren nassen Mund. Sie erschauerte. Das Wasser wurde kalt.

»Du frierst ja. Ich hol dir ein Handtuch.«

Er ging in den hinteren Teil des Badezimmers, wo ein breiter Walnußholzschrank die ganze Wand einnahm. Er öffnete und schloß mehrere Türen und fragte sich, wo die Handtücher wohl sein mochten.

»Ah! Da sind sie ja«, sagt er. Fiona stand auf und kehrte ihm den Rücken zu. Wasser rann über ihre Haut. Er sah den langen, anmutigen Rücken, die schmale Taille und den runden Po, der nach dem Bad rosig war. Beherrsch dich, Will, ermahnte er sich. Beherrsch dich.

Er ging auf die andere Seite der Wanne und hielt ihr das Handtuch hin. Sie hatte die Arme vor der Brust verschränkt. Ihr nasses Haar klebte an ihrem Körper. Wasser rann über ihren glatten Bauch, die Hüften, die elfenbeinweißen Schenkel und tropfte von dem schwarzen Haarbüschel zwischen ihren Beinen. Er versuchte, sie nicht anzustarren, schaffte es aber nicht. »Mein Gott, sieh dir das an. Du bist so schön, Fiona. So wunderschön.«

»Wirklich?« fragte sie mit so zarter, verletzlicher Stimme, daß ihm das Herz weh tat. Er sah in ihre Augen. Sie waren riesig und feucht und blickten ihn auf herzzerreißende Weise unsicher an.

»Ja, das bist du. Und ich fall gleich über dich her, wenn du nicht sofort aus der Wanne steigst.«

Sie lachte, stieg heraus, legte sich ein großes Badetuch um die Schultern und setzte sich auf seinen Hocker. Er schlang ein weiteres Handtuch um ihren Kopf und rieb sie trocken. Dann stand sie auf. Er hielt ihr einen Bademantel hin.

»Den brauch ich nicht«, sagte sie und schüttelte die Tücher ab. Jetzt stand keine Unsicherheit mehr in ihren Augen. Sie griff nach seinem Gürtel, löste ihn und streifte ihm den Morgenmantel über die Schultern. Dann drückte sie sich an ihn, und als er ihre nackte warme Haut an sich spürte, erigierte er sofort. Sie strich über das Haar auf seiner Brust und küßte ihn. »Nimm mich, Will«, flüsterte sie. »Schlaf mit mir.«

Er führte sie zu seinem großen Himmelbett. Der Überwurf und die Vorhänge waren aus schwerer dunkelblauer Seide, vor denen sie sich wie eine aus Alabaster geschnitzte Venus ausnahm.

Anfangs waren ihre Handbewegungen zögernd und scheu. Sie strich über seine Brust, seinen Rücken bis zu seinem Po hinab. Es war mehr, als er aushalten konnte. Er schob ihre Hände beiseite, setzte sich auf und kramte in seinem Nachttisch. Dann streckte er sich wieder neben ihr aus, küßte sie und streichelte ihren Körper. Ihre Begierde nach ihm, wie sie roch und schmeckte, machte ihn wahnsinnig. Er schaffte es nicht mehr, sich zu beherrschen. Er versuchte, sich zurückzuhalten, langsam vorzugehen, aber das Gefühl, in ihr zu sein, überwältigte ihn, und alles war schnell vorbei.

»Will«, sagte sie kurz darauf. »Hast du ihn nicht rausgezogen?«

»Was rausgezogen?«

»Was glaubst du wohl?« Sie hörte sich panisch an.

»Ist schon gut, Fiona«, sagte er beruhigend. »Ich hab aufgepaßt.« Offensichtlich war sie keine Jungfrau mehr und auch nicht unerfahren. Er fragte sich, mit wem sie geschlafen hatte – mit irgendeinem dummen Jungen? Er würde ihr zeigen, was wirklicher Sex war.

»Aufgepaßt? Was meinst du?« fragte sie.

»Mit einem Pariser«, antwortete er, setzte sich auf und zog das Kondom ab. Dann nahm er ein neues aus der Schublade und erklärte ihr, wie es funktionierte. »Tut mir leid, Liebling«, fügte er hinzu. »Ich hab mich nicht mehr beherrschen können. Ich hab's versucht.« Er streifte sich das neue Kondom über. »Das war ohnehin nur ein Probelauf. Beim zweiten Mal wird's besser, das verspreche ich.« Er nahm ihr Gesicht zwischen seine Hände, küßte sie und ließ dann eine Hand zwischen ihre Beine gleiten.

»Wir machen es noch einmal?«

»Mhm. Und immer wieder. Bis du mich um Gnade anflehst.«

Sie lachte, aber bald verwandelte sich ihr Lachen in süßes Stöhnen, als er vorsichtig mit einem und dann mit einem zweiten Finger in sie drang und sie streichelte, bis ihr Atem schneller wurde und sie sich zu winden begann. Dann nahm er seine Hand weg.

»O Will, nein ...«, murmelte sie. »Hör nicht auf, bitte ...«

»Scht«, sagte er und verschloß ihr den Mund mit Küssen. Dann drang er wieder in sie ein, bewegte sich langsam und genüßlich, ohne Eile diesmal, als hätte er hundert Jahre, um sie zu küssen, zu berühren und in ihr zu sein. Er küßte ihren Mund und flüsterte ihr zu, wie schön sie sei. Er umfaßte ihre Brüste, saugte daran und strich mit der Zunge darüber. Er legte die Hand unter ihren kleinen Po, preßte ihre Hüften fest an sich und drang noch tiefer in sie ein. Sie keuchte. Er spürte, wie eine Verwandlung mit ihr vorging, als ihr Körper in einer Weise reagierte, die sie offensichtlich nicht erwartet hatte. Sie wurde steif und drängte sich an ihn, als wollte sie ihn wegstoßen, dann bewegte sie sich mit ihm, ergab sich ihm. Ihr Blick verknotete sich mit dem seinen, und einen Moment lang glaubte er, etwas Beunruhigendes, etwas Wildes und Ungestümes zu sehen, das so schnell verschwand, wie es aufgeblitzt war. Dann schlossen sich ihre Lider, ihr ganzer Körper bäumte sich auf und erschauerte. Sie kam mit schnellen, kleinen Zuckungen, und er wußte, daß er sie in ein Geheimnis eingeführt hatte. Was ihn unglaublich erregte und begeisterte. Er wollte kommen, hielt sich aber zurück, weil er ihre Lust mehr genoß als die seine. Immer und immer wieder wollte er sie lieben, bis sie ganz ihm gehörte.

49

Kennen Sie einen Joe Bristow?« fragte Roddy O'Meara einen Mann, der Äpfel auf seinen Wagen lud.

Der Mann blickte auf Roddys Uniform. »Nie von ihm gehört.«

Roddy fragte einen anderen Mann, der seinem Esel gerade Scheuklappen anlegte. »Wer will das wissen?« antwortete er argwöhnisch. »Ist er in Schwierigkeiten?« Wie die meisten Händler hegte er tiefes Mißtrauen gegen die Polizei und wollte seinen Kollegen unbedingt schützen.

»Er ist nicht in Schwierigkeiten«, antwortete Roddy. »Ich bin ein Freund von ihm und muß ihn finden.«

»Versuchen Sie's bei Fynmores Stand. Fynmores Qualitätsware, sehen Sie das? Gleich die Straße runter links. Da kauft er seine Waren.«

Roddy dankte dem Mann und eilte davon. Er hoffte, er kam nicht zu spät. Es war erst halb fünf. Die Gaslaternen brannten noch, und die Sonne würde erst in einer Stunde aufgehen, aber die Händler begannen ihr Tagewerk vor Sonnenaufgang. Roddy hatte seine Schicht eine halbe Stunde früher beendet, um einen Bus zu nehmen und rechtzeitig in Covent Garden zu sein. Er wollte Joe erwischen, bevor er sich auf seine morgendliche Tour begab. Die ganze Zeit, seit Joe und seine Mutter ihn vor ein paar Wochen aufgesucht hatten, um ihm zu sagen, daß sie wußten, wo Fiona war, hatte er über etwas nachgedacht. Doch dazu brauchte er Grace' Zustimmung, und er zögerte, sie zu fragen. Sie war eine geduldige Frau, aber selbst ihre Geduld hatte Grenzen. Dann war ihr letzten Abend ganz plötzlich die gleiche Idee gekommen. Er küßte sie und sagte ihr, daß sie einzigartig sei.

Roddy war überzeugt, daß Joe recht hatte, was Fionas Aufenthaltsort anging, und wütend auf sich, weil er selbst nicht darauf gekommen war. Er war sich so sicher gewesen, daß sie nicht weit fort sein konnte. Nie hätte er sich träumen lassen, daß sie in Amerika sein könnte. Joe und Rose waren zutiefst enttäuscht, als er ihnen sagte, daß er Michaels Adresse nicht habe, denn Fiona hatte alle ihre Sachen mitgenommen, einschließlich der Briefe ihres Onkels. Aber er war sich sicher, daß Michael in New York lebte und irgendeinen Laden besaß.

Genauso sicher war er sich, daß Joe so bald wie möglich nach Amerika fahren sollte. Außerdem hatte er ein komisches Gefühl, das er sich nicht erklären konnte. Joe hatte sie verletzt, und sie hatte sehr deutlich gemacht, daß sie ihn nie mehr sehen wollte. Aber tief in seinem Innern spürte Roddy, daß sie ihn brauchte. Jetzt. Er gab viel auf seine Ahnungen, schon immer. Man sagte, daß Polizisten – die guten – einen sechsten Sinn hätten. Roddys sechster Sinn hatte ihn noch nie betrogen. Als er sich Fynmore's näherte, entdeckte er Joe. Er zog gerade los, mit einem anderen jungen Mann.

»Joe!« rief er. »Joe Bristow!«

Joe drehte sich um und stellte den Wagen ab. »Was machst du denn hier, Roddy?« fragte er. »Bist du nach Covent Garden abgeordnet worden?«

»Nein, ich bin hier, weil ich dich treffen will.«

»Ist was passiert?« fragte er, plötzlich besorgt. »Es ist doch nichts mit meiner Mutter, oder?«

»Nein, Junge. Keine Sorge. Ich hab deine Mutter gestern zufällig getroffen. Sie hat mir gesagt, daß du dich selbständig gemacht hast und Geld sparst, um Fiona nachzufahren.«

»Stimmt.«

»Wieviel brauchst du denn?«

»Um die achtzehn Pfund, denk ich. Für Überfahrt, Unterkunft, Essen und ...«

»Wieviel hast du?« unterbrach ihn Roddy.

»Etwa sechs Pfund und ein paar Shilling.«

»Da ...« Roddy griff in seine Hosentasche und zog ein Bündel Scheine heraus. »Das sind meine und Grace' Ersparnisse. Hier sind fünfzehn Pfund.«

Joe sah auf das Geld in seiner Hand und schüttelte den Kopf. »Roddy, das kann ich nicht annehmen.«

»Grace und ich wollen es so. Wir wollen, daß du Fiona findest. Mach schon, Junge, nimm es, und beweg deinen Hintern in Richtung Schiff.«

Joe nickte und steckte das Geld ein. »Danke, Roddy. Ich zahl dir jeden Penny zurück, das schwör ich dir.«

Joe nahm seinen Bruder bei den Schultern. »Jimmy, du machst jetzt die nächsten Wochen weiter. Bis ich wieder zurück bin, bist du der Chef.«

»Gütiger Himmel! Willst du denn gleich aufbrechen?« fragte Roddy.

»Jawohl«, antwortete Joe.

»Was? Wohin gehst du denn? Warte doch! Das ist doch erst mein zweiter Tag, Joe!« protestierte Jimmy.

»Du bist ein schlauer Junge, Jimmy. Du schaffst das schon. Geh einfach die Route, die ich dir gezeigt hab. Sag unserer Mutter, daß ich Fiona suchen gegangen bin. Ich schreib ihr, sobald ich angekommen bin. Mach deine Arbeit gut, Jimmy, hörst du? Ordentlich. Vermassel's nicht!« Er eilte davon.

»Wart doch! Joe, warte! Ach, Mist!« rief Jimmy, der zusah, wie sein Bruder die Straße hinunter verschwand. Er hielt die Hände an den Mund und schrie: »Joe! Wo zum Teufel gehst du denn hin?«

»Nach Amerika, Jimmy!« rief er über die Schulter zurück. »Nach New York!«

50

Setzen Sie sich, Mr. McClane. Beruhigen Sie sich«, sagte Kevin Burdick beschwichtigend.

»Sagen Sie mir nicht, daß ich mich beruhigen soll, verdammt!« schrie Will junior und ging in dem winzigen, stickigen Büro auf und ab. »Er *heiratet* sie in einem Monat.«

»Sie machen Witze.«

»Ich wünschte, so wär's. Er hat ihr einen Antrag gemacht. Sie marschiert mit einem Diamanten so groß wie ein Baseball durch die Gegend. Der hat ein Vermögen gekostet. *Mein* Vermögen, zum Teufel! Was immer Sie gegen sie in der Hand haben, sollte was taugen. Was *haben* Sie denn?«

Burdick räusperte sich. »Nichts.«

Will blieb stehen. »Was?«

Burdick wand sich auf seinem Stuhl. »Ich hab versucht, was auszugraben, aber sie ist das ehrbarste Wesen, das mir je untergekommen ist. Es gibt keinen anderen Liebhaber. Sie sucht keine Opiumhöhlen auf und verkauft keine Waisenkinder auf dem Schwarzmarkt. Das schlimmste, was sie je getan hat, war Ringewerfen an einer Bude in Coney Island. Sie tut nichts anderes als arbeiten, schlafen und sich mit Ihrem Vater treffen.«

Will war bleich vor Zorn. »Was soll das heißen? Daß ich die Heirat nicht verhindern kann? Hab ich Sie dafür bezahlt?«

»Lassen Sie mich ausreden, Mr. McClane. Ich glaube, ich kann Ihnen trotzdem helfen. Obwohl ich nichts gegen Miss Finnegan finden konnte, hab ich was gegen ihren Freund Nicholas Soames. Wie's aussieht, scheint er Schwulenbars zu besuchen. Er ist ständiger Gast im Slide auf der Bleecker Street.«

»Na und?« schrie Will. »Mein Vater heiratet doch nicht Nicholas Soames!«

»Das weiß ich. Aber vielleicht könnte man die sexuellen Neigungen von Mr. Soames benutzen, um einen Skandal auszulösen. Das ist ein bißchen umständlich, aber ich glaube, es könnte funktionieren.«

»Wie soll mir das nutzen? Es schert mich einen Dreck, was mit Soames passiert.«

Burdick beugte sich vor.

»Sie müssen auf der Hut sein, wenn Sie nach Washington wollen, Mr. McClane, oder die Leute dort werden Ihnen bei lebendigem Leib das Fell über die Ohren ziehen. Ein Sturm würde losbrechen. Wir werden uns der Hilfe Ihres guten Freunds, des Richters, bedienen.«

Plötzlich begriff Will junior. »Eames«, sagte er.

Burdick nickte. »Genau der. Setzen Sie sich, Mr. McClane. Beruhigen Sie sich. Wir gehen so vor ...«

51

Joe kniff die Augen zusammen vor dem hellen morgendlichen Sonnenlicht in New York. Er stellte seine Leinentasche ab. »Mensch, Brendan, wir haben's geschafft! Als dieser Doktor mit seiner Schnüffelei anfing, hab ich gedacht, wir wären geliefert«, sagte er lachend. »Du hättest sehen sollen, wie er in dein Ohr geschielt hat. Wahrscheinlich geblendet von dem Licht, das er dort gesehen hat.«

»Ja, wirklich sehr komisch, du englisches Großmaul. Ich hab gesehen, wie er deine Unterhosen angeguckt und geschielt hat. Apropos Großmaul, wo ist Alfie? Und Fred? Sind sie durchgekommen?«

Joe und Brendan sahen sich besorgt nach ihren Kabinengenossen Alphonse und Frederico Ferrara um, mit denen sie im Zwischendeck von Southampton nach New York gefahren waren. Joe entdeckte die beiden – zwei schwarzhaarige junge Männer mit Mandelaugen –, die sich durch die Menge der Aussteigenden drängten. »Das sind sie«, sagte er und winkte ihnen zu, erleichtert, daß auch sie die Einwanderungsformalitäten in Castle Garden überstanden hatten. »Sieh dir bloß all die Leute an«, fügte er hinzu. »Die Droschken kommen nicht mal mehr durch. Wahrscheinlich gehen wir lieber zu Fuß. Hast du eine Ahnung, wo wir hin müssen?«

»Jedenfalls nach Norden. Und nach Osten, glaub ich«, antwortete Brendan. »Wir müssen halt jemand fragen.«

Joe und Brendan hatten beschlossen, gemeinsam ein Zimmer zu nehmen. Brendan, ein großer, gutmütig-derber Ire von einundzwanzig Jahren, stammte von einer Farm bei Connemara und wollte hier sein Glück machen. Er hatte vor, in New York als Bauarbeiter zu arbeiten, bis er genug Geld hatte, um weiter in den Westen zu ziehen und in Kalifornien nach Gold zu schürfen. Er hatte gehört, daß es in der Bowery billige Unterkünfte gab. Während der Überfahrt hatte sich Joe mit ihm angefreundet. Er hatte ihm von Fiona erzählt und wie sehr er hoffte, sie zu finden.

Alfie und Fred, die aus einem armen sizilianischen Dorf nach London ausgewandert waren, wo sie für einen Cousin gearbeitet hatten, der mit Eiscreme handelte, bis sie genug Geld gespart hatten, um die Überfahrt nach New York zu bezahlen, wollten zu ihrer Familie ziehen, die im Haus eines Onkels in der Mulberry Street wohnte. Joe tat es leid, sich von den Ferraras zu verabschieden. Sie hatten viel Spaß zusammen gehabt beim Kartenspielen, Biertrinken und Tanzen auf den improvisierten Partys im Zwischendeck. Sie hatten sich gegenseitig italienische oder englische Sätze beigebracht, Brendan wegen seines hinterwäldlerischen Dialekts geneckt und in ihren Kojen bis spät in die Nacht gescherzt und geredet.

»In welche Richtung geht ihr?« fragte Alfie, als er und sein Bruder bei Joe und Brendan ankamen.

»Wir sind uns nicht sicher«, begann Brendan. »Wir gehen in Richtung ...« Er wurde von einem markerschütternden Schrei unterbrochen und sprang, Joe mit sich ziehend, erschrocken zurück, als eine schwarzhaarige Frau auf sie zugeeilt kam.

»*I miei bambini, i miei bambini!*« rief sie, warf sich auf Alfie und Fred und überschüttete sie mit Küssen. »*O Dio mio, grazie, grazie!*«

In ihrem Schlepptau befanden sich ein Dutzend Kinder und eine verhutzelte alte Frau, die ihren Rosenkranz küßte. Ein paar jüngere Frauen, einige mit Babys auf dem Arm, scharten sich um sie. In einiger Entfernung von dem Gedränge stand ein halbes Dutzend alter und jüngerer Männer, die sich anlachten und auf die Schulter klopften.

»Mein Gott, was für ein Radau«, sagte Brendan zu Joe. »Wenn sie sich so aufführen, wenn sie sich freuen, möchte ich nicht wissen, was sie anstellen, wenn einer gestorben ist.«

Joe lachte und sah zu, wie Alfie und Fred die schluchzende Frau umarmten. Dann gingen sie zu der alten Frau hinüber, die nacheinander ihre Gesichter in ihre knorrigen Hände nahm und sie küßte. Dann wurden sie heftig von allen anderen Anwesenden umarmt, bevor die Vorstellerei begann. »Meine Mutter will, daß ihr mitkommt. In unser Haus. Zum Essen«, wandte sich Alfie an seine Kabinengenossen. Leise fügte er hinzu: »Sagt um Himmels willen ja! Sie hat eine Woche lang gekocht!«

Joe und Brendan erklärten sich einverstanden, was ihnen eine Menge Küsse eintrug. Sie nahmen ihr Gepäck, folgten der schnatternden Schar der Ferraras und sahen sich beim Gehen um. Joe konnte die Größe und den Lärm der Stadt kaum fassen. Er war so eingenommen von den Gebäuden und der lärmenden Menschenmasse, daß er nicht auf seinen Weg achtete und mit einem Jungen zusammenstieß, der eine Reklametafel trug.

»Tut mir leid, Kumpel«, entschuldigte er sich.

Der Junge lächelte ihn an. TASTEA – QUALITÄTSTEE, EINE RARITÄT, EINE ÄUSSERST ERFRISCHENDE SPEZIALITÄT! stand auf seiner Tafel. »Macht nichts, Sir. Hier, nehmen Sie eine Probe«, antwortete er und reichte ihm ein kleines Päckchen.

Joe dankte ihm und wollte Brendan das Geschenk zeigen, aber der war vorausgegangen, um einer hübschen Blondine zuzublinzeln, die auf einen Bus wartete.

»Benimm dich«, sagte Joe. »Sonst stecken sie uns in den Knast, kaum daß wir angekommen sind.«

»Also, ich bleib hier, wenn alle Mädels so aussehen wie die. Sieh dir bloß diese Stadt an! Und den großen blauen Himmel. Kein Regenwölkchen weit und breit. Und warm. Keine Kartoffelfelder, soweit das Auge sehen kann. Vielleicht überhaupt keine Kartoffeln, wenn ich Glück hab. Kaum sind wir zwei Minuten hier, haben wir schon eine Einladung zum Essen. Hier gefällt's mir, Joe. Ich wette, daß man's hier zu was bringen kann.«

»Es ist riesig, Bren. Verdammt groß! Hier könnte man sich verirren und nie mehr zurückfinden«, sagte er und sah eine belebte Straße hinunter.

Brendan blickte ihn eindringlich an. »Du machst dir Sorgen wegen deinem Mädchen, nicht?«

»Ja.«

»Du wirst sie schon finden, das weiß ich. Nach allem, was du mir erzählt hast, muß sie irgendwo hier sein. Meiner Meinung nach hast du bloß ein Problem.«

»Und das wäre?«

»Wenn sie so hübsch ist, wie du gesagt hast, solltest du lieber hoffen, daß du sie vor mir findest.«

Joe verdrehte die Augen. Brendan hängte seine Tasche über die andere Schulter. Als sie den Broadway überquerten, sahen sie eine luxuriöse Kutsche vorbeifahren. »Wenn ich reich bin, werd ich genauso eine haben«, sagte er. »Und als Kutscher nehm ich mir einen Engländer. Vielleicht dich, wenn du Glück hast.«

»Ach leck mich, Brendan«, sagte Joe abwesend, der immer noch alle Gehsteigen, alle Ladenfronten und die Passanten nach einem Anzeichen von Fiona absuchte.

Brendan hatte recht. Fiona war hier irgendwo in der Stadt. Er brauchte sie bloß zu finden.

Nick starrte Fiona an, als wäre sie verrückt geworden. Er schüttelte den Kopf, als hätte er sie nicht richtig verstanden. Er konnte einfach nicht glauben, was sie gerade gesagt hatte.

»Nick?« fragte sie zögernd. »Was ist los? Ich dachte, es würde dir gefallen und du wärst froh darüber. Du hättest viel mehr Platz und ...«

»Was los ist?« antwortete er schließlich. »Fiona, du hast mir gerade gesagt, daß ich das ganze Haus haben kann. Daß du das Tea Rose nicht aufmachen willst. *Das* ist verdammt noch mal los!«

»Bitte schrei nicht.«

»Ich versteh das einfach nicht«, fuhr er fort und ging in seinem Wohnzimmer auf und ab. »Du *liebst* dieses Haus doch. Du hast so hart darum gekämpft. Du hast diese alte Schreckschraube überredet, es dir für einen Apfel und ein Ei zu verkaufen, du hast die Bank dazu gebracht, dir Geld zu leihen, und du hast wochenlang geschuftet, um es herzurichten. Jetzt bist du fast fertig und willst alles aufgeben? Warum, um Himmels willen?«

Fiona, die in dem hohen karmesinroten Lehnstuhl blaß und zerbrechlich wirkte, spielte nervös mit dem Verschluß ihrer Tasche. »Ich bin einfach mit den Hochzeitsvorbereitungen so beschäftigt ... und dann kommen die Flitterwochen ... wir fahren zwei Monate lang weg, und ...«

»Beschäftigt? Womit denn? Dir ein Kleid machen zu lassen? Eine Torte zu bestellen? Was soll das denn? Ich hab dich tausend Sachen gleichzeitig organisieren sehen. Und was die Flitterwochen angeht ... kannst du die Eröffnung der Teestube nicht einfach verschieben, bis du wieder zurück bist?«

»Nein, das kann ich nicht.« Sie sah wieder auf ihr Tasche hinab. »Will möchte Kinder haben, Nick. Sofort. Er möchte sie noch aufwachsen sehen.«

»Ja, sicher, das passiert normalerweise, wenn Leute heiraten. Na und?«

»Er will, daß sie auf dem Land aufwachsen. In Hyde Park. Ich soll dort wohnen. Ständig. Er will nicht mehr, daß ich arbeite, weil Frauen meines ... zukünftigen Standes das nicht tun. Das sei ganz unmöglich. Das würde ihn in ein schlechtes Licht rücken, und das lasse er nicht zu.«

Nick nickte. Jetzt wurde ihm alles klar. Was Will an Fiona ursprünglich so anziehend gefunden hatte – ihren Ehrgeiz, ihren Arbeitseifer –, wäre bei der künftigen Ehefrau nicht mehr genehm. Seine Frau sollte sich nur um ihn kümmern, keine eigenen Interessen verfolgen, sondern sich nur um sein Heim und seine Kinder kümmern.

»Ich wußte, daß das passieren würde«, sagte er. »Ich hatte das Gegenteil gehofft, aber mir etwas vorgemacht. Ich wußte es im gleichen Moment, als du mir gesagt hast, daß du verlobt seist.«

»Es ist doch bloß eine Teestube, Nick«, sagte sie mit einem flehenden Unterton in der Stimme. »Und ein kleiner Laden in Chelsea. Was ist das schon, verglichen mit Wills Unternehmen? Doch gar nichts.«

»Jetzt mach aber mal einen Punkt! Das ist doch Blödsinn, und das weißt du auch. Das Tea Rose ... TasTea ... sind doch nicht nichts. Sie sind ein Teil von dir. Du hast sie geschaffen.«

»Er tut das nicht aus Bosheit, Nick. Er will einfach nicht mehr, daß ich so schwer arbeite. Er will für mich sorgen, sich um mich kümmern.«

»Aber das war dein *Traum*, Fiona. Den Beruf deines Onkels zu erlernen. Eines Tages einen eigenen Laden zu haben. Erinnerst du dich? Erinnerst du dich, wie wir auf dem Schiff darüber geredet haben? Wie kannst du deinen Traum so einfach aufgeben?«

»Du magst Will nicht. Deshalb redest du so.«

»Natürlich mag ich Will. Er ist ein ganz reizender Mann. Aber eben ein typischer Mann. Alles, was er an dir anziehend gefunden hat – deinen Schwung, deine Begeisterung –, will er unterdrücken. Und das wird er auch tun. Damit hat er schon angefangen. Das ist nicht mehr die Fiona, die ich kenne. Alles aufzugeben, wofür sie gearbeitet hat, was sie geliebt hat, bloß weil einer ihr das befiehlt. Nein, ganz und gar nicht mehr.«

»Ich weiß nicht, warum du so gemein zu mir bist«, erwiderte sie bedrückt.

»Und ich weiß nicht, warum du nicht ehrlich bist. Als ich krank war, mußte ich dir versprechen, immer ehrlich zu sein. Und jetzt lügst du mich an.«

»Dich anlügen?« schrie sie. »Nick, das tue ich nicht. Das würde ich nie tun.«

»Doch, das tust du!« schrie er zurück, worauf sie zusammenzuckte. »Sowohl dich als auch mich.«

Er ging zum Fenster und sah auf die Straße hinab. Er war wütend. Ihm war sehr wohl bewußt, wie es sich anfühlte, tun zu müssen, was andere wollten, statt seinem eigenen Willen zu folgen. Er erinnerte sich an Paris, an das Gefühl, die Arbeit eines neuen Malers zu sehen – die Leidenschaft, die Aufregung. Und wie es sich anfühlte, nach seiner Rückkehr nach London an seinem ersten Projekt zu arbeiten – dem Börsengang einer Druckerei. Woche um Woche verbrachte er in den Büros der Albion-Bank, ging Akten durch, las endlose Zahlenkolonnen, schätzte Vermögen, Einkünfte und Verpflichtungen ... und hatte das Gefühl, langsam erstickt zu werden.

Glaubte sie wirklich, das würde reichen? Eine Ehe, ein schönes Haus, Sicherheit? Es würde genügen, um sie dafür zu entschädigen, was sie aufgab? Wohl kaum. Vielleicht für eine andere Frau, aber nicht für Fiona. Er kannte sie. Er wußte, daß sie Liebe brauchte – tiefe, echte Zuneigung. Aber die empfand sie nicht. Ganz egal, was sie behauptete, er wußte, daß nicht wirklich verliebt war. Er wartete, bis sie sich etwas beruhigt hatte, dann zog er einen Sessel heran und setzte sich. Ihre Knie berührten sich.

»Möchtest du wissen, was ich glaube?« fragte er.

Sie hob den Blick. »Hab ich eine Wahl?«

»Ich glaube, du liebst Will überhaupt nicht. Du hast es dir bloß eingeredet, weil du Angst hast, du könntest dich nie mehr verlieben, nie mehr jemanden so lieben, wie du Joe geliebt hast. Also wirfst du dich dem ersten Mann an den Hals, der sich in dich verknallt. Sicher, du magst ihn sehr, welche Frau würde das nicht? Er sieht gut aus, hat eine glänzende Stellung und all das, aber du liebst ihn nicht. Nicht wirklich.«

Fiona schüttelte den Kopf. »Ich kann nicht glauben, was du da sagst. Du bist doch derjenige, der behauptet hat, ich würde Joe vergessen. Mich wieder verlieben.«

»Das sage ich immer noch. Ich glaube bloß nicht, daß es geschehen ist.«

»Ach, wirklich? Du hast doch überhaupt keine Ahnung«, sagte sie abwehrend. »Du weißt nicht, was er für mich empfindet. Oder was ich für ihn empfinde. Du weißt nicht, wie gut er zu mir ist. Worüber wir reden. Wie er mich zum Lachen bringt. Du weißt nicht, wie nett er ist, wenn wir allein sind, wie glücklich er mich macht.«

»Verwechsle doch körperliche Liebe nicht mit echter Liebe«, antwortete er kurz.

Fiona senkte den Blick. Sie wurde rot. Er war grob und grausam, das wußte er, aber er konnte nicht anders. Er wollte sie verletzen, wollte zu ihr durchdringen und ihr die Wahrheit vor Augen führen.

»Davon habe ich nicht geredet«, sagte sie schließlich. »Ganz und gar nicht.«

»Was ist es denn dann? Das Geld?« fragte er grob und hob ihr Gesicht an. »Ist es das? Bist du dahinter her? Ich kann dir Geld geben. Mein Scheck ist angekommen. Fast dreitausend Pfund. Ich geb sie dir. Alles. Du mußt das nicht tun.«

Fiona saß bewegungslos mit einem verzweifelten Ausdruck im Gesicht da, und Nick wußte, daß er zu weit gegangen war.

»Ich brauche Wills Geld nicht«, antwortete sie ruhig. »Ich will ihn. Ich will einen Mann, der mich liebt. Einen, der mir nicht das Herz bricht.«

Nick schenkte ihr ein kaltes Lächeln. »Natürlich wird er das nicht. Wie auch? Du hast es ihm ja nicht geschenkt.«

Er wartete auf eine Antwort, bekam aber keine. Einen Moment hielt sie seinem Blick stand, Tränen des Zorns und der Kränkung standen in ihren Augen, dann lief sie aus seiner Wohnung und warf die Tür hinter sich zu.

52

Joe saß mit aufgestützten Ellbogen am Tisch eines schäbigen Lokals in der Bowery und beobachtete, wie eine ungepflegte Kellnerin in schmuddeligem Kleid und schmutziger Schürze zwei Teller mit dem Tagesmenü – Schweineschnitzel, Kartoffeln und grüne Bohnen – auf den Tisch knallte.

»Das wären fünfundzwanzig Cent für jeden«, sagte sie.

Joe und Brendan bezahlten. Ohne zu danken, steckte sie das Geld ein, schenkte ihnen dünnes, schäumendes Bier nach und marschierte, während sie den armen Botenjungen anherrschte, in die Küche zurück. Sie war wie die meisten Leute, die Joe in der ersten Woche auf der geschäftigen East Side getroffen hatte: unwirsch, grob und ausgelaugt von dem ständigen Kampf ums Überleben.

Brendan schnitt sein Schnitzel an, Joe stocherte appetitlos in seinem Teller herum.

»Was ist denn los mit dir? Warum ißt du nicht?« fragte Brendan und sah ihn an.

Er zuckte die Achseln. »Keinen Hunger, denk ich.«

»Du wirst sie schon finden. Wir sind doch erst ein paar Tage hier.«

»Seit einer Woche«, antwortete er seufzend. »Eine ganze Woche und kein Glück gehabt. Ein Hausierer, der in der Sixth Ward südlich der Walker Street von Tür zu Tür geht, hat mir gesagt, daß dort viele Iren wohnen. Ich hab die ganze Gegend durchkämmt, aber ohne Erfolg. Ein Dutzend Finnegans – zwei Michaels –, aber keiner von ihnen der richtige. Ein Polizist hat mir empfohlen, es auf der West Side zu probieren, in einer Gegend namens Chelsea und Hell's Kitchen. Aber dort sei's gefährlich, hat er gesagt, und ich sollte aufpassen. Ich mach mir einfach Sorgen um sie. Was ist, wenn es mit ihrem Onkel nicht geklappt hat? Wenn sie irgendwo allein ist? Sie kommt in einer großen Stadt doch nicht zurecht. Sie war noch nie aus Whitechapel rausgekommen, bevor ich sie ins West End mitgenommen hab. Sie ist doch bloß ein junges Mädchen mit einem kleinen Kind, für das sie sorgen muß. Vielleicht lebt sie in einem elenden Loch in einer schlechten Gegend. Mein Gott, Brendan, die machen sie fertig dort. Und was ist, wenn ich völlig auf dem Holzweg bin und sie gar nicht mehr in New York ist?«

»Jetzt dreh doch nicht gleich durch«, sagte Brendan. »Sie ist bestimmt bei ihrem Onkel und völlig sicher. Soweit du mir erzählt hast, kann sie gar nicht irgendwo anders sein. Such einfach weiter und gib nicht auf. Du mußt doch nur den Mann finden, und dann hast du sie. Hast du schon in diesem Telefonbuch nachgesehen, von dem der Träger auf dem Schiff erzählt hat?«

»Ja, aber das ist nur für höhere Berufe. Doktoren und Anwälte und so was. Trotzdem hab ich mir alle Finnegans rausgeschrieben. Auch wenn kein Michael dabei war, könnten sie ihn vielleicht kennen.«

»Wie steht's mit den irischen Missionen? Oder Wohltätigkeitseinrichtungen? Meine Mutter hat mir geraten, zu den Söhnen St. Patricks zu gehen, wenn ich in Schwierigkeiten bin.«

»Ein Mann, den ich in unserer Pension kennengelernt hab, hat mir von der Gaelic Society erzählt. Die sammeln angeblich Namen und Adressen von Iren in New York, damit neue Einwanderer ihre Verwandten finden können. Da geh ich heut nachmittag hin. Wahrscheinlich bleib ich auf der East Side, bevor ich's auf der West Side probier.«

»Das ist eine gute Idee«, antwortete Brendan, der immer noch verzweifelt an seinem Schnitzel sägte. Während er sprach, brach sein Messer entzwei. Der Griff fiel auf den Rand seines Tellers, kippte ihn um, und sein Essen landete auf dem Tisch. »Verdammter Mist!« fluchte er. »Das ist doch kein Schweineschnitzel, sondern eine Schuhsohle!«

Trotz seiner Niedergeschlagenheit lachte Joe. Angewidert schob Brendan sein Essen mit einer Serviette wieder auf den Teller zurück.

»Da«, sagte Joe und schob seinen eigenen Teller über den Tisch. »Nimm mein's. Wie ist's dir ergangen? Hast du heut morgen Glück gehabt?«

»Vielleicht«, sagte Brendan kauend. »Gestern abend hab ich in einer Bar einen Typen kennengelernt. Er hat gesagt, ein Mann namens McClane baut eine Untergrundbahn. Sie stellen jetzt zweihundert Leute ein und in einem Monat noch mal zweihundert. Sie suchen nach Leuten mit Bergwerkserfahrung, um Dynamit zu legen und Tunnel zu graben. Das hab ich zwar noch nie gemacht, aber was den Umgang mit Pickel und Schaufel anbelangt, nehm ich's mit jedem auf.«

»Meinst du, du kriegst die Stelle?«

»Ich glaub schon. Der Vorarbeiter hat gesagt, ich gefall ihm. Morgen früh soll ich wiederkommen. Hoffentlich wird's was. Auf den meisten Baustellen, wo ich gewesen bin, hat's geheißen: ›Tut uns leid, wir haben nichts für dich, Paddy‹, oder: ›Wir brauchen Männer und keine Esel, Mickey.‹ Wirkliche Witzbolde, diese Scheißkerle.«

»Mister, haben Sie was zu erledigen? Zigaretten holen? Schuhe putzen?« Ein etwa zehnjähriger Junge in zerlumptem Hemd, geflicktem Overall und barfuß war an ihrem Tisch aufgetaucht.

Joe griff abwesend nach einem Geldstück in die Tasche, um den Jungen abzuwimmeln. Doch der sah ihn verächtlich an. »Ich bin kein Bettler. Haben Sie einen Job für mich?«

Joe versuchte, sich etwas zu überlegen, als Brendan sagte: »Warum läßt du ihn nicht nach Fiona suchen?«

»Brendan, das ist doch noch ein Kind. Wie soll er das denn anstellen? Allein die West Side durchkämmen?«

»Ich kann Leute finden, Mister«, meldete sich der Junge zu Wort. »Mein Alter haut jede Woche mit dem Mietgeld ab, egal, wie gut meine Ma es versteckt. Ich find ihn immer. Einmal hab ich ihn bis nach Weehawken über den Fluß verfolgt. Wie heißt sie? Ich treib sie für Sie auf.«

Joe sah den Jungen an. Er war mager, vermutlich hungrig, und erinnerte Joe an sich selbst in diesem Alter: immer auf der Suche nach Arbeit, um sich zu beweisen. »Na schön«, begann er, wurde aber von der Kellnerin unterbrochen.

»He, du Kanalratte!« kreischte sie. »Ich hab dir doch verboten, hier reinzukommen!« Sie packte den Jungen an den Ohren. »Jetzt hol ich den Koch, der prügelt dich windelweich. Vielleicht kapierst du's dann!«

»Einen Moment, Missus«, sagte Joe und ergriff den Arm des Jungen. »Wir sind hier mitten in einer geschäftlichen Verhandlung.«

»Die einzigen, die hier reinkommen dürfen, sind zahlende Gäste«, erwiderte die Frau. »Keine Herumtreiber. Anweisung vom Koch.«

»Er ist unser Gast«, antwortete Joe. »Wir wollten ihm gerade etwas zu essen bestellen. Das ist Teil unseres Geschäfts.«

Die Kellnerin schüttelte verärgert den Kopf, ließ den Jungen aber los, der sich schnell setzte. »Noch ein Spezial?« fragte sie.

»Nein, danke«, antwortete Brendan. »Wir wollen ihn anheuern, nicht umbringen. Bringen Sie ihm ein Sandwich. Was soll's denn sein, Kleiner?«

»Ein paar Coney Islands. Mit Senf, Zwiebeln und Sauerkraut«, sagte der Junge. »Und Bohnen dazu.«

»O Mann, bin ich froh, daß ich heut nacht nicht neben dir schlafen muß«, meinte Brendan.

»Und zum Trinken?« fragte die Kellnerin.

»Eine Halbe Schaefer's in einem kalten Krug.«

»Werd nicht übermütig, Kleiner.«

»Dann eine Limonade.«

Während sie auf das Essen des Jungen warteten, erfuhren Joe und Brendan, daß er Eddie hieß und mit seiner Mutter, einer Fabrikarbeiterin, seinem arbeitslosen Vater und vier Geschwistern in einem Zimmer auf der Delancey Street wohnte. Joe erklärte ihm, daß er einen Mann namens Michael Finnegan suche, einen Ladeninhaber, und dessen Nichte Fiona. Er gab ihm einen Vierteldollar, und der Junge versprach, daß er die beiden finden würde. Als er mit seinem Essen fertig war, fragte er Joe, wo er wohne, und machte sich auf den Weg.

»Kann gut sein, daß er dich überrascht«, sagte Brendan und sah ihm nach.

»Schlechter als ich kann er's kaum machen.«

Brendan lehnte sich zurück und wischte sich den Mund ab. Dann rülpste er und sagte: »Also, ich muß auch los. Ich muß mir für meine Arbeit ein Paar gute Lederstiefel kaufen.«

Sie verabschiedeten sich, und Brendan ging nach Süden, Joe nach Norden. Seine Laune besserte sich beim Gehen. Als die Mietshäuser auf der Lower East Side allmählich den vornehmen Bauten am

Gramercy Park Platz machten, fühlte er sich nicht mehr so bedrückt, sondern sogar ein wenig zuversichtlich. Einige Teile der Stadt waren sehr hübsch, und dieser gehörte dazu. Es stimmte, New York hatte seine düsteren Seiten, war aber gleichzeitig ein aufregender Ort. Und – durch die Augen von Brendan, Alfie und Fred gesehen – voller Versprechungen und Hoffnung. Es war ein Ort, um ganz von vorn anzufangen und ein völlig neues Leben zu beginnen. Ein Ort für eine zweite Chance. Vielleicht sogar für ihn.

Als er am Irving Place vorbeikam, erregte eine Auseinandersetzung zwischen ein paar Arbeitern und ihrem Vorarbeiter seine Aufmerksamkeit. »Was zum Teufel ist denn los mit euch? Habt ihr keine Ohren? Ich hab euch doch gesagt, ihr sollt das eine Schild abnehmen und das andere – das für die Galerie – aufhängen.«

»Ich dachte, die sollten beide raufkommen, das eine unter das andere«, sagte einer der Männer.

Joe erblickte den Grund des Streits. Es war ein hübsches, handgemaltes Schild an der Vorderfront eines Backsteinhauses. TEA ROSE stand darauf.

»Sie ist oben«, sagte der Vorarbeiter. »Sie kommt gleich runter. Sie hat mir aufgetragen, das Schild gleich abzunehmen. Wenn sie sieht, was ihr getan habt, wird sie fuchsteufelswild. Und dann könnt ihr von mir was erleben. Ihr wißt doch, wie sie ist. Also macht schon.«

Joe schüttelte den Kopf. Wer immer die Frau auch war, der dieses Haus gehörte, sie mußte eine Megäre sein. Jedenfalls hatte sie diesen Männern gehörigen Respekt eingeflößt. Er ging weiter in Richtung der Twentythird Street, wo er hoffte, daß ein M.R. Finnegan, ein Kurzwarenhändler, der Mann war, nach dem er suchte.

53

Fiona stand in einer vornehmen Ankleidekabine mit vielen Spiegeln und sah mit skeptischem Blick auf das Korsett, in das man sie geschnürt hatte. »Ich will keins. Ich mag sie nicht. Sie drücken«, sagte sie.

Madame Eugénie, die exklusivste Modeschöpferin der Stadt, ließ ihren Einwand nicht gelten. »Es geht nicht darum, was Sie wollen, sondern was das Kleid erfordert«, erklärte sie. Mit geschürzten Lippen ging sie um Fiona herum, begutachtete die Wirkung des Korsetts und schüttelte dann unzufrieden den Kopf. »Simone!« rief sie streng.

Eine unscheinbare junge Frau mit einem Nadelkissen am Handgelenk erschien. »Ja, Madame?«

»Zieh es fester. Hör auf, wenn ich's sage.«

Fiona spürte, wie das Mädchen den Knoten an ihrem Rücken löste. Dann spürte sie, wie sie ihr das Knie in den Rücken stemmte und anzog. »Halt!« protestierte sie. »Das ist zu eng! Damit kann ich mich ja nicht mehr setzen oder essen ... nicht mal mehr denken!«

Madame Eugénie blieb ungerührt. »An Ihrem Hochzeitstag setzen Sie sich nicht, sonst verknittern Sie das Kleid. Und essen werden Sie auch nicht, sonst kommen Flecken darauf. Und denken werden Sie auf gar keinen Fall, sonst ruinieren Sie sich Ihr hübsches Gesicht mit Falten. Sie haben nur eines zu tun – hübsch auszusehen. Noch ein bißchen mehr, Simone ...«, fügte sie hinzu und klopfte auf die Seiten des Korsetts.

Simone machte einen letzten heftigen Ruck. Während sie das tat, griff Madame in die Vorderseite des Kleids, nahm Fionas Brüste und schob sie nach oben. »Jetzt!« befahl sie. Simone verknotete die Bänder, und Fiona betrachtete ihren plötzlich üppigen Busen.

»Mein Gott, der ist ja zweimal so groß wie vorher!« sagte sie und drehte sich zu Mary und Maddie um, die auf Hockern hinter ihr saßen.

»Sieh dich an!« rief Maddie aus. »Es ist wundervoll! Ich besorg mir genauso eins.«

Madame und Simone gingen hinaus, um das Hochzeitskleid zu holen. Fiona wandte sich wieder zum Spiegel um und sah sich mit gerunzelter Stirn an. Das verdammte Korsett schnürte sie entsetzlich ein, sie konnte sich kaum bewegen und bekam fast keine Luft. Entmutigt schrie sie auf, löste die Bänder, riß das Korsett herunter und warf es auf den Boden. Dann legte sie die Hände aufs Gesicht und versuchte, ihre Tränen zurückzuhalten.

Mary war sofort an ihrer Seite. »Fiona, was hast du denn?« fragte sie.

Fiona sah sie mit tränenblinden Augen an. »Nichts.«

»Nichts? Warum weinst du dann?«

»Nick wollte hiersein, Mary«, antwortete sie gereizt. »Um mir mit dem Kleid zu helfen. Er wollte doch kommen. Er hat es sich sogar in seinen Kalender geschrieben, als wir das letzte Mal hier waren. Er hat es mir versprochen. Wie soll ich denn wissen, ob es in Ordnung ist, ohne ihn?«

»Wenn er's versprochen hat, kommt er schon noch«, sagte Mary. »Sicher hat er sich nur verspätet.«

»Nein, das ist es nicht. Er hat sich nicht verspätet. Er kommt gar nicht. Ich hab ihn seit unserem Streit nicht mehr gesehen. Das war vor einer Woche. Er kommt heute nicht, und er kommt auch nicht zur Hochzeit.«

Mary und Maddie tauschten besorgte Blicke aus. Fiona hatte ihnen von dem Streit mit Nick erzählt. Sie waren sehr mitfühlend, hatten ihre Partei ergriffen und waren sich einig, wie gemein es von Nick gewesen war, solche Dinge zu sagen. Sie selbst war immer noch wütend über die Art, wie er sie behandelte, wie er ihr zusetzte. Am meisten ärgerte sie, daß er recht hatte – obwohl sie das nicht zugeben konnte. Sie wollte das Tea Rose nicht aufgeben. Aber sie hatte keine Wahl.

Nach ihrem Streit mit Nick war sie zu Will zurückgegangen, um ihn noch einmal zu fragen, ob es wirklich nötig sei, aufs Land zu ziehen und dort ihre Kinder aufwachsen zu lassen, weil sie viel lieber so weiterleben wolle wie jetzt. Auch nachdem die Kinder da wären. Er meinte, das komme überhaupt nicht in Frage. Frauen seines Standes zeigten sich nicht mit dickem Bauch in der Öffentlichkeit. Und ganz abgesehen davon könne ein Mangel an Schonung zu Fehlgeburten führen. Und wie wolle sie kleine Kinder aufziehen und gleichzeitig ein Geschäft leiten? Er verstehe ihren Arbeitsdrang ja, verstehe den Grund dafür, aber dieser Teil ihres Lebens sei jetzt schließlich vorbei. Er sei ein reicher Mann und mehr als nur in der Lage, ihre Bedürfnisse zu befriedigen. Er war unnachgiebig geblieben, und sie hatte nicht gewagt, das Thema noch einmal anzuschneiden.

Doch dort, wo sie aufgewachsen war, wurden die Frauen während der Schwangerschaft nicht weggesperrt. Ein dicker Bauch war nichts Ungewöhnliches in einer Nachbarschaft mit großen Familien. Was war denn peinlich an einem runden Bauch? Die Leute wußten, was darin war, und auch, wie es hineingekommen war. Eine Frau konnte so geziert tun, wie sie wollte, nach neun Monaten stellte sich unleugbar und schreiend die Wahrheit ein. Babys waren auf der Montague Street allgegenwärtig – sie wurden in den Armen ihrer Mütter gestillt, von ihren Schwestern herumgetragen und von ihren Vätern auf den Knien geschaukelt. Sie waren ein Teil des Lebens, keine Behinderung. Und keine Frau in Whitechapel hörte zu arbeiten auf, weil sie schwanger war. Sie putzten und kochten, verkauften Waren auf dem Markt oder schrubbten Wirtshausböden, bis die Wehen sie zwangen, sich ins Bett zu legen. Und danach kehrten sie ohne viele Umstände zu ihrer Arbeit zurück.

Während sie in Madames Anproberaum stand, wurde sie plötzlich von einer großen Eifersucht auf Nick, Nate und Maddie erfaßt. Sie alle folgten ihren Träumen und bauten ihre Geschäfte auf – genau wie sie es getan hatte. Aber sie alle machten damit weiter, nur sie nicht.

Madame Eugénie hatte Tee, Kaffee und Kuchen bringen lassen. Mary goß Fiona eine Tasse Tee ein und reichte sie ihr. Nachdem sie einen Schluck getrunken hatte, wischte ihr Mary liebevoll das Gesicht ab, wie sie es bei Nell oder Seamie getan hätte. Dann nahm sie ihre Hände und sagte: »Nick wird zur Hochzeit kommen, Fiona. Das weiß ich. Er muß sich nur ein bißchen beruhigen.«

»Er haßt mich«, sagte Fiona deprimiert.

»Ach, Unsinn! Er haßt dich doch nicht. Er betet dich an. Vielleicht solltest du ihm ein bißchen Zeit lassen. Hast du dir je überlegt, daß es schwer für ihn sein könnte? Vielleicht ist er ein bißchen eifersüchtig?«

»Eifersüchtig? Mary, das ist doch lächerlich! Du weißt, daß er in dieser Hinsicht kein Interesse an mir hat.«

»Ich meinte, eifersüchtig, weil er dich verliert. Du bist seine engste Freundin, Fiona.«

»Seine Familie«, fügte Maddie hinzu.

»Und jetzt heiratest du, ziehst fort und fängst ein ganz neues Leben an. Vielleicht hat er Angst, dich zu verlieren. Vielleicht ist er deswegen so kratzbürstig.«

Fiona dachte darüber nach. »Meinst du, das ist es?«

»Schon möglich. Hab Geduld. Laß ihm ein wenig Zeit.«

Madame Eugénie kam mit einer Schachtel zurück. Simone folgte ihr mit Fionas Kleid. Wie angewurzelt blieb Madame stehen, sah auf das Korsett auf dem Boden, die Tränenspuren in Fionas Gesicht und blickte dann Mary an.

»Die Nerven«, flüsterte Mary.

Madame schenkte ihr einen wissenden Blick und wandte sich Fiona zu. »Sehen Sie, *chérie,* was Ihr zukünftiger Gatte geschickt hat.« Sie öffnete die Schmuckschachtel in ihrer Hand und hielt eine atemberaubende Perlenkette mit einem Diamantmedaillon hoch. Fiona riß die Augen auf. Mary und Maddie blieb die Luft weg. »Aus Paris. Von Cartier. Zu Ihrem Kleid«, fügte Madame hinzu. »Sie ist erlesen, nicht wahr? Probieren Sie sie an.« Sie befestigte die Kette an Fionas Hals. »Ein Mann, der solche Dinge schickt ...«, sie zuckte die Achseln, weil ihr die Worte fehlten. »Nun, eine Frau, die einen solchen Mann hat, muß keine Tränen vergießen.«

Fiona betrachtete das Halsband im Spiegel. Überwältigt faßte sie es an. Nie in ihrem Leben hatte sie so etwas Schönes gesehen. Will war so unglaublich gut zu ihr, so aufmerksam. Sie hatte Emilys Perlen bewundert, als sie sie und ihre Brüder vor ein paar Wochen in Hyde Park kennengelernt hatte. Das hatte er mitbekommen und schenkte ihr jetzt ihre eigenen Perlen. Er war reizend zu ihr, Emily war reizend zu ihr gewesen, so wie seine ganze Familie. Selbst Will junior hatte sich bemüht, ihr das Gefühl zu geben, willkommen zu sein. Madame hatte recht. Wohl kaum eine Frau würde ein paar Tage vor der Hochzeit mit einem Mann wie Will weinen. Was war schon eine dumme kleine Teestube, verglichen mit seiner Liebe zu ihr? Mit ihrer Liebe zu ihm? Und ich *liebe* ihn, beharrte sie. Ganz gleichgültig, was Nick denkt.

Sie drehte sich zu Madame um, die das verhaßte Korsett hielt, und streckte pflichtschuldig die Arme aus. Als es wieder angelegt war, nahm Simone ihr Kleid – ebenfalls ein Geschenk von Will – vom Bügel und half ihr hinein. Es war bereits anprobiert worden, und jetzt wurde nur noch überprüft, ob weitere Änderungen nötig waren. Madame schloß die lange Reihe von Knöpfen an ihrem Rükken, glättete das Mieder, zupfte am Rock und trat dann lächelnd zurück. »Perfekt!« erklärte sie. »Wie ich immer sage – je hübscher das Mädchen, um so einfacher das Kleid. Nur die Reizlosen haben den vielen Putz nötig«, fügte sie mit gallischer Offenheit hinzu. »Um abzulenken.«

Fiona drehte sich zum Spiegel um. Seit sie Will kannte, hatte sie sich eine Reihe hübscher Kleider gekauft. Verglichen mit diesem Kleid, waren es Lumpen. Es bestand aus elfenbeinfarbener belgischer Spitze über einem seidenen Unterrock und war mit Tausenden winziger Perlen bestickt. Madame hatte ihr die übertriebenen Puffärmel, den hohen Kragen und die vielen Verzierungen ausgeredet, die gerade beliebt waren, und ihr zu einem einfacheren Schnitt geraten, der gerade in Mode kam. Das Kleid besaß einen viereckigen Ausschnitt, der ihren anmutigen Hals zur Geltung brachte, Dreiviertelärmel, eine elfenbeinfarbene Seidenschärpe mit einer Schließe aus Seidenrosen und eine Schleppe, die von der Taille zum Boden reichte. Dazu würde sie einen elfenbeinfarbenen, bis zum Saum reichenden Tüllschleier tragen. Als sie sich in dem Kleid, mit den Juwelen und dem hochgesteckten Haar betrachtete, sah Fiona eine Frau, die bald Ehefrau sein würde. Kein Mädchen mehr.

»Mein Gott, du siehst umwerfend aus, altes Haus. Beinahe hätte ich dich nicht erkannt.«

Sie drehte sich um. »Nick!« rief sie aus, zum erstenmal seit Tagen wieder strahlend. Mit einem wehmütigen Ausdruck in den Augen lehnte er mit dem Hut in der Hand an der Tür. Sie raffte ihre Röcke, lief auf ihn zu und blieb ein paar Schritte vor ihm stehen. »Ich dachte schon, du kommst nicht ... ich dachte ...«

»Ach, du dummes Huhn. Natürlich bin ich gekommen.«

Eine Weile blieben sie so stehen, und Fiona drehte den Ring an ihrem Finger. Nick sah auf seinen Hutrand hinab.

»Ich wollte nicht ...«, begann er.

»Ist schon gut«, unterbrach sie ihn schnell.

Nick sah ihr in die Augen. »Freunde?« fragte er.

»Immer«, antwortete sie und umarmte ihn fest. So blieben sie lange stehen, bevor sie sich wieder losließen.

Madame wandte sich an Mary und Maddie. »Ist das der zukünftige Gatte? Er sollte sie noch nicht sehen!«

»Nein, das ist der eifersüchtige Freund«, sagte Maddie.

»Das hab ich gehört, Maddie!« erwiderte Nick tadelnd.

»*Quel dommage*«, sagte Madame. »So ein gutaussehender Mann. Die Hochzeitsbilder wären überwältigend. Und die Kinder auch.«

54

Joe schreckte aus dem Schlaf auf und sah ein kleines, sommersprossiges Gesicht über sich.

»Ich hab sie gefunden. Hab ich's Ihnen nicht gesagt?« krähte Eddie, auf seiner Bettkante sitzend. »Ich hab gesagt, ich würde sie finden, und hab's geschafft!«

»Bringst du ihn um, oder soll ich's tun?« brummte Brendan von der anderen Seite des Raums. Es war sechs Uhr abends, und er hatte sich nach einem harten Arbeitstag aufs Ohr gehauen. Auch Joe hatte sich, erschöpft vom vielen Gehen, hingelegt. Jetzt stützte er sich auf, um zu hören, was der Junge zu berichten hatte.

»Michael Charles Finnegan. Duane Street Nummer fünfundvierzig. Ein Mehlhändler«, begann Eddie. »Ich hab mich bei den Docks unten umgehört, und ein Fahrer, der Waren vom Fluß in die Lagerhäuser bringt, hat mir den Tip gegeben. Er ist Ire, ist aber von England aus nach New York gekommen, ganz wie Sie gesagt haben. Und er hat auch eine Nichte! Ich hab gefragt, ob sie Fiona heißt, und er meinte, so heißt sie.«

Joe setzte sich auf. »Wo soll dieser Mann wohnen?«

»Duane Street Nummer fünfundvierzig. Ecke Broadway.«

»Gute Arbeit, Junge.« Joe griff unters Bett nach seinen Stiefeln.

»Das ist sie, oder?« fragte Brendan verschlafen.

»Das muß sie sein«, antwortete Joe.

»Gehst du jetzt hin?«

»Ja.«

»Viel Glück, Kumpel.«

»Ich hab noch eine Adresse«, sage Eddie, während Joe seine Stiefel zuschnürte. »In Chelsea. Ein Polizist, zu dessen Revier meine Straße gehört, hat gesagt, daß er einen Michael Finnegan aus der

Emerald Society kennt. Er soll einen Lebensmittelladen dort oben haben. Aber er weiß nicht, ob er immer noch dort ist. Die Bank soll ihm den Laden weggenommen haben. Ich könnte für Sie hingehen und feststellen, ob er noch dort wohnt.«

»Das wird nicht nötig sein. Ich bin sicher, die Adresse in der Duane Street ist die richtige«, antwortete Joe. Doch dann sah er, wie sich die hoffnungsvolle Miene des Jungen verfinsterte, weil er auf einen weiteren Auftrag gehofft hatte. Er warf ihm einen Vierteldollar zu und sagte, er solle es nachprüfen. Wie ein Blitz rannte Eddie davon und warf die Tür hinter sich zu, was Brendan mit einer Flut von Flüchen quittierte.

Aufgeregt und voller Hoffnung folgte Joe Eddie auf dem Fuß, überzeugt, daß Michael Charles Finnegan der Mann war, den er suchte. Überzeugt, daß er sie in einer halben Stunde wiedersehen würde. Sein Mädchen.

Seine Hände zitterten, als er auf der Canal Street nach Westen ging und sich durch ein dichtes Gewühl von Menschen hindurchzwängte, die auf dem Weg nach Hause waren. Er war nervös. Hatte sogar Angst. Wie würde sie auf seinen Anblick reagieren? Sicher würde sie nicht erwarten, ihn hier zu sehen. Und was, wenn sie ihn wegschickte? Sich weigerte, mit ihm zu reden? Er hatte sie schlimm verletzt. Würde sie ihn überhaupt anhören ... geschweige denn ihm verzeihen?

Wenn er sie nur sehen, mit ihr reden konnte, würde alles gut werden. Das wußte er. Das war seine zweite Chance. Darum hatte er gekämpft und würde sie nicht verscherzen. Wenn sie ihn wegschickte, käme er zurück. Wenn sie ihm sagte, er solle nach Hause fahren, würde er bleiben. Er würde Jimmy schreiben, das Geschäft zu übernehmen, und er würde hierbleiben, sich eine Arbeit suchen und nicht aufgeben, bis er sie überzeugt hatte, daß es ihm leid tat und daß er sie liebte. Bis er sie überzeugt hatte, wieder zu ihm zurückzukommen.

Am Eingang der Duane Street blieb er stehen, ballte die Fäuste, löste sie wieder und ging zu Nummer fünfundvierzig.

Fiona las zum drittenmal die Schlagzeile der Londoner *Times,* drückte die Zeitung an die Brust und las dann noch einmal: »Hafenarbeiter erklären Sieg«, stand dort. »Arbeitgeber gestehen Niederlage ein.«

Dicke Freudentränen liefen über ihre Wangen und tropften aufs Papier. Sie ließ ihnen freien Lauf. Es war spätabends, und keiner war da, der sie hätte sehen können. Sie war allein im Wohnzimmer ihres Onkels und außer sich vor Glück über die wundervolle Nachricht, die völlig überraschend kam.

Wegen des Streiks der Dockarbeiter hatte sich die Ankunft der *Times* um Wochen verzögert. Fiona hatte schon so lange keine Ausgabe der Zeitung mehr zu Gesicht bekommen, daß sie keine Ahnung von einer Einigung, geschweige denn von einem Sieg hatte. Am Morgen hatte sie Michael gebeten, auf dem Weg zur Bank nachzusehen, ob es die Zeitung am Stand gab. Er war mit einem Exemplar heimgekommen, aber als er es ihr geben wollte, war sie im Laden so beschäftigt gewesen, daß sie ihn bat, sie in die Wohnung zu legen. Und erst vor ein paar Minuten hatte sie einen Blick darauf geworfen. Als sie jetzt über die Verhandlungen, die Zugeständnisse und den Sieg las, daß die Kutsche der Gewerkschaftsführer Ben Tillet und John Burns ausgespannt und von euphorischen Arbeitern durch die Straßen gezogen und ausgelassen gefeiert wurde, daß die Frauen zu Tausenden auf die Commercial Street strömten, um ihren Männern und Söhnen zuzujubeln, konnte sie immer noch nicht glauben, was geschehen war.

Sie hatten es geschafft. Die Dockarbeiter hatten gewonnen.

Gegen alle Widrigkeiten hatten sich die einfachen Arbeiter vom Fluß zusammengeschlossen, sich gegen Armut und Hunger gewehrt und über ihre Ausbeuter triumphiert. Mittellos, oft nicht einmal des Lesens mächtig und in politischen Dingen unbewandert, hatten sie zusammengestanden und gewonnen.

Voller Liebe dachte Fiona an ihren Vater. Auch er war ein Teil dieses Streiks gewesen, und dieser Sieg hätte ihm alles bedeutet. »Du hättest dabeisein sollen, Pa«, flüsterte sie. »Es war dein Kampf. Du hättest erleben sollen, wie er gewonnen wurde.« Sie wischte sich die Augen ab. Trotz ihres Glücks empfand sie auch Kummer. Und Verbitterung. Wie immer, wenn sie daran dachte, was mit ihrem Vater geschehen war ... und warum.

Doch jetzt, etwa ein Jahr nach seinem Tod, hatte sich das komplexe Gemisch ihrer Gefühle verändert. Stolz, Verlust und Trauer waren ungeschwächt, ihre Wut auf William Burton noch immer immens, aber die Angst, die sie in der Nacht ihrer Flucht aus Whitechapel verspürt hatte, die Verzweiflung und das Gefühl der absoluten Hilflosigkeit waren verschwunden.

Sie stellte sich vor, wie Burton ausgesehen haben mußte, als er von dem Sieg erfuhr. Wie er schweigend und innerlich kochend an seinem Schreibtisch saß. Zum erstenmal machtlos. Er war nicht mehr die allmächtige Gestalt, der Herr der Leute, für den er sich hielt. Er hatte gemordet, um die Gewerkschaft aufzuhalten, hatte ihre Familie zerstört, um seine Ziele zu erreichen. Aber ihm war gezeigt worden, daß er die Kräfte der Gewerkschaft genausowenig stoppen konnte wie ein Kind die See, die seine Sandburg fortspült. Die Gerechtigkeit hatte gesiegt. Die Dockarbeiter hatten ihr Recht bekommen. Und eines Tages bekäme auch sie ihr Recht.

Sie spürte, daß dieser Sieg ein Zeichen war, ein gutes Omen. Ihr Leben hatte sich verändert und würde sich weiter verändern. Zum Besseren. Das spürte sie. Sie war kein verängstigtes Mädchen mehr, das allein in der Welt stand und sich an niemanden wenden konnte. Sie hatte ihre Familie, ihre Freunde. Und in einer Woche hätte sie Will. Er würde ihr Ehemann, ihr Beschützer sein und sie vor Leuten wie Burton und Sheehan für immer bewahren.

Nur noch eine Woche bis zur Hochzeit, dachte sie. Obwohl es eine kleine Feier werden würde – nur die Familie und die engsten Freunde –, gab es noch so viel zu tun. Sie war froh, einen Abend für sich zu haben, und selten genug war das Haus so still wie heute. Michael und Mary sahen sich eine Show an. Alec, Ian und Nell waren oben, Seamie schlief. Selbst Will war auf Geschäftsreise in Pittsburgh – seine letzte Reise vor der Hochzeit. Sie legte die Zeitung weg und ging in die Küche, um Wasser aufzusetzen. Dort schnitt sie sich ein Stück von Marys Zitronenkuchen ab und machte sich eine Kanne Vanilletee, die sie mit ins Wohnzimmer nahm. Während der Tee zog, suchte sie nach Papier und Bleistift, um eine Liste der Dinge aufzustellen, die sie noch erledigen mußte.

Eine Stunde später, nachdem sie den Kuchen gegessen und mit der Liste fertig war, döste sie auf dem Sofa. Eine frische Herbstbrise blies durchs Fenster, die bereits ein wenig nach gefallenen Blättern und Kohlerauch roch. Das Wetter schlug um. Sie zog ihren Schal enger um sich und kuschelte sich auf die Couch. Kurz bevor sie ganz einschlief, hörte sie lautes Klopfen an der Eingangstür, und auf der Straße wurde ihr Name gerufen. Verwirrt setzte sie sich auf.

»Hallooo! Wohnen da die Finnegans? Ist jemand daheim?«

Einmal einen ruhigen Abend zu haben ist hier wohl zuviel verlangt, dachte sie und ging zum Fenster. Sie zog die Jalousie hoch und streckte den Kopf hinaus. Ein Junge hämmerte an die Tür.

»Was gibt's denn?« fragte sie gereizt.

Er sah zu ihr hinauf. »Sind Sie Fiona Finnegan?«

»Ja. Was willst du denn?«

»Mann, bin ich froh, daß ich Sie gefunden hab, Miss! Können Sie runterkommen?«

»Erst wenn du mir sagst, worum es geht.«

»Es ist wichtig, Miss. Ich hab eine dringende Nachricht für Sie. Von einem Bekannten.«

55

Um acht Uhr morgens saß eine erschöpfte Fiona in einem Gerichtsgebäude im südlichen Manhattan auf einer harten Holzbank. Ihr Gesicht war vom Weinen verschwollen, ihre Kleider zerknittert von der Nacht, die sie in den Tombs, dem Stadtgefängnis auf Manhattans Centre Street, verbracht hatte. Neben ihr saßen ihr Anwalt Teddy Sissons, der den Kauf von Miss Nicholsons Haus abgewickelt hatte, und Stephen Ambrose, ein Strafverteidiger, den Teddy empfohlen hatte.

»Das kann doch nicht wahr sein«, sagte sie. »Ich wußte, daß er in Schwierigkeiten ist, als der Junge kam, aber ich dachte, es ginge um seine Gesundheit.«

»Es ist aber wahr«, antwortete Teddy. »Und er ist in ernsten Schwierigkeiten. Was zum Teufel hatte er im Slide zu suchen? Das ist doch eine üble Spelunke. Nicht mal in ihrer Nähe hätte er sich aufhalten sollen.«

»Das hat er aber nun mal getan!« erwiderte Fiona kurz angebunden. »Und er ist verhaftet worden, und Sie müssen ihn rausholen.

Das müssen Sie einfach ...« Ihre Stimme brach ab. Sie begann wieder zu weinen. »Ach, Teddy, tun Sie doch was! Was ist, wenn sie ihn im Gefängnis behalten?«

»Das wird aller Wahrscheinlichkeit nach nicht geschehen«, sagte Stephen Ambrose. »Solange er nur wegen eines Vergehens angeklagt wird, muß er vermutlich nur ein Bußgeld bezahlen.«

»Und wenn nicht?« fragte Fiona. »Kommt er dann ins Gefängnis?«

»Nein«, sagte Teddy grimmig und rieb sich die Augen hinter seiner Hornbrille. »Er ist Ausländer. Man weist ihn aus.«

Fiona weinte noch heftiger. Teddy gab ihr sein Taschentuch. Ambrose, ein gutgekleideter, gepflegter Mann, der einen Diamantring trug, sagte: »Das Dumme ist nur, daß der Richter, der heute den Vorsitz hat ... Cameron Eames ist. Das ist ein knallharter Mann. Er hat eine Kampagne zur Säuberung der Stadt durchgeführt – Spielhöllen, Bordelle und Lokale wie das Slide geschlossen. Einer der Polizisten, mit denen ich gesprochen habe, behauptet, Eames habe die Razzia mit Hilfe von Malloy, dem Polizeichef, durchgeführt. Der geht gnadenlos gegen Straffällige vor. Und die Tatsache, daß er keine Kaution festgesetzt hat, ist kein gutes Omen.«

Fiona schloß die Augen und lehnte sich zurück. Es war ein Alptraum, aus dem sie aufwachen wollte, seit der Junge, den Nick letzte Nacht aus dem Gefängnis geschickt hatte, bei Michaels Haus aufgetaucht war. Sie war hingeeilt, in der Hoffnung, ihn herausholen, ihn wenigstens sehen zu können, aber der diensthabende Beamte hatte das nicht erlaubt. Anweisung vom Chef, hatte er gesagt.

Sie hoffte, daß es ihm gutging. Hoffte, daß er zu essen und zu trinken bekam und einen Schlafplatz hatte. Teddys Worte hallten in ihrem Kopf nach: »... er ist Ausländer. Man weist ihn aus.« Das wäre sein Ende. Er würde seine Galerie und alles, wofür er gearbeitet hatte, verlieren. Man würde ihn nach London abschieben. Zu seinem verhaßten Vater, der ihm gedroht hatte, ihm jegliche Unterstützung zu entziehen, falls er zurückkommen sollte. Er wäre vollkommen allein. Wie lange würde er das wohl überleben?

Sie spürte eine Hand auf ihrem Rücken. »Meine Teuerste! Was um alles in der Welt geht denn hier vor?« Sie schreckte zusammen. Es war Peter Hylton.

»Sagen Sie *nichts*«, zischte Teddy ihr ins Ohr.

»Ich hab gehört, Nick ist gestern abend verhaftet worden. Noch dazu im Slide! Auf üblen Abwegen, was?«

»Ich ... ich weiß nicht, Peter ... ich weiß nicht, was passiert ist. Es muß ein schreckliches Mißverständnis sein.« Wieder wurde sie von ihren Gefühlen überwältigt, und Tränen liefen ihr übers Gesicht.

»O je! Er ist's, nicht wahr? Nick ist derjenige. Sehen Sie sich an, Sie haben sich ja förmlich die Augen ausgeweint. Keine Frau vergießt so viele Tränen wegen eines Mannes, den sie nicht liebt. Ich hab immer gewußt, daß McClane keine Chance hat.«

»Peter«, begann Fiona erschöpft. »Wir sind nicht ...« Ein Stoß von Teddys Ellbogen brachte sie zum Schweigen. Sie drehte sich um.

Peter wußte nichts von ihrer Verlobung mit Will. Nur ihr engstes Umfeld, ihre Anwälte und die diskrete Madame Eugénie waren eingeweiht. Wenn jemand ihren Ring bewunderte, behauptete sie, er sei nur aus Glas und sie habe sich ihn zum Spaß gekauft. Will wollte ihre Verbindung geheimhalten. Er wußte, daß die Leute noch genügend tratschen würden, und er wollte Hylton nicht auf den Plan rufen. Der Kerl war erbarmungslos. Er würde rauskriegen, wie das Kleid aussah, die Torte und was Fiona in der Hochzeitsnacht tragen wollte. Und dafür sorgen, daß dies auch ganz New York erfuhr. Sie hörte, wie er sein Notizbuch aufklappte und seine Feder übers Papier kratzte.

Sie drehte sich um. Mehr Leute waren in den Gerichtssaal gekommen. Eine ganze Reihe davon mit Notizblöcken. Sie erkannte Nellie Bly, eine Freundin von Will, die Fiona ganz sympathisch fand. Eine Frau, die Nick mit ein paar Zeilen vernichten konnte. Ihr wurde klar, daß die Presse ihm selbst dann den Garaus machen würde, wenn es zu keiner Verurteilung käme. Sie brauchten bloß anzuführen, welche Art von Klientel das Slide besuchte. Es gäbe einen Skandal. Einen häßlichen. Die gute Gesellschaft, die seine Galerie unterstützte, würde ihn fallenlassen wie eine heiße Kartoffel. Sein Geschäft wäre ruiniert, und das würde ihn ebenso umbringen wie die Haft und die Ausweisung.

Panik ergriff sie. Ihre Brust fühlte sich an wie zugeschnürt. Sie sagte Teddy, daß sie frische Luft brauche und ein paar Minuten nach draußen gehe. Auf den Stufen des Gerichtsgebäudes schlang sie in der kalten Morgenluft die Arme um sich und überlegte, was sie tun sollte. Wenn nur Will hier wäre, dachte sie, er wüßte es. Aber er war in Pittsburgh und würde erst in ein paar Tagen zurückkommen. Während sie hilflos und verloren dastand, sah sie durch das Fenster einer Anwaltsfirma auf der anderen Straßenseite eine Empfangsdame telefonieren. Wie der Blitz sauste sie über die Straße in das Haus hinüber. Sie würde Will in seinem Hotel anrufen. Vielleicht war er nicht da, aber einen Versuch war es wert.

»Entschuldigen Sie«, sagte sie. »Es ist ein Notfall, und ich muß Ihr Telefon benutzen. Ich bezahle dafür.«

»Tut mir leid, Miss, aber das geht nicht.«

»Bitte, ich würde Sie nicht fragen, wenn das Leben meines Freundes nicht davon abhinge.«

Die Frau zögerte. »Na schön«, sagte sie schließlich. »Wissen Sie die Nummer?«

Fiona nannte ihr den Namen des Hotels in Pittsburgh, und kurz darauf hatte die Frau die Verbindung hergestellt. Sie reichte Fiona den Hörer, nachdem sie den Portier nach William McClane gefragt hatte. Zu ihrer Erleichterung war er im Haus und frühstückte im Speisesaal. Man würde ihn holen. Fiona schluchzte fast, als sie seine Stimme am anderen Ende hörte.

»Fiona? Liebling, was ist los? Ist alles in Ordnung?«

»Nein, Will, das ist es nicht.« Mit tränenerstickter Stimme erzählte sie ihm, was passiert war.

Ohne zu zögern, erwiderte er hart: »Fiona, hör zu. Ich will, daß du so schnell du kannst von dort weggehst.«

»Will, das kann ich nicht. Nick braucht ...«

»Es ist mir egal, was Nick braucht!« fuhr er sie an. »Die Tombs, der Gerichtssaal, das sind keine Orte für dich. Du mußt dich von ihm distanzieren. Von der ganzen Sache. Unverzüglich. Aus dem Ganzen wird ein furchtbarer Schlamassel, wenn die Presse Wind davon kriegt. Und nicht nur wegen Nick. Ich möchte, daß du aufs Land fährst. Nimm Seamie mit. Und Mary. Ich ruf Emily an und sag ihr, daß du kommst. Fiona? Bist du noch dran?«

Einen Moment lang schwieg sie und antwortete dann: »Ja ... ich bin noch dran.«

»Ich versuch, meine Reise abzukürzen, und bin morgen abend zurück, wenn ich kann. Sprich mit niemandem darüber. Hast du mich verstanden?«

»Ja. Sehr gut.«

»Schön. Ich muß jetzt los. Mach, was ich dir gesagt habe, und alles wird gut. Paß auf dich auf, Liebling. Ich liebe dich.«

»Ich liebe dich auch«, sagte sie. Die Worte brannten wie Säure auf ihren Lippen.

»Bis bald.«

»Leb wohl, Will.«

Die Verbindung wurde unterbrochen. Ein paar Sekunden lang lauschte sie dem Klicken nach. Dann legte sie den Hörer auf, reichte der Empfangsdame einen Dollar und bedankte sich. Wie erstarrt ging sie zur Tür. Ihre Glieder fühlten sich eiskalt an. Will hatte ihr befohlen, Nick im Stich zu lassen. Ihren besten Freund. Den Mann, der sie gerettet hatte, als sie ganz allein war. Jetzt hatte er niemanden, und sie konnte ihn ebensowenig im Stich lassen, wie sie sich das Herz aus dem Leib reißen konnte. Sie kehrte in den Gerichtssaal zurück und setzte sich neben Teddy. Noch mehr Leute war eingetroffen, die Bänke füllten sich. Dann ging die Tür zum Richterzimmer auf. Ein Gerichtsdiener erschien. »Bitte erheben Sie sich!« rief er.

Fiona stand mit den anderen im Gerichtssaal auf. Cameron Eames trat mit schwingender schwarzer Robe ein, warf einen Blick durch den Raum und setzte sich dann, um seine Prozeßliste zu lesen. Sie war erstaunt, wie jung er aussah. Und wie streng. In seinem hellen, jungenhaften Gesicht war kein Mitgefühl abzulesen. Kein Erbarmen. Schließlich befahl er, die Verhafteten hereinzuführen. Die Tür ging auf, und eine Reihe Männer marschierte herein. Sie trugen Handschellen. Fiona reckte den Kopf und sah sich verzweifelt nach Nick um. Als sie ihn entdeckte, rang sie nach Luft. Er hatte einen Bluterguß am linken Auge, auf seiner Wange war ein tiefer Schnitt und unter seiner Nase getrocknetes Blut. Er humpelte, und sein Jackett war zerrissen.

»Nick!« schluchzte sie auf und erhob sich.

»Scht!« zischte Teddy und riß sie nieder.

Nick hatte sie nicht gehört, aber Eames. Er warf einen ärgerlichen Blick in ihre Richtung. »Die Sitzung des Strafgerichts der Stadt New York ist eröffnet«, erklärte er. Dann las er den Männern die Anklagen vor, die gegen sie erhoben wurden. »Herumlungern, ungebührliches Benehmen ...«, begann er.

»Alles nur Vergehen«, flüsterte Ambrose zuversichtlich.

»... öffentliches Ärgernis, Anstiftung zur Prostitution ... und Sodomie.«

»Er ist geliefert. Letzteres ist ein Verbrechen. Sie werden ihn nicht mit einem Bußgeld davonkommen lassen. Wenn er sich nicht schuldig erklärt, kommt es zum Prozeß. Aus irgendeinem Grund möchte Eames an den Männern ein Exempel statuieren.«

»Stephen, gibt es denn nichts, was wir tun könnten? Irgend etwas?« fragte Fiona blaß vor Angst.

»Ich hab nur eine Idee«, antwortete Stephen. »Wenn auch keine besonders gute.«

»Egal. Probieren Sie alles.«

»Sie sagten, Nick wandere nachts oft durch die Stadt?«

»Ja. Oft.«

»Warum?«

»Um müde zu werden. Er schläft schlecht.«

Ambrose nickte.

Eames rief den ersten Gefangenen auf, einen unappetitlich aussehenden Kerl, der sich in allen Anklagepunkten für schuldig bekannte. Nach ihm wurden zwei respektabel aussehende Männer aufgerufen. Beide wurden gefragt, ob sie einen Anwalt hätten,was beide verneinten. Sie wurden für schuldig erklärt. Als nächstes war Nick an der Reihe. Als der Richter ihn fragte, ob er einen Beistand habe, trat Stephen Ambrose vor. Nick, der mit gesenktem Kopf dagesessen hatte, sah überrascht auf. Suchend wanderte sein Blick von Ambrose über die Bankreihen. Dann entdeckte er sie. Ihre Blicke trafen sich, und sie sah Angst in seinen Augen. Er versuchte, ihr ein kleines Lächeln zu schenken, zuckte aber zusammen.

Eames fragte Ambrose, wie sein Mandant sich bekenne.

»Nicht schuldig, Euer Ehren«, antwortete Ambrose.

»Herr Verteidiger, ich bin nicht zum Spaßen aufgelegt. Mr. Soames wurde im Slide gesehen. Es gibt Aussagen von Augenzeugen und den verhaftenden Beamten«, warnte Eames.

Ambrose hielt seine manikürten Hände hoch. »Ich bestreite die Anwesenheit meines Mandanten im Slide nicht. Dennoch behaupte ich, daß alle Anklagen nicht auf ihn zutreffen. Es handelt sich um einen bedauerlichen Fehler, Euer Ehren.«

»Darum handelt sich's ja immer«, sagte Eames seufzend und erntete Gekicher aus dem Saal.

»Mein Mandant betrat das besagte Lokal ganz zufällig. Er wollte nur etwas trinken und erkannte nicht, worum es sich bei dem Etablissement handelte. Mein Mandant leidet an Schlaflosigkeit und wandert daher nachts herum, um müde zu werden. Als Ausländer ist er mit den verschiedenen Teilen unserer Stadt wie mit einigen ihrer Bewohner nicht gänzlich vertraut. Ihm war nicht bewußt, daß er einen schlecht beleumundeten Ort aufsuchte.«

Fiona hielt den Atem an. Stephens Plan war riskant. Was, wenn Nick das Slide auch die Abende zuvor besucht hatte? Wenn ein anderer Gefangener dies aussagte? Sie sah die Männer an. Einige grinsten spöttisch, aber keiner sagte ein Wort.

»Mr. Soames ist ein respektables, angesehenes Mitglied unserer Gesellschaft«, fuhr Stephen fort. »Diese Anklagen sind völlig haltlos. Ein gesetzestreuer Mann wurde fälschlicherweise festgenommen ...«

»Herr Verteidiger ...«

»...und schlecht behandelt. Ich möchte, daß dies ins Protokoll aufgenommen wird.«

»Herr Verteidiger, Ihre Ammenmärchen beeindrucken mich nicht«, erwiderte Eames. »Mir sind schon alle Arten von Tricks untergekommen, um einer Strafe zu entgehen, und dieser hier ist besonders alt.«

Fiona begann wieder zu weinen. Es war aussichtslos.

»Ach, weinen Sie doch nicht, meine Teuerste. Das ertrag ich nicht«, flüsterte eine mitfühlende Stimme von hinten. Es war Peter Hylton. »Euer Ehren! Euer Ehren!« rief er und erhob sich.

O nein, dachte Fiona. »Mr. Hylton, bitte nicht ...«, begann sie, aber er stand bereits im Gang.

Eames klopfte mit seinem Hammer auf den Tisch. »Ruhe! Schreien Sie nicht herum, Sir. Kommen Sie zum Richtertisch.«

»Tut mir leid.« Peter eilte nach vorn.

»Was gibt es, Mr. ...?« fragte Eames.

»Hylton. Peter Randall Hylton. Ich schreibe eine Kolumne für die *World* – Peters Klatschecke – und ...«

»Was haben Sie zu sagen, Mr. Hylton?«

»Ich wollte Ihnen nur sagen, daß Mr. Ambrose die Wahrheit sagt! Es handelt sich um ein Mißverständnis. Ein ganz schreckliches Mißverständnis. Nick Soames ist nicht ... Sie wissen schon«, sagte er und machte eine unbestimmte Geste.

»Nein, Sir, ich verstehe Sie nicht.«

»Eine Schwuchtel!«

Brüllendes Gelächter brach im Saal aus. Eames knallte wieder seinen Hammer auf den Tisch.

»Nun, das ist er nicht«, beharrte Peter. »Er hat eine Liebste, wissen Sie. Eine Frau. Ich möchte hier keine Namen nennen – das würde sich nicht gehören –, aber es ist wahr.«

Fiona witterte ihre Chance. Sie stand auf und bat, vortreten zu dürfen. Eames gestattete es, und sie ging mit zitternden Beinen zu ihm nach vorn. Wenn man bedachte, daß Ambrose seinen Trick einen Versuch genannt hatte, dann standen ihre Chancen eine Million zu eins. Will wäre wütend auf sie, aber es half nichts. Es war alles, was sie hatte – alles, was Nick hatte. Sie räusperte sich und sagte: »Euer Ehren, was Mr. Hylton gesagt hat, ist richtig. Mr. Soames ist mein Verlobter. Wir sind seit zwei Monaten verlobt.« Ausrufe des Staunens, gefolgt von lautem Stimmengewirr erfüllten den Raum. Eames knallte wieder seinen Hammer auf den Tisch und drohte, den Saal räumen zu lassen. »Auch was Mr. Ambrose sagte, ist richtig«, fuhr sie fort. »Nicholas schläft schlecht und läuft nachts herum, um müde zu werden. Ich weiß nicht, wie er in ein Lokal wie das Slide gekommen ist, aber ich bin sicher, es war nicht seine Absicht. Und ich bin sicher, daß er seinen Fehler schrecklich bereut.«

Ambrose warf Fiona einen erschreckten Blick zu. »Euer Ehren ...«, begann er hastig. Der Rest seiner Worte ging im Tumult der Anwesenden unter. Reporter, die eine gute Story witterten, drängten sich aneinander vorbei und versuchten, Fionas ganzen Namen, die Schreibweise von »Soames« und die Adresse von Nicks Galerie zu ergattern.

Wütend ließ Eames seinen Hammer auf den Tisch sausen, als wollte er ihn zerbrechen. »Setzen Sie sich, Herr Verteidiger!« schrie er. Seine Stimme bewirkte die Ruhe, die er mit seinem Hammer nicht herstellen konnte. Er raffte seine Papiere zusammen und stand auf. »Herr Verteidiger, Sie und Ihr Schmierentheater rauben mir allmählich den letzten Nerv. Ich unterbreche für einen Moment, und wenn ich zurückkomme, möchte ich, daß jeder wieder auf seinem Platz sitzt. Und ich bitte mir absolute Ruhe aus. Habe ich mich klar ausgedrückt?«

Niemand wagte, einen Mucks von sich zu geben, alle nickten. Eames drehte sich auf dem Absatz um, verließ den Gerichtssaal und warf die Tür hinter sich zu. Der Knall hallte dumpf nach.

Fiona kehrte auf ihren Platz zurück und setzte sich wieder neben Teddy. Stephen Ambrose zwängte sich neben sie. »Das war ziemlich mutig«, sagte er leise.

Sie nickte niedergeschlagen. Sie hatte gehofft, Nick zu helfen, doch jetzt sah es so aus, als hätte sie alles nur noch schlimmer gemacht.

Ambrose bemerkte ihre bedrückte Miene. »Nur Mut«, sagte er. »Man kann nie wissen. Wenn Eames Nick jetzt nicht an den Galgen schickt, könnte er ihn genausogut freilassen.«

Will junior nahm einen großen Schluck Scotch, verzog freudig das Gesicht, als er seine Kehle hinabrann, und sagte: »Cameron, du bist ein Genie, weißt du. Ein gottverdammtes Genie!«

Cameron saß im Richterzimmer, hatte die Beine auf seinen Schreibtisch gelegt und grinste seinen Freund an. »Es läuft ganz gut. Das finde ich auch.«

»Läuft *gut?* Cam, es könnte gar nicht besser laufen. Ich kann's nicht fassen, daß sie hier ist«, rief er aus, lehnte sich in seinem Stuhl zurück und sah lächelnd zur Decke. »Daß sie tatsächlich die Nacht in den Tombs verbracht hat und jetzt mit Schwulen und Kriminellen im Gerichtssaal sitzt! Mein Vater wird außer sich sein! Was ist passiert, nachdem Ambrose eingegriffen hat?«

Cameron lachte. »Dann hat Hylton seinen Senf dazugegeben. Mein Gott, ich wünschte, du hättest es sehen können, Will. Er ist tatsächlich aufgestanden und hat dem ganzen Saal erklärt, daß Nick Soames keine Schwuchtel sei. Ich dachte, mich haut's vom Sessel.«

Cameron fuhr fort, Peter Hyltons Auftritt zu beschreiben, Will junior hörte gespannt zu und schüttelte ungläubig den Kopf über sein Glück. Alles lief geradezu perfekt, besser, als er zu hoffen gewagt hatte. Cameron hatte ihm erzählt, daß der ganze Gerichtssaal voller Reporter war. Auch ein paar Fotografen waren aufgetaucht. Es gäbe einen Riesenskandal. Heute abend – vielleicht schon zur Mittagszeit – würde der ganze Dreck hochspritzen. Und Fiona Finnegan unter sich begraben. Dann würde sein Vater Schluß mit ihr machen. Er hätte gar keine andere Wahl. Eine anständige Frau aus der Unterklasse zu heiraten war eines, aber eine Frau zu ehelichen, die sich mit Kriminellen abgab, etwas ganz anderes.

»... und dann, Will ... ach, du glaubst es nicht ... steht sie auf und erklärt mir, sie sei mit Soames verlobt. Seit zwei Monaten!«

»Was?«

»Sie behauptet, sie seien verlobt und Soames sei nur zufällig ins Slide gestolpert, aus Schlaflosigkeit oder irgendeinem Blödsinn.« Er machte eine wegwerfende Geste. »Die halten mich wohl für völlig bescheuert.«

Das ist der schönste Tag meines Lebens, dachte Will junior, als Cameron seine Geschichte beendete. »Cameron ...«, begann er langsam.

»Hm?« antwortete dieser und schenkte Will nach.

»Was ist, wenn ich mich täusche? Was ist, wenn mein Vater ihr diesen Auftritt tatsächlich verzeiht?«

»Dann wäre unsere ganze Arbeit umsonst und auch der Gefallen, um den ich Malloy gebeten habe. Aber das wird er nicht, Will. Nicht, nachdem alles durch die Zeitungen gezerrt worden ist.«

»In seinem momentanen Zustand ist alles möglich«, antwortete Will junior. Er leerte sein Glas und sah seinen Freund an. »Ich denke, Richter Eames, daß wir jetzt die einmalige Chance haben, Miss Finnegan für immer von der Bildfläche verschwinden zu lassen. Und ich finde, daß wir diese außergewöhnliche Chance nutzen sollten.«

Cameron erwiderte seinen Blick und nickte nur, und Will junior wußte, daß er ihn verstanden hatte. Sie konnten schon immer sehr gut die Gedanken des anderen lesen. Das hatte ihnen genutzt, wenn sie sich als Jungen Geschichten ausdenken mußten, und später, wenn sie in Examen beim Schwindeln erwischt worden waren. Sie hatten es weit gebracht, sie beide, und sie würden es noch weiter bringen.

»Wenn dein Vater je erfährt, was passiert ist, zieht er mir das Fell über die Ohren.«

»Das wird er nicht. Wie denn? Von mir erfährt er nichts.«

»Was soll ich sagen, wenn er rausfindet, daß ich der Vorsitzende Richter war?«

»Na, was denn? Offiziell kennst du sie überhaupt nicht. Hast du sie je zusammen gesehen?«

»Nein.«

»Hat er dich ihr je vorgestellt?«

»Nein.«

»Hat er dir gesagt, daß sie verlobt sind?«

»Natürlich nicht.«

»Wie solltest du dann verantwortlich dafür sein? Du hast von nichts gewußt. Du hast nur deine Arbeit getan. Wenn er dich je danach fragen sollte, sagst du, daß du dich niemals darauf eingelassen hättest, wenn du Bescheid gewußt hättest.«

»Na schön. Du solltest jetzt lieber gehen. Durch den Hinterausgang, wie du hereingekommen bist. Paß auf, daß dich niemand sieht, Will. Wirklich niemand.«

»Ich paß schon auf. Keine Sorge, Cam. Zieh das durch für mich.«

Cameron stand auf und legte seine Robe wieder an. Die beiden verabredeten, sich im Union Club zum Essen zu treffen, dann ging Will. Er fühlte sich unendlich erleichtert. Bald wäre die ganze Sache vorbei, endgültig vorbei. Sein Vater käme nie darauf, daß Cameron die Hände im Spiel gehabt hatte. Und er dächte nicht im Traum daran, daß er selbst die ganze Sache eingefädelt hatte. Dafür hatte er sich zu perfekt verstellt – sich für sein schlechtes Benehmen entschuldigt, das Mädchen in der Familie willkommen geheißen –, und sein Vater hatte alles geschluckt. Als er den dunklen Gang hinunterging, durch den die Angeklagten und Verurteilten geführt wurden, dachte Will junior, daß er Cameron für diesen Gefallen tatsächlich etwas schuldete. Er wußte auch schon, wie er sich erkenntlich zeigen würde. Sobald er seinen Sitz im Kongreß hatte, würde er sich dafür einsetzen, daß Cam Richter am Obersten Gerichtshof wurde, was er sich so sehnlich wünschte. Und eines Tages, wenn er ins Weiße Haus einzog, würde er Cameron Eames als Obersten Bundesrichter nominieren. Jeder Präsident brauchte einen Richter in der Hinterhand.

Fiona blickte an den grellweißen Wänden des Gerichtssaals entlang, auf denen die ernsten Porträts von großen Männern aneinandergereiht hingen. Sie sah auf die amerikanische Flagge in der Ecke und das goldene Siegel der Stadt New York. Überall suchte sie nach einem Hinweis von Freundlichkeit in dem Raum, nach Verständnis für die menschlichen Schwächen. Sie suchte nach einem Zeichen, daß die Männer, die so viel Macht über das Leben anderer besaßen, diese Macht mit Weisheit und Toleranz ausübten. Aber sie sah nur die strengen, undurchdringlichen Gesichter der Beamten und die einschüchternde Leere des Richterstuhls.

Eames würde ihre Geschichte niemals schlucken. Stephen hatte ihn verärgert. Hylton hatte alles nur noch schlimmer gemacht, und sie hatte das Faß zum Überlaufen gebracht. Er würde auf einem Prozeß bestehen und Nick dann ausweisen.

Als die Tür des Richterzimmers plötzlich aufging, zuckte sie zusammen. Eames kam wieder herein und nahm seinen Platz ein. Von allen Seiten hörte Fiona Rascheln und Scharren, als sich die Zuschauer und Reporter aufrichteten, um zu sehen, welche Wendung die neue Runde bringen würde. Eames ließ sie nicht lange warten. Sobald er sich gesetzt hatte, rief er Stephen Ambrose und Fiona zum Richtertisch.

Er räusperte sich und warf dabei einen Blick durch den Saal. »Im Gegensatz zu dem Bild, das verschiedentlich in einigen der weniger seriösen Zeitungen der Stadt von mir gezeichnet wird«, begann er und nahm dabei Nellie Bly aufs Korn, »habe ich durchaus Verständnis. Und Mitgefühl.«

Fionas Herz machte einen Freudensprung.

»Und ich bin durchaus gewillt zuzugeben, daß im Fall von Mr. Soames möglicherweise ein Mißverständnis vorliegt.«

Ihre Beine wurden schwach vor Erleichterung. Alles wird gut, dachte sie. Er läßt Nick laufen.

»Miss Finnegan, Sie behaupten, Mr. Soames sei Ihr Verlobter und nur aus Zufall in das Slide gekommen ... trifft das zu?«

»Ja, Euer Ehren.«

Eames wandte sich an den Angeklagten. »Ist das richtig, Mr. Soames?«

Mit einem panischen Ausdruck im Gesicht sah Nick Fiona an. Sie nickte ihm zu und schenkte ihm einen Blick, der ihn warnte, seine letzte Chance nicht zu vermasseln.

»Ja, Euer Ehren«, antwortete er ruhig.

»Nun gut. Ich bin bereit, Mr. Soames in Ihre Obhut zu übergeben, Miss Finnegan. Unter einer Bedingung ...«

»Ja, Euer Ehren«, sagte sie, vor Erleichterung strahlend und in der Gewißheit, daß ihr Plan funktioniert hatte. Sie hatte Nick gerettet! Bald wäre dieser Alptraum vorbei.

»Ich bestehe darauf, daß Sie Mr. Soames noch heute heiraten. In meinem Gerichtssaal. Als Beweis für Ihre Aufrichtigkeit.«

Einen Moment lang trat absolute Stille ein, dann brach die Hölle los. Stephen und Teddy gingen auf den Richter los und sagten, daß sein Ansinnen ungeheuer und vollkommen ungehörig sei. Eames brüllte zurück, daß er einen Schwindel rieche, wenn er ihm unter die Nase käme, und daß er sich in seinem eigenen Gerichtssaal nicht zum Narren machen lasse. Reporter riefen ihr, Nick und Eames Fragen zu. Zuschauer unterhielten sich lautstark und bemerkten, daß es hier lustiger sei als in Tony Pastors Theater. Fiona stand da und war wie betäubt von der Wahl, vor die Eames sie stellte.

Plötzlich bemerkte sie, wie Nick ihr zuwinkte, soweit seine gefesselten Hände dies erlaubten. Sie ging zu ihm hinüber. Niemand hielt sie auf. Eames war in seine Auseinandersetzung verstrickt. Zwei der Polizeibeamten drückten einen aufsässigen Gefangenen, der johlend aufgesprungen war, auf seinen Platz zurück. Zwei weitere versuchten, die Menge zu beruhigen.

»Mach sofort Schluß damit«, sagte Nick. »Ich mach da nicht mit.«

»Doch, das wirst du.«

»Bist du verrückt?« zischte er. »Du wirfst dein Leben weg! Wozu denn? Das ist doch kein Kapitalverbrechen. Sie verurteilen mich, ich bezahl ein Bußgeld und bin frei.«

»Nein, so läuft das nicht. Teddy sagt, der Richter steckt dich wochenlang ins Gefängnis, und nach dem Prozeß schiebt er dich ab. Nach England. Verstehst du, was das bedeutet?«

»Verstehst *du,* was das heißt, du dummes Ding? Du kannst Will nicht heiraten, wenn du mit mir verheiratet bist! So was erlaubt man vielleicht in Arabien, in Afrika und in der Südsee, aber nicht in New York!«

»Ich will Will nicht heiraten.«

Nicholas legte den Kopf in die Hände. »Bitte, Fiona. Bitte. Ich hab die letzten zwölf Stunden genug Wahnsinn erlebt. Ich brauch deinen nicht auch noch.«

»Nicholas ... du hast *mich* einmal geheiratet. Jetzt heirate ich dich.«

»Das war doch nur eine vorgetäuschte Ehe. Die hier wird's nicht sein.«

»Du hast mich gerettet.«

»Wohl kaum.«

»Doch. Mich und Seamie. Glaub mir, wenn ich's dir sage. Jetzt rette ich dich.«

Nick hob den Kopf und sah ihr in die Augen. »Warum?«

Fiona zuckte hilflos mit den Achseln. »Weil ich dich liebe.«

Ein Beamter trat neben sie. »Tut mir leid, Miss, kein Kontakt mit den Gefangenen«, sagte er brüsk und führte sie zum Richtertisch zurück.

Genervt von dem Lärm, griff Eames wieder zum Hammer.

»Ruhe! Ruhe!« brüllte er. »Noch ein solcher Ausbruch, und ich lasse den Saal räumen!«

Als die Ruhe wiederhergestellt war, begann er von neuem. »Ich bin bereit, Miss Finnegans Aussage Glauben zu schenken. Ich brauche nur einen Beweis ihrer Aufrichtigkeit, Herr Verteidiger. Wenn Mr. Soames wirklich unschuldig ist, lasse ich ihn frei, aber ich erlaube nicht, daß die Autorität dieses Gerichts verhöhnt wird.«

»Euer Ehren«, sagte Fiona, aber ihre Worte gingen in Stephens lautstarken Schmähungen des Richters und seines Gerichtssaals unter. Er sagte, daß durch diese grausame Auflage die kirchliche Zeremonie unmöglich würde, die sein Mandant plane. Er klammerte sich an Strohhalme und versuchte, alles aufzufahren, um Eames von seinem Entschluß abzubringen.

»Eine zivile Zeremonie schließt eine kirchliche nicht aus«, erwiderte Eames. »Sie können immer noch in der Kirche heiraten. Das will ich nicht verhindern.«

»Euer Ehren, bitte!« rief Fiona.

»Was ist, Miss Finnegan?«

»Ich akzeptiere die Auflage. Wir beide tun es.«

Eames nickte. »Sehr gut. Ich gebe Ihnen zwei Stunden, um die nötigen Papiere zu beschaffen, während ich die Sitzung zu Ende führe. Bringen Sie den nächsten Angeklagten herein. Wie erklären Sie sich?«

Benommen vor Erschöpfung und Schock, setzte sich Fiona. Drei sensationslüsterne Reporter versuchten, sich zu ihr durchzudrängen, aber Teddy und Stephen wiesen sie ab. Ein vierter schaffte es. Es war Nellie Bly.

»Ich muß mit ihr reden, Teddy«, hörte Fiona sie sagen. »Nicht als Reporterin, als Freundin.«

»Ist schon gut, Teddy«, sagte Fiona. Er ließ sie vorbei.

Nellie setzte sich neben sie und beugte sich nahe zu ihr, damit niemand ihre Unterhaltung hören konnte. »Fiona, was machen Sie da?« fragte sie ruhig. »Will liebt Sie, das weiß ich. Das wußte ich schon vor ihm. Ich hab ihn eines Abends getroffen, als er im Union Club von ihnen geträumt hat, obwohl er's nicht zugeben wollte. Ich hab Sie zusammen gesehen, bemerkt, wie er Sie ansieht. Warum wollen Sie ihn so verletzen?«

»Weil Nick zugrunde geht, wenn ich's nicht tue.«

»Fiona, wir sind in Amerika. Niemand wird ihn *umbringen.* Er sitzt eine Weile, und schlimmstenfalls wird er abgeschoben.«

Fiona unterbrach sie. »Eine Weile sitzen?« fragte sie zornig. »Und muß Steine brechen mit einem Pickel, den er nicht mal halten kann? Oder in Ketten arbeiten, bis er umfällt?« Der bloße Gedanke, daß Nick in Ketten zu schwerer Arbeit gezwungen würde, machte sie krank vor Angst. »Er hat ein schwaches Herz, Nellie«, sagte sie und hielt ihr Schluchzen zurück. »Er kann kaum seine Bilder hochheben, geschweige denn Schaufeln mit Erde ... oder einen Karren voller Steine. Er würde keine Woche überstehen ...« Ihre Stimme brach ab. Tränen rannen ihr übers Gesicht. Es war zuviel für sie. Nick fast zu verlieren. Und Will verloren zu haben.

»Tut mir leid, Fiona. Das wußte ich nicht. Mein Gott, was für eine Wahl Sie treffen müssen ... scht, es tut mir so leid ...«, tröstete Nellie sie, und als sich Fiona wieder gefaßt hatte, richtete sich Nellie auf und sah den Richter an. »Der Teufel soll Sie holen, Eames, Sie elender Mistkerl!« rief sie.

Eames hatte gerade mit einem Gefangenen gesprochen. Er hielt inne. Sein Gesicht lief tiefrot an. »Was haben Sie gesagt?« fragte er.

»Sie haben mich schon gehört! Ist das eine Gerichtsverhandlung oder die Spanische Inquisition?«

»Wie können Sie es wagen ...«

»Ich sage Ihnen, was das ist – es ist eine Posse! Jemanden auf diese Weise zur Heirat zu zwingen. Das wissen Sie, und jeder im Gerichtssaal weiß das auch!«

»Das reicht!« brüllte Eames und sprang auf. »Ich erwarte, daß Sie zumindest meinem Amt gebührenden Respekt erweisen, wenn Sie mich in meinem Gerichtssaal ansprechen!« schrie er. »Wache! Entfernen Sie Miss Bly und alle Presseleute aus dem Saal. Sofort!«

Nachdem die Presse hinausgeleitet worden war und schließlich wieder Ruhe einkehrte, fuhr Eames mit der Verurteilung der Verhafteten fort. Mit Teddy Sissons' Hilfe gelang es Fiona, das Gerichtsgebäude durch den Hintereingang zu verlassen und die Reporter auf ihrem Weg nach Hause auszutricksen, wo sie ihre und Nicks Papiere holen wollte. Teddy versuchte, ihr die Heirat auszureden. Was Eames fordere, sei illegal, sagte er, der Mann habe kein Recht, eine solche Auflage zu verhängen. Er und Stephen würden sich darum kümmern, versprach er. Es würde höchstens ein paar Tage, vielleicht eine Woche dauern.

Fiona streckte den Arm aus, um eine Droschke anzuhalten. »Eine Woche?« fragte sie. »Ich soll ihn eine Woche in den Tombs lassen? Haben Sie sein Gesicht gesehen? Gott weiß, ob das alles war, was sie ihm angetan haben.« Eine Droschke drosselte ihr Tempo, und sie lief darauf zu.

»Ich bin in zwei Stunden zurück«, rief sie. »Bleiben Sie bei ihm und hindern Sie ihn daran, irgendwas Dummes zu tun.«

»Für ihn ist es ohnehin zu spät«, seufzte Teddy, als der Wagen abfuhr. »Ich versuchte, *Sie* daran zu hindern.«

»Elgin? Ich dachte Ihr Familienname sei Soames«, sagte Cameron Eames und sah auf Nicks Geburtsurkunde.

»Er ist Elgin. Aber ich trage den Namen meiner Mutter.«

Fiona sah Nick an. Das war ihr neu. Bald würde auch sie Elgin heißen. Oder würden sie Soames benutzen? Sie spürte, wie ihr schwindelig wurde. Einen Moment lang glaubte sie, ohnmächtig zu werden. Was kein Wunder wäre. Sie hatte nicht geschlafen, nichts gegessen, und jetzt die Hochzeit mit Nick.

»Was ist das?« fragte Eames und deutete auf eine Abkürzung vor Nicks Namen.

»Das ... ähm ... das steht für Vicomte.«

Was macht er denn jetzt? fragte sich Fiona erschöpft. Es war zu spät für weitere Tricks. Die hatten sie schon alle ausprobiert. Glaubte er wirklich, er könnte den Richter einschüchtern, wenn er vorgab, adelig zu sein?

»Vicomte?« fragte Eames.

»Ja.«

»Was ist ein Vicomte genau?«

»Der älteste Sohn eines Herzogs.«

»Ihr Vater ist ein Herzog?«

»Der sechste Herzog von Winchester.«

Fiona warf ihm einen bösen Blick zu. »Hör auf«, sagte sie tonlos. Der Sohn des Herzogs von Winchester. Also wirklich! Als nächstes würde sie sagen, sie sei eine Prinzessin.

Er schenkte ihr ein schüchternes Lächeln. Wenigstens war es schüchtern, dachte sie. Was schwer zu sagen war bei seinen verschwollenen Augenlidern. Dennoch sah er inzwischen besser aus. Der Richter hatte ihm erlaubt, sich das Gesicht zu waschen, er hatte sich gekämmt und die frischen Kleider angezogen, die sie mitgebracht hatte. Er sah ganz passabel aus. Zumindest wie ein junger Mann aus gutem Haus und nicht wie ein Krimineller.

Auch Fiona hatte es geschafft, sich umzuziehen. Unbemerkt war sie in Michaels Wohnung geschlüpft, glücklicherweise war Mary mit den Kindern ausgegangen. Dort hatte sie ihre zerknitterten Sachen abgelegt und eine weiße Spitzenbluse und ein türkisfarbenes Seidenkostüm angezogen. Dann hatte sie sich schnell gekämmt und einen Hut aus dem Schrank geholt. Als sie in einer Schublade nach ihrer Geburtsurkunde suchte, war sie auf die Eheringe ihrer Eltern gestoßen, die sie in ihre Tasche steckte. Auf dem Weg nach draußen schreckte sie zusammen. Gerade, als sie ins Wohnzimmer trat, ging die Eingangstür auf, und Michael kam herein. Schnell schlüpfte sie wieder in ihr Zimmer zurück, als er durch den Gang zur Toilette ging. Wenn er davon Wind bekommen hätte, hätte er versucht, die Sache zu verhindern. Sie schlich hinaus, während er noch auf der Toilette war, dann eilte sie die Seventh Avenue hinunter und erwischte eine Droschke zum Gramercy Park. Es hatte eine Weile gedauert, bis sie Nicks kleine Ledermappe fand, in der er seine Papiere aufbewahrte, aber schließlich hatte sie sie unter seinem Bett entdeckt. Dann hatte sie ein frisches Hemd und eine Jacke aus seinem Schrank genommen und war zum Gerichtsgebäude zurückgeeilt. Wenn Peter Hylton und seine Mannschaft Bilder machen wollten, dann sollten sie sie bekommen, aber darauf wollten sie und Nick nicht ungepflegt aussehen. Zumindest würden sie an ihrem Hochzeitstag ordentliche Kleider tragen.

Ihrem Hochzeitstag.

Allein bei dem Gedanken zitterten ihre Hände. Sie heiratete Nick. Sie würde sich ihm versprechen und er sich ihr. Für immer.

Ihr wurde wieder schwindelig. Sie schloß die Augen, grub die Fingernägel in die Handflächen und konzentrierte sich auf den Schmerz. Denk nicht darüber nach, beschwor sie sich. Denk an irgendwas anderes. Bring es einfach hinter dich.

Als Eames mit Nicks Geburtsurkunde fertig war, überprüfte er Fionas und ließ sie beide die Heiratsurkunde ausfüllen. Fiona gab Teddy die Eheringe ihrer Eltern. Außer Eames, den beiden Anwälten, Nick und ihr selbst war der Saal inzwischen leer. Wofür sie dankbar war. Der ganze Vormittag war der reinste Zirkus gewesen, und die Clowns warteten immer noch auf den Stufen des Gerichtsgebäudes. Wenigstens müßten sie ihren Schwur nicht vor der Menge leisten.

Ohne weitere Umstände schritt Eames zur Tat. Es gab keine gewundenen Worte, keine romantischen Gefühle, nur die nüchterne Zeremonie, den Austausch der Ringe und das Gelöbnis. Dann war es vorbei, und sie standen einander gegenüber mit den schmalen Goldringen an den Fingern. Nicholas und Fiona Soames ... oder Elgin? Mann und Frau. Bis daß der Tod sie schied.

Eames ließ zuerst sie, dann die Anwälte die Heiratsurkunde unterschreiben. Daraufhin wünschte er ihnen einen guten Tag, erklärte Nick, daß er frei sei, und riet ihm, sich bei allen künftigen Spaziergängen vom Slide und ähnlichen Etablissements fernzuhalten.

Verlegen standen die vier da und wußten nicht recht, was sie tun sollten, bis Stephen in die Hände klatschte und verkündete, daß draußen eine Pressemeute wartete, und wenn sie den Eindruck aufrechterhalten wollten, daß Nicks Verhaftung ein Mißverständnis gewesen sei, wenn sie einen Skandal vermeiden wollten, täten sie gut daran, wie ein glückliches, frischverheiratetes Paar auszusehen. Sie nahmen ihre Sachen und folgte ihm nach draußen.

Auf den Stufen des Gerichtsgebäudes erklärte Stephen Ambrose der Presse, daß Cameron Eames' Rechtsverständnis absolut empörend sei und er sich bei seinen Mandanten zu entschuldigen habe. Mr. Soames' Verhaftung sei ein ungeheuerlicher Vorgang gewesen. Zuerst sei er von der Polizei mißhandelt und dann gezwungen worden, seine Verlobte, Miss Fiona Finnegan, viel früher zu heiraten, als die beiden beabsichtigt hatten. »Wir schreiben das Jahr 1889«, sagte er und schlug sich mit der Faust in die Handfläche, »und sind nicht im Mittelalter! Niemand darf gezwungen werden, unter Kriminellen in einem Gerichtssaal zu heiraten, nur um seinen guten

Namen wiederherzustellen!« Obwohl alle Anklagen gegen seinen Mandanten fallengelassen worden seien, fügte er hinzu, erwäge Mr. Soames, die Stadt wegen unrechtmäßiger Festnahme und Verletzung seiner Bürgerrechte zu verklagen.

Fotos wurden geschossen, einschließlich eines von Nicholas, der die Wange seiner Braut küßte, und eines von Fiona mit einem Rosenstrauß im Arm, den ein Reporter bei einem Blumenhändler besorgt hatte. Fragen wurden gestellt, Namen buchstabiert, und das junge Paar wurde mit Glückwünschen überhäuft, bis sich die Menge schließlich auflöste. Teddy und Stephen verabschiedeten sich – nicht ohne festzustellen, daß dieser Tag der aufregendste ihrer ganzen Karriere gewesen sei. Und Fiona und Nick blieben allein zurück.

Fiona ergriff als erste das Wort. »Nick ... ich ... ich glaube, ich werde ohnmächtig.«

»Nein, nicht doch! Da drüben ist eine Bank. Komm.«

Er nahm ihren Arm und führte sie weg. Sie setzte sich und legte den Kopf auf die Knie. Ihr war kalt, und ihr Herz raste. Sie hatte das Gefühl, sich übergeben zu müssen. »Was haben wir getan?« stöhnte sie. »Was soll ich Will sagen?«

Nick steichelte ihr über den Rücken. »Es tut mir leid, Fiona«, sagte er. »Es tut mir so leid.« Dann brach er in Tränen aus. Er schluchzte so heftig, daß sie ihn kaum verstand. »... dein Leben ruiniert ... du hast ihn geliebt ...«

Fiona dachte über seine Worte nach. Sie sah auf die Gebäude um sich, die Bäume, die Sonne am Mittagshimmel. Dann wandte sie sich ihm zu. »Nein, das hab ich nicht. Nicht wirklich«, sagte sie mit seltsam ruhiger Stimme.

»Was?« fragte er schniefend.

»Du hast recht gehabt. Erinnerst du dich an den Abend in deiner Wohnung? An unseren Streit? Du hast gesagt, ich würde Will nicht wirklich lieben. Nicht so, wie ich Joe geliebt habe. Ich hab vieles an Will gemocht. Sein gutes Herz. Seine Intelligenz. Seinen aufwendigen Lebensstil und daß mich wieder jemand begehrte, sich um mich kümmerte. Aber ich *liebe* ihn nicht. Nicht so, wie ich es sollte. Es tut mir nur unendlich leid, ihn so verletzen zu müssen. Joe war meine wahre Liebe, Nick. Genau wie Henri für dich. Die findet man nur einmal im Leben. So schwer das auch sein mag, ich muß es akzeptieren.«

»Liebst du mich?«

Sie lächelte ihn an. »Das weißt du doch.«

»Ich liebe dich auch. Und ich sorge für dich, Fee. Und für Seamie. Das verspreche ich. Ich werde der beste Ehemann sein, auch wenn wir keine ganz konventionelle Ehe führen werden ... ich ... ich kann dir keine Kinder schenken ... aber alles andere: ein schönes Heim, Kleider, Restaurantbesuche, was immer du willst. Ich hab nicht soviel Geld wie Will, aber ein ganz nettes Einkommen. Etwa zehntausend Pfund im Jahr. Und die Galerie ist fast fertig. Meine Aussichten sind absolut exzellent, verstehst du.«

Fiona sah ihn von der Seite an. »Nicholas Soames ... willst du mir einen Antrag machen?«

»Wahrscheinlich. Wenn auch ein bißchen zu spät.«

»Ich nehme an.«

»Wirklich?«

»Natürlich.« Sie legte den Kopf auf seine Schulter. »Ich würde dich sofort wieder heiraten, Nick. Ich hätte alles getan, um dich hierzubehalten. Du bist der wichtigste Mensch in meinem Leben. Du und Seamie.«

Sie hörte ihn wieder schniefen. Kurz darauf sagte er: »Bist du sicher, daß du das willst? Wir könnten uns ja auch wieder scheiden lassen.«

»Nein, das können wir nicht. Das würde einen genauso großen Skandal geben wie den, den wir gerade vermieden haben, und mir reichen die Aufregungen für eine Weile.«

»Was ist mit deinem schönen Kleid und mit dem Schmuck, den dir Will geschenkt hat?«

»Das Kleid kann jemand anders anziehen. Und was den hier anbelangt ...« Sie streifte den riesigen Diamanten vom Finger und steckte ihn in die Tasche. »Er hat nie wirklich zu mir gepaßt.«

»Und die Reise? Du hast dich so darauf gefreut, und jetzt kannst du nächste Woche nicht nach Frankreich segeln.«

»Nein«, antwortete sie und sah ihn fröhlich an, als ihr einfiel, was sie statt dessen tun konnte. »Aber ich kann in mein schönes Tea Rose gehen! Ich kann meine Schürze anziehen und mich an die Arbeit machen.« Sie lachte. »Jetzt muß ich die Teestube nicht aufgeben! Wie konnte ich das bloß je in Erwägung ziehen? Weißt du was? Ich kann es gar nicht erwarten, wieder dort zu sein, meine

Rosen zu sehen, das Lokal zu eröffnen und bis über die Ohren in Arbeit zu stecken.«

Nick nahm ihre Hand. »*Ich* werde dich auf eine Hochzeitsreise mitnehmen, Fee.«

»Wirklich? Wohin?«

»Nach Coney Island.«

Fiona lachte. »Mit Seamie und Michael und den Munros. Das wäre aber romantisch!«

Fiona und Nick saßen händchenhaltend auf der Bank und redeten, bis es ein Uhr schlug und Fiona einfiel, wie besorgt alle zu Hause wären. Sie war letzte Nacht aus dem Haus gerannt und hatte Alec nur gesagt, daß Nick in Schwierigkeiten stecke.

»Wir sollten lieber heimgehen, was?« sagte sie. »Sicher sind sie schon außer sich vor Sorge. Außerdem müssen wir Michael erklären, was passiert ist.«

Nick stöhnte. »Da laß ich mich lieber abschieben.«

Sie wandten sich zum Gehen, und Fiona bemerkte, daß seine Wange wieder zu bluten begonnen hatte. Sie tupfte ihn mit Teddys Taschentuch ab, das sie immer noch in der Hand hielt. »Ach, übrigens« sagte sie, »was für eine blöde Nummer wolltest du eigentlich abziehen? Dich als Vicomte auszugeben – schämst du dich denn gar nicht?«

Er nahm ihre Hand. »Fiona, das war keine Nummer.«

Sie sah ihn eindringlich an. »Du machst doch Witze, ja?«

Er schüttelte den Kopf. Dann nahm er ihre Hand, küßte sie mit einem reumütigen Lächeln und sagte: »Lassen Sie mich Ihnen als erster zu Ihrer Heirat gratulieren, Vicomtesse.«

56

Nach dem morgendlichen Bad, das ihm seine Vermieterin einmal pro Woche gestattete, zog Joe ein frisches Hemd über den Kopf und steckte es in die Hose. Er sah sich in dem kleinen Spiegel über der Kommode an und kämmte sich durchs Haar.

Heute würde er seine Suche in Chelsea beginnen. Seit drei Wochen war er nun schon in der Stadt und hatte immer noch keine Spur von Fiona gefunden. Es wurde mit jedem Tag schwieriger, nicht den Mut zu verlieren.

Michael Charles Finnegan hatte sich als der falsche Mann erwiesen. Er hatte zwar eine Nichte, aber sie hieß Frances und war zehn Jahre alt. Auch Eddie war nicht erfolgreicher gewesen. Er hatte den Lebensmittelladen auf der Eighth Avenue gefunden und von einem alten Mann erfahren, daß hier ein Michael Finnegan wohne, aber im Moment nicht zu Hause sei. Er riet ihm, am Morgen wiederzukommen. Eddie wollte fragen, ob dieser Michael eine Nichte habe, aber der Mann schnitt ihm das Wort ab und sagte, es habe heute nacht schon genügend Störung gegeben, und er werde einem Gassenjungen keine weiteren Fragen beantworten. Dann warf er ihm die Tür vor der Nase zu.

Das war vorgestern gewesen. Eddie hatte gestern einen kleinen Auftrag als Verteiler von Flugblättern ergattern können und konnte nicht in die Eighth Avenue zurückkehren, aber er hatte Joe die Adresse gegeben. Heute morgen würde er selbst hingehen. Er mußte Fiona finden, und zwar bald. Obwohl er mit seinem Geld sehr vorsichtig umgegangen war, schmolz es schnell dahin. »Wo bist du nur, Mädchen«, seufzte er laut. »Wo zum Teufel bist du?« Plötzlich überkam ihn große Niedergeschlagenheit. Er setzte sich eine Weile aufs Bett, stützte den Kopf auf und war überzeugt, daß er sie nie finden würde, daß all seine Hoffnungen und Mühen umsonst waren.

Dann raffte er sich wieder auf und war entschlossen, die Suche fortzusetzen. Er durfte jetzt einfach nicht aufgeben. Sie war hier. Das spürte er, das wußte er. Er mußte nur den richtigen Finnegan finden. Als er nach seinen Stiefeln griff, klopfte es plötzlich so heftig an die Tür, daß er erschrak.

»Mister!« rief eine Kinderstimme durch die Tür. »Machen Sie auf! Ich hab sie gefunden! Diesmal stimmt's!«

Joe durchquerte mit zwei Sätzen den Raum. Er riß die Tür auf. Eddie stand mit einer Zeitung in der Hand auf der Schwelle. »Sehen Sie! Das ist sie doch, ja? Fiona Finnegan!«

Er nahm die Zeitung. Und tatsächlich war auf der zweiten Seite ein Foto von Fiona, aber nicht von der Fiona, die er kannte. Diese

Fiona lächelte. Sie trug ein elegantes Kostüm und einen hübschen Hut und sah bezaubernd aus. Absolut strahlend. Ein Mann küßte ihre Wange. Darüber stand: New Yorks bezauberndstes Paar heiratet im Gerichtssaal.« Der Artikel stammte von einem Mr. Peter Hylton und schilderte die Verhaftung von Nicholas Soames, die Verteidigung seines Anwalts, Hyltons heroische Aussage zugunsten von Mr. Soames und Miss Finnegans tränenreiche Bitte an den Richter. Neben dem Artikel befanden sich zwei Spalten, die sich mit Nicholas Soames' Galerie und Fionas aufblühendem Teehandel beschäftigten.

Joe war wie vor den Kopf geschlagen. Das war doch nicht möglich. Er las weiter. Fiona wohnte in Chelsea, hieß es, über dem Lebensmittelladen ihres Onkels Michael Finnegan. Genau die Adresse, die Eddie aufgesucht hatte. Wenn nur er zu Eighth Avenue statt zur Duane Street gegangen wäre. Mein Gott, wenn nur er ...

»Mister? Geht's Ihnen gut? Sie sehen schlecht aus«, sagte Eddie. »Möchten Sie eine Tasse Kaffee? Oder Whiskey? Vielleicht sollten Sie sich setzen.«

»Mir geht's gut«, sagte Joe wie erstarrt. Er griff in seine Tasche, zog heraus, was er erwischte, und gab es Eddie.

»Einen ganzen Dollar? Mein Gott, danke!«

Joe brachte ihn zur Tür. Dann nahm er die Zeitung wieder in die Hand, starrte das Foto an und hoffte, daß es doch nicht Fiona war. Aber sie war es. Es war ganz eindeutig ihr Gesicht, ihr Lächeln. Auf einmal fühlte er sich leer und ausgelaugt. Er spürte keine Hoffnung, kein Leben mehr in sich. Alles war innerhalb eines Moments ausgelöscht worden.

Als er sie ansah, lachte er bitter auf. Was für ein Narr er doch war. Sie war nicht das arme, elende Wesen, das er erwartet hatte. Sie war weder in Schwierigkeiten, noch hatte sie Angst. Wie konnte er nur annehmen, sie sei verzweifelt und einsam ohne ihn. Sie war eine schöne, erfolgreiche Frau, nicht mehr das Mädchen, dessen Herz er auf den Old Stairs gebrochen hatte. Sie hatte sich inzwischen ein eigenes Leben aufgebaut. Ein gutes. Und sah so glücklich aus, wie eine junge Braut es neben ihrem attraktiven Bräutigam tun sollte – einem Mann, der allem Anschein nach ein bißchen mehr war als ein Straßenhändler aus Whitechapel.

Joe sah ihn an – er wirkte ein bißchen aus der Fassung, aber trotzdem gutaussehend –, ihn, der ihre Wange küßte, und ihm wurde schlecht vor Eifersucht. Was hast du erwartet? fragte er sich zornig. Du hast sie verlassen, und sie hat einen anderen gefunden.

Einen Moment lang erwog er, sie zu besuchen, nur um sie ein letztes Mal zu sehen. Aber er wußte, das wäre eigennützig und würde sie bloß aufregen. Alles war seine Schuld gewesen, und was darauf folgte, war nur die gerechte Strafe für seine Tat. Er hörte seine Großmutter sagen: »Wir werden nicht für unsere Sünden bestraft, sondern durch sie.«

Er würde sie nicht besuchen, sondern sie ihr Leben weiterleben lassen, genau wie er seines weiterleben würde. Ohne sie. Sie würde nicht zu ihm zurückkommen. Sie würde nicht nach London zurückkehren. Er spürte, wie ein Schmerz in ihm aufstieg, ein niederschmetterndes Verlustgefühl, das ihn beängstigte. Davon durfte er sich nicht überwältigen lassen, andernfalls würde es ihn zermalmen.

Er zog seine Reisetasche unter dem Bett heraus. Noch heute würde er abfahren. Er hatte sein Rückfahrticket. Davor würde er Brendan auf seiner Baustelle besuchen, sich verabschieden und dann zum Pier gehen, um herauszufinden, ob am Abend ein Schiff der White-Star-Linie ablegte und ob es noch freie Kabinen gäbe. Er öffnete die oberste Schublade der Kommode und stopfte seine Sachen in die Tasche. Auch sein Stadtplan von New York lag dort und war auf der Seite aufgeschlagen, wo sie wohnte. Wo er heute hatte hingehen wollen. Er war um einen Tag zu spät gekommen. Um einen verdammten Tag.

Dritter Teil

57

London, Januar 1898

Da, Stan, nimm mehr Kerosin«, befahl Bowler Sheehan. »Der ganze Mist soll richtig brennen, nicht kokeln.«

»Wenn du unbedingt willst«, brummte Stan Christie. »Dann gib noch was her. Manno Mann, du hast vielleicht die Hosen voll.«

Dafür hätte Stan eine verpaßt gekriegt, wenn Bowler ihn hätte sehen können. Aber es war so verdammt dunkel in William Burtons alter Teefabrik, daß er kaum die Hand vor den Augen erkennen konnte. Das einzige Licht kam von einer blassen Mondsichel, deren schwache Strahlen durch die hohen Fensteröffnungen auf verfaulte Teekisten und gewundene Gasleitungen fielen. Alles andere – Türknöpfe, Türangeln, Gaslampen und Kerzenhalter – war längst verschwunden. Von Altwarensammlern weggetragen.

Ein dumpfer Knall ertönte. »Au, mein Schienbein. Verflixt! Ich seh einfach nichts!« brüllte Reg Smith.

Prustendes Gelächter. »Zünd ein Streichholz an«, sagte Stan.

»Du bist wirklich ein Komiker, Stan.«

»Maul halten. Wollt ihr, daß uns jemand hört?« knurrte Bowler.

»Das gefällt mir nicht, Mann«, beklagte sich Reg. »Ich hab mir Kerosin über die Schuhe gegossen. Das stinkt tagelang. Wieso machen wir diesen Scheißjob überhaupt?«

»Burton will die Versicherung kassieren«, antwortete Sheehan. »Jahrelang hat er das Gebäude angeboten, aber keinen Käufer gefunden. Wenn es abbrennt, muß die Versicherung den Zaster rausrücken. Aber nur, wenn es nach einem Unfall aussieht.«

»Wozu braucht der denn Geld von der Versicherung? Er ist doch stinkreich«, sagte Stan.

»Nicht mehr. Sein Vermögen ist nicht mehr das, was es einmal war, Jungs. Er ist schwer auf die Schnauze gefallen, als er vor ein paar Jahren versucht hat, den amerikanischen Teemarkt zu erobern.

Und letztes Jahr ist seine Plantage in Indien pleite gegangen. Der Kerl, den er als Manager angeheuert hat, ist mit dem Geld abgehauen. Er hat einen Haufen Schulden am Hals und braucht einen Batzen Bargeld.«

»Das ist Brandstiftung, was wir hier machen«, sagte Stan nachdenklich. »Das haben wir bis jetzt noch nie getan.«

»Schreibt's in euren Lebenslauf, Jungs«, erwiderte Bowler sarkastisch und setzte sich auf eine Teekiste. Er rieb sich das Gesicht. Daß es so weit hatte kommen müssen. Ein Mann seines Kalibers fuhrwerkte um Mitternacht mit zwei dämlichen Idioten in einer Bruchbude herum. Noch dazu für einen Irren wie Burton, der im Lauf der Jahre, als seine Geldschwierigkeiten zunahmen, immer unberechenbarer und gewalttätiger geworden war. Er hatte gesehen, wie er seinen eigenen Vorarbeiter angriff, und einmal war er sogar auf Stan losgegangen, als er im falschen Moment gelacht hatte. Früher hätte er einen Auftrag wie diesen nicht mal in Erwägung gezogen. Den hätte er den kleinen Fischen, den Amateuren, überlassen. Aber es wurde immer schwieriger, an lukrative Jobs ranzukommen.

Alles war jetzt anders. Nicht wie in den guten alten Zeiten – 1888 vor Jack, pflegte Bowler sie zu nennen – vor Jack the Ripper. Der elende Bastard hatte alles ruiniert. Nach der Mordserie hatten die Rechts- und Moralbehörden von London das East End zu ihrer obersten Priorität erklärt. Sie hatten mehr Polizisten auf die Straßen beordert, es gab mehr Prediger, mehr Missionen und Wohltäter. Und dieser verdammte Roddy O'Meara hatte sein Versprechen gehalten und war ihm all die Jahre über auf den Fersen geblieben. Er verfolgte ihn, redete in der Öffentlichkeit mit ihm, als wäre er ein dreckiger Informant, und machte in den Spielhöllen und Bordellen, die er kontrollierte, Razzien. Vor drei Jahren war ein bißchen Ruhe eingekehrt, als O'Meara Sergeant wurde und die meiste Zeit hinterm Schreibtisch verbringen mußte. Aber wenn ihn seine neuen Pflichten davon abhielten, ihn persönlich zu belästigen, achtete er darauf, daß seine Untergebenen für ihn einsprangen.

Und während die Polizei ihn bedrängte, hatte er immer größere Mühe, seine Geschäfte zusammenzuhalten. Einige Leute bezahlten überhaupt nichts mehr wie Denny Quinn unten vom Taj Mahal. Quinn redete sich immer raus, nichts zu haben, machte aber eine

Menge Geld mit dem Laden. Bowler kannte den wahren Grund, warum er nicht bezahlte – dieser verdammte Sid Malone.

Er spuckte aus – schon beim bloßen Gedanken an seinen Rivalen kam ihm die Galle hoch. Malone war jung. Ein Emporkömmling, der aus dem Nichts aufgetaucht war. Vor ein paar Jahren war er bloß einer von den vielen kleinen Ganoven gewesen, der Leuten den Schädel einschlug, ab und zu einen Überfall machte und Hehlerware verhökerte. Davon gab es Hunderte. Kleinkriminelle, die stahlen, um sich Essen zu besorgen oder in einer elenden Absteige ein Bett zu kriegen. Aber mit solchem Kleinkram hatte sich Malone nicht lange aufgehalten. Cleverness und Unverfrorenheit, kombiniert mit dem Ruf absoluter Rücksichtslosigkeit, hatten ihm zu einer rasanten Karriere in der Unterwelt verholfen.

Wie Bowler selbst kontrollierte Sid Malone eine Menge illegaler Etablissements und kassierte Schutzgelder. Im Gegensatz zu Bowler operierte er südlich des Flusses, in Lambeth, Southwark, Bermondsey und Rotherhithe. Leben und leben lassen war Bowlers Devise gewesen. Solange Malone auf seiner Seite des Flusses blieb, wollte auch er auf der seinen bleiben. Aber Malone hielt sich nicht daran. Während der letzten Monate hatte er seinen Einfluß auf Kaibesitzer und Schiffseigner benutzt, um einige sehr kühne und lukrative Unternehmungen anzufangen – Waffen nach Dublin, Opium nach New York und hochwertige Hehlerwaren nach Paris zu verschieben. Sein Erfolg hatte seinen Ehrgeiz angestachelt. Es gab Gerüchte, daß er seine Aktivitäten auf die Nordseite des Flusses ausdehnen wollte – auf Bowlers Gebiet. Und gestern wurden sie bestätigt. Malone war im Taj Mahal aufgetaucht. Reg und Stan hatten ihn gesehen. Er hatte dort gegessen, auf einen Kampf gewettet und mit einer von Quinns Dirnen gevögelt.

Der freche Hund. Dieser verdammte freche Hund, dachte Bowler. Er wußte nicht, wem er zuerst das Genick brechen wollte: Malone, weil er in sein Territorium eingedrungen war, oder Quinn, weil er das zuließ.

Bowler hätte Malone ohne zu zögern kaltgemacht, wenn er die Gelegenheit dazu gehabt hätte, aber der Mann war gut bewacht. Um ihn zu erwischen, mußte man zuerst ein halbes Dutzend hünenhafter Kerle erledigen. Aber Bowler wußte, was er zu tun hatte: Er müßte an seiner Stelle Denny Quinn fertigmachen. Er würde ihm eine Nachricht zukommen lassen. Eine Warnung. Was ihm leid tat, denn er mochte Denny eigentlich, aber wenn er ein solches Verhalten durchgehen ließ, was würde dann aus ihm werden? Mit dem Arsch nach oben in der Themse treiben würde er. In Malones Themse.

Die Benzindämpfe reizten seine Nase, so daß er husten mußte. »Seid ihr beiden fertig?«

»Ja, Chef«, sagte Stan.

»Wie geht's unserem Freund, dem Stadtstreicher?«

»Ihm ist's ein bißchen kalt im Moment, aber wir wärmen ihn gleich auf.«

Sheehans Augen hatten sich an die Dunkelheit gewöhnt, und er hatte keine Mühe, den leblosen Körper auf dem Boden auszumachen, aus dessen Hosentasche eine Tabakbüchse hervorlugte. Sie hatten ihn dösend in einer Gasse gefunden. Er hatte sich ziemlich gewehrt, eigentlich eine Schande, aber es half nichts – der alte Kauz hätte wohl kaum zugestimmt, sich bei lebendigem Leib verbrennen zu lassen. Wenn die Flammen erloschen waren, würde es aussehen, als hätte ein Obdachloser geraucht und dabei versehentlich das Gebäude in Brand gesteckt. »Hast du die Flasche?« fragte er.

»Ja, hier«, antwortete Reg und hielt eine leere Ginflasche hoch.

»Streichhölzer?«

»Ja.«

Leise verließen sie das Gebäude durch eine Seitentür und verschlossen sie mit einem Schlüssel, den ihnen Burton gegeben hatte. Draußen goß Reg Benzin in die Flasche, tränkte ein Tuch, stopfte es in den Flaschenhals und ließ ein Stück als Docht herausstehen. Dann hielt er ein Streichholz daran, und es flammte hell auf.

»Los jetzt!« zischte Bowler.

Reg warf die Flasche durch ein leeres Fenster. Im Rennen sah Bowler zurück, ob seine Männer ihm folgten. Stan war direkt hinter ihm, aber Reg stand immer noch da, um zu sehen, ob die Flammen hochloderten. Bowler hörte ein lautes, zischendes Geräusch, gefolgt von einer ohrenbetäubenden Explosion. Die Gasleitungen, dachte er, bevor ihn die Druckwelle zu Boden warf. Fenster in den nahe gelegenen Fabriken und Häusern zerbarsten. Glasscherben regneten auf ihn nieder. Als er sich aufrappelte, spürte er Stan neben sich. »Laß uns abhauen!« rief er.

»Was ist mit Reggie?«

»Vergiß ihn! Den hat's erwischt!«

Innerhalb weniger Sekunden stand das Gebäude in Flammen, und Rauch erfüllte die Straße. Plötzlich tauchte Reg aus den dichten grauen Rauchwolken auf. Sein Gesicht war schwarz verfärbt, und auf seinen Wangen waren Schnittwunden. »Ganz schön mies, sich so den Lebensunterhalt zu verdienen«, stieß er erschöpft hervor. »Wir sollten lieber bei den Schutzgeldern bleiben, Chef.«

58

Leg die Flasche weg, Lizzie!« brüllte Roddy O'Meara. »Auf der Stelle! Du hast ihr schon einen Schnitt beigebracht, und das kostet dich drei Monate Bau. Verstanden! Ich hab gesagt, leg sie weg!«

»Die dreckige Schlampe hat versucht, mir meinen Freier abspenstig zu machen!« schrie die Frau. »Ich demolier ihr die Visage. Dann kann sie's noch mal probieren!«

Lizzie Lyndon, eine Prostituierte, hatte eine andere Frau ihres Gewerbes namens Maggie Riggs vor dem Pub The Bells zu Boden geschlagen, saß jetzt rittlings auf ihr und bemühte sich, ihr eine zerbrochene Flasche ins Gesicht zu drücken. Maggie bemühte sich verzweifelt, Lizzies Handgelenk zurückzuhalten. Roddy war nur fünf Meter von den beiden entfernt und hätte Lizzie leicht überwältigen können, vorausgesetzt, er käme noch rechtzeitig. Wenn nicht, würde Maggie den Preis dafür bezahlen.

»Komm schon, Liz, leg sie weg. Du kriegst eine Menge Schwierigkeiten, wenn du sie verletzt.«

Lizzie sah zu ihm auf. Ihr Gesicht war wutverzerrt, aber in ihren Augen standen Tränen. »Ich hab ihn zuerst gesehen, Meister«, sagte sie. »Er war *mein* Freier! Ich bin aufs Klo gegangen, und wie ich zurückkam, war sie schon halb aus der Tür mit ihm!«

Roddy ging ein paar Schritte auf sie zu. »Komm, gib mir die Flasche.«

»Ich hab eine Woche nicht richtig geschlafen!« schrie sie. »Ich will einfach ein Bett für heut nacht.« Wieder richtete sich ihr Blick auf Maggie. »Und das hab ich gehabt, bis *sie* mir meinen Freier ausgespannt hat!«

»Laß sie los. Schlecht schlafen ist besser als der Knast.«

Lizzie lachte bitter. »Ganz und gar nicht, Meister. Im Knast gibt's wenigstens einen Teller Wassersuppe. Und es ist warm.«

Roddy kniete inzwischen neben Lizzie und griff nach der Flasche. »Na komm«, redete er ihr zu. »Jetzt reicht's.« Sie gab ihm die Flasche. Er half zuerst ihr, dann Maggie auf, die ihre zerrissenen Kleider und schmutzigen Hände ansah. Auf Lizzies Wange waren tiefe Narben, die von einem früheren Kampf stammten. Maggies Gelenke, die unter den Manschetten ihrer abgewetzten roten Jacke hervorkamen, waren nur Haut und Knochen.

Roddy wußte sehr wohl, daß er die beiden wegen Trunkenheit und ungebührlichem Benehmen eigentlich festnehmen müßte, aber das würde er nicht tun. Diese Frauen waren keine Kriminellen, sondern einfach nur verzweifelt. Verzweifelt, hungrig und kaputt. Er sagte ihnen, in welcher Mission sie einen Teller Suppe bekämen, ohne zu viele fromme Ermahnungen schlucken zu müssen, und warnte sie, daß er beim nächsten Mal nicht mehr so nachsichtig wäre. Dann befahl er den Schaulustigen weiterzugehen und setzte seinen Weg nach Osten in Richtung Christ Church fort.

Als Sergeant mußte Roddy keinen Streifendienst mehr machen, aber er hatte sich so sehr daran gewöhnt, daß er nachts auf dem Heimweg zu seiner Familie in Bow einen etwa einstündigen Umweg machte. So blieb er in Kontakt mit den Leuten, die er beschützen sollte. Gleichzeitig signalisierte er damit seinen ganz speziellen Freunden, daß er ihnen auf den Fersen war und sie nicht aus den Augen verlor.

»n'Abend, Sir«, sagte eine Stimme aus der Dunkelheit.

Roddy spähte in den Nebel und sah eine gedrungene Gestalt auf sich zukommen – mit Helm und Messingknöpfen auf dem blauen Jackett. Er lächelte. Es war McPherson. Seit fünfundzwanzig Jahren bei der Polizei und noch immer im Streifendienst. Nicht weil er nicht hätte aufsteigen können. Er war einer der fähigsten Polizisten, die Roddy kannte, und hätte schon oft befördert werden sollen, aber er hatte immer abgelehnt. Er wollte mit den Plagen und Frustrationen des höheren Diensts nichts zu tun haben.

»Ruhige Nacht, Constable?« fragte er

»Zum größten Teil schon. Und bei Ihnen?«

»Hab eine Frau abgehalten, einer anderen das Gesicht zu verunstalten«, erwiderte Roddy beiläufig.

»Wirklich?«

»Ja.«

McPherson lachte. »Sie sind mir einer, Sergeant. Die meisten von uns können's nicht erwarten, von der Straße wegzukommen, und Sie wollen ums Verrecken nicht weg davon. Sie sind auf dem Heimweg, was?«

»Ja. Ich wollt noch einen kleinen Umweg machen, die Augen offen halten.«

»Mir ist gerade was Interessantes untergekommen.«

»Ach ja?«

»Sid Malone und Denny Quinn, die aus dem Taj kamen.«

Roddy runzelte die Stirn »Malone? Der Kerl aus Lambeth?«

»Genau der.«

»Whitechapel ist doch ziemlich weit weg für ihn. Frag mich nur, was er hier vorhat?«

»Sicher nichts Gutes.«

»Wie sieht er denn aus?«

McPherson zuckte die Achseln. »Wie alle Londoner Kriminellen. Groß. Stark. Als wollte er einen abmurksen, wenn man bloß den Blick auf ihn wirft. Kennen Sie ihn nicht?«

»Vielleicht hab ich ihn vor Jahren mal gesehen.« Roddy erinnerte sich, daß Charlie Finnegan mit einem Burschen namens Sid Malone in der Brauerei gearbeitet hatte und daß der Typ versucht hatte, Fiona anzugrapschen. Danach hatte er ihm einen kurzen Besuch abgestattet und ihm geraten, sie nicht mehr zu belästigen. Der Sid Malone, an den er sich erinnerte, war ein Maulheld, und Maulhelden legten sich mit Leuten an, die schwächer waren als sie selbst. Der Sid Malone, der das Taj besucht hatte, legte sich mit einem Stärkeren an. Einem wesentlich Stärkeren.

»Wie ich höre, ist er unten am Südufer tätig«, sagte McPherson. »Vielleicht hat er vor, seine Geschäfte in unserer Nachbarschaft zu betreiben.«

»Möglicherweise. Hören Sie sich weiter um.«

»Das werde ich. Sie gehen nach Norden, Sergeant? Werfen Sie doch mal einen Blick auf die Teefabrik. Ein Feuer hat fast die ganze Straße abgebrannt. An die vierzig Familien sind obdachlos geworden. Offiziell soll's ein Stadtstreicher gewesen sein, der dort drinnen geraucht hat. Er soll eingeschlafen sein und das ganze Gebäude in Brand gesteckt haben.«

Roddy spuckte aus. Er hatte einen schlechten Geschmack im Mund. »Inoffiziell heißt's, Bowler Sheehan sei's gewesen. Sicher können wir ihm nichts nachweisen. Angeblich hat keiner was gehört und gesehen. Wie üblich.«

»Sheehan ist unter die Brandstifter gegangen?«

»Er macht die Drecksarbeit für den Besitzer des Anwesens. Für William Burton. Ein Makler, mit dem ich geredet hab, behauptet, Burton hätte das Gebäude jahrelang zum Verkauf angeboten. Ich schätze, daß er Sheehan angeheuert hat, um die Versicherung zu erleichtern.«

»Jedenfalls hat er sich eine gute Nacht für ein Feuer ausgesucht. Schön trocken. Nicht wie heut nacht.« Er rieb sich die Hände. »Das ist ein Wetter für den Ripper.«

»Ja, das ist wahr. In letzter Zeit hab ich nicht mehr oft von ihm geredet. Das Thema ist bei mir zu Haus verboten.«

»Bei mir auch.«

Roddy wünschte, er könnte glauben, was er glauben sollte – daß Montague Druitt, der junge Anwalt, dessen Leiche die Polizei im Jahr 1888 aus der Themse gefischt hatte, der Mörder war.

Als hätte er seine Gedanken gelesen, sagte McPherson: »Alles Quatsch, die Behauptung von Scotland Yard, daß Druitt der Ripper gewesen sein soll. Ich hab's nie geglaubt.«

Roddy sah ihn lange an. »Ich auch nicht. Nichts paßt zusammen. Der Bursche hatte einen schweren Sprung in der Schüssel, aber er war kein Mörder. Ist nie gewalttätig gewesen. Und er kannte sich in Whitechapel nicht aus.«

»Nicht so wie Jack sich auskannte.«

»Oder sich immer noch auskennt«, sagte Roddy leise.

Beide Männer waren der Ansicht, daß Jack the Ripper immer noch irgendwo unterwegs war und nur auf den richtigen Moment wartete. Jeder der beiden hatte im Lauf der Jahre ein oder zwei Leichen von Prostituierten gesehen, die erdrosselt oder erstochen worden waren, und jeder hatte sich gefragt, ob es Jacks Werk war. Hatte er gelernt, seine zwanghaften Triebe zu kontrollieren? Gab er ihnen weniger häufig nach? War er zu anderen Methoden übergegangen? Die Polizeioberen bemühten sich, diese Morde geheimzuhalten. Der Fall sei abgeschlossen, behaupteten sie. Der Ripper sei tot.

»Ich denke, wir sollten die Sache auf sich beruhen lassen«, sagte McPherson. »Wahrscheinlich werden wir es nie herausbekommen und müssen das Ganze unter nicht aufgeklärte Fälle ablegen.«

Roddy nickte. Nicht aufgeklärte Fälle. Das war ein Aspekt seiner Arbeit, auf den er nicht vorbereitet gewesen war. Einen Mann in die Enge zu treiben und wie man vorging, wenn man in der Minderheit war – das konnte man lernen. Aber es gab kein Training für unaufgeklärte Fälle. Für Sackgassen. Versagen. Als junger Mann weigerte er sich, das zu akzeptieren, und glaubte, wenn er nur härter arbeitete, würde er jeden Fall lösen. Er würde den Schlüssel finden, das übersehene Detail, das ihm helfen würde, den Dieb, den Kinderschänder, den Mörder zu fangen. Im Lauf der Jahre hatte er etwas anderes lernen müssen: daß es manchmal keinen Schlüssel gab, daß die Verbrecher zuweilen gerissen waren. Oder Glück hatten. Nach vielen Jahren hatte er gelernt, am Ende eines Tages seine Frau zu küssen, seine Kinder zu Bett zu bringen und dennoch zu wissen, daß Räuber Überfälle begingen, Frauen geschlagen wurden und Mörder frei herumliefen. Er hatte viele Lehrer gehabt, aber keinen besseren als Jack.

»Ich mach mich dann wieder auf den Weg«, sagte McPherson. »Die Brick Lane runter. Die malerische Route. Gute Nacht, Sergeant. Kommen Sie gut heim.«

»Sie auch, McPherson.«

Roddy ging weiter nach Osten. Beim Gehen schwang er seinen Schlagstock und war tief in alte Erinnerungen versunken. In einer Nacht wie dieser war die Vergangenheit nicht weit weg, sondern so gegenwärtig wie die Pflastersteine unter seinen Schritten und die kalte Luft, die er einatmete. Er tröstete sich damit, daß all das Leid wenigstens ein Gutes gehabt hatte – daß Fiona und Seamie von hier entkommen waren und in New York ein neues Leben führten.

Gerade hatte er eine Weihnachtskarte von Fiona bekommen, der ein Bild von ihr, von ihrem Mann Nicholas und Seamie beigelegt war. Sie war ein schöne Frau geworden, aber schließlich war sie schon immer ein hübsches Mädchen gewesen. Und Seamie war jetzt ein junger Mann. Groß und gutaussehend. Roddy war so glücklich gewesen, als er die Karte bekam. Er freute sich immer, wenn Briefe und Fotos von ihr eintrafen. Es freute ihn, wenn er sich vorstellte, was aus ihr geworden war. Eine Teehändlerin! Die größte in ganz Amerika!

Ihr Mann war ein feiner Pinkel, das erkannte Roddy auf den ersten Blick, aber sie schrieb, daß er sehr gut zu ihr sei und daß sie ihn sehr lieb habe. Wie es aussah, hatte sie es mit diesem Burschen weitaus besser getroffen, als es mit Joe Bristow der Fall gewesen wäre. Manchmal war er noch wütend auf Joe, aber eigentlich hatte sich sein Zorn auf ihn längst gelegt.

Noch immer sah er das Gesicht des Jungen vor sich, als er aus New York zurückkam. Hohl und leer, als hätte man ihm das Herz herausgerissen. Er hatte Roddy vier Pfund zurückgegeben, die übriggeblieben waren, und versprochen, den Rest zurückzuzahlen. Und er hatte eine Zeitung mitgebracht, in der Fiona und ihr Mann abgebildet waren und die alles über die Hochzeit enthielt. Roddy ließ ihn auf ein Glas Whiskey eintreten und besaß nicht den Mut, ihm zu gestehen, daß er zwei Tage nach seiner Abreise einen Brief von Fiona bekommen hatte. Danach hatte er ihn nicht oft gesehen, außer bei den paar Malen, als er vorbeikam, um seine Schulden abzubezahlen.

In all den Briefen, die er im Lauf der Jahre von Fiona erhalten hatte, erkundigte sie sich nie nach Joe. Und Roddy erwähnte ihn nie. Wozu alte Wunden aufreißen? Er hatte auch Bowler Sheehans Behauptung nie erwähnt, daß sie Geld von William Burton gestohlen habe. Die ganze Sache ergab immer noch keinen rechten Sinn für ihn, aber nachdem er erfahren hatte, daß sie in New York war, machte er sich keine Sorgen mehr, daß Sheehan ihr etwas antun könnte. Er kannte sie nur als ehrlichen Menschen, aber vielleicht war sie so verzweifelt gewesen fortzukommen, daß sie Burton um ein paar Pfund erleichtert hatte. Na und? Er hatte mehr als genug.

In jedem seiner Briefe hatte er sie gebeten, ihn zu besuchen. Er hätte sie und Seamie so gern wiedergesehen und ihren Mann kennengelernt, aber wegen Nicholas' schlechtem Gesundheitszustand lehnte sie immer ab. Auch sie hatte ihn und seine Familie unzählige

Male nach New York eingeladen. Er wäre ja gern gefahren, fürchtete sich aber vor der langen Überfahrt. Sein schwacher Magen hätte die zwei Wochen zu einer Tortur werden lassen. Er war nur einmal auf einem Schiff gewesen, als er mit Michael und Paddy von Dublin nach Liverpool fuhr. Die ganze Reise hatte er über die Reeling gebeugt verbracht, während die Finnegans ihn auslachten. Bei dem Gedanken daran mußte er lächeln.

Paddy ... mein Gott, wie ich dich vermisse, dachte er. Sein Lächeln verlosch. Wenn er nur in dieser Nacht nicht die Schicht des Wachmanns übernommen hätte ... dann wäre alles anders gekommen. Sie alle wären noch hier ... Paddy, Kate, die Kinder. Das war alles, was Paddy wollte – seine Familie und genügend Geld, sie zu ernähren. Das war doch nicht zuviel verlangt.

Roddy fröstelte, nicht nur wegen des Nebels. Plötzlich wollte er heim in sein helles, freundliches Haus, wo Grace ihn umsorgte und sein Essen aus dem Ofen holte. Er drehte sich um und ging nach Norden. Nach Hause. Um für eine kurze Zeitspanne all den ungelösten Fällen zu entkommen.

59

Nicholas Soames, New Yorks berühmtester Kunsthändler und Liebling der High Society, lehnte sich auf den silbernen Knauf seinen Spazierstocks und sah lächelnd auf die Frau, mit der er seit zehn Jahren verheiratet war. Obwohl sie ihn heute morgen gebeten hatte, zu dem höhlenartigen Backsteinfabrikgebäude von TasTea zu kommen, um ihre neueste Errungenschaft anzusehen, war sie jetzt so in ihre Arbeit vertieft, daß sie sein Kommen gar nicht bemerkte.

»Die neue Maschine ist herrlich, Nick«, hatte sie ihm beim Frühstück gesagt. »Einfach atemberaubend! Du mußt sie dir ansehen. Komm nach dem Lunch. Versprich's mir.«

Und er war gekommen, obwohl er es nicht hätte tun sollen. Die kleinste Anstrengung bereitete ihm neuerdings Schmerzen. Auch jetzt hatte er das Gefühl, als würden ihn winzige Glassplitter ins Herz stechen. Während der letzten beiden Jahre hatte sich sein Zustand dramatisch verschlechtert, aber er schaffte es, einen großen Teil seines Leidens vor Fiona zu verbergen. Er wußte, daß die Wahrheit sie aufregen würde, und mehr als alles andere auf der Welt wollte er alles Unglück von ihr fernhalten. Davon hatte sie schon mehr als genug gehabt.

Sie stand etwa zwanzig Meter von ihm entfernt und war von dem riesigen, lauten Ungetüm vor ihr vollkommen fasziniert. Nick schüttelte den Kopf. Nur seine Fee konnte an dem ratternden Monstrum aus Eisen Gefallen finden. Er hatte nicht die geringste Ahnung, wozu es diente oder was es machte. Er wußte nur, daß es für die astronomische Summe von fünfzigtausend Dollar in Pittsburgh gebaut worden war und nichts weniger als den Teehandel revolutionieren sollte. Während er sie beobachtete, wurde sein Lächeln – das zu gleichen Teilen aus Liebe, Stolz und Amüsement bestand – breiter und zauberte einen rosigen Schimmer auf seine bleichen Wangen. »Jetzt sieh dich bloß an!« schmunzelte er. Als sie am Morgen weggegangen war, hatte sie so gepflegt und elegant ausgesehen, aber jetzt erinnerte sie ihn eher an eine Vogelscheuche.

Ihre Jacke hatte sie über einen Hocker geworfen, als wäre sie ein alter Putzlumpen. Die Ärmel ihrer weißen Bluse waren aufgekrempelt, auf einem befand sich ein schwarzer Ölfleck. Ihr Haar war zerzaust, und aus dem sonst so ordentlichen Knoten hatten sich Strähnen gelöst. Sie schnippte abwesend mit den Fingern und redete mit jemandem, der hinter der Maschine verborgen war. Er sah ihr Gesicht im Profil, ihre Miene war lebhaft und angespannt. Wie sehr er dieses Gesicht doch liebte.

Während Nick seine Frau betrachtete, ratterte die Maschine plötzlich los, und er zuckte zusammen. Er folgte Fionas Blick zu der Öffnung und sah, daß über ein Förderband rote TasTea-Dosen daraus auftauchten. Fiona nahm die erste Büchse und riß den Deckel ab. Sie zog etwas heraus, das wie ein kleiner weißer Beutel aussah, und inspizierte ihn.

»Gottverdammter Mist!« rief sie mit inzwischen mehr amerikanischem als englischem Akzent aus. Sie zog noch einen Beutel heraus und dann noch einen. Dann steckte sie Daumen und Zeigefinger in den Mund und stieß einen gellenden Pfiff aus. Ein knirschendes metallisches Geräusch ertönte, und die Maschine blieb stehen. »Stuart!« rief sie. »Sie sind immer noch aufgerissen! Jeder einzelne!«

Nick blinzelte überrascht, als plötzlich unter dem Gewirr von Hebeln, Platten und Schienen ein Kopf auftauchte. Es war Stuart Bryce, Fionas Prokurist, den sie vor acht Jahren von Millard's abgeworben hatte.

»Was?« brüllte er. »Ich kann Sie nicht hören! Dieses verdammte Ding hat mich taub gemacht.«

»Es muß an der Spannung der Rollen liegen«, rief sie und reichte ihm einen der Beutel.

Eine andere Stimme ertönte unter der Maschine hervor. Nick nahm an, daß sie von dem Mann stammte, dessen Füße neben Stuarts Kopf zu sehen waren. »Das kann nicht sein! Wir haben die Rollen schon dreimal eingestellt!«

»Dann stellen Sie sie eben ein viertes Mal ein, Dunne! Sie sind doch schließlich der Mechaniker, oder?«

Nick hörte ein genervtes Schnauben. »Es sind nicht die Rollen, Mrs. Soames. Es ist der Stapelmechanismus. Die Kanten reißen den Stoff auf, wenn die Beutel durchlaufen.«

Fiona schüttelte den Kopf. »Dafür sind die Ränder nicht glatt genug. Der Schnitt wäre sauber, wenn der Stapler sie gemacht hätte. Es ist die *Spannung*, Dunne. Der Musselin ist zerrissen, nicht zerschnitten. Also, reparieren Sie's jetzt, oder soll ich es tun?«

»Bei dem Versuch würde ich gern zusehen.«

O je, Mr. Dunne, dachte Nick, das war die falsche Antwort. Er nahm Fionas Jacke vom Hocker und setzte sich, um ihren Ausbruch zu beobachten.

Fiona blieb noch einen Moment stehen, starrte wütend auf Dunnes Füße, dann nahm sie einen Schraubenzieher, kroch unter das Förderband und robbte auf das Zentrum der Maschine zu. Ihr Rock blieb an einem Nagel im Dielenbrett hängen, sie riß ihn los, so daß er zerschliß. Nick zuckte zusammen. Es war handgewebte venezianische Seide, von Worth in Paris geschneidert. Na schön.

Nach ein paar heftigen Flüchen und einem Aufschrei herrschte ein paar Minuten Stille, bis ein Triumphgeschrei zu hören war. »Laßt sie an!« Das Monster ratterte wieder los. Fiona kam unter dem Gewirr aus Röhren und Zylinder herausgekrochen. Nick sah, daß ihre Wange mit Öl verschmiert war und ihre Hand blutete.

Wieder rollten Dosen heraus. Sie ließ den Schraubenschlüssel fallen, ergriff die erste und inspizierte rasch ihren Inhalt. Ein zufriedenes Lächeln huschte über ihr Gesicht.

»Ja!« rief sie und warf sie lachend in die Höhe. »Ja! Ja! Ja! Wir haben's geschafft!« Als eine Flut kleiner Beutel herabregnete, entdeckte sie Nick. Mit einem Freudenschrei ergriff sie einen und lief zu ihm. Sie setzte sich auf eine Teekiste und ließ den Musselinbeutel vor seinem Gesicht baumeln, der, wie er jetzt bemerkte, mit Tee gefüllt war. Der Beutel hing an einem Faden, der mit einer winzigen Metallklammer befestigt war, und am Ende des Fadens befand sich ein roter Papieranhänger, auf den die Worte »TasTea Schnelle Tasse« gedruckt waren.

»Es ist großartig, Liebling. Einfach umwerfend. Aber was um Himmels willen *ist* das?« fragte er, während er ihr mit seinem Taschentuch das Blut von der Hand wischte. Es war über ihre Finger getropft, auf ihren mit Diamanten besetzten Ehering und den riesigen, zehnkarätigen Brillanten, den er ihr zum ersten Hochzeitstag geschenkt hatte. Angesichts ihrer Hände runzelte er die Stirn. Sie waren rauh, schmutzig, voller Schrunden und gehörten einer Scheuerfrau, einer Wäscherin, nicht der reichsten Frau von New York. Einer Frau, die den größten, einträglichsten Teekonzern des Landes besaß sowie fünfunddreißig Teesalons und über hundert Delikatessenläden.

Ungeduldig zog Fiona ihre Hand zurück. »Das ist ein *Teebeutel,* Nick!« erklärte sie aufgeregt. »Er wird die ganze Branche revolutionieren! Du hängst ihn einfach in eine Tasse, gibst heißes Wasser drauf, rührst um und fertig. Das ist alles. Du mußt keine Teekannen mehr reinigen oder mehr Tee machen, als du brauchst.«

»Klingt ausgesprochen effizient und amerikanisch«, merkte Nick anerkennend an.

»Genau!« rief Fiona aus und sprang auf. »Das alles heißt Zeitersparnis und Leistung, verstehst du? ›Ein neuer Tee für ein neues Jahrhundert!‹ Gefällt dir das? Es stammt von Nate. Er möchte junge Leute ansprechen – moderne Menschen, die Tee eigentlich langweilig finden – und einen ganz neuen Markt erobern. Nick, du solltest Maddies Zeichnungen sehen! Auf einer ist eine Schauspielerin zu sehen, die in ihrer Garderobe eine Schnelle Tasse trinkt. Und dann gibt es eine Stenotypistin, die sich bei der Arbeit eine Schnelle

Tasse macht, und einen Studenten beim Lernen und einen Junggesellen, der sich gerade rasiert. Und Nick, Nick ... hör zu: Nate hat den Komponisten Scott Joplin angeheuert, um uns einen Song dazu zu schreiben. Er heißt ›Der Schnelle TasTea-Beutel-Rag!‹ In einem Monat wird ihn jeder summen und darauf tanzen. Ach, Nick, Liebling, siehst du's nicht förmlich vor dir?«

Fionas blaue Augen sprühten vor Begeisterung, ihre Wangen schimmerten rosig. Wie schon oft dachte Nick, daß sie die schönste Frau war, die er je gesehen hatte. Das machte ihre Leidenschaft aus. Er spürte, daß ihn ihre neueste Erfindung genauso begeisterte wie sie. Schon immer hatte sie eine erstaunliche Fähigkeit besessen, andere mitzureißen, was zu einem großen Teil ihren erstaunlichen Erfolg erklärte.

Er erinnerte sich, wie sie vor Jahren die Südstaaten überzeugte, TasTea zu trinken. Der Verkauf in dieser Region war minimal gewesen. Sie versuchte es mit Anzeigen, Preisnachlässen und Wettbewerben, aber nichts schien zu fruchten. Andere Teehändler behaupteten, der Markt im Süden sei nicht zu erobern. Die Leute tranken Limonade, Punsch und Minzgetränke. Nur wenige tranken Tee, dafür war es zu heiß. Wochenlang hatte sich Fiona den Kopf zerbrochen, um zu beweisen, daß ihre Konkurrenten unrecht hatten. Und dann hatte sie eines Morgens beim Frühstück den Rest der Teekanne in ein Glas mit Eis gegossen. »Wenn wir sie nicht dazu kriegen können, heißen TasTea zu trinken, dann bringen wir sie eben dazu, ihn kalt zu trinken«, verkündete sie.

Sie experimentierte herum, bis sie eine perfekte Technik entwikkelt hatte, frischen, klaren Eistee zu brauen, und dann gingen sie, Stuart und ein halbes Dutzend ihrer Verkäufer in den Süden. Sie stellten in größeren und kleineren Städten Stände auf mit Wimpeln, auf denen stand: DURSTIG? PROBIEREN SIE EISKALTEN TASTEA! Unermüdlich teilten sie Gläser mit Eistee aus und Coupons, die pro Büchse zu einem Vierteldollar Rabatt berechtigten. Mit Charme und Überredungskunst brachte Fiona die Leute dazu, ihren Tee zu probieren, und sie fanden ihn genauso anregend und erfrischend wie sie selbst. Als sie mit ihrer Mannschaft drei Monate später wieder heimkam, hatte sie den Süden im Handstreich erobert. Nick zweifelte keinen Moment, daß sie ebenso das ganze Land überzeugen würde, ihre Teebeutel zu kaufen.

Fiona summte jetzt eine Ragtime-Melodie. Lachend ergriff sie seine Hände, zog ihn hoch und tanzte einen schmissigen Quickstep mit ihm. Nick paßte sich ihren Schritten an, dann hielt er inne und wirbelte sie herum. Plötzlich spürte er einen stechenden Schmerz im Herzen, der ihn nach Luft schnappen ließ. Mit größter Anstrengung schaffte er es, sich nicht an die Brust zu fassen.

Fiona blieb wie angewurzelt stehen. »Was ist?« fragte sie. »Nick, geht's dir nicht gut? Sag mir, was los ist. Ist es dein Herz?«

Er machte eine wegwerfende Handbewegung. »Nein, Liebling, überhaupt nicht. Es ist mein Rücken, ein Krampf, denke ich. Ich werde alt und klapprig. Ich muß mir was verzogen haben.«

Fionas Gesichtsausdruck sagte ihm, daß sie ihm nicht glaubte. Sie bestand darauf, daß er sich setzte, und war sehr besorgt um ihn, aber er versicherte ihr, daß ihm nichts fehlte. Dann gab er vor, sich die Rückenmuskeln zu massieren, überzeugt, daß der Schmerz in seiner Brust gleich nachlassen würde. Doch Fiona ließ sich nicht täuschen und schlug gerade vor, Dr. Eckhardt zu benachrichtigen, als Stuart herüberkam. Er wurde von dem Mechaniker Dunne begleitet, einem grauhaarigen, streitsüchtigen Mann, der – wie Nick erfahren hatte – mit der Maschine aus Pittsburgh gekommen war, um darauf zu achten, daß sie sachgemäß installiert wurde.

Die Diskussion drehte sich um die Fähigkeiten der Maschine, und Stuart, der davon träumte, den Welthandel zu kontrollieren, schwafelte etwas über Ausstoß und Distribution. Nick versuchte, ruhig zu atmen, in der Hoffnung, sein Herz zu beruhigen. Er mußte hier raus. Und zwar schnell.

Ein plötzliches Quietschen von Hebelstangen ließ Stuart und Dunne zur Maschine zurückeilen. Nick, der das Gefühl hatte, ein Riese quetsche ihm das Herz zusammen, erhob sich und erklärte Fiona leichthin, daß er ebenfalls wegmüsse. Er erwarte Hermione, die Managerin seiner Galerie, die mit ihrem wöchentlichen Bericht vorbeikommen wolle. Hermione Melton war eine junge Engländerin, die er vor zwei Jahren dem Metropolitan Museum abgeworben hatte, nachdem Eckhardt ihm erklärt hatte, daß er nicht mehr arbeiten dürfe. Zu seiner Erleichterung sah er, daß sein Täuschungsmanöver funktionierte. Der besorgte Ausdruck in Fionas Gesicht war verschwunden. Er fragte sie, ob sie zum Abendessen heimkomme.

Sie bejahte. Dann küßte er sie zum Abschied und schickte sie an ihre Arbeit zurück.

Die Schmerzen in seiner Brust waren inzwischen unerträglich geworden. Langsam ging er zu seiner Kutsche. Er stieg ein und lehnte sich mit geschlossenen Augen zurück. Schließlich gelang es ihm, in seine Brusttasche zu greifen und aus einer kleinen Flasche eine weiße Pille zu nehmen. Sie würde sein jagendes Herz beruhigen, das wie ein angeschossener Vogel in seinem Brustkorb flatterte. »Komm schon«, stöhnte er. »Tu was.«

Nach einer Zeit, die ihm wie eine Ewigkeit vorkam, hielt die Kutsche vor dem palastartigen Herrenhaus auf der Fifth Avenue, in dem er mit Fiona wohnte. Er stieg aus, hielt sich an der Balustrade neben der Eingangstreppe fest, und seine zitternde Hand zeichnete sich blau vor dem weißen Marmor ab. Die Tür ging auf. Er blickte auf und sah Foster, seinen Butler. Dann hörte er, wie die übliche Begrüßung des Mannes mit einem besorgten Aufschrei endete. »Sir! Um Gottes willen ... lassen Sie mich Ihnen helfen ...«

Nick spürte, wie seine Knie weich wurden, als der Schmerz in seiner Brust explodierte und ihn in gleißend weißes Licht hüllte. »Foster, holen Sie Dr. Eckhardt«, schaffte er hervorzustoßen, bevor er zusammenbrach.

Mit gerafften Röcken stieg Fiona Finnegan-Soames vorsichtig über das Gewirr von Gleisen, die ihre Teefabrik von der West Street trennten. Ein junger Nachtwächter, vielleicht achtzehn Jahre alt, folgte ihr.

»Kann ich Ihnen keine Droschke besorgen, Mrs. Soames?« fragte er. »Sie sollten nicht allein auf die Straße gehen. Es ist dunkel, und um diese Zeit sind alle möglichen zwielichtigen Gestalten unterwegs.«

»Schon gut, Tom«, antwortete Fiona und lächelte über seine Besorgnis. »Ich muß mir heute ein bißchen Bewegung verschaffen. Die neue Maschine hat mich ziemlich aufgeregt.«

»Sie ist wirklich großartig, nicht? Hundert Beutel in der Minute, hat mir Mr. Bryce gesagt. So was wie sie hab ich noch nicht gesehen.«

»Das stimmt«, sagte Fiona. »Gute Nacht, Tom«, fügte sie hinzu und trat auf die Straße hinaus.

Nachdem sie die West Street überquert hatte, wo sie geschickt den Kutschen, Karren und gelegentlichen Automobilen auswich, ging sie mit ihrem üblichen schnellen Schritt, hoch erhobenem Kopf, zurückgeworfenen Schultern und furchtlosem Blick weiter. Diese Direktheit – nicht nur im Blick, sondern in Sprache, Forderungen und Erwartungen, ihre ganze Art – war ihr Markenzeichen geworden. Sie war für ihre Fähigkeit bekannt, das aufgeblasene Getue von Bankiers und Geschäftsleuten zu durchschauen und alle Fehler in den Rechnungen der Lieferanten aufzuspüren. Die Unsicherheit der früheren Jugendjahre war verschwunden und hatte einem unerschütterlichen Selbstvertrauen Platz gemacht, das aus harter Arbeit und Erfolg, aus vielen gewonnenen Schlachten entstanden war.

Als sie die Ostseite der Straße erreichte, drehte sie sich um, um einen letzten Blick auf ihre Fabrik zu werfen. Sie war erfreut über das, was sie in zehn Jahren Arbeit zuwege gebracht hatte: riesige rote Frachtzüge, jeder mit dem weißen TasTea-Logo darauf, und das massige Gebäude, das sich darüber erhob. Hinter dem Gebäude befanden sich die TasTea-Docks mit einer ganzen Flotte von Frachtschiffen, die im Morgengrauen mit der Flut auslaufen würden. Einige würden über den Fluß nach New Jersey, andere in die aufstrebenden Städte entlang des Hudsons fahren, nach Rhinebeck, Albany und Troy. Andere würden noch weiter segeln, den Erie-Kanal hinauf zum Lake Ontario, wo große Frachter warteten, um ihren Tee in die geschäftigen Städte entlang der Großen Seen zu bringen, den Zugangstoren zu den aufblühenden Staaten des Nordwestens.

Die meisten Frauen hätten an einer Fabrikanlage am Hafen kein Vergnügen gefunden, aber für Fiona war sie der Inbegriff an Schönheit. Besorgt runzelte sie die Stirn, als sie an ihre neue Maschine dachte und was sie sich von ihr erwartete. Sie hatte ein Vermögen dafür bezahlt und würde noch mehr ausgeben. Für lokale und nationale Anzeigenkampagnen, für Verpackung, Werbung und neue Verteilungswege. Bei jedem neuen Schritt mußten sie, Stuart und Nate sich etwas Neues einfallen lassen. Im Lauf des kommenden Jahrs würde sie eine Menge Geld in dieses neue Unternehmen pumpen. Also mußte es sich rentieren.

Sie holte tief Luft. Ach, welche Möglichkeiten die neue Maschine doch barg! Wenn sich die Schnelle Tasse in den Vereinigten Staaten gut verkaufte, würde sie sie in Kanada und schließlich in England und Frankreich einführen – auf Märkten, die für eine neue Art des Teetrinkens reif waren – und ihren Umsatz verdrei-, ja sogar vervierfachen.

An der Jane Street vorbei ging sie weiter nach Norden und beschleunigte unbewußt ihre Schritte, um das aufgeregte Kribbeln in ihrem Inneren zu dämpfen. Ich sollte doch lieber eine Droschke nehmen, dachte sie, um Nick nicht so lange warten zu lassen. Aber sie war immer noch aufgewühlt und konnte den Gedanken nicht ertragen, in einer stickigen Kutsche zu fahren. Gleichzeitig spürte sie noch eine andere Bedrückung. Unterhalb des Kribbelns gab es eine tiefere Furcht – die Angst um Nicks Wohlergehen.

Der Schmerz, der ihn heute in der Fabrik befallen hatte – war das wirklich sein Rücken oder doch sein Herz gewesen? Seine Hand war an die Brust gefahren. Und er rieb sich immer die Brust, wenn er Schmerzen hatte. Aber er hätte doch die Medizin genommen, die ihm Dr. Eckhardt verordnet hatte. Die sollte er beim ersten Anzeichen von Unwohlsein nehmen, und in solchen Dingen war er sehr gewissenhaft. Fionas gerunzelte Stirn glättete sich ein wenig, ihre Schultern entspannten sich. Er hatte ein bißchen blaß ausgesehen, ein bißchen müde, aber das war zu erwarten. Schließlich war er ernstlich krank. »Aber ihm geht's gut«, sagte sie laut. »Bestimmt.«

Während der letzten zehn Jahre hatte sich Fiona um Nicks Gesundheit gekümmert, so gut sie konnte. Sie hatte darauf geachtet, daß er gut aß – nicht nur Champagner und Kaviar wie früher. Sie achtete darauf, daß er genügend Ruhe und die notwendige Bewegung bekam. Und einmal, aufgrund der falschen Annahme, daß es jemanden geben mußte, der Syphilis kurieren, nicht bloß behandeln konnte, hatte sie statt Dr. Eckhardt eine Reihe von Ärzten aus Amerika und Europa engagiert, um ihn zu untersuchen.

Nick hatte sich gefügt und die endlosen Untersuchungen des ersten halben Dutzends Ärzte hingenommen, die sie auf ihn hetzte. Er fand sich mit stinkenden Umschlägen und scheußlichen Tinkturen ab. Er ließ Heilbäder über sich ergehen – Sitzbäder, Dampfbäder, Luftbäder, Massagen – einen kahlrasierten Kopf, offene Fenster im Dezember und lange Unterhosen im Juli. Doch als der siebte Arzt ihn auf eine Diät setzte, die nur aus gekochtem Blumenkohl und Selleriesaft bestand, und ihm verbieten wollte, Musik auf seinem neu erstandenen Grammophon zu hören, da diese seine Nerven angeblich zu sehr anstrengte, hatte der Patient nicht mehr mitgemacht. Er erklärte Fiona, daß die Quacksalber seinen Tod nur beschleunigten, und forderte Eckhardts umgehende Wiedereinsetzung in seine Pflichten.

Reumütig hatte sie sich bei dem deutschen Arzt entschuldigt und ihn angefleht zurückzukommen. Was dieser ohne viel Umstände und Vorhaltungen getan hatte. Als sie ihm dafür danken wollte, winkte er ungeduldig ab. Als Spezialist für die physischen Leiden des menschlichen Herzens besaß Eckhardt gleichzeitig ein tiefes Verständnis für dessen psychische Nöte. »Hüten Sie sich davor, sich allzu große Hoffnungen zu machen«, warnte er sie. »Es ist die Hoffnung, nicht die Verzweiflung, die uns alle zugrunde richtet.«

Eckhardt konnte sagen, was er wollte, sie würde nicht aufhören zu hoffen. Und er würde weiterhin gut auf ihren geliebten Nicholas achten. Auch wenn er die Krankheit nicht zum Stillstand bringen konnte, schaffte er es doch wenigstens, ihre Symptome zu verlangsamen. Sie hatte bis jetzt weder Nicks Gehirn noch Nervensystem ergriffen, wie Eckhardt ursprünglich befürchtet hatte. Sie hatte sich in seinem Herzen festgesetzt und war dort geblieben. Und soweit sie es beurteilen konnte, hatte sie sich nicht wesentlich weiter ausgebreitet seit dem Tag, an dem sie ihn todkrank bei Mrs. Mackie gefunden hatte. Ihm wird nichts passieren, beruhigte sie sich. Ihm ging's gut, und das würde auch so bleiben. Alles andere war undenkbar, weil sie es nicht ertrug, ihren besten Freund, ihren Mann zu verlieren.

Sie lächelte, als sie sich an die ersten Jahre ihrer verrückten Ehe erinnerte. Sie lebten in Nicks Wohnung über der Kunstgalerie und dem Tea Rose. Sie verbrachte ihre ganze Zeit damit, weitere Teesalons und Lebensmittelläden zu eröffnen und ihren Teehandel auszubauen, und Nick arbeitete, um sich als der bedeutendste Händler für impressionistische Kunst zu etablieren. Beide waren den ganzen Tag außer Haus, jagten Geschäften hinterher, verdienten Geld und gingen ganz in ihrer Arbeit auf. Abends, nachdem Seamie von Mary abgeholt worden war, schleppten sie sich heim, öffneten eine Flasche Wein, aßen, was in der Küche des Tea Rose aufzutreiben war, hörten Seamie die Hausaufgaben ab, erzählten sich die Ereignisse des Tages, berieten und ermutigten sich.

Weder Fiona noch Nick zeigten Interesse an häuslichen Tätigkeiten, und beide scherzten, daß keiner von ihnen die Rolle der Frau übernehmen wollte. Die war inzwischen dem armen Foster zuteil geworden. Er entschied, was auf den Tisch kam, welche Blumen fürs Eßzimmer nötig waren und ob die Wäscherin die Laken weiß genug wusch.

»Eine Droschke, Missus?« rief ihr ein Kutscher zu und riß sie aus ihren Gedanken. Gerade als sie annehmen wollte, bemerkte sie, wo sie war: in der Gansevoort Street mit dem Freitagsmarkt. Dutzende Kohlefeuer leuchteten hell, und ihre heißen Flammen lockten die abendlichen Besucher an, eine Handvoll Kastanien, geröstete Kartoffeln oder heiße Suppe zu kaufen. Fiona hörte das Geplauder von zwei Frauen, die mit dicken Fäustlingen an den Händen schwere braune Becher umschlossen, während sich ihr Atem mit dem Dampf des heißen Getränks in der kalten Nachtluft mischte. Sie sah den Metzger, der eine Schnur mit Würsten hochhob, und roch frisch gebackene Doughnuts. »Nein, danke«, sagte sie zu dem Kutscher und winkte ab. Schnell bog sie von der West Street auf die Gansevoort ab und genoß es wie immer, auf einem Markt zu sein.

Mitgetrieben im Strom der Leute, erfreute sie sich allein am Zuhören und Beobachten. Sie sah die Holzkarren, auf denen vielerlei Waren aufgestapelt waren, angefangen von Winterobst und Wintergemüse bis hin zu gebrauchten Kleidern, Töpfen und Pfannen, billigem Zuckerwerk, Fleckenentfernern und Stärkungsmitteln. Händler priesen ihre Waren an, und sie hörte andächtig zu.

Beglückt schlenderte sie dahin, ihre Händlerseele wurde angestachelt, und neugierig blickte sie in jeden Stand und prüfte das Angebot auf jedem Wagen, als sie ihn sah: einen großen, blonden, gutaussehenden Burschen mit einem umwerfenden Lächeln. Er war von ihr abgewandt, aber sie sah sein Profil. Er trug eine abgeschabte Jakke, eine dunkle Mütze und ein rotes Halstuch. Seine Handschuhe hatten Löcher, und es schmerzte sie, daß seine Finger blau vor Kälte waren. Während sie ihn anstarrte, blinzelte er einer Kundin zu und reichte der Frau dann – mit einem Kompliment auf den Lippen – eine Tüte heiße Kastanien.

Als er sich in ihre Richtung wandte, sah sie sofort, daß er nicht der war, für den sie ihn gehalten hatte. Das Lächeln, die Form der Wangen und der Nase stimmten nicht. Seine Augen waren braun, nicht blau. Und er war erst ein Junge, vielleicht siebzehn Jahre alt. Der Junge, an den sie dachte, mußte inzwischen fast dreißig sein. Und er würde Peterson's am Covent Garden führen, keine Kastanien verhökern. »Du siehst schon Gespenster, du dummes Ding«, sagte sie sich und schob es auf die Dunkelheit und daß sie den ganzen Tag nichts gegessen hatte. Sie wandte sich ab und versuchte, über ihre Albernheit zu schmunzeln. Aber sie konnte nicht lachen.

An dem Tag, als sie Nick heiratete, stellte sie mit quälender Sicherheit fest, daß sie nie aufhören würde, Joe Bristow zu lieben. Einmal hatte sie versucht, sich etwas anderes einzureden, was verheerende Folgen zeitigte. Und obwohl es ihr schwerfiel, sich dies einzugestehen, hatte sie sich bemüht, damit zu leben. Sie versuchte, nicht an ihn zu denken. Wenn es doch geschah, sagte sie sich, daß sie Frieden mit ihm geschlossen hatte. Was zum größten Teil stimmte. Im Lauf der Zeit und aufgrund des riesigen Unterschieds zwischen ihrem früheren Leben und ihrem heutigen war schließlich Verständnis an die Stelle des Zorns getreten. Und Bedauern.

Joe war jung gewesen und hatte einen schlimmen Fehler begangen, der auch ihn verletzt hatte. Sie stellte sich vor, daß er inzwischen glücklich war, aber an jenem Abend auf den Old Stairs, als er ihr sagte, was er getan hatte, war sein Schmerz aufrichtig gewesen. Er war ein intelligenter, tatendurstiger junger Mann gewesen, der von seinem Vater und den Lebensumständen niedergehalten worden und dem der Erfolg zu Kopf gestiegen war. Jetzt sah sie ein, daß er nicht nur von Millie, sondern auch von Tommy Petersons Macht und Geld sowie von seinem eigenen Ehrgeiz verführt worden war.

Ein gutes Leben und Reichtum – das waren Dinge, denen man schwer, fast gar nicht widerstehen konnte. Fiona wußte das, denn auch sie hatte sich von William McClane und dem privilegierten Leben verführen lassen, das er ihr geboten hatte. In den Wochen und Monaten nach ihrer Hochzeit mit Nick war es ihr immer wichtiger geworden, eine Möglichkeit zu finden, Joe zu vergeben, denn sie hatte an sich selbst erfahren, wie schmerzlich es ist, jemanden ungewollt zu verletzen und dafür keine Vergebung zu bekommen. Will hatte ihr nicht verziehen.

Sie zuckte innerlich zusammen bei der Erinnerung an ihr letztes Treffen, das einen Tag nach der Hochzeit in Wills Wohnung stattgefunden hatte. Er war von seiner Geschäftsreise zurückgeeilt, um festzustellen, daß die Frau, die er liebte, die ihm die Ehe versprochen hatte, einen anderen geheiratet hatte. Niedergeschmettert von ihrem Betrug, war er wütend auf sie losgegangen und hatte sie bezichtigt, sein Leben und ihr eigenes zerstört zu haben. Erschöpft ließ er sich danach nieder und bedeckte das Gesicht mit den Händen. Vor Reue weinend, hatte sich Fiona neben ihn gekniet und versucht, ihm zu erklären, daß sie keine andere Wahl gehabt habe. Daß Nick ins Gefängnis gekommen und abgeschoben worden wäre, was er nicht überlebt hätte. Will hob den Kopf und sagte: »Offensichtlich bedeutet dir Nicholas Soames um einiges mehr als ich.«

Fiona sah ihm in die Augen und antwortete leise: »Ja. Ja, das tut er.« Dann stand sie auf, denn es gab nichts mehr zu sagen, und verließ Wills Haus. Es war das letzte Mal, daß sie ihn allein gesehen hatte. Seitdem hatten sie sich in Theatern und Restaurants getroffen, wo sie sich kurz zunickten oder ein paar höfliche Worte wechselten. Vor fünf Jahren hatte er wieder geheiratet – eine Frau aus seinen Kreisen, eine Witwe in seinem Alter. Soweit Fiona hörte, verbrachte er inzwischen mehr Zeit auf dem Land und überließ die Führung seiner Geschäfte seinen Söhnen James und Edmund. Klatschkolumnisten berichteten von seinen regelmäßigen Reisen nach Washington, wo er seinen ältesten Sohn Will junior besuchte, der zuerst Kongreßabgeordneter und dann Senator wurde und der sich nach Meinung vieler Leute eines Tages um das Amt des Präsidenten bewerben würde.

Fiona hatte es weh getan, Will zu verletzen, aber sie wußte, daß sie niemals hätte anders handeln können. Nick bedeutete ihr alles, und sie hätte es nicht ertragen, ihn zu verlieren. Und obwohl sie keine konventionelle Ehe führten, hatte keine Frau je einen hingebungsvolleren Mann gehabt. Er gab ihr alles, was sie sich von einem Mann wünschen konnte – fast alles.

Es gab Nächte, in denen sie sich in ihrem riesigen leeren Bett hin und her warf und sich wegen ihres Geschäfts, wegen Seamies schlechter Lateinnoten oder Nicks Gesundheit sorgte, wenn sie sich nach jemandem sehnte, der sie festhielt und mit ihr schlief. Und nun, da sie älter wurde, spürte sie noch eine andere Sehnsucht in sich – ein tiefes inneres Sehnen, wann immer sie ein Baby sah. Genau das hatte sie vor zwei Wochen verspürt, als sie die hübsche Clara – Maddies Neugeborenes – in den Armen hielt. Ihr viertes

Kind mit Nate. Sie hatte sich so sehr eigene Kinder gewünscht. Vor Jahren hatten Nick und sie einmal darüber geredet, und er hatte ihr gestanden, daß er sich eine Familie mit ihr wünschte und alles getan hätte, um sie zu schwängern, wenn nur seine Krankheit und seine Angst nicht wären, sie anzustecken.

Am Anfang ihrer Ehe, wohl wissend, daß sie sich nach der körperlichen Liebe sehnte, die er ihr nicht geben konnte, hatte er ihr vorgeschlagen, sich einen Liebhaber zu nehmen. »Such dir jemanden, Fee«, hatte er gesagt. »Jemanden, mit dem du ein romantisches Dinner, eine Flasche Wein und das Bett teilen kannst. Du kannst doch nicht den Rest deines Lebens als Nonne verbringen. Dafür bist du viel zu jung.«

Als sie nach einigen Monaten noch immer keinen Liebhaber aufzuweisen hatte, erklärte ihr Nick, daß sie gemäß eines Artikels über die neue Wissenschaft der Psychologie, den er gerade gelesen habe, ihre Triebe sublimiere. Sie antwortete ihm, daß sie keine Ahnung habe, wovon er rede, und daß sie bezweifle, daß es bei ihm anders sei. Worauf er fortfuhr, ihr von Sigmund Freud, einem brillanten Arzt aus Wien, und seinen erstaunlichen Theorien über die menschliche Seele zu erzählen. Unter Sublimation verstehe man, wenn die Energie von Wünschen, die eine Person nicht ausleben könne oder wolle, dann auf ein anderes Gebiet im Leben dieser Person verlagert werde – auf die Arbeit zum Beispiel. Fiona hatte die Augen verdreht, aber er bestand darauf, daß diese Theorie ihren außerordentlichen Erfolg erkläre. Sie stecke alle Energie, die sie im Bett verausgaben sollte, in ihre Arbeit.

»Warum versuchst du das nicht auch, Nick? Dich um deine Angelegenheiten zu kümmern«, hatte sie vorgeschlagen.

»Ach, sei doch nicht so prüde, Fee. Wenn du schon mit deinem eigenen Mann nicht über Sex sprechen kannst, mit wem dann?«

Daraufhin warf sie ihm ein Kissen an den Kopf und brachte ihn zum Schweigen. Doch ganz egal, was er auch denken mochte, wußte Fiona, daß ihr Zögern, eine Affäre zu beginnen, nichts mit Prüderie zu tun hatte. Sie wollte keinen *Liebhaber.* Sie wollte jemanden lieben. Will war ein Liebhaber gewesen, ein sehr geschickter dazu, aber obwohl ihr Körper auf ihn angesprochen hatte, war ihr Herz unberührt geblieben. Sie erinnerte sich, wie sie in ihrer ersten Nacht neben ihm gelegen und seinem Atem gelauscht hatte, während er schlief. Nie hatte sie sich so allein gefühlt. Sie wollte, was sie mit Joe gehabt hatte. Im Lauf der vergangenen zehn Jahre hatte sie Hunderte von Männern kennengelernt, viele von ihnen waren klug, tüchtig und attraktiv – viele hatten sich in sie verliebt. Sie hatte versucht, sich für einige von ihnen zu erwärmen, in ihren Augen einen Funken von dem zu finden, was sie in Joes gefunden hatte. Aber umsonst.

Auf dem Rückweg zur West Street wanderte ihr Blick wieder zu dem blonden Kastanienverkäufer. Er versuchte, eine Gruppe Dockarbeiter zum Kauf zu bewegen, aber sie gingen gerade zum Essen nach Hause und hatten kein Interesse. Daraufhin versuchte er bei ein paar Fabrikmädchen sein Glück und danach bei einem Priester – aber ohne Erfolg. Zerlumpte Kinder scharten sich um ihn und bettelten um heiße Kastanien. Fiona bemerkte, daß er ihnen zuweilen welche zusteckte, und sah, wie ein kleines Mädchen sie in den bloßen Händen hielt und sich daran wärmte, bevor sie sie aß. Als er sich nach anderen Kunden umblickte, entdeckte er sie. Sofort umgarnte er sie mit seinen Sprüchen, lächelte und flirtete und erzählte ihr mehr über Kastanien im allgemeinen und seine hervorragende Ware im besonderen, als sie wissen wollte.

»Kommen Sie, Missus, probieren Sie eine«, drängte er sie und warf ihr Kastanien zu, die sie auffangen mußte. »Da wären wir, meine Damen und Herren«, fügte er aufmunternd hinzu. »Ich hab noch nie 'ne Frau erlebt, die nicht ein paar heiße Nüsse in die Finger kriegen möchte.«

Die Gassenkinder kicherten. Eine ältere Frau mit einem Korb am Arm blinzelte ihr zu. Errötend zog Fiona ihren Geldbeutel heraus und ärgerte sich, daß sie wieder einmal dem Charme eines hübschen Straßenhändlers erlegen war.

»Nehmen Sie eine Tüte oder zwei, Missus?«

»Ich nehme alles, was Sie haben«, sagte sie und zog einen Schein heraus.

Das verschlug ihm einen Moment lang die Sprache. »Was? Alle?« fragte er schließlich.

»Ja, alle« antwortete sie mit Blick auf seine blauen Finger und dachte, daß er ein Paar ordentliche Handschuhe haben sollte.

»Na schön«, sagte er, nahm seine Schaufel und füllte nahezu ein Dutzend Tüten. Fiona bezahlte und reichte sie dann den Kindern, die den Vorgang gierig beobachtet hatten. »Danke, Missus!« riefen sie, verblüfft über ihre Großzügigkeit. Sie lächelte, als sie mit ihren Geschenken davonliefen.

Als sich der Verkäufer von seiner Kasse – einer alten Zigarrenschachtel – umdrehte, um Fiona das Wechselgeld auf ihre fünf Dollar herauszugeben, war sie verschwunden. Er suchte die Menge nach ihr ab und sah, wie sie Richtung West Street ging. Er rief ihr nach, aber sie wandte sich nicht um. Rasch bat er seinen Nachbarn, auf seinen Stand zu achten, dann rannte er ihr nach. Sie hatte fast vier Dollar Wechselgeld zurückgelassen. Gerade als er den Randstein erreichte, sah er, daß die Droschke, die sie angehalten hatte, im dichten Straßenverkehr verschwand. Wieder rief er ihr nach. Sie sah ihn durchs Rückfenster der Kutsche. Er winkte ihr mit den Scheinen nach. Sie wandte sich ab, und die Kutsche fuhr schneller.

Der junge Mann sah ihr nach und wunderte sich, wie eine Frau mit einem so hübschen Gesicht, so schönen Kleidern und soviel Geld so traurige Augen haben konnte.

60

Liebling? Was um Himmels willen machst du denn?« fragte eine Stimme von drinnen. Ihr sehnsüchtig melodiöser Klang riß Joe Bristow aus seiner Träumerei. Seine Erinnerungen stiegen auf wie Nebel über einem See und verschwanden.

Er wandte sich vom offenen Fenster ab. Von der anderen Seite des Zimmers sah ihn eine schwarzhaarige Frau an, die, auf den Ellbogen aufgestützt, in ihrem geschnitzten Ebenholzbett lag. »Sterne anschauen«, antwortete er.

Sie lachte. »Wie komisch. Komm, schließ das Fenster. Ich erfriere!« Sie zündete sich eine Zigarette an und nahm einen tiefen Zug, während ihre grünen Katzenaugen begehrlich auf ihm haften blieben. Außer einem Paar juwelenbesetzter indischer Ohrringe war sie nackt. Ihre makellose blasse Haut nahm sich vor den rot und fuchsiafarben bestickten Vorhängen ihres Betts noch weißer aus. Ihr Körper war fest und schlank, mit kleinen Brüsten und schmalen

Hüften. Ihr glattes dunkles Haar reichte gerade bis zum Kinn. Sie trug es kurz – ein gewagter Schritt, selbst für sie. »Komm wieder ins Bett«, schnurrte sie und stieß eine Rauchwolke aus.

»Ich kann nicht«, sagte Joe und schloß die Tür hinter sich. »Ich muß heute früh los. Nach Camden Town, um zu sehen, ob sich in der Gegend ein Montague's tragen würde.« Er ging durch den Raum und hob seine Kleider vom Boden auf. Er redete zu schnell, das war ihm bewußt. Und die Ausrede war wenig glaubwürdig. Aber er konnte nicht bleiben. Er mußte fort, bevor sie die abgrundtiefe Trauer bemerkte, die ihn immer befiel, wenn er mit einer Frau geschlafen hatte, die er nicht liebte.

»Camden Town?« fragte sie mit zusammengekniffenen Augen. »Aber Camden ist doch näher bei mir als bei dir. Von Belgravia nach Greenwich heute abend und am Morgen nach Camden zurück ist doch wahnsinnig weit.« Sie setzte sich auf. »Warum wohnst du denn überhaupt in Greenwich?«

»Mir gefällt mein Haus«, antwortete er und schlüpfte aus dem geliehenen Morgenmantel. »Ich mag meine Obstgärten und bin gern am Fluß.«

»Nein, das ist es nicht«, sagte sie und ließ den Blick über seinen Körper streichen, über die langen muskulösen Beine mit dem leichten blonden Flaum, den festen Po und die anmutige Linie seines Rückens.

»Nein?«

»Nein. Dort draußen kannst du dir alles vom Hals halten. Auch deine Geliebten.«

Joe wollte etwas Versöhnliches sagen, aber sie winkte ab. Er hoffte nur, daß sie keine Schwierigkeiten machte.

Maud Selwyn Jones hatte ihn zu einem späten Abendessen zu sich nach Hause eingeladen. Um übers Geschäft zu sprechen, hatte sie gesagt. Sie war Dekorateurin – die beste von London –, und er hatte sie engagiert, um seinen fünfundvierzig Montague-Geschäften ein einheitliches Aussehen zu geben und für sein neues Flaggschiff in Knightsbridge die Innenausstattung zu entwerfen. Sie brauchte eigentlich nicht zu arbeiten bei all ihrem Geld, aber sie behauptete, es mache ihr Spaß und ärgere ihren Vater, was ihr immer Vergnügen bereitete. Sie war nicht nur für Inneneinrichtungen berühmt, sondern auch für ihre extravaganten Reisen. Trekkingtouren durch Nepal, Kamelritte durch Marokko, Zeltlager mit Beduinen in Arabien. Ihr früherer Ehemann, ein ungehobelter Trinker, soweit man wußte, war auf einer Reise nach Kairo umgekommen. Er hatte einen Restaurantbesitzer beleidigt, weil ihm das Essen nicht geschmeckt hatte, und war zwei Tage später erstochen in einer Gasse aufgefunden worden. Ein Überfall, hatte die Polizei behauptet, was allerdings niemand glaubte. Maud, die schon durch das Geld ihres Vaters aus walisischen Kohlegruben reich war, erbte nun auch noch seine Millionen. Sie war eine ruhelose Seele und liebte jedes Land, solange es nicht England war. Vor allem mochte sie den Fernen Osten, und wenn sie dort nicht hinreisen konnte – behaupteten Gerüchte –, zog sie ins East End. In die dunklen Straßen von Limehouse mit ihren berüchtigten Opiumhöhlen.

Sie und Joe hatten zum Essen eine ziemliche Menge Wein getrunken und anschließend Brandy in ihrem Salon. Nachdem die Flasche leer war, hatte sie sich zwischen seine Knie gekniet und ihn auf den Mund geküßt. Er genoß den Kuß, aber als er vorbei war, hatte er ihr umständlich erklärt, daß er kein sonderlich romantischer Typ sei ...

»Was?« hatte sie spöttisch gefragt. »Kein Typ zum Heiraten? Mach dir nichts vor, mein Schatz, ich bin nicht hinter deinem Herzen her.« Dann hatte sie ihm die Hose heruntergezogen und ihre vollen roten Lippen benutzt, um ihn alles vergessen zu lassen. Jedenfalls vergaß er für eine kleine Weile den ständigen Schmerz, ohne Fiona leben zu müssen. Sie waren in ihr Schlafzimmer gegangen, und er hatte versucht, in ihrem wunderbar wollüstigen Leib völliges Vergessen zu finden. Was ihm tatsächlich gelang ... für eine kurze Weile. Er hatte sich sogar eingeredet, diesmal der Trauer entwischt zu sein. Aber das stimmte nicht. Als es vorbei war, traf ihn der Schmerz doppelt so heftig. Wie immer, nachdem seine Lust abgekühlt und sein Körper befriedigt war, sein Herz sich jedoch betrogen fühlte, weil es immer noch leer, aber voller Sehnsucht war, die nicht gestillt werden konnte.

»Bist du sicher, daß du nicht bleiben willst?« fragte Maud. »Du kannst eines der Gästezimmer haben. Du mußt die Nacht nicht hier verbringen.« Als er erneut ablehnte, sagte sie: »Du bist der einsamste Mensch, der mir je untergekommen ist, Joe. Genauso argwöhnisch und angeschlagen wie ein verwundeter Tiger.«

Er antwortete nicht. Inzwischen angezogen, ging er zu ihrem Bett hinüber und küßte sie auf die Stirn. Dann deckte er sie zu und riet ihr zu schlafen.

»Ich schlafe nicht, Liebling«, antwortete sie und beugte sich über ihren Nachttisch, um die Lampe und die Opiumpfeife anzuzünden.

Mauds Dienerschaft war schon zu Bett gegangen, also ließ sich Joe selbst hinaus. Als er in Richtung Eccleston Street ging, um eine Droschke zu nehmen, senkte sich die Trauer wie ein schweres Bleigewicht auf ihn und drückte ihn nieder. Er war dankbar um die eisige Winternacht, dankbar, allein zu sein. Der Abend war ein Fehler gewesen. Einer, den er schon öfter gemacht hatte und zweifellos wieder machen würde. Schon bei anderen Gelegenheiten war er mit Frauen wie Maud zusammengewesen. Frauen, die nichts von ihm forderten, was er nicht geben konnte. Die nur seinen Körper, seine Zeit, aber nie sein Herz wollten. Frauen, die sich irgendwie hinter einer Mauer befanden. Behütet. Angeschlagen.

Angeschlagen. Wie komisch, dachte er. Genauso hatte Maud ihn genannt.

Er lachte bitter. Er war jenseits davon. Er war gebrochen. In Scherben. Er war allein auf der Welt, ohne einen Menschen, der ihn wieder ganz machen konnte. Und das würde immer so bleiben.

61

Nichts, Peter? Gar nichts?« fragte Fiona und starrte ihren Börsenmakler an. »Das ist doch nicht möglich.«

»Das ist durchaus möglich«, sagte Peter Hurst und lehnte sich zurück. »Nur unüblich. Sie sind immer schwerer aufzutreiben, wie Sie wissen. Letzte Woche konnte ich nur zweitausend bekommen. Vor zwei Wochen fünfhundert. Diese Woche gar nichts mehr.«

»Warum?«

»Weil niemand verkauft! Alle, die verkaufen wollten, haben verkauft – an Sie. Ihretwegen wird die Aktie von Burton Tea kaum mehr angeboten.«

Fiona, die in ihrem Büro auf und ab ging, während Peter sprach, blieb vor den Fenstern, die zum Fluß hinausgingen, stehen. Aus dem grauen regnerischen Himmel fiel fahles Licht auf sie. Sie blickte auf den breiten Fluß unter ihr hinab, sah aber nicht den Hudson. Sie sah einen anderen Fluß. Einen anderen Kai. Sie sah grauen Nebel und eine dunkle Gestalt, die dort wartete. Auf sie. Schnell schloß sie die Augen, um den Zorn und den Schmerz zu vertreiben, die das Wahngebilde in ihr auslösten. Und dennoch.

Während der letzten zehn Jahre hatte sie sich einmal pro Woche mit Peter getroffen, um Aktien von Burton Tea zu kaufen. Anfangs, als das Papier zwischen fünfzehn und zwanzig Dollar stand, hatte sie sich bemüht, wenigstens kleine Mengen zu erwerben – zehn Aktien die eine, zwanzig die nächste Woche. Als ihr Vermögen wuchs, hatte sie weiterhin verbissen versucht, ihren Aktienanteil zu vergrößern. Aufgrund der Schwierigkeiten der Firma in Indien und Amerika war die Aktie inzwischen für fünf Dollar das Stück zu haben. Aber nicht der Preis war Fionas Problem, sondern jemand zu finden, der verkaufte.

Im Moment kontrollierte sie zweiundzwanzig Prozent von Burton Tea unter verschiedenen Decknamen, die dank der Schläue ihres Anwalts Teddy Sissons nicht mit ihr Verbindung gebracht werden konnten.

Ihr Anteil an Burton Tea war groß, aber nicht ausreichend. Sie würde nicht aufhören, Aktien zu kaufen, bis sie einundfünfzig Prozent – und die Firma hatte. Im Lauf von zehn Jahren war ihr Haß auf William Burton nicht geringer geworden, und sie wollte ihn ruinieren, ganz egal, was es kostete. Es war nicht Gerechtigkeit, die sie antrieb, das wußte sie, sondern blanke Rache. Der einzige Wermutstropfen in ihrem Plan bestand darin, daß Bowler Sheehan nicht darin einbezogen war. Nächtelang war sie bei Kerzenschein in ihrem Schlafzimmer auf und ab gegangen und hatte sich den Kopf zermartert, um eine Möglichkeit zu finden, damit auch er für seine Tat bezahlte. Aber sie hatte kein Rezept gefunden, auch das zu bewerkstelligen. Die einzige Möglichkeit bestand darin, Burton zu zwingen, ihn als Komplizen beim Mord an ihrem Vater zu benennen. Doch dafür mußte Burton zuerst seine eigene Schuld eingestehen – was er nie tun würde. Ganz gleichgültig, wie oft sie das Problem auch hin und her wendete, sie fand keine Lösung. Zehn Jahre lang lebte sie nun mit dem schrecklichen Wissen, was Burton und Sheehan ihrem Vater – ihrer ganzen Familie – angetan hatten. Und mußte immer noch warten. Immer noch machtlos. Behindert durch die Unfähigkeit ihres Maklers, mehr Aktien aufzutreiben, und durch ihre eigene, sich einen Plan zu Sheehans Vernichtung einfallen zu lassen. Wie lange müßte sie sich noch gedulden?

Hurst legte seine Papiere zusammen. »Ich tu mein Bestes, Fiona, aber ich bezweifle, daß ich vor Monatsende weitere Aktien kriegen kann.«

Sie drehte sich abrupt um. »Peter, ich brauch sie *jetzt,* nicht nächsten Monat. Schicken Sie jemand nach London. Treiben Sie Aktienbesitzer auf, und schütteln Sie die Papiere aus ihnen raus!«

»Ich verstehe Ihre Enttäuschung«, sagte er, erschrocken über die Schärfe in ihrer Stimme, »aber Sie müssen begreifen, daß Sie zweiundzwanzig Prozent besitzen und der Eigner einundfünfzig Prozent zurückbehält. Da bleibt nicht viel auf dem Markt.«

»Ich kann nicht glauben, daß er immer noch einundfünfzig Prozent hält. Er wird doch bald was verkaufen müssen.«

»Er hat sie so lange gehalten, Fiona, und wird jetzt nicht verkaufen.«

»Aber er steckt bis über beide Ohren in Schulden«, erwiderte Fiona, auf der Kante ihres Schreibtisches sitzend. »Er hat sich fast dreihunderttausend Pfund von der Albion-Bank geliehen. Seine Plantage in Indien ist pleite, und sein Vorstoß auf den amerikanischen Markt ist mißglückt.« Ein schadenfrohes Lächeln strich über ihr Gesicht bei der Erinnerung. Sie persönlich hatte dieses Desaster bewerkstelligt, indem sie hemmungslos seine Preise unterbot – selbst wenn sie dabei draufzahlen mußte. Im Juni 1894 hatten Burtons Vertreter eine Niederlassung auf der Waterstreet eröffnet. Im Januar des folgenden Jahrs mußten sie schließen. »Er muß Kapital auftreiben, Peter, deshalb *wird* er einen Teil seiner Aktien verkaufen. Er hat keine andere Wahl.«

Hurst schüttelte den Kopf. »Fiona, ich muß Ihnen etwas sagen – nicht nur als Ihr Makler, sondern als Ihr Freund –: Ich verstehe Ihre Obsession mit dieser Aktie nicht. Das habe ich nie getan. Die Firma ist finanziell nicht gesund, wie Sie ja selbst sagen. Sie haben recht, was die Verschuldung anbelangt. Sie ist zu hoch. Noch ein Fehlschlag, und er könnte seinen Kredit nicht mehr zurückzahlen. Sie haben ungeheuer viel Geld in Burton Tea investiert, aber diese Aktien sind nichts als eine Schuldenmasse. Sie sollten keine mehr kaufen. Sie sollten ...«

»Peter, Sie wissen nicht, was ich sollte!« schrie Fiona. »Verschaffen Sie mir einfach diese gottverdammten Aktien!«

Peter wurde bleich. Nicht ein Mal in all den Jahren, die sie sich kannten, hatte sie ihn so grob angefahren. Er stand auf, stopfte seine Papiere in seine Aktentasche und sagte, er hoffe, nächste Woche etwas für sie zu haben.

Beschämt legte Fiona die Hand auf seinen Arm. »Tut mir leid, ich wollte Sie nicht anschreien. Ich ... ich bin heute einfach nicht ich selbst ...«

Er sah von seiner dick bepackten Aktentasche auf, und in seinem Blick mischte sich Besorgnis mit Verletztheit. »Schon als ich reinkam, wußte ich, daß etwas nicht in Ordnung ist. Sie sehen schlecht aus.«

Was stimmte. Sie trug eine dunkle Weste mit schwarzer Paspelierung, eine gestärkte weiße Bluse mit einer grau-schwarz gestreiften Krawatte und einen engen schwarzen Rock. Die dunklen Farben unterstrichen ihre neuerdings hohlen Wangen und die Tatsache, daß sie eine Menge Gewicht verloren hatte. Ihre unbezähmbare Vitalität schien gezügelt. Sie wirkte irgendwie klein. Fragil.

»Es geht um Nick, nicht wahr?« fragte er und sah auf das Foto auf der Kredenz hinter ihrem Schreibtisch.

»Ja«, gab sie zu, verärgert, daß sie die Kontrolle über sich verloren und Angst die Oberhand gewonnen hatte. Über dieses Thema wollte sie nicht reden, sonst würde es real.

»Ich wußte, daß es die Familie ist. Das einzige Mal, daß ich Sie je so außer sich erlebt habe, war damals, als Seamie Blinddarmentzündung hatte. Geht's Nick nicht gut?«

Fiona schüttelte den Kopf. Ihr Gesicht verzog sich, sie fluchte und legte dann die Hände über die Augen, als wollte sie die Tränen zurückhalten.

»Fiona, was ist passiert? Was ist los mit ihm?«

Sie konnte nicht antworten. Sie spürte seinen Arm um sich und hörte, wie er ihr unbeholfen Trost zusprach. Als sie schließlich die Hände senkte, zog er ein weißes Taschentuch heraus und reichte es ihr.

»Wie schlimm steht's denn um ihn?«

Sie holte tief Luft. »Ich mach mir übertriebene Sorgen«, sagte sie. »Er ist vor allem schwach. Und hat wenig Appetit. Er muß fast den ganzen Tag Bettruhe halten, aber gestern ist er durch den Garten gegangen. Das hat er mir gesagt, als ich heimkam.«

»Wie lange geht das schon so?«

»Seit Februar.«

Peter sah sie überrascht an, was Fiona nicht entging, und sie wünschte, sie hätte nichts gesagt. Er sollte gehen. Jetzt gleich. Sie wollte seine Angst nicht sehen, wollte ihn nicht beruhigen müssen. Das schaffte sie bei sich selbst kaum.

Vor zwei Monaten – genau an dem Tag, als die neue Maschine eingetroffen war – kam sie nach der Arbeit heim und freute sich aufs Abendessen mit Nick. Doch sie erfuhr, daß Nick einen »Anfall« gehabt habe, wie Foster es ausdrückte. Sie rannte nach oben, wo sie ihn bleich, schwach und nach Atem ringend im Bett vorfand. Fast wahnsinnig vor Sorge küßte sie ihn und hielt sein Gesicht zwischen den Händen, bis Dr. Eckhardt, der neben ihm saß, sie wegführte. Er erklärte ihr, daß Nick sein Herz überanstrengt habe und Ruhe brauche.

»Aber er schafft es doch wieder, nicht wahr, Dr. Eckhardt?« hatte sie mit versagender Stimme gefragt und den Arm des Arztes umklammert.

»Er liegt doch ganz ruhig da, Mrs. Soames. Sehen Sie ihn an. Ein bißchen Atemschwierigkeiten, eine kleine Schwäche. Das gibt sich wieder.«

Fiona nickte und ließ sich von der ruhigen Stimme des Arztes beschwichtigen. Sie fragte sich zwar kurz, ob er ihr die Wahrheit verschwieg, verdrängte den Gedanken aber wieder. Obwohl sie auf allen anderen Gebieten eine unbeugsame Realistin war, sperrte sie in Nicks Fall die Wahrheit bewußt aus. Sie wollte, daß es ihm besserging, deshalb würde das auch geschehen. Anzeichen des Gegenteils ängstigten sie, aber sie weigerte sich, sie als Verschlechterung anzusehen, und tat sie als bloße Stolpersteine auf dem Weg zur Besserung ab.

»Was meint Dr. Eckhardt?« fragte Peter.

»Daß die Symptome leichter werden«, antwortete sie. Eine innere Stimme erinnerte sie, daß der Arzt dies schon vor zwei Monaten gesagt hatte, und seitdem hatte Nick wenig Fortschritte gemacht. Sie brachte sie zum Schweigen.

»Dann ist es nur ein Rückfall. Ein vorübergehender Zustand.«

Fiona nickte. »Das stimmt. Er ist bald wieder auf den Beinen.«

Peter lächelte. »Das freut mich zu hören.« Er küßte sie auf die Wange. Sie solle ihn anrufen, wenn sie ihn brauche.

Nachdem er fort war, sah Fiona auf die Uhr. Es war sechs. Sie überlegte, ihre Sachen zusammenzupacken und früh nach Hause zu gehen. Sie könnte nach dem Abendessen daheim noch weiterarbeiten.

Normalerweise kam sie abends gern nach Hause, wo helles Licht in den Fenstern brannte und Nick im Salon begierig die Ereignisse des vergangenen Tages hören wollte, aber neuerdings wurde sie immer nervöser, je näher der Abend heranrückte. Es gab nur Foster, der sie willkommen hieß. Nick war oben im Bett. Manchmal war er wach, manchmal nicht. Wenn er's nicht war, blieb sie an seiner Schlafzimmertür stehen, wünschte, sie könnte zu ihm hineingehen, sich an sein Bett setzen und mit ihm reden, sich überzeugen, daß sich sein Zustand im Lauf des Tages nicht verschlechtert hatte. Sie versuchte, optimistisch zu sein. Vielleicht würde er heute abend herunterkommen und sich in den Salon setzen. Sie könnten eine Flasche Rotwein trinken und vor dem Kamin plaudern, wie sie es immer getan hatten.

Das Herrenhaus auf der Fifth Avenue war von außen abweisend und imposant, aber im Innern warm und freundlich. Sie hatten es gebaut, als Nick erstmals kürzertreten mußte. Er wollte zu Fuß in den Park und in die Met gehen können. Er hatte es wundervoll eingerichtet, alle vier Stockwerke, mit dem riesigen Speisezimmer, der Bibliothek, dem Arbeitszimmer, dem Empfangszimmer, dem Wintergarten, den großen Küchen und den unzähligen Schlafzimmern. Keine verstaubten Antiquitäten waren erlaubt, nur Stücke von neuen Designern. Fenster, Spiegel und Lampen von Louis Comfort Tiffany. Silber von Archibald Knox. Möbel und Kronleuchter von Émile Galle. Bilder von Nicks geliebten französischen Malern und von der jungen Garde amerikanischer Künstler, die er förderte.

Jetzt lächelte Fiona, wenn sie an die wundervolle Zeit dachte, die sie dort verbracht hatten. Die vielen Partys und Tanzvergnügen. Während des Tages war sie kaum zu Hause, aber abends, wenn sie heimkam, war oft ein Dinner mit Freunden in Gang. Oder eine Feier zum Hochzeitstag für Michael und Mary, die 1891 geheiratet hatten, oder ein Fest für eines ihrer Kinder. Im Sommer gab es immer Picknicks im Garten – mit Lampions, Musik und mittellosen Künstlern und mit Seamie, wenn er aus dem Internat nach Hause kam, der Champagner stibitzte und mit hübschen Kunststudentinnen tanzte. Nick spielte gern den Gastgeber, er liebte es, Freunde freizuhalten, und genoß die Geselligkeit, den Klatsch und die kleinen Dramen.

Fionas Lächeln verblaßte. Es war schon lange her, daß Lachen das Haus erfüllt hatte. Natürlich schauten Nicks Freude vorbei, aber Dr. Eckhardt erlaubte keine langen Besuche, kein lautes Reden und nichts, was seinen Patienten anstrengen konnte. Sie spürte, wie ihre unerschütterliche Hoffnung ins Wanken geriet und eine tiefe, lähmende Trauer sie ergriff. Wieder stiegen ihr Tränen in die Augen, die sie ärgerlich fortwischte. »Hör auf. Hör auf«, sagte sie sich. »Auf der Stelle.«

Sie stopfte ihre Unterlagen in ihre Tasche, nahm ihren Mantel und eilte hinaus, ohne sich von ihrer Sekretärin zu verabschieden. Sie wollte heim. In ihr Haus mit den dicken Marmorwänden, der soliden Eingangstür, dem Eisenzaun. Es war eine Festung, dieses Haus. Es hatte ihr, Nick und Seamie all die Jahre Schutz geboten. Es hatte ihnen an nichts gefehlt darin, sie hatten sich vor nichts gefürchtet. Bis jetzt. Jetzt ging etwas Dunkles darin um und wartete auf seine Chance.

Sie kannte die Bestie, sie hatte sie schon früher heimgesucht. Aber sie hatte gelernt, auf der Hut zu sein. Sie würde die Türen vor ihr verschließen. Sie würde Wache halten. Und dieses Mal würde sie es nicht schaffen einzudringen.

62

»Mein Gott, Nick, ich kann Sie von hier mit den Zähnen klappern hören«, sagte Teddy Sissons. »Ich leg noch ein Scheit aufs Feuer.«

»Danke, Teddy«, antwortete Nick und zog seinen Kaschmirschal enger um die Schultern. Seit seinem Kollaps war ihm ständig kalt. Er beugte sich vor, schenkte sich und Teddy Tee nach und lehnte sich dann, erschöpft von der Anstrengung, wieder zurück. Sein Zustand war ernst. Eckhardt hatte ihm gesagt, daß ihm nicht mehr viel Zeit bliebe, und er wollte seine Dinge ordnen. Er wußte, daß er im Bett und nicht im Salon sein sollte, aber all die Medizinfläschchen und Medikamente auf seinem Nachttisch bedrückten ihn.

Von allen Räumen im Haus mochte er den hier am liebsten. Es war nicht der eleganteste, aber der gemütlichste. Überall standen weiche, mit Daunen gepolsterte Sofas und Sessel, es gab dicke Seidenkissen und Ottomanen und einen riesigen Kamin. Doch am meisten mochte er den Raum deshalb, weil er so viele Erinnerungen an glückliche Zeiten mit Fiona beherbergte. Hier hatten sie gemeinsam mit Seamie endlose Abende und faule Sonntagnachmittage auf einem der Sofas verbracht, Pläne geschmiedet und Luftschlösser gebaut.

»Na also!« sagte Teddy und klopfte sich die Asche von den Händen. »Jetzt ist es ein richtiges Feuer!«

»Feuer? Das ist ja der reinste Hochofen! Hätten Sie nicht noch mehr Holz nachlegen können?«

»Sie brauchen die Wärme, Ihre Hände sind ganz blau.« Teddy nahm wieder Platz, setzte die Brille auf und wandte sich erneut dem umfangreichen Dokument auf dem Tisch zu, Nicks Testament. »Wie ich schon sagte, ich glaube, Sie sind übervorsichtig. Selbst ohne Testament fällt dem Gesetz nach Ihr gesamter Besitz Ihrer Gattin zu. Das kann niemand anfechten.«

»Sie kennen meinen Vater nicht. Sobald ich aus dem Tal der Tränen abgetreten bin, wird dieser schreckliche Mensch zumindest versuchen zu verhindern, daß mein Treuhandvermögen an Fiona übergeht. Es ist eine Menge Geld. Über eine Million, als ich es letztes Mal überprüft habe.«

»Eine *Million* Pfund? Ihr Treuhandvermögen bei Albion?«

»Ja.«

»Als Sie und Fiona geheiratet haben, waren es nur an die hunderttausend. In was haben Sie denn investiert?«

Nick winkte ungeduldig ab. »Weiß Gott, in was.«

»Sie führen keine Bücher über Ihr eigenes Vermögen?«

»Nicht wirklich. Ich weiß, daß die Aktien, die mein Vater ursprünglich gekauft hat, im Lauf der vergangenen zehn Jahre gestiegen sind. Und während der letzten drei oder vier Jahre hat er ein großes Aktienpaket von einer Firma erworben und sie meinem Guthaben zugeschrieben. Keine Ahnung, warum er das getan hat. Sie werfen nichts ab. Tatsächlich haben sie einen großen Teil ihres Werts verloren.«

»Ist dieser Verlust in der geschätzten Million Pfund enthalten?«

»Ach, Teddy. Ich hab keinen blassen Dunst«, seufzte Nick. »Fragen Sie Hermione. Sie hat den Überblick über die Unterlagen. Ich hab seit Jahren keinen Penny vom Geld meines Vaters angerührt. Sobald die Galerie Profit abgeworfen hat, hab ich mein ganzes Einkommen aus dem Anlagevermögen weggegeben.«

»Alles?«

Nick nickte. »Mein Vater hat jahrelang New Yorker Künstler unterstützt. Er hat auch die Vergrößerung der Met subventioniert und ihr zu einer umfangreichen Sammlung junger amerikanischer Maler verholfen.« Er grinste. »War das nicht großzügig von ihm? Wenn ich nicht mehr bin, möchte ich, daß Fiona das Vermögen bekommt. Jeden Penny. Sie wird es gut verwenden.«

»Haben Sie das mit ihr besprochen?«

»Ich hab's versucht, aber sie will nichts davon hören.«

»Ist sie da? Wir sollten sie von Ihren Wünschen und der möglichen Reaktion Ihres Vaters unterrichten.«

»Nein, das ist sie nicht. Tagelang hat sie hier rumgesessen. Mir alle Mahlzeiten und jede Kanne Tee selbst gebracht.« Er lachte. »Ich kann nicht mal aufs Klo gehen, ohne daß sie mir folgt. Sie war über eine Woche nicht mehr im Büro, aber sobald Sie erfahren hat, daß Sie kommen, war sie fort. Sie hat Angst, schätze ich. Ich hab mein Bestes getan, um die Wahrheit vor ihr zu verbergen, und eine Weile ist mir das auch gelungen. Aber in letzter Zeit ist das nicht mehr gut möglich. Ich meine, sehen Sie mich an, ich bin das reinste Gespenst.«

»Noch nicht. Und kommen Sie auf keine dummen Gedanken, während ich hier sitze.«

Nick lächelte. »Bestattungswesen gehört wohl nicht zu Ihrem Arbeitsgebiet?«

»Nein, weiß Gott nicht.« Er begann wieder zu schreiben. »Also, was noch außer dem Treuhandvermögen? Langsam, immer eins nach dem anderen. Wir müssen sehr genau sein.«

Nick fuhr fort, seinen Besitz aufzuzählen und wie er verteilt werden sollte. Nicks Anteil an dem Haus sollte Fiona bekommen, ebenso das Mobiliar, seine Kunstgalerie und alle seine Bilder sowie seinen persönlichen Besitz. Dann setzte er ein großzügiges Legat für Seamie aus, den er immer als seinen Sohn betrachtet hatte und der ihn immer noch Vater statt Nick nannte. Ian Munro, Nell Finnegan, Sean, Pat und Jenny Finnegan – Michaels und Marys Kindern – vermachte er Geldbeträge, ebenso seinem Butler Stephen Foster.

»Halten Sie alles genau fest, Teddy«, sagte Nick. »Es muß absolut wasserdicht sein. Ich trau dem Mann durchaus zu, daß er versucht, Fiona alles wegzunehmen, angefangen von dem Haus bis hin zu meinen Manschettenknöpfen.«

»Nick, machen Sie sich deswegen keine Sorgen. Sie sollten lieber ein wenig ruhen ...«

»... in Frieden?« fragte Nick hinterhältig lächelnd. Bei Fiona konnte er derlei Dinge nicht sagen, sie regten sie auf, aber bei Teddy schon, worüber er froh war. Der aufrechte Teddy, hatte ihn Fiona genannt. Immer ruhig und gelassen, immer tüchtig. Er hatte sie vor einem Skandal bewahrt, als Nick im Slide festgenommen wurde, und sie durch die Minenfelder aus Vorschriften und Regeln gelotst, als ihre Unternehmen größer wurden. Teddy war in jeder Hinsicht ihr Verteidiger, ein Fels in der Brandung. Er wurde nie emotional oder rührselig, und genau das brauchte Nick jetzt. Er brauchte einen nüchternen unsentimentalen Menschen, mit dem er scherzen konnte, denn er war entschlossen, sich dem Tod genauso zu stellen, wie er sich dem Leben gestellt hatte – mit einem gesunden Maß an schnodderiger Gleichgültigkeit.

»Nur die Ruhe. Ich versichere Ihnen, solange Ihre Ehe legal ist – und das ist sie –, kann Ihr Vater die Erbschaft nicht anfechten. Sie haben in einem Gerichtssaal geheiratet, und dann noch mal in der Trinity Church ...«

Nick nickte. Ein paar Monate nach der Hochzeit im Gerichtssaal, als er sicher war, daß Fiona sich nicht von ihm scheiden lassen wollte, hatte er darauf bestanden, daß sie nach anglikanischem Ritus – dem Glauben seiner Familie – heirateten, um sicherzugehen, daß sein Vater nie die Rechtmäßigkeit ihrer Verbindung anzweifeln könnte.

»Die Dokumente für beide Zeremonien wurden rechtmäßig

beglaubigt und abgelegt. Alles ist in bester Ordnung. Sind Sie sicher, daß Ihr Vater von Ihrer Ehe nichts weiß?«

»Meiner Ansicht nach nicht. Andernfalls hätte er gewiß Schwierigkeiten gemacht. Ich glaube nicht, daß er überhaupt etwas von mir weiß.«

»Tritt er nie in Kontakt mit Ihnen?«

»Nein.«

»Aber er zieht doch sicher Erkundigungen über Sie ein. Vielleicht von anderer Seite?«

»Mein Vater haßt mich, Teddy.«

»Tut mir leid. Ich wußte nicht, daß Sie auf Kriegsfuß mit ihm stehen.«

Nick zuckte die Achseln. »Schon gut. Leider kann man sich seine Verwandten nicht aussuchen. Nur seine Freunde.« Erschöpft vom Reden lehnte er sich zurück und schloß einen Moment die Augen, während Teddy seine Notizen ordnete. Als er sie wieder öffnete, sah er auf ein Porträt von Fiona und sagte: »Teddy, ich bitte Sie als Freund, etwas für mich zu tun.«

Teddy sah ihn über den Rand seiner Brille hinweg an. »Alles. Das wissen Sie.«

»Kümmern Sie sich um Fiona«, sagte er ernst und mit Tränen in den Augen. »Sie braucht Leute, die sich um sie kümmern, wissen Sie. Sie macht vielleicht nicht den Eindruck, aber es ist so. Sie rennt die ganze Zeit herum, ißt nicht richtig, arbeitet zu schwer und ...« Seine Stimme brach ab. Er fluchte innerlich, weil er vor seinem gelassen ruhigen Freund nicht rührselig werden wollte.

Teddy gab ihm einen Moment, um sich zu fassen, und antwortete dann: »Sie wissen, daß Sie sich auch deswegen keine Sorgen machen müssen. Ich kümmere mich um sie. Und dasselbe werden Seamie, Michael und Mary, Alec, Maddie und Nate und Stuart und Peter und alle, die sie lieben, tun.«

»Ich möchte, daß sie wieder heiratet. Sie ist noch jung. Sie sollte Kinder, eine richtige Familie haben. Das wünsche ich mir am meisten, und es ist das einzige, was ich in kein Testament aufnehmen kann. Ich möchte, daß Sie als Ehestifter agieren.«

»Das ist zwar keine Spezialität unserer Kanzlei, aber ich werd's versuchen«, antwortete Teddy, um einen gleichmütigen Tonfall bemüht. »An wen haben Sie gedacht?«

»Ja, an wen? Das ist ja das Problem. Sie ist reicher als die meisten Männer in dieser Stadt und klüger als alle.«

Teddy lachte, und Nick stimmte ein, obwohl es gezwungen klang. Inzwischen völlig erschöpft, verabschiedete sich Nick und klingelte nach Foster, der ihm ins Bett zurückhelfen sollte. Als sie die Schritte des Butlers im Gang hörten, wandte er sich zum letzten Mal an seinen Freund und Anwalt. »Sehen Sie sich um für sie«, sagte er. »Versprochen?«

»Ich verspreche es«, erwiderte Teddy und wischte sich verlegen mit dem Ärmel über die Augen.

63

Joe ließ eine Handvoll frisch geschälter Erbsen durch die Finger rinnen und inspizierte sie. Sie waren makellos und glatt, wie perfekte, kleine grüne Juwelen. Er hielt sie an die Nase und atmete ihren Duft ein. Sie rochen köstlich – nach frischer kentischer Erde, nach Frühling. Er probierte ein paar. Sie waren wundervoll knackig.

Bristow's aus Covent Garden importierte das feinste Obst und Gemüse aus aller Welt, um die Wünsche seiner reichen und anspruchsvollen Kundschaft zu befriedigen. Joe brauchte nur einen Angestellten aus seinem Büro ins Warenlager runterzuschicken, um mitten im Winter den Luxus eines süßen, reifen Pfirsichs zu genießen, aber trotz all der verfügbaren Köstlichkeiten aus fernen Ländern war ihm nichts lieber als die ersten Frühlingsgaben aus guter englischer Erde.

Während er fortfuhr, seine Waren zu prüfen, hörte er plötzlich eine Stimme an seinem Ohr. »Wie wollen Sie Profit machen, Monsieur, wenn Sie all Ihre Waren selbst aufessen?«

Joe lachte und freute sich, seinen Freund und Kunden Olivier Reynaud, den Chefkoch des Connaught, zu sehen. Er nahm die riesige Hand des Mannes, ließ ein paar Erbsen hineinrieseln und erklärte ihm, wie gut und wie frisch sie seien, wie wundervoll sie zu einem Lachssteak oder püriert in einer Suppe mit Minze und Sahne schmecken würden.

Olivier probierte, nickte und bestellte sechs Kisten Erbsen, einen Zentner neue Kartoffeln, zwei Kisten Spargel, drei Kisten Spinat, zwei Dutzend Vanillestangen, vier Kisten Orangen und jeweils drei Kisten Mangos, Ananas und Bananen. »Hat man Sie schließlich aus Ihrem Büro geworfen?« fragte er mit Blick auf Joes aufgekrempelte Ärmel und beschmutzte Weste.

»Oh, ich helf bloß aus«, antwortete er. »Der Chefverkäufer ist um fünf zu mir raufgekommen und hat gesagt, daß zwei seiner Leute krank seien und ob ich einen Buchhalter zum Aushelfen runterschicken könnte. Aber es war bloß einer da, und der mußte Bestellungen schreiben, also bin ich runtergekommen. Ich wollt nicht, daß sich der arme Kerl überarbeitet.«

»Sie meinen, Sie wollten ihm den Spaß nicht gönnen.«

Joe lachte amüsiert. »Ja, das auch. Hier, sehen Sie die mal an.« Er zog das Baumwolltuch von einem Weidenkorb, und Olivier lächelte entzückt. Sorgfältig auf Reis gebettet, lagen frische Trüffeln darin, kohlrabenschwarz und duftend.

»Vor zwei Tagen aus französischer Erde gegraben«, sagte Joe stolz. »Sehen Sie sich die an«, drängte er und reichte dem Mann eine besonders große Knolle. »Fest, dick und ohne einen Makel. Das beste, was das Perigord zu bieten hat. Soll ich Ihnen zwei Dutzend zurücklegen?«

»Zwei Dutzend? Sind Sie wahnsinnig. Zwölf! Ich hab ein Budget einzuhalten.« Olivier hielt eine Trüffelknolle an die Nase und betrachtete sie dann mit liebevoll verträumtem Ausdruck. »Der Geruch ... er ist unbeschreiblich, nicht? Genau wie der Duft der Liebe.«

Joe schüttelte den Kopf. »Ach, ihr Franzosen. Ihr könnt Küche und Schlafzimmer nicht auseinanderhalten, was?«

»Warum sollten wir? Beides ist der Stoff des Lebens. Aber wie kann ich von einem Mann, der diese ... *merde* ißt«, er deutete auf eine halb aufgegessene Wurst, die, in zerknittertes Papier gewickelt, auf einer Kiste lag, »annehmen, daß er das weiß?«

»Was stimmt nicht damit?« fragte Joe. Er nahm Olivier gern hoch. »Das ist herzhafte Kost für einen robusten englischen Magen!« Trotz seiner Schwäche für Würste, Fisch und Chips und verschiedene andere Gerichte aus seiner Kindheit war Joes kulinarische Kennerschaft genauso ausgebildet wie die seines Freundes.

»Pah! Ihr Engländer habt keinen Magen! Keine Zunge! Ich bin nicht nur zum Kochen nach England gekommen, mein Freund, sondern um euch zu erziehen, euch angelsächsischen Trampeln beizubringen, was wirkliches Essen ist. Und wie wird mir das vergolten? Filet wird zurückgeschickt, weil's zu roh ist. Niemand ißt mein Kalbshirn. Man verlangt diese elende Worcestersauce zu *allem!* Ich könnte ihnen Steine auftischen, und sie würden den Unterschied nicht merken!«

»Steine in Zwiebelsoße vielleicht«, räumte Joe ein.

»Kommen Sie heute abend in meine Küche, und ich zeige Ihnen, was richtiges Essen ist«, befahl Olivier und stieß ihm einen Finger in die Brust. »Und bringen Sie eine Frau mit, um Himmels willen! Sie essen wie ein Barbar und leben wie ein Mönch. Geben Sie mir die.» Er deutete auf die Trüffeln.

»Zwölf haben Sie gesagt?«

»Nein, alle!« rief Olivier aufgebracht. »Soll ich diesen Schatz etwa unbeachtet zurücklassen? Oder schlimmer noch, ihn von einem englischen Ignoranten verderben lassen?«

»Soll die Ware geliefert werden, Olivier?«

»Alles, außer den Trüffeln, die nehm ich mit. Und ich sehe Sie heute abend. Punkt neun!«

Joe lächelte, als sein temperamentvoller Freund sich davonmachte. Er war zufrieden mit sich. Keiner der jungen Burschen, die er als Verkäufer angestellt hatte, brachte eine Wagenladung Obst und Gemüse und einen Korb teurer Trüffeln an den Mann *und* bekam obendrein noch eine Einladung vom besten Küchenchef Londons. Aber wen sollte er mitnehmen. Jimmy war gerade mit Hochzeitsvorbereitungen beschäftigt? Vielleicht Cathy?

Er nahm eine Grapefruit und roch daran. Für ihn duftete sie verführerischer als das teuerste französische Parfüm. Er wandte sich um und warf einen Blick durch sein riesiges Lagerhaus, wo emsige Träger Bestellungen auf Wagen luden, Verkäufer Waren aufstapelten, Küchenchefs der besten Restaurants, Hotels und Clubs ihre Auswahl trafen, und verspürte großen Stolz. Dann sah er auf seine Uhr – es war sieben – und fühlte sich ein wenig schuldig. Er sollte nicht hier unten sein, sondern sich um seine Schreibtischarbeit kümmern. Ursprünglich wollte er das auch. Er war schon früh gekommen, um sich einen Vorsprung zu verschaffen, doch als der Chefverkäufer nach oben gekommen war, um ihm zu sagen, daß er Hilfe brauche, konnte er einfach nicht widerstehen. Er mußte einfach verkaufen gehen, nur eine kleine Weile. Er hatte sich geschworen, nur eine Stunde zu bleiben, war jetzt aber schon zwei Stunden hier. Doch wie sollte er sich losreißen? Nie würde er wieder hier unten arbeiten, sondern immer nur mit Buchhaltern Zahlen durchgehen oder mit Architekten und Bauleuten Pläne für neue Läden besprechen. Er vermißte das Warenlager. Nichts erregte ihn mehr als die Herausforderung des Verkaufens.

»Da ist er!« hörte er jemanden rufen und fuhr zusammen.

Noch immer die Grapefruit in der Hand, drehte er sich um und lächelte seinem Bruder Jimmy entgegen, seinem Stellvertreter, und Cathy, seiner hübschen blonden Schwester, die in seinem größten Laden in Chelsea für ihn arbeitete.

»Wir bezahlen Leute, um das zu machen«, sagte Jimmy.

»Ich bin nur eingesprungen«, erwiderte Joe abwehrend.

»Wir sollten ihm einen Wagen besorgen, Jimmy, und ihn wieder auf die High Street stellen, wo er Äpfel und Orangen verhökern kann. Da gehört er hin«, sagte Cathy neckend. »Und wenn du die Grapefruit weglegst, könntest du mich vielleicht zu dem Laden bringen, den ich demnächst führen soll. Dort wollten wir uns nämlich vor einer halben Stunde treffen.«

»Verdammter Mist! Das hab ich völlig verschwitzt! Tut mir leid, mein Schatz. Ich hol bloß schnell meinen Mantel, dann gehen wir.«

Joe legte die Frucht in die Kiste zurück, während Jimmy und Cathy nach oben gingen. Als er ihnen folgte, hörte er sie aufgeregt über das Geschäft in Knightsbridge reden. Alle drei Geschwister knüpften große Hoffnungen an Montague's neues Flaggschiff, das Cathy leiten sollte. Sie war ein aufgewecktes Mädchen – achtzehn inzwischen – schnell, gerade heraus und ein bißchen ungestüm. Manchmal konnte sie eine Nervensäge sein, aber sie gehörte zur Familie und war die einzige Person, die Joe mit dieser wichtigen Aufgabe betrauen wollte. Jimmy, inzwischen sechsundzwanzig und durch und durch ein Gemüsehändler, wollte den Laden zur ersten Adresse für die besten, ausgefallensten Produkte in ganz London machen. Dort würde es natürlich auch alle üblichen Waren geben, aber eben auch Dinge, die die Londoner noch nie gesehen hatten: Blaubeeren, Okra und Kürbisse aus den Staaten, riesige Stachelbeeren, Lichies und Kumquats aus China, Guaven, Papayas und Sternfrüchte aus den Tropen, roten Pfeffer und Wassermelonen aus Mexiko, Tamarinden und Kokosnüsse aus Indien. Und Joe wollte einfach, daß es der modernste, am besten sortierte Feinkostladen der Welt werden würde – der Inbegriff seiner Ambitionen.

»... aber Kopfsalat, Endivien und Spinat sind leicht verderblich«, hörte er seine Schwester sagen. »Wenn es zu warm ist, welken sie, und wenn es zu kalt ist, werden sie gleich schwarz. Wie willst du sie richtig lagern? Soweit du's mir beschrieben hast, gibt's nicht genug Platz ...«

»Jetzt hör halt mal zu! Ich komm ja nie zu Wort! Wir haben eine Befeuchtungsanlage. Die hat sich Joe ausgedacht. Sie hält die leicht verderbliche Ware frisch. Als wär sie gerade frisch geerntet worden.«

»Eine Befeuchtungsanlage?« wiederholte Cathy und gab ihrem Bruder einen Stoß. »Du nimmst mich wohl hoch?«

»Ich schwör's, Cat.«

»Mensch, Jimmy, wirklich?« fragte sie aufgeregt. »Wissen das die Typen von Harrods? Das wird sie umhauen!«

»Niemand weiß das, und du darfst es auch keinem sagen. Die wird Harrods ...«

»Die wird Harrods ziemlich alt aussehen lassen«, ergänzte Joe und zog die beiden an den Ohren, als er an ihnen vorbei durchs Foyer eilte. »Kommt, schaut euch die Pläne an.«

Auf dem großen Eichentisch in seinem Büro lagen die Pläne für das Flaggschiff. Joe und Jimmy erklärten sie Cathy. Im Erdgeschoß wurde die Decke von großen Säulen getragen. Dort gäbe es alle frischen Waren. Im hinteren Teil führte eine Marmortreppe in den ersten Stock, wo der Blumenladen, die Süßwaren, Kaffee und Tee, Tabak und edler Wein verkauft wurde. Im zweiten Stock befand sich ein Restaurant, wo die Kunden essen oder Tee trinken konnten.

»Ach, Joe, es ist wundervoll!« rief Cathy aus. »Wie sieht die Einrichtung aus? Wie sind die Farben?«

»Nun, einfach umwerfend, soviel kann ich sagen. So was hat London noch nicht gesehen.«

»Maud?« fragte Cathy.

»Ähm ... nicht ganz.«

»Joe, was hast du getan?«

»Wandgemälde von den vier Jahreszeiten fürs Erdgeschoß gekauft. Großartige Bilder! Wie Maud ebenfalls findet. Sie hält sie für brillant. Sie geben dem Ort ein ganz einzigartiges Flair von Luxus und Exklusivität.«

»Mein Gott, Joe, das ist doch ein Laden, kein Museum.«

Joe hielt abwehrend die Hände hoch. »Ich weiß, ich weiß ... wart einfach ab, bis du sie gesehen hast, Cathy. Sie sind einfach sensationell und ungewöhnlich und genau das, was uns von den andern abheben wird.«

»Und was ist verkehrt an weißen Wänden?« fragte Cathy.

»Ach, die sehen ja nach Schlachthaus aus.«

»Und die Böden?«

»Gefliest. Nicht weiß, sondern blau und grün. Mit unsichtbaren Drainagen. Deine Mädchen können sie einfach mit Seifenwasser abwaschen«, sagte Joe. Cathy wirkte erleichtert. Sie war für ihre penible Sauberkeit bekannt und warf Leute wegen verschmierter Fenster oder schmutziger Böden auf der Stelle raus.

»Und im ersten Stock? Und im Restaurant?« fragte sie.

»Pfauen«, antwortete Jimmy.

»*Pfauen!* Die überall rumscheißen? Seid ihr verrückt?«

»Keine echten Vögel, nur Gemälde«, sagte Jimmy hastig.

Cathy sah von Jimmy auf Joe. »Ich kann es gar nicht erwarten, das Geschäft zu sehen. Ist es fertig?«

»Fast«, antwortete Joe. »Maud arbeitet rund um die Uhr, um vor ihrer Reise alles fertig zu kriegen. Sie fährt nächste Woche nach China.«

»Ich weiß. Sie kam letzte Woche in dem Laden in Chelsea vorbei, um die Maler auszuschimpfen. Sie haben die Fensterumrahmungen in der falschen Farbe gestrichen.« Sie nahm einen Stift und hielt ihn wie eine Zigarette. »Aubergine, mein Lieber«, sagte sie mit dramatischer Stimme. »Ich hab Aubergine gesagt, und Sie liefern mir ein abscheuliches, grelles Purpur!« Sie berührte mit dem Handrücken die Stirn und sank wie ohnmächtig zu Boden.

»Steh auf, du albernes Ding. Sie ist nicht so«, sagte Joe.

»Doch! Du hättest ihr Haar sehen sollen! Es ist kurz!«

»Ich hab's schon gesehen. Können wir gehen?«

»Ist das alles, was du gesehen hast?« fragte Cathy hinterhältig.

Joe sah seine Schwester verständnislos an. »Wie bitte?«

Cathy zuckte die Achseln. »Ach, nur so«, antwortete sie und stand auf. »Maud hat gesagt, sie könne es gar nicht erwarten, nach China zu kommen. Offensichtlich will sie einem blauäugigen Teufel entkommen. Namen hat sie keine genannt. Vielleicht weißt du, um wen es sich handeln könnte?«

»Keine Ahnung«, erwiderte er unwirsch und griff nach seinem Jackett. »Kommt, wir wollen gehen.«

»Gut! Da bin ich aber froh«, sagte Cathy und hielt ihren Bruder fest, um seine Krawatte zurechtzurücken. »Weil ich jemanden im Sinn hab für dich. Sie kommt zu Jimmys Hochzeit. Ein nettes Mädchen aus Stepney ...«

Joe nahm seine Schwester beim Kinn. »Laß das. Sofort«, sagte er ernst. »Ich bin nicht auf der Suche nach einer Frau. Ich bin mit meiner Arbeit verheiratet, und so gefällt's mir, ja?«

»Schon gut, schon gut«, antwortete Cathy und schlug seine Hand weg. »Ich sag ja nichts.«

»Das bezweifle ich«, warf Jimmy ein.

»Wenigstens *jetzt.* Kommt, beeilt euch. Ich will den Laden sehen. Zeit ist Geld, und ihr zwei vergeudet beides.« Mit einem Lied auf den Lippen marschierte sie aus Joes Büro.

Joe sah Jimmy an und Jimmy Joe. Er zuckte die Achseln. »Es war deine Idee, sie das Flaggschiff führen zu lassen«, sagte er. »Viel Glück, alter Junge.«

64

Nick lag im Bett und sah das Mondlicht durchs Fenster strömen. Er war aufgewühlt, konnte nicht schlafen und hatte das Gefühl, eine Zentnerlast drücke ihm auf die Brust, so daß er kaum atmen konnte. Es war so anstrengend, die Luft einzuziehen und wieder auszustoßen. Es ermüdete ihn entsetzlich.

Er setzte sich auf und versuchte, den Druck auf seinen Lungen zu verringern. Es klappte nicht. Statt dessen schoß ihm ein peinigender Schmerz durch die Brust und den linken Arm, der taub wurde.

Nick wußte, daß er starb, und er hatte Angst.

Wieder durchzuckte ihn ein Schmerz. Er stöhnte leise auf. Die Krankheit quälte ihn, und er wünschte sich, von ihr befreit zu sein, dennoch hatte er Angst loszulassen. Er rang nach Luft, versuchte, die Pein in seiner Brust zu ertragen, die halb verloschene Glut seines Lebens am Glimmen zu halten.

Der Schmerz ließ ein wenig nach, und ein tröstliches Bild erschien vor seinen Augen – das Gesicht seiner alten Liebe. Henri zu sehen beruhigte ihn. Wo immer er auch hinging, vielleicht würde Henri dort auf ihn warten. Und vielleicht wäre es nicht so schrecklich, wie er es sich vorstellte. Vielleicht wäre es ein wundervoller Ort. Ein Ort, wo es immer Juni war, immer warm, und wo immer Rosen blühten. Ein Ort, an dem er mit Henri glücklich leben konnte.

Er lehnte sich auf seine Kissen zurück und fühlte sich ruhiger, hatte weniger Angst. Aber dann bedrückte ihn ein anderer Gedanke. Wenn er jetzt zu Henri ging, was würde aus Fiona werden?

Er drehte den Kopf und sah sie an. Sie schlief in einem großen Sessel, den Foster nah ans Bett hatte schieben müssen, und in ihrem Schoß lag ein offenes Buch. Während der vergangenen Nächte hatte er es geschafft, sie gegen Mitternacht in ihr eigenes Bett zu schicken, aber heute nacht hatte sie sich geweigert, ihn allein zu lassen. Sie hatte sich aufgesetzt, wann immer er aufwachte, bis die Erschöpfung sie schließlich übermannt hatte.

Wie sehr er dieses Gesicht mit dem entschlossenen Kinn, dem vollen Mund und den ehrlichen blauen Augen doch liebte. Sie konnte so hart und herrisch sein, wenn es ums Geschäft ging, aber zu denen, die sie liebte, war sie freundlich, großzügig und vollkommen hingebungsvoll. Sie hatte ihm so viel Glück geschenkt. Er lächelte, wenn er an die Überraschungen dachte, die das Leben bereithielt. Als er, von seinem Vater vertrieben, London verließ, war er allein gewesen, ohne Freunde, ohne einen Menschen, der auf ihn achtete. Und dann hatte er sie gefunden. Er erinnerte sich, wie sie auf dem Bahnsteig ausgesehen hatte, als sie seine Sachen aufhob – ihr gequältes Gesicht, ihre schäbigen Kleider und ihr Akzent! Damals hätte er sich nicht vorstellen können, dieses Mädchen aus dem Londoner Armenviertel zu heiraten, mit ihr in einem New Yorker Herrenhaus zu leben, glücklich zu sein und sich geliebt zu fühlen.

Er wünschte sich so viel für sie – Erfolg und Sicherheit, aber am meisten wünschte er sich, daß sie jemanden fand, dem sie ihr Herz schenken konnte. Jemanden, der verstand, wer sie war, der nie versuchen würde, sie zu ändern, jemanden wie diesen Jungen, den sie in London geliebt hatte. Der dumme Junge hatte ein Juwel verloren, als er sie aufgab.

Und dann sah er Henri wieder. Er ging von ihm weg auf ein wunderschönes Steinhaus inmitten eines Lavendelfelds zu. Er trug einen alten blauen Kittel, seine Hände waren mit Farbe beschmiert. Er drehte sich um, winkte ihm zu, und plötzlich konnte Nick die köstliche Sommerluft riechen und den Sonnenschein auf seinem Gesicht spüren. Er ging nach Arles. In ihr Haus in Südfrankreich. Natürlich! Hatte Henri nicht immer gesagt, daß sie dort leben sollten?

»Ich kann nicht«, flüsterte er schluchzend. »Ich kann sie nicht verlassen.«

Im seinem von Mondlicht erhellten Schlafzimmer reckte er den Kopf, als lausche er auf eine ferne Stimme. Er nickte und wandte sich dann der schlafenden Fiona zu.

»Dir wird's gutgehen, Fee«, flüsterte er. »Bestimmt.«

Fiona schreckte hoch. »Was ist, Nick? Alles in Ordnung? Brauchst du Dr. Eckardt?«

»Mir geht's gut.«

Schlaftrunken blinzelte sie ihn an. »Was ist dann?«

»Ich wollte dir nur sagen, daß ich dich liebe.«

»O Nicholas, ich liebe dich auch«, antwortete sie, vor Erleichterung lächelnd, und streichelte seine Wange. »Schlaf jetzt weiter. Du brauchst Schlaf.«

»Ja, gut«, sagte er und schloß die Augen, um sie zu beruhigen.

Fiona setzte sich in ihren Sessel zurück und nahm ihr Buch auf. Kurz darauf war sie wieder eingeschlafen.

Nick fühlte sich jetzt leicht und schwerelos. Er hatte das merkwürdige Gefühl, leicht wie Luft zu sein und mit der Nacht und all dem lebendigen Grün vor dem Fenster zu verschmelzen. Als die schwache, geschwollene Arterie im Innern seines Herzes barst und Blut in seine Brust strömte, spürte er einen letzten, qualvollen Schmerz. Mit ein paar schnellen, flachen Atemzügen schloß er die Augen. Der Schmerz ließ nach. Ein Anflug von Lächeln schwebte auf seinen Lippen.

Ein paar Sekunden vergingen, dann seufzte Nicholas Soames leise auf. Sein großes und edelmütiges Herz stockte und blieb stehen.

65

Auf dem stillen Friedhof der Trinity Church übergab Reverend Walter Robbins Nicks Leib der Erde und seine Seele an Gott.

Genauso wie sie in der Kirche gesessen hatte, stand Fiona, starr vor sich hin blickend, am Grab und nahm die Zeremonie kaum wahr. Für sie waren die Worte des Pfarrers ohne Bedeutung, sein Gebetbuch und das Kreuz bloße Requisiten. Nick war tot, und nichts, was er sagte, schenkte ihr Trost.

Sie sah sich unter all den schicklich gekleideten Leuten um. Schwarze Kostüme und Anzüge, schwarze Lederhandschuhe, schwarze Hutnadeln und Broschen aus Jett. Hier ein Schniefen, dort ein schnell unterdrücktes Schluchzen. Zarte Taschentücher, die an feuchte Augen gedrückt wurden. Kein lautes oder unziemliches Betragen.

Dies war keine Totenwache in Whitechapel, sondern ein vornehmes New Yorker Begräbnis, und die gesamte gute Gesellschaft war anwesend. Leute vom Museum, Künstler, die Nick vertreten hatte, ihre Kollegen und Kunden aus dem Teehandel, viele ihrer Angestellten. Seamie, ihr Onkel Michael und Mary, Ian, der jetzt erwachsen und Bankier war, die zehnjährige Nell, Sean und Pat, die sechsjährigen Zwillinge. Baby Jenny, auf Marys Arm, und Alec, der mit fünfundsiebzig immer noch rüstig war. Fiona wußte, daß sie sich vor all diesen Menschen zusammenreißen und ihre wahren Gefühle verbergen mußte. Vollkommen bewegungslos, mit herunterhängenden Armen und geballten Fäusten stand sie ganz allein mit ihrer Trauer und ihrem Zorn da und wünschte, der Pfarrer würde endlich mit seinem albernen Gewäsch aufhören.

Schon vor langer Zeit, als sie ihre Familie und fast auch das eigene Leben verloren hatte, war Fiona zu dem Schluß gekommen, daß

Gott wenig mehr als ein abwesender Hausbesitzer war. Nachlässig, desinteressiert, mit anderen Dingen beschäftigt. Seitdem war nichts geschehen, um ihre Ansicht zu revidieren. Sie fand es schwierig, an ein höheres Wesen zu glauben, das zugelassen hatte, daß ihre Eltern einen grausamen Tod starben, während die Mörder fröhlich weiterleben durften.

Was können Sie mir über Trauer erzählen, Reverend? fragte sie sich und sah in sein gutmütig ernstes Gesicht. Sie kannte sich aus damit und wußte, daß das Unerträgliche nicht zu ertragen war. Man konnte allenfalls hoffen, es zu überleben.

Sie beobachtete, wie Nicks Sarg in die Erde gesenkt wurde. Der Pfarrer streute Erde darauf und erinnerte die Anwesenden, daß sie Staub waren und zu Staub zurückkehren würden. Dann war es vorbei. Die Leute begannen, vom Grab wegzugehen. Fiona blieb stehen. Anschließend gäbe es ein Abendessen bei Michael. Wie würde sie das durchstehen? Sie spürte einen starken Arm um ihre Schultern. Es war Seamie. Er küßte sie auf den Kopf. Das konnte er inzwischen, denn mit fünfzehn überragte er sie bereits und war seinem Bruder Charlie wie aus dem Gesicht geschnitten. Allerdings war er größer als sein Bruder im selben Alter, wenn auch nicht so muskulös, und ein perfekter kleiner amerikanischer Gentleman, kein großtuerischer Junge aus Ostlondon. Doch mit seinen schelmischen grünen Augen, seinem offenen Lachen, seinem guten Herz und seiner männlichen Haltung war er das genaue Ebenbild seines älteren Bruders.

Charlie wäre jetzt sechsundzwanzig, dachte sie. Ein erwachsener Mann. Sie fragte sich, was er aus seinem harten Leben in London gemacht hätte, genauso wie sie sich fragte, was Seamie nach seiner Privatschule mit den sommerlichen Wanderferien, den winterlichen Skiausflügen und den vielen anderen Privilegien und Vergünstigungen aus seinem machen würde.

Jahrelang hatte sie gehofft, Seamie würde nach dem Examen in die Stadt zurückkehren, bei ihr wohnen und in ihr Geschäft einsteigen. Aber als er älter wurde, kamen ihr Zweifel. Der Junge wollte nur in der freien Natur sein. Die Schulferien verbrachte er beim Wandern oder Kanufahren in den Catskills und Adirondacks und brannte darauf, die Rockies und den Grand Canyon zu erforschen. Nichts machte ihm größere Freude, als eine neue Pflanze, ein Insekt oder Tier zu entdecken. Seine Noten spiegelten seine Interessen wider – er war Klassenbester in Naturwissenschaften, Mathematik, Geographie und Geschichte. Und letzter in Englisch, Latein und Französisch.

»Der Junge hat die Seele eines herumwandernden Kesselflikkers«, sagte Michael oft. »Genau wie dein Pa, bevor er deine Ma kennenlernte. Sicher kriegst du ihn nicht dazu, Tee zu verkaufen. Er wird sich in unerforschte Länder aufmachen.«

Fiona wußte, daß ihr Onkel recht hatte. Seamie würde durch die Welt reisen. Nicks Erbe und das Treuhandvermögen, das sie für ihn eingerichtet hatte, würden ihm das erlauben. Er würde ihr aus Kairo, Kalkutta und Katmandu schreiben und zwischen zwei Abenteuern bei ihr auftauchen, aber er würde nicht im Teehandel arbeiten und auf der Fifth Avenue wohnen. Sie würde in ihrem großen schönen Haus allein alt werden.

»Komm, Fee«, flüsterte Seamie und drückte sie. »Es ist Zeit zu gehen.«

Sie legte den Kopf an seine Schulter und ließ sich wegführen. Vor zwei Tagen war er aus seiner Schule in Groton zur Beerdigung heimgekommen, worüber sie froh war. Seine Gegenwart tröstete sie, wie niemand anders es vermocht hätte. Sie hatten gemeinsam die schlimmsten Zeiten durchgestanden, hatten den Ozean überquert, ein neues Leben begonnen und standen sich sehr nahe. Fiona wußte, wie sehr sie ihn in den nächsten Tagen brauchen würde. Wenn die Aufregung der Beerdigung vorbei war, fing der schwierige Teil erst an. Wenn man allein mit seinem Schmerz zurückblieb. Seamie fand immer die richtigen Worte, wenn sie am Boden zerstört war, wußte immer, wann sie die Wärme seiner Hand in der ihren spüren mußte.

Teddy Sissons und seine Frau traten zu ihr und baten sie, sich an sie zu wenden, wenn sie irgend etwas brauchte. Nach ihnen kamen andere Leute, die ihr dasselbe sagten. Gute, liebe Leute. Menschen, die ihr wohlgesonnen waren, die sie liebten und die sie liebte. Aber im Moment konnte sie ihren Anblick nicht ertragen. Sie ließ die Beileidsbezeugungen über sich ergehen, nickte, dankte, versuchte zu lächeln und war erleichtert, als sie schließlich zu ihren Kutschen gingen.

»Du bleibst heute nacht bei uns, Fiona. Du und Seamie«, sagte Michael hinter ihr. Fiona drehte sich um. Ihre Familie war versammelt, zur Abfahrt bereit.

Sie schüttelte den Kopf. »Ich kann nicht, ich ...«

»Keine Widerrede, Fiona«, sagte Mary. »Versuch es erst gar nicht. Wir haben genügend Platz, und ich laß dich nicht allein in dem großem Haus herumirren.«

Sie lächelte matt und bedankte sich bei ihrer Tante.

»Ich werde eine weiße Rose pflanzen, eine Kletterrose, direkt am Grabstein. Das hätte Nick gefallen«, sagte Alec mit zitterndem Kinn und wandte sich dann ab, um sich die Augen abzuwischen. »Ich sag den Totengräbern gleich, daß sie die Erde nicht ganz aufschütten sollen«, fügte er hinzu und ging aufs Grab zu.

»Seamie, Ian, geht ihm nach«, bat Mary. »Er sieht nicht mehr so gut wie früher. Ich hab Angst, daß er reinfällt.«

Gefolgt von Seamie, ging Ian seinem Großvater nach. Mary führte ihre Familie zur Kutsche. Michael erklärte ihr, daß er gleich nachkomme.

»Wie geht's dir, Mädchen?« fragte er Fiona.

»Mir geht's gut«, antwortete sie. »Wirklich.«

Sie sah, daß ihr Onkel ihr nicht glaubte. »Ich vermisse ihn, Onkel Michael. Ich vermisse ihn so sehr.«

»Ich weiß. Das tun wir alle.« Er nahm ihre Hand und hielt sie in seiner Ergriffenheit verlegen fest. »Es wird alles wieder gut, Fiona, du wirst sehen. Es ist doch nur der Leib fort. Nur der Leib. Es gibt einen Teil, der nicht begraben wird, einen Teil, der immer in deinem Innern bleibt.«

Fiona küßte ihren Onkel auf die Wange. Sie fand seine Worte tröstlich und wünschte nur, sie könnte sie glauben. Sie spürte Nick nicht in ihrem Innern. Sie spürte nur eine große, schmerzlich Leere.

»Es ist Zeit zu gehen«, sagte Michael. »Möchtest du mit uns fahren?«

»Nein, ich brauch ein paar Minuten, um mich zu sammeln. Ich fahr allein. Nimmst du Seamie mit?«

Michael versprach es, und Fiona ging zu ihrer Kutsche, in der Hoffnung, ein paar Minuten für sich allein zu haben. Als sie näher kam, sah sie einen großen, vornehm gekleideten Mann daneben stehen, der ihr den Rücken zuwandte. Beim Klang ihrer Schritte drehte er sich um und zog seinen Hut. Sein Haar war inzwischen silbern, aber er war noch immer attraktiv und elegant.

»Will«, sagte sie überrascht. Sie streckte die Hand nicht aus, aus Angst, er würde sie nicht ergreifen. Ihr fehlten die Worte. Seitdem sie sich vor zehn Jahren getrennt hatten, hatten sie kaum ein paar Sätze gewechselt.

»Hallo, Fiona«, sagte er. »Es tut mir leid ... ich wollte ... wie geht's dir?«

»Nicht besonders gut«, antwortete sie und sah zu Boden.

»Nein, das hab ich auch nicht angenommen. Was für eine dumme Frage.« Er schwieg einen Moment und fügte dann hinzu: »Ich hab gehört, daß Nicholas ... daß er gestorben ist. Ich wollte zum Begräbnis gehen, wußte aber nicht, ob du mich dabeihaben wolltest. Also bin ich hierhergekommen, um dir mein Beileid auszudrücken.«

Fiona hob den Blick. »Warum?«

Er lächelte traurig. »Weil ich von allen am besten weiß, was er dir bedeutet hat.«

Fiona senkte erneut den Blick. Ein Schluchzen erschütterte ihren Körper. Dann noch eines. Wills Worte, seine unausgesprochene Vergebung, erschütterten sie zutiefst. Der Knoten in ihrer Brust löste sich und ließ all den Schmerz und Zorn herausfließen.

Tränen rannen ihr übers Gesicht. Will nahm sie in die Arme und ließ sie weinen.

66

Fiona saß mit aufgestützten Ellbogen an ihrem Schreibtisch, preßte die Finger an die Schläfen und versuchte, die rasenden Kopfschmerzen wegzumassieren. Vor ihr lag eine Aktennotiz von Stuart, der Verkaufsbericht über die neuen Teebeutel. Schon viermal hatte sie versucht, ihn zu lesen, war aber nie über den dritten Satz hinausgekommen. Darunter lag ein Stapel Briefe und Rechnungen, um die sie sich kümmern mußte. Ihre Sekretärin wartete darauf. Sie wußte, wenn sie sich jetzt nicht zusammenriß, würde sie niemals alles schaffen.

Eine frische Maibrise wehte durchs offene Fenster, fuhr raschelnd durch ihre Papiere und streichelte ihr Gesicht. Sie erschauerte. Der Frühling verspottete sie. Draußen brach alles zu neuem Leben an.

Tulpen, Freesien und Narzissen wandten die Blütenköpfe der Sonne zu. Hartriegel, Magnolien und Kirschbäume begannen zu blühen. Vergnügt lachende Kinder liefen mit ausgestreckten Armen durch den Park und freuten sich, daß die Welt zu neuem Leben erwachte.

Aber die Schönheit des Frühlings erleichterte ihr das Herz nicht, sondern machte sie nur noch bedrückter. Sie zuckte vor dem warmen Sonnenschein zurück, der ihr auf die Schultern fiel, und beim fröhlichen Gezwitscher der Vögel schrak sie zusammen. Alles lebte auf mit dem Versprechen des Frühlings, und sie? Sie fühlte sich innerlich tot. Nichts brachte ihr Freude – weder die Eröffnung einer neuen Teestube noch eine erfolgreiche Werbekampagne. Nicht einmal das Aufblühen ihrer geliebten Teerosen. Sie schaffte es nur, sich jeden Morgen zur Arbeit zu schleppen, und brachte kaum die Energie auf, Peter Hurst zum Erwerb weiterer Burton-Aktien zu drängen oder herauszufinden, ob sie zehn oder zehntausend Dosen Schnelle Tasse verkauft hatte.

Ihre Wanduhr schlug zwei. Sie stöhnte auf. Gleich würde Teddy Sissons kommen, um mit ihr Nicks Testament durchzugehen. Sie freute sich nicht auf seinen Besuch. Neuerdings ertrug sie überhaupt niemanden um sich. Allein mit Leuten zu sprechen war eine Anstrengung. Seufzend wandte sie ihre Aufmerksamkeit wieder Stuarts Bericht zu, entschlossen, ihn durchzulesen. Als sie mit der ersten Hälfte der Seite fertig war, klopfte es an die Tür.

»Fiona?« rief eine Stimme.

»Hallo, Teddy«, antwortete sie und zwang sich zu einem Lächeln. »Kommen Sie rein. Möchten Sie eine Tasse Tee?«

»Nein, danke«, sagte er und stellte seine Aktentasche auf ihren Schreibtisch. »Ich möchte lieber gleich zur Sache kommen. Ich hab um vier einen Gerichtstermin.«

Fiona machte Platz für ihn. Er zog einen Stapel Papiere aus seiner Tasche und setzte sich. Nachdem er sie ordentlich auf dem Tisch ausgebreitet hatte, sah er zu ihr auf. »Wie geht's Ihnen?«

»Gut. Besser, viel besser.«

»Sie sind eine lausige Lügnerin.«

Sie lachte matt. »Dann eben gräßlich. In Ordnung?«

»Zumindest entspricht das der Wahrheit. Also ... da wären wir.« Er reichte ihr eine Kopie des Testaments. »Das meiste ist Routine, aber bei einigen Punkten brauche ich Ihre Instruktionen.«

Er begann, die Abschnitte von Nicks Testament vorzulesen, die von den nichtgeldlichen Zuwendungen handelten. Er entschuldigte sich für die umständliche Juristensprache, was daran liege, daß Nick alles ganz genau hatte haben wollen. Fiona bemühte sich zu folgen, was ihr nur schlecht gelang. Als er zu Nicks verschiedenen Bankkonten kam und wie sie verwendet werden sollten, waren ihre Kopfschmerzen unerträglich geworden. Gerade als sie dachte, sie hielte es keinen Moment länger aus, kam er zur letzten Seite des Dokuments.

»Das wär's Fiona. Abgesehen von einer Sache.«

»Und die wäre?« sagte sie, halb blind vor Schmerz.

»Wie Sie sicher wissen, besaß Nick ein Anlagevermögen bei der Albion-Bank in London. Sein Vater hat ihm eine bestimmte Geldsumme ausgesetzt, als er England verließ, eine Summe, die in verschiedene Aktien investiert wurde und wiederum Profit abwarf.«

Sie nickte.

»Dieses Vermögen ist ebenfalls an Sie übergegangen und beläuft sich im Moment auf annähernd siebenhunderttausend Pfund.«

»Teddy, das kann nicht stimmen. Das sind ja über drei Millionen Dollar!«

»Ja, ich weiß. Es war vor einiger Zeit sogar noch mehr wert.«

»Aber wie ist das möglich? Auf dem Konto befanden sich etwa hunderttausend Pfund, als wir geheiratet haben.«

»Es wurden Aktien zugekauft.«

»Von wem? Von Nick? Der hat sich geweigert, einem Makler oder einer Bank auch nur in die Nähe zu kommen.«

»Nein, von Lord Elgin, seinem Vater. Kurz bevor er starb, hat mir Nick gesagt, daß sein Vater dem Konto Aktien zugeschlagen habe. Er sagte auch, er erwarte nicht, daß sein Vater das Geld kampflos herausrücken würde. Obwohl das Vermögen eindeutig Ihnen gehört, könnte Randolph Elgin versuchen, den Transfer zu blockieren, und meiner Ansicht nach wird er das auch tun. Ich habe noch nicht erlebt, daß jemand eine Summe von über drei Millionen kampflos herausrückt.«

»Dann streiten Sie mit ihm, Teddy. Tun Sie alles, was nötig ist. Ich bezahle Sie. Nicks Vater ist ein schrecklicher Mensch. Es würde mich freuen, ihm das Geld abzunehmen und es einem guten Zweck zuzuführen. Etwas, womit Nick einverstanden gewesen wäre. Vielleicht Stipendien für Kunststudenten oder eine Stiftung für die Met.«

»Also gut«, sagte Teddy und blätterte seine Papiere durch, bis er gefunden hatte, wonach er suchte. »Sie müssen mir nur sagen, ob Sie das Vermögen in seiner jetzigen Form, das heißt mit allen Investitionen übernehmen wollen, oder ob Sie es liquidieren und sich das Geld an Ihre Bank überweisen lassen möchten.«

»Liquidieren Sie es«, sagte Fiona und rieb sich die Schläfen. Sie war gereizt und ungeduldig.

»Sind Sie sicher? Es könnte leichter sein, Elgin zur Herausgabe von Aktien als einer Riesensumme Bargeld zu bewegen. Soweit ich mich erinnere, sind ein paar Spitzenwerte darunter und ein großes Paket ziemlicher Flops. Lassen Sie mich sehen ... Abingdon-Verlagshaus ... Vereinigte Stahlwerke, das ist ein guter Wert ... Beaton, Wickes-Manufakturen ... Brighton-Werke ... ah, da ist der faule Apfel! Es ist eine Teefabrik, Fiona. Burton Tea. Mein Gott, warum hat Elgin so viel davon gekauft? Und warum hat er sie behalten? Die Aktien haben zwei Drittel ihres Kaufwerts verloren.«

Fiona hörte auf, sich die Schläfen zu reiben. »Teddy, was haben Sie gesagt?« flüsterte sie.

»Ähm ... Burton Tea?«

»Wie viele Aktien sind es genau?« fragte sie und griff nach Papier und Feder.

Teddy fuhr mit dem Finger eine Zahlenreihe entlang. »Eine ganze Menge tatsächlich.«

»Teddy, wie viele?«

»Vierhundertfünfzigtausend.«

Fiona hielt den Atem an. Teddy blickte zu ihr auf. Sie sah ihn mit weit aufgerissenen Augen an. »So hat er's gemacht«, sagte sie. »Der verlogene, hinterhältige Schuft! Ich hab nie verstanden, wie er bei den Schulden einundfünfzig Prozent halten konnte. Also, genau *so* hat er's gemacht.«

»Was gemacht, Fiona?«

Sie antwortete nicht, sondern riß eine Schublade auf und holte einen Ordner heraus. Sie schlug ihn auf, sah die Papiere darin durch und schrieb Zahlen auf. »Zweiundfünfzig Prozent!« stieß sie mit zitternder Stimme hervor. »Ich hab verdammte zweiundfünfzig Prozent!«

»Von *was?«*

»Von Burton Tea, Teddy. Lassen Sie mich sehen«, sagte sie und griff nach der Aufstellung.

Er reichte sie ihr. Die jüngsten Transaktionen standen am Anfang. Sie blätterte Quartal um Quartal zurück, bis sie fand, wonach sie suchte: der Kauf der Burton-Tea-Aktien. Sie waren 1894 Nicks Anlagevermögen zugeschlagen worden. Elgin hatte fast drei Pfund – etwa fünfzehn Dollar – pro Aktie gezahlt. Der gesamte Wert des Burton-Pakets plus Nicks anderen Aktien – der damals nur etwa hundertsechzigtausend Pfund betrug – belief sich jetzt auf die gewaltige Summe von eineinhalb Millionen Pfund. Schnell zog sie ihre eigenen Aufzeichnungen für das gleiche Quartal heraus und stellte fest, daß sie zwischen achtzehn und einundzwanzig Dollar pro Aktie bezahlt hatte. Nicks Aktien waren billiger erworben worden.

Dann verglich sie Nicks Auszüge vom März 94 mit den jüngsten Auszügen – vom März 98. Teddy hatte recht: Alle Papiere außer Burton Tea hatten Gewinn gemacht, und die Verluste von Burton Tea waren so hoch, daß sich sein Konto nur auf die Hälfte des Betrags von 1894 belief. Nicks vierhundertfünfzigtausend Burton-Tea-Aktien waren im Moment etwas weniger als fünfhunderttausend Pfund wert.

Die Daten, der unterschiedliche Aktienpreis, die Verluste – alles machte plötzlich Sinn.

»Teddy, besorgen Sie mir Nicks Vermögen in seiner jetzigen Form«, sagte Fiona, von den Auszügen aufsehend. »Egal, was es kostet, verstehen Sie mich? Ich *muß* diese Aktien haben. Fangen Sie gleich heute abend an. Schicken Sie einen Brief an Albion ... nein, ein Telegramm ...« Sie wurde plötzlich von Panik ergriffen. »Elgin kann die Aktien doch nicht verkaufen, oder?« fragte sie aufgeregt.

»Natürlich nicht. Nicks Guthaben sind eingefroren, solange die gerichtliche Bestätigung hier in New York noch aussteht. Rechtlich gehören sie jetzt seinen nächsten Angehörigen. Das sind Sie.«

»Gut. Gut. Teilen Sie Elgin sofort meine Wünsche mit.« Sie erhob sich und begann, auf und ab zu gehen. »Schicken Sie das Telegramm noch heute abend ab, Teddy. Heute abend. Kann das jemand in Ihrem Büro erledigen? Ich will, daß er morgen früh gleich Bescheid weiß. Los, Teddy, an die Arbeit. Mein Kutscher fährt Sie. Die Zeit reicht noch, in Ihrem Büro vorbeizuschauen, bevor Sie im Gericht sein müssen.«

Mit dem Ausdruck tiefster Verwirrung im Gesicht wurde Teddy aus Fionas Büro in ihre Kutsche gescheucht. Sie ließ ihn schwören, daß er das Telegramm abschicken würde, dann rief sie ihrem Kutscher zu, daß er ihn auf schnellstem Weg in sein Büro bringen solle.

Zurück in ihrem Büro ließ sich Fiona wie benommen auf ihren Stuhl fallen. Sie wußte nicht, ob sie lachen oder weinen sollte. Die Aktien, die sie so verzweifelt hatte haben wollen, waren die ganze Zeit ein Teil des Vermögens ihres Mannes gewesen. Dreißig Prozent der eineinhalb Millionen ausgegebenen Papiere. Direkt in Nicks Händen.

Alles ergab vollkommenen Sinn. 94 hätte Burton Geld gebraucht, um seinen Einstieg in den amerikanischen Markt zu finanzieren. Damals hatte er bereits dreihunderttausend Pfund von der Albion-Bank geliehen. Das wußten die Anteilseigner und waren – wie Fiona in einigen Zeitungsartikeln gelesen hatten – deswegen besorgt gewesen.

Um weiteres Kapital ohne Wissen seiner Investoren aufzutreiben, hatte Burton Elgin offensichtlich angeboten, einen Teil seiner persönlichen Anteile direkt an ihn zu verkaufen – nicht an die Bank. Und er hatte ihm einen beträchtlichen Nachlaß eingeräumt, wie Fiona den Auszügen entnommen hatte. Burton wußte, daß Elgin die Aktien nicht veräußern würde, denn er hatte ihn zweifellos davon überzeugt, daß ihr Wert nach der erfolgreichen Etablierung der Firma in Amerika – einem riesigen Land mit wachsender Bevölkerung – steigen würde. Danach würde er seine amerikanischen Profite benutzen, um seine Aktien zu einem höheren Preis zurückzukaufen, wobei Elgin riesige Gewinne machen würde.

Da der Handel geheimgehalten werden mußte, durfte Elgin keine Bankgelder dafür benutzen. Albion war jetzt eine AG, und ihre Bilanzen wurden von den Anteilseignern genau geprüft. Also mußte Elgin sein eigenes Geld einsetzen und die Aktien in einem privaten Depot, auf Nicks Konto, verstecken. Die Verwaltung übertrug er vermutlich einem persönlichen Sekretär oder einem älteren Vertrauten. Sie waren wahrscheinlich die einzigen beiden Leute in der Bank, die überhaupt wußten, daß ein solches Konto existierte. Elgin nahm natürlich an, daß die Aktien sicher waren und Nick gegenüber keinerlei Erklärungen gemacht werden mußten. Er wußte sehr gut, daß sein Sohn alles haßte, was mit der Albion-Bank zu tun hatte. Er würde die Aktien nie beanspruchen, er hatte nie Interesse an seinen Anlagewerten gezeigt, nur am Einkommen, das sie abwarfen. Und Nick war ernsthaft krank. Wenn er starb – unverheiratet und ohne Erben – würde das Vermögen einfach an seine Familie zurückfallen.

Beide Männer mußten das als perfektes Arrangement angesehen haben: Burton hatte das Darlehen, das er brauchte, Elgin würde eines Tages satten Profit einstreichen, und niemand wußte davon.

Aber es gab Dinge, die Elgin nicht bedacht hatte: Zum einen, daß Burtons Expandierung nach Amerika schiefging und dieses Desaster es ihm unmöglich machte, die Aktien zurückzukaufen, und zum anderen, daß Nick nicht bald gestorben war, sondern geheiratet hatte und alles, was er besaß, einschließlich seines Anlagevermögens, seiner Frau vermachte.

Fiona atmete tief ein und aus. Unfähig sitzenzubleiben nach dem Schock der Neuigkeit, stand sie auf. Ihr Blick fiel auf das Foto von Nick, das auf der Kredenz stand. Wenn sie es nur gewußt hätte, aber wie wäre das möglich gewesen? Er hatte ihr nie gesagt, was auf diesem Konto lag. Er wußte es ja selbst nicht. Er wußte nicht einmal, was er in seiner Brieftasche hatte.

Sie nahm das Foto in die Hand. Zum erstenmal seit Nick gestorben war, spürte sie seine Nähe. Er beschützte sie immer noch, wachte noch immer über ihr. Obwohl sein Körper fort war, lebte sein Geist in ihrem Herzen weiter. Er war ein Teil von ihr und würde es immer bleiben. Wie Michael gesagt hatte.

Eine Brise wehte ins Zimmer, und diesmal erschauerte sie nicht. Diesmal lächelte sie und stellte sich vor, das sanfte Streicheln des Winds sei Nicks Hand auf ihrer Wange. Sie drückte das Foto an die Brust, schloß die Augen und flüsterte »Danke« für dieses letzte Geschenk an sie.

67

Und damit wünsche ich meinem Bruder James alles Gute«, sagte Joe und prostete seinem Bruder beim Hochzeitsmahl zu. »Und meiner Schwägerin Margaret...«, er hielt inne und fügte mit gespieltem Bedauern im Ausdruck hinzu: »... der schon jetzt meine ganze tief empfundene Anteilnahme gilt.«

Die Gäste reagierten mit Johlen und Pfiffen, die Braut und ihre Schwestern mit Lachen.

»Das ist sehr komisch, Joe«, rief Jimmy durch den Lärm. »Ich hoffe, dein Obst ist frischer als deine Witze. Können wir jetzt essen?«

»Auf Jimmy und Meg!« sagte Joe und erhob sein Glas. »Ein langes Leben, Gesundheit, Reichtum und Glück!«

»Auf Jimmy und Meg!« stimmte die Gesellschaft ein. Gläser klangen, es gab Rufe, der Bräutigam solle die Braut küssen, und noch mehr Gejohle, als er es tat. Als sich Joe umsah, um sicherzugehen, daß die Kellner mit dem Servieren begonnen hatten, wurde er am Ärmel gezupft. Es war sein Großvater, der neben ihm saß.

»Mit dem stimmt was nicht«, sagte der alte Mann und deutete auf sein Glas. »Das ist das komischste Lagerbier, das ich je getrunken hab.«

»Das ist Champagner, Großvater. Aus Frankreich.«

»Franzosenbier? Nicht mein Geschmack, wenn du mich fragst. Was spricht denn gegen ein Fuller's, Junge?«

Joe bat einen Kellner, seinem Großvater ein Glas Bier zu holen. Einen anderen wies er an, weiteren Champagner auszuschenken. Seine Gäste hatten die Gläser geleert und riefen nach mehr. Einem dritten trug er auf, noch Brot zu bringen. Dann setzte er sich zum erstenmal an diesem Tag.

Joe richtete das Hochzeitsmahl seines Bruders in seinem Haus in Greenwich aus und wollte, daß alles perfekt war. Es war sein Geschenk an das Paar. Er mochte seine Schwägerin sehr, die aus einer mittellosen Händlersfamilie in Whitechapel stammte, und wollte ihr einen schönen Tag bescheren. Schon im Morgengrauen waren die Lieferanten und Floristen eingetroffen, um den Ballsaal seiner georgianischen Villa zu schmücken, aber sobald die Sonne aufging, sah er, daß es ein strahlender Tag werden würde, und ließ alles nach draußen bringen. Der Ballsaal war schön, aber nichts im Vergleich zur Schönheit seines Gartens.

Joes Anwesen war ein von sanften Hügeln und fruchtbaren Obstgärten umgebenes Herrenhaus, das am Südufer der Themse stand. Überall gab es uralte Eichen, Kirschbäume, Hartriegel und

Kletterrosen. Hinter dem Haus befand sich der Blumengarten, und dort hatte Joe Tische aufstellen lassen. Von hier aus sahen seine Gäste auf blühende Apfel-, Birn- und Quittenbäume und den dahinterliegenden Fluß.

Als er den Blick umherschweifen ließ, ohne sein eigenes Essen anzurühren, allein auf das Wohl seiner Gäste bedacht, mußte er lächeln. Sein Vater verzehrte gerade ein Stück rosafarbenen Lachs und unterhielt sich dabei mit seinem Nachbarn, einem Fischhändler, über die Vorzüge der schottischen Räuchermethoden im Gegensatz zu den norwegischen. Seine Schwester Ellen, deren Mann Großhändler auf dem Fleischmarkt von Smithfield war, schenkte dem Schinken ein anerkennendes Nicken. Eine andere Nachbarin aus der Montague Street, eine Mrs. Walsh, die sich mit dem Verkauf von Blumen vor den West-End-Theatern ihren Lebensunterhalt verdiente, bewunderte den Tafelschmuck. Joes Cockney-Familie und deren Freunde waren anspruchsvoller und wählerischer, als jeder Graf oder Herzog es gewesen wäre. Als Händler hatten sie klare Vorstellungen, wer bessere Kartoffeln lieferte – die Bauern aus Jersey oder die aus Kent –, welches Futter das beste Steak ergab und wer die besten Erdbeeren produzierte – die Engländer oder die Franzosen. Sie diskutierten genauso lautstark darüber, welcher Fleischer die besten Würste machte und wer den schmackhaftesten Kabeljau briet, wie sich adlige Häupter darüber stritten, in welchem Club das beste Beef Wellington serviert wurde.

»Onkel Joe! Onkel Joe!«

Joe drehte sich um. Ellens Sprößlinge, drei pausbäckige Kinder, kamen auf ihn zu.

»Mama sagt, daß es Kuchen gibt«, begann Ellens Jüngste. »Einen schönen, mit Blumen drauf!«

»Das stimmt, Schatz. Möchtest du ihn sehen?« Alle nickten. »Er steht in der Speisekammer. Schaut mal rein.« Sie gingen los. »Und, Robbie ...«

»Ja, Onkel Joe?« sagte der Älteste und drehte sich um.

»Laß diese Gabel hier.«

Robbie marschierte zurück und lieferte die Gabel ab, die er in seine hintere Hosentasche gesteckt hatte, dann rannte er kichernd davon.

»Der Schlingel«, sagte sein Großvater. »Ißt du denn gar nichts?«

»Doch, Großvater. Aber zuvor muß ich noch was erledigen. Bin gleich wieder zurück.«

Joe ging zu Jimmy und Meg hinüber und fragte, ob alles in Ordnung sei.

»Joe, mein Lieber, alles ist herrlich!« antwortete Meg und nahm seine Hand. »Danke dir!« Sie war eine sommersprossige Rothaaarige und hatte ein hochgeschlossenes cremefarbenes Organdykleid gewählt. Jimmy hatte ihr zur Hochzeit ein Paar Perlenohrringe geschenkt, und ihre Mutter hatte ihren Knoten im Nacken mit weißen Rosen geschmückt. Joe war schon immer der Meinung gewesen, daß sie ein hübsches Mädchen sei, aber als sie nun mit leuchtenden Wangen und strahlendem Blick ihren frisch angetrauten Ehemann ansah, war sie schön.

»Ich bin froh, daß es euch gefällt. Darf ich dir deinen Mann kurz entführen? Nur einen Moment?«

Meg willigte ein, und Jimmy folgte Joe zum Haus.

»Was gibt's denn?« fragte er.

»Ich hab ein Hochzeitsgeschenk für dich.«

»Noch eins? Joe, das ist zuviel ...«

»Nein, das ist es nicht. Komm mit.« Er führte seinen Bruder ins Arbeitszimmer, deutete auf eine große flache Schachtel auf dem Schreibtisch und sagte: »Mach auf.«

Jimmy nahm den Deckel ab und schlug ein Stück weichen grünen Flanell zurück. Ein großes rechteckiges Messingschild lag glänzend darunter. Er las die Inschrift: BRISTOWS COVENT-GARDEN-GROSSHANDEL, INHABER: JONATHAN UND JAMES BRISTOW, dann sah er verblüfft zu seinem Bruder auf.

»Mein Gott, Joe ...«

Joe schüttelte ihm die Hand. »Partner«, sagte er.

»Das hab ich nie erwartet. Warum tust du das? Es ist dein Geschäft, du hast es angefangen ...«

»Und ohne dich wär es nie ein Erfolg geworden. Es ist auch dein Geschäft. Ich wollt's nur offiziell machen. Die Anwälte erledigen die Papiere. Sollten nächste Woche fertig sein. Mit deinem neuen Gehalt und dem halben Anteil am größten Obst- und Gemüsehandel in London sollte es dir nicht schwerfallen, Meg dieses Haus in Islington zu kaufen, das ihr so gefällt.«

»Ich ... ich weiß nicht, was ich sagen soll. Danke.« Überwältigt umarmte er seinen Bruder und klopfte ihm auf den Rücken. Dann nahm er das Schild und lief aus dem Arbeitszimmer, um seiner Braut von ihrem Glück zu berichten.

Draußen beobachtete Joe die beiden, als Jimmy strahlend die Buchstaben seines Namens nachfuhr, und lächelte wehmütig. Jimmy hatte seine Sache gut gemacht. Er hatte ein Mädchen geheiratet, das er aufrichtig liebte. Bald hätten sie eine Familie. Und mit der neuen Partnerschaft hätte er die Mittel, seine Frau und seine zukünftigen Kinder gut zu versorgen.

Joe selbst war Multimillionär. Selbst nach Überschreibung der Hälfte seines Betriebs an Jimmy gehörten ihm immer noch die Montague-Läden und das lukrative Auslieferungsgeschäft. Doch wenn er seinen Bruder ansah, fühlte er sich wie ein Bettler. Nur Jimmy besaß, was wirklich zählte.

Plötzlich spürte er, wie sich jemand bei ihm einhängte.

»Das war sehr großzügig von dir«, sagte seine Mutter.

»Er hat's verdient«, antwortete Joe. »Das hätte ich schon lange tun sollen.«

Rose trug ein braunes Seidenkleid, das er ihr geschenkt hatte, und einen Paisleyschal. Obwohl sie inzwischen älter und grauer geworden war, fand er sie immer noch hübsch. Vor Jahren hatte er darauf bestanden, daß sein Vater aus dem feuchten, zugigen Haus in der Montague Street in eines der hübschen neuen Reihenhäuser in Finsbury zog. Dort blieben sie eine Woche, dann bekamen sie Heimweh nach Whitechapel und nach ihren Freunden und zogen wieder in ihre alte Heimat zurück. Joe gab sich zufrieden damit, kaufte das Haus und ließ es renovieren. Obwohl er ihnen eine große Geldsumme überschrieben hatte, verkauften sein Vater und seine Mutter außer am Montag noch jeden Tag Gemüse auf dem Markt. Der einzige Luxus, den sie sich leisteten, war ein neuer Wagen und regelmäßige Besuche in der Music Hall.

Rose folgte Joes Blick auf Jimmy und Meg. »Du denkst an sie, nicht wahr?«

»An wen?«

Rose sah ihn an. »Es ist jetzt zehn Jahre her, Schatz.«

»Ich weiß, wie lang es her ist, Mama, also fang gar nicht erst damit an. Ich hab an niemanden gedacht.«

»Na schön. Ich sag kein Wort. Ich mach mir bloß Sorgen, das ist alles«, sagte Rose liebevoll. »Du bist fast dreißig. Du solltest eine Frau haben. Eine Familie. Ein gutaussehender und erfolgreicher Mann wie du. Ich kenne zehn Mädchen, die sich um dich reißen würden.«

Joe stöhnte, aber seine Mutter war nicht zu bremsen.

»Ich will doch bloß dein Bestes, Junge.«

»Ich bin glücklich, Mama. Vollkommen glücklich. Meine Arbeit macht mich sehr, sehr glücklich.«

»Ach Blödsinn. Du schuftest doch bloß soviel, damit du nicht darüber nachdenken mußt, wie unglücklich du eigentlich bist.«

»Mama, ich glaub, Großvater braucht Hilfe mit seinem Fisch. Warum gehst du nicht ...«

»Da bist du ja!« rief eine fröhliche weibliche Stimme. Es war Cathy. »Warum um alles in der Welt stehst du so trübsinnig hier rum, Joe, statt dich mit deinen Gästen zu unterhalten? Sally ist hier. Sie ist verknallt in dich. Sie findet dich spitze.«

Joe lachte. »Sally Gordon? Deine Schulfreundin? Sie ist ... etwa zehn Jahre alt? Sie braucht ein Kindermädchen, keinen Mann. Hat sie noch Zöpfe?«

»Nein. Du würdest bemerken, wie hübsch sie geworden ist, wenn du endlich aufhören würdest, Gespenstern nachzujagen.«

Joe sah weg. Das saß. Cathy hat seinen wunden Punkt getroffen. Wie immer.

»Das reicht, Mädchen«, warnte Rose.

»Jemand muß ihm doch sagen, daß er sein Leben vergeudet, Mama«, sagte sie trotzig. »Warum nicht ich?« Mit erhobenem Kinn sah sie ihren Bruder an. »Fiona Finnegan ist Tausende von Meilen weit weg, mit einem feinen Pinkel verheiratet und kommt nicht mehr zurück. Sally Gordon ist hier und verliebt in dich. Sie könnte jeden haben, redet aber bloß von dir, Gott weiß, warum. Sie würde ihre Meinung schnell ändern, wenn sie wüßte, was für ein miesepetriger Hagestolz du bist!«

»Es reicht!« zischte Rose. Cathy verzog sich.

»Ein miesepetriger Hagestolz?« sagte Joe lachend.

»Sie ist das einzige Kind, das ich nie hab kontrollieren können«, sagte Rose bedrückt und sah mit finsterem Blick ihrer Jüngsten nach. »Ich hoffe, du weißt, was du tust, wenn du sie den neuen Laden führen läßt.«

»Na sicher. Ich würd niemand anderen wollen.«

»Sie ist gerissen, das geb ich zu. Und auf ihre Art gutherzig«, sagte Rose. »Und du bist der Größte für sie. Sie will nur dein Bestes, wie wir alle.« Sie drückte seinen Arm. »Weißt du, du solltest dich wirklich um deine Gäste kümmern. Und Sally guten Tag zu sagen, würde auch nicht schaden. Schon aus Höflichkeit.«

Joe legte seine Hand auf die seiner Mutter. »Also gut, dann laß uns Sally suchen. Aber keine Kuppeleiversuche, Mama. Ich brauch keine Frau. Mir reicht's, wenn du und Cathy auf mir rumhacken, mehr hält kein Mann aus.«

68

Er läßt's auf einen Prozeß ankommen«, sagte Teddy Sissons und knallte ein dickes Aktenbündel auf ihren Schreibtisch. »Das ist heute morgen in meinem Büro eingetroffen. Seine Anwälte sind gut. Sie haben alle Hinderungsgründe ausgegraben, die ich mir vorstellen kann, und noch ein paar mehr.«

Fiona begann, die Papiere zu lesen, und Teddy setzte sich. Er zog ein Taschentuch hervor, nahm seine Brille ab und wischte sich die Stirn. Es war ein ungewöhnlich heißer Junitag.

»Das ist unerhört!« rief Fiona aus. »Er bietet mir ein Drittel des Aktienwerts in bar, wenn ich meine Forderung zurückziehe. Ein elendes Drittel! Und das Angebot läuft in sechzig Tagen aus, wonach ich gar nichts mehr kriegen soll! Das ist absolut ungesetzlich. Können Sie die Frechheit dieses Mannes fassen?«

»Durchaus«, antwortete Teddy. »Und als Ihr Anwalt rate ich Ihnen, das Angebot anzunehmen.«

»Was?«

»Ich rate Ihnen anzunehmen.«

»Aber Teddy, Sie wissen doch, wie sehr ich diese Aktien haben will«, erwiderte sie ärgerlich, verdutzt von seinem Meinungsumschwung.

»Lassen Sie mich etwas erklären, Fiona. Die ganze Angelegenheit tendiert dazu, äußerst unangenehm zu werden. Sie sind eine reiche

Frau. Sie brauchen diese Aktien nicht. Und Sie müssen sich diesen Kampf nicht antun. Lassen Sie's.«

Fiona neigte den Kopf, als hätte sie ihn nicht richtig verstanden. »Ich habe keine Angst vor einem Kampf. Wie kommen Sie darauf, daß ich nachgeben könnte?«

»Die Sache wäre mit immensen Kosten verbunden.«

»Ich sagte doch, ich bezahle, was immer es kostet ...«

»Sowohl Zeit wie Geld«, unterbrach Teddy sie brüsk. »Bevor der Fall je vor Gericht kommt, vergeudet die Gegenseite ein oder zwei Jahre unserer Zeit und Tausende Ihrer Dollars für die Übersendung der Originaldokumente – Ihrer Geburtsurkunde, Heiratsurkunde, Nicks Testament, seiner Sterbeurkunde –, nur um Ihre und Nicks Identität und die Tatsache der Eheschließung zu bestätigen und die Sache ewig hinauszuziehen.«

»Vielleicht könnte jemand aus der Firma mit den Dokumenten nach London fahren. Vielleicht wäre es gut, einen Mann vor Ort zu haben, der Druck macht«, sagte Fiona.

»Das ist nicht möglich. Keiner in meiner Kanzlei ist berechtigt, in England zu praktizieren.«

»Sie haben doch sicher Partner dort. Was machen Sie, wenn ein amerikanischer Klient stirbt und Vermögen in England hat?« Fiona fand, daß ihre Frage auf der Hand lag, und wunderte sich, warum Teddy, der sonst so kämpferisch war, nicht selbst darauf gekommen war.

»Ja, sicher. Es gibt eine Gruppe von Anwälten in London, mit denen wir zusammenarbeiten.«

»Dann vereinbaren Sie einen Termin für mich. Ich fahre nächste Woche selbst nach London, wenn es sein muß.«

»Und was ist mit Ihren Geschäften? Sie können doch nicht einfach alles stehen- und liegenlassen.«

»Stuart Bryce kann TasTea in meiner Abwesenheit leiten, und Michael kümmert sich um die Teestuben und Läden.«

Teddy richtete sich auf, dann sagte er: »Wenn Sie Zeit haben, die Papiere genauer zu lesen, werden Sie feststellen, daß Elgins Anwälte Nicks medizinische Akten in die Finger gekriegt haben. Nicht von Eckhardt – er gäbe sie nicht raus –, aber die Unterlagen eines gewissen Dr. Hadley. Soweit ich verstehe, war er der erste, der Nicks Syphilis diagnostiziert hat.«

Fiona nickte. »Ja, das stimmt. Hadley war der Hausarzt.«

»Laut Hadleys Unterlagen hat sich Nick bei einem anderen Mann angesteckt.«

»Wie kamen die Anwälte an diese Unterlagen? Das sind doch vertrauliche Informationen.«

»Als Freund von Elgin hat er sie vermutlich übergeben.«

»Warum kommen Sie damit an, Teddy? Was hat das mit meinem Anspruch zu tun?«

»Eine ganze Menge. Elgins Anwälte beabsichtigen Nicks Syphilis und seine ... ähm ... vermutlichen sexuellen Ausschweifungen dazu zu benutzen, ihre Ehe als Betrug hinzustellen und zu behaupten, Nick sei aufgrund seiner Krankheit geistig nicht zurechnungsfähig gewesen, als er heiratete. Die Ehe sei nie vollzogen worden, weshalb Sie kein Anrecht auf seinen Besitz hätten.«

Fiona schüttelte ungläubig den Kopf. »Das werden sie nicht wagen.«

»Bei so viel Geld, wie hier auf dem Spiel steht, ganz sicher.«

»Das ist mir egal«, erwiderte sie aufgebracht. »Ich werde dennoch gegen sie vorgehen.«

»Wirklich?«

»Ja! Das wissen Sie«, antwortete sie ungeduldig. »Das habe ich Ihnen doch immer wieder gesagt. Warum fragen Sie?«

Teddy sah weg. Kurz darauf räusperte er sich und sagte: »Fiona, ob eine Ehe vollzogen wurde, ist sehr schwierig zu beweisen. Dennoch wird das die Anwälte nicht davon abhalten, es zu versuchen. Verstehen Sie mich?«

»Nein, Teddy, ganz und gar nicht! Hören Sie auf, um den heißen Brei zu reden. Heißt das, daß ich gefragt werde, ob wir zusammen geschlafen haben? Dann sag ich eben ja.«

Teddy sah sie an. »Sie wissen, daß ich Ihren unbeugsamen Willen immer sehr bewundert habe, Ihre Weigerung, sich vor Schwierigkeiten zu drücken. Aber manchmal besteht Stärke nicht im Durchhalten, sondern im Wissen, wann man aufhören muß.«

»Teddy, hören Sie ...«

»Nein, Sie hören mir zu«, erwiderte er scharf. »Sie haben keine Ahnung, wozu Anwälte in einem Prozeß fähig sind. Was, wenn Elgin darauf besteht, daß ein Arzt – einer ihrer Wahl – Sie untersucht? Was, wenn sie nach New York kommen, um ihre Hausangestellten auszuhorchen?«

»Das wird nicht geschehen«, sagte Fiona.

»Nein? Vergleichen Sie die Kosten, ein paar Anwälte über den Atlantik zu schicken, mit dem Verlust von *drei Millionen Dollar!* Natürlich wird das geschehen. Sie werden Ihre Zofe fragen, ob Sie und Nick je das Bett geteilt haben. Sie werden nach Flecken auf den Laken fragen. Sie werden Ihren Arzt vorladen und wissen wollen, ob Sie je schwanger waren, eine Fehlgeburt hatten. Ob es einen Grund gibt, warum sie in zehn Ehejahren keine Kinder bekamen.«

Fiona schluckte, angewidert von der bloßen Vorstellung.

»Übel genug?« fragte Teddy. »Aber das ist noch nicht alles. Wenn sie merken, daß die Sache nicht nach ihren Wünschen läuft, beschaffen sie sich einen Londoner Stricher – irgendeinen armen, verzweifelten Syphilitiker. Sie bezahlen ihn, damit er aussagt, er habe mehrere Male Verkehr mit Nick gehabt. Er wird Ort, Zeit und Datum liefern. Er wird wissen, ob Nick ein Muttermal am Hintern oder eine Narbe am Schenkel hatte. Sie werden einen alten Schulfreund von Nick auftreiben, jemanden mit schweren Spielschulden, der schwört, daß Nick nicht in der Lage war, mit Frauen zu verkehren.«

»Das können sie nicht tun!« rief Fiona.

»Seien Sie nicht so naiv! Sie können tun, was sie wollen. Randolph Elgin spielt keine Spielchen. Er ist genausosehr daran interessiert, diese Aktien zu behalten, wie Sie daran interessiert sind, sie zu bekommen. Er wird sich von nichts aufhalten lassen.« Erschrocken, weil er am Schluß praktisch geschrien hatte, lehnte sich Teddy zurück, um Luft zu holen.

Es war still im Raum, als sich Fiona von ihrem Schreibtisch erhob und auf ihrer Kredenz zwei Tassen Tee einschenkte. Eine stellte sie vor Teddy, die andere nahm sie mit zum Fenster. Während sie trank, sah sie auf das graue Wasser des Hudson River hinaus. Sie hatte erwartet, daß Elgin sich mies verhalten würde, worin sie sich nicht getäuscht hatte. Dennoch war sie schockiert, daß er die Vergangenheit seines Sohns im Gerichtssaal ausbreiten wollte. Wie es schien, war Randolph Elgin genauso rücksichtslos wie sein Geschäftspartner William Burton, wenn es um Geld ging.

Teddy wollte, daß sie nachgab und sich auf keinen schlimmen Prozeß einließ. Sie wußte, daß er sie nur schützen wollte, wofür sie ihm dankbar war. Aber Teddy schien etwas Wichtiges zu vergessen. Er hatte nur den Brief von Elgins Anwälten gelesen und sah einen abscheulichen Prozeß auf sie zukommen, sie jedoch entdeckte etwas anderes. Etwas, das zwischen den Zeilen geschrieben stand. Angst. Randolph Elgin hatte Angst.

Offensichtlich hoffte er, daß die Drohung, in ihrem Privatleben herumzuschnüffeln und die intimsten Details ihrer Ehe an die Öffentlichkeit zu zerren, sie abschrecken würde. Er muß sehr besorgt sein, dachte sie, um zu solchen Mitteln zu greifen. Er muß annehmen, ich könnte gewinnen. Seine Anwälte haben ihm erklärt, daß mein Anspruch berechtigt ist und daß er Nicks Vermögen verlieren kann. Er hat Angst, Burton eröffnen zu müssen, daß er seine Aktien verloren hat. Wenn er mich genügend einschüchtern kann, meinen Anspruch aufzugeben, bleibt es ihm erspart.

Die Überzeugung, daß Elgin Angst hatte, gab Fiona Mut. Sie würde nicht aufgeben. »Teddy, ich möchte, daß folgendes getan wird«, sagte sie und setzte sich wieder. »Schreiben Sie Elgins Anwälten, daß ein Drittel eine Unverschämtheit ist. Teilen Sie ihnen mit ...«

»Fiona, ich rate Ihnen dringend, sein Angebot anzunehmen. Wenn Sie auf Ihrer Forderung bestehen, kann ich Sie nicht mehr vertreten. Ich habe Nick mein Wort gegeben, auf Sie zu achten. Ich würde mein Versprechen brechen, wenn ich Sie dazu ermutigen würde.«

»Ich fahre nach London.«

Teddy seufzte tief auf. »Wann?«

»Noch diese Woche.«

»Fiona«, sagte er erschöpft. Ich flehe Sie an ... ich *flehe Sie an*, es nicht zu tun. Sie machen Kleinholz aus Ihnen. Sie werden dafür sorgen, daß jedes schmutzige Detail in die New Yorker Zeitungen kommt. Es wird einen Skandal geben, und diesmal werde ich nicht in der Lage sein, ihn abzuwehren. Das wäre Ihr Ruin, und Sie könnten TasTea gleich heute zumachen. Wir alle wußten über Nick Bescheid, was keinen Unterschied machte, denn er war unser Freund. Doch so freizügig denken nicht alle. Was Nick war, ist für viele Leute eine Sünde, und sie werden keinen Tee mehr von Ihnen kaufen, wenn Sie glauben, Sie hätten seine Unmoral unterstützt.«

Fiona nahm seine Hand und drückte sie. »Verlassen Sie mich nicht, Teddy. Ich brauche Sie. Sie waren immer für mich da. Immer. Seien Sie es auch jetzt.«

Teddy sah ihr in die Augen und versuchte – wie sie meinte –, den Grund für ihre Besessenheit zu finden. »Tun Sie's nicht, Fiona, es ist Wahnsinn«, antwortete er ruhig. »Sie zerstören alles, wofür Sie gearbeitet haben.«

»Sie täuschen sich, Teddy«, antwortete sie. »Das ist es, wofür ich gearbeitet habe.«

69

Sicher, aber es ist eine Weile her, daß ich dieses Dreckloch betreten habe«, sagte Roddy und sah zu dem grell bemalten Schild des Taj Mahal hinauf. Er ließ den Blick über die oberen Stockwerke schweifen und sah eine Reihe zerbrochener Fenster. »Ist das der Schaden, von dem Sie mir erzählt haben?«

Constable McPherson nickte. »Alle Fenster einschließlich der Tür wurden eingeschlagen, und die Kasse wurde ausgeraubt.«

»Letzte Nacht?«

»Ja.«

»Hat Quinn selbst Anzeige erstattet?«

»Nein, einer der Nachbarn hat Glas splittern hören und nach der Polizei gerufen. Ich hab den Lärm gehört und bin hergelaufen. Ich hab Quinn gesagt, ich würde mich darum kümmern, aber er wollte meine Hilfe nicht. Es sei sein Problem, meinte er, und er würde das selbst erledigen. Schwierigkeiten mit Typen aus der Gegend, hat er gesagt.«

»Ein paar böse Buben namens Bowler Sheehan und Sid Malone«, sagte Roddy grimmig.

»Ja, aber welcher? Ich hab immer gehört, daß Quinn mit Sheehan unter einer Decke steckt. Glauben Sie, daß er die Seiten gewechselt hat?«

»Ich weiß es nicht, aber ich find's raus. Irgendwas ist im Busch.

Vielleicht ist Malone plötzlich hier aufgetaucht, und Quinns Fenster gingen zu Bruch. Da braut sich was zusammen im Londoner Osten. Das spür ich. Ganz gleichgültig, wer dieser Kerl ist, er hat große Pläne, und die schließen unsere Seite vom Fluß mit ein.«

»Glauben Sie, Denny wird Ihnen reinen Wein einschenken?«

»Das wird er, wenn er nicht riskieren will, daß sein Laden geschlossen wird. Kommen Sie, gehen wir.«

Roddy öffnete die Tür des Taj Mahal, McPherson folgte ihm. Er war auf die üblichen Unannehmlichkeiten vorbereitet – die bösen Blicke, die gemurmelten Flüche, die vulgären Bemerkungen. Daß die Reste eines Abendessens vor seinen Füßen landeten, Bier auf sein Jackett geschüttet, mit einer Flasche auf seinen Kopf gezielt wurde. Daß eines von Dennys Mädchen ihm seine Dienste antrug und sogar Denny selbst ihm Whiskey und Steaks anbot, alles aufs Haus. Aber er war nicht darauf vorbereitet, was er statt dessen zu sehen bekam.

Nichts. Absolut nichts.

Niemand war da. Keine Menschenseele. Am Freitag abend. Die Lichter waren aus, die Billardtische leer. An der Bar saßen keine Freier aufgereiht. Es gab keinen Barmann. Niemand beugte sich über einen Teller Gebratenes, niemand stieg hinter einem der Mädchen die Treppe hinauf. Erstaunt über die Stille, drehte er sich im Kreis.

»Quinn?« rief er unsicher. »Denny?« Keine Antwort.

Er sah McPherson an, aber der war genauso verblüfft. Die Hände an ihren Gummiknüppeln, traten die beiden Männer hinter die Bar und durch eine Tür, die in die Küche führte. Dort war auch niemand, aber im Abfluß lagen Kartoffelschalen. Eine Schnur mit Würsten lag auf einem Holzbrett, als hätte jemand sie gerade aufschneiden wollen.

Roddy spürte, wie sich ihm die Haare im Nacken sträubten. Hier stimmte was nicht. Er ging wieder aus der Küche, durch den Schankraum und die Haupttreppe hinauf. Quinns Büro befand sich gleich neben dem Treppenabsatz. Wahrscheinlich waren Quinn oder Janey Symms, Dennys Freundin und die Puffmutter seiner Nutten, dort drinnen. Sie würden erklären, was hier los war.

»Quinn!« rief er vor dem Büro. Niemand antwortete. Er drehte den Türknopf, aber die Tür war verschlossen. »Denny? Bist du da drin?« rief er und klopfte an die Tür. Keine Antwort. Gerade, als er wieder klopfen wollte, hörte er ein leises Stöhnen. Er trat zurück, nahm Anlauf und warf sich gegen die Tür. Sie erbebte, gab aber nicht nach. Er versuchte es noch einmal. Das Schloß gab nach. Er eilte hinein.

Dennis Quinn lag am Boden, seine leblosen Augen starrten an die Decke, und sein Körper war von einer Blutlache umgeben.

»Mein Gott«, stieß McPherson hervor.

Roddy kniete sich neben Quinn nieder und suchte an seinem Hals nach dem Puls, worauf frisches Blut aus dem Schnitt tropfte. Er sah an Dennys Körper hinab. Seine Hemdbrust war rot vor Blut. Als er aufstand, hörte er wieder ein Stöhnen. Er brauchte eine Sekunde, bis er bemerkte, daß es nicht von dem Toten kam. Es drang hinter dem Schreibtisch am anderen Ende des Raums hervor. Er wußte, was er zu sehen bekäme, noch bevor er dort war.

Janey Symms lag schweißüberströmt und nach Atem ringend auf der Seite. Eine Hand hielt sie auf eine tiefe Wunde in ihrer Brust gedrückt, die andere von sich weggestreckt. Sie sah Roddy mit verzweifelten, glasigen Augen an.

»Janey, wer hat das getan? Sag mir den Namen.«

Janey versuchte zu sprechen, konnte aber nicht.

»Warte«, sagte Roddy. »Ich bring dich ins Hospital.« Er zog seine Jacke aus, breitete sie über sie und hob sie hoch, aber sie schrie vor Schmerz, so daß er sie wieder ablegen mußte. »Ich weiß, Janey, es tut weh, aber halt durch ...«

Janey schüttelte den Kopf. Sie hob die Hand, und Roddy ergriff sie. Sie drückte sie zu Boden.

»Wir müssen gehen, Janey, aber ich hol dich.«

Janey schloß die Augen. Mit letzter Kraft hob sie Roddys Hand und drückte sie erneut herunter. Als er hinabsah, sah er schließlich, daß ihr blutverschmierter Finger auf etwas zeigte: Sie hatte den Buchstaben S auf den Boden geschrieben. Mit Blut. Ihrem eigenen Blut.

»Sheehan«, sagte er.

»Oder Sid«, erwiderte McPherson.

»Wer war's, Janey? Sheehan oder Sid Malone?« fragte Roddy drängend. Er wußte, daß sie nicht mehr lange durchhielt. Sie schluckte wieder, und ihre Brust hob und senkte sich heftig. »Warte«, sagte er eindringlich und drückte ihre Hand. »Ich hol dich hier raus.« Aber noch während er sprach, spürte er, wie das Leben aus ihr wich. Sie war tot. Fluchend schüttelte Roddy den Kopf und ließ ihre Hand los. Das Blut aus ihren Wunden floß über die Dielenbretter und löschte das S aus. »Was glauben Sie?« fragte er und sah McPherson an.

»Sheehan, wenn sich Quinn gegen ihn gestellt hat. Malone, wenn nicht.«

»Das ist eine große Hilfe. Genauso wie unsere tote Zeugin hier und der Beweis, der gerade ausgelöscht wurde, sowie die Tatsache, daß vermutlich an die fünfzig Leute unten waren, als der Täter reinkam, von denen sich keiner melden wird. Zwei Menschen wurden ermordet, und wir haben nichts, worauf wir uns stützen könnten. Rein gar nichts.«

»Damit haben Sie recht, Sergeant. Aber mit dem, was Sie vorher gesagt haben, nicht.«

»Womit denn?«

»Daß sich in Ostlondon was zusammenbraut. Der Krieg ist schon in vollem Gang.«

70

Neville Pearson, ein redseliger, rundlicher Mann von etwa sechzig Jahren, duckte sich unter einer Leiter hindurch, stieg über einen Farbkübel und reichte Fiona die Hand. »Mrs. Soames, nicht wahr?« sagte er und schüttelte sie heftig. »Freut mich. Teddy hat mir geschrieben, mir alles über Sie erzählt.«

Er trug einen braunen Anzug, der vor zwanzig Jahren vielleicht modern gewesen sein mochte, und eine gelbe Reitweste mit Teeflekken und Brotkrümeln darauf. Er war kahl, abgesehen von ein paar weißen Haarbüscheln an beiden Seiten des Kopfs, und hatte die blühende Gesichtsfarbe eines Mannes, der Essen und Trinken genoß. Mit Teddy oder den anderen New Yorker Anwälten, die Fiona kannte, hatte er nichts gemein, weder deren modische Anzüge und Frisuren noch die manikürten Hände und teuren Schuhe. Mit seiner abgeschabten Aktentasche und der tief auf der Nase sitzenden Brille sah Pearson eher wie ein zerstreuter Professor aus und nicht wie Londons angesehenster Jurist für Privatrecht und Kronanwalt.

»Die Freude ist ganz auf meiner Seite, Mr. Pearson.«

»Hm. Nun, dann ...«, sagte er und sah sich um, »... vielleicht suchen wir uns ein ruhigeres Eckchen? Ich hätte Sie gern in meine Räume geführt, aber da sind gerade die Bauleute zu Gange. Tut mir furchtbar leid. Wir renovieren. Die Idee eines jüngeren Teilhabers. Er findet, daß hier alles alt und vorsintflutlich aussieht. Möchte dem Ort ein modernes Gepräge geben. Geldverschwendung und schrecklich lästig, meiner Meinung nach. Edwards!«

»Ja, Mr. Pearson«, antwortete ein junger Mann hinter dem Empfangstisch.

»Ich brauche ein Büro.«

»Ich glaube, Mr. Lazenbys ist frei, Sir.«

»Gut. Folgen Sie mir, Mrs. Soames, und achten Sie auf Ihre Röcke.«

Er führte sie vom Empfang durch einen langen Gang und erklärte ihr alles über das ehrwürdige Gray's Inn – eine der vier ehemaligen Gerichtsstätten der Stadt –: daß Teile davon im vierzehnten Jahrhundert erbaut und unter den Tudors vergrößert wurden und daß alles bis zum heutigen Tag Bestand gehabt hatte, auch ohne die Hilfe ahnungsloser Renovierer.

Fiona lächelte, als sie ihm folgte, und genoß den Klang seiner Stimme. Sie hatte die melodische englische Aussprache vermißt. Die New Yorker nuschelten ihre Worte achtlos dahin und redeten genauso hastig, wie sie alles voller Hast machten. Die Londoner genossen ihre Sprache, jeder einzelne von ihnen. Angefangen vom Portier in ihrem Hotel mit der sonoren Stimme, der klare Konsonanten und schöne Vokale bildete, bis hin zu dem Taxifahrer, der sie hergebracht hatte – einem Mann aus Lambeth, der genüßlich die Laute zu kauen schien, als hätte er ein köstliches Stück Beefsteak im Mund.

Seit ihrer Ankunft im Hotel Savoy am Tag zuvor war die Fahrt zu Pearsons Büro ihr erster Ausgang gewesen. Während der letzten vierundzwanzig Stunden hatte sie eine Welt des Prunks und des Reichtums gesehen – ein London, das sie nicht kannte. Ihre Suite war prachtvoll, und sie wurde rundum bedient. Die Straßen zu den ehemaligen Gerichtshöfen waren luftig und elegant, die Häuser und Geschäfte darauf vornehm.

Doch sie wußte, daß dies nicht das ganze London war. Im Osten erstreckte sich eine andere Stadt voller Armut, Mühsal, Hunger und Härte. Genau dieses andere Gesicht der Stadt interessierte sie, und dorthin würde sie sich heute abend begeben. Direkt nach Whitechapel zu gehen ertrug sie noch nicht – aber nach Bow würde sie fahren, um Roddy zu besuchen. Es war ein Wiedersehen, nach dem sie sich sehnte, das sie gleichzeitig aber auch fürchtete. Sie freute sich, ihn wiederzutreffen, doch sie wußte auch, daß sie ihm sagen müßte, was mit ihrem Vater tatsächlich geschehen war, und das würde ihm das Herz brechen.

»Hier wären wir«, rief Pearson plötzlich aus und blieb kurz stehen. Er öffnete eine Tür und stieß hervor: »O je! Tut mir furchtbar leid, Lazenby! Ich wünsche Ihnen einen guten Tag. Und Ihnen auch, Sir. Entschuldigen Sie.« Schnell zog er die Tür wieder zu, und Fiona hörte, daß der Mann, der offensichtlich Lazenby war, Pearson sagte, daß seiner Meinung nach Phillips Büro frei sei. Und dann vernahm sie eine andere Stimme, zweifellos die von Lazenbys Klienten, die Pearson erklärte, daß es nichts zu entschuldigen gebe.

Etwas an dieser Stimme ließ sie wie angewurzelt stehenbleiben. Es war eine männliche Stimme. Eine warme Stimme. Lebendig und humorvoll, mit starkem Ostlondoner Akzent. Sie machte ein paar Schritte vorwärts und ergriff, verzaubert von ihrem Klang, den Türknopf.

»Hier entlang, Mrs. ... ähm ... Mrs. ... o verflixt!«

»Soames«, sagte Fiona und zog die Hand zurück. Was um Himmels willen machte sie da? Sie konnte doch nicht einfach zu einem Anwalt und seinem Klienten hineinplatzen.

»Ja, natürlich. Soames«, sagte Pearson und führte sie zu einer Treppe. »Versuchen wir's im anderen Stockwerk. Dieses Büro ist belegt. Ein sehr wichtiger Klient. Ich seh ihn ständig hier, kann mich aber nicht an seinen Namen erinnern. Kann mir einfach keine Namen merken. Barton? Barston? Irgendwas in der Art. Ihm gehört eine riesige Kette von Feinkostläden. Wie heißen sie noch mal? Montague's! Ja, so heißen sie!« Er drehte sich zu Fiona um und klopfte sich an den Schädel. »Das Räderwerk funktioniert wenigstens noch!« sagte er erfreut.

Fiona fragte sich nicht zum erstenmal, warum Teddy ihr ausgerechnet diesen Mann empfohlen hatte.

»Ein sehr erfolgreicher Bursche, dieser Barton«, fuhr Pearson fort. »Hat sich aus dem Nichts hochgearbeitet. Sie sind in der gleichen Branche, nicht wahr? Abgesehen von ihrem Teehandel? Teddy hat, glaube ich, etwas von einer Ladenkette erwähnt in seinem Brief. Sie müssen sich unbedingt ein Montague's ansehen. Absolut erstklassige Geschäfte.« Oben an der Treppe blieb er wieder stehen. »Er macht nächste Woche in Knightsbridge sein Flaggschiff auf. Was groß gefeiert wird. Die ganze Firma ist eingeladen. Warum begleiten Sie mich und meine Frau nicht? Wir könnten vorher zusammen zu Abend essen und dann zu der Party gehen.«

Fiona lehnte seine Einladung höflich ab – sie hatte Wichtigeres vor, als zu Partys zu gehen –, aber Pearson bestand darauf. Es schien, als ließe der Mann nicht locker, bevor sie einwilligte, und da sie endlich über ihr Anliegen reden wollte, willigte sie schließlich ein. Erfreut führte er sie in ein freies Büro, bellte den Schreiber an, Tee zu bringen, und wandte sich der Arbeit zu.

Er las nochmals die Papiere, die Teddy geschickt hatte, und stellte ihr dann eine Unmenge von Fragen. Dabei fiel der Anschein von Zerstreutheit von ihm ab, und Fiona bemerkte, daß Teddy sie tatsächlich an einen fähigen und erfahrenen Juristen verwiesen hatte.

»Ihr Anspruch ist absolut legitim, Mrs. Soames«, erklärte er schließlich, immer noch die Dokumente durchgehend. »Und wird vor Gericht sicher standhalten.«

»Freut mich, das zu hören«, sagte Fiona erleichtert.

»Aber, wie Teddy Ihnen sicher gesagt hat, wird es ein langwieriger und teurer Prozeß werden.«

Ihr sank das Herz. »Gibt es denn nichts, womit Sie ihn beschleunigen könnten, Mr. Pearson? Keine Maßnahmen, um ihn abzukürzen? Keine Möglichkeit, meine Forderung schneller durchzubringen?«

Pearson sah sie über seine Brille hinweg an. »Das Gesetz läßt sich nicht antreiben, Mrs. Soames.«

Sie nickte ernüchert. »Wie lange wird es wohl dauern?«

»Ich brauche ein paar Tage, um die Dokumente im Detail zu studieren und ein paar Erkundigungen einzuziehen. Dann kann ich eine Schätzung liefern. Ich fürchte, ich muß Sie vor allzu großem

Optimismus warnen. Ich kenne Elgins Anwälte. Ich bin überzeugt, daß wir schließlich gewinnen werden, aber sie werden uns den Sieg nicht leichtmachen. Oder angenehm. Verstehen Sie, was ich meine?«

»Ja, Mr. Pearson, ich bin auf Widrigkeiten eingestellt.«

Pearson sah sie lange an, um ihre Aufrichtigkeit zu prüfen, dann sagte er : »Nun gut.«

In einer Woche wolle er sich bei ihr melden, erklärte er, dann erhob er sich, um sie zu ihrem Wagen zu begleiten. Auf dem Weg hinaus kamen sie wieder an Lazenbys Büro vorbei. Und wieder hörte Fiona die Stimme, die sie so gefangengenommen hatte. Diesmal war sie leicht erhoben, doch durch die schwere Tür gedämpft. Sie war ihr fremd – sie war sich sicher, diese gemessene, herrische Stimme noch nie gehört zu haben –, dennoch wirkte sie so zwingend auf sie. Wieder griff ihre Hand nach dem Türknopf.

»Nein, nein, hier entlang, Mrs. Soames«, sagte Pearson.

Zum zweitenmal fragte sich Fiona, was plötzlich mit ihr los war. Sie folgte Pearson ins Foyer und verabschiedete sich.

71

Roddy O'Meara warf einen verstohlenen Blick auf die elegante Frau an seinem Arm. Sie wirkte so vornehm und imponierend, daß schwer zu glauben war, daß sie einst das barfüßige Mädchen in Flickenkleid und Schürze gewesen war, das mit großen Augen seinen Feen- und Zwergengeschichten gelauscht hatte.

Bis sie ihre ungewöhnlich blauen Augen auf ihn richtete. Und dann war es gar nicht mehr schwer. Das Mädchen war immer noch vorhanden, in ihren Augen. Das Gesicht war inzwischen das einer Frau, zart gebildet, und auf der Stirn hatten die Sorgen und Nöte des Lebens feine Linien eingegraben, aber die Augen ... sie waren immer noch genauso sprühend und lebendig wie die des Kindes. Warm, aber auch voller Härte. Voller Trotz sogar.

Die Augen hat sie von ihrem Vater, dachte Roddy. Den Trotz auch. Er war es, der Paddy dazu gebracht hatte, seine Gewerkschaftsarbeit aufzunehmen, und der dieses Mädchen veranlaßt hatte, aus Whitechapel zu entfliehen und solchen Erfolg zu haben.

Plötzlich wurde er traurig, als er an seinen alten Freund dachte, bemühte sich aber, dies zu verbergen. Er wollte Fiona nicht deprimieren, indem er schmerzliche Erinnerungen aufrührte und damit ihr wundervolles Wiedersehen verdarb. Sie war zum Abendessen gekommen, und Grace hatte eine typische englische Mahlzeit gekocht – Roastbeef und Yorkshire-Pudding mit allen Beilagen. Es hatte Tränen und Lachen gegeben, als er die Tür öffnete und sie begrüßte. Weder Grace noch er konnten fassen, wie sehr sie sich verändert hatte. Und Fiona wollte sie beide gar nicht mehr loslassen. Sie ließ nicht zu, daß er ihren Hut nahm oder daß Grace ihr eine Tasse Tee einschenkte, bevor sie sie immer wieder umarmt und abgeküßt hatte. Ihr Fahrer war ihr mit einer Unmenge Päckchen gefolgt, die die Namen teurer New Yorker Geschäfte trugen. Für Grace gab es einen wunderschönen Hut und ein Paar Rubinohrringe und für ihn ein Kaschmirjackett und ein Paar goldene Manschettenknöpfe. Für die Kinder – den neunjährigen Patrick, die siebenjährige Emily, den vierjährigen Roddy Junior und den gerade einjährigen Stephen – hatte sie Spielzeug und Süßigkeiten gekauft.

Beim Tee im Wohnzimmer und dann beim Abendessen im Eßzimmer redeten sie über die vergangenen zehn Jahre. Grace und er erzählten von ihrem Leben und von seiner Beförderung, sie erzählte von ihrem. Als sie fertig war, hielt sie einen Moment inne und fügte dann hinzu: »Da gibt es etwas, was ich euch noch nicht gesagt habe. Den Grund für meine und Seamies überstürzte Abreise. Dafür entschuldige ich mich. Bei euch beiden.« Roddy sah, wie schwer ihr die Worte fielen. Er wollte sie am Weitersprechen hindern, was sie aber nicht zuließ. »Nein, Onkel Roddy. Ich möchte es erzählen. Es hat mich zehn Jahre lang bedrückt. Es tut mir unendlich leid, daß ich ohne etwas zu sagen fortgelaufen bin, ohne dir für das zu danken, was du für mich getan hast. Aber es gibt einen Grund dafür. Einen Grund, den ich dir jetzt sagen kann ... ja sagen *muß.*« Ihr Blick streifte von Roddy und Grace zu den Kindern. »Aber lieber nicht hier, finde ich.«

»Warum machst du nicht einen Spaziergang mit Roddy?« schlug Grace vor. »Dann kann ich aufräumen, und ihr könnt euch unterhalten. Wenn ihr zurück seid, essen wir den Nachtisch.«

Sie machten sich zu einem Spaziergang durch den nahe gelegenen Park auf. Der Julitag ging seinem Ende zu, aber die Sonne war noch warm und der Himmel wolkenlos.

»Es gibt doch nichts Schöneres als den englischen Sommer, nicht wahr?« sagte Fiona und bewunderte die dichten Lupinenbüsche. »Früher ist mir das nie aufgefallen. Whitechapel war immer trostlos, egal zu welcher Jahreszeit. Aber heute bin ich durch den Hyde Park gefahren und hatte das Gefühl, noch nie etwas so Schönes gesehen zu haben.«

Roddy stimmte ihr zu. Er folgte ihrem Geplauder über Wetter, Blumen und London und fragte sich, warum sie über alles redete, nur nicht darüber, warum sie hergekommen waren. Hatte es etwas mit Joe zu tun? Er hatte ihn bewußt nicht erwähnt, da sie schon selbst auf ihn zu sprechen käme, wenn sie es wollte. Oder hing es mit dem Geld zusammen, das sie Sheehans Aussage nach Burton gestohlen haben sollte? Was immer es war, ihr Zögern, das Thema anzuschneiden, sagte ihm, daß es sie immer noch schmerzte. Doch seiner Meinung nach war es besser, die Sache hinter sich zu bringen. Als löste man die Binden von einer Wunde. Was man am besten schnell und auf einmal machte. »Gibt es nicht etwas, was du mir sagen wolltest, Mädchen?« fragte er schließlich.

Fiona nickte. Sie blickte starr vor sich hin, und er sah, daß ihre Kiefer mahlten. Dann wandte sie ihm das Gesicht zu, und er entdeckte einen anderen Ausdruck in ihren Augen. Es war eine beunruhigende Mischung aus Schmerz und Ärger – nein, nicht Ärger, sondern *Wut* –, und der war neu für ihn. Als sie bei ihm lebte, hatte er quälende Trauer in ihren Augen gesehen. Auch Hoffnungslosigkeit. Aber niemals diesen Ausdruck.

»Das ist richtig, Onkel Roddy. Ich wußte nur nicht, wie ich anfangen sollte, und mußte erst den Mut dazu fassen.«

»Fiona, du mußt keine vergangenen Dinge aufwühlen ...«

»Doch. Obwohl ich wünschte, ich müßte es nicht.« Sie deutete auf eine Bank. »Setzen wir uns doch.« Sobald sie saßen, begann sie zu sprechen. Ihre Geschichte, die so lange in ihr verschlossen gewesen war, brach aus ihr heraus. Sie erzählte ihm alles, und als sie zum Ende kam, saß Roddy vor Entsetzen zusammengesunken auf der Bank und hatte das Gefühl, er hätte einen Schlag in die Magengrube bekommen. »Tut mir leid, Onkel Roddy. Tut mir so leid«, sagte sie und nahm seine Hand.

Er dauerte eine Weile, bevor er ein Wort herausbrachte. »Warum hast du mir das nicht schon früher erzählt?« fragte er schließlich. »Warum bist du nicht zu mir gekommen, statt fortzulaufen? Wir hätten sie festnehmen können.«

Fiona schüttelte den Kopf. »Nein, Onkel Roddy. Denk doch mal nach. Außer mir gab es keine Zeugen. Niemand hätte mir geglaubt. Und ich wußte, daß ich in Gefahr war.«

»Ich hätte dich beschützt. Du wärst sicher gewesen.«

»Wie denn?« fragte sie leise. »Du hättest mich rund um die Uhr bewachen müssen. Sobald ich zur Arbeit, in ein Pub oder zu Grace gegangen wäre, hätte Sheehan zugeschlagen. Ich war bereits in Gefahr und wollte dich und Grace nicht auch noch gefährden. Ich mußte fort. Ich hab das einzig Richtige getan, das einzige, was mir eingefallen ist.«

Roddy nickte. Er konnte sich vorstellen, wie verängstigt, wie absolut hilflos sie sich gefühlt haben mußte. Paddy. *Ermordet.* Ein quälender Schmerz packte ihn. Er senkte den Kopf und weinte. All die Jahre hatte er gedacht, er hätte ihn durch einen Unfall verloren – und das war schon schlimm genug. Aber *das!* Seinen besten Freund durch die Habgier eines Mannes zu verlieren ... es war unfaßbar. Er weinte lange, und als er keine Tränen mehr hatte, blieb er bewegungslos sitzen. Nach einer Weile hörte er Fiona fragen, wie es ihm gehe.

Er hob den Kopf und wischte sich die Augen ab. »Ich hab gerade ... über alles nachgedacht«, antwortete er. »Über die Ungerechtigkeit. Es ist vor zehn Jahren passiert, und du hast gesagt, es gebe keine Zeugen außer dir ... aber es muß doch trotzdem eine Möglichkeit geben, Burton und Sheehan für ihre Tat zur Verantwortung zu ziehen. Ich zermartere mir das Hirn, aber mir fällt nichts ein, wie man die beiden drankriegen könnte.»

»Mir schon, glaube ich. Zumindest einen von ihnen.«

»Wie denn?«

Fiona erklärte ihren Plan, Burton Tea zu übernehmen, und erzählte von ihrem bevorstehenden Prozeß gegen Elgin. Roddy verstand nicht ganz, wie die Börse funktionierte, aber er wußte, daß jemandem, der einundfünfzig Prozent der Firmenaktien besaß, die Firma gehörte.

»Also, sobald du die Aktien hast, gehört dir Burton Tea? Was meint Pearson? Wie lange wird das dauern?«

»Er weiß es nicht. Mein New Yorker Anwalt meinte, es dauert Jahre.«

»*Jahre?* Gütiger Himmel.«

»Und daß es sich nicht nur hinschleppen würde, sondern möglicherweise auch ein sehr häßlicher Prozeß werden könnte.«

»Was meinst du damit?«

Fiona war auf die wahre Natur ihrer Ehe mit Nick noch nicht eingegangen, jetzt erzählte sie ihm die ganze Geschichte. Sie erklärte, daß Randolph Elgin die Homosexualität seines Sohnes benutzen würde, um ihre Ehe als Schwindel hinzustellen. Der daraus resultierende Skandal könnte ihr Geschäft schädigen – ja sogar ruinieren.

»Wirklich?« fragte Roddy.

»Ja«, antwortete Fiona. Sie erzählte ihm von der New Yorker Presse und ihrem unstillbaren Bedürfnis nach Klatsch. »Ich hab geheiratet, um einen Skandal zu vermeiden, aber tatsächlich ist mir im Moment ein Skandal völlig gleichgültig. Ich bin bereit, mein Geschäft zu verlieren, wenn ich dafür die Aktien bekomme, aber selbst, wenn es mir gelingt, Burton zu ruinieren, was ist mit Sheehan?«

Roddy hob einen Stock auf, spielte damit herum und dachte über Fionas Geschichte nach. »Wir müssen eine Ratte gegen die andere ausspielen. Aber ich weiß nicht, wie. Zumindest noch nicht. Aber eines weiß ich: Ich hab noch keinen Anwalt erlebt, der irgendwas schnell machen würde. Es muß eine Möglichkeit geben, die Sache zu beschleunigen und gleichzeitig Sheehan festzunageln, nur welche?«

Fiona seufzte. »Das weiß ich auch nicht.«

Schweigend blickten sie beide in die zunehmende Dunkelheit, als die Glocken einer nahe gelegenen Kirche Roddy daran erinnerten, daß sie zu Grace und den Kindern zurückgehen sollten. Sie standen auf. Fiona sah sehr blaß und niedergeschlagen aus. Ihm wurde bewußt, daß sie dieses Geheimnis zehn Jahre lang allein mit sich herumgetragen hatte. Und daß er der erste – der einzige – Mensch war, dem sie es erzählt hatte. Als er sie jetzt ansah, tat ihm das Herz weh. Wegen des Kummers und der Angst, die sie ausgestanden hatte, und daß sie sich, trotz allem, was geschehen war, nicht von Bitterkeit und Zorn hatte überwältigen lassen. Ja, es stand etwas Dunkles in ihren Augen, aber es war auch Licht darin. Das gleiche starke, klare Licht wie damals, als sie ein Mädchen war.

Wortlos zog er sie an sich. Sie hatte keinen Vater, keine Mutter. Selbst der Ehemann, den sie geliebt hatte, war tot. Aber sie hatte ihn. Er liebte sie wie seine Tochter und würde alles tun, um ihr zu helfen. Sie könnten die Vergangenheit nicht ungeschehen machen, aber vielleicht könnten sie die Zukunft beeinflussen. »Du bist nicht allein, Mädchen«, flüsterte er eindringlich. »Wir kriegen sie. Wir beide zusammen.»

72

Fiona runzelte die Stirn und versuchte, sich an die Adresse der Werbefirma zu erinnern, bei der sie in zehn Minuten einen Termin hatte. »Tavistock Street dreiundzwanzig?« sagte sie laut, als sie an der Kreuzung Savoy Street und Strand stand. »Und die Tavistock geht von der Southampton ab, die vom Strand abzweigt. Oder war es Nummer zweiunddreißig?« Sie seufzte. »Ich rede ja vor mich hin«, flüsterte sie und suchte in ihrer Tasche nach der Adresse. Sie zog einen Zettel heraus. »Nummer zweiunddreißig. Richtig. Also los. Und keine Selbstgespräche mehr.«

Mit zusammengepreßten Lippen ging sie nach Westen den Strand hinunter. Sie würde nicht wieder vor ich hin murmeln. Sie haßte diese Angewohnheit. Gewöhnlich gelang es ihr, sie zu unterdrücken, aber heute war sie so abwesend, daß sie wieder damit begonnen hatte.

Eine ganze Woche war vergangen, seit sie sich mit Neville Pearson getroffen hatte, und noch immer hatte er sich nicht bei ihr gemeldet. Vermutlich standen die Dinge schlechter, als er erwartet hatte. Welche Taktiken dachten sich Elgins Anwälte aus? Was würde mit diesen Aktien geschehen? Und wann?

Auch von Roddy hatte sie nichts gehört. Zwei Tage waren seit ihrem Wiedersehen verstrichen, und sie hatte keine Nachricht, keinen Besuch und nichts erhalten, was darauf hinwies, daß ihm eine Möglichkeit eingefallen war, Sheehan zu fassen.

Wenn sie doch nur diese Aktien bekäme, wenn Roddy doch nur einfiele, wie man Sheehan festnageln könnte. Wenn, wenn.

Vom Strand bog sie rechts in die Southampton Street und ging in Richtung Covent Garden. Sie sah auf ihre Uhr – fast vier – und beschleunigte ihre Schritte. Sie hatte vor, die Schnelle Tasse auf dem englischen Markt einzuführen, und wollte sich über die Arbeitsweise englischer Werbefirmen informieren. Dazu war sie mit dem Firmeninhaber Anthony Bekins persönlich verabredet, der ihr von Nate Feldman empfohlen worden war, um sich Beipiele seiner Arbeit anzusehen und Kosten und Strategien zu besprechen. Sie wußte, wenn sie sich auf geschäftliche Dinge konzentrierte, würde sie ihre anderen Sorgen vergessen. Zumindest für eine Weile.

Vollkommen in Gedanken versunken, sah Fiona den Fahrer, der mit einem Karren voller Kopfsalatkisten auf sie zukam, erst im letzten Moment. Als sie ihm ausweichen wollte, stolperte sie und fiel gegen eine Backsteinmauer. Der Mann schoß an ihr vorbei und verfehlte sie um Haaresbreite.

»Passen Sie doch auf, Missus!« rief er.

»Ich?« stieß Fiona, benommen von dem Sturz, hervor. »Sie sollten aufpassen, wohin Sie fahren, Sie Trottel!«

Der Mann warf ihr einen Kuß zu und verschwand um die Ecke.

»Das sind wirklich Rüpel«, sagte eine Stimme. Fiona drehte sich um und sah eine Frau mit einem Korb voller Blumensträußchen am Arm. »Alles in Ordnung, meine Liebe?« fragte sie und half ihr auf.

»Ich glaub schon. Danke.«

»Hier müssen Sie aufpassen, sonst fahren die einen über den Haufen, eh man sich's versieht.«

»Danke«, sagte Fiona noch einmal und drehte sich um, um nach ihrer Tasche zu suchen. Sie lag auf dem Gehsteig, und als sie sich bückte, um sie aufzuheben, spürte sie einen Stich in der Schulter. Ich muß mich beim Fallen angestoßen haben, dachte sie, richtete sich auf und sah, woran sie sich verletzt hatte. Eine harte, auf Hochglanz polierte Messingplakette, auf der zu lesen stand: BRISTOWS COVENT-GARDEN-GROSSHANDEL, INHABER: JONATHAN UND JAMES BRISTOW. Sie starrte eine volle Minute darauf, las die Worte immer und immer wieder und flüsterte dann: »Das kann nicht sein.«

Das ist nicht er. Warum sollte er ein eigenes Geschäft haben? Er arbeitet für Peterson's. Vermutlich leitet er die Firma jetzt. Aber wer sollte es sonst sein? Er hatte einen jüngeren Bruder namens Jimmy – sie erinnerte sich vage an ihn –, das wäre der James Bristow. Und Schwestern. Sie erinnerte sich an keine von ihnen. Es war zu lange her. Sie versuchte zu schlucken, aber ihr Mund war trocken geworden. Und ihre Hände zitterten. Was wohl von dem Sturz kam, dachte sie.

Frauen und Männer, alles Marktarbeiter, gingen an ihr vorbei, einige ignorierten sie, andere blickten sie neugierig an. Sie sah auf die Tür. Sie war in leuchtendem Dunkelgrün gestrichen, wie die von Michaels Lebensmittelladen. Sie erinnerte sich, daß sie die gleiche Farbe an der Fassade von Fortnum & Mason's gesehen hatte. An dem freien Tag, den sie einst genommen hatte. Sie hatte ihnen beiden gefallen, und sie fanden, daß sie eine schöne Farbe für eine Ladentür abgäbe.

Sie wollte nach oben gehen, ihn sehen, aber sie hatte Angst. Sie machte einen Schritt auf die Tür zu und hielt inne. Tu's nicht, sagte sie sich. Es hat keinen Sinn. Es tut bloß weh. Geh einfach weiter. Dann kannst du wenigstens sagen, daß du ihn nie mit ihrem Ring am Finger gesehen hast – glücklich. Aber sie bewegte sich nicht. »Los«, zischte sie. »Jetzt geh schon weiter, du dumme Närrin!«

Sie ging weiter. Hölzern anfangs, dann entschlossener. Als sie zur Tavistock Street Nummer zweiunddreißig gelangte, drehte sie den Türknopf, wandte sich dann aber wieder um und lief zu dem Haus an der Ecke zurück. Noch nie hatte sie sich von Angst aufhalten lassen. Sie schaffte das schon. Sie hatte das alles überwunden – den Zorn, den Schmerz. Sie wollte ihn einfach wiedersehen. Wie einen alten Freund. Bloß aus Neugier, bloß um festzustellen, wie es ihm ergangen war. »Lügnerin«, flüsterte sie. Sie wollte diese lachenden blauen Augen sehen.

Aufgeregt blieb sie vor dem Gebäude stehen und betrachtete es. Riesige Türen, die halb offen standen, gaben den Blick in ein Lagerhaus frei. Sie bezweifelte, daß er dort drinnen wäre. Die dunkelgrüne Tür mußte zu seinem Büro führen. Da würde sie es probieren. Sie holte tief Luft, stieß die Tür auf und ging eine Treppe hinauf, die zu einem offenen Empfangsraum führte, wo aus den hohen Fenstern Licht einfiel. Hinter einer langen Holztheke saßen zwei jungen Frauen und tippten schnell, auf einem anderen Schreibtisch standen zwei Telefone, die immerfort klingelten und von einem gehetzt wirkenden jungen Mann abgenommen wurden, der ständig zu der großen Wanduhr hinaufblickte. Überall standen Obst- und Gemüsekisten mit frischen Waren herum, um inspiziert und sortiert zu werden.

Ein Küchenjunge, der gerade mit einem Kuvert unterm Arm eingetroffen war, stand in der Mitte des Raums und weigerte sich, den Umschlag einem ärgerlichen Angestellten zu geben. »Das ist die Speisekarte für die Party«, sagte er trotzig. »Der Chefkoch Reynaud hat gesagt, nur dem Chef persönlich, keinem schäbigen Schreiberling.« Der Angestellte drohte, dem Burschen den Hals umzudrehen. Weder der Mann an den Telefonen noch die Sekretärinnen hoben den Blick. Fiona zweifelte schon, ob sie je ihre Aufmerksamkeit erringen könnte, als sie eine hübsche junge Frau bemerkte, die in der Nähe einer zweiten Treppe, die ins Lagerhaus hinunterführte, mit zwei Trägern sprach. Die Frau reichte ihnen einen langen Bestellzettel, dann wandte sie sich ihr zu. Sie starrte sie einen Moment lang an und sagte dann mit einem seltsamen Ausdruck, der Fiona fast ängstlich vorkam: »Kann ich Ihnen helfen?«

»Ich ... ich ... möchte zu Joseph Bristow.«

Die Frau zögerte. »Tut mir leid, aber er ist nicht da.«

»Sagen Sie, ist Mr. Bristow ... ist er aus der Montague Street? In Whitechapel?«

»Ja.«

Fiona spürte ihr Herz klopfen, sie griff in ihre Tasche und nahm eine Visitenkarte heraus. »Darf ich die für ihn dalassen?« fragte sie.

»Natürlich.«

Sie spürte den Blick der Frau auf sich, als sie eine kurze Nachricht auf die Rückseite der Karte schrieb und sie ihr dann reichte. »Wenn Sie so freundlich wären.«

»Gern. Auf Wiedersehen.«

»Ja. Nun ... auf Wiedersehen«, antwortete Fiona und fühlte sich unbehaglich und enttäuscht. Dann ging sie zur Treppe und zu ihrem Termin bei Bekins & Brown in der Tavistock Street.

Cathy Bristow starrte der schönen dunkelhaarigen Frau nach, als sie im Treppenhaus verschwand, und sah dann auf die Karte in ihrer Hand. MRS. NICHOLAS SOAMES stand darauf.

Sie ist es. Fiona. Ganz sicher, sagte sie sich. Ihr Gesicht vergißt man nicht so schnell. Obwohl sie sich an meins offensichtlich nicht erinnert, dachte sie ärgerlich. Aber wie alt war ich, als wir uns das letzte Mal sahen? Acht Jahre?

»Cathy!« rief eine Stimme durch den Gang.

»Was ist, Joe?« Sie sah über die Empfangstheke in den Gang. Ihr Bruder lehnte in der Tür seines Büros.

»Ich brauch die Gästeliste für Samstag. Bringst du sie?«

»Sofort«, antwortete sie.

Er verschwand wieder in seinem Büro. Cathy blickte erneut auf die Karte. Das geht dich nichts an, dachte sie, trotzdem las sie die Nachricht. »Lieber Joe, ich bin für ein paar Wochen in London. Ich wohne im Savoy. Würde dich gern sehen. Liebe Grüße, Fiona Finnegan-Soames.«

Sie biß sich auf die Lippe. Du hättest sie aufhalten sollen, sagte ihr Gewissen, du hättest Joe holen sollen. Er wird wütend sein, wenn er rausfindet, was du getan hast. Du kannst sie noch einholen. Lauf ihr nach!

Sie ging zur Treppe, blieb dann aber stehen. Warum? fragte sie sich. Um alte Wunden aufzureißen? Fiona Finnegan ist verheiratet. Mrs. Nicholas Soames steht auf der Karte. Es hat keinen Sinn, ihr nachzurennen. Überhaupt keinen. Und warum will sie ihn sehen? Vielleicht ist sie immer noch böse auf ihn? Vielleicht will sie sich an ihm rächen? Indem sie ihm zeigt, daß sie glücklich verheiratet und nicht verfügbar ist?

Cathy konnte sich den Ausdruck ihres Bruders vorstellen, wenn er die Karte sah. Der Narr würde aufspringen und den ganzen Weg zum Savoy zu laufen. Und nachdem er sie gesehen und sie ihm alles von ihrem wunderbaren Mann und ihrem wunderbaren Leben in New York erzählt hatte, wäre er am Boden zerstört. Cathy liebte ihren Bruder, und es schmerzte sie, die ständige Trauer in seinen Augen zu sehen, die nur verschwinden würde, wenn er sich wieder verliebte. Und das würde nie geschehen, wenn er Fiona traf.

Sie hatte Sally Gordon versprochen, ihr behilflich zu sein, ihren Bruder einzufangen, und sie wollte ihr Wort halten. Die beiden hatten sich bei Jimmys Hochzeit unterhalten und allem Anschein nach gut verstanden. Joe war sehr charmant gewesen, und Sally hatte so verliebt und hübsch ausgesehen. Wie konnte er ihr widerstehen? Sie wären so ein schönes Paar. Das hatte sie Joe gerade beigebracht. Und Fionas erneutes Auftauchen in seinem Leben würde alles verderben.

»Cathy!« rief Joe wieder. »Wo bleibt die Gästeliste?«

Sie traf eine rasche Entscheidung. Sie zerriß die Karte und warf sie weg. Als die Fetzen auf den Boden des Abfallkübels fielen, antwortete sie: »Einen Moment. Ich komm schon!«

73

Er ist es, Sergeant«, sagte Constable McPherson und wedelte mit einem Blatt Papier.

Roddy wandte sich von dem Spiegel an seiner Schranktür ab und sah den Mann an. »Das ist er nicht«, sagte er. »Weil es nicht möglich ist. Weil er tot ist.«

»Ja, Sie haben recht«, antwortete McPherson ergeben.

»Aber mal ganz im Vertrauen ...«

»... rein hypothetisch ...«

»... der Bericht des Gerichtsmediziners besagt ...«

»... daß der Mistkerl lebt und wieder mordet.«

»Gütiger Himmel«, seufzte Roddy. Er wandte sich wieder zum Spiegel um und fummelte an den metallenen Emblemen herum, die gerade an seinem Kragen stecken sollten. Kaum zehn Minuten zuvor war ein Brief eingetroffen, der ihn ins Büro des Superintendenten zitierte. Er mußte sofort weg. Er hatte die Anweisung erwartet, freute sich aber nicht, ihr zu folgen.

Vor zwei Tagen waren McPherson und ein anderer Constable zu einer verwesten Leiche gerufen worden, die in die Toilette eines verfallenen Hauses in der Thrawl Street gestopft worden war. Eine Gruppe Jugendlicher hatte sie gefunden. McPherson hatte die grellrote Jacke erkannt und die Leiche als Maggie Riggs, eine Prostituierte, identifiziert. Ihre Kehle war durchtrennt, und es war der Versuch gemacht worden, ihr das Gesicht abzuschneiden. Die Tasche ihres Kleides war aufgerissen, und sie trug kein Geld bei sich, also hatte Roddy verbreitet, sie sei Opfer eines Raubüberfalls geworden. Der Presse enthielt er eine Beschreibung der Verletzungen vor, in der Hoffnung, Vergleiche mit den Morden des Rippers zu vermeiden. Was ihm auch gelungen war, bis der Superintendent Wind davon bekam. Jetzt müßte er ihm den Bericht des Gerichtsmediziners vorlegen und ihm versichern, daß seine Leute Tag und Nacht durch die Straßen patroullierten und alles unter Kontrolle war.

Er betrachtete sich eingehend, drehte sich nach allen Seiten und versuchte, sich in dem kleinen Spiegel möglichst ganz zu sehen. Dann wandte er sich an McPherson. »Sitzen meine Abzeichen?«

McPherson sah auf Roddys Kragen, seine Schultern, seine Vordertasche und begutachtete die verschiedenen Rangabzeichen. »Perfekt.«

»Wie steht's mit dem Mord an Quinn? Was Neues?«

»Nicht den geringsten Anhaltspunkt.«

»Rein gar nichts? Hat niemand was gehört? Was gesehen?«

»Sergeant, sieht hier denn je einer was? Man könnte glauben, alle Männer, Frauen und Kinder in Whitechapel seien taub und blind. Mitten auf der Commercial Street könnte am Samstag mittag ein Mord passieren, und keiner hätte was gesehen.«

Roddy nickte. Wenn in Whitechapel etwas passierte, kam es immer knüppeldick, dachte er. Zuerst der Doppelmord im Taj und jetzt die abgeschlachtete Prostituierte.

»Die höchste Sicherheitsstufe bleibt«, sagte Roddy. »Möglicherweise jagen wir die Falschen, wenn wir glauben, es sei Sheehan oder Malone gewesen. Es hätte jeder sein können. Wer hegte einen Groll gegen Denny? Wem schuldete er Geld? Wer schuldete ihm Geld? Quetschen Sie den Barmann aus. Er heißt Potter. Betreibt nebenbei ein einträgliches Opiumgeschäft, wie ich gehört hab. Drohen Sie, es zu zerschlagen.«

»Wissen Sie, wo er wohnt?«

»In der Dean Street.«

»Danke, Chef. Ich lasse den Thrawl-Street-Bericht auf Ihrem Schreibtisch.«

McPherson ging. Roddy warf einen letzten Blick in den Spiegel und war froh, daß er sich am Tag zuvor die Haare und den Bart hatte schneiden lassen. Er sah müde aus, aber dagegen konnte er nichts machen. Seit er von Fiona erfahren hatte, was mit Paddy passiert war, konnte er nicht mehr richtig schlafen. Sosehr er sich auch bemühte, ihm fiel nichts ein, womit man Sheehan festnageln konnte. Verzweifelt suchte er nach einer Lösung. Er wollte Fiona helfen, konnte sie nicht im Stich lassen, aber inzwischen waren vier ganze Tage vergangen, und er hatte immer noch nichts. Er griff nach dem Bericht. Heute abend, wenn er zu Hause war und wieder einen klaren Kopf hatte, würde er das Problem erneut angehen. Im Moment mußte er zu seinem Termin. Doch gerade, als er sein Büro verlassen wollte, hörte er Schreie vor dem Polizeigebäude.

»Rein mit euch, ihr verdammten Dreckskerle! Los, beide!«

»Halt! Wartet!« hörte er einen seiner Männer brüllen.

Das Geräusch von Schritten, dann war ein Knall zu hören. Ein Mann schrie vor Schmerz auf, dann: »Probier noch mal wegzurennen, und ich schlag dir das Bein ab.«

»Ripton! Was zum Teufel ist hier los?« rief Roddy und eilte zur Pforte des Polizeireviers.

»Keine Ahnung, Sir.«

Roddy sah in den Gang. Zwei Männer, die sich kaum mehr auf den Beinen halten konnten, standen dort. Ihre Gesichter waren zu Brei geschlagen, voller Blut und blauer Flecken, und ihre Kleider waren zerrissen. Ungläubig schüttelte Roddy den Kopf. Er ging auf sie zu, und plötzlich erkannte er sie – es waren Reg Smith und Stan Christie, Bowler Sheehans Männer.

»Guten Morgen, Sergeant«, sagte jemand hinter ihnen.

Ein junger, äußerst muskulöser Mann in engen Hosen und roter Weste trat vor. Ihm folgte ein anderer Mann im gleichen Aufzug.

Schlägertypen, dachte Roddy. Das verrieten schon ihre Kleider. Genausogut hätten sie Schilder vor sich hertragen können. »Kenn ich euch zwei?« fragte er und bemerkte die Narbe am Kinn des ersten und die breite Boxernase des zweiten.

»Tom Smith«, sagte der erste mit Unschuldsmiene.

»Dick Jones«, der andere.

»Was wollt ihr hier, Jungs?«

»Die wollen 'ne Aussage machen«, erwiderte Tom. Er gab seinen beiden Gefangenen einen Stoß. »Los, redet schon, ihr Dreckskerle. Schön laut, damit euch alle hören können.«

Weder Reg noch Stan gaben einen Laut von sich. Mit finsterem Blick ließ Tom seine Fingergelenke knacken. Reg zuckte zusammen. Stan öffnete die dick geschwollenen Lippen und sagte: »Wir ham Denny Quinn und seine Nutte erledigt.«

»Und wer noch?« drängte Tom.

»Bowler Sheehan.«

Roddy sah Reg und Stan ungläubig an. »Seid ihr bereit, das zu unterschreiben?«

Sie nickten ergeben, und Roddy ließ sie von seinen Polizisten wegführen. Tom und Dick entfernten sich Richtung Tür.

»Wartet einen Moment!« befahl er. »Wer hat sie so zugerichtet?«

Tom zuckte die Achseln. »Keine Ahnung. Wir ham sie so gefunden. Vor einem Pub.«

»Vor einem Pub? Welchem Pub?«

»Vor irgendeinem.«

»Für wen arbeitet ihr?« fragte Roddy.

Tom lächelte. »Ich versteh nicht, was Sie meinen, Sergeant«, antwortete er.

»Ah, du verstehst nicht.« Roddy ging zur Tür, schlug sie zu und sperrte sie ab. »Vielleicht helfen dir ein paar Tage im Bau auf die Sprünge?«

»Aufgrund welcher Anklage?«

»Weil mir einfach danach ist und keiner mich davon abhalten kann. Wie wär's damit?«

Tom sah Dick an. Der nickte. »Für einen Freund von Denny Quinn. Für einen Mann, der's nicht für richtig hält, daß Bowler Sheehan mit einem Mord davonkommt.«

»Freund? Daß ich nicht lache. Ihr arbeitet für Malone. Der möchte Sheehan aus dem Weg haben. Er schickt mir Reg und Stan und hofft, daß ich die Drecksarbeit für ihn erledige, stimmt's?«

Keiner der beiden antwortete. Sie sahen Roddy nur mit einem Blick an, der höflich und respektvoll und zugleich herablassend und aufreizend war.

»Aber ich kann mir einfach nicht erklären«, fuhr Roddy fort, »warum Malone die beiden nicht einfach abgemurkst hat. Und warum er Sheehan nicht einfach umbringt. Außer Sheehan ist abgetaucht, und Malone kann ihn nicht finden. Vielleicht ist es so. Vielleicht benutzt er die beiden Vögel dort drinnen als Köder, weil er weiß, daß Sheehan sie nicht im Knast haben will. Weil er Angst hat, sie könnten zu singen anfangen. Er wird sie rausholen. Er wird auftauchen, und Malone kann ihn erledigen. Hab ich recht, Jungs?«

Tom schluckte. Dick blinzelte. Keiner sagte ein Wort.

Roddy sperrte sie Tür auf. Er wußte, was er wissen wollte. »Also seid so gut, Jungs«, fuhr er fort, »richtet Mr. Malone aus, daß er auf seiner Seite des Flusses bleiben soll. Wenn nicht, wird ihm das sehr leid tun.«

Auf dem Weg nach draußen blieb Tom stehen. »Können Sie sie verhaften, Sergeant?« fragte er.

»Wenn sie ein Geständnis unterschreiben, ja.«

»Und Sheehan auch? Für den Mord an Quinn?«

»Wenn wir genügend Beweise gegen ihn haben oder sein Geständnis, dann schon«, antwortete Roddy.

Tom nickte. »Denny Quinn war ein guter Mensch. Und er hat's nicht verdient, so zu sterben. Aber Bowler Sheehan schon. Er kommt an den Galgen dafür.« Er lächelte verhalten. »Auf die eine oder andere Weise.«

»Überlaßt das uns«, warnte ihn Roddy. »Wenn Sheehans Leiche gefunden werden sollte, suche ich nach euch.«

Aber Tom und Dick liefen bereits die Straße hinunter. Roddy sah ihnen einen Moment nach. Er war so überwältigt von dem unverhofften Geschenk, das ihm gerade in den Schoß gefallen war, daß er den Bericht über die ermordete Prostituierte in seiner Hand, den er eigentlich ins Büro des Superintendenten bringen sollte, ganz vergessen hatte.

Tom hatte recht. Bowler käme sicher an den Galgen. Nicht nur wegen Denny und Janey, sondern auch für Paddy Finnegan. Das war es. Endlich hatte er einen Plan, um Fiona zu helfen. Keinen todsicheren, zugegeben, aber dennoch einen Plan. Er müßte schnell handeln. Bevor die Verhaftung von Stan und Reg publik wurde und Sheehan so weit untertauchte, daß er ihn nie mehr fand.

»Ripton!« rief Roddy.

»Ja, Sergeant?«

»Nehmen Sie ein halbes Dutzend Leute, und bringen Sie Bowler Sheehan her. Drehen Sie jeden Pflasterstein in Whitechapel um, aber finden Sie ihn.«

»Sofort, Sir.«

»Und Ripton ...«

»Sir?«

»Machen Sie' s, bevor die beiden es tun«, fügte Roddy hinzu und deutete mit dem Daumen in Richtung Tür. »Ich brauch ihn heil.«

74

Ich muß schon sagen!« erklärte Neville Pearson und blinzelte durch seine Brillengläser. »Sie sind furchtbar dramatisch, nicht?«

»Es sind die vier Jahreszeiten!« rief seine Frau Charlotte aus. »Verstehst du? Das ist der Frühling, das der Sommer, das der Herbst und das der Winter. Jede Jahreszeit bietet ihre Gaben. Was für eine wundervolle Idee!«

»Sie sind absolut riesig«, sagte Neville. »Mindestens zwanzig auf dreißig Fuß!«

Fiona sagte nichts. Sie drehte sich langsam im Kreis und war überwältigt von der Schönheit der Wandgemälde auf allen vier Seiten von Montague's Obst- und Gemüsehalle. Sie wußte auch, wer die Bilder gemalt hatte – John William Waterhouse, einer der englischen Präraffaeliten. Nick hatte zwei seiner romantischen Bilder besessen.

Ihr Blick verweilte nacheinander auf jeder Jahreszeit. Der Sommer war eine Brünette, die ein wehendes grünes Kleid trug und, mit Beeren in der Hand, das Gesicht der Sonne entgegengereckt, auf einer Wiese stand. Die Gestalt, die den Herbst symbolisierte, sammelte Birnen in einem Obstgarten. Ihr kupferfarbenes Haar war lang und fließend wie ihr karmesinfarbenes Kleid. Den Winter stellte eine blasse Blondine in einem weißen Gewand dar. Sie stand zwischen Immergrün und trug einen Holunderkranz auf dem Kopf. Der Frühling war ein zartes, dunkelhaariges Mädchen in einem blaßblauen Kleid und tiefblauen Augen. Sie hielt Rosenknospen in der Hand und stand an einem Fluß. Kirschbäume blühten hinter ihr, und aus der schwarzen Erde unter ihren Füßen sproß frisches Grün. Sie symbolisierte nicht die Ernte oder die Ruhepause des Winters, sondern das Versprechen auf zukünftige Dinge.

Wer war auf die Idee gekommen, solche Gemälde in einen Lebensmittelladen zu hängen, fragte sich Fiona. Zweifellos dieselbe Person, die den Boden, mit blauen und grünen Fliesen anstelle der üblichen weißen hatte auslegen lassen. Wer hatte die Kronleuchter und Wandlampen in Lilienform ausgesucht? Wer hatte die Idee, auf der Rückseite der Vitrinen Spiegel anzubringen, um so das Angebot zweimal so groß erscheinen zu lassen? Wer gab dem Personal Namensschilder, wo unter dem Namen »Spezialist« eingraviert war, nicht bloß »Verkäufer«? Wer hatte die Treppe zum Obergeschoß am hinteren Teil anbringen lassen, damit die Kunden auf dem Weg zum Floristen oder zur Tabakabteilung an Myriaden verlockender Waren vorbeigehen mußten?

Wer immer es auch war, er ist ein verdammtes Genie, dachte Fiona. Alles, was er ausgewählt, jede Entscheidung, die er getroffen hatte – angefangen von den Gemälden, den herrlichen Blumenarrangements bis hin zu der kunstvollen Darbietung der exotischen Früchte und Gemüse –, gab dem Ort ein eleganteres Gepräge, erhob es von einer lauten, lärmigen Einkaufshalle in den Rang eines vornehmen, luxuriösen Schlemmertempels. Neville hatte ihr versprochen, sie vorzustellen, sobald er den Mann zu Gesicht bekam – diesen Mr. Barston oder Barton –, er konnte sich noch immer nicht an den Namen erinnern.

»Sieht aus wie Sie, Fiona«, sagte Neville und deutete auf den Frühling.

Fiona sah auf das Gemälde. »Sie ist viel jünger. Und viel hübscher«, antwortete sie.

»Unsinn, Neville hat recht. Sie sieht ganz wie Sie aus, meine Liebe«, beharrte Charlotte Pearson.

Fiona machte eine abwehrende Geste und sagte, sie täuschten sich. Ein Kellner ging mit Champagner vorbei. Neville nahm ein Glas vom Tablett und trank einen Schluck. Auch Fiona nahm eines, um höflich zu sein, lehnte aber die köstlichen Petits fours ab. Sie war zu angespannt, um etwas zu essen, viel zuviel ging ihr durch den Kopf.

Als erstes Neville. Während des Dinners, das sie mit den Pearsons im Savoy eingenommen hatte, hatte er ihr erklärt, daß er vermutlich sechs Monate brauchen würde, um die Burton-Aktien zu bekommen. Er schlug ein Treffen am Dienstag nachmittag in seinem Büro vor, um die Einzelheiten zu besprechen. Sechs Monate erschienen ihr unglaublich lang. Sie wollte die Aktien jetzt, nicht in einem halben Jahr. Wie sollte sie ihr Geschäft von London aus führen? Sie müßte ständig hin- und herreisen – eine Aussicht, die ihr gar nicht gefiel.

Dann Roddy. Gestern hatte sie eine Nachricht von ihm erhalten. »Hab ihn«, stand darin. »Gib mir zwei Tage.« Einer war bereits vergangen. Sie müßte noch einen weiteren Tag warten. Wie hatte er Sheehan geschnappt? Und was machte er mit ihm? Vor Sorge konnte sie die ganze Nacht nicht schlafen. Was heckte er aus? Und würde es funktionieren? Das Warten war unerträglich, aber sie müßte Geduld haben. Wenn alles gutging, würde sie am Montag mehr wissen.

Und dann Joe. Sie sah sich wieder im Raum um, auf die Auslagen, auf das Kleid einer Frau, auf alles, was sie davon ablenken könnte, daß es drei ganze Tag her war, daß sie ihre Karte in seinem Büro abgegeben hatte. Drei volle Tage, während derer sie nichts von ihm gehört hatte. Es war albern gewesen, das zu tun. Offensichtlich wollte er nichts mit ihr zu tun haben. Ganz sicher nicht. Das hatte er schon vor zehn Jahren deutlich gemacht. Vermutlich hatte er die Karte gleich weggeworfen, nachdem die Frau sie ihm gegeben hatte. Ihr Herz krampfte sich zusammen bei dem Gedanken. Sie hatte versucht, sein Schweigen auf die leichte Schulter zu nehmen, sich einzureden, daß es ihr nichts ausmachte. Aber das stimmte nicht. Es tat weh. Immer noch.

In letzter Zeit schien sie nur zu warten. Auf eine Antwort von Joe. Auf eine Entscheidung bei ihrer Klage gegen Randolph Elgin. Auf weitere Nachrichten von Roddy. Sie war es nicht gewohnt, auf die Lösung ihrer Probleme zu warten, sondern selbst etwas zu unternehmen. Und gezwungen zu sein, untätig und nutzlos herumzusitzen, machte sie wahnsinnig.

»Was glauben Sie, was das ist?« fragte Neville und rieb eine grüne Schote zwischen den Fingern. Er war zu den Obst- und Gemüseauslagen gegangen und wieder zurückgekommen.

»Okra«, sagte Fiona. »Es wird in den Südstaaten von Amerika angebaut.« Sie fragte sich, warum es so grün und frisch geblieben war. Sie und Michael hatten oft Schwierigkeiten, gute Ware aus Georgia oder Carolina zu kriegen. Oft ließen sie das, was die Großhändler lieferten, zurückgehen. Es mußte auf einem schnellen Schiff, auf Eis gelagert, direkt von einem südlichen Hafen hertransportiert worden sein.

»Okra. Wie ungewöhnlich«, sagte Neville, nahm einen Bissen, verzog das Gesicht und warf das Gemüse auf das Tablett eines Kellners. »Ihr müßt mit mir kommen, alle beide«, sagte er, »und euch ansehen, was ich entdeckt habe. Es ist toll! Ich stand neben einer Vitrine und fragte mich, wie sie in der Sommerhitze alles so frisch halten, als plötzlich Nebel aus dem Gemüse aufstieg.«

»Nebel?« sagte Charlotte. »Das gibt's doch nicht.«

»Ja, Nebel, meine Liebe. Phantastisch! Komm mit.«

»Das brauchen wir in London gerade noch, noch mehr Nebel«, antwortete Charlotte und folgte ihrem Mann.

Fiona schloß sich den Pearsons an und sah, was Neville meinte. Die Waren wurden in hohen, abgeschrägten Behältern aus emailliertem Metall aufbewahrt, und über dem Gemüse wurde ein zarter Wassernebel versprüht, um es frisch zu halten. Sie griff unter die Abdeckung und strich mit der Hand daran entlang. »Da ist ein Schlauch«, sagte sie. »Offensichtlich mit feinen Löchern darin, durch die Wasser gedrückt wird, vermutlich mit einer Pumpe. Aber wo ist die?« Sie steckte den Kopf in den Behälter, um besser zu sehen, bekam aber einen Nebelschwall ins Gesicht geblasen. »Sie haben recht, Neville. Es ist tatsächlich genial«, sagte sie aufgeregt und tupfte sich die nassen Wangen mit dem Ärmel ab. »Ich muß wissen, wie es funktioniert. Wo ist dieser Mr. Barton?«

»Ich weiß es nicht«, antwortete Neville und sah sich mit gerunzelter Stirn um. »Er muß doch irgendwo sein, aber ich habe ihn noch nicht gesehen. Lassen Sie uns herumgehen«, schlug er vor und bot ihr den einen Arm, den anderen seiner Frau. »Wir laufen ihm sicher über den Weg.«

Während sie sich zu dritt auf die Suche nach dem Besitzer machten, inspizierten sie den Rest des Untergeschosses, staunten über die große Auswahl an Broten – Charlotte zählte vierzig verschiedene Arten –, die köstlichen Kuchen, die Puddings, die Biskuits, das wundervolle Bassin mit Fischen und Muscheln, den Reichtum an Geflügel und Wild, die wohlgefüllte Fleischtheke, die Fertiggerichte – saftige Terrinen, Salate, Fleischpasteten mit Teiggirlanden und Jagdszenen darauf – und die ungeheure Auswahl an Käse.

Während Fiona fasziniert alles aufnahm, vergaß sie für eine Weile ihre Burton-Aktien, Roddy, Bowler Sheehan und die Brüskierung von Joe. Man konnte sich keine Sorgen machen, während man ein Scheibchen feinen alten Parmesan probierte oder einen Angestellten – nein, einen *Spezialisten* – über eine Kaffeesorte befragte, die sie noch nie gesehen hatte. Sie war voller Bewunderung für diesen bemerkenswerten Geschäftsmann Barton und ganz ungeduldig, ihn kennenzulernen.

Charlotte entdeckte eine Freundin, ging zu ihr hinüber und plauderte mit ihr. »Ich würde gern in den Tabakladen gehen«, sagte Neville. »Unser Geheimnis, meine Liebe. Charlotte ist gegen meine Raucherei.«

Fiona lachte. Ihre Stimmung hatte sich gebessert. Leute drehten sich nach ihnen um, als sie die große Marmortreppe hinaufstiegen. Einige starrten sie an, weil sie die hübsche, lächelnde Frau an Pearsons Arm nicht kannten. Sie trug ein sommerliches Kleid aus cremefarbenem Seidenmusselin mit Chantilly-Spitze, das in der Taille mit einem schmalen Satinband zusammengezogen war. Der offene Kragen zeigte ihren langen anmutigen Hals, dessen Zartheit durch eine Kette aus Perlen, Opalen und Amethysten noch unterstrichen wurde. Blicke hefteten sich auf sie, angezogen von ihrer Schönheit und dem Elan und Feuer, die sich in allen ihren Gesten ausdrückten.

Oben lief das Geländer nach rechts und links weiter und bildete kleine Einbuchtungen, wo die Leute stehen und nach unten sehen konnten. Fiona begleitete Neville in den Tabakladen, der mit einem Luftbefeuchter ausgestattet war. Neugierig beobachtete sie ihn, wie er verschiedene Zigarren beschnupperte und sie vorsichtig auf ihre Frische überprüfte, bevor er seine Wahl traf. Die Zigarren wurden bezahlt und rasch in der Brusttasche verstaut.

Da Charlotte draußen nirgendwo zu sehen war, gingen sie zum Geländer zurück, um auf sie zu warten. Wieder wurde Champagner gereicht. Ihr erstes Glas hatte Fiona unten stehen lassen, doch inzwischen entspannter, griff sie jetzt zu. Ein attraktiver junger Kellner überreichte ihr eine wunderschöne dunkelrote Rose. »Ein Geschenk unseres Floristen«, sagte er.

»Was für eine Fest«, sagte Neville.

»Ja, wirklich«, stimmte Fiona zu und schnupperte an der Rose. »Was für ein außergewöhnlicher Laden.«

Neville stützte sich auf das Geländer. »Sehen Sie sich bloß all die Leute an. Der Bursche muß ein Vermögen für Champagner ausgegeben haben.«

»Ja, aber das kommt doppelt und dreifach wieder rein, wenn er alle als Kunden gewinnt«, antwortete Fiona und ließ den Blick über die glitzernde, glamouröse Menge schweifen. Es waren Leute mit Geld, prominente Persönlichkeiten. Das schloß sie aus ihren edlen Garderoben und ihrem vornehmen Akzent. Sie wären geblendet von der heutigen Party, würden nach Hause gehen und ihre Haushälterinnen anweisen, bei Montague's einzukaufen. Was immer der Besitzer jetzt auch ausgab, war nur eine geringe Investition, verglichen mit dem künftigen Profit.

»Sollen wir dem Restaurant einen Besuch abstatten?« fragte Neville. »Es ist im nächsten Stockwerk und soll umwerfend sein.«

»Ja, gehen wir. Ich trink nur noch aus ...« Sie brach ab, und ihre Augen, die auf das Gesicht eines Mannes in der Menge gerichtet waren, wurden plötzlich groß.

Das blonde Haar war kurz und ordentlich geschnitten, aber immer noch dicht und lockig. Er trug auch kein fadenscheiniges Hemd, keine Mütze und kein rotes Halstuch mehr, sondern einen Anzug. Ein perfekt geschnittenes graues Jackett und eine Hose. Aber das breite, einnehmende Lächeln war dasselbe. Genau wie die blauen Augen, die an einen weiten Sommerhimmel erinnerten. Er war kein Junge mehr, sondern ein Mann. Der schönste Mann, den sie je gesehen hatte.

Sie hörte eine Stimme in ihrem Innern, die gleiche, die sie beim Besuch in Nevilles Kanzlei gehört und die sie so unerklärlich angezogen hatte. Weil es *seine* Stimme war. »Barton oder Barston«, hatte Neville gesagt. »Ich kann mir Namen so schlecht merken.« Nein, es war Bristow. Joe Bristow. Ihr Joe.

Sie konnte kaum atmen, während sie ihn beobachtete. Er unterhielt sich mit einem Paar, lächelte und hatte die Hand auf die Schulter des Mannes gelegt. Sie war so bewegt, daß ihr plötzlich die Tränen kamen. Neulich, in seinem Büro in Covent Garden, hatte sie geglaubt, sie käme damit zurecht, ihn wiederzusehen. Aber stimmte das auch? Sie konnte sich ja kaum auf den Beinen halten. Schon bei seinem bloßen Anblick wurde sie von Liebe und Sehnsucht überwältigt – Gefühle, die sie längst besiegt zu haben glaubte. Sie wollte zu ihm gehen, seine Stimme hören, seine Hand berühren, wieder in seine Augen sehen. Die Arme um ihn schlingen, seine Arme um sich spüren und nur für ein paar Sekunden so tun, als hätten sie sich nie getrennt.

Während sie ihn betrachtete, jede Einzelheit an ihm in sich einsaugte – die Art, wie er die Hände in den Taschen vergrub, wie er den Kopf beim Zuhören reckte –, wurde er plötzlich von drei lebhaften blonden Kindern umringt. Er hob das Jüngste hoch, küßte es auf die Wange und nahm dann eine Süßigkeit von einem Tablett, um es ihm zu geben. Es mußte seine kleine Tochter sein. Alle drei waren seine Kinder. Seine und Millies. Weil er mit Millie verheiratet war, seit zehn Jahren, und nichts mit ihr zu tun haben wollte.

Sie wandte sich von dem Geländer ab, denn ihr drohte schlecht zu werden. Sie mußte raus hier. Sofort. Bevor er sie sah. Sie wollte nicht als liebeskranke Närrin erscheinen, die sich einfach nicht fernhalten konnte. Nicht als verzweifelte, erbärmliche Frau.

Neville sah ihren angespannten Gesichtsausdruck. »Fiona? Was ist? Was haben Sie?«

Sie zwang sich zu einem Lächeln. »Nichts, Neville. Ein bißchen schwindelig, das ist alles. Ich vertrage die Höhe nicht.« Dann erklärte sie ihm, daß sie alles sehr genossen habe, aber müde sei und einen schweren Tag vor sich habe, weshalb sie in ihr Hotel zurückmüsse. Sie bat ihn, Charlotte ihre Grüße auszurichten, ihn würde sie am Dienstag in seinem Büro treffen.

Dann ging sie die lange, geschwungene Treppe hinunter. Sie hatte eine Seitentür entdeckt, durch die sie sich davonstehlen wollte. Sie wollte rennen, zwang sich aber zu gemessenem Schritt. Als sie das Erdgeschoß erreicht hatte, schlängelte sie sich durch die Menge auf die Tür zu. Sie führte auf eine Gasse entlang des Gebäudes hinaus. Sobald sie draußen war, begann sie zu rennen. Aus der Gasse auf die Straße hinaus, wo sie sofort eine Droschke fand.

Im Innern des Wagens ließ sie ihren Gefühlen freien Lauf. Der Kutscher hörte ihr ersticktes Schluchzen. Besorgt wandte er sich um und fragte, ob alles in Ordnung sei.

»Nein, das ist es nicht. Ganz und gar nicht«, erwiderte sie, zu sehr außer sich, um sich zu schämen, vor einem völlig Fremden in Tränen ausgebrochen zu sein.

»Ach, erzählen Sie mir nichts – es geht um einen Mann, nicht wahr?« fragte er.

Sie nickte.

»Wie dumm von Ihnen, Missus. Eine schöne Frau wie Sie ... Sie könnten doch jeden Tag einen Besseren kriegen. Ich würde ihn in den Wind schießen.«

Fiona seufzte. »Das sag ich mir auch. Vielleicht glaub ich's eines Tages ja auch.«

»Sie war's«, sagte Joe, als er vor seinem Geschäft stand und unter den vielen Menschen verzweifelt nach einer Frau in einem cremefarbenen Kleid Ausschau hielt. Diese blauen Augen, dieses Gesicht ... es war Fiona. Sie war *hier.*

Er hatte sie auf der Treppe entdeckt. Der plötzliche Schock, sie zu sehen, war so groß gewesen, daß er sein Glas fallen ließ. Doch bevor er ihren Namen rufen konnte, war sie unten und durch eine Seitentür verschwunden. Er war ihr nachgelaufen, wegen der Gästemenge aber nur langsam vorangekommen. Als er endlich die Straße erreicht hatte, war sie fortgewesen.

Fiona. Hier in London. In seinem Laden. Er hatte sie *gesehen.* Er ging ein paar Schritte den Gehsteig hinunter, sah in Kutschenfenster, überquerte die Straße, blickte sich überall um, konnte sie aber nirgendwo finden.

Sie *war* es, dachte er. Aber sie lebt doch in New York, nicht in London. Mit ihrem Mann.

»Joe!« rief jemand. »Joe ... hier drüben!«

Er drehte sich um. Es war Cathy. Sie winkte ihm zu.

»Wo bist du denn gewesen?« fragte sie ihn, als er zu ihr kam. »Ich hab dich rausrennen sehen. Ist was passiert?«

»Nein, nichts. Ich hab bloß gedacht ...«

»Du wirst drinnen gebraucht. Lady Churchill ist gerade angekommen. Sie möchte herumgeführt werden.« Sie sah ihn eindringlich an. »Joe, was hast du? Du siehst ja ganz durcheinander aus.«

Er schüttelte den Kopf. »Ich kann's ja selbst nicht glauben. Aber ich hab gerade Fiona Finnegan gesehen.«

Cathy blickte zuerst ängstlich die Straße hinunter, dann auf ihn. Er sah, daß sie sich Sorgen machte. »Du hältst mich für übergeschnappt, nicht?« fragte er.

»Du bist nicht übergeschnappt, sondern einfach überarbeitet. Du hast an sieben Wochentagen achtzehn Stunden geschuftet, und das über einen Monat lang. Aber jetzt ist der Laden eröffnet und wird offensichtlich ein Riesenerfolg. Sobald wieder ein bißchen

Ruhe eingekehrt ist, solltest du ein paar Tage freinehmen. In Greenwich bleiben und dich ausruhen.«

Joe nickte. »Ja, das mach ich.«

»Dann komm«, sagte sie fröhlich. »Du darfst Ihre Ladyschaft nicht warten lassen.«

Cathy führte ihn durch die Gasse zurück. Hier ginge es schneller als durch den Haupteingang. Joe blieb an der Tür stehen, um seiner Schwester den Vortritt zu lassen. Als er ihr folgen wollte, sah er eine rote Rose auf dem Pflaster liegen. Er hob sie auf. Fiona hatte Rosen geliebt. Wann immer er konnte, hatte er ihr eine mitgebracht.

»Joe? Kommst du?«

»Gleich.« Er steckte die Blüte in seine Jackentasche. Er wurde tatsächlich verrückt. Cathy hatte recht. Ein paar Tage Ruhe würden ihm guttun.

75

Du Scheißkerl! Du verfluchter Scheißkerl! Du kannst mich hier nicht einsperren. Ich will meinen Anwalt, und zwar *sofort!* Ich kenn meine Rechte! Wenn ich hier rauskomm, fliegst du hochkant raus! Deinen Job kannst du vergessen, du und deine Bullenschweine, die mich hier rein...«

Die Arme vor der Brust verschränkt, grinste Roddy den Mann an. Bald wäre sein Zorn verraucht. Zwei Tage ohne Essen und Wasser ließen den Zähesten weich werden. Und trotz all seines Gebrülls war Bowler Sheehan nicht besonders zäh. Er war nicht ansatzweise so gebaut wie Reg oder Stan, sondern dünn, ohne genügend Fett, um Schläge abzufedern. Roddy schätzte, daß er Rotz und Wasser heulen würde.

Er zog seinen Schlagstock aus dem Gürtel und ließ ihn ein paarmal durch die Luft sausen. Worauf Bowler wieder eine Flut von Beleidigungen gegen ihn ausstieß, die allerdings schon nicht mehr so einfallsreich und kraftvoll ausfielen wie beim erstenmal.

Es war lange her, daß Roddy eine solche Vernehmung geführt

hatte. McPherson hatte seine Hilfe angeboten, aber er hatte abgelehnt. Er wollte Bowler ganz für sich allein haben.

Er wartete noch ein paar Minuten, bis sich Sheehan, schließlich erschöpft, auf der Bank in seiner Zelle niederließ. Dann nahm er einen Schlüsselbund von seinem Gürtel, sperrte die Tür auf und ging hinein. Wie erwartet, ging Bowler auf ihn los, sobald die Tür ins Schloß fiel. Er wehrte seinen Schlag mit seinem Knüppel ab, packte ihn am Arm, wirbelte ihn herum und drückte ihn gegen die Eisenstangen. Bowler stieß sich ab und griff ihn erneut an. Roddy zog ihm den Knüppel über den Kopf, und über einem Auge platzte die Haut auf.

Bowler schrie auf vor Schmerz. Roddy packte ihn am Hemd und warf ihn auf die Bank zurück. »Paddy Finnegan war wie ein Bruder für mich«, sagte er.

»Was zum Teufel geht das mich an?« schrie Bowler und wischte sich das Blut ab.

»Du hast ihn umgebracht. Du und William Burton.«

»Ich weiß nicht, wovon Sie reden.«

»Du hast auch Denny Quinn und Janey Symms ermordet.«

Bowler spuckte aus. »Das war ich nicht. Das war Sid Malone. Er will das East End. Er wollte mit Quinn gemeinsame Sache machen, aber Quinn hatte keine Lust. Also hat Malone ihn erledigt.«

Roddy zog zwei Papiere aus seiner Tasche, faltete sie auf und hielt sie Bowler vor die Augen. »Kannst du lesen?«

»Lassen Sie mich in Ruhe mit dem Scheiß.«

»Ich werte das als ja«, antwortete Roddy. »Lies sie genau. Es sind die unterschriebenen Geständnisse von Reg Smith und Stan Christie, von zwei Constables beglaubigt. Darin steht, daß du persönlich Quinn erstochen hast und Reg und Stan Janey Symms die Kehle durchgeschnitten haben.«

Roddy beobachtete Bowlers Augen, als er die Dokumente las, und stellte erfreut fest, daß Angst darin stand.

»Na und?« sagte Bowler, als er fertig war. »Das behaupten die zwei. Ich sag was anderes. Ich war nicht in der Nähe des Taj, als Denny ermordet wurde.«

»Hör zu, Bowler, ich mach dir einen Vorschlag. Wir beide wissen, daß du's getan hast. Die Aussagen von Reg und Stan erhärten das. Und wenn nötig, krieg ich noch mehr Zeugen. Potter, der Barmann, hat dich sicher gesehen, genauso wie ein halbes Dutzend von Quinns Mädchen.«

Bowler lächelte. »Das würden sie nicht wagen.«

»Nicht, wenn sie dächten, du kommst wieder raus«, gab Roddy zu. »Aber wenn ich ihnen versichere, daß das nicht der Fall sein wird, bist du erledigt. Wie ich höre, hat Ronnie Black, der den Gin-Laden auf der Lamb Street betreibt, gerade Billard gespielt, als du gekommen bist. Ich schätze mal, daß er's dir nach all den Jahren gern heimzahlen würde. Ich wette, daß er einen ziemlichen Haß auf dich schiebt und wie ein Vögelchen singen wird. Genauso wie jeder in der Kneipe. Sie wären froh, dich loszusein.«

Bowler holte tief Luft und stieß sie langsam wieder aus. »Was wollen Sie?«

»Die Wahrheit. Über Quinn. Und über Paddy Finnegan. Ich möchte wissen, wie der Mord an Finnegan durchgeführt wurde. Wie William Burton dich dazu gebracht hat.«

Bowler nickte. »Genauso ist's gewesen. Er hat mich dazu angestiftet!«

»Das dachte ich mir«, sagte Roddy ermunternd. »Burton ist derjenige, auf den ich's in Wirklichkeit abgesehen habe.«

Bowler beugte sich interessiert vor. »Und wenn ich das tu, was ist dann für mich drin?«

Eine Einladung zur Henkersmahlzeit, dachte Roddy. »Ich setz mich für dich ein, Bowler«, sagte er. »Ich sorg dafür, daß der Richter erfährt, wie du mir geholfen hast, und tu mein Bestes, daß du ein mildes Urteil kriegst. Du gehst ins Gefängnis statt an den Galgen und bekommst Straferlaß wegen guter Führung. In zehn, fünfzehn Jahren bist du wieder ein freier Mann.« Er hielt inne und fügte dann hinzu. »Aber wenn du ablehnst, beruf ich mich auf jeden Gefallen, den ich jemandem getan hab, auf jede Schuld, die einer bei mir offen hat, um sicherzugehen, daß du wegen Quinn gehenkt wirst.«

Bowler saugte an den Zähnen und dachte nach. »In Ordnung«, sagte er schließlich. »Ich weiß, wann ich verloren hab. Aber wenn ich untergeh, dann auch Burton. Gibt's Papier und Feder in diesem Rattenloch? Bringen wir's hinter uns.«

76

In einem strengen grauen Kostüm eilte Fiona an der Christ Church vorbei die Commercial Street hinunter und betrat ein schäbiges Pub namens The Bells. Es war ein bedeckter Morgen, kurz vor sechs. Ein paar knorrige Arbeiter saßen an der Bar und spülten Fleischpasteten oder harte Eier mit Tee hinunter.

»Fiona! Hier rüber.«

Es war Roddy. Er saß an einem Tisch in der Nische. Gestern abend hatte er ihr eine Nachricht geschickt, ihn hier zu treffen. Er habe Informationen über den Tod ihres Vaters. Und ihren Plan betreffend. Vor ihm standen eine Kanne Tee und die Überreste eines Frühstücks. Sie bemerkte, daß er unrasiert war und trübe Augen hatte. »Du siehst aus, als hättest du nicht geschlafen. Was ist passiert?« fragte sie, als sie sich setzte.

»Die Frage ist eher, was nicht passiert ist«, erwiderte er matt. »Bin heute morgen um zwei rausgerufen worden.« Er sah sich im Raum um und senkte die Stimme. »In der Fournier Street wurde eine Leiche gefunden. Eine Prostituierte. Mit durchschnittener Kehle. Ein Mann hat sie schreien hören und wollte ihr helfen, hat sie aber nur noch tot aufgefunden.«

»Du machst Scherze.«

»Ich wünschte, es wäre so.«

»Hört sich nach dem Ripper an.«

Roddy rieb sich das Gesicht. »Ja, das stimmt. Und die Zeitungen stürzen sich darauf. Überall am Tatort sind Reporter rumgeschwirrt, um Informationen zu kriegen. Wir haben den Befehl, nichts rauszugeben, aber das ist ihnen egal. Was sie nicht rausfinden, erfinden sie. Der verdammte Bob Devlin, der Herausgeber des *Clarion,* hat bis zum Abend das ganze East End in helle Panik versetzt. Wir haben Verstärkung aus Limehouse, Wapping und Bow angefordert, falls es Schwierigkeiten gibt. Aber das sind ja nicht deine Sorgen, Mädchen.« Er hielt inne, als die Bedienung frischen Tee brachte und Fiona fragte, was sie essen wolle.

»Nichts, danke«, sagte sie.

»Um diese Tageszeit ist die Nische nur für speisende Gäste«, erwiderte die Frau mürrisch.

»Gut. Dann bringen Sie mir ein warmes Frühstück.«

»Möchten Sie Kartoffeln oder Tomaten ...«

»Alles, ich nehme alles«, antwortete Fiona, um die Frau loszuwerden. Sie goß sich Tee ein, während Roddy fortfuhr.

»Ich hab dich gebeten herzukommen, weil ich dir erzählen wollte, was passiert ist. Vor ein paar Tagen wurden ein Mann namens Quinn und seine Freundin Janey Symms ermordet.«

Fiona nickte, ohne zu wissen, was Quinns Ermordung mit dem Tod ihres Vaters zu tun hatte.

»Es war Bowler Sheehan. Ein anderer Krimineller namens Sid Malone hat ihn mir geliefert. Aus persönlichen Beweggründen.«

»Malone?« fragte Fiona. »Der gleiche Malone, der mich einmal in eine Gasse gezerrt hat?«

»Das würde mich nicht wundern, aber ich weiß es nicht genau. Hab den Typen seit zehn Jahren nicht mehr gesehen.« Roddy erklärte, wie Malones Männer Reg und Stan zum Revier gebracht und wie seine eigenen Leute Sheehan im Haus seiner Schwester in Stepney aufgestöbert hatten. »Ich sagte ihm, daß ich ihn wegen der Tat an Quinn festnehme«, fuhr Roddy fort, »aber ich hab ihm versprochen, mich vor Gericht für ihn einzusetzen, wenn er den Mord an deinem Vater gestehen ... und William Burton verpfeifen würde.«

Fiona setzte laut klappernd ihre Tasse ab und sah ihn mit aufgerissenen Augen an. »Und hat er's getan?«

»Ja.«

Sprachlos von der plötzlichen Wendung der Ereignisse, lehnte sie sich zurück. Als ihr klar wurde, was dies bedeutete, dämmerte ihr, daß sie keine sechs Monate auf Nicks Aktien warten müßte. Sie brauchte sie nicht mehr. Sheehans Geständnis würde beide, ihn selbst und Burton, an den Galgen bringen. »Du kannst Burton jetzt festnehmen, richtig? Du kannst ihn ins Gefängnis stecken, anklagen und verurteilen lassen?«

Roddy zögerte. »Das hoffe ich zumindest.«

»Warum nicht? Du hast doch Sheehans Geständnis.«

»Ich hab bloß das Wort eines bekannten Kriminellen, das gegen das eines respektierten Handelsherrn steht. Es gab keine Augenzeugen für den Mord an deinem Vater. Keinen Beweis, daß Sheehan die Wahrheit sagt. Ich hab mein Bestes getan, und mit ein bißchen Glück wird's reichen. Ein paar meiner Leute sind in Burtons Büro, um ihn mit Sheehans Geständnis zu konfrontieren und ihn offiziell zu vernehmen. Vielleicht geschieht ein Wunder. Vielleicht gesteht er. So was ist schon passiert. Vielleicht will er sein Gewissen erleichtern.« Er legte seine Hand auf die ihre. »Du mußt jetzt fest daran glauben.«

Fiona nickte betrübt. William Burton gehörte wohl kaum zu dieser Sorte, und Glauben war nicht ihre starke Seite. Sie war so nahe dran, den Tod ihres Vaters zu rächen. Roddy hatte so viel getan. Er hatte das Puzzle fast zusammengesetzt. Sie brauchte jetzt nur noch einen anderen Hebel, irgendeine Möglichkeit, Burton in die Falle zu locken und zum Geständnis zu zwingen. Aber welchen?

Das Frühstück kam. Sie stocherte darin herum. Alles ist gut, sagte sie sich, Roddy hat Sheehan. Er kommt für seine Tat an den Galgen. Und wenn Burton nicht gesteht, dann tritt der ursprüngliche Plan wieder in Kraft – Neville bekommt die Aktien, und die verwende ich gegen Burton. Sie trank einen Schluck Tee und versuchte, ihre Enttäuschung zu unterdrücken. Ihr Blick fiel auf Roddys Zeitung, den *Clarion.* MORD IN WHITECHAPEL! lautete die Schlagzeile. FRAU IN GASSE ERSTOCHEN. Darunter ein Bericht über eine Schlägerei. FÜNFUNDFÜNFZIG VERLETZTE BEI RAUFEREI IN PUB. Bei solchen Schlagzeilen kamen einem die New Yorker Zeitungen geradezu harmlos vor, dachte sie. Sie las noch einmal. Ein Wort sprang ihr besonders in die Augen.

Skandal.

Es war ein Wort, das ihr vertraut war. Sie hatte Nick geheiratet, um einen zu vermeiden. Und im Lauf der nächsten sechs Monate könnte sie ihr Teegeschäft verlieren, wenn ihr Schwiegervater seine Drohung wahr machte und einen Skandal verursachte.

Skandal.

Ob gerufen oder geflüstert, es war ein mächtiges Wort. Einschüchternd. Angstauslösend sogar. Ehen wurden durch Skandale ruiniert. Geschäfte, Reputation, Leben. Die bloße Androhung konnte verheerend sein. Leute taten alles, um dies abzuwenden. Wenn man jemandem mit einem Skandal drohte, hatte man Macht über ihn. Einfluß. Kontrolle.

Sie schob ihren Teller weg. »Wir brauchen kein Wunder, Onkel Roddy«, sagte sie ruhig.

»Nein?«

»Nein. Wir brauchen nur einen Freund bei einer Zeitung. Egal, wo. Wie gut kennst du diesen Devlin?«

»Sehr gut. Wir haben uns im Lauf der Jahre oft einen Gefallen getan.«

Sie öffnete ihre Tasche, legte ein paar Münzen auf den Tisch und stand auf. »Gehen wir zu ihm.«

»Warum?«

»Um rauszufinden, ob er uns helfen kann, einen Skandal zu provozieren. Wir mögen vielleicht nicht in der Lage sein, Burton wegen des Mordes an meinem Vater dranzukriegen, aber wir werden ihn *glauben* lassen, daß wir's können.«

»Ich verstehe nicht ... Was hast du vor?«

»Eine Menge. Komm, ich erklär's dir unterwegs.«

Roddy blieb vor der Tür des *Clarion* stehen, drehte sich um und sagte: »Weißt du, es könnte funktionieren.«

»Das sollte es auch, Onkel Roddy.«

»Bist du bereit?«

»Ja.«

»Also dann. Laß uns reingehen.«

Er öffnete die Tür, und sie betraten einen langen, lärmerfüllten Raum mit Druckerpressen. Es stank intensiv nach Öl und Tinte.

»Komm«, sagte er und führte sie zu einer Treppe. »Die Redaktionsräume sind oben.«

Er kannte das Gebäude, hatte es schon oft besucht. Der *Clarion* war zwar nicht die *Times,* aber ein furchtloses, streitbares Blatt mit großer Auflage. Es brachte Lokalnachrichten, die oft von der *Times* und anderen führenden Zeitungen aufgegriffen wurden. Es würde ihren Zwecken gute Dienste leisten.

Fiona hatte ihm ihren Plan erklärt. Er war brillant, aber ob er funktionierte, hing ganz von Devlin ab. Er war im großen und ganzen ein verläßlicher Bursche, allerdings mit einem Zug zur Sturheit. Nur für den Fall, daß er heute nicht ganz bei Laune sein sollte, hatte Roddy im Revier haltgemacht, um ihm etwas mitzubringen. Ein kleines Geschenk. Schmieröl fürs Getriebe.

In der Redaktion hing dicker Rauch in der Luft, vermischt mit dem Geruch von ungegessenem Frühstück. Etwa ein Dutzend Reporter saßen über Schreibtische gebeugt und tippten, während in der Mitte des Raums ein Mann stand und einen jungen Reporter anbrüllte, ihm Einzelheiten der vergangenen Nacht zu liefern.

Der Reporter, ein Bursche von höchstens achtzehn Jahren, machte sich mit gesenktem Kopf und glühenden Wangen davon. Devlin sah ihm nach, schüttelte den Kopf, dann sah er Roddy.

»Sergeant! Welchem Umstand verdanke ich das Vergnügen?«

»Muß mit Ihnen sprechen, Bobby. Privat.«

Devlin nickte und führte sie in sein Büro. Roddy stellte Fiona vor, und bevor Devlin Fragen stellen konnte, sagte er: »Ich hab eine Story für Sie. Eine gute. Aber sie muß auf die Titelseite der heutigen Abendausgabe.«

Devlin sah ihn verwirrt an. »Das ist mal was anderes«, antwortete er. »Normalerweise laß ich die guten Geschichten draußen. Und mach dennoch gute Auflage. Worum geht's?«

Roddy erzählte ihm, daß ein Gewerkschaftsführer namens Patrick Finnegan vor zehn Jahren, kurz vor dem Streik der Dockarbeiter, ermordet worden war und daß Bowler Sheehan die Tat gestanden hatte. Der zweite Tatverdächtige sei William Burton – der Teehändler.

Devlin runzelte die Stirn. »Das ist eine interessante Geschichte«, sagte er. »Aber die Anschuldigung läßt sich nicht beweisen. Ich nehm sie auf, wenn es Ihnen hilft, aber nicht auf die Titelseite. Seite vier vielleicht. Die ermordete Hure kommt auf den Titel. Ich hoffe, das genügt Ihnen.«

Roddy hatte eine abweisende Antwort erwartet. »Kommen Sie, Bobby. Ich hab Ihnen schon oft einen Gefallen getan. Ihnen eine Menge Hinweise gegeben. 96 hab ich Ihnen die Morde in der Turner Street geliefert, schon vergessen? Damit haben Sie Karriere gemacht. Und die Blinde-Bettler-Gang. Über die Diebe haben Sie eine ganze Serie geschrieben. Und sind zum Chefredakteur befördert worden.«

Gereizt spielte Devlin mit einem Briefbeschwerer. »Warum ist Ihnen die Geschichte so wichtig?«

»Das kann ich Ihnen nicht sagen. Noch nicht. Tun Sie's einfach für mich, Bobby. Sie schulden mir was.«

»Aber das reicht einfach nicht! Es ist vor zehn Jahren passiert. Lauter alte Kamellen. Die Leute wollen *frische* Morde. Wie die Hure mit der durchschnittenen Kehle. Das ist ein guter Mord!«

Roddy spielte seinen Trumpf aus. »Es waren zwei.«

Devlin erstarrte. »Zwei?«

Roddy nickte. »Die Leiche, die gestern nacht in der Fournier Street gefunden wurde, war die zweite Prostituierte, die innerhalb von vierzehn Tagen gefunden wurde. Beide mit durchschnittener Kehle.«

»Gütiger Gott.«

»Wir wollten keine Panik auslösen, deshalb haben wir's zurückgehalten. Wenn Sie nichts wußten, haben wir offensichtlich gute Arbeit geleistet.«

»Aber wie ...«

»Wir haben gelogen, was den Beruf des ersten Opfers betraf. Wir sagten, sie sei Näherin gewesen. Das stimmte nur zum Teil. Das hat sie allen erzählt. Wir haben die Tat als verpfuschten Überfall ausgegeben.«

»Der Ripper ist wieder am Werk!« sagte Devlin aufgeregt. »Wo wurde die erste gefunden? In der gleichen Gegend? Wie alt war sie? Wurde bei beiden das gleiche Messer verwendet? Irgendwelche anderen Verletzungen? Wunden?«

Roddy öffnete sein Jackett und zog ein Bündel Papiere heraus. »Das ist der gerichtsmedizinische Bericht über beide Frauen.« Devlin griff danach, aber er hielt es fest. »Sie gehören Ihnen ... *wenn* Sie Sheehan und Burton heute abend auf die erste Seite setzen.«

Devlin nagte an seiner Lippe und dachte nach. Schließlich gewann seine Neugier die Oberhand, genau wie Roddy erwartet hatte. »Also gut, also gut«, willigte er ein.

»Ich möchte, daß Sie meiner Kollegin hier, Mrs. Soames, hundert Vorausexemplare zukommen lassen.«

»Sonst noch was? Ein Bild Ihrer Kinder auf Seite zwei?«

»Sie machen es?«

»Ja! Jetzt geben Sie mir den Bericht!«

Roddy reichte ihn ihm. »Sie lassen ihn mir in einer Stunde wiederbringen, Bobby. In einer Stunde. Schicken Sie einen der jungen Burschen. Sagen Sie ihm, er soll mir ein Schinkensandwich bringen oder Fisch und Chips, irgendwas. Es soll aussehen, als würde er mir mein Essen liefern. Er darf nicht wie ein Reporter aussehen. Verstanden? Ich gehe ein großes Risiko ein, wenn ich Ihnen das gebe.«

Devlin nickte, den Blick auf die Dokumente gerichtet. »Hören Sie sich das an, O'Meara. Hals von links nach rechts durchschnitten

... Luftröhre verletzt ... Speiseröhre ebenfalls ... Messerspuren an der Wirbelsäule ... Gesichtsverletzungen ... möglicher Versuch der Ausweidung ... er ist es!» rief er begeistert.

Roddy stand auf, Fiona ebenfalls. Er bemerkte, daß sie blaß aussah. Er wollte sie von hier wegbringen. In Anbetracht dessen, wie ihre Mutter gestorben war, mochte sie kaum Devlins Begeisterung für Blut teilen.

»Sie liefern Ihren Lesern doch eine wahrheitsgetreue Geschichte über die Huren, nicht, Bobby? Sie werden nichts Unverantwortliches tun und die Morde dem Ripper zuschreiben, der ja tot ist, wie wir alle wissen.«

»Keinesfalls«, erwiderte Devlin, immer noch lesend.

»Gut«, sagte Roddy erleichtert.

Grinsend sah Devlin auf. »Wir sagen, es ist der Geist des Rippers!«

»Ich kann's nicht glauben, Roddy«, sagte Joe leise. »Paddy Finnegan wurde *ermordet*?«

»Ja, Junge. Um die Organisierung der Dockarbeiter zu verhindern.«

Joe schwieg einen Moment, dann sagte er: »Sie hätte mich gebraucht, Roddy. Sie hätte mich so dringend gebraucht. Und ich hab sie verlassen. Hab mich von ihr abgewendet. Ihr nicht geholfen.«

»Hilf ihr *jetzt.* Wenn du sie je geliebt hast, tu, worum ich dich bitte.«

»Das werd ich. Und ich seh zu, daß Harrods, Sainbury's und ein Dutzend andere mitmachen. Er soll nicht davonkommen damit. Nicht, wenn ich es verhindern kann.«

»Danke, Junge. Ich wußte, daß ich auf dich zählen kann. Ich möchte ihr ein bißchen Unterstützung verschaffen. Von dir und deinen Kollegen. Und von den Gewerkschaftern.« Er saß in Joes Büro in Covent Garden und war gerade dabei, wieder aufzubrechen. Er hatte eine lange Fahrt vor sich. »Ich muß los. Ich muß Pete Miller noch finden, den Leiter der Abteilung von Wapping.«

»Roddy, warte.«

»Ja?«

»Wo ist sie?«

Roddy schüttelte den Kopf. »Das darf ich nicht sagen.«

»Bitte, Roddy.«

»Ich glaub nicht, daß sie dich sehen will, Junge.«

»Das soll sie mir selbst sagen, und ich laß sie in Ruhe.«

»Du kannst nicht einfach bei ihr reinschneien, Joe!« erwiderte Roddy ärgerlich. »Lieber Himmel, meinst du nicht, daß ihr heute abend schon genug im Kopf herumgeht?«

»Ich geh nicht heut abend hin, sondern morgen. Wenn alles vorbei ist. Natürlich würde ich sie am liebsten sofort sehen. Aber das werd ich nicht tun. Ich geb dir mein Wort.«

Roddy sah ihn an. »Im Savoy«, sagte er schließlich. Er wollte ihn gerade noch einmal an sein Versprechen erinnern, aber Joe gab ihm keine Chance dazu.

»Trudy!« rief er und lief ins Büro seiner Sekretärin. »Verbinden Sie mich mit Harrods. Sofort!«

Tiefe Regenwolken, dunkel und unheilverkündend, zogen über London. Ein scharfer Wind peitschte sie voran und trieb sie von der Themse ins Landesinnere, über die Slums am Fluß hinweg nach Westen, über die Kontorhäuser der Stadt und weiter über Westminster und St. James – die Enklaven der Privilegien und Macht.

Es kommt ein Gewitter aus dem Osten, dachte Fiona. Sie konnte den Fluß im Wind riechen. Hatte der gleiche Wind durch die trostlosen Straßen von Whitechapel geblasen? fragte sie sich. War er durch die dünnen Wände der verfallenden Häuser gedrungen, durch die zerlumpten Kleider der Leute darin? Bildete sie sich das nur ein, oder trug der Wind den bitteren Geruch der Armut mit sich?

Zwei gutgekleidete und wohlgenährte Herren eilten an ihr vorbei und verschwanden im White's, dem exclusiven Club, vor dem sie jetzt stand. Ihr Schwiegervater, Lord Elgin, der Herzog von Winchester, befand sich darin. Dort speiste er jeden Abend. Das wußte sie von Nick, der ihr gesagt hatte, daß er dort mehr Zeit als zu Hause verbrachte.

Wenn alles gutging, würde sie ihm gleich von Angesicht zu Angesicht gegenüberstehen. Dann würde alles von ihr abhängen. Von ihrer Fähigkeit zu schauspielern, sicheres Wissen über Geld, Märkte und die Gewohnheiten englischer Investoren vorzutäuschen und einen Mann reinzulegen, der eine der mächtigsten Banken in England leitete, einen Mann, der in Finanzdingen ausgefuchster war, als sie es jemals sein könnte. Wie um alles in der Welt sollte sie das anstellen? Sie hatte Angst zu versagen, nachdem so viel auf dem Spiel stand.

Ein Windstoß hob ihre Röcke. Sie strich sie glatt. Der Diamant, den Nick ihr einst geschenkt hatte, blitzte auf. Nick. Wie sehr sie doch wünschte, er wäre hier. Sie brauchte ihn jetzt. Ein noch stärkerer Windstoß fegte gegen sie. Er fühlte sich an wie eine Hand auf ihrem Rücken, die sie vorwärts schob. Plötzlich – wie damals, als Teddy ihr Nicks Testament vorgelesen hatte – hatte sie das Gefühl, daß Nick bei ihr war. Daß er von Paris oder wo immer seine Seele sich jetzt befand herbeigeflogen war, um ihr beizustehen, sie zu unterstützen. »Na los, altes Haus«, hörte sie ihn sagen, »drisch ihn windelweich!« Das gab ihr den Mut, den sie brauchte, um die Stufen des Clubs hinaufzusteigen.

Ein Kellner trat ihr im Foyer entgegen. »Tut mir furchtbar leid, Madam«, sagte er schroff, »aber das ist ein Privatclub. Nur für Herren.«

Fiona sah ihn an, als wäre er ein abstoßendes Insekt. »Ich bin die Vicomtesse Elgin«, erwiderte sie hochnäsig, und der Titel glitt ihr über die Zunge, als benutzte sie ihn täglich. »Der Herzog von Westminster ist mein Schwiegervater. Ich muß ihn sofort sprechen. Es handelt sich um einen Notfall, eine Familienangelegenheit.«

Der Kellner nickte eingeschüchtert. »Einen Moment, bitte«, erwiderte er und lief eine teppichbelegte Treppe hinauf, an Bildern mit englischen Landschaftsszenen vorbei.

Fiona holte tief Luft. So weit, so gut. Ihren ersten Auftritt hatte sie gut gespielt, der nächste wäre schwieriger. Als sie auf die Rückkehr des Kellners wartete, fielen ihr wieder Roddys Abschiedsworte ein. »Sei vorsichtig, Mädchen, sei verdammt vorsichtig. Ich hab erlebt, daß Leute wegen einem Pfund umgebracht wurden, ganz zu schweigen von ein paar hunderttausend.« Sie versprach es ihm. Roddy hatte so viel für sie getan. Ohne ihn wäre sie jetzt nicht hier, stünde ihr kühner Plan nicht kurz vor dem Erfolg. Auch er hoffte darauf. Sie durfte nichts vermasseln.

Der Kellner erschien wieder. »Der Herzog empfängt Sie. Folgen Sie mir bitte.« Er führte sie die Treppe hinauf in einen privaten Raum. Die Tür fiel hinter ihr zu, sie war allein. Das dachte sie zumindest, bevor eine kalte, schneidende Stimme erklang und sagte: »Sie besitzen eine Menge Unverfrorenheit, Miss Finnegan.«

Fiona sah ihn an. Er stand hinter einem Schreibtisch am anderen Ende des Raums, ein gedrungener, fülliger Mann in einem schwarzen Abendjackett. Sein Gesicht war äußerst unattraktiv, abgesehen von den leuchtend türkisfarbenen Augen.

»Elgin. Mrs. Nicholas Elgin«, sagte sie. »Das steht zumindest auf meiner Heiratsurkunde. Ich nenne mich aber Soames. Mein verstorbener Mann hat das vorgezogen.«

»Darf ich fragen, warum Sie mich während meines vorzüglichen Dinners stören?«

Fiona nahm ein Exemplar des *Clarion* aus ihrer Tasche und warf es auf den Schreibtisch.

»Dieses Blatt ist mir nicht vertraut«, sagte der Herzog und warf einen angewiderten Blick darauf.

»Ihnen vielleicht nicht«, erwiderte Fiona, »aber den Herausgebern aller großen Zeitungen der Stadt. Ich glaube, es wäre in Ihrem Interesse, wenn Sie die Titelgeschichte läsen.«

Er beugte sich über den Schreibtisch. Sie sah seinen Blick über die Schlagzeile streifen. TEEHÄNDLER UNTER MORDANKLAGE AN GEWERKSCHAFTSFÜHRER. Und darunter: WILLIAM BURTON VON POLIZEI VERNOMMEN. Er blätterte um und las den Artikel. Für den Bruchteil einer Sekunde strich Erschrecken über sein Gesicht. Es verschwand so schnell, wie es gekommen war, aber sie spürte Hoffnung aufkeimen, die ihr Zuversicht gab.

»Was hat das mit mir zu tun?« fragte er schließlich.

»Nicholas hat Sie vieles genannt, Sir, aber nie einen Dummkopf. Sie wissen so gut wie ich, daß man Mörder nicht lange frei herumlaufen läßt. William Burton wird verhaftet, verurteilt und gehenkt werden. Sein Geschäft wird ruiniert sein. Ich habe den Chefredakteuren aller Londoner Zeitungen Exemplare des *Clarion* zukommen lassen. Morgen wird die Geschichte in der ganzen Stadt herum sein. Auch an Burtons andere Großaktionäre wurden Ausgaben verschickt. Ich nehme an, sie werden entsetzt sein, in eine Firma investiert zu haben, die einem Mörder gehört. Morgen früh werden alle ihre Aktien loswerden wollen.«

»Vielleicht«, antwortete er. »Was wollen Sie von mir?«

»Nicks Aktien von Burton Tea.«

»Und wenn ich mich weigere?«

»Dann werde ich alles tun, um Burton zu ruinieren. Ich besitze zweiundzwanzig Prozent der Firma – ohne Nicks Aktien –, und ich versichere Ihnen, ich schlag sie schneller los, als Sie es sich versehen. Bis zum Mittag wird der Markt mit Burton-Aktien überschwemmt sein. Sie werden das Papier nicht mehr wert sein, auf das sie gedruckt sind. Das wäre das Ende der Firma. Und die Albion-Bank würde die dreihunderttausend Pfund verlieren, die sie investiert hat.«

Der Herzog nahm eine Zigarette aus der Silberschachtel auf dem Schreibtisch, klopfte sie auf und zündete sie an. Er nahm einen langen Zug, stieß den Rauch aus und sagte: »Das glaube ich nicht. Die Polizei wird William befragen. Er wird natürlich jede Beteiligung abstreiten, und in ein paar Tagen ist der ganze Spuk vorbei. Es wird weder aufgebrachte Investoren noch Panikverkäufe geben.«

»Ich werde die Panik auslösen, sobald die Börse öffnet.«

»Wozu? Aus der Tatsache, daß Sie zweiundzwanzig Prozent besitzen und wild entschlossen sind, die Aktien meines verstorbenen Sohnes in die Finger zu kriegen, schließe ich nur eines: Sie wollen Burton Tea übernehmen. Wie wollen Sie das bewerkstelligen, wenn Sie alle Ihre Papiere verkaufen?«

»Das will ich gar nicht. Aber ich will die Firma ruinieren. Diese Befriedigung möchte ich zumindest haben.«

Elgin dachte darüber nach. »Schon möglich, aber dafür gibt es keine Garantie. Jemand könnte einen großen Teil Ihrer Aktien aufkaufen, den Kurs stabilisieren und die Firma retten. Derlei habe ich schon erlebt.«

Fiona schluckte. Sie geriet ins Hintertreffen. Jetzt spielte sie ihren Trumpf aus. »Das hier ist ein Bankwechsel über dreihunderttausend Pfund«, sagte sie und zog ein Schriftstück aus der Tasche, das sie auf den Tisch legte. »Die Gesamtsumme des Darlehens der Albion-Bank an Burton Tea. Sobald Sie mir Nicks Aktien geben, gehört er Ihnen.«

Elgin zog die Augenbrauen hoch. »Sie sind bereit, das gesamte Darlehen zurückzuzahlen?«

»Richtig. Ich komme morgen früh um acht zur Albion-Bank. Dann können wir den Handel abschließen – die Burton-Aktien gegen mein Geld. Nicholas hatte noch weitere Aktien in diesem Depot. Sie sind eine ganze Menge wert. Die können Sie behalten. Alle. Ich will nur die Burton-Aktien.« Sie hielt inne, um die Wirkung ihres Angebots abzuwarten. »Was ist, wenn Sie sich täuschen? Wenn ich recht behalte? Wenn Burton tatsächlich bankrott geht? Es gibt Leute auf dieser Welt, die Moral und Gerechtigkeit über den Profit stellen.«

»Gibt's die? Mir ist keiner bekannt. Hübsch gesagt, meine Liebe, aber glauben Sie mir, Investoren kümmern sich mehr um ihren Geldbeutel als um einen vor langem verstorbenen Dockarbeiter.« Er drückte seine Zigarette aus. »Ich habe unsere kleine Unterhaltung sehr genossen – normalerweise bieten mir meine Abende keine so dramatischen Interludien –, aber jetzt muß ich zu meiner Gesellschaft zurück.«

Fiona hatte das Gefühl, als rückten die Wände näher. Plötzlich bekam sie kaum mehr Luft.

Der Herzog kam auf sie zu und stellte sich so nahe neben sie, daß sie den Wein und das Essen riechen konnte, das er zu sich genommen hatte. Er sah sie eindringlich an, dann sagte er: »Sagen Sie mir, Miss Finnegan, sind Sie noch Jungfrau?«

Sie brauchte ein paar Sekunden, bevor sie die Frage tatsächlich registrierte. »Wie können Sie es wagen ...«, begann sie, aber er schnitt ihr das Wort ab.

»Sagen Sie mir die Wahrheit, dann machen wir Schluß mit dem ganzen Unsinn. Hat mein Sohn Sie je wie ein Mann genommen oder so, wie es sein Zimmergenosse aus Eton behauptet? Meinem Anwalt gegenüber.« Er lächelte, als sie bleich wurde. »Nun? Hat es Ihnen die Sprache verschlagen? Keine Sorgen, ich habe andere Möglichkeiten, das herauszufinden. Die Wäscherin, die Sie vor drei Jahren gefeuert haben – Margaret Gallagher –, ist sehr redselig. Und wenn alle Stricke reißen, können wir immer noch von einer unabhängigen medizinischen Autorität ein Gutachten einfordern, von irgendeinem alten Kerl, der nur zu gern diese schlanken Beine spreizen würde, um nachzusehen, was dazwischen ist.«

»Sie Schwein!« rief sie und hob die Hand, um ihn zu schlagen. Doch trotz seiner Fülle war er erstaunlich flink, denn er packte sie am Handgelenk und riß sie an sich. Sie wand sich, aber er hielt sie fest.

»Wenn du jemanden reinlegen willst, du dumme Kuh, mußt du ihm Angst einjagen. Ihm das Gefühl geben, daß er was zu verlieren hat. Ich hab nichts zu verlieren. Vielleicht geht der Kurs der Papiere morgen runter, aber nur vorübergehend. Burton Tea wird das überstehen. William wird sein Darlehen weiter zurückzahlen. Ich werde das Geld, das ich für seine Aktien ausgegeben habe, wiederbekommen, und Sie, Miss Finnegan« – er packte sie fester, daß sie dachte, er würde ihr den Arm brechen –, »werden Ihre lächerliche Forderung zurückziehen.«

Dann ließ er sie los und stolzierte hinaus. Fiona wurden die Knie weich. Sie sackte gegen den Schreibtisch. Es war vorbei. Sie hatte verloren. Auf ganzer Linie.

77

Vor dem längst erloschenen Feuer in ihrem Schlafzimmer lag Fiona schlafend in einem Sessel. Plötzlich zuckte sie zusammen und stöhnte kläglich: »Nein ... bitte ... Hilfe ... zu Hilfe ...«

Der schwarze Mann war gekommen, und diesmal hatte er sie erwischt. Er war ihr durch die gewundenen Gassen gefolgt, durch verlassene Gebäude, bis sie in ein Lagerhaus ohne Fluchtweg gerannt war. Jetzt hielt er sie fest, trotz ihrer verzweifelten Versuche, sich zu entwinden. Erneut schrie sie auf, in der Hoffnung, jemand würde sie hören. Aber niemand kam. Sie spürte seinen Atem in ihrem Nacken und sah die Klinge aufblitzen. Und dann hörte sie es: ein lautes, beharrliches Klopfen. Jemand stand draußen. Jemand, der ihr helfen würde. »Mrs. Soames!« rief die Stimme. »Sind Sie da?«

»Hier!« rief sie. »Schnell!«

»Mrs. Soames, ich muß mit Ihnen reden ...«

»Helfen Sie mir, bitte!«

Aber es war zu spät. Sie spürte einen brennenden Schmerz, als der schwarze Mann die Klinge über ihren Hals zog. Sie rang mit dem Tod, bekam keine Luft mehr, als ihr das Blut über die Brust strömte. Wieder vernahm sie das Klopfen. Und das Geräusch von berstendem Glas. Dann war sie wach und blinzelte, vor Angst keuchend, in das dämmrige Licht eines regnerischen Morgens. Sie setzte sich auf, sah sich um und stellte fest, daß sie am Leben und allein war. Auf dem Tisch vor sich sah sie eine halbleere Weinflasche und ein zerknülltes

Taschentuch. Sie blickte an sich hinab und sah, daß sie angekleidet war. Sie erinnerte sich, wie sie erschöpft und völlig niedergeschlagen in den Sessel gesunken war, als sie vor Stunden aus dem Club zurückkehrte ... sich ein Glas Wein eingeschenkt hatte und dann von einem Weinkrampf geschüttelt worden war. Ich muß mich in den Schlaf geweint haben, dachte sie, und dann diesen furchtbaren Alptraum gehabt haben. Allein die Erinnerung daran ließ sie erschaudern. Der schwarze Mann, das Messer, all das Blut. Vage erinnerte sie sich, daß jemand ihr helfen wollte, an eine Stimme, an lautes Klopfen. Sie schloß die Augen und versuchte, sich zu beruhigen, als erneut ein lautes Klopfen einsetzte, das sie zu Tode erschreckte.

»Mrs. Soames! Fiona, sind Sie da? Ich bin's, Neville Pearson. Bitte lassen Sie mich rein!«

Neville? Was um alles in der Welt will der denn? fragte sie sich. Sie sah auf ihre Uhr. Es war noch nicht einmal sieben. Schnell strich sie sich übers Haar. Sie wußte, daß es völlig zerzaust war. »Einen Moment!« antwortete sie und bemühte sich, die losen Strähnen in den Knoten zu stecken. Glas knirschte unter ihrem Fuß, als sie aufstand. Ihr Weinglas. Sie sah auf ihren Rock. Ein großer nasser Fleck war darauf. »Verdammter Mist!« fluchte sie. »Ich komme, Neville!«

Sie eilte aus ihrem Schlafzimmer durch die Diele zur Tür. Drei Männer standen im Gang: ihr Anwalt, ein gutgekleideter Herr in den Fünfzigern, schlank und mit besorgtem Blick, und ein Mann mit dichtem dunklem Haar, noch keine Dreißig, der draufgängerisch wirkte und an einen Boxer erinnerte.

»Gott sei Dank sind Sie da«, rief Neville erleichtert aus.

»Warum sind Sie hier? Was ist los?« fragte Fiona.

»Dürfen wir eintreten?«

»Natürlich. Entschuldigen Sie.« Sie führte sie in ihren Salon.

Neville sah sie an. »Haben Sie nicht geschlafen?«

»Nicht richtig, ich ...«

Er unterbrach sie. »Nein, sicher nicht. Nicht nach der letzten Nacht. Schrecklich dumm von Ihnen, sich direkt in die Höhle des Löwen zu begeben. Aber auch sehr mutig.«

»Woher wissen Sie ...« Aber er ließ sie nicht ausreden.

»Ich habe mir erlaubt Frühstück zu bestellen«, sagte er. »Sollte jeden Moment kommen. In der Zwischenzeit möchte ich Ihnen Giles Bellamy vorstellen, den Vorsitzenden der Albion-Bank ...«

Fiona erstarrte. Sie nickte dem Mann zu. Sicher keine guten Nachrichten, dachte sie.

»... und David Lawton, Lord Elgins Anwalt. David und Giles haben mir von Ihrem Treffen mit dem Herzog gestern abend berichtet. Sie sind hier, um Ihnen die Aktien Ihres verstorbenen Mannes zu übergeben.«

»Unter dem Vorbehalt, den wir besprochen haben, Neville«, warf Lawton rasch ein. »Mrs. Soames muß bereit sein, das Angebot einzuhalten, das sie Randolph Elgin gemacht hat. Die Aktien gegen den Wechsel. Das ist die Bedingung des Herzogs.«

»Ja, aber seit gestern abend ist die Sachlage eine ganz andere, nicht wahr, David?« sagte Neville aufgebracht. »Ich bezweifle, daß die Aktien noch einen Pfifferling wert sind.«

Matt und vollkommen verwirrt konnte Fiona nur hervorstoßen: »Warten Sie einen Moment ... wovon reden Sie? Ich hab Elgin gestern abend getroffen, wie Sie ja alle zu wissen scheinen, und er hat sehr deutlich gemacht, daß er nicht die Absicht habe, mir Nicks Aktien zu geben.«

Neville sah sie verständnislos an. »Haben Sie die Morgenzeitungen nicht gesehen?«

»Nein. Ich war lang auf, dann bin ich eingeschlafen ...«

»Hier.« Er öffnete seine Aktenmappe, zog ein halbes Dutzend Zeitungen heraus und warf sie auf den Couchtisch. »Lesen Sie das, meine Liebe.« Es klopfte leise. »Ah, das muß das Frühstück sein. Ich kümmere mich darum. Setzen Sie sich, Giles. Sie auch, David.«

Fiona nahm die *Times.* Sie hatte keine Ahnung, was sie lesen sollte. Die Schlagzeilen über die schlechte britische Wirtschaftslage? Einen Bericht über Unruhen in Indien?

»Unten rechts«, sagte David Lawton und setzte sich.

Ihr Blick strich die Titelseite hinab. Dann sah sie es. BURTON TEA AM RAND DES FINANZIELLEN RUINS. Sie setzte sich und verschlang den Artikel. Neville kam zurück, mit zwei Kellnern und einem Servierwagen im Schlepptau. Mit großem Aufwand wurde Tee eingeschenkt und das Frühstück serviert, aber Fiona nahm nichts davon wahr.

Es wurde erwartet, daß Burton Tea noch heute Bankrott erklärte. Die meisten seiner Hauptkunden hatten ihre Bestellungen storniert. Außerdem war das gesamte Inventar von Unbekannten zerstört worden, die letzte Nacht in sein Lagerhaus eingebrochen waren. Sobald die Börse öffnete, erwartete man, daß der Markt mit wertlosen Aktien überschwemmt würde.

Sie hielt den Atem an und las den nächsten Abschnitt.

Auf die Frage, warum Montague's, einer der wichtigsten Kunden von Burton Tea, seine Bestellungen storniert habe, erklärte Joe Bristow, der Direktor der bekannten Kette: »Ich habe mit den Untersuchungsbehörden, die mit dem Fall befaßt sind, gesprochen und bin von William Burtons Schuld überzeugt. Ich möchte ganz ausdrücklich betonen, daß Montague's keine weiteren geschäftlichen Beziehungen zu Burton Tea unterhalten wird. Wir machen unseren Profit auf ehrliche und anständige Weise und unterstützen keinen Zulieferer, der nicht das gleiche tut. Unsere Kunden erwarten das von uns. Ich spreche nicht nur für mich, sondern für unser gesamtes Personal, wenn ich sage, daß ich zutiefst schockiert bin, daß ein Mitglied der Handelsklasse derart verbrecherische Mittel benutzt, um die gerechte Sache der Arbeiter zu unterminieren.

Woher wußte er Bescheid? fragte sie sich benommen. Die Geschichte konnte gestern abend nicht in den Abendausgaben gestanden haben, und sie bezweifelte, daß er den *Clarion* las. Wie hatte er davon erfahren? Sie las weiter.

Viele Londoner Einzelhändler sowie Hotels und Restaurants, die ihren Kunden deutlich machen möchten, daß sie die gleichen hohen moralischen Maßstäbe vertreten wie Montague's, haben sich ebenfalls angeschlossen.

Fiona las die Namen: Harrods, Sainsbury's, Home and Colonial Stores, Simpson's-in-the-Strand, das Savoy, Claridge's, das Connaught. Sogar Cunard und die White-Star-Linie. Sie sank in ihren Sessel zurück. Ihr schwirrte der Kopf.

»Lesen Sie nur weiter«, sagte David. »Sogar die Gewerkschaft hat sich beteiligt. Sehr ungewöhnlich, Mrs. Soames.«

»Die üblichen Vandalen und Demagogen«, warf Giles Bellamy verächtlich ein.

Fiona blätterte auf Seite zwei und las, daß letzte Nacht Dutzende von Männern mit vermummten Gesichtern im Lagerhaus von Oliver's Wharf eingebrochen waren und sämtliche Teekisten und -dosen in die Themse geworfen hatten. Auch die Verpackungsanlage war von ihnen zerstört worden. Marodierende Gruppen in Ost- und Südlondon hatten sich Zutritt zu verschiedenen Läden verschafft und alle Waren von Burton Tea, derer sie habhaft wurden, auf die Straßen geworfen. Ladeninhaber wurden gewarnt, den Tee nicht mehr zu verkaufen oder zu kaufen. Arbeiter und Hausfrauen wurden zitiert, die meinten, sie wollten mit William Burtons Tee, an dem Blut klebe, nichts zu tun haben.

Der Artikel erwähnte, daß niemand wisse, wer die maskierten Männer waren, aber es bestehe der Verdacht, daß es sich um die Gewerkschaftsabteilung der Dockarbeiter von Wapping gehandelt habe. Peter Miller, ihr Leiter, erklärte entrüstet, daß die Gewerkschaft keine gesetzeswidrigen Aktionen durchführe und die Reporter besser daran täten, den wirklichen Verbrecher William Burton anstatt ihn und seine Männer zu jagen. Der Artikel schloß mit der Aussage von Börsenexperten, die aufgrund der Ereignisse einen rasanten Verkauf von Burton-Tea-Aktien erwarteten.

Fiona sah Neville an, dann Giles und David. Sie hatte sich wieder gefangen und wußte, warum sie hier waren. Letzte Nacht war sie in tiefste Verzweiflung gestürzt, weil sie dachte, sie hätte verloren. Aber jetzt war klar, daß sie gewonnen hatte. Sie würde ihre Aktien bekommen. Wegen des Einsatzes von drei Männern – Joe Bristow, Peter Miller und Roddy O'Meara. Roddy steckte hinter der ganzen Sache, das wußte sie. Weder Joe noch Peter Miller konnten ahnen, was sie für sie getan hatten, aber sie würden es erfahren. Sie würde es ihnen sagen. Sie würde ihnen danken. Sobald sie alles hinter sich hatte, würde sie Peter Miller persönlich aufsuchen. Der *Times* konnte er erzählen, was er wollte, aber es waren seine Männer gewesen, die Burtons Tee in den Fluß geworfen hatten, und er hatte sie dazu angestiftet. Und sobald sie wieder in New York war, würde sie Joe schreiben. Er wollte sie nicht sehen, und sie würde kein zweites Mal zu ihm gehen, aber er hatte eine unglaubliche Tat für sie vollbracht, und sie schuldete ihm Dank.

»Könnten wir jetzt zum Geschäftlichen kommen?« schlug Giles vor, das Schweigen unterbrechend.

»Sicher«, antwortete Neville. »Wie ich schon gesagt habe, Fiona, hat Lord Elgin David befugt, den Handel abzuschließen, den Sie gewünscht haben – Nicholas Elgins Burton-Tea-Aktien gegen den Bankwechsel über die Summe von dreihunderttausend Pfund. David kam daraufhin in Begleitung von Giles direkt zu mir, und wir sind zu Ihnen gegangen. Ich habe diese Gentlemen informiert, daß ich von einem solchen Angebot nichts wisse, und selbst wenn Sie es gemacht hätten, würde ich Ihnen davon abraten. Diese Aktien sind inzwischen praktisch wertlos.«

»Schließen Sie den Handel ab, Neville«, sagte Fiona.

»Was! Aber warum? Die Aktien sind wertlos!«

David Lawton beugte sich vor. »Das sind sie nicht, Neville. Nicht für Mrs. Soames. Wußten Sie, daß Ihre Klientin bereits zweiundzwanzig Prozent von Burton Tea besitzt? Mit den Anteilen des jungen Elgin hat sie zweiundfünfzig. Sie sehen die neue Eigentümerin von Burton Tea vor sich. Sie muß uns nur den Wechsel geben, mit dem die Schulden ihres neuen Unternehmens abgegolten sind.«

»Stimmt das?« fragte Neville.

»Ja«, antwortete Fiona.

»Wegen Ihres Vaters?«

»Ja.«

Er schüttelte den Kopf. »Nun denn, Gentlemen, dann lassen Sie uns anfangen. David, haben Sie die Aktien?«

»Sicher.«

David öffnete seine Aktentasche, nahm ein dickes Bündel Papiere heraus und reichte es Neville, der sie prüfte. »Der Herzog hat ein Vermögen verloren«, stellte er fest.

»Der Herzog ist ein praktischer Mann«, antwortete David. »Er weiß, daß sein eigenes Geld weg ist, und will den Fehler nicht noch schlimmer machen, indem er auch das Geld der Albion-Bank verliert.«

»Wo ist der Wechsel, Fiona?« fragte Neville. »Im Safe?«

Sie schüttelte den Kopf, griff in ihre Rocktasche und zog ein zerknittertes Stück Papier heraus. »Er ist hier.«

»In Ihrer *Tasche?*« fragte er ungläubig. »Dafür hätte sie jemand im Schlaf umbringen können. Sind Sie verrückt?«

»Gut möglich, nach dem, was in den letzten vierundzwanzig

Stunden passiert ist«, sagte sie. »Bevor ich ihn überreiche, habe ich ein Bitte.«

»Die wäre?« fragte David.

»Ich möchte, daß Sie, Giles und Neville mich zu Burton Tea begleiten. Ich möchte Burton heute morgen gegenübertreten. Sobald ich mich umgezogen habe. Ihre Anwesenheit wird meiner Forderung Nachdruck verleihen. Er und seine Direktoren sind vielleicht nicht gewillt, sich den Tatsachen zu stellen, wenn Neville und ich sie vorbringen, aber sie müssen sich ihnen beugen, wenn sie von Elgins Anwalt und dem Vorstand der Albion-Bank vorgetragen werden.«

»Ganz unmöglich«, stieß Giles Bellamy hervor. »Damit möchte die Albion-Bank nichts zu tun haben. Das ist eine häßliche Angelegenheit, einem Mann die Firma wegzunehmen.«

»Nicht annähernd so häßlich, wie einem Mann das Leben zu nehmen«, erwiderte Fiona ruhig.

David Lawton sah sie lange an. Der harte Ausdruck in seinen Augen wurde einen Moment lang milder, und es lag fast etwas wie Bewunderung darin. »Beenden Sie Ihr Frühstück, Giles, wir gehen«, sagte er.

»Was ist los? Warum geht's nicht weiter?« rief Neville Pearson und beugte sich aus dem Kutschenfenster. Heftiger Regen zwang ihn, den Kopf wieder zurückzuziehen.

»Tut mir leid, Sir«, rief der Kutscher, dessen Stimme im Lärm des Sturms fast unterging. »Die Straße ist verstopft! Kein Durchkommen! Sie sollten von hier lieber zu Fuß weitergehen!«

Schirme und Aktentaschen wurden gegriffen. Vor der Droschke sah sich Fiona um. Die Straße war mit Kutschen versperrt. Hunderte von schiebenden, stoßenden Leuten drängten sich ins Gebäude von Burton Tea.

»Wer sind all die Leute?« fragte sie.

»Wütende Aktienbesitzer vermutlich«, antwortete David.

»Und wir werden sie noch wütender machen«, sagte Neville verdrossen. »Kommen Sie. Wir wollen Burton seine Firma abnehmen.« Er wandte sich an David und Giles. »Sie wissen, wie Sie sich zu verhalten haben. Mrs. Soames wird sprechen. Wir sind nur hier, um ihre Forderung zu bestätigen.«

Beide Männer nickten. Ihr Ausdruck war ernst. Auch Fiona

blickte ernst drein, was ihre Begleiter aber nicht sehen konnten, denn ihr Gesicht war hinter einem schwarzen Spitzenschleier an einem breitkrempigen Hut verborgen. Er paßte zu ihrem schwarzen Kostüm, einem Trauerkostüm.

Als sie die Straße hinaufgingen, wurde Fiona geschubst und gestoßen. Noch immer regnete es in Strömen, und sie konnte sich nur an Neville vor sich orientieren.

»Mrs. Soames? Wo sind Sie?« rief er im Umdrehen.

»Hier!«

Er war schon halb die Treppe hinaufgestiegen. Sie eilte ihm nach, quetschte sich durch die Masse der teils schreienden, teils stummen Aktienbesitzer, die die Türen belagerten und den Portier um Auskünfte bedrängten. Plötzlich taten ihr diese Menschen unendlich leid. Vielen von ihnen standen herbe Verluste bevor, vielleicht sogar die Vernichtung ihrer gesamten Ersparnisse. Ihretwegen. Sie schwor sich, es wiedergutzumachen, indem sie Burton Tea in ein profitables Unternehmen verwandelte. Sie würden ihr Geld zurückbekommen und noch einiges dazu.

Zwischen den Investoren befanden sich Reporter, die jeden, der sich interviewen ließ, fragten, ob William Burton schuldig sei oder nicht. Jetzt sah sie Neville oben an der Treppe mit dem Portier gestikulieren. Giles Bellamy war hinter ihm. Ihr Plan sah so aus, daß sie dem Portier sagen wollten, Giles wolle Burton sprechen. Burton hatte sich zweifellos in seinem Büro verschanzt, aber sie waren sich sicher, daß er ein Treffen mit dem Vorstand der Albion-Bank nicht ablehnen würde. Doch gerade, als sie sich den beiden Männern anschließen wollte, wurden sie von einer Wendung der Ereignisse überrascht.

Ein aufgeregter Buchhalter trat aus dem Gebäude, räusperte sich nervös und verkündete dann laut brüllend, daß Mr. Burton in einer halben Stunde bei einer Aktionärsversammlung alle anstehenden Fragen und Probleme klären würde. Die Versammlung finde im Konferenzsaal des Unternehmens statt, in dem alle Platz fänden, wenn sie nacheinander eintreten würden. Reporter seien nicht zugelassen, fügte er hinzu, nur Aktionäre. Worauf blitzschnell alle Notizbücher in Manteltaschen verschwanden.

»Sollen wir dennoch versuchen, Burton allein zu treffen?« fragte Neville, als Fiona bei ihm ankam.

»Nein. Lassen Sie uns zu der Versammlung gehen.« Sie fühlte sich plötzlich sehr erleichtert, daß sie dem Mann nicht in seinem Büro gegenübertreten mußte, in dem Raum, wo sie ihn über den Tod ihres Vaters hatte lachen hören. Im Konferenzsaal wären Leute, eine Menge von Leuten, und die würden sie schützen.

Langsam zog die Menge in den Saal ein. Es war ein pompöser Raum mit hoher Decke und einem Podium an der Stirnseite. Große rechteckige Tische mit Stühlen waren aufgereiht, und entlang der Wände befanden sich weitere Sitze. Fiona und ihre Begleiter ließen sich im hinteren Teil nieder. Der Raum füllte sich. Viele standen. Gerüchte schwirrten durch den Raum. Zehn Minuten vergingen, dann zwanzig.

Fiona spürte, wie William Burton den Raum betrat, noch bevor sie ihn sah. Genauso wie eine Gazelle am Wasserplatz die Nähe des Löwen wittert, war sie sich seiner Gegenwart bewußt. Er war durch eine Seitentür gekommen und stand, die Hände auf dem Rücken verschränkt, hinter dem Rednerpult. Instinktiv erstarrte sie bei seinem Anblick, und nackte Angst kroch in ihr hoch. Das letzte Mal, als sie mit diesem Mann im gleichen Raum war, hatte sie fast das Leben verloren. Mit Mühe unterdrückte sie ihre Angst. Jetzt war alles anders, sagte sie sich. Sie war kein junges Mädchen mehr, das von Mördern gejagt wurde, sondern eine erwachsene Frau, die Macht besaß.

Er sah noch beinahe genauso aus wie früher. Gut gekleidet, elegant, mächtig. Sein Gesicht war älter, aber glatt und vollkommen ausdruckslos. Sogar aus der Ferne wirkten seine Augen so schwarz und kalt wie die einer Schlange.

»Guten Morgen«, sagte er steif.

Die Gespräche erstarben, alle Augen waren auf ihn gerichtet. Er begann zu sprechen. Seine Stimme klang ruhig und sicher. Fiona war überrascht, wie gut sie sich an sie erinnerte, aber schließlich hatte sie sie zehn Jahre lang in ihren Alpträumen gehört.

»Wie Sie wissen, werde ich der Mittäterschaft an der Ermordung eines meiner Angestellten beschuldigt, eines Gewerkschaftsführers namens Patrick Finnegan. Ich versichere Ihnen, daß diese Beschuldigung, die Thomas Sheehan aus Limehouse, ein berüchtigter Erpresser, gegen mich vorbringt, vollkommen haltlos ist. Ich habe keinem meiner Arbeiter je Schaden zugefügt, sondern mich bemüht, ihr Leben durch gerechte Löhne und anständige Arbeitsbedingungen zu verbessern.«

Bei diesen Worten fiel alle Angst von Fiona ab, und die alte Wut, die jahrelang in ihr geschlummert hatte, loderte wieder auf.

»Vor zwei Jahren hatte ich das Unglück, Mr. Sheehan zum erstenmal zu begegnen«, fuhr Burton fort, »nachdem er meinem Vorarbeiter von Oliver's Wharf mitgeteilt hatte, daß er das Lagerhaus niederbrennen würde, wenn ich ihm pro Monat nicht hundert Pfund Schutzgeld bezahlen würde. Nachdem ich von seiner Forderung Kenntnis erhalten hatte, ließ ich den Mann kommen und machte ihm deutlich, daß ich mich seiner Erpressung nie beugen würde. Er drohte mir, meinen Besitz zu zerstören und mir persönlich zu schaden. Ich verstärkte die Wachen bei Oliver's, dachte aber dummerweise nicht daran, das gleiche mit meiner früheren Teefabrik zu tun. Mr. Sheehan hat sie niedergebrannt. Woher ich das weiß? Weil er selbst es mir gesagt hat. Und jetzt, da er Schwierigkeiten mit der Polizei hat, greift er zu diesen absurden Anschuldigungen. Ganz offensichtlich, weil er sich damit Milde erhofft für seine Rolle im Mordfall Quinn.«

Fiona war inzwischen außer sich vor Zorn. Mit geschlossenen Augen saß sie starr auf ihrem Stuhl, ihre Hände lagen fest gefaltet vor ihr auf dem Tisch, und sie zwang sich, ruhig zu bleiben und nicht die Beherrschung zu verlieren.

Burton fuhr fort, gab zu, daß der Wert seiner Aktien heute morgen gefallen sei, aber er versicherte seinen Aktionären, daß er das Wohlwollen seiner Kunden zurückgewinnen werde, sobald sein Ruf wiederhergestellt sei. Deshalb bat er sie, ihre Papiere zu halten, bis er die Firma durch dieses Sturmtief, das nur von kurzer Dauer sein werde, geführt habe.

Fiona blickte sich um und erkannte, wie bereitwillig seine Erklärungen und Versprechen von den Leuten angenommen wurden, die nur hören wollten, daß ihr Geld sicher war. Sie hätten seinem Leugnen geglaubt und die Anklage gegen ihn fallenlassen, wenn sie damit ihre Investitionen hätten retten können. Nun, das würde sie nicht zulassen. Sie sollten die Wahrheit hören.

Als er fertig war, ließ Burton Fragen zu, die ihm in rascher Folge entgegengeschleudert wurden. Er parierte sie geschickt, gab präzise Antworten und flocht hier und da einen Scherz ein, um die Fragenden zum Lächeln zu bringen. Nachdem er etwa zwanzig Fragen beantwortet hatte, verkündete er, daß er jetzt zum Schluß kommen wolle.

»Es geht das Gerücht, daß die Albion-Bank die sofortige und vollständige Rückzahlung Ihrer Darlehen verlangt, Mr. Burton. Trifft das zu?« fragte ein Mann.

Burton lachte. »Woher haben Sie Ihre Informationen, Sir? Aus richtigen Zeitungen oder aus kleinen Schmierblättern? Die Albion-Bank hat keine solche Forderung gestellt. Ich habe heute morgen mit der Bank gesprochen, und sie hat mir ihre ganze Unterstützung zugesagt. Wenn hier nichts weiter ansteht, möchte ich mich wieder meinen Geschäften zuwenden und Ihre Aktien auf den Wert zurückbringen, den sie haben sollten.«

Im dämmrigen Licht des mit Gaslampen beleuchteten Konferenzsaals erhob sich Fiona. Ein Reporter der *Times* sollte später schreiben, sie habe ausgesehen wie ein dunkler Racheengel.

»Es steht allerdings noch eine Sache an, Mr. Burton«, sagte sie. Alle drehten sich nach ihr um.

»Sind Sie Aktionärin, Madam?« fragte er verächtlich und blieb auf dem Podium stehen. »Diese Versammlung steht nur Aktionären offen.«

»Tatsächlich bin ich Ihre größte Aktionärin.«

»Ach, wirklich? Ich dachte, ich sei das«, erwiderte Burton und erntete Gelächter aus der Menge. »Ich glaube nicht, daß wir uns kennen. Wie ist Ihr Name?«

»Mrs. Nicholas Soames«, antwortete sie. »Und ich finde, diese guten Leute sollten erfahren, daß ich seit heute morgen zweiundfünfzig Prozent von Burton Tea besitze. Und als die neue Besitzerin verlange ich Ihren Rücktritt. Sofort.«

Burton starrte sie ungläubig an. »Eine Verrückte«, sagte er.

»Keineswegs, Mr. Burton. Ich bestehe auf Ihrem Rücktritt.«

»Der Scherz einer Irren. Schafft sie weg!« bellte er zwei Angestellte an.

Neville Pearson stand auf und räusperte sich. Fiona hörte, daß sich die Anwesenden seinen Namen zuflüsterten. Er war ein bedeutender Mann, und viele erkannten ihn.

»Mr. Burton, das ist kein Scherz«, begann er laut. »Meiner Klientin Mrs. Soames gehört tatsächlich Burton Tea. Sie besitzt zweiundfünfzig Prozent, wie sie gesagt hat.« Er legte die Hände auf zwei dicke Ledermappen auf dem Tisch vor sich. »Die Dokumente sind alle hier.«

Burton verlor die Fassung. »Das ist unmöglich!« rief er. »Ich hatte meine Aktien immer unter Kontrolle, Mr. Pearson. Ich weiß genau, daß keiner meiner Aktionäre mehr als fünf Prozent hält.«

»Munro Enterprises ... fünfundzwanzigtausend Aktien. Chelsea Holdings Incorporated ... fünfzehntausend Aktien«, zählte Fiona auf. »Seamus Consolidated ... vierzigtausend Aktien. Die Thames Group ... zehntausend Aktien.«

Burton starrte sie verständnislos an.

»Alles Tochtergesellschaften einer Firma namens TasTea Incorporated. Die und viele mehr. *Meiner* Firma, Mr. Burton.«

»Das kann schon sein, Mrs. Soames, aber ich halte die Majorität meiner eigenen Firma!«

David Lawton erhob sich. Fiona bemerkte, daß Burton ihn erkannte. »Nicht mehr, William«, sagte er. »Das war so, bevor Sie vor ein paar Jahren vierhundertfünfzigtausend Aktien an meinen Klienten Randolph Elgin verkauft haben. Die Papiere lagen auf dem Treuhandkonto von Elgins Sohn, der im Frühjahr verstorben ist. Nicholas Elgin, der den Namen Soames benutzte, hat sich ohne Wissen seiner Familie verheiratet und all seinen Besitz, inklusive dieses Treuhandvermögens, an seine Frau vererbt. Es wurde heute morgen übergeben.«

»Das stimmt, William«, pflichtete Giles Bellamy ruhig bei. »Mrs. Soames ist jetzt die Besitzerin von Burton Tea.«

Unruhe brach aus, Leute sprangen auf, Fiona und ihre Begleiter wurden mit Fragen bestürmt. Burton stieg vom Podium, kämpfte sich durch die Menge und stieß die gleichen Menschen beiseite, die er noch ein paar Minuten zuvor hatte beruhigen wollen.

»Giles, was soll das alles heißen?« fragte er.

»Die Papiere sind hier, William. Lesen Sie sie.« Er öffnete eine Mappe und nahm die Dokumente heraus, die Fiona aus New York mitgebracht hatte. Dann öffnete er die zweite Mappe, die Nicks Aktien enthielt, die jetzt die ihren waren.

Burton nahm eine nach der anderen in die Hand. Als er sie durchgesehen hatte, trat er ein paar Schritte zurück, preßte die Hände an die Schläfen und sagte: »Das kann nicht sein. Das *kann* nicht sein.« Dann kniff er die Augen zu und ignorierte die Rufe, die Fragen, den Lärm um sich. Als er sie wieder öffnete, sah er Fiona an und schrie: »Wer sind Sie?«

Es wurde still im Raum. Fiona schlug den Schleier zurück und stellte sich seinem haßerfüllten Blick. Zuerst zeichnete sich nur Verwirrung auf seinem Gesicht ab, aber schließlich schien er sie zu erkennen. »Sie!« zischte er. Im Raum war es so still wie in einer Grabkammer.

»Sie erinnern sich an mich, Mr. Burton?« fragte sie. »Ich bin geschmeichelt. Ich erinnere mich noch sehr gut an Sie. Ich erinnere mich, daß ich eines Abends in Ihrem Büro stand und mitbekam, wie Sie und Mr. Sheehan über den Mord an meinem Vater redeten. Ich war gekommen, Sie um Geld zu bitten, eine Wiedergutmachung für den sogenannten Unfall meines Vaters. Damit mein Bruder und ich Essen kaufen und die Miete für ein Zimmer bezahlen konnten. Ich hab allerdings mehr bekommen, als ich erwartet hatte. Erinnern Sie sich an den Abend? Er war ein Gewerkschafter, mein Vater. Er wollte, daß die Dockarbeiter einen Penny mehr in der Stunde bekämen. Um ein paar zusätzliche Lebensmittel für ihre Kinder oder eine warme Arbeitsjacke zu kaufen. Einen Penny mehr. Und Sie ...« Sie hielt inne. Der Zorn hatte ihr Tränen in die Augen getrieben, sie mußte schlucken. »... Sie wollten das nicht bezahlen. Mr. Sheehan hat beschrieben, wie er den Tod meines Vaters bewerkstelligt hat. Und Sie haben gelacht. Noch immer höre ich Ihr Lachen in meinen Alpträumen, Mr. Burton. Ich erinnere mich, wie ich aus Ihrem Büro fliehen wollte und stolperte. Sie haben mich gehört. Sie und Mr. Sheehan. Und Sie haben mich verfolgt. Mr. Sheehan versuchte, mich in dieser Nacht umzubringen. Aber ich hatte mehr Glück als mein Vater. Ich bin entkommen. Meinen Erinnerungen konnte ich jedoch nicht entfliehen. Ich hab mir geschworen, daß Sie für Ihre Tat bezahlen würden. Und das haben Sie. Burton Tea gehört mir.«

Wieder brach Chaos im Raum aus. Leute redeten laut und schrien. Einige preßten Taschentücher an die schwitzende Stirn. Andere drängten sich vor, um einen Blick auf die Dokumente zu werfen. Reporter riefen Fionas Namen. Sie hörte sie gar nicht. Burtons Blick hatte sich an ihr festgesaugt. Sie erwiderte ihn ungerührt. Nackter Haß stand zwischen ihnen.

»Du hinterhältiges Miststück. Ich wünschte, ich hätte dich abgemurkst, als ich die Möglichkeit dazu hatte«, stieß er hervor. »Dann wärst du sechs Fuß unter der Erde wie dein verdammter Vater.«

»William ... um Himmels willen!« rief Giles Bellamy aus. Aschfahl trat er vom Tisch zurück.

»Mrs. Soames!« rief ein Reporter. »Hierher!«

Weißes Blitzlicht flammte auf, es roch nach Rauch. Jemand hatte es geschafft, eine Kamera einzuschmuggeln. Fiona blinzelte geblendet. Mehr brauchte Burton nicht. Mit einer einzigen raschen Bewegung zog er ein Messer aus seinem Jackett und holte gegen sie aus.

Lawton sah es kommen. Er packte Fiona an der Jacke und zog sie zurück. Die Klinge verfehlte ihre Kehle um Haaresbreite, durchschnitt den Stoff, fuhr über ihr Schlüsselbein und drang in das weiche Fleisch darunter ein.

»Haltet ihn!« rief Neville.

Drohend sein Messer schwingend, lief Burton aus dem Konferenzraum und verschwand durch eine Seitentür hinter dem Podium. Eine Gruppe von Männern lief ihm nach, aber die Tür war versperrt. Von überall ertönte der Ruf, ihn festzuhalten. Einige schlossen sich der Jagd an, andere umringten Fiona.

David hatte sie auf einen Stuhl gesetzt und Taschentücher auf ihre Wunde gedrückt, die sofort mit Blut durchtränkt waren. »Ich brauche mehr Taschentücher ... ein Hemd ... irgend etwas«, rief er. Ein Dutzend Taschentücher wurden ihm gereicht. Er knüllte sie zusammen und drückte sie auf die Wunde. Fiona schrie auf. Der Schmerz war unerträglich.

»Wir müssen sie ins Krankenhaus bringen!« befahl Neville.

»Giles, holen Sie die Kutsche ...«

»Dafür ist keine Zeit«, sagte David. »Die Straße ist verstopft. Es dauert viel zu lange, bis der Kutscher durchkommt. Wir müssen sie tragen, das geht am schnellsten!«

David hob sie hoch, und Neville bahnte ihnen mit seinem Spazierstock den Weg durch die murmelnde Menge. Giles sammelte die inzwischen blutverschmierten Dokumente zusammen und bildete die Nachhut. Draußen auf dem Gehsteig lief er voran und rief nach der Kutsche. Der Kutscher sah ihn und fuhr an die Ecke Mincing Lane.

»Zum London Hospital, schnell!« rief Giles. Gefolgt von Neville stieg er ein, dann hoben sie Fiona hinein und betteten sie auf den Sitz. Neville hielt sie in seinem Arm fest. Sie schloß die Augen und bemühte sich mit aller Kraft, nicht ohnmächtig zu werden. Ihre Brust brannte wie Feuer, und sie spürte, wie das Blut ihre Kleider durchtränkte. Dann stieg David ein, sie spürte, wie die Kutsche anfuhr und Geschwindigkeit aufnahm.

»Schneller, Mann, schneller!« rief Giles aus dem Fenster.

»Mrs. Soames ... Fiona ... können Sie mich hören?« fragte David und tätschelte ihr Gesicht.

» ... kann ... hören«, murmelte sie stockend.

»Halten Sie durch! Wir sind fast da!«

»Sie ist ohnmächtig geworden!« sagte Giles. »Mein Gott, Neville, sie ist leichenblaß!«

»Fiona!« rief Neville. »Können Sie mich hören? Sagen Sie etwas!«

»Hat sie Angehörige in London?« fragte David. »Gibt es jemandem, dem man Bescheid geben sollte?«

»... sagen Sie's meinem Pa«, murmelte Fiona. »Sagen Sie meinem Pa, daß wir gewonnen haben ...«

78

»Ach du lieber Gott! Wie siehst du denn aus!« Entsetzt vom Anblick der zerbrechlichen, leichenblassen Gestalt in dem Bett stand Roddy mit seinem Helm in der Hand in der Tür des Krankenzimmers.

Fiona öffnete die Augen und schenkte ihm ein mattes Lächeln. »Mir geht's gut, Onkel Roddy.«

»Ich bin gleich hergekommen, nachdem ich's erfahren hab. Einer meiner Leute kam mit der Nachricht ins Revier gelaufen. Ich konnt's nicht glauben, Mädchen, ich hab mich zu Tode geängstigt. Ich dachte schon, du wärst tot. Was zum Teufel hab ich mir bloß dabei gedacht? Ich hätte dich nicht allein hingehen lassen sollen!«

»Ich war nicht allein, Onkel Roddy, ich ...«

»Ich hätte dich begleiten sollen.«

»Aber mir geht's doch gut ...«

»Ja sicher, du bist ein Urbild von Gesundheit. Kann ich dir was bringen? Wasser? Hast du Durst?«

»Ich bin wie ausgedörrt.«

Er schenkte ihr ein Glas Wasser aus dem Krug auf ihrem Nachttisch ein. »Hier. Was sagen die Ärzte?«

»Daß ich ein bißchen Blut verloren hab, aber das wird schon wieder.«

»Wie fühlst du dich?« Er berührte mit dem Handrücken ihre Wange. Ihre Blässe, die dunklen Ringe unter den Augen und das Blut, das durch die Binden sickerte, gefielen ihm gar nicht.

»Nur ab und zu ein bißchen schwindelig.«

»Burton schafft's nicht bis zum Galgen, bei Gott, das schwör ich. Wenn er gefunden ist, reiß ich ihm persönlich den Kopf ab.«

»Er läuft immer noch frei herum?«

»Ich fürchte schon. Bevor ich herkam, war ich in der Mincing Lane und hab mit den Männern gesprochen, die mit dem Fall betraut sind. Das gesamte Gebäude von Burton Tea wurde durchsucht, aber es gab keine Spur von ihm. In seinem Haus war er auch nicht. Die Jungs von der Polizei in der City glauben, er könnte versuchen, auf den Kontinent zu entwischen. Wenn er's nicht schon ist. An alle Fährschiffe wurden Warnungen ausgegeben. Und man hat eine Belohnung ausgesetzt.«

Roddy war frustriert, daß er selbst den Fall nicht bearbeitete, aber die Mincing Lane gehörte zur City von London und unterstand damit den dortigen Polizeikräften. Er war Mitglied der Metropolitan Police, die dem Innenministerium unterstand, nicht der City, und für den Rest der Stadt zuständig war.

Fiona beugte sich zum Nachttisch und verzog das Gesicht, als sie das Glas abstellte.

»Tut's weh?« fragte Roddy.

»Ein bißchen. Der Arzt sagt, die Wunde ist über zwanzig Zentimeter lang.« Sie lachte bitter. »Ich kann keine tiefen Ausschnitte mehr tragen.«

»Fiona, weißt du überhaupt, was für ein Glück du hattest? Wenn du näher bei ihm gestanden hättest ... wenn man dich nicht weggezogen hätte ... wenn die Klinge nur ein bißchen länger gewesen wäre ...« Roddy schüttelte den Kopf. »Dann hätte ich dich in der Gerichtsmedizin besucht, nicht im Hospital.«

»Aber das tust du ja nicht«, sagte Fiona. »Wir haben's geschafft, Onkel Roddy.«

»Du hast es geschafft! Gott weiß, wie, aber du hast es geschafft.«

»Mit deiner Hilfe. Du hast gestern abend ein paar Besuche gemacht, nicht wahr?«

»Ein oder zwei.«

»Wo kann ich Peter Miller finden?«

»Unten im Lion, in der Kneipe von deinem Pa.«

»Du hast auch mit Joe Bristow gesprochen, nicht?«

»Ja.«

Fiona nickte stumm, und Roddy sah einen tiefen Schmerz in ihren Augen, der nichts mit ihrer Verletzung zu tun hatte. Es tat immer noch weh. Nach all den Jahren schmerzte es sie immer noch, über Joe zu sprechen. Er wünschte, er hätte dem Jungen ihre Adresse im Savoy nicht gegeben. Hoffentlich hielt er sich von ihr fern.

»Ich möchte ihn nicht sehen«, sagte sie schließlich. »Er hat viel für mich getan, und ich sollte mich persönlich bei ihm bedanken, aber ich kann nicht. Ich werde ihm schreiben. Sobald ich wieder daheim bin. Das bin ich ihm schuldig.«

Roddy nickte. Gerade als er sie bitten wollte, ihm die Ereignisse des ganzen Tages zu erzählen, klopfte es. Eine Schwester mit gestärkter Haube steckte den Kopf herein.

»Wie fühlen Sie sich, meine Liebe?« fragte sie.

»Danke, gut. Viel besser als bei meiner Einlieferung.«

»Das freut mich. Haben die Gentlemen Sie gefunden?«

»Welche Gentlemen?« fragte Fiona.

»Die Austräger?«

»Welche Austräger?« fragte Roddy scharf.

»Die beiden Burschen vom Blumenladen. Sie haben Mrs. Soames' Zimmer gesucht. Ich hab ihnen die Nummer gesagt.«

»Ich sagte doch, Mrs. Soames darf keinen Besuch bekommen. Ohne Ausnahme.« Roddy hatte der Stationsschwester erklärt, daß nur Polizisten Zutritt zu ihr hätten. Damit mischte er sich zwar in die Belange der City-Polizei ein, aber das war ihm egal.

»Reden Sie nicht in diesem Ton mit mir, Sir!« antwortete die Schwester aufgebracht. »Das waren zwei sehr nette junge Männer. Sehr höflich. Sie hatten einen riesigen Rosenstrauß bei sich. Was hätte ich denn tun sollen? Ihnen das Bouquet abnehmen? Ich hätte es gar nicht tragen können!«

Roddy sprang sofort auf.

»Wie haben sie ausgesehen?«

»Ich ... ich weiß es nicht«, antwortete die Schwester verwirrt. »Die Rosen waren so schön, da hab ich die beiden gar nicht näher angesehen.«

»Ist Ihnen irgendwas aufgefallen? Irgend etwas?«

»Sie hatten dunkles Haar, glaube ich ... vielleicht um die Zwanzig. Vielleicht jünger. Sie waren groß. Stämmig.«

Wie die Hälfte aller Schläger von Whitechapel, dachte Roddy. »Kann man diese Tür versperren?« fragte er.

»Ja«, antwortete sie und zog den Schlüssel aus der Tasche.

»Bleiben Sie hier bei Mrs. Soames, und sperren Sie hinter mir ab. Meine Dienstnummer ist null-vier-zwei-drei. Fragen Sie mich danach, bevor Sie wieder öffnen.«

»Onkel Roddy, was ist denn los?« fragte Fiona.

Jede Faser an Roddys Körper witterte Gefahr, als er durch den Gang zur Hintertreppe eilte. Er stieß die Tür auf und spähte die Wendeltreppe hinunter. Zwar konnte er nichts entdecken, aber er hörte Schritte und dann das Geräusch einer Tür, die zugeworfen wurde. Im Nu war er die Stufen hinunter und durch eine Seitentür hinaus, die auf eine schmutzige Gasse führte, wo der Krankenhausmüll gelagert war. Keuchend lief er zum Eingang der Gasse und suchte mit geschultem Blick die Whitechapel Road nach den beiden Männern ab, die die Schwester beschrieben hatte. Er sah einige von dieser Sorte – ein paar gingen in ein Pub, ein anderer bestieg einen Bus, ein dritter redete mit einem Straßenhändler. Keiner wirkte verdächtig. Einige lachten oder lächelten, alle wirkten entspannt, nicht gehetzt.

Vielleicht waren es tatsächlich Austräger, dachte er und kam sich albern vor. Vielleicht hatten sie sich tatsächlich verirrt. Er drehte sich um, ging wieder zu der Gasse zurück und fragte sich, ob sein sechster Sinn, seine Intuition, auf die er so baute, ihm falsche Signale gesendet hatte. Es tat ihm leid, daß er die Schwester angeschnauzt und Fiona beunruhigt hatte.

Als er an einer großen Abfalltonne vorbeiging, stach ihm etwas Rotes ins Auge. Er drehte den Kopf und war sich sicher, daß es sich um blutige Lappen oder Laken handelte, aber es waren Rosen. Mindestens ein Dutzend. Kein verwelkter Strauß, sondern frische, herrliche Blumen. Er griff hinein, suchte nach einer Karte oder einem Rest Einwickelpapier mit der Adresse des Floristen darauf, aber nichts.

Doch das machte nichts. Er brauchte keine Adresse, um zu wissen, wer sie geschickt hatte ... und wer die beiden Austräger waren. Die City-Polizei lag falsch. William Burton hatte London nicht verlassen. Er war immer noch hier. Und er wollte beenden, was er angefangen hatte.

79

Haben Sie die Adresse für den Fahrer, Sergeant O'Meara?« fragte der Page.

»Nein, ich sag sie ihm selbst, wenn ich mit Mrs. Soames eingestiegen bin.«

»Wie Sie wünschen, Sir. Ich nehme jetzt das leichtere Gepäck mit, danach hole ich die Koffer.«

Der Junge nahm eine Hutschachtel unter den Arm und dann zwei Taschen. Roddy hielt die Tür für ihn auf und versperrte sie hinter ihm. Durch die Gepäckstapel im Vorraum ging er in den Salon und sah im Vorbeigehen auf Fionas Schlafzimmertür. Sie war geschlossen. Sie hielt noch immer ein Nickerchen. Er würde sie ruhen lassen, bis die Koffer unten waren. Das Packen hatte sie ermüdet. Erst heute morgen war sie aus dem Krankenhaus gekommen und fühlte sich noch immer schwach.

Roddy hatte Angst, sie zu sehr anzustrengen. Er sorgte sich, da der Umzug, auf dem er bestanden hatte, ihre letzten Reserven erschöpfen könnte, aber er hatte keine andere Wahl. Zwei Tage nach seinem Mordversuch an Fiona war Burton immer noch auf freiem Fuß. Die Polizei durchkämmte die Stadt nach ihm. Vor seinem Haus, in der Mincing Lane und vor der Albion-Bank waren Wachen postiert. In mehreren Zeitungen war sein Bild erschienen, und die Bevölkerung war aufgerufen worden, die Augen offenzuhalten, aber es gab kein Anzeichen von ihm. Nicht das geringste.

Niemand wußte, wo er war, aber er konnte leicht herausfinden, wo Fiona sich aufhielt. Viele Zeitungen hatten Geschichten über sie gebracht. Die Leser wollten alles über die tapfere junge Witwe wissen, die den Tod ihres Vaters gerächt hatte. Einige Zeitungen hatten sogar geschrieben, daß sie im Savoy wohne. Burton brauchte sich bloß eine zu greifen und sie zu lesen. Und obwohl die Zimmer privat waren, war die Hotelhalle der Öffentlichkeit zugänglich. Jeder konnte hier reinmarschieren. Was Hunderte von Leuten jeden Tag auch taten. Drückte man einem skrupellosen Pagen oder Zimmermädchen ein paar Münzen in die Hand, bekam man problemlos Informationen über einen Gast.

Roddy hatte entschieden, daß Fiona in einem Privathaus wesentlich sicherer wäre. Er hatte eine Agentur in Knightsbridge eingeschaltet und noch am selben Tag ein schön möbliertes Stadthaus in der Mitte eines Straßenzugs in Mayfair gefunden, das nur von vorn zugänglich war. Es gehörte einem Diplomaten, der nach Spanien versetzt worden war. Außerdem hatte Roddy Alvin Donaldson, den Superintendenten, der die Burton-Untersuchung leitete, überredet, zwei Wachen vor ihre Tür zu stellen.

Fiona glaubte, daß Burton sich schon lange aus dem Staub gemacht hatte, da London für ihn ein zu gefährliches Pflaster geworden war. Sie fand, daß Roddy sich unnötige Sorgen machte, aber ihr Onkel hatte nicht nachgegeben. Burton hatte ihren Vater ermordet, bloß weil er ihn für eine Bedrohung seiner Firma hielt. Was würde er mit einer Person machen, die ihm diese Firma tatsächlich abgenommen hatte? Er würde sie ohne mit der Wimper zu zucken töten. Er brauchte nur die Gelegenheit dazu.

Während er den Salon nach vergessenen Sachen absuchte, hörte er ein Klopfen an der Tür. Er griff nach seinem Knüppel, obwohl er überzeugt war, daß es nur der Page sein konnte, der die Koffer holen wollte, aber er ging kein Risiko ein. »Wer ist da?« rief er, die Hand auf dem Türknopf. Kurzes Schweigen, dann die Antwort: »Joe Bristow.«

»Verdammter Mist«, murmelte Roddy und machte auf.

»Hallo, Roddy. Ist ... ist sie da?«

Roddy schüttelte den Kopf. »Sie war's«, log er auf die Koffer deutend, »aber sie ist nach Amerika abgereist. Heute morgen.« Er hatte nicht die Absicht, Joe Bristow auf Fiona loszulassen. Nicht nachdem sie gesagt hatte, daß sie ihn nicht sehen wolle.

Joe wirkte wie erschlagen. »Ich kann nicht glauben, daß ich sie verpaßt hab«, sagte er. »Ich hab versucht, sie im Krankenhaus zu besuchen, nachdem ich gelesen hab, was passiert ist, aber sie haben keinen Besuch erlaubt. Nicht mal meine Grüße wurden ausgerichtet.«

»Ja, das geschah auf meine Anweisung«, erwiderte Roddy. »Ich hatte Angst, daß Burton oder einer seiner Handlanger hinter ihr her sein könnte. Ich laß sie wissen, daß du vorbeigekommen bist. Ich richte ihr deine Grüße aus.«

»Das würd ich gern selbst machen. Kann ich ihre Adresse in New York haben?«

Roddy dachte einen Moment nach, überlegte, wie er den Schlag abmildern könnte, und entschied sich dann, ehrlich zu ihm zu sein. »Joe, sie weiß von unserem Treffen, von allem, was du für sie getan hast, und sie ist dir dankbar dafür. Aber sie will dich nicht sehen. Das hat sie mir selbst gesagt. Tut mir leid, Junge.«

Joe sah zu Boden, dann wieder zu Roddy auf. »Könntest du ihr wenigstens sagen, daß ich vorbeigekommen bin?«

»Ja sicher.«

»Und würdest du ihr das geben?« Er reichte ihm seine Karte.

»Ich schick sie ihr.«

»Danke. Wiedersehen, Roddy.«

»Wiedersehen, Joe.« Roddy schloß die Tür und steckte die Karte ein.

Die Schlafzimmertür ging auf. Mit verschlafenem Gesicht und zerknitterten Röcken trat Fiona heraus. »Ich dachte, ich hätte Stimmen gehört«, sagte sie. »War jemand da?«

»An der Tür? Ah, nein. Niemand. Nur ein Hausierer, der seinen Kram loswerden wollte.«

Fiona sah ihn verwirrt an. »Ein *Hausierer*? Im Hotel?«

»Ich sagte dir doch, die Sicherheit hier ist miserabel«, antwortete er und wechselte dann schnell das Thema.

80

Fiona betrachtete die traurigen Holzkreuze, die aus dem Boden ragten. Die Gräber darunter waren mit langem Gras und Unkraut überwuchert. Zwei Kreuze standen schief, eines war unten abgebrochen, ein viertes von den Rostflecken der Nägel verfärbt, die es zusammengehalten hatten. Sie konnte nur noch die Überreste des Namens darauf erkennen: »Patrick Finnegan.«

Sie wandte sich an ihren Begleiter, einen großen Mann aus dem Londoner Osten, den Roddy als ihren Kutscher und Leibwächter angeheuert hatte. Er hatte Rechen, Spaten, Schaufel und eine Schere bei sich, eine Gießkanne und einen Sack Dünger.

»Sie können sie gleich hier einsetzen, Andrew.«

»Soll ich Ihren Korb holen? Und die restlichen Blumen, Mrs. Soames?«

»Wenn es Ihnen nichts ausmacht.«

Sie stellte ihre Pakete ab und wickelte sie aus. Es waren junge Rosenbüsche – Teerosen. Den ganzen Nachmittag war sie von einem Blumenhändler zum anderen gelaufen, bis sie die richtigen gefunden hatte. Der Friedhof war klein, und Andrews Kutsche stand gleich vor dem Tor. Es dauerte nur eine Minute, bis er mit einem Karton bunter Primeln und einem Weidenkorb wieder bei ihr war. Er stellte beides ab und blieb, die Hände in die Hüften gestützt, stehen.

»Ich würde gern eine Weile allein sein, Andrew. Könnten Sie in der Kutsche auf mich warten?«

Er runzelte die Stirn. »Sergeant O'Meara hat mich angewiesen, Sie nicht allein zu lassen.«

»Das geht schon in Ordnung. Im Gegensatz zu Sergeant O'Meara bezweifle ich stark, daß Burton noch in London ist, und selbst wenn, lauert er mir wohl kaum auf einem Friedhof auf.«

»Wahrscheinlich nicht. Also gut. Rufen Sie mich einfach, wenn Sie mich brauchen.«

»Das werde ich.«

Sie nahm den Rechen und begann mit ihrer Arbeit. Es war ein klarer, wolkenloser Augusttag, und die Sonne brannte ihr auf den Rükken. Es war wunderbar, sich wieder zu bewegen. Gestern waren ihr die Fäden gezogen worden. Seit sie vor fast drei Wochen ins Krankenhaus gekommen war, hatte sie nicht mehr viel Bewegung gehabt. Sie fühlte sich eingeengt durch Roddys Vorsichtsmaßnahmen und hungerte nach frischer Luft, Freiheit und etwas Zeit für sich allein.

Roddy war über ihren Ausflug nicht glücklich gewesen. Er war absolut davon überzeugt, daß sich Burton noch in London aufhielt, was sie jedoch für äußerst unwahrscheinlich hielt. Wo sollte er sich verstecken? Erst heute morgen hatte ihr Alvin Donaldson einen Besuch abgestattet, um sie über die neuesten Entwicklungen des Falls zu informieren – aber es gab keine. Burtons Haus, sein Büro und die Bank, in der er sein Geld hatte, standen unter ständiger Bewachung. Aus der Tatsache, daß ihm der Zugang zu diesen Orten verwehrt war und er seit über zwei Wochen nicht mehr gesehen worden war, schloß Donaldson, daß er irgendwo eine Summe Geld versteckt hatte, die er benutzt hatte, um eine heimliche Überfahrt über den Kanal zu bezahlen. Inzwischen werde auch in Frankreich nach ihm gefahndet, und es sei nur eine Frage der Zeit, bis man ihn gefaßt habe.

Roddy war während Donaldsons Besuch zugegen gewesen. Er hatte alles mit angehört und zugegeben, daß die Schlüsse des Mannes vernünftig klangen, dennoch wollte er nicht, daß sie das Haus verließ. Heute hatte er Verpflichtungen und bat sie, bis morgen zu warten, damit er sie begleiten könne. Aber sie hatte sich geweigert. Ihrer Meinung nach hatte William Burton ihr Leben schon lange genug überschattet. Sie wollte nicht zulassen, daß er ihr auch nur einen weiteren Tag verdarb.

Nach einer Stunde hatte Fiona auf den vier Gräbern das Unkraut gejätet und das Gras zurückgeschnitten. Als nächstes pflanzte sie die Rosen, dann die Primeln, dann füllte sie die Kanne an einem Brunnen in der Nähe und goß alles. Ihre Hände und ihr Rock waren mit Erde beschmutzt, aber das war ihr egal. Ab morgen würde sie einen Gärtner anheuern, um die Gräber zu pflegen, doch die Bepflanzung wollte sie selbst machen. Das mußte sie einfach. Sie war ihnen schon zu lange ferngeblieben.

Während sie arbeitete, hatte sie den Friedhof fast ganz für sich allein. Zwei alte Damen, die Blumen niederlegen wollten, gingen vorbei und grüßten leise, ebenso eine junge, schwarzgekleidete Mutter mit ihrem kleinen Sohn. Dann schlenderten zwei junge Männer, die Hände in den Taschen vergraben, vorbei. Ab und zu blieben sie stehen und sahen sich die Grabsteine an. Sie warf ihnen einen kurzen Blick zu und beobachtete, wie sie auf Markierungen deuteten oder mit den Füßen Unkraut wegtraten. Als sie das zweite Mal aufsah, waren sie näher gekommen. Viel näher.

»Sehen hübsch aus, die Rosen«, sagte einer.

»Danke«, erwiderte Fiona und blickte wieder auf. Es waren junge, kräftig gebaute Burschen. Sie trugen enge Hosen, kragenlose

Baumwollhemden, Westen und rote Halstücher. Ihre Gesichter zeigten Spuren von Schlägereien – einer hatte eine Narbe, dem anderen war offensichtlich die Nase gebrochen worden.

»Wir suchen nach seinem Großvater«, sagte letzterer und deutete auf seinen Gefährten, »finden ihn aber nicht.«

»Wie hieß er denn?« fragte Fiona.

»Was?«

»Sein Name. Was steht auf dem Schild?«

»Smith, Tom Smith. Wie ich heiß«, sagte der zweite.

Fiona sah auf die Schilder neben sich, aber auf keinem stand »Smith«. »Ich glaub nicht, daß er hier liegt.«

»Wie ist denn der Name?« fragte Tom Smith und deutete auf das Schild ihres Vaters.

»Patrick Finnegan«, antwortete Fiona. »Mein Vater.«

»Ach, wirklich?« erwiderte Tom. Er trat neben sie, um auf das Schild zu sehen, so nahe, daß Fiona den Rauch in seinen Kleidern und den Bierdunst in seinem Atem riechen konnte. Plötzlich spürte sie Angst in sich aufsteigen. Roddy hatte ihr von den zwei Männern erzählt – Burtons Männern –, die nach ihr gesucht hatten, als sie im Krankenhaus lag. Was, wenn es diese hier waren? Dann entdeckte sie Andrew. Er stand nur fünf oder sechs Meter entfernt und beobachtete jede Bewegung der beiden. Auch sie sahen ihn. Tom Smith tippte an den Rand seiner Mütze. Andrew, die Hände vor der Brust verschränkt, nickte mit starrem Gesicht zurück.

»Na, wir seh'n uns weiter um. Irgendwo muß er ja liegen. Bestimmt ist er nicht aufgestanden und davonmarschiert, oder?« sagte Tom grinsend. »Wiederseh'n, Missus.«

»Wiederseh'n«, antwortete Fiona und kam sich albern vor. Es waren bloß zwei freundliche junge Burschen, die ihr nichts Böses wollten. Vermutlich war der eine von seiner Mutter hergeschickt worden, um das Grab seines Großvaters zu säubern. Roddys ständige düstere Warnungen machten sie nervös. Sie beschloß, nicht mehr daran zu denken, und machte sich wieder an ihre Arbeit, nachdem die beiden den Friedhof verlassen hatten. Andrew kehrte zu seiner Kutsche zurück.

Als sie fertig war, breitete sie ein Tuch auf dem Boden aus, nahm eine Thermosflasche mit Tee und ein paar Sandwiches aus ihrem Korb und setzte sich eine Weile zu ihrer Familie. Während sie aß, erzählte sie ihr alles, was ihr passiert war. Von ihrem Besuch in William Burtons Büro vor vielen Jahren, von New York, von Michael, Mary und ihrer ganzen umfangreichen Familie. Von William und Nick. Von Seamie, den sie nicht mehr erkennen würden, weil er inzwischen ein echter Amerikaner geworden war. Eines Tages würde er eine Entdeckung machen, dessen sei sie sich sicher. Die Heilmethode für eine Krankheit, einen Dinosaurier oder vielleicht ein ganz neues Land. Er sehe gut aus, sagte sie, genauso gut wie einst Charlie. Sie könnten stolz sein auf ihren Bruder, genauso stolz, wie sie es war.

Und dann erzählte sie ihnen, wie sie William Burtons Firma übernommen hatte. Er sei ruiniert, sagte sie, und sobald man ihn verhaftet habe, käme er ins Gefängnis und dann an den Galgen. »Es ist nicht genug, Pa«, sagte sie und legte die Hand aufs Grab ihres Vaters. »Aber hoffentlich ein bißchen was. Ich hoffe, es hilft dir, ein wenig friedlicher zu ruhen.«

Sie blieb noch eine Weile still sitzen und beobachtete die Abendsonne, die durch die Bäume schien und Lichtsprenkel auf das Gras malte, dann erhob sie sich und versprach, nicht mehr zehn Jahre zu warten, bevor sie wieder zurückkam.

Sie rief nach Andrew, und sie packten ihre Gerätschaften wieder in die Kutsche. Er half ihr hinein, schloß die Tür hinter ihr und lenkte dann seine Pferde durch die engen Straßen von Whitechapel zurück nach Mayfair. Als Fiona aus dem Fenster blickte, sah sie vertraute Straßenschilder und Gebäude. Sie sah Männer auf dem Heimweg von der Arbeit und hörte, wie sie sich zuriefen oder ihre Kinder begrüßten. Sie sah die Brauerei, wo Charlie einst gearbeitet hatte, und stellte fest, daß sie nicht weit von der Montague Street entfernt war. Plötzlich wurde sie von einer überwältigenden Sehnsucht gepackt, ihr früheres Haus, den Ort, an dem sie aufgewachsen war, wiederzusehen.

»Andrew!« rief sie und klopfte an das kleine Schiebefenster vor sich. »Andrew, halten Sie an!«

Die Kutsche hielt. »Was ist, Mrs. Soames? Was gibt's?«

»Ich möchte aussteigen, einen kleinen Spaziergang machen und zu Fuß nach Hause gehen.«

»Das können Sie nicht, Ma'am. Sergeant O'Meara hat mir aufgetragen, Sie nicht aus den Augen zu lassen. Er hat gesagt, ich soll Sie zum Friedhof und gleich danach wieder zurückbringen.«

Fiona hörte ihm kaum zu. Sie hatte Whitechapel wiedergesehen mit all seinen Geräuschen und Gerüchen. Es rief förmlich nach ihr. »Sergeant O'Meara erfährt nichts davon, wenn Sie's ihm nicht sagen, Andrew«, antwortete sie. »Bitte machen Sie sich keine Sorgen um mich. Ich bin zurück, bevor es dunkel wird.« Und schon war sie, trotz seiner Proteste, mit der Tasche in ihrer Hand ausgestiegen.

Als sie die Brisk Lane hinunter verschwand, war sie froh, ältere Kleider zu tragen. Froh über den Schmutz an ihrem Saum und daß sich während der Arbeit ihr Haar gelöst hatte, das sie nur lose und unordentlich wieder zusammengefaßt hatte. Sie eilte dahin, mitgerissen vom Strom der Arbeiter.

Als sie schließlich um die Ecke der Montague Street bog, hielt sie den Atem an. Da war es, ihr Haus. Es sah noch ganz genauso aus. Rußige rote Backsteine und schwarze Läden, blank gescheuerte Treppenstufen. Und gleich daneben Joes Haus. Einen Moment lang war sie wieder siebzehn, auf dem Heimweg von der Teefabrik, in der Hoffnung, er würde bei sich auf der Treppe sitzen und auf sie warten.

Die Straße war voller Leute. Sie ging zwischen den Vätern hindurch, die zum Abendessen heimeilten. Hörte Mütter nach ihren Kindern rufen. Sah kleine Mädchen mit Pferdeschwänzen, ältere mit ihren kleinen Geschwistern auf dem Arm. Eine Schar Jungen spielte Fußball. Einer schoß den Ball durch das offene Fenster von Nummer sechzehn. Ein Knall ertönte. »Ach, meine Teekanne!« rief eine Frau von drinnen. Laut fluchend stürzte der Hausherr heraus. Aber die Jungen waren schon verschwunden, waren in alle Richtungen davongestoben wie eine Schar Spatzen.

Sie wunderte sich über den Lärm und das Gedränge. Auf der Fifth Avenue brüllte nie jemand herum. Zumindest nicht im Norden, wo sie wohnte. Dort spielten keine Kinder mit Bällen oder hüpften Seil. Dort gab es kein gellendes Gelächter von zusammenstehenden Hausfrauen. Kein freundliches Getuschel über eine junge Ehefrau mit dickem Bauch. Keine alten Männer, die mit einem preisgekrönten Haustier angaben.

Er war soviel Leben in diesen Straßen. War ihr das auch früher aufgefallen? Als Mädchen wollte sie bloß immer von hier weg. Warum nur? Nie war sie glücklicher gewesen als hier. In dem schäbigen einstöckigen Haus, wo sie nicht einmal ein eigenes Zimmer besaß, mit einem zugigen Abort im Hinterhof. Sie hatte nichts gehabt, rein gar nichts, und dennoch alles.

Sie erreichte das Ende der Straße und blickte zurück. Fast konnte sie ihren Vater hören, wie er singend von den Docks nach Hause kam. Und ihre Mutter, die, die Hände in die Hüften gestützt, nach Charlie rief. Sie sah den Jungen vor sich, der groß, blond und herzzerreißend attraktiv auf sie zukam, die Hände in die Taschen gesteckt, die ganze Welt in seinen Augen.

Schließlich ging sie weiter und überquerte die Commercial Road. Sie wußte, daß sie von hier aus eine Droschke nach Mayfair zurück nehmen sollte. Er dämmerte bereits, und sie konnte schon die ersten Sterne schimmern sehen. Doch ihre Füße trugen sie nach Süden, in Richtung Wapping, dem Fluß zu. Sie hätte den Weg im Schlaf gefunden – obwohl ein paar Pubs die Namen geändert hatten, ein paar Läden anders gestrichen waren, war ihr alles vollkommen vertraut.

Die Wapping High Street war fast leer, als sie sie überquerte. Oliver's gab es immer noch, und der Gedanke, daß es jetzt ihr gehörte, war seltsam. Seitlich davon verlief der schmale Durchgang, der zu den Old Stairs hinunterführte, genau wie sie es in Erinnerung hatte. Als sie nun oben auf der Treppe stand und auf den geliebten Fluß hinabsah, der dunkel unterm Abendhimmel lag, verschlug es ihr fast den Atem. Noch nie hatte er so schön ausgesehen.

Langsam stieg sie die Stufen hinab und setzte sich unten, das Kinn auf die Knie gestützt, nieder, wie sie es als Mädchen getan hatte. Sie beobachtete die Boote, die sanft auf der zurückweichenden Flut schwankten, und sah die schwarzen Kräne, die in den dunkelblauen Himmel ragten. Tausend Erinnerungen stiegen in ihr auf. Sie erinnerte sich, wie sie als Kind, eng an ihren Vater geschmiegt, hier saß, eine Tüte Chips oder eine Fleischpastete mit ihm teilte, während er auf die stolzen Segelschiffe deutete und ihr erklärte, woher sie kamen und was sie transportierten. Sie erinnerte sich, wie sie mit Joe hier saß, und sie erinnerte sich an das letzte Mal, als sie hier gewesen waren, an den Abend, an dem er ihr Herz gebrochen hatte. Wo sind die Scherben? fragte sie sich. Immer noch hier? Im Sand vergraben?

Sie versuchte, an die anderen, die besseren Zeiten zu denken. Die vielen Male, als sie über ihren Laden geredet hatten, das erste Mal, als er sie geküßt, das erste Mal, als er ihr seine Liebe gestanden hatte.

All dies war hier am Fluß geschehen. Sie schloß die Augen, spürte die warme Sommerbrise auf dem Gesicht und hörte das leise Plätschern der Wellen. Genau wie damals als Mädchen beruhigte sie der Fluß, richtete sie wieder auf, belebte sie.

Statt auf die Vergangenheit lenkte sie ihre Gedanken nun auf die Zukunft. Sie mußte jetzt ein neues Unternehmen leiten, neue Märkte erobern. Am Tag nach ihrer Entlassung aus dem Krankenhaus hatte sie eine Versammlung sämtlicher Mitarbeiter einberufen und sich als ihre neue Chefin vorgestellt. Sie erklärte ihnen alles über TasTea und versicherte ihnen, daß sie sowohl über die geschäftliche Erfahrung wie die finanzielle Stärke verfügte, um aus Burton Tea – jetzt TasTea, London – ein stärkeres, besseres und profitableres Unternehmen zu machen, als es je gewesen war. Diejenigen, die bleiben wollten, seien willkommen, erklärte sie, diejenigen, die sich William Burton verpflichtet fühlten, sollten gehen. Was keiner getan hatte.

Es gab viel zu lernen. Über die Firma, über ihren Haus- und Grundbesitz in London und im Ausland und über den englischen und den europäischen Markt. Sie wußte, daß sie umgehend Stuart Bryce herüberholen mußte. Kurz nachdem sie die Firma übernommen hatte, hatte sie ihn angerufen. Noch immer klang ihr seine Stimme im Ohr: »Zum Teufel, Fiona! *Was* haben Sie getan?« Er war fast durchgedreht, als er erfuhr, daß sie ein ganzes neues Unternehmen zu leiten hatten – mit Büros, einem Kai und einer Plantage in Indien. Sie hatte keinen Zweifel, daß sie nach Übernahme von Burton Tea aus TasTea nicht nur die größte Teehandelsgesellschaft in Amerika, sondern der ganzen Welt machen könnte.

Dieser Gedanke erregte sie so sehr, daß sie ihre Stiefel und Strümpfe abstreifte und auf den schlammigen Kiesstrand hinuntersprang. Sie ging ein Stückchen, dann hob sie eine Handvoll Steine auf und ließ sie so schnell und geschickt sie konnte übers Wasser springen.

»Was meinen Sie, Alf?« fragte Joe und hielt seinem Vorarbeiter eine Schaufel grüne Kaffeebohnen unter die Nase.

Alf Stevens roch daran und nickte dann. »Kein Vergleich zu der letzten Lieferung. Kein Hauch von Moder. Gute, klare Farbe. Glatte Schale. Schöne, frische Ware. Von der Sanchez-Plantage, würde ich sagen. Nördlich von Bogotá.«

»Alf, Sie erstaunen mich immer wieder«, sagte Joe und klopfte dem alten Mann auf den Rücken. Alf war über dreißig Jahre auf dem Morocco Wharf, einem Kai an der Wapping's High Street, Vorarbeiter gewesen und konnte nicht nur auf Anhieb Land oder Region, sondern auch die Plantage nennen, von der der Kaffee stammte. »Wir haben einen neuen Zulieferer gefunden. Mit Marquez bin ich fertig. Seine letzte Lieferung war reiner Abfall. Am Montag morgen laß ich einen Wagen von der Rösterei rüberkommen.«

»Soll mir recht sein.«

»Gut. Wie läuft's sonst so? Irgendwelche Schwierigkeiten seit dem Vorfall bei Oliver's?« fragte Joe und bezog sich auf die Schäden, die an Oliver's Wharf entstanden waren, nachdem William Burton des Mordes an Patrick Finnegan bezichtigt worden war.

»Nein. Eigentlich nichts.«

Joe spürte ein Zögern in seiner Antwort.

»Was ist?«

»Nichts, Chef. Es ist ... albern«, erwiderte Alf verlegen.

»Sagen Sie's mir.«

»Sie wissen doch, als die Jungs bei Oliver's eingebrochen sind, haben sie ein paar von den Lukentüren abgerissen. Also, vor ein paar Tagen war ich gerade auf dem Heimweg – es war schon spät – und hab zufällig zu dem Gebäude hinaufgesehen. Ich weiß, das klingt komisch, aber ich hab einen Mann dort stehen sehen. In einer der Luken. Ich war so verblüfft, daß ich über einen Pflasterstein gestolpert und fast hingefallen bin. Als ich wieder aufgesehen hab, war er fort.«

»Wie hat er ausgesehen?«

»Er hatte ein hartes, blasses Gesicht. Und dunkles Haar. Und seine Augen, an die erinner ich mich genau. Wie der Fluß um Mitternacht. Wenn ich an Geister und solchen Blödsinn glauben würde, würd ich sagen, es war dieser Finnegan, der aus dem Jenseits zurückgekommen ist und jetzt hier rumspukt.«

Joe sah Alf skeptisch an. »Sie haben einen Geist gesehen, sagen Sie?«

Alf zuckte die Achseln. »Ich sag gar nichts.«

»Vermutlich war's der Nachtwächter auf seiner Runde.«

»Da gibt's keinen Nachtwächter. Der letzte hat gekündigt, nachdem dort alles zusammengeschlagen worden ist.« Alf hob die Hände. »Ich weiß, was Sie denken, Chef, aber ich war so nüchtern wie der Papst, das schwör ich.«

»Ich seh auf dem Heimweg selber nach und grüß ihn schön von Ihnen, wenn ich ihn treffe.«

Alf ging auf Joes scherzenden Tonfall nicht ein. »Der kam mir nicht sonderlich freundlich vor«, antwortete der alte Mann. »Wenn Sie ihn sehen, würd ich Ihnen raten, lieber einen Zahn zuzulegen.«

Alf und Joe beendeten die Inspektion der neuen Schiffsladung und schnitten gelegentlich Säcke auf, um den Inhalt zu überprüfen. Als sie zufrieden waren, verabschiedete sich Joe und erinnerte Alf daran, daß am Montag morgen die Leute aus der Rösterei kämen. Alf murmelte, daß er nicht erinnert zu werden brauche und daß Joe nicht glauben müsse, er habe einen Sprung in der Schüssel, weil er Geister sehe.

Als Joe in Richtung Westen die High Street hinunterging, warf er einen Blick auf die oberen Stockwerke von Oliver's. Er sah nichts. Bloß Luken. Einige mit Läden davor, einige ohne. Geister, dachte er und schüttelte den Kopf. Die einzigen Geister, die Alf plagten, kamen aus der Whiskeyflasche in seiner Hosentasche. Während er zu dem Gebäude hinaufstarrte, fragte er sich, warum William Burton die Schäden nicht hatte reparieren lassen, als ihm plötzlich einfiel, daß es ihm ja gar nicht mehr gehörte. Es gehörte einer Frau namens Soames. Fiona Finnegan-Soames.

Er versuchte, den Gedanken zu verscheuchen. Es tat so weh, daß sie hier in London gewesen war und daß sie selbst jetzt, nach zehn Jahren und verwitwet, immer noch nichts mit ihm zu tun haben wollte. Er hatte in den Zeitungen über sie gelesen. Voller Hoffnung war er in ihr Hotel gegangen. Seit der Nacht, als Roddy zu ihm gekommen und ihn um Hilfe gebeten hatte, hatte er nicht anders gekonnt, als wieder Hoffnung zu schöpfen. Wenn sie nur miteinander hätten reden können. Wenn er nur Gelegenheit gehabt hätte, ihr zu sagen, wie leid ihm alles tat, wie sehr er sie immer noch liebte. Er hätte alles getan, um eine zweite Chance zu bekommen. Alles, damit sie ihm vergab.

Aber das würde nicht geschehen. Er hatte sie verlassen, als sie ihn am meisten brauchte. Sie allein im Elendsviertel von Whitechapel ihrem Schicksal überlassen. Sie der Gnade von Bowler Sheehan und William Burton ausgeliefert. Sie hatte ein großes Herz, aber nicht groß genug, um ihm zu verzeihen, was er getan hatte. Ein so großes Herz hatte niemand.

Als er vor dem Lagerhaus stand, ging die Tür des Town of Ramsgate auf. Ein Mann kam heraus, zog die Mütze und ging weiter. Die üblichen Pub-Gerüche wehten ihm nach – Rauch, Bier und Essen. Joe bemerkte, daß er hungrig war. Er beschloß, hineinzugehen und sich etwas zu essen zu bestellen. Das würde ihn ablenken.

Er bestellte Schellfisch und Chips und, während er wartete, ein Glas Bitterbier. Er mußte sein Glas festhalten, weil sich die Männer eng um die Bar drängten und kein Tisch frei war. Es war Freitagabend, und das Lokal war mit Arbeitern und Seeleuten gefüllt. Er fragte die Bedienung, ob es oben Tische gebe, aber sie meinte, dort sei es noch schlimmer. Am besten sei es, sagte sie, wenn er sein Essen draußen auf den Old Stairs verzehre. Sie würde es für ihn einpacken, wenn er wolle.

Die Old Stairs. Die hatten ihm gerade noch gefehlt – genau der richtige Ort, um die Gedanken an Fiona zu verscheuchen. Er leerte sein Glas, nahm sein Essen – ein heißes, fettiges Paket – und ging nach draußen. Als er sich auf der Hälfte der Stufen niedergesetzt hatte, überkam ihn eine Flut von Erinnerungen. Ihre blauen Augen, die vor Freude aufblitzten, wenn er auf sie zukam. Wie sie roch nach der Arbeit – nach Teeblättern und süßem Schweiß. Wie sich ihre Hand anfühlte in der seinen. Die alte, bekannte Traurigkeit senkte sich über ihn.

Laß gut sein, Joe, sagten alle. Seine Mutter, Cathy, auch Jimmy. Die Vergangenheit ist lang vorbei. Sieh nach vorn.

Aber worauf? Er hatte das Kostbarste besessen – Liebe, wahre Liebe – und weggeworfen. Was blieb ihm noch? Ein Leben zweiter Wahl. Vergangene Träume und schmerzliche Erinnerungen. Er erinnerte sich, wie ihm einst die Stelle bei Petersons's und Tommys Lob so viel bedeutet hatten. Doch jetzt bedeutete ihm weder sein Erfolg noch das Vermögen, das er verdient hatte, soviel, wie mit dem Mädchen, das er liebte, hier auf diesen Stufen zu sitzen. Nur sie zwei, die nichts besaßen als ein paar Pfund in einer zerbeulten Kakaodose und ihre Träume.

Alf hat recht, dachte er und wickelte sein Abendessen aus. Da ist ein Geist. Ein einsamer Geist mit gebrochenem Herzen. Der Geist von allem, was hätte sein können.

Er sah auf die Boote hinaus, die leicht an der Vertäuung rüttelten.

Die Nacht hatte sich herabgesenkt, und silberne Mondstrahlen lagen über den sanften Wellen. Der Himmel war voller Sterne. Sein Lieblingsstern funkelte magisch. Er war heller und leuchtender, als er ihn je gesehen hatte. Sein Blick wanderte zum unteren Ende der Old Stairs. Wie viele Male war er hierhergekommen, um sie dort zu finden, wo sie die Wellen beobachtete und träumte?

Als er weiter hinunterstarrte, stellte er fest, daß auf der untersten Stufe etwas lag. Er beugte sich vor und kniff die Augen zusammen. Es war ein Paar schwarzer Stiefel. Damenstiefel. Einer stand aufrecht, der andere war umgefallen. Daneben lag ein Bündel, das wie Strümpfe aussah.

O Gott, dachte er alarmiert. Hoffentlich ist kein armes Mädchen ins Wasser gegangen. Er wußte, daß Selbstmörder oft die Stiefel am Ufer zurückließen, damit sie jemand fand, der sie brauchen konnte. Ein trauriger kleiner Nachlaß. Sein Blick suchte das Flußufer ab. Etwa zwanzig Meter zu seiner Linken sah er sie. Eine schlanke barfüßige Frau, die in der Nähe der Stützpfeiler stand. Sie kehrte ihm den Rükken zu, aber er sah, daß sie Steine übers Wasser warf, einen nach dem anderen, heftig und schnell. Das Mondlicht glänzte auf ihrem schwarzen Haar, als sie sich niederbeugte, um weitere aufzuheben. Er entspannte sich. Ein verzweifelter Mensch würde keine Steine werfen.

Dennoch fragte er sich, was sie um diese Zeit allein am Fluß machte. Es war nicht gerade der sicherste Ort für eine Frau. Fasziniert von ihren anmutigen Bewegungen beobachtete er sie. Er sah, daß sich ihr Haar gelöst hatte und daß ihr Kleidersaum durch den Schlamm streifte. Plötzlich flog ein Wasservogel auf. Bei seinem Schrei hob sie den Kopf. Er sprang auf. Sein Essen fiel aus seinem Schoß auf die Stufen. »Das kann nicht sein«, flüsterte er.

Es war ein Trugbild. Es lag an diesem Ort, an all den Erinnerungen. Sein sehnsuchtsvolles Herz und die Dunkelheit spielten ihm einen Streich. Aber seine Augen sagten ihm, daß es kein Trugbild war. Er sprang die Stufen hinunter und ging auf sie zu. Voller Hoffnung. Voller Angst. Dergleichen war ihm früher schon passiert. So viele Male. Er entdeckte eine schlanke, dunkelhaarige Frau und wurde wie magisch von ihr angezogen, doch sie drehte sich um und richtete fragende, kühl blickende Augen auf ihn, die nie, niemals die ihren waren.

Ganz langsam ging er näher auf sie zu, weil er sie nicht erschrekken wollte, und erinnerte sich an ein Mädchen, das einst mit schlammverschmutztem Saum hier gestanden und geschworen hatte, einmal sehr reich zu werden.

Als sie seine Schritte auf den Steinen knirschen hörte, drehte sie sich erschrocken um und sah ihn mit großen Augen an. Und dann hörte er, wonach er sich seit zehn Jahren gesehnt hatte ... den Klang ihrer Stimme, die seinen Namen rief.

»Joe? Mein Gott ... bist du's?«

Wie erstarrt blieb Fiona stehen. Sie nahm nichts wahr, nicht das trunkene Gelächter aus dem Pub, nicht das Eintauchen der Ruder eines vorbeifahrenden Fährboots. Sie spürte nichts, nicht das Flußwasser, das gegen ihre Füße schwappte, nicht die Nachtbrise, die ihre Röcke rascheln ließ. Sie sah nichts, nichts außer Joe.

»Bist du's wirklich?« flüsterte sie und berührte mit ihrer schmutzigen Hand seine Wange.

Das Gesicht, das sie einst so genau gekannt hatte, war das gleiche, wenn auch verändert. Es gab ein paar kleine Furchen darin, und die Wangenknochen traten stärker hervor. Aber seine Augen waren noch dieselben – so blau, so schön, wenn auch so traurig jetzt. So viel trauriger, als sie sie in Erinnerung hatte.

Er berührte ihr Gesicht, dann umschloß er ihre Wange mit seiner Hand, und die Wärme seiner Hand bestätigte ihr, daß er tatsächlich real war. Und dann zog er sie an sich und küßte sie, und sie hörte ein Rauschen in den Ohren und tief in sich ein langes, anhaltendes Knacken, als bräche das Eis in einem See. Der Geruch seiner Haut, das Gefühl seiner Lippen und seines Körpers, der sich eng an sie preßte, überwältigten sie. Es fühlte sich an, als ob zehn endlose Jahre – zehn Jahre der Sehnsucht nach ihm, der Liebe, trotz ihres Kummers und ihres Zorns, zehn Jahre der quälenden Einsamkeit, der Leere ihres Herzens und ihres Körpers – innerhalb weniger Sekunden wie weggewischt wären.

Mächtige, widersprüchliche Gefühle, die ein Jahrzehnt im Zaum gehalten worden waren, brachen sich Bahn, überfluteten sie wie ein gefährlicher Strom, drohten sie zu ertränken und in Stücke zu reißen. Sie versuchte, sich von ihm lösen, aber er packte sie an den Handgelenken.

»Nein! Ich laß dich nicht los. Nie wieder. Verstanden?« rief er.

Sie wehrte sich, wollte sich losreißen. Und dann klammerte sie sich an ihn, krallte sich in seine Jacke, sein Hemd, seinen Körper, gleichgültig, ob sie ihm damit weh tat. Das Gesicht an seiner Brust vergraben, sagte sie schluchzend immer wieder seinen Namen.

Er hielt sie fest, drückte sie an sich. »Geh nicht weg, Fiona, bitte, geh nicht«, flüsterte er.

Sie suchte seine Lippen, sehnte sich nach seinem Kuß. Sie wußte, daß sie das nicht tun sollte. Es war wahnsinnig. Es war falsch. Er gehörte ihr nicht. Aber sie kam nicht mehr dagegen an. Sie wollte ihn so sehr. Sein Hemd löste sich aus dem Hosenbund. Sie glitt mit der Hand darunter. Als sie sein Herz pochen spürte, traten ihr Tränen in die Augen. Das ist alles, was ich je wollte, dachte sie, sein Herz in meiner Hand. Und meines in seiner.

Ein alter Wunsch, der tief in ihr vergraben war, flammte auf. Sie wollte seine Haut auf der ihren spüren. Ihn in sich spüren. Sie mußte seine Seele wieder berühren und wissen, daß er die ihre berührte, genau wie einst auf dem schmalen Bett in der Wohnung in Covent Garden. Auch er wollte das. Das konnte sie in seinen Augen sehen.

Wortlos hob er sie hoch und trug sie unter die Stützpfeiler. Als sie unter dem Dock außer Sichtweite waren, bettete er sie auf eine alte Segelplane auf den Boden. Er legte sich neben sie und schmiegte sich an sie. Genau wie er es immer getan hatte. Sie konnte den schlammigen Fluß riechen und das leise Schlagen der Wellen hören, als er ihre Bluse und ihr Mieder öffnete. Mit einer Mischung aus Zorn und Trauer im Ausdruck berührte er vorsichtig ihre Narbe. Sie versuchte, die Bluse darüberzuziehen, aber er schob ihre Hand fort und küßte die blasse Haut. Er küßte ihre Schultern, ihren Hals und dann ihre Brüste. Er war sanft zu ihr, was sie nicht wollte. Sie wollte den Abdruck seiner Hände, seiner Lippen, seiner Zähne auf ihrer Haut. Zur Erinnerung an diese Nacht. Morgen und für immer.

Sie zog sein Gesicht zu ihrem, schlang die Arme um seinen Hals und küßte ihn so inbrünstig, als wollte sie ihn verschlingen. Sie spürte, daß er an seiner Hose nestelte, spürte, daß er ihre Röcke hinaufschob und an ihrer Unterwäsche zerrte, und dann spürte sie ihn zwischen ihren Beinen und endlich, endlich in sich. Er füllte sie aus. Machte sie heil.

»Ich liebe dich, Fiona, o Gott, wie ich dich liebe ...«

Sie schüttelte den Kopf, wollte diese Worte nicht hören. Er liebte sie, und sie liebte ihn, aber alles war hoffnungslos, genau wie immer.

»Nimm mich, Joe. Bitte nimm mich«, flüsterte sie.

Aber er tat es nicht. Er blieb vollkommen ruhig liegen und sah sie an. Selbst in der Dunkelheit war die Leidenschaft in seinen Augen heftig und erschreckend. »Sag mir, daß du mich liebst, Fee«, sagte er.

»Bitte mich nicht darum. Das ist nicht fair.«

»Sag's mir. Sag's, Fiona. Sag es.«

Sie schloß die Augen. »Ich liebe dich, Joe«, antwortete sie mit versagender Stimme. »Ich hab dich immer geliebt ...«

Und dann bewegte er sich, drang tiefer und tiefer in sie ein, wiegte ihren Kopf in seinen Armen, wiederholte immer aufs neue, wie sehr er sie liebe, bis ihr ganzer Leib und ihre ganze Seele mit ihm verschmolzen. Sie rief seinen Namen, und als sie beide still lagen, begann sie zu weinen. Tiefes, heftiges Schluchzen erschütterte ihren Körper.

»Scht«, flüsterte er. »Alles ist gut, Liebes. Wein nicht ...« Er löste sich von ihr, stützte sich auf einen Ellbogen auf und zog sie an sich.

Das Gefühl des Verlusts, das plötzliche Gefühl der Leere machte alles noch schlimmer. Nichts war gut. Sie wollte ihn wieder in sich spüren. Sie wollte nicht, daß es vorbei war. Sie wollte nicht zusehen müssen, wie er aufstand und wieder von ihr wegging. Sie wollte, daß sie beide so vereint zusammenblieben. Ein Windstoß fegte vom Fluß herüber. Sie zitterte. Er zog sie näher an sich.

»Bleib heut nacht bei mir«, sagte er. »Komm mit zu mir.«

Fiona fragte sich, ob sie richtig gehört hatte. »Mit zu dir *nach Hause?*«

Er küßte sie auf die Stirn. »Ja, jetzt gleich.«

»Bist du verrückt?«

Er sah sie verwirrt an. »Nein. Was ist denn? Wer sollte dich daran hindern?«

»Wer mich daran hindern sollte?« fragte sie verletzt. »Was ist mit Millie? Was ist mit deiner Frau?«

»Millie?« wiederholte er, immer noch verwirrt. Dann starrte er sie an. »Mein Gott, du weißt nicht ...«

»Was weiß ich nicht?«

Er setzte sich jetzt ebenfalls auf. »Fiona, Millie und ich wurden vor fast zehn Jahren geschieden.«

»Was?«

»Wir haben uns vor unserem ersten Hochzeitstag scheiden lassen. Und dann hab ich versucht, dich zu finden. Ich bin nach New York gefahren und hab dich gesucht.«

»Du bist nach New York gefahren«, sagte sie tonlos.

»89. Unmittelbar vor deiner Hochzeit.«

Ihr wurde plötzlich schwindelig. »Verflucht«, murmelte sie.

»Ich glaub ...«, sagte Joe und zog ihre Bluse zusammen, »ich glaub, wir hätten uns vorher unterhalten sollen.«

Joe lehnte sich an eine Wand von Oliver's Wharf, die entlang der Old Stairs verlief, schüttelte den Kopf und lachte.

»Was ist?« fragte Fiona und biß in einen gesalzenen, mit Essig getränkten Chip. Sie saß neben ihm und aß den Fisch und die Chips, die er im Pub gekauft hatte.

»Du. Diese Nacht. Es ist alles das reinste Wunder.«

Sie lächelte scheu. »Ein Traum.«

»Aus dem ich nie mehr aufwachen möchte.«

»Ich auch nicht.«

Er sah weg, scharrte an einem bröckelnden Backstein, dann zog er sie plötzlich an sich und küßte sie. Sie lachte prustend und konnte seinen Kuß nicht erwidern, weil sie den Mund voller Essen hatte. Auch er lachte, dann sah er wieder weg. Sie waren ein wenig befangen, griffen im einen Moment nach der Hand des anderen oder sahen sich überwältigt an, um im nächsten zu erröten und sich verlegen abzuwenden. Sie waren sich so vertraut und dennoch so fremd.

Fast eine Stunde saßen sie auf den Old Stairs und redeten. Die Vorstellung, daß er in New York gewesen war, daß sie schon vor Jahren hätten zusammenkommen können, tat ihr in der Seele weh, aber diese Jahre waren verloren, weggeschwemmt wie Blätter auf dem Wasser. Und nichts würde sie zurückbringen. Aber jetzt waren sie hier. Vereint. Saßen wieder am Fluß zusammen.

Sie erzählte ihm alles, was ihr passiert war, angefangen von dem Tag, an dem er sie verlassen hatte, bis zu dem Zeitpunkt vor ein paar Stunden, als sie ihre Familiengräber besucht hatte und zum Fluß gegangen war. Auch er erzählte ihr alles. Über den Zusammenbruch seiner Ehe, sein Leben in einem Stall in Covent Garden, seine Überlegungen, wohin sie gegangen sein könnte, den Anfang seines Geschäfts, die Reise nach New York, um sie zu suchen, und all die leeren, einsamen Jahre, die darauf folgten. Er erzählte ihr, daß er nie aufgehört hatte, an sie zu denken, sie zu lieben, und sie sagte ihm dasselbe. Zwischendurch flossen Tränen, und manchmal herrschte gequältes Schweigen. Es war nicht leicht, über diese Dinge zu sprechen. Noch immer gab es Trauer, noch immer Zorn.

Aber es gab auch Freude. Fiona konnte es kaum fassen, daß dies wirklich Joe war, der da neben ihr saß. Der Mann, den sie liebte, den sie begehrte, aber auch ihr ältester Freund. Der Junge, mit dem sie aufgewachsen war, die Person, die sie besser kannte als sonst jemand auf der Welt.

Sie sah ihn an, als er jetzt aufs Wasser hinausstarrte. Seine Augen waren plötzlich so dunkel und hatten das Leuchten verloren, das kurz zuvor noch in ihnen gewesen war.

»Was hast du?« fragte sie und hatte plötzlich Angst, daß er bereute, was sie getan hatten. Daß er sie schließlich doch nicht wollte. Daß sie sich die Dinge, die er ihr unter den Pfeilern gesagt hatte, nur eingebildet hatte. »Was ist?«

Er nahm ihre Hand. »Nichts«, sagte er. »Und alles.«

»Es tut dir leid, was geschehen ist, nicht?«

»Leid? Mit dir geschlafen zu haben? Nein, Fiona, das tut mir nicht leid. Ich hab Angst. Angst, daß du mich nicht willst. Angst, daß wir von hier weggehen könnten und daß ich dich nie mehr wiedersehen werde. Leid tut mir nur, was ich vor zehn Jahren getan hab, genau hier ...«

»Joe, du mußt nicht ...«

»Doch. Es tut mir so furchtbar leid. Alles. All den Kummer, den ich dir zugefügt hab.«

»Ist schon gut ...«

»Nein, das ist es nicht. Es war nie mehr gut. Nicht seit dem Tag, als ich diese Stufen hinauf- und von dir weggegangen bin. Ich hab dir weh getan an diesem Tag, das weiß ich, aber du hast nur mich verloren. Ich hab mir tausendmal mehr weh getan, weil ich dich verloren hab. Seitdem hab ich mich jeden Tag nach dir gesehnt. All die Jahre ohne dich zu leben ...« Er schluckte hart, und Fiona sah Tränen in seinen Augen schimmern. »Es war, als lebte ich in einem Verlies, ohne Wärme, Licht und Hoffnung.« Wieder nahm er ihre Hände. »Ich würde alles geben, um meine Tat ungeschehen zu machen, aber das geht nicht. Aber wenn du mich läßt, werde ich alles tun, um dich glücklich zu machen. Was ich gesagt hab, meine ich. Ich liebe dich, Fee. Von ganzem Herzen. Glaubst du, daß wir noch einmal eine Chance haben? Glaubst du, daß du mir vergeben kannst?«

Fiona sah in die Augen, die sie so gut kannte, die sie so liebte. Tiefer Kummer, tiefes Leid stand darin. Wie sehr wollte sie diesen Schmerz vertreiben. »Ich hab dir bereits vergeben«, erwiderte sie.

Joe nahm sie in seine Arme und hielt sie fest. Lange blieben sie so sitzen, dann sagte er: »Komm heim mit mir.«

Sie wollte ihm gerade antworten, als oben an der Treppe Schritte zu hören waren. Eine Stimme bellte: »Da bist du ja, du dummes Ding!«

Es war Roddy, und er war wütend. »Was zum Teufel ist los mit dir, Fiona? Hast du denn den Verstand verloren? Es ist schon fast zehn! Vor Stunden ist Andrew zu mir ins Revier gekommen, um mir zu sagen, daß du allein losgezogen bist. Ich hab in dem Haus in Mayfair auf dich gewartet. Und mich zu Tode geängstigt. Ich hab gedacht, William Burton hat dich erwischt. Wo bist du denn gewesen?«

»Nur hier ... ich bin ... ähm ... am Ufer entlangspaziert und hab nach Steinen gesucht.«

Fiona bemühte sich um Fassung. »Tut mir leid, Onkel Roddy. Ich wollte dich nicht ängstigen, aber mir geht's gut. Niemand hat mich belästigt. Ich bin bloß von Whitechapel hier rüberspaziert, hab Joe getroffen und die Zeit vergessen.«

»Ja, das kann ich sehen«, erwiderte er grollend.

»Komm, setz dich zu uns«, sagte sie und deutete auf die Stufe über ihr. »Ich war den ganzen Abend völlig sicher. Wirklich.«

»Hängt ganz davon ab, was du sicher nennst«, antwortete er und sah Joe bedeutungsvoll an. Immer noch mürrisch stieg er die Treppe herunter und setzte sich zu ihnen. Fiona reichte ihm die Reste ihres Abendessens. Er aß einen Chip, dann noch einen, schließlich verzehrte er den Schellfisch. »Ich bin völlig ausgehungert. Hatte kein Abendessen. Hab die ganze Zeit nach dir gesucht. Ich wollte schon die Hälfte der Londoner Polizei in Bewegung setzen.«

»Ich hol dir ein richtiges Abendessen. Bleib hier sitzen, ich bin gleich wieder zurück«, antwortete sie und sprang auf. Sie lief die Treppe hinauf in Richtung Pub, nur um Roddys schlechte Laune zu entkommen. Hoffentlich hatte er sich ein wenig beruhigt, wenn sie zurückkam.

Joe und Roddy sahen ihr nach. Als sie außer Sichtweite war, sahen sie sich an und starrten dann aufs Wasser hinaus.

»Nach New York zurückgefahren, was?« sagte Joe.

»Wenn ich wegen dir auch nur eine einzige Träne seh, dann schwör ich bei Gott ...«

»Das wirst du nicht.«

Nach einem Moment des Schweigens fügte Roddy hinzu: »Sie sollte sich auf ihren Geisteszustand untersuchen lassen. Ihr beide solltet das tun. Und sei's nur deswegen, weil ihr an diesem häßlichen Fluß fettige Chips eßt, obwohl ihr Geld genug hättet, in ein ordentliches Restaurant zu gehen.«

81

Roddy stieß mit der Fußspitze den leblosen, blutüberströmten Körper von Bowler Sheehan an, der ausgestreckt im Gefängnishof von Newgate lag. Ein Meterstab, immer noch aufgeklappt, lag auf dem Boden neben ihm. »Ich schätze nicht, daß sich jemand dafür für schuldig erklärt hat?« sagte er zu der Wache.

Der Mann schnaubte. »Alle sagen, er hätt es selber getan, Sir.«

Roddy zog eine Augenbraue hoch. »Er hat einfach eine Rasierklinge genommen, die er sicher nicht bei sich hatte, als er eingeliefert wurde, und sich selbst die Kehle durchgeschnitten. Hier, mitten im Hof?«

Der Wärter sah unbehaglich aus. »Wir wissen, daß es einer der anderen getan hat, aber keiner sagt was.«

»Was ist mit den anderen Wachen?«

»Von denen hat auch keiner was gesehen.«

»Das ist wirklich großartig«, schäumte Roddy. »Als hätte ich nicht schon genug am Hals. Jetzt auch noch den Schlamassel hier.« Er kniete sich nieder und warf einen prüfenden Blick auf die Wunde. Warum? fragte er sich. Warum wurde er umgebracht? Sicher hatten ein paar der Gefangenen noch eine Rechnung mit ihm offen, aber böses Blut zwischen Kriminellen war nichts Ungewöhnliches, und kein Gangster, der halbwegs bei Sinnen war, würde sich wegen eines alten Grolls so weit aus dem Fenster hängen. Es gab nur eine Erklärung, weswegen ein Mann ein solches Risiko einging – für eine

Menge Geld. Jemand hatte einen der Gefangenen oder einen Wärter bestochen, damit er Bowler erledigte.

Auf dem Weg aus dem Gefängnis machte Roddy im Büro des Direktors halt, um sich für die Benachrichtigung von Sheehans Tod zu bedanken. Er war nach Newgate gerufen worden, weil der Direktor wußte, daß er ein besonderes Interesse an dem Fall hatte und über alle Entwicklungen, die den Gefangenen betrafen, informiert werden wollte. Im Büro des Direktors traf er Alvin Donaldson. Auch Donaldson war über Sheehans Tod informiert worden, wegen Sheehans langjähriger Verbindungen mit William Burton und der möglichen Zusammenhänge mit Burtons Fall.

»Sie glauben, es war Burton, nicht wahr?« fragte er Roddy, als sie zusammen hinausgingen.

»Der Gedanke ist mir gekommen«, antwortete Roddy.

»Was braucht es noch, um Sie zu überzeugen, O'Meara? Der Kerl ist fort. Dessen sind wir uns sicher. Wir haben alle Hebel in Bewegung gesetzt, um mit den Franzosen zu kooperieren. Wir haben Bilder geschickt. Sobald sie die haben, schnappen sie ihn.«

»Bloß weil er nicht in seinem Haus oder in der Mincing Lane aufgetaucht ist, glauben Sie, daß er Ferien auf dem Kontinent macht?« fragte Roddy. Er mochte Donaldson nicht. Der Mann war zu sehr von sich eingenommen. Saß zu sehr auf dem hohen Roß.

»Nein, ich glaube, daß er auf dem Kontinent ist, weil er sonst nirgendwo mehr hingehen kann. Es ist eine Belohnung auf ihn ausgesetzt. Das wissen Sie doch. Ihre Mrs. Soames persönlich hat sie auf tausend Pfund erhöht. Bloß mal angenommen, er hält sich in irgendeiner Pension versteckt ... glauben Sie nicht, daß seine Mitbewohner ihn verpfeifen würden? Für tausend Pfund? Die hätten ihn so schnell am Schlafittchen, daß er nicht mehr bis drei zählen könnte.«

Roddy antwortete nicht.

»Sie wissen, daß ich recht habe. Und wenn Sie mich fragen ...«

»Das tu ich aber nicht.«

»... sollten Sie auf Ihren Freund auf der anderen Seite des Flusses, auf Sid Malone, ein Auge haben. Man sagt, er wolle Sheehan den Mord an Quinn heimzahlen.«

»Erzählen Sie mir was, das ich nicht weiß.«

»Ich möchte Ihnen ebenfalls mitteilen, daß wir vorhaben, die Posten an Mrs. Soames' Haus abzuziehen.«

»Was? Warum zum Teufel tun Sie das?«

»Der Chef ist der Ansicht, daß Burton fort ist. Und wenn er fort ist, gibt es keinen Anlaß mehr, Mrs. Soames vor ihm zu schützen. Wir können unsere Kräfte nicht grundlos irgendwo einsetzen.«

»Ich halte das für keine gute Idee. Ganz und gar nicht. Was ist, wenn Sie sich täuschen?«

Donaldson lächelte. »Das tun wir nicht.«

Dann ging er und ließ Roddy schäumend im Eingang des Gefängnisses zurück. Auf dem Weg nach draußen warf er einen Blick auf die Besucherliste, aber kein Name stach ihm ins Auge. Was er auch nicht erwartet hatte. Jeder, der gerissen genug war, Sheehan umzubringen, war schlau genug, einen falschen Namen auf die Liste zu setzen.

Auf dem Weg zurück zum Revier ließ er sich Donaldsons Worte noch einmal durch den Kopf gehen. Seine Intuition sagte ihm, daß Burton Sheehan umgelegt hatte, aber Intuition war nur ein Gefühl. Die Logik sagte ihm etwas anderes. Vielleicht war Burton wirklich nicht mehr in London. Er wünschte, daß das so wäre. Doch so überzeugt sich Donaldson auch anhören mochte, wenn Burton tatsächlich auf dem Kontinent war, wäre es sehr schwierig, vielleicht sogar unmöglich, ihn zu fassen.

Später würde er Fiona besuchen und ihr berichten, was mit Sheehan passiert war. Er würde ihr sagen, daß vermutlich Sid Malone dafür verantwortlich war.

Es war schwer, sich damit abzufinden, daß Burton vielleicht nie gefaßt, vielleicht nie für seine Taten büßen müßte. Aber vielleicht war es auch an der Zeit, daß er dies akzeptierte. Vielleicht war er es und nicht Donaldson, der zu sehr von sich eingenommen war.

82

Joe nahm einen Schluck Wein und blickte auf die unbekleidete Frau, die friedlich neben ihm schlief. Sie lag auf der Seite. Ihr schwarzes Haar ergoß sich über das weiße Kissen. Ein Laken bedeckte das meiste ihres Körpers, außer den hübschen Armen und einem langen, wohlgeformten Bein. Sie war das schönste Wesen, das er je gesehen hatte.

Gerade hatte er mit ihr geschlafen. In seinem Bett. An einem Feuer, dessen warmer Schein auf ihre Haut fiel. Diesmal hatte sie hinterher nicht geweint wie unten am Fluß, und darüber war er froh. Sie sollte nie mehr weinen. Diesmal hatte sie sich mit rosigen Wangen, lächelnd und leise seufzend, in die Laken gekuschelt und die Augen geschlossen.

Heute war Samstag – eine ganze Woche war vergangen, seitdem sie sich am Fluß wiedergetroffen hatten. Die glücklichste Woche seines Lebens. Noch immer konnte er nicht glauben, was geschehen war, daß sie wieder ihm gehörte. Jeden Morgen, wenn er aufwachte, wurde er sofort von Panik ergriffen und hatte Angst, er hätte die Nacht am Fluß und die herrlichen Tage, die darauf folgten, nur geträumt. Doch dann drehte er sich im Bett um und zog sie an sich. Und während sie verschlafen protestierte, versicherte er sich, daß sie kein Traum, sondern vollkommen real war.

Jetzt küßte er sie auf den Kopf. Ihr Haar war feucht. Sie waren durch seine Obstgärten gegangen und hatten auf den Fluß gesehen, als es plötzlich zu regnen begann. Laut lachend waren sie zum Haus zurückgerannt und triefend naß in seiner Küche angelangt.

Er war noch schnell in den Keller gegangen, um eine alte Flasche Haut-Brion zu holen, bevor er sie in sein Schlafzimmer hinaufführte. Dort hatte er Feuer gemacht und ihr ein Glas von dem schweren alten Bordeaux eingeschenkt, um die Kälte zu vertreiben. Eine Weile saßen sie vor dem Kamin und ließen sich trocknen, doch es dauerte nicht lange, dann hob er sie hoch, zog sie aus und legte sie auf sein Bett. Er war so ausgehungert nach ihr. So begierig, ihren herrlichen Körper zu sehen, sie festzuhalten, zu berühren und sich dabei all die Zeit zu lassen, die er am Fluß nicht gehabt hatte. Wenn er sie in den Armen hielt, in ihre Augen sah, hatte er das Gefühl, sie wären nie getrennt gewesen. Und das Bewußtsein, daß sie ihm verziehen hatte, daß sie ihn liebte und bei ihm sein wollte, hatte schließlich seine ständige Trauer vertrieben und einer unbeschreiblichen Freude Platz gemacht.

Regen schlug jetzt gegen die Fenster. Er blickte hinaus und sah die Äste einer alten Eiche im Wind schwanken. Soll er doch blasen, dachte er glücklich, soll er doch die ganze Welt fortblasen. Dieses Zimmer, sie beide, war alles, was zählte. Er zog das Laken über Fionas Schulter, stand auf und schlüpfte in einen Morgenmantel.

»Geh nicht«, murmelte sie.

»Das tu ich nicht, Liebes. Ich leg nur Holz nach.« Er tat zwei Scheite ins Feuer und stocherte darin, bis die Flammen wieder hell aufflackerten. Dann schenkte er Wein nach und begann, in seiner Kommode zu kramen. Er hatte etwas für sie. Etwas, was er ihr unbedingt geben wollte. Jeder vernünftige Mensch hätte gesagt, daß es zu früh dafür sei. Viel zu früh. Aber er war nicht vernünftig. Er war verliebt. Und für ihn konnte es nicht früh genug sein.

Schließlich fand er, wonach er gesucht hatte: eine kleine rote Lederschatulle mit der Aufschrift »Lalique, Paris«. Er stellte sie auf seinen Nachttisch, warf seinen Morgenmantel ab und stieg wieder ins Bett. Fiona bewegte sich. Eigentlich wollte er ihr die kleine Schachtel in die Hände legen. Aber nachdem er aufgestanden war, hatte sie die Laken abgeworfen. Er sah sie an. Ihre runden, üppigen Brüste waren genauso schön, wie er sie in Erinnerung hatte. Sein Blick wanderte nach unten und folgten den Konturen ihres Körpers. Erneut überkam ihn die Begierde. Sehr heftig sogar. Die Schachtel müßte warten.

Er beugte sich über sie und küßte sie. Sie räkelte sich und lächelte. Mit der Hand umschloß er ihre Brust und knabberte an ihrer Brustwarze. »Mmmm«, seufzte sie. Seine Hand glitt tiefer, über ihre Taille hinab zu ihren Schenkeln und zwischen ihre Beine. Anfangs streichelte er sie sanft, dann fester. Seine Finger drangen in sie ein, sie wurde feucht und atemlos, dann hielt er inne, um ihren Bauch und die sanfte Rundung ihrer Hüfte zu küssen.

Er liebte es, wenn sie ihn begehrte, liebte die Hitze auf ihrer Haut und in ihrem Innern und das leise Stöhnen, das ihm allein galt. Doch jetzt wollte er nicht in sie eindringen. Noch nicht. Er wollte ihr Verlangen nach ihm spüren, hören, wie sie seinen Namen flüsterte. Wissen, daß sie wieder ihm gehörte. Ihm allein.

Sanft biß er sie ins Ohr, was sie zum Kichern brachte, dann küßte er ihren Hals. Er bewegte sich nach unten, nahm wieder ihre köstlichen Brustwarzen in den Mund, strich mit der Zunge über ihre rosige Haut, tiefer und tiefer hinab, bis er zwischen ihren Beinen angelangt war. Diesmal protestierte sie nicht wie damals als Mädchen, sondern öffnete sich selbst für ihn und erschauerte vor Lust, als seine Zunge sie erforschte. Nur ein paar Sekunden später hörte er einen kleinen Schrei, spürte, wie ihr Körper erzitterte, und hörte sie seinen Namen flüstern.

Flüstern? dachte er. Das reicht nicht. Nein, ganz und gar nicht. Er wartete, bis ihr Atem ruhiger ging, dann zog er sie auf sich.

»O Joe, ich kann nicht …«, sagte sie lachend mit heiserer Stimme und glänzenden Augen. Er griff nach dem Weinglas und reichte es ihr. Sie hielt es mit beiden Händen fest und nahm einen tiefen Schluck. Während sie trank, drang er in sie ein. Ihre Augen schlossen sich. Ihr Körper wölbte sich ihm entgegen. Gerade noch rechtzeitig nahm er ihr das Glas ab, bevor sie es auf ihn fallen ließ, und stellte es weg.

Dann faßte er ihre Hüften, zog sie eng an sich und bewegte sich, trotz ihres matten Protests, mit langsamen, rhythmischen Stößen, drang tiefer und härter in sie ein, bis er spürte, wie köstliche Schauer durch sie rannen, intensiver als zuvor, und er hörte, wie sie laut seinen Namen ausrief. Erst jetzt gestattete er sich selbst zu kommen – mit ihrem Namen auf seinen Lippen.

Als er wieder zu Atem gekommen war, stellte er fest, daß sie vollkommen erschöpft auf ihm lag. Sie öffnete die Augen und sah ihn an. Er strich ihr das Haar aus dem Gesicht und sagte: »Jetzt ist es genug, Fee. Du bringst mich ja um.«

Sie brach in Lachen aus und kicherte immer noch, als er ihr die kleine rote Lederschachtel reichte. »Was ist das?«

»Sieh nach.«

Sie setzte sich auf, zog das Laken um sich und öffnete die Schachtel. »Mein blauer Stein!« rief sie aus.

Er nickte. Der Stein sah ganz anders aus als an dem Tag, als er ihn aus dem Flußschlamm gezogen hatte. Er hatte ihn nach Paris geschickt, polieren und in einen Ring fassen lassen. René Lalique, der berühmte französische Juwelier, hatte eine spezielle Fassung dafür entworfen, die aus verschlungenen Zweigen und Wasserlilien bestand.

»Wie bist du denn an den gekommen?« fragte sie aufgeregt.

Er erzählte ihr, wie der Privatdetektiv, der nach ihr suchen sollte, ihn bei einem Pfandleiher in der Nähe von Roddys alter Wohnung aufgetrieben hatte.

»Wie herrlich er ist!« sagte sie und hielt ihn hoch, damit das Licht der Flammen sich darin spiegelte. »Er glänzt so intensiv. Kaum zu glauben, daß es Glas aus dem Fluß sein soll.«

»Es ist kein Glas, Fee. Es ist ein Skarabäus. Aus einem Saphir geschnitten.«

»Du machst Scherze«, flüsterte sie.

»Nein.« Er nahm ihr den Ring ab. »Ich ließ ihn fassen, sobald ich es mir leisten konnte, dann hab ich ihn aufgehoben, in der Hoffnung, ihn dir eines Tages geben zu können. Eine Woche, nachdem ich den Stein nach Paris geschickt hatte, rief mich der Juwelier persönlich an, um mir zu sagen, daß es sich um einen Saphir handelt. Einen antiken. Und sehr kostbar, weißt du. Du hast ihn viel zu billig verkauft.« Er schüttelte den Kopf in der Erinnerung an all die Jahre ohne sie und wurde plötzlich wieder traurig.

»Komisch, wie man ein Juwel in der Hand halten und es wegwerfen kann, ohne zu wissen, was man hatte, bevor es fort ist.«

Fiona umschloß sein Gesicht mit den Händen und küßte ihn. »Nicht«, sagte sie. »Keine traurigen Erinnerungen mehr. Nur noch die, die wir von jetzt an haben werden.«

Er steckte ihr den Ring an den Finger. »Also gut, das ist die erste. Ein altes Juwel, aber eine neue Erinnerung.« Er stand auf, um Wein nachzugießen.

Fiona bewunderte ihren Ring, dann sah sie ihn schelmisch an. »Joe?«

»Hm?«

»Heißt das, daß wir jetzt verlobt sind?«

»Hängt ganz davon ab.«

»Wovon?«

»Ob du eine gute Ehefrau abgibst. Kannst du kochen?«

»Nein.«

»Putzen?«

»Nein.«

»Wie steht's mit Bügeln? Kannst du das?«

»Nein.«

»Was kannst du denn?«

»Komm her, ich zeig's dir.«

»Noch einmal? Du bist unersättlich. Gierig wie ein Raubtier!« Sie zog ihn aufs Bett und liebte ihn, und während das Feuer herunterbrannte und sie schlafend in seinen Armen lag, lächelte er, voller Hoffnung, daß sie recht hatte, daß es keine schlechten Erinnerungen mehr gäbe, sondern nur noch die, die sie sich von jetzt an selbst schufen. Daß nichts mehr zwischen sie treten, daß keine dunkle Schatten aus der Vergangenheit sie mehr verfolgen würden. Daß sie eine Zukunft hätten, die allein in ihren Händen lag. Eine gemeinsame Zukunft endlich.

83

Bobby Devlin«, sagte Roddy, sah von den Papieren auf seinem Schreibtisch auf und blickte dem Besucher an seiner Tür entgegen. »Was für eine unerwartete Freude.«

»Lassen Sie den Quatsch, O'Meara«, erwiderte Devlin und warf ein Exemplar des *Clarion* auf Roddys Schreibtisch. »Die Ausgabe von morgen.«

Roddy streckte sich und sah auf seine Uhr. Drei Uhr. »Mein Gott, schon so spät?« sagte er. Es war Samstag. Um neun war er gekommen, um einen Berg Arbeit abzutragen. Während der letzten Wochen war er so beschäftigt gewesen, nach William Burtons Aufenthaltsort zu suchen, daß er seine anderen Pflichten vernachlässigt hatte. Er bedeutete Devlin, sich zu setzen. »Sind Sie jetzt auch Botenjunge und tragen aus?«

»Ich dachte, es wäre von Interesse. Betrifft den Mann, den Sie suchen. Glaube nicht, daß Sie ihn so bald wieder zu Gesicht kriegen werden.«

Roddy warf einen Blick auf die Titelseite. WILLIAM BURTON, BETRÜGER UND SCHWINDLER, AUS DEM LAND GEFLOHEN lautete die Schlagzeile. Und darunter: VERWANDTE ERHEBT IN SEINEM NAMEN EINSPRUCH. Der Artikel war mit Devlins Kürzel versehen. Schnell schlug Roddy die Zeitung auf und begann zu lesen. Devlin hatte Burtons alte Tante ausfindig gemacht, eine achtzigjährige Frau namens Sarah Burtt. Miss Burtt lebte in einer komfortablen Wohnung in Kensington. Sie habe sich bereit erklärt, dem

Clarion offen Rede und Antwort zu stehen, begann der Artikel, weil ihr daran liege, den guten Ruf ihres Neffen wiederherzustellen.

In dem folgenden Interview widersprach Miss Burtt der bekannten Geschichte, daß William Burton aus tiefer Armut zu Reichtum aufgestiegen sei – daß er als kleiner Waisenjunge von einer liebevollen ledigen Tante aufgezogen worden sei und es aus ärmlichen Verhältnissen zum Teebaron gebracht habe.

Sie habe ihn tatsächlich aufgenommen, doch nicht, weil seine Mutter gestorben sei, sondern weil sie den damals fünfjährigen William und seinen drei Jahre älteren Bruder verlassen habe. Die Mutter habe die Jungen ohne Essen und Geld in einem schmutzigen Zimmer in einer üblen Pension zurückgelassen und ihnen befohlen, sich nicht zu mucksen, sonst bekämen sie Schläge. William und Frederick hätten still auf ihre Rückkehr gewartet. Mehrere Tage seien vergangen, bis die Mieter des Nachbarzimmers aufgrund eines üblen Gestanks bemerkten, daß etwas nicht in Ordnung war. Da sei es für Frederick schon zu spät gewesen. Nachdem man die Tür aufgebrochen hatte, habe man den fünfjährigen William neben der verwesenden Leiche seines Bruder gefunden. Er phantasierte vor Hunger und Fieber und murmelte etwas von Ratten. Da bemerkte man, daß Fredericks rechter Fuß abgefressen worden war.

Devlin fragte Miss Burtt, warum die Mutter die Jungen verlassen habe. Habe sie nicht für sie sorgen können? Sei sie nicht in der Lage gewesen, vom Lohn einer Näherin zu leben? Miss Burtt erklärte ihm, daß ihre Schwester, Allison Burtt, als Näherin begonnen habe, aber als Prostituierte geendet sei. Sie sei eine übellaunige Trinkerin gewesen, die ihre Kinder erbarmungslos geprügelt habe und schon vor der Geburt der Jungen von der Familie enterbt worden sei.

Auf die Frage, ob Burtons Vater tatsächlich Kapitän gewesen sei, der mit seinem Schiff untergegangen war, antwortete Miss Burtt: »Schon möglich. Oder ein Metzger, ein Bäcker oder Kerzenmacher.« Sie hatte keine Ahnung, wer der Vater der beiden Jungen war, und bezweifelte, ob ihre Schwester das wußte. Was auch nicht wichtig sei, fuhr sie fort. Es zähle nur, daß William immer ein lieber Junge und zu seiner Tante Sarah stets gut gewesen sei. Er sei ein ausgezeichneter Schüler gewesen und habe hart gearbeitet. Als er mit vierzehn die Schule verließ, habe er einen Laden in Camden Town übernommen, wo sie lebten, und im Alter von siebzehn habe er genügend gespart gehabt, um das Geschäft zu kaufen. Der Laden sei der Anfang von Burton Tea gewesen.

Dann fragte Devlin, ob je nach Burtons Mutter gesucht worden sei. Vielleicht lebe sie noch immer in Camden Town, gab er zu bedenken. Miss Burtt erwiderte, daß ihre Schwester nie in Camden Town gelebt habe. Sie habe in Whitechapel, in Adams Court, gewohnt. »Vielleicht kennen Sie die Adresse«, sagte Miss Burtt. »Es ist der Ort, wo die letzten schrecklichen Morde passierten. Ein gräßliches Haus.«

»Ich kann's nicht glauben!« rief Roddy aus. »Burton hat in Adams Court gelebt. Wo Fionas Familie gewohnt hat!«

»Darüber hat er genauso gelogen wie über alles andere.«

Roddy las weiter. Er überflog den Teil, in dem Miss Burtt berichtete, ihr Neffe habe seinen Namen von Burtt in Burton abgeändert, weil er dachte, es höre sich vornehmer an, bis zum Ende des Interviews, wo Devlin die Frau bat, ihm ehrlich zu sagen, ob sie ihren Neffen während des letzten Monats gesehen habe.

Miss Burtt verneinte dies, aber vor zwei Wochen habe sie einen Brief von ihm erhalten, in dem er ihr mitteilte, daß er ins Ausland gehe, allerdings nicht, wohin. Sie mache sich große Sorgen um ihn. Sie glaube nicht, daß er diese Soames verletzt oder einen Dockarbeiter ermordet habe. Das Interview endete mit der Bitte an ihren Neffen, nach London zurückzukehren und seinen guten Namen wiederherzustellen.

»Er ist das Objekt der größten Fahndungsaktion in der Geschichte Londons und einfach durchs Netz geschlüpft. Er könnte überall sein. In Frankreich, in Italien. Vielleicht schon halb auf dem Weg nach China. Ich frage mich, wie er's wohl geschafft hat? Verkleidet vermutlich. Mit falschem Namen. Der Bursche ist jedenfalls clever«, sagte Devlin.

»O ja, clever ist er, aber er ist nicht auf dem Kontinent«, antwortete Roddy. Wieder spürte er dieses Kribbeln. In seinem Nacken, an den Armen, tief im Innern seiner Knochen. Sein sechster Sinn, der seit der Unterhaltung mit Donaldson unterdrückt worden war, meldete sich mit aller Macht zurück.

»Ich kann Ihnen nicht folgen.«

»Irgendwas stimmt nicht, Bobby. Alles scheint zu gut zusammenzupassen. Die tatterige alte Tante, der Brief. Alles fügt sich einfach zu gut zusammen.«

»Halten Sie den Brief für eine Finte?«

»Ja. Ich schätze, ihm war klar, daß früher oder später jemand von der Existenz der Tante erfahren würde. Die Polizei oder die Presse. Und er stellte sicher, daß sie einen Brief hatte, den sie vorzeigen könnte. Es ist eine falsche Fährte. Er möchte uns glauben lassen, er sei ins Ausland gegangen, aber das stimmt nicht. Er war immer hier. Und wartet ab. Donaldson, dieser selbstgefällige Kerl! Ich wußte, daß Burton nicht weg ist. Ich wußte es, verdammt!«

Roddy stand auf und zog sein Jackett an. Sein sechster Sinn machte sich nicht mehr nur kribbelnd bemerkbar, sondern klopfte ihm geradezu auf die Schulter. Mit einem Schmiedehammer. Er wollte Fiona das Interview mit Sarah Burtt zeigen. Seit ihre Wunde verheilt und sie Joe wiedergetroffen hatte, ging sie mit größerer Regelmäßigkeit wieder aus. Er mußte sie warnen, ihr sagen, daß sie weiterhin äußerst vorsichtig sein mußte. Sie redete sogar davon, Andrew zu entlassen. Das durfte er nicht zulassen.

»Wohin wollen Sie denn so eilig?« fragte Devlin.

»Zu Fiona. Ihr die Zeitung zeigen. Sie glaubt auch nicht, daß Burton noch hier ist. Behauptet, es sei zu gefährlich für ihn. Daß er hier kein Zuhause, keine Firma, keinen Grund mehr zu bleiben habe. Aber sie täuscht sich. Er hat einen Grund. Und der ist sie.«

Davey O'Neill saß in seinem Stammlokal, wo er jeden Abend während der vergangenen zehn Jahre sein schlechtes Gewissen ertränkte, und befühlte einen neuen Fünfzigpfundschein. Es war genug, um seine inzwischen elfjährige, aber immer noch kränkelnde Tochter für ein Jahr in ein Sanatorium nach Bath zu schicken. Er hatte ihn für einen weiteren Auftrag bekommen, den er eigentlich nicht ausführen wollte. Ein bitteres Lächeln breitete sich auf seinem Gesicht aus. Was wollte er für diesen Mann schon tun, außer ihm den verdammten Schädel einzuschlagen?

Davey steckte das Geld weg, bestellte ein Bier und stürzte es hinunter. Sofort bestellte er ein neues, um die nagende Stimme in sich abzutöten, die ihn immer wieder fragte, was wohl die Folgen der Zustellung sein mochten, die er gerade erledigt hatte.

Ich weiß es nicht und will es auch nicht wissen, dachte er. Es war bloß ein Botendienst, mehr nicht. Hatte nichts mit mir zu tun. Und außerdem war's der letzte. Er hat gesagt, daß er fortgeht. Ich bin jetzt fertig mit ihm. Ich bin frei.

Frei? fragte die Stimme spöttisch. Du wirst nie frei sein, Davey. Du hast deine Seele verkauft. Für eine Handvoll Silberlinge. Wie Judas. Bloß daß Judas den Anstand hatte, sich aufzuhängen.

»Es ist bloß ein Brief«, murmelte er ärgerlich. »Um Himmels willen, laß mich in Frieden!«

»Was ist, Davey?« fragte der Wirt. »Noch eines?«

»Was? Nein. Tut mir leid, Pete. Ich führ Selbstgespräche.«

Der Wirt ging weg, um Gläser abzutrocknen. Davey sah sich im Spiegel hinter der Bar. Er war ausgemergelt und hohläugig, sein Gesicht von Falten durchzogen, das Haar ergraut. Dabei war er erst vierunddreißig.

Erschöpft rieb er sich das Gesicht. Er hatte Tage gebraucht, um Fiona Finnegan zu finden. Er hatte sie verfolgt. Zweimal von Oliver's, dreimal von der Mincing Lane aus – und jedesmal die Kutsche im Verkehr aus den Augen verloren. Beim fünften Versuch hatte es endlich geklappt. Seinem Droschkenfahrer war es gelungen, bis Mayfair dicht hinter ihr zu bleiben. Er hatte gesehen, wie ihre Kutsche auf den Grosvenor Square einbog und sie ins Haus Nummer sechzehn trat. Und nachdem er ihre Adresse hatte, war er zu Bristow's in Covent Garden gefahren. Dort mußte er nur noch rausfinden, wohin Bristow seine Schiffsladungen mit Tee geliefert bekam.

Er will ihr was antun, sagte seine innere Stimme. Das weißt du, nicht wahr?

Es ist nur ein Brief, sagte sich Davey wieder. Was soll denn daran schon schlimm sein?

Es ist ein Todesurteil. Das ist Blutgeld in deiner Tasche.

Ich hab's für Lizzie getan. Alles, was ich getan hab, hab ich für Lizzie getan.

Hast du auch für Lizzie gemordet?

»Ich hab keinen umgebracht!« sagte er laut.

Du hast zugesehen, als er ihren Vater ermordete. Und jetzt tust das gleiche wieder.

»Nein!« schrie er und schlug mit der Faust auf die Bar.

»Davey, Junge, was hast du denn?« fragte der Wirt.

»N-nichts, Pete. Das ist für mein Bier«, erwiderte er und warf eine Münze auf den Tresen. »Ich muß los.«

Davey verließ das Pub und fiel kurz darauf in Laufschritt. Die letzten zehn Jahre hatte er in dem Bewußtsein verbracht, an Paddy Finnegans Tod mitschuldig zu sein, und dieses Wissen hatte sein Gewissen zermartert. Er wollte nicht den Rest seines Lebens in dem Bewußtsein verbringen, Burton erneut bei einem Mord geholfen zu haben. Er rechnete sich nur eine geringe Chance aus – tatsächlich nur eine einzige –, um aufzuhalten, was er in Gang gesetzt hatte. Und die würde er nutzen.

Die Droschke fuhr langsamer, als sie sich der Ecke Southampton und Tavistock Street näherte. Davey warf dem Kutscher das Geld zu und war schon draußen, bevor der Wagen anhielt.

Der Absender auf dem Brief lautete »J. Bristow, Tavistock Street Nummer vier, Covent Garden.« Aber Bristow hatte den Brief nicht geschickt, und Davey mußte ihm sagen, wer es getan hatte. Vielleicht wußte er, was zu tun war.

Die paar Meter zu Nummer vier ging er zu Fuß. BRISTOWS COVENT-GARDEN-GROSSHANDEL, INHABER: JONATHAN UND JAMES BRISTOW stand auf dem Namensschild. Er drehte den Türknopf, aber die Tür war verschlossen. Er klopfte. »Mr. Bristow! Jemand da?« rief er. Aber niemand antwortete. Es war Samstag nachmittag, und die meisten Geschäfte hatten geschlossen, aber vielleicht gab es einen Pförtner oder Angestellten, jemand, der ihm sagen konnte, wo dieser Joe Bristow steckte. »Mr. Bristow!« rief er wieder.

»Mr. O'Neill«, sagte eine ruhige Stimme hinter ihm.

Davey fuhr herum und erwartete, William Burton hinter sich zu sehen, der ihn mit seinen schrecklichen schwarzen Augen anstarrte. Aber es war ein junger Bursche mit einer flachen Mütze und einem Halstuch. Er hatte eine schlimme Narbe am Kinn und war gebaut wie ein Bulle. Neben ihm stand noch einer.

»Würden Sie bitte mit uns kommen?« sagte der erste.

»Woher wißt ihr meinen Namen?« fragte Davey und wich zurück.

»Na komm schon, Davey«, sagte der zweite.

»Ich geh nirgendwo hin mit euch ... ich muß zu Mr. Bristow«, stammelte Davey. Dann nahm er Reißaus.

Der Mann mit der Narbe warf ihn gegen das Gebäude. »Mach das nicht noch mal«, sagte er warnend.

»Laß mich los!« rief Davey und wehrte sich.

»Gleich. Aber zuerst haben wir ein paar Fragen.« Er schubste Davey in Richtung einer wartenden Kutsche. »Geh schon«, befahl er ihm.

»Ihr könnt Burton sagen, daß ich fertig mit ihm bin«, sagte Davey mit erhobener Stimme. »Ich will nichts mehr mit ihm zu tun haben! Wir hatten eine Abmachung ...«

Der Mann packte Daveys Arm, drehte ihn auf den Rücken und führte ihn zu der Kutsche. »Wir arbeiten nicht für William Burton, du Trottel. Aber wenn wir mit dir fertig sind, wünschst du dir vielleicht, daß es so wäre.«

»Au! Mist! Mein Arm!« schrie er. »Wer seid ihr? Wer hat euch geschickt?«

»Der Chef hat uns geschickt, Davey. Sid Malone.«

Mit einem Strauß roter Rosen in der Hand sprang Joe die Stufen am Grosvenor Square Nummer sechzehn hinauf. Er klingelte und erwartete, daß Mrs. Merton, die Haushälterin, öffnete, statt dessen sah er in ein großes bärtiges Gesicht.

»Joe? Was zum Teufel machst du hier?« fragte Roddy.

»Ich freu mich auch, dich zu sehen«, sagte Joe. »Darf ich eintreten? Wo ist Fiona?«

»Das gleiche könnte ich dich fragen. Sie sollte eigentlich bei dir sein, und du solltest bei Oliver's sein.«

Joe legte die Rosen auf den Tisch in der Diele. »Wovon redest du?« fragte er. »Ich sollte nirgendwo sein. Ich hab früh Schluß gemacht und bin vorbeigekommen, um zu sehen, ob sie mit mir zu Abend essen und nach Greenwich rausfahren möchte.«

Roddy sah ihn verwirrt an. »Ich versteh das nicht. Ich bin vor ein paar Minuten hierhergekommen, und Mrs. Merton hat mir gesagt, Fiona sei fort, um sich mit dir zu treffen. Du hättest angeblich eine Nachricht geschickt. Irgendwas über eine Teeladung.«

»Ich hab keine Nachricht geschickt«, antwortete Joe irritiert. Und besorgt.

»Wart mal ... vielleicht hab ich's falsch verstanden«, erwiderte Roddy. »Mrs. Merton!« rief er. »Sind Sie da?«

Sie hörten schnelle Schritte, dann erschien die Haushälterin. »Ja? Was gibt's?«

»Sie sagten, Mrs. Soames wollte zu Oliver's, nicht? Sie habe eine Nachricht von Mr. Bristow erhalten.«

»Ja, das stimmt. Das hat sie mir gesagt. Sie sagte, sie bleibe nicht lang weg und komme mit Mr. Bristow zurück.«

»Aber ich hab keine Nachricht geschickt«, sagte Joe und spürte, wie plötzlich Angst in ihm aufstieg.

Mrs. Merton runzelte die Stirn. »Ich bin sicher, daß Mrs. Soames Ihren Namen erwähnt hat, Sir. Ich habe die Nachricht natürlich nicht selbst gelesen.«

»Ist sie noch da?« fragte Joe.

»Das weiß ich nicht«, antwortete die Haushälterin und sah die Post auf dem Dielentisch durch. Als sie keinen geöffneten Umschlag finden konnte, zog sie einen lackierten Abfallkorb unter dem Tisch hervor und griff hinein. »Da ist sie«, sagte sie und reichte ihm einen zerknitterten Umschlag mit Karte darin.

Er glättete sie auf dem Tisch, damit Roddy sie auch sehen konnte. Auf der Rückseite des Umschlags stand seine Büroadresse. In Schreibmaschinenschrift. Auf der ebenfalls mit Schreibmaschine geschriebenen Karte stand, daß eine große Schiffsladung Tee früher als erwartet eingetroffen sei und daß auf dem Orient Wharf, wo er üblicherweise seinen Tee lagere, kein Platz dafür sei. Daher bitte er sie, die Ladung bei Oliver's verstauen zu dürfen, weshalb er sie um sechs dort treffen wolle. Er entschuldigte sich für die Maschinenschrift, doch er sei in Eile und habe die Nachricht diktiert. Als Joe bei seinem eigenen, mit Maschine getippten Namen ankam, war seine Angst in nackte Panik umgeschlagen.

»Mein Gott, Roddy ... es ist Burton«, sagte er.

»Er ist in Oliver's Wharf ...«

»... und sie ist auf dem Weg zu ihm.«

Und dann waren sie auch schon aus der Tür, die Treppe hinunter und riefen nach Joes Kutscher.

Andrew Taylor seufzte und fügte dann flehentlich hinzu: »Aber Sergeant O'Meara hat gesagt, ich darf Sie nirgendwo allein hingehen lassen. Ich soll ständig in Ihrer Nähe bleiben.«

»Andrew, ich geh doch nur ins Lagerhaus«, antwortete Fiona. »Mr. Bristow ist bereits drinnen, mit einem Vorarbeiter.«

»Mrs. Soames, können Sie nicht einen Moment warten, bis ich die Pferde angebunden hab?«

»Seien Sie nicht albern! Sehen Sie, die Tür ist drei Meter entfernt! Da drüben, Andrew, und sperrangelweit offen. Binden Sie die Pferde an, und kommen Sie dann rein«, sagte Fiona. Andrew wurde allmählich genauso unerträglich wie Roddy. Er wußte, daß sie Joe traf. Er hatte neben ihr gestanden, als sie Mrs. Merton sagte, sie würde die Kutsche nehmen und ihn bei Oliver's treffen. Es wurde ihr langsam zuviel. Burton war fort. Sheehan war tot. Donaldson hatte die Wachen von ihrem Haus abgezogen, aber Roddy bestand immer noch darauf, daß Andrew sie überallhin begleitete. Wenn sie nachmittags Tee trinken wollte, folgte er ihr zu Fortnum & Mason's. Wenn sie ein neues Kleid oder hübsche Unterwäsche kaufen wollte, gingen sie beide zu Harrods. Als würde sich William Burton unter einem Teetisch verstecken oder aus einem Berg Damenhöschen vorspringen!

Ärgerlich drehte sie an ihrem schönen Skarabäusring, als sie ins Lagerhaus trat, aber der mürrische Ausdruck auf ihrem Gesicht verschwand schnell wieder. Sie war glücklich, viel zu glücklich in letzter Zeit, um sich lange über etwas zu ärgern. Manchmal, wenn sie über die letzten Wochen, über alles, was ihr widerfahren war, nachdachte, kam es ihr so unglaublich vor, daß sie sich ganz überwältigt fühlte und versuchte, nicht darüber nachzugrübeln. Statt dessen genoß sie ihr Glück. Die Wärme von Joes Liebe und ihre wiedergefundene Fähigkeit, das Glück zu genießen.

Sie sah auf ihren Ring hinab. Obwohl sie Joe an dem Abend, als er ihr den Ring gab, geneckt hatte, stellte sich später heraus, daß es tatsächlich ihr Verlobungsring war. In vierzehn Tagen würden sie heiraten. Und wenn sie jetzt daran dachte, wie alles zustande gekommen war, mußte sie lachen.

Vor einer Woche hatten sie seine Eltern besucht. Fiona war so begierig gewesen, sie wiederzusehen, daß sie auf dem Weg zu ihnen kaum noch an sich halten konnte. Sobald die Haustür in der Montague Street aufgegangen und Rose herausgeeilt war, brachen die beiden Frauen in Tränen aus. Rose hatte so wundervoll nach all den Dingen ihrer Kindheit geduftet – nach Lavendelseife, die im Eckladen von einem großen Block abgeschnitten wurde, nach Röstkartoffeln, gebratenen Zimtäpfeln und starkem Tee. Ihre Umarmung war stürmisch und liebevoll zugleich gewesen, wie die ihrer Mutter. Als sie schließlich voneinander lassen konnten, führte sie Rose ins Haus zu Peter und dem Rest der Familie. Sie traf Joes Großvater wieder, Jimmy und seine Frau Meg, die ihr erstes Kind erwartete, Ellen, ihren Mann Tom und deren drei Kinder und schließlich Cathy, die während der Begrüßungen und Vorstellungen starr zu Boden sah.

»Tut mir leid wegen der Karte«, sagte Cathy verlegen und sah schließlich zu ihr auf. »Freunde?«

»Freunde«, sagte Fiona und streckte die Hand aus. Cathy ergriff sie. »Mein Gott, was für ein hübscher Ring!« rief sie aus und bewunderte den Skarabäus. »So was hab ich noch nie gesehen.«

»Der ist schön, nicht? Joe hat ihn mir geschenkt«, antwortete Fiona, ohne nachzudenken.

»Wirklich? Dann seid ihr verlobt?« fragte Cathy.

Fiona wußte nicht, was sie sagen sollte. Bis jetzt hatten sie darüber nur Scherze gemacht. Peinliches Schweigen trat ein, bis Ellen zischte: »Mensch, Cathy, so was fragt man doch nicht!«

»Warum denn nicht? Er hat ihr doch einen Ring geschenkt, oder? Und seit Ewigkeiten schmachtet er hinter ihr her. Na sicher will er sie heiraten.«

»Gütiger Gott«, seufzte Peter und sah zur Decke.

»Cathy, du bist das unverschämteste, dümmste ...«, begann Rose. Dann hielt sie inne und wandte sich an Fiona. Ihre Miene wurde milder. »Seid ihr verlobt, meine Liebe?«

Fiona, wäre am liebsten in den Boden versunken. Da das nicht möglich war, antwortete sie: » Ich ... wir haben noch nicht ...«

»Also, ich weiß, daß er dich heiraten will«, unterbrach Rose sie schnell. »Was anderes hat er nie gewollt. Du nimmst ihn doch, oder?«

Fiona wurde rot und lächelte dann. »Wenn es dich glücklich macht, Rose, dann heirate ich ihn.«

Rose stieß einen Freudenschrei aus und umarmte sie. »Hast du gehört, Junge?« rief sie. »Sie heiratet dich!«

»Ja, das hab ich mitbekommen. Danke, Mama. Ich selber wär nie draufgekommen, sie zu fragen«, fügte er hinzu.

Als sie sich schließlich zum Essen niederließen, war entschieden worden, daß die Hochzeit in drei Wochen stattfinden sollte. So lange, glaubte Rose, würde es mindestens dauern, um Familie und Freunde zusammenzutrommeln und ein richtiges Hochzeitsfest auszurichten. Inmitten des Trubels sah Fiona Joe an und beschwor ihn stumm, sie zu retten oder ihr wenigstens beim Wechseln des Themas zu helfen, aber er hatte nur hilflos gelächelt und die Achseln gezuckt.

Dennoch verbrachte sie einen wundervollen Nachmittag bei den Bristows. Sie fühlte sich so heimisch bei ihnen und konnte sich nicht erinnern, wann sie das letzte Mal so gelacht hatte. Sie waren ein lauter, lärmender Haufen, und ständig sagte oder tat einer irgend etwas Ungehöriges. Was sicher vom Straßenhandel kam. Man konnte Leute nicht Tag für Tag vor einen Karren stellen und Waren anpreisen lassen und dann erwarten, daß sie sich still verhielten, nur weil sie am Tisch saßen. Bald wären sie ihre Schwiegerfamilie. Und Joe ihr Mann. Wie war dies alles nur geschehen? Wie konnte ein Mensch plötzlich mit soviel Glück überhäuft werden?

Ungläubig schüttelte sie den Kopf und lachte. Dann ging sie an der Holztreppe vorbei, die in den ersten Stock des Lagerhauses führte, und trat in den großen Raum im Erdgeschoß. Hier drinnen war es dunkler als draußen, und sie brauchte ein paar Sekunden, bis sich ihre Augen daran gewöhnt hatten. Beim Blick durch den Raum sah sie Teekisten, die gerade von ihrer neuen Plantage in Indien angekommen waren. Sie sah auch, daß die Lukentüren ersetzt worden waren, die Pete Millers Männer herausgerissen hatten.

»Joe?« rief sie. »Mr. Curran?« Keine Antwort. Es war sehr still hier drinnen, wie schon draußen auf der Straße. Heute war nur den halben Tag gearbeitet worden, dachte sie und erinnerte sich an die samstäglichen Schichtzeiten ihres Vaters.

»Ist da jemand?« rief sie. Immer noch keine Antwort. Wahrscheinlich sind sie oben, dachte sie. Gerade, als sie die Treppe hinaufgehen wollte, sah sie Licht im Büro des Vorarbeiters. Es lag auf der andern Seite des Raums, nahe dem Fluß. Vielleicht waren sie dort und hatten sie nicht gehört.

Sie schlängelte sich durch die Teekisten. Die Bürotür stand einen Spalt offen. »Mr. Curran? Sind Sie da?« Thomas Curran saß auf seinem Stuhl und wandte ihr den Rücken zu. »Da sind Sie ja«, sagte sie. »Ist Mr. Bristow schon hier?«

Aber Curran antwortete ihr nicht. Sein Kopf war gesenkt. Er sah aus, als würde er schlafen.

»Mr. Curran?« Sie legte ihm die Hand auf die Schulter und stieß ihn leicht an. Sein Kopf fiel nach vorn, dann wieder zurück. Zu weit zurück. Auf seiner Hemdbrust war Blut. Auch auf der Schreibunterlage und der Schreibmaschine. Seine Kehle war aufgeschlitzt.

»O nein ... nein ... o Gott«, flüsterte sie und wich zurück. Unfähig, den Blick von dem grausigen Bild abzuwenden, stieß sie im Rückwärtsgehen gegen die Tür, dann drehte sie sich um und rannte davon. »Joe!« rief sie und stieß sich im Laufen an einer Teekiste an, so daß sie vor Schmerz aufschrie. »Joe!« rief sie, erneut von Panik gepackt. »Joe, bitte! Komm schnell!«

Aber niemand antwortete. Mit schmerzendem Bein humpelte sie in Richtung Ausgang. »Joe! Andrew! Ist jemand da?«

Zehn Meter von der Tür entfernt hörte sie etwas. Schritte. Langsam und gemessen.

»O Gott sei Dank«, schluchzte sie. »Joe, es ist Mr. Curran. Er ist tot!«

Aber die Gestalt, die im Dämmerlicht auf sie zukam, war nicht Joe.

Fiona kniff die Augen zusammen. Das ist nicht möglich, dachte sie. Das gibt's doch nicht. Er ist nicht wirklich. Nur ein Hirngespinst. Nicht real.

Zitternd und krank vor Angst hob sie den Blick und sah in die wahnsinnigen, haßerfüllten Augen des schwarzen Mannes.

»Joe!« schrie Fiona. »Hilf mir!«

»Er ist nicht hier«, sagte William Burton und ging mit hängenden Armen auf sie zu. »Das war er auch nicht. Ich habe die Nachricht geschickt. Hier ist niemand.«

Sie versuchte zu begreifen, was er sagte. Joe war nicht hier. Niemand war hier. Aber er täuschte sich. »Andrew!« rief sie. »Hierher! Schnell!«

Burton schüttelte den Kopf. »Er kann dich nicht hören, fürchte ich.« Er streckte die rechte Hand aus, und sie sah, daß er ein Messer darin hielt. Die silberne Klinge triefte vor Blut.

»Andrew ... o nein!« stieß sie hervor und legte die Hand auf den Mund. Er war tot. Andrew war tot. Nur weil er auf sie aufpassen wollte. »Sie Dreckskerl!« schrie sie, plötzlich von Wut gepackt. »Sie elender, verdammter Mörder!«

Er antwortete nicht, sondern lächelte nur. Während sie schrie, war er immer näher gekommen und nur noch ein paar Meter von ihr entfernt.

Beweg dich, du Dummkopf! befahl ihr eine innere Stimme. Sie schob sich an einer Teekiste vorbei und versuchte, die Distanz zwischen sich und der Tür abzuschätzen. Wenn sie bloß hinauskäme. Gleich nebenan war das Town of Ramsgate. Wenn sie es bis zu dem Pub schaffte, wäre sie in Sicherheit.

Burton entging ihre Blickrichtung nicht, und er trat zur Seite. »Verschlossen«, sagte er. »Du könntest es über die Treppe versuchen, wenn du meinst, du könntest es schaffen, bevor ich dich kriege. Aber was sollte das nützen? Sie führt nach oben, nicht hinaus. Du würdest alles nur in die Länge ziehen.«

Verzweifelt sah sie sich um. Es gab keinen Ausweg. Die Seiten des Gebäudes bestanden aus festem Mauerwerk. In der linken hinteren Ecke befand sich Currans Büro. Hoffnung flackerte in ihr auf. Dort konnte sie sich einschließen. Er würde es nicht schaffen, die dicke Eichentür aufzubrechen. Als hätte er ihre Gedanken gelesen, ging Burton nach rechts, um ihr den Weg abzuschneiden. Sie sah hinter sich. In der Wand zum Fluß waren Luken, aber die waren mit eisernen Vorhängeschlössern gesichert. Auf der rechten Seite war nichts, kein Büro, keine Luken, keine Fenster – gar nichts. Nur ein Enterhaken, den jemand an der Wand hängengelassen hatte, und ein paar Teerechen, die dagegenlehnten.

Burton kam näher und drängte sie immer weiter an die Wand zurück. Plötzlich spürte sie einen jähen Schmerz am Schulterblatt. Wie ein in die Enge getriebenes Tier versuchte sie, sich an die Wand zu drücken, schaffte es aber nicht. Etwas stach sie, tat ihr weh.

Der Enterhaken.

Sie wagte nicht, den Blick zu heben. Den Arm hinter dem Rükken angewinkelt, zwang sie sich, die Hand immer weiter nach oben zu schieben, bis ihre Muskeln brannten vor Schmerz.

Burton war nur noch zehn Meter entfernt.

»Ich werde dir die Kehle aufschlitzen und zusehen, wie du stirbst, Mrs. Soames«, sagte er. »Und dann werde ich hier alles niederbrennen.«

»Damit werden Sie nicht durchkommen. Man wird Sie finden«, sagte sie und bemühte sich, ruhig zu klingen. Ihre Glieder brannten. Wo war der Haken? Wo zum Teufel war er? Gerade als sie dachte, sie würde sich den Arm auskugeln, trafen ihre tastenden Finger auf Metall. Langsam, sagte sie sich. Laß ihn nicht fallen. Laß ihn bloß nicht fallen.

»Das wird man nicht. In einer Stunde bin ich auf einem Schiff nach Calais.«

Neun Meter, acht.

»Hast du gewußt, daß dein Vater nach dem Sturz noch mindestens eine Stunde lang mit gebrochenen Beinen in seinem Blut gelegen hat, bevor jemand seine Schreie hörte?«

Einen Moment lang verließ Fiona aller Mut, und sie wäre fast umgesunken. Hör nicht auf ihn, befahl sie sich. Hör nicht hin. Sie löste den Haken von der Wand, drehte ihn so lange, bis sie den glatten Holzgriff spürte und das gebogene Eisenteil aus ihrer Hand herausragte.

Sieben Meter, sechs, fünf.

»Wenn einem die Kehle durchgeschnitten wird, stirbt man schneller als nach einem Sturz«, sagte Burton. »Aber dennoch geht es nicht so geschwind, wie manche Leute glauben.«

Sie ballte die Hand zur Faust. Jede Fiber in ihrem Körper war angespannt und bebte vor Angst. Vier Meter, drei Meter, zwei ... sie wußte, was als nächstes passieren würde, sie hatte es in ihren Träumen gesehen ... Nacht für Nacht, zehn lange Jahre.

Nur daß sie diesmal nicht schlief.

Mit einem Schrei schnellte ihre Hand mit dem Haken in die Höhe. Das gebogene Metall bohrte sich in Burtons Wange und riß sie auf. Er brüllte auf vor Schmerz. Sein Messer fiel zu Boden.

Sie raste an ihm vorbei, lief zwischen Teekisten hindurch und rannte die Holztreppe in den ersten Stock hinauf, dann in den zweiten, wo hoch aufgestapelt neue Kisten standen. Sie vernahm seine polternden Schritte auf der Treppe und hörte ihn im ersten Stock herumbrüllen. Dort unten waren die Teekisten nicht aufgestapelt, weil sie zur Prüfung geöffnet worden waren. Es würde nicht lange dauern, bis er herausfand, daß sie nicht dort war. Schnell lief sie in die Mitte des Raums und versteckte sich hinter einem hohen Berg aus Kisten.

Und dann war er auf dem Treppenabsatz. »Komm raus!« rief er. »Komm raus, und ich mach's schnell. Aber wenn ich dich suchen muß, schneid ich dir dein diebisches Herz heraus!«

Fiona preßte die Hände auf die Ohren und machte sich, gelähmt vor Angst, ganz klein. Es gab keinen Ausweg. Sie hatte die neuen Lukentüren gesehen, und die waren verschlossen. Doch selbst wenn sie offen gewesen wären, hätte sie nicht hinunterspringen können. Unten war der Kai. Der Sturz hätte sie ebenso sicher getötet wie Burtons Messer. Sie konnte nur ein bißchen Zeit herausschinden. Binnen kurzem würde er sie finden, und dann wäre alles vorbei. Tonlos begann sie zu weinen.

Plötzlich ertönte ein markerschütternder Knall. Ein Stapel Kisten war umgestürzt. »Verdammte Hure ...«, fluchte er. Wieder ein Knall. Diesmal näher, viel näher. »Das ist *mein* Lagerhaus ... *mein* Tee ...«, tobte er. Sie kniff die Augen zu. Er stand auf der anderen Seite der Kisten, keinen Meter von ihr entfernt. Nur noch ein paar Schritte, dann hatte er sie.

Und dann blieb er stehen. Sie hörte ein Geräusch. Von unten. Ein stetes Klopfen. Nein, kein Klopfen ... ein Hämmern, das von der Vorderseite des Gebäudes kam. Während sie angestrengt lauschte, wurde es immer schneller. Es war das Geräusch von Äxten. Jemand schlug die Türen ein.

Sie hörte einen Wutschrei, spürte, wie die Kisten neben ihr schwankten, dann umstürzten. Zwei fielen herunter, eine dritte streifte ihre Schulter und riß ihre Jacke und ihre Haut auf, bevor sie nur ein paar Zentimeter hinter ihr zu Boden krachte. Sie biß sich auf die Unterlippe, um nicht aufzuschreien. Von allen Seiten wirbelte Teestaub auf.

Das Hämmern setzte aus. »William Burton!« dröhnte eine Stimme von unten. »Hier ist Sergeant Rodney O'Meara. Öffnen Sie die Tür, und geben Sie auf!«

Mach schnell, Onkel Roddy! Mach schnell! flehte Fiona stumm.

Sie hörte, wie Burton zu den Fenstern auf der Straßenseite lief, hörte, wie er zur Treppe rannte, und seine Schritte auf den Stufen. Nach ein paar Sekunden riskierte sie einen Blick. Er war nirgendwo zu sehen. Sie unterdrückte den Impuls, aus ihrem Versteck zu kriechen und zur Treppe zu laufen. Von dort, wo sie war, konnte sie nur den oberen Teil der Stufen sehen, und vielleicht versteckte er sich weiter unten. Es wäre sicherer hierzubleiben. Sie brauchte bloß zu warten, bis Roddy die Tür aufgebrochen hatte. Sobald die Polizei hier drinnen war, wäre sie gerettet. Wieder setzten die Schläge ein.

Schweiß sammelte sich auf ihrer Stirn und lief ihr übers Gesicht. Sie konnte kaum atmen, so heiß war ihr. Teestaub schwebte in der Luft und klebte sich auf Haut und Augen. Die Schläge gingen weiter. Die Holztüren waren groß und dick und gebaut, um Leute draußen zu halten. »Ach, beeil dich!« flüsterte sie. »Bitte, bitte, beeil dich.«

Ihre Augen begannen zu tränen. Ihr Hals brannte. Wo bleiben sie nur? fragte sie sich voller Angst. Warum brauchen sie so lang? Sie holte tief Luft, versuchte, sich zu beruhigen, und stellte fest, daß es kein Teestaub war, den sie einatmete. Sie kroch hinter den Teekisten vor und sah auf den Treppenabsatz. Er war voller Rauch. Burton hatte das Lagerhaus angezündet.

Fiona wußte, daß sie aus dem zweiten Stock verschwinden mußte. Das Lagerhaus mit all den Holzkisten und trockenen Teeblättern würde brennen wie Zunder. In kürzester Zeit stünde es lichterloh in Flammen, und wenn das Feuer die Treppe erreichte, käme sie nicht mehr heraus. All ihren Mut zusammennehmend, stand sie auf und lief durch den Raum. Rauch verdunkelte die Treppe. Sie zog ihre Jacke aus und hielt sie sich vor die Nase.

Zitternd vor Angst, stieg sie die Stufen hinunter, in ständiger Furcht, Burton könnte sie mit gezogenem Messer von unten anfallen. Aber das geschah nicht. Sicher erreichte sie den ersten Stock und sah sich um. In der Mitte des Raums waren Teekisten zusammengeschoben und in Brand gesetzt worden. Die Flammen schlugen hoch und züngelten an die Holzdecke hinauf. Als sie ins Erdgeschoß hinunterging, hörte sie eine Stimme rufen: »Wir sind fast drin, Sergeant!«

Fiona schluchzte auf vor Erleichterung. Sie mußte nur zur Tür gehen – nur noch ein paar Schritte –, und sie wäre in Sicherheit. Der Rauch war inzwischen so dicht und schwarz wie die Nacht. Ihre Augen tränten, sie konnte kaum atmen. »Onkel Roddy!« rief sie. »Ich bin hier!«

Sie streckte die Hand zur Tür aus, und gerade, als sie unter den Schlägen der Axt nachgab, tauchte plötzlich im Rauch ein Gesicht vor ihr auf – eine gräßliche Maske der Wut und des Wahnsinns, mit Asche und Blut verschmiert. Die schwarzen Augen glühten, an der Wange klaffte eine tiefe Wunde, die Knochen und Zähne entblößte.

Burton packte sie an den Haaren und zerrte die schreiende Fiona die Treppe hinauf.

»Laß sie los!« dröhnte eine Stimme.

Es war Joe. Er kämpfte sich durch den Rauch auf sie zu.

»Joe! Hilf mir!« rief Fiona. Sie wehrte sich mit Händen und Füßen und versuchte, Burton am Gehen zu hindern, aber er besaß Bärenkräfte und zog sie hinter sich her, bis sie im dritten Stock ankamen, wo noch keine Reparaturarbeiten vorgenommen worden waren. Teile zerschmetterter Teekisten bedeckten den Boden, vor den Luken befanden sich keine Türen. Er stieß sie zu einer der Öffnungen, stellte sich hinein, stützte sich mit der linken Hand an dem Backsteinbogen ab und hielt sie mit dem rechten Arm im Würgegriff.

»Bleibt zurück!« rief er. »Bleibt zurück, oder ich springe und nehm sie mit!«

Fiona konnte sich kaum rühren, schaffte es aber, den Kopf weit genug zu drehen, um den strudelnden Fluß unter sich zu sehen. Sie standen an der östlichsten Luke, direkt an der Ecke des Gebäudes, wo unten der Kai endete. Wenn sie fiel, konnte sie nur hoffen, nicht den Rand zu treffen, sondern im Wasser zu landen.

»Du wirst keine Chance haben zu springen, Burton, weil ich dich vorher umbringe.« Es war Roddy. Er hatte eine Pistole und zielte auf Burtons Kopf.

»Laß sie los. Es ist vorbei«, sagte Joe und ging auf sie zu.

Fiona spürte, wie der Griff um ihren Hals fester wurde. Sie sah auf Joe, und ihre Augen füllten sich mit Tränen. Burton brauchte nur einen Schritt nach hinten zu tun, und sie würde Joe nie mehr wiedersehen.

Roddy brüllte noch immer. Joe redete weiter und kam immer näher. Fiona sah, daß seine Worte zwar Burton galten, seine Augen jedoch auf sie gerichtet waren. Sie spürte, wie er sie anflehte, stark zu sein, den Kopf nicht zu verlieren. Sie nickte ihm zu, dann sah sie, wie er den Blick schnell nach rechts wandte. Einmal. Zweimal. Sie folgte seinem Blick und entdeckte einen großen Eisenring in der Mauer, der zum Festbinden von Seilen diente.

Joe kam näher. Roddy brüllte lauter. »Du springst nicht, du Scheißkerl! Du bringst jeden um, der dir in den Weg kommt, aber dich selbst bringst du nicht um!«

»Bleibt stehen!« schrie Burton, und seine Blicke schossen zwischen Roddy und Joe hin und her. »Kommt nicht näher!«

»Jetzt, Fiona!« rief Joe.

Mit letzter Kraft holte Fiona aus und packte den Ring. Im selben Moment warf sich Joe auf Burton und riß seinen Arm von ihrem Hals. Die beiden Männer kämpften miteinander. Burton wich einen Schritt zurück, aber sein Fuß trat ins Leere. Er verlor das Gleichgewicht. Seine Hände suchten nach Halt, um sich festzuklammern.

Und fanden Joe.

»Neiiin!« schrie Fiona, als beide Männer aus der Luke stürzten. Sie warf sich nach vorn, aber starke Arme packten sie und rissen sie zurück.

»Nein, Fiona, nein!« rief Roddy und zog sie weg.

Mit irrem Blick und laut schreiend, schlug sie auf ihn ein und versuchte, sich loszureißen.

»Komm jetzt!« schrie er. »Wir müssen raus, sonst schaffen wir's nicht mehr!«

Er zerrte sie durch den Raum. Rauch drang in dicken Schwaden durch die Dielen. Der zweite Stock brannte. Flammen züngelten an der Treppe. Als sie den ersten Stock erreichten, sahen sie, daß die Treppe zum Erdgeschoß von Flammen eingeschlossen war.

»Lauf! Lauf, so schnell du kannst!« rief Roddy und ließ sie los. »Das ist die einzige Möglichkeit!«

Den Kopf mit den Händen schützend, taumelte Fiona durchs Feuer. Sie hörte lautes Prasseln, spürte brennende Hitze und stechenden Schmerz an den Beinen, dann war sie draußen, und ein Dutzend Hände schlugen auf ihre Kleider ein.

Sie drängte sich an Polizisten und Umstehenden vorbei, lief zu den Old Stairs, rannte die Steinstufen hinab und erreichte das Flußufer, als sie plötzlich ein Geräusch hörte. Etwas riß sie nach vorn, in den Schlamm und das Wasser hinein. Ein paar Sekunden lang konnte sie nichts sehen und hören und ihre Glieder nicht bewegen. Wasser drang ihr in Mund und Nase. Dann kam sie mit einem Schlag wieder zu sich. Hustend und spuckend richtete sie sich auf und sah zurück. Die Old Stairs waren fort, weggerissen. An ihrer Stelle lagen ein Trümmerhaufen und brennende Balken. Wo die Westwand von Oliver's gestanden hatte, klaffte ein riesiges Loch, mindestens zwei Stockwerke hoch. Rauch und Flammen schossen daraus hervor. Weder das Town of Ramsgate noch die Gasse, die von den Old Stairs zur Straße führte, waren zu sehen. Wo war Roddy? War er bei seinen Polizisten geblieben? Oder ihr nachgerannt?

»Roddy!« rief sie und begann, sich in Richtung Ufer zurückzubewegen. »Onkel Roddy!«

»Fiona! Alles in Ordnung?« Die Stimme war kräftig, klang aber weit entfernt. Sie mußte von der anderen Seite des Schuttbergs kommen. »Es sind die Gasleitungen! Komm zurück, bevor das ganze Gebäude in die Luft fliegt!«

»Ich kann nicht. Ich muß Joe finden!«

Die Flut kam herein. Fiona lief ins dunkle Wasser unter die Stützpfeiler und rief nach Joe. Sie lief weiter und weiter und wurde von den Wellen gegen die hohen Stützen gedrückt. Verzweifelt versuchte sie, ans östliche Ende des Kais zu gelangen, wo rechts neben dem Dock ein Stück Ufer war. Wenn Joe den Kai verfehlt hatte und ins Wasser gefallen war, hätte er vielleicht eine Chance. Als sie sich schließlich unter den Pfeilern herausgekämpft hatte und knietief im strudelnden Fluß stand, entdeckte sie auf dem schlammigen Ufer, halb im Wasser liegend, eine bewegungslose Gestalt mit seltsam verdrehten Beinen.

»Joe!« keuchte sie. »O nein ... bitte nicht!«

Joe stöhnte und rappelte sich hoch. Fiona lief zu ihm hin. Schluchzend küßte sie sein Gesicht. »Geht's dir gut? Bitte sag, daß es dir gutgeht!«

»Alles in Ordnung, glaube ich. Abgesehen von meinem Bein. Das hab ich mir beim Herunterfallen am Kairand angeschlagen. Direkt unterm Knie. Ich kann's nicht bewegen.«

»Was ist mit Burton?« fragte Fiona und sah sich ängstlich um.

»Ich weiß es nicht. Er war nicht da, als ich mich aus dem Wasser geschleppt hab. Ich glaub, er ist auf den Kai geschlagen.« Joe versuchte, sich weiter aufs Ufer hinaufzuziehen, fiel aber, von Schmerzen gepeinigt, wieder in den Schlamm zurück. Fiona sah, daß er aschfahl geworden und seine Haut mit Schweiß bedeckt war, obwohl er vor Kälte zitterte.

»Bleib liegen«, sagte sie. »Ich hol dich hier raus.«

Aber wie? fragte sie sich verzweifelt. Jede Sekunde stieg die Flut weiter an. Sie hatten fünf, vielleicht zehn Minuten, bevor die Schlammbank überflutet war. Zu den Old Stairs konnten sie nicht zurück, und weiter unten gab es nur die hohen glatten Mauern der tückischen Wapping Entrance, einer Einfahrt zu den Docks. Draußen auf dem Fluß konnte sie Schleppkähne sehen, aber die waren alle im Strom vertäut, zu weit entfernt, um von Nutzen zu sein. Der einzige andere Ausgang waren die Wapping New Stairs, aber die befanden sich zu weit östlich von hier. Zwischen Oliver's und den New Stairs gab es ein halbes Dutzend großer Lagerhäuser, die aber alle dicht aneinandergebaut waren, ohne Gassen dazwischen. Bis sie zu den New Stairs käme und Hilfe holte, wäre es zu spät, dann wäre die Flut bereits hereingekommen. Außerdem drohte immer noch Gefahr von Oliver's selbst. Eine weitere Explosion könnte das ganze Lagerhaus in die Luft fliegen lassen. Fiona wurde klar, daß sie Joe ins Wasser ziehen mußte. Die New Stairs waren die einzige Möglichkeit zu entkommen.

Sie erklärte ihm ihren Plan. »Kannst du ein paar Latten oder Stöcke auftreiben?« fragte er. »Um mein Bein zu schienen?«

Fiona lief zum Orient Wharf und suchte verzweifelt nach Holzstücken. Sie fand den Teil einer Teekiste und ein Stück Treibholz. Das mußte reichen. Dann rannte sie zu Joe zurück und kniete neben ihm nieder. Als sie ein Stück Stoff von ihrem Rock abriß, um die Schiene zu befestigen, schnellte plötzlich Joes Kopf nach oben. Seine Augen waren angstvoll aufgerissen.

»Fiona, paß auf!« rief er und stieß sie weg.

Als sie zur Seite stürzte, spürte sie, wie etwas an ihrer Wange vorbeisauste.

»Lauf, Fiona, lauf! Hau ab!« rief Joe.

Sie rappelte sich hoch, spürte brennenden Schmerz auf ihrer Schulter, drehte sich um und sah William Burton, der blutüberströmt und taumelnd mit dem Messer in der Hand nach ihr ausholte. Sie schrie auf und wich zurück, gleichzeitig spürte sie heißes Blut über ihren Rücken laufen. Er kam immer näher, trieb sie Richtung Old Stairs zurück, weg vom Orient Wharf, weg vom Fluß und aller Hoffnung auf Rettung.

»Laß sie in Ruhe, Burton!« schrie Joe und versuchte, sich aufzurichten und zu ihr zu kommen.

Burton holte erneut gegen sie aus und trieb sie grinsend weiter, weiter von Joe weg.

»Hilfe! Hilfe!« schrie Fiona.

»Ich hab dich überall gesucht. Es gab so viele wie dich, alles Huren«, sagte er.

Noch immer zurückweichend, stieß sie gegen die Mauer der

Wapping Entrance. Es gab keinen Ausweg mehr. Jetzt war alles vorbei. Er würde sie töten. Sie drehte sich um und versuchte verzweifelt, die Wand hinaufzuklettern, dann griff sie nach unten, packte Steine und Hände voller Schlamm, die sie blindlings auf ihn warf. »Mörder!« schluchzte sie.

Seine seltsame Litanei murmelnd, kam Burton immer näher. »Polly, Dark Annie, Long Liz. Catherine mit der kleinen roten Blume. Marie, die mir ein Lied sang, als sie ihren Hals noch hatte. Die hübsche Frances. Und die eine, die sich einmischte, eine farblose Rothaarige ...«

Fiona kannte diese Namen. Es waren alle Prostituierte. Außer einer, der farblosen Rothaarigen. Sie sank auf die Knie, die Angst hatte sie verlassen. Er war nur noch ein kleines Stück von ihr entfernt. Ein schrecklicher Gedanke dämmerte ihr. »Sie sind Jack?« keuchte sie.

Ihr Blick traf den seinen. Seine Augen waren dunkler als die Nacht. Glänzend, schwarz und wahnsinnig.

»... du bist fortgerannt, aber ich hab dich gefunden. Mein Messer ist scharf und zu neuen Taten bereit. Du entkommst nicht, ich reiß dir das Herz raus, reiß es raus ...«

»Sind Sie Jack?«

Er hob das Messer.

»Antworten Sie mir, verdammt!« schrie sie gellend.

Ein scharfer Knall zerriß die Luft. Dann noch einer und noch einer. Sechs im ganzen. Burtons Körper zuckte bei jedem Schuß. Ein paar Sekunden stand er bewegungslos da, dann kippte er nach vorn und stürzte hin. Hinter ihm stand ein Mann mit einer Pistole in der Hand. Fiona sah von der Pistole auf Burton, auf das Blut, das aus seinem Mund und den Löchern in seinem Körper quoll. Dann begann sie zu schreien und konnte gar nicht mehr aufhören. Mit geschlossenen Augen kauerte sie sich an die Steinmauer, doch sie spürte Hände unter den Armen, die sie hochzogen. »Kommen Sie, Mrs. Soames, wir müssen gehen«, sagte ein Mann. Oliver's war inzwischen ein Inferno.

»Nein«, rief sie aus und kroch, wahnsinnig vor Angst und Schmerz, weg.

Ein durchdringendes metallischen Quietschen ertönte, als sich eine Winde aus der Verankerung löste, auf das Dock hinunterkrachte und Holzsplitter durch die Luft flogen. Der Mann riß Fiona auf die Füße und zog sie weiter ins Wasser.

»Joe!« schrie sie außer sich und taumelte in Richtung der Pfeiler. »Lassen Sie mich los! Lassen Sie mich los!«

Der Mann hielt sie fest. »Schon gut, Mrs. Soames. Wir haben ihn. Er ist im Boot. Jetzt kommen Sie.«

Fiona schüttelte den Kopf und sah zu dem Mann auf. Er war jung und muskulös und hatte eine Narbe am Kinn. »Ich kenne Sie«, sagte sie. »Sie sind Tom. Tom Smith vom Friedhof.«

Tom Smith lächelte.

»Wie sind Sie hierhergekommen? Hat Roddy Sie geschickt? Mein Onkel Roddy?«

Tom lachte. »Kaum. Sid Malone hat uns geschickt. Er hat nach Ihnen Ausschau gehalten. Zum Glück für Sie.«

Sid Malone. Der Mann, der ihr einmal Gewalt hatte antun wollen. Der Bowler Sheehan getötet hatte. Was wollte er von ihr? Der Gedanke, mit den Handlangern von Malone in ein Boot zu steigen, gefiehl ihr gar nicht, aber sie hatte keine Wahl.

Tom führte sie zum Bootsrand. Es war ein großer Fährkahn. Sofort griffen Hände nach unten und zogen sie aus dem hüfthohen Wasser. Als sie im Boot waren, tauchten die Ruder ein, und der Kahn entfernte sich von dem brennenden Lagerhaus. Im Boot waren fünf Männer – zwei neben ihr im Heck, zwei an den Rudern und einer, mit dem Rücken zu ihr, am Bug.

»Wo ist Joe? Wo ist er?« fragte sie und sah in die beiden unbekannten Gesichter. Tom deutete hinter sich. Joe lag mit geschlossenen Augen auf dem Boden des Kahns und war mit einer Decke zugedeckt. Als sie sich neben ihn kniete, merkte sie, daß er große Schmerzen hatte. Sie nahm seine Hand und drückte sie, verängstigt über seine Blässe, an ihre Wange. Dann wandte sie sich wieder an Tom. »Danke«, sagte sie zu ihm. »Ich weiß zwar immer noch nicht, wie und warum Sie das getan haben, aber ich danke Ihnen.«

»Das war nicht ich, Mrs. Soames«, antwortete Tom und machte mit dem Kopf ein Zeichen in Richtung der Gestalt am Bug.

»Mr. Malone«, sprach sie ihn von hinten an und versuchte, ruhig zu klingen und keine Angst zu zeigen. Er antwortete nicht. »Sir, wo bringen Sie uns hin? Mein Freund braucht einen Arzt.«

»Man wird sich um ihn kümmern«, erwiderte der Mann.

Er sprach mit starkem Cockney-Akzent. Und klang vertraut. Sehr vertraut.

»Sie verstehen nicht, glaube ich. Er muß ins Krankenhaus.« Sie berührte seinen Arm. »Mr. Malone?«

Er nahm die Mütze ab und drehte sich um.

Fiona rang nach Luft. Ihre Beine gaben nach. Wenn Tom sie nicht aufgefangen hätte, wäre sie zu Boden gestürzt. »Das kann nicht sein«, flüsterte sie. »O Gott, das kann nicht sein ...«

»Hallo, Fiona«, sagte die Stimme.

Die Stimme eines toten Mannes.

Die Stimme eines Geistes.

Die Stimme ihres Bruders Charlie.

84

»Die Verkaufszahlen der Teebeutel sind absolut phänomenal!

Wir schicken jede Woche zehn Tonnen Tee durch die Maschine und können dennoch mit der Produktion nicht nachkommen. Die neue Maschine ist bestellt, und Dunne hat versprochen, sie im November nach New York zu liefern. Gerade rechtzeitig für die Feiertage. Maddie hat eine wunderschöne Geschenkdose für Weihnachten entworfen. Die müssen Sie sehen. Ich hab die Entwürfe mitgebracht ...«

»Jetzt lassen Sie doch den Tee, Stuart. Wie geht's *Ihnen?*« fragte Fiona. »Wie geht's Michael und Mary und Nate und Maddie? Wie geht's Teddy? Und Peter?«

»Mir geht's gut. Ihnen geht's auch gut. Allen geht's gut. Die viel wichtigere Frage ist: Wie steht mit's Ihnen? Niemand kann wirklich glauben, was passiert ist, wissen Sie. Michael hat uns ständig mit neuen Informationen gefüttert, und wir dachten, er hätte alles erfunden. Ich meine, wirklich! Zuerst eine völlig neue Firma, dann ein Ehemann ... alle denken, Sie seien verrückt geworden!«

Fiona lachte. Sie war so glücklich, Stuart hierzuhaben. Erst heute morgen war er aus New York angekommen. Sie ließ ihn am Bahnhof abholen und seine Sachen ins Savoy bringen, wo sie ihn schließlich besuchte. Sie wollte ihn zu einem schönen Mittagessen einladen, aber er meinte, er habe genug herumgesessen und wolle direkt zu Oliver's und zur Mincing Lane. Durch und durch Teehändler, war er und weitaus mehr am Geschäft als an Hummersalat interessiert.

Jetzt gingen sie Arm in Arm die Wapping's High Street hinunter und erzählten sich die neuesten Ereignisse.

»Also wirklich, Fiona«, sagte Stuart plötzlich ernst. »Mal Scherz beiseite, das hört sich an, als hätten Sie fast das Leben verloren.«

»Umgekehrt, eher gefunden.«

»Aber der Mann hat sie fast umgebracht! William Burton! Früher hätte ich beinahe mal für ihn gearbeitet. Als junger Bursche. Vor vielen Jahren.« Er schüttelte den Kopf. »Das übersteigt alle Vorstellungskraft. Und Sie sagen, man hat seine Leiche nicht gefunden?«

»Nein, als das Feuer endlich gelöscht war, kam die Flut und hat ihn mit rausgezogen.«

»Und der Mann, der ihn getötet hat?«

»Der wurde auch nicht wieder gefunden«, antwortete Fiona und wandte den Blick ab.

»Er hat einfach William Burton erschossen, Sie gerettet und sich aus dem Staub gemacht?«

»Er war Kapitän eines Fährkahns. Er hat gerade Passagiere über den Fluß gefahren«, antwortete sie ruhig. »Er hat das Feuer gesehen, mich schreien hören und ist mir zu Hilfe gekommen.«

»Ich wußte gar nicht, daß die Kapitäne von Fährkähnen bewaffnet sind.«

»Er sagte, er sei schon zu oft ausgeraubt worden.«

»Und er hat Ihnen nicht seinen Namen genannt?«

»Nein. Sicher mit Absicht nicht. Er hat einen Mann umgebracht. Um mich und Joe zu retten, aber dennoch, er hat einen Mann getötet und wollte keine Scherereien mit der Polizei. Er hat uns das Leben gerettet, Stuart.«

»Das Ganze klingt wie eine Abenteuergeschichte«, antwortete Stuart, und einen Moment lang hatte Fiona das Gefühl, als wäre eine dunkle Wolke aufgezogen und verdüstere die Sonne.

»Aber es gibt doch ein glückliches Ende, oder?« fragte Stuart. »Sie haben kurz darauf geheiratet, nicht wahr?«

»Ja«, antwortete sie lächelnd. »In Joes Haus in Greenwich. Wo Sie heute abend eingeladen sind.«

»Und das ist der Bursche, den Sie als Mädchen gekannt haben?«

»Ja.«

»Ein guter Mann?«

»Ein sehr guter Mann.«

»Das muß er wohl sein. Sie strahlen ja förmlich. Ich hab Sie noch nie so glücklich gesehen.«

»Danke, Stuart. Ich kann's gar nicht erwarten, daß Sie ihn kennenlernen.«

Er tätschelte ihre Hand. »Nick würde sich freuen für Sie. Das wissen Sie doch?«

Fiona nickte. Sie sah auf ihre Hand, die auf Stuarts Arm ruhte. Nicks Ring hatte sie in ihre Schmuckschatulle gelegt, wo sie manchmal die Initialen betrachtete, die auf der Innenseite eingraviert waren, und an ihren ersten Mann, ihren liebsten Freund, dachte. Jetzt trug sie Joes Ring. Und den wunderschönen blauen Skarabäus. Aber Nicks Diamant steckte immer noch an ihrem Finger, inzwischen an der rechten Hand statt an der linken. Joe hatte nichts dagegen. Tatsächlich sagte er oft, daß er Nicholas Soames viel verdanke, weil er so gut für sie gesorgt habe.

»Wann kommen Sie denn wieder nach New York zurück?«

»In einem Monat. Jetzt, da Sie hier sind, hoffe ich, die Londoner Firma wieder in Gang zu kriegen. Während der letzten Monate hab ich es nur geschafft, sie zusammenzuhalten, aber nicht so hoch gebracht, wie ich gehofft hatte. Es liegt zwar viel Arbeit vor uns, Stuart, dennoch haben wir die besten Ausgangsbedingungen. Wir besitzen sogar unsere eigene Plantage! Können Sie sich das vorstellen? Trotzdem müssen wir ganz von vorn anfangen. Alles liegt im argen. Ich hab mich gefragt ... würde es Ihnen etwas ausmachen, ein bißchen länger hierzubleiben? Möglicherweise sogar eine ganze Weile? Sie bekämen natürlich eine zusätzliche Entschädigung dafür. Und einen neuen Titel. Präsident von TasTea, London. Außerdem ein höheres Gehalt.«

»Ausmachen? Fiona, gleich nachdem ich das Telegramm erhalten hatte, hab ich gehofft, Sie würden mich bitten, das neue Unternehmen zu leiten. Ich vermisse das gute alte England ganz fürchterlich. Wahrscheinlich werde ich sentimental auf meine alten Tage. Ich hab fast geweint, als ich aus dem Zug ausstieg. Ich würde schrecklich gern wieder nach Hause kommen.«

»O Stuart, das ist ja wundervoll. Das trifft sich ganz herrlich! Ich bin so froh!«

»Und was ist mit Ihnen? Macht es Ihnen nichts aus, London zu verlassen?«

»Ich werde meinen Onkel Roddy und meine Schwiegerfamilie vermissen, aber mir fehlt der Rest meiner Familie so sehr. Ich kann es gar nicht erwarten, Seamie und Mary und die Kinder wiederzusehen.« Sie lächelte schelmisch. »Sogar Michael.« Und sie vermißte sie tatsächlich ganz schrecklich. Als sie damals im Juli weggefahren war, hatte sie höchstens einen Monat fortbleiben wollen. Jetzt war es fast Oktober. Auch TasTea fehlte ihr. Stuart hatte zwar in ihrer Abwesenheit alles ganz wunderbar geregelt, aber sie wollte ihr Lagerhaus wiedersehen, ihre Frachtzüge und Waggons.

»Was ist mit Ihrem Mann? Wird es ihm nichts ausmachen, wenn Sie nach New York gehen?«

»Oh, den lasse ich nicht zurück!« antwortete sie lachend. »Er kommt mit mir. Wir wollen versuchen, drei Monate in New York, dann drei in London, dann wieder drei Monate in New York zu leben und sehen, wie es funktioniert.« Sie blieb stehen und deutete auf ein rotes Backsteingebäude vor ihnen. »Da wären wir«, sagte sie. »Das ist Oliver's, das Lagerhaus.«

»Verdammt! Das ist ja riesig!« rief Stuart aus und beugte sich zurück, um besser zu sehen.

Auch Fiona sah hinauf und freute sich, daß die Arbeiten schnell vorangingen. Oliver's machte wieder einen stolzen Eindruck. Die schwarzen Rußflecken an der Außenseite waren entfernt, die eingestürzten Mauern aufgebaut, die Fenster und Lukentüren ersetzt worden. Alle Stützpfeiler und Balken waren erneuert worden, und die Bauarbeiter legten gerade neue Böden. Auch der Tee lagerte bereits wieder darin. Assam-Tee, den sie für TasTea, London, bestellt hatte, die neue Mischung, die zu seinem Markenzeichen werden sollte, wartete bereits in Kisten im ersten Stock. Während sie zusah, wie die Arbeiter mittels einer Winde Dielenbretter in den dritten Stock beförderten, spürte sie eine frische Brise vom Fluß.

»Lassen Sie uns reingehen«, sagte Stuart.

»Gehen Sie voraus, und sehen Sie sich alles an. Ich komm gleich nach.«

Er ging hinein, und sie machte sich in Richtung der Old Stairs auf – der neuen Old Stairs –, um ein wenig am Wasser zu sitzen. Sie mußte ihren geliebten Fluß sehen, um sich zu sammeln und die heftigen Gefühle zu beruhigen, die die Erinnerung an die Nacht des Lagerhausbrands in ihr ausgelöst hatten. Wie immer ließ sie sich auf der Hälfte der Treppe nieder.

Eine Weile beobachtete sie die Möwen und sah einen Gassenjungen nach Schätzen graben. Als sie es über sich brachte, sah sie übers Wasser zu Cole's Wharf hinüber, einem grob verputzten Lagerhaus auf der südlichen Seite des Flusses, den letzten Ort, an dem sie ihren Bruder gesehen hatte.

Tränen traten ihr in die Augen, wie immer, wenn sie sich daran erinnerte, wie sie seine Stimme gehört, sein Gesicht gesehen und dann seine starken Arme um sich gespürt hatte. Sie hatte geweint und geweint und konnte gar nicht mehr aufhören damit, so aufgelöst war sie gewesen vor Aufregung und Erschöpfung, vor Schmerzen und vor Angst, die sie ausgestanden hatte, und schließlich vor Freude.

Während der Bootsfahrt hatte ihr Charlie erzählt, daß er in den Zeitungen alles über sie gelesen habe, auch von ihrer Übernahme von Burtons Firma. Wie geschockt, wie wütend und wie traurig er gewesen sei, als er erfahren habe, daß Burton ihren Vater ermordet hatte, aber wie glücklich, daß sie gesund und am Leben war. Er habe seinen Leuten Anweisung gegeben, auf sie zu achten und Burton zu finden. Was ihnen aber nicht gelungen war, weil er sich zu gut versteckt hatte. Erst nachdem Tom und Dick Davey O'Neill gefaßt hätten, erfuhren sie, daß sich Burton in einem Raum im obersten Stockwerk von Oliver's verborgen hielt. Aber dann sei es schon fast zu spät gewesen. Glücklicherweise hätten sie Charlie angerufen, und er sei mit ein paar seiner Leute im Boot losgefahren. Als Tom und Dick bei Oliver's angekommen seien und herausgefunden hätten, was er vorhatte, habe das Lagerhaus bereits in Flammen gestanden. Sie seien die New Stairs hinuntergerannt und gerade noch rechtzeitig durchs Wasser gewatet, um Burton daran zu hindern, sie umzubringen.

Während Charlie erzählte, ruderten seine Männer über den Fluß. Sie stiegen bei Cole's Wharf aus und gingen durch eine Seitentür hinein. Erstaunt bemerkte Fiona, daß sie sich in einem komfortablen, gut beleuchteten Raum mit gedeckten Tischen befand. Joe wurde vorsichtig auf ein Sofa gelegt, wo man ihm Laudanum gegen die Schmerzen einflößte. Schnell wurde ein Arzt herbeigeschafft, der sein Bein streckte und schiente. Der königliche Leibarzt hätte ihm keine bessere Behandlung zukommen lassen können. Wallace, der Arzt, reinigte auch Fionas Wunde und nähte sie. Burtons Klinge hatte sie nicht so tief verwundet wie beim erstenmal, und sie hatte nicht annähernd soviel Blut verloren.

Während Joe ruhte und Tom Smith und die anderen aßen, führte Charlie sie in einen kleineren, privateren Raum, in dem ein großer Schreibtisch, ein paar Sessel und einige Sofas standen. Wieder umarmten sie sich, und sie weinte erneut und klammerte sich an ihren Bruder, während er ihr übers Haar strich und sie beruhigte. Dann ließ er sie auf einem Sofa Platz nehmen und schenkte ihr ein Glas Portwein ein.

»Fee, du mußt mit der Heulerei aufhören. Deine Augen sind schon ganz zugeschwollen. Ich bin ja hier, alles ist gut.«

Sie nickte, weinte aber weiter. Zwischen ersticktem Schluchzen stieß sie tausend Fragen hervor. »Charlie, wo bist du gewesen? Wir dachten, du seist tot. Sie haben eine Leiche aus dem Fluß gefischt, die die Uhr unseres Pas bei sich hatte. Wo bist du die ganze Zeit gewesen? Warum hast du nicht versucht, uns zu finden?«

Er stürzte den Inhalt seines Glases hinunter und erzählte ihr dann von den letzten Jahren, angefangen von der Nacht, in der Jacks letzter Mord geschah. Seine Worte schienen ihm nicht leichtzufallen.

Er war gerade auf dem Heimweg vom Taj Mahal, wo er seinen Sieg gefeiert hatte. Es war spätnachts, aber zu seiner Überraschung sah er eine große Menschenmenge in Adams Court versammelt. Als er sich hindurchzwängte, entdeckte er seine Mutter blutüberströmt und leblos auf den Pflastersteinen liegen. Er hörte Fiona schreien und das Baby weinen. Er erinnerte sich, daß er seine Mutter festhalten und die Polizisten hindern wollte, sie wegzubringen. Und dann erinnerte er sich, daß er davongerannt war. Fort von dem schrecklichen Schauplatz. Fort vor sich selbst. Er lief, bis ihm die Beine weh taten, seine Lungen brannten und sein Herz ihm schließlich befahl stehenzubleiben. Tief im Innern des Ostteils von London, auf dem

Weg zur Isle of Dogs. Dort kroch er unter einen Zaun und gelangte in eine Werft, wo er sich in den Überresten eines alten Schleppers verkroch. Wie lange er dort blieb, wußte er nicht mehr. Vielleicht Stunden, vielleicht Tage. Als er frierend und hungrig aus dem Gerippe herauskroch, wußte er nicht, wo er war und wer er war. Etwas war mit ihm geschehen – bis heute wußte er nicht genau, was. Denny Quinn erklärte ihm, es werde Amnesie genannt.

Er wanderte durch Werften und Docks. Er schlief im Freien und ernährte sich von Abfällen, die er aus Abfalltonnen fischte. Dann schlug er, den Fluß entlang, wieder die Richtung nach Westen ein. Stück für Stück kehrte sein Gedächtnis zurück. Er erinnerte sich an seine alte Straße, seine Familie und Freunde, doch die alten Bilder tauchten auf und verschwanden erneut. Aber schließlich kehrte alles wieder zurück, und er erinnerte sich, daß er einen Bruder und Schwestern hatte und daß seine Mutter ermordet worden war. Seine Trauer überwältigte ihn.

Eines Nachts ging er zum Adams Court, um nach ihnen zu sehen, aber sie waren fort. Nachdem er sich klargemacht hatte, daß er niemanden mehr hatte und nirgendwohin gehen konnte, nahm er sein Straßenleben wieder auf.

»Aber warum hast du nicht versucht, Roddy zu finden?« fragte Fiona. »Er hätte dir helfen können, dir sagen können, wohin Seamie und ich gegangen sind.«

»Ich hab's versucht«, antwortete er ausweichend. »Ich hab in seiner alten Wohnung nach ihm gesucht, aber da war er nicht mehr.«

Fiona ließ nicht locker. »Aber nachdem du verschwunden warst, ist im Fluß eine Leiche gefunden worden. Roddy hat sie identifiziert. Sie hatte rotes Haar und Pas Uhr bei sich. Die Uhr, die er dir geschenkt hat. Wir dachten, du seist es. Charlie, wen um alles in der Welt haben wir da beerdigt?«

Er sah weg.

»Wen, Charlie?«

»Sid Malone.«

Fiona sank sprachlos ins Sofa zurück.

Rasch erzählte er ihr alles. Eines Nachts, nachdem zum erstenmal sein Gedächtnis zurückgekommen war, befand er sich auf der Wapping High Street. Er durchwühlte gerade den Abfall eines Pubs, als ihn ein Mann am Genick packte. Es war Sid Malone, sein alter Widersacher. »Ja, wen haben wir denn da? Alles fragt sich, was aus dir geworden ist. Hab gehört, daß du abgehauen bist. Hab ja schon immer gewußt, daß du ein Feigling bist«, sagte Sid. Und dann brach er ihm mit einem Schlag die Nase. Vor Schmerz sah er ein paar Sekunden nichts, lang genug, um seinem Angreifer zu erlauben, seine Taschen zu durchsuchen. Geld war keines bei ihm zu holen, aber die Uhr seines Vaters. Sid steckte sie ein und versetzte ihm noch ein paar Hiebe. Er werde ihn umbringen und dann in den Fluß werfen, drohte er, und das hätte er auch getan. Seine Schläge waren grausam und zwangen ihn zu Boden. Charlie versuchte, sich wieder aufzurichten. Als er Halt suchte und seine Finger über die Pflastersteine glitten, trafen sie auf einen losen Stein. Er riß ihn heraus und schleuderte ihn blindlings in die Höhe. Darauf erfolgte ein dumpfes Krachen.

Er hatte Sids Kopf getroffen. Ihn eingeschlagen. Er versuchte, ihn wieder zu sich zu bringen, aber vergebens. Aus Angst, niemand würde ihm glauben, daß er sich nur verteidigt hatte, tat er, was Sid ihm angedroht hatte: Er schleifte den leblosen Körper zum Fluß und warf ihn vom Dock – und vergaß in der Hast, seine Uhr zurückzuholen.

»Das ist der wahre Grund, warum ich nicht zu Roddy gegangen bin«, gab er zu. »Ich befürchtete, jemand könnte gesehen haben, wie ich Sid erledigt hab. Ich wollte ihn nicht mit in die Sache reinziehen.«

»Roddy hätte dir geglaubt, Charlie«, sagte Fiona und brach wieder in Schluchzen aus. »Er hätte dir geholfen.«

»Statt dessen ging ich zu Denny. Es war seine Idee, Sids Namen anzunehmen. Er sagte, der Kerl habe keine Familie. Ich solle eine Weile untertauchen und auf die Südseite des Flusses gehen, wo mich niemand kannte. Denny hat für mich gesorgt. Die ganzen Jahre über. Wir wollten zusammen Geschäfte machen. Wir wollten das ganze East End übernehmen, nördlich und südlich vom Fluß. Er hat mir beigebracht, wie man überlebt, Fiona. Mich wie einen Sohn behandelt.«

»Und einen Kriminellen aus dir gemacht«, sagte Fiona leise.

Daraufhin wandte er sich ab, drehte sich aber schnell wieder zu ihr um und deutete mit dem Finger auf sie. »Ich hatte nichts! Niemanden! Ich mußte *überleben,* Fiona. Und das ist mir gelungen.

Nicht auf deine Weise vielleicht, aber auf meine. Auf meine Art, wie's zu diesem Viertel paßt.«

»Mit Stehlen, Charlie? Damit, anderen Leuten die Köpfe einzuschlagen? Mit denselben Dingen, die Bowler Sheehan getan hat? Du erinnerst dich doch an Sheehan? Der Mann, der unseren Pa getötet hat?«

Charlies Kiefer spannten sich an. »Ich denk, es ist Zeit, dich heimzubringen«, erwiderte er. »Tommy! Dick!« rief er.

Fiona stellte fest, daß sie zu weit gegangen war. »Nein, Charlie, noch nicht. Sprich mit mir, bitte.«

»Charlie? Wer soll das denn sein?« fragte ihr Bruder mit einer Mischung aus Trotz und Trauer in den Augen. »Mein Name ist Sid. Sid Malone.«

Er küßte sie zum Abschied und sagte ihr, sie solle nicht versuchen, ihn zu finden. Dann begleiteten seine Männer sie trotz ihrer Tränen und ihres Protests aus seinem Büro.

Die Tage, die danach folgten, waren schrecklich gewesen. Sobald Charlies Männer sie und Joe nach Hause gebracht hatten, rief sie in Roddys Revier an. Roddy war nicht dort, aber ein Polizist fand ihn und teilte ihm mit, wo sie waren. Vor Tagesanbruch kam er in Greenwich an und wollte kaum glauben, daß sie am Leben waren. Fiona erzählte ihm alles, was passiert war. Und er, einer der härtesten und zähesten Männer, die sie kannte, weinte wie ein Kind, als sie ihm eröffnete, wer Sid Malone wirklich war. Eines Nachts waren sie, Joe und Roddy zu Cole's Wharf zurückgegangen. Der Wachmann wollte sie nicht eintreten lassen, aber Roddy zeigte ihm seine Dienstmarke. Sie suchten das ganze Lagerhaus ab – jedes Stockwerk –, fanden aber nur Waren. All die Möbel, das Essen, die Getränke und jeder Hinweis, daß hier jemand gewohnt hatte, waren verschwunden.

Es gab eine gerichtliche Untersuchung und viele Fragen. Fiona weigerte sich, auch nur einen der Männer preiszugeben, die sie gerettet hatten, und Joe folgte ihrem Beispiel. Sie erinnerten sich nicht mehr genau, sagten sie aus. Es sei dunkel gewesen, und sie hätten beide unter Schock gestanden.

Aber Fiona kannte die Wahrheit: Ihr Bruder war ein Krimineller. Ein Dieb, ein Schmuggler, ein Erpresser. Ein gutaussehender Gangster mit smaragdgrünen Augen.

Doch auch die andere Seite dieser Wahrheit vergaß sie nicht – Charlie hatte ihr das Leben gerettet. Und Joe ebenfalls. Sie zweifelte keinen Augenblick, daß sie beide ohne ihn nicht mehr am Leben wären. Und er hatte getan, was ihr trotz ihres zehnjährigen Bemühens nicht gelungen war – William Burton zu vernichten.

Noch immer erschauerte sie, wenn sie an Burtons letzte Momente dachte und wie er sie beinahe umgebracht hätte. Oder wenn sie sich an die Dinge erinnerte, die er sagte, bevor Tom ihn erschossen hatte. Sie hatte Joe und Roddy von seinem wahnsinnigen Gefasel erzählt. Roddy ließ sein Haus durchsuchen, aber seine Leute fanden nichts Verdächtiges. Das Messer, mit dem er sie angegriffen hatte, war mit ihm verschwunden. Roddy ließ es sich von ihr beschreiben und meinte, es könne durchaus die Verletzungen herbeigeführt haben, die bei den Frauen im Jahr 1888 und bei den beiden Straßendirnen festgestellt worden waren, die man kürzlich gefunden hatte.

»Er könnte es gewesen sein«, sagte Roddy, »ich jedenfalls würde es nicht ausschließen, angesichts der Dinge, die er getan hat. Aber ohne seine Aussage können wir nicht sicher sein.«

Nein, Onkel Roddy, dachte sie, als sie jetzt auf den Fluß hinaussah, das können wir nicht.

Manchmal glaubte sie immer noch, ihn zu sehen ... Burton ... Jack ... den dunklen Mann. In schwarzem Mantel und Zylinder ging er mit auf dem Rücken gefalteten Händen am Flußufer entlang und drehte sich nach ihr um, als würde er sich plötzlich ihres Blicks bewußt, zog den Hut und verschwand dann in den dunklen Wassern der Wapping Entrance oder in den Schatten des Orient Wharf. Roddy behauptete, er sei tot, da niemand sechs Schüsse aus nächster Nähe überleben könne. Auch sie wußte, daß er tot war. Dennoch lebte er weiter. In den Narben, die er auf ihrem Körper hinterlassen hatte. In den Narben auf ihrer Seele.

In den Wochen nach der polizeilichen Untersuchung ersuchte Roddy um seine Versetzung. Er erklärte seinen Vorgesetzten, daß er genug habe vom East End und mit seiner Familie aus London fortziehen wolle. Er hoffte auf eine Stelle in Oxfordshire oder Kent. Fiona erklärte er, daß sich seine und Charlies Wege sicher kreuzen würden, wenn er bliebe, und daß ihm die Aussicht, Paddys Sohn festnehmen zu müssen, unerträglich vorkäme. Seiner Meinung nach sei der wirkliche Charlie Finnegan tot, 1888 gestorben.

»Das sind wir doch alle, oder?« erwiderte sie wehmütig. Und in gewissem Sinne stimmte das auch. Nicht einer von ihnen – weder sie noch Roddy, noch Joe oder Charlie – war derselbe, der er vor zehn Jahren gewesen war.

Wieder kamen ihr die Tränen. Was würde sie Michael erzählen? Und Seamie, der seinen älteren Bruder angebetet hatte? »Sag ihnen nichts«, meinte Joe. »Laß Seamie seine Erinnerungen. Laß ihm wenigstens diese.« Fiona hatte seinen Rat befolgt. Aber nur für den Moment. Nur für heute. Sie würde nicht aufhören, nach Charlie zu suchen, egal, was er gesagt, egal, was er getan hatte. Sie liebte ihn. Und eines Tages würde sie ihn zurückbekommen. Den wirklichen Charlie, nicht Sid Malone. Sie würde die Hoffnung nicht aufgeben. Niemals.

Während die Brise vom Fluß ihre Tränen trocknete, hörte sie Schritte auf der Treppe hinter sich. Sie drehte sich um und erwartete Stuart, sah aber statt dessen ein rothaariges, vielleicht neunjähriges Mädchen. Das Mädchen lächelte sie scheu an. »Ich sitz manchmal hier und schau mir die Boote an«, sagte es. »Die Luft riecht gut heute, nicht? Wie Tee.«

Fiona erwiderte ihr Lächeln. »Ja, das stimmt. Kein Wunder. In Oliver's Wharf sind gestern hundert Tonnen des besten Assam angekommen.«

»Ich mag Tee«, sagte das Mädchen, inzwischen ein wenig kühner. »Tee kommt aus dem Osten. Aus Indien, China und Ceylon. Ich weiß, wo das auf der Landkarte ist.«

»Wirklich?«

»Ja«, antwortete die Kleine aufgeregt. »Eines Tages fahr ich nach Indien. Mit dem Schiff. Und ich krieg meine eigene Teeplantage und werd eine große Dame wie die Frau in den Zeitungen, Mrs. Soames.«

»Ich glaube, sie heißt jetzt Mrs. Bristow«, antwortete Fiona, entzückt über das lebhafte kleine Ding in dem abgetragenen Baumwollkleid und der schäbigen Jacke. »Fährst du wirklich nach Indien?«

»Das möchte ich«, sagte das Mädchen, doch in die großen braunen Augen trat ein Ausdruck des Zweifels. »Aber ich weiß nicht ...« Sie sah auf ihre Stiefel hinab und scharrte mit den Spitzen an einer Stufe. »Die Miss sagt, ich bin albern. Sie sagt, ich hab lauter Hirngespinste im Kopf.«

»Ach?« erwiderte Fiona. »Und wer ist die Miss?«

»Meine Lehrerin.«

»Also, sie täuscht sich. Du bist nicht albern. Leute mit Träumen sind klug.«

»Wirklich?«

»Bestimmt. An dem Tag, an dem du deine zu träumen aufhörst, kannst du dich gleich einsargen lassen, dann bist du so gut wie tot.«

»Stimmt das?« fragte das Mädchen mit großen Augen.

»Absolut. Das hat mir ein sehr weiser Mann gesagt. Ein wundervoller Mann, der früher hierhergekommen ist, um die Schiffe zu beobachten. Genau wie du. Wie heißt du denn, Kind?«

»Daisy.«

»Nun, Daisy. Wenn du eines Tages deine eigene Teeplantage haben willst, mußt du noch eine Menge über Tee lernen.«

»Wissen Sie eine Menge über Tee?«

»Ein bißchen was schon.«

»Sagen Sie's mir?«

»Als erstes mußt du einen guten Tee von einem schlechten unterscheiden können. Und das geschieht auf verschiedene Weise. Komm mit, ich zeig's dir.«

Fiona streckte die Hand aus, Daisy ergriff sie, und die beiden gingen die Old Stairs hinauf und zu Oliver's hinüber, während die mit Tee beladenen Frachtkähne die Themse überquerten, ein Seemannslied über den Fluß klang und der sanfte herbstliche Sonnenschein auf dem dunklen silbernen Wasser schimmerte.

Dank

Ich danke Martin Fido, dem Autor von *The Crimes, Detection, and Death of Jack the Ripper* und *Murder Guide to London* für eine mitternächtliche Tour durch die Straßen und Gassen, die Jack einst durchstreifte, und dafür, daß er mich an seinem enzyklopädischen Wissen über Stadt und Einwohner im London von 1880 teilhaben ließ. Ebenso Samuel H. G. Twining, dem Direktor von Twinings Tea, sowie Syd Mumford, dem ehemaligen Einkäufer und Mischungsexperten der Firma, der mich liebenswürdigerweise in die Geheimnisse des Teehandels einweihte und eine praktische Lektion im Teeprobieren für mich abhielt. Auch bei den Mitarbeitern des Londoner Museums, Abteilung Docklands Projekt, möchte ich mich bedanken, die mir Zugang zu ihrer Bibliothek und ihren Sammlungen gewährten. Ebenso bei Fred Sage, einem ehemaligen Schauermann auf der Themse, und Con McCarthy, einem ehemaligen Frachtkontrolleur bei Überseeschiffen, die viele Straßen in den Docklands mit mir durchwanderten und mir von ihren Arbeitsjahren am Fluß erzählten. Im *Town of Ramsgate* mit ihnen ein Glas zu heben war gleichermaßen ein Privileg wie eine Ehre für mich.

Sally Kim, meine Lektorin, ist der wahr gewordene Traum eines jeden Schriftstellers – sie ist sowohl Mentorin, Verteidigerin wie Komplizin.

Ohne Simon Lipskar, meinem unermüdlichen Agenten, wäre »Die Teerose« nie zustande gekommen. Er hat an mich und mein umfangreiches Manuskript geglaubt, er hat es verbessert und dafür gekämpft, und für seinen Einsatz bin ich ihm zu größerem Dank verpflichtet, als ich je auszudrücken vermag.

Laurie Feldman, Diana Nottingham, Brian O'Meara und Omar Wohabe standen mir von Anfang an zur Seite, sowohl mit Rat und Unterstützung als auch mit Champagner. Es gibt keine besseren Freunde. Vielen Dank euch allen. Heather, John und Joasha Dundas haben erste Druckfahnen des Romans gelesen und wertvolle Kritik und Lob gespendet, wofür ich ihnen sehr verbunden bin.

Ein herzliches Dankeschön auch an Wilfriede, Matt, Megan, Mary Donnelly und Martha Eggerth Kiepura, meine wundervolle Familie, weil sie an mich glaubten, mich ermutigten und mir immer Geschichten erzählten.

Mein innigster Dank jedoch gilt Douglas Dundas, der mich lehrte, was Glauben heißt.

KABEL

Judith Lennox

Zeit der Freundschaft

Roman. Aus dem Englischen von Mechtild Sandberg.
571 Seiten. Gebunden

Ein stilles Dorf in Dorset, zwei befreundete Familien und glückliche Kindertage – als die junge Topaz ihre Cousins Jack und Will besucht, machen die ungleichen Brüder kein Geheimnis daraus, wie verschossen sie beide in die impulsive Nachbarstochter Julia sind. Dann kommt der Krieg, und Jack, der Ältere, dessen Leidenschaft Julia erwidert, wird eingezogen. Erst Jahre später kehrt er zurück, Jahre, in denen sich vieles verändert: Topaz kann aus ihrer Schwäche für französische Küche eine kluge Geschäftsidee machen und gründet einen eigenen Catering-Service; Julia hat, während ihr Bruder Marius an der Front war, mit Geschick die väterliche Radiofabrik geleitet. Heimgekehrte Soldaten aber sind zu nichts mehr nutz. Und auch Julias Herz scheint jetzt einem anderen zu gehören. Nur die wohlhabende Carrie hat als einzige auf ihrem Gut Sixfields die Kriegszeit unberührt überstanden. Als sie dem gekränkten Jack ein verlockendes Angebot macht, stellt dieser die Weichen neu ... Liebe, Trotz und Hoffnung prägen das Bild einer betrogenen Generation, das Judith Lennox in ihrem bewegenden neuen Roman zeichnet.

03/1048/01/L